AUFBAU BIBLIOTHEK

»Goethe ist immer lieb, gut und treu; der einzigste Mensch in der Welt, aber mir ganz verständlich, und der erste, der mich ganz versteht. Fast möcht ich sagen, unsere Liebe ist über Frauenliebe – aber es wäre doch Lästerung, wenn ich's sagte. Aber nach meinem Weib und meinen Kindern ist mir nichts lieber als Goethe.«

Wieland an Lavater, 15. April 1776

GOETHE
IN VERTRAULICHEN BRIEFEN SEINER ZEITGENOSSEN

Zusammengestellt von Wilhelm Bode

Erster Band
1749–1793

Aufbau Taschenbuch Verlag

Quellennachweis, Textrevision und Register Regine Otto
Anmerkungen Paul-Gerhard Wenzlaff

Goethe in vertraulichen Briefen I-III
ISBN 3-7466-6049-1

1. Auflage 1999
Aufbau Taschenbuch Verlag GmbH, Berlin

Umschlaggestaltung Torsten Lemme
nach einem Gestaltungskonzept von Andreas Heilmann
unter Verwendung einer anonymen Porträtzeichnung,
Bildarchiv Preußischer Kulturbesitz
Druck Ebner Ulm
Printed in Germany

1749

1. EINTRAG IM FRANKFURTER TAUFBUCH

Frankfurt, 29. August 1749

1749
Augustus
Getaufte hierüben in Frankfurt
Freitags, den 29. dito
p. Hrn. Dr. und Sen. Fresenium privatim

Goethe. Der hochedelgeboren und hochgelahrte Herr *Johann Caspar:* Ihro Röm. Kaiserl. Maj. würkl. Rat und beider Rechten Dokt. allhier; dann S. T. Frau *Catarina Elisabeta,* dessen Ehe-*Consortin,* geb. Textorin, einen gestrigen Donnerstags mittags zwischen zwölf und ein Uhr geborenen Sohn und erstes Kind *Johann Wolfgang.* Der hierzu erbetene Herr Gevatter war der Frau Kindbetterin leibl. Vater, der wohlgeborne Herr, Herr *Johann Wolfgang Textor,* hochansehnlicher Reichs-Gerichts-Schultheiß allhier, wie auch Ihro Röm. Kaiserl. Maj. würklicher Rat.

GoeJb XXX, Faks.

1764

2. SCHWEITZER AN YSENBURG VON BURI

Frankfurt, 29. Mai 1764

Ich lese mit größter Bestürzung Ihres Schreibens von diesem Freund. Attachieren Sie sich nicht an ihn um Gottes willen! Er ist schon mir lange angelegen, ihn anzunehmen; allein, da es doch mein guter Freund ist, so gab ich ihm seiner Laster wegen abschlägige Antwort. Nun kehrt er sich recta zu Ihnen und tut dieses hinter mir! Ich werde davon mündlich reden.

Bode I, 2

3. SCHWEITZER AN YSENBURG VON BURI

Frankfurt, 10. Juli 1764

Ach, denken Sie, der bewußte Freund, Herr W. Goethe, ist zu Offenbach bei unserm André gewesen, und dieses vorgestern. Was sagen Sie dazu? Mir ist angst und bange, denn wenn Herr André von bewußter Begebenheit nichts weiß, so hat er ihm mit seinen hochtrabenden Reden so sehr eingenommen, daß es zum Erstaunen ist.

Sogar hat ihm Herr André gesagt, Sie würden bald nach Offenbach kommen ... Was er von Ihnen und u[nserer] G[esellschaft] gesprochen, weiß ich nicht; er will nicht mit der Sprache raus!

Gespr I, 24

4. YSENBURG VON BURI AN ANDRÉ

Neuhof, 16. Juli 1764

Ich erfuhr, daß er der Ausschweifung und vielen andern mir unangenehmen Fehlern, die ich aber nicht herzählen mag, sehr ergeben sei.

Bode I, 3

5. ANDRÉ AN YSENBURG VON BURI

Offenbach, 18. Juli 1764

Herr Goethe ist vorige Woche ohngefähr eine Viertelstunde bei mir gewesen. Er brachte mir ein Kompliment von Herrn Alexis [Karl Schweitzer], aber das Kompliment war erfunden, wie mich Alexis gestern versichert hat.

Ich wußte nicht, was ich mit ihm reden sollte. Ich fragte ihn, wie er hieß. Er nannte sich und sagte, Herr Alexis wäre sein vertrauter Freund; so wie er dann auch meine Oprette bei demselben gesehen hätte. Er fing nun an, das Stück zu loben.

„Kann ich Ihnen mit einer Schale Tee oder mit einem Glase Wein aufwarten?" unterbrach ich ihn, weil ich ihn zu jung für einen Kunstrichter hielt.

„Ich bin Ihnen für alles gehorsamst verbunden", antwortete er mir.

Hierauf sagte er mir weiter, er wäre bei Herrn Mannskopf zum Besuch, und fing darauf an, von der Komödie zu sprechen, die wir bei Ihnen aufgeführt haben. Er lobte sie sehr: Herr Alexis hätte sie ihm höchstens angerühmt. Ich konnte ihm nicht gänzlich beifallen.

Von unserer Komödie kamen wir auf die Frankfurter Komödie und Opera, und das war unser ganzes Gespräch. Er hat mir also kein Wort von Gesellschaftsangelegenheiten gesagt. Nach Ihnen hat er sich erkundigt und mir ein Kompliment an Sie aufgetragen ...

Schließlich bat er mich, ihn zu besuchen. Ich sagte es ihm so zu, wie man etwas wider Willen zusagt.

Warum ich aber keine Neigung zu ihm trug, ist bloß, daß er mir zu jung schien. Er mag fünfzehn Jahr oder sechzehn alt sein, im übrigen hat er mehr ein gutes Plapperwerk als Gründlichkeit.

Gespr I, 24f.

6. YSENBURG VON BURI AN SCHWEITZER

Neuhof, 20. Juli 1764

Ich bin vorgestern zu Offenbach gewesen! Herr Goethe war eben auch da, allein er hat weder etwas von mir gesehen noch erfahren. Ich hatte dem Amint [Johann André] schon Nachricht von allem gegeben ... Es hat daher der kluge Amint den Herrn Goethe, als er vorgestern zu ihm kam, sehr schleunig abgefertigt. Von Gesellschaftssachen hat er nicht das mindeste mit ihm gesprochen.

Gespr I, 25

7. YSENBURG VON BURI AN SCHWEITZER ODER ANDRÉ

Neuhof, 1. September 1764

Herr Goethe schweigt ganz still, und ich hoffe auch, daß er sich weiter nicht melden wird. Sollte er aber doch so unverschämt sein, sich noch einmal zu melden, so habe ich mir bereits vorgenommen, ihn nicht einmal einer Antwort zu würdigen.

Bode I, 5

1766

8. HORN AN MOORS

Leipzig, 12. August 1766

Von unserm Goethe zu reden – der ist immer noch der stolze Phantast, der er war, als ich herkam. Wenn Du ihn nur sähst, Du würdest entweder vor Zorn rasend werden oder vor Lachen bersten müssen. Ich kann gar nicht einsehen, wie sich ein Mensch so geschwind verändern kann. Alle seine Sitten und sein ganzes jetziges Betragen sind himmelweit von seiner vorigen Aufführung unterschieden. Er ist bei seinem Stolze auch ein Stutzer, und alle seine Kleider, so schön sie auch sind, sind von so einem närrischen Goût, der ihn auf der ganzen Akademie auszeichnet. Doch dieses ist ihm alles einerlei, man mag ihm seine Torheit vorhalten, soviel man will.

Man mag Amphion sein und Feld und Wald bezwingen,
Nur keinen Goethe nicht kann man zur Klugheit
bringen.

Sein ganzes Dichten und Trachten ist nur, seiner gnädigen Fräulein und sich selbst zu gefallen. Er macht sich in allen Gesellschaften mehr lächerlich als angenehm. Er hat sich – bloß weil es die Fräulein gern sieht – solche porte-mains und Gebärden angewöhnt, bei welchen man unmöglich das Lachen enthalten kann. Einen Gang hat er angenommen, der ganz unerträglich ist. Wenn Du es nur sähest!

Il marche à pas comtés
Comme un recteur suivi des quatres facultées.

Sein Umgang wird mir alle Tage unerträglicher, und er sucht auch denselbigen, wo er kann, zu vermeiden. Ich bin ihm zu schlecht, daß er mit mir über die Straße gehen sollte. Was würde der König von Holland sagen, wenn er ihn in dieser Positur sähe? Schreibe doch bald wieder einmal an ihn und sage ihm die Meinung; er bleibt sonst samt seiner gnädigen Fräulein närrisch. Wenn mich nur der Himmel, solange ich hier bin, vor einem Mädchen bewahrt, denn das hiesige Weibsvolk ist ganz des Teufels. Goethe ist nicht der erste, der seiner Dulcinea zu Gefallen ein Narr ist. Ich wünschte nur, daß Du sie ein einzig Mal sähest. Sie ist die abgeschmackste Kreatur von der Welt. Eine mine coquette avec un air hautain ist alles, womit sie Goethen bezaubert hat. Lieber Freund, ich wäre hier noch einmal so vergnügt, wenn nur Goethe noch so wäre wie in Frankfurt. So gute Freunde wir auch sonst waren, so vertragen wir uns jetzo kaum [keine?] eine Viertelstunde. Doch mit der Zeit hoffe ich ihn noch zu belehren, ob es schon schwer ist, einen Narren klug zu machen. Doch ich will alles Mögliche dran wagen.

Ach, fruchtete dies mein Bemühen!
Ach, könnt ich meinen Zweck erreichen!
Ich wollt nicht Luther, nicht Calvin
Noch einem der Bekehrer weichen.

Du kannst ihm nur alles wiederschreiben, was ich Dir hier erzählt habe. Es ist mir recht lieb, wenn Du es tust. Es ist mir weder an seinem noch an der gnädigen Fräulein Zorne etwas gelegen. Denn er wird doch nicht so leicht bös auf mich. Wann wir uns auch gezankt haben, so läßt er mich doch den andern Tag wieder zu sich rufen ...

Goethe empfiehlt sich Dir. Er schriebe gern an Dich, wenn er nur nicht befürchtete, er möchte morgens mit dintenbekleckten Händen zur gnädigen Fräulein kommen. Wie närrisch sind wir, wenn wir verliebt sind!

Horn 20–24

9. HORN AN MOORS

Leipzig, 3. Oktober 1766

Aber, lieber Moors, welche Freude wird Dir es sein, wenn ich Dir berichte, daß wir an unserm Goethe keinen Freund verloren haben, wie wir es fälschlich geglaubt. Er hatte sich verstellt, daß er nicht allein mich, sondern noch mehrere Leute betrog und mir niemals den eigentlichen Grund der Sache entdeckt haben würde, wenn Deine Briefe ihm nicht den nahen Verlust eines Freundes vorherverkündigt hätten. Ich muß Dir die ganze Sache, wie er sie mir selbst erzählt hat, erzählen; denn er hat mir es aufgetragen, um ihm die Mühe, die es ihm machen würde, zu ersparen.

Er liebt – es ist wahr; er hat es mir bekannt und wird es auch Dir bekennen. Allein seine Liebe, ob sie gleich immer traurig ist, ist dennoch nicht strafbar, wie ich es sonst geglaubt. Er liebt – allein nicht jene Fräulein, mit der ich ihn im Verdacht hatte. Er liebt ein Mädchen [Käthchen Schönkopf], das unter seinem Stand ist, aber ein Mädchen, das – ich glaube nicht zuviel zu sagen –, das Du selbst lieben würdest, wenn Du es sähest. Ich bin kein Liebhaber, und also werde ich ganz ohne Leidenschaft schreiben. Denke Dir ein Frauenzimmer: wohl gewachsen, obgleich nicht sehr groß; ein rundes, freundliches, obgleich nicht außerordentlich schönes Gesicht; eine offne, sanfte, einnehmende Miene; viele Freimütigkeit ohne Koketterie; einen sehr artigen Verstand, ohne die größte Erziehung gehabt zu haben. Er liebt sie sehr zärtlich, mit den vollkommen redlichen Absichten eines tugendhaften Menschen, ob er gleich weiß, daß sie nie seine Frau werden kann. Ob sie ihn wiederliebt, weiß ich nicht. Du weißt, lieber Moors, das ist seine Sache, nach der sich nicht gut fragen läßt. Soviel aber kann ich Dir sagen, daß sie füreinander geboren zu sein scheinen. Merke nun seine List! Damit niemand ihn wegen einer solchen Liebe in Verdacht haben möchte, nimmt er vor, die Welt grad das Gegenteil zu bereden, welches ihm bisher außerordentlich geglückt ist. Er macht Staat und scheint einer gewissen Fräulein, von der ich Dir erzählt habe, die Kur zu machen. Er kann zu gewissen Zeiten seine Geliebte sehen und sprechen, ohne daß jemand deswegen den geringsten Argwohn schöpft, und ich begleite ihn manchmal zu ihr. Wenn Goethe nicht mein Freund wäre, ich verliebte mich selbst in sie. Mittlerweile hält man ihn nun in die Fräulein – doch was brauchst Du ihren Namen zu wissen! – verliebt, und man vexiert ihn wohl gar in Gesellschaft deswegen. Vielleicht glaubt sie selbst, daß er sie liebt; aber die gute Fräulein betrügt sich. Er hat mich seit der Zeit einer näheren Vertraulichkeit gewürdigt, mir seine Ökonomie entdeckt und gezeigt, daß der Aufwand, den er macht, nicht so groß ist, wie man glauben sollte. Er ist mehr Philosoph und mehr Moralist als jemals, und so unschuldig seine Liebe ist, so mißbilligt er sie dennoch. Wir streiten sehr oft darüber; aber er mag eine Partei nehmen, welche er will, so gewinnt er, denn Du weißt, was er auch nur scheinbaren Gründen für ein Gewicht geben kann. Ich bedaure ihn und sein gutes Herz, das würklich in einem sehr mißlichen Zustande sich befinden muß, da er das tugendhafteste und vollkommenste Mädchen ohne Hoffnung liebt. Und wenn wir annehmen, daß sie ihn wiederliebt, wie elend muß er erst da sein?

Horn 25 ff.

1768

10. CORNELIA GOETHE IN IHREM TAGEBUCH FÜR KATHARINA FABRICIUS

Frankfurt, 26. Oktober – 10. Dezember 1768

[26. Oktober] Diesen Augenblick ist mein Bruder fortgegangen, um zwei junge Herren von Stande [Johann Georg und Heinrich Wilhelm von Olderogge] zu besuchen, die aus Leipzig kommen, wo er sie kennengelernt hat. Ich bat ihn, sie mir zu beschreiben, und er tat es mit Vergnügen ...

Ich versichere Dir: Wenn mein Bruder jemanden lobt, dann muß er viele Verdienste haben.

[27. Oktober] „Meine liebe Base, ich habe Ihnen noch gar nicht die Freude ausgedrückt, die ich empfunden habe, als ich hier bei meiner Rückkehr einen so angenehmen Vetter vorfand. Ich kenne ihn erst seit einer Stunde, und in dieser kurzen Zeit habe ich schon tausend schöne Eigenschaften an ihm bemerkt. Man hat Ursache, Sie zu einem Bruder zu beglückwünschen, der so würdig ist, geliebt zu werden." – „Ich bin entzückt, mein Herr, daß Sie jetzt davon überzeugt sind, wieviel Grund ich hatte, über die Abwesenheit dieses teuren Bruders mich zu betrüben. Diese drei Jahre sind mir gar lang geworden. Jeden Augenblick habe ich seine Rückkehr gewünscht."

„Aber Schwester, Schwester! Und jetzt, wo ich da bin, mag mich niemand sehen! Es ist ganz, wie wenn ich nicht in der Welt wäre!" – „Keine Vorwürfe, mein Bruder! Du weißt recht gut, daß es nicht mein Fehler ist. Du bist beständig beschäftigt, und ich wage Dich nicht so oft zu unterbrechen, wie ich gern möchte." ...

Um dem Gespräch eine andere Wendung zu geben, redete mein Bruder von Leipzig, von der schönen Zeit, die er dort verbracht habe. Und zugleich fing er an, sich über unsere Stadt zu beklagen, über den schlechten Geschmack, der hier herrsche, über unsere stumpfsinnigen Bürgersleute, und schließlich verstieg er sich zu der Behauptung, unsere jungen Damen seien unerträglich. „Welch ein Unterschied zwischen den sächsischen Mädchen und diesen hier!" rief er aus ... „Diese Grazie und diese Anmut fehlt ihnen! Ich gebe zu: sie sind schöner hier. Aber was nutzt mir die Schönheit, wenn sie nicht von jener unendlichen Süßigkeit begleitet ist, die uns viel mehr entzückt als die Schönheit selbst."

[16. November] Ich will diesen Augenblick zu meinem Bruder gehen, der an einer neuen Komödie [„Die Mitschuldigen"] arbeitet. Er liest mir seine Stücke immer vor, und Du kannst mir glauben, daß ich ihm mit unendlichem Vergnügen zuhöre. Er zeichnet mir auch manchmal hübsche Köpfe; ich werde Dir einen schicken.

[7. Dezember] Mein Bruder ist sehr krank. Er hat plötzlich einen heftigen Kolikanfall gehabt, der ihn überaus leiden macht. Man wendet alles an, um ihm einige Ruhe zu verschaffen, aber vergeblich. Ich kann ihn nicht in diesem Zustande sehen, ohne daß es mein Herz zerreißt. Warum kann ich ihm nicht helfen!

[10. Dezember] Nach zwei Tagen der Schmerzen geht es meinem armen Bruder ein wenig besser. Aber er ist so schwach, daß er keine Viertelstunde auf sein kann. Wenn nur die Schmerzen aufhören, wird die Kraft bald wiederkehren. Man muß das Beste hoffen und Geduld haben.

Goe 344f., 347ff., 354 und 357. Aus dem Französischen

1769

11. CORNELIA GOETHE IN IHREM TAGEBUCH FÜR KATHARINA FABRICIUS

Frankfurt, 13. Januar und 15. Februar 1769

[13. Januar] Ich muß Dir etwas im Vertrauen sagen: Müller [Johann Caspar Möller?] und mein Bruder sind nicht mehr so gut zusammen, wie sie es sonst waren. Ihre Grundsätze sind verschieden, weil die Philosophie meines Bruders geprüft ist, während Müller die seinige nur dem Studium verdankt. Er hat sich auch während der letzten großen Krankheit meines Bruders sehr kalt benommen, und ich beginne selber zu durchschauen, daß seine Ansichten nicht für den Gebrauch der Welt taugen.

Du wirst Dich selber mehr und mehr von den Meinungen meines Bruders überzeugen, wenn Du auf sein Betragen achtgibst. Denn er spricht stets, wie er denkt.

[15. Februar] Er ist immer entzückt von Deinen Briefen, und da er noch in seiner Kammer eingeschlossen ist, so sind sie eine Ergötzung für ihn.

Goc 358 und 366f. Aus dem Französischen

12. CORNELIA GOETHE AN KATHARINA FABRICIUS?

Frankfurt, 3. Februar 1769

Die erneuerte Krankheit meines Bruders erlaubt ihm nicht, Dir zu schreiben ... Sobald er wiederhergestellt sein wird, wird er sich beehren, auf einen Brief zu antworten, der ihm viel Vergnügen bereitet hat. Die Hoffnung, Dich bei der nächsten Messe von Person kennenzulernen, trägt viel zu seiner Heilung bei.

Goc 335. Aus dem Französischen

13. HORN AN KÄTHCHEN SCHÖNKOPF

Frankfurt, 9. April 1769

Goethe läßt Sie grüßen, Mamsell. Er sieht immer noch ungesund aus und ist sehr stipide geworden. Die Reichsluft hat ihn schon recht angesteckt.

Horn 46

14. DIARIUM DER BRÜDERGEMEINE

Marienborn/Wetterau, 22. September 1769

Nachdem am 17. September der Synodus mit dem Abendmahl war beschlossen worden, so reisten unsere lieben Gäste nach und nach von uns ab. Am 21. hielt uns unser lieber Bruder Joseph [Spangenberg] die letzte Gelegenheit, redte sehr herzlich und eindrücklich über die Losung, fiel sodann mit uns auf die Knie ... Der Herr Legationsrat Moritz und Herr Rat Goethe aus Frankfurt Sohn, ein junger Student, die von Frankfurt zum Besuch hier waren, wohnten dieser Versammlung bei.

[Andere Notiz:] Der Herr Legationsrat Moritz, der den jungen Herrn Jedde in seiner Gesellschaft hatte und nebst demselben recht vergnügt bei uns gewesen war, retournierte heute nach Frankfurt.

Brüder 13

1771

15. METZGER AN RING

Straßburg, 7. August 1771

Ebenso erwähne ich eine Neuigkeit, die Sie sehen läßt, daß unsere Fakultät ebensogut verwaltet wird wie jede andere. Es gibt hier einen Studenten namens Goethe aus Frankfurt am Main, der, wie man sagt, in Göttingen und Leipzig gewesen ist und recht gut studiert hat. Dieser junge Mensch ist von seinem Wissen aufgeblasen, namentlich aber auch von einigen Bosheiten des Herrn von Voltaire, und wollte eine These aufstellen, die zum Titel haben sollte „Jesus autor et judex sacrorum". Darin bringt er unter anderem vor, daß Jesus Christus nicht der Begründer unserer Religion gewesen sei, sondern daß irgendwelche andere Gelehrte sie unter seinem Namen gemacht hätten. Die christliche Religion sei nichts anderes als eine gesunde Politik usw. Man hat jedoch die Güte gehabt, ihm die Drucklegung seines Meisterwerkes zu verbieten. Danach hat er dann, um seine Verachtung kundzutun, die allersimpelsten Thesen aufgestellt, z. B.: jus naturae est quod omnia animalia docuit. Man hat ihn ausgelacht, und damit war er erledigt.

GoeJb XXIII, 218f. Aus dem Französischen

16. JOHANN MEYER AN SALZMANN

Wien, 26. Oktober 1771

O Corydon, Corydon! Quae te dementia cepit! Nach der Kette, nach welcher unsere Ideen zusammenhängen sollen, fällt mir bei Corydon und dementia der närrische Goethe ein. Er ist doch wohl wieder in Frankfurt?

Salz 79f.

17. KAROLINE FLACHSLAND AN HERDER

Darmstadt, 30. Dezember 1771

Er [Merck] war vor einigen Tagen in Frankfurt und hat Bekanntschaft mit einem Ihrer Freunde, Gede, gemacht, der ihm wegen seinem Enthusiasmus und Genie sehr gefallen.

HeKa I, 418

1772

18. WIELAND AN JOHANN GEORG JACOBI

Erfurt, 18. Februar 1772

Leuchsenring ... hat neuerlichst in Gesellschaft mit Merck ein Briefchen aus unseres Dumeiz' Zimmer in Frankfurt geschrieben, mit Beilage zweier Stücke der „Frankfurter Anzeigen", worin *Sulzers Theorie* sehr scharf, nicht etwa bloß mit attischem Salze, sondern beim Anubis! mit Salpeter und spanischem Pfeffer *gerieben* wird. Ich möchte wohl wissen, wer die Rezension gemacht hat. Sie ist avec connaissance de cause und ungleich besser als die meinige geschrieben.

Bode I, 17

19. JOHANN GEORG SCHLOSSER AN GLEIM

Frankfurt, 25. Februar 1772

Ich werde zu Ende dieser Woche nach Darmstadt gehen, um ihn [Merck] zu sehen und einige Tage bei ihm zu leben. Ein junger Freund von mir, der sehr viel verspricht und der mir durch seine ernste Bemühung, seine Seele zu reinigen, ohne sie zu entnerven, außerordentlich ehrwürdig ist, wird mit mir gehen.

GoeJb XVII, 240

20. KAROLINE FLACHSLAND AN HERDER

Darmstadt, 9. März 1772

Ich habe vor einigen Tagen Ihren Freund Goethe und Herrn Schlosser ... kennengelernt. Sie haben Merck besucht auf etliche Tage, und wir waren zwei Nachmittage und ich beim Mittagessen beisammen. Goethe ist so ein gutherziger, muntrer Mensch, ohne gelehrte Zierat, und [hat] sich mit

Mercks Kindern so viel zu schaffen gemacht, und eine gewisse Ähnlichkeit im Ton oder Sprache oder irgendwo mit Ihnen, daß ich ihm überall nachgegangen. Der erste Nachmittag wurde uns verdorben durch ein Triseptspiel und zwei Leute aus der Stadt. Nur einen Augenblick saß Goethe, meine Schwester [Friederike von Hesse] und ich der Abendsonne, die sehr schön war, gegenüber und sprachen von Ihnen. Er hat sechs Monat in Straßburg mit Ihnen gelebt und sprach recht mit Begeistrung von Ihnen. Ich habe ihn von diesem Augenblicke an recht lieb bekommen. Den zweiten Nachmittag haben wir auf einem hübschen Spaziergang und in unserm Hause bei einer Schale Punsch zugebracht. Wir waren nicht empfindsam, aber sehr munter, und Goethe und ich tanzten nach dem Klavier Menuetten. Und darauf sagte er uns eine vortreffliche Ballade von Ihnen her, die ich noch nie gehört: „Dein Schwert, wie ist's vom Blut so rot, Edward, Edward?" Er hat sie mir auf meine öftere Bitte den andern Tag nach seiner Rückkunft in Frankfurt, aber ohne Brief, geschickt. Herr Schlosser ist ein guter, sehr guter Mann – nur ein wenig zu viel Weltfirnis. Er hat mich sehr lieb, und mehr, dünkt's mich, als Goethe, das mir doch leid ist ...

Sie wollen im Sommer wiederkommen.

HeKa II, 48f.

21. HERDER AN KAROLINE FLACHSLAND

Bückeburg, 21. März 1772

Goethe ist würklich ein guter Mensch, nur äußerst leicht und viel zu leicht und spatzenmäßig, worüber er meine ewigen Vorwürfe gehabt hat. Er war der einzige, der mich in Straßburg in meiner Gefangenschaft besuchte und den ich gern sah. Auch glaube ich ihm, ohne Lobrednerei, einige gute Eindrücke gegeben zu haben, die einmal würksam werden können.

HeKa II, 68

Johann Gottfried Herder

22. MERCK AN SEINE FRAU

Frankfurt, März 1772

Ich habe nur eben Zeit, meiner lieben Freundin zu sagen, daß ich mich vollkommen wohl befinde, daß Goethe und ich eine Narrenreise gemacht haben, daß wir bis Homburg gekommen sind, daß ich Frau von Laroche gesehen habe, daß sie ihre ältere Tochter [Maximiliane] bei sich hat usw. Aber ich kann nicht in die Einzelheiten der Szenen eintreten, die wir gesehen und selber gespielt haben. Ich muß Dir nur sagen, daß der Herr Landgraf [von Hessen-Homburg] und die Gemahlin uns mit Freundlichkeiten überschüttet haben, daß ich die Ehre hatte, Seine Hoheit über eine Stunde zu sprechen ... Man hat uns in einer Hofkutsche in dem Parke herumgefahren, den der Herr hat einrichten lassen; wir fanden ein Gefilde der Feen ...

Fräulein Z[iegler] und Fräulein von R[oussillon] schicken Dir tausend Grüße; ebenso Goethe, in den ich ernstlich verliebt zu werden anfange. Das ist ein Mensch für mein Herz, wie ich noch sehr selten einen gefunden habe ...

Ich wohne bei Goethe, obwohl Dumeiz Platz hatte. Die Mademoiselle [Cornelia Goethe] ist eine hübsche Person, und die ganze Familie sind recht gute Leute.

MBr 67ff. Aus dem Französischen

23. KAROLINE FLACHSLAND AN HERDER

Darmstadt, 13. April 1772

Unser Freund Goethe ist zu Fuß von Frankfurt gekommen und [hat] Merck besucht. Wir waren alle Tage beisammen und sind in den Wald zusammen gegangen und wurden auch zusammen durch und durch beregnet. Wir liefen alle unter einen Baum, und Goethe sang uns ein Liedchen, das Sie aus dem Shakespeare übersetzt: „Wohl unter grünen Baumes Dach", und wir alle sangen den letzten Vers mit: „Nur eins, das heißt Rauhwetter!", aber so vergnügt, daß ich mehr wünsche, so beregnet zu werden. Das zusammen aus gestandene Leiden hat uns recht vertraut gemacht. Er hat uns einige der besten Szenen aus seinem „Gottfried von Berlichingen“ ... vorgelesen ... Goethe steckt voller Lieder. Eins von einer Hütte, die in Ruinen alter Tempel gebaut, ist vortrefflich [„Der Wandrer“]; er muß mir's geben, wenn er wiederkommt ... Merck hat ihm von unsrer Lila [Luise von Ziegler] erzählt, und hier teile ich Ihnen etwas aus seinem Herzen mit, das er an einem schönen Frühlingsmorgen, da er allein in dem Tannenwald spazierenging, gemacht hat [„Pilgers Morgenlied“]. Der arme Mensch erzählte meiner Schwester [Hesse] und mir ..., daß er schon einmal geliebt hätte, aber das Mädchen hätte ihn ein ganzes Jahr getäuscht und dann verlassen. Sie [Käthchen Schönkopf?] glaubte, daß sie ihn liebte, aber es kam ein anderer, und er wurde der arme Koxkox. Ich kann Ihnen nicht sagen, wie sehr mir alles das ans Herz ging und wie still und traurig wir den Abend vonander gingen.

HeKa II, 91f.

24. KAROLINE FLACHSLAND AN HERDER

Darmstadt, 27. April oder 1. Mai 1772

Goethe und meine Lila sind wieder hier. Ich habe das warme, feurige Mädchen nur eine Minute gesehn, und mit Goethe waren wir gestern bei meinem *Fels* und *Hügel.* Er hat sich einen großen, prächtigen Felsen zugeeignet und geht heute hin, seinen Namen hineinzuhauen. Es kann aber niemand darauf als er allein.

HeKa II, 103f.

25. KAROLINE FLACHSLAND AN HERDER

Darmstadt, 8. Mai 1772

Meine Lila habe ich, seit sie hier ist, nur etlichemal gesehen, und einmal in Gesellschaft Mercks, und Goethe die Geschichte des armen Le Fever aus dem „Tristram Shandy“ lesen hören. O wenn Sie das Mädchen kennten! Sie ist ein Engel von Empfindung und tausendmal besser als ich ...

Karoline Herder geborene Flachsland

Wenn Goethe von Adel wäre, so wollte ich, daß er sie vom Hof wegnähme, wo sie auf die unverantwortlichste Art verkannt wird. Aber so geht's nicht. Goethe ist ein äußerst guter Mensch, und sie wären sich beide wert ...

Unser vom Himmel gegebener Freund Goethe ist wieder fort. Mit einem Kuß und Träne im Herzen bin ich von ihm geschieden. Er geht nach Wetzlar und kommt in drei Monat wieder. Er ist wahrhaftig ein äußerst guter Mensch.

HeKa II, 108 und 110

26. HERDER AN KAROLINE FLACHSLAND

Bückeburg, 13. Mai 1772

Siehe, mein liebstes Mädchen, nimm vorlieb mit dem, was Du kennest, und male Dir nicht in die blaue Luft! Du hast nun Gleim, Wieland, den großen Goethe, den Heidenbekehrer Leuchsenring, Mylady Seymour [Sophie Laroche], die Herren in Gießen ... gesehen und beschauet. Die menschliche Figur hat immer nur Fleisch und Bein (spricht Sankt Lukas), wie ihr sehet, daß ich habe ...

Goethe ist ein guter Junge und wird Euch mit seinen Wanderschaften wenigstens ein Bild vortragen, das Lust zu leben hat, und närrisch Zeug zu machen, in Felsen zu hauen, zu hüpfen und bei einem kleinen Vorfall sehr laut zu krähen. Was würde ich für einige Stunden geben, bei Euch zu sein!

HeKa II, 111 f.

27. KAROLINE FLACHSLAND AN HERDER

Darmstadt, 25. Mai 1772

Hier haben Sie ... einige Empfindungsstücke von unserm *großen Freund* Goethe. „Elysium" und „[Pilgers] Morgenlied" beziehen sich fast ganz auf die Zeit, wo er Uranien [Henriette von Roussillon] und Lila in Homburg zusammen zum erstenmal sah. – Jetzt sitzt er in Wetzlar, einsam, öde und leer, und überschickt diese drei Stücke [mit „Felsweihegesang. An Psyche"] an Lila zum Austeilen ...

Ein jedes empfindsames Herz wird von dem Engelsmädchen angesteckt, und mich dünkt, Goethe denkt darüber ernsthaft nach.

HeKa II, 119f. und 121

28. KAROLINE FLACHSLAND AN HERDER

Darmstadt, 1. Juni 1772

Hier ist das Lied von der Hütte von Goethe, wovon ich Ihnen schon einmal geschrieben; er hat's mir von Wetzlar geschickt. Ich habe lange, lange nichts Rührenderes gelesen. Der Wanderer bei den Ruinen – die Frau mit dem Knaben auf dem Arm – und der Wandrer mit dem Knaben auf dem Arm – und die letzte Bitte um eine Hütte am Abend – o ich kann Ihnen nicht sagen, wie alles das mir in die Seele geht.

HeKa II, 126f.

29. HERDER AN KAROLINE FLACHSLAND

Bückeburg, 6. Juni 1772

Wie himmlisch müßte es sein, wenn ich mit Goethen den Kreis der Freuden und Freundschaft jetzt näher hätte sehen können, der mir neulich nur als ein Zauberkreis durch die Luft vorbeigetanzt ist ... Wie wünschte ich, da zu sein und dann auch mit meinem Freunde Goethe auf solche Weise meine Freundschaft erneuren zu können ...

Aber, mein liebstes Mädchen, die „Felsweihe an Psyche" gefällt mir nicht; ich weiß nicht, warum. Aber Sie machen auf mehr als eine Art eine zu traurige Figur in derselben: Und hier haben Sie also mein Impromptu von Antwort [„Antwort auf die Felsweihe an Psyche"] ... grüßen Sie den Felsweiher bei Gelegenheit, daß er artiger Opfer austeilen soll, oder er soll von seinem Amte gesetzt werden.

HeKa II, 132

30. HERDER AN KAROLINE FLACHSLAND

Bückeburg, 13. oder 17. Juni 1772

Der „Wandrer" ist ein vortrefflich Stück, ganz voll stark' und gesunder Empfindung; die Sprache so altdeutsch und meist ungeziert: der Gedanke selbst vom Schwalbennest der menschlichen Hütte zwischen den Trümmern, so schön auffallend und romantisch er ist, so natürlich. Es ist ein braves Stück und der Verfasser ein braver Mensch, den ich in den besten Stellen *selbst* sprechen höre. Das Stück hat mich sehr erfreuet.

HeKa II, 140

31. STÖBER AN RING

Straßburg, 4. und 5. Juli 1772

Der Herr Goethe hat eine Rolle hier gespielt, die ihn als einen überwitzigen Halbgelehrten und als einen wahnsinnigen Religionsverächter nicht eben nur verdächtig, sondern ziemlich bekannt gemacht. Er muß, wie man fast durchgängig von ihm glaubt, in seinem Obergebäude einen Sparren zuviel oder zuwenig haben. Um davon augenscheinlich überzeugt zu werden, darf man nur seine vorgehabte Inauguraldissertation „De Legislatoribus" lesen, welche selbst die juristische Fakultät ex capite religionis et prudentiae unterdrückt hat; weil sie hier nicht hätte können abgedruckt werden anders, als daß die Professores sich hätten müssen lassen gefallen lassen, mit Urteil und Recht abgesetzt zu werden.

GoeJb II, 427

32. JERUSALEM AN ESCHENBURG

Wetzlar, 18. Juli 1772

Jetzt ist unser kleiner Leipziger Konsul Born hier, der auf seinen Reisen recht artig geworden ist. Bei ihm ist sein Freund Göden. Er war zu unserer Zeit in Leipzig und ein Geck. Jetzt ist er noch außerdem Frankfurter Zeitungsschreiber.

Jer 979 f.

33. HERDER AN KAROLINE FLACHSLAND

Pyrmont, gegen Ende Juli 1772

Unser Freund Goethe hat an mich geschrieben ... Er hat sehr gemurmelt, daß ich ihn einen Götzenpriester gescholten, und hat also, wie ich sehe, das Gedicht [„Antwort auf die Felsweihe an Psyche"] in weiterm Umfange genommen, als er's sollte. Auch gibt er mir in seinem Briefe die Freiheit, Ihnen „soviel melancholische Stunden machen zu können, als ich nur wollte"; und Sie können denken, daß ich das auch nicht verstehe ...

G[oethe] ist ein guter, edler Junge mit vielem Gefühl und Übergefühl, wovon ... die Hälfte auch ihm wohl Traum der Morgenröte bleiben wird. Seine Liebe und Freundschaft ist mir also so ein schönes Bild der Seele, daß ich's um keinen Schattenzug möchte geschwärzt haben ...

Ich schicke nächstens Goethens „Berlichingen" zurück; da wird er ihn wohl Mercken schicken, und denn werden auch Sie einige himmlische Freudenstunden haben, wenn Sie ihn lesen. Es ist ungemein viel deutsche Stärke, Tiefe und Wahrheit drin, obgleich hin und wieder es auch nur gedacht ist.

HeKa II, 173f. und 176

34. GOTTER AN HEYNE

Wetzlar, 1. August 1772

So mußte ich unsern liebenswürdigen Born erst hier kennenlernen, nachdem ich ihn in Göttingen und Leipzig verfehlt hatte. So auch den Dr. Goethe von Frankfurt, einen jungen Mann, dessen Genie Ihnen gewiß Gnüge leisten würde und zu dessen Vorteile ich nur dieses sagen will, daß er ein Liebling Herders ist. Beide wohnen zusammen. Ich sehe sie oft, und der Gedanke, gemeinschaftlich nach Göttingen zu reisen, ist unser wichtigster Kommunikationspunkt.

GoeJb XVIII, 113

35. STÖBER AN RING

Straßburg, 7. August 1772

Was ich Ihnen, wertester Freund, von des Herrn Goethe seiner vorgehabten Inauguraldissertation gemeldet, das habe aus dem Munde des Herrn Professor Reisseissen vernommen, welcher damals Decanus Facultatis gewesen. Und soviel ich mich zu erinnern weiß, hat er mir gesagt, daß dem Kandidaten seine ungereimte Arbeit zurückgegeben worden. Sie dörfte wohl bei keiner guten Polizei zum Druck erlaubt oder gelassen werden, wiewohl der Herr Autor damit gedrohet.

GoeJb II, 427

36. KAROLINE FLACHSLAND AN HERDER

Darmstadt, 7. August 1772

Sie nehmen das, was Goethe geschrieben, auch in zu weitem Umfang ... Daß ich nicht so leicht und lustig bin wie Goethe, das ist wahr, und daß irgendwo in meinem Gesicht oder Seele eine schwermütige Falte gelegt ist, ist auch wahr, und leider fühle ich sie, aber der gute Goethe weiß nicht woher ... Denken Sie doch um Gottes willen nicht, daß Sie mir melancholische Stunden machen! Das hat Goethe gewiß auch nicht so gemeint ... Sie sollten darinnen Goethe besser kennen ... Ihr bleibt immer Freunde zusammen, das hoff ich. Und Ihr müßt Euch zusammen durch eine oft unüberdachte Wendung nicht verkennen.

HeKa II, 180ff.

37. MERCK AN SEINE FRAU

Gießen, 18. August 1772

In Frankfurt hatte ich keine Zeit, Herrn Dumeiz aufzusuchen. Man führte mich zuerst in ein Haus, wo ich Mlle. Goethe finden sollte; aber ich fand dort mehr, als ich erhofft hatte. Ich meine den Anblick von zwei reizenden Mädchen, die nach dem Ideal unseres Goethe gebildet sind, beide voll Herz, voller Naivetät und eine von ihnen voller Grazien ...

In diesem Augenblick komme ich von Herrn Pfaff, wo ich auch die Wetzlarer Freundin Goethes [Charlotte Buff] gefunden habe, jenes Mädchen, von dem er in allen seinen Briefen mit solcher Begeisterung spricht. Sie verdient in der Tat alles Lob, was er ihr zuteilen kann ...

Vielleicht führe ich Goethe und seine Schwester am Montag mit mir nach Darmstadt.

MBr 75f. Aus dem Französischen

38. KESTNER IN SEINEM TAGEBUCH

Wetzlar, 10. und 11. September 1772

10. September: ... Mittags aß Dr. Goethe bei mir im Garten. Ich wußte nicht, daß es zum letzten Mal war...

Abends kam Dr. Goethe nach dem Teutschen Hause. Er, Lottchen und ich hatten ein merkwürdiges Gespräch, von dem Zustande nach diesem Leben, vom Weggehen und Wiederkommen p., welches nicht er, sondern Lottchen anfing. Wir machten miteinander aus: wer zuerst von uns stürbe, sollte, wenn er könnte, den Lebenden Nachricht von dem Zustande jenes Lebens geben. Goethe wurde ganz niedergeschlagen, denn er wußte, daß er andern Morgens wegreisen wollte.

11. September: Morgens um 7 Uhr ist Goethe weggereiset, ohne Abschied zu nehmen. Er schickte mir ein Billett ... nebst Büchern. Er hatte es längst gesagt, daß er um diese Zeit nach Koblenz, wo der Kriegszahlmeister Merck ihn erwarte, eine Reise tun und er keinen Abschied nehmen, sondern plötzlich abreisen würde. Ich hatte es also erwartet. Aber daß ich dennoch nicht dazu vorbereitet war, das habe ich gefühlet, tief in meiner Seele gefühlet. Ich kam den Morgen von der Diktatur zu Haus. „Herr Doktor Goethe hat dieses um 10 Uhr geschickt." Ich sah die Bücher und das Billett und dachte, was dieses mir sagte: Er ist fort! ... und war ganz niedergeschlagen. Bald hernach kam Hans [Buff]

zu mir, mich zu fragen, ob er gewiß weg sei. Die Hofrätin Langen [Lange] hatte bei Gelegenheit durch eine Magd sagen lassen, es wäre doch sehr ungezogen, daß Doktor Goethe so ohne Abschied zu nehmen weggereiset sei. Lottchen ließ wieder sagen, warum sie ihren Neveu nicht besser gezogen hätte. Lottchen schickte, um gewiß zu sein, einen Kasten, den sie von Goethe hatte, nach seinem Hause. Er war nicht mehr da. Um Mittag hatte die Hofrätin Langen wieder sagen lassen: Aber sie wolle es des Doktor Goethe Mutter schreiben, wie er sich hier aufgeführet hätte. – Unter den Kindern im Teutschen Hause bis zum Kleinsten sagte jedes: „Doktor Goethe ist fort!"

Mittags sprach ich mit Herrn von Born, der ihn zu Pferde bis gegen Braunfels begleitet hatte. Goethe hatte von unserem gestrigen Abendgespräch ihm erzählt. Goethe war sehr niedergeschlagen weggereiset. Nachmittags brachte ich das Billett von G[oethe] an Lottchen. Sie war betrübt über seine Abreise; es kamen ihr die Tränen beim Lesen in die Augen. Doch war es ihr lieb, daß er fort war, da sie ihm das nicht geben konnte, was er wünschte. Denn er war sehr verliebt in sie und bis zum Enthusiasmus. Sie hatte solches aber immer von sich entfernt und ihm nichts als Freundschaft eingeräumet, auch förmlich deklarieret. Wir sprachen nur von ihm. Ich konnte auch nichts anders, als an ihn denken, verteidigte die Art seiner Abreise, welche von einem Unverständigen (Dietz?) getadelt wurde; ich tat es mit vieler Lebhaftigkeit. Nachher schrieb ich an ihn, was seit seiner Abreise vorgegangen war.

Kest 102f.

39. KESTNER IN SEINEM TAGEBUCH

Wetzlar, 22. September 1772

Um 4 Uhr ging ich zu Schlosser, und siehe da, Goethe und Merck waren da. Es war mir eine unbeschreibliche Freude; er fiel mir um den Hals und erdrückte mich fast ... Wir gingen auf den Römer, wo die Mercken nebst der Demoiselle Goethe auch war. Wir gingen vors Tor auf dem Walle p.

spazieren. Unvermutet begegnete uns ein Frauenzimmer. Wie sie den Goethe sah, leuchtete ihr die Freude aus dem Gesicht, plötzlich lief sie auf ihn zu und in seine Arme. Sie küßten sich herzlich; es war die Schwester der Antoinette [Gerock]. Die Zeit ging untern Spazierengehen und Sprechen, bald der Mercken, bald dem Merck, bald dem Goethe unvermerkt hin. Wir gingen in Goethes Haus. Die Mutter war nur zu Haus und empfing uns, auch mich, auf das bei ihr alles geltende Wort des Sohnes. Der Vater bald hernach; damit war es ebenso ...

Kest 104f.

40. HÖPFNER AN RASPE

Gießen, 19. Oktober 1772

Mit Merck und Goethe habe ich viel vergnügte Stunden gehabt. Goethe in parenthesi ist Dr. juris in Frankfurt und hat unter andern Ihres Freundes Klotz Leben par Monsieur Hausen, auch den polnischen Juden [Behr] in der Frankfurter Zeitung rezensiert. [Christian Heinrich] Schmid kam einst in unsere Gesellschaft. Aber Himmel, wie ging es dem armen Sünder! Feiner, witziger und boshafter ist noch nie ein Mensch gegeißelt worden als er.

WJb III, 66

41. HERDER AN MERCK

Bückeburg, Oktober 1772

In Ihren Zeitungen sind Sie immer Sokrates – Addison, Goethe meistens ein junger übermütiger Lord mit entsetzlich scharrenden Hahnenfüßen, und wenn ich denn einmal komme, so ist's der irländische Dechant mit der Peitsche [Swift].

MS 29

42. KESTNER IN SEINEM TAGEBUCH

Wetzlar, 6. und 10. November 1772

6. November ...: Am selben Abend kamen zwei meiner Freunde aus Frankfurt an: die Herren Rat Schlosser und Dr. Goethe. Ersterer wegen Geschäften, letzterer, um seine Freunde zu sehen.

10. November: Die Herren Schlosser und Goethe sind diesen Morgen nach Frankfurt zurückgereist. Wir sind fast immer beisammen gewesen, was meine Geschäfte ein wenig durcheinandergebracht hat.

Kest 106. Aus dem Französischen

43. HERDER AN MERCK

Bückeburg, 17. November 1772

... daß Sie Runzeln [in Herders Erscheinung] sehen, und da ich deren ganz andre und mehr als Ihr alle *fühle,* so wende ich mich von Euch und halt es kaum wert, mit M[erck], dem leidigen Tröster, und mit Goethe, dem elenden Wahrsager, Naturkenner und Zeichendeuter, soviel Worte zu wechseln als der geplagte Hiob mit seinen Freunden: unter denen Goethe just zuletzt kommt, wie Elihu.

MS 31 f.

44. KESTNER AN HENNINGS

Wetzlar, Herbst 1772

[1. Entwurf]

Im Frühjahr kam hier ein gewisser Goethe aus Frankfurt, seiner Hantierung nach Dr. juris, 23 Jahr alt, einziger Sohn eines sehr reichen Vaters, um sich hier, dies war seines Vaters Absicht, in praxi umzusehen, der seinigen nach aber, den Homer, Pindar p. zu studieren und was sein Genie, seine Denkungsart und sein Herz ihm weiter für Beschäftigungen eingeben würde.

Gleich anfangs kündigten ihn die hiesigen schönen Geister als einen ihrer Mitbrüder und als Mitarbeiter an der neuen

„Frankfurter Gelehrten Zeitung“, beiläufig auch als Philosophen, im Publico an und gaben sich Mühe, mit ihm in Verbindung zu stehen. Da ich unter diese Klasse von Leuten nicht gehöre oder vielmehr im Publico nicht so gänge bin, so lernte ich Goethen erst spät und ganz von ohngefähr kennen. Einer der vornehmsten unsrer schönen Geister, Sekretär Gotter, beredete mich einst, nach Garbenheim, einem Dorf, gewöhnlichem Spaziergang, zu gehen. Daselbst fand ich ihn im Grase unter einem Baum auf dem Rücken liegen, indem er sich mit einigen Umstehenden – einem epikureischen Philosophen (von Goué, großes Genie), einem stoischen Philosophen (von Kielmansegge) und einem Mitteldinge von beiden (Dr. König) – unterhielt und ihm recht wohl war.

Er hat sich nachher darüber gefreuet, daß ich ihn in einer solchen Stellung kennengelernet. Es ward von mancherlei, zum Teil interessanten Dingen gesprochen. Für dieses Mal urteilte ich aber nichts weiter von ihm als: es ist kein unbeträchtlicher Mensch. Sie wissen, daß ich nicht eilig urteile. Ich fand schon, daß er Genie hatte und eine lebhafte Einbildungskraft, aber dies war mir doch noch nicht genug, ihn hochzuschätzen.

Ehe ich weitergehe, muß ich eine Schilderung von ihm versuchen, da ich ihn nachher genau kennengelernet habe.

Er besitzt, was man Genie nennt, und eine ganz außerordentlich lebhafte Einbildungskraft. Er ist in seinen Affekten heftig. Er hat eine edle Denkungsart. Er ist ein Mensch von Charakter. Er liebt die Kinder und kann sich mit ihnen sehr beschäftigen. Er ist bizarre und hat in seinem Betragen, seinem Äußerlichen verschiedenes, das ihn unangenehm machen könnte. Aber bei Kindern, bei Frauenzimmern und vielen andern ist er doch wohl angeschrieben.

Er tut, was ihm einfällt, ohne sich darum zu bekümmern, ob es anderen gefällt, ob es Mode ist, ob es die Lebensart erlaubt. Aller Zwang ist ihm verhaßt.

Für dem weiblichen Geschlecht hat er sehr viele Hochachtung.

In principiis ist er noch nicht fest und strebt noch erst nach einem gewissen System.

Um etwas davon zu sagen, so hält er viel von Rousseau, ist jedoch kein blinder Anbeter von demselben.

Er ist nicht, was man orthodox nennt. Jedoch nicht aus Stolz oder Caprice oder um was vorstellen zu wollen. Er äußert sich auch über gewisse Hauptmaterien gegen wenige, stört andere nicht gern in ihren ruhigen Vorstellungen.

Er haßt zwar den Scepticismum, strebt nach Wahrheit und nach Determinierung über gewisse Hauptmaterien, glaubt auch schon über die wichtigsten determiniert zu sein, soviel ich aber gemerkt, ist er es noch nicht. Er geht nicht in die Kirche, auch nicht zum Abendmahl, betet auch selten. Denn, sagt er: „Ich bin dazu nicht genug Lügner."

Zuweilen ist er über gewisse Materien ruhig, zuweilen aber nichts weniger wie das.

Vor der christlichen Religion hat er Hochachtung, nicht aber in der Gestalt, wie sie unsere Theologen vorstellten.

Er *glaubt* ein künftiges Leben, einen besseren Zustand.

Er strebt nach Wahrheit, hält jedoch mehr vom Gefühl derselben als von ihrer Demonstration.

Er hat schon viel getan und viele Kenntnisse, viel Lektüre, aber doch noch mehr gedacht und räsonieret. Aus den schönen Wissenschaften und Künsten hat er sein Hauptwerk gemacht oder vielmehr aus allen Wissenschaften, nur nicht denen sogenannten Brotwissenschaften.

[Randnotiz:] Ich wollte ihn schildern, aber es würde zu weitläuftig werden, denn es läßt sich gar viel von ihm sagen. Er ist, mit einem Worte, ein sehr merkwürdiger Mensch . . .

Ich würde nicht fertig werden, wenn ich ihn ganz schildern wollte.

[2. Entwurf]

. . . Im Frühjahr kam hier der Doktor Goethe von Frankfurt am Main. Er sollte hier die Praxin treiben. Er war 23 Jahr alt und passierte hier für einen Philosophen, welchen Titel er aber nicht auf sich kommen lassen wollte. Die schönen Geister bemüheten sich um seine Bekanntschaft; denn er hatte aus den schönen Wissenschaften sein Hauptwerk gemacht oder vielmehr aus allen Wissenschaften, nur nicht den sogenannten Brotwissenschaften. Er hassete die

Juristerei und bedarf ihrer auch nicht, da sein Vater außerordentlich reich, er aber der einzige Sohn ist. Ich lernte ihn von ohngefähr kennen, und mein erstes Urteil von ihm war, daß er kein unbeträchtlicher Mensch sei. Sie wissen, daß ich nicht eilig beurteile.

Den 9. Junii fügte es sich, daß er mit bei einem Ball auf dem Lande war, wo mein Mädchen und ich auch waren. Ich konnte erst nachkommen und ritt dahin. Mein Mädchen fuhr also in einer andern Gesellschaft hin; der Dr. Goethe war mit im Wagen und lernte Lottchen hier zuerst kennen. Er hat sehr viele Kenntnisse, und die Natur, im physikalischen und moralischen Verstande genommen, zu seinem Hauptstudium gemacht und von beiden die wahre Schönheit studiert. Noch kein Frauenzimmer hier hatte ihm ein Genügen geleistet. Lottchen zog gleich seine ganze Aufmerksamkeit an sich. Sie ist noch jung; sie hat, wenn sie gleich keine ganz regelmäßige Schönheit ist (ich rede hier nach dem gemeinen Sprachgebrauch und weiß wohl, daß die Schönheit eigentlich keine Regeln hat), eine sehr vorteilhafte, einnehmende Gesichtsbildung; ihr Blick ist wie ein heitrer Frühlingsmorgen, zumal den Tag, weil sie den Tanz liebt. Sie war lustig; sie war in ganz ungekünsteltem Putz. Er bemerkte bei ihr Gefühl für das Schöne der Natur und einen ungezwungenen Witz, mehr Laune als Witz.

Er wußte nicht, daß sie nicht mehr frei war. Ich kam ein paar Stunden später, und es ist nie unsere Gewohnheit, an öffentlichen Orten mehr als Freundschaft gegeneinander zu äußern. Er war den Tag ausgelassen lustig (dieses ist er manchmal, dagegen zur andern Zeit melancholisch). Lottchen eroberte ihn ganz, um desto mehr, da sie sich keine Mühe darum gab, sondern sich nur dem Vergnügen überließ. Anderntags konnte es nicht fehlen, daß Goethe sich nach Lottchens Befinden auf dem Ball erkundigte. Vorhin hatte er in ihr ein fröhliches Mädchen kennengelernt, das den Tanz und das ungetrübte Vergnügen liebt; nun lernte er sie auch von der Seite, wo sie ihre Stärke hat, von der häuslichen Seite kennen.

Kest 106–110

45. KESTNER AN HENNINGS

Wetzlar, 18. November 1772

Ein Mensch [Goethe?], dessen Urteil von Erheblichkeit ist, gestand diesen Sommer, er hätte noch kein Frauenzimmer gefunden, das so von den gewöhnlichen weiblichen Schwachheiten frei und doch so ganz Mädchen wäre ...

Eines von diesen [Verehrern Lottes], als des merkwürdigsten, will ich doch erwähnen, weil er auf uns einen Einfluß behalten. Ein junger Mensch an Jahren, 23, aber in Kenntnissen und Entwickelung seiner Seelenkräfte und seines Charakters schon ein Mann, ein außerordentliches Genie und ein Mensch von Charakter, war hier, wie seine Familie glaubte, der Reichspraxis wegen; in der Tat aber, um der Natur und der Wahrheit nachzuschleichen und den Homer und Pindar zu studieren. Er hat nicht nötig, des Unterhaltes wegen zu studieren. Ganz von ohngefähr, nach langer Zeit seines Hierseins, lernte er Lottchen kennen und in ihr sein Ideal von einem vortrefflichen Mädchen. Er sah sie in ihrer fröhlichen Gestalt, ward aber bald gewahr, daß dieses nicht ihre vorzüglichste Seite war; er lernte sie auch in ihrer häuslichen Situation kennen und ward, mit einem Wort, ihr Verehrer. Es konnte ihm nicht lange unbekannt bleiben, daß sie ihm nichts als Freundschaft geben konnte, und ihr Betragen gegen ihn gab wiederum ein Muster ab. Dieser gleiche Geschmack, und da wir uns näher kennenlernten, knüpfte zwischen ihm und mir das festeste Band der Freundschaft, so daß er bei mir gleich auf meinen lieben Hennings folgt. Indessen, ob er gleich in Ansehung Lottchens alle Hoffnung aufgeben mußte und auch aufgab, so konnte er mit aller seiner Philosophie und seinem natürlichen Stolze so viel nicht über sich erhalten, daß er seine Neigung ganz bezwungen hätte. Und er hat solche Eigenschaften, die ihn einem Frauenzimmer, zumal einem empfindenden und das von Geschmack ist, gefährlich machen können. Allein Lottchen wußte ihn so kurzzuhalten und auf eine solche Art zu behandeln, daß keine Hoffnung bei ihm aufkeimen konnte und er sie, in ihrer Art zu verfahren, noch selbst bewundern mußte. Seine Ruhe litt sehr dabei. Es gab mancherlei merkwürdige Szenen, wobei Lottchen bei mir gewann und er mir als Freund auch werter werden mußte, ich aber doch manchmal bei mir erstaunen mußte, wie die Liebe so gar wunderliche Geschöpfe selbst aus den stärksten und sonst für sich selbständigen Menschen machen kann. Meistens dauerte er mich, und es entstanden bei mir innerliche Kämpfe, da ich auf der einen Seite dachte, ich möchte nicht imstande sein, Lottchen so glücklich zu machen als er, auf der andern Seite aber den Gedanken nicht ausstehen konnte, sie zu verlieren. Letzteres gewann die Oberhand, und an Lottchen habe ich nicht einmal eine Ahndung von dergleichen Betrachtung bemerken können. Kurz, er fing nach einigen Monaten an, einzusehen, daß er zu seiner Ruhe Gewalt gebrauchen mußte. In einem Augenblicke, da er sich darüber völlig determiniert hatte, reisete er ohne Abschied davon, nachdem er schon öfters vergebliche Versuche zur Flucht gemacht hatte. Er ist zu Frankfurt, und wir reden fleißig durch Briefe miteinander. Bald schrieb er, nunmehr seiner wieder mächtig zu sein; gleich darauf fand ich wieder Veränderungen bei ihm. Kürzlich konnte er es doch nicht lassen, mit einem Freunde [Schlosser], der hier Geschäfte hatte, herüberzukommen. Er würde vielleicht noch hier sein, wenn seines Begleiters Geschäfte nicht in einigen Tagen beendigt worden wären und dieser gleiche Bewegungsgründe gehabt hätte, zurückzueilen; denn er folgt seiner nächsten Idee und bekümmert sich nicht um die Folgen, und dieses fließt aus seinem Charakter, der ganz Original ist.

Kest 110ff.

46. KAROLINE FLACHSLAND AN HERDER

Darmstadt, 27. November 1772

Unser guter Goethe ist hier, lebt und zeichent, und wir sitzen beim Wintertisch um ihn herum und sehen und hören. Es ist bei Merck eine Akademie; sie zeichnen und stechen in Kupfer zusammen. Mir hat er ein Landschäftchen gezeichent mit einem Bergschloß und unten am Berg ein Dorf ...

HeKa II, 281

47. KAROLINE FLACHSLAND AN HERDER

Darmstadt, 5. Dezember 1772

Goethe ist noch hier und lernt Merck zeichnen. Mich dünkt, er ist überhaupt etwas stiller und geläuterter worden. Er will Dich das Frühjahr zu mir führen, wenn Sie in Frankfurt bei ihm einkehren, und hofft viel Gutes von Ihrem Wiedersehn. Er sagt, Du wärst ihm nicht so ganz gut, und er ist Ihnen doch gut; das sehe und höre ich mit Ohren und Herz. Das Wiedersehn knüpft vielleicht den Knoten auf, wie billig. Er denkt noch ein Maler zu werden, und wir rieten ihm sehr dazu. Da ihm doch alle Tugenden fehlten, sagte er, so wollte er sich auf Talente legen. Aus *dem* Kopf könnte da was werden. Uns Mädchen und Weiber ist er auch besser wie sonst und ist uns herzlich gut. Aber überhaupt lieben – dazu liegt noch zuviel Asche von seiner ersten Liebe in seinem Herzen, und auch das scheint natürlich. Wir haben ihn hier alle lieb. Sie wissen doch, daß er mit Merck und Madame Merck im Mai in die Schweiz geht?

HeKa II, 286

48. HERDER AN KAROLINE FLACHSLAND

Bückeburg, vermutlich 12. Dezember 1772

Goethe liebe ich wie meine Seele. Nur soll und darf ich's ihm bezeugen? Ich habe noch nichts in der Welt für ihn tun können; sonst wüßte ich nicht, was ich nicht tun wollte.

HeKa II, 300

49. KAROLINE FLACHSLAND AN HERDER

Darmstadt, 15. Dezember 1772

Goethe ist fort, der gutherzige Wanderer!

HeKa II, 305

50. HERDER AN MERCK

Bückeburg, 1772

Goethe fing Homer in Straßburg zu lesen an, und alle Helden wurden bei ihm so schön, groß und frei watende Störche. Er steht mir allemal vor, wenn ich an eine so recht ehrliche Stelle komme, da der Altvater über seine Leier sieht – wenn er sehen konnte – und in seinen ansehnlichen Bart lächelt.

BrM I, 44

1773

51. HERDER AN KAROLINE FLACHSLAND

Bückeburg, 23. oder 27. Januar 1773

Selbst dem kalten Weiberhässer Goethe kam's ein zu schreiben: „Du bist ein Engel! ganz ein Engel!" ...

HeKa II, 337

52. PFEFFEL AN RING

Kolmar, 12. Februar 1773

Ein Hauptmitarbeiter dieser Zeitung [„Frankfurter Gelehrte Anzeigen"] ist ein gewisser Getté, ein Mann von Genie, wie man sagt, aber von einer unausstehlichen Eingebildetheit. Ich habe einmal in seiner Gesellschaft zu Nacht gegessen und sogar seinen Besuch erhalten, aber ich kenne ihn längst nicht genug, um ihn nach meinen eigenen Beobachtungen zu beurteilen.

GoeJb II, 427f. Aus dem Französischen

53. MERCK AN NICOLAI

Darmstadt, 2. April 1773

Haben Sie schon das Ding über die Baukunst [„Von deutscher Baukunst"] von meinem Freunde, dem Dr. Goethe? Wenn Sie's rezensieren lassen, so machen Sie, daß es keinem Ungewaschenen in die Hände fällt, der den Genius verkennt.

MBr 86

54. KAROLINE FLACHSLAND AN HERDER

Darmstadt, 17. April 1773

Goethe ist seit zwei Tagen hier. Ich habe ihn nur wenig gesprochen. Er ist rückhaltender als jemals und spricht in Gegenwart Mercks in einem wunderlichen Ton mit mir, das mich aber nicht beleidigt, weil Merck das Ressort ist. Wenn ich ihn allein spreche, ist er gut, sehr gut.

HeKa II, 409

55. KAROLINE FLACHSLAND AN HERDER

Darmstadt, 19. April 1773

Goethe kommt nicht oft zu uns; ich habe ihn fast noch nicht gesprochen. Ich bin wie ein Ball, oft ganz nah – und wieder weit weg von ihm.

HeKa II, 411

56. BÜRGER AN BOIE

Gelliehausen, 8. Juli 1773

Boie! Boie! Der Ritter mit der eisernen Hand, welch ein Stück! Ich weiß mich vor Enthusiasmus kaum zu lassen. Womit soll ich dem Verfasser mein Entzücken entdecken? Den kann man doch noch den deutschen Shakespeare nennen, wenn man einen so nennen will. Brechen möcht ich mich vor Ekel, wenn man Weißen so nennt. Welch ein durchaus deutscher Stoff! Welch kühne Verarbeitung! Edel und frei, wie sein Held, tritt der Verfasser den elenden Regelnkodex unter die Füße und stellt uns ein ganzes Evenement, mit Leben und Odem bis in seine kleinsten Adern beseelt, vor Augen. Erschütterung, wie sie Shakespeare nur immer hervorbringen kann, habe ich in meinem innersten Mark gefühlt. Mitleid! Schrecken! – Grausen, kaltes Grausen, wie wenn einen kalter Nordwind anweht! Götzens kleiner Junge! Die Zigeunerszene, die auf dem Rathause, der sterbende Weislingen, das heimliche Gericht! Gott! Gott, wie lebendig, wie shakespearisch! O

Gottfried August Bürger

ich kann selbst nicht sagen, wie vortrefflich! – Glück zu dem edelen freien Mann, der der Natur gehorsamer als der tyrannischen Kunst war! Mag doch das Rezensentengeschmeiß, mag doch der Lesepöbel, der die Nase beim Schnickschnack der Orsina rümpfte, bei dem A-lecken den Rüssel verziehn! Solches Gesindel mag diesem Verfasser im – –. O Boie, wissen Sie nicht, wer es ist? Sagen Sie, sagen Sie mir's, daß ihm meine Ehrfurcht einen Altar baue. Ich behalte das Stück; will's gerne bezahlen, und wenn es auch noch soviel kostete und wenn ich alle Werke Voltaires und Corneilles darum verkaufen sollte. Corneille! – armseliger Bel zu Babel! Wer mag wohl solch leimenem Götzen Ehre erweisen? Le grand Corneille? Sch-kerl! Sch-kerls alle Franzosen!

Dieser „Götz von Berlichingen" hat mich wieder zu drei neuen Strophen zur „Lenore" begeistert! – Herr, nichts weniger in ihrer Art soll sie werden, als was dieser „Götz" in seiner ist. Aber in zwei Monaten wird sie noch nicht fertig. Hu! wie wird mich der Unverstand drüber anblöken! Aber der kann mir im – –. Frei! frei! Keinem untertan als der Natur! – – Mein Verdruß ist nur itzt, daß ich keinen um mich habe, mit dem ich recht über den „Götz" exklamieren kann. Meine Freude will mir schier das Herz abstoßen. Ich möchte wohl eine Rezension davon machen, die sollte so lauten:

„Wenn der Exekutionszug der Journalisten an den freien, kühnen Verfasser dieses originellen Meisterstücks seine Trompeter absenden, ihn für einen Rebellen gegen die Kritik erklären und auffodern lassen sollte, sich auf Gnad und Ungnade zu ergeben, so müßte er das antworten, was er seinen Ritter durchs Fenster dem feindlichen Herold zurufen läßt: Vor Ihrer Kaiserlichen Majestät, der wahren Kritik, hab ich wie immer schuldigen Respekt; aber ihr Geschmeiß könnt mich allzusammen im – –!"

Bürg I, 129f.

57. LAVATER AN DEINET

Zürich, 11. Juli 1773

Ich erstaune über das unvergleichbare Genie des Herrn Goethe. Wahrlich – der hat nicht nur einen Genius – er *ist* ein Genius von der ersten Größe ... Nun, dieser Mann sei einige Tage mein tägliches und nächtliches Studium – und ich muß, kost es, was es wolle, ein bestimmt kenntliches Porträt auf einem Oktavblatt im Profil ... von ihm haben ...

La 382

58. LAVATER AN DEINET

Zürich, 14. August 1773

Wie angenehm haben Sie mich mit dem Goethischen Geschenke des „Götzen mit der eisernen Hand" überrascht. Sie können sich nicht vorstellen, wie interessant mir dieser Mann und alles ist, was von ihm herkömmt. Ich sehe, deucht mich, tief in seine Seele – und liebe ihn und hochachte ihn – bei allen seinen Schwächen ... Unaussprechlich wünsch ich mir sein Bild ...

La 382

59. HERDER AN NICOLAI

Bückeburg, 14. August 1773

Rezensier's also, wer will, und auch den Verfasser der „Baukunst" [Goethes Aufsatz „Von deutscher Baukunst"], wer will! Es soll kein Meisterstück sein, weder an Stil noch Gehalt, sondern nur Zeichen, dem widersprochen werde, damit man mehr reden könne. Daß übrigens der Verfasser ein Kopf sei, zeigt, glaub ich, sein „Götz von Berlichingen"! Ich wüßte nicht, welche Marionette von neuerm Kunstwerk (als solchem!) ich für den „Götz" nehmen wollte.

VaH I, 353

60. BODMER AN SCHINZ

Zürich, 18. August 1773

Ein Unbekannter hat „Götzen von Berlichingen" geschrieben, ein Schauspiel ohne Verbindung der Szenen; Ort und Zeit werden verlegt. Die Handlungen sind die Lebensvorfälle Götzens, die hervorstechen. Hier und da etwas von Shakespeares Geist, doch nicht weit her und in Sprüngen. Meine Nationaldramen von Brun, Schöno, Stüssi sind historischer und dramatischer. Doch wünschte ich, daß die Deutschen lieber auf dieses Genus fielen als auf die Chimären der Skulda [Gerstenbergs] und des Bragors [Klopstocks].

GoeJb V, 184f.

61. HÖPFNER AN NICOLAI

Gießen, 11. September 1773

Den „Götz von Berlichingen" haben Sie doch schon gelesen? Ich wünschte, daß Sie den Verfasser persönlich kennten, ein Mensch, der durch seinen wahren Genius der beste, gutherzigste, liebenswürdigste Sterbliche ist. Auf seine und Mercks Freundschaft bin ich sehr stolz.

JbH 1911, 303

62. CHRISTIAN GRAF ZU STOLBERG AN VOSS UND CRAMER

Altona, 19. September 1773

Was sagst du, mein liebster Cramer, daß Klopstock über den „Götz" ebenso urteilt wie mein Bruder und ich? Das *Kompliment* an den Trompeter und andere solche Worte verwirft er ganz. Und auch findet er, daß die Szene viel zu oft wechselt. Im ganzen findet er das Stück ebenso gut, so *original* als wir.

GoeJb XXXIII, 11

63. SCHÖNBORN AN GERSTENBERG

Frankfurt, 12. Oktober 1773

Gleich des Abends nach meiner Ankunft habe ich auch Herrn Goethe, den Verfasser des „Götze", gesprochen, und das ging so zu. Es saß ein Mann in der Stube des Gasthofes, wo ich logierte, in der Ecke, der eine Pfeife Tabak rauchte. Der Wirt frug ihn, ob er mit bei Tische zu Abend essen wollte. Er antwortete: „Nein, ich will es mir auf meiner Stube ausbitten; Herr Doktor Goethe wird bei mir diesen Abend sein." Ich frug ihn, ob er den Doktor Goethe meine, der neulich ein Drama herausgegeben, er antwortete: „Ja!" Ich sagte ihm, daß ich einen Brief an ihn habe von Herrn Boie. Darauf strömte er in so große Lobeserhebung seines Freundes und über das Stück von Berlichingen aus, daß er sagte, der „Ugolino" [Gerstenbergs] und dieses Drama wären die beiden einzigen Meisterstücke, die in Deutschland von der Art erschienen wären. Da er hörte, daß ich den Verfasser des „Ugolino", daß ich Klopstock ganz genau von Person kennte, so erstaunte er über meine Erscheinung, und wir wurden gleich gute Freunde. Ich sagte ihm, daß Gerstenberg und Klopstock beide ausnehmend mit dem „Götze" zufrieden wären. Dieser Mann ist ein junger Professor juris in Gießen, welches drei Meilen von hier ist. Sein Name ist Höpfner. Kurz darauf kam Goethe selbst, und wir wurden gleich bekannt und gleich Freunde. Er ist ein magerer junger Mann, ohngefähr von meiner Größe. Er sieht blaß aus, hat eine große, etwas gebogene Nase, ein längliches Gesichte und mittelmäßige schwarze Augen und schwarzes Haar. Wir sind alle Tage beisammen. Seine Miene ist ernsthaft und traurig, wo doch komische, lachende und satirische Laune mit durchschimmert. Er ist sehr beredt und strömt von Einfällen, die sehr witzig sind. In der Tat besitzt er, soweit ich ihn kenne, eine ausnehmend anschauende, sich in die Gegenstände durch und durch hineinfühlende Dichterkraft, so daß alles lokal und individuell in seinem Geiste wird. Alles verwandelt sich gleich bei ihm ins Dramatische. Er freute sich ungemein, da ich ihm sagte, daß Sie sehr mit seinem Stück zufrieden gewesen. Ihr und Klopstocks Urteil habe er längst gerne vernehmen mögen, und es solle ihn anfeuern, es noch besser zu machen; denn er wisse sehr wohl, wie weit er unter seinem Ideal geblieben ... Er scheint mit ausnehmender Leichtigkeit zu arbeiten. Jetzo arbeitet er an einem Drama, „Prometheus" genannt, wovon er mir zwei Akte vorgelesen hat, worin ganz vortreffliche, aus der tiefen Natur gehobene Stellen sind ... Er zeichnet und malet gut. Seine Stube ist voller schönen Abdrücke der besten Antiken. Das „Von deutscher Baukunst" ist von ihm ... Er will nach Italien gehn, um sich recht in den Werken der Kunst umzusehn. Er ist ein fürchterlicher Feind von Wieland et Konsorten. Er las mir ein paar Farcen, die er auf ihn und Jacobi gemacht, wo beide ihre volle Ladung von Lächerlichem bekommen. Das will er aber nicht drucken lassen. Allein weh Wielanden, wenn er sich mausig gegen ihn macht!

JbH 1909, 382f.

64. JOHANN GEORG SCHLOSSER AN LAVATER

Frankfurt, 17. Oktober 1773

Ich freue mich, daß mein lieber Goethe Ihr Freund ist. Sein Herz ist so edel als eins. Wenn er einmal in der Welt glücklich wird, so wird er Tausende glücklich machen, und wird er's nie, so wird er immer ein Meteor bleiben, an dem sich unsre Zeitgenossen müde gaffen und unsre Kinder wärmen werden. Lieben Sie ihn ferner! Ich sage Ihnen aber voraus: es gehört eine gewisse Stärke der Seele dazu, sein Freund zu bleiben.

La 330

65. LAVATER AN HERDER

Zürich, 4. November 1773

Goethe hat mir seinen „Götz von Berlichingen" geschickt. Ich ließ ihn durch Deinet um sein Porträt bitten. Es scheint, daß wir näher zusammenkommen werden.

Ich freue mich mit Zittern. Unter allen Schriftstellern

kenn ich kein größeres Genie – und vielleicht ist er auch der feinste, naivste Sentimentalist. Und dennoch ahndete mir, jene feste, glatte, gerade Brudereinfalt, so wie ich sie in Pfenni[n]ger täglich vor dem Aug und Herzen habe, jene sanfte und doch feste, jene stille und dennoch kühne Menschlichkeit oder menschliche Tätigkeit und die wahre Duldung des Menschenfreundes dürft ich vielleicht an ihm nicht in der Proportion mit seinem Denken und Empfinden – antreffen. Doch ich will wenigstens sein Bild abwarten. Gewiß ist's, daß mir der Mann unendlich viel nützen kann, mich erheben, erwärmen, begeistern, abschleifen, demütigen, reinigen kann. Gewiß ist's aber auch, daß es einem Betrug eher als jener oben gerühmten Brudereinfalt gleich siehet, wenn ich seine Freundschaft annehme, da ich ihm vielleicht minder als nichts werde sein können. Aber – ich bin eigennützig – und gebe ..., weil ich nicht Silber und Gold habe, was ich habe, und wär's auch nur Nürnberger Metallschlag.

HN II, 70f.

66. FRIEDRICH HEINRICH JACOBI AN WIELAND

Düsseldorf, 6. November 1773

Indem ich dieses schreibe, kommt ein Paket von Goethe an Betty [Jacobi] an. Ich wollte, ich könnte Ihnen eine allerliebste Schnurre mitteilen, die dieser wunderbare Kopf ausgeheckt hat; sie heißt „Der Jahrmarkt zu Plundersweiler".

JacBr I, 151

67. DEINET AN NICOLAI

Frankfurt, 20. Dezember 1773

Mich soll's wundernehmen, wie und mit welchem Succès „Götz mit der eisernen Hand" wird aufgeführt worden sein. Können Sie eine gute Partie davon brauchen? Er schwitzt bei mir unter der Presse des Verfassers. Wer die Originale verschiedener Charaktere in dem Stücke kennt, die zu verschiedenen Zeiten gelebt haben und noch leben, bewundert das Genie des Verfassers um so mehr, weil demungeachtet alles zusammenpaßt. Wer sieht unter Martin nicht den ehrlichen Luther? Und wem ist das Schicksal eines Papius in Wetzlar unbekannt, das den Fratzen itzt ungemein zustatten kommt? Die Lehrbücher der Religion werden ja über einen andern Leisten geschlagen: warum sollte sich das Aristoteles nicht müssen gefallen lassen? Man lasse die Köpfe ausbrausen! Zuletzt bleiben doch die Alten die Gewährsmänner.

GoeJb XIII, 120f.

1774

68. MERCK AN SEINE FRAU

Darmstadt, 29. Januar 1774

Letzte Woche war ich in Frankfurt, um unsere Freundin de Laroche zu besuchen. Es ist eine recht sonderbare Heirat, die sie da ihre Tochter [Maximiliane] hat machen lassen. Der Mann ist ziemlich jung, aber mit fünf Kindern beladen; übrigens reich genug, aber ein Kaufmann, der sehr wenig Sinn hat für das, was außer seinem Geschäfte liegt. Es war für mich ein trauriges Erlebnis, zwischen Heringstonnen und Käse zu unserer Freundin zu gehen ...

Goethe ist schon der Freund des Hauses, er spielt mit den Kindern und begleitet mit der Bratsche das Klavierspiel der Hausfrau. Herr Brentano, zwar eifersüchtig genug für einen Italiener, liebt ihn und will durchaus, daß er das Haus besucht.

MBr 101 f. Aus dem Französischen

69. MERCK AN SEINE FRAU

Darmstadt, 14. Februar 1774

Goethe wird die Schweizer Reise nicht mehr machen. Der große Erfolg, den sein Drama [„Götz von Berlichingen“] gehabt hat, hat ihm ein wenig den Kopf verdreht. Er löst sich von allen seinen Freunden ab und lebt nur in den Werken, die er für das Publikum vorbereitet. Erfolg haben muß er in allem, was er unternimmt, und ich sehe voraus, daß ein Roman von ihm [„Werther“], der zu Ostern erscheinen wird, ebenso gut aufgenommen werden wird wie sein Schauspiel. Nebenbei hat er die kleine Brentano über den Öl- und Käsegeruch und die Manieren ihres Eheherrn zu trösten.

MBr 104. Aus dem Französischen

70. HARTMANN AN LAVATER

Ludwigsburg, 1. März 1774

Dein Goethe erscheint in allen seinen Briefen als ein Mensch, der Dich zum Spaß hat, der alles um sich her verachtet.

LaBr 38

71. LAVATER AN HERDER

Zürich, 6. April 1774

Sprich bald brüderlich wieder ein Wort mit mir – und rette mir Goethe, den – Unvergleichbaren – aber – doch Du kennst den furchtbar Erhabnen – Einzigen! –

HN II, 94

72. HÖPFNER AN RASPE

Gießen, 23. April 1774

Als ich das letzte Mal bei dem Manne in Frankfurt logierte (denn Sie müssen wissen, daß er mein Freund ist), las er mir ein angefangenes exzellentes Ding vor: „Das Unglück der Jacobis". Wann es fertig ist, sollen Sie es auch haben. Die beiden Jacobi werden darin wacker gepeitscht. Goethe und Merck speien vor den Kerls aus, so wie wir.

WJb III, 68 f.

73. LESSING AN SEINEN BRUDER KARL GOTTHELF

Wolfenbüttel, 30. April 1774

Daß „Götz von Berlichingen" großen Beifall in Berlin gefunden, ist, fürchte ich, weder zur Ehre des Verfassers noch zur Ehre Berlins. Meil hat ohne Zweifel den größten Teil daran. Denn eine Stadt, die kahlen Tönen nachläuft, kann auch hübschen Kleidern nachlaufen ... Hast Du Goethens Farce wider Wielanden [„Götter, Helden und Wieland"] gesehen?

Less 606

74. JOHANN GEORG SCHLOSSER AN LAVATER

Karlsruhe, 5. Mai 1774

Ich habe über nichts mich gegen die Vorsicht beklagt, als daß sie nun schon achtzehn und mehr Jahre mich Freunde suchen läßt, die es der Mühe wert achteten, mich zu bessern, und die Geschick dazu hätten. Alle, die ich noch kannte, wären an Verstand oder an Herz unter oder entfernt von mir. Goethe allein würde es gekonnt haben, wenn er männlicher gegen Beifall und gegen Leiden gewesen wäre. – Aber es ist noch nicht die Zeit, daß er *Freund* sein könnte!

La 332

75. BÜRGER AN BOIE

Niedeck, 12. Mai 1774

Wieland geht mir zwar wenig an, aber doch wollen mir die wütigen Bisse nicht gefallen, die nach ihm geschehn. Unsere Bundsgenossen verlieren dadurch in der Tat etwas von der Würde, die sie behaupten sollten. So ein Meisterstück Goethens Farce [„Götter, Helden und Wieland"] auch ist, so deucht mir doch, er habe an Achtung nichts dadurch bei mir gewonnen ... Ich freue mich, daß das Publikum noch nichts dergleichen gedruckt von mir aufzuweisen hat ...

Bürg I, 205

76. HEINSE AN GLEIM

Düsseldorf, 17. Mai 1774

Goethe wird bald eine Oper [„Erwin und Elmire"] und einen Roman [„Werther"] herausgeben ...

Von Herdern hab ich hier ein Singspiel, „Brutus", gelesen, welches das unsinnigste Ding ist, was mir noch je vor die Augen gekommen. Es ist kein Menschenverstand heraus zu denken.

Goethe hat ein Drama gegen ihn [„Pater Brey"] geschrieben, welches desto besser ist, und besser ist als sein

„Götter, Helden und Wieland", von dem ich mehr erwartete, ehe ich es gelesen hatte; ob es gleich immer auch, in seiner Art, ein Meisterstück ist.

GlH I, 173f.

77. FRIEDRICH HEINRICH JACOBI AN WIELAND

Düsseldorf, 8. Juni ? 1774

Erst vorgestern erhielt ich die Nachricht von Tante Fahlmer, wie die Szene zwischen ihr, dem Doktor Goethe und dem Merkur [Wieland] abgelaufen ist. Goethe hatte der Feier einer goldenen Hochzeit, die mit außerordentlicher Pracht auf dem Lande begangen wurde, beigewohnt und war deswegen verschiedene Tage lang von Frankfurt abwesend. Alles übrige werden Sie in beiliegendem Auszuge finden. Die Freude, welche dieser ganze Vorgang mir verursacht, ist nicht zu beschreiben und nicht zu ermessen. Nächsten Posttag schreibe ich Ihnen mehr von Goethe, dem wir, seiner gegenwärtigen Äußerungen ohngeachtet, nicht zuviel Gutes zutrauen dürfen; denn er ist und bleibt ein zügelloser, unbändiger Mensch.

GoeJb II, 378f.

78. JOHANN GEORG SCHLOSSER AN LAVATER

Emmendingen, 10. Juni 1774

Goethe ist mir zu stark. Sie haben recht, er ist's wirklich! Wenn er aber nicht in den nächsten zehn Jahren ganz zerbricht, so werden wir uns gewiß näheren ...

La 332

79. HÖPFNER AN NICOLAI

Gießen, 14. Juni 1774

Wollten Sie wohl zwei Possenspiele von Goethe verlegen? Es sind keine persönlichen Satiren darin. Goethens Name ist statt alles Lobes. Ein Freund von G[oethe], der bei uns studiert [Klinger], besitzt das Manuskript als ein Geschenk des Verfassers. Seine Umstände nötigen ihn, so gut er kann, damit zu wuchern.

JbH 1911, 305

80. GLEIM AN HEINSE

Halberstadt, 16. Juni 1774

Der „Hofmeister" [von Lenz] ... hat Goethen nicht zum Vater, wie man's hier versichert hat, kann ihn nicht zum Vater haben ...

Wielands Betragen gegen Goethen hat meinen völligen Beifall – nur hätt er mit dem Lobe „Götzens von Berlichingen" sparsamer sein sollen.

GlH I, 179f.

81. ZIMMERMANN AN LAVATER

Hannover, 23. Juni 1774

Seitdem ich von Bückeburg zurück bin, sah ich hier einen sehr liebenswürdigen Reisenden, der mir sagte, daß Doktor Goethe, Dein Freund, gegen Herder, seinen Herzensfreund, und gegen die überaus liebenswürdige Madame Herder eine Farce [„Satyros"] mit nächstem werde drucken lassen, in welcher beide aufs äußerste durchgezogen seien. Wie ich die Stirne dabei gerumpft habe, kannst Du Dir vorstellen. Nun bitte ich Dich, mit aller möglichen Behutsamkeit dieses abzuwenden und Goethen zu beschwören, daß er dieses Manuskript verbrenne. Mir deucht, eine so edle *Reue* sollte einen so großen Geist, wie Goethe unstreitig ist, nichts kosten.

GoeJb XXV, 217

82. LAVATER IN SEINEM TAGEBUCH

Frankfurt, 23.–27. Juni 1774

23. Juni. Zu Goethe. Allein in seinem Zimmer, mit Schneider von Darmstadt. Zu Nacht. „Bist's?" – Bin ich's. Unaus-

sprechlich süßer, unbeschreiblicher Antritt des Schauens. Sehr ähnlich und unähnlich der Erwartung. Von tausend Dingen. Einigemal schreckliche Physiognomie ... Ach! wieviel hundert Sachen hab ich vergessen, die er mir mit der Miene des sich fühlenden Genius sagte. Noch wünschten mir sein Vater und Mutter, eine trefflich natürliche Frau, eine gute Nacht. Herzliche Umarmung! Alles Geist und Wahrheit, was er sagte, ich nicht mehr weiß.

24. Juni ... Noch viel sprachen wir, das ich vergaß. Vor und bei dem Mittagessen viel von Herder. Goethe las, und gelesen! gelesen! man hätte sich verschworen – Er sprach eben dies das erste Mal im Feuer mit mir.

Nach dem Essen [in] seiner Bilderkammer ... Den Abend ... bei Kraft. Ein ehrlicher Theolog von Christus ... Goethe mit da, sprach wenig, stimmte bisweilen in wichtigen Dingen herzlich mit ein. – Eine Weile bei [Fräulein von] Klettenberg, allein – und mit Goethe. Ein herrlicher Abend. Von Gebet-Erhörungen. *Friede* im *Krieg.* „Wenn ihr stille werdet, so wird euch geholfen", sagte Goethe in einem recht brüderlichen Ton. Vom Predigen. – Man *kann* nicht immer *empfinden.* Ich fordre, sagten beide, zuviel. Nachher spazierten wir. Vom Christentum. „Die einzig mögliche, wahre, menschliche Religion!"

Nach Hause zu Tisch, und bei Tisch meist Zeichnungen besehen.

Goethe las mir noch nach dem Nachtessen aus „Werthers Leiden", eine Sentimental-Geschichte in Briefen, vor. – O Szenen – voll, voll wahrer, wahrester Menschennatur – ein unbeschreiblich naives, wahres Ding! ...

27. Juni ... Goethe rezitierte auswendig mit der natürlichsten, kräftigsten Deklamation Satire auf verschiedne. Ein Genie ohne seinesgleichen.

... Wir sprachen noch von der Chimie. Goethe hat merkwürdige Versuche; ganz eigne, ganz neuere Chimie ... Will recht darhinter, und hinters Zeichnen. Wird gewiß in beiden exzellieren, denn er exzelliert in allem.

La 281 ff. und 290 f.

83. LUISE VON STOCKHAUSEN AN KAROLINE HERDER

Homburg, 26. Juni 1774

Ja, Psyche, ich bin und werde glücklich sein, aber der Gedanke, daß ich so zwei edle Herzen als G[oethe] und B[oden] unglücklich mache, wird mich ewig bekümmern. Ja, sie denken beide edel. O wollte Gott, ich könnte durch die Hälfte meiner Jahre und meines Vergnügens das ihrige erkaufen! Wie gern gäbe ich es hin. Adieu, liebe Seele! Diese letzten Zeilen waren zuviel, aber sie erleichtern mein Herz.

Chronik XXV, 15

84. VOSS AN ERNESTINE BOIE

Göttingen, 3. Juli 1774

Der „Hofmeister" soll nicht von Goethe, sondern von einem seiner Freunde namens Lenz sein. Die Ähnlichkeit mit „Götz von Berlichingen" ist so groß, daß selbst Klopstock getäuscht ward. Das Stück ist vortrefflich.

J. H. Voß I, 252

85. HÖPFNER AN NICOLAI

Gießen, 14. Juli 1774

Die Goethischen Manuskripte wachsen wie ein Schneeball. Ich habe wieder ein kleines Drama und einen Prolog, zusammen drei Bogen, von ihm erhalten. Schreiben Sie mir doch mit nächster Post, ob Sie Verleger sein wollen und wieviel Sie für den Bogen bezahlen. Aber bieten Sie gleich das Äußerste ...

JbH 1911, 305

86. LAVATER IN SEINEM TAGEBUCH

Ems, 15.–16. Juli 1774

Mit Basedow, der aufm Bette lag, und zween Geistlichen von Liedern ... unterzwischen in „Werthers" zweitem Teil. Ging in die Allee und las im „Werther", konnte nicht aufhören. Es regnete. Ich ging zu Meyern, bei dem Goethe war; von da flüchtet ich mich wieder, stahl mich in der Allee von ihnen und las im „Werther". Regen wieder. In Saal – und las im „Werther", dann in unser Haus, und las im „Werther". Dann zu Basedow, und er las uns einen herrlichen Aufsatz von Goethe: „Über das, was man ist" ...

Ging ins Bette und las noch bis 2 Uhr den „Werther" aus! Schreckliche Geschichte. – Seufzte und schlief ein. – Aber doch nicht so ruhig wie gestern.

La 298f.

87. JOHANN GEORG JACOBI IN SEINEM TAGEBUCH

Düsseldorf, 23. Juli, und
Bensberg und Köln, 24. Juli 1774

[23. Juli] Ich ... eilte nach Düsseldorf, wo mein Bruder und Herr Goethe mich erwarteten. Herr Goethe hatte mich in öffentlichen Blättern empfindlich beleidigt; aber auch hat er das Trauerspiel „Götz von Berlichingen" geschrieben! Wir gaben uns die Hand. Ich sah einen der außerordentlichsten Männer, voll hohen Genies, glühender Einbildungskraft, tiefer Empfindung, rascher Laune, dessen starker, dann und wann riesenmäßiger Geist einen ganz eignen Gang nimmt. Seine Tafelreden hätt ich aufzuzeichnen gewünscht.

[24. Juli] Mein Bruder, Herr Rost [Heinse], Goethe und ich setzten uns morgens um 5 Uhr in den Wagen, um das Schloß Bensberg zu besehen.

Ich reiste gern mit unserem Fremden, sosehr auch wir beide in unsrer Art, zu sehen, zu hören und zu fühlen, verschieden sind. Ebenso wie ich unter den alten Griechen, so lebt er unter den alten Schotten, Kelten und Deutschen: nur mit dem Unterschiede, daß ich zuweilen mit Lust auf seinen rauhen Gebirgen oder in seinen Felsenschlössern oder in den weiten Sälen ihn besuche, wo Pfeil und Bogen samt der Harfe an der Wand hängen und die Harfe von selbst einen Klang gibt, weil die Seelen der Väter hinkommen und sie berühren, er aber in meine lustigen Täler, wo eine Grazie auf der Leier spielt, nicht herabsteigen mag.

Wir langten in Bensberg an ...

Nach Tische gingen wir auf das Schloß, dessen Wände großenteils von berühmten niederländischen und italienischen Meistern gemalt sind ...

Nachdem Goethe die Natur und das wahre Leben einiger Jagdstücke [von Weenix] genug betrachtet und ich bei dem Reize der artigsten Nymphen und Göttinnen mich aufgehalten hatte, reisten wir nach Köln ...

Nun kehrten wir in unsern Gasthof zurück, wo Goethe uns in der Dämmerung altschottische Romanzen, voll wahren Gefühls der Natur, mit Geistererscheinungen vermischt, in einem unübertrefflichen Tone dergestalt hersagte, daß wir bei der letzten ... so wahrhaftig zusammenfuhren, so im Ernste bange wurden als ehemals in unsern Kinderjahren, wenn wir den abenteuerlichen Geschichten unserer Wärterinnen von ganzer Seele, mit allem möglichen Glauben daran, zuhörten.

Unsre Abendmahlzeit war fröhlich. Wir sahen nicht weit von uns den Rhein, welchen der Mond versilberte und dessen Geräusch in der Stille der Nacht etwas Feierliches hatte.

Jac 580ff.

88. HARTMANN AN BODMER

Mitau, 30. Juli 1774

Von Goethe in Frankfurt kann ich Ihnen sagen, daß er ein sehr guter Mann ist, mit dem ich in manchen Dingen mehr Interessantes gesprochen habe als mit allen, die ich auf meiner Reise besucht habe.

GoeJb IX, 132

89. BODMER AN JAKOB HEINRICH MEISTER

Zürich, 31. Juli 1774

Herders Jünger, der das Persiflage gegen Wieland geschrieben, heißt Goethe und nicht Göze ... Er hat nur Peccadilles an Wieland gerüget, und dieses wie ein Gaukler. Die Übeltaten hat er durchschlüpfen lassen.

GoeJb V, 186

90. FRIEDRICH HEINRICH JACOBI AN SOPHIE VON LAROCHE

Düsseldorf, 10. August 1774

Goethe ist der Mann, dessen mein Herz bedurfte, der das ganze Liebesfeuer meiner Seele aushalten, ausdauern kann. Mein Charakter wird nun erst seine *echte, eigentümliche* Festigkeit erhalten, denn Goethens Anschauung hat meinen besten Ideen, meinen besten Empfindungen – den einsamen, verstoßenen – unüberwindliche Gewißheit gegeben. Der Mann ist selbständig vom Scheitel bis zur Fußsohle.

JacBr I, 174

91. WIELAND AN FRIEDRICH HEINRICH JACOBI

Belvedere bei Weimar, 15. August 1774

Goethens „Clavigo" habe ich nun gesehen. Wenn ich nicht selbst Autor wäre, so wollte ich den Kunstrichter von Profession spielen, und als solcher wollt ich einem ehrsamen Publico leicht beweisen, daß noch viel fehlt, daß Goethe der Wundermann sei, für den man ihn hält; und dazu sollte mir gerade dieser „Clavigo" Stoff genug geben. Man muß dergleichen blendende Dinge nur drei- bis viermal lesen, so fallen einem die Schuppen ziemlich von den Augen. Indessen fühle ich so gut als einer, daß schöne Stellen darin sind und daß die Wärme und Wahrheit des Dialogs viele Sünden zudeckt. Nur die Verwandlung des Herrn Beaumarchais in einen Kannibalen finde ich sehr unglücklich. Das Gemälde seiner Wut, seines Rachdurstes im vierten Akt ist Shakespeares würdig, *wenn* die Rede von der Wut eines *Irokesen* wäre. Und was dünkt Ihnen zu der *Französin* Marie, die vor Liebe und Liebesschmerz ihr zartes Seelchen aushaucht?

JacBr I, 176f.

92. ERNST WILHELM WOLF AN KNEBEL

Weimar, 19. August 1774

Haben Sie das neue Trauerspiel „Clavigo“ von Goethe gelesen? C'est une pièce sublime. Was für angenehme, sanfte Tränen hab ich dabei vergossen; es waren wirkliche Liebestränen. Der Herr von Seckendorff versichert, daß er, „Gott straf mich!“ sagte er, zum wenigsten eine Tonne Wasser bei Durchlesung dieses Stücks herausgeweint hätte, und fügt hinzu, der Teufel sollte ihn holen, wenn er je ein schöner Stück gesehen hätte.

BrKn I, 23

93. FRIEDRICH HEINRICH JACOBI AN WIELAND

Düsseldorf, 27. August 1774

Je mehr ich's überdenke, je lebhafter empfinde ich die Unmöglichkeit, dem, der Goethe nicht gesehen noch gehört hat, etwas Begreifliches über dieses außerordentliche Geschöpf Gottes zu schreiben.

Goethe ist, nach Heinses Ausdruck, Genie vom Scheitel bis zur Fußsohle. Ein *Besessener,* füge ich hinzu, dem fast in keinem Falle gestattet ist, willkürlich zu handeln. Man braucht nur eine Stunde bei ihm zu sein, um es im höchsten Grade lächerlich zu finden, von ihm zu begehren, daß er anders denken und handeln soll, als er wirklich denkt und handelt. Hiemit will ich nicht andeuten, daß keine Veränderung zum Schöneren und Besseren in ihm möglich sei. Aber nicht anders ist sie in ihm möglich als so, wie die Blume sich entfaltet, wie die Saat reift, wie der Baum in die Höhe wächst und sich krönt ...

Friedrich Heinrich Jacobi

Was Goethe und ich einander sein sollten, sein *mußten,* war, sobald wir vom Himmel runter nebeneinander hin gefallen waren, im Nu entschieden. Jeder glaubte von dem andern mehr zu empfangen, als er ihm geben könne. Mangel und Reichtum auf beiden Seiten umarmten sich einander; so ward Liebe unter uns.

JacBr I, 178ff.

94. LAVATER AN ZIMMERMANN

Zürich, 27. August 1774

Goethes „Leiden des Werthers" wird Dich entzücken und in Tränen schmelzen ... *Goethe:* Du würdest ihn vergöttern! Er ist der furchtbarste und liebenswürdigste Mensch.

LaZ, 604f.

95. MERCK AN NICOLAI

Darmstadt, 28. August 1774

Von Goethe sehen Sie nächstens einen Roman: „Leiden des jungen Werthers" ... Es sind hier ... Szenen, über die nichts geht und gehen kann, weil sie wahr sind. Keine Pasquillen sollen Sie weiter nicht von ihm sehen. Dem guten Goethe geht's indessen wie allen braven Leuten. Es hängen sich den Augenblick, da jemand ein Zoll höher wird als andre, so viele Buben an, die in die Welt Wahres und Falsches schreiben, daß es zu erbarmen ist. Die Pasquinaden [„Satyros" und „Pater Brey"], die er gemacht hat, sind aus unserm Zirkel in Darmstadt, und alle Personen sind gottlob so unberühmt und unbedeutend, daß sie niemand erkennen würde. Er hat sich kürzlich mit den Jacobis ausgesöhnt.

MBr 119

96. BODMER AN SCHINZ

Zürich, 4. September 1774

Itzt hat Passavant mir Goethen en beau geschildert. Er sei nur denen gefährlich, denen er nicht wohlwollte. Sonst von mächtigem Feuer. Er könne sich in die Person und Situation versetzen, in welche er wolle, und denn schreibe er fremde und nicht seine Meinungen. Er ist nicht Professor, sondern ein Jurist, der praktiziert. Der Roman sei unter der Presse, betitelt „Die Leiden“. Ein Trauerspiel [„Clavigo“?] soll auch von ihm kommen. Man fürchtet, sein Feuer werde ihn verzehren. Er hat erst 25 oder 26 Jahre. Er hat im Sinn, in Italien zu reisen.

GoeJb V, 186

97. HEINSE AN GLEIM UND KLAMER SCHMIDT

Düsseldorf, 13. September 1774

Goethe war bei uns, ein schöner Junge von 25 Jahren, der vom Wirbel bis zur Zehe Genie und Kraft und Stärke ist. Ein Herz voll Gefühl, ein Geist voll Feuer mit Adlerflügeln... und mit ihm Lavater und nicht weit davon Basedow, wovon sich viel erzählen ließ'...

GlH I, 193

98. DEINET AN RING

Frankfurt, 18. September 1774

Ich habe 200 Stück [„Clavigo“] an mich gekauft und erlasse sie an gute Freunde zu 15 Kreuzer. Die „Deutsche Chronik“ hat dieses Stück mitgenommen, d. h. heruntergemacht. Wer die Mémoire des Beaumarchais gelesen hat, wird sich am „Clavigo“-Trauerspiel auch so sehr nicht erbauen. Indessen geht das Stück ab wie warm Brot.

GoeJb II, 429

99. NICOLAI AN GEBLER

Berlin, 8. Oktober 1774

„Götz von Berlichingen“ ist allerdings in Berlin mit großem Zulaufe aufgeführt worden. Vielleicht hatten die Kleider und Harnische, ganz neu und im vollkommenen Kostüme gemacht, an diesem Beifalle ebensoviel Anteil als etwas anders ... Das Sonderbarste ist, daß selbst Prinzessinnen und Hofleute, die durchaus französisch sind, den „Götz" besucht haben. Aber, wie ich schon gesagt habe, die alten Kleider und Harnische trugen auch das ihrige bei.

NicG 60

100. HEINSE AN GLEIM

Düsseldorf, 13. Oktober 1774

Von Goethen soll und muß nunmehr schon ein Roman die Presse verlassen haben: „Die Leiden des jungen Werthers", welcher nach dem, was ich davon gehört habe, ein Meisterstück ist.

Ich kenne keinen Menschen in der ganzen gelehrten Geschichte, der in solcher Jugend so rund und voll von eignem Genie gewesen wäre wie er. Da ist kein Widerstand; er reißt alles mit sich fort. Und sein „Götter, Helden und Wieland", ein Werk von herkulischer Stärke, wenn man's recht und Zeile vor Zeile durchdenkt und durchfühlt und wofür Wieland immer seine „Musarion" geben würde, wenn er's vernichten könnte, kömmt in keine große Betrachtung, wenn man ihn persönlich reden hört.

GlH I, 198

101. HEINSE AN KLAMER SCHMIDT

Düsseldorf, 13. Oktober 1774

Denket Euch indessen uns von ohngefähr in einer Stube zusammengeführt: zuerst Goethe, den wilden Verfasser von „Götter, Helden und Wieland"; Heinse, den Verfasser des „Petron" und der „Laidon"; Lavater, den Aufseher darüber; nach diesem den größten Pietisten unsrer Gegend, Hasenkamp; dann den Doktor Jung, der die „Asineide" im „Merkur" gemacht hat, auch einen Pietisten; dann Deschenmacher, auch einen berühmten Pietisten; und meinen Fritz Jacobi und einen Maler [Schmoll], Goethes Freund,

und sechs Damen und Herren, auch Pietisten, die uns zusammen zu sehen kamen, und höret Goethen Klopstocks „Messias“ gegen Hasenkamp verteidigen und Herders „Urkunde“, und höret ihn mich loben, und seht ihn dann Lavatern zärtlich küssen, und seht die Gesichter voll Verwunderung und Erstaunen darob, und seht uns dann alle zusammen friedlich ein Glas Wein trinken und unserer Pferde Sattel besorgen, wieder zurückkehren und Lavatern schon eine Betstunde halten sehen und Abschied von ihm nehmen. Alles dies geschah zu Elberfeld. Goethe, Fritz Jacobi und ich ritten dann nach Düsseldorf, und Goethe blieb zwei Tage bei uns. Wir begleiteten ihn bis Bensberg ... und Köln ...

La 426

102. HOTZE AN LAVATER

Richterswil bei Zürich, 13. Oktober 1774

„Werthers Leiden“ haben mich erschüttert. Aber bei dieser Zauberkraft, mit welcher die Empfindungen aus den Tiefen eines leidenden Herzens herausgemalt sind, bin ich nicht ganz mit dem Ding zufrieden. Was soll's in aller Welt? Tausende verstehen's nicht und fragen bei jedem Blatt: „Ist's auch möglich, daß es einem so sein kann?“ Oder wohl gar: „Ist's möglich, ein Narr zu sein wie Werther?“ Wehe aber der sympathetischen Seele, die in Werthers Fall kommt und sein Büchlein zum Freund wählt!

Bode III, 425 f.

103. ZIMMERMANN AN HERDER

Hannover, 14. Oktober 1774

Lavater ... sagt mir: „Basedow ist der gewaltigste Verstandesmann, die ehrlichste Seele, aber doch auch gar keine sanfte, erwärmende Wärme, Goethe der furchtbarste und der liebenswürdigste Mensch.“

HN II, 343

104. BOIE IN SEINEM REISETAGEBUCH

Frankfurt, 15.–17. Oktober 1774

Einen vortrefflichen, schönen Tag gehabt! Einen ganzen Tag allein, ungestört mit Goethen zugebracht, mit Goethen, dessen Herz so groß und edel wie sein Geist ist! ... Goethe ist ein Mann ungefähr von Vossens Figur, aber etwas feiner gebaut, sehr blaß, Geist im Gesichte und besonders in dem hellen braunen Auge. Er hat mir viel vorlesen müssen, ganz und Fragment, und in allem ist der originale Ton, eigne Kraft, und bei allem Sonderbaren, Unkorrekten alles mit dem Stempel des Genies geprägt. Sein „Doktor Faust" ist fast fertig und scheint mir das Größte und Eigentümlichste von allem ...

Den 17. um 2 Uhr waren wir wieder in Frankfurt, wo mich Goethe in unserm Wirtshause mit offenen Armen empfing. Wir blieben bis Mitternacht beieinander und mußten endlich die Tür abschließen, um nur allein zu sein. Er las mir etwas; wir ließen aber bald das Lesen sein, und die Unterredung fiel auf die wichtigsten Gegenstände des Denkens und Empfindens, wo wir uns sehr oft in unsern Gesinnungen begegneten. Goethes Herz ist so groß als sein Geist.

Gespr I, 125

105. WERTHES AN FRIEDRICH HEINRICH JACOBI

Bern, 18. Oktober 1774

Soweit war ich gekommen, als der Verfasser des „Hofmeisters", Herr Lenz, so klein und bescheiden in mein Zimmer hereinkam ... Sein Geist mag ein Bruder von Goethens Geist sein, aber für seinen Zwillingsbruder laß ich ihn ... nicht ... gelten. Er ist sein jüngeres Brüderchen, Fleisch von seinem Fleisch und Geist von seinem Geist, nur alles, wie mich dünkt, in kleinere Form gegossen.

Dieser Goethe, von dem und von dem allein ich vom Aufgang bis zum Niedergang der Sonne und von ihrem Niedergang bis wieder zu ihrem Aufgang mit Ihnen sprechen und stammeln und singen und dithyrambisieren möchte, dessen Genius zwischen Klopstocken und mir stand und über die Alpen und Schneegebirge gleichsam einen Sonnenschleier herwarf, er selbst immer mir gegenüber und neben und über mir, dieser Goethe hat sich gleichsam über alle meine Ideale emporgeschwungen, die ich jemals von unmittelbarem Gefühl und Anschaun eines großen Genius gefaßt hatte. Noch nie hätt ich das Gefühl der Jünger von Emmaus im Evangelio so gut exegisieren und mitempfinden können, vor dem sie sagten: „Brannte nicht unser Herz in uns, als er mit uns redete?" Machen wir ihn immer zu unserm Herrn Christus, und lassen Sie mich den letzten seiner Jünger sein! Er hat so viel und so vortrefflich mit mir gesprochen, Worte des ewigen Lebens, die, solang ich atme, meine Glaubensartikel sein sollen.

GoeJb VII, 206 f.

106. MERCK AN SOPHIE VON LAROCHE

Darmstadt, 20. Oktober 1774

Ich bin gewiß, Sie verzeihen mir mein langes Stillschweigen, wenn ich Ihnen sage, daß Goethe zwei Male bei mir gewesen ist, daß wir acht ganzer Tage zusammen verlebt haben, daß Klopstock bei uns zugesprochen hat, Boie, Werthes usw. Außerdem hat Goethe das Zeichnen in mir aufgeweckt, so daß ich Tage sitze und nichts anders tue.

MBr 120

107. LAVATER AN ZIMMERMANN

Zürich, 20. Oktober 1774

Goethe wär ein herrliches handelndes Wesen bei einem Fürsten. *Dahin* gehört er. Er könnte König sein. Er hat nicht nur Weisheit und Bonhomie, sondern auch Kraft.

LaZ 605

108. GLEIM AN HEINSE

Halberstadt, 20. Oktober 1774

Goethe mag wohl ein trefflicher Mann sein! ... Seine Bücher sind alle recht nach meinem Sinn, aber den „Hofmeister" hat er nicht gemacht. Die „Leiden des jungen Werther" haben wir noch nicht.

GlH I, 201 f.

109. WIELAND AN FRIEDRICH HEINRICH JACOBI

Weimar, 21. Oktober 1774

Goethens Knittelverse sind sehr artig und malen ihn, daß man ihn leibhaftig vor sich stehen sieht. Ich passiere hier unter den eiskalten Leuten, unter denen ich lebe, für einen schrecklich warmen Kopf; und doch wollte ich lieber Goethens kaltblütiger Begucker als sein schwärmerischer Liebhaber sein. Sapere! sapere! liebster Jacobi; am Ende müssen wir doch alle dahin. Im Schlaraffenlande geht es freilich lustig und herrlich zu; aber es dauert nicht lange.

JacBr I, 189

110. VOSS AN ERNESTINE BOIE

Göttingen, 22. Oktober 1774

Goethe hat einen Roman gemacht, der über alles geht, was wir von Romanen haben. Ich glaube, es ist seine eigne Geschichte. Hahn las gestern abend den ersten Teil vor, der mich ungemein gerührt hat. Es war kein Wunder, ich dachte beständig an Dich und fühlte Werthers Leiden als meine. Der Mond schien so herrlich dazu ...

In Goethes Roman wird Klopstocks ... erwähnt; das feinste, seelenvollste Lob, das ich kenne! Sie müssen's selbst lesen. Goethe ist ein großes Genie. Sein Roman ist auch weit korrekter, als was er sonst geschrieben.

Vo I, 145

111. LESSING AN ESCHENBURG

Wolfenbüttel, 26. Oktober 1774

Haben Sie tausend Dank für das Vergnügen, welches Sie mir durch Mitteilung des Goethischen Romans gemacht haben. Ich schicke ihn noch einen Tag früher zurück, damit auch andere dieses Vergnügen je eher, je lieber genießen können.

Wenn aber ein so warmes Produkt nicht mehr Unheil als Gutes stiften soll: meinen Sie nicht, daß es noch eine kleine kalte Schlußrede haben müßte? Ein paar Winke hintenher, wie Werther zu einem so abenteuerlichen Charakter gekommen; wie ein andrer Jüngling, dem die Natur eine ähnliche Anlage gegeben, sich dafür zu bewahren habe. Denn ein solcher dürfte die poetische Schönheit leicht für die moralische nehmen und glauben, daß der *gut* gewesen sein müsse, der unsere Teilnehmung so stark beschäftiget. Und das war er doch wahrlich nicht; ja, wenn unsers J[erusalem]s Geist völlig in dieser Lage gewesen wäre, so müßte ich ihn fast – verachten. Glauben Sie wohl, daß je ein römischer oder griechischer Jüngling sich *so* und *darum* das Leben genommen? Gewiß nicht. Die wußten sich vor der Schwärmerei der Liebe ganz anders zu schützen; und zu Sokrates' Zeiten würde man eine solche *ἐξ ἐρωτος κατοχη*, welche *τι τολμαν παρα φυσιν* antreibt, nur kaum einem Mädelchen verziehen haben. Solche kleingroße, verächtlich schätzbare Originale hervorzubringen, war nur der christlichen Erziehung vorbehalten, die ein körperliches Bedürfnis so schön in eine geistige Vollkommenheit zu verwandeln weiß. Also, lieber Goethe, noch ein Kapitelchen zum Schlusse; und je zynischer, je besser!

Less 614f.

112. FRIEDRICH HEINRICH JACOBI AN SOPHIE VON LAROCHE

Düsseldorf, 28. Oktober 1774

Meine Reise nach Frankfurt wird doch noch vor sich gehen... Dann rede ich auch mit Ihnen aus der Fülle meines Herzens von „Werthers Leiden“. Welch ein Büchlein!

Goethe weiß, daß ich's ganz gefaßt habe. Das ist doch nun einmal ganz gewiß ein wahres, inniges, ewiges Verhältnis, was mich und Goethe aneinander bindet.

JacBr I, 190

113. JOHANN GEORG SCHLOSSER AN LAVATER

Emmendingen, 4. November 1774

Ich schicke Ihnen hier ein Buch von Goethe, über dem Sie seine andern Sachen vergessen werden ... Aber der arme Werther! Fühlen Sie nun bald alles Leiden, das unsern Freund ganz zerbrechen wird? Die große, nach vollkommnem Seelengenuß schmachtende Seele, die auf Erden nichts findet, sich zu sättigen, mit Hoffnungen nicht gesättigt wird, in der Verzweiflung nach einem Schattenbild greifen will und sich verzehrt, weil es das nicht erreicht. – Und doch, Freund, wollte ich, Goethe schwärmte noch um ein solches Schattenbild. Eine wirksame Seele, die zuviel umfaßt oder nichts zu umfassen hat, muß vergehen. Besser, daß sie an einem Ding hängt, es sei leer oder voll – wenn's nur was ist! – Goethes Porträt ist noch lang nicht, was es sein soll. Man sagt mir, es soll vor den [Göttinger?] Musenalmanach eins kommen – ich hoffe, er ist über solche Sachen hinaus.

La 335f.

114. SULZER AN BODMER

Berlin, 4. November 1774

Aber ich sehe noch eine schlimmere Ketzerei aufkeimen, die gewiß in kurzem allgemein werden wird. Empfindung, Gefühl, rein von aller pedantischen Kälte, dem Geschmacke tödlichen Überlegung: dieses ist itzt der Wahlspruch derer, die das Ohr des Publikums haben. Sie werden diese Lehre an mancher Stelle der „Leiden des jungen Werthers" finden. Aber eben diese Wärme des Gefühles, von aller Vernunft verlassen, das nach dieser Leute Sinn das Höchste und Wünschbareste ist, jagte dem jungen Werther die Kugel durch den Kopf, nachdem es ihm unbeschreibliches Leiden verursachet hatte. Eben diese Hitze der Empfindung verführte den Goethe, durch diese recht unbesonnene Schrift dem verehrungswürdigen alten J[erusalem], allen Freunden des jungen „Werthers“ und der guten Lotte selbst eine Wunde zu schlagen, die noch tiefer und schmerzhafter sein muß als die, welche die tragische Tat des jungen Mannes [Jerusalem] selbst ihnen geschlagen hatte. Zu solchen Dingen verführete diese Leute ihr eigner Grundsatz, auf den sie sich so viel einbilden.

GoeJb V, 187

115. KESTNER AN HENNINGS

Hannover, 7. November 1774

Sie sind noch immer mein erster Freund und ich Ihnen ganz der nämliche, der ich immer war. Zu Wetzlar habe ich nur einen gefunden, den ich Ihnen gleich nachsetze; sein Namen ist schon bekannt genug: er heißt Goethe. Sie können es daraus schließen, daß er mir mit den „Leiden des jungen Werthers“, ohne Vorsatz jedoch und in seiner Autorwärme oder Etourderie, keinen angenehmen Dienst getan hat, indem mich vieles darin verdrießt sowie meine Frau auch und der Erfolg uns doppelt verdrießt: Aber dennoch bin ich geneigt, es ihm zu verzeihen; doch soll er es nicht wissen, damit er sich künftig in acht nimmt. Im Vertrauen will ich Ihnen dieses und die Geschichte des „Werthers“ näher erklären, wovon Sie aber nur einen behutsamen Gebrauch machen sollen; doch aber bitte ich, einigen Gebrauch davon zu machen.

Im ersten Teile des „Werthers“ ist Werther Goethe selbst. In Lotte und Albert hat er von uns, meiner Frau und mir, Züge entlehnt. Viele von den Szenen sind ganz wahr, aber doch zum Teil verändert; andere sind, in unserer Geschichte wenigstens, fremd. Um des zweiten Teils willen und um den Tod des Werthers vorzubereiten, hat er im ersten Teile verschiedenes hinzugedichtet, das uns gar nicht zukömmt. Lotte hat zum Beispiel weder mit Goethe noch mit sonst einem anderen in dem ziemlich genauen Verhältnis gestan-

Johann Georg Christian Kestner

den, wie da beschrieben ist. Dies haben wir ihm allerdings sehr übelzunehmen, indem verschiedene Nebenumstände zu wahr und zu bekannt sind, als daß man nicht auf uns hätte fallen sollen. Er bereut es jetzt, aber was hilft uns das. Es ist wahr, er hielt viel von meiner Frau; aber darin hätte er sie getreuer schildern sollen, daß sie viel zu klug und zu delikat war, als ihn einmal so weit kommen zu lassen, wie im ersten Teile enthalten. Sie betrug sich so gegen ihn, daß ich sie weit lieber hätte haben müssen als sonst, wenn dieses möglich gewesen wäre. Unsere Verbindung ist auch nie deklariert gewesen, zwar nicht heimlich gehalten; doch war sie viel zu schamhaft, als es irgend jemanden zu gestehen. Es war auch keine andere Verbindung zwischen uns als die der Herzen. Erst kurz vor meiner Abreise (als Goethe schon ein Jahr von Wetzlar weg zu Frankfurt und der verstellte Werther ein halbes Jahr tot war) vermählten wir uns. Hier erst, nach Verlauf eines ganzen Jahres seit unseres Hierseins, wurden wir Vater und Mutter. Der liebe Junge [Georg] lebt noch und macht uns gottlob viel Freude. Sonst ist in Werthern viel von Goethes Charakter und Denkungsart. Lottens Porträt ist im ganzen das von meiner Frau. Albert hätte ein wenig wärmer sein mögen.

Soviel vom ersten Teile. Der zweite geht uns gar nichts an. Da ist Werther der junge Jerusalem, Albert der pfälzische Legationssekretär [Herd] und Lotte des letzteren Frau, was nämlich die Geschichte anbetrifft; denn die Charaktere sind diesen drei Leuten größtenteils nur angedichtet. Von Jerusalem wußte aber der Verfasser seine vorherige Geschichte vermutlich nicht, darum schickte er die im ersten Teile voraus und setzte verschiedenes hinzu, um den Erfolg des zweiten Teils wahrscheinlich zu machen und diesem mehreren Anlaß zu geben. Der Albert des zweiten Teils war freilich etwas eifersüchtig, aber stand doch nicht in dem Verhältnis mit seiner Frau, wie da beschrieben ist. Seine Frau ist ein sehr hübsches, sanftes, gutes Geschöpf; aber nicht das Leben in ihr, was ihr da beigelegt wird. Sie war auch zu der kleinen Untreue nicht einmal fähig, und auch sie betrug sich viel eingezogener gegen Jerusalem, der sie freilich sehr liebte, aber doch im beleidigten Ehrgeiz mehr als in der unglücklichen Liebe den Grund zu seinem letzten Entschlusse fand. Er beredete sich aber vielleicht selbst, daß das letzte die Hauptursache sei, und die letzte Veranlassung ist die Liebe selbst gewiß gewesen. Es ist zwar wieder wahr, daß ich ihm die Pistolen dazu hergeliehen. Aber daß er sie dazu mißbrauchen würde, ließ ich mir nicht einmal träumen. Ich kannte ihn nur wenig und meine Frau noch weniger; denn er entfernte sich die mehrste Zeit von den Menschen. Ich wußte von seinen Grundsätzen nichts und von seiner Liebesgeschichte nur, was das Publikum wußte; das war nicht viel. Er war nur zweimal bei mir gewesen, und bei dieser Gelegenheit hatte er vielleicht die Pistolen bei meiner Kammertür hängen sehen. Er schrieb mir das eingerückte Billett würklich, und aus Höflichkeit schickte ich ihm die Pistolen, ohne Bedenken. Sie waren nicht geladen; ich hatte nie damit geschossen. – Er war ein guter melancholischer Junge, aber das hätte sich niemand von ihm träumen lassen. Es hat es mir auch niemand verdacht.

Diese Jerusalemische Geschichte, die ich möglichst genau erforschte, weil sie merkwürdig war, schrieb ich mit allen Umständen auf und schickte sie Goethen nach Frankfurt. Der hat denn den Gebrauch im zweiten Teil seines „Werthers" davon gemacht und nach Gefallen etwas hinzugetan ...

Als Goethe sein Buch schon hatte drucken lassen, schickte er uns ein Exemplar und meinte wunder, was er für eine Tat getan hatte. Wir aber sahen es gleich voraus, wie der Erfolg sein würde ... Ich schrieb ihm und zankte sehr. Nun sah er erst ein, was er getan hatte. Das Buch war aber schon an die Buchführer gelangt, und er hoffte noch, daß wir uns geirrt haben sollten ...

Sagen Sie aber, was soll ich bei der Geschichte anders tun als sie übersehen? Zu redressieren ist sie nicht. Goethe hat's gewiß nicht übel gemeint; er schätzte meine Frau und mich dazu zu hoch; seine Briefe und seine andern Handlungen beweisen es. Er betrug sich auch viel größer, als er sich im „Werther" zum Teil geschildert hat.

Kest 112–116

Charlotte Kestner geborene Buff

116. LENZ AN SEINEN BRUDER JOHANN CHRISTIAN

Straßburg, 7. November 1774

Konnt ich, mein edler Bruder, einen bessern Gebrauch von Deinem Briefe, den ich erst im August erhielt, machen, als daß ich ihn einem zweiten Du, durch die Bande der Freundschaft näher mit mir verbunden als durch die Bande des Bluts, meinem Bruder Goethe* in Frankfurt zuschickte und Dein Glück mit ihm teilte. Wie ich denn nichts Geheimes für den haben kann. Dafür ward aber auch Deine Verbindung von zwei gleich warm teilnehmenden Seelen hier doppelt gefeiert.

* Verfasser des „Götz von Berlichingen", „Clavigo", „Leiden des jungen Werthers" und einiger Kleinigkeiten.

Lenz I, 83

117. HÖLTY AN MILLER

Göttingen, 10. November 1774

Goethens „Leiden" finden hier außerordentlichen Beifall, alle Exemplare sind schon vergriffen.

Hölty 236

118. BODMER AN SCHINZ

Zürich, Martinstag (11. November) 1774

Herr Lavater hat mir „Werthern" zu lesen gegeben. Wenn die Geschichte wahr ist, so ist sie gewiß nicht wahrscheinlich. Wie kann dieser Mensch, der immer außer sich ist, immer so über sich selbst Überlegungen machen? Und die Überlegungen bis ad articulum mortis aufschreiben? Das Buch ist ein beständiges Rechten mit dem Schöpfer. Haben Sie bemerkt, wie er zwischen Gott dem Vater und dem Sohne Gottes unterscheidet? Er beschöniget seinen freiwilligen Tod damit, daß der Vater ihn bei sich haben wolle. Er kann nicht leiden, daß der Selbstmord die Tat eines schwachen Geistes sei. Er meint, sie sei dieses sowenig als das Ableben eines von den Kräften erschöpften Körpers. In dem Exemplar stand geschrieben von unbekannter Hand:

Jeder Jüngling wünschet, so zu lieben,
Jedes Mädchen, so geliebt zu sein.
Ach, der heiligste von unsern Trieben,
Warum quillt aus ihm die grimme Pein?

Welcher Jüngling, welches Mädchen wird sich mit diesem Triebe nicht heilig dünken? Erscheint Lessing hier im Schönen, da Werther mit der „Emilia Galotti" in der Hand sich erschießt? Cato hat, den Plato in der Hand, zugestoßen. Aber ich sehe, daß der Autor den Witz hochhält, wenn er bis zur Unart mit dem Stempel des Genies bezeichnet ist. Ja, bis zum Laster, zur Schwärmerei. Das ist die Lehre von Morale, Genie und Geschmack bei den Deutschen!

GoeJb V, 187f.

119. MILLER AN BOIE

Leipzig, 12. November 1774

Inwieweit ist Goethe unser Freund? Inwieweit ist er mit Klopstock verbunden? Sie wissen doch, daß dieser vom Bunde mit ihm sprechen wollte ... Auf die Volkslieder machen Sie mich so neugierig; Sie sprechen einem Hungrigen von Speise vor. Wenn nur Goethe seine Sammlung bald herausgibt! Das Lied „Below my boy" war immer mein Leiblied; ich bin also desto begieriger darauf ...

Ich streite mich noch oft mit ihm [Cramer], besonders über Lenz und Goethe, die er beinah für infallibel hält.

Bode III, 427

120. AUGUSTE GRÄFIN ZU STOLBERG AN BOIE

Ütersen, 14. November 1774

Sagen Sie mir, ich bitte Sie, was sagen Sie zu „Die Leiden des jungen Werther"? Ich kann Ihnen versichern, daß ich fast nichts – ich nehme allein unsern Klopstock aus – mit den Entzücken gelesen habe. Ich weiß fast das ganze Buch auswendig. Der erste Teil insonderheit hat ganz göttliche Stellen, und der zweite ist schrecklich schön. Goethe muß ein trefflicher Mann sein! Sagen Sie mir, kennen Sie ihn? Ich möchte ihn wohl kennen. Welches warme, überfließende Herz! Welche lebhafte Empfindungen! Wie offen muß sein Herz jeder Schönheit der Natur, des Geistes und des Herzens sein! Man fühlt es ihn in jeder Zeile ab, wie mich dünkt, daß er so und ebenso denkt und empfindet, als er schreibt. Nur wollte ich, daß er die Irrtümer in Werthers Art zu denken widerlegte oder zum wenigsten es den Leser fühlen lassen, daß es Irrtümer sind. Ich fürchte, viele werden glauben, daß Goethe selbst so denkt. Stellen Sie sich meinen Schrecken vor, als ich, nachdem ich es gelesen hatte, hörte, daß es leider kein Roman, sondern die wahre Geschichte des armen unglücklichen jungen Jerusalems ist. Gottlob, daß ich es nicht vorher wußte!

Boie 335f.

121. HERDER AN HAMANN

Bückeburg, 14. November 1774

Goethes „Clavigo" und „Leiden des jungen Werthers" werden Sie nicht übersehen. Das letzte kenne ich noch nicht, sowenig als seine Anmerkungen übers Theater [von Lenz] nebst übersetztem Shakespeare-Stücke [„Verlorene Liebesmüh"]. Im „Göttinger Musenalmanach" sind zwei Stücke (W.) von ihm, die Sie lesen müssen und die den ganzen Almanach wert sind. Er hat einen Livländer, Lenz, in Straßburg jetzo Hofmeister, zum Nebenbuhler seiner Laufbahn, den Verfasser des „Hofmeisters" und „Neuen Menoza", welchen letzten ich auch noch nicht kenne. Dünkt Ihnen nicht auch, daß die Stücke dieser Art tiefer als der ganze berlinische literarische Geschmack reichen?

HeH 90

122. DEINET AN NICOLAI

Frankfurt, 19. November 1774

Herr Weygand scheint viele Feinde zu haben. Alles wird ihm brühwarm nachgedruckt. „Puppenspiel" à 12 Kreuzer, „Werther" 30 Kreuzer usw. werden einem ins Haus gebracht. Übrigens machen diese zwei Produkte von Goethe großes Aufsehen. Wer den *Schlüssel* zu „Werthern" hat, erschrickt über manche Satire, die sich bloß in Frankfurt erschließt. Und doch braucht man keinen Schlüssel, um das Ganze mit Vergnügen zu lesen. So ist der Brief vom 15. September im zweiten Teil die Geschichte eines *hiesigen* Pfarrhauses ...

GoeJb XIII, 121

123. GARVE AN WEISSE

Breslau, 19. November 1774

Ich habe die „Leiden des jungen Werther" gelesen, und sie haben auf mich den größten Eindruck gemacht, den irgendein Buch dieser Art seit langer Zeit gemacht hat. Dieses einzige ist schon ein großes Verdienst des Werkes in meinen Augen, weil ich so lange fast durch keine andern Leiden als durch meine eignen stark gerührt worden bin und weil diese Rührung bei fremder Not etwas so Angenehmes und Befriedigendes für die Seele ist. Ich habe also bisher noch gar nicht daran gedacht, was dieses Buch auf andre Gemüter für Wirkung tun könne. Auf mich hat es diese getan: erstlich, daß ich von wirklicher Hochachtung, Liebe und Mitleiden gegen den jungen Menschen eingenommen worden bin ... Sodann bin ich mit ihm in seine Lotte verliebt worden ... Endlich habe ich ... mich damit getröstet, daß nicht bloß Wut und Gottesvergessenheit, sondern Liebe gegen ein anderes Geschöpf, mit zu heftiger Begierde nach einer höhern Vollkommenheit verbunden, seinen letzten ausschweifenden Schritt hervorgebracht hat.

Sie sagen, Sie wünschten, daß jemand in Wilhelms Namen ihn widerlegt und seine Briefe beantwortet hätte. Aber es kommen nur wenig Gründe für den Selbstmord darin vor; am meisten redet bloß die Leidenschaft ...

Daß in dem Verfasser kein gemeiner Geist wohnt: das erkenne ich, wie ich glaube, mit Gewißheit. Und von einem solchen wird unser Vaterland mit der Zeit immer mehr reife und genießbare Früchte zu erwarten haben.

Gar I, 86f. und 89

124. BODMER AN SCHINZ

Zürich, 20. November 1774

Sehen Sie, mein Wertester, wie man unsern Ausdruck erweitern kann! Ich schrieb Herrn La[vater] nur, er sollte Goethen sagen, daß er seine Herkunft beschleunige; ich möchte ihn gern sehn und könnte nicht lange mehr auf ihn warten. Welche Niederträchtigkeit, wenn ich nicht ruhig sterben könnte, ohne den Mann zu sehn, der die Farce „Die Götter, Helden und Wieland" geschrieben hat! Ich bewundere den „Götzen von Berlichingen" lange nicht wie Wieland, der ihn shakespearisiert, wiewohl er ihn lieber däumelte. Was ich von „Werthern" halte, wissen Sie itzt ... Die Jünglinge finden in Goethens Werk Sophismen für die ausschweifendste Leidenschaft. Ich kann es den Theoristen der Religion nicht verzeihen, daß sie gegen Gleims, Jacobis, Wielands, der „Laidon" [von Heinse] Verführungen so gleichgültig dastehn.

GoeJb V, 189

125. KESTNER AN HENNINGS

Hannover, 30. November 1774

Ihren vorigen Brief, nicht den letzten, habe ich Goethen mitgeteilt, um ihn zu überzeugen, wie das Buch [„Werther"] angesehen werden könne, um ihn wenigstens in künftigen Fällen behutsamer zu machen. Er schreibt, ich soll Sie herzlich grüßen. Er hat Ihren Brief geküßt. Ich soll den Brief meines Philosophen nur recht beherzigen etc. Sie kennen ihn schon aus seinen Schriften. Er macht sich aus der ganzen

Welt nichts; darum kann er sich in die Stelle derer, die so nicht sein können noch dürfen, nicht setzen ...

Die Urteile von seinem Buche sind verschieden, und einige so, daß sie ihn wegen manchem Tadel hinlänglich entschädigen. Gerade dem Ihrigen Urteile entgegen sagte einer, nun würde kein Unheiliger sich leichtsinnig erschießen.

Sie glauben nicht, was es für ein Mensch ist. Aber wenn sein großes Feuer ein wenig ausgetobet hat, so werden wir noch Freude an ihm erleben.

Kest 116f.

126. FRIEDRICH LEOPOLD GRAF ZU STOLBERG AN VOSS

Kopenhagen, 3. Dezember 1774

Werther! Werther! Werther! o welch ein Büchlein! So hat noch kein Roman mein Herz gerührt! Der Goethe ist ein gar zu braver Mann, ich hätte ihn so gern mitten im Lesen umarmen mögen!

StolVo 25

127. BODMER AN SCHINZ

Zürich, 6. Dezember 1774

Sulzer schreibt, in Berlin gehe das Gerücht, daß Doktor Goethe dort sei, seinen „Berlichingen" und „Clavigo" auf dem Theater zu sehen. Der Schauplatz muß beinahe so viele Tiroirs haben, als Szenen sind, weil fast jeder Auftritt seine eigene Szene hat. Und wer kann dieses verworrene und verwirrende Schauspiel von „Götzen" bis zum Ende aushalten.

GoeJb V, 189f.

128. GILBERT AN KNEBEL

Berlin, 9. Dezember 1774

„Werthers Leiden"! Hätte ich sie doch nie gelesen, ich, dem die Natur einen so mächtigen Hang zur Melancholie gab und der in Werthers Charakter so viele Züge aus dem seinigen fand! Moralischen Nutzen hätte das Werk stiften können, wenn in den Schluß mehr Schauer über die Tat, mehr Abschreckendes für jeden Nachfolger gelegt wäre, und dies wäre vielleicht mit wenigen Pinselstrichen getan gewesen. Goethe hätte seinem Charakter einen gerechten Vorwurf ersparen können, wenn er nicht durch Werthers Briefe an Albert den Verdacht erregt hätte, daß Werther von seiner Lotte alles genossen hätte. Dies schwächt das Interesse bei jedem Leser und wirft, da Lotte noch eine lebende Person ist, auf Goethen die Schande eines Pasquillanten. Die Schreibart ist (einige Provinzialworte und Sprachfehler kommen nicht in censum) ganz bezaubernd. Die Gemälde der Kinder, der ganze Schluß des ersten Teils, die ganze Malerei des Ganges der Leidenschaft sind meisterhaft, und welche große Züge, die ihm nur als Brosamen von des Reichen Tische, ohne daß er darauf achtgegeben, entfallen zu sein scheinen! Überdem herrscht allenthalben, bis auf wenige Stellen, eine Stärke, eine Wahrheit, und, was das Größte ist, geht dies so weit, daß vielleicht jeder Leser, wenn er nahe ans Ziel kömmt, fühlen muß: Schwerlich konnte Werther anders tun, als er tat. Überhaupt ist es das Werk eines großen Genies, aber ein gefährliches Werk, das ich leider schon zu oft gelesen. Ich mag nicht mehr daran denken!

BrKn I, 27f.

129. GOERTZ AN SEINE FRAU

Mainz, 13. Dezember 1774

Sag ihm [Wieland] die große Neuigkeit ..., dann sag ihm, daß wir Goethe in Frankfurt gesprochen haben, daß er für ihn begeistert ist, daß er sein Unrecht eingesteht, daß er aber sagt, diese schwachen Augenblicke rissen ihn manchmal mit sich und dann könne er sich nicht der Neckerei enthalten.

Goertz 325. Aus dem Französischen

130. ZIMMERMANN AN LAVATER

Hannover, 14. Dezember 1774

Gestern hatte ich einen angenehmen Abend. Frau von Döring bat eine ganze *große Gesellschaft* zu sich, die den ganzen Abend nichts anderes getan hat, als Deine Physiognomischen Tabellen durchzusehen... Unter diesen Personen befand sich Goethens Lotte (großschwanger) und ihr redlicher Albert [Kestner]. Denn beide, die vormals in Wetzlar gewesen, wohnen itzt in Hannover. Wir saßen alle an einem großen runden Tische; ich hatte die Kupfer vor mir liegen und ließ eines nach dem andern herumgehen. Lotte saß gegen mir über. Ich zitterte über und über wie ein Laub, als ich Goethens Porträt hervornahm; Lotte ward rot, behielt aber übrigens die vollkommenste Contenance ...

Willst Du die mißlungenen Bilder in Deinem Werke auch beibehalten? Von *den vielen Porträten* von Goethe ist nur eines gut (... das schattierte mit der Unterschrift G. F. S. ...), sagen Albert und Lotte. – Aber dies ist auch sehr gut! Ich hielt es für das beste, eh ich wußte, daß es das beste ist, wegen dem alles umfassenden und durchdringenden *Adlersblicke,* wegen der überaus schönen, edlen und *feinen Nase,* wegen der *Schlauheit, Unzuverlässigkeit der Grundsätze,* Ironie und Wollustliebe im *Munde* etc. etc.

La 337 und 338

131. FRIEDRICH HEINRICH JACOBI AN SOPHIE VON LAROCHE

Düsseldorf, 14. Dezember 1774

Unter allen großen Schriftstellern Deutschlands ist er [Wieland] der einzige, der über Goethes Ruhm nicht eifersüchtig ist. Über „Werthers Leiden" hat er nicht nur an mich, sondern an verschiedene andere noch in Ausdrücken und mit einer Herzlichkeit geschrieben, die ihn unendlich verehrungswürdig machen.

JacBr I, 198 f.

132. HENRIETTE VON KNEBEL AN IHREN BRUDER

Nürnberg, 19. Dezember 1774

Du kannst Dir meine Freude vorstellen, Bester, als ich gestern abends Deinen Brief von Mainz erhielt. Die Freude, daß ein Goethe weiß, daß auch ich existiere, sogar an mich schreibt – mir ist noch, als wenn ich träumte, ob ich wohl den Brief schon ganz auswendig weiß. Höre, mein Bester, mein Liebster, ich muß diesem Mann antworten, anders kann ich nicht, und wiewohl ich den ganzen Tag an ihn denke, auch wohl schon zehn Briefe an ihn geschrieben habe, so habe ich doch nicht das Herz, einen davon wegzuschicken. Nicht um meiner Ehre willen möchte ich einen schlechten Brief an diesen Mann schreiben und ihm die gute Idee benehmen, die ihm vielleicht mein Karl von mir mag beigebracht haben, und niemand habe ich um mich, der mir helfen kann. Dieses alles mußte ich voraus sagen, um Dir meine Bitte begreifbar machen zu können. Nun, mein bestes Karlchen, hast Du nicht die Güte für mich und schreibst mir meine Antwort und schickst sie mir? Werde nur nicht böse, und erhöre meine Bitte!....

Noch etwas habe ich auf dem Herzen. Ich habe ein Paar Filetmanschetten geendigt, die sehr hübsch ausgefallen sind. Sie haben mir Mühe gemacht, und ich habe sie zu meiner Belohnung für einen lieben Mann, für Dich, bestimmt. Nun möchte ich sie gar zu gern an Goethen schicken.

KnHe, 9

133. KNEBEL AN BERTUCH

Karlsruhe, 23. Dezember 1774

Von Wieland werden Sie erfahren können, daß ich Goethes Bekanntschaft gemacht habe und daß ich etwas enthusiastisch von ihm denke. Ich kann mir nicht helfen, aber ich schwöre es: Ihr alle, ihr Leute, die ihr Kopf und Herz habt, ihr würdet so von ihm denken, wenn ihr ihn kennen solltet. Dies bleibt mir immer eine der außerordentlichsten Erscheinungen meines Lebens. Vielleicht hat mich die Neuheit zu sehr frappiert ...

Was sagt unser Wieland zu Goethens Brief? Nur böse muß er niemals auf ihn werden! Keine Menschen in der Welt würden sich geschwinder verstehen, wenn sie beisammen wären, als Wieland und Goethe. Ich bin versichert und sehe es aus allem, daß sich Klopstock und Goethe lange nicht so verstanden haben. Goethes Kopf ist sehr viel mit Wielands Schriften beschäftigt; daher kommt es, daß sie sich reiben. Goethe lebt in einem beständigen innerlichen Krieg und Aufruhr, da alle Gegenstände aufs heftigste auf ihn würken. Daher kommen die Ausfälle seines Geistes, der Mutwillen, der gewiß nicht aus bösem Herzen, sondern aus der Üppigkeit seines Genies. Es ist ein Bedürfnis seines Geistes, sich Feinde zu machen, mit denen er streiten kann; und dazu wird er nun freilich die schlechtsten nicht aussuchen. Er hat mir von allen denen Personen, auf die er losgezogen ist, mit ganz besondrer, empfundner Hochachtung gesprochen. Aber der Bube ist kampflustig, er hat den Geist eines Athleten! Wie er der allereigenste Mensch ist, der vielleicht nur gewesen sein mag, so fing er mir einmal des Abends in Mainz ganz traurig an: „Nun bin ich mit all den Leuten wieder gut Freund, den Jacobis, Wieland – das ist mir gar nicht recht. Es ist der Zustand meiner Seele, daß, so wie ich etwas haben muß, auf das ich eine Zeitlang das Ideal des Vortrefflichen lege, so auch wieder etwas für das Ideal meines Zorns. Ich weiß, das sind lauter vortreffliche Leute! Aber just deshalb! Was kann ich ihnen schaden? Was nicht Stroh ist, bleibt doch! Und die Woge des Beifalls, wenn sie sich auch eine Zeitlang abgewendet hat, fällt doch wieder zurück", usw.

Ich mußte herzlich über seine Naivetäten dieser Art lachen, denn der Rektifiziergeist ist bei ihm übel angebracht. Genug, ich konnte mich in die Möglichkeit seines Falles setzen und lachte ihn damit aus. Den ältesten Jacobi liebt er über alles ... Indessen hat er eine Schrift [„Das Unglück der Jacobis"] auf ihn gemacht, die er mir versichert, daß es das Böste seie, was er in dieser Art gemacht habe. Sogar ein Frauenzimmer [Johanna Fahlmer] in Frankfurt, das mit Jacobi liiert ist, hat er hineingebracht. Sie hat ihn bei allem beschworen, ihr die Schrift lesen zu lassen, und beteuert, daß sie nichts übel empfinden wolle. Er hat ihr aber geradezu versichert, daß es unmöglich sei, daß irgendein Frauenzimmer in der Welt die Stellen nicht übel empfinden sollte. Nun wartet er, bis Jacobi nach Frankfurt kommt; dem muß er es vorlesen, und dann will er es zerreißen.

Soviel von Goethe! Aber lange noch das Geringste! Die ernsthafte Seite seines Geistes ist sehr ehrwürdig. Ich habe einen Haufen Fragmente von ihm, unter andern zu einem „Doktor Faust", wo ganz ausnehmend herrliche Szenen sind. Er zieht die Manuskripte aus allen Winkeln seines Zimmers hervor. An den „Leiden des jungen Werthers" hat er zwei Monate gearbeitet, und er hat mir versichert, daß er keine ganze Zeile darin ausgestrichen habe. An „Götz von Berlichingen" sechs Wochen. Er macht wieder so eines, und noch ein Dutzend andre ...

Rodenberg 517–520

134. WIELAND AN KNEBEL

Weimar, 24. Dezember 1774

Die außerordentliche Wirkung, die die persönliche Bekanntschaft Goethes auf Sie, teurer Freund, gemacht hat, erklärt sich aus der Vortrefflichkeit Ihres Herzens und einer Art Fühlbarkeit, die auch in der Übertreibung noch liebenswert ist. Aber wahrhaftig, wenn Sie mir raten, so bald als möglich zu gehen, diesen Wundermann zu beschauen, so bedachten Sie nicht, daß Sie Ihrem Freunde Wieland diesen Rat gaben. Herr Goethe dürfte besser in der Lage sein als ich, Reisen zu unternehmen.

Er hat mir ein Briefchen geschrieben, das mir im ersten Augenblick eine Überraschung bereitet hat durch einen Anschein von Naivetät, den es trägt. Nachdem ich es indessen aufmerksam gelesen und wieder gelesen habe, sah ich gleichfalls, was jedermann darin erkennt, denn ich lasse es jeden lesen, der Lust hat: daß der Herr Goethe keine andere Absicht gehabt hat, als sich über mich lustig zu machen.

Ich verzichte vollständig und für immer auf die Ehre, mit all diesen Genies und Schöngeistern, die Sie bisher auf Ihrer Reise gesehen haben, Bekanntschaft zu machen.

GoeG 181. Aus dem Französischen

135. ELISABETH GOETHE AN LAVATER

Frankfurt, 26. Dezember 1774

Des Abends [am 12. Dezember], da die andern Freunde weg waren und ich allein bei ihr [Susanna Katharina von Klettenberg] saß, sagte sie: „Der Doktor!" Ich bildete mir ein, sie meine den Medikus [Metz], und sagte: „Er ist weggegangen." – „Nein", sagte sie und deutete auf mich. „Meinen Doktor meinen Sie?" Sie nickte mit dem Kopfe. „Ach", sagte ich, „der glaubt so wenig, daß Sie sterben, daß er mir aufgetragen hat, Ihnen zu sagen, wie er morgen mit dem Prinzen von Weimar nach Mainz reisen werde – dreimal hab ich schon angefangen, ihn auf Ihren Tod vorzubereiten, es ist aber alles vergebens. ‚Sie stirbt nicht!' sagt er immer, ‚das kann nicht sein, sie stirbt nicht.'" Sie lachte. „Sag ihm Adieu, ich hab ihn sehr liebgehabt."

Frau Rath 32f.

136. BODMER AN MEISTER

Zürich, 28. Dezember 1774

Ich habe Goethens [Lenz'] „Hofmeister" nicht gelesen. Seine „Alceste, Götter und Wieland" ist eine Farce wie die Farce [„Prolog zu den neusten Offenbarungen Gottes"] auf Bahrdts Übersetzung des Neuen Testamentes in der modernen Schönschreiberei. Wie da die vier Evangelisten mehr als Bahrdt persifliert, prostituiert werden, so sind in jenem Stück Euripides, Herkules mehr zu Narren gemacht als Wieland. Goethe verfertiget Narrenkappen mit Schellen, die er dann ehrbaren Männern ansetzet; die Gassenjungen laufen ihm nach und erheben Huées. Goethe hätte doch nicht nötig gehabt, Persiflage anzuwenden. Wielands „Alceste" ist in sich selbst schlecht genug, nichts weniger als griechisch ...

Wieland selbst hätte gewiß Goethen zum Shakespeare der Deutschen erhoben oder geschaffen, wenn dieser ihn nicht zum Narren gehabt hätte. Itzt sagt er nur, Goethe shakespearisiere zuweilen ...

Der „Clavigo" ist Beaumarchais' Erzählung, verhunzet. Goethen hat ihn weniger anschaulich machen wollen; aber so ward er auch trockener.

GoeJb V, 190f.

137. CHRISTIAN GRAF ZU STOLBERG AN VOSS

Kopenhagen, 31. Dezember 1774

Noch ein Glück haben Sie: daß Sie „Werthers Leiden" zu einer Zeit gelesen haben, da Sie schon mitempfinden konnten. O ich kann Ihnen nicht sagen, wie ich das Büchelchen liebe! Es legt sich ganz um mein Herz herum, und so sehr harmoniert es mit mir, daß ich in jedem Raisonnement und in jedem Gesicht mich erkenne. O der gute Goethe! ich habe ihn schon manches Mal dafür zärtlich umarmt! Das ist ein rechtes Nationalbuch. Denn wahrlich niemand als ein Deutscher konnte es schreiben, und kein anderer kann es nachempfinden. Aber leider wie vielen unserer Landesleute wird es Torheit und Ärgernis sein! Ich habe es noch an niemand gegeben, als von dem ich weiß, daß er's ganz empfindet, und davon sind hier sehr wenige.

GoeJb XXXIII, 14

138. GLEIM AN HEINSE

Halberstadt, Ende 1774

„Die Leiden des jungen Werther" sind vortrefflich, bester Sohn! In einem Atem hab ich sie gelesen ... Vortrefflich, bester Sohn! Die tiefste Weisheit, kurz und herrlich! Kommt alles aus dem Herzen und aus dem Geist, wie's drinnen war ... Der junge Werther, glaub ich, ist der junge Jerusalem, und Genius Goethe ging dem Faden der Geschichte nach. Was meinst, mein lieber Sohn, wenn's ihm gefallen hätte, seinen Held aus der Luft zu greifen, sollt's wohl nicht ein noch größrer geworden sein, als der junge Werther gewesen ist? Um eines Mädels willn sich totzuschießen, lieber Sohn, bist jung, tu's nicht, und wär's ein Mädel, Lotten gleich und hundert drüber. 's ist doch, glaub ich, ein größrer Held, wer in seinen Leiden aushält ... Grüß ihn, Goethen, Deinen guten Freund, und sag ihm, daß aufs Jahr ich ihn besuchen würde, denn ich müßt in diesem Leben ihn noch kennenlernen, damit er in jenem mir nicht unbekannt wäre. Wegen seines jungen Werthers hat er Dekret bekommen, in den Musentempel aufgenommen zu werden. Neben Dir soll er seine Stelle bekommen. Kannst Du sein Bild mir schaffen, aber ohne daß er was davon erfährt?

GlH I, 203f.

1775

139. WIELAND AN KNEBEL

Weimar, 13. Januar 1775

Verzeihen Sie mir, lieber Freund, das unartige Zeug, das ich Ihnen letzthin in einem hypochondrischen Anstoß über Goethe schrieb. Ich bin inzwischen radicaliter von allem Mißmut gegen diesen sonderbaren großen Sterblichen geheilt worden. Unfehlbar werd ich ihn über lang oder kurz persönlich *kennenlernen* ... Genug, ich werd ihn sehen und sprechen, und an meinem guten Willen soll's nicht liegen, wenn wir nicht Freunde werden können.

Kn II, 210

140. ZIMMERMANN AN CHARLOTTE VON STEIN

Hannover, 19. Januar 1775

„Werthers Leiden". – Sie werden mir nicht zutrauen, daß ich eine Minute gezögert habe, diesen *so wahren, so natürlichen, so allem,* was man selber tausend und tausendmal in seinem Leben *gesehen und empfunden hat, gleichkommenden* Roman zu *verschlingen.* Aber das Lesen des ersten Bandes hat mich so erregt, hat alle Saiten meiner Seele so getroffen und in Schwingung versetzt, daß ich mich vierzehn Tage ausruhen mußte, ehe ich den *Mut* hatte, zum zweiten zu greifen, dessen Lesen gleichfalls in einem Zuge geschah.

Durch diese wenigen Worte glaube ich völlig auf folgende Worte Ihres Briefes geantwortet zu haben: „Ich wünschte die Empfindungen zu wissen, die das Lesen von ‚Werthers Leiden' bei Ihnen verursachet." Sie fügen hinzu: „Lesen Sie es der Frau von Döring vor, aber nicht der Fräulein von Rheden." Eine wie die andere hat es selber gelesen, Fräulein von Rheden sicherlich gegen meine Erlaubnis, und eine wie die andere war aufs höchste entzückt, gerührt, betroffen, hingerissen durch diese Lektüre. Daß alles und alles mit dem Stempel der Wahrheit in diesem Buche gekennzeichnet ist, hat Frau von Döring in Absicht auf die *Hauptsachen* sowenig verkannt als ich. – Aber „Werthers Leiden" hätte ich ebensowenig an *Frau von Döring* vorlesen mögen als an *Frau von Stein.*

Die Personen, die Sie, meine liebe Frau von Stein, *ausgelacht* und ausgeschmält haben, daß Sie acht Tage zur Freude unfähig waren, nachdem Sie „Werthers Leiden" gelesen hatten, haben gewiß ihre Art zu denken und zu empfinden weder an *Beobachtungen* noch an *Gefühlen* des menschlichen Herzens *geschärfet* – und darum sind auch diese Personen gewiß glücklicher als *Sie* und *ich.*

Es ist dem Geiste und der *edlen* Denkungsweise des Herrn Wieland würdig, zu erklären, daß dieses Werk seines Gegners Goethe *schön* ist. Ja, so ist es, und es wird, auf einem verschiedenen Wege, mit dem „Agathon" zur Nachwelt übergehen.

Diejenigen, die Ihnen, liebe Freundin, gesagt haben, daß dies Werk *gefährlich* sei, haben es nicht verstanden. – Das Entstehen und Fortschreiten der lebhaftesten Liebe ist darin mit Wahrheit, mit dem Pinsel der Natur selbst, abgemalt. Werde ich empfänglicher für die Liebe, weil ich dies Buch gelesen habe? Ach, es sagt mir nur, wie ich geliebt habe, längst ehe ich es las. Werde ich mich versucht fühlen, die Geliebte oder die Frau eines andern zu lieben, nachdem ich dies unsterbliche Werk gelesen habe? Oder werde ich dadurch gereizt, ein Feuer stärker zu nähren, das ich nicht gänzlich auslöschen konnte? Vielmehr werde ich die Liebe mehr als je fürchten; ich werde beim Anblick der Ausschreitungen zittern, zu denen sie einen heißen Kopf verleitet; ich werde ihre Hitze in dem Wasser der Vernunft ertränken; ich werde ihre Reize lieber bei der sanften Freundschaft suchen; ich werde meiner Phantasie zuweilen den Höhenflug eines Platon oder eines Petrarca gestatten und werde die Flucht ergreifen, wenn der Kuß einer Freundin mir mehr zu sein scheint als der Kuß einer Freundin. Aber wenn ich unfähig sein sollte, in meinem

Johann Georg von Zimmermann

Herzen auszurotten, was sicherlich nicht gut ist, werde ich dann von Werther lernen, mir den Kopf entzweizuschießen? Erschieße sich, wer Lust hat! Nimmermehr wird dies Buch mir dazu eine Neigung einflößen, denn es scheint mir unendlich viel edler und größer, als *Sieger* zu leben denn als *Hasenfuß* zu sterben.

Sie verlangen, daß ich Ihnen von Goethe rede? Sie möchten ihn sehen? Ich werde sogleich über ihn berichten. Aber, arme Freundin, Sie bedenken es nicht. Sie *wünschen*, ihn zu *sehen*, und Sie wissen nicht, bis zu welchem Punkte dieser *liebenswürdige* und *bezaubernde* Mann Ihnen *gefährlich* werden könnte! – Ich schneide einen Stich aus Lavaters „Physiognomik" heraus, um Ihnen mit dieser Adlerphysiognomie ein Geschenk zu machen.

Herr Goethe ist einziger Sohn eines sehr reichen Mannes, der den Titel von einem Kaiserlichen Rate hat und in Frankfurt von seinen Renten lebt. Sein Vater hat verlangt, daß er einen Beruf ergreife; deshalb ist er Doktor der Rechte geworden und macht zuweilen willig oder widerwillig den Advokaten, wobei er sich vorzüglich gut bewährt. Er versteht sich meisterhaft auf die Musik, das Zeichnen, die Malerei und das Kupferstechen, und wie mir viele Personen versichert haben, ist er fast in allen Künsten und allen Wissenschaften gewandt.

Ein Fremder, der kürzlich bei mir gewesen ist, hat von Goethe folgendes Bild entworfen: „Er ist 24 Jahre alt; ist Rechtsgelehrter, guter Advokat, Kenner und Leser der Alten, besonders der Griechen; Dichter und Schriftsteller; orthodox (s. ‚Brief des Pastors zu *** an den Pastor zu ***'); heterodox (s. ‚Zwo unerörterte Fragen von einem Landgeistlichen in Schwaben'); Possentreiber (s. ‚Puppenspiel'); Musikus; zeichnet frappant; ätzt in Kupfer, gießt in Gips; schneidt in Holz; kurz, er ist ein *großes* Genie, aber ein *furchtbarer* Mensch."

Eine Frau von Welt, die ihn oft gesehen hat, hat mir gesagt, daß Goethe der schönste, lebhafteste, ursprünglichste, feurigste, stürmischste, sanfteste, verführerischste und für ein Frauen*herz gefährlichste* Mann sei, den sie in ihrem Leben gesehen habe.

Mein Freund Lavater hat mir am 23. Juni 1774 aus Frankfurt geschrieben: „Goethe macht ein Ding oder hat's gemacht: ‚Werthers Leiden'. Wenn Du etwas *Wahrers* in Deinem Leben gelesen hast – so lies nichts mehr auf mein Wort." Und am 27. August aus Zürich: „‚Werthers Leiden' werden Dich entzücken und in Tränen schmelzen, Du würdest den Doktor Goethe vergöttern. Er ist der *furchtbarste* und der *liebenswürdigste* Mensch". ...

Sie fragen mich in Ihrem Briefe vom 7. November auch: „Haben Sie den ‚Clavigo' gelesen? Der ist auch vortrefflich." – Ich habe ihn gelesen, aber ich gestehe Ihnen, daß Goethes Tragödie mich *weniger interessiert* hat als die *ganz einfache* Erzählung, die Wieland über Clavigo, Beaumarchais usw. im „Merkur" eingerückt hat ...

Ich weiß nicht, was Sie, meine Damen, da über den Roman von Goethe sich für Gedanken machen.

Seine Gründe für den Selbstmord! – Ei der Teufel, wer wird sich wegen dieser Gründe das Leben nehmen!

„Er scheint zu glauben, ein Genie müsse auch ausschweifen, und ärgert sich über die Kerls, die am Ufer wohnen und sich bescheiden vor der Überschwemmung verpalisadieren." – Es scheint mir, meine liebe Stein, daß Sie diese Stelle etwas verquer nehmen. „Diese Kerls" stehen in „Werthers Leiden", Teil 1, S. 23. Gemeint sind die *Dummköpfe,* die natürlichen Feinde aller Menschen von *Genie.* Mir scheinen diese Betrachtungen sehr richtig, und ich sehe Ihre Schlußfolgerung nicht darin.

„Folglich sind die großen Geister mit Verpalisadierung Seltenheiten; diese halbe Wahrheit aber könnte vor einen jungen Menschen gefährlich sein." Eben das sehe ich nicht, meine Liebe. Die kleinen Geister sind gewöhnlich große Männer in der *Vorsicht*; aber ein Mann von großer und edler Seele verachtet sie.

Lit.archiv II, 8–13. Zum Teil aus dem Französischen

141. KESTNER AN HENNINGS

Hannover, 24. Januar 1775

Sie trösten mich wegen „Werthers Leiden". Im Grunde haben Sie recht, und es hat mir im Publico, soviel ich weiß, hier keinen Schaden getan. Aber es tut mir doch wehe, daß ich das Buch nicht mit der Teilnehmung, wie ich bei andern sehe, lesen und wiederholt lesen kann. Immer stößt mir eine Stelle auf, die mir auch in der Dichtung empfindlich ist. Nun ist noch ein ungebetener Ausleger [Breidenbach] hinzugekommen, in der sogenannten „Berichtigung" etc. Es ist wohl kein boshafter Ausleger, und manches dient zur Verhinderung irriger Vorstellung. Aber was soll es? Muß denn das Publikum alles so haarklein wissen? ...

Ein guter Freund schrieb mir letzthin: „Sauf le respect pour votre ami, mais il est dangéreux d'avoir un auteur pour ami." Er hat wohl recht.

Kest 117

142. FRIEDRICH HEINRICH JACOBI AN WIELAND

Frankfurt, 27. Januar 1775

Ich soll die Hand aufs Herz legen, trauter Freund, und zeugen, ob der außerordentliche Beifall, den Goethe Ihrer Kantate des Apollo im „Midas" gegeben, nicht Persiflage sei. O tausendmal kann ich hierüber die Hand aufs Herz legen und zeugen, daß dieser Beifall so ganz und so innig gewesen, als einer sein kann. Wenn Sie mit Goethes epischem Shandysmus bekannter wären, so würden Sie darin nichts Unbegreifliches finden. Überdies ist Persiflage Goethes Lieblingsfigur nicht, ja ich dürfte wohl behaupten, daß er niemals derselben sich bediene, denn immer ist seine Ironie offenbarer, deutlicher Spott.

... *Sie* achtet er vom Grunde der Seele hoch; aber als Herausgeber des „Merkurs" sind Sie ihm ärgerlich ...

Goethe grüßt Sie herzlich und bittet Sie, uns Ihre Silhouette zu schicken. Wir wollen sie in Kupfer stechen lassen ...

JacBr 1, 199ff.

143. KARL AUGUST HERZOG VON SACHSEN-MEININGEN AN SEINE SCHWESTER WILHELMINE

Frankfurt, 4. Februar 1775

Der berühmte Goethe hat bei uns zu Mittag gegessen. Es war mir lieb, neben ihm am Tisch zu sitzen, um ihn desto näher bemerken zu können. Er spricht gut, besonders original, naiv, und ist sehr amusant und lustig. Er ist groß und gut gewachsen und hat seine ganz eignen Façons, so wie er überhaupt zu einer ganz besondern Gattung von Menschen gehört. Er hat seine eignen Ideen und Meinungen über alle Sachen und über die Menschen, seine eigne Sprache, seine eigne Wörter. – Er hat mir recht sehr wohlgefallen.

Sein sanftes Gefühl, seine Richtigkeit des Ausdruckes, der Denkungsart, des Urteils, seine angenehme Lebhaftigkeit verdienen Bewunderung. – Er sagte mir, daß er jetzt an zwei Stücken arbeite: „Der Tod Julius Caesars", ein Trauerspiel, und eine Oper [„Erwin und Elmire"].

Er blieb bis 5 Uhr nachmittags bei uns, worüber wir sehr erfreut waren.

GoeJb X, 141

144. ZIMMERMANN AN LAVATER

Hannover, 7. Februar 1775

Soeben erhalte ich von dem Buchbinder: 1) „Brief des Pastors zu *** an den neuen Pastor zu ***" von Herrn Goethe; 2) „Infantes moralisch politisches Puppenspiel" von Herrn Goethe ... Etwas Vernünftigeres ist, deucht mir, weil die Welt steht, über die Religion nicht geschrieben worden als der „Brief des Pastors zu ***". Aber noch lieber wollte ich das Orgelum-orgelei-Dudeldumdei [„Jahrmarktsfest" im „Puppenspiel"] geschrieben haben, wenn ich dann auch einen so guten Magen und ein so fröhliches Herz dabei hätte als der Verfasser von beiden; dem ich für beides herzlich danke; ohne daß Du jedoch nötig habest, es ihm wiederzusagen.

La 340

145. LESSING AN WIELAND

Wolfenbüttel, 8. Februar 1775

Aber, liebster Wieland, haben Sie es auch bedacht? Ich an Ihrem „Merkur" Anteil nehmen? ... Was für Beiträge erwarten Sie von mir? Arbeiten des Genies? Alles Genie haben itzt gewisse Leute in Beschlag genommen, mit welchen ich mich nicht gern auf einem Wege möchte finden lassen. Literarische Beiträge? Wer wird die lesen wollen.

Vor einiger Zeit zwar hätte ich Ihnen bei einem Haar einen solchen Beitrag uneingeladen zugeschickt. Meine eignen Grillen nämlich über die „Alceste" des Euripides; auf Veranlassung des ebenso albern als hämischen Angriffs von Goe[th]en [„Götter, Helden und Wieland"]. Aber nicht wahr, es ist ebenso gut, daß ich das Ding zurückbehalten? „Der Kerl ist ein Genie, aber ein Genie ist ein schlechter Nachbar", sagt Nicolai sehr gut in seinem, wo nicht bessern, doch klügern „Werther".

Less 629f.

146. FRIEDRICH HEINRICH JACOBI AN WIELAND

Mannheim, 11. Februar 1775

Goethe verdenkt Ihnen keineswegs, daß Sie zur Verbesserung Ihrer Umstände sich mit einer literarischen Manufaktur abgeben ... Wenn aber Goethe in *Wielands* „Merkur" über Kunst, Künstler und Kunstsachen, kurz, über Dinge des Genies, schiefe, verkehrte, nach seinem Gefühle alberne Urteile und *Wegweisereien* findet, so ärgert er sich und jammert, daß *Wieland* übers Herz bringen muß, dergleichen herauszugeben.

JacBr I, 202

147. HENRIETTE KAROLINE VON STEIN AN LAVATER

Nassau, 14. Februar 1775

Der schnelle, aber doch selige Hintritt der Fräulein Klettenberg wird Sie gerührt haben. Für Herrn Göde halte es für ein

Unglück. Nichts ist dem zu gleichen, einen Freund zu haben, der sich beschäftiget, uns den Weg der Tugend zu zeigen.

StL 243

148. GOERTZ AN SEINE FRAU

Straßburg, 16. Februar 1775

Ich habe eben „Die Freuden des jungen Werthers" [von Nicolai] gelesen, und sie haben mich sehr vergnügt. Du weißt, daß ich von den „Leiden" immer gesagt habe: Ich möchte sie nicht geschrieben haben. Dies aber möchte ich wohl. Goethe wird uns nun zeigen, ob er Neckerei aushalten kann. Ich zweifle sehr daran, obwohl er es gegen uns gesagt hat.

Goertz 346. Aus dem Französischen

149. MÖSER AN NICOLAI

Osnabrück, 20. Februar 1775

Die „Freuden des jungen Werthers" haben hier, wie überall, einen lauten Beifall gefunden, und ich wünsche, daß solche der neuen Ausgabe der „Leiden", welche veranstaltet wird, beigefügt werden mögen, um die Schwachen zu stärken. Ich hänge mich nicht!

Mös 268

150. RUMMEL AN BETHMANN

Leipzig, 22. Februar 1775

Was macht denn der Herr Doktor Goethe, welcher ehemals in Leipzig studierte und von Ihnen an uns rekommandieret war, für eine Rolle in costy? Er scheint ein großes Genie, nur aber leider! ein Freigeist zu sein. Er hat unter mehreren rausgegebenen Büchern eines geschrieben, so „Die Leiden des jungen Werthers" betitelt ist. Nachdem solches etliche Monate allhier roulierte, so hat man es endlich konfiszieret. Eigentlich soll die Aventure des jungen Jerusalems und dessen Selbstmord vermittelst einer Pistole darinnen geschildert sein, denn bekanntermaßen wurde dieser bei seinem Gesandtschaftssekretariate seiner eingebildeten Meinung nach disgustieret, und er entschloß sich zu erschießen. Allein die meisten Gelehrten von des Herrn Goethe seiner ehemaligen hiesigen Bekanntschaft vermuten wahrscheinlich, daß Herr Goethe seine eigene gehabte Aventure beschrieben und den Schluß des Buches mit der Historie des jungen Jerusalems gemacht und dabei sehr weislich gehandelt hat, daß er sich nicht wie jener um eines Mädchen oder vielmehr um einer verheirateten Frau willen um das Leben gebracht hat. Es sind viele irreligiöse Sentiments in diesem Buche, und schon bei seinem hiesigen Aufenthalt ließ er besondere Denkungsarten in der Religion merken. Geben Sie mir doch bei einem müßigen Viertelstündchen einige Nachricht von seiner jetzigen Verfassung und von dem Ansehen, so er dermalen in Frankfurt behauptet, und was man von ihm in costy hält. Es soll die Nachricht niemanden lästig fallen.

Beth 54f.

151. WEISSE AN GARVE

Leipzig, 4. März 1775

Vermutlich haben Sie schon gehört, daß Lessing acht Tage bei uns gewesen ist ... Mit Goethens und seines Mitbruders Lenzens neuen Schauspielen war er äußerst unzufrieden. Ein bißchen Witz und Laune, sagte er, gölte ihm ebensoviel als ein wenig Temperamentstugend, und der müsse ganz auf den Kopf gefallen sein, der, wenn er sich keiner Regel unterwerfen wolle, nicht eine Situation oder launichte Szene machen könne. Ein schöner durchdachter Plan und die geschickte Herbeiführung der Situationen mit der gehörigen Entwicklung gut ausgebildeter Charaktere erfordern mehr Genie.

Höchst aufgebracht war er gegen die „Leiden des jungen Werther“ und behauptete: der Charakter des jungen Jerusalems wäre ganz verfehlt; er sei niemals der empfindsame Narr, sondern ein wahrer nachdenkender Philosoph gewesen. Er selbst besäße einige sehr scharfsinnige Abhandlungen von ihm ... die er nächstens mit einer Vorrede herausgeben wolle ...

Kurz, ich merke, er wird ihm einmal jählings wie Klotzen auf den Nacken springen. Doch da es Goethen auch nicht an Hörnern fehlt, so wird er sich wohl wehren.

Bode I, 113f.

152. KRAUS AN BERTUCH

Frankfurt, 5. März 1775

Goethe ist jetzo lustig und munter in Gesellschaften, geht auf Bälle und tanzt wie rasend! Macht den Galanten beim schönen Geschlecht: das war er sonsten nicht. Doch hat er noch immer seine alte Laune. Im eifrigsten Gespräche kann ihm einfallen, aufzustehen, fortzulaufen und nicht wieder zu erscheinen. Er ist ganz sein, richtet sich nach keiner Menschen Gebräuche. Wenn und wo alle Menschen in feierlichsten Kleidungen sich sehen lassen, sieht man ihn im größten Negligé und ebenso im Gegenteil. Goethe will oft zu mir kommen und bei mir zeichnen, welches ich ihm sehr gerne erlauben werde. Er hat seit einem Jahr viel gezeichnet und auch etwas gemalt. Viele Schattenbilder und auch andere Gesichter im Profil macht er, trifft öfters recht gut die Gleichheit.

GoeJb II, 387f.

153. AUGUSTE GRÄFIN ZU STOLBERG AN BOIE

Ütersen, 7. März 1775

Sie haben also Goethe kennenlernen. Happy man! Ich weiß meinen „Werther" bald auswendig. O es ist doch ein gar zu göttliches Buch! Und doch geht es mir oft, wie es Ihnen geht: ich wollte, daß es nicht gedruckt wäre; ich denke immer, es ist *zu gut* für diese Welt ...

Sie kennen meine Liebe zum Englischen. Die ist noch immer dieselbe; „Werther" aber hat die deutsche Waagschale sehr sinken machen. Als ein Meisterstück des Genies ist *der* Roman doch von allen englischen, selbst Richardson seinen, wie *mich dünkt,* so unendlich unterschieden, daß man sie gar nicht vergleichen kann.

Boie 338

154. PETERSEN AN MERCK

Straßburg, 9. März 1775

Ich habe hier viele Bekanntschaften gemacht ... Die Liebhaber der deutschen Literatur sind dünne gesät, und diese ziehen den „Clavigo" dem „Götz von Berlichingen" vor, so wie sie sich auch nicht in die Stücke des Herrn Lenz, den „Hofmeister" und am wenigsten in den „Neuen Menoza", finden können. Alles spricht hier fertig lateinisch und französisch, schreibt es auch; mich dünkt aber, sie wüßten keine Sprache recht, weder lateinisch, noch französisch, noch deutsch.

BrM II, 49

155. HEINRICH AYRER AN GEORG FRIEDRICH AYRER

Dresden, 11. März 1775

Das Buch „Die Leiden des jungen Werthers" hat hier unendlichen Beifall gefunden ... Wir kennen den Verfasser davon persönlich, und mir wenigstens kam er schon auf Universitäten als ein überspannter Kopf vor.

Gespr I, 163

156. GARVE AN WEISSE

Breslau, 11. März 1775

Der Auszug aus Lessings Unterhaltungen ist mir sehr lieb ...; lieb endlich auch, daß er der Goethischen Partei nicht zu sehr ergeben ist. Wenn *er* noch auf die Seite der alten Ritter und Göttergeschichten und der erkünstelten Regellosigkeit träte, so weiß ich nicht, wo endlich Natur und

Vernunft, so wie sie für unser Jahrhundert gehören, sich hinretten würden. Aber „Werthers Leiden" tut er doch unrecht. Wenn Jerusalem auch nicht Werther ist, so ist dieser doch eine interessante Person. Und als Philosoph kann Jerusalem schwerlich tiefer gedacht haben, wenn er auch gründlicher und kaltblütiger gedacht hat. Die Stimme des Publikums ... entscheidet für den Wert dieses Buches, und meine Empfindung unterschreibt diesen Ausspruch.

Gar I, 115f.

157. FRIEDERIKE KAROLINE VON GOERTZ AN IHREN MANN

Weimar, 14. März 1775

Goethe hat was Neues gemacht, etwas höchst Amüsantes, im Puppenspiel-Geschmack, betitelt: „Prometheus (das ist er), Deukalion (sein ‚Werther') und seine Rezensenten" [von Wagner]. Wieland ist darin unter dem Namen seines „Merkur" noch ärger von Goethe mißhandelt worden als bisher. Nicolai spielt darin die Rolle eines Orang-Utan; es treten darin Bestien aller Art auf, die nicht genannt, sondern grob gezeichnet sind. Für Wieland hat man den Merkur gewählt, der auf dem ersten Bande seines „Merkur" gestochen ist. Es ist viel Geist in dieser Pasquinade, aber sie zeigt einen unwürdigen Charakter. Wieland wird ihm kurz und gut antworten; er ist außer sich. Indessen lacht er, wie wir, wenn er es liest; man kann es nicht lassen.

Goertz 357. Aus dem Französischen

158. FRIEDRICH HEINRICH JACOBI AN WIELAND

Düsseldorf, 22. März 1775

Liebster Wieland, liebster Bruder, wie in aller Welt ist es möglich, daß Sie nur einen Augenblick haben glauben können, Goethe sei der Verfasser des „Prometheus"? Ich wüßte mir so etwas unter gar keiner Bedingung ... vorzustellen und bin deswegen auch nicht imstande, das mindeste darüber zu reden. Die Unmöglichkeit ist mir so auffallend, daß mir ganz schwindlicht wird, wenn ich nur einen Augenblick versuche, das Gegenteil zu denken.

Hier der zweite Band der „Iris“. Da fällt mir eben ein, daß Goethe an demselben Abend, da er die „Freuden Werthers“ [von Nicolai] erhielt, die Arie in „Erwin und Elmire“ machte: „Ein Schauspiel für Götter“ usw. Es ist nicht zu sagen, wie wenig empfindlich er über Kritik ist! Und Niederträchtigkeit, Falschheit – oh, die ist von keiner menschlichen Seele ferner als von der seinigen!

JacBr I, 205

159. GOERTZ AN SEINE FRAU

Paris, 26.–29. März 1775

26. März ... Dieser Goethe ist ein gemeiner Kerl.

27. März. Es ist abscheulich, liebe Freundin, diese gemeinen Ausfälle Goethes. Da steht Wieland wiederum im Kampfe. Ich wünschte, er hätte diesen Kummer nie erfahren; es greift allemal seine Gesundheit an, denn er und ich haben nur Nervenkraft genug, um unsern Weg friedlich zu gehen. Sag ihm von mir die herzlichsten Grüße...

29. März ... Liebe Freundin, ich habe eben „Prometheus“ gelesen. Es ist eine Unfläterei. Weit entfernt, darüber zu lachen, fühle ich nur Abscheu. Sag meinem Freunde Wieland, daß es unter seiner Würde sei, sich mit bösen Bubens abzugeben. Er weiß, wie sehr mir sein Rezept von Streichen auf die Fußsohlen sonst widerstrebt, aber für diesen da weiß ich kein anderes Heilmittel. Das ist sicher: Goethe und ich werden uns nie im selben Zimmer befinden! Ich möchte wohl, daß Wieland ihm nicht antworte. Was er gesagt hat, verdient die größte Verachtung, und ein Stück wie sein „Prometheus“ ist nur das Seitenstück von denen Wichmannschen, Hortel [?] und Riedelschen Possen, welche man verachtet. Das ist meine Meinung.

Goertz 357 f. Zum Teil aus dem Französischen

160. WIELAND AN GEBLER

Weimar, 7. April 1775

Vermutlich ist Euer Hochwohlgeboren auch die Scarteque „Prometheus, Deukalion und seine Rezensenten" zu Gesichte gekommen? Das Ding macht lachen. Durch ganz Deutschland wird es Goethen zugeschrieben. Ein gemeinschaftlicher Freund [Friedrich Heinrich Jacobi] versichert mich aufs heiligste, daß Goethe an dieser Pasquinade nicht nur ganz und gar keinen Anteil habe, sondern auch sehr ungehalten darüber sei, daß man ihm ein so schurkisches Produkt zur Last lege. Ich gestehe, daß ich nicht weiß, was ich von der Sache denken soll. Wie sehr mein Urteil von Nicolais „Freuden und Leiden des jungen Werthers" mit dem von Euer Hochwohlgeboren übereinstimme, werden Sie aus meiner Rezension dieser kleinen Schrift im März des diesjährigen „Merkurs" ersehen. Nur Leute, die sich ein für allemal verschworen haben, nichts, was von Nicolai kommt, gut zu finden, urteilen anders, soviel ich weiß. – Die übertriebenen Stil-Abkürzungen sind wohl nur da, um Herrn Goethe wegen der seinigen zu turlupinieren ...

WABr II, 44f.

161. FRIEDERIKE KAROLINE VON GOERTZ AN IHREN MANN

Weimar, 8. April 1775

Wieland ist gestern bei mir gewesen. Er sieht recht krank aus; dieser Unfall seiner Frau hat seine ganze Seele umgestürzt. Sie erholt sich aber besser, als man dachte. Er ist sehr dankbar für alles, was Du für ihn bestelltest, und für Deine Teilnahme; er sendet Dir die schönsten Grüße. Sodann läßt er sagen, daß er den Goethe noch nicht verdamme, weil Jacobi ihm geschrieben hat, daß Goethe über den „Prometheus" empört sei und ihm wenige Tage vor dem Erscheinen jener Schrift einen Brief geschrieben habe, worin er sich entzückt zeigt über das Wielandsche Familienbild von Kraus und die hübschen Gesichter seiner Kinder.

Goertz 364. Aus dem Französischen

Heinrich Christian Boie

162. WIELAND AN FRIEDRICH HEINRICH JACOBI

Weimar, 9. April 1775

Daß ich Goethens ganze Größe fühle, habe ich Ihnen schon hundertmal gesagt. Es ist nicht möglich, stärker mit einem Menschen zu sympathisieren, als ich mit ihm sympathisierte, da ich seinen „Götz", seinen „Werther" und sein Puppenspiel [„Neueröffnetes moralisch politisches Puppenspiel"] las, wovon jedes in seiner Art ganz vortrefflich und herrlich in meinen Augen ist.

Daß er den „Prometheus" [von Wagner] nicht gemacht habe, will ich glauben, weil Sie es so gänzlich überzeugt sind und weil ich es gern glaube.

JacBr I, 207 f.

163. BOIE AN MERCK

Göttingen, 10. April 1775

Er [Lessing] soll mit Goethens und Lenzens theatralischen Freibeutereien und am meisten mit den „Anmerkungen übers Theater", worin man so wenig Respekt für seinen Aristoteles bezeugt, sehr unzufrieden sein ...

Ich begleitete ihn [Klopstock] auf vier Meilen nach Einbeck zu dem Superintendenten Kaiser, einem seiner alten Freunde und sehr würdigen Manne. Hier hatt er den Einfall, mich für Goethen auszugeben, und ich ward als solcher mit sehr vielem Respekt empfangen. Selbst durch Einbeck, wo man gar nicht liest, lief die Nachricht, daß Goethe da sei, wie ein Lauffeuer. Die Entwickelung macht' uns hernach allen viel Spaß.

MS 50 und 51 f.

164. BRETSCHNEIDER AN NICOLAI

Usingen, 11. April 1775

Goethe, der den „Prometheus" [von Wagner] verleugnet und sich sogar gegen mich selbst so erniedrigte, daß er sagte: die Kanaille, die ihn verfertigt habe, sei sehr fürsichtig zu Werke gegangen, ist mit Deinet gar sehr über den Fuß gespannt, denn die Gans ist Deinets werte Person. Ich könnte Goethen am besten überweisen, wenn ich Lust und Beruf dazu hätte, denn ich weiß den Formschneider zu Offenbach [Dannhäuser], der die Figuren für ihn geschnitten hat.

Gespr I, 134f.

165. SALZMANN AN KNEBEL

Straßburg, 12. April 1775

An Goethe werde ich übermorgen schreiben, und ich denke nicht übel zu tun, wenn ich ihm Ihre und Ihres besten Prinzen [Konstantin?] Empfindung über seine Satire [„Prometheus, Deukalion und seine Rezensenten" von Heinrich Leopold Wagner] ganz mitteile. Er ist, wie Sie wissen, jung und mutwillig, und vielleicht wird ihn dieses vorsichtiger machen. Doch kann ich nicht umhin, ihn in etwas zu rechtfertigen. Herr Wieland verdient allerdings, einen Herzog von Sachsen zum Gönner und Sie, bester Mann, zum Freunde zu haben; allein können Sie nicht auch ein wenig parteiisch sein? Der tiefsehende Goethe ist ein unbestechlicher Richter. Autor-Koketterie und Eitelkeit haben Herrn Wieland nie verlassen . . . Goethe hat sich gewiß nie einfallen lassen, daß Ihro Durchlaucht oder Sie eine Intrige zugunsten Herrn Wielands spielen wollten; allein er konnte denken, daß dieser letztere nicht ohne Absicht gehandelt, da er eine für Goethen so wünschenswerte Bekanntschaft veranlaßt hat. Doch ein mehreres mündlich.

BrKn I, 29f.

166. ZIMMERMANN AN HERDER

Hannover, 13. April 1775

Ich sollte den „Prometheus" [von Wagner] nicht gelesen haben? Ich, der über dem Schwall von dummen Urteilen über „Werthers Leiden", die, bei Gott, in Hannover beinahe aus jedem Mund gingen, Gift und Galle gespien habe! Gegen den einzigen Nicolai scheint mir darin Goethe ungerecht. Sonst hat er alle seine Gegner darin bis auf die Knochen gebrannt, nämlich seine gedruckten Rezensenten. Hätte er aber die Urteile unserer hiesigen Ochsen und Esel gewußt, die noch zehntausendmal dummer sind, so hätte er mit Caligula geschrien: „Utinam una cervix ...!“ Und ich hätte mögen den Hieb tun!

HN II, 348f.

167. FREY AN ISELIN

Weißenburg/Elsaß, 13. April 1775

Die Deutschen machen große Schritte in der Gattung des Romans. Haben Sie die „Leiden des jungen Werthers“ gelesen? Ich habe gestern den ersten Teil verschlungen und bin eben mit dem zweiten fertig. Weder Richardson noch Jean-Jacques Rousseau haben mich stärker erschüttert als der Verfasser dieses Romans (wenn's einer ist). Nie hat mich eine Lektüre mehr bewegt, selbst in dem Alter nicht, wo mein Blut viel heißer und meine Einbildungskraft viel glühender war. Wenn Sie dies interessante Buch gelesen haben, warum haben Sie mir nichts davon gesagt? ... Wenn ich in Frage stellte, ob es ein Roman sei oder nicht, so kommt das daher, daß Ring mir ausdrücklich versichert hat, daß dieser junge Werther der Sohn des berühmten Jerusalem sei ... Gewiß habe ich hie und da auch einige Mängel bemerkt, aber sie werden durch sublime Schönheiten leicht verdeckt. Man könnte auch einwenden, daß dies Werk der „Neuen Heloïse“ [von Rousseau] nachgeahmt sei; Werther erinnert in der Tat sehr an Saint-Preux und Lotte an Julie, während Albert nichts Gemeinsames mit Wolmar hat. Indessen werden Sie gestehen müssen, daß hier alles viel wahrscheinlicher, viel natürlicher ist als in dem Roman Rousseaus, dessen Einzelheiten entzückend und oft erhaben sind, dessen Fabel aber absurd ist. Suchen Sie doch, lieber Freund, von Nicolai oder einem andern Ihrer Korrespondenten weitere Nachrichten über dieses Werk zu erlangen! Ich halte es übrigens in Hinblick auf junge Leute eher für gefährlich als nützlich, obwohl Werther als Märtyrer der Tugend stirbt, seiner eigenen und derjenigen seiner Geliebten ...

GoeJb VI, 85f. Aus dem Französischen

168. HÖPFNER AN BOIE

Gießen, 18. April 1775

Goethe versicherte, daß er nicht einmal wußte, wer den „Prometheus, Deukalion und seine Rezensenten" gemacht habe. Endlich kommt Wagner, der Verfasser der „Konfiskablen Erzählungen", zu Goethe und sagt: „Ich hab's getan." Ich weiß nicht, was ich davon denken soll. Die Erzählungen sind zu mittelmäßig und „Prometheus" zu gut, als daß *einer* beide gemacht haben könnte, wenigstens glaube ich's nicht. Ist's indessen wahr, nun, so haben wir wieder ein Exempel, das uns lehrt, an keinem jungen Autor zu verzweifeln und ihn wegen seiner ersten mittelmäßigen Versuche anzugreifen; zweitens einen Beweis, in welchem hohen Grad ein Schriftsteller den Ton eines anderen anzunehmen imstande und wie trüglich das Argument von der Gleichheit, auch der vollkommensten, des Stils auf die Identität der Verfasser ist.

JbH 1911, 303f.

169. WIELAND AN GLEIM

Weimar, etwa 20. April 1775

Goethe ist 'n feiner Bursche, hat einen Lumpenkerl [Wagner] gefunden, der Vater zu seinem Bastard [„Prometheus, Deukalion und seine Rezensenten"] sein will! ... Wollen 'm doch den Gefallen tun und tun, als ob wir es glauben.

Wie 100

170. FRIEDRICH HEINRICH JACOBI AN WIELAND

Düsseldorf, 22. April 1775

Um das Widersinnige in der Vorstellung, daß ich der Freund zweier Ihrer Feinde [Klopstock und Goethe] sei, aufzulösen, brauchen Sie sich nur zu erinnern, wie es Ihnen selbst mit Goethe ergangen. Anfangs sahen wir beide ihn als einen feurigen Wolf, der des Nachts an honetten Leuten hinaufsprang und sie in den Kot wälzte. „Das garstige Tier!" riefen wir aus, und ich weit heftiger und lauter als Sie. Bald darauf erfuhr ich, daß man um ein bißchen Spukens willen nicht gleich des Teufels sei, sondern oft nur deswegen umgehe, weil man noch nicht ordentlich begraben sei oder weil man einen Schatz versteckt habe. Also befand sich's mit Doktor Werwolf. Sie aber entsetzten sich sehr, als Sie mich zum ersten Male als Gespann mit ihm einhertraben sahen. Allein kurz darauf begab sich das Wunder, daß auch Wieland sich dem Untier ergab und an seinen Bruder Fritz und an viele andere Freunde und Bekannte schrieb, Doktor Werwolf sei das vortrefflichste aller menschlichen Wesen, Wieland fühle sich in allen Nerven von Liebe für ihn ergriffen. Keine bloß vorüberrauschende Aufwallung war dies; Wieland fuhr fort, es zu sagen und zu zeugen, sagt's und zeugt's bis auf den heutigen Tag.

Wäre Goethe Ihnen erschienen, wie er vor neun Monaten mir erschien, in aller seiner Liebenswürdigkeit, und es hätte beider Seelen gegenseitige Liebe befruchtet, ihr Inwendiges jenes gewaltige Weben erfüllt, das mit dem Aufkeimen des herrlichen Samens angeht und zunimmt mit seinem Gedeihen zu Freundschaft: o wer hätte dann mehr viel an den ruhmlosen, in sich gekehrten Bruder Fritz gedacht!

JacBr I, 210f.

171. ISELIN AN FREY

Basel, 27. April 1775

Ich dachte, ich hätte Ihnen von den „Leiden des jungen Werther" gesprochen. Ich unterschreibe Ihr Urteil, obwohl ich leider oder glücklicherweise mir seit einigen Jahren angewöhnt habe, die Freuden, die ich genieße, genauer zu prüfen, und deshalb nicht ebenso begeistert dafür bin wie Sie. Je mehr ich die poetischen Schönheiten dieses Werks bewunderte, desto klarer wurde mir, daß es gefährlich sein müsse, und diese Erkenntnis verminderte erheblich die angenehmen Empfindungen, die mir diese Lektüre sonst bereitet hatte. Ich verstehe nicht, warum Herr Ring Ihnen nicht den Verfasser genannt hat. Es ist ein Mann, von dem ich Ihnen schon gesprochen habe: Herr Goethe, der Verfasser des „Götz von Berlichingen". Er ist einer der ersten Schöngeister Deutschlands und gehört zu denen, die eine neue Sekte zu gründen anfangen. Ihre mindeste Absicht ist, alle die Regeln zu zerschlagen, die Boileau, Dubos, Marmontel, Voltaire usw. für das Theater usw. aufgestellt haben; sie wollen Shakespeare für das einzige, nachahmungswürdige Vorbild gelten lassen. Er ist auch der Verfasser von „Götter, Helden und Wieland", das wir einmal zusammen gelesen haben, der Schultheiß [Wolleb], Sie und ich. Der Herr Wieland, den bisher alle Welt fürchtete, zittert jetzt vor ihm. Nicolai hat ein reizendes Ding über diese „Leiden" gemacht, betitelt: „Freuden des jungen Werthers, Leiden und Freuden Werthers des Mannes". Er zeigt darin..., daß es für diesen Narren Werther hundert Auswege gegeben hätte und daß es allemal besser ist, zu leben, als sich den Kopf entzweizuschießen. Ich habe vor einiger Zeit aus Berlin auch [Riebes] Gespräche „Über die Leiden des jungen Werthers" erhalten, die voller Schönheit sind.

GoeJb VI, 86f. Aus dem Französischen

172. BRETSCHNEIDER AN NICOLAI

Usingen, 28. April 1775

Goethe hat den „Prometheus" auf einen gewissen Wagner geschoben, den ich kenne und der dazu ganz unfähig ist, sich aber große Ehre daraus macht, dadurch bekannt zu werden; der arme Teufel braucht auch Geld. In Offenbach kann man erfahren, wer die Holzschnitte dazu bestellt hat, und das war Goethe.

Bode III, 430

173. HERDER AN HAMANN

Bückeburg, Ende April 1775

Claudius krankt, und Goethe geht mit Heiratsgedanken.

HeH 98

174. LICHTENBERG AN DIETERICH

London, 1. Mai 1775

Für die Leiden und Freuden und Tollheiten des jungen Werthers danke ich Dir vielmals. Ist es wahr, daß sich ein junger Herr von Lütichow über das Buch erschossen hat, das mag mir ein rechter Herr von Lütichow gewesen sein. Ich glaube, der Geruch eines Pfannkuchens ist ein stärkerer Bewegungsgrund, in der Welt zu bleiben, als alle die mächtig gemeinten Schlüsse des jungen Werthers sind, aus derselben zu gehen.

Licht 113

175. NICOLAI AN MERCK

Leipzig, 6. Mai 1775

Was soll ich zu Ihrem gänzlichen Stillschweigen auf mein Schreiben, mit dem ich Ihnen die „F[reuden des jungen] W[erthers]" sendete, denken? Sind Sie ungehalten auf mich? Oder wollen Sie sich nur nicht gern, entweder über die „Freuden Werthers" oder über die Folgen desselben, über den „Prometheus" [von Wagner], sich gegen mich erklären?

Ungehalten können Sie nicht sein, wenigstens traue ich Ihnen das nicht zu. Zwar ist, wie jedermann sagt, Herr Goethe sehr ungehalten. Aber er ist es wirklich ohne Ursach. Ich griff *ihn* nicht an, denn ich glaube nicht, daß *er* willens sei, die Bande der menschlichen Gesellschaft aufzulösen. Aber einen Haufen von Lesern mancherlei Art, die aus Stellen, die *er* im Charakter des schwärmerischen Werthers geschrieben hatte, Axiomen und Lebensregeln machen wollten, habe ich erinnern wollen, daß Selbstmord aus Übereilung und Trugschlüssen entstehe und nicht Edeltat sei. Soviel ich absehen kann, habe ich dadurch Herrn Goethe nichts zu nahe getan. Ich habe überdies seinen Talenten, zwar nicht in dem kindischen Trompetenton, mit dem ihn Zeitungsschreiber ausposaunen, aber in dem Tone eines vernünftigen Mannes, der sein Genie schätzt und sein Wort tief empfunden hat, Gerechtigkeit widerfahren lassen. Daß ich mich *anständig* gegen Herrn G[oethe] aufgeführt, darf ich mir zwar wohl gegen ihn nicht zum Verdienste rechnen. Denn er scheint festgesetzt zu haben, daß Anständigkeit wo nicht lächerlich, doch gleichgültig sei. Doch denkt er dabei vielleicht nur auf das, was er gegen andere tut, nicht, was andere gegen ihn tun können ...

Ich bin dadurch [durch den „Prometheus"] nicht einen Augenblick unmutig geworden; wüßte auch nicht, warum, da mich nichts *trifft.*

MS 54f.

176. MERCK AN NICOLAI

Darmstadt, 6. Mai 1775

Verzeihen Sie mir mein langes Stillschweigen, besonders über das mir überschickte Exemplar von den „Freuden des j[ungen] W[erthers]". Ich wollte Ihnen anfangs darüber schreiben, allein es entstand sogleich ein unvermutetes Kriegsfeuer darüber in Sachsenhausen und der Orten, daß ich kein Wort auf beiden Seiten darüber verlieren wollte, aus Furcht, mich in fremde Händel zu mischen und den Verdacht einer Trätscherei auf mich zu laden. Wäre ich bei Goethe und nicht Jacobi bei ihm gewesen, so will ich hoffen, daß der Lärm nicht so laut geworden sein würde. Er scheint indessen die Folgen schon zu empfinden, weil er sogar gegen mich als Herzensfreund auf Ehre und Treue leugnet, daß er der Verfasser des „Prometheus" sei. Aus einer gedruckten Erklärung werden Sie gesehen haben, daß ein gewisser Wagner der Verfasser davon ist, ob ich's gleich nicht glaube.

Mir und allen Leuten, die unparteiisch dachten, schien Ihre kleine Schrift ein wohlgeratnes Gegengift gegen alle das Gewäsch der unmündigen und kraftlosen Seelen, die Tat und Entschluß ewig auf der Zunge tragen und doch denen geringsten Streichen auf ihrem Schneckenwege nicht entgegenzukriechen vermögen. Das Gesumse der Buben und das Gewimmere der Mädchen hatte lange genug gedauert, daß man endlich aus Ungeduld ein wenig Stillschweigen gebieten konnte ...

... unterdrücken Sie meine Rezension, und es geschieht

mir dadurch ein wahrer Gefallen, weil mich Goethe gewiß erkennt und in seiner eignen Sache so blind ist, daß ihn auch das kälteste, seinem Gegner gegebne Lob aufbringen kann. Ein Genie ist einmal ein böser Nachbar, und ich möchte, wie Sie leicht einsehen, es mit ihm nicht gerne verderben.

MBr 132f.

177. CHRISTIAN GRAF ZU STOLBERG AN SEINE SCHWESTER HENRIETTE GRÄFIN VON BERNSTORFF

Frankfurt, 12. Mai 1775

Goethe kam bald zu uns. Er war in wenigen Tagen mit Haugwitz intim geworden und ward es auch gleich mit uns. Er aß mit uns, und wir waren, als hätten wir uns jahrelang gekannt.

Er ist ein gar herrlicher Mann. Die Fülle der heißen Empfindung strömt aus jedem Wort, aus jeder Miene. Er ist bis zum Ungestüm lebhaft, aber auch aus dem Ungestüm blickt das zärtlich liebende Herz hervor.

Wir sind immer beisammen und genießen zusammen alles Glück und Wohl, das die Freundschaft geben kann. Er kann sich nicht von uns trennen und will zu unserer größten Freude einen Teil der Reise mit uns machen. O möchte es doch die ganze sein!

Gespr I, 139

178. FRIEDRICH LEOPOLD GRAF ZU STOLBERG AN SEINE SCHWESTER KATHARINA

Frankfurt, 12. Mai 1775

Die über alles schöne Natur der hiesigen Gegenden, die Freude, Haugwitz, der ein himmlischer Junge ist, wiederzuhaben, Goethe zum Freunde, zum vertrauten Freunde schon zu haben, mit ihm nun zu reisen, denn er geht mit uns, zum wenigsten bis sechzig Stunden hinter Karlsruh, eine neue Freundschaft mit einem jungen Menschen, Klinger, der ein treffliches Herz hat und ein herrlicher Dichter ist und sich in unsre Stuben einlogiert hat: alles das läßt noch manche Freude in mein Herz.

Stol 45f.

179. CHRISTIAN GRAF ZU STOLBERG AN SEINE SCHWESTER KATHARINA

Heidelberg, 17. Mai 1775

Wenn Du unsere Wirtschaft auf der Reise sähest, Du würdest sehen, daß wir immer in so einem Taumel sind, daß man jeden Augenblick stehlen muß. Das macht uns herrliche Freude, daß wir mit Goethe reisen. Es ist ein wilder, unbändiger, aber sehr guter Junge. Voll Geist, voll Flamme. Und wir lieben uns schon so sehr; seit der ersten Stunde waren wir Herzensfreunde. Wir vier sind, bei Gott, eine Gesellschaft, wie man sie von Peru bis Indostan umsonst suchen könnte.

In Frankfurt haben wir uns alle Werthers Uniform machen lassen, einen blauen Rock mit gelber Weste und Hosen; dazu runde graue Hüte.

Stol 46

180. WEISSE AN BLANCKENBURG

Leipzig, 20. Mai 1775

Ihre Beurteilung [„Werther"-Rezension in: „Neue Bibliothek der schönen Wissenschaften und der freien Künste", 1. Stück, 1775] macht Ihrem Verstande und Ihrer Gerechtigkeitsliebe ebensoviel Ehre, als sie dem Verfasser des „Werther" schmeichelhaft sein muß; denn in der Tat ist es die einzige Rezension, die das Buch in sein rechtes Licht setzt ... Ob wir nicht Goethens Feinde zur Rache reizen werden, ist eine andere Frage. Unter diesen ist auch (im Vertrauen zu Ihnen gesagt) Lessing, und aller Wahrscheinlichkeit nach ist G[oethe] dieses seinen Ausfall auf ihn, den ich diese Messe erwartete, bloß durch einen Zufall entgangen. Sie werden ...

Christian Felix Weisse

in dem Katalog der neuen Meßbücher einige philosophische Abhandlungen [„Philosophische Aufsätze“ von Karl Wilhelm Jerusalem, hrsg. von Lessing, Braunschweig 1776] vom jungen Jerusalem angezeigt finden. Von diesen erzählte mir L[essing] ..., daß er sich darinnen als einen kalten Philosophen und nicht als einen solchen *empfindsamen Narren,* wie Goethe im „Werther“ ihn vorgestellt, gezeiget habe, daß er [Lessing] ihm in einer Vorrede derb die Wahrheit sagen wolle usw. Ob dies bloß in Rücksicht auf den jungen Jerusalem ... oder auf den Wert des ganzen Buches, als Roman betrachtet, geschehen soll, darüber erklärte er sich nicht deutlich. Indessen ist Lessing nach Wien gegangen, wo ihn der Prinz Leopold von Braunschweig getroffen und ihm den Antrag gemacht hat, mit nach Italien zu gehen. Mit jedem Posttage hat er noch an den Buchhändler geschrieben, daß die Vorrede folgen solle. Aber er ist fort; sie ist nicht gekommen, und diese Abhandlungen ... sind nicht ausgegeben worden.

Soviel sah ich, daß L[essing] äußerst verbittert auf G[oethe] war ...

Archiv Lit. IX, 487f.

181. KARL AUGUST HERZOG VON SACHSEN-MEININGEN AN SEINE SCHWESTER WILHELMINE

Straßburg, 25. Mai 1775

Nachmittags, als ich in meiner Stube saß ..., kam ein Bedienter herein und sagte, es wäre ein Doktor von Frankfurt unten, der mich sprechen wolle, und wie erschrak ich nicht, als der Doktor Goethe hereintrat! Ja, er war es selbsten und war von Frankfurt gekommen, seine Schwester im Badenschen zu besuchen, hatte in Karlsruhe die Prinzen von Weimar gesprochen und war hergereist, um seinen Freund Lenz zu sehen. Er mußte sich neben mir aufs Kanapee setzen, und der Herr von Dürckheim und Herr Heim setzten sich auch dazu, und wir sprachen recht vertraut zusammen. Nur eine halbe Stunde blieb er da; ich bat ihn, noch vor seiner Abreise zu mir zu kommen. Dieser unvermutete Besuch machte mir viel Spaß, da ich den Goethe recht gern habe, weil er so natürlich ist.

Mein 106

182. FRIEDRICH LEOPOLD GRAF ZU STOLBERG AN SEINE SCHWESTER KATHARINA

Straßburg, 31. Mai 1775

Goethe hat uns schon seit drei Tagen verlassen und ist bei seiner Schwester in Emmendingen, sechs Meilen von hier auf dem Wege nach Basel. Da gehen wir morgen auch hin.

Ob er noch weiter mit uns geht, weiß ich nicht; einesteils hat er große Lust, nach Italien zu gehen, zum andern zieht ihn sein Herz nach Frankfurt zurück. Sonst ging' er gern mit uns, zum wenigsten nach Zürich, weil Lavater sein sehr großer Freund ist.

An Goethe haben wir gleich einen herzlichen Freund gefunden. Sein Herz ist nicht unter seinem Geist; das ist wahrlich alles, was man nur sagen kann!

Gespr I, 142

183. HERDER AN HAMANN

Bückeburg, 3. Juni 1775

Von mir hat Goethe ein Exemplar [von Hamanns „Prolegomena"] bekommen, der Sie stumm, aber desto stärker hochhält. Ich höre nur manchmal von ihm ein Wort, und wie das auch falle, ist's ein Kerl von Geist und Leben. Er will nichts sein, was er nicht von Herzen und mit der Faust sein kann. Lenz ... ist sein jüngerer Bruder.

HeH 100

184. DEINET AN RING

Frankfurt, 15. Juni 1775

Der Teufel hole das gesellige Leben, wenn Werthers Philosophie in Gang kommt! ...

Goethe werden Sie von Angesicht zu Angesicht gesehen haben. Ein bewundernswerter Kopf! Ich möchte aber nicht in einer Stadt wohnen, deren dritter Teil Einwohner so dächten wie er.

GoeJb II, 429

185. BODMER AN SCHINZ

Zürich, 15. Juni 1775

Herr Lav[ater] hat Goethen und die Grafen von Stolberg zu mir gebracht; ich habe auch Goethen bei Lav[ater] einen Besuch gemacht ... Er ist mit meiner Munterkeit am besten zufrieden. Er hat Brutus und Cassius für niederträchtig erklärt, weil sie den Caesar ex insidiis, von hinten, um das Leben gebracht haben ... Cicero ist nach ihm ein blöder Mann, weil er nicht Cato war. Es ist sonderbar, daß ein Deutscher, der die Untertänigkeit mit der äußersten Unempfindlichkeit erduldet, solche Ideale von Unerschrockenheit hat! Ist nicht Werther der blödeste, feigherzige Mann? Aber es scheint, der Verfasser halte die Feigheit, welche den Schmerzen der Liebe durch den Tod entflieht, für Stärke der Seele. Man sagt, Goethe wolle bei uns an einem Trauerspiel von Doktor Faustus arbeiten. Eine Farce läßt sich von einem Schwindelkopf leicht daraus machen.

GoeJb V, 192

186. FRIEDRICH LEOPOLD GRAF ZU STOLBERG AN SEINE SCHWESTER KATHARINA

Zürich, 20. Juni 1775

Goethe ist mit einem hiesigen Freunde zum Sankt Gotthard gereist. Da er nicht lange von Frankfurt sein kann, wollte er den doch sehen. Ich bin neugierig auf seine Wiederkunft; man meint hier, der Berg werde noch voll Schnee sein.

Wir werden Goethe sehr vermissen. Er hat uns viele Manuskripte gelesen, welche alle würdige Brüder des „Götz von Berlichingen“ sind.

Gespr I, 147

187. BODMER AN SCHINZ

Zürich, 29. Juni 1775

Goethe hat mich nach seiner Wiederkunft vom Gotthardberge wieder besucht. Es ist mir recht lieb, daß er den „Prometheus“ [von Wagner] nicht gesündigt hat. Ich bin immer in seinen Gunsten, wiewohl ich ihm nicht heuchle, jedoch die persönlichen Saiten nie berühre. Er ist aber ganz zurückhaltend. Er spricht kein Wort von seinen Schriften. Auch nichts von Wieland. Von Klopstock mit Hochachtung, auch von Homer und der Natürlichkeit seiner Personen. Von Herder nichts.

GoeJb V, 194

188. FRIEDRICH LEOPOLD GRAF ZU STOLBERG AN SEINE SCHWESTER HENRIETTE GRÄFIN VON BERNSTORFF

Zürich, 30. Juni 1775

Den ganzen Nachmittag sind Lavater und Goethe bei uns gewesen. Eben gehen sie. Da ich Goethe sagte, daß ich an Dich schreiben wollte, trug er mir auf, Dich zu grüßen. Es wäre mir unmöglich, einen Freund zu haben, ohne mit ihm von Dir zu sprechen; er kennt Dich gewiß besser als viele, die Dich oft sehen. Übermorgen reist er nach Frankfurt; es geht mir sein Verlust herzlich nahe. Er macht so sehr eins mit uns aus; wir sind nicht mehr ein Ganzes, wir sind drei Viertel.

Gespr I, 149

189. KAYSER AN SEINE SCHWESTER DOROTHEA

Zürich, 1. Juli 1775

Triffst Du Goethen einmal allein, so darfst Du ihn keck ansprechen und ihn fragen, was ich machte. Tu das. Scheu Dich nicht! Er ist ein Gott, aber er ist noch ein besserer Mensch.

Kays 444

190. HOTZE AN LAVATER

Richterswil, 2. Juli 1775

[Wegen zu vieler Arbeit] kann ich nicht nach Zürich kommen; Goethe aber verreist bald. Wenn ich nur diesen Mann noch eine einzige Stunde hätte sehen, hören, genießen können! Dem man's vom Haupthaar an bis zum Fußtritt hinab in allen Adern, Zügen, Bewegungen ansieht, daß er der Mann ist, der „Werthers Leiden" schreiben konnte. Er ließ ein Schnupftuch bei mir zurück, aber ich vermag es nicht, ihm's zurückzuschicken. Dieses Andenken seines Seins bleibt bei mir.

Gespr I, 149f.

191. BODMER AN SCHINZ

Zürich, 6. Juli 1775

Herr Ratsherr Geßner macht sich kein Bedenken mehr, sich gegen die Bardenpoesie, „Werther", Goethe und Herder öffentlich zu erklären. Ich denke, er bringet bald Wieland in Harnisch, der itzt gute Lust haben wird, sich an Goethe und Herder zu wagen.

Goethe hat hier keine Freunde; er ist zu hoch und entscheidend.

GoeJb V, 195

192. ISELIN AN FREY

Basel, 10. Juli 1775

Ich habe gestern und vorgestern den Verfasser der „Leiden des jungen Werthers" gesehen. Er ist ein Mensch von bezauberndem Umgang. Alles, was er sagt, trägt das Gepräge des Genies ... Indessen bin ich nicht zufrieden mit dem ganzen Gebrauche, den er von seinen Gaben macht. Ich glaube, daß die Begierde, sich auszuzeichnen, sein erster Antrieb ist, und weil ihm andere bereits voraus sind auf der Straße, die zum Guten und Vollkommenen führt, so hat er einen der hunderttausend Umwege des Paradoxen eingeschlagen, wo ihm nun eine Menge Narren folgen wird, bis sie nicht mehr ein und aus wissen und dann umkehren werden. So ist es ja auch den Anhängern des Jean-Jacques Rousseau gegangen.

GoeJb VI, 89. Aus dem Französischen

193. BÜRGER AN BOIE

Niedeck, 10. Juli 1775

Die Schauspiele [„Der Hofmeister" und „Der neue Menoza" von Lenz?], welche Sie neulich mir überschickt, hab ich mit aller Gewalt noch nicht auslesen können ... Liegt die Schuld an mir oder an dem Verfasser? Liegt sie daran, daß er überhaupt ein Nachahmer oder ein schlechter Nachahmer ist?

Goethium quisquis studet aemulari etc.

Wer sollt es aber wagen,
Vom göttlichen Goethe zu sagen,
In Dramen ihm gleich zu sein?
Er baut auf wächserne Flügel,
Ich geb ihm Briefe und Siegel,
Er fällt ins Wasser hinein!

Bürg I, 235f.

194. HERDER AN HAMANN

Bückeburg, 29. Juli 1775

Goethe, der uns zugut aus Straßburg von seiner Schweizerreise heraufeilte und von Darmstadt nach Frankfurt begleitete, ist weidlich voll von ihm [Nicolai] und wird ihn, glaub ich, nächstens reiben. Sie ehrt er sehr ... Sie glauben nicht, wie er alles aufhascht, was Sie betrifft, und ist überhaupt mit seinen Schriften nur Komödiant, in seinem Leben wilder Mensch und Zeichner und guter Junge.

HeH 105

195. LENZ AN SOPHIE VON LAROCHE

Straßburg, 31. Juli 1775

... an meinen einmal geschriebenen Stücken feile ich nie. Ich habe es einmal tun wollen, es hätte mich aber fast das Leben gekostet, und Goethe ist auch da mein Retter gewesen ...

Ich habe mit Goethen Göttertage genossen, von denen sich nichts erzählen läßt.

Lenz I, 122

196. BODMER AN SULZER

Zürich, 2. August 1775

Die Grafen von Stolberg, von Haugwitz, der von Lindau, Goethen sind zu uns gekommen ... Herder und Klopstock sind in den Augen dieser Herrn Führer des Geschmackes; Wieland nur ein Nachtreter. Goethen war bei Lavater logiert. Soll ich sagen sein Waffenträger oder sein Held? Ich fürchte, Sie, mein Freund, halten mich für einen Schmeichler, wenn Sie hören, daß ich ihre Gunst besitze. Ich war doch nur fröhlich und polit mit ihnen. Breitinger, Steinbrüchel, Hottinger werden von ihnen gefürchtet oder gehasset. Sie mochten von mir gehört haben, ich wäre ein Wassertrinker und darum ein Freudenhasser. Ich gefiel ihnen, da ich lachen konnte.

GoeJb IV, 316f.

197. BODMER AN MEISTER

Zürich, 3. August 1775

Die „Leiden Werthers" haben zwanzig Brochures verursachet, und ich glaube, daß die Fürsehung so aus dem Bösen Gutes herausgesponnen habe. Die „Briefe an eine Freundin [über die Leiden des jungen Werthers"] und „Werthers Zuruf aus der Ewigkeit" [von Schlettwein] sind Stücke, die ein Bischof oder ein Kämmerer lesen sollte. Der Verfasser, Doktor Goethen, ist acht Tage bei Herrn Lav[ater] gewesen. Ich hab ihm nicht geschmeichelt, aber ihn auch nicht beleidiget und damit gewonnen, daß er etwas aus mir machet. Man erzählt, Herr Lav[ater] urteile von ihm, er sei der wärmste Freund und der gefährlichste Feind der Religion und Tugend. Ich verstehe diesen Ausdruck nicht, und wenn es nicht fustian [?] ist, so bin ich ein wenig dumm. Goethen sagte, seine „Leiden Werthers" seien Historie und Natur; der Historiker habe nicht nötig, die Personen gerecht zu schildern. In der Tat aber ist es nur Erdichtung; er ist der *ποιητης*, der Schöpfer dieser „Leiden". Und ein poetischer Schöpfer sollte doch in seiner Welt, das ist in seinem Gedichte, strafen, da er es in der künftigen Welt nicht kann wie der wahre Schöpfer.

GoeJb V, 196f.

198. ISELIN AN HIRZEL

Basel, 4. August 1775

Es hat mir viel Freude gemacht, Goethen zu sehen. Ich bewundere das Genie dieses Mannes im höchsten Grade, obwohl ich den Gebrauch gar nicht liebe, den er davon machet. Er wird indessen eine neue Bahn öffnen; es wird nun eine Zeitlang in Deutschlande alles sich dahin bestreben, Tätigkeit zu spiegeln, Stärke zu zeigen. Wer die größten Kräfte beweisen wird, wird der Größte sein. Und sich auf dieser Bahn bemerken zu machen, scheint Goethens vornehmste Absicht zu sein. Auch ist niemand, der mehr imstande wäre, Aufmerksamkeit auf sich zu ziehen.

Dieses soll uns indessen nicht irremachen. Wir, denen Gott weniger Kräfte verliehen hat, wollen ruhig auf der Bahn fortgehen, die zum Guten führet. Wir werden da weit sicherer und weit rühmlicher arbeiten, und unsre Glückseligkeit wird dadurch nicht gemindert werden.

Was sagt Herr Bodmer von Goethen? Er kann mit diesem Manne, wie es mir deucht, gar nicht zufrieden sein. Wie Lavater und Goethe so wohl zusammenstimmen können, das kann ich gar nicht erklären. – Es müssen in den Herzen dieser zwei Männer ganz besondre Saiten sich befinden, welche einander verwandt sind. Zween große Geister, die einander nicht verdunkeln, können indessen besser Freunde sein als solche, welche sich auf der gleichen Bahn nebeneinander sehen lassen. Ich stelle mir daher [vor], daß die Erscheinung von Goethe Wielanden sehr wehe tun soll. Er, der bis[her] dem witzigen Deutschlande mit so vielem und ausschließendem Geiste vorgaukelte, soll einen Mann nicht gerne sehen, der nicht nur noch größre Sprünge tut als er, sondern der noch Originalsprünge tut, da er immer nur Nachahmer war.

GoeJb VI, 90f.

199. HEINSE AN GLEIM

Düsseldorf, 8. September 1775

Daß Goethe Götterkraft hat in seinem Wesen, weiß jedermann ... Nur bitt ich Sie, nicht mehr zu glauben, daß er *das Ding* gemacht: „Prometheus und Deukalion p.“ Ich bin von dem Gegenteil überzeugt wie von meinem Leben. Mein liebster unter meinen jungen Freunden, Diehl, der sich zu Frankfurt aufhält, kennt den Menschen Wagner, der es gemacht hat und auch zu Frankfurt lebt, und weiß es gewiß, daß er es gemacht hat. Er schreibt mir von ihm: „Seine Gesichtsbildung ist mehr faunisch als natürlich oder menschlich, und zum Aushöhnen ist er geboren; ich möchte nicht mit ihm umgehen, viel weniger Freund von ihm sein“ pp. Und was müßte Goethe für ein Mensch sein, wenn er *sich und seine Ehre* einem solchen anvertrauen könnte? Es ist nicht möglich! Und dann ist selbst in dem Stücke kaum

Goethens Manier in Knittelversen, geschweige sein Geist. Ich habe von Goethen eine Ode des Prometheus gelesen: da ist Prometheus was anders als der Wagnerische, dessen ganze Allegorie überhaupt abgeschmackt und wahrer Unsinn ist. Goethens „Götter, Helden und Wieland" ist dagegen, was eine Rotte afrikanischer Löwen gegen ein Dutzend Esel in deren Häuten ist.

GlH II, 14

200. MALER MÜLLER AN KAYSER

Mannheim, 24. September 1775

Goethe und Stolbergs freuen mich unendlich. Dich und sie und Klopstock will ich unter Glas fassen und aufhängen. Das sollen meine Heilige und Schutzpatronen sein ... Ich und Goethe haben uns kaum halb kennenlernen. Kürze der Zeit und Umstände brachten uns nicht ganz zusammen. Ich glaub Dir, daß er so groß ist, und schätz ihn desto mehr.

GoeJb XIII, 287

201. HÖPFNER AN NICOLAI

Gießen, 27. September 1775

Warum Goethe auf Sie schimpft, begreifen Sie nicht? Ich gar wohl. Er schimpft überhaupt gern, und Ihre „Freuden [des jungen Werthers...]" konnten ihm nicht anders als mißfallen, da ein großer Teil des Romans [auf Wahrheit beruht, Werther] er selbst und Lotte, sein Mädchen, eine Demoiselle Buffin ist; da Sie sagen, Lotte sei ein gutes, braves Mädchen gewesen, die Werthern schwindlicht gemacht habe, und das denn leider die Wahrheit ist. Buffin war ein simples Mädchen, die natürlichen Verstand hatte; Goethe machte sie zur stolzen, affektierenden Enthusiastin.

JbH 1911, 306

202. SULZER AN BODMER

Lausanne, 30. September 1775

Goethe ist in Frankfurt drei Stunden lang bei mir gewesen und würde allem Anschein nach noch länger mit mir geplaudert haben, wenn ihn nicht die Nacht weggerufen hätte. Die Seite, von der er mir sich zeigte (jedermann sagt mir, er habe zwei ganz verschiedene), hatte nichts, das mir nicht gefiel. Ich irre mich sehr, wenn dieser junge Mann bei reiferen Jahren nicht ein rechtschaffner Mann sein wird. Itzt hat er den Menschen und das menschliche Leben noch nicht von vielen Seiten betrachtet. Aber sein Blick ist scharf.

GoeJb V, 198

203. LAVATER AN HERDER

Zürich, Anfang Oktober 1775

Mit Goethe hatt ich herrliche Stunden. Nur ist's mir unerträglich, daß ich ihm so gar nichts bin. Ich muß andern nur immer die Freude lassen zu geben.

HN II, 145

204. BRETSCHNEIDER AN NICOLAI

Usingen, Anfang Oktober 1775

Noch nie hat etwas Goethes Nonchalance so bestürmt. Er zankt mit Dannhäusern und Deinet und schilt sie Verräter. Ich und alle sind begierig, wie er sich verhalten wird, denn nun wird er mit Badinieren nichts mehr ausrichten, und ernsthaft kann er sich in allem Betracht nicht mehr verantworten. Dannhäuser leugnet gar nicht, daß Goethe die Formen bei ihm bestellt hat.

Bode I, 144

205. NICOLAI AN MERCK

Leipzig, 8. Oktober 1775

Was hat Herr Goethe gedacht, als er das Lied [„Künstlers Abendlied"] am Ende des ersten Teils der „Physiognomik" [von Lavater] schrieb! Im Ernste kann er so etwas fast unmöglich schreiben! Und war's Faunenblick, so – doch ich mag hier nichts weiter sagen. In dem 26. Band der „Bibliothek" habe ich über seine kleine Pasquille meine Meinung ganz freimütig gesagt ... Was Herr Goethe über diese Rezension denkt, werde ich vielleicht nicht erfahren; aber ich wünschte sehr, Ihre offenherzige Meinung davon zu wissen ...

Ein fliegendes Blatt: „Menschen, Tiere und Goethe" [von Hottinger], hat mir, ich will es nicht leugnen, gefallen, weil es voll Geist ist, und auch, weil es mich verteidigt ... Wofern Sie etwas von dem Verfasser hören, so ist's mir angenehm, wenn Sie mir's melden. – –

Nachschrift: Ich besitze ein Profil von Goethes Kopf, allem Ansehn nach von Lavater, mit Bleistift und sehr wenigem Schatten gezeichnet. Es mag wohl ähnlich sein, wenigstens enthält es sehr individuelle Züge. Ich wollte es für die „Bibliothek" stechen lassen, wenn ich gewiß wäre, daß *er* es nicht für Schmeichelei und Andringlichkeit annehmen wollte. Sosehr ich das Wohlwollen eines Mannes von Talenten schätze, so mag ich doch nicht durch Hinterwege hineindringen. Man meldet mir ohnedies Wunderdinge von seinem Zorne wider mich, die, wenn sie wahr sind, mich nicht zu gleichem Zorne, aber vielmehr zu wahrem Mitleiden bewegen würden ...

MS 62f.

206. BRETSCHNEIDER AN NICOLAI

Usingen, 16. Oktober 1775

Goethe kam als junger Mensch nach Leipzig, um da zu studieren, und weil er Geld hatte, so wurde er in vielen Gesellschaften zugelassen und fand, daß es eine schöne Sache um einen schönen Geist sei. Er nahm sich also vor, coûte que coûte einer zu werden. In dieser Verfassung habe ich ihn in Leipzig kennenlernen und ihm damalen nichts weniger zugetraut, als daß er einmalen das geringste Aufsehen bei der Literatur machen würde. Und noch itzo, kann ich Ihnen auf meine Ehre versichern, können Sie nicht die geringste Spur in dieses Menschen Umgang finden, daß er der Verfasser der „Leiden Werthers" ist. Er urteilt schief, und es scheint fast, daß er es weiß, daß sein Verstand ohne langes Nachdenken nicht zuverlässig ist; denn er gibt Leuten, von denen er mutmaßt, daß sich ihre Einsichten über die gemeinen erheben, lieber recht, als daß er sich die Verlegenheit über den Hals zöge, eine Materie mit ihnen zu durchsprechen, wobei er seine Schwäche sehen ließe. Mit einem Worte: er ist ein schlechter Philosoph und ein Mensch mit einem unbeständigen Gemüte, der bei keinem System stehenbleibt, sondern der von dem einen gar leicht zu dem andern extremo überspringt und der ebenso leicht zum Herrnhuter als zum Freigeist zu bereden wäre, wenn er nicht, zum Glück für ihm, so eine starke Dosis Stolz besäße, daß er fast alle andern Menschen außer ihm für schwache Kreaturen hält. Weil es aber doch noch Leute geben kann, die wenigstens so gescheit sind als er, so kann es sein, daß er ihre Existenz glaubt. Er selbst aber ist nicht imstande, sie zu prüfen, sondern richtet sich in dem Falle nach dem allgemeinen Urteile der Welt. Daher muß es Ihnen nicht wundern, daß er ein Freund Lavaters und des Augendoktors Jung ist, der Lavatern anhängt. Diesen zwei Leuten redet Goethe nach dem Munde und flattiert sie, teils weil sie ihn bewundern, teils weil sie in hiesiger Gegend in den Besitz eines entschiedenen Ruhms sitzen. Ich glaube, daß Goethe den Jung zu Verfertigung der Pièce [„Die Schleuder eines Hirtenknaben"] persuadiert hat. Sie können nicht glauben, was bei der ordinären Sorte Menschen in hiesiger Gegend ein solches Buch ausrichtet. Er wollte vielleicht Leute haben, die Ihre Feinde werden sollten, da er es durch seine flüchtige Blätter nicht ausrichten konnte. Doch das kann Mißtrauen von mir sein...

Es liegt in Goethe ein gewisser Same von Fähigkeit oder vielmehr: er hat ein poetisches Genie, das alsdann wirkt, wenn er, nachdem er lange Zeit einen Stoff herumgetragen und in sich bearbeitet und alles gesammelt hat, was zu seiner Sache dienen kann, sich an seinen Schreibtisch setzt. Zum Gelegenheitsdichter hätte er sich nicht geschickt, denn er kann außer seiner Ordnung nichts machen. Wenn ihm etwas auffällt, so bleibt es in seinem Gemüte oder Kopfe hangen. Alles, was ihm nur aufstößt, sucht er mit dem Klumpen Ton zu verkneten, den er in der Arbeit hat, und denkt und sinnt auf nichts anders als dies Objekt. Der Umgang mit witzigen Köpfen in Leipzig und die Kenntnis, die er dadurch mit guten Büchern erlangt hat, war Ursache, daß er was gelesen hat und daß sein Genie subsidia zu wählen weiß. Es ist aber in seiner Seele keine männliche, feste Unterscheidungskraft, keine durchdringende Einsicht und Gabe, die Sachen in ihrem wahren Lichte zu besehen. Bloß sein Stolz und die daraus entspringende Begierde oder auch eine Überzeugung oder Täuschung, ein génie supérieur zu sein, macht, daß er nicht dem gemeinen Haufen nachlauft. Goethe ist nichts als ein Dichter von Natur ..., im übrigen aber ein stolzer Mensch, der nichts vertragen kann und dem, zum Glück für ihm zur Zeit, die gewöhnlichen Anliegen dieses Erdbodens noch nicht gedemütigt oder aus der Welt geschafft haben.

Nic 5

207. CHRISTIAN GRAF ZU STOLBERG AN SEINE SCHWESTER KATHARINA

Lausanne, 21. Oktober 1775

... von unserm Goethe haben wir auch einen Brief gekriegt, darin er uns Hoffnung macht, nach Weimar zu kommen. Das wäre allerliebst; wie wollt ich mich freuen! Er schließt seinen Brief: „Gustchen ist ein Engel; hol's der Teufel, daß sie eine Reichsgräfin ist!“ Hättest Du ihm doch auch geschrieben, so klagte er über Dich nun auch so!

Stol 60

208. ZIMMERMANN AN CHARLOTTE VON STEIN

Hannover, 22. Oktober 1775

In Straßburg habe ich unter hundert anderen Schattenrissen den Ihrigen, gnädige Frau, Goethe gezeigt. Hier haben Sie, was er mit seiner sauberen Handschrift auf den Rand des Bildes geschrieben hat: „Es wäre ein herrliches Schauspiel zu sehen, wie die Welt sich in dieser Seele spiegelt. *Sie sieht die Welt, wie sie ist,* und doch durchs *Medium der Liebe.* So ist auch Sanftheit der allgemeinere Eindruck." Niemals hat, soviel ich weiß, jemand über einen Schattenriß mit mehr Genie geurteilt, und niemals hat jemand über Sie, gnädige Frau, mit mehr Wahrheit gesprochen ...

Ich habe in Frankfurt bei Herrn Goethe gewohnt, einem der außerordentlichsten und gewaltigsten Genies, die jemals durch die Welt gegangen sind. Er wird sicherlich kommen, Sie in Weimar zu besuchen. Dann erinnern Sie sich daran, daß alles, was ich ihm von Ihnen in Straßburg erzählt habe, ihm drei Nächte lang den Schlaf geraubt hat.

GoeSt I, 7f. Zum Teil aus dem Französischen

209. MYLIUS AN MERCK

Berlin, 24. Oktober 1775

Es ist allerdings wohl Eigensinn vom Herrn Dr. Goethe, wenn er seine Manuskripte [„Stella"] auf die Art verkaufen will. Denn, unter uns gesagt, es ist etwas sonderbar, unbesehen und nach dem alten Sprüchwort die Katze im Sacke zu kaufen. Auch ist mit einer so kleinen Pièce ja kein großer Handel zu machen ...

Inzwischen damit ich nicht den Vorwurf auf mich lade, als ob nichts mit mir anzufangen wäre, so werde ich die Probe machen und künftigen Posttag an meinen Vetter nach Weimar 20 Taler senden, um von Herrn Dr. Goethe das Manuskript der „Stella" in Empfang zu nehmen, hauptsächlich aber, um mit diesem allerdings seltenen Genie und fruchtbaren Schriftsteller in Bekanntschaft zu kommen. Wenn es nur nicht, wie ich fast fürchte, die entgegengesetzte

Wirkung tut! Denn da er nun für diese vielleicht kleine und nicht so sehr interessante Pièce 20 Taler bekommt, so wird das folgende Stück 50 Taler und der „Doktor Faust" vielleicht 100 Louisdor gelten sollen. Das ist aber wider die Natur der Sache und nicht auszuhalten, und ich tue von ganzem Herzen Verzicht darauf. Mich wundert übrigens, daß der Herr Dr. Goethe die Buchhändler so quälen will, da er, wie ich immer gehört habe, solches aus ökonomischen Gründen nicht nötig hat. Soll es also vielleicht Ruhm sein, daß ihm seine Manuskripte so teuer sind bezahlt worden? „Doktor Faust" wäre mir für einen proportionierlichen Preis lieber gewesen.

Wird sich der Herr Dr. Goethe lange in Weimar aufhalten?

MS 63f.

210. WIELAND AN LAVATER

Weimar, 27. Oktober 1775

Auf Goethen warten wir hier sehnlich seit acht bis zehn Tagen von Tag zu Tag, von Stunde zu Stunde. Noch ist er nicht angelangt, und wir besorgen nun, er komme gar nicht.

Ich möchte wohl wünschen, daß Sie mich genug liebten, um mir in Ihrem nächsten [Brief] Ihres Herzens Gedanken über das Herz und den Charakter dieses außerordentlichen Sterblichen zu sagen. Unterdessen verlangt mich, zu sehen, ob ich durch persönliche Bekanntschaft soweit kommen werde, besser als itzt zu wissen, was ich von dem Manne denken soll, der als Shakespeares Nebenbuhler so groß ist und doch fähig war, ohne durch einen Gedanken von mir beleidigt zu sein, in so bösartigen Pasquinaden als „Götter, Helden und Wieland" und „Prometheus" [von Wagner] (denn es ist gewiß, daß er auch diesen gemacht hat) alles anzuwenden, um mich meinen Zeitgenossen verächtlich zu machen.

ArchivLit. IV, 309f.

211. BIESTER AN BÜRGER

Bützow, 31. Oktober 1775

Du hast doch schon „Erwin und Elmire“ von Goethen gelesen? Es ist einzeln gedruckt und steht auch in der „Iris“ zweiten Bande. Was sagst Du zu der alten herzlichen Ballade: „Ein Veilchen auf der Wiese stand“? O wie ruht doch Shakespeares Geist in allen seinen Modifikationen auf ihn!

Bürg I, 251

212. ZIMMERMANN AN HERDER

Hannover, 3. November 1775

Goethe habe ich zweimal gesehen und das zweite Mal bei ihm logiert, dessen ich mich mein Lebtag freue ...; in Frankfurt sah ich mit eignen Augen, daß der Herzog [Karl August] ganz in Goethe verliebt war. Und er hat recht.

HN II, 350f.

213. DEINET AN RING

Frankfurt, 7. November 1775

Goethe soll einem Stadtgeschwätze nach, darauf aber wenig zu bauen ist, das Theater zu Weimar dirigieren.

GoeJb II, 429

214. GLEIM AN HEINSE

Halberstadt, 8. November 1775

Fliegen möcht ich, und schweben zwischen Wieland und Goethe! ...

Sagen Sie Goethen, er möchte mich auch beleidigen und dann kommen und es abbitten. Ich möchte so herzlich gern in diesem Leben noch ihn sehen! ...

Die Posse „Menschen, Tiere und Goethe" [von Hottinger] hab ich im Buchladen verpfuit!

Wenn Nikkel [Nicolai] der Verfasser ist, dann mit ihm ins Rad ...

GlH II, 17

215. LAVATER AN WIELAND

Zürich, 8. und 9. November 1775

Wer kann verschiedner denken als Goethe und ich? Und dennoch lieben wir uns sehr ... Goethe war voll Bonhomie, zu Ihnen zu kommen; das weiß ich. Sie werden über den Mann erstaunen, der mit dem Grimm des Tigers die Gutherzigkeit eines Lämmleins verbindet. Ich habe noch keinen festern und keinen zugleich leitsamern Menschen gesehen. „Prometheus"? Eh ich wußte, daß Wagner Verfasser war, sagt ich, sagt's ihm selbst: „Goethes unwürdig!" – Liebster Wieland, Sie irren sich gewiß, wenn Sie Goethe für den Verfasser des „Prometheus" halten. Das ist so, sowenig *Sie* die „Menschen, Tier und Goethe" [von Hottinger], die man hier *Ihnen* zuschreiben wollte, gemacht haben. Beides bestreit ich mit gleicher Zuversicht. Das erste ist Goethen, das andere Ihnen – unmöglich. – Goethe ist der liebenswürdigste, zutraulichste, herzigste Mensch. Bei *Menschen ohne Prätension,* der *zermalmendste Herkules aller Prätension* ... Billiger ist kein Mensch in mündlicher Beurteilung anderer, toleranter niemand als er. Ich hab ihn neben Basedow und Hasenkamp, bei Herrenhutern und Mystikern, bei Weibchens und Männinnen, bei Kleinjoggen und Boßhard (zwei unendlich verschiedene Himmelsprodukte unsers Landes) allenthalben denselben edlen, alles durchschauenden, duldenden Mann gesehen. Aber ja! – wehe dem, der Prätensionen gegen ihn macht – und – der „seine kanonischen Bücher" angreift!

La 342

216. WIELAND AN FRIEDRICH HEINRICH JACOBI

Weimar, 10. November 1775

Dienstags, den 7. d. M., morgens um 5 Uhr, ist Goethe in Weimar angelangt. O bester Bruder, was soll ich Dir sagen? Wie ganz der Mensch beim ersten Anblick nach meinem Herzen war! Wie verliebt ich in ihn wurde, da ich am nämlichen Tage an der Seite des herrlichen Jünglings zu Tische saß!

Alles, was ich Ihnen (nach mehr als *einer* Krisis, die in mir diese Tage über vorging) jetzt von der Sache sagen kann, ist dies: Seit dem heutigen Morgen ist meine Seele so voll von Goethe, wie ein Tautropfe von der Morgensonne.

So unaussprechlich groß, wichtig und lieb mir Goethe geworden ist, so fühle ich doch im Innersten, daß auch Fritz Jacobi, anstatt dabei zu verlieren, mir noch teurer geworden ist als jemals ...

Wenn nun auch Fritz noch bei uns wäre! Doch es ist besser so; ich könnte euch beide zugleich nicht aushalten. Das Feuer von zwei Dämonen, wie ihr seid, würde mich verzehren.

JacBr I, 228f.

217. WIELAND AN LAVATER

Weimar, 10. November 1775

Ich *muß* Ihnen sagen, daß seit letzten Dienstag Goethe bei uns ist und daß ich den herrlichen Menschen binnen dieser drei Tage so herzlich liebgewonnen habe, so ganz durchschaue, fühle und begreife, so ganz voll von ihm bin – wie Sie besser sich selbst vorstellen, als ich Ihnen beschreiben könnte ... Vernichten Sie doch meinen letzten Brief, worin, glaube ich, albernes Zeug von Goethen steht. Ich sehe wohl, man muß einander von Angesicht zu Angesicht sehen, um einander recht kennenzulernen. Bei Menschen von Goethens Klasse ist's wenigstens schlechterdings nötig ... Ich habe Goethen noch wenig *allein* haben können; ich muß ihn mit so vielen teilen! Aber es wird noch besser werden ...

La 343

218. WIELAND AN MEUSEL

Weimar, 16. November 1775

Goethe, den wir seit neun Tagen hier besitzen, ist das größte Genie und der beste, liebenswerteste Mensch, den ich kenne.

WBr III, 245f.

219. FRIEDRICH HEINRICH JACOBI AN WIELAND

Düsseldorf, 23. November 1775

Alle Ihre Briefe, die ich auf meinem Krankenlager erhalten, haben mir große Freude gemacht. Mit Goethe und Ihnen ist es genauso gegangen, wie ich es vorausgesehen hatte. Es wird sich von selbst nach und nach alles in die Richte senken, und was schadet's, wenn's dabei auch hie und da ein wenig kracht und erschüttert? ...

Überlegen Sie doch mit Goethe, welchergestalt unser „Merkur" gemeinnütziger gemacht werden kann ... Goethe selbst und Herder wären eigentlich die Leute, welche der Herr zu uns senden müßte.

JacBr I, 230f.

220. SEIDEL AN JOHANN ADAM WOLF

Weimar, 23. November 1775

Nein, in dieser seligen Lage muß ich Dir schreiben, guter Bruder! Da kopier ich einen Roman, von welchem mein Herr [Goethe] der Verfasser ist. Ich bin an einer Stelle, die mich wahrhaft himmlisch entzückte, und in dieser Lage will ich Dir schreiben, ob ich gleich sehr getrieben werde, es fertig zu machen. Ich hab alles: Arbeit genug, Essen, Trinken und Geld, und – nur keine Liebe, keine Seele, der ich mich mitteilen könnte. Es ist ein müßiges, steifes, üppiges Volk, das einem oft unleidlich wird. Ihr ganzes Verdienst ist, daß sie Bücher lesen und dadurch noch unerträglicher werden. Ich soll Dir was übern Hof sagen? Viel kann ich nicht, weil ich nicht viel dran zu tun habe und mich eigentlich nichts da interessiert. Aber das muß ich Dir sagen, daß meine Seelenlust ist, die fürstliche Familie zu sehen. Man kann die große fürstliche Aise an der verwitweten Herzogin und den gütigen jugendlichen Blick des Herzogs nicht genug bewundern. Wenn aber auch das Volk von ihnen redet, solltest Du auch das Rühmen hören und das „Gott sei Dank!" mit tränenden Augen und „Gott erhalte sie uns!" Es ist rührend.

Am ♀ [Freitag], den 17. hujus, waren wir auf der Redoute ... Die Nacht schliefen wir also nicht. Die folgende, als Samstags, den 18. November, um zwölfeinviertel Uhr legten wir uns. Wir schlafen nun zu dreien in einer Kammer. Da kamen wir ins Gespräch aus einem ins andere bis zu allen Teufeln. Stell Dir die erschreckliche Wendung vor: von Liebesgeschichten auf die Insel Korsika, und auf ihr blieben wir in dem größten und hitzigsten Handgemenge bis morgens gegen viere. Die Frage, über die mit soviel Heftigkeit als Gelehrsamkeit gestritten wurde, war diese: ob ein Volk nicht glücklicher sei, wenn's frei ist, als wenn's unter dem Befehl eines souveränen Herrn steht. Denn ich sagte: „Die Korsen sind wirklich unglücklich." Er sagte: „Nein; es ist ein Glück für sie und ihre Nachkommen. Sie werden nun verfeinert, entwildert, lernen Künste und Wissenschaften, statt sie zuvor roh und wild waren." – „Herr", sagte ich, „ich hätt den Teufel von seinen Verfeinerungen und Veredelungen auf Kosten meiner Freiheit, die eigentlich unser Glück macht!"

Seid 376 f.

221. CHRISTIAN GRAF ZU STOLBERG AN SEINE SCHWESTER KATHARINA

Weimar, 27. November 1775

Goethe ist hier; welche Freude!

Stol 64

222. CHRISTIAN GRAF ZU STOLBERG AN SEINE SCHWESTER KATHARINA

Dessau, 6. Dezember 1775

Von unsrem Wesen in Weimar weißt Du noch nichts. Da ging's uns sehr wohl ... Unser Goethe war da und ist da; den hab ich noch viel lieber gekriegt.

Stol 64f.

223. FRIEDRICH LEOPOLD GRAF ZU STOLBERG AN SEINE SCHWESTER HENRIETTE GRÄFIN VON BERNSTORFF

Dessau, 6. Dezember 1775

Einen Nachmittag las Goethe seinen halbfertigen „Faust" vor. Es ist ein herrliches Stück. Die Herzoginnen waren gewaltig gerührt bei einigen Szenen.

Gespr I, 169

224. GEBLER AN NICOLAI

Wien, 9. Dezember 1775

Den Goethischen „Doktor Faust" bin ich begierig zu sehn; es wird gewiß eine sonderbare Erscheinung sein. Von einem gewissen Souper zu Frankfurt am Main, wozu der Herzog von Weimar Goethen eingeladen, eben um ihn wieder zu Wielands Freunde zu machen, habe ich wohl gehöret, nichts aber von einer Goethischen Reise nach Weimar, und wenn Euer Hochedelgeboren nicht sehr zuverlässige Nachrichten diesfalls haben, zweifle ich noch immer an der Richtigkeit des Facti.

NicG 74

225. MÖSER AN NICOLAI

Osnabrück, 10. Dezember 1775

Das deutsche Publikum ärgert mich zuweilen von Herzen. Die „Leiden und Freuden des jungen Werthers" ließen der

Christoph Friedrich Nicolai

Kunst des Herrn Goethe Gerechtigkeit widerfahren und riefen nur eine Wahrheit etwas laut aus, die Herr Goethe selbst nicht verkennet und die man bei dem Geräusche, welches sein Werk machte, vergessen konnte. Einen solchen Gegner würde ich für meinen besten Freund gehalten und die „Leiden und Freuden" als einen Beifall für mein täuschendes Kunstwerk aufgenommen haben ... und siehe da: man nimmt es im Ernst übel!

Mös 273

226. BODMER AN SULZER

Zürich, 22. Dezember 1775

Goethe ist itzt bei Wieland in Weimar. Sie sind aus Feinden Freunde geworden, zween Waffenträger Lavaters.

GoeJb V, 199

227. NICOLAI AN MERCK

Berlin, 28. Dezember 1775

Man meldet mir glaubwürdig, welche sehr ungezogene Reden Herr Goethe in Frankfurt gegen mich ausgestoßen hat, der ich ihn nie beleidigt, sondern mich nur des Rechts bedient habe, das jeder Schriftsteller hat, zu schreiben, was ihm gut dünkt, und dabei die größte Hochachtung für Herrn G[oethes] Talente bezeugt habe.

Man meldet mir ebenso glaubwürdig, G[oethe] habe Dr. Jung zu der Herausgabe des erbärmlichen Dinges, „Die Schleuder des Hirtenknaben", aufgemuntert und, da er Schimpfworte ausstreichen wollen, die Worte gesagt: Er wolle ihn in Schutz nehmen, wenn er angegriffen würde. – Risum teneatis!

Ich habe einen Brief in Händen gehabt, worin ein namentliches Pasquill auf mich: „Ourang Outan, von einem vertrauten Freunde des Herrn G.", einem Buchhändler zum Verlage angeboten wird. Eben dies Ding wird schon in den „Hamburger neuen Zeitungen", Nr. 204, im voraus angekündigt.

Ich schreibe Ihnen dieses, mein bester Freund, damit Sie es wissen und es allenfalls durch Sie auch Herr Goethe wisse, daß ich von allen den kleinen Menéen, die ihm wahrhafte Schande machen, unterrichtet bin und daß ich sie verachte. Ich leide dabei freilich, aber nicht meinetwegen, sondern weil es mir wehe tut, daß ich einen Mann, den ich so gern hochschätzen möchte, verachten muß.

Übrigens werde ich allemal geradezu gehen, wie ich bisher getan habe. Ich halte mich zu gut, einen solchen Streit zu führen, und meine Zeit zu gut, sie daran zu wenden; daher schweige ich, solange es möglich ist. Wenn es aber Herrn G[oethe] einfallen sollte, mit mir zu spielen, wie die Katze mit der Maus spielet oder wie er mit Wieland gespielt hat und noch spielet, so dürfte es ihn gereuen. Denn ich weiß, ohne mich rühmen zu wollen, daß ich vor dem Publikum sehr bald mit ihm fertig werden wollte. Unbändige Eitelkeit hat die ganze Welt wider Wielanden aufgebracht. Hui! daß es Goethen nicht auch so gehet! Und wie leicht kann er denn zurücksteigen, „Erwin" und „Stella" sind schon Stufen hernieder, nicht herauf! ...

Es tut mir wehe, daß ein so treffliches Genie aus Eigensinn, Eitelkeit und Seltsamkeitsbegierde seine großen Talente nicht braucht und mißbraucht. Die Beleidigungen gegen mich rechne ich an sich wenig, denn sie schaden mir nicht.

MS 65f.

228. ZIMMERMANN AN CHARLOTTE VON STEIN

Hannover, 29. Dezember 1775

Herr Goethe tut meiner Tochter zu viel Ehre an: sie ist noch unentwickelt und war ängstlich und furchtsam in seinem Hause, wo man uns eine unendlich reizende Aufnahme gegönnt hat und wo ich so glückliche Tage wie nur je in meinem Leben zugebracht habe. Dies liebe Kind ist ohne Zweifel ein großer Trost für mich, und ich sehe nur zu sehr, wie natürlich und vernünftig es ist, daß sie meine letzte Liebe sei.

Wenn Herr Goethe gefunden hat, daß Ihr Schattenriß die

springendsten Züge Ihres Charakters nicht bezeichnet hat (jetzt, wo er das Glück hat, ihn in der Nähe zu erkennen und zu erforschen), so hat er sicherlich in Ihnen neue Tugenden und neue Schönheiten gefunden, die ein Schatten nicht wiederzugeben vermag.

Es überrascht mich durchaus nicht, daß Herr Goethe in Weimar allgemein gefallen hat. Da ihm ein so glänzender und so allgemein anerkannter Ruhm vorausgeht, da er außerdem beim ersten Blick „den Blitz in seinen Augen" trägt, so hat er wohl alle Herzen durch seine unendlich liebenswürdige Gutmütigkeit [Bonhomie] rühren müssen und durch die Redlichkeit, die mit seinem erhabenen und durchdringenden Geiste Schritt hält. O meine Freundin, wenn Sie ihn in seinem Vaterhause gesehen hätten, wenn Sie beobachtet hätten, wie dieser große Mann gegen seinen Vater und seine Mutter der ehrbarste und liebenswürdigste Sohn ist, so hätten Sie, ah! wahrlich so hätten Sie sich viel Mühe geben müssen, um ihn nicht „durch das Medium der *Liebe*" zu sehen.

Kritisieren wir diese großen Männer nicht! Wenn ein Zug fehlte an dem, was sie getan, so würde sogleich alles zerstört sein, was wir am meisten an ihnen bewundern.

Die Freundschaft, die Herr Wieland dem Herrn Goethe entgegenbringt, ist sehr lieblich ...

Ich wünsche Herrn Goethe alles mögliche Ansehen an Ihrem Hofe. Höflinge (entschuldigen Sie die unwürdige Bezeichnung!) dieser Art können neben einem so weisen, scharfsichtigen und aufgeklärten Fürsten, wie der Herzog ist, bei Ihnen ein Goldenes Zeitalter hervorrufen, das in der Geschichte Epoche machen und bei der Nachwelt die sogenannten großen Taten der großen Höfe und großen Nationen auslöschen wird ...

Lavater – o Gott, wenn Sie diesen Mann gesehen hätten und wenn Sie wüßten, wie sehr er Goethe liebt und wie sehr er ihn achtet! „Insgemein hat man nur eine Seele", sagt Lavater, „aber Goethe hat hundert". ...

Sagen Sie, bitte, dem Herrn Goethe, daß ich ihm am 4. Dezember einen langen Brief geschrieben habe; aber da ich damals seinen Aufenthalt nicht wußte, habe ich ihn nach

Frankfurt gerichtet. Sagen Sie ihm, wie sehr ich mit der Art zufrieden bin, mit der Sie seinen Auftrag an mich ausgerichtet haben. Grüßen Sie ihn herzlich und, wenn Sie es *wagen*, geben Sie ihm in meinem Namen einen Kuß!

Lit.archiv II, 18–21. Zum Teil aus dem Französischen

229. KLINGER AN LENZ

Gießen, Ende 1775 oder Anfang 1776

Nun wollte ich auf Akademien gehn, hatte keine 100 Gulden. Ich ward mit Goethe bekannt. Das war die erste frohe Stunde meiner Jugend. Er bot mir seine Hülfe an. Ich sagte nicht alles und ging so, weil ich lieber sterben wollte, als unverdient was annehmen. Die 100 Gulden waren bald all. Der große Goethe drang in mich, machte mir Vorwürfe, und nun leb ich schon ein ganzes Jahr von seiner Güte. – O Lenz, bin ich Ihnen nicht verächtlich? Ich wäre tausendmal lieber gestorben, kann ich Ihnen sagen, was mich's kostete. Aber Goethe! o wenn ich seiner wert würde! Wenn ich's ihm erstatten könnte, um froh zu sterben! Ich bin nicht Herr über mich, bis das geschehen ist. Und die Angst, er möchte sich manchmal einfallen lassen, meine Liebe zu ihm rühre aus Intresse her!

Lenz I, 268

1776

230. GOTTER AN LENZ

Gotha, 2. Januar 1776

Goethe war vorige Woche hier, aber wie kurz! Er kam nach Mitternacht auf der Redoute an, brachte den folgenden Tag bei Hofe zu und reiste sodann mit der weimarischen Herrschaft wieder zurück. Ich hab ihn in allem kaum eine Viertelstunde gesprochen. Er weiß noch nicht, wie lang er in Weimar bleiben wird, wo er den Günstling in bester Form und Ordnung spielt und den ihm eignen vertraulichen, nachlässigen, hingeworfnen Ton überall eingeführt hat.

Lenz I, 156

231. WIELAND AN ZIMMERMANN

Weimar, 8. Januar 1776

Was Gott zusammengefügt hat, soll der Mensch nicht scheiden. Goethe, Lavater, Herder – warum sollten sie nicht auch meine Freunde sein? Seit ich dies Kleeblatt kenne, sind sie *meine Heiligen.*

Ich lebe nun neun Wochen *mit* Goethen und lebe, seit unsere Seelenvereinigung so unvermerkt und ohne allen Effort nach und nach zustande gekommen, ganz in *ihm.*

Es ist in allen Betrachtungen und von allen Seiten das größte, beste, herrlichste menschliche Wesen, das Gott geschaffen hat!

Dies sag ich *meinem Zimmermann,* weil er's beinahe mit ebenso innigem Vergnügen lesen wird, als womit ich's ihm schreibe. Möcht ich's der ganzen Welt sagen dürfen! Möcht alle Welt den liebenswürdigsten der Menschen so kennen, so durchschauen, so lieben wie ich!

Heute war eine Stunde, wo ich ihn erst in seiner ganzen

Herrlichkeit – der ganzen schönen, gefühlvollen, reinen Menschheit sah. Außer mir kniet ich neben ihn, drückte meine Seele an seine Brust und betete Gott an.

WBr III, 246f.

232. WIELAND AN ANNA LUISE KARSCH

Weimar, 11. Januar 1776

Goethe, der König der Geister, der liebenswürdigste, größte und beste Menschensohn, den ich jemals gesehen habe, ist seit zehn Wochen bei uns und wird noch vielleicht lange bei uns bleiben. Er grüßt Sie, liebe Sappho.

GoeJb XXIX, 27

233. WIELAND AN SOPHIE VON LAROCHE

Weimar, 11. Januar 1776

Drei wonnigliche Tage, die ersten in diesem Jahre, haben wir zu Staden bei der Frau von *** [Keller] und meiner Julie [spätere von Bechtolsheim] gelebt ... Goethe war *so gut, so lieb,* so unsäglich lieb, daß wir alle wie die Närrchen in ihn verliebt wurden. So geht's nun unserm guten jungen * [Herzog] auch. Goethe ist sein alles. Und folglich werdet Ihr sein Angesicht so bald nicht wieder zu sehen bekommen.

WLar 180f.

234. BODMER AN SCHINZ

Zürich, 17. Januar 1776

Es ist gewiß, daß Goethe und Wieland einen Syncretisme errichtet haben ... Die Niederträchtigkeit des Menschen ist groß, der die „Götter, Helden und Wieland" geschrieben und itzt den Helden seiner Farce umarmt.

GoeJb V, 200

235. MERCK AN NICOLAI

Darmstadt, 19. Januar 1776

Mir tut's leid, daß Sie von einem meiner Freunde gekränkt werden und daß dies durch die niederträchtige Hände von Zuträgern und Anekdotensammlern geschieht. Haben Sie denn nicht schon längstens den Menschen verachtet, der so was fähig ist? Entweder ist es Schadenfreude oder Willen, G[oethe] zu schaden – Freundschaft kann's nicht sein, die Märchen und Tischreden zuträgt. Was wird von dem sonderbaren Menschen nicht alles erzählt! Wär er ich, so hätt ich ihm längst die Imputation gemacht, so aber kann ich von ihm auch gegen mich nichts anders sagen als: dies tut wohl und jenes weh. Er folgt ganz seiner Laune, unbekümmert über die Folgen ihrer Moralität, allein was er auch über Sie gesprochen und geschrieben haben mag, so ist's nichts als faunischer Mutwillen – Zu rachsüchtigen Absichten, deren Ausgang Pasquillen und Trätschereien wären, dazu hat er erstlich nicht die Seele und zweitens die Zeit nicht, weil sein Kopf voll immer neuer Träumereien schwirbelt. Von dem neuen Pasquill [„Ourang Outan ...“] hab ich nirgends kein Wort gehört und kann auf meine Ehre versichern, daß ich nichts davon weiß. Ein Buch ließ' sich von allem dem Törichten und Bösen schreiben, was seine Landsleute selbst in Frankfurt und drei Meilen von da mir selbst als Geheimnisse anvertraut haben, die, wenn sie wahr wären, ihn seines Bürgersrechtes verlustig und vogelfrei erklärten; wovon aber gottlob kein Jota wahr ist. Ich habe mich (ich will es denn einmal gestehen) für Sie, weil ich Sie kenne, gegen andre, die im Irrtum waren, oft heischer gepredigt und am Ende nichts als Undank verdient. Ich mag nun für G[oethe] die Litanei nicht wieder anfangen, allein das muß ich Ihnen doch aufrichtig versichern, daß er mit Wielanden nicht spielt, daß er vielen Mutwillens, aber keiner Duplizität fähig ist und daß, wenn Sie mit ihm auf einige Abende nur so nahe wie Wieland zusammengesperrt würden, Sie einander ebenso liebgewinnen würden wie zwei Eheleute, die sich scheiden wollten, die aber der kluge Amtmann zum Schlafengehen miteinander beredet hat ...

Sobald Sie die „Stella" als Charakterstück betrachten, haben Sie vollkommen recht. Mir ist sie nichts als Anlage von Situation und gelungener Situation, wenigstens auf den Theaterbrettern, wo man durch den Schimmer des Detail nicht Zeit hat wahrzunehmen, daß das Grün des Hains Wasserfarbe und das Sonnenlicht Talg ist. Die am Ende angebrachte Inskription der griechischen Historie ist einer von seinen großen Marktschreierstreichen, womit er den Klugen einen Wink gibt, was er von der ganzen Fresko-Arbeit menschlicher Geschichte, die man Drama nennt, eigentlich selbst hält. Wenn Sie wüßten, wie oft ich mit ihm über rationem artis disputiere, und Sie sähen den Burschen im Schlafrock und Nachtwams der Bonhomie, er würd Ihnen gefallen. Sein „Faust" ist aber ein Werk, das mit der *größten Treue* der Natur abgestohlen ist, und die „Stella" wie „Clavigo" sind, aufrichtig, nichts weiter als *Nebenstunden.* Ich erstaune, sooft ich ein neu Stück zu „Fausten" zu sehen bekomme, wie der Kerl zusehends wächst und Dinge macht, die ohne den großen Glauben an sich selbst und dem damit verbundenen Mutwillen ohnmöglich wären. *Dies alles, was ihn angeht,* sub rosa.

MBr 141 ff.

236. ZIMMERMANN AN REICH

Hannover, 25. Januar 1776

Sein „Doktor Faust" ist ein Werk für *alle* Menschen in Deutschland. Er hat mir einige Fragmente davon in Frankfurt vorgelesen, die mich bald entzückten und dann wieder bald halb totlachen machten.

GoeJb XI, 267

237. WIELAND AN MERCK

Weimar, 26. Januar 1776

Goethe kömmt nicht wieder von hier los. Karl August kann nicht mehr ohne ihn schwimmen noch waten. 's ist aber noch nichts Entschiednes ...

Der Hof oder vielmehr seine Liaison mit dem H[erzog] verderbt ihm viel Zeit, um die's herzlich schad ist. Und doch, bei diesem herrlichen Gottesmenschen geht nichts verloren.

MS 70f.

238. BÜRGER AN BOIE

Wöllmershausen, 2. Februar 1776

So nachsichtsvoll ich aber auch immer, bei hervorleuchtender Vortrefflichkeit, gegen kleine Nachlässigkeiten anderer bin, so treibt's mir doch Goethe manchmal schier zu arg. „Des Künstlers Morgenlied“ ist doch von ihm? Das brauchte nicht so sonderbar versifiziert und gereimt zu sein und würde nichts von seiner Vortrefflichkeit verlieren. Doch gibt mir so was noch einigen Trost. Denn der Racker würde mich sonst zur Verzweiflung bringen, wenn er nicht manchmal wenigstens etwas hinkte. Denn gehinkt ist es, es sei nun mit oder wider Willen. Hinkt er vorsätzlich, so fehlt's an Geschmack. Denn das Hinken läßt nicht schön. Hinkt er wider Willen, so ist's Unvollkommenheit. Beides gibt mir, der ich dem unbegreiflichen Zauberer nichts nachtun kann, Trost und Erholung. O daß wir den rüstigen Buben nicht von Anfang um und neben uns gehabt haben – nicht künftig wenigstens haben können! Wir hätten mit ihm gerungen und uns zugleich mit stark, wenigstens stärker, als wir jetzt sind, gerungen.

Bürg I, 274f.

239. ELISABETH GOETHE AN HANS BUFF

Frankfurt, 2. Februar 1776

Sie werden sich ohne Zweifel wundern, warum der Doktor nicht selber schreibt. Aber der ist nicht hier; schon ein Vierteljahr ist er in Weimar beim Herzog, und Gott weiß, wenn er wiederkömmt. Aber freuen tut er sich gewiß, wenn ich ihm schreibe, daß ich an seinen lieben alten Bekannten und guten Freund geschrieben habe, denn wieviel er immer von Ihnen und Ihrem ganzen Haus erzählt hat, kann ich Ihnen nicht sagen. Für seinen vergnügtesten Zeitpunkt hat er es immer gehalten.

Frau Rath 36f.

240. OESER AN KNEBEL

Leipzig, 2. Februar 1776

Ich freue mich über das gute Vernehmen, das unter zwei so würdigen Männern, als Herr Hofrat Wieland und Herr Dr. Goethe sind, entstanden ist, und besonders über letztern, da ich höre, daß sich derselbe des Tages eine Stunde (vermutlich zur Motion) in Konvulsionen übet. Alle gute Menschen sollten gesund sein.

BrKn I, 52

241. FRIEDRICH LEOPOLD GRAF ZU STOLBERG AN LENZ

Kopenhagen, 3. Februar 1776

In Deutschland ist mir in Weimar vorzüglich wohl worden. Der Herzog ist ein herrlicher Junge, beide Herzoginnen, Mutter und Frau, sind zween Engel. Unser lieber Wolf [Goethe] lebt dort herrlich und in Freuden, weil von allen geliebt, ist sogar ein Herzensfreund von Wieland.

Ich hätte wohl die erste Umarmung sehen mögen! Mir kamen sie zuweilen vor wie der Herkules in der „Alceste" [von Wieland] und der Herkules in Wolfs Farce [„Götter, Helden und Wieland"].

Ich muß Ihnen doch sagen, daß Wieland weit besser ist, als ich dachte; sein Herz ist würklich gut. Er würde ganz gut sein, wenn man ohne Liebe für Religion und Sitten es sein könnte ...

Wolf geht viel weiter als ich und ist sein wahrer Herzensfreund. Ob ich ihm gleich gut geworden bin, so wollte ich doch, daß er nicht in Weimar lebte. Ich komme dorthin als Kammerherr ... Unsern treuen Wolf hoffe ich oft zu sehen.

Lenz I, 173

242. BRETSCHNEIDER AN NICOLAI

Usingen, 5. Februar 1776

Ein Umstand, den ich noch nicht gewußt habe und der ihn bewogen haben soll, eine Zeitlang sich zu entfernen, ist dieser: Es ist in Frankfurt eine reiche Bankierswitwe Schönemannin, reformierter Religion, die eine artige Tochter hat, mit welcher sich Goethe schon lange führt. Er hielt endlich förmlich um sie an. Die Mutter bat sich Bedenkzeit aus, ließ nach einigen Wochen Goethen zum Essen bitten und deklarierte in einer großen Gesellschaft Goethes Ansuchen mit der Antwort, daß sich die Heirat wegen der Verschiedenheit der Religion nicht wohl schicke. Eine Grobheit, die Goethe freilich sehr übelnehmen mußte, weil sie ihm dieselbe ebensowohl hätte allein sagen können. Die Frau sagt aber, sie hätte der Sache auf einmal ein Ende zu machen kein besseres Mittel gewußt und sich bei einer Zusammenkunft tête à tête für seinem Disputieren gefürchtet.

Nic 6

243. WIELAND AN LAVATER

Weimar, 5. Februar 1776

Goethe bleibt vermutlich vielleicht noch lange hier – er ist mächtig umsponnen und versucht nun das Abenteuer, von welchem ich abgestanden bin, sowie ich sah, daß es für einen andern aufgehoben sei ...

Er tut das Mögliche, und was Hunderten andern unmöglich wäre, noch dazu, um seinen Lavater nicht im Stich zu lassen [bei den „Physiognomischen Fragmenten“]. Aber oh! wieviel mehr könnte, würde der herrliche Geist tun, wenn er nicht in dies unser Chaos gesunken wäre, aus welchem er doch – mit allem seinem Willen, aller seiner Kraft – doch keine leidliche Welt schaffen wird! Aber – war ich nicht schon achtunddreißig Jahr alt, da ich mich noch durch eine magische Einbildung und die noch stärkere Magie des verführischen Gedankens, *viel Gutes*, im *Großen*, auf *Jahrhunderte* zu tun, an diesen Hof ziehen, in dieses gefahrvolle, mit Précipicen umgebne und, beim Tageslicht besehn, *doch immer unmögliche* Abenteuer verwickeln ließ? Goethe ist erst sechsundzwanzig Jahr alt. Wie sollt er, mit dem Gefühl *solcher* Kräfte, einer *noch größern* Reizung widerstehen können? Denn sein Ascendant über unsre Fürstenkinder, alt und jung, ist unglaublich.

Und doch – doch, doch, wollen wir sehen! Wenn's auch nur nicht ganz so schlimm wird, als es sonst geworden wäre, wenn auch nur etwas Gutes geschieht, das sonst nicht geschehen wäre – so war's ja der Mühe wert! Ich fühle wohl, daß ich Ihnen da weder etwas Halbes noch Ganzes sage. Aber es ist doch zureichend, sich einige Idee davon zu machen, *warum* Goethe hier ist und *wie* er hier ist. In meinem Hause ist er wie einer, der zu uns gehört. Er atmet wieder Ruhe und Liebe bei uns, und das hilft dann dazu, daß er das Herumtreiben in dem großen Rade wieder desto besser aushalten kann.

La 345f.

244. ZIMMERMANN AN HERDER

Hannover, 7. Februar 1776

Goethe – ja, der ist ein Mann über alle Männer! So geschwind dieses alles herauszuwickeln, ist ein Meisterstück! Nun wünsche ich nur noch, daß Goethe in Weimar Minister und Lavater Hofphysiognomist werde!

HN II, 359

245. WIELAND AN ANDREÄ

Weimar, 7. Februar 1776

Empfehlen Sie mich unserm Zimmermann; sagen Sie ihm, daß ich ... mich vom Hofe gänzlich in mein Schneckenhäuschen zurückgezogen habe. Und wiewohl Goethe des Herzogs Günstling, Freund und alles in allem auch mein ganz inniger Freund ist, so nehme ich doch nicht einmal indirecte nur den mindesten Anteil an irgend etwas, das unsern Hof, unser Gouvernement oder den Herzog persönlich betrifft, also daß weder Gutes noch Böses jemals auf meine Rechnung kommen kann noch soll. Deus nobis haec otia fecit!

Soviel muß ich Ihnen von mir sagen, weil ich höre, daß gewisse Leute, die aus verächtlichen Ursachen meine und Goethens Feinde sind, allerlei Calumnien aussprengen und unter andern auch mich wegen meiner Konnexion mit Goethen mit in das, was hier geschieht und nicht geschieht, einmischen und zu einem, ich weiß nicht ob Akteur oder Souffleur oder Lichtputzer bei unserer Staatskomödie machen, da ich doch, Dank sei Gott und meinem Genius, ein bloßer Zuschauer bin, bereit, mit aller möglichen Bonhomie zu klatschen, wenn gut gespielt wird, und höchstens die Achseln zückend oder ein paar sacre bleus zwischen den Zähnen murmelnd, wenn es dumm geht. Goethe spielt seine Rolle edel und groß und meisterhaft. Außer der Erfahrenheit, die er nicht haben *kann,* fehlt ihm nichts. Wenn nicht viel Gutes hier durch ihn geschieht und viel weniger Böses, als sonst geschehen wäre, so wird die Schuld gewiß nicht an ihm liegen.

WBr III, 247ff.

246. SIEGMUND VON SECKENDORFF AN SEINEN BRUDER ALBRECHT

Weimar, 15. Februar 1776

Das Ganze teilt sich in zwei Parteien, von denen die des Herzogs die geräuschvolle, die andere die ruhige ist. Man läuft, jagt, schreit, peitscht, galoppiert in der ersten und, sonderbar genug, bildet man sich ein, es mit Geist zu tun, und zwar wegen der Schöngeister, die daran teilnehmen. Es gibt keine Ausgelassenheit, die man sich nicht erlaubte. Die zweite langweilt sich meist, sieht alle ihre Pläne durch die erstere durchkreuzt, und das gesuchte Vergnügen schwindet gewöhnlich, wenn man es anspricht.

Seck 6. Aus dem Französischen

247. WIELAND AN LAVATER

Weimar, 16. Februar 1776

Goethe ist lieb und gut und tätig mit mehr Weisheit, als seinen Jahren zukömmt.

ArchivLit. IV, 316

248. ELISABETH GOETHE AN ZIMMERMANN

Frankfurt, 16. Februar 1776

Das Zeugnüs von Wieland[s] Liebe gegen meinen Sohn, das Sie die Freundschaft hatten mir mitzuteilen, freute mich herzlich. Das ist nun einmal das glückliche Los von Dokter Wolf, daß ihn alle Leute lieben, denen er nahe kommt. Das ist nun freilich ganz natürlich, er hat ein gutes Herz, liebt seine Mitmenschen, sucht, wo er hinkommt, Freude zu bereiten, man sieht in der Nähe nur den Menschenfreund und vergißt gerne den Satirenschreiber ...

Noch eins: es ist wieder aus dem Gehirn des Dokter Fausts etwas in der Welt erschienen, ist gedruckt zu haben und heißt „Stella".

Frau Rath 38f.

249. BYERN AN KNEBEL

Berlin, 18. Februar 1776

Goethe war im Begriff, mit den Stolbergs die Reise nach Berlin zu machen, und ich bin ihm böse, daß er sich anders besonnen hat. Um mich einigermaßen schadlos zu halten, habe ich die Stolbergs gründlich über ihn ausgefragt, und dasselbe will ich mit Ihnen tun ...

Man spricht nur über die „Stella" in Berlin, selbst in der großen Welt. – Werden wir bald „Claudine", den „Grafen Egmont" oder den „Doktor Faust" haben, da die Stolbergs mir gesagt haben, daß Goethe daran arbeitet? Das plagt mich fürchterlich. Wie glücklich sind Sie, den Verfasser von dem allem dort zu haben! Und er ist noch dazu Ihr Freund.

BrKn I, 52f. Aus dem Französischen

250. SEIDEL AN JOHANN ADAM WOLF

Weimar, 19. Februar 1776

Ha, wie wohl mir's heute ist, lieber Wolf, und wird mir noch wohler werden. Sie spielen diesen Abend den „Westindier“ [von Cumberland], und mein bester Herr hat Belcours Rolle, dessen Charakter so viele Ähnlichkeit mit dem meinen hat, und ich will zum voraus garantieren, er wird auch der Meister sein. Wie lang wir bleiben und ob für immer, kann weder ich noch der Doktor sagen; aber es wird sich wenigstens eine gute Strecke hinausziehen.

Seid 377

251. WIELAND AN GLEIM

Weimar, 22. Februar 1776

Von Goethe schreib ich Ihnen nichts, liebster Gleim. Komm und siehe! Genug, daß ich nichts *Besseres,* Edleres, Herzlicheres, Lieberes und Größeres in der Menschheit kenne als ihn – so wild und siebenseltsam der holde Unhold auch zuweilen ist oder scheint.

WBr III, 251

252. LAVATER AN HERDER

Zürich, 27. Februar 1776

Du nach Weimar? Wo Stolberg Kammerherr, Wieland Merkur, Goethe Mignon, der Herzog ein trefflicher Mann, [Herzogin] Luise der Engel ist. Luise – o ich liebe sie unaussprechlich.

HN II, 160f.

253. WIELAND AN LAVATER

Weimar, 4. März 1776

Unser Goethe ist ... auch ein Müdling, nur auf eine andre Art. Denn ach! lieber Lavater, denken Sie sich einmal Favorit und Faktotum und Goethe zusammen! Und Faktotum, das am Ende doch – nicht den hundertsten Teil von dem tun kann, was er gerne täte! Und gleichwohl sehen Sie aus *Herders* Berufung zum Generalsuperintendenten und Oberhofprediger, daß Goethe *etwas* tut. Ich stelle mir seine hiesige Existenz als ein Pharao-Spiel vor; der Herzog hält die Bank, Goethe pointiert wider ihn. Goethe setzt ein, zwei, drei, vier, oft acht und mehr *Tage* auf eine Karte; verliert manchmal; aber weil er sein Spiel poussiert, so braucht er auch nur wieder ein einziges trente-leva oder soixante-leva zu gewinnen, so ist alles wieder ersetzt. So ein trente-leva gewann er mit *Herdern* ...

La 346f.

254. CHARLOTTE VON STEIN AN ZIMMERMANN

Weimar, 6.–8. März 1776

[6. März; franz.:] Wieland hat neulich abends und auch gestern zu Mittag bei mir gegessen und wird aufrichtig mein Freund; ich verdanke seine Freundschaft Goethen und das Ganze Ihnen.

[deutsch:] Ich könnte Ihn[en] wohl mancherlei politische Lieder hier singen, aber zu was? [franz.:] Unsere Wünsche für Herder sind erfüllt.

Goethe wird hier geliebt und gehaßt; Sie fühlen wohl, daß es hier genug Dickköpfe gibt, die ihn nicht verstehen. Luise nimmt täglich in der Freundschaft zu mir zu, aber unter den Gatten ist viel Kälte. Indessen verzweifle ich nicht, zwei so vernünftige und gute Wesen müssen endlich zusammenstimmen ...

[deutsch:] ... Ich war den Abend im Konzert, Goethe nicht. Vor einigen Stunden war er bei mir ... und war toll über Ihren Brief ... Ich verteidigte Sie, gestund ihm, ich wünschte selbst, er möchte etwas von seinen wilden Wesen, darum ihn die Leute hier so schief beurteilen, ablegen, das im Grund zwar nichts ist, als daß er jagt, scharf reit't, mit der großen Peitsche klatscht, alles in Gesellschaft des Herzogs. Gewiß sind dies seine Neigungen nicht; aber eine Weile muß er's so treiben, um den Herzog zu gewinnen und dann Gutes zu stiften. So denk ich davon; er gab mir den Grund nicht an, verteidigte sich mit wunderbaren Gründen;

Charlotte von Stein

mir blieb's, als hätt er unrecht. Er war sehr gut gegen mich, nennte mich im Vertrauen seines Herzens Du, das verwies ich ihm mit den sanftesten Ton von der Welt, sich's nicht anzugewöhnen, weil es nun eben niemand wie ich zu verstehn weiß und er ohnedies oft gewisse Verhältnisse aus den Augen setz. Da springt er wild auf vom Kanapee, sagt: „Ich muß fort!", läuft ein paarmal auf und ab, um seinen Stock zu suchen, findt ihn nicht, rennt so zur Türe hinaus ohne Abschied, ohne Gutenacht. Sehen Sie, lieber Zimmermann, so war's heute mit unsern Freund. Schon einigemal habe ich bittern Verdruß um ihn gehabt; das weiß er nicht und soll's nie wissen ...

[8. März] ... Ich sollte gestern mit der Herzoginmutter zum Wieland gehn; weil ich aber furchte, Goethen da zu finden, tat ich's nicht. Ich habe erstaunlich viel auf meinen Herzen, das ich den Unmenschen sagen muß. Es ist nicht möglich, mit seinen Betragen kömmt er nicht durch die Welt! Wenn unser sanfter Sittenlehrer gekreuz'get wurde, so wird dieser bittere zerhackt! Warum sein beständiges Pasquillieren? Es sind ja alles Geschöpfe des großen Wesens, das duldet sie ja! Und nun sein unanständ'ges Betragen mit Fluchen, mit pöbelhaften, niedern Ausdrücken. Auf sein moralisches, sobald es aufs Handeln ankommt, wird's vielleicht keinen Einfluß haben; aber er verdirbt andre. Der Herzog hat sich wunderbar geändert. Gestern war er bei mir, behauptete, daß alle Leute mit Anstand, mit Manieren nicht den Namen eines ehrlichen Mannes tragen könnten! Wohl gab ich ihn zu, daß man in den rauhen Wesen oft den ehrlichen Mann fände, aber doch wohl ebensooft in den gesitteten! Daher er auch niemanden mehr leiden mag, der nicht etwas Ungeschliffnes an sich hat.

Das ist nun alles von Goethen, von den Menschen, der für Tausende Kopf und Herz hat, der alle Sachen so klar, ohne Vorurteile sieht, sobald er nur will, der über alles kann Herr werden, was er will! Ich fühl's, Goethe und ich werden niemals Freunde. Auch seine Art, mit unsern Geschlecht umzugehn, gefällt mir nicht. Er ist eigentlich, was man coquet nennt. Es ist nicht Achtung genug in seinen Umgang.

StZ 172ff. Zum Teil aus dem Französischen

255. WIELAND AN MERCK

Weimar, 11. März 1776

Unser Goethe hat sich der Welt durch seine „Stella" wieder herrlich geoffenbaret. Wie triumphiert mein Herz über jeden neuen Sieg, den er erhält, jede neue Provinz, die er erobert! Wissen Sie ein ander Beispiel, daß jemals ein Dichter den andern so enthusiastisch geliebt hat? Bald merk ich, daß es auch wohl mit daher kommen mag, weil ich, gegen ihn, am Ende doch nur ein schwacher Erdenkloß bin.

MS 72

256. ANTON SCHWEITZER AN BERTUCH

Gotha, 16. März 1776

Gestern wurde „Clavigo" aufgeführt, nach meinem Gefühl sehr gut. Der Herzog war äußerst bewegt und zufrieden. Vielleicht ist nie ein Stück bei einer so ganz feierlichen Stille der Zuschauer aufgeführt worden. Ich sage Ihnen, es hat erstaunende Sensation gemacht ... Zum Monolog des Clavigo im fünften Aufzug sowie auch zum Leichenbegängnis habe ich Musik getan.

GoeJb II, 386 f.

257. JOHANN AUGUST VON KALB AN GOETHES ELTERN

Weimar, 16. März 1776

Bis diesen Augenblick habe ich angestanden, Ihnen, meine liebsten Eltern, über einen Gegenstand zu schreiben, in dem sich alle meine Wünsche vereinigen.

Die wechselseitige Neigung des Herzogs gegen Ihren vortrefflichen Sohn, das ohnumschränkte Vertrauen, so er in ihn setzt, macht es beiden ohnmöglich, sich voneinander zu trennen.

Nie würde er darauf verfallen sein, meinen Goethe eine andere Stelle, einen andern Charakter als denn von seinem Freunde anzutragen; der Herzog weiß zu gut, daß alle andere unter seinem Werte sind, wenn nicht die hergebrachte Formen solches nötig machten.

Mit Beibehaltung seiner gänzlichen Freiheit, der Freiheit, Urlaub zu nehmen, die Dienste ganz zu verlassen, wann er will, wird unser junger edler Fürst, in der Voraussetzung, daß Sie unfähig sind, Ihre Einwilligung dazu zu versagen, Ihren Sohn unter dem Titel eines Geheimden Legationsrats und mit einem Gehalt von 1200 Talern in sein Ministerium ziehen.

Stellen Sie, die Sie mein Herz kennen, in welchem meine Freundschaft zu Ihren trefflichen Sohne zur Leidenschaft geworden, die Glückseligkeit vor, in Zukunft mein Schicksal mit dem seinigen vereinigt zu sehen!

Wenn etwas solche hat erhöhen können, so ist's dadurch geschehen, daß mich das Schicksal zur Mittelsperson bei diesen allen von Anfang an bis zur Entwickelung ausersehen gehabt.

Wie gern werden Sie nicht Ihren Sohn, Ihren ältesten Sohn, bei seinem Bruder wissen, einen Teil des Vergnügens, ihm mehr um sich zu haben, aufopfern, wenn Sie daran denken, von wieviel Tausenden die Glückseligkeit durch diese Aufopferung erhalten wird!

Ihr jüngster Sohn verkennt seine Eltern nicht so sehr, um nur einen Augenblick zu zweifeln, daß diese Betrachtung alle Selbstgefühle bei ihnen überwieget und mehr als alle andern Rücksichten ihre Einwilligung zu einem Schritte vergewissert, der in den edelsten Zwecken und auf die edelste Art geschiehet. Nehmen Sie hingegen von Ihren Söhnen die Versicherung an, machen Sie es ihnen zur süßen Pflicht, die glücklichsten Stunden ihres Lebens bei Ihnen zuzubringen! Gern unternähm ich, Ihnen die Verhältnisse meines Bruders zu bezeichnen, wenn ich mich dazu vermögend fühlte. Denken Sie sich ihn als den vertrautesten Freund unsers lieben Herzogs, ohne welchen er keinen Tag existieren kann, von allen braven Jungen bis zur Schwärmerei geliebt, alles, was wider uns war, vernichtet – und Sie werden sich noch immer zuwenig denken!

Machen Sie – ich beschwöre Sie darum – das Glück Ihrer Söhne dadurch vollkommen, daß Sie ihren Handlungen Ihren Beifall geben!

Wieland und mein Vater nehmen an allen den wärmsten Anteil und haben mir aufgetragen, Sie davon und von ihrer treuen Freundschaft zu versichern. Noch einige Wochen bleibt diese Sache Geheimnis.

Schreiben Sie mir bald, bester Vater, über eine Sache, die mich so ganz anfüllt, und seien Sie versichert, daß ich bis an das Ende meines Lebens sein werde, meine lieben Eltern, Ihr treuer Sohn Kalb.

Kalb 448f.

258. BÜRGER AN BOIE

Wöllmershausen, 21. März 1776

Goethens Balladenfragment [„Der untreue Knabe"?] hatt ich schon in Halberstadt aus Jacobis Munde gehört. Es ist gar was Herrliches! Ich danke Dir sehr für die Abschrift. Von Goethen wurde mir noch eine Ballade vorgesagt, die auch sehr schön war.

Bürg I, 290

259. BODMER AN SULZER

Zürich, 22. März 1776

Der Graf [Friedrich Leopold zu Stolberg] lobt den Himmel, daß seine Seele nicht ganz Verstand ist, daß auch das Herz will erfüllt sein [„Schreiben an Herrn Matthias Claudius"]. Ein solch erfüllt sein wollendes Herz hat auch Goethe, der [in „Stella"] durch fünf Aktus hindurch sich unter konvulsiven Liebessymptomen hin und her wälzt. Zwei Weiber reißen sein Herz von zwo Seiten zu sich, mit gleicher Gewalt, daß es brechen möchte. Alle drei Bigames stehen im Begriff, die Stärke der Goethischen Seele durch Erstechen, Erschießen, Ersäufen zu bekräftigen; denn Goethens Lehrgebäude vermeint, wenn Anstrengung Stärke ist, warum nicht auch Überspannung. Zum Glück besinnt man sich anderst, Fernandos Herz ist für beide Damen genugsam; beide Damen finden es überfließend für jede von ihnen. Und so gehn sie zusammen zu Bette.

GoeJb V, 200f.

260. WIELAND AN MERCK

Weimar, 25. März 1776

Goethe bleibt nun wohl hier, solange K[arl] A[ugust] lebt, und möchte das bis zu Nestors Alter währen! Er hat sich ein Haus gemietet, das wie eine kleine Burg aussieht, und es macht ihm großen Spaß, daß er mit seinem Philipp [Seidel] ganz allein sich im Notfall etliche Tage gegen ein ganzes Korps darin wehren könnte, insofern sie ihm das Nest nicht überm Kopf ganz anzündeten. Er ist auch im Begriff, einen Garten zu kaufen, welches ich auch getan habe, also und dergestalt, daß wir beide (notabene: ohne vorgängige Abrede) uns beinahe in ein und ebendemselben Augenblick in den weimarischen Philisterorden begeben haben – welches dann mit alledem lustig genug ist. Gestern abend ist er auf einmal nach Leipzig abgesurrt, wird aber hoffentlich bald wiederkommen. Für mich ist kein Leben mehr ohne diesen wunderbaren Knaben, den ich als meinen eingebornen einzigen Sohn liebe und, wie einem echten Vater zukommt, meine innige Freude daran habe, daß er mir so schön *übern Kopf wächst* und alles das ist, was ich nicht habe werden können.

MS 73f.

261. GÖCHHAUSEN AN BERTUCH

Eisenach, 27. März 1776

... was Goethe anbetrifft, der ist hier ohngefähr so der Gegenstand allgemeiner Unterredung, als ehedem die Hyäne von Frankreich es unterm deutschen Landvolke war. Sie wissen nicht, was sie aus dem Dinge machen sollen, und grade weil sie's nicht wissen, machen sie sich ein Ideal von dem Dinge, das genau so paßt als eine Faust in Venus' Auge.

GoeJb II, 387

262. SIEGMUND VON SECKENDORFF AN SEINEN BRUDER ALBRECHT

Weimar, 29. März 1776

Man könnte ganze Bände mit der Beschreibung der hiesigen Lustbarkeiten füllen ... Da man sich alltäglich in Tollheiten überbietet, so halte ich hier ein Nonplusultra für unmöglich. F[ritsch] ist noch immer Minister und wird es auch wohl noch eine Weile bleiben. Er ist ein rechtschaffener Mann, der weiß, was er will, und nur für sich lebt. Er ist unermüdlich tätig; aber seine Gewohnheit, sich über die Sachen, die gerade vorliegen, weder billigend noch mißbilligend auszusprechen, bis die Notwendigkeit es gebieterisch erfordert, läßt ihn keinen Einfluß auf die Entschließungen seines Herrn gewinnen und nur gerade dasjenige tun, was den Einsturz des Hauses hinhält.

Seck 7f. Aus dem Französischen

263. LENZ AN SEINE MUTTER

Weimar, 5. April 1776

In diesem Augenblick, meine teureste Mutter, da ich der Mutter meines Goethe schreibe, in seinen Armen, in seinem Schoß, schreib ich auch Ihnen, sag Ihnen, daß ich jetzt in Weimar bin, wo Goethe mich heut dem Herzoge vorstellen wird ...

Sagen Sie unserm lieben Vater, er soll alle unsere Geschwister und Freunde an einem Sonntage zusammenbitten und meines Bruders Goethe Gesundheit trinken. Alsdann seiner Mutter, seiner Schwester, seines Vaters und dann meine. Die Rangordnung hat ihre Ursachen.

Lenz I, 223

264. BODMER AN MEISTER

Zürich, 10. April 1776

Weiß Lavater, daß der „Brief des Pfarrers an den Pfarrer" von Goethen ist, wie kann er Goethen nicht für einen Tollhäusler verachten oder für einen Schwärmer verwerfen?

GoeJb V, 201

265. SIEGMUND VON SECKENDORFF AN SEINEN BRUDER ALBRECHT

Weimar, 12. April 1776

Der Herzog leidet seit etwa drei Wochen an Rheumatismus, Gliederreißen und Schwindel, in Verbindung mit leichten Fieberanfällen ...

Vor kurzem ist auch der Dir durch seine Theaterstücke bekannte Herr Lenz hier eingetroffen, um unsere Gesellschaft zu vergrößern. Noch andere Heroen werden erwartet, um den Kreis vollzählig zu machen; Stolberg, Herder und Wagner werden, wie man wissen will, bald die unsern werden, und wir werden dann ein sehr zahlreiches Personal haben, um die Tempel des Apollo und der Ausgelassenheit zu bevölkern. Bisweilen habe ich Zutritt zu diesen Gesellschaften. Manchmal ist man weise, und diese Augenblicke sind belehrend und unterhaltend. Denjenigen, welche nach den Grundsätzen unserer modernen Schöngeister das Genie bezeichnen, suche ich aus dem Wege zu gehen ... Die Ehre, welche mir Herr Wieland erzeigt hat, einige meiner kleinen Gedichte in seinen „Merkur" aufzunehmen, erfreut mich, da ich jetzt nicht zu befürchten brauche, von diesen Herren in die Klasse der Vierfüßler gesetzt zu werden ... Unsere Theatervorstellungen dauern fort, und wir werden in acht Tagen zwei komische Opern geben: den „Rechtsgelehrten" und die „Beiden Geizhälse", denen bald Goethes „Erwin und Elmire" mit der Musik von Schweitzer folgen wird.

Seck 8. Aus dem Französischen

266. WIELAND AN LAVATER

Weimar, 15. April 1776

Goethe ist immer lieb, gut und treu; der einzigste Mensch in der Welt, aber mir ganz verständlich, und der erste, der mich ganz versteht. Fast möcht ich sagen, unsere Liebe ist über Frauenliebe – aber es wäre doch Lästerung, wenn ich's sagte. Aber nach meinem Weib und meinen Kindern ist mir nichts lieber als Goethe.

ArchivLit. IX, 428

267. JAKOB FRIEDRICH VON FRITSCH AN KARL AUGUST

Weimar, 24. April 1776

Über das Sujet des Dr. Goethe und dessen Placierung im Geheimen Consilio habe Eurer Hochfürstlichen Durchlaucht ebenfalls schon mit aller Freimütigkeit meine wenigen Gedanken gesagt. Ich nehme mit Bekümmernis wahr, daß meine gegen diese letztere ... ohne allen Widerwillen oder Abneigung gegen diesen Mann ... geäußerte Bedenklichkeiten Höchstderoselben Aufmerksamkeit so wenig auf sich gezogen, daß Sie auf einem Entschluß bestehen, welcher Ihro von aller Welt verdacht werden, welcher alle Ihro treuen und verdienten Diener, so auf eine dergleichen ansehnliche Stelle Anspruch machen könnten, unendlich niederschlagen muß, welchen Dr. Goethe, falls er, wie ich ihm zutrauen will, wahres Attachement und Liebe vor Euer Hochfürstliche Durchlaucht hat, Ihro selbst widerraten und die ihm zugedachte Gnade verbitten sollte ... So bleibt mir nichts mehr übrig als ... zu deklarieren, daß ich in einem Collegio, dessen Mitglied gedachter Dr. Goethe anjetzt werden soll, länger nicht sitzen kann ...

Fri 156f.

Karls August
Herzog von Sachsen-Weimar-Eisenach

268. KARL AUGUST AN FRITSCH

Weimar, 10. Mai 1776

Sie fordern ... Ihre Dienstentlassung, weil, sagen Sie, Sie nicht länger in einem Collegio, wovon der Dr. Goethe ein Mitglied ist, sitzen können. Dieser Grund sollte eigentlich nicht hinlänglich sein, Ihnen diesen Entschluß fassen zu machen. Wäre der Dr. Goethe ein Mann eines zweideutigen Charakters, würde ein jeder Ihren Entschluß billigen. Goethe aber ist rechtschaffen, von einem außerordentlich guten und fühlbaren Herzen. Nicht alleine ich, sondern einsichtsvolle Männer wünschen mir Glück, diesen Mann zu besitzen. Sein Kopf und Genie ist bekannt. Sie werden selbst einsehen, daß ein Mann wie dieser nicht würde die langweilige und mechanische Arbeit, in einem Landescollegio von unten auf zu dienen, aushalten. Einem Mann von Genie nicht an den Ort gebrauchen, wo er seine außerordentlichen Talente nicht gebrauchen kann, heißt, denselben mißbrauchen ... Was das Urteil der Welt betrifft, welche mißbilligen würde, daß ich den Dr. Goethe in mein wichtigstes Collegium setzte, ohne daß er zuvor weder Amtmann, Professor, Kammer- oder Regierungsrat war, dieses verändert gar nichts. Die Welt urteilt nach Vorurteilen, ich aber und jeder, der seine Pflicht tun will, arbeitet nicht, um Ruhm zu erlangen, sondern um sich vor Gott und seinen eignen Gewissen rechtfertigen zu können, und suchet auch ohne den Beifall der Welt zu handeln. Nach diesen allen muß ich mich sehr wundern, daß Sie, Herr Geheimer Rat, die Entschließung fassen, mich jetzt in einem Augenblick zu verlassen, wo Sie selber fühlen müssen und gewiß fühlen, wie sehr ich Ihrer bedarf. Wie sehr muß es mich befremden, daß Sie, statt sich ein Vergnügen daraus zu machen, einen jungen fähigen Mann, wie mehrbenannter Dr. Goethe ist, durch Ihre in einem zweiundzwanzigjährigen treuen Dienst erlangte Erfahrung zu bilden, lieber meinen Dienst zu verlassen, und auf eine sowohl für den Dr. Goethe als, ich kann es nicht leugnen, für mich beleidigende Art. Denn es ist, als wäre es Ihnen schimpflich, mit demselben in einem Collegio zu sitzen, welchen ich doch, wie es Ihnen bekannt, für meinen Freund ansehe und welcher nie Gelegenheit gegeben hat, daß man denselben verachte, sondern vielmehr aller rechtschaffenen Leute Liebe verdient.

Fri 159ff.

269. CHARLOTTE VON STEIN AN ZIMMERMANN

Weimar, 10. Mai 1776

Mir geht's mit Goethen wunderbar. Nach acht Tagen, wie er mich so heftig verlassen hat, kommt er mit einem Übermaß von Liebe wieder. Ich hab zu mancherlei Betrachtungen durch Goethen Anlaß bekommen; je mehr ein Mensch fassen kann, deucht mir, je dunkler, anstöß'ger wird ihn das Ganze, je eher fehlt man den ruhigen Weg. Gewiß hatten die gefallnen Engel mehr Verstand wie die übrigen ...

Ich bin durch unsern lieben Goethe ins Deutsch-Schreiben gekommen, wie Sie sehen, und ich dank's ihm. Was wird er wohl noch mehr aus mir machen? Denn, wenn er hier, lebt er immer um mich herum. Jetzt nenn ich ihn meinen Heiligen, und darüber ist er mir unsichtbar worden, seit einigen Tagen verschwunden, und lebt in der Erde fünf Meilen von hier in Bergwerke ... Lenz, Goethens Freund, ist hier, aber es ist kein Goethe! Goethe und Wieland haben sich alle beide hier Gärtens gekauft, sind aber nicht Nachbarn, sondern liegen an verschiedne Tore. In Goethens Garten hab ich schon einmal Kaffee getrunken und von seinen Spargel gegessen, den er selbst gestochen und in seinen Ziehbrunnen gewaschen hatte. In Goethens Garten ist die schönste Aussicht, die hier zu haben ist. Er liegt an einen Berg, und unten ist die Wiese, die von einen kleinen Fluß durchschlungen wird.

StZ 174f.

270. CHARLOTTE VON STEIN AN LUISE VON DÖRING

Weimar, 10. Mai 1776

Goethe verursacht hier einen großen Umsturz; wenn er auch wieder Ordnung machen kann, um so besser für sein Genie!

Sicherlich ist seine Absicht gut, aber zu große Jugend und zu geringe Erfahrung – doch warten wir das Ende ab! All unser Glück ist von uns gewichen; unser Hof ist nicht mehr, was er war. Ein Herr, der mit sich selber und mit aller Welt unzufrieden ist, der täglich sein Leben und sein bißchen Gesundheit aufs Spiel setzt, um diese letztere zu stärken; sein Bruder noch haltloser; eine bekümmerte Mutter, eine unzufriedene Gattin; alle zusammen gute Leute, aber nichts, was in dieser unglücklichen Familie zusammenstimmt.

GoeSt III, 114. Aus dem Französischen

271. ISELIN AN FREY

Basel, 13. Mai 1776

Alles duzt sich, der Herzog, Wieland, Goethe, Lenz, der Graf Stolberg etc. Ein Mann von großem Verdienste und offenbar mehrerem Verstande, der Baron von Dalberg, Statthalter zu Erfurt und Kanonikus von Mainz, wollte neulich dem Herzog Besuch abstatten und fand ihn Blindekuh spielen mit den Philosophen. Man unterbrach sich ein wenig, um ihn zu begrüßen, und spielte dann weiter Blindekuh, was ihn, wie man sagt, nicht wenig verdroß.

GoeJb VI, 91. Aus dem Französischen

272. ANNA AMALIA AN FRITSCH

Weimar, 13. Mai 1776

Sie sind eingenommen gegen Goethe, den Sie vielleicht nur aus unwahren Berichten kennen oder den Sie von einem falschen Gesichtspunkt beurteilen. Sie wissen, wie sehr mir der Ruhm meines Sohnes am Herzen liegt und wie sehr ich darauf hingearbeitet habe und noch täglich arbeite, daß er von Ehrenmännern umgeben sei. Wäre ich überzeugt, daß Goethe zu diesen kriechenden Geschöpfen gehörte, denen kein anderes Interesse heilig ist als ihr eigenes und die nur aus Ehrgeiz tätig sind, so würde ich die erste sein, gegen ihn aufzutreten. Ich will Ihnen nicht von seinen Talenten, von seinem Genie sprechen; ich rede nur von seiner Moral. Seine Religion ist die eines wahren und guten Christen, die ihn lehrt, seinen Nächsten zu lieben und es zu versuchen, ihn glücklich zu machen. Das ist doch der erste, hauptsächlichste Wille unseres Schöpfers ... Machen Sie Goethes Bekanntschaft! Suchen Sie ihn kennenzulernen! Sie wissen, daß ich meine Leute erst gehörig prüfe, bevor ich über sie urteile ...

Fri 171f. und 254f. Aus dem Französischen

273. BOULET AN KNEBEL

Potsdam, 16. Mai 1776

Sie besitzen den berühmten Goethe in Weimar, und der Graf Marschall ... hat mir gesagt, daß Sie ihn zum nahen Freunde gewonnen haben. Man hat hier an seinen Werken viel Geschmack gefunden, und der Prinz [Friedrich Wilhelm] macht ein besonderes Aufheben davon. Ich habe sie auf seinen Befehl gesammelt; aber da ich überzeugt bin, daß man auf seine Rechnung Sachen setzt, an die er nie gedacht hat, dürfte ich wohl wagen, Sie zu bitten, daß Sie mir anzeigen, was wirklich von ihm herrührt.

BrKn I, 59f. Aus dem Französischen

274. WIELAND AN MERCK

Weimar, 27. Mai 1776

Goethe lebt und regiert und wütet und gibt Regenwetter und Sonnenschein, tour à tour comme vous savez, und macht uns glücklich, er mache, was er will.

MS 78

275. BODMER AN SCHINZ

Zürich, 28. Mai 1776

Salis ... zeichnete mir Goethens Charakter wie dem schäumenden, sprudelnden Rheinwein ähnlich, den Goethe besungen hat. Er erzählte mir, daß, da er bei Goethe in Weimar war, derselbe vor die Tür gegangen, in kurzer Zeit wiedergekommen und ihm und Wieland eine Zeichnung gezeiget; es war ein Mensch in sitzender Positur, wovon man nur etliche hingeworfene Züge des hinteren Kopfes und des oberen Rückens sah. Er habe sie gefraget, was dieser Mann täte, und beide haben schnell geantwortet, er esse. Darauf hab er sie vor die Tür geführt und ihnen da würklich den Mann gezeiget, der so gesessen und gegessen habe. Wir sollen hieraus Goethens Genie erkennen. In der Tat muß er viel Physiognomik haben, daß er auch Lineamente am Rücken entdeckt.

GoeJb V, 201 f.

276. ELISABETH GOETHE AN KLINGER

Frankfurt, Ende Mai 1776

Der Doktor ist vergnügt und wohl in seinem Weimar, hat gleich vor der Stadt einen herrlichen Garten, welcher dem Herzog gehört, bezogen. Lenz hat denselbigen poetisch beschrieben und mir zum Durchlesen zugeschickt... Weimar muß vors Wiedergehn ein gefährlicher Ort sein, alles bleibt dort. Nun, wenn's dem Völklein wohl ist, so gesegne's ihnen Gott!

Frau Rath, 39

277. ALBERTINE VON GRÜN AN MARIANNE HÖPFNER

Hachenburg?, Anfang Juni 1776

Ich bin halb tot über die Nachricht. Nun ist wieder eine Freude meines Lebens dahin! Bin ich wohl die einzige, die um ihn wie um ihren liebsten Bruder trauert und bekümmert ist? Ach mein andrer Götze! Alle Hoffnung, alle wäre für Klinger dahin, auch dein Glück, Klinger! Ich zittre für die Ruhe meines Lebens. Alle meine Hoffnung hatte ich auf ihn gesetzt, den Stolz meines Götzen zu befriedigen. *Goethe, guter Goethe,* könnte ich dich doch der Vorsehung abdringen, wenn du dahin bist! Du warst gewiß ein guter Mensch. Du hättest unmöglich so viele Empfindung haben können, wenn du nicht auch eine große, edle Seele gehabt hättest. Wo bin ich, Gott im Himmel! Verhüte es, daß ich Ursache habe, mich mit dem schrecklichsten Gedanken zu plagen! Ich blicke den Himmel mit wehmütigen Tränen an, stütze mich auf meine zitternde Hand und denke, wenn die Sonne heute noch einmal aus den Wolken hervortritt, so kann es unmöglich sein, daß der große Mensch dahin ist. Die Sonne kommt langsam und traurig, doch habe ich sie nie mit schönerer Pracht gesehen, denn mir schien es, sie käme, mich zu trösten. Nie sind heiligere Tränen geweint worden, als ich um ihn weine. Ich habe ihn mit Ehrfurcht wie meinen weit über mich erhabenen Bruder geliebt. Liebe Marianne, wenn du mich noch ein klein wenig liebhast, so schreibe mir gleich, wo diese Nachricht her und ob sie gegründet und was Ihr noch ferner davon gehört habt.

Grün 146

278. SIEGMUND VON SECKENDORFF AN SEINEN BRUDER ALBRECHT

Weimar, 1. Juni 1776

In wenigen Tagen wird sich das Gesicht unseres Hofes in einer Weise ändern, die für den Herzog und dessen Nachfolger Epoche machen wird. Es ist beschlossen worden, allen denjenigen bedeutende Stellen zu verleihen, die bisher nur zur Unterhaltung des Herrn da waren ... Aus ihrem Kreis soll ein Kammerpräsident und ein dirigierender Minister des Geheimen Consiliums genommen werden. Man geht damit um, sie mit glänzenden Titeln zu schmücken, und wir werden die Ehre haben, unter ihren Fahnen zu marschieren. Schon längst für Automaten erklärt, werden wir bald als solche Dienst tun. In kurzem werde ich der einzige Kammerherr sein, zwar mit einer für jetzt genügenden Besoldung, aber ohne Aussicht auf künftige Erhöhung, weil man die Gehälter der Hofleute, die man für ebenso unbequeme als unnütze und kostspielige Wesen hält, so niedrig stellen wird, daß die meisten die Lust verlieren müssen, in diesem Range zu glänzen ...

Diese Leute machen ja ohnehin nur Schwierigkeiten, steifen sich immer auf Zeremonien, deren man sich entledigen will, kleben an einem unbequemen Luxus, der der Freiheit der Menschen widerstrebt. Was Teufel! soll man mit den Leuten anfangen? Sie ausrotten und sie mitsamt der Erinnerung an ihr lästiges Dasein in die Erde versenken? Das ist ungefähr der Plan, der zur Ausführung kommen wird. Du siehst, daß meine roten Borten und meine kleinen Hoflieder hier Schmuggelware sind und ich sie besser gegen eine Peitsche, feste Stiefel, einen großen Säbel und einen polnischen Federhut vertauschte ...

Seck 9. Aus dem Französischen

279. FRIEDRICH LEOPOLD GRAF ZU STOLBERG AN KLOPSTOCK

Bernstorff, 8. Juni 1776

Ich habe mit Verwunderung und Ärger Ihre Korrespondenz mit Goethe gelesen. Bester Klopstock, ich kenne zwar ganz Goethens unbiegsames Wesen; aber daß er einen solchen Brief, von Ihnen, so beantworten könnte, davon hatte ich keine Idee. Es tut mir in der Seele weh für ihn, er verdient's, Ihre Freundschaft zu verlieren. Und doch weiß ich, wie er im Herzen Sie ehrt und liebt. Das sag ich nicht, ihn zu entschuldigen; ich kann und mag hierin ihn nicht entschuldigen und bin indigniert über seinen Brief. Starrkopf ist er im allerhöchsten Grade, und seine Unbiegsamkeit, welche er, wenn es möglich wäre, gern gegen Gott behauptete, machte mich schon oft für ihn zittern.

Gott, welch ein Gemisch! Ein Titanenkopf gegen seinen Gott und nun schwindelnd von der Gunst eines Herzogs!

Sagen Sie mir, Liebster, denn Sie erkannten früh seinen eisernen Nacken: dachten Sie nicht an ihn, wie Sie die „Warnung" machten? Und doch kann er so weich sein, ist so liebend, läßt sich in guten Stunden leiten am seidnen Faden, ist seinen Freunden so herzlich zugetan – Gott erbarme sich über ihn und mach ihn gut, damit er trefflich werde! Aber wenn Gott nicht Wunder an ihm tut, so wird er der Unseligsten einer. Wie oft sah ich ihn schmelzend und wütend in einer Viertelstunde!

Die Sache, über welche Sie ihm schrieben, geht mir denn auch sehr nahe. Der junge Herzog hat viel Anlage zum Guten und Bösen. Sein Gutes kennen Sie, aber er hat natürliche Wildheit und, was unendlich schlimmer ist, Härte.

Sich durch Branntwein abzuhärten, wäre für ihn überflüssig und ist äußerst lächerlich. Die andren Geschichten, welche mir Gustchen [Auguste Gräfin zu Stolberg] erzählt hat, sind lächerlich und schlecht. Und doch, mein Allerliebster, kann ich mich nicht entschließen, mein Engagement mit dem Herzoge gradezu zu rompieren. Ich werde hin müssen, sobald er mich haben will; das hab ich versprochen. Ich hoffe, mich früh zu zeigen, daß er mich genug kennenlernt, um mir nichts anzumuten, das meiner, das Ihres Freundes, mein Allerliebster, unwürdig wäre. Tut er's, so verlaß ich ihn gleich.

KlSt 189f.

280. BÜRGER AN BOIE

Wöllmershausen, 11. Juni 1776

Hast Du die schreckliche Nachricht, die hier eingegangen ist, aber noch einer Bestätigung bedarf, auch schon vernommen, daß Goethe – alas! – auf der Jagd gestürzt sei und den Hals gebrochen habe?

Bürg I, 316

281. KLINGER AN ERNST SCHLEIERMACHER

Weimar, 12. Juni 1776

Montag abend noch umarmte ich Goethe und er mich mit aller Liebe. Hier sah ich und seh täglich, daß wirklich über Goethe sich sowenig sagen läßt, als man eigentlich über den Sohn Gottes sagen sollte, wenn man ihn glaubt. Und so will ich auch schweigen. Er stickt in politischen Geschäften und hat diesem Land genutzt und tut Sachen – wie soll man ihn nennen? Und hier sag ich Dir zugleich, daß alles anders ist, als wir's uns imaginierten, und daß von allem nichts wahr ist, was gesprochen wird ... Goethe ist geliebt durchaus und des Lands Heil und der Herzog ein vortrefflicher Mensch. Von all den Nachrichten, die wir aus der Schweiz und sonstwoher kriegten, ist kein Buchstabe Wahres drin.

Kli 385

282. BODMER AN SCHINZ

Zürich, 12. Juni 1776

Ich habe die Zeit erlebt, da Gottsched, der Duns, über den deutschen Geschmack herrschete, wie Goethe itzt und Wieland herrschen ... Entweder muß in Deutschland eine notorische Barbarei entstehen, oder Wieland, Herder, Goethe fallen.

GoeJb V, 203

283. FRIEDRICH LEOPOLD GRAF ZU STOLBERG AN EINE SEINER SCHWESTERN[?]

Kopenhagen, etwa Mitte Juni 1776

Goethe ist nicht bloß ein Genie, sondern er hat auch ein wahrhaft gutes Herz. Aber es ergriff mich ein Grausen, als er mir an einem der letzten Tage meiner Anwesenheit in Weimar von Riesengeistern sprach, die sich auch den ewigen geoffenbarten Wahrheiten nicht beugen. Dieser unbeugsame Trotz wird, wenn er in ihm weiter wuchert, auch sein Herz kalt machen. Armer Erdenwurm! Sich den ewigen geoffenbarten Wahrheiten nicht beugen, gleichsam rechten wollen mit Gott!

Stolb 19

284. KLINGER AN ERNST SCHLEIERMACHER

Weimar, 16. Juni 1776

Goethes Liebe für mich ist unendlich reich und groß ... Mit Goethe steht's fest wie Felsen und geht alles den großen, simplen Gang, den's geht, wo er ist.

Kli 389

285. CHARLOTTE VON STEIN AN ZIMMERMANN

Weimar, 17. Juni 1776

Um Ihnen, lieber Zimmermann, etwas Neues zu erzählen, so wissen Sie, daß Goethe endlich hier fest ist. Vor einigen Tagen ist er zum Geheimen Legationsrat ernennt worden und sitzt im Conseil. Ich habe aber doch noch einen Unglauben an seinen unsteten Sinn, wenn ich ihm gleich herzlich wünsche, an irgendeinen Eckchen der Welt Ruhe zu finden.

StZ 175f.

286. CHRISTIAN GRAF ZU STOLBERG AN KLOPSTOCK

Bernstorff, 18. Juni 1776

Die Nachrichten von Weimar gehen mir sehr durch den Kopf. Ich wünschte so sehr, daß mein Bruder nicht dahin käme und daß er sich auf eine gute Weise von seiner Verbindung losmachen könnte. Goethens Betragen gegen Sie, mein Liebster, schmerzt mich sehr. Ich möchte ihn gerne entschuldigen, aber ich finde nichts. Es wird ihn gewiß einst gereuen, so gehandelt zu haben. Das ist alles, was ich für ihn sagen kann. Der Herzog und er eine gemeinschaftliche Maitresse, das wäre abominable, das habe ich Mühe zu glauben, aber beide sind unbändig, und beiden ist der Umgang miteinander höchst gefährlich. Goethe weiß es sehr wohl, daß er den Umgang mit sanften weiblichen Seelen bedarf. Wie hat er sich mit dem Herzog, dem wilden, rohen Jungen, so verbinden können? Das wird beiden sehr schädlich sein, und ich fürchte sehr, daß es noch immer schlimmer gehen werde. Lowisgens [der Herzogin] Zustand rührt mich unbeschreiblich. Sie sind freilich gar nicht füreinander gemacht und haben sich nie geliebt – doch wann lieben sich Fürsten?

KlSt 192f.

287. WEISSE AN BLANCKENBURG

Leipzig, 18. Juni 1776

Vor kurzem sprach ich Goethen, der, wie er sagt, seine literarische Laufbahn Lenzen überlassen; dieser wird uns mit einer Menge Trauerspiele beschenken, wovon „Der Engländer", eine dramatische Phantasie, ein Pröbchen ist. Ich kann diese dramatischen Ungeheuer unmöglich mit Vergnügen lesen und werde bald dem Pastor Goetze recht geben. Doch scheint das Publikum auch nach und nach von der Bewunderung nachzulassen, und die Dramen und Volkslieder werden auch ihre Zeit gehabt haben.

GoeJb XIII, 122

288. ZIMMERMANN AN HERDER

Hannover, 19. Juni 1776

Was aber ganz Deutschland weiß, ist kein Arkanum, nämlich die *Wirtschaft in Weimar!* In meinem Brief vom 15. Junius habe ich noch geschwiegen. Da Sie aber, mein Geliebter, so sehr auf Nachricht dringen und da ich Goethen nicht mehr zu fürchten Ursache habe als meinen Schatten, so will ich Ihnen eine *ganz äußerst zuverlässige Nachricht* von allem aus einem Briefe *von der größten Freundin* [Charlotte von Stein], *die Goethe in Weimar hat,* mitteilen ...

Diese Nachricht, lieber Herder, ist von einer Person, die Goethe sehr liebt und von der er auch geliebt ist. Urteilen Sie nun, wie andere Nachrichten lauten! Ich weiß viele aus den Briefen der ersten Personen des Hofes, Nachrichten aus Briefen der jungen Herzogin, die äußerst unglücklich sein muß, an ihre Schwester in Karlsruhe. Und dieses alles klingt so sanft nicht.

Daß man über solche Facta auch sehr deräsoniert, Ursachen sucht, wo sie nicht sind, Goethe verflucht, wo man ihn loben sollte, ist Ihnen gewiß nach dem *Laufe der Welt* sehr begreiflich. Daß aber auch die Genies nach der neuesten Mode ... sich zuweilen in ihren Handlungen verirren, werden Sie, lieber Herder, billig genug sein, ebenfalls zuzugeben ...

Daß Goethe, bloß um in Weimar zu bleiben, eine Pension von 1000 Taler hat, werden Sie wissen.

HN II, 374ff.

289. WIELAND AN LAVATER

Weimar, 22. Juni 1776

Unsern Goethe habe ich seit acht Tagen nicht sehen *können.* Er ist nun Geheimer Legationsrat und sitzt im Ministerio unsers Herzogs, ist Favorit-Minister, Faktotum und trägt die Sünden der Welt. Er wird viel Gutes schaffen, viel Böses hindern, und das muß, wenn's möglich ist, uns dafür trösten, daß er als Dichter wenigstens auf viele Jahre für die Welt verloren ist. Denn Goethe tut nichts halb. Da er nun einmal in diese neue Laufbahn getreten ist, so wird er nicht ruhen, bis er am Ziel ist; wird als Minister so groß sein, wie er als Autor war.

WBr III, 257

290. GEBLER AN NICOLAI

Wien, 24. Juni 1776

Begierig ist jedermann, wie lange sich auf dem neuen Parnaß en miniature [Weimar] Köpfe von so himmelweit verschiedener Denkungsart, und dabei so warme Köpfe, miteinander vertragen werden. Ich fürchte immer, die Friktion dürfte ein gewaltiges Ungewitter erregen.

NicG 78

291. KARL VON IMHOFF AN SEINE FRAU

Mörlach bei Nürnberg, 1. Juli 1776

Hüte Dich vor den Herren und Frauen mit großen Geistern! Sie möchten dafür sorgen, daß Du nicht zuviel Anteil an mir nimmst ... Dein Porträt, von Goethe gezeichnet, ist so schön, daß ich beinahe jaloux bin. Ich habe gestern das meinige in Miniatur begonnen in englischer Uniform, was freilich nicht so lieblich aussieht, aber doch das Bild Deines besten Freundes ist und ebensogut als irgendein Götze in Menschengestalt! ... Die Zeichnung Goethes von Frau von Stein hat mich interessiert, weil wirklich eine Gleichheit von Dir im Gesicht ist ...

Im 3f.

292. VOSS AN ERNESTINE BOIE

Wandsbek, 14. Juli 1776

In Weimar wäre ohnehin nichts mit des Grafen [Friedrich Leopold zu Stolberg] Beförderung gewesen. Es geht da erschrecklich zu. Der Herzog läuft mit Goethen wie ein wilder Pursche auf den Dörfern herum; er besäuft sich und genießet brüderlich einerlei Mädchen mit ihm. Ein Minister [Fritsch?], der's gewagt hat, ihm seiner Gesundheit halben die Ausschweifungen abzuraten, hat zur Antwort gekriegt, er müßte es tun, sich zu stärken. Er ist sehr schwach von Körper, und sein Vater ist vom Trinken gestorben. Klopstock hat desfalls an Goethe geschrieben und ihm seinen Wandel vorgerückt, daß er sich an dem Herzoge, seinem Freunde, seiner Gemahlin, seiner Mutter, dem ganzen Lande und der ganzen Gelehrtenrepublik versündigte, weil kein Fürst künftig einen Dichter zu seiner Gesellschaft wählen würde. Goethe verbat sich in seinem und des Herzogs Namen solche Anmahnungen, die ihnen das süße Leben verbitterten, und Klopstock schrieb ihm darauf, daß er seiner Freundschaft unwürdig sei. Die Briefe sind sehr merkwürdig, und ich hoffe noch, Dir eine Abschrift davon schicken zu können. Kl[opstock] glaubt, es werde ein blutiges Ende für G[oethe] nehmen, denn der Adel ist aufs äußerste gegen ihn erbittert.

Vo I, 300f.

293. SPRICKMANN AN BOIE

Münster, 18. Juli 1776

In Goethe bin ich verliebt ... Von Wieland denk ich so ziemlich wie sonst. Aber Goethe! – eine der größten Glückseligkeiten meines Lebens, daß ich ihn sah! – Sehen Sie, Boie, ich liebe, wie ich gewiß weiß, daß wenige lieben, und so ganz ohne Hoffnung, daß mir wohl nie ein Augenblick wahren, innigen Frohseins in der Welt mehr werden kann. Aber wenn ich zu wählen hätte: geliebt zu werden oder Goethens Busenfreund zu sein ..., ich würde mich nicht gleich zu entschließen wissen!

Bürg II, 21

294. WIELAND AN ZIMMERMANN

Weimar, 22. Juli 1776

Sie kennen mich und Goethen, und die Höfe und die Höflinge, und die dethronisierten Hofmeisters, und die Menschen überhaupt. Also glauben Sie nicht leicht, wenn Sie was Absurdes und Schlechtes von Weimar hören! Ich bin zwar bloßer Spektator von allem, was passiert; aber Sie können mir glauben: es geht so gut als möglich.

GoeJb XIV, 352

295. VOSS AN ERNESTINE BOIE

Wandsbek, 23. Juli 1776

[Klopstock] erzählte mir, daß Bode mit dem Herzog von Weimar, Goethe, Wieland und Lenz gespeist habe. Goethe hätte unter andern bei der Suppe geflucht: „Das Donner und das Wetter! wie heiß ist die Suppe!" Vermutlich, seine Größe vor Boden zu zeigen. Und der Herzog hätte Devisen nebst dem Papier klein gekrümelt, Wein darauf gegossen und Lenzen gereicht, der es auch angenommen und getrunken. Kurz, sie sollen so leben wie unerzogene Jungen.

Vo I, 301

296. JOHANN KASPAR GOETHE AN SCHÖNBORN

Frankfurt, 24. Juli 1776

Ihr freundschaftlicher Brief de dato Algier, den 28. Oktober 1775, an unsern Sohn ... ist ohngefähr sechs Wochen hernach allhier richtig eingelaufen, und ist seine Schuld nicht, daß er bisher unbeantwortet geblieben. Er war damals schon abwesend, und wir mußten ihm solchen nach Weimar schicken, wo er sich noch aufhält. Hören Sie, wie dies aneinander hängt, weil Ihnen doch alles, schätzbarer Freund, was diesen singulären Menschen betrifft, interessant sein möchte. Ich fange vom Ursprung seiner itzigen Verhältnüsse an. Der Herzog von Weimar lernte ihn schon vor zwei Jahren auf der vorteilhaften Seite kennen, und nachdem er von Durlach, wo er sich mit der darmstadtischen Prinzessin Luise vermählt hat, wieder zurück nach Frankfurt kam, wurde er von diesem jungen herzoglichen Paar in aller Form nach Weimar eingeladen, wohin er denn auch gefolget. Er hielte sich den vergangenen Winter daselbst als Gast auf und unterhielt die dortige Herrschaften mit Vorlesung seiner noch ungedruckten Werkchens, führte das Schlittschuhfahren und andern guten Geschmack ein, wodurch er sich dieselbe sowohl als auch in der Nachbarschaft viele Hohe und Vornehme zu Freunde machte. Je mehr nun aber der Herzog den Doktor kennenlernte, desto weniger konnte er ihn entbehren und prüfte seine Gaben hinlanglich, die er so beschaffen fand, daß er ihn endlich zu seinem Geheimen Legationsrat mit Sitz und Stimme im Geheimen Conseil und 1200 Talern Besoldung ernannte. Da sitzt nun der Poet und fügt sich in sein neues Fach bestmöglichst. Wir wollen ihn auch darin sitzen lassen, jedoch auch zugleich wegen dessen itzigen Amtsgeschäften in dieser Korrespondenz ablösen und vertreten. Sie sollen das Weitere von ihm jederzeit erfahren, auch seine kleine Schriften ... überkommen. Noch eins: weilen der Herzog von W[eimar] die Gelehrte nicht nur schätzt, sondern sie auch nach Verdienst belohnet, dürfte seine Residenz in kurzem der Sammelplatz vieler schöner Geister sein ... Was Sie aber am meisten wundern wird, ist, daß sich der Doktor mit Wieland ausgesöhnet und nun auf den freundschaftlichsten Fuß mit ihm lebet. Und das geht von Herzen.

Goe 314f.

297. ELISABETH GOETHE AN SALZMANN

Frankfurt, 24. Juli 1776

Daß unser Sohn beim Herzog von Weimar als Geheimer Legationsrat in Diensten ist, werden Sie längst wissen. Gestern hörten wir sehr viel Schönes und Gutes von ihm erzählen. Ein Kurier vom Herrn Herzog, der in Karlsruh wegen glücklicher Entbindung der jungen Frau Markgräfin seines Hofes Glückwünsche überbringen mußte, kam, als er hier durchging, zu uns. Ich bin überzeugt, Sie freuen sich unsrer Freuden, Sie, ein so alter Freund und Bekannter vom Doktor, nehmen allen Anteil an seinem Glück, können als Menschenfreund fühlen, wenn der Psalmist sagt: „Wohl dem, der Freude an seinen Kindern erlebt!" – wie wohl das Eltern tun muß. Gott regiere ihn ferner und lasse ihn in den Weimarschen Landen viel Gutes stiften! Ich bin überzeugt, Sie sagen mit uns: Amen!

Frau Rath 41

298. WIELAND AN MERCK

Weimar, 24. Juli 1776

Daß Goertz uns überall mit Dreckfarbe malt, wußt ich ...

Goethe hat freilich in den ersten Monaten die meisten (mich niemals) oft durch seine damalige Art zu sein skandalisiert und dem Diabolus prise über sich gegeben. Aber schon lange, und von dem Augenblicke an, da er dezidiert war, sich dem Herzog und seinen Geschäften zu widmen, hat er sich mit untadeliger *σωφροσυνη* und aller ziemlichen Weltklugheit aufgeführt. Kurz, Ihr dürft sicherlich glauben und adversus quoscunque behaupten, daß die Kabale gegen Goethen und seine Freunde nichts als Neid und Jalousie und Mißvergnügen über fehlgeschlagne Hoffnungen zur Quelle hat.

MS 82

299. WIELAND AN LAVATER

Weimar, 29. Juli 1776

Goethe ist seit vierzehn Tagen mit dem Herzog zu Ilmenau und kömmt erst ausgangs dieser Woche wieder. Er lebt nun ganz für den Herzog und seine Geschäfte. In seinen Erholungsstunden zeichnet er. Er hat mein Profil vor einigen Wochen mit einer Liebe und Wahrheit gezeichnet, womit er allein es zeichnen konnte. Es soll mir sehr gleichen und ist also das erste in seiner Art, denn noch kein Maler hat mich attrappieren können. Weil aber dies nur mein Werkeltagsgesicht ist, so hat er sich in den Kopf gesetzt, auch mein Sonntagsgesicht zu zeichnen.

Unser Verhältnis gegeneinander macht mich sehr glücklich. Es ist so rein und schön, als in dieser sublunarischen Welt je eins zwischen zween ganz natürlichen Menschen gewesen sein mag.

La 347f.

300. MORITZ ULRICH ZU PUTBUS AN DEN GRAFEN WARTENSLEBEN

Weimar, 29. Juli 1776

Unsere sogenannten schönen Geister, die in einigen Fällen ziemlich häßlich aussehen, können einen philosophischen Beobachter wohl reizen. In ihren Schriften zeigen sie sich oft als Genies oder wenigstens als Prätendenten dieser Krone; in ihrer Unterhaltung haben sie diesen Ehrgeiz nicht. Immer herablassend, an allem teilnehmend, alles mitmachend, sind sie kindisch, schwärmend, und, wenn ihre Laune auf das höchste gestiegen, studentisch ... Mit mehr Unfehlbarkeit, als der Papst sie beansprucht, schleudern sie Verwünschungen und Bannflüche gegen alle, die ihnen Bewunderung versagen. Der Adel an sich selbst, die Standesunterschiede und erst recht ein unglückliches Ordensband sind in ihren Augen unverzeihliche Lächerlichkeiten und der unsterbliche Gegenstand ihrer scharfen Witze.

Indessen hat ihr Ton sich doch ein wenig mit ihrer Politik geändert. Je mehr sie die Möglichkeit wahrnehmen, etwas darzustellen, um so mehr wachsen sie an Würde und Höflichkeiten. Ich werde von ihnen besser behandelt als viele andere, und ohne daß ich auf die Originalität des Genies Anspruch mache, habe ich ihnen gezeigt, daß man auch ohne Grobheit Pfeile abschießen und abwehren kann. Herder ist noch nicht angekommen ... Goethe, seit kurzem Geheimer Legationsrat mit Zutritt zum Consilium, ist der erklärte Günstling des Herzogs und der Schützling der beiden Herzoginnen. Sie kennen, mein sehr lieber Oheim, die Art seines Genies aus seinen Werken. Trotz der Neigung, die er ehemals für die Satire, die an die Schmähschrift grenzt, bewiesen hat, scheint er ein rechtschaffener Mann zu sein und zeigt ehrenhafte Gesinnungen. Im übrigen hat er alle Arten von Ehrgeiz: den des schönen Mannes, des liebenswürdigen Mannes – jedoch auf den akademischen Ton gestimmt –, des gewandten Mannes und des hochbegabten Geistes. Er hält sich für einen Alkibiades, und man hat ihn genugsam verwöhnt, um ihn in allen seinen Einbildungen zu bestärken. Ein maßloser Ehrgeiz wird ihn jederzeit hindern, völlig glücklich zu sein. Wieland, ehemals sein Gegner und für den Augenblick sein übertreibender Schmeichler, ist politischer und versteckter als er. Er ändert seinen Charakter ebensooft wie den Stil in seinen Schriften. Lenz, Klinger und einige andere subalterne Schriftsteller atmen nur durch die Gunst der beiden andern.

GoeJb XVIII, 102f. Zum Teil aus dem Französischen

301. JOHANN GEORG SCHLOSSER AN BOIE

Emmendingen, 3. August 1776

Mein Geschmack ist so eintönig worden, daß ein Dichter große Mühe hat, mir beizukommen. Die Ode, die mich rühren soll, muß sehr männlich sein und das Lied sehr warm und einfach. Nach Goethes Liedern kann ich wenig mehr ausstehen, und nach Klopstocks Oden habe ich noch keine gefunden, womit ich mich vertragen könnte.

Boie 308

302. SIEGMUND VON SECKENDORFF AN SEINEN BRUDER ALBRECHT

Weimar, 5. August 1776

E[delsheim?] wird vielleicht der Unsrige, und es wäre nicht unmöglich, daß seine Gewinnung zur Wiederherstellung der Ordnung beitrüge. Nach vielen Irrtümern wird man wieder zur Gediegenheit zurückkehren; davon bin ich fest überzeugt. Aber werden wir Kraft haben, die gerade Straße einzuhalten, nachdem wir auf falschen Wegen zu Krüppeln geworden sind?

Seck 10f. Aus dem Französischen

303. BOIE AN MILLER

Flensburg, 11. August 1776

Der Herzog in Weimar soll viele tolle Streiche begehen, und Goethe soll brav mit ihm herumschwärmen. In Weimar haßt man Goethe sehr.

Bode I, 207

304. WIELAND AN MERCK

Weimar, 12. August 1776

Goethe ist mit dem Herzog noch immer in Ilmenau und zeichnet Tag und Nacht die ganze Hennebergische Natur ab – unbekümmert, daß die Welt, die er vergessen hat, soviel von ihm und gegen ihn spricht. Bei allem dem würde Fieldings Pardridge manchmal den Kopf über ihn schütteln und sein „Orandum est, ut sit mens sana" in den Bart hinein murmeln.

BrM II, 75

305. WIELAND AN MERCK

Weimar, 24. August 1776

Goethe ist lieb und brav und fest und männlich. Alles geht, so gut es kann, und die Welt, die soviel dummes Zeug von uns sagt und glaubt, hat groß unrecht.

MS 82f.

306. HERDER AN HAMANN

Bückeburg, 24. August 1776

Die andern Paten sind gewesen ... 5. Herr Geheimer Legationsrat Goethe zu Weimar, von dem er den Namen Wolfgang führet. Letzterer hat sich gegen uns durch Vorsorge, Zurüstung unsres Hauses usw. in Weimar so gut bezeuget, daß die Mutter, der er auch sein Haus antrug im Fall, daß unsres nicht fertig wäre, und ich ihm auch diese Stelle zuerkannte. So seid Ihr denn gepaart, Genies aus aller Welt Ende, und der Junge müßte kraft seiner Paten ein Tollkopf werden ...

HeH 117

307. BODE AN BOIE

Hamburg, 31. August 1776

Zu Weimar habe ich Goethe *auch* und Lenz *auch* kennengelernt. Was gab es da nicht für Gelegenheit zu Anmerkungen! Mich soll wundern, ob sich die Szene dort wie eine lahme Farce oder wie ein Trauerspiel endet?

Boie 252

308. WIELAND AN GLEIM

Weimar, Anfang September 1776

Ihre Zukunft [Besuch in Weimar] hätte mich unter andern auch schon darum gefreut, weil mein Gleim dann mit eignen unmittelbaren Augen hätte sehen können, wie es zwischen mir und Goethe steht. *Sie,* mein Liebster, haben noch einen Pik gegen diesen edlen, herrlichen jungen Mann, den ich schon lange wie meinen Augapfel liebe. Sie brauchten ihn aber nur etliche Tage in der Nähe zu sehn, so würde er Ihnen fast so lieb werden als mir. In diesen zehn Monaten, die ich nun mit ihm gelebt habe, ist – ein einziges Mißverständnis ausgenommen, das aber nicht länger als *eine Stunde* dauerte (und auch dies begegnete schon vor mehr als sechs Monaten) – *kein Augenblick* gewesen, wo Goethe und ich nicht in der reinsten Harmonie zusammen existiert hätten. Sein Angesicht zu sehen, ist für mich eine Art von Bedürfnis worden. Wenn er *hier* ist, sehen wir uns beinahe alle Tage. Alles in meinem Hause, Mutter, Weib und Kinder, lieben ihn. Kurz, bester Gleim, so seltsam und unglaublich es der Welt vorkommt, so ist's nun so und nicht anders. Vor kurzem hat Goethe mein Bild en profil gezeichnet. Es ist wunderbar charakteristisch und unstreitig das einzige, das mir ganz ähnlich sieht. Wirklich wird es dem Medailleur Abramson nach Berlin geschickt, der mich schon lange um mein Bildnis peinigt.

Überhaupt, mein Lieber, glauben Sie von allem Bösen, was die Dame Fama von Weimar und dem Herzog und Goethen und der ganzen Wirtschaft aus ihrer schändlichen Hintertrompete in die Welt hineinbläst, *kein Wort!* Dies ist das einzige Mittel, nicht betrogen zu werden. „*Komm und siehe!*" ruf ich allen zu, die in der Verwirrung des Guten und Bösen, was von uns gesprochen wird, nicht wissen, was sie denken sollen. Alles geht, so gut es gehen *kann* – welcher gescheuter Mensch kann mehr verlangen?

WBr III, 261 f.

309. SALZMANN AN LENZ

Straßburg, 21. September 1776

Was machen Sie und was macht Goethe? Ihr Affengesichter! Warum erfahr ich nichts, was Ihr tut, was Ihr schreibt, was Ihr herausgebt? ... „Claudine" hab ich auch gedruckt gelesen. Aber „Die neue Arria" [von Klinger] und der sechste Akt von „Stella“ [von Pfranger?], sagen Sie mir doch, ob die auch von Goethe sind, so will ich's zu seinen Sachen binden lassen.

Lenz II, 34

310. JOHANN GEORG SCHLOSSER AN LAVATER

Emmendingen, 22. September 1776

Von Weimar hör ich nichts! Weiß Gott, wie's dort steht. Ich fürchte, übel!

La 348

311. GEMMINGEN AN BODMER

Stuttgart, 24. September 1776

Sie würden Mühe haben, alle die Torheiten zu glauben, die Goethe und der treue Gefährte seiner Ausschweifungen, der Herzog von Weimar, zusammen begehn. Wieland ist in dieser Vergleichung noch weit besser und erkennt wenigstens, daß er dem Publikum ein äußerliches Dekorum schuldig sei.

GoeJb V, 204

312. LENZ AN SEINEN VATER

Kochberg, September 1776

Es war die Mutter vom nunmehrigen Geheimen Legationsrat Goethe ..., von der ich Mamaen das schrieb. Seine Schwester, eine gleichfalls sehr würdige Dame, ist lange verheuratet mit einem Manne [Johann Georg Schlosser], der ihrer wert ist ...

Goethe ehrt Sie wie ich ...

[Randnotiz:] Wie Goethe und die Seinigen sich zu allen Zeiten gegen mich bewiesen und wieviel ich ihnen schuldig bin, kann ich nie genug erkennen und rühmen.

Lenz II, 36ff.

Jakob Michael Reinhold Lenz

313. WIELAND AN GEBLER

Weimar, 5. Oktober 1776

Ich bin ... einige Gegennachricht von unserem kleinen Weimar schuldig, welches wie ehemals Bethlehem-Juda jetzt nicht die kleinste unter den Töchtern Deutschlands scheint und gewissermaßen der Gegenstand der allgemeinen Aufmerksamkeit geworden ist ...

Wie viel oder wie wenig von dem durch ein seltenes und sonderbares Schicksal veranstalteten Beisammensein Herders, Goethes und W[ielands] unter den Flügeln eines jungen Fürsten von der edelsten Sinnesart zu erwarten sei, weiß ich nicht. Und was ich sagen kann, ist nur, wir sind da und leben im Glauben, Liebe und Hoffnung einmütiglich und einfältig beisammen, frei – Dank sei es dem Himmel! – von unartigen Leidenschaften und unlauteren Absichten ... und stolzer darauf, *gute Menschen* zu sein, als für außerordentliche Geister *angesehen* zu werden. Zween von uns, Goethe und Herder, werden ... in der Sphäre ihres Berufes und Amts einen großen Teil ihrer herrlichen Geisteskräfte verbrauchen müssen ... Lenz ist eine wunderbare, aber im Grunde gute und liebenswürdige Seele. Er lebt meistens zu Berka wie ein Einsiedler, bedarf gar sehr wenig und ist nur glücklich, wenn man ihn in seiner Ideenwelt ungestört leben läßt. Stolberg kommt nicht zu uns ...

WABr II, 52 und 54f.

314. WIELAND AN MERCK

Weimar, 7. Oktober 1776

Goethe ist bald da, bald dort, und wollte Gott, *er könnte wie Gott allenthalben sein!*

MS 85

315. HERDER AN KLEUKER

Weimar, 14. Oktober 1776

Noch eins! Alle die Geschichten, von denen Sie *dort* hieraus gehört und mir auch zum Teil geschrieben, sind nicht wahr, alle grunderlogen. Der Herzog ist ein Jüngling oder junger Mann, der frei und fest in die Welt sieht, voll Güte und Liebe. Goethe ist hier zu sehr edeln Zwecken, und alle Märchen von ihm sind wahre Lobgeschichten seiner, wenn man sie hier höret.

Gespr I, 228

316. WIELAND AN MERCK

Weimar, 17. Oktober 1776

Goethe ist immer der nämliche – immer würksam, uns alle glücklich zu machen oder glücklich zu erhalten – und selbst nur durch Teilnehmung glücklich. – Ein großer, edler, herrlicher, verkannter Mensch, eben darum verkannt, weil so wenige fähig sind, sich einen Begriff von einem solchen Menschen zu machen.

Hier etwas von ihm, das Ihnen wohltun wird. Es kann als eine Erklärung auf alles, was Dame Fama aus ihren beiden Trompeten von ihm in die Welt hineinträtscht, angesehen werden.

BrM II, 81

317. BODMER AN MEISTER

Zürich, 22. Oktober 1776

Die Rede ist gegangen, daß Goethen in einem Duell das Leben verloren habe. Also wäre ihm die Last des Lebens ohne sein Zutun abgenommen worden. Sein Werther mußte sie durch seinen Dolchen von sich werfen.

GoeJb V, 204

318. WARNSDORFF AN KNEBEL

Potsdam, Oktober 1776

Meinen Empfehl und Gratulation an den Herrn Geheimerat Goethe, und ob er die Potsdamische Reise gänzlich vergessen hätte. Auf eine sehr freundliche Aufnahme von unserm

Prinzen [Friedrich Wilhelm] kann er sicher Staat machen. Er hat alles, was Herr Goethe geschrieben hat und geschrieben haben soll, sich zusammengekauft, auch des Herrn Lenz liebe Nachahmung ...

BrKn I, 61 f.

319. SEIDEL AN LENZ

Weimar, zwischen 22. und 25. November 1776

Am Donnerstag wurden „Erwin und Elmire" und die „Geschwister" aufgeführt. Es wäre mir unendlich leid, wenn Sie's nicht sollten gewußt haben ... Ich habe, Fabricens Rolle ausgenommen, die sehr elend war, noch nichts so Liebes gesehen. Das Maidel, ich hätte sie nun auffressen können! Sie war eben ganz Marianne, und der Herr Geheime Legationsrat ganz Wilhelm. Ich kann's Ihnen nicht sagen, was es auch vor einen Eindruck auf alle Leute machte.

Lenz II, 51

320. ISELIN AN HIRZEL

Basel, Ende November 1776

Ich kann mich nicht in die neue Philosophie dieser Genien finden, an deren Spitze Goethe steht. Mir deucht, es sei da alles außer den Schranken der Ordnung, und ein besonderer Schwindelgeist treibe eine Menge Köpfe herum. Auch unser lieber Lavater ist hievon nicht ganz frei, und auch nicht mein Freund Schlosser. Ich weiß nicht, was ich aus der Empfindsamkeit machen soll, die der Abgott dieser Herren ist. Ich verehre die Empfindsamkeit; aber ich möchte doch mein bißchen gesunde Vernunft dabei behalten, um mich zu warnen, wenn Empfindung und Einbildung mich zu weit führen wollte.

GoeJb VI, 92

321. DIEDE IN SEINEN ERINNERUNGEN

Weimar, Ende November 1776

Wir verweilten ... verschiedene Tage, obgleich die eingeführte steifere Lebensart und der damalige Zustand des Hofes weniger Annehmlichkeit als in Gotha gewährten. Der Herzog erzeigte mir und meiner Frau nach seiner Art viel Gewogenheit. Dieser junge Herr befand sich um diese Zeit in einer besonderen Lage. Auf eine erduldete strenge Erziehung und dabei angenommenen schicklichen Anstand war seit dem Antritt seiner Regierung ein Zeitpunkt erfolget, da er sich dem Genuß einer unumschränkten Freiheit und jugendlichen, zum Teil wilden Ergetzungen ergeben hatte. Der Ruf hatte ihn jedoch schwärzer gemacht, als wir ihn gefunden. Wir bemerkten keine böse oder ungerechte Handlungen, keinen Hauptfehler des Charakters und daneben Aufmerksamkeit und edle Offenherzigkeit. Er liebte das Hofleben nicht und erschien mithin nur selten öffentlich. Er lebte mit einigen Freunden, worunter der berühmte Goethe der vornehmste war, auf Studentenmanier. Seine Kleidung war seltsam. Mit der Herzogin war er über den Fuß gespannt. Diese behandelte ihn mit übertriebener Kaltsinnigkeit, und sie stand ebensowenig mit der verwitweten Herzogin, welcher dermalen der Herzog großes Zutrauen bezeigte, in gutem Vernehmen. Der Graf Goertz, der ehemalige Hofmeister des Herzogs, war in Ungnaden, wiewohl er am Hof erschien. Diese Verfassung machte den Hof unangenehm ... Herr Goethe, ob er gleich eine Hauptrolle spielte, ließ sich wenig sehen. Sonst war um diese Zeit ein leidliches Schauspiel, und es wurden meiner Frau zu Ehren Konzerte angestellt. Wir gerieten diesmal in genaue Bekanntschaft mit dem Kammerherrn von Seckendorff, ein sehr angenehmer Mann von tiefer Einsicht und festem Charakter ...

Diede 6f.

322. BYERN AN KNEBEL

Potsdam, 8. Dezember 1776

In Berlin hatte ich unter andern einen Diskurs mit Himburg, der mir versicherte, Goethe und sein Busenfreund, der Herzog, führten das ausschweifendste Leben von der Welt; wir würden auch wohl nichts mehr von ihm zu hoffen haben, weil er sich den ganzen Tag in Branntwein besöffe. „Doktor Faust“ sei zwar fertig; Lessing warte nur darauf, um seinen „Faust“ auch herauszugeben.

BrKn I, 62

323. MUSÄUS AN NICOLAI

Weimar, 12. Dezember 1776

Es geht mit unserm Liebhaber-Theater noch immer ganz gut vonstatten ... Herr Goethe hat ein paar von seinen Stücken zum besten gegeben: „Die Geschwister“, in einem Akt, und ein Stück: „Die Mitschuldigen“. Er selbst hat viel wahre Aktion und macht eine angenehme Figur.

Gespr I, 231

1777

324. BÖLLING AN MERCK

Frankfurt, 17. Januar 1777

Es schmerzt mich, daß es sich in Weimar um den Frieden trübt. Dergleichen Fünklein pflegen, besonders wann drin geblasen wird, nicht selten in lichte Flammen auszuschlagen. Ich wünsche, daß Goethes Herz und Jugend dabei nicht besudelt werden möge, obschon ich offen für ein gewisses Aufbrausen, in welchem er sich vergißt und so ganz jung wird, gefürchtet habe. So auch mit den übrigen. Ich wollte, daß ich die Herren alle nacheinander um ein Dutzend Jahre älter machen könnte, so würde mancher Streich, der unter die X X gehört, nicht geschehen ... Ich bin unruhig in meinem Gemüte, weil ich zu wenig und zu viel weiß. Können Sie mir unter dem Siegel der Verschwiegenheit nicht mehr anvertrauen?

MS 89f.

325. SULZER AN BODMER

Berlin, 20. Januar 1777

Vor einiger Zeit besuchte mich der junge Kaufmann aus Winterthur, eben der Energumene, von dem das meiste in dem wunderlichen „Allerley" herrühret. Er hat sich eine Zeitlang in Weimar aufgehalten. Wenn ich nicht seinen Urteilen, an denen die Beurteilungskraft wenig Anteil hat, sondern seinen Erzählungen glauben kann, so ist in dem Herzog von Weimar ein männliches Fürstengemüt verborgen, das sich künftig entwickeln wird, und Goethe ist der Mann, dem man diese Entwicklung wird zu danken haben.

GoeJb V, 205

326. WIELAND AN FRIEDRICH HEINRICH JACOBI

Weimar, 22. Januar 1777

Was Goethe zu den drei letzten Briefen [aus Friedrich Heinrich Jacobis „Allwill"] gesagt hat? *Nichts!*

Überhaupt hab ich ihn seit seiner Zurückkunft von Dessau merklich kälter gefunden als zuvor. Wir sehen uns selten. Ich habe nichts über ihn zu klagen (das ist nun freilich cum grano salis zu verstehen, aber basta!!), nur die ehemalige Vertraulichkeit hat aufgehört. Da ich mich in gar nichts mische und alles gehen lasse, wie es geht, so würde es schwerhalten, Händel mit mir anzufangen. Der Ausgang unsrer itzigen Wirtschaft ist Gott bekannt. Ich verstehe je länger, je weniger davon; außer daß mich gleichwohl bedünkt, der H[erzog] habe bereits ein oder zwei Hörner abgestoßen und gewinne von seiten der Gesundheit. Das wäre nun doch etwas.

Auch Herder sagt nichts von „Allwills Papieren" ... Er beschnüffelt sie [neue Werke anderer] nur (Goethe macht's just ebenso), und nach der Witterung, die ihm dann entgegenkommt, wird geurteilt; ... die Menschen wie Du und ich, die so herzliche Freude an etwas, das ein andrer gut gemacht hat, haben können, sind noch ein wenig seltner als die weißen Raben.

JacN I, 17f.

327. SPRICKMANN AN BÜRGER

Münster, 25. Januar 1777

Coronidis loco will ich Ihnen nun hier noch eine Anekdote in der ärgerlichen Verleumdungsgeschichte gegen unsern Goethe hersetzen, die mich von neuem überzeugt, daß Bosheit und Neid seine besten Handlungen verdrehen, um nur über seine Sünden schreien zu können. Wir haben hier einen Baron Gugomos; ein Kerl nicht ohne Kopf, sogar Dichter, wie er selbst sagt und ich auch sonst wohl gehört hatte. Er ist am Darmstädtischen Hofe ich weiß nicht was, aber doch was, noch oder gewesen, denkt daher auch sehr höfisch. Mit dem sprach ich vor einigen Tagen von Goethe. Er setzt' ihn als Dichter so hoch, wie der Junge es verdient, aber als Mensch so tief herunter, wie er's unmöglich verdienen kann. Ich widersprach ihm, wie Sie denken können, mit Hitze; denn es ist mir immer, als wenn ich eher von meinem Vater könnte Übels sagen hören als von Goethe. Nachdem Gugomos denn nun alles ausgekramt hatte, Altes und Neues, und ich ihm alles ableugnete, eben weil er es von so sicheren Händen, wie er sagte, wußte, nämlich von Ministern und andern kleinen großen Leuten vom Hofe zu Weimar, so rückte er endlich mit einer Geschichte hervor, die mich auf einmal entwaffnen und überzeugen sollte, daß Goethe den Herzog von Grund aus verderbe und ihm Grundsätze beibrächte, die einem regierenden Herrn *höchst unanständig wären.* Ein Lord Chesterfield war, wie Gugomos sagte und von diesem Lord selbst wollte gehört haben, in Weimar. In einem Gespräche über England schämte der Herzog sich nicht, folgende Unanständigkeiten sich entfallen zu lassen.

„Ich beneide Euch, Mylord."

„Warum?"

„Ihr seid in Euerm Vaterlande groß, aber doch ist jeder Euerer Mitbürger Euch gleich genug, sich selbst gegen Euch, wenn Ihr ihm zu nahe kommt, recht zu geben. Aber ich – wenn ich einem hier eine Ohrfeige gebe, keiner könnte oder würde mir eine wiedergeben!"

Nun, was sagt Ihr, Bürger? Wenn Goethe das einem Herzog zum Gefühl machen konnte – ist das nicht leicht so göttlich, als eine „Stella" zu machen? Und das nannte das Menschenkind unanständig?

Bürg II, 21 f.

328. BODMER AN SCHINZ

Zürich, 28. Januar 1777

Die Unverschämtheit in dem „Merkur" und dem „[Deutschen] Museum" nimmt immer zu. Wie unverschämt, daß „Werther" und „Stella" zu der ersten Klasse der poetischen Wesen gehören! Daß „Othello“ mehr wert sei als der göttliche „Grandison“ [von Richardson]! Goethe ein Urgenie, ein Liebling der Natur!

GoeJb V, 205f.

329. ELISABETH GOETHE AN CRESPEL

Frankfurt, 1. Februar 1777

Verdienste bleiben Verdienste und werden von allen rechtschaffenen Leuten gefühlt und hochgeschätzt; um der andern seidnen Buben ihren Beifall oder Tadel braucht sich ein ehrlicher Kerl nicht zu bekümmern. Denkt, durch was alles Euer Bruder, der Doktor, sich hat durchschlagen müssen, was vor Gewäsch, gedräscht Lügen und so weiter, bloß weil die Leute nicht begreifen konnten, wie man, ohne von Adel zu sein, Verstand haben könnte.

Frau Rath 45

330. BODMER AN SCHINZ

Zürich, 9. März 1777

Man hört immer, daß Goethe von unsern jungen Leuten für einen göttlichen Schriftsteller geschätzt wird, an den wir andern nicht hinaufsehn.

GoeJb V, 206

331. SIEGMUND VON SECKENDORFF AN SEINEN BRUDER ALBRECHT

Weimar, 10. März 1777

Da in gewissem Sinne eine Verbesserung unserer Lage eingetreten ist, so hat man sich meistenteils mit dem Liebhabertheater die Zeit vertrieben, welches sich mehr und mehr vervollkommnet. Wir haben acht Tage lang den Prinzen Ferdinand hier gehabt, der sich gut unterhalten zu haben scheint und uns erst vor wenigen Tagen verlassen hat. Er sowohl wie das Publikum haben bei dieser Gelegenheit das neue, von mir in Musik gesetzte Goethesche Stück „Lila, ein Feenspiel" sehr beifällig aufgenommen. Es ist ein großes spectacle mit Chören und Tanz und einer Anzahl von Dekorationen, die vielleicht einzig in ihrer Art sind und von denen ich wohl wünschte, daß Du sie gesehen hättest ...

Seck 11. Aus dem Französischen

332. KÜTTNER AN BERTUCH

Basel, 22. März 1777

Ein Jahr ist's, bester Mann, daß ich durch Weimar ging ... Was macht Ihr Goethe? Ist er als Regierungsrat noch der liebe, herrliche Mensch, der er war, als ich ihn in Weimar sahe und Leben und Wohl von ihm einatmete? Man erzählt hier viel und mancherlei von ihm. Aber ich kenne die Leute, die so gerne von Goethen erzählen, und weiß den Wert ihrer Erzählungen zu bestimmen; also weiß ich nichts von ihm.

GoeJb II, 392

333. WIELAND AN MERCK

Weimar, 4. April 1777

Goethe grüßt Sie und läßt Ihnen wissen, daß er fleißig in seinem Garten arbeite und hoffe, daß Sie einst zu ihm kommen und mit Augen sehen und Freude dran haben werden. *Zeichnen* ist außerm Pflanzen itzt sein Lieblingsgeschäft; Sie werden auch hierin über die Wunder seines Genies erstaunen. Er zeichnet völlig, wie er dichtet und schreibt. Nur sollen Sie seinen Pflanzungen Zeit lassen, recht einzuwachsen, ehe Sie kommen.

MS 90

334. GLEIM AN BERTUCH

Halberstadt, 13. April 1777

Ich fürchtete mich vor Goethe. Nicht vor seinem Genius, den liebe ich, sondern vor seinem ausgelassenen Satyr, der den besten der Menschen, meinen Wieland, und meinen Jacobi so boshaft, ehe er sie kannte, den Menschen lächerlich machte. Diese Furcht hat unser Jacobi mir genommen. Goethe gereut es, daß er seinen Satyr an der Kette nicht ließ. Das ist mir genug.

GoeJb II, 394

335. ELISABETH GOETHE AN CRESPEL

Frankfurt, 16. April 1777

Der Bruder in Weimar ist, Gott sei Dank, gesund, baut, pflanzt, gräbt in seinem Garten, daß es Art und Schick hat.

Frau Rath 51

336. JOHANN GEORG SCHLOSSER AN MERCK

Emmendingen, 3. Mai 1777

Goethe hat mir neulich durch seinen Bedienten [Seidel] schreiben lassen, ohne nur ein „Grüß Dich Gott" beizusetzen. Das Ding hat mich anfangs entsetzlich geärgert und im Ernst geschmerzt. Nun fühl ich's nicht mehr! Er war innig von mir geliebt; er hat mich aber vorbereitet, erstaunlich gleichgiltig gegen ihn zu sein.

BrM I, 113

337. WIELAND AN FRIEDRICH HEINRICH JACOBI

Weimar, 9. Mai 1777

Inmittelst will ich Goethe zum Richter über „Rosemunde" machen, wiewohl er im Grunde von dem, was das wahre Wesen der Oper ist, nicht mehr weiß als Du und das ganze Genre nicht liebt.

JacBr I, 268

338. WIELAND AN FRIEDRICH HEINRICH JACOBI

Weimar, 24. Mai 1777

Ich habe nun auch Goethens Meinung von der Sache [„Rosemunde"], und sie stimmt völlig zu der Deinigen. Er hat mir alles sehr begreiflich gemacht ... Genug, ich glaube, daß Ihr recht habt und daß ich ein – – – bin, wie ich von Jugend an immer eine Art von Vermutung hatte.

JacBr I, 269

339. WIELAND AN MERCK

Weimar, 13. Juni 1777

Von meinen hiesigen sogenannten oder auch würklich guten Freunden ist auch nicht ein einziger, der mir nur soviel Licht und Wärme mitteilte, als vonnöten ist, um ein paar Eier dabei lind zu sieden. Sogar Goethe und Herder sind für mich wenig besser, als ob sie gar nicht da wären. Mit jenem – was für herrliche Stunden und halbe Tage lebt ich mit ihm im ersten Jahre! Nun ist's, als ob in den fatalen Verhältnissen, worin er steckt, ihn sein Genius ganz verlassen hätte; seine Einbildungskraft scheint erloschen; statt der allbelebenden Wärme, die sonst von ihm ausging, ist politischer Frost um ihn her. Er ist immer gut und harmlos, aber – er teilt sich nicht mehr mit – und es ist nichts mit ihm anzufangen. Auch sehen wir uns nur selten, wiewohl ich fest glaube, daß er nichts wider mich hat und von mir überzeugt ist, daß ich ihn herzlich liebe.

MS 91f.

340. LAVATER AN ZIMMERMANN

Zürich, 14. Juni 1777

Goethe schreibt überall keiner Seele; verschließt sich allem; setzt seine ganze Stärke darin, in einem kleinen, von ihm selbst beschränkten Kreise ganz und allein zu existieren. Aus diesem Gesichtspunkt muß alles beurteilt werden. Daher ruhet er auf keiner Seele und läßt keine Seele auf ihm ruhen.

Er will nur sein und tun, was er tun und sein will. Ich glaube sogar nicht, daß seiner Schwester, der Frau Schlossern, Tod – ein entsetzlicher Schlag auf mein Herz! – großen oder spürbaren Eindruck auf ihn machen werde; obwohl er sie mehr als alle Menschen liebte, schrieb er ihr dennoch in acht Monaten keine Zeile.

La 349f.

341. KNEBEL AN HERDER

Tiefurt, 10. Juli 1777

... vorigen Freitag sind wir um 5 Uhr aufgestanden, um gegen 9 Uhr in Dornburg zu sein, wo die christliche Herrschaft sich samt und sonders versammelt fand. Auch der Statthalter [Dalberg] war da. Da ging's auf ein Bewundern der Gegend. Die Herzogin Luise sagte: „Das ist der beste Tag, den ich noch hier gehabt habe. Es ist mir wie in einem schönen Traum!" Uns andern waren diese Schönheiten schon familiärer. Wir legten uns deshalb aufs Herumklettern; besuchten den Saal, wo der Kaiser Otto anno 8- bis 900 Reichsversammlung gehalten, wo seine Schwester Mathildis mit gewesen, das Zimmer, wo die schöne Gräfin erstochen, und ihr eisernes Bett usw. So ging's zu. Kurz, man resolvierte sich, nachts da zu kampieren, machte des andern Morgens bei hellem lichten Sonnenschein Feuerwerk, daß die Berge und Täler davon widerhallten und die Elemente von dem Knall zerplatzen wollten, und kehrte so mittags wieder heim, da doch allen nach ihrer Art so ziemlich wohl geworden war. Goethe und der Statthalter haben auch hübsche Landschaften gezeichnet, und das ist das Nützliche von unserer Partie.

So was und dergleichen könnte ich Ihnen noch vielerlei erzählen. Auch ist Gleim acht Tage hier gewesen und hat ein paarmal hier mit uns gespeist ...

Goethe ist jetzt zuweilen bei uns, bringt eine halbe Nachtwache und einen Morgen bei uns zu und macht uns die Stunden, die er hier ist, sehr angenehm. Er hat uns seine neue Komposition von „Wilhelm Meisters theatralischer Sendung“ vorgelesen, welches ein sehr fein Werk ist. Sonst zeichnet er, liefert unsere Köpfe nach seiner Vorstellungsart. Scheint auch, er will das Werk seiner Statthalterschaft mit dem ihm anständigen Eifer sich angelegen sein lassen.

VaH III, 9f.

342. THUNMAN AN GRAFFMAN

Halle, 22. Juli 1777

Goethe vermag noch alles beim Herzog von Weimar. Sein Betragen gegen Wieland ist ganz schlecht, den aber die Herzoginwitwe beschützt. Lenz war auch eine Zeitlang am Hofe, machte aber Schulden, ist ausgerissen und hat den Herzog selbst betrogen. Klinker [Klinger] ist Theaterdichter an der Seilerschen Truppe, die eben in Mainz weilt. Er hat kürzlich ein Drama, „Drang und Sturm“, vollendet, ein wahrhaftiges Bedlam-Stück. Zum großen Glück für Witz und Geschmack findet die Goethesche Manier keinen Beifall mehr. Es erscheinen doch dann und wann solche Stücke.

GoeJb XXXIII, 223

343. WIELAND AN MERCK

Weimar, 30. Juli 1777

Goethe und ich sind seit meinem letzteren wieder mehr und näher zusammengerückt – und ich habe ihn wiedergefunden, wo ich ihn nun bald vor Jahr und Tag gelassen hatte; habe auch mir selbst geschworen, daß mich nimmer und nimmermehr nichts an ihm irremachen noch von seiner Liebe scheiden soll.

MS 94

344. WIELAND AN GLEIM

Weimar, 11. August 1777

Mit Goethe bin ich diese Zeit her ungemein und so sehr als jemals zufrieden. Der Herzog ist auch lieb und gut.

WBr III, 282

345. BODMER AN SCHINZ

Zürich, 25. August 1777

Wir haben von Wagner, der vor einem paar Jahren hier gewesen, daß Goethe des Herzogs von Weimar Premierminister ist und zuweilen mit ihm durch die Gassen des Nachts läuft. Sie sollen einer ehrbaren Frau die Kleider über den Kopf gebunden haben.

GoeJb V, 207

346. OBERTHÜR IN SEINEN REISEBRIEFEN

Eisenach, 19. September 1777

Warm, enthusiastisch, so wie man vom Heiligtum des Apollo kömmt, komme ich von der Wartburg, wo Goethe wohnet, nach meinem Gasthof Zum Rautenkranz zurücke...

Fast eine halbe Stunde mußte ich wie im Vorhofe des Tempels warten, bis ich Goethen zu sehen bekam ...

Ich glaubte einen tiefdenkenden, ernsthaften, kalten Engländer dem Kleide und der Miene nach zu sehen. Ich konnte leicht den Verfasser des „Götzens von Berlichingen", der „Leiden des jungen Werthers", des „Clavigo" finden, und das Bild in Lavaters „Physiognomik" hat viel Ähnlichkeit mit dem Urbild.

Aber den lustigen, launichten, auch ein wenig mutwillig... lustigen Gesellschafter, wie man mir Goethe beschrieben, hätte ich bei diesem Besuch nie erraten ...

Nach und nach merkte ich, daß der Dichter sich noch mehr in sich selbst zurückzog, stille wurde, ernsthaft und kalt wie in einem englischen Spleen dastunde. Da dachte ich: vielleicht hat sich irgendein großer Gegenstand seiner Seele bemächtiget, und Apollo heißt ihn darüber dichten, und beurlaubte mich.

Archiv LXXIV, 33ff.

347. BÜRGER AN BOIE

Wöllmershausen, 29. September 1777

Aber um Gottes willen! Was stellt denn das wie Verse aussehende Ding Nr. 14 vor [„Seefahrt“ in Boies „Deutschem Museum“, anonym]? Ist das zum Lachen? Oder zum Weinen? Oder – zum Einschlafen? Doch sind einige schöne einzelne Bilder darin, als:

Die Segel blähen in dem Hauche ...
Aber aus der usw. ...
Drückt die Vögel nieder aufs Gewässer.

Das letztere ist indessen kein nagelneuer Gedanke.

Bürg II, 146

348. MERCK AN LUISE VON STOCKHAUSEN

Darmstadt, September? 1777

Goethe spielt allerdings groß Spiel in Weimar, lebt aber doch am Hofe nach seiner eignen Sitte. Der Herzog ist, man mag sagen, was man will, ein trefflicher Mensch und wird's in seiner Gesellschaft noch mehr werden. Alles, was man aussprengt, sind Lügen der Hofschranzen. Sie können sich drauf verlassen, daß es Lügen sind, denn Flachsland, der bei mir im Hause wohnt, ist nämlich von Weimar zurückgekommen und hatte sich neun Monate bei seiner Schwester [Karoline Herder] aufgehalten. Es ist wahr, die Vertraulichkeit geht zwischen dem Herrn und Diener weit, allein was schadet das? Wär's ein Edelmann, so wär's in der Regel. Goethe gilt und dirigiert alles, und jedermann ist mit ihm zufrieden, weil er vielen dient und niemandem schadet. Wer kann der Uneigennützigkeit des Menschen widerstehen?

MBr 157f.

349. BOIE AN BÜRGER

Göttingen, 2. Oktober 1777

Die Verse Nr. 14 [„Seefahrt"] sind von – Goethe. Nun, und wenn Du den Druckfehler *noch* für *nach* verbesserst und das Stück als Allegorie ansiehst, wirst Du anders davon urteilen. Warum ich seinen Namen nicht nennen konnte, leuchtet in die Augen.

Bürg II, 155

350. BÜRGER AN BOIE

Wöllmershausen, 11. Oktober 1777

Nachdem Du mir das Verständnis wegen Nr. 14 [„Seefahrt"] ... eröffnet hast, gefällt es mir mehr als vorher. Auch erkenne ich Goethens Geist darin, wiewohl leider! mit Zeichen der Erschlaffung. Wär er doch noch der alte Doktor Wolfgang Goethe zu Frankfurt am Main!

Bürg II, 162

351. ZIMMERMANN AN HERDER

Hannover, 26. Oktober 1777

Von Weimar erzählte übrigens Frau von Berlepsch eine Menge Dinge, bei denen sich alle meine Haare senkelrecht in die Höhe huben. Daß die zwei Felsen Ossians [Goethe und Herder] Miene machten, aufeinanderstürzen zu wollen, oder vielmehr daß der eine Fels schon allerhand Kapreolen mache und der andere stehe wie ein Fels Gottes, erzählte sie auch.

HN II, 377

352. GADEMANN AN WILHELM SCHMIDT

Eisenach, Oktober 1777

Das ist wahr, daß Goethe, um den Wolken nahe zu kommen, die Wartburg zur Wohnung gewählt hat, wo ihn der Herzog oft zu besuchen kam, aber er hat nicht Doktor Luthers ehemalige Stube bewohnt. Man hat erzählen wollen, daß er eine Zeichnung der Stadt und ihrer Umgebung, die er sehr schön fand, hat machen wollen, und dafür hätte er keinen geschickteren Ort aussuchen können.

Er ist viel in unserm Haus gewesen. Nach meinem bescheidenen Urteil stellt er den Hofmann recht gut vor; er hat die Gunst des Herzogs völlig, und ich bin versichert, daß er so bald nicht enterbt werden wird; dazu liebt ihn der Herzog viel zu sehr. Er lebt immer sans gêne, und seine Kleidung ist ganz einfach. Ich habe ihn nicht anders als im Überrock gesehen; neulich ging er zum Mittagessen beim Stadtpräsidenten, und da war er ebenso angezogen, auch mit Stiefeln und rundem Hut.

Der Herzog hat mit Ihrem Oheim gesprochen; er ist mit ihm in seiner Fabrik gewesen, in seiner Färberei und in den meisten der kleinen Häuser, wo wir die Handwerke betreiben. Goethe und Knebel ... machten das Gefolge.

Gespr I, 244f. Aus dem Französischen

353. MERCK AN NICOLAI

Darmstadt, 3. November 1777

Sosehr ich mit Goethe zusammenhänge, so hab ich nie mein Urteil über Sie ein einzig Mal geändert, so wie ich's von Goethe nie gegen Sie ändern werde. Ich hab ihn neuerlich auf Wartburg besucht, und wir haben zehn Tage zusammen wie die Kinder gelebt. Mich freut's, daß ich von Angesicht gesehen habe, was an seiner Situation ist. Das Beste von allem ist der Herzog, den die Esel zu einem schwachen Menschen gebrandmarkt haben und der ein eisenfester Charakter ist. Ich würde aus Liebe zu ihm ebendas tun, was Goethe tut ... Ich sage Ihnen aufrichtig, der Herzog ist einer der respektabelsten und gescheutesten Menschen, die ich je gesehen habe – und überlegen Sie dabei, ein Fürst und ein Mensch von zwanzig Jahren. Ich dächte, Goethes Gesellschaft, wenn man nicht mutwillig voraussetzen will, er sei ein Schurke, sollte doch mit der Zeit auch ein wenig guten Einfluß haben. – Das Geträtsche, daß er sich nach Goethe bilde, ist so unleidlich unwahr als etwas; denn es ist ihm niemand unausstehlicher als Goethes Affen.

MBr 160

354. ZIMMERMANN AN LAVATER

Hannover, 3. November 1777

Von Goethe weiß ich also mehr als Du, weil Du nichts weißt. Zuverlässig weiß ich, daß er in Weimar als Minister schlechterdings *nichts* wirkt, übrigens ganz nach seinen Lüsten leben soll und den Herzog, so gut er neben seinem Rival, einem Husarenmajor [Stein?], kann, amüsiert. In den Herzog aber ist anitzt der Soldatenteufel gefahren, wie letztes Jahr der Studententeufel. Er mustert und prügelt seine Armee den ganzen Tag. Mag sein, wie Du sagst, daß Goethe *bleibt, was er ist,* nämlich daß er *dramatisiert.* Dies wird Herder zuerst und Du dereinst erfahren. Ich erwarte es auch, wie er schon gedroht hat, und werde mir alsdann auch zu helfen wissen (wenn mich Kaufmann nicht etwa vorher zermalmet) ...

Die Liebkosungen von Goethe schienen mir die Liebkosungen eines Tigers. Man faßt unter seinen Umarmungen immer an den Dolch in der Tasche ...

La 352

355. WIELAND AN MERCK

Weimar, 8. November 1777

Ich war gestern nachmittag bei Goethen auf seinem Altan. Kein lieberes, sich wärmer an einen anlegendes oder, wie die Schwaben sagen, ein mehr anheimelndes Plätzchen auf Gottes Boden müssen Sie nie gesehen haben. Es ist recht, als ob Goethens Genius das alles von Jahrhunderten her so angelegt, gepflanzt und gepflegt hätte, damit er's einst in Weimar völlig und fertig fände und sich nur hineinzulegen brauchte. „Wenn doch nur Merck itzt bei uns wäre und das auch sehen und genießen könnte!“ sagte ich, „das hier – und dies dort: das wäre so was für ihn." – „Sei ruhig, er wird schon kommen", sagte Goethe, und die Gewißheit, womit er's sagte, machte, daß ich Sie schon halb gegenwärtig fühlte und etwas von der Wonne vorausgenoß, die mir Ihre Gegenwart und das Koexistieren mit Ihnen und Goethe an irgendeinem frohen Morgen oder Abend auf diesem Altane schaffen wird.

MS 103

356. AUGUSTE ERBPRINZESSIN VON SACHSEN-KOBURG-SAALFELD AN IHRE MUTTER KAROLINE GRÄFIN VON REUSS-EBERSDORF

November 1777

Findet Oheim [Graf Heinrich XXVI. Reuss-Ebersdorf] den von Goethe nicht hübsch? Denn alle die von Weimar machen einen Adonis aus ihm, und die Frauen reißen ihn sich aus den Händen, und die, der er den Hof macht, ist ein beneidetes Geschöpf. Hat er denn nicht auch den Husarenrittmeister gesehen, der gleichfalls eine Art Günstling ist?

GoeJb XIII, 122. Aus dem Französischen

1778

357. MERCK AN WIELAND

Darmstadt, 4. Januar 1778

Noch eins, lieber Mann, seid aufrichtig, und zwar bis zum Wehtun. ... Seht, unsre Rede sei Ja Ja, Nein Nein; ich habe mich immer bei Goethen recht wohl dabei befunden. Wir haben einander wechselsweise fortgeschickt, wenn's Zeit war, ebenso wie man einander ruft.

MBr 168f.

358. MERCK AN LAVATER

Darmstadt, 9. Januar 1778

... Goethen betreffend ... Ich habe mich vorigen Herbst im Monat September auf meinen Fuchs gesetzt und bin nach Eisenach zu dem herrlichen Menschen wallfahrten gegangen, allwo ich denn auf der Wartburg ein vierzehn Tage, wie Sie denken können, in Wohlleben mit ihm verbracht habe.

Seine Situation ist die beste, die er sich nur wünschen kann. Er lebt völlig nach seinem Kopfe in dem Hause des Herzogs, als wenn's in dem meinigen wäre, hat nicht das geringste, wie die Esel prätendieren, von seiner ehemaligen poetischen Individualität abgelegt, dagegen aber an Hunger und Durst nach Menschenkenntnis und Welthändeln und der daraus folgenden Weisheit und Klugheit wie ein Mann zugenommen. Der Herzog ist einer der merkwürdigsten jungen Leute, die ich je gesehen habe ... Goethe liebt ihn wie keinen von uns, weil vielleicht keiner ihn so nötig hat als dieser, und so wird ihr Verhältnis ewig dauren – denn Goethe kann ihn nicht verlassen, oder er müßte nicht mehr der sein, der er ist, und der Herzog wird je sowenig mit ihm brechen als einer von denen, die Goethes Freunde sind.

MBr 170f.

359. MERCK AN LAVATER

Darmstadt, 14. Januar 1778

Der Druck, worin er [Wieland] unter den Potentaten Herder und Goethe lebt, hat ihm alles Schmutzes der Eitelkeit abgebrannt, und er ist ein so bonhomischer guter Junge, daß er mir höchst heilig ist. – Nur zu kleinmütig haben ihn die Pursche gemacht – und das ist wieder nichts nütze ...

MBr 172

360. EMILIE VON BERLEPSCH AN HERDER

Ratzeburg, 12. Februar 1778

Sagen Sie mir doch etwas von dem seltsamen Stück [„Der Triumph der Empfindsamkeit"], das Goethe wieder verfertigt hat! Vermutlich eine Satire auf die armen Mädchen und jungen Herrn, die er erst mit seinen Schriften schwindlig gemacht hat und nun obendrein noch auslacht. Ein wunderlicher Mensch! ... Er ist mir ganz zuwider mit seinem ewigen Schwanken zwischen Witz und Gefühl, Schwäche und Kraft. Und es wird mir immer schwerer, aus dem, was ich so von ihm weiß, mir einen deutlichen Begriff von ihm zu machen.

Bode I, 233

361. KRANZ AN ELISABETH GOETHE

Weimar, 16. Februar 1778

Von dem neuen Stücke, welches Ihr lieber Doktor und unser Geheimer Legationsrat Goethe am 30. Januar und hernach am 10. Februar hier aufgeführt, würde ich Ihnen viel schreiben, wenn nicht der glückliche Ph[ilipp Seidel] Ihr Korrespondent wäre. Doch eins muß ich wegen der großen Ähnlichkeit zwischen Ihnen und ihm doch melden. Goethe als Andrason kommt vom Orakel; ... endlich kömmt er auf den Ausspruch des Orakels. Andrason:

Wenn wird ein greiflich Gespenst usw....

Oh, wenn Sie ihn nur da hätten sehen sollen! Augen, Gebärden, Ton, Gestikulation. Alles in allem, sage ich Ihnen! Ich war gar nicht mehr im Orchester, ganz in der Atmosphäre von casa santa ...

Neues wüßte ich Ihnen nichts zu schreiben, als daß der Geheime Legationsrat dann und wann mit den Herrschaften abends Schlitt-Schule läuft, und zwar en masque. Die Herzoginnen, gnädige Frauen und Fräuleins lassen sich im Schlitten schieben. Der Teich, welcher nicht klein ist, wird rundum mit Fackeln, Lampen und Pechpfannen erleuchtet...

Gespr I, 251 f.

362. LUISE VON STOCKHAUSEN AN KAROLINE HERDER

Friedrichsfelde bei Berlin, 19. Februar? 1778

Was macht Goethe, der liebe Pilgrim? Ist er's noch, oder ist er ein Hofmann geworden? Wenn er das geworden wäre, wie ich nicht glauben kann, so sagen Sie ihm nichts von Lila. Aber weil ich gewiß hoffe, daß das nicht ist, so sagen Sie ihm viel Liebes und Gutes von seiner Freundin.

Chronik XXV, 15

363. ZIMMERMANN AN BODMER

Hannover, 23. Februar 1778

Ich denke oft, mein lieber Herr Professor, wie lächerlich Ihnen zuletzt alle deutsche Literatur vorkommen muß. Sie haben ihre Morgenröte und ihre Mitternacht gesehen, nur keinen Mittag, denn wir fallen immer vom Äußersten ins Äußerste. Ich habe hier in Hannover Gelehrte gesehen, die unter meinen Augen noch vor wenig Jahren in honigsüße Empfindsamkeit zerflossen und von jedem Gedanken mit spitzem Finger bloß die Blumen abpflückten; anitzt sprechen die nämlichen Herren von nichts als Sturm, Drang und Kraft. So ist's itzt allenthalben. Daher finde ich noch die meiste Vernunft bei den Weltleuten (gens du monde), die auf die Gelehrten um sich her immer ein wenig abwärts sehen und die deswegen der Strom im Tale niemals fortreißt.

Bode III, 445

364. ELISABETH GOETHE AN LAVATER

Frankfurt, 20. März 1778

Bruder Wolf befindet sich, Gott sei Dank, wohl, ist in seinem Gartenhäuschen recht vergnügt, hat auf der regierenden Frau Herzogin Geburtstag ein schön Stück Arbeit von einem Drama verfertig[t], wovon das Monodrama „Proserpina“ einen Teil ausmacht. Er hat es uns zum Durchlesen zugeschickt, denn es wird schwerlich gedruckt werden ...

Wann es Euch möglich, uns von des Doktors seinem in Kupper gestochenen Gesicht noch einige Abdrücke zukommen zu lassen, so würden wir herzlichen Dank davor sagen. Die Leute plagen uns beständig und wollen so was zum Andenken haben.

Frau Rath 61 f.

365. WIELAND AN MERCK

Weimar, 12. April 1778

Goethen bekomme ich gar nicht mehr zu sehen; denn er kommt weder an den Konzerttagen nach Hof noch zu mir. Und zu ihm zu kommen, wiewohl unsre Domänen eben nicht sehr weit voneinander liegen, ist auch keine Möglichkeit, seitdem er beinah alle Zugänge barrikadiert hat. Denn alle nähere Wege zu seinem Garten gehen über die Ilm und teils durch eine ehemals öffentliche Promenade, der Stern genannt, teils über eine herrschaftliche Wiese. Nun hat er zwar, pour faciliter la communication, im vorigen Jahre drei bis vier Brücken über die Ilm machen lassen; aber, Gott weiß warum, sie sind mit Türen versehen, die ich, sooft ich noch zu ihm gehen wollte, verschlossen angetroffen habe. Da man nun nicht anders zu ihm dringen kann als mit einem Zug Artillerie oder wenigstens mit ein paar Zimmerleuten, die einem die Zugänge mit Äxten öffnen, so ist ein gemeiner Mann wie unsereiner gezwungen, das Abenteuer gar aufzugeben und in seinem Eignen zu bleiben. Soviel ich höre, ist er heute mit dem Herzog nach Ilmenau, wo sie sich vermutlich eine Zeitlang mit der Jagd divertieren werden.

MS 112

366. WIELAND AN MERCK

Weimar, 20. April 1778

Goethen hab ich vergangenen Freitag bei der Herzoginmutter, wo ein Oratorium von Hasse gegeben wurde, gesehen. Er ist wohl und immer der Alte, denke ich. Aber was sein Treiben eigentlich ist, weiß ich nicht.

MS 112

367. ANNA LUISE KARSCH AN GLEIM

Berlin, 27. Mai 1778

Ich frug ihn, ob er nicht auch das Vergnügen kosten wollte, Vater zu sein; er schien's nicht weit von sich zu werfen. Er ist ein großer Kinderfreund, und eben dieser Zug läßt mich hoffen, daß er auch ein guter Ehemann werden wird ...

Ich gab ihm ein paar frische Rosen, und geschwind hub er einen Strohhalm von der Erd auf, band damit die Rosen zusammen und steckte sie auf den Hut.

Er liebt die freimütigen, offenherzigen Leute und mag's gern haben, wenn er geliebt wird. Das gefällt ihm besser als hohes Lob.

Karsch 77

368. KAROLINE LUISE HEMPEL AN GLEIM

Berlin, 27. Mai 1778

Möchte Goethe, den ich so liebhabe, doch nur einen sichtbaren Teil dieses nicht genug zu preisenden Herzens meines Gleims haben! Diesen Mangel verrät er noch bei aller seiner blendenden Größe. Und oh! was könnte er sein, wenn er wollte! Der schrankenlose Kopf, der Krösus-Lukullus von dem feinsten Menschengefühl!

Wenn Sie ihn hätten kommen sehen, unerwartet in unsre Tür treten, mit den Augen meine Mutter [Anna Luise Karsch] suchen, mit seinen Augen! Ach, unaussprechlich reizend war die Szene. So kommt nur reuige Liebe zu Liebe... Das weiß ich, daß in seinen großen hellen Augen der ganze Goethe strahlte. Nicht der flammende, zugreifende, ungenügsame Goethe! Der, welcher Lotten Brot schneiden sah, der war's ohngefähr; nur daß sein Mund stumm blieb und Goethe stumm blieb bei Eintritt, beim Umarmen und einiger Wendung bis zum Sitze, da denn meine Mutter die erste Frage an ihn tat. Ich hätte gar zu gern die Hand auf seine liebe Brust gelegt, ob nur sein Herz auch das geschlagen hätte, was sein seraphgleiches Stummsein verkündigte. Aber der Mensch wirft soviel Respekt aus seinen Augen, daß ich mich kaum traute, in seiner Gegenwart zu bleiben. Ich mußte ein paarmal hinaus, lief aber geschwind wieder hinein.

Karsch 78

369. WIELAND AN MERCK

Weimar, 1. Juni 1778

Soeben hör ich, daß der H[erzog] und Goethe wieder angekommen sind. Alle Lande, wo sie gewesen, sind ihres Ruhmes voll. In ganzem Ernst: zu Leipzig, zu Dessau, zu Berlin ist alle Welt von unserm Herzog ganz eingenommen. Das hat Bruder wohl [Wolf?] hübsch gemacht!!

MS 115

370. WIELAND AN MERCK

Weimar, 3. Juni 1778

Von Goethen, lieber Bruder, kann ich Dir nicht viel mehr sagen, als was Du in den Zeitungen von ihm wirst gelesen haben. Vorgestern kamen sie vormittags von ihrer Wanderung nach Leipzig, Dessau und Berlin zurück. Abends ging ich mit meiner Frau und beiden ältesten Mädchen über den (nach Goethens Plan und Ideen, seinem Garten gegenüber) neu angelegten Exerzierplatz, um von da nach dem sogenannten Stern zu gehen und meiner Frau die neuen Poemata zu zeigen, die der Herzog nach Goethens Invention und Zeichnung dort am Wasser anlegen lassen und die eine wunderbar künstliche, anmutig wilde, einsiedlerische und doch nicht abgeschiedene Art von Felsen und Grottenwerk vorstellten, wo Goethe, der Herzog und Wedel oft selbdrei zu Mittag essen oder in Gesellschaft einer oder der andern Göttin oder Halbgöttin den Abend passieren. Wie wir den Exerzierplatz heraufgehen, begegnet uns der Herzog. Er erblickt uns von fern, bleibt stehen, und sobald er uns erkennt, geht er uns wohl zwanzig bis dreißig Schritte entgegen und empfängt mich und die Meinigen so liebreich, daß es uns im Herzen wohltut. Sein Anschauen war mir eine wahre Herzstärkung, so gesund und kräftig sah er aus, und so edel, gut, bieder und fürstlich zugleich dand ich ihn im Ganzen seines Wesens. Ich werde je länger, je mehr überzeugt, daß ihn Goethe recht geführt und daß er am Ende vor Gott und der Welt Ehre von seiner sogenannten Favoritenschaft haben wird ... bei dem Grottenwesen ... trafen wir Goethen in Gesellschaft der schönen Schröterin an, die in der unendlich edlen attischen Eleganz ihrer ganzen Gestalt und in ihrem ganz simpeln und doch unendlich raffinierten und insidiosen Anzug wie *die Nymphe dieser anmutigen Felsengegend* aussah. Wir hießen einander also auch willkommen, und Goethe war zwar simpel und gut, aber äußerst trocken; und verschlossen, wie er's schon lange ... ist. Ich glaube indessen gerne und am liebsten, daß der wahre Grund davon doch bloß in der Entfernung liegt, worin wir durch die Umstände voneinander gehalten werden. Vor zwei Jahren *lebten* wir noch *miteinander*; dies ist itzt nicht mehr und *kann nicht mehr sein,* da er Geschäfte, Liaisons, Freuden und Leiden hat, an denen er mich nicht teilnehmen lassen kann ... Zudem werden sie nun auch diesen Sommer und Herbst über selten acht Tage hintereinander hier sein, und so wird er mir eben immer inaccessibler, und da seine Spirallinie immer weiter und die meine immer enger wird, so ist's natürlich, daß wir immer weiter auseinanderkommen. Indessen ist und bleibt er mir einer der herrlichsten und liebsten Menschen auf Gottes Erdboden, und damit Punktum!

Übrigens ... solltest Du einmal ... all unser Wesen selbst beaugenscheinigen. Denn die Dinge wollen schlechterdings *gesehen* und selbst gefühlt und beschnuffelt sein. Zum Exempel: so wie Du mit Deinen Augen den Herzog, Goethen, die Schröterin und ihre dicke Cypassis, die ihr zur Folie dient, in vorbesagter Felsenszene an der Ilm ... gesehen haben würdest, notabene so offen unter Gottes Himmel und in den Augen aller Menschen, die da von Morgen bis in die Nacht ihres Weges vorübergehen: so würde und müßte Deine Seele Wohlgefallen dran haben, und Du würdest einer ganzen Welt, die was dagegen hätte, ins Gesicht speien – und so ist's mit zwanzig andern Dingen.

MS 115ff.

371. BODMER AN SCHINZ

Zürich, 16. Juli 1778

Zu welcher Unverschämtheit steigen die Goethe, Wieland, Bertuch! Sie erklären Hans Sachs zum hohen Dichtergenie, zum Spiegel der Natur, zum herrlichsten Schatz aus dem Mittelalter der deutschen Dichtkunst ... Zum Manessischen Kodex hab ich nicht sechs Subskribenten in Deutschland aufgejagt, und weder Klopstock noch Wieland haben die nativam pulchritudinem in den Minneliedern gefühlt, gewiß nicht angepriesen.

GoeJb V, 207

372. MERCK AN WIELAND

Darmstadt, 8. August 1778

Das ganze Geheimnis, worum Goethe, wo er ist, unentbehrlich ist, das ist seine wahre Liebe gegen die Menschen, mit denen er lebt, und darin wird's ihm niemand gleichtun.

MBr 191f.

373. WIELAND AN MERCK

Weimar, 27. August 1778

Verwichenen Sonnabend fuhren wir zu Goethen, der die Herzogin [Anna Amalia] auf den Abend in seinen Garten eingeladen hatte ... Ich hätte Goethe vor Liebe fressen mögen.

MS 126 und 128

374. ELISABETH GOETHE AN ANNA AMALIA

Frankfurt, 30. November 1778

Ihro Durchlaucht legen's recht drauf an, Goethens Vater und Mutter in ihrer Einsamkeit zu erfreuen. Kaum haben wir uns über den „Jahrmarkt" und alles, was dabei war, herrlich ergötzt, so bringt der Postwagen wieder etwas, in schönem grünem Wachstuch wohlverwahrt, mit ..., und Frau Aja tat einen großen Schrei, als sie ihren Häschelhans erblickte. Wir finden viele Gleichheit drinnen und haben eine große Herrlichkeit damit, wie das Ihro Durchlaucht sich leicht vorstellen können, da wir ihn selbst in drei Jahren nicht gesehen haben. Zumal da er im Frack gemalt ist, worin ich ihn immer am liebsten so um mich herum hatte, und es auch seine gewöhnliche Tracht war. Jetzt wird eine Rahm drum gemacht, und es wird in die Weimarrer Stube aufgestellt, sowie auch die drei Zeichnungen aus dem „Jahrmarkt".

Frau Rath 75f.

375. WIELAND AN MERCK

Weimar, 9. Dezember 1778

Daß mir und allem, was hier auch nur an einem Faden mit mir zusammenhängt, Goethe in gar mancherlei Stücken die größte Wohltat geworden, erkenne ich täglich mehr und mehr und ehre und liebe ihn auch dafür von Grund des Herzens.

MS 133

376. HERDER AN HAMANN

Weimar, 29. Dezember 1778

Von Claudius weiß ich, seitdem er mir vor einem Vierteljahr hundert Austern zum Geschenk geschickt hat, nichts; von Kaufmann, seitdem er mich auch zum Gevatter gebeten, desgleichen. Die andern sind mir so gut als tot und ich's ihnen. Sie allein, lieber Hamann, sind mein alter Wegweiser und Freundessäule und sollen's auch bleiben.

HeH 138

Katharina Elisabeth Goethe

1779

377. ELISABETH GOETHE AN ANNA AMALIA

Frankfurt, 4. Januar 1779

Das Porträt des Dokters ist unsere und aller seiner Freunde Augenweide; jedermann erkennt ihn ... Wann Ihro Durchlaucht jetzt meine Weimarrer Stube sehen sollten! Da paradiert das Döckergen als Herr Geheimder Legationsrat mit einem Schattenriß in der Hand als Anderson [Andrason im „Triumph der Empfindsamkeit"], Hamann, Mardochai [im „Jahrmarktsfest zu Plundersweilern"] – Herr Craußе [Kraus] hätte uns gewiß keine größre Freude machen können.

Frau Rath 78

378. ELISABETH GOETHE AN ANNA AMALIA

Frankfurt, 9. Februar 1779

Daß der Herr Geheimde Legationsrat Häschelhans sich wohl befindet, hat uns sehr gefreut; auch daß er brav Schlittschuh gelaufen ist. Seine in dieser Kunst hier zurückgelaßne Schüler, als Bölling, Riese, Metzler usw., haben diesmal die Sache in einen rechten Schwung gebracht, zumal da der Main zu war ... Das überschickte Porträt vom Dokter macht uns tagtäglich viele Freude; alle Welt kennt ihn beim ersten Anblick.

Frau Rath 81 f.

379. ELISABETH GOETHE AN ANNA AMALIA

Frankfurt, 11. April 1779

Bei uns ist's Messe!!! ... Madam Laroche ist auch da!!!! Teureste Fürstin, könnte Dokter Wolf den Tochtermann [Möhn] sehen, den die Verfasserin der „Sternheim“ ihrer zweiten Tochter Luise aufhängen will, so würde er nach seiner sonst löblichen Gewohnheit mit den Zähnen knirschen und ganz gottlos fluchen. Gestern stellte sie mir das Ungeheuer vor – Großer Gott!!!

Frau Rath 95

380. BODMER AN MEISTER

Zürich, 13. April 1779

Die Selbstermordung von Lavaters Amanuensi hat keine stärkere Ursache als fehlgeschlagne Liebe und „Werthers Leiden“. Ich habe Ihnen längst geklagt, daß unsere Schriftgelehrten sich mehr Mühe mit der Metaphysik der Religion machen, mehr mit dem Gelehrten als mit dem Wesentlichen, als mit dem Moralischen und wahrhaft Religiosen! ... Goethens „Leiden Werthers“, seine „Stella“, Lessings „Miss Sarah“ haben itzt schon mehr Unheil angerichtet als die famösen Fragmente [von Reimarus], und weder Spalding noch Eberhard noch Steinbrüchel noch Lavater noch Heß haben nicht ein katholisches Kreuz gemachet.

GoeJb V, 207 f.

381. FORSTER AN FRIEDRICH HEINRICH JACOBI

Kassel, 23. April 1779

Das Sonderbarste ist, daß die Berliner durchaus diese Biegsamkeit des Charakters (wodurch der Mensch so leicht zum Schurken und Spitzbuben wird) von einem Fremden erfordern. Was Wunder also, daß Goethe dort so sehr, so allgemein mißfallen hat und seinerseits mit der verdorbenen Brut so unzufrieden gewesen ist!

For IV, 113

382. WIELAND AN MERCK

Weimar, 5. Mai 1779

Goethe ... hat wieder was gar Köstliches produziert [„Iphigenie"] und ist überhaupt gar lieb und gut seit einiger Zeit. Der Friede macht ihm eben auch wieder Luft ums Herz – denn wir waren hier in einer garstigen Lage.

Br M I, 166

383. WIELAND AN MERCK

Weimar, 1. August 1779

Mit Goethen hab ich vergangene Woche einen gar guten Tag gehabt. Er und ich haben uns entschließen müssen, dem Rat May zu sitzen, der uns ex voto der Herzogin von Württemberg für Ihre Durchlaucht malen soll. Goethe saß vor- und nachmittags und bat mich, weil Serenissimus absens war, ihm bei der leidigen Session Gesellschaft zu leisten und zur Unterhaltung der Geister den „Oberon" vorzulesen. Zum Glück mußte sich's treffen, daß der fast immer wütige Mensch diesen Tag gerade in seiner besten, rezeptivsten Laune und so amusable war wie ein Mädchen von sechzehn. Tag meines Lebens hab ich niemand über das Werk eines andern so vergnügt gesehen, als er es mit dem „Oberon" durchaus, sonderlich mit dem fünften Gesang war, worin Hyon sich von dem kaiserlichen Auftrag verbotenus acquittieret. Es war eine wahre Jouissance für mich ... Ein paar Tage darauf gestund er selbst, daß er in drei Jahren vielleicht nicht wieder in diesen Grad von Rezeptivität und Offenheit ... kommen würde.

MS 140

384. WIELAND AN SOPHIE VON LAROCHE

Weimar, 21. September 1779

Sie wollen von mir wissen, was an der Begebenheit mit Woldemars Briefen [von Friedrich Heinrich Jacobi] wahr ist oder nicht. Nämlich

„daß unter einer Eiche zu Ettersburg etliche davon vorgelesen worden und dann Goethe auf den Baum gestiegen, eine *geistvolle* Standrede über das schlechte Buch gehalten und es endlich zur wohlverdienten Strafe und andren zum abschreckenden Beispiel an beiden Enden der Decke an die Eiche genagelt, wo dann eine große Freude über die im Wind flatternden Blätter gewesen".

... *Ich weiß n i c h t, was hieran wahr ist, denn ich war n i c h t zu Ettersburg, war n i c h t gegenwärtig, als diese Büberei vorgegangen sein soll.*

Wäre ich zugegen gewesen, so ist zehn gegen eins zu setzen, daß es so weit nicht gekommen wäre.

Indessen gesteh ich Ihnen, daß ich zu Weimar im Publico ein paar Tage nachher, als sich jene Begebenheit zugetragen haben soll, davon reden gehört und von Leuten, die sich einbildeten, ich müsse auch dabeigewesen sein, gefragt worden, ob es wahr sei. Da ich nun meine Unwissenheit bekennen mußte und die Leute sahen, daß ich wirklich gar nichts von der Sache wußte, so erzählten sie mir solche mit allen oben bemeldten Umständen, aber nicht als Augenzeugen, sondern als Leute, die gehört hatten, daß es sich zugetragen haben *sollte.*

Etliche Tage hernach kam ich wieder nach Ettersburg und *wurde* beim Spazierengehen in den Wald *erinnert,* mich überall umzusehen. Ich erblickte endlich eine in blau Papier geheftete Brochure, die an eine Eiche genagelt war, ungefähr wie man die Raubvögel an das große Tor an einem Pachthof oder einer Gentilhomie anzunageln pflegt. *Was für eine Brochure* es sei, wollte mir niemand sagen ...

Im übrigen sollten Sie und Jacobi Goethen schon von langem her kennen und wissen, was er fähig ist oder nicht.

Wie Sie es aber haben über Ihr Herz bringen können, mich in die Sache zu mischen ... und mich also in Verdacht haben konnten, daß ich an jener Farce, die meiner Art zu denken und zu handeln so schnurgerade entgegen ist, Anteil gehabt ..., darüber erbitte ich mir nun auch hinwieder ein paar Zeilen Antwort aus.

JacN II, 175ff.

385. WIELAND AN MERCK

Weimar, 21. September 1779

Ohne Zweifel hast Du den Herzog und Goethen (der ut nosti nun Geheimer Rat *heißt,* wie er's denn vorhin schon allezeit *war*) in dieser Frankfurter Messe gesehen. Das Publikum ist dieser an sich selbst so simpeln und natürlichen Exkursion halber unglaublich intriguiert, und das odium Vatinianum fast aller hiesigen Menschen gegen unsern Mann, der im Grunde doch keiner Seele Leides getan hat, ist, seitdem er Geheimer Rat heißt, auf eine Höhe gestiegen, die nahe an die stille Wut grenzt. Sed vana sine viribus ira. Was mir leid tut, ist dies, daß jede Polissonnerie, die man zu Weimar oder Ettersburg ausgehen läßt, Gott weiß durch welche Kanäle in die weite Welt eventiert ...

MS 144

386. ELISABETH GOETHE AN ANNA AMALIA

Frankfurt, 8. Oktober 1779

Häschelhans habe ich zu seinem Vorteil sehr verändert gefunden. Er sieht gesunder aus und ist in allem Betracht männlicher geworden. Sein moralischer Charakter hat sich aber zu großer Freude seiner alten Bekannten nicht im geringsten verschoben – alle fanden in ihm den alten Freund wieder – mich hat's in der Seele gefreut, wie lieb ihn alles gleich wieder hatte – den Jubel unter den Samstags-Mädel, unter meiner Verwandt- und Bekanntschaft, die Freude meiner alten Mutter usw. ...

Frau Rath 105f.

387. FORSTER AN FRIEDRICH HEINRICH JACOBI

Kassel, 10. Oktober 1779

Vor vier Wochen war Goethe nebst dem Kammerherrn von Wedel und dem Oberforstmeister von Wedel bei mir. Ich soupierte mit ihnen, ohne zu wissen, daß der Letztgenannte der Herzog von Weimar wäre. Zum Glück bewahrete mich mein guter Genius, daß ich ihm keine Sottise sagte, wiewohl ich von großen Herren überhaupt mit großer Freimütigkeit sprach. Ich wette, es hat Goethen Mühe gekostet, bei einigen Gelegenheiten über meine Treuherzigkeit nicht loszupruschen. Den Tag darauf besahen sie den Garten zu Weißenstein; ich sollte die Partie mitmachen, allein ich war zu sehr beschäftigt. In der Zwischenzeit erfuhr ich, daß der Herzog in der Gesellschaft sei. Den andern Morgen kam Goethe wieder zu mir und der Kammerherr bald hernach. Wir gingen zusammen nach dem landgräflichen Kabinett der Altertümer und der Kunstkammer, wohin der Herzog sich nachher auch begab. Ich mußte bei ihnen bleiben und mit ihnen speisen, und gleich nach frühe eingenommenem Mittagsmahl reisten sie davon. Da sich Goethe anfangs nicht genannt hatte, so kannte ich ihn nicht und – erkundigte mich nach ihm – bei ihm selbst. Sie kennen ihn und wissen, was es für ein Gefühl sein kann, ihn kaum eine Stunde lang zu sehen, nur ein paar Minuten lang *allein* zu sprechen und als ein Meteor wieder zu verlieren. Sagen läßt sich das nicht. Von Ihnen haben wir viel gesprochen: Er bat mich, Sie recht herzlich zu grüßen. Ist mir recht, so haben Sie bei ihm eine Antwort zugut. Der Herzog hat mir gefallen. Er frug sehr viel und doch keinmal albern; gewiß, das heißt für einen deutschen Fürsten alles Mögliche prästieren.

For IV, 132

388. JOHANN GEORG SCHLOSSER AN MERCK

Bruchsal, 14. Oktober 1779

Daß der Herzog von Weimar, Goethe und Wedel bei uns waren, werdet Ihr von der guten Frau Aja gehört haben. Ich habe mich Goethes wieder sehr gefreut. Des Herzogs auch um beider willen. Auch Wedels. Das ist ein reiner, gerader Mann, der uns sehr lieb worden ist. Der Herzog verdient, Goethen zu haben und Herzog zu sein.

MS 146

389. FORSTER AN SEINEN VATER

Kassel, 24. Oktober 1779

Goethe ist ein gescheiter, vernünftiger, schnellblickender Mann, der wenig Worte macht; gutherzig, einfach in seinem Wesen. Pah! Männer, die sich aus dem großen Haufen auszeichnen, sind nicht zu beschreiben. Der Charakter eines Mannes von hohem Genius ist selten wetterleuchtend und übertrieben, er besteht in einigen wenigen Schattierungen, die man sehen und hören muß, aber nicht beschreiben kann. Der Herzog ist ein artiger kleiner Mann, der ziemlich viel weiß, sehr einfach ist und gescheite Fragen tut. Für einen zweiundzwanzigjährigen Herzog, der seit vier Jahren sein eigner Herr ist, fand ich viel mehr in ihm, als ich erwartete.

For IV, 135

390. MERCK AN ANNA AMALIA

Darmstadt, 27. Oktober 1779

Von unsern Herrn Reisenden [Goethe und Karl August] hab ich gestern durch Goethe ein herrliches Journal erhalten, woraus ich ersehe, daß sie eine der instruktivsten Reisen gemacht haben. Es ist ihnen an Menschen und Sachen wenig Merkwürdiges entschlüpft ...

Meine einzige Ressource ist hier die treue Frau Aja, mit der ich zuweilen, wenn mir's wehe ist, einen Humpen alten Weines ausleere, indes daß der Herr Rat seinen Frankfurter trinkt. Dieser alte Mensch ist ganz incorrigible, und die Filzerei ist so arg, daß, wenn der Herzog vier Wochen in seinem Hause logiert, er der Frau nicht *einen* Taler Wochengeld mehr gibt. Dieser Mensch ist Goethes Vater und der Frau Aja Eheliebster. Neulich hat er sich sehr gefreut, daß er's nicht war, der das Geld für des Herzogs Malereien auszulegen hatte; ich glaube, er hatte dafür nicht schlafen können. Warum nun Gott solche Menschen läßt, das mag ich nicht verantworten.

MBr 241 ff.

391. KIRCHBERGER AN LAVATER

Schloßhalde, 27. Oktober 1779

Goethe verursachte mir viel Vergnügen. Beim Anlaß meiner herzlichen Abneigung gegen die Berliner haben wir von Religion gesprochen. Er ist über die gewöhnlichen Vorurteile so weit hinweggesetzt, daß er sogar eine besondere Hochachtung für Personen trägt, die vom gemeinen Haufen der Gelehrten und Ungelehrten verachtet sind und die ich äußerst hochschätze. Wir sprachen auch von der Macht der menschlichen Seelen, nicht nur in Rücksicht ihrer Größe, sondern infolg eines wirklichen Ausflusses, der in die Umstehenden, auch ohne ein Wort zu sprechen, wirkt. Hierüber war er zu meiner Verwunderung auch meiner Meinung, so daß [ich] bei dieser Übereinstimmung, die ich wirklich in seinem Innersten antraf, ihm alle meine Gedanken aufschließen konnte. Er war auch so gefällig, mir seine Art mitzuteilen, wie er an einem Gegenstand arbeitet – wie außerordentlich lang er solchen in seinem Busen wärmt, bis er ihn der Welt darstellt. Dies ist auch das Mittel, um sein ganzes Zeitalter mit sich fortzureißen ...

Goethe beim Herzog ist ein ganz anderer Mann ... Dies wird noch komplizierter, wenn Fremde gegenwärtig sind.

La 353 f.

392. SOPHIE VON LAROCHE AN MERCK

Koblenz, 30. Oktober 1779

Für Goethe und seines Herzogs Nachrichten dankt Laroche, der Minister von Hohenfeld und ich. Mögen sie so glücklich reisen, so wie sie es ganz vernünftig und natürlich angestellt haben. Das Wundern aller der Leute von Adel, Kaufstand und Wirten ist gewiß sehr groß, denn wir sind nun würklich auf dem Fleck, wo das Einfachste uns mehr Staunen macht als die verworrenste Caprice. Gewünscht hätte ich, daß sie den Rhein herunter wären, und Sie mit! Wir hatten darüber einige Nachrichten von Nassau. Laroche wollte sie in das Kloster Laach führen, wo Höhlen sind und ein See, deren

Grund nichts als Eisensand ist, und das Ufer lauter Skorie, Ruinen eines alten Schlosses auf Lava, und die ganze Gegend wild. Doch ist die Schweiz in tausend Sachen merkwürdiger. Frau Aja gönne ich von ganzer Seele die innige Zufriedenheit, die dieser Besuch ihr geben mußte. Mutterfreuden sind wohl unter den süßesten der Erde, und ich möchte wohl sagen, daß vielleicht keine Mutter lebt, die diese Freuden so sehr verdient als Frau Goethe.

BrM I, 187

393. JOHANNA SCHLOSSER AN FRIEDRICH HEINRICH JACOBI

Emmendingen, 31. Oktober 1779

Goethe sagte mir gleich eine halbe Stunde nach seiner Ankunft von Deinem Briefe an ihn, den er in Frankfurt erhalten hätte, und was Du ihm darinnen vorwirfst, nämlich Dinge, die durch den Weg der schändlichen Klatscherei Dir endlich zu Ohren gekommen sind. Er erzählte offenherzig den ganzen Verlauf: daß er manche mutwillige Parodien – nicht geschrieben, aber mündlich über Deinen „Woldemar" geschwatzt habe. Sagte: so schöne Dinge, soviel großer, herrlicher Sinn auch darin sei, so könne er nun einmal für sich das, was man den *Geruch dieses Buchs* nennen möchte (anders wisse er sich nicht auszudrücken), nicht leiden. Auch habe er, wie lieb Du ihm seist und wie ungerne er Dir etwas zuleide sagen oder tun möchte, dem Kitzel nicht entgehen können, das Buch, zumal den *Schluß* desselben, sowie es ihm einmal aufgefallen sei, zu parodieren, nämlich daß Woldemarn der Teufel hole. Man dürfe nur ein paar Zeilen ändern, so sei es unausbleiblich und nicht anders, als der Teufel müsse ihn da holen. Er sprach mit ganz arglosem Wesen davon und suchte mir zu bedeuten, was dergleichen launichtes Getreibe in ihm für eine abgesonderte Sache sei usw. Er schwur darauf, daß er wünschte, Du wärest mit zugegen gewesen; Du selber hättest mit eingeschlagen, mutwillig im Abstrakten die Sache einmal zu nehmen. Nur möchte er sich nicht gerne schriftlich in dergleichen Explikationen einlassen, besonders nach dem, worauf *Dein Brief* gestellt wäre. Doch schrieb' er Dir vielleicht, vielleicht noch bei mir. Ich bestand darauf, es sei Pflicht, er müsse. Das geschah nun freilich nicht. Indessen schien ihm Dein Verdruß über die Sache aufrichtig leid zu sein. Wie peinlich diese Neuigkeiten für mich waren, kannst Du denken. Goethe kann gut und brav, auch groß sein; nur in Liebe ist er nicht *rein* und dazu würklich nicht *groß genug.* Er hat zu viele Mischungen in sich, die wirren, und da kann er die Seite, wo eigentlich Liebe *ruht,* nicht blank und eben lassen. Goethe ist nicht glücklich und kann schwerlich glücklich werden ...

GoeJac 57ff.

394. FORSTER AN FRIEDRICH HEINRICH JACOBI

Kassel, 2. November 1779

Ich habe Goethen gesehen, gesprochen, aber nicht genug, um ihn zu kennen. Sein Freund Behrisch in Dessau hat mir seine ausgelassene Laune nicht verhehlt, ich aber habe ihn nicht darin gefunden. Hier war er ernsthaft, machte wenig Worte, frug mich wegen der Südländer, über deren Einfalt er sich freute, und hörte die meiste Zeit zu, da mich der Herzog befragte, in dessen Gegenwart wir uns fast immer nur gesehen haben. Hätte ich vermuten können, ja nur geahndet, daß Goethe Ihnen, mein Bester, so ungerecht und lieblos begegnen könnte, ich hätte doch auf meine und seine Worte besser achtgegeben. Allein ich habe auch nichts gemerkt, das Unbilligkeit gegen Sie verraten hätte. Als ich Ihnen schrieb, *wir* hätten viel von Ihnen gesprochen, sollte ich eigentlich gesagt haben, *ich* habe viel von Ihnen gesprochen ... Goethe hörte mir mit Teilnehmung und in Gedanken zu ... Fast sein Letztes war, den Gruß an Sie zu wiederholen. Er nannte Sie noch immer Fritz.

For IV, 136f.

395. CHARLOTTE VON STEIN AN KNEBEL

Kochberg, 4. November 1779

Nebst einem Gruß an Sie hat mir Goethe aufgetragen, Ihnen den Geistergesang [„Gesang der Geister über den Wassern"] abzuschreiben, und er habe oft an Sie gedacht.

Dieser Gesang ist nicht ganz Ihre und meine Religion. Die Wasser mögen auch in ihrer Atmosphäre auf- und absteigen, aber unsere Seelen kann ich mir nicht anders als in die unendlichen Welten der ewigen Schöpfung verkettet denken.

BodeSt VI, 158

396. HOTZE AN LAVATER

Richterswil, 4. November 1779

Der liebenswürdigste – Ketzer, der denkbar ist, ist Goethe, und ja: der wahrsten Menschen einer wie der größten. Übrigens räsoniert Herr Goethe doch als ein Mann, der dem Glück im Schoße sitzt.

Bode III, 447

397. FRIEDRICH HEINRICH JACOBI AN JOHANNA SCHLOSSER

Düsseldorf, 10. November 1779

Was Du mir von Goethe schreibst, meine Teure, hat mir den Charakter dieses aufgeblasenen Gecken noch um ein gut Teil ekelhafter und verächtlicher gemacht. Ich kehre ihm auf ewig den Rücken zu, wie fast alle rechtschaffene Männer unserer Nation lange vor mir schon getan haben. Sein eigener Geist sei mit ihm und lasse ihn glücklich sein ohne Gott, ohne Freund und ohne Tugend! Mir sind diese Namen durch meine Bekanntschaft mit Goethe ehrwürdiger als jemals geworden. Nichts kömmt dem Eindrucke gleich, den ein Mensch wie ich davon empfängt, wenn ihm, in einem Menschen wie Goethe, etwas zum Greuel wird ...

So weißt Du also, was Goethe „Woldemar" und seinem

Verfasser, nach gehaltenem Gastmahl, für eine schöne Standrede gehalten. Mit welchen Ausdrücken – beide hätten das Henken verdient – er das Buch verurteilt: *zur wohlverdienten Strafe und andern zum schreckenden Exempel an beiden Ecken der Decke an eine Eiche genagelt zu werden, wo es so lange flattern sollte, als ein Blatt daran wäre;* wie er selber das Urteil an einem Exemplar (vermutlich dasselbige, welches ich ihm geschenkt und das er in dieser Absicht zu sich gesteckt hatte) vollzogen und einen großen Jubel über den herrlichen Effekt angestimmt hat; daß das Buch an der Eiche befestigt gelassen und die Spaziergänger sich mit desselben Anblick zu belustigen ermuntert worden sind.

Eine solche Kurzweil und noch manche andere mutwillige Parodien erlaubt sich Goethe gegen einen Mann, dem er die feurigsten Liebesbriefe schrieb; mit dem er, sechs Wochen hintereinander, alle Tage Herz und Seele teilte; mit dem er die heiligste Freundschaft errichtete und beständig unterhalten zu wollen schien; dem er sich am innigsten und vertrautesten gerad um die Zeit überließ, da er nach Weimar verschlagen wurde; den er zwar nachher vernachlässigte, doch aber nie von ihm sich trennte.

Und warum? – Weil „Woldemar", soviel Schönes er auch enthält und so voll großen, herrlichen Sinnes er auch ist, dennoch zugleich etwas an sich hat, das Goethe nicht leiden mag; etwas, das er nicht zu nennen weiß – einen Geruch: darum!

Gut! Ich weiß es sehr wohl zu nennen, was Goethen in „Woldemar" so zuwider ist. Aber das war es nicht allein. Auch war es nicht bloßer Mutwille. So ein Teufel ist kein Mensch, aus bloßem Mutwillen das alles vergessen zu können, was Goethe zu vergessen, außer acht zu lassen hatte, um mich mit Lust in Gegenwart von Freund und Feind zu verhöhnen und zu verspotten; andern und sich selbst zum Gelächter zu machen; und meine standhafte, mutige, nie verleugnete Liebe zu ihm zur Torheit und zur Schande.

Ich mag mich über sein tolles Tun und Reden weiter nicht auslassen. Kein Mensch, der hinlänglich unterrichtet ist, wird zweifeln können, daß Goethe Grimm, Bosheit und

Tücke gegen mich im Herzen hatte. Die Ursachen sind leicht zu entwickeln.

Unter andern mocht er glauben, ich sei wohl frevelhaft genug, mich vielleicht nicht für ganz unwürdig anzusehn – ihm die Schuhriemen aufzulösen; bildete mir albernerweise ein (woher, ist bekannt genug), was von seinem Geist in mir zu haben; *vergötterte* mich also; fiel in Luzifers Sünde. Was war also billiger, als daß der Ewige sich rüstete, um mich zu verstoßen in die ewige Finsternis zu dem Teufel und seinen Engeln.

Ich holte mir heute früh den „Clavigo", des *Carlos* wegen, worin Goethe so ganz leibt und lebt. Indem ich das Buch aufschlug, kam mir die Erinnerung, wie ich das Stück zum erstenmal gelesen. – – Alles, alles von Goethe, mit welcher Liebe nahm ich es nicht auf! Die Fehler in seinen Werken, über welche Freundschaft mich nicht verblenden konnte, wie sehnlich wünschte ich nicht, sie daraus zu vertilgen! Und an ihm selbst ... Wie hab ich ihn nicht verteidigt, vor mir und vor andern, und wo keine Entschuldigung Stich hielt, wo aller Witz, aller Scharfsinn, alle Hypothesen vergeblich waren, mit welch liebevoller Wehmut in meinem Busen verborgen oder mit meinem eigenen Leibe ihn bedeckt! – Du bist manchmal Zeuge gewesen, und Du kennst Goethe.

Eine Antwort von ihm auf meinen letzten Brief hab ich keinen Augenblick erwartet. Es wäre auch höchst albern und höchst unverschämt von ihm gewesen, wenn er mir eine geschrieben hätte; und worauf man sich bei Goethe noch verlassen kann, ist, daß er keinen *dummen* Streich machen wird. Recht herzlich habe ich über die Stelle in Deinem Briefe lachen müssen, wo Du sagst: „Dein Verdruß über diese Sache schien ihm aufrichtig leid zu sein." – Le pauvre homme! – O die gute, edle, freundschaftliche Seele! Aber Gott bewahr uns vor seinen Abstraktionen! In einem von Lessings Lustspielen [„Der junge Gelehrte"] schimpft jemand seinen Vater und beweist, daß er ihn sogar wohl prügeln dürfe; zwar beileibe nicht, insofern er *sein Vater* sei, sondern nur in dieser oder jener naturrechtlichen Rücksicht. Goethe, mit weit mehr Genie als der alberne Damis von Lessing, möchte seine hohe Abstraktionsgabe leicht so weit treiben und so launicht distinguieren, daß er seinem besten Freunde, *so lieb ihm dieser wäre und er ihm nichts zuleide sagen oder tun möchte,* unversehens einmal die Gurgel abschnitt' und bei den Beinen an den Galgen aufhing' – ganz unschuldigerweise und so, daß der liebe Freund selber nichts dagegen haben würde, wenn er sich nur in ihn hineindenken und sich an seine Stelle versetzen wollte.

Und so möge der gute, brave, große Goethe hinziehen in Frieden, und ziehe ihm nach, wer Lust hat! Ich danke Gott dafür, daß wir geschiedene Leute sind.

JbGoeGes I, 139–144

398. FRIEDRICH HEINRICH JACOBI AN FORSTER

Düsseldorf, 13. November 1779

Goethens schlechter Streich hat mich nicht so tief verwundet, als Sie glauben. Ich war schon lange mit ihm unzufrieden, und von jeher ist es mehr Leidenschaft als Hochachtung und Freundschaft gewesen, was mich an ihn band.

JacN I, 21 f.

399. BODMER AN SCHINZ

Zürich, 23. November 1779

Als wir standen, stellte Lavat[er] Goethe vor mich und sagte, ich solle die Augbraunen, die Stirne, den Mund (alles in seinen Kunstwörtern) begucken, ob ich darin nicht einen bösen Menschen erblicke. Ich gab die Antwort, ich sähe da nichts Fürchterliches; ich hielt' ihn doch für tapfer, und ich freute mich, den tapfern Mann zum Freunde zu haben. Zuweilen geschähen mir Unfugen, die mir einen Beschützer notwendig machten. Goethe solle mein Ritter sein. Der Herzog redete viel, ganz sanft und vertraulicher als einer unserer Zunftmeister; Goethe weniger und ernsthaft.

GoeJb V, 211 f.

400. FORSTER AN FRIEDRICH HEINRICH JACOBI

Kassel, 29. November 1779

Wie mich dünkt, mein teuerster Freund, haben Sie in Ansehung ** [Goethes] ganz recht gehandelt. Ihre Einlage klärt mir vieles auf, was ich freilich vorher geargwöhnt, aber nicht geglaubt hatte. Ich kenne kein unglücklicheres Geschöpf als den Menschen, wenn er, von Eigenliebe und Eitelkeit strotzend, keinen neben und über sich leiden kann. Ist es möglich, daß so ein Mensch Freunde haben kann? Ihre gutherzige Freundin [Johanna Schlosser] schreibt: „In der Liebe ist er nicht rein." Sie wollte nicht sagen: er liebt nur sich in allem andern. Wenn dieses mit ** [Goethe] der Fall ist, so wünsche ich Ihnen Glück zur Trennung. Der Engländer ist etwas phlegmatisch und mischt daher nie das geringste *Leidenschaftliche* in seine Freundschaft; dafür ist er selten unglücklich in der Freundschaft, und wen er liebgewinnt, welches mit Bedacht geschieht, dessen Freund ist er auf alle Probe. ** [Goethe] schrieb Ihnen „feurige Liebesbriefe" und konnte sich erlauben – – –

ForBr I, 239

401. HELENE SCHUBART AN MILLER

Stuttgart, 16. Dezember 1779

Daß der große Mann Goethe nebst seinem gnädigen Fürsten hier ist, werden Sie schon wissen. Ich ward ganz entzückt bei dessen Ankunft. Gott, dachte ich, vielleicht ist auch dieser ein göttliches Werkzeug, uns Freunde zu erwerben. Ich entschloß mich, sobald als möglich ihm meine Aufwartung zu machen. Dieses wird aber schwerlich sein können; Herr Elsässer hatte gleich den zweiten Tag das Glück; er brachte auch meinen Wunsch hervor; Goethe versprach, mich aufzusuchen und zu sprechen, aber bisher vergebens. Nun würde ich freilich keinen Augenblick versäumen, ihm nachzulaufen, um mich dieses Glücks würdig zu machen, aber denken Sie, eine schwarze Seele hat Gelegenheit gefunden, unsern Fürsten wider den großen Mann einzunehmen, daß er sogar einigen von seinen Gelehrten verbot, mit ihm umzugehen. Ich darf nicht mehr sagen, das übrige können Sie selbst denken. Goethe würde darüber lachen, wann er es erfahren sollte; aber mir möchte mein Herz zerspringen. Laut spricht mein Herz mit ihm, und doch darf ich es bei denen Umständen nicht wagen, ihn zu suchen, wann es nicht von ungefähr geschehen kann. Dann ich müßte sorgen, mehr böse als gut zu machen.

Gespr I, 288f.

402. AUGUST WILHELM IFFLAND AN SEINEN BRUDER PHILIPP

Mannheim, 29. ? Dezember 1779

Den 21. kamen Goethe und der Herzog von Weimar hier an. Sie sahen den „Ehescheuen" ... Den 22. war Goethe zu Ehren freier Eintritt für jedermann und „Clavigo" ... Den 23. sahe er den Baron Abslut in den „Nebenbuhlern" von mir. Nach der Vorstellung kamen der Herzog und Goethe auf das Theater. Der Herzog sagte mir, so wie Goethe, viel Schönes. „Gehen Sie stracks fort auf Ihrer Bahn! Sie sind den Beifall wert, den Sie überall erhalten müssen. Adieu, adieu!" Hier gab er mir die Hand. „Leben Sie glücklich! Denken Sie zuweilen an Goethe, er hat Sie lieb." Daß ich mir vor Freude hätte – einen Rausch trinken mögen, kannst Du denken. Goethe, Goethe sagte mir das!

Eine Anekdote. Es war eine Seitentür auf dem Theater, durch die der Herzog und sein Gefolge vom Theater ging. Goethe, als ob er mechanisch überall Original wäre, ging schnell hinein und kam eher wie der Herzog. In der Art, wie er es tat, steckte das Sonderbare ...

Goethe hat einen Adlerblick, der nicht zu ertragen ist. Wenn er die Augenbrauen in die Höhe zieht, so ist, als ginge der Hirnknochen mit.

Iff I, XXXIf.

August Wilhelm Iffland

1780

403. MERCK AN ANNA AMALIA

Darmstadt, 2. Januar 1780

Ich bin so glücklich gewesen, schon seit dem ersten Feiertage den Herzog beinahe alle Tage zu sehen ... Goethe ist auch wieder von der Reise gut wie ein Kind zurückgekommen, und auch an ihm sogar sieht man so deutlich, was Verhältnisse auch auf den besten Menschen wirken können. Bei seiner Ministerschaft in Weimar ist er mir vergangnen Sommer oft mit einer Trockenheit und Kälte begegnet, als ob ich aus seinem alten Freunde ein subalterner Diener und ein Supplikant geworden wäre. Lavaters Gegenwart hat Wunder auf beide getan ...

MBr 245f.

404. WIELAND AN MERCK

Weimar, 17. Januar 1780

Daß wir seit Freitag unsern Herzog wiederhaben, wird Euch vermutlich schon bekanntgemacht worden sein. Wie wir homunciones nun von jeher gewesen sind und immer bleiben werden, so könnt Ihr Euch leicht vorstellen, daß der glückliche Ausgang dieser Reise, des Herzogs herrliches Wohlbefinden ... bei männiglich einen großen Effekt gemacht und Goethen in ein sehr günstiges Licht gestellt hat, und dies um so mehr, da auch er multum mutatus ab illo zurückgekommen und in einem Ton zu musizieren angefangen hat, in den wir übrigen mit Freuden ... harmonisch einzustimmen nicht ermangeln werden ...

Diese Schweizerreise, nach dem wenigen, aber Hinlänglichen, was ich aus der Quelle selbst davon vernommen habe, zu urteilen, gehört unter Goethens meisterhafteste Dramata. Man muß aber auch gestehen, daß er das wahre enfant gâté der Natur und aller Schicksals-, Glücks- und Zufallsgötter ist, denn am Ende hätt er doch mit aller seiner dramatischen Panurgie keine einzige fatale Wolke vom Himmel wegblasen können, und ein einziger unglücklicher Zufall, für den ihn nur ein Narr responsabel machen könnte und für den ihn doch die ganze Welt responsabel gemacht hätte, war hinlänglich, das ganze Drama zu ruinieren. Daß nun das nicht geschehen, sondern alle Elemente und Wetter machenden Götter und alle übrigen, die das große Kartenspiel des Zufalls mischen, so freundlich und gutlaunig gewesen und von Anfang bis zu Ende lauter gute Karten gegeben haben, des sind wir nun alle herzlich froh, sollen und wollen aber anbei das Verdienst dessen, der das Spiel spielte, nicht mißkennen; denn ein schlechter Spieler verliert auch mit guten Karten.

BrM I, 208f.

405. ELISABETH GOETHE AN ANNA AMALIA

Frankfurt, 18. Januar 1780

So einen Herzog! Diejenigen, die das Unglück gehabt haben, ihn nicht zu sehen oder zu sprechen, werden von den andern, Glücklichern vor halb unehrlich gehalten. Der schöne Wedel hat auch überall Lob und Preis eingeerntet. Herr Geheimde Rat Goethe hat nicht minder bei seinen Landsleuten, Freunden und Bekannten einen guten Geruch zurückgelassen.

Frau Rath 115

406. JUNG-STILLING AN LERSÉ

Kaiserslautern, 6. März 1780

Ein Kleeblatt vom Lauthischen, ** ehemals merkwürdigen Tische ist noch übrig: Goethe, Du und ich ...

Goethe – nun, das weiß alle Welt! Der hat mir oft bange gemacht, aber, denk, Bruder, die Anmerkung ist mir oft über ihn eingefallen: wenn ein Mensch auch nichts anderes als Genie ist, gar keine Stetigkeit, keine Schwerkraft hat, die ihn nach dem Mittelpunkt zieht – so treibt ihn der Wind durch alle Lüfte um; er flackert, lodert: Niemand kann sich an seinem Feuer erwärmen, noch durch sein Licht geleitet werden.

Doch glaub ich noch immer, er wird noch ein brauchbarer Mann werden. Er war's noch nicht. Weiter hat er noch nichts getan, als daß er wie ein wilder, ungeheurer Mastochse auf der Wiese herumgeeilt und vorne und hinten in die Höhe sprang. Da krochen dann hundert Frösche nebeneinander ans Ufer hin, mochten gerne alle so Ochsen sein, pausten und dehnten sich, daß es zum Erbarmen war. Darüber haben wir andern Geschöpfe nun zwar herzlich gelacht; aber, Bruder Lersé, das ist gar ein kleines Verdienst, auf fetter Wiese umherzugaukeln und die Leute lachen machen.

Wird er aber einmal zahm, so daß sein Herzog mit ihm pflügen kann, nun, dann gib acht, was aus Goethe wird!

Jung 233ff.

407. GEMMINGEN AN BODMER

Stuttgart, 8. März 1780

Vor etlichen Wochen hatte ich hier Gelegenheit, ein paar außerordentliche Pilgrime kennenzulernen, den Herzog von Weimar und Goethe. Letzterer führte sich zeit seines hiesigen Aufenthaltes sehr bescheiden und vernünftig auf, und von dieser Seite wenigstens hat er durch sein Hofleben offenbar gewonnen. Auch der Herzog ließ keinen von denjenigen Flecken blicken, welche ihm das Publikum schuld gibt.

GoeJb V, 215f.

408. KARL AUGUST AN ELISABETH GOETHE

Weimar, 19. März 1780

Jetzt hat alles Katarrh und Fieber unsere Gegend verlassen ... Goethe ist auch wieder wohl, und wohler jetzt, wie mich's dünkt, als ich ihn lang gesehn. Ich aß gestern nacht noch mit einiger Gesellschaft bei ihm ...

Ich bin bis dato hier in der Gegend noch stark herumgestrichen; seit acht Tagen ohngefähr fange ich erst an, ruhig zu werden. Goethe pflegt der Ruhe, des Fleißes und der Arbeit desto mehr. Würde mir alles so leichte wie ihm, so täte ich auch gern, was er tut. Sein Schweizerdrama [„Jery und Bätely"] wird, denk ich, bald aufgeführt werden; heute ist Musikprobe von Seckendorffs daraufgesetzte Musik. Das neue Theater ist nun bald fertig.

KAG 164f.

409. WILLE AN MERCK

Paris, 13. April 1780

Ihr Freund Goethe ist ein Mann! Diesen Mann zu sehen, nur im Bilde zu sehen, ließ ich mir sein Porträt, in Silber gepräget, aus Deutschland kommen. Seine Schriften machten mich mit ihm bekannt, nun ist er mir bekannter, und seine Münze vermehrt meine Sammlung.

MS 157

410. WIELAND AN MERCK

Weimar, 16. April 1780

Goethe hat sich mir von dieser Seite in dem schönsten Lichte gezeigt, und ich kann Dir nicht ausdrücken, wie gänzlich ich mit allem, was er tut und sagt, und kurz, mit seiner ganzen Art zu sein zufrieden bin. Das nämliche gilt auch vom Herzog. Ich rede ... bloß von dem Augenpunkt, woraus sie *mir* erscheinen, und bekümmere mich um die übrigen Verhältnisse gar nichts, weiß auch nichts davon, außer daß mich überhaupt bedünkt, es gehe im ganzen merklich besser als vordem, und daß ich in Goethens öffentlichem Benehmen eine *σωφροσυνη* wahrnehme, welche die Gemüter nach und nach beruhigt und mir Bürge ist, daß noch alles so gut bei uns gehen wird, als man's rationabiliter verlangen kann.

Seine Beschreibung ihres Zugs durch Wallis über die Furka und Sankt Gotthard [„Briefe aus der Schweiz. Zweite

Abteilung"], womit er uns vor kurzem bei der Herzoginmutter regaliert hat, ist mir in ihrer Art so lieb als Xenophons *'Αναβασις*. Es war auch ein eigentlicher Feldzug gegen alle Elemente, die sich ihnen entgegenstellten. Das Ding ist eines von seinen meisterhaftesten Produkten und mit dem ihm eigenen großen Sinn gedacht und geschrieben. Die Zuhörerinnen enthusiasmierten sich über die *Natur* in diesem Stücke; mir war die schlaue *Kunst* in der Komposition noch lieber, wovon jene nichts sahen. Es ist ein wahres Poem, so versteckt auch die Kunst ist. Das Besondere aber, was ihn auch hier, wie fast in allen seinen Werken, von Homer und Shakespeare unterscheidet, ist, daß der *Ich,* der Ille ego, überall durchschimmert, wiewohl ohne alle Jactanz und mit unendlicher Feinheit. Des Herzogs wird darin (wenigstens in der Skizze, die uns G[oethe] las) selten und nur mit wenigen Zügen gedacht; aber diese Züge sind so charakteristisch und zeichnen einen so edlen und fürstlichen Menschensohn, daß mir's, wenn ich der Herzog wäre, mehr schmeicheln würde als eine Eloge von Mr. Thomas mit Trompeten und Pauken.

MS 158f.

411. PESTALOZZI AN ISELIN

Neuhof bei Brugg, vor Mai 1780

Goethe lasse ich gerne durchstreichen [in Pestalozzis „Abendstunde" für Iselins „Ephemeriden für das Jahr 1780"]. Der Sinn, warum er da stehet, ist folgender: Die Kraft seines dem Jahrhundert zugeschnittenen Genies wirkt mit Fürsten- und Herrschergewalt, wie Voltaire in seiner Zeit. Und seine unbescheidene, ungläubige, alles Heiligtum der Welt nicht schonende Kühnheit ist wahre Schwäche. Wäre Vatersinn, Vateropfer Geistesrichtung des Mannes im Gebrauch seiner Kräfte, er wäre Prophet und Mann Gottes. Fürs Volk. Jetzt Irrlicht zwischen Engel und Satan, und mir *insoweit niederer* Verführer der Unschuld.

GoeJb VI, 93f.

412. SCHINZ AN BODMER

Altstetten, 25. Juli 1780

... es soll Goethe Lavatern eine solche [„Iphigenie"], ein erhabenes und starkes Trauerspiel, im MS [Manuskript] geschickt haben, aber mit der Erinnerung, daß er es nicht aus den Händen gebe, indem er es nicht publizieren wolle.

GoeJb IV, 351

413. CHARLOTTE VON STEIN AN KNEBEL

Weimar, 31. Juli 1780

Goethens „Jery und Bätely" wurde vergangenen Freitag aufgeführt. Wedel machte den Thomas vortrefflich; das Ganze paßte sehr gut zusammen. Auf mich wirkt die Liebe zum Autor mit ...

BodeSt VI, 159

414. CHARLOTTE VON STEIN AN KNEBEL

Weimar, 6. August 1780

Gestern abend hat uns Goethe im Kloster beim Herzog sein Drama „Die Vögel" vorgelesen. Ich glaube nicht, daß es uns wird soviel zu lachen machen, als er denkt. Der Witz ist nicht platt genug; doch kann auch die närrische Verkleidung etwas tun. Ein guter Einfall steht im Epilogus, wo er sagt: „Ihr werdet erwägen, daß von Athen nach Ettersburg mit einem Salto mortale nur zu gelangen war."

BodeSt VI, 159

415. LEISEWITZ IN SEINEM TAGEBUCH

Weimar, 8. und 14. August 1780

[8. August] Zu Goethen, der auf einem sehr simpeln Gartenhause in der Gegend des Sternes wohnt. Er gefiel mir doch sehr; schon seine Physiognomie nahm mich sehr ein ...

Wir waren nur kurze Zeit da, weil wir später hinkamen, als er uns bestellt hatte ... Auf dem Hin- und Herwege sprachen Bode und ich viel Gescheutes, besonders über Goethens Stolz und Wielands Eitelkeit.

[14. August] Zu Goethen, der mir doch ungemein gefiel. Ich hatte heute Gelegenheit, seine Physiognomie noch genauer zu betrachten: schöne braune Augen und ein hübsches Obergesicht; nur um den Mund einige unangenehme Züge. Wir speisten in einem Zimmer, das mit einigen antiken Statuen und mit Naturalienschränken besetzt war. Eine Statue des Apollo schien mir nur für das Zimmer zu groß.

Goethe zeigte in seinem Betragen die größte Simplizität ... Die Konversation war meistens sehr ernsthaft, und es dauerte lange, ehe ein Wort von Literatur vorfiel ...

Leis 41 f.

416. BODMER AN SCHINZ

Zürich, 9. August 1780

Indem ich diese Worte schrieb, empfing ich Goethens „Iphigenia in Tauris“. Ich habe sie verschlungen, denn ich muß sie nachmittags zurückgeben. Die Ökonomie davon ist sehr gezwungen. Der Poet hilft sich durch Soliloquien. Die Personen sind sentimentale Leute wie in dem Pult des Dichters. Thoas hat die sanfte, langsame, nachgebende Seele eines alten Mannes; er ist erzörnt ohne Taten, verlangt Iphigenies Hand ohne Liebe. Iphigenia verrät ihm die Anschläge des Bruders aus Redlichkeit und Abscheu vor Falschheit und Lügen. Mit Reden voll Weisheit und Gerechtigkeit bewegt sie den König, daß er ihr vergönnt, mit seinem Segen dem Bruder zu folgen. Die Erkenntnis des Bruders und der Schwester geschehn ohne Wärme. In der Ausbildung sind neue Bilder von Goethischer Erfindung, und die Konstruktion hat die modernen Wendungen, durch die man sie steif macht, indem man glaubt, die Gedanken stark zu machen.

GoeJb IV, 351 f.

417. KNEBEL AN LAVATER

Basel, 14. August 1780

Der Herzog und Goethe sind unaussprechlich gut gegen mich. Ich kenne kein Exempel größerer und wahrerer Gutmütigkeit, als ersterer gegen mich zeigt. Was muß ich machen, daß ich so guter Menschen Liebe verdiene?

GoeJb VI, 98f.

418. WIELAND AN MERCK

Weimar, 26. August 1780

Goethens Epops maximus cacaromerdicus [„Die Vögel"] wird Dir ohne Zweifel mehr als einen guten Augenblick gemacht haben, da Du das seltsame Ding (das bei der Vorstellung zu Ettersburg einen gar possierlichen Effekt gemacht hat) nunmehr mit Frau Aja [Goethes Mutter] schon gelesen haben wirst ...

Außer der mächtigen Freude, die der Herzog und die Herzoginmutter an diesem aristophanischen Schwank gehabt hat, ist's auch für Goethens Freunde tröstlich zu sehen, daß er mitten unter den unzähligen Plackereien seiner Ministerschaft noch soviel gute Laune im Satz [Sack?] hat.

MS 167

419. KNEBEL AN LAVATER

Rastatt, 1. September 1780

Etwas weh tut es mir, daß *Sie Goethen nicht kennen.* Was soll ich sagen? Ich weiß es wohl, er ist nicht *allezeit* liebenswürdig. Er hat widrige Seiten. Ich habe sie wohl erfahren. Aber die Summe des Menschen zusammengenommen ist unendlich gut. Er ist mir ein Erstaunen, auch selbst von Güte. – Der Durchreisenden keiner *sieht* ihn – und doch urteilt jeder. In *Weimar* selbst wird er *kaum* gesehen. In der Entfernung *ist* er nicht zu sehen. Noch zur Stunde schwör ich, daß seine Richtung *grad,* seine Absichten *rein* und *gut* sind. – Verkannt muß er werden, und er selbst scheint drin zu existieren. Die Schönheit, die sich unter der Maske zeigt, reizt ihn noch mehr. Er ist selbst ein wunderbares Gemisch – oder eine Doppelnatur von *Held* und *Komödiant.* Doch prävaliert die erste. – Er ist so biegsam als einer von uns. Aber Eitelkeit hat er noch etwas, seine Schwächen nicht zu zeigen. Da läßt er denn gemeiniglich leere Lücken oder stellt einen Stein davor, oder, wann er sie sehen läßt, schlägt er mit Fäusten zu, daß man sie ihm nicht berühre. – Wenn er's *nicht sagt,* dann hat er seine Freunde am liebsten. Vor allen Sterblichen liebt und ehrt er *Sie.* Wann Sie den *Herzog* liebhaben müssen, so bedenken Sie, daß ihm *Goethe* zwei Drittel von seiner Existenz gegeben! ...

[Randbemerkungen:] Noch eins zu *Goethe*! Er ist weitsehend, vielleicht zu weitsehend zu seinem Stand – und dann oft wieder zu nah. Dies verwirrt den Blick der andern. Er sieht Dinge in Jahren kommen, die man gegenwärtiger glaubt, und holt andre aus der Ferne herbei. Dies liegt in seinem eignen Gefühl von der *Reife.* Auch hat niemand leicht *genugsamen* Unterricht von der *Beschaffenheit seines Hofes* und *seines Zustandes darin.* – Die Flügel sind ihm noch, durch das unvermeidliche Schicksal, wie andern, sehr gebunden.

La 354f.

420. KNEBEL AN LAVATER

Weimar, 19. Oktober 1780

Acht Tage – und etwas darüber – bin ich hier ...

Goethen hab ich reich an genialischen Werken gefunden. Freilich hat er auch hier wenig Freunde. Es ist aber nicht die Schuld seines Herzens, sondern seiner eigensten Vorstellungsart, die freilich mit vielen gärt. Er ist der Wahrheit seiner Vorstellungsart ganz treu.

GoeJb VI, 100

421. FRIEDRICH HEINRICH JACOBI AN HEINSE

Pempelfort, 20.–24. Oktober 1780

[20. Oktober] ... Lessing war auf Wielanden, seines Leichtsinns wegen, gar nicht wohl zu sprechen; am wenigsten konnt er ihm die Epistel zum Lobe Goethes verzeihen. Von Goethe selber sagte er, daß, wenn er je zu Verstande käme, so würde er nicht viel mehr als ein gewöhnlicher Mensch sein. Ich erzählte ihm die Ettersburger Geschichte. Sein Urteil darüber dereinst mündlich. ...

[24. Oktober] ... Wir haben diesen Herbst verschiedene Besuche gehabt, die uns lieb waren. Von dem Herrn von Knebel aus Weimar hab ich Ihnen schon gesagt. Er blieb drei Tage und fing gleich in der ersten Stunde an, mich mit Goethe wieder aussöhnen zu wollen. Ich sagte ihm gerad aus der Brust heraus alles, was ich dachte, und daß ich in der Welt keinen Grund absähe, warum ich mit dem Gecken geplagt sein sollte. Für seine Geistesgaben hätte ich allen gebührenden Respekt; übrigens aber hielt' ich ihn für einen ausgemachten schlechten Kerl und für einen wahren Hasenfuß. So hätte ich mich, wo die Rede von ihm gefallen wäre, unverhohlen gegen jedermann erklärt. Die Sachen müßten also bleiben, wie sie jetzo stünden. Knebel schwur bis auf den letzten Augenblick, es solle nicht also sein. Er hat uns Goethes letztes Werk, die „Iphigenia in Tauris", vorgelesen, ein regelmäßiges Trauerspiel in drei Aufzügen. Die Schreibart ist weder Prosa noch Verse ... Nach unserm einhelligen Urteil ist das Ganze ziemlich weit unter Goethes früheren Arbeiten. Ich hatte Kopfschmerzen und war zerstreut; und da ich das Stück nicht selbst gelesen, sondern nur lesen gehört habe, so kann ich mich um so weniger auf mein Urteil verlassen. Wie ich von Knebel verstanden zu haben meine, hält es Goethe für sein bestes.

Gegenwärtig hat er eine aristophanische Komödie, „Die Vögel" betitelt, in der Mache, worin Klopstock als Uhu und der junge Cramer als Ente die vornehmsten Rollen spielen. Was mir Knebel davon hinterbracht hat, ist meisterhaft gestellt.

Mir fällt bei dieser Gelegenheit ein, daß Lessing von der

Farce „Götter, Helden und Wieland“ sagte, Goethe hätte darin bewiesen, daß er noch viel weiter als Wieland entfernt sei, den Euripides zu verstehen. Goethes Ideen darüber seien der klareste Unsinn, wahrhaft tolles Zeug. Es sei unverantwortlich von Wieland, daß er dieses damals nicht ins Licht gestellt habe.

Knebel versicherte, das Lob, das Goethe dem „Oberon“ erteilt habe, sei aufrichtig gewesen. Aber vor „Nathan dem Weisen“ sei er ordentlich prosterniert. Er werde nicht müde, ihn als das höchste Meisterstück menschlicher Kunst zu bewundern und zu preisen.

JacN I, 28 und 39ff.

422. FRIEDRICH HEINRICH JACOBI AN KNEBEL

Düsseldorf, 18. November 1780

Als ich Ihren Brief las, fiel mir ein, daß ich vor sechs Jahren, als Klopstock bei mir zu Mannheim war, über Lavater mit ihm zu reden kam. „Mein Freund Lavater“, sagte Klopstock, „ist sehr eitel; der gute Mann weiß es selber nicht, wie sehr.“ – Einige Tage darauf erwähnte Goethe einer gewissen Dame gegen mich, die Herder der Eitelkeit beschuldige und sich nicht mit ihr vertragen könne, weil er selbst der eitelste unter allen Menschen sei. – Was Goethe von Herder sagte, sagt ganz Deutschland wieder von ihm: er sei aus Eitelkeit und Hochmut zum Narren geworden. Wie von Wieland und Klopstock geurteilt wird, ist niemand unbewußt; und von Lessing heißt es gar, daß er sich aus Eitelkeit dem Teufel ergeben habe.

Kn II, 72

423. HERDER AN HAMANN

Weimar, November 1780

Über meine „Briefe [das Studium der Theologie betreffend]“ hat Lavater mir einen großen Brief voll sauersüßer Anmerkungen geschickt, aus denen ich sehe, daß ihm und mir vorderhand gut ist, gegeneinander Siebenschläfer zu werden. Die Illustres Voyageurs dieses Orts [der Herzog und Goethe] haben ihm einer nach dem andern Ideen von mir beigebracht, die der zarte Mann, wie es scheint, nicht verdauen kann und die als unverdaute Dinge bei ihm würken. Und doch ist's und bleibt's gegen diese Herren mein Vorsatz, sie gehenzulassen und mich um sie nichts zu kümmern. Ihre Werke, die Arbeit und Verfassung von drei Jahren ..., zeigen von des Baums Saft und Wesen.

Sie haben mich ihm als einen Gallsüchtigen geschildert, der mit ihnen nicht leben wolle, oder vielmehr, mit dem sie nicht leben könnten. Und doch habe ich gegen all ihr Beginnen, das übrigens nicht meines Amts ist, kein Wort gesagt. Mein Stillschweigen und stumme Entfernung mit Absagung all ihrer Ehren und Blendwerke drückt sie, ohne doch daß sie im mindesten sich um etwas anders bemühen wollte[n]. Also sind wir durch Gott, unsre Ämter und unsre Naturen geschieden. Der Herzog, der in Zürich den „lichtbedürftigsten, wahrheitsuchendsten Religiosen" ... gemacht hat, soll Lavater gesagt haben, da dieser ihn vermutlich in manchem auf mich verwiesen, ich gebe ihm nur *Blitz*licht in der Religion, aber Goethe gebe ihm das wahre, bleibende Licht. Ich wollte, daß meine Blitze ihm etwas anders als Licht wären.

HeH 162f.

424. HEINSE AN FRIEDRICH HEINRICH JACOBI

Venedig, 8. Dezember 1780

Mit Wolfgang Goethe sollte man es gerade so machen, wie er es gegen andere macht; denn was sonst Unrecht wäre, ist hier Recht. Ihr Handel mit ihm ist von ganz anderer Beschaffenheit als mit Wieland, da er Sie nicht öffentlich angegriffen, sondern nur im Winkel bloßen Mutwillen an einer von Ihren Schriften [„Woldemar"] ausgeübt hat. Es ist ein *Studentenstreich im Rausche,* wie sie die Athenienser an dem *Alkibiades* auf die leichte Achsel nahmen, den sie aber zur Züchtigung dafür doch auf einige Zeit aus ihren

Staaten verbannten, so daß er zu Sparta schwarze Suppe essen und bei der Königin schlafen mußte. Die Mercke, die Peter Mefferte, die den *Possen* zum *feierlichen Ernst* machen und wie *Evangelisten in langen Mänteln* unter die *Frau Basen* herumtragen, verdienen die Stockschläge, die *durchaus die einzige* Art von Begegnung gegen dergleichen Beleidigungen sind und wozu man so gut einen *Büttel* brauchen kann, der die Gerechtigkeit an eines Statt handhabt, als irgendein andrer Magistrat, da es *keine andre Genugtuung* gibt und niemand Unrecht zu leiden nötig hat.

Ein so gewöhnlicher Mensch, wie Lessing meint, wird er nie werden; den innern Gehalt kann kein Gepräge umändern.

Ach, wenn man immer beieinander wäre, so würde manches nicht geschehen!

Des Menschen Sinn ist gerecht und gut, aber seine Phantasie ist ein Teufel.

Heinse 89f.

1781

425. ELISABETH GOETHE AN GROSSMANN

Frankfurt, 4. Februar 1781

Von dem schönen Gelese des königlichen Verfassers [„De la littérature allemande ..." von Friedrich II. von Preußen] habe mir gar viel erzählen lassen; aber sonderbar ist's doch, daß sogar unsere Philister sagen, Ihro Könignichkeiten [so!] hätten sich damit doch etwas prostituiert ... Meinem Sohn ist es nicht im Traum eingefallen, seinen „Götz" vor die Bühne zu schreiben. Er fand etliche Spuren dieses vortrefflichen Mannes in einem juristischen Buch, ließ sich Götzens Lebensbeschreibung von Nürnberg kommen, glaubte, daß es anschaulicher wäre in der Gestalt, wie's vor Augen liegt, webte einige Episoden hinein und ließ es ausgehn in alle Welt.

Frau Rath 140f.

426. HERDER AN HAMANN

Weimar, Anfang März 1781

Um mich herum fühle ich eine sonderbare Wüste, da ich doch in dem Eigentlichen, worüber ich reden möchte, niemand hier habe, mit dem ich sprechen kann, als meine Frau. Die hiesigen schönen Geister sind so sehr weit von mir und leben in *ihrer* Welt, in denen es ihnen sehr wohl ist ... Kunst, Kunst ist jetzt die Losung, der alles zu Füßen liegt: süßer mystischer Opiumtraum unverstandner Ideen und Gefühle!

HeH 170

427. DIEDE IN SEINEN ERINNERUNGEN

Weimar, 4.–12. April 1781

Der Herzog und die Herzogin waren auf kaltsinnigem Fuß miteinander, wiewohl in besserem Vernehmen als ehemals. Die Herzogin erschien ernsthaft, zurückhaltend und zu einer gewissen Melancholie geneigt. Zwischen ihr und der verwittibten Herzogin war einiger Zwist. Der Graf von Werthern spielte den preußischen Staatsminister, den Oncle, und verbreitete dadurch Zwang über unsre Lage, so wie er sich überhaupt in der Gesellschaft gefürchtet zu werden bemühte. Insonderheit aber ging mir nahe zu sehen, daß der Herzog unsern Freund Seckendorff nicht genug schätzte, noch ihm Gerechtigkeit widerfahren ließ. Auch dieser lebte also unzufrieden. Er war ein Mann von Einsicht und Talenten, sonderlich in der Poesie und Musik, der die große Welt kannte und anderweitiges Glück dem Herzog und seinem Dienst aufgeopfert hatte. Der Herzog hatte ihm seiner Meinung nach nicht Wort gehalten, vielmehr ihn im Gehalt eingeschränkt. Er beschäftigte sich wenig mit ihm und machte keinen Gebrauch von seinem Diensteifer. Dabei war der Herr von Seckendorff zu stolz, um sich dem Liebling, Herrn Goethe, gänzlich zu unterwerfen. So war auch Herder mit Herrn Goethe nicht mehr auf völlig freundschaftlichem Fuß.

Diede 17

428. LAVATER AN FRIEDRICH HEINRICH JACOBI

Zürich, 22. April 1781

Das Faktum ist mir leider höchst wahrscheinlich; einer Freundin von G[oethe] und mir, der wahrhaft großen Frau Schultheß, durchaus unglaublich. Ich frage G[oethe] geradewegs.

In den beiliegenden Briefen sind kostbare Gedanken von dem, was eigentlich den *Mann* ausmacht. Ich hoffe aber, gewisse fieberige oder paralytische Anfälle ausgenommen, sie noch auf G[oethe] anwenden zu können ... Soviel ist gewiß, gegen mich unendlich Schwächern hat Goethe immer treue Freundschaft bewiesen. Ich hab ihm nie nichts zu verzeihen gehabt. Er mir dann und wann, wenigstens Etourderien. Eigentlich zärtlich und amoros lieben kann ich ihn nicht, das weiß er. Aber sonst stehen wir auf einem herrlichen brüderlichen Fuß ...

JacN I, 43f.

429. HERDER AN HAMANN

Weimar, 11. Mai 1781

Ich weiß nicht, ob ich Ihnen schon gemeldet habe, daß Goethe ein Gespräch, „In einem Wirtshause zu Frankfurt an der table d'hôte", geschrieben hat, wo ein Deutscher und Franzose sich über des Königs Schrift „Sur la littérature allemande" besprechen? Er hat's mir zu lesen gegeben, und es sind einzelne schöne Gedanken drin; das Ganze aber hat mir nicht gnuggetan und die Einfassung nicht gefallen. Er will's französisch übersetzen lassen und so herausgeben, wo es sich aber nicht ausnehmen wird.

HeH 174

430. TOBLER AN LAVATER

Weimar, Mai 1781

Sie [Herzogin Luise] ist mir doch von allen den Weibern hier, die freilich eine eigne Welt ausmachen, die respektabelste ... Die angenehmste, umgänglichste ist die Frau von Stein. – Aber ich kann sowenig zu einem hohen, reinen Grade von Achtung für sie kommen als zu einem hohen Grade von Zärtlichkeit gegen Goethe, der mir sonst weit, unverdient weit artiger, freundlicher, undrückender begegnet, als ich vermutet hätte. Ich habe ein paarmal allein mit ihm zu Mittag gegessen, und von seinen Sachen gibt er mir viel zu lesen und will auch mein Übersetzungswesen sehen. Seine „Vögel" sind unnachahmliches, aristophanisch sublimes Persiflage. Seine „Befreiung von Holland" [„Egmont"] bis

Johann Kaspar Lavater

an den letzten Akt fertig – politisch voll herrlicher Gedanken. Auch hat er was geschrieben über des Königs in Preußen Schrift, das mir aber am wenigsten goethisch ist, in Form eines Gesprächs.

La 356

431. BOIE AN LUISE MEJER

Meldorf, 7. Juni 1781

Unter andern Briefen hatt ich gestern einen von Merck. Er schreibt: „Goethe lebt still für sich in seinen Geschäften weg und entzieht sich dem Hofe, soviel er kann. Seine Gesundheit ist nicht die beste. Ich wollte überhaupt, daß er aus dieser Galeere wäre."

BoieM 98

432. MERCK AN KARL AUGUST

Darmstadt, 23. Juni 1781

Diese Herren [Kalb, Seckendorff u. a.] samt und sonders bleiben Ihnen so lange schlecht zugetan, als es Ihnen gefällt, selbst zu denken und den meisten Teil der von Gott verliehenen Gewalt mit eigner Faust zu halten. Alle Ihre Handlungen würden aber bald in dem brillantesten Lichte erscheinen, sobald diese Herren auf Ihrem Stuhl säßen und Sie selbst nur die weiche Polster dazu hergäben. Ihre einzige und hartnäckige Klage ist immer diese, daß, besonders seit ohngefähr zehn Monaten, mit Ihnen schlechterdings nichts zu machen wäre und daß Sie *absolut* selber wollten und begehrten und nicht um Rat fragten. Von Goethen sprechen sie sehr vernünftig und hoffen, er solle sich bald retirieren, weil er gewiß einsehe, daß er sich geirrt habe und nichts in dieser *Galeere* verloren hätte.

MBr 311

433. WIELAND AN MERCK

Weimar, 11. Juli 1781

Für Goethen, lieber Bruder, laß Dir nicht bang sein. Er ist wohl, und das Geschwätze mancher Leute, seine angebliche Gesundheitsabnahme betreffend, gemahnt mich an die Fabel von den zween Wölfen, die gehört hatten, daß der Hirsch nicht wohl sei. „Wie befindt sich der Herr Vater?" sagten sie zum Hirschkalb etc. „Besser, als es die Herren wünschen", antwortete das Kalb. Fiat applicatio, wo und soweit sich's schicken mag. Denn auf Kaysern paßt das nun freilich nicht, aber der hat sonst Gespenster im Kopf und meint vielleicht, um wohl zu sein, müsse jedermann so wohlgenährt aussehen wie er selbst. Kurz, ich bitte Dich ein für allemal, nichts von solchen rumusculis zu glauben. Daß er etwas mager ist, ist wahr; aber fetter wird man freilich in seiner Lage nicht. Indessen ist er doch wohl und munter, und weder sein Genius noch seine Laune hat ihn verlassen, wiewohl er so sanft und gutmütig gegen alle Leute ist, daß er von dieser Seite nicht mehr zu kennen ist.

MS 178 f.

434. GOERTZ AN SEINE FRAU

Petersburg, 24. Juli 1781

Ich habe dieser Tage einen Brief von der Lichtenstein von Lahm gehabt; das ist fast die einzige, die mir noch schreibt ... Sie sagt mir, daß ganz Gotha, die Mamà Buchwald nicht ausgenommen, voller Bewunderung für Goethe war, der als Staatsmann kam. Daß Franckenberg vornean war. Ich möchte wahrhaftig diesen Staatsmann sehen! Er muß recht drollig sein. Wenn wir uns von der Welt zurückziehen, werden wir das eines Tages aus der Ferne anstaunen.

GoeJb XXIV, 254. Aus dem Französischen

435. ELISABETH GOETHE AN LAVATER

Frankfurt, 20. August 1781

Ich vor mein Teil befinde mich ... gesund, munter und guten Humors, aber der arme Herr Rat ist schon seit Jahr und Tag sehr im Abnehmen; vornehmlich sind seine Geisteskräfte ganz dahin: Gedächtnüs, Besinnlichkeit, eben alles ist weg. Das Leben, das er jetzt führt, ist ein wahres Pflanzenleben ... daß ich dabei was Rechts leide, brauche ich ... nicht lange vorzuerzählen. Zumal da ich keinen Ersatz an meinen Kindern habe! Alles ist ja von der armen Frau Aja weit, weit weg! Ich hatte mir mit der Hoffnung geschmeichelt, mein Sohn würde die Herbstmesse herkommen; aber da wird auch nichts draus. Er hat so viele Geschäfte, so viel durcheinander zu tun – hat mir aber zu einer kleinen Entschädigung einen gar herrlichen Brief geschrieben. Ich muß nun auch darüber meine Seele in Geduld fassen.

Frau Rath 155

436. TOBLER AN LAVATER

Weimar, 30. August bis Mitte September 1781

Wir [Knebel und Tobler] wären fort, wenn die Herzogin niedergekommen wäre; aber sie und die Doktor haben sich um einen Monat verrechnet. Alle Stunden hofft man den Knall der Kanonen zu hören. Goethe arbeitet in der Hoffnung eines Prinzen am neuen Stücke [„Elpenor"] – und wenn das geschieht, so bleib ich bis zur Aufführung hier ... Es ist gut, daß die Schröter ziemlich gehalten und widerstehend ist. Sonst hätte ich mich hier für einen kurzen Aufenthalt ein bißchen zu viel angehängt. – Ich wollte es nicht ernstlich nehmen, aber ich erfuhr, daß alle Töne zusammenhängen. Sie ist etwas kalt – aber wahr, froh, wohltuend ... Goethes „Tasso" ist herrlich – in ganz anderer Manier als die bisherigen Stücke, am meisten der „Iphigenie" ähnlich, noch mehr betrachtend und gesprächartig. Vorgestern war sein Geburtstag. Die alte Herzogin, für deren Protegé ich gelte, gab ihm eine Fête und Walddrama.

Schröterin agierte. Es tat mir weh, sie auf dem Theater zu sehen. Aber morgens drauf machte sie mich's wieder vergessen. [Nach dem 10. September:] Sie spielt mir oft die Lieder von Rousseau voll Einfalt und Natur. Es ist eben kein Wunder, daß sie nicht mehr Lust gehabt hat, sich an mich zu hängen. Wer mag sich an einen Reisenden attachieren? Die Weiber sind klüger als wir. Und denn hat sie der verzweifelte Goethe gar zu gut verwahret, indem er ihre Kunsttalente beständig in Atem hält – und all seinen Witz braucht, ihre Munterkeit zu nähren.

La 359f.

437. KAROLINE MICHAELIS AN JULIE VON STUDNITZ

Göttingen, 3. September 1781

Ich habe Dir noch nicht gesagt, daß der Herzog von Weimar hier war und meinem Vater einen Besuch gemacht hat ... Es scheint indessen, daß der Herzog sich sehr gebessert hat, ebenso wie sein Günstling Goethe; wenigstens hat man mir es immer gesagt. Aber kürzlich hat man mir so viele Züge von diesen beiden in bezug auf die junge Herzogin von Meiningen und auch noch andere Geschichten erzählt, daß ich mich versucht fühlte, mein Urteil zurückzunehmen. Doch ist es mir fast unmöglich, sie völlig zu glauben, weil der Herzog von Gotha darin auch eine Rolle hätte spielen müssen. Du, meine liebe Freundin, müßtest doch wissen, ob es wahr ist, daß euer Herzog der Herzogin von M[einingen] den Hof gemacht hat und daß sie nur fünf Tage am Gothaischen Hofe geblieben sind, weil Goethe und der Herzog von Weimar sich bemüht haben, dem Herzog von M[einingen] Eifersucht einzuflößen, der dann zuerst abgereist sei und seine Frau habe nachkommen lassen usw.

Car I, 50. Aus dem Französischen

438. MÜNTER IN SEINEM TAGEBUCH

Weimar, 3. und 5. September 1781

3. [September] Zur Exposition der Gemälde gegangen. Einige gute Stücke, das meiste sonst von Anfängern. Viel Frauenzimmerarbeiten. Einige Köpfe: Goethe, Wieland, Herder, gut gearbeitet. Eine Landschaft von Goethe sehr gut.

5. [September] Früh bei Goethe. Er wohnt herrlich in seinem Gartenhause. Ein edles Gesicht. Hat etwas Zurückhaltendes. Wir sprachen von Stolbergs, von der Theologie, von Freimaurerei. Gegen mich war er sehr hold.

GoeJb XVIII, 114

439. ALBERTINE VON GRÜN AN MERCK

Hachenburg, 14. November 1781

Sie haben mir eine Handzeichnung von Goethe versprochen. Ich lasse Ihnen keine Ruhe, bis ich sie habe! Sie wissen's ja, er war von jeher mein Götze. Seitdem ich bei Ihnen und in Frankfurt war, ist's viel ärger. Ich hätte so gern sein Bild dort gestohlen, daß mir's in der Seele wehe tat, da es unmöglich war. Wäre auch Halshängen der Lohn gewesen, so hätte ich's gewagt.

BrM III, 188 f.

440. ELISABETH GOETHE AN ANNA AMALIA

Frankfurt, 16. November 1781

Haben doch Ihro Durchlaucht die Gnade und helfen mit dazu, daß mein Sohn den Winter in der Stadt eine Wohnung bekommt. Sooft wir hier schlimme Witterung haben ..., so fällt mir's schwer aufs Herz, daß der Dokter Wolf in seinen Garten gehn muß, daß allerlei Übels draus entstehen kann usw. Ihro Durchlaucht werden Frau Aja unendlich verbinden, wenn Sie ihr diesen Herzendruck helfen wegnehmen.

Frau Rath 161 f.

441. GLEIM AN FRIEDRICH HEINRICH JACOBI

Halberstadt, 21. November 1781

Ich wünschte, mein Teurer, Sie hätten mich nicht zum Vertrauten Ihres Vorfalls mit Goethen gemacht. Sie wußten ohne Zweifel, was ich halte von Goethen. Bruder Johann Georg [Jacobi] flog hin nach Weimar, Goethen kennenzulernen; kam zurück; er hätte, sagt' er, den Engel kennengelernt. Heinse lernt' ihn kennen, war entzückt von ihm und Lavater bis in den dritten Himmel. Alle meine Freunde waren sterblich in den Engel Goethe verliebt. In seinen Schriften aber fand ich keinen Engel. „Götter, Helden und Wieland" – Goethens Werk, er sage, was er wolle – wies ihn mir aus zweien Köpfen, den einen eines Engels, denn fast alle Menschen sagten mit Lavater, Goethe sei ein wunderschöner Mann, den andern eines bösen Geistes. Ich kam nach Weimar. Seitdem, mein Lieber, hör ich gern nicht reden von dem großen Goethen. Eine halbe Stunde bei dem Prinz Konstantin an der Tafel schien er mir ein guter Mann zu sein. Ich fing schon an, zu widerlegen mich selbst und andre, die mir Böses sagten von Goethen. Der Engel aber verschwand nach dieser selben Stunde. Stehend an einem Zeltpfahl, sah ich bald darauf den zweiten Goethen mit dem zweiten Kopf. Sein Auge, wenn er mich ansahe, war das Auge – kann ich doch sogleich mich nicht besinnen auf den bösen Geist der Messiade [von Klopstock], der ein Auge hat wie Goethe. Kurz, mein Lieber, Dank sei meinem Gott, daß ich Goethen Freund nicht ward! Ich wäre mit ihm verfallen, ärger als mit Spalding und Ramler.

GoeJb XXVIII, 241 f.

442. HOTZE AN LAVATER

Richterswil, 24. Dezember 1781

Goethes Briefe sind Gold und Perlen. Wie ein Fels steht der Mann auf seinem Punkt, und aus diesem Punkt reihet er alles um sich her, was sich ihm nähert. Dabei muß ihm auch wohl sein und kann ihm nicht anders als wohl gehen. Mit solcher Lektüre gibst Du mir Freud und Leben.

Bode III, 449

1782

443. KARL ALEXANDER VON KALB AN SEINEN SOHN JOHANN AUGUST

Kalbsrieth, 16. Januar 1782

Goethe wird nun einsehen, daß man mit Genie allein kein Land regieren kann, sondern daß außer diesen auch Kenntnisse desselben, der angestellten großen und kleinen Diener und gesammelte Erfahrungen nötig sind, und daß man, wenn man dies alles nicht hat, sich Männer, die solche haben und uns unterstützen können und wollen, attachieren muß. Sein Mißvergnügen und Unruhe über den Lauf der Dinge wundert mich nicht. Denn da die Welt, die Weimar kennet, weiß, daß *er* allein Herrn und Sachen geleitet, so fällt auch ganz natürlich Lob und Tadel auf *ihn,* und da hier der letzte Fall eintritt, kann man leicht ermessen, wie einen Manne, der so viel Ambition hat, zumute sein muß.

Kalb 450

444. LUDECUS AN KNEBEL

Weimar, 21. Januar 1782

Da Goethe das Hendrichsische Quartier gemietet hat, so ist er sogleich zum Bräutigam der Mademoiselle Streiberin aus Eisenach gemacht worden; wobei aber nicht die geringste Wahrheit sein mag.

BrKn I, 82f.

445. BODMER AN SCHINZ

Zürich, 25. Januar 1782

Man erzählt da [„Iphigenie"] in Monologen, die Personen antworten einander in Sentenzen, Iphigenia hört Orestes, der sich ihr entdeckt, mit frommen Betrachtungen und hat die Gewalt über sich, daß sie ihm nicht in die Arme springt. Thoas kömmt in Wut und wird durch Raisonnements besänftiget. Das Dénouement entsteht durch Raisonnements. Es fehlt überall an Ausführung und Ausbildung. Durchgehends herrscht in dem Stil eine Art Phöbus, die, aufgelöst, Dunst oder Falschheit wird.

GoeJb IV, 352

446. VOIGT AN GOTTLIEB HUFELAND

Weimar, 6. Februar 1782

Was gebe ich Ihnen von hier aus Neues? Gelehrtes – wirklich nicht, denn daß uns Goethe neulich ein Schauspiel ohne Namen [„Der Geist der Jugend"] gab, mehr pantomimiert, mehr getanzt, gezaubert und maschiniert als gesungen und gesprochen, doch durchaus mit neuer Musik von einem neuen Kompositeur Schubert, ist nichts Interessantes, und mehr artistisch als gelehrt.

Huf 40

447. KARL AUGUST AN KNEBEL

Weimar, 8. Februar 1782

Hier fängt alles an krank zu werden. Ich hab's mit achttägigen Zahnschmerzen überstanden; jetzt geht Goethe gelb und bleich umher und flickt an sich herum. Herder hatte es im Rücken bekommen; Mieding ist gar gestorben ... Mieding starb drei Tage vor Aufführung der Fête oder der Comédie ballet [„Der Geist der Jugend"] von Goethen auf meiner Frauen Geburtstag. Demohngeachtet lief's gut ab und machte einen artigen Effekt. Goethe hat angefangen, seinem Andenken einen Kranz à sa façon zu weihen; es sind treffliche Sachen in diesem angefangenen Werke [„Auf Miedings Tod"].

KA 34f.

448. LUISE VON GÖCHHAUSEN AN MERCK

Weimar, 11. Februar 1782

Komödien, Bälle, Aufzüge, Redouten usw., das alles hat sich gejagt. Auch Freund Goethe hat sein Goldstück zu anderer Scherflein gelegt und auf der Herzogin Luise Geburtstag, der den 30. war, eine artige Comédie ballet [„Der Geist der Jugend"] geliefert ...

Goethe ist sehr fleißig. Er hat neuerlich seinen „Egmont" geendigt und arbeitet jetzt an einem neuen dramatischen Werk, „Tasso" genannt, woran Sie große Freude haben werden. Noch etwas ist diesen Winter zustande gekommen, wovon ich aber nichts schreibe, weil ich's vielleicht bald selbst schicken kann, und wahre Essenz für Dero Magen sein wird [„Das Neueste von Plundersweilern"]. Überhaupt scheint dieser Freund bei der Austeilung eine gute Portion Öl mehr als gewöhnlich in seine Lampe bekommen zu haben, da sie oft bei trübem Wetter so helle brennt und es ihr zur Zeit der Not noch nie mangelte. Gesegen's ihm Gott!

BrM II, 199 und 200

449. BODMER AN CHRISTOPH HEINRICH MÜLLER

Zürich, 5. März 1782

Man hat hier ein Trauerspiel von Goethe im Manuskript, das euripidisch sein soll: „Iphigenie in Tauris". Iphigenie tritt in der ersten Szene auf und erzählt sich selbst ihre Geschichte in einem Soliloquio. Die Personen reden in Sentenzen zur Zeit und zur Unzeit, und sie kleiden die geläufigsten Lebensregeln in Sprüche. Wenn Orestes Iphigenie sagt, daß er ihr Bruder sei, so macht sie Betrachtungen über die verflochtenen Wege des Schicksals ...

Die Alten gaben uns kurze mythologische Dichtungen; die Neuern dagegen sind geistreich an metaphysischen und allegorischen Beschreibungen physischer Phänomene.

GoeJb IV, 352

450. KARL AUGUST AN KNEBEL

Weimar, 23. März 1782

Goethe reist im Lande herum, mißt das Volk und macht ganz vortreffliche Sachen. „Mieding“ ist fertig, und die Corona [Schröter] bekommt darin einen ganz unverwelklichen Kranz. Schade, daß der Minnesold in neuern Zeiten so teuer ist! Wäre er es weniger, sie könnte Goethen nicht anders als mit ihrer Person danken. O wie wollten wir nicht noch in unsern alten Tagen Verse machen lernen!

KA 37

451. JOHANNES VON MÜLLER AN GLEIM

Kassel, 25. März 1782

Nicht leicht hat mir ein Mann ... so ganz wie Herder, nicht leicht ein Haus wie seine Frau, wie seine Kinder gefallen ... Er ist einer der größten Weisen, welcher überall gerade dasjenige sieht, was *seinem* Blick vorbehalten war. Zu schnell verflossen die vier glücklichen Tage.

Auch hat Goethe mich durch seinen Verstand und viele Spuren einer großen Seele gewonnen.

Wieland war ganz der Horazischen Episteln voll.

An dem Kammerherrn von Seckendorff habe ich einen Mann von gesundem Urteil und guten Kenntnissen, am Regierungsrat Voigt einen Mann von originellem Witz, an Bode die von ihm übersetzten Engländer in ihrer ganzen Gestalt gefunden.

GlM II, 363f.

452. BODMER AN SCHINZ

Zürich, 5. April 1782

Goethe hat ein Trauerspiel in der Arbeit, in welchem Tasso der Protagonist ist. Ich setze voraus, daß er Tasso zum anderen Werther ausbilden werde.

GoeJb V, 216

453. SIEGMUND VON SECKENDORFF AN SEINEN BRUDER ALBRECHT

Weimar, 10. Mai 1782

Denke Dir das Außergewöhnlichste auf einen kleinen Raum beschränkt, und Du wirst nur einen schwachen Begriff von der Wirklichkeit haben. Eine Reihe von Maßregeln, auf welche niemand gefaßt sein kann, weil sie von einem System ausgehen, welches niemand auszudenken vermag: er müßte denn einen Kopf haben wie diejenigen, welche es ausdenken. Daraus entstehen dann ebenso widersinnige als unverständliche Auftritte und fortwährendes Hinters-Licht-Führen derjenigen, welche gerade und ehrlich ihres Weges gehen.

Seck 13. Aus dem Französischen

454. SIEGMUND VON SECKENDORFF AN SEINEN BRUDER ALBRECHT

Weimar, 8. Juni 1782

Unsere Angelegenheiten entwickeln sich mit jedem Tage sonderbarer. Herr Geheimrat Goethe hat soeben auf Kosten des Herzogs ein Adelsdiplom erlangt und wird, was noch überraschender ist, zum Kammerpräsidenten ernannt werden an Stelle meines Schwagers [Johann August von Kalb], der der sein Amt niedergelegt hat und statt dessen eine Pension von jährlich 1000 Talern erhält. Ich behalte mir vor, Dir mündlich die Gründe auseinanderzusetzen, die ihn zu diesem Schritte bewogen haben. Die Angelegenheiten werden dadurch nur noch mehr versumpfen. Die große Ordnung, in welcher Kalb seinen Verwaltungszweig hielt, ist nicht allein der ganzen Staatsmaschine zugute gekommen, sondern hat auch seinen eigenen Kredit erhöht. Es bleibt abzuwarten, wie ein Mann, der von dieser Branche noch etwas weniger versteht als ich von der altsyrischen Sprache, sich seiner Aufgabe entledigen wird.

Seck 13f. Aus dem Französischen

455. WIELAND AN MERCK

Weimar, 26. Juni 1782

Mit Goethes Standeserhöhung hat es seine Richtigkeit, wiewohl meines Wissens dato noch nichts legaliter davon im Publico bekannt ist. Er hat ein Haus in der Stadt bezogen und scheint sich nach und nach immer mehr und mehr auf einen ministerialischen Fuß einrichten zu wollen. Daß der Kammerpräsident von Kalb auf einmal (jedoch honorificentissime und mit einer Pension von 1000 Talern) entlassen worden ist, wirst Du vermutlich bereits wissen. Der Schlag kam ihm so unerwartet als dem Publico, welches sich noch nicht davon erholen kann. Goethe, heißt es, soll *einstweilen* die Kammerpräsidentenstelle nur *versehen.* Man nenne es aber, wie man wolle, so wird er, ohne seinen Platz im Geheimen Conseil aufzugeben, in der Kammer präsidieren – quod felix faustumque sit! Homer war wohl auch a man of genius, nicht wahr? Und baut auch in seiner „Odyssee" einen Palast oder ein Boot so gut als der beste Architekt oder Schiffszimmermeister. Ob ihm aber die Amphiktyonen darum den Tempelbau zu Delphi oder das Kommando einer Flotte übergeben oder er, wenn sie es getan, sich dazu verstanden hätte? Was meint der Herr Bruder? Ich, meines Orts, habe den Menschen unter allen Formen und Figuren lieb und bin überzeugt, daß ich nichts von ihm zu befürchten haben kann: also ist mir alles recht, wie es ist, und ich bin im eigentlichsten Verstand des Worts a well-wisher und ein bonus civis ...

MS 192f.

456. HERDER AN HAMANN

Weimar, 11. Juli 1782

Schlosser ist ein grober Asinus, und ich bin weit entfernt, ihm zu antworten. Ich glaube, ich habe Ihnen gesagt, daß ich an seine Broschüre nur ging, weil sie hier als ein Heiligtum von Goethe in Kurs gebracht war, der auch die Unverschämtheit gehabt hat, mir sein drittes Gespräch anzumelden ...

Gestern ist der hiesige Kammerpräsident von hier abgegangen, mit tausend Talern Gehalt verabschiedet. Er ist ein junger Mann unter meinem Alter, der Goethe hierhergebracht, bei dem dieser zuerst gewohnt hat, der sich nach der allgemeinen Stimme auf seine Geschäfte sehr wohl verstand und den Goethe an seine Stelle brachte. Er ist mit großen Komplimenten verabschiedet worden, „weil der Herzog kein Zutrauen auf ihn hat und er gemerkt habe, daß Kalb – so heißt er – auch keins zu ihm habe". Und nachdem seine ehrenvolle Dimission im Conseil diktiert worden, ist Goethe zum Kammerpräsidenten ernannt, doch ohne diesen Namen, der für ihn ohne Zweifel auch als Appendix zu klein ist. Er ist also jetzt Wirklicher Geheimer Rat, Kammerpräsident, Präsident des Kriegscollegii, Aufseher des Bauwesens bis zum Wegbau hinunter [Anmerkung von Karoline Herder: „Direktor des Bergwerks"], dabei auch Directeur des plaisirs, Hofpoet, Verfasser von schönen Festivitäten, Hofopern, Balletts, Redoutenaufzügen, Inskriptionen, Kunstwerken usw., Direktor der Zeichenakademie, in der er den Winter über Vorlesungen über die Osteologie gehalten; selbst überall der erste Akteur, Tänzer, kurz, das Faktotum des Weimarschen und, so Gott will, bald der Major domus sämtlicher Ernestinischer Häuser, bei denen er zur Anbetung umherzieht. Er ist baronisiert, und an seinem Geburtstage ... wird die Standeserhebung erklärt werden. Er ist aus seinem Garten in die Stadt gezogen und macht ein adlig Haus, hält Lesegesellschaften, die sich bald in Assembleen verwandeln werden usw. usw. Bei alledem geht's in Geschäften, wie es gehen will und mag. Meine Gegenwart ist hier beinah unnütz und wird mir von Tag zu Tag lästiger. Was anderswohin weiß, sehnt sich weg...

HeH 183ff.

457. VOIGT AN GOTTLIEB HUFELAND

Weimar, 14. Juli 1782

Herr Geheimer Rat Goethe ist geadelt worden; wollen sehen, was er als Herr *von* Goethe leisten wird! Der Herr Kammerpräsident von Kalb erhielt schleunig seinen Abschied mit 1800 Talern Pension. Warum, weiß eigentlich niemand. Herr von Goethe übernimmt die Kammerdirektion.

Huf 41

458. MERCK AN KARL AUGUST

Darmstadt, 9. August 1782

Der Landgräfin [von Hessen-Kassel] Wesen ist, physisch und moralisch genommen, ein höchst wollüstiger Anblick. Sie ist und bleibt die schönste Frau, die ich seit langer Zeit gesehen habe ...

Mit Lavatern mag sie nichts zu tun haben ... Aber Goethe ist ihr Mann, so wie er der Mann aller gesunden Weiber ist. Sie hat mich um alles in der Welt gebeten, ihr etwas von seinen Manuskripten zu verschaffen ... Der Landgraf, wie ich von sichrer Hand wußte, hatte die Feigheit gehabt, sich von elenden Leuten die unglaublichsten Dinge von G[oethe] aufbinden zu lassen – weil er ein guter Christ ist. Dies hielt ich schon für Beruf genug, hinzugehen und ihm diese Krätze zu nehmen.

MBr 347f.

459. CHARLOTTE VON STEIN AN CHARLOTTE VON LENGEFELD

Kochberg, 5. Oktober 1782

Der Geheime Rat von Goethe ist den anderen Tag unseres Rendezvous in Oberhasel nach Weimar zurück. Ich werde ihm etwas aus Ihrem Brief vorlesen, um ihm wohlzutun.

SchFr II, 252

Anna Amalia
Herzogin von Sachsen-Weimar-Eisenach

460. ANNA AMALIA AN KNEBEL

Weimar, 8. November 1782

Goethe hat mich durch ein Geschenk von allen seinen ungedruckten Schriften sehr erfreut; sollte das einem nicht schmeicheln, lieber Knebel? Ich bin aber auch ganz stolz darüber.

Kn I, 192

461. MATTHAEI AN LAVATER

Straßburg, 19. November 1782

In Weimar einen Mittag von vier Stunden bei dem kraftvollen Menschen, ganz und nichts halb und nichts klein in allem, was ihn umgibt und von ihm ausgeht: bei Goethe, der, von Geschäften überhäuft, alles, was geschieht, dirigiert und der mich indes mit *der* Freundschaft aufnahm, die nur Männern zukömmt. Ich war unendlich wohl bei ihm.

GoeJb XVII, 241

1783

462. CHARLOTTE VON STEIN AN KNEBEL

Weimar, 12. Januar 1783

Da ich bis jetzt nichts Ihrer würdig von meiner Arbeit habe, so schicke ich Ihnen ein Landschäftchen, das mir Goethe geschenkt. Hängen Sie es uns beiden zum Andenken an eine von Ihren Wänden!

BodeSt VI, 162

463. FORSTER AN FRIEDRICH HEINRICH JACOBI

Kassel, 11. Februar 1783

Wenig Nachrichten haben mich so erfreut als die von Ihrer Versöhnung mit Goethe. Ich habe so viel Gutes von dem Manne gehört, daß, wenn nur die Hälfte wahr ist, er immer ein Mensch bleibt, den man gern lieben möchte. Es hat mich sehr geschmerzt, Sie beide entzweit zu wissen, ob ich gleich wußte, wie dies Goethens Schuld allein gewesen ist. Ohne Indiskretion zu verraten, möchte ich gern näher unterrichtet sein, wie er es bei Ihnen angefangen hat, um sich Ihre Freundschaft von neuem zu erwerben. Ich habe während dieser Zeit, nämlich vor zweieinhalb Jahren, mit Goethe einige Briefe wechseln müssen, welche einige Handzeichnungen betrafen, die er bei mir gesehen, die meinem Vater gehörten und die der Herzog von Gotha auf Goethens Anraten kaufen wollte. Das waren also bloß merkantilische Briefe, und ich muß gestehen, daß ich in Rücksicht unsrer Freundschaft alles so kalt als möglich einrichtete, obgleich Goethe mir sehr freundschaftlich geschrieben hatte.

For IV, 184f.

464. KARL AUGUST AN MERCK

Weimar, 17. Februar 1783

Sie haben recht, wenn Sie sich mit mir freuen; denn wenn je gute Anlagen in meinem Wesen waren, so konnte sich Verhältnisse halber bis jetzt kein sichrer Punkt finden, wo sie zu verbinden waren. Nun ist aber ein fester Haken eingeschlagen, an welchen ich meine Bilder aufhängen kann. Mit Hülfe Goethens und des guten Glücks will ich sie so ausmalen, daß womöglich die Nachkommenschaft sagen soll: „Ed egli fu pittore.“

BrM II, 219

465. HERDER AN HAMANN

Weimar, 17. Februar 1783

Hier blühet keine Freude und Wonne für mich mehr. Das letzte Zutrauen habe ich zu meinem Fürsten verloren, und die um ihn, die in Geschäften vor und mit mir sind, sind Rohrstäbe und Dornen und vergiftender Taxus.

HeH 189

466. ELISABETH GOETHE AN ANNA AMALIA

Frankfurt, 1. März 1783

Wieland und meinem Sohn würde ich es ewig nicht verzeihen, wenn sie bei dieser frohen Begebenheit [der Geburt des Erbprinzen Karl Friedrich] ihren Pegasus nicht weidlich tummelten, und mich verlangt recht herzlich, ihre Geburten zu sehen. Freilich kommt es mir vor, als ob mein Sohn sich in etwas mit den Musen brouilliert hätte. Doch alte Liebe rostet nicht – sie werden auf seinen Ruf schon bald wieder bei der Hand sein.

Frau Rath 176

467. BLUMENBACH AN HEYNE

Weimar, 4. März 1783

Goethe, den ich oft und in verschiedenen Situationen bei Hof, unter den Herrschaften, unter seinen Kollegen, unter den Damen, vis-à-vis von Wieland und mehrere Male recht lange mit mir tête à tête gesehen habe, da er mich in seinen Garten und spazieren führte usw., hat alle meine Vorstellungen, die ich mir nach anderer Erzählung von ihm gemacht hatte, gar sehr übertroffen. Nichts den Geheimen Rat Ankündigendes, Zurückhaltendes, sondern ein gesetzter, aber ganz unaffektierter, äußerst zugänglicher Mann; unglaublich offen, hell und doch tief penetrierend in seinem Urteile, und doch überaus billig, gar nicht dezisiv, wie ich zumal in unserer Unterredung über Lavater und Physiognomik, über Verfassung der Jenaischen Universität usw. gesehen habe. Überall viel gesunde, richtige und deutliche Philosophie und den reifen Geschmack, der auch in seinem Zimmer und artigen Garten usw. durchgehends herrscht. Wieland schien mir daher in seiner Gegenwart eine etwas abstechende, nicht sehr vorteilhafte Figur zu machen. Sie duzen sich zwar und sind herzlich gute Freunde, aber man spürt doch Goethes Superiorität.

GoeJb XV, 358

468. ELISABETH GOETHE AN ANNA AMALIA

Frankfurt, 24. März 1783

Mich verlangt sehr auf meines Sohns Drama [„Elpenor"]. Der Himmel gebe sein Gedeihen, daß auch er zur Verherrlichung dieser frohen Zeit etwas Leib und Seele Erfreuendes hervorbringen möge.

Frau Rath 178

469. THERESE HEYNE AN IHRE ELTERN

Weimar, 30. April – 2. Mai 1783

[30. April:] Den Kloster gegenüber hat Goethe einen Garten, wo unter den Büschen ein simples Haus, mit gebleichten Schindeln gedeckt, heraussieht. Unter dem Grün macht dies einen lachenden, reizenden Anblick ...

[1. Mai:] ... er hat mir sehr gefallen: ohne alle Prätensions und gar nicht steif, eher ein wenig verlegen bei dem ersten Anblick. Er sprach viel von unsrer Reise, und um uns den Plan zu zeigen, den er für uns hatte, malte er uns aus freier Hand eine ganze Karte aufs Papier. Er hat eine kluge Physiognomie, starke Augenknochen über den Auge und sehr dünne Lippen. Sein Auge ist ernst und groß. Eine Art Steifigkeit in der Bewegung des Kopfs gibt ihm ein unangenehmes Air. Aber er ist ein wackerer Mann, der meine völlige Gnade hat. Er steht auf einen sehr guten Fuß mit den andern Geheimeräten, die sich vor ihn, dem jüngsten und jüngstgeadelten, beugen müssen ...

[2. Mai:] Goethe hat mir besser wie Wieland gefallen, aus der Ursache, daß es gewiß nicht oft geschieht, daß ein Genie, das so ausschweifte und Dinge schrieb, die so manchen ehrlichen Mutterkinde den Kopf umdrehten, am Ende alle seine Torheiten liegenläßt und ein vernünftiger *Geschäftsmann* wird. Wieland hat weit mehr Eitelkeit; Goethe sprach kein Wort von sich; wenn Blumenbach von seinen Geschäften anfing, brach Goethe ab und redete von uns.

Euph I, 73ff.

470. THERESE HEYNE AN IHRE ELTERN

Nürnberg, Mitte Mai 1783

Er [Knebel] las uns den Abend die „Iphigenie“ vor, ein neues Trauerspiel von Goethe, das nie gedruckt wird werden, solang Goethe lebt. Notabene: er ist ein vertrauter Freund von Goethe. Es ist ein ganz außerorndlich schön' Stück, aber nicht das Opfer der Iphigenie, sondern Iphigenie in Tauris, als Priesterin der Diana bei den Skythen. Wir brachten den

Abend sehr angenehm, beinah empfindsam hin. Knebel liest sehr schön, beinahe zu schön, und da er selbst eine Hauptrolle in den Stück gespielt, da es bei der ersten Niederkunft der Herzogin von Weimar ist vorgestellt worden, so konnt er es mit vielen Ausdruck lesen.

GoeJb XVIII, 123

471. LANDOLT IN SEINEM TAGEBUCH

Weimar, 9. Juni 1783

Heute entdeckte uns unser Friseur, daß er auch die Ehre habe, den Herrn Geheimderat Goethe zu bedienen; und da wir ihn fragten, ob wir denselben wohl diesen Morgen sehen könnten, so sagte er: O ja! wir sollten nur hingehen; er werde uns gewiß annehmen. Wir versuchten es, und es war so.

Etwas unangenehm ist es, daß man oft im ganzen Hause herumlaufen und an allen Türen anpochen kann, ohne daß jemand Antwort gibt. Denn bei allen hiesigen Gelehrten scheint der Ton zu herrschen, daß der Kammerdiener unten beim Eingang des Hauses ein Zimmerchen hat, dessen Tür mit einem Fenster versehen ist. Sieht er nun jemand kommen, so muß man, um angemeldet zu werden, seinen Namen, Vaterland, Charakter etc. pünktlich angeben und so oft wiederholen, bis der Bediente es versteht und behalten kann. Erst dann wird nachgesehen, ob der Herr zu Hause ist oder vielmehr: sein will ... Ist nun der Bediente gerade nicht auf seinem Posten, so kann man ungesehen lange herumlaufen, um sich anzumelden. Vermutlich müssen die hiesigen Gelehrten auch darum etwas größer tun, weil sie alle den Titel von Hofräten, Geheimderäten usw. haben. Goethe ist Geheimer Rat und läßt sich Exzellenz heißen, denn der Herzog hat ihn geadelt!

Er empfing uns sehr höflich. Seine Physiognomie ist stark und eben nicht einnehmend, die Gesichtsfarbe schwärzlich und die Nase ziemlich groß; seine schwarzen Augen sind lebhaft und verraten einen feurigen Geist. Itzt schreibt er nicht mehr viel, weil er, wie er sagte, so sehr mit Geschäften überhäuft ist. Wir blieben eine kleine Viertelstunde bei ihm, unser Gespräch betraf ganz gleichgültige Dinge. Man merkt es ihm an, daß er sich Mühe gibt, seine Würde zu behaupten und immer zu repräsentieren.

GoeJb XIII, 131

472. CHARLOTTE VON STEIN AN KNEBEL

Weimar, 7. Juli 1783

Goethe, mein treuer Abendgast, ... unterhält mich oft von Ihnen ...

Herder ist gar gutmütig und Wieland recht freundschaftlich ... Der Herzog ist recht gut, verständig und liebenswürdig, Goethe weise. Erfahrung und Gesundheit können ihn noch zum Meister machen. Ich halte mich glücklich, daß mir beschieden ist, seine goldnen Sprüche zu hören.

Er hat Fritzen [von Stein] zu sich genommen und hat eine vortreffliche Art, mit ihm umzugehen. Sie können sich vorstellen, wie mich das beruhigt.

BodeSt VI, 165

473. GLEIM AN FRIEDRICH HEINRICH JACOBI

Halberstadt, 23. September 1783

Im kleinen Sans soucis gibt's auch der Gänge, wo gegangen sind die Kleiste, die Sulzer, die Ramler, die Klopstocke, die Jacobi, die Lessinge, die Wielande, die Michaelis, die Herder zuletzt. Die Goethen nicht! Zwar ist er hier gewesen, zweimal vierundzwanzig Stunden bei dem Herrn von Berg, ganze Tage bei der Frau von Branconi zu Langenstein, nicht weit von mir, eine Stunde bei mir im Kloster hinter dem Dom – aber nicht in jenen Lauben, in welchen bei meinem lieben Fritz Jacobi Lessing noch zu guter Letzt gesessen hat. Der arme Mann! Er ist Geheimer Rat und ist nicht mehr, was er gewesen ist, deswegen fragt er nicht nach diesen Lauben.

GoeJb XXVIII, 242

474. KAROLINE MICHAELIS AN LUISE GOTTER

Göttingen, 30. September 1783

Goethe war hier, und ich hab ihn nun gesehn. Er hielt sich zwei Tage hier auf. Am ersten waren wir mit seinem Anblick zufrieden, weil wir uns nicht träumen ließen, daß er so weitläuftige Besuche geben würde. Der folgende Tag war zu einer kleinen Reise aufs Land bestimmt, die einige Herren veranstaltet hatten ... Wir fuhren mit schwerem Herzen weg, und die liebe Sonne am Himmel freute uns nicht. Alles Schöne, was wir sahn, konnte ihn uns nicht vergessen machen ... Wie wir abends zu Haus kamen, war er bei Böhmers und bei uns gewesen, und unsre Väter aßen bei Schlözer, wo Goethe war! Da ging ein Wehklagen an.

Jedermann ist zufrieden mit ihm. Und alle unsre schnurgerechten Herren Professoren sind dahin gebracht, den Verfasser des „Werther" für einen soliden, hochachtungswürdigen Mann zu halten.

Car I, 75f.

475. SIEGMUND VON SECKENDORFF AN SEINEN BRUDER ALBRECHT

Weimar, 19. Oktober 1783

Du begreifst, daß, wenn man einen Hof wie den braunschweigischen gesehen hat, man ungern an den hiesigen zurückkehrt, zumal wenn man sich bei aller Loyalität sagen muß, daß hier das Gegenteil von Ordnung herrscht. Warum haben geistreiche Fürsten nicht auch die nötige Einsicht, um Steuerleute auszuwählen, welche das Staatsschiff geschickt zu leiten wissen, wenn sie selbst nicht das Steuerruder führen können oder wollen!

Seck 15. Aus dem Französischen

476. FRIEDRICH HEINRICH JACOBI AN MENDELSSOHN

Pempelfort, 4. November 1783

Den folgenden Morgen kam Lessing in mein Zimmer, da ich mit einigen Briefen, die ich zu schreiben hatte, noch nicht fertig war. Ich reichte ihm Verschiedenes aus meiner Brieftasche, daß er unterdessen sich die Zeit damit vertriebe. Beim Zurückgeben fragte er, ob ich nicht noch mehr hätte, das er lesen dürfte. „Doch!" sagte ich ..., „hier ist noch ein Gedicht [Goethes „Prometheus"]; Sie haben so manches Ärgernis gegeben, so mögen Sie auch wohl einmal eines nehmen."

Lessing (nachdem er das Gedicht gelesen und indem er mir's zurückgab): „Ich habe kein Ärgernis genommen. Ich habe das schon lange aus der ersten Hand."

Ich: „Sie kennen das Gedicht?"

Lessing: „Das Gedicht hab ich nie gelesen; aber ich find es gut."

Ich: „In seiner Art, ich auch. Sonst hätte ich es Ihnen nicht gezeigt."

Lessing: „Ich mein es anders ... Der Gesichtspunkt, aus welchem das Gedicht genommen ist, das ist mein eigener Gesichtspunkt ... Die orthodoxen Begriffe von der Gottheit sind nicht mehr für mich; ich kann sie nicht genießen. *Ἐν και παν!* Ich weiß nichts anders. Dahin geht auch dieses Gedicht, und ich muß bekennen, es gefällt mir sehr."

Ich: „Da wären Sie ja mit Spinoza ziemlich einverstanden."

Lessing: „Wenn ich mich nach jemand nennen soll, so weiß ich keinen andern."

JacW 51–54

477. RINCK IN SEINEM TAGEBUCH

Weimar, 5.–10. November 1783

[5. November] Abends um 6 Uhr ging ich in die Opera buffo, die schon seit geraumer Zeit mit großem Beifall und heute das letzte Mal von zwei Italienern in ihrer Sprache vor gnädigster Herrschaft aufgeführt wurde ... Es kamen Zotten und Läppereien vor, die sehr unanständig waren und doch das herzlichste Beifallgelächter erregten ... Der Geschmack muß hier nicht gar fein sein – wer sollte es glauben, wo Goethe und Wieland wohnt, durch solche Streiche auf dem Theater belustiget zu werden? Vermutlich werden ihre Werke hier am wenigsten gelesen werden. In meiner letzten Herberge im „Erbprinzen" traf ich letzthin den „Dr. Faust" als die Lieblingslektüre des Wirten! ...

[8. November] Nachmittag kam Herr Geheimer Kanzlist Roth zu mir ... Ein neunundfünfzigjähriger ehrlicher Mann, auf sein Weimar aber nicht gut zu sprechen ... Wieland hat dem Herzog die Religion aus dem Herzen philosophiert, Goethe den Rest herausgelacht. Das Gymnasium hier steht sehr schlecht. Herder, der es als Ephorus besuchen sollte, kommt nie, oft nicht einmal in das Examen. Herder kam hieher durch Goethe, nur einen gelinden Beichtvater zu haben, der dem Herzog nie ins Gewissen redet, damit Goethe tun kann, was er will ...

[9. November] Um 10 Uhr ging ich in die Schloßkirche ..., Herdern predigen zu hören ...

Von der Herrschaft war niemand da. Goethe geht nicht in die Kirche, und so sie auch sehr selten ...

Abends ging ich in die Kammermusik ... Wie ich kam, ließ sich eine sehr schöne Sängerin [Corona Schröter?] hören, als Sängerin aber sehr mittelmäßig, doch etwas schmachtend. Mein Nachbar, vermutlich ein Jäger, sagte mir, daß Frau Herzogin es sich zur Gnade ausgebeten bei der Geburt des Erbprinzen, daß dies Frauenzimmer den Hof meiden solle. Aber Herr Geheimer Rat Goethe sehe sie gerne, und nun sei sie schon zweimal wieder dagewesen. Alles spricht doch hier sehr frei gegen Goethe! ...

[10. November] Früh um 9 Uhr ließ ich mich bei Herrn Geheimen Rat von Goethe melden, wurde auch gleich vorgelassen. Er empfing mich höflich, doch mit der Miene eines Gnädigen. Ich saß neben ihm im Sofa; er fragte etwas Weniges von meiner Reise. Ich erkundigte mich, ob er nicht bald wieder etwas wolle drucken lassen; er entschuldigte sich aber mit vielen Geschäften. Dann sprachen wir etwas von

Herdern. Er schien aber abbrechen zu wollen, dann er schwieg oder antwortete nur kurz mit einem gnädigen „Ja" oder „Nein". Ich merkte den Wink und brach auf, da ich ohngefähr eine halbe Viertelstunde in seiner Atmosphäre atmete. Sein Ansehen ist gar nicht einnehmend, seine Miene mehr fein und listig als leutselig.

Rinck 65–72

478. FORSTER AN FRIEDRICH HEINRICH JACOBI

Kassel, 13. November 1783

Vor sechs Wochen war Goethe hier *am Hofe* und besuchte Sömmerringen fleißig in der Anatomie. Ich habe ihn nur wenig gesehn, da wir verschiedene Wege hatten. Er schien mir ernsthafter, zurückhaltender, verschlossener, kälter, magerer und blässer als sonst, und doch mit Freundschaft und einem Etwas, welches zu sagen schien, er wolle nicht verändert scheinen. Sein Dichten und Trachten war Wissenschaft und Kenntnis. Naturgeschichte schien er neuerlich sehr fleißig studiert zu haben, denn er wußte vieles davon zu sagen.

For IV, 206

479. RINCK IN SEINEM TAGEBUCH

Leipzig, 24. November 1783

Beim ersten Anblick liebt man den Mann [Weiße]! Eine gute, sanfte Seele, sein Gesicht mit der Heiterkeit eines innerlich glücklichen, eines ganz rechtschaffenen Mannes erfüllet; Geistestalente und Güte des Herzens strahlet aus seinem frohen Lächlen. Ich konnte mich nicht enthalten, beim ersten Anblick dieses lieben Mannes eine Vergleichung in meinen Gedanken zwischen ihm und Goethe anzustellen – zwei Männer, die in Schauspielen und andern Werken dem Publikum Produkte ihres Verstandes auftischten. Aber wie himmelweit unterschieden, so wie der erste Anblick eines jeden: wie Licht und Finsternis! Einer schreibt witzig, aber ohne Herz; will er gut schreiben, so ist's gezwungen; ihm fließt nur Spott über Religion und Tugend leicht. Der andere, nicht weniger mit Witz und Geisteskraft begabt, und dies veredelt mit dem besten Herzen. Die Früchte zeugen von dem Baum, das Wasser von der Quelle. Genießt, trinkt hier, Kinder und Erwachsene!

Rinck 92

480. HOTZE AN LAVATER

Richterswil, 23. Dezember 1783

Unaussprechlich gern läs ich Goethes „Wilhelm" [„Wilhelm Meisters theatralische Sendung"] und bitte dafür inständig.

Bode III, 452

1784

481. WIELAND AN MERCK

Weimar, 5. Januar 1784

Mit Goethe ist der Herr Bruder vermutlich selbst in Korrespondenz. Er schickt sich überaus gut in das, was er vorzustellen hat, ist im eigentlichen Verstande l'honnête-homme à la cour, leidet aber nur allzu sichtlich an Seel und Leib unter der drückenden Last, die er sich zu unserm Besten aufgeladen hat. Mir tut's zuweilen im Herzen weh, zu sehen, wie er bei dem allen Contenance hält und den Gram gleich einem verborgnen Wurm an seinem Inwendigen nagen läßt. Seine Gesundheit schont er soviel möglich; auch hat sie es sehr vonnöten. Im übrigen geht's, wie es kann.

MS 216f.

482. ELISABETH GOETHE AN FRIEDRICH VON STEIN

Frankfurt, 9. Januar 1784

... es geht Ihnen also recht gut bei meinem Sohne, – oh, das kann ich mir gar wohl vorstellen. Goethe war von jeher ein Freund von braven jungen Leuten, und es vergnügt mich ungemein, daß Sie sein Umgang glücklich macht. Aber je lieber Sie ihn haben und also gewiß ihn nicht gern entbehren, je zuverlässiger werden Sie mir glauben, wenn ich Ihnen sage, daß die Abwesenheit von ihm mir ofte trübe Stunden macht. Sie, mein kleiner Freund, könnten nun da ein großes gutes Werk tun ..., wenn Sie so ein kleines Tagebuch hielten und schickten es mir alle Monat, – viele Arbeit soll das Ihnen gerade nicht machen, nur ohngefähr auf diese Weise: „Gestern war Goethe im Schauspiel, abends zu Gaste, heut hatten wir Gesellschaft" usw. Auf diese Weise lebte ich gleichsam mitten unter Euch, – freute mich Eurer Freuden, – und die Abwesenheit verlöre viel von ihrer Unbehaglichkeit ...

Frau Rath 180f.

483. KARL AUGUST AN MERCK

Weimar, 6. März 1784

Goethe hat sich bei der hiesigen Gefahr sehr brav gehalten und die besten Anstalten getroffen.

BrM II, 234

484. VOIGT AN GOTTLIEB HUFELAND

Weimar, 12. März 1784

Da ist die Rede, die ich neulich beizulegen vergessen. Sie ist mit Fleiß sehr populär gehalten, wurde aber von Goethe ganz vortrefflich gehalten ... Vielleicht können Sie mehr Kuxe absetzen. Sie werden sich bei Goethe einen gefälligen Namen damit machen, und er ist wirklich ein Mann, dessen Liebe kein edles Herz zu erwerben sich schämen darf. Je näher ich ihn kennenlerne, je mehr innere Güte entdecke ich an ihm.

Huf 45

485. GLEIM AN HERDER

Halberstadt, 6. April 1784

Grüßt die Freunde dort, die Wielande, die Einsiedel, die Bertuche, die Seckendorffe. Könnt ich mich rühmen, daß ich Euern Goethe gefunden hätte, wie Lavater neulich in einem Briefe (nicht an mich) sich rühmte, daß er die Fürstin von Dessau gefunden hätte, so bät ich, auch den zu grüßen. Ich hab ihn aber nicht gefunden, er war mir hier zu kalt, zu hofmännisch, und dort [in Weimar] zu feurig und zu stolz. – Ich lieb ihn aber doch, wie man die Mädchen liebt, von welchen man geliebt zu werden keine Hoffnung hat, und beklage, daß er stolz und feurig nicht geblieben ist.

VaH I, 100

486. CHARLOTTE VON STEIN AN KNEBEL

Weimar, 1. Mai 1784

Herders neue Schrift [„Ideen zur Philosophie der Geschichte der Menschheit“, 1. Teil] macht wahrscheinlich, daß wir erst Pflanzen und Tiere waren; was nun die Natur weiter aus uns stampfen wird, wird uns wohl unbekannt bleiben. Goethe grübelt jetzt gar denkreich in diesen Dingen, und jedes, was erst durch seine Vorstellung gegangen ist, wird äußerst interessant. So sind mir's durch ihn die gehässigen Knochen geworden und das öde Steinreich.

BodeSt VI, 173f.

487. KNEBEL AN LAVATER

Nürnberg, 5. Mai 1784

Ich bin nun in Bereitschaft, Nürnberg in wenigen Wochen nach einem dritthalbjährigen Aufenthalt zu verlassen ... Ich werde nachher vors erste wieder einen Besuch in Weimar abstatten, aber schwerlich mich daselbst noch fixieren ... Das Ganze ist noch immer daselbst von fiebrischer Beschaffenheit, da die *zu* ungleichen Teile sich nicht zu einer lebenden Masse zusammenfügen können. Goethe bleibt fest an seine tâche gebunden und hält, wenn ich so sagen darf, das Rückgrat der Dinge. Aber Haupt und Füße sind noch zu schwach.

GoeJb VI, 101

488. SÖMMERRING AN MERCK

Kassel, 8. Mai 1784

Im September war Goethe hier, und da hatte ich schon einen Kubus von fünfviertel Ellen in der Arbeit. Der gute Mann half mir noch füllen, allein die Übereilung machte den Versuch nicht gelingen.

BrM I, 426

489. HERDER AN HAMANN

Weimar, 10. Mai 1784

Ich bin mir selbst ganz unkenntlich worden, meine Flügel sind gelähmt, ihre Schwingen ausgerupft, und ich stehe wie Kleists lahmer Kranich am dürren Meeresufer, oder vielmehr ich liege wie Lazarus unter den Toten. Meine Bande mit Menschen sind ziemlich abgeschnitten oder durch den Fraß der Zeit verzehrt. Den Winter über hat sich Goethe, der auch in seiner Seele, aber großmütiger als ich, leidet, sehr freundlich und mit seiner alten Biedertreue zu uns getan. Wir sind meistens alle Woche einmal bei ihm; aber doch alles, ohne mich zu erquicken und zu erwärmen.

HeH 193

490. FRIEDRICH LEOPOLD GRAF ZU STOLBERG AN VOSS

Weimar, 2. Juni 1784

Den 27. kamen wir hier an. Der kleine Schardt, den Sie in Borstel gesehen haben, kam und brachte uns zur Bernstorffen, wo wir beide den Abend zubrachten. Als wir bei Tische saßen, kam Goethe, blaß wie die Wand vor Freude und Rührung, war ganz unser alter Goethe von dem Augenblick an bis heute morgen, da er uns verlassen hat, weil er mit dem Herzog auf den Landtag muß. Er ist weniger brausend, weniger *ὑπεροπλος* („brausend" ist nicht das wahre Wort), weniger leicht aufflammend, gewiß nicht weniger feurig, als er war. Und sein Herz liebevoll, immer sich sehnend nach mehr Freiheit der Existenz, als Menschen finden können, und doch immer Blumen um den Pilgerstab des Lebens windend. Wenig Menschen sind so liebevoll, so rein, so Liebe bedürfend, so hingerichtet aufs unsichtbare Ideal der *καλοκάγαϑια* so sich anschmiegend an alles Liebe und Schöne der moralischen und sichtbaren Natur. Der Herzog und beide Herzoginnen waren viel unter uns, störten uns aber nie. Sie sind, wie Fürsten nicht sind. Die junge Herzogin sieht aus und ist wie eine reine Vestale, dabei voll Empfindung und Verstand. Wir waren viel in einem Hölzchen, in welchem Goethe ein Gartenhäuschen hat, wo er drei Jahre Winter und Sommer gewohnt hat, itzt aber nur dann und wann eine Nacht dort schläft und nicht alle Tage besuchen kann. Hinzugehen muß man durch einen hohlen Felsengang an einem Strom, einen allerliebsten Gang.

Herder ist erstaunlich interessant im Umgang ...

Herder beteuert *heilig*, er habe von mir in der Vorrede zu den „Volksliedern“ nicht sagen wollen. Was soll ich, was kann ich dazu sagen? Goethe, der die Wahrheit selber ist, der Herdern so lange kennt, liebt ihn wie seine Seele.

Goethe schreibt einen Roman, „Wilhelm Meister“, der sehr schön sein soll. Er hat ein Trauerspiel, „Tasso“, geschrieben, das ich nicht gesehen habe, und nach dem Aristophanes ein Stück, „Die Vögel“, angefangen. Den ersten Akt habe ich gehört; der ist sehr launig und schön. Hie und da stehen Inschriften von ihm im Wäldchen; ich wollte sie für den „Musenalmanach“ haben, aber das will er nicht. Sie sollen noch nicht ins Publikum kommen, um an ihrer Stelle mehr zu würken. Eine ist zu schön, als daß ich sie Ihnen nicht hinschreiben sollte. In einem Gebüsch am Fluß ist ein Amor von Stein, der mit dem Pfeil eine junge Nachtigall ätzet. Darunter steht:

Dich hat Amor gewiß, o Sängerin, fütternd erzogen;
Kindisch reichte der Gott dir mit dem Pfeile die Kost.
Schlürfend saugtest du Gift in die unschuldige Kehle,
Und mit der Liebe Gewalt trifft Philomele das Herz.

StolVo 106 ff.

491. FRIEDRICH LEOPOLD GRAF ZU STOLBERG AN SEINE SCHWESTER KATHARINA

Karlsbad, 11. Juni 1784

In Weimar ward uns von Herzen wohl. Goethe war ganz der alte geist- und liebevolle Goethe und fühlte sich um neun Jahre verjüngt. Er ist zwar noch nicht alt, just zwischen meinem Bruder und mir; aber acht Jahre fataler Geschäfte sind doch keine kleine Zeit.

StolO 242

492. HERDER AN ANNA AMALIA

Weimar, 30. August 1784

Ein wahrer Genius in seinen Geschäften und ein Engel in der Freundschaft ...

Die Nachbarschaft bei ihm tat meinem Herzen so wohl, daß ich mich wie unter seinem Schatten erquickte.

Gespr I, 352

493. HERDER AN KNEBEL

Weimar, 11. September 1784

Der Geheime Rat [Friedrich Heinrich] Jacobi kommt her. Sein Anmeldungsbrief an Goethe hat diesen nicht gefunden, und er hat deshalb an mich geschrieben. Ich hoffe, er wird seine Ankunft acht bis zehn Tage verzögern und Goethe indessen hier eintreffen, nach dem ich mich herzlich sehne. Auf den Oktober hat sich Frau von [der] Reck[e], die von ihrem Mann geschieden ist, hier anmelden lassen, und das Bethlehem in Juda wird also nicht leer.

Kn II, 233

494. KNEBEL AN SEINE SCHWESTER

Jena, 23. September 1784

Goethe kam mit dem kleinen [Fritz von] Stein vorigen Sonntag früh herüber, mich zu besuchen. Du kannst glauben, daß mir der Besuch lieb war, zumalen Goethe von Braunschweig, wo er mit dem Herzog war, und von einer wichtigen Harzreise zurückkam. Ich kann mich in keine Sinnesart, wenn er mir zumalen gegenwärtig ist, leichter schicken als in die von Goethe; abwesend hat er mir zuweilen wehe getan ... Er war, wie gewöhnlich, gut, traktierte von seinen hiesigen Geschäften, gab mir einige Winke von dem, was er gesehen, bemerkt ...

Den Morgen darauf fuhr ich nach Tiefurt, weil mich die Herzogin [Amalia] dahin bestellt hatte. Sie wollte mir eine

Felsen an der Oker

kleine Fête geben ... Wir sahen die Zeichnungen, die Kraus mit Goethe von den Harzgegenden aufgenommen hatte, seltsam schön und wohl vierzig an der Zahl. Gegen Abend kamen unsre Werten aus der Stadt und mit ihnen Jacobi aus Düsseldorf und seine Schwester ... Abends war Illumination, die schon zu Goethes Geburtstag bereitet war. Der alte Oeser, der auch zugegen war, hatte einen herrlichen Transparent dazu gemalt, wo sich Tugend und Genie über einem Altar die Hände geben und mit der Fackel die Flamme des Altars anstecken; oben sah man in Olivenkränzen Goethes und Herders Silhouette. Meine Verse darunter waren folgende:

Reine Glut entflammet vom Himmel;
Ihr bracht't sie hernieder:
Nehmt von unserm Altar Freundschaft und Liebe zurück!

Oeser ließ noch in dem gegenüber etwas erhaben liegenden Hölzchen einige Reisbündel anzünden, welches eine herrliche Erleuchtung gab, zumalen da er einige große Figuren, in Form von Statuen, die er dazu gemalt hatte, hineinsetzen ließ ...

Den andern Tag gab Wieland ein Convivium ...

KnHe 27f.

495. HERDER AN KNEBEL

Weimar, 5. Oktober 1784

Jacobi ist sehr gerührt weggegangen, insonderheit von Goethe ... Goethe ..., dem die Gegenwart der Fremden auch gutgetan hat ..., ist nur einmal hier bei mir gewesen, und vom Herzoge und seiner Reise ist kein Wort vorgefallen, weil ich mit ihm von politischen Sachen sowenig als möglich spreche, obgleich auch mir die dumme Märe zu Ohren gekommen war.

Kn II, 233f.

496. FRIEDRICH HEINRICH JACOBI AN ADELHEID AMALIA FÜRSTIN GALLITZIN

Pempelfort, 11. Oktober 1784

Nun erreichte ich endlich Weimar ... Goethe war, nach einem langen Herumreisen im Harz, eben nach Hause gekommen. Wegen der mit einem solchen Zuge verknüpften Ungewißheiten hatte er sich, nachdem er Braunschweig verlassen, nichts mehr nachschicken lassen. Er fand also nach seiner Zurückkunft meine beiden Briefe, war voll Sorge, ich möchte nicht mehr kommen, und wurde nun, da er mich unversehens in sein Zimmer treten sah, vor Freude blaß... Den 25. kam nun auch Claudius. Aber Sie, liebe Amalia, kamen nicht. Nach mir und meiner Schwester trauerte niemand mehr darüber als Goethe. Er hatte über Ihren großen Schattenriß eine unsägliche Freude. Mein Vorsatz war, ihn nur eine Kopie davon nehmen zu lassen; aber er eignete sich ihn so eifrig zu, daß ich unmöglich dagegen ankonnte. Von der vornehmen Gesellschaft haben wir uns nicht stören lassen. „Ich weiß wohl", sagte Goethe, „daß man, um die Dehors zu salvieren, das Dedans zugrunde richten soll; aber ich kann mich denn doch nicht wohl dazu verstehen." Am 29. reiste ich ab ...

JacBr I, 372f.

497. HERDER AN FRIEDRICH HEINRICH JACOBI

Weimar, 2. November 1784

Goethe lebt, wie er gelebt hat. Er hat uns neulich einen neuen, sehr schönen Band von seinem „Wilhelm Meister" und ein andermal den Anfang einer neuen, sehr vortrefflichen Arbeit [Abhandlung über den Zwischenkieferknochen] vorgelesen. *Die* Arbeiten und *die* Stunden sind wohl die einzigen, die den trefflichen Menschen ihm selbst zurückgeben. Wiewohl er auch in der kleinsten und sogar gehässigsten anderweiten Beschäftigung mit einer ganzen Ruhe wohnet, als ob sie die einzige und eigenste für ihn wäre.

HN II, 258f.

498. HERDER AN KNEBEL

Weimar, 6. November 1784

Goethe hat uns seine Abhandlung vom Knochen vorgelesen, die sehr einfach und schön ist. *Der* Mensch geht auf dem wahren Naturwege, und das Glück geht ihm entgegen. Wir haben indes neulich ausgemacht, daß er, alten Münzen nach, einmal in Rom Dictator perpetuus und Imperator unter dem Namen Julius Caesar gewesen, zur Strafe aber nach beinahe achtzehnhundert Jahren zum Geheimerat in Weimar avanciert und promoviert sei.

Kn II, 236f.

499. KNEBEL AN SEINE SCHWESTER

Jena, 28. November 1784

Daß wir nicht überall ganz glücklich sind, Du Liebe, das ist nicht zu vermeiden. Erlaube mir, daß ich in dem, was ich Dir sagen will, mir Goethens Weisheit etwas zu Hülfe rufe! Er hat sie mir zwar weniger gesagt als angedeutet, aber ich verstehe ganz, daß es seine rechte Meinung sei, und sie wird sich auch Dir als eine richtige und wahrheitsvolle schon jetzt andeuten und stets mehr aufklären.

Der Mensch nämlich ist weder zum Glück noch zum Unglück geschaffen; er ist geschaffen, daß er da sei; die Ordnung der Dinge rief ihn hervor. In dieser Ordnung ist er ausgerüstet zum Glück oder Unglück ... In Betracht der Sache selbst finden wir, daß selbst dem Unglücklichsten vor unsern Augen oft da Hülfe, Glück und Genuß zugeteilt ist, wo wir es nicht erraten, kaum selbsten für ihn fühlen können, d. h., uns nicht durch Vorstellung den Genuß zueignen können, den ihm manche Sache gibt, die uns entweder zu gering scheint oder gänzlich außer dem Kreise unsrer Genießungsart liegt, als z. B. die Zufriedenheit, die ein Mathematiker bei einem schwer aufgelösten Problem findet, ein Armer oder Kranker bei einer geringen Wohltat oder Erleichterung usw. – und daß hingegen auch wieder dem Glücklichsten ein unvermeidlich Elend kommt, wo er es nicht sah, noch beinah voraussehen konnte.

KnHe 31f.

500. HERDER AN FRIEDRICH HEINRICH JACOBI

Weimar, 20. Dezember 1784

Ich befinde mich seit geraumer Zeit in großer Schwachheit des Leibes und Geistes ... Goethe besucht mich fleißig, und seine Gesellschaft erquickt mich wie Balsam ... Goethe hat, seit Du weg bist, den Spinoza gelesen, und es ist mir ein großer Probierstein, daß er ihn ganz so verstanden, wie ich ihn verstehe. Du mußt auch zu uns herüber!

HN II, 262 und 265

501. CHARLOTTE VON STEIN AN KNEBEL

Weimar, 26. Dezember 1784

Ich habe die heilige Familie auch in die Reihe der Heiligen gehängt, nämlich von Lavater und Goethen, und tut mir sehr leid, daß ich Ihr Bildnis nicht auch darunter besitze ... Ich diene meinen Heiligen im Geist und in der Wahrheit, und sie [Elisa von der Recke] mit Pauken, Trommeten und Psalter.

BodeSt VI, 177 f.

502. ALBERTINE VON GRÜN AN MERCK

Hachenburg, 26. Dezember 1784

Sie werden recht in Ihrem Kronleuchter gewesen sein, wie der Herzog Ihres Herzens bei Ihnen war ... Von Goethe sollte ich billig schweigen, aber ich will es doch nicht, denn was könnte Ihnen daran gelegen sein, mich zu verraten und so ein armes Geschöpf an den Triumphwagen der Eitelkeit Ihres Freundes zu spannen, das so schlechte Figur daran machen würde. Wenn ich alle menschlichen Vollkommenheiten besäße, Schönheit, Verstand usw., und ein Königreich wäre mein Erbteil, so wünschte ich jetzo bei Ihnen zu sein, um zu ihm sagen zu können: „Baisse votre cou, fier Sigamber!" wie ein Priester zum König Chlodwig, als er ihm die Königskrone aufsetzte. Possen sind's, lieber Herr Kriegsrat, und nichts weiter. Glauben Sie, daß ich so eine Närrin wäre und Schönheit, Krone und Leben wagte, um mir einen Herrn, einen unumschränkten Gebieter zu geben? Darum halte ich's aber für gut, bei solchen Gelegenheiten schön zu Hause zu bleiben, damit man nicht eine unglücklich Liebende oder eine verwünschte Prinzessin werde. Doch wenn Sie mir gut sind, erzählen Sie mir von Goethe in Ihrem nächsten Brief. Sie wissen's, wie sehr er zu meinen Götzen gehört.

BrM II, 246f.

503. SOPHIE BECKER IN IHREM TAGEBUCH

Weimar, 30. Dezember 1784

Ich muß nicht vergessen, daß wir [Sophie Becker und Elisa von der Recke] gestern zum Diner bei der Frau von Stein waren und zu Ende desselben den Geheimen Rat Goethe hineintreten sahen. Er ist in dem Hause des Herrn von Stein sehr bekannt. Er hat etwas entsetzlich Steifes in seinem ganzen Betragen und spricht gar wenig. Es war mir immer, als ob ihn seine Größe verlegen machte. Indessen behaupten alle, die Goethe in der Nähe kennen, daß er in seinem Amte gewissenhaft und redlich ist, auch Arme heimlich unterstützt. Sein neuer Standort hat aber nach derselben Zeugnis etwas Fremdes in sein Wesen hineingebracht, das manche Stolz, manche Schwachheit nennen.

Be 88

1785

504. MERCK AN SÖMMERRING

Darmstadt, 15. Januar 1785

Wer wird Goethen „Exzellenz" schimpfen?

MBr 472

505. MERCK AN CAMPER

Darmstadt, 17. Januar 1785

Herr von Goethe, der berühmte Dichter und wirkliche Geheimrat des Herzogs von Weimar, schickt mir soeben ein Specimen Osteologicum [Abhandlung über den Zwischenkieferknochen], das Euch, nachdem Herr Sömmerring es gelesen haben wird, zugesendet werden soll. Ihr werdet, mein Herr, über den Fleiß eines Liebhabers erstaunt sein, der neben der Last eines ersten Finanzministers und der besonderen Freundschaft eines Fürsten Muße genug findet, um eine Arbeit zu vollbringen, die man Euch vorlegen darf. Es ist eine kleine Abhandlung über das os intermaxillare, aus der sich unter anderm die Tatsache ergibt, daß das Walroß vier und das Kamel bloß zwei Schneidezähne besitzt.

MBr 474 f. Aus dem Französischen

506. CHARLOTTE VON STEIN AN KNEBEL

Weimar, 24. Januar 1785

Goethe grüßt Sie. Der Stein war ihm lieb: so schön ausgewaschen hatte er ihn noch nicht in seiner Sammlung. Gestern abend bin ich mit Herders bei ihm gewesen ...

Ich glaube, Goethe hat viele Freuden, ernste Freuden, welche die Welt nicht begreift ...

BodeSt VI, 179 f.

507. HERDER AN KNEBEL

Weimar, 2. März 1785

Er [Goethe] hat Sie sehr lieb und hat Ihnen einen Besuch zugedacht, der für euch beide erfreulich sein wird. Er trägt seinen Kopf und sein Herz immer auf der rechten Stelle und ist in jedem Schritt seines Lebens ein *Mann*. Wie viele gibt's solcher?

Kn II, 240

508. KAROLINE HERDER AN GLEIM

Weimar, 10. April 1785

Mit Goethe leben wir herzlich gut manchen Abend bei ihm. Er hat viele Geschäfte seines Amts, ist aber in seinem innern Geist nicht müßig und teilt uns manchmal davon was Gutes mit.

VaH I, 110

509. CHARLOTTE VON STEIN AN KNEBEL

Weimar, 20. April 1785

Es ist sonderbar, daß eben, da ich Ihren Brief erhalte, ich still-traurig über denselben Gegenstand nachdachte, davon Sie mir schreiben. Aber leider ist da auf der einen Seite, wo unser Freund die Hoffnung aufgegeben, nichts zu ändern, weil nichts zu hoffen ist und moralisch unrichtiger Takt und Töne in unserm System herrschen. Aber als ein weiser Mann wird er sich's wohl mit der Zeit zurechtlegen.

Überdies geht unser Freund seinen ihm gehörigen Weg. Sie andere Philosophen wissen ja, daß gewisse notwendige Gesetze in der moralischen Natur so gut als in der physischen mit denen Dingen verknüpft sind. So kann ein Verständiger, Edler, Großmütiger, Wohltätiger, Uneigennütziger keinen vergnüglichen Teil mit dieser Welt haben; oder wenn er ihn genießen will, so muß er seinen Himmel verlassen.

Diese Menschen bleiben nun einmal die, welche man wie den einigen Gott im Geist und in der Wahrheit verehrt. Keine irdischen Altäre werden ihnen nicht gebaut.

Nur ist es notwendig, daß, wenn einmal diese himmlischen Seelen durch Ämter mit den Menschenkindern gebunden sind, sie sich dieses recht deutlich machen und immer in ihrem Herzen wiederholen: „Vater, vergib ihnen, denn sie wissen nicht, was sie tun!"

Auf diesem Weg müssen wir unserm Freund beistehen.

BodeSt VI, 181 f.

510. MERCK AN CAMPER

Darmstadt, 28. April 1785

Ich glaube, daß Euch Graf Callenberg oder mein Freund Job das Specimen des Herrn Goethe überbracht haben wird. Obgleich Ihr über sein System lachen werdet, müßt Ihr doch finden, daß alles gut gezeichnet ist. Wenn er nicht in mich gedrungen hätte, es Euch zu senden, würde ich es nicht gewagt haben. Immerhin scheint mir diese Lust am Studium bei einem Weltmanne interessant, der in einer Flut von Geschäften lebt und, was noch schlimmer ist, ein sehr berühmter Dichter gewesen. Er schickt mir soeben prächtige Zeichnungen eines Elefantenkopfes aus Kassel, die alles übertreffen, was ich in dieser Art an Vollendetem und Exaktem gesehen habe.

MBr 491. Aus dem Französischen

511. KNEBEL AN HERDER

Jena, 7. Mai 1785

Goethe hat sich hier wieder etwas Mut geholt. Er gibt sich selbsten, was er empfängt, aber er weiß sich doch sehr glücklich zu nehmen, und sein Herz hat einen tiefen Ton der Freundschaft. Sein reifendes Gefühl für das, was menschlich im Leben ist, nimmt ihm nachgerade alle Freude seines politischen Zustandes. Dies ist nicht trostvoll, weder für seine Freunde noch für das armselige Land.

VaH III, 21

512. KNEBEL AN SEINE SCHWESTER

Neustadt an der Orla, 24. Juni 1785

Wir gingen gestern ... von Jena weg, Goethe und ich, und nahmen zwei Bedienten mit uns ...

Der Tag war trübe, es regnete mitunter, doch war es nicht unlustig. Mein Reisegefährte war stillern, ruhigern Mutes als ich. Er suchte viele vertrauliche Reden hervor, und ich war dagegen nicht unfreundlich. Unterwegs, als wir im Wagen hielten, zeichnete er das Tor und die Einfahrt von dem Hause des Herrn von Schmerzing in Hummelshain, das er abends, als wir hier ankamen, gar hübsch mit der Feder ins Reine brachte. Eine kleine Weile darauf, bei Gelegenheit einer Pfeife Tabak, die ich aufs neue anstecken wollte, bat er mich, solches zu unterlassen, weil er von dem Tabaksrauche Erhitzung spüre. Ich unterließ es, wunderte mich aber über die leichte Reizbarkeit seiner Nerven von einer so geringen Ursache. Das Übel nahm bei ihm zu, und er mußte sich wirklich mit Frost und einem besonders krampfhaften Zustande, der ihm starken Schmerz erregte, zu Bette legen. Diesen Morgen hat sich das Übel noch nicht gegeben, und wir werden wohl heute hierbleiben müssen.

Ich bemerkte, wie Goethes Natur leicht bis auf den letzten Augenblick sich unverändert erhält, dann von dem leichtesten Umstande Gelegenheit sich nimmt und ihn gänzlich zu Boden wirft. Dies trifft in vielen Stücken bei ihm ein.

Kn III, 374f.

513. KNEBEL AN SEINE SCHWESTER

Neustadt an der Orla, 25. Juni 1785

... als ich schon auf dem Wege zum Tore war, begegnete mir ein Wagen, worin Frau von Seckendorff und Fräulein Karoline Ilten sich befanden. Ich kehrte also mit diesen zurück, und nun fing unser Aufzug hier an, eine romanhafte Malerei zu bekommen. Zwei feingekleidete hübsche Damen wurden von mir aus dem Wagen gehoben, und ich führte sie in Goethes Zimmer, den sie sehen wollten. Goethes Schmerz wurde vergessen, und wir lachten wechselsweise über das artige Ansehen der Zusammenkunft. Die Leute im Hause und an den Fenstern gafften und staunten noch mehr. Es wurde ein kleines Mittagsmahl gehalten und nach Damenweise auch sogleich Tee getrunken.

Die Dämchen waren artig und gefällig. Karolinchen erzählte uns ihren goldenen Traum, wie sie in voriger Nacht in Afrika gewohnt habe, wo die Häuser mit Gold bedeckt gewesen seien. Die Seckendorff war süß-verbindlich und aufmerksam-artig. Sie band Goethen ein aus ihrer Tasche hervorgeholtes reinliches rotgestreiftes Schnupftuch um den Kopf und bat ihn nachher, solches zu behalten. Sie legte sich auch auf das Kanapee, auf den Sitz des Kranken, und hüllte sich in seinen Mantel und war überhaupt anmutig. Da sie sahen, daß Goethen eben nicht mit ihrem Hiersein länger dürfte gedient sein, ließen sie einspannen und begaben sich den Abend noch nach Schleiz.

Kn III, 376

514. FORSTER AN HEYNE

Halle, 19. September 1785

... Goethe gab uns [Forster und Frau] des Abends ein griechisches Abendmahl, wo außer uns beiden nur noch Herder und seine Frau nebst Wieland und Mamsell Amalie Seidler zugegen waren. Sie können denken, daß unter solchen Menschen der Abend froh hinging, und mich freute es sehr, diese drei vorzüglichen Männer auf einen so freundschaftlichen Ton untereinander gestimmt zu sehen, zu bemerken, daß sie sich aufs Wort sogleich verstanden und daß die Verwandtschaft ihrer Studien sie einander nähergebracht hatte, denn freilich ist Weisheit des Altertums und griechische Eleganz ihnen allen geläufig, ihrer aller Muster.

For IV, 374

515. IFFLAND AN WOLFGANG HERIBERT FREIHERRN VON DALBERG

Hannover, 2. Oktober 1785

Ich habe dann auch in Hannover den ersten, dritten und fünften Akt von Goethes „Iphigenie" gelesen; denn ich bekam sie nur auf eine Stunde, da Goethe sehr geheimnisvoll damit ist. Aber ich finde nicht, was man davon sagte! Seinsollende griechische Simplizität, die oft in Trivialität ausartet; sonderbare Wortfügung, seltsame Wortschaffung und statt Erhabenheit oft solche Kälte als die, womit die Ministerialrede beim Bergbau zu Ilmenau geschrieben ist.

Iff II, 157 f.

516. FORSTER AN FRIEDRICH LUDWIG WILHELM MEYER

Posen, 10. Oktober 1785

Goethe ist wohl schwerlich so fromm, wie Sie ihn dafür halten. Seine jugendlichen Schriften könnten so etwas an sich haben, aber sein Kopf ist zu hell, um lange bei dergleichen zu bekleiben; auch schien sich nichts davon in seinem Umgange zu verraten. Schon das, daß Herder mir sagte, Goethe sei sein einziger Herzensfreund, ist mehr für als wider ihn, denn Herder schwärmt wohl, aber er ist nicht fromm.

For IV, 384

517. KAROLINE HERDER AN KNEBEL

Weimar, 7. November 1785

Es herrscht eine allgemeine Stille hier, oder, wie die Herzoginmutter letzt sagte: „Sie schlafen alle." Goethe besucht uns oft wie ein Stern in der Nacht.

Kn II, 318

1786

518. CHARLOTTE VON STEIN AN CHARLOTTE VON LENGEFELD

Weimar, 30. Januar 1786

Ich möchte Sie gern mit dem, was Goethe über Lavaters Magnetisieren denkt, befriedigen, aber er ist der immer Schweigende. Soviel sagte er mir, daß ihm der Zustand von Lavaters Frau nicht so wunderbar vorkäme ...

SchFr II, 256

519. KARL AUGUST AN LAVATER

Weimar, 22. Februar 1786

Goethe ist diesen Winter wohler wie gewöhnlich. Seine Existenz ist eine der fleißigsten, moralischten, besten, die sich über Dreißig erhalten hat.

KAL 295

520. LAVATER AN KARL AUGUST

Zürich, 14. März 1786

Dank für das, was Sie mir von Goethe sagen. – Wir sprachen wenige Minuten vorher von diesem Einzigen, Unnachahmlichen. – Es wäre der Hingebung einer Hand wert, einen Mann wie ihn einmal exaltiert oder den spiritus seines vini zu hören.

La 363

521. CHARLOTTE VON STEIN AN KNEBEL

Weimar, 29. März 1786

Goethe ist wohl und vergnügt hier wieder angekommen und pinselt immerfort an seinen Prometheusschen Menschen, die er sich schafft und [die], gut und bös, seine Lieblinge sind.

BodeSt VI, 185

522. CHARLOTTE VON STEIN AN KNEBEL

Weimar, 10. Mai 1786

Goethe lebt in seinen Betrachtungen, aber er teilt sie nicht mit. Dies [Mitteilen] ist eine Tugend, die Sie nur besitzen! Aber ich bedauere den armen Goethe: Wem wohl ist, der spricht!

BodeSt VI, 186

523. HERDER AN HEYNE

Weimar, 13. Juni 1786

Er ist in seiner Naturforschung der freieste, gründlichste, reinste Geist, den ich als Beobachter kennengelernt habe. Ein wahres Exemplar humanae naturae in diesem Fache, dessen Umgang mein Trost ist und dessen Gespräche jedesmal meine Seele erweitern.

VaH II, 203

524. CHARLOTTE VON STEIN AN KNEBEL

Weimar, 30. August 1786

Ich habe unseres Freundes Geburtstag mit der Imhoff in seinem Garten zugebracht und ihm eine kleine Gabe in seinen Schreibtisch gelegt; ich will Ihres Herzens Andenken noch dazulegen.

Den 23. hab ich einen Brief vom Goethe, wo er mir schreibt, er werde noch acht Tage in Karlsbad bleiben, alsdann dunkel und unbekannt eine Weile in Wäldern und Bergen herumziehen, so daß er unter sechs Wochen nicht hier sein wird.

BodeSt VI, 187

525. LAVATER AN SPALDING

Zürich, August 1786

Ich fand Goethe älter, kälter, weiser, fester, verschlossener, praktischer.

La 363

526. FRAU VON GRAVMAYER AN KAROLINE VON BEULWITZ

Rehburg, 14. Oktober 1786

Goethe hat [in Karlsbad] viel vorgelesen, unter andern „Doktor Faust", und es schien, daß meine beide Freundinnen Lanthieri und Fräulein Asseburg mich recht bedauerten, es nicht gehört zu haben ...

Die Lanthieri ... ist eine schöne, offene, reine Seele, voll Licht und der wahren Güte. Goethe gefiel ihr ganz ausnehmend. „*Si j'avais un coeur à donner*", sagte sie, „*je le donnerais à Goethe.*" Nachher, glaube ich, hätte sie es unter Herder und Goethe geteilt, denn sie liebte beide.

GoeJb X, 145f.

527. MORITZ AN CAMPE?

Rom, 20. November 1786

Der Herr von G[oethe] ist hier angekommen, und mein hiesiger Aufenthalt hat dadurch ein neues und doppeltes Interesse für mich gewonnen.

Dieser Geist ist ein Spiegel, in welchem sich mir alle Gegenstände in ihrem lebhaftesten Glanze und in ihren frischesten Farben darstellen.

Der Umgang mit ihm bringt die schönsten Träume meiner

Jugend in Erfüllung, und seine Erscheinung ... ist mir und so wie mehreren ein unverhofftes Glück. Denn bei allen Schönheiten der Natur und Kunst gibt es doch nichts Höheres als den harmonischen Gedankenwechsel, wodurch die dunklen Empfindungen erst zur Sprache und zum Bewußtsein kommen ...

Mor I, 67

528. MORITZ AN KLISCHNIG

Rom, 23. November 1786

Was meinen Aufenthalt in Rom noch angenehmer macht, ist die Gesellschaft eines Mannes, der mir wie ein wohltätiger Genius nirgend gewünschter erscheinen konnte als eben hier.

Goethe – ich brauche nur seinen Namen zu nennen, um Dir alles gesagt zu haben – ist vor kurzem angekommen. Ich habe mich sogleich an ihn angeschlossen und mit ihm mehrere kleinere Spaziergänge in der umliegenden Gegend gemacht.

„Es ist eine Wollust, einen großen Mann zu sehen!" – Wie warm empfinde ich dies jetzt! ...

Ich fühle mich durch seinen Umgang veredelt. Die schönsten Träume längst verfloßner Jahre gehn in Erfüllung.

Mor I, 66f.

529. TISCHBEIN AN LAVATER

Rom, 9. Dezember 1786

Sie haben in allem recht, was Sie von Goethe sagten. Das ist gewiß einer der vortrefflichsten Menschen, die man sehen kann. Stellen Sie sich meine unbeschreibliche Freude für, welche ich vor einigen Wochen hatt! Goethe kam mir unverhofft hierher, und jetzt wohnet er in meiner Stube neben mir! Ich genüße also von des Morgens bis zur Nacht den Umgang dieses so seltenen, klugen Mannes. Was das nun für Vergnügen für mich ist, können Sie sich leicht denken, indem

Sie Goethens Wert und meine Hochachtung gegen große Männer kennen. Lieber, bester Lavater, könnte ich Sie hier auch einmal sehen; auf denen Ruinen, wo vor diesem so große Taten geschahen, scheint ein lebender Mann erst recht groß. Es ist, als erkennte man ihn besser. Goethe ist ein werklicher Mann, wie ich in meinen ausschweifenden Gedanken ihn zu sehen mir wünschte. Ich habe sein Porträt angefangen und werde es in Lebensgröße machen, wie er auf denen Ruinen sitzet und über das Schicksal der menschlichen Werke nachdenket ... Sein Gesicht will ich recht genau und wahr nachzeichnen, denn man kann wohl keinen glücklichern und ausdrucksvolleren Kopf sehen. Goethe war mir durch Ihnen und seine anderen Freunde schon ziemlich bekannt, durch die vielen Beschreibungen, welche ich von ihm machen hörte, und habe ihn ebenso gefunden, wie ich mir ihn dachte. Nur die große Gesetztheit und Ruhe hätte ich mir in dem lebhaften Empfinder nicht denken können, und daß er sich in allen Fällen so bekannt und zu Hause findet. Was mir noch so sehr an ihm freut, ist sein einfaches Leben. Er begehrte von mir ein klein Stübchen, wo er in schlafen und ungehindert in arbeiten könnte, und ein ganzes einfaches Essen, das ich ihm denn leicht verschaffen konnte, weil er mit so wenigem begnügt ist. Da sitzet er nun jetzo und arbeitet des Morgens, an seiner „Efigenia" fertig zu machen, bis um 9 Uhr. Denn gehet er aus und siehet die großen hiesigen Kunstwerke. Mit was für einem Auge und Kenntnis er alles siehet, werden Sie sich leicht denken können, indem Sie wissen, wie wahr er denkt. Er laßt sich wenig von denen großen Weltmenschen steren, gibt und nimmt keinen Besuch, außer von Künstler, an. Man wollte ihm eine Ehre antun, was man denen großen Dichter, die vor ihm hier waren, getan hatt; er verbat sich es aber und schützte den Zeitverlust vor und wandte auf eine höfliche Art den Schein von Eitelkeit von sich ab. Das ihm gewiß ebensoviel Ehre macht, als wenn er werklich auf dem Kapitol gekrönet worden wäre. Ich freue mich, daß ich jetzo lebe, des Goethens und Lavaters wegen.

La 364f.

Italienischer Bettler mit Schaubild

530. TRIPPEL AN UNBEKANNT

Rom, 9. Dezember 1786

Der Herr Goethe ist vor ungefähr vier Wochen hierhergekommen unter dem Namen Müller, eines teutschen Gelehrten. Er logiert beim Tischbein. Er geht bei niemand als beim Reiffenstein und bei der Angelika Kauffmann, denn sie haben ein Komplott gemacht, daß er nirgends darf hingehen, als wo sie ihn hinführen. Also dieser große Löwe läßt sich durch die Gasse an der Nase herumführen. Es heißt, er bleibt den ganzen Winter hier, und er schreibt Tragödi, die „Iphigenia“. Er ist einmal bei mir gewesen, sonst bei keinem anderen.

JbGoeGes VIII, 173

531. ELISABETH GOETHE AN FRIEDRICH VON STEIN

Frankfurt, 17. Dezember 1786

Wissen Sie denn noch immer nicht, wo mein Sohn ist? das ist ein irrender Ritter! nun, er wird schon einmal erscheinen und von seinen Heldentaten Rechenschaft ablegen, – wer weiß, wie viele Riesen und Drachen er bekämpft, wie viele gefangene Prinzessinnen er befreit hat. Wollen uns im voraus auf die Erzählung der Abenteuer freuen und in Geduld die Entwickelung abwarten.

Frau Rath 218f.

532. CHARLOTTE VON STEIN AN CHARLOTTE VON LENGEFELD

Weimar, 25. Dezember 1786

Aus Rom habe ich viele hübsche Briefe vom Goethe, die ich Ihnen, wenn Sie zu uns kommen, will zu lesen geben. Daß er wieder zu uns zurück will, ist gewiß sein Vorsatz; aber der Himmel beschließt manchmal anders, als wir gebundene Sterbliche wollen. Ein bißchen unartig hat er seine Freunde verlassen.

SchFr II, 258

1787

533. GÖSCHEN AN WIELAND

Leipzig, 17. Januar 1787

Ich habe noch immer große Hoffnung, mit Goethe gut zu fahren; daß ich nicht schlecht fahren werde, dafür bin ich schon gesichert ...

Freilich subskribiert das deutsche Publikum nicht so gern auf Goethens Schriften als auf Geißlers des Jüngern seine unsterblichen Werke. Die Subskriptionslisten von beiden werden dies zur Ehre Deutschlands beweisen, und den Patrioten wird das Herz darüber schlagen vor Freuden.

GoeJb I, 316

534. MORITZ AN CAMPE

Rom, 20. Januar 1787

Was nun während der vierzig Tagen, die ich unter fast unaufhörlichen Schmerzen unbeweglich auf einem Fleck habe liegen müssen, der edle, menschenfreundliche Goethe für mich getan hat, kann ich ihm nie verdanken. Wenigstens aber werde ich es nie vergessen. Er ist mir in dieser fürchterlichen Lage, wo sich also alles zusammenfand, um die unsäglichen Schmerzen, die ich litt, noch zu vermehren und meinen Zustand zugleich gefahrvoll und trostlos zu machen, alles gewesen, was ein Mensch einem Menschen nur sein kann. Täglich hat er mich mehr als einmal besucht und mehrere Nächte bei mir gewacht. Um alle Kleinigkeiten, die zu meiner Hilfe und Erleichterung dienen konnten, ist er unaufhörlich besorgt gewesen und hat alles hervorgesucht, was nur irgend dazu abzwecken konnte, mich bei gutem Mute zu erhalten. Und wie oft, wenn ich unter meinem Schmerz erliegen und verzagen wollte, habe ich in seiner

Gegenwart wieder neuen Mut gefaßt! Und weil ich gern standhaft vor ihm erscheinen wollte, bin ich oft dadurch wirklich standhaft geworden. Er lenkte zugleich den guten Willen meiner hiesigen deutschen Landsleute ... Goethe ließ sie losen, wie sie der Reihe nach bei mir wachen sollten, und sogleich waren alle Nächte besetzt ... Selbst die Leute, bei denen ich wohne, waren durch diese Liebe und Freundschaft so vieler Menschen gegen einen ihrer leidenden Brüder gerührt und folgten dem Beispiel ... Dies alles zusammengenommen, flößte mir zuerst wieder eine Art von Zutrauen gegen mein Geschick ein. Ich dachte: es drückt mich zwar nieder, aber es will mich doch nicht sinken lassen.

Cam 342f.

535. ELISABETH GOETHE AN CHARLOTTE VON STEIN

Frankfurt, 29. Januar 1787

Ich freue mich, daß die Sehnsucht, Rom zu sehen, meinem Sohne geglückt ist. Es war von Jugend auf sein Tagsgedanke, nachts sein Traum. – Die Seligkeit, die er bei Beschauung der Meisterwerke der Vorwelt empfinden und genießen muß, kann ich mir lebendig darstellen und freue mich seiner Freuden ... Ich empfehle mich und meinen Sohn aufs beste in Dero und des Herrn Gemahls ... fortdaurende Liebe und Freundschaft ...

Frau Rath 219f.

536. KAROLINE HERDER AN GLEIM

Weimar, 8. Februar 1787

Von Goethe wissen Sie also noch nicht, daß er seit Oktober vorigen Jahres in Rom ist? Er lebt dort sehr glücklich. Sein Geist hatte hier keine bleibende Stätte mehr, und er eilte im stillen, ohne es den vertrautesten Freunden zu sagen, fort. Ihm ist diese Erholung äußerst nötig gewesen, und wir sehen schon, daß er in einem halben Jahr vergnügt wieder zu uns kehrt. Wir genießen sein Glück ganz mit ihm. Wir haben in den letzten drei Jahren nur mit ihm gelebt, an Geist und Herz verbunden.

VaH I, 127

537. MERCK AN ANNA AMALIA

Darmstadt, 10. Februar 1787

Mein Name ist so völlig bei ihm [Goethe] und bei andern, ihm näheren Freunden ausgetan, daß ich nicht anders als per supplicam um etwas, das ihn angeht, einkommen darf. Vor ohngefähr zehn Jahren hätte ich nicht geglaubt, daß es unverschuldeterweise von meiner Seite so weit kommen könnte.

MBr 583

538. GLEIM AN KAROLINE HERDER

Halberstadt, 14. Februar 1787

... wer, meine Teure, hat so garstig von Berlin mit Ihnen gesprochen? War's Goethe, so hat er sich gröblich versündigt; denn er urteilte nicht unparteiisch. Den Berlinern kam er stolz vor und wurde deshalb nicht eben überall gut aufgenommen. Sie wissen, daß er einst mir auch so vorkam. Also mögen die Berliner nicht ganz unrecht haben.

VaH I, 128

539. KAROLINE HERDER AN GLEIM

Weimar, 23. Februar 1787

Sie tun Goethe sehr unrecht wegen Berlin. Mein Mann und ich haben längst diese Scheu davor gehabt; es ist eine Art Instinkt in uns. Goethe würden Sie jetzt mehr als jemals lieben, wenn Sie ihn so kennten wie wir. *Er ist ein Mann,* in allem Betracht. Wir sind ohne ihn hier ganz allein ...

VaH I, 129

540. ANNA AMALIA AN MERCK

Weimar, 25. Februar 1787

Ich will bei der Frau Aja ein gutes Wort einlegen, daß sie Ihnen die Extrakte aus ihres Sohns Briefe, die er von Rom aus schreibt, kommunizieret. Soviel kann ich Ihnen sagen, daß er sehr wohl ist und sich da wie einheimisch findet; er gehet fast mit keinen andern Menschen als mit dem jungen Tischbein um. Wenig Menschen gibt's und wird es geben, die Rom auf eine solche Weise sehen und so studieren wie er.

MS 231

541. LUISE VON GÖCHHAUSEN AN MERCK

Weimar, 2. März 1787

Meines Erachtens werden seine Briefe immer besser, je mehr alles das Große und Herrliche, was mit einem Male auf ihn zuströmte, sich bei ihm ruhig zu setzen anfängt. Sein Genuß steigt täglich. Ob er diesen Sommer zurückkommt, ist ihm wohl selbst noch ungewiß.

MS 232

542. KNEBEL AN HERDER

Jena, 2. März 1787

Hier ist „Iphigenia" ... Sie hat mir ein unaussprechlich süßes Vergnügen gemacht, da der vollen, reifen Frucht nun nichts zu vergleichen ist. Es liegt für den Liebhaber der Kunst bei Vergleichung mit dem ersten Originale ein Begriff von Ausbildung darinnen, der den Dichter so hoch stellt als beinahe die Erschaffung des Werkes selbsten.

VaH III, 25

543. CHARLOTTE VON STEIN AN KNEBEL

Weimar, 3. März 1787

Gestern habe ich auch einige Zeilen vom Goethe erhalten, woraus ich sehe, daß er sehr glücklich ist, und wenn die Zeit ihm die Sehnsucht nach uns wird ausgelöscht haben, fürcht ich, wird er gar nicht zurückverlangen.

BodeSt VI, 189

544. GRAF ZU HERZAN UND HARRACH AN DEN FÜRSTEN KAUNITZ

Rom, 3. März 1787

Herr Goethe hat sich zwei Monate hier aufgehalten. Er trachtete, unbekannt zu bleiben, und änderte deswegen seinen Namen in jenen Müller, unter welcher Aufschrift auch seine Briefe an ihn gekommen. Er soll wenige Gesellschaften besuchet haben; einige Male war er bei dem jungen Fürsten von Liechtenstein, und mein deutscher Sekretär, welcher in einem Gasthofe mit ihm bekannt geworden, sagte mir, daß er vermute, seine Absicht sei, eine Reisebeschreibung zu machen, und daß er ihm einige Stücke aus seinem Tagebuche vorgelesen, wo er über die Inquisition, die gegenwärtige Regierung und das große Elend Roms sehr scharfe und bissige Anmerkungen macht. Er wohnte hier bei dem deutschen Maler Tischbein, und mit ebendiesem ist er nach Neapel gereiset. Ich habe meinen Sekretär, auf dessen Rechtschaffenheit ich mich verlassen kann, aufgetragen, daß er bei seiner Zurückkunft, die wahrscheinlich bald erfolgen dürfte, sich mit jenen in einen näheren Umgang setzen soll, um hiedurch imstande zu sein, mit Sicherheit ein wachsames Auge auf seine Aufführung und allfällig geheime Absichten tragen zu können ...

Herzan 151

545. ELISABETH GOETHE AN FRIEDRICH VON STEIN

Frankfurt, 9. März 1787

Großen, schönen und vielfältigen Dank vor die überschickten Briefe, – es war mir ein Trost, Labsal und Freude, aus der großen Entfernung so gute Nachrichten von meinem Sohne zu hören. Bitten Sie doch Ihre Frau Mutter, alles, was an sie gelangt, mir gefälligst zu übersenden – und ich will recht herzlich dankbar dafür sein. Vor dem Abschreiben haben Sie keine Sorge, es bekommt sie niemand zu sehen. Sie sind also nicht der Meinung, daß mein Sohn noch eine längere Zeit ausbleiben wird? Ich für meine Person gönne ihm gern, die Freude und Seligkeit, in der er jetzt lebt, bis auf den letzten Tropfen zu genießen, und in dieser glücklichen Konstellation wird er wohl Italien nie wiedersehen; ich votiere also aufs längere Dortbleiben, vorausgesetzt, daß es mit Bewilligung des Herzogs geschieht.

Frau Rath 220f.

546. ELISABETH GOETHE AN ANNA AMALIA

Frankfurt, 9. März 1787

Alle Befehle von Ihro Durchlaucht sind vor mich das elfte Gebot. Freund Merck soll die zwei Briefe (denn mehr habe ich nicht empfangen) überschickt bekommen, wiewohl ich zweifle, ob er vor seine Wißbegier viel Nahrung finden wird. Mich haben sie freilich unendlich gefreut, weil sein innigster und heißester Wunsch erhört worden ist – von früher Jugend an war der Gedanke, Rom zu sehen, in seine Seele geprägt, und ich kann mir die Freuden sehr lebhaft denken, die er jetzt fühlt in dem Genuß der Meisterwerke der Vorwelt. Auf sein ganzes Leben muß ihn das ergötzen. Auch seine Freunde werden mit genüßen, denn er hat die Gabe, ziemlich lebendig die Dinge darzustellen. Gott bringe ihn nur gesund und wohlbehalten zurück ...

Frau Rath 221

547. MERCK AN KARL AUGUST

Darmstadt, 10. März 1787

Ebenso war mein Verhältnis mit Goethe, von dem ich hörte, daß er an alle Menschen geschrieben hatte, nur an mich nicht. Jetzo aber hat er seit ohngefähr vierzehn Tagen auch an mich, und zwar aufs freundschaftlichste, gedacht. Dieser Mann hat nun in meinen Augen niemals unrecht, allein ich sah es als ein Verhängnis an, daß mir vielleicht ein geschäftiger Bube einen bösen Dienst bei ihm erwiesen habe. Mir ist so wenig von dem zuteil geworden, was die Menschen Glück oder Ehre nennen ...

MBr 584

548. FRAU VON GRAVMAYER AN KAROLINE VON BEULWITZ

Rehburg, 18. März 1787

Goethe hat diesen Winter in Italien zugebracht; zwei Hannoveraner haben ihn in Rom begegnet und sind ganz von ihm eingenommen. Ich denke, er ist über Graz gegangen, um die Lanthieri zu besuchen; denn er schätzt sie ganz so, wie es ihre schöne, liebe Seele verdient.

GoeJb X, 146

549. CHARLOTTE VON STEIN AN KNEBEL

Weimar, 21. März 1787

Neapel hat uns Goethen weggefischt. Er schreibt mir, wer das gesehen, dem könne kein Ort der Welt wieder gefallen.

BodeSt VI, 189

550. GRAF ZU HERZAN UND HARRACH AN DEN FÜRSTEN KAUNITZ

Rom, 24. März 1787

Was ich inzwischen von dem Herrn Goethe in Erfahrung gebracht, ist, daß die Briefe, die er an seinen Fürsten geschrieben, unter seiner eigenen Aufschrift waren, nämlich: „An Herrn Goethe, Geheimer Rat des Herrn Herzogs von Sachsen-Weimar“. Er hatte auch einen starken Briefwechsel mit verschiedenen Gelehrten und seiner Mutter in Frankfurt, von welch letzterer mein deutscher Sekretarius einen Brief in seine Hände bekommen und ich hier beilege. Die Ursache, die er angegeben, warum er niemand wolle vorgestellet noch in eine Gesellschaft eingeführet werden, wäre, weil er keine Garderobe mit sich führe, noch sich eine anschaffen wolle; dann, weil er beschlossen, sich ein Studium aus dem zu machen, was Rom einem Gelehrten, der zugleich so sehr Kunstliebhaber ist, darbietet; und endlich, weil er in einem oder längstens zwei Jahren mit seinem Fürsten wiederzukommen hoffe. Er ließ sich öfter verlauten, daß gedachter Herr Herzog dieses Jahr nach Rom gekommen sein würde, wenn ihn nicht Umstände daran gehindert hätten. Indessen sei ihm dessen Unterbleibung nun aus der Ursache lieb, daß er nun imstande sein werde, ihm bei dessen Aufenthalte in Rom den Cicerone zu machen. Sein Umgang hier war fast einzig mit deutschen Künstlern, in deren Gesellschaft er die hiesigen Galerien, Antiquitäten und übrigen Merkwürdigkeiten wiederholt und jedesmal mit großer Aufmerksamkeit besah. Er machte die Bekanntschaft des schon seit einer geraumen Zeit hier anwesenden Berliner Professors Moritz, in dessen Gesellschaft er die umliegenden Örter besuchte. Der Maler Tischbein hatte ihn bei seinem großen Freund und Gönner, dem Herrn Russischen Rat Reiffenstein, eingeführt, bei dem er öfters speiste und sehr vertraulich war. Und der Antiquarius Hirt, welcher öfters im Hause des jungen Herrn Fürsten Liechtenstein ist, hatte ihn überredet, sich bei diesem, jedoch mit ausdrücklicher Verbietung aller Etikette, vorstellen zu lassen, wo er dann nachher auch öfters hinkam, zu Mittag speiste und vom gedachten Herrn Fürsten in die hiesige Arkadische Versammlung eingeführt und als Mitglied unter dem Namen Megallio akklamiert wurde, von welcher Zeit an er sich auch Herr Goethe oder Geheimrat Goethe nennen ließ. Er verfertigte mit eigener Hand mehrere Zeichnungen, arbeitete an einer neuen Ausgabe seiner Werke in acht

Bänden und vollendete sein angefangenes Trauerspiel „Iphigenia", welches Herr Abbate Tacchi, Ajo des jungen Herrn Fürsten von Liechtenstein, nun in das Italienische übersetzet, um es auf einem der hiesigen Theater vorstellen zu lassen. Er wird mit Ende dieses Monats oder Anfang des künftigen von Neapel zurückerwartet und sich dann über das Petersfest hier aufhalten, in welcher Zwischenzeit er sehr wünschet, eine Gesellschaft zu finden, mit der er eine zweite Reise nach Neapel und von da nach Sizilien machen könnte. Dann wollte er mit Anfang des Julius seine Rückreise nach dem Vaterland entweder durch die Schweiz und sodann nach Frankfurt und Mainz, um seine Mutter und Freunde zu sehen, oder aber, wozu er mehr Lust zu haben scheint, über Wien antreten.

Herzan 156f.

551. GRAF ZU HERZAN UND HARRACH AN DEN FÜRSTEN KAUNITZ

Rom, 24. März 1787

Die Personen, welche in das von dem preußischen Hof in Absicht habende Wahlgeschäft zu Mainz einen Einfluß haben dürften, sind: der preußische Resident Abbate Ciafani, der mainzische Advokat Farnia, der bei dem spanischen Botschafter Grafen Mahoni in Dienst gestandene Abbate Sgrilli ..., der Herr Goethe und vielleicht der Herr Marchese Antici ...

Herzan 160f.

552. CHARLOTTE VON STEIN AN KNEBEL

Weimar, 26. März 1787

Goethe ist nun wahrscheinlich nach Sizilien ...

Es ist mir ein unangenehmer Gedanke für ihn, wenn er im Winter hier eintreffen sollte. Und doch mag ich auch nicht denken, daß er noch ein ganzes Jahr wegbleibt.

Ein Stückchen von meinem Briefe, aus dem Vesuv angeraucht, hat er mir zurückgeschickt.

BodeSt VI, 190

553. KARL AUGUST AN MERCK

Weimar, 30. März 1787

Goethe bereichert sich erstaunlich. Er legt auch wahrscheinlich viel zurück, denn jetzt gibt er gewaltig wenig an seine ärmeren Freunde aus. Er ist zu gutherzig, als daß er unmitteilend alles für sich behalten sollte. Er wird gewiß bei seiner Rückkehr uns manche artige Gastmähler geben.

MS 233

554. KARL AUGUST AN KNEBEL

Weimar, 1. April 1787

Goethen habe ich vorgestern einen sehr langen Brief geschrieben, auf dessen Beantwortung ich sehr neugierig bin. Dem Menschen scheint's gewaltig wohl zu gehen, und jetzt in seinem Alter hat er die Gewalt über sich, sich's nicht wohler werden zu lassen, als sich's geziemt.

KA 76

555. CHARLOTTE V.ON STEIN AN KNEBEL

Weimar, 4. April 1787

Goethe schreibt mir recht fleißig und ist sehr wohl. Bald glaube ich, er geht nicht nach Sizilien, denn in seinem letzten Brief schreibt er gar nichts davon. Aber desto schlimmer: So wird er wieder ein zweites Mal von uns gehen, und Sie wohl gar mit ...

BodeSt VI, 191

556. MALER MÜLLER AN HEINSE

Rom, 17. April 1787

Er [Goethe] logierte beim Maler Tischbein, schien ein Staatsgefangner vom neugebacknen Antiquar Hirt (ein erbärmlicher Prinz), von Schütz, Pirri [Bury] etc. zu sein. Diese machten seine Leibgarde aus, und es schien mir immer, wenn ich den starken Goethe unter den schalen Schmachtlappen so herummarschieren sah, als erblickt ich den Achilles unter den Vozen von Skyros.

ArchivLit. X, 55

557. ELISABETH GOETHE AN FRIEDRICH VON STEIN

Frankfurt, 1. Juni 1787

Hier schicke ich mit großem Danke die Journale meines Sohnes zurück, bitte, mir nun auch die andern zuzusenden, – besonders möchte ich gar gern wissen, wie es mit seiner Rückkunft in seine Heimat aussieht. Es ist nicht Neugierde, – ich habe eben diesen Sommer verschiedene nötige Reparaturen in meinem Hause vorzunehmen, – käme er also bald, so müßte natürlich alles aufgeschoben werden; wäre aber seine Ankunft erst gegen den Herbst, so könnte ich meine Sachen vorher fertig machen, – es liegt mir sehr viel daran, es zu wissen, und ich verlasse mich gänzlich auf Sie, mein lieber Sohn, daß Sie mir Nachricht davon geben. Denn stellen Sie sich vor, wie ärgerlich es mir sein würde, da ich meinen Sohn so lange nicht gesehen habe, wenn ich ihn in einem solchen Wirrwarr bei mir haben und ihn nur halb genießen könnte.

Frau Rath 222

558. STRACK AN MERCK

Rom, 30. Juni 1787

Dieser Lieblingsschriftsteller unserer Nation, der sich seit einem halben Jahr in Rom aufhält, schenket unserm Künstler [Tischbein] die Freundschaft, dessen Wohnung mit ihm zu teilen und an dessen gewöhnlichem Tische vorliebzunehmen. Tischbein hatte also alle Muße, die Züge und den Charakter seines Gastfreundes zu studieren, um ein würdiges Bildnis von einem so vortrefflichen Mann zu entwerfen. Man sieht nämlich den Dichter, eingehüllt in einen weißen Mantel, den Hut auf dem Kopf, in der Attitüde von Sitzen und Liegen, mit dem tiefdenkenden Blick über die Vergänglichkeit der Dinge, auf einem umgestürzten und in Trümmer gegangenen Obelisken ruhen. Die darauf eingehauenen Hieroglyphen geben zu erkennen, daß er aus dem höchsten Altertum der ägyptischen Kunst ist. Daneben liegt ein verstümmeltes Basrelief, woraus man aber noch die beste Zeit der griechischen Kunst wahrnimmt und das die Erkennung der Iphigenia und ihres Bruders Orestes mit Pylades vorstellt, ein Gegenstand, den unser Dichter seit mehreren Jahren bemüht war, in ein Schauspiel zu bringen, und ihm endlich auf der Stube des Künstlers seine letzte Politur gab ... Über diese Revolutionen der Natur und der menschlichen Dinge staunet das Auge des philosophischen Dichters hin, und der schauervolle Gedanke der Vergänglichkeit scheinet auf seinem Gesichte zu schweben. Der Künstler hat sich bemüht, die Ähnlichkeit und die charakteristischen Züge seines Urbildes, soviel möglich, zu treffen. Seine Absicht war, nicht soviel das Malerische und die Farbe eines Tizians und van Dycks als die Bestimmtheit und die feinen und eignen Lineamente im Ausdruck, das wir so sehr in den Porträts eines Raffael und Holbein bewundern, nachzuahmen.

MS 236f.

559. SCHILLER AN KÖRNER

Weimar, 24. Juli 1787

Ich komme von Herdern ... Seine Unterhaltung ist voll Geist, voll Stärke und Feuer, aber seine Empfindungen bestehen in Haß oder Liebe. Goethen liebt er mit Leidenschaft, mit einer Art von Vergötterung. Wir haben erstaunlich viel über diesen gesprochen, was ich Euch ein andermal erzählen will ...

Goethe, gesteht er, habe viel auf seine Bildung gewirkt.

SchiBr I, 358

560. SCHILLER AN KÖRNER

Weimar, 12. August 1787

Dieser Tage bin ich auch in Goethens Garten gewesen beim Major von Knebel, seinem intimen Freund. Goethens Geist hat alle Menschen, die sich zu seinem Zirkel zählen, gemodelt. Eine stolze philosophische Verachtung aller Spekulation und Untersuchung, mit einem bis zur Affektation getriebenen Attachement an die Natur und einer Resignation in seine fünf Sinne; kurz, eine gewisse kindliche Einfalt der Vernunft bezeichnet ihn und seine ganze hiesige Sekte. Da sucht man lieber Kräuter oder treibt Mineralogie, als daß man sich in leeren Demonstrationen verfinge. Die Idee kann ganz gesund und gut sein, aber man kann auch viel übertreiben...

Dieser Tage habe ich in großer adliger Gesellschaft einen höchst langweilig Spaziergang machen müssen. Das ist ein notwendiges Übel, in das mich mein Verhältnis mit Charlotten [von Kalb] gestürzt hat – und wieviel flache Kreaturen kommen einem da vor! Die Beste unter allen war Frau von Stein, eine wahrhaftig eigene, interessante Person, und von der ich begreife, daß Goethe sich so ganz an sie attachiert hat. Schön kann sie nie gewesen sein, aber ihr Gesicht hat einen sanften Ernst und eine ganz eigene Offenheit. Ein gesunder Verstand, Gefühl und Wahrheit liegen in ihrem Wesen. Diese Frau besitzt vielleicht über tausend Briefe von Goethe, und aus Italien hat er ihr noch jede Woche geschrieben. Man sagt, daß ihr Umgang ganz rein und untadelhaft sein soll.

Goethe (weil ich Dir doch Herders Schilderung versprochen habe), Goethe wird von sehr vielen Menschen (auch außer Herdern) mit einer Art von Anbetung genannt und mehr noch als Mensch denn als Schriftsteller geliebt und bewundert. Herder gibt ihm einen *klaren* universalen Verstand, das wahrste und innigste Gefühl, die größte Reinheit des Herzens! Alles, was er ist, ist er ganz, und er kann, wie Julius Caesar, vieles zugleich sein. Nach Herders Behauptung ist er frei von allem Intrigegeist; er hat wissentlich noch niemand verfolgt, noch keines anderen Glück untergraben. Er liebt in allen Dingen Helle und Klarheit, selbst im Kleinen seiner politischen Geschäfte, und mit ebendiesem Eifer haßt er Mystik, Geschraubtheit, Verworrenheit. Herder will ihn ebenso und noch mehr als Geschäftsmann denn als Dichter bewundert wissen. Ihm ist er ein allumfassender Geist.

Seine Reise nach Italien hat er von Kindheit an schon im Herzen herumgetragen. Sein Vater war da. Seine zerrüttete Gesundheit hat sie nötig gemacht. Er soll dort im Zeichnen große Schritte getan haben. Man sagt, daß er sich sehr erholt habe, aber schwerlich vor Ende des Jahres zurückkommen würde.

SchiBr I, 380f. und 383

561. SCHILLER AN KÖRNER

Weimar, 29. August 1787

Ich habe am 28. August Goethens Geburtstag mit begehen helfen, den Herr von Knebel in seinem Garten feierte, wo er in Goethens Abwesenheit wohnt. Die Gesellschaft bestand aus einigen hiesigen Damen, Voigts, Charlotten [von Kalb] und mir. Herders beide Jungen waren auch dabei. Wir fraßen herzhaft, und Goethens Gesundheit wurde von mir in Rheinwein getrunken. Schwerlich vermutete er in Italien, daß er mich unter seinen Hausgästen habe, aber das Schicksal fügt die Dinge gar wunderbar. Nach dem Souper fanden wir den Garten illuminiert, und ein ziemlich erträgliches Feuerwerk machte den Beschluß.

SchiBr I, 404

562. KNEBEL AN SEINE SCHWESTER

Weimar, 31. August 1787

Goethens Geburtstag haben wir den 28. dieses ganz passabel hier zugebracht. Es war ein abwechselnder Tag, doch war der Abend ruhig und heiter. Die kleine Schardt, die Imhoff, Frau von Kalb waren bei mir, wobei noch ein paar andre

Freunde waren, unter denen Schiller, der Verfasser des „Don Carlos". Sie brachten mir einen Kranz für Goethe von wildem Heidekraut, das um Ilmenau wächst ... So ging es den Abend ganz gut. Ich ließ ein kleines Feuerwerk machen und den Garten erleuchten, wo sich Goethens Monument, nämlich eine Kugel von Sandstein, auf einem steinernen großen Würfel ruhend, gar wohl ausnahm. Der Mond war feierlich, als ich die Damen nach Hause begleitete, und wölbte den Himmel weit und hoch, und die Schatten und Lichter der Bäume und Felsen im Stern waren merkwürdig. Von meinem Liedchen ließ ich keine Notiz nehmen, weil die Erlaubnis von Dir noch nicht da war und auch sonst nicht viel Singendes in unsrer Gesellschaft. Herder war nicht zugegen. Er ist krank und war es recht sehr ...

Jetzt schick ich Dir auch endlich Goethens vierten Teil [der „Schriften"]. Die „Vögel" haben mich aufs neue sehr amüsiert und sind mit einem freien, beißenden Witz erfunden, ob Dir gleich nicht alles so verständlich sein wird, da manches lokal ist. Das lange Soliloque im vierten Akt des „Triumphs der Empfindsamkeit" ist doch vortrefflich.

KnHe 63f.

563. CHARLOTTE VON STEIN AN KNEBEL

Kochberg, 10. September 1787

Sie haben unseres Freundes Jahresfest sehr artig gefeiert; das ist mir allerwegens erschollen, und alle diese Briefe nebst dem Ihrigen habe ich ihm den Spaß gemacht, nach Rom zu schicken.

Mit letzterer Post hatte ich wieder einen Brief von ihm. Er ist sehr glücklich, und ich kann ihn deswegen auch gar nicht zurückwünschen! Bis Ostern gedenkt er nun in Rom zu bleiben.

BodeSt VI, 192

564. HERZOGIN LUISE AN LAVATER

Weimar, 15. September 1787

Wenn ich mich fähig fühlte, Goethens Charakter zu schildern, so würde ich Ihnen zu Gefallen es gewiß unternehmen. Aber ich vermag's nicht, ein solch außerordentliches Wesen ganz in seiner Größe darzustellen.

La 365

565. GLEIM AN HERDER

Halberstadt, 23. September 1787

Goethe soll keine „Mitschuldigen" mehr drucken lassen! Wann kommt er zurück? Ich denk ihn mir als ein Götz von Berlichingen in Rom etc.

VaH I, 132

566. FRIEDRICH HEINRICH JACOBI AN JOHANNES VON MÜLLER

Pempelfort, 3. Oktober 1787

Schon vor vierzehn Tagen hörte ich ... zugleich: auch Goethe sei zu Rom katholisch geworden.

JacBr I, 430

567. CHARLOTTE VON STEIN AN KNEBEL

Kochberg, 9. Oktober 1787

Wenn Goethe geübter in der Kunst wäre, sollte er seinen Geheimrat mit einem Platz in der Malerakademie von Neapel vertauschen, und er würde sich glücklich dabei befinden. Er hat mir wiederum artige Landschaften geschickt.

BodeSt VI, 193

568. TISCHBEIN AN MERCK

Neapel, 10. Oktober 1787

... kommen Sie diesen Winter nach Italien, wir wollen recht vergnügt sein. Goethe bleibt auch noch hier; der ist ein halber Maler geworden; ich höre, daß er in Rom fleißig zeichnet, Köpfe und Landschaften. In einigen Tagen erwarte ich ihn hier und werde dann wieder mit ihm nach Rom zurückgehen.

MS 238

569. SCHILLER AN KÖRNER

Weimar, 14. Oktober 1787

Gestern hatte ich einen angenehmen Abend. Die Schröter hat Charlotten [von Kalb] und mir die „Iphigenia" nach Goethes erstem Manuskript, wie es hier gespielt wurde, vorgelesen. Es ist eigentlich auch in Jamben, aber mit Einmischung prosaischer Stellen, so daß es für eine poetische Prosa gilt. Ich war darum auf dasselbe neugierig, weil es doch die erste Geburt, die gedruckte „Iphigenia" aber Ausarbeitung ist. Im ganzen genommen ist die letzte doch viel vollkommener ... Die Schröter liest gut, sehr gut ..., mit Affekt und richtiger Auseinandersetzung. Als ich sie lesen sah und hörte, wurde die Erinnerung *jener* Zeit in mir lebendig, wo sie dasselbe in ihrer Blüte getan haben soll.

SchiBr I, 422f.

570. MORITZ AN CAMPE

Rom, 27. Oktober 1787

Es kommt mir außerordentlich zustatten, daß ich mit dem Herrn von Goethe beständig meine Ideen wechseln kann, und ich bin dadurch schon auf vortreffliche Grundsätze geleitet worden.

Cam 353

571. KAROLINE HERDER AN CHARLOTTE JACOBI

Weimar, 2. November 1787

An Ostern kommt Goethe wieder. [Hamann] muß ihn bei uns kennenlernen; er verdient auch, daß man von Norden nach Süden reiset, um ihn kennenzulernen. Er lebt in Rom ununterbrochen glücklich. Gott sei gedankt, daß er ihm nun seine gute Stunde schenkt! Trotz der Alpen sind wir ungetrennt von ihm und teilen sein Glück mit ihm.

HeH 231

572. GÖSCHEN AN BERTUCH

Leipzig, 22. November 1787

So ein Brief wie der von Goethe kann den Frohmut sehr niederschlagen. Mit der Schrift ist vorher keine Zeile gedruckt worden, und sie soll stumpf sein! Das Papier, welches weiß ist und nicht stark, um bequeme Bände zu bekommen, soll Druckpapier sein – mag es doch! Herder soll nur die Auflage seiner Schriften damit vergleichen. Ich weiß nunmehro wohl, woran es hängt. Der feine Hartknoch hat sicher Lunte gerochen und sich gefürchtet, ich möge ihm ins Gehege kommen ... Goethe müssen wir in Rücksicht der Zukunft die Exemplare schenken. Lassen Sie uns hier nicht genau handeln; das Papier ist zu übersehen. Druckfehler und Auslassungen können nicht in den Werken sein; sie müssen im Manuskripte stehn. Ich werde Goethe melden, daß ich 3000 gedruckt habe, denn ich möchte gern aufrichtig handeln. Aber wird er nicht sagen, wir vermehren die Auflage ins Unendliche? Melden Sie mir Ihre Meinung. Ich versichere Ihnen heilig: hätt ich Herdern und Goethen von der Seite gekannt, als ich sie jetzt kenne, sie hätten mich nicht so glücklich machen sollen, ihre Werke zu verlegen. Sind denn 2000 Taler ein Kinderspiel?

GoeJb II, 404f.

573. GÖSCHEN AN BERTUCH

Leipzig, 28. November 1787

Hier ist der Brief an Goethe. Diesen muß Herder und Seidel nicht lesen. Lassen Sie ihn direkt nach Rom gehen. Ich muß diese Satisfaktion an Herdern haben, und alle Pfaffen hole der Teufel! Ich denke, Goethe soll die 40 Exemplare nicht verlangen. Verlangt er sie, so gebe ich sie ihm mit Freuden, denn mit eben der Zuversicht, als ich zu manchen Dingen riet, die anderen Menschen geglückt sind, sag ich, daß Angelikas Zeichnung und der „Egmont" unsere Ausgabe heben wird. Goethe schenkt seine 40 Exemplare weg; damit wird unsere holländische Ausgabe bekannt, er wird in gutem Willen erhalten, und das Papier läßt sich übersehen ...

Finden Sie etwas in Goethes Brief, das Ihnen nicht gefällt, so schreib ich ihn anders. Sagen Sie mir's frei heraus. Noch glaub ich, Goethe wird geleitet. Sollte es nicht sein, so veracht ich ihn ebensosehr, als ich ihn verehrt habe, und ich muß glauben, daß er zu den niedrigen Menschen gehört, welche glauben, alle Buchhändler sind Juden.

GoeJb II, 405f.

574. SCHILLER AN KÖRNER

Weimar, 19. Dezember 1787

Goethens Zurückkunft ist ungewiß und seine ewige Trennung von Staatsgeschäften bei vielen schon wie entschieden. Während er in Italien malt, müssen die Voigts und Schmidts für ihn wie die Lasttiere schwitzen. Er verzehrt in Italien für Nichtstun eine Besoldung von 1800 Talern, und sie müssen für die Hälfte des Geldes doppelte Lasten tragen.

SchiBr I, 446

Egmont und Klärchen

575. CHARLOTTE VON STEIN AN CHARLOTTE VON LENGEFELD

Weimar, 28. Dezember 1787

Goethe schreibt mir alle Sonntage und ist glücklich, fröhlich und ganz selig. Im letzten Brief schickte er mir aus seiner umgeschmolzenen „Claudine“ einen Vers; hier ist er:

Liebe schwärmt auf allen Wegen,
Treue wohnt für sich allein;
Liebe kommt euch rasch entgegen,
Aufgesucht will Treue sein.

SchFr II, 260

1788

576. ANNA AMALIA AN MERCK

Weimar, 6. Januar 1788

Goethe wird wohl Ostern zurückkommen; doch ist es noch nicht ganz gewiß. Er ist fleißig in allem Betracht, und wir werden ihn wie neugeboren wiedersehen. Ich glaube, Italien ist für uns, was der Fluß Lethe den Alten war, man verjüngt sich, indem man alles Unangenehme, was man in der Welt erfahren hat, vergißt und dadurch ein neugeborner Mensch wird.

MS 238f.

577. ELISABETH GOETHE AN FRIEDRICH VON STEIN

Frankfurt, 22. Februar 1788

Ich habe einen Brief vom 3. d[es Monats] aus Rom, wo mein Sohn schreibt, gegen Ostern wollte er mir kundtun, ob ich ihn dieses Jahr zu sehen bekäme oder nicht, – ich glaube daher, daß es noch höchst ungewiß ist, ob er über Frankfurt zurückgeht; – daß er gegen seine Freunde kalt geworden ist, glaube ich nicht, aber stellen Sie sich an seinen Platz – in eine ganz neue Welt versetzt, – in eine Welt, wo er von Kindheit an mit ganzem Herzen und ganzer Seele dran hing, – und den Genuß, den er nun davon hat. Ein Hungriger, der lange gefastet hat, wird an einer gutbesetzten Tafel, bis sein Hunger gestillt ist, weder an Vater noch Mutter, weder an Freund noch Geliebte denken, und niemand wird's ihm verargen können.

Frau Rath 225

578. SEIDEL AN GÖSCHEN

Weimar, 25. Februar 1788

Hierbei erhalten Sie die zwei ersten Akte von der „Claudine"; der dritte wird bald folgen ...

Gewiß werden Sie sich mit mir über die neuen niedlichen Sachen freuen, die der Herr Geheime Rat in die „Claudine" gebracht hat. Auch glaube ich, man sieht es dem Stücke an, daß es in der Gesellschaft eines Musikers [Kayser] umgearbeitet ist, von dessen Talenten wir noch sehr viel erwarten können.

GoeJb X, 146f.

579. SCHILLER AN KÖRNER

Weimar, 31. März 1788

Hier wird Goethe jeden Tag aus Italien zurückerwartet; der Herzog hat ihn verlangt und ihm, wie man mir gesagt, eine Prolongation seines Urlaubs verweigert.

SchiBr II, 34

580. HUBER AN KÖRNER

Frankfurt, 14. April 1788

Über den Alba [in „Egmont"] bin ich ganz Deiner Meinung. Das ist wieder einmal eine Behandlung, wo dem Kühnsten das „Anch' io son' pittore" im Munde stirbt.

Den Traum habe ich erkältend gefunden, so auch die Selbstmörderin; es hat etwas von den neuen Briefen im „Werther" ...

Auch hier, wie im „Götz", im „Werther" und der „Iphigenie", ist kein Strich Manier des Dichters und alles Manier des Sujets. Aber eben diese Treue hat hier einen kleinen Anstrich von Kälte hervorgebracht. Die Niederländer sind hier, wie in der Wahrheit, kalte, fröhliche Menschen, die ihre Freiheit bona fide genießen, sich aber lange hudeln lassen, ohne etwas zu unternehmen ... Egmont ist ein Held, aber ein niederländischer Held ...

Hub 259f.

581. GRAF ZU HERZAN UND HARRACH AN DEN FÜRSTEN KAUNITZ

Rom, 16. April 1788

Herr Goethe wird künftigen Sonnabend seine Rückreise von hier nach Weimar antreten.

Herzan 175

582. KNEBEL AN SEINE SCHWESTER

Weimar, 18. April 1788

Goethe ist auf seiner Rückreise und wird wahrscheinlich im Junius wiederkommen ... Es wird ihm schwer, Italien zu verlassen, und ich fürchte, daß er sich so bald nicht wieder an deutsche Luft gewöhnen möchte. Freilich ist's ja in Deutschland überall schlecht, und die Luft wäre noch am ersten zu ertragen. Aber unser elendes Reichssystem, Vorurteile aller Art, Dumpfheit, Plumpheit, Ungefühl, Unart, Ungeschmack und Unsinn, Stolz und Armut, das sind Dinge, die noch schlimmer sind als die schlimmste Luft.

KnHe 80f.

583. HUBER AN KÖRNER

Mainz, 26. April 1788

Die Goethe hat mir die erste Bearbeitung der „Iphigenia", in Prosa, mitgegeben. Die Prosa ist sehr melodisch, so daß er oft bei der neuern in ganzen Seiten nichts zu ändern gebraucht hat ... Sie sticht gegen die neuere sehr ab, und ich habe würklich gefunden, daß die ganze volle Schönheit der „Iphigenia" mit auf kleinen hinzugekommenen Drukkern, vorzüglich in der Diktion, beruht. Die Existenz dieses Kunstwerks ist mir nun etwas *vermenschlicht,* ohne daß es dadurch verliert.

Hub 268

584. KÖRNER AN SCHILLER

Dresden, 14. Mai 1788

Auf Dein Urteil [Rezension] über „Egmont" bin ich begierig; ich habe mit Huber einen Streit darüber: er findet vieles matt und kalt. Mir scheint es aber gerade ein Vorzug des Stückes zu sein, daß die Hauptcharaktere nicht durch konventionellen Heroismus, sondern durch *Menschlichkeit* interessieren und daß das Begeisternde in dieser Menschlichkeit mit größter *Wahrheit* dargestellt ist. Man wird nicht durch Ideale *emporgehoben,* sondern durch die Lebhaftigkeit der Täuschung ergriffen, die uns gleichsam bekannte Gestalten vor die Augen stellt.

SchiKö I, 219f.

585. DOROTHEA SCHULTHESS AN IHRE SCHWESTER BARBARA

Konstanz, 4. Juni 1788

Jetzt wollt ich, Du wärest an meiner Stelle, Bäben! Es bessert jetzt, aber im Anfang klopfte mir das Herz gewaltig. Wir sind schon eine Stunde hier. Herr Kayser ist sehr freundlich, und der andre, ach, den kann ich nicht genug ansehen, so freundlich und artig ist er. Wir trinken jetzt ein Tee miteinander auf unserm Zimmer, das recht lustig ist; es hat ein Erkel wie im Talegg. Denk, eben sagt Mama, es sei gut, daß ich brav schreibe; da sagt der Goethe: „Schreiben Sie auch meine Empfehlungen an Ihre Schwestern!", und Kayser desgleichen. Der Vetter [Heinrich Schinz?] hat auch die Augen ein wenig aufgetan; das freute mich. Jetzt packt der Vetter aus in seiner Kammer, und ich sollt mich ein wenig strählen, und doch. Mama packt der Frau Meiß Porteret aus, und G[oethe] beguckt es sehr begierig.

Schult 65

586. BARBARA SCHULTHESS AN IHRE TOCHTER BARBARA

Konstanz, 5. und 6. Juni 1788

[5. Juni:] ... Es ist jetzt Morgen halb 5 Uhr. Der gestrige Tag ging herum, ich wußte nicht, wie. Es wurde immer erzählt, meistens über Kunstsachen, wo einem immer Lichter aufgesteckt werden, viel Neues und viel Altes gesagt wird, so vieles deutlich gemacht, davon der dunkle Begriff dalag und so nun Genuß wird. Der Rat gibt sich soviel Mühe und läßt keinen Augenblick verlorengehen. Ich weiß nicht, wie lang wir bleiben: eben bis es Zeit sein wird zu gehen ...

[6. Juni:] ... Es geht überall recht gut. Gestern nacht ließ der Geheime Rat den Mond scheinen und versprach mir auch einen Mondschein. Das kannst Du nun gar nicht verstehen, wenn Du es nicht ganz einfältig und buchstäblich nimmst. Du siehst also, daß er Mondschein mit sich führt. Wirst noch allerlei hören und vernehmen, habe nur Geduld!

Schult 66 f.

587. DOROTHEA SCHULTHESS AN IHRE SCHWESTER BARBARA

Konstanz, 9. Juni 1788

Wohl, ich hab was, denk, es freut mich erstaunlich! Ein Brotkügeli, das [er] über ein Mittagessen in Händen herumdrückte! Ich sitz immer neben ihm, und wenn ich ihm aufwarten kann, so tu ich's geschwind; o das freut mich dann! ... Er trägt immer ein braunes Kleid und prächtige Schuhschnallen von Steinen, sehr prächtig ...

Ich will gewiß sehen, wo ich noch was auffange von Goethe vor Dich.

Schult 72

588. KNEBEL AN CHARLOTTE VON LENGEFELD

Weimar, 13. Juni 1788

... indes erwarten wir jetzt Goethe jeden Tag ... ich habe Lust, meinen hiesigen Aufenthalt bald auf längere Zeit zu verwechseln. Fürs erste will ich nur noch abwarten, wie es mit Goethe geht, dessen Schicksal mir sehr am Herzen liegt.

SchFr III, 303f.

589. CHARLOTTE VON LENGEFELD AN FRIEDRICH VON STEIN

Rudolstadt, 17. Juni 1788

Wie geht es Ihnen? Sind Sie wohl recht froh jetzt? Das Rollen jedes Wagens macht Ihnen wohl Freude, weil Sie denken, es wäre der Geheime Rat ...

Schreiben Sie mir, wenn Sie können, bald wieder und recht viel vom Geheimerat. – Ich freue mich, daß er nun wieder in Deutschland ist und nun wohl auch bald bei Ihnen; er wird Sie recht groß finden.

SchFr I, 421f.

590. SOPHIE VON SCHARDT AN CHRISTOPH ALBRECHT VON SECKENDORFF

Weimar, 19. Juni 1788

Freund Goethe ist gestern abend spät zurückgekommen. Man sagt, daß die Herzoginmutter Himmel und Erde in Bewegung setzen wird, um ihn dahin zu bringen, daß er mit ihr nach Italien zurückgeht.

GoeJb XXV, 70. Aus dem Französischen

591. DIEDE IN SEINEN ERINNERUNGEN

Weimar, 19. Juni 1788

Nun war der Mann da, der aller Augen und Gedanken auf sich zog; insonderheit war er von denen, die seinem Beispiel zu folgen gedachten, sehnlich erwartet worden. Aber auch jedermann nahm an seiner Rückkunft Anteil. Der Fragen war kein Ende – er zog sich aus dieser Beschwerlichkeit mit dem ihm gewöhnlichen Verstand. Er zeigte sich mehr als gewöhnlich gesprächig, wie er denn wirklich Ermunterung und Zufriedenheit zurückgebracht hatte, und verweilte bei Kleinigkeiten, um Hauptpunkten, über die er sich nicht auslassen wollte, auszuweichen. Für uns war es ein wahrer Genuß, manches Gesehene mit ihm zu wiederholen und darüber seinen immer sonderbaren Gesichtspunkt und seine Meinung zu vernehmen. Er zeigte uns diesmal Zuneigung und Vertrauen. Der Herzog, dessen Zutrauen in Geschäfte vor gedachter Reise abgenommen zu haben geschienen hatte, behandelte ihn dermalen überaus freundlich und unterredete sich ohne Unterlaß mit ihm.

Diede 34 f.

592. KNEBEL AN HERDER

Ilmenau, 20. Juni 1788

Goethe ist noch nicht angekommen? Ich glaube, er kommt gar nicht. Es ist in der Tat möglich! Ich hätte mich sehr gefreut, ihn hier zu bewillkommnen; es scheint aber, seine Freude ist so stark nicht.

VaH III, 38

593. HERDER AN KNEBEL

Weimar, 22. Juni 1788

Er ist seit dem 18. abends um 10 Uhr mit dem Vollmonde hier, ist gesund und wohl und hat uns schon tausend Dinge erzählt.

Kn II, 242

594. KNEBEL AN CHARLOTTE VON LENGEFELD

Weimar, 30. Juni 1788

Goethe ist so unglücklich nicht hier. Er kennt die Dinge und weiß, daß man die vergangenen als einen Traum ansehen muß. Indes, wenn der Traum gut gewesen ist, bleiben doch noch Erinnerungen, die den Zeitpunkt, worinnen wir stehen, glücklich und reich machen können.

SchFr III, 305

595. ELISABETH GOETHE AN FRIEDRICH VON STEIN

Frankfurt, 4. Juli 1788

Es war mir eine große Freude, zu vernehmen, daß mein Sohn glücklich in Weimar angelangt ist. Gott erhalte ihn auch dort gesund, das andre wird sich alles geben ... Grüßen Sie meinen Sohn recht herzlich von mir ...

Frau Rath 245

596. SCHILLER AN RIDEL

Volkstädt, 7. Juli 1788

Goethe ist jetzt bei Ihnen. Ich bin ungeduldig, ihn zu sehen. Wenige Sterbliche haben mich so interessiert. Wenn Sie mir wieder schreiben, liebster Freund, so bitte ich Sie, mir von Goethe viel zu schreiben. Sprechen Sie ihn, so sagen Sie ihm alles Schöne von meinetwegen, was sich sagen läßt.

Die „Iphigenia" hat mir wieder einen recht schönen Tag gemacht – obschon ich das Vergnügen, das sie mir gibt, mit der niederschlagenden Empfindung büßen muß, nie etwas Ähnliches hervorbringen zu können.

SchiBr II, 85

597. RIDEL AN AMALIE BUFF

Weimar, 14. Juli 1788

Goethe ist seit dem 18. des vorigen Monats hier. Er war abends spät gekommen, und wenn ich gleich wußte, daß man ihn da erwartete, so überraschte er mich doch, denn die Herzogin sagte mir den Nachmittag, sie glaubte, daß er erst den 20. kommen würde. Den andern Morgen um 8 Uhr, wie ich's noch gar nicht wußte, daß er wirklich angekommen, und eben bei Akten saß, stand er vor mir und embrassierte mich. Er ist magerer geworden und war zudem sehr von der Sonne gebrannt. Ich kannt ihn nicht einmal gleich!

Er bezeigt sich sehr freundschaftlich gegen mich, reicht mir selbst bei Hofe ganz zutraulich die Hand und ist in der Erziehung ganz mit mir einstimmig. Eine stundenlange Promenade hab ich schon mit ihm gemacht und ihn auch da sehr offen gefunden. Nur packt ihn jetzt der Herzog so oft, und er hat so vieles und so mancherlei so vielen Menschen zu erzählen, daß ich ihn noch nicht so genießen konnte, wie ich's gewünscht hätte.

BodeSt IX, 311f.

598. FRIEDRICH MELCHIOR BARON VON GRIMM AN REIFFENSTEIN

Paris, Mitte Juli 1788

Ich hätte wohl zwischen Euch und Frau Angelika [Kauffmann] sitzen mögen, dem Herrn von Goethe gegenüber, wenn er Euch vorlas. Er ist vielleicht von dem ganzen gegenwärtigen Menschengeschlecht derjenige, der am meisten Genie hat. Schade aber ist es, daß er in den mehresten Fällen seine Werke unfertig beläßt. Ich weiß nicht, ob er Euch seinen „Dr. Faust" vorgelesen und dessen Plan mitgeteilt hat. Wenn dieses Werk ausgeführt wäre, so wäre es meines Erachtens die erstaunlichste Produktion, die es geben würde.

Reiff 44f. Aus dem Französischen

599. SCHILLER AN KÖRNER

Volkstädt, 27. Juli 1788

Nach Weimar werde ich doch wohl nicht so bald kommen. Es ist eine kleine Tagreise hin ... Ich bin sehr neugierig auf ihn, auf Goethe; im Grunde bin ich ihm gut, und es sind wenige, deren Geist ich so verehre. Vielleicht kommt er auch hierher, wenigstens nach Kochberg, eine kleine Meile von hier, wo Frau von Stein ein Gut hat.

SchiBr II, 92f.

600. KAROLINE HERDER AN IHREN MANN

Weimar, 8. August 1788

Sie [Eliza Gore] hat zwei Briefe aus „Werther" übersetzt ins Italienische. Da wir dabei waren, kam Goethe. Sie hat ein sehr warmes Herz für ihn und konnte nicht mehr lange bleiben. Goethe grüßt Dich tausend-tausendmal. Er empfindet Deine Abwesenheit nach mir am meisten. Durch Dein Gespräch, durch die Aufnahme seiner Gedanken und Mitteilung der Deinigen, die ihm forthelfen, hattest Du ihm viel gedient. Mit Knebel, sagt er, seie das nicht so. Auch im Politischen sieht er, daß nichts zu tun sei. Er hat sehr offen darüber gesprochen ... Sobald der Herzog fort ist, will er an den achten Band seiner Werke gehen. Will dies Jahr noch viel arbeiten. Sein Motto ist abermals: „Wenn du stille bist, wird dir geholfen."

HeIt 6

601. KAROLINE HERDER AN IHREN MANN

Weimar, 14. August 1788

Eben war Goethe da. Er hat viel Lustiges, ich möchte sagen, Betäubendes über seine häusliche menschliche Situation gesagt; es war aber in allem soviel Klarheit und Richtigkeit, daß das Betäuben nicht statthat. Er hat nun alles Glück und Wohlsein auf *Proportion* und das Unglück auf *Disproportion* reduziert. Ihm sei es jetzt gar wohl, daß er ein Haus habe, Essen und Trinken hätte und dergleichen. Alles, was Du in Deinen drei Bänden der „Philosophie" von den Tartaren bis zu den Römern geschrieben hättest, käme alles darauf hinaus, daß ein Mensch ein Hauswesen besäße und – setzte ich hinzu – mit Vernunft sich regierte.

HeIt 23

602. KAROLINE HERDER AN IHREN MANN

Weimar, 15. August 1788

Goethe besucht mich fleißig ... Im ganzen will es mir nicht wohl mit ihm werden. Er lebt jetzt, ohne seinem Herzen Nahrung zu geben. Die Stein meint, er sei sinnlich geworden, und sie hat nicht ganz unrecht. Das Hofgehen und Hofessen hat etwas für ihn bekommen. Er will sich diesen Winter ganz an die Herzogin halten; das sei die einzige, die ihm geblieben. Mitunter sollte ich und die Imhoff zu ihm zum Tee kommen. Ich sagte ja, wenn die Stein mitkäme. „Ach, mit der ist nicht viel anzufangen", sagte er; „sie ist verstimmt, und es scheint nicht, daß etwas werden will." Ich nahm ihre Partie, so gut ich konnte; ich glaube aber nicht, daß er ihr entgegengeht.

HeIt 26

603. CHARLOTTE VON STEIN AN KNEBEL

Kochberg, 16. August 1788

Siehe, wie im Chor der Triebe
Bald der zärteste verklingt ...

Ich lobe mir die echten Bekannten und Verwandten, denen will ich getreu bleiben ... Leben Sie wohl, Sie echter Bekannter!

BodeSt VI, 197

604. KAROLINE HERDER AN IHREN MANN

Weimar, 18. August 1788

Goethe besucht mich meistens all ander Tag... Er ist beinah wie ein Chamäleon; bald bin ich ihm gut, bald nur halb. Er will sich auch nie zeigen und nimmt sich vor jeder Äußerung in acht, daraus man Schlüsse machen könnte; darum ändert er auch, glaube ich, so oft die Reden. Jetzt schreibt er sein Pflanzensystem auf und erwartet Dich künftiges Jahr mit Verlangen dazu; er will's ins Lateinische übersetzen, und Du sollst es korrigieren.

Helt 28

605. SCHILLER AN KÖRNER

Rudolstadt, 20. August 1788

Goethen habe ich noch nicht gesehen; aber Grüße sind unter uns gewechselt worden. Er hätte mich besucht, wenn er gewußt hätte, daß ich ihm so nahe am Wege wohnte, wie er nach Weimar reiste. Wir waren einander auf eine Stunde nahe. Er soll, höre ich, gar keine Geschäfte treiben ... Goethe bleibt aber in Weimar. Ich bin ungeduldig, ihn zu sehen.

SchiBr II, 107

606. KAROLINE HERDER AN IHREN MANN

Weimar, 29. August 1788

Ich las aus dem Brief Goethe und Knebeln vor, und sie hatten beide gleiche Freude mit mir. Nicht genug können sie die gute Art und das reingewaschene Auge loben, mit dem Du alles siehest und so vielfach siehest. Goethe interessiert das um so mehr, da er, wie er sagte, nur *eine* Sache sähe ... Goethe war sehr gut. Ich lobte ihn, daß er zu dieser guten Stunde gekommen, da er die ganze Woche nicht dagewesen sei. „Ja", sagte er, „ich war schon auf dem Weg nach meinem Garten und mußte umwenden. Es trieb mich her. Nicht die Liebe, sondern vielleicht die Verzweiflung;

ich ging soeben vom Herzog weg." ... Nach Kochberg bin ich nicht gefahren. Die Fuhre kostet drei Taler; das ist mir für einen Tag hin und den andern wieder her zuviel. Sie [Charlotte von Stein] ist noch immer nicht herzlich mit Goethe, das merk ich aus allem. Er sollte männlicher sein und sie bei der Hand nehmen, wie Du's oft getan hast, wenn ich unwillig herumging.

Helt 46ff.

607. GRAF ZU HERZAN UND HARRACH AN DEN FÜRSTEN KAUNITZ

Rom, 30. August 1788

Ich vernehme, daß der bekannte Herr Goethe diesen Winter wieder hierherkomme.

Herzan 177

608. KAROLINE HERDER AN IHREN MANN

Weimar, 12. September 1788

... etwas von der Kochberger Fahrt ... Den 5., früh 6 Uhr, fuhren wir ab, Goethe, die kleine Schardt, ich und Fritz [von Stein]. Der schönste Himmel war's, kein Wölkchen den ganzen Tag; wir waren alle gleich heiter gestimmt. Die Schardt ward über ihre Zuneigung zu den Engländern sehr railliert. Goethe hat ihr vornehmes und borniertes Wesen detailliert, ist über das Betragen des Hofs gegen sie ziemlich pikiert und hat offen und sehr vernünftig darüber geredet. Um halb 11 Uhr hatten wir den stoßigen Weg geendigt. Lotte Lengefeld kam zuerst, uns zu empfangen; dann die Frau von Stein, die uns alle freundlich empfing, doch ihn ohne Herz. Das verstimmte ihn den ganzen Tag. Wir sahen Zeichnungen, die er mitgebracht. Nachmittag schlief er, und abends las ich ihr Stellen aus Deinen Briefen vor ... Der andre Tag war in allem diesem gleich, nur daß Goethe einiges [„Auszüge aus einem Reisejournal"] las, das er in den „Merkur" geben will, etwas über die Kunst, Beobachtungen über die Witterung und von der heiligen Rosalia in Palermo. Der Abend ward mit einem Spaziergang geendigt, und der Mond war lieblich ... Den Sonntag ging's nach Rudolstadt ins Lengefeldische Haus ... Schiller war auch da; Goethe betrug sich gut gegen ihn, und es war eine gute Stimmung. Die Gegend ist schön. Abends nach Kochberg im Mondschein. Goethe sagte das Gedicht über die Rosenkreuzer [„Die Geheimnisse"] und erzählte aus dem „Tasso". Den andern Tag ging's wieder nach Hause über Orlamünde und Jena in dem unvergleichlichen Saaltal und schönsten Wetter. Durch Schillers Gedicht im „Merkur" über die Götter [Griechenlands] ... kam Goethe auf die Eigenschaften, die die Alten in ihren Göttern und Helden in der Kunst dargestellt haben; wie es ihm geglückt sei, den Faden des *Wie* hierin gefunden zu haben. Er hat hierüber mit Dir, da ich auch zuhörte, viel gesprochen. Die ganze Idee liegt, wie es mir dünkt, wie ein *großer Beruf in seinem Gemüt.* Er sagte endlich, wenn Ludwig XIV. noch lebte, so glaubte er, durch seine Unterstützung die ganze Sache ausführen zu können; er hätte einen Sinn für das Große gehabt. Mit 10- bis 12000 Talern des Jahres könnte er's in zehn Jahren – in Rom allein, versteht sich's – ausführen. Der moralische Sinn darinnen hat mich sehr gerührt. Ihr beide geht wie zwei Genien der Menschheit zu *einem* Ziel. Gar schön war's, wie er sagte, daß ein einzelner Mensch nie einen Charakter in dem höchsten Ausdruck haben könne; er würde nicht leben können; er müsse vermischte Eigenschaften haben, um zu existieren. Er war in der Stunde, da er dies alles sprach, recht in seinem Himmel, und wir haben ihm endlich versprechen müssen, mit niemand davon zu reden.

Helt 72–75

609. SCHILLER AN KÖRNER

Rudolstadt, 12. September 1788

Endlich kann ich Dir von Goethe erzählen ... Ich habe vergangenen Sonntag beinahe ganz in seiner Gesellschaft zugebracht, wo er uns mit der Herder, Frau von Stein und der Frau von Schardt ... besuchte. Sein erster Anblick stimmte die hohe Meinung ziemlich tief herunter, die man mir von dieser anziehenden und schönen Figur beigebracht hatte. Er ist von mittlerer Größe, trägt sich steif und geht auch so. Sein Gesicht ist verschlossen, aber sein Auge sehr ausdrucksvoll, lebhaft, und man hängt mit Vergnügen an seinem Blicke. Bei vielem Ernst hat seine Miene doch viel Wohlwollendes und Gutes. Er ist brünett und schien mir älter auszusehen, als er meiner Berechnung nach wirklich sein kann. Seine Stimme ist überaus angenehm, seine Erzählung fließend, geistvoll und belebt; man hört ihn mit überaus viel Vergnügen; und wenn er bei gutem Humor ist, welches diesmal so ziemlich der Fall war, spricht er gern und mit Interesse. Unsere Bekanntschaft war bald gemacht und ohne den mindesten Zwang. Freilich war die Gesellschaft zu groß und alles auf seinen Umgang zu eifersüchtig, als daß ich viel allein mit ihm hätte sein oder etwas anders als allgemeine Dinge mit ihm sprechen können. Er spricht gern und mit leidenschaftlichen Erinnerungen von Italien; aber was er mir davon erzählt hat, gab mir die treffendste und gegenwärtigste Vorstellung von diesem Lande und diesen Menschen ...

Im ganzen genommen, ist meine in der Tat große Idee von ihm nach dieser persönlichen Bekanntschaft nicht vermindert worden; aber ich zweifle, ob wir einander je sehr naherücken werden. Vieles, was mir jetzt noch interessant ist, was ich noch zu wünschen und zu hoffen habe, hat seine Epoche bei ihm durchlebt. Er ist mir (an Jahren weniger als an Lebenserfahrungen und Selbstentwicklung) so weit voraus, daß wir unterwegs nie mehr zusammenkommen werden; und sein ganzes Wesen ist schon von Anfang her anders angelegt als das meinige, seine Welt ist nicht die meinige, unsere Vorstellungsarten scheinen wesentlich verschieden. Indessen schließt sich's aus einer solchen Zusammenkunft nicht sicher und gründlich. Die Zeit wird das Weitere lehren.

SchiBr II, 115ff.

610. CHARLOTTE VON STEIN AN KNEBEL

Kochberg, 19. September 1788

Sie haben recht: der Charakter des Caesars hat viel Ähnlichkeit mit unserm Freund, deswegen er sich auch mehr in Rom zu Hause fühlt.

BodeSt VI, 199

611. KAROLINE HERDER AN GLEIM

Weimar, 22. September 1788

Goethe ist gar trefflich lieb und gut seit seiner Wiederkunft. Er erscheint mir immer wie ein höherer Genius. O wie jammert es mich, daß er jetzt nicht in Rom ist!

VaH I, 136

612. HERDER AN SEINE FRAU

Rom, 24. September 1788

Die Zeit ist vorüber, und ich kann an Goethe nicht schreiben ... Alles liebt und bewundert ihn, was ihn hier gekannt hat.

HeIt 97

613. SOPHIE VON SCHARDT AN CHRISTOPH ALBRECHT VON SECKENDORFF

Weimar, 26. September 1788

Goethe hat durch seine Reise und durch die Freiheit, die er genießt, und ohne Zweifel auch durch die Hoffnung, nach Italien zurückzukehren, eine Fröhlichkeit erlangt, wie er sie seit langer Zeit nicht gehabt hat. Ich denke, daß seine literarischen Arbeiten die nebelfreie Luft Italiens wieder ausatmen werden. Gewiß haben Sie die neue Ausgabe, die von seinen Werken erscheint, gesehen.

In diesem Falle werden Sie das Trauerspiel „Egmont" bemerkt haben, das zum ersten Male erscheint und viele Schönheiten hat.

GoeJb XXV, 71. Aus dem Französischen

614. KAROLINE HERDER AN IHREN MANN

Weimar, 1. Oktober 1788

Goethe hat mir die erste Abteilung seiner Gedichte [für die „Schriften", Band 8] gegeben. Es sind gar schöne darunter, besonders zwei idyllenartig, die mir ganz vorzüglich gefallen. Ich habe recht vernünftig mit ihm darüber gesprochen; er wird auch „An die Christel" und „Käthchen" [„Christel" und „Rettung"] auf meine Bitte herauslassen.

Helt 109f.

615. KAROLINE HERDER AN IHREN MANN

Weimar, 6. Oktober 1788

Goethe kam ... und so hat er mir nachher aus dem „Tasso" einige Stellen gelesen. Es ist eine vortreffliche Arbeit, eine vortreffliche, würdige Sprache, ein herrlicher Geist, der die Charaktere so präzis darstellt. Ich habe nur noch wenig gehört, es gefiel mir aber sehr, und es freute ihn. Er sagte, die Jamben seien noch besser als in der „Iphigenia". Es ist ihm lieb, daß Du nun in Rom bist. Da, sagt er, brauchst Du auch nicht mehr soviel Italienisch; er hätte meist deutsch gesprochen.

Helt 112f.

616. HERDER AN SEINE FRAU

Rom, 11. Oktober 1788

Goethe hat gut reden. Alle seine Ratschläge in Ansehung Roms taugen nicht ... Da schwätzt er und warnt mich vor dem schwarzen Rock und macht, daß ich den meinigen nicht mitnehme, und nun muß ich mir einen hier machen lassen, weil ich mit keinem andern, auch keinem gestickten, der immer nur Frack ist, in eine Gesellschaft kommen kann und Einsiedel selbst einen schwarzen mitgebracht hat. Ich muß mich also in doppelte Kosten setzen, mir einen schwarzen und violetten zu kaufen. Und so hat er mehr geredet! Ich habe mich manchmal schon über ihn geärgert, daß ein

Mensch, der zwei Jahr in Rom gewesen ist, einen so ziehen läßt. Ich würde es, da ich jetzt zwei, drei Wochen in Rom bin, keinem Fremden so tun, der mich früge.

HeIt 121 f.

617. KAROLINE HERDER AN IHREN MANN

Weimar, 17. Oktober 1788

Goethe ist recht brav und gut gegen mich und Dich. Ich sehe ihn gemeiniglich die Woche ein- oder zweimal und werde alles von ihm schreiben. Es ist nur schlimm, daß er immer seinen Panzer anhat. Manchmal blicke ich doch durch!

HeIt 136

618. SCHILLER AN KÖRNER

Rudolstadt, 20. Oktober 1788

Meine Rezension von „Egmont“ hat viel Lärm in Jena und Weimar gemacht ... Goethe hat mit sehr viel Achtung und Zufriedenheit davon gesprochen.

SchiBr II, 132

619. SCHILLER AN BERTUCH

Rudolstadt, 22. Oktober 1788

Schreiben Sie mir doch mit ein paar Worten, wie Goethe die Rezension des „Egmont“ in der A[llgemeinen] L[iteratur-] Z[eitung] aufgenommen hat, wenn Sie etwas davon gehört haben. Ich habe ihn hier in Rudolstadt kennenlernen und freue mich auf eine weitere Bekanntschaft mit ihm sehr.

SchiBr II, 135

620. KAROLINE HERDER AN IHREN MANN

Weimar, 24. Oktober 1788

... diesen Augenblick war die Stein eine Viertelstunde bei mir. Sie freute sich, von Dir zu hören, und grüßt Dich bestens. Gegen mich war sie trocken und kalt. Endlich sagte sie mir, daß die Kalbin ihr gesagt, daß ich recht liebenswürdig geworden wäre; ich spräche seit Deiner Abwesenheit mehr und wäre gutartig; ich hätte aus Bescheidenheit nur immer den Mann reden lassen usw.

Der Ton oder die Art und Gelegenheit, wie sie's sagte, fiel mir auf. In ihrem Herzen wird sie's wohl dem Umgang mit Goethe zuschreiben, den ich alle Woche einmal sehe. Die Zusammenkünfte mit ihr und Goethe werden also diesen Winter nicht erbaulich werden, und es werden ihrer wenig sein. Sobald man Eifersucht erregt, so ist man in allem schuldig.

Helt 144f.

621. KNEBEL AN CHARLOTTE VON LENGEFELD

Jena, 28. Oktober 1788

In Weimar ist man zu zerstreut und bald hie und da und nirgends recht, und dies gibt keine Zufriedenheit. Goethe hat mich einigemal hier besucht und ist letzthin acht Tage bei mir gewesen. Sein Umgang ist reich und kostbar, aber wie starke Getränke.

SchFr III, 307

622. KAROLINE HERDER AN IHREN MANN

Weimar, 31. Oktober 1788

Über die Götter und Helden will ich Dir doch etwas sagen, was ich damals beiläufig von Goethe gehört habe, als er von den Charakteren in den Bildsäulen sprach, als wir von Kochberg zurückfuhren. „Es ist selbst schwer, einen echten und wahren Götter- und Heldenkopf unter den alten aufzufinden. Der Künstler hat oft, wenn er diesen oder jenen ehren wollte, sein Porträt zum Gott oder Helden oder jenes Frauenporträt zur Göttin genommen. Dazu gehört ein Studium, die echten Ideale aufzufinden." Vielleicht weißt Du dies schon, oder es wird Dich aufmerksam machen. Wenn Goethe begünstigt würde durch Glück, Geld und Künstler in Rom, so glaube ich gewiß, daß er jeden menschlichen Charakter vom Scheitel bis auf die Fußsohle, wie er glaubt, herausbringen könnte. Dies scheint tief in seiner Seele zu liegen.

Helt 152f.

623. HERDER AN SEINE FRAU

Rom, 4. und 8. November 1788

4. November: ... liebes Weib, die Regeln aus Goethes Munde schmecken mir nicht. Was sollen die Tadeleien, die Korrektionen, wo uns ja das Schicksal selbst scharf gnug korrigieret! Ist diese zärtliche Schonung meine Eigenheit, so kann ich nicht dafür; ich kann ohne sie nicht leben und will lieber untertreten werden als untertreten. Du hast überhaupt gefehlt, daß Du ihm aus meinen Briefen so viel mitgeteilt hast. Ich schrieb für Dich und gewiß für keinen andern ... Wie Goethe hier gelebt hat ..., kann, mag und will ich nicht leben ... Goethe spricht über Rom wie ein Kind und hat auch wie ein Kind, freilich mit aller *Eigenheit,* hier gelebet; deshalb er's denn auch so sehr preiset. Ich bin nicht Goethe; ich habe auf *meinem* Lebenswege nie nach seinen Maximen handeln können; also kann ich's auch in Rom nicht.

8. November: ... auch von Goethes Gesellen habe ich eigentlich wenig. Es sind junge Maler, mit denen am Ende doch nicht viel zu tun ist, geschweige daß ich mit ihnen jahrelang leben sollte. Goethe wohnte unter ihnen und wußte sie zu brauchen, wie er sie auch durch Arbeiten, die er für die Herzoginmutter bestellte und machen ließ, zu belohnen wußte. Das alles kann ich nun nicht. Sie sind alle gutwillige Leute, aber von meinem Kreise zu fern abliegend ...

Nimm ja diesen Brief nicht übel. Glaube auch nicht, daß ich etwas gegen Goethe habe. Alles, was er sagt, ist wahr, und ich habe ihn lieb wie meinen Bruder.

Helt 154f., 160f. und 164

624. KNEBEL AN HERDER

Jena, 7. November 1788

Ich lebe noch immer im alten Jena und fürchte mich, nach Weimar zu gehn ...

Goethe ist zuweilen bei mir. Letzt war er verschiedene Tage hier. Er ist nicht wohl fähig, eine andere Vorstellungsart aufzunehmen als die seinige, oder er macht jene zu der seinigen. Ich habe seinen dringenden Geist in allem, dessen sich seine Vorstellung bemeistern will, noch wahrer als sonst angestaunt. Die Kunst hat ihn ganz eingenommen; er sieht solche als das Ziel aller menschlichen Erhöhung. Ich kann solches in seiner Seele begreifen, wenn nämlich sinnliche Blüte für das höchste Dasein der Menschheit erkannt wird. Er ist geboren und gebildet zum Künstler, und nichts kann ihm weiter sonderliche Nahrung geben.

VaH III, 44

625. KAROLINE HERDER AN IHREN MANN

Weimar, 7. November 1788

Wie sie [Charlotte von Stein] mit Goethe steht, weiß ich nicht; sie sprach sehr kalt von ihm, und ich hüte mich jetzt, diese Seite zu berühren. Es geht mich nicht an. Sie hat mich in der Komödie gestern bemerkt, da ich zwei Worte mit ihm sprach. Das ist fatal. Auch kommt er jetzt seltner zu mir.

Helt 166f.

626. SCHILLER AN CHARLOTTE VON LENGEFELD

Weimar, 13. November 1788

Goethe, heißt es, wird bei uns bleiben, ob er schon so gut als ganz ausgetreten ist und alle Geschäfte abgegeben hat. Alles spricht hier mit ungemeiner Achtung von ihm und will ihn zu seinem Vorteil verändert gefunden haben. Er soll weit weniger *Härten* haben als ehmals.

SchiBr II, 144

627. SCHILLER AN KÖRNER

Weimar, 14. November 1788

Bei meiner Zurückkunft habe ich den armen „Merkur" in Todesnöten gefunden. Das Feuer brennt Wielanden auf den Nägeln, und er fängt an, mich sehr nötig zu brauchen ... Goethe ist jetzt auch dazugetreten, und er [Wieland] hat mir im Vertrauen gesagt, daß Goethe nichts wegschenke ... Ich dachte, Goethe könnte der dritte Mann werden; Wieland setzt aber kein großes Vertrauen in seine Beharrlichkeit ...

Goethe ist jetzt auf einige Tage verreist. Es ist nun so ziemlich entschieden, daß er hier bleibt, aber privatisiert. In dem Conseil steht nur noch sein Stuhl; er ist so gut als ausgetreten, die Kammer hat er ganz an Schmidt abgetreten, er ist jetzt nur noch bei der Bergwerkskommission als einer bloßen Liebhaberei.

SchiBr II, 146 f. und 148 f.

628. KAROLINE HERDER AN IHREN MANN

Weimar, 14. November 1788

... er [Goethe] ist jetzt gerade in Jena und hört bei Loder Collegia mit den Studenten. Er ist seit Sonntag dort ... Goethe hatte mir's längst gesagt, daß er auf sechs Wochen nach Jena gehen wollte. Es sind dies lauter Vorbereitungen zum Charakterstudium des menschlichen Körpers. Er tut sehr wohl daran, und ich wollte, daß er den ganzen Winter drüben bliebe. Sein Betragen ist gar sonderbar. Vorigen Sonnabend wurden wir endlich zur Ansicht der Zeichnungen bei ihm eingeladen: die Stein, Schardt, Imhoff und ich. Wir hofften auf *diesen* engen Zirkel, weil es das erste Mal war. Aber siehe, die Frau von Oertel, ihr Mann und alle Kinder waren dazu geladen, auch Voigt. Die Kalbin kam nicht, da er ihr noch nicht einmal einen Besuch gemacht hat. Es war uns allen höchst unwohl, und ein jedes ging vor 7 Uhr mit Vergnügen weg. Die Schardt erzählte mir hernach, daß er den Tag vorher auf dem tanzenden Picknick mit keiner gescheiten Frau ein Wort beinah geredet, sondern den Fräuleins nach der Reihe die Hände geküßt, ihnen schöne Sachen gesagt und viel getanzt hätte. Die Kalbin findet das nun abscheulich, daß er die jungen Mädchen auf diese Weise reizt usw. Kurz, er will durchaus nichts mehr für seine Freunde sein. Ich vermute, daß er nach Weihnachten bald zu Euch [nach Rom] kommt, und dies wäre sehr gut. Für Weimar taugt er nicht mehr. Im Gegenteil glaube ich, daß das Gelecke an den jungen Mädchen dem Herzog, der dabei war, nicht eben die besten Eindrücke gibt. Der Herzog kam den Sonnabend auch zu Goethe ...

Mein Gott, wie unteilnehmend hat doch Goethe in allem geraten! ... In einem geistlichen Staat gilt doch der Geistliche am meisten, wie in dem militärischen der Soldat ... Es war ein törichter Gedanke, daß Du dort nicht als Geistlicher erscheinen mögest ...

Goethe gedeiht am besten in Rom. Sein ganzes Wesen ist mir noch ein Rätsel. Ich weiß nicht, wie ich ihn entziffern soll. Vor mehreren Wochen sagte er mir einmal, er für seine Person hätte viel Glück; ja, es strömte ihm von allen Seiten zu, aber nur für andre habe er kein Glück. Ich fühlte diese Wahrheit sehr tief. Sogar sein Petschaft, mit dem Du mir siegeltest, hat mir nichts Gutes gebracht ... Knebel ... bleibt in Jena ... Goethe wird's auch wohler in Jena; er fühlt sich dort zu Hause und hier fremd, das sagte er mir selbst.

HeIt 169–173

629. KAROLINE HERDER AN IHREN MANN

Weimar, 23. November 1788

Goethe und Knebel sind gestern von Jena gekommen ... Goethe hat den ganzen menschlichen Körper durchgenommen bei Loder und ist sehr heiter ...

Die Literaturzeitungen habe ich auch durchgeblättert und darin eine Rezension von Schiller über Goethes „Egmont" gefunden, die zur Hälfte gut, zur Hälfte aber schief ist.

Helt 181

630. SCHILLER AN KAROLINE VON BEULWITZ

Weimar, 10. Dezember 1788

Diese Woche hat mich Moritz besucht und mir eine sehr angenehme Unterhaltung verschafft, weil wir auf meine Lieblingsideen geraten sind. Von Goethe ist er nun ganz durchdrungen und enthusiasmiert. Dieser hat ihm auch seinen Geist mächtig aufgedrückt, wie er überhaupt allen zu tun pflegt, die ihm nahekommen. Aber ich finde, daß er auf Moritz gut gewirkt hat. Moritz hat viel Tiefe des Geists und Tiefe der Empfindung; er arbeitet stark in sich, wie schon sein „Reiser" beweist ...

Ich fürchte nur, er wählt sich Muster, nach denen er sich bildet, und so vortrefflich auch seine Wahl sein wird und schon ist, so ist doch Nachahmung ein niedrer Grad von Vollkommenheit. Von Goethen spricht er mir zu panegyrisch. Das schadet Goethen nichts, aber ihm.

SchiBr II, 173

631. SCHILLER AN KÖRNER

Weimar, 12. Dezember 1788

Moritz ist eben hier auf seiner Rückreise von Italien; er wohnt bei Goethe. Letzterer hat ihm seinen Stempel mächtig aufgedrückt; sie kamen einander in Rom sehr nahe, und Moritz ist über Goethes *Humanität* panegyrisch entzückt.

SchiBr II, 180

632. SCHILLER AN CHARLOTTE VON LENGEFELD UND KAROLINE VON BEULWITZ

Weimar, 12. Dezember 1788

Heute habe ich mir viele Besuche vorgenommen, auch bei Goethen. Goethe ist so gar selten allein, und [ich] möchte ihn doch nicht gerne bloß beobachten, sondern mir auch etwas für mich aus ihm nehmen. Der Herzog ist die Abende fast immer da, und den Vormittag belagern ihn Geschäfte.

SchiBr II, 178

633. KAROLINE HERDER AN IHREN MANN

Weimar, 12. Dezember 1788

Goethe kam ... zu mir, um zu hören, was ich Gutes von Dir hätte. Er nahm an allem teil und besonders, daß die Herzogin [Anna Amalia] so artig gegen Dich ist ...

Kurz, Goethe erzählte mir, daß der Herzog ihn darüber [über das Mißverhältnis Herders zu Friedrich von Dalberg und der Frau von Seckendorff] befragt und daß er nicht umhin gekonnt hätte, ihm die Wahrheit zu sagen. Darauf habe der Herzog gesagt: „Wenn Herder was braucht, so will ich's ihm geben." Goethe lehnte es aber ab und sagte: „Für diesmal muß Dalberg zahlen, und ist hierüber alles in Richtigkeit; wenn Sie aber zu einer andern Zeit etwas für ihn tun wollen, so tun Sie's." Mich dünkt, diese Antwort war von Goethe ganz verständig und gut. Ich hoffe nicht, daß Du darüber ungehalten wirst ... Goethe grüßt Dich herzlich. Moritzens Gegenwart tut ihm sehr gut, und er muß so lange hier bei ihm bleiben, bis „Tasso" fertig ist ...

Die Frau von Berg ist vor vierzehn Tagen hier durchgekommen ... Man sagt, sie sei sehr artig gegen Goethe gewesen und er gegen sie ...

Ich bin diesen Nachmittag zu Frau von Stein eingeladen worden, weil Moritz bei ihr war. Goethe blieb nur eine Stunde noch da; wir waren heiter. Die Kalbin kam auch, und die Gelegenheit gab's, daß Moritz über die dramatische Kunst gar hübsche Sachen sagte.

Helt 189f. und 191f.

634. SCHILLER AN KÖRNER

Weimar, 15. Dezember 1788

Du wirst in zwei oder drei Monaten aller Wahrscheinlichkeit nach die Nachricht erhalten, daß ich Professor der Geschichte in Jena geworden bin; es ist fast so gut als richtig. Vor einer Stunde schickt mir Goethe das Reskript ... Voigt sondierte mich; an demselben Abend ging ein Brief an den Herzog von Weimar ab, der just in Gotha war mit Goethe; dort wurde es gleich mit ihnen eingeleitet, und bei ihrer Zurückkunft kam's als eine öffentliche Sache an die Regierung. Goethe beförderte es gleichfalls mit Lebhaftigkeit und machte mir selbst Mut dazu ... Goethe sagte mir zwar: docendo discitur; aber die Herren wissen alle nicht, wie wenig Gelehrsamkeit bei mir vorauszusetzen ist.

SchiBr II, 182f.

635. SCHILLER AN CHARLOTTE VON LENGEFELD UND KAROLINE VON BEULWITZ

Weimar, 23. Dezember 1788

Es ist beinahe schon richtig, daß ich als Professor der Geschichte künftiges Frühjahr nach Jena gehe ... Mir hat Goethe vor einigen Tagen schon eine schriftliche Erklärung kommuniziert, die an ihn von seiten der Regierung gekommen ist, wo mir schon gesagt wird, daß ich meine Einrichtung machen möchte, weil es so gut als entschieden sei ...

Goethen habe ich unterdessen einmal besucht. Er ist bei dieser Sache überaus tätig gewesen und zeigt viele Teilnehmung an dem, was er glaubt, daß es zu meinem Glück beitragen werde.

SchiBr II, 185f.

636. KARL AUGUST AN HERDER

Weimar, 24. Dezember 1788

Goethe lebt von den Renten seines großen Kapitals, welches so sicher zu stehen scheint, daß keine äußeren Zufälle oder Mängel ihm Furcht für Schwächung derselben einflößen können.

KA 126

637. SCHILLER AN KÖRNER

Weimar, 25. Dezember 1788

Was ich noch gewünscht hätte, wäre gewesen, einen Vorschuß von 3- bis 400 Talern zu erhalten, die ich erst in zwei Jahren zu bezahlen hätte; aber ich würde auch dadurch mir drückende Verbindlichkeiten auflegen, wenn ich Jena einmal mit Vorteil verlassen wollte. Sonst hätte ich dieses durch Goethen zu betreiben gesucht.

SchiBr II, 190

638. CHARLOTTE VON LENGEFELD AN SCHILLER

Rudolstadt, 28. Dezember 1788

Daß Sie Goethens Teilnahme an dem Schicksal andrer haben kennenlernen, freut mich; er hat so etwas Zutrauenerweckendes in sich, daß ich ihm alles sagen könnte; ich habe mich schon oft gefreut, wenn ich hörte, wie er sich für das Wohl andrer interessieren kann.

SchiLo I, 139

1789

639. KAROLINE HERDER AN IHREN MANN

Weimar, 2. Januar 1789

Nun wollten wir uns den Mittwoch hinsetzen und ihr [Friederike von Frankenberg] schreiben, da trat Goethe herein, den ich seit vierzehn Tagen nicht gesehen habe. Er nahm teil an der Freude, schrieb den Kindern ihre Briefe, die sie wieder abschrieben, und buchstabierte dem Emil den seinigen vor; in einer Stunde war alles expediert ...

Goethe hat mir seine abgedruckten Gedichte [„Schriften", Band 8] gegeben, und da ich nach dem Abendessen allein war, las ich darinnen. Ich war aber in keiner Stimmung dazu; ich mußte etwas Frommes und Heiliges haben ...

Moritz ... ist die Abende mit Goethe oft beim Herzog oben. Wie ich vom Herzog gehört habe, wird Schiller Professor der Geschichte in Jena. Ich vermutete, daß Voigt, mit dem er sehr liiert ist, ihn dazu gemacht hat, und durch die Kalbin bin ich darinnen bestärkt worden. Es ist ihm zu gönnen.

HeIt 211 ff.

640. SCHILLER AN KAROLINE VON BEULWITZ

Weimar, 3. Januar 1789

Moritz wird noch vier Wochen hierbleiben. Ich habe seine Schrift „Über bildende Nachahmung des Schönen" von der Frau von Stein nach Hause genommen ... Von Schwärmerei ist er nicht darin frei, und Herderische Vorstellungsarten sind sehr darin sichtbar. Was mir und einem jeden Schriftsteller mißfallen muß, ist die übertriebene Behauptung, daß ein Produkt aus dem Reiche des Schönen ein vollendetes rundes Ganze sein müsse; fehlte nur ein einziger Radius zu diesem Zirkel, so sinke es unter das Unnütze herunter. Nach diesem Ausspruch haben wir kein einziges vollkommenes Werk und so bald auch keines zu gewarten. Was er mündlich an einigen Orten hier behauptet hat, ist übertrieben und fällt ins Lächerliche. Es scheint, daß er keinen Dichter erkennt als Goethen und allenfalls noch einen. Herdern vielleicht; da doch Goethe (von Herdern mag ich gar nicht reden) bei diesen Foderungen sehr zu kurz kommen würde. Aber Moritz rechnet den „Egmont" sogar unter diese vollendete Produkte, welchen Goethe selbst hoffentlich nicht für vollkommen hält. Ich ärgere mich über jeden Sektengeist und Vergötterung anderer; aber an Moritz ist sie mir doppelt unausstehlich, weil er selbst ein vortrefflicher Kopf ist.

SchiBr II, 199f.

641. KAROLINE HERDER AN IHREN MANN

Weimar, 16. Januar 1789

Ich bin diese Woche bei Wielands gewesen ... Von da ging ich zur Kalb, wo die Stein auch hinkam und wir gar schöne Stücke von Salis im „Musenalmanach" lasen. Er hat bei seinem weich-sanften Wesen so manche Innigkeit von Dir, und ich lese ihn nach Dir am liebsten ... Goethens „Gedichte" sind noch nicht ganz fertig; ich habe sie zwei Tage gehabt, aber gleich wieder zurückgeschickt; es war ein Stachel für mich drinnen. Der „Brey" ist nach dem „Plundersweiler Jahrmarkt" gedruckt. Es hat mir sehr weh getan, daß er's nicht weggelassen hat. Ich kann in den nächsten vier Wochen nicht mit ihm leben; er ist mir fatal.

HeIt 223f.

642. KAROLINE HERDER AN IHREN MANN

Weimar, 19. Januar 1789

Moritz ist der Prophet über Goethe und schließt den eigentlichen Sinn über seine Stücke auf und weiß den *Mittelpunkt* ... Die Kalb war gestern auch bei mir, da er gerade da war,

Charlotte von Kalb

und da den Tag vorher „Kabale und Liebe“ von Schiller gespielt worden, so mußte sie's dulden, daß er das Stück zergliederte und bewies, daß kein Funke poetisches Drama darinnen sei. Das ganze Gespräch lief darauf hinaus, daß man nichts Schlechtes dulden müsse und daß man dafür das Gute zehn- und zwanzigmal, ja bis zum Auswendiglernen lesen müsse, wie die Alten es getan haben. Darunter rechnet er vorzüglich Goethes Werke, den Shakespeare und Homer, von Voß übersetzt. Die griechische Schaubühne sei uns vorderhand noch zu hoch ... Goethe habe ich dieses Jahr nur wenige Minuten bei der Stein gesehen.

Helt 228f.

643. CHARLOTTE VON KALB AN CHARLOTTE VON LENGEFELD

Weimar, 24. Januar 1789

Knebel ist bald hier, bald in Jena. Er hat viele Freundinnen; er ist auch mit wahrer Aufrichtigkeit ihr zärtlicher Verehrer. Wir sind alle hier von seinem Betragen zufrieden, und ihm wird jetzt am öftesten eine Lobrede gehalten.

Goethe kenne ich für den gesellschaftlichen Umgang noch gar wenig; es kommt vielleicht von meiner eigenen Nachlässigkeit her.

SchFr II, 220

644. KNEBEL AN HERDER

Weimar, 2. Februar 1789

Um Ihnen von unserm philosophischen Wesen, wie Sie wollen, etwas zu sagen, so ist die Sache sogar unter uns zum Kriege gekommen. Goethe hat nämlich aus Italien eine Menge eingeschränkte Begriffe mitgebracht, so: daß wir von dem allen nichts wissen; daß unser Wesen zu eingeschränkt sei, um von der Dinge Dasein und Wesen nur einigen Begriff zu fassen; daß alles absolutissime auf die individuelle Existenz eingeschränkt sei und daß uns also nichts zu denken und zu begreifen übrigbleibe als einzelne Fälle und

Untersuchungen oder der Umfang der Kunst usw. Diese Sätze wurden mehr und mehr in Gesellschaft des guten Moritz, der ein sehr mikroskopisches Seelenauge hat, zubereitet und, da ich nicht ganz derselben Meinung war, auch mich wider einige Sätze und sonderlich wider die Manier des Stils und das Mystische desselben in Moritzens Schrift von der Nachbildung des Schönen einigermaßen erklärt hatte, nach und nach auf mich zugemünzt. So lange ging alles freundschaftlich und gut. Vor acht Tagen schickt mir Goethe einen im neusten Stück des „Deutschen Merkurs" gedruckten Brief, von ihm von Neapel datiert, zu, mit dem schriftlichen Beisatz, daß dieses die Antwort auf meine von Jena aus geäußerten Meinungen (wegen Kristallisation des Eises an den Fensterscheiben, worin ich den Hofrat Büttner für mich hatte) sei und daß er sich damit gegen alle unsere hagestolzen Meinungen verwahren wolle usw. Eine *gedruckte* Antwort auf einige unbestimmte Meinungen in einem bloß freundschaftlichen Briefe mit dieser persönlichen Adresse verdroß mich. Ich sagte ihm dieses sogleich denselben Mittag bei Frau von Stein, wo wir in größerer Gesellschaft beisammen aßen. Ich sagte, ich würde auch gewiß darauf antworten usw. Dies wurde mit gewöhnlicher vornehmer Gleichgültigkeit behandelt. Unterdes schlug sich Moritz in Weg und wollte mit seiner Gutheit den kleinen Groll, den ich gefaßt hatte, besänftigen. Ich sagte ihm, Goethe habe mich auf eine ganz unschickliche Art öffentlich angegriffen, und da noch seine Argumente überdies sehr schlecht wären, so glaubte ich, er habe es bloß getan, um mir Verdruß zu machen oder mich auf diese Art demütigen zu wollen. Er leugnete dieses, und ich erhielt darauf ein Schreiben von Goethe, um die Sache zu akkommodieren, das ich aber grob von mir wies. Nun sollte die Beleidigung auf meiner Seite sein; ich gestand es aber nicht zu und verfertigte die Antwort auf das gedruckte Schreiben, die ich Moritzen zuschickte. Goethe weigerte sich, solche zu lesen, weil ich ihn nun vorher durch meinen Brief beleidigt hätte. Ich sagte aber an Moritz, er *müsse* den Brief lesen, oder ich ließe ihn *drucken* und es fände keine Vereinigung mehr unter uns statt. Er tat's und verlangte nun, daß der Brief mit Auslassung alles Leidenschaftlichen gedruckt werden möchte; er wolle auch wieder antworten. So weit ist es, und wir sind nun wieder Freunde, und ich bin gestern bei ihm gewesen... Ich habe bei diesem Streit niemand auf meiner Seite gehabt als Frau von Stein, die gar fein und richtig fühlt und lieb und brav ist... Moritz ist doch auch meinen Gründen nicht zuwider gewesen.

VaH III, 46f.

645. SCHILLER AN KÖRNER

Weimar, 2. Februar 1789

Moritz ist ein tiefer Denker ... seine ganze Existenz ruht auf seinen Schönheitsgefühlen. Die Abgötterei, die er mit Goethe treibt und die sich so weit erstreckt, daß er seine mittelmäßigen Produkte zu Kanons macht und auf Unkosten aller anderen Geisteswerke herausstreicht, hat mich von seinem näheren Umgange zurückgehalten. Sonst ist er ein sehr edler Mensch und sehr drollig-interessant im Umgange.

Öfters um Goethe zu sein, würde mich unglücklich machen. Er hat auch gegen seine nächsten Freunde kein Moment der Ergießung, er ist an nichts zu fassen. Ich glaube in der Tat, er ist ein Egoist in ungewöhnlichem Grade. Er besitzt das Talent, die Menschen zu fesseln und durch kleine sowohl als große Attentionen sich verbindlich zu machen; aber sich selbst weiß er immer frei zu behalten. Er macht seine Existenz wohltätig kund, aber nur wie ein Gott, ohne sich selbst zu geben – dies scheint mir eine konsequente und planmäßige Handlungsart, die ganz auf den höchsten Genuß der Eigenliebe kalkuliert ist. Ein solches Wesen sollten die Menschen nicht um sich herum aufkommen lassen. Mir ist er dadurch verhaßt, ob ich gleich seinen Geist von ganzem Herzen liebe und groß von ihm denke. Ich betrachte ihn wie eine stolze Prüde, der man ein Kind machen muß, um sie vor der Welt zu demütigen. Eine ganz sonderbare Mischung von Haß und Liebe ist es, die er in mir erweckt hat, eine Empfindung, die derjenigen nicht ganz unähnlich ist, die Brutus und Cassius gegen Caesar gehabt haben müssen; ich könnte seinen Geist umbringen und ihn wieder von Herzen lieben. Goethe hat auch viel Einfluß darauf, daß ich mein Gedicht [„Die Künstler"] gern recht vollendet wünsche. An seinem Urteil liegt mir überaus viel. Die „Götter Griechenlands" hat er sehr günstig beurteilt; nur zu lang hat er sie gefunden, worin er auch nicht unrecht haben mag. Sein Kopf ist reif, und sein Urteil über mich wenigstens eher *gegen* mich als *für* mich parteiisch. Weil mir nun überhaupt nur daran liegt, Wahres von mir zu hören, so ist dies gerade der Mensch unter allen, die ich kenne, der mir diesen Dienst tun kann. Ich will ihn auch mit Lauschern umgeben, denn ich selbst werde ihn nie über mich befragen.

SchiBr II, 217ff.

646. SCHILLER AN KAROLINE VON BEULWITZ

Weimar, 5. Februar 1789

Über Goethen möchte ich wohl einmal im Vertrauen gegen Sie ein Urteil von mir geben; aber ich könnte mich sehr leicht übereilen, weil ich ihn so äußerst selten sehe und mich nur an das halten kann, was sich mir in seiner Handlungsart überhaupt aufdringt. Goethe ist noch gegen keinen Menschen, soviel ich weiß, sehe und gehört habe, zur Ergießung gekommen – er hat sich durch seinen Geist und tausend Verbindlichkeiten Freunde, Verehrer und Vergötterung erworben, aber sich selbst hat er immer behalten, sich selbst hat er nie gegeben. Ich fürchte, er hat sich aus dem höchsten Genuß der Eigenliebe ein Ideal von Glück geschaffen, bei dem er nicht glücklich ist. Dieser Charakter gefällt mir nicht – ich würde mir ihn nicht wünschen, und in der Nähe eines solchen Menschen wäre mir nicht wohl. (Legen Sie dieses Urteil beiseite. Vielleicht entwickelt ihn uns die Zukunft, oder noch besser, wenn sie ihn widerlegt.)

SchiBr II, 222f.

647. HERDER AN SEINE FRAU

Neapel, 10. Februar 1789

Was Du über Goethe schreibst, ist ganz wahr. Meine Reise hieher hat mir seine selbstige, für andre ganz und im Innern unteilnehmende Existenz leider klärer gemacht, als ich's wünschte. Er kann indessen nicht anders; laß ihn machen! Es tut wehe, es zu fühlen, daß man einen angenehmen Traum verloren habe, und doch ist's besser wachen als träumen. Sein entsetzlicher Enthusiasmus für Moritz gehört auch dazu. Moritz ist ein guter Mensch, auch ein seltner Mensch in der Art, wie er sich seine Ideen stellt und stellen muß; in ihnen aber ist nichts Lichtes, nichts Geendigtes, und mich ärgert's, was die Damen dort für ein Wesen aus ihm machen und wie sie's mit ihm treiben. Auch von Dir hat's mich gewundert, daß Du einige seiner Gespräche so hoch und neu aufgenommen hast; sie lassen weder Klarheit noch Erquickung zurück, und im Grunde ist er ein gedrücktes, krankes Wesen, auch in seiner Gedankenreihe, die nicht für mich ist; wir sind weiter. Mit Goethe ist's anders, weil Moritz in ihn vernarrt ist und seine ganze Philosophie darauf gerichtet hat, ihn als das Summum der Menschheit zu vergöttern. Zu dem allen gehört die Geschichte ihres römischen Daseins, wo Moritz sehr gedrückt war und Goethe ihm wie ein Gott erscheinen mußte. Das mag gut für beide sein; andre Menschen aber müssen sich nicht irremachen lassen...

Helt 247 f.

648. KNEBEL AN KAROLINE HERDER

Weimar, vor dem 12. Februar 1789

Unser Freund Goethe aber ist in seinen Meinungen selbst so poetisch als wir andern nur immer. Er setzt gar leicht etwas auf die höchste Spitze, wenn er davon eingenommen ist. Dies muß auch so sein, denn sonst wäre er kein Dichter, und die äußere gesetztere Gestalt verwahrt nur fester den leichtbeweglichen Dichtergeist, den er ja selbst von sich gesteht und gestehn muß. Deshalb ist er uns nicht weniger lieb und teuer; wir verehren ihn, aber keine ausschließenden Eigenschaften für die Erkenntnis der Wahrheit gibt es deswegen nicht. Wir sind alle auf *einen* Boden gepflanzt; jeder zieht die Säfte seiner Art und seiner Organisation aus ihm, der Palmbaum andere als die Weide. Beide haben ihre verschiedene Art zu sein, ihr verschiedenes Recht, den Himmel über ihnen und die Erde unter ihnen zu betrachten.

VaH III, 48

649. SCHILLER AN CHARLOTTE VON LENGEFELD UND KAROLINE VON BEULWITZ

Weimar, 12. Februar 1789

... „Die Künstler" ... Ich möchte in der Tat wissen, was Goethe dabei fühlen wird; denn so wenig mir seine Existenz gibt, so hoch schätze ich sein Urteil.

SchiBr II, 229

650. KAROLINE HERDER AN IHREN MANN

Weimar, 13. Februar 1789

Mit Goethe habe ich mich am Montage über die Lenore im „Pater Brey" ausgesprochen. Ich frug ihn, ob ich diese Person so ganz gewesen wäre. „Beileibe nicht!" sagte er, ich solle nicht so deuten. Der Dichter nehme nur soviel von einem Individuum, als notwendig sei, seinem Gegenstand Leben und Wahrheit zu geben; das übrige hole er ja aus sich selbst, aus dem Eindruck der lebenden Welt. Und da sprach er gar viel Schönes und Wahres darüber. Auch daß wir den „Tasso", der viel Deutendes über seine eigne Person hätte, nicht deuten dürfen; sonst wäre das ganze Stück verschoben usw. Kurz, ich war völlig befriedigt, da ich mir ihn so ganz als Dichter denke. Er nimmt und verarbeitet in sich aus dem *All der Natur,* wie es Moritz nennt, in das ich auch gehöre, und alle andre Verhältnisse sind dem Dichter untergeordnet. Das sehe ich jetzt deutlich, und ich sehe ihn täglich mehr in seinem eigentlichen Licht. Er ist eben ein glücklich Begünstigter von der Natur. Er hat eine unvergleichliche

Abhandlung [„Einfache Nachahmung der Natur, Manier, Stil"] in den „Merkur" gesetzt, die ich durch Gottfried abschreiben lasse. Sie kommt mir so gerade recht hinter Moritzens Abhandlung [„Über die bildende Nachahmung des Schönen"]. Sie ist mir gar ein schöner Maßstab und berichtigt und erhellt mir mein Gefühl so, wie mir Moritzens Abhandlung einen Totalbegriff für die Kunst gegeben hat.

Helt 249f.

651. SOPHIE VON SCHARDT AN CHRISTOPH ALBRECHT VON SECKENDORFF

Weimar, 13. Februar 1789

Es bleibt mir noch übrig, Ihnen über Goethe zu antworten.

Er liebt den Herzog, er liebt ihn von Herzen, und das wird ihn jahrelang hier festhalten. Aber es scheint, daß er ihm besser zu dienen glaubt, indem er ihn liebt, als dadurch, daß er Plätze in seinem Dienste ausfüllt. Die Zeit wird lehren, ob er ihm Ratschläge gibt und was für welche; ich glaube immerhin, daß der Herzog allmählich an sein Land anwachsen wird. Übrigens ist Goethe wirklich verjüngt. Es fehlt nicht viel, so wird er ebenso careless, ebenso glücklich wie sein Egmont.

GoeJb XXV, 74. Aus dem Französischen

652. KNEBEL AN HERDER

Weimar, 13. Februar 1789

Goethens achter Teil [der „Schriften" bei Göschen] ist erschienen und hat mir in diesen kleinern Gedichten herrliche Freude gemacht.

Ahasverus und Esther [im „Jahrmarktsfest zu Plunderweilern"] halten sie in Berlin für ein Pasquill auf jetzt lebende hohe Personen daselbst. Wo kann dies in der Welt nicht für ein Pasquill gelten! Liebe, schöne, treffliche Sachen sind noch in diesem Teile und stehen gedruckt gar hübsch nebeneinander.

VaH III, 50

653. KAROLINE HERDER AN IHREN MANN

Weimar, 20. Februar 1789

Du schwimmst in einem Meer von Genuß und reichst mir davon kein Tröpfchen, und ich teile das Tröpfchen, das mir zuteil wird, mit Dir. Hier ist es: die erste Szene aus „Tasso". Ich habe sie vorgestern von Goethe bekommen und sie eilig für Dich abgeschrieben, aber nur für Dich allein ... Ich glaube Dir damit eine gute Stunde zu machen ... Mich dünkt, das sei ein wunderschöner Anfang, der Vorhang so schön aufgemacht. Die Prinzessin, ihre Freundin und der Dichter so wunderschön anziehend; man kennt und liebt sie nun und wird nun alles mit ihnen teilen. Goethe kam den Montag, um nach Dir zu fragen ... Knebel kam noch dazu. Goethe setzte sich nieder und zeichnete mir ein Landschäftchen. Es war ein guter Geist und ein gutes Gespräch unter uns; denn Du warst immer dabei. Zuletzt wurde noch viel vom römischen Karneval gesprochen. Er gibt nämlich eine Beschreibung des römischen Karnevals [„Das römische Karneval"], wie es in den letzten acht Tagen ist, mit achtzehn Kupfern heraus, die schon meist durch Kraus fertig sind. Die Beschreibung davon ist so voll Ordnung und einer eignen Darstellung des Ganzen, die Euch wohl schwerlich, wie er selbst sagt, zum erstenmal in dem entsetzlichen Gedränge erschienen ist. Das Ende schließt sich mit einer Betrachtung über das menschliche Leben, die mir sonderbar rührend war ... Ich kann nicht bergen, daß mir diese Abendstunden unter denen, die ich mitunter, zwar sparsam, in Gesellschaft zubringe, die liebsten sind. Ein verständiges Wort zu hören und den Atem eines guten Geistes zu fühlen, das ist Leben!

Helt 252f.

654. HERDER AN SEINE FRAU

Rom, 21. Februar 1789

Aber verzeihe mir zugleich zu sagen, daß ich des Goethe Antwort an den Herzog, da er für mich was tun wollte, äußerst albern und abgeschmackt finde. Zuerst wußte er ja nicht, wie es mit mir stand, und wußte ja, was man auf einer Reise in Italien für Geld braucht. Er wußte ja, daß der Herzog noch nichts für mich getan habe und daß, wenn man so einen Augenblick bei *ihm* vorbeigehn läßt, man der ärgste Narr sei ... Was wäre es denn nun gewesen, wenn er mir einige hundert Zechinen zu einer Reise in Italien geschenkt hätte? Eine elende Kleinigkeit für einen Fürsten! Andre lassen sie ja ganz auf ihre Kosten reisen, und ich muß mich überall wie ein Appendix durchbetteln. Kommt meine Reise dem Herzoge nicht zugut? Und müßte er mir nicht Dank wissen, daß ich sie auf seine Kosten täte? Dalberg hat nichts davon, und es wäre himmelschreiend, ihn über sein Vermögen zu drängen, bloß weil er einen dummen Streich aus Güte des Herzens gemacht hat. Zudem hatte ich's durch ein paar Worte im Briefe der Herzogin selbst darauf angelegt, da ich nämlich sagte, daß ich auf eine so unwürdige Weise reisen zu müssen nie geglaubt oder verdient hätte. Davon war nun jener Entschluß die Folge, und Goethe kommt mit seinem „Für diesmal braucht er's nicht" in den Weg, als ob ich noch ein andermal die Reise tun wollte! Verzeihe mir, daß ich das alles von ihm nicht begreifen kann, der ja wissen muß, daß man, um sich in Italien etwas zu kaufen, für andre zu kaufen, immer sogleich eine Reihe Zechinen nötig habe, weil alles Gute auf diesem großen Marktplatz der Welt sehr teuer ist. Aber so ist er durchaus, und ich sehe jetzt seine Existenz heller als jemals. Er ist nur in sich und für sich. Andern schadet er eher, als daß er ihnen helfe. Auch wenn der Herzog für meine Situation in Weimar, wie er's im Sinne hatte, etwas wird tun wollen, wird er's mit dem besten Willen verderben. Das alles ist nur für Dich geschrieben, liebes Herz, nicht, daß Du Dich darüber quälest, denn das braucht's im mindsten nicht, sondern daß Du sehest, wie ich die Sache ansehe, und sie auch so ansehn lernest. Was hilft's, daß man Zweifel in sich verberge, wenn sie doch einmal da sind und ihre Veranlassung haben? Aller Trug ist nichts und dauert nicht, er sei so schön, als er wolle.

So ist's auch mit Moritz' Philosophie und Abhandlung. Sie ist ganz goethisch, aus seiner und in seine Seele. Er ist der Gott von allen Gedanken des guten Moritz. Für mich aber haben die Herzogin Luise und Knebel mit ihren Gefühlen ganz recht; mir ist diese ganze Philosophie im feinsten Organ zuwider: sie ist selbstisch, abgöttisch, unteilnehmend und für mein Herz desolierend ...

Eben sehe ich meinen Brief an, und da ich über Moritz und Goethe geschrieben, so bitte ich Dich, ja nicht zu glauben, daß ich auf Goethe etwa einen Groll habe. Ich ehre ihn wie immer, denn ich sehe zu klar, daß er nicht anders sein kann, als er ist. Übermorgen fängt Trippel meine Büste an, die zu Goethe seiner ein Pendant werden soll, auf des Herzogs Bestellung. O der leidigen Pendants! Goethe hat sich als einen Apollo idealisieren lassen, wie werde ich Armer mit meinem kahlen Kopf dagegen aussehn!

HeIt 256ff. und 261

655. KAROLINE HERDER AN IHREN MANN

Weimar, 23. Februar 1789

Vorgestern hat mich die regierende Herzogin zu sich kommen lassen; sie war sehr gut; wir sprachen meist von Dir und Napel ... Dann sprachen wir von Goethe und der Stein. Das Verhältnis ist noch immer nicht im Gleis. Sie will nicht verzeihen und er nicht um Verzeihung bitten, so scheint es uns. Ich mag nicht tiefer hineinsehn. Ich denke, er sei's wohl wert, daß man um ihn etwas leidet.

HeIt 262f.

656. SCHILLER AN KAROLINE VON BEULWITZ

Weimar, 25. Februar 1789

Was Sie von Goethen schreiben, mag allerdings wahr sein – aber was folgt daraus? Wenn ich auf einer wüsten Insel oder auf dem Schiff mit ihm allein wäre, so würde ich allerdings weder Zeit noch Mühe scheuen, diesen verworrenen Knäuel seines Charakters aufzulösen. Aber da ich nicht an dieses einzige Wesen gebunden bin, da jeder in der Welt, wie Hamlet sagt, seine Geschäfte hat, so habe ich auch die meinigen; und man hat wahrlich zu wenig *bares* Leben, um Zeit und Mühe daran zu wenden, Menschen zu entziffern, die schwer zu entziffern sind. Ist er ein so ganz liebenswürdiges Wesen, so werde ich das einmal in jener Welt erfahren, wo wir alle Engel sind.

Im Ernst, ich habe zuviel Trägheit und zuviel Stolz, einem Menschen abzuwarten, bis er sich mir entwickelt hat. Es ist eine Sprache, die alle Menschen verstehen; diese ist: gebrauche deine Kräfte! Wenn jeder mit seiner ganzen Kraft wirkt, so kann er dem andern nicht verborgen bleiben. Dies ist *mein* Plan. Wenn einmal meine Lage so ist, daß ich alle meine Kräfte wirken lassen kann, so wird er und andre mich kennen, wie ich seinen *Geist* jetzt kenne.

Aber dieses lassen Sie mich Ihnen einmal für allemal sagen: Erwarten Sie nicht zuviel Herzliches und Ergießendes von Menschen, die von allem, was sich ihnen nähert, in Bewunderung und Anbetung gewiegt werden! Es ist nichts zerbrechlicher im Menschen als seine Bescheidenheit und sein Wohlwollen; wenn so viele Hände an dieses zerbrechliche zarte Ding tappen, was Wunder, wenn es zuschanden geht? Wenn mich je das Unglück oder Glück träfe, sehr berühmt zu werden ... so seien Sie mit Ihrer Freundschaft gegen mich vorsichtiger! Lesen Sie alsdann meine Schriften und lassen den *Menschen* übrigens laufen!

Es ist ebenso mit *Herdern,* und wenn Wieland nicht eine so reichliche Fülle von Schwachheiten hätte, die einen zum Lächeln bringen und über seine Vorzüge trösten, so würde auch mit ihm nicht auszukommen sein.

SchiBr II, 234 f.

657. SCHILLER AN KÖRNER

Weimar, 25. Februar 1789

Das lyrische Fach, das Du mir anweist, sehe ich eher für ein *Exilium* als für eine *eroberte Provinz* an. Es ist das kleinlichste und undankbarste unter allen. Zuweilen ein Gedicht lasse ich mir gefallen; wiewohl mich die Zeit und Mühe, die mir die „Künstler" gekostet haben, auf viele Jahre davon abschrecken. Mit dem Dramatischen will ich es noch auf mehrere Versuche ankommen lassen. Aber mit Goethe messe ich mich nicht, wenn er seine ganze Kraft anwenden will. Er hat weit mehr Genie als ich und dabei weit mehr Reichtum an Kenntnissen, eine sichrere Sinnlichkeit und zu allem diesem einen durch Kunstkenntnis aller Art geläuterten und verfeinerten Kunstsinn, was mir in einem Grade, der ganz und gar bis zur Unwissenheit geht, mangelt. Hätte ich nicht einige andere Talente und hätte ich nicht soviel Feinheit gehabt, diese Talente und Fertigkeiten in das Gebiet des Dramas herüberzuziehen, so würde ich in diesem Fache gar nicht neben ihm sichtbar geworden sein. Aber ich habe mir eigentlich ein eigenes Drama nach meinem Talente gebildet ...

SchiBr II, 237f.

658. HERDER AN SEINE FRAU

Rom, 27. Februar 1789

Im Grunde sind dies alles für mich Pfützen aus einem toten Meer, sosehr sich auch Goethe den Mund aufreißt, ihre Süßigkeit zu loben.

Was Goethes Streit mit Knebel betrifft ... so bin ich ganz und gar auf Knebels Seite. Moritzens Abhandlung ist ein verwirrtes Ding ... Sie ließ eine unangenehme Empfindung in mir zurück, und der Wert, den er aus Goethes Mund darauf setzte, war mir zwar erklärlich, weil es ein Kleid ist, auf Goethe gepaßt und gemacht, aber desto mehr beinahe beleidigend.

HeIt 265

659. KAROLINE HERDER AN IHREN MANN

Weimar, 2. März 1789

Über Goethe habe ich wirklich einen großen Aufschluß bekommen. Er lebt eben wie *der Dichter mit dem Ganzen* oder *das Ganze in ihm*, und da wollen wir als einzelne Individuen nicht mehr von ihm verlangen, als er geben kann. Er fühlt sich als ein höheres Wesen, das ist wahr, aber er ist doch der Beste und Unwandelbarste unter allen. Seitdem ich weiß, was ein Dichter und Künstler ist, seitdem verlange ich kein engeres Verhältnis, und doch, wenn er zu mir kommt, fühle ich, daß ein sehr guter Geist um und in ihm ist.

HeIt 268f.

660. KÖRNER AN SCHILLER

Dresden, 4. März 1789

... Deine Vergleichung zwischen Dir und Goethe kann ich nicht ganz unterschreiben ... Daß Goethe mehr Genie habe als Du, zweifle ich sehr. Aber mehr *Kunstfertigkeit* in einigen Fächern kann er haben; und diesen Vorzug kannst Du ihm abgewinnen, auch im dramatischen Fache.

SchiKö II, 30

661. HERDER AN SEINE FRAU

Rom, 7. März 1789

Goethens Gedichte sind hier angekommen; er hat ein Exemplar, noch ohne Titel, an die Angelika [Kauffmann] geschickt. Ich kenne die meisten, und es sind unglaublich schöne Stücke darunter. Alles aber, wie es da ist, hätte er nicht sollen drucken lassen. Nicht nur, daß er den Kritikern das Maul darüber aufreißt, sondern auch, weil die jugendlichen Fratzen und Späße doch niemals recht für den Druck sind. Was Du, gutes Herz, zu seiner Entschuldigung sagst, reicht meinem Gefühl nicht zu. Hole der Henker den Gott, um den alles ringsumher eine Fratze sein soll, die er nach seinem Gefallen brauchet! Oder gelinder zu sagen: ich drücke mich weg von dem großen Künstler, dem einzigen rückstrahlenden All im All der Natur, der auch seine Freunde und was ihm vorkommt, bloß als Papier ansieht, auf welches er schreibt, oder als Farbe des Paletts, mit dem er malet. Lobpreisungen solcher Art, wie sie Moritz macht, müssen verwöhnen, wenn man sie nicht verachtet ... Gott sei Lob und Dank, daß er mich nicht zu einem so hellstrahlenden Spiegel des Universums gemacht hat! Ich mag gern eine dunkle Scherbe bleiben.

Helt 273f.

662. KAROLINE HERDER AN IHREN MANN

Weimar, 8. März 1789

Ich habe nun das Geheimnis von der Stein selbst, warum sie mit Goethe nicht mehr recht gut sein will. Er hat die junge Vulpius zu seinem Klärchen und läßt sie oft zu sich kommen usw. Sie verdenkt ihm dies sehr. Da er ein so vorzüglicher Mensch ist, auch schon 40 Jahr alt ist, so sollte er nichts tun, wodurch er sich zu den andern so herabwürdigt. – – – Was meinst Du hierüber?

Helt 278

663. SCHILLER AN KÖRNER

Weimar, 9. März 1789

Ich muß lachen, wenn ich nachdenke, was ich Dir von und über Goethen geschrieben haben mag. Du wirst mich wohl recht in meiner Schwäche gesehen und im Herzen über mich gelacht haben, aber mag es immer! Ich will mich gerne von Dir kennen lassen, wie ich bin. Dieser Mensch, dieser Goethe, ist mir einmal im Wege, und er erinnert mich so oft, daß das Schicksal mich hart behandelt hat. Wie leicht ward *sein* Genie von seinem Schicksal getragen, und wie muß *ich* bis auf diese Minute noch kämpfen!

SchiBr II, 249

664. HUBER AN FORSTER

Mainz, 12. März 1789

Ich wünschte es auch sehr, daß man einige Data über Goethes Macherei bekommen könnte. Deine Idee, daß er viel feilen mag, ist paradox. Wenigstens würde ich glauben, daß er nur feilt, wenn das Ganze fertig ist. Die Aneinanderreihung der einzelnen Teile, die das Ganze bilden werden, geht ihm gewiß geschwinder vonstatten als Schillern. An dem fertigen Ganzen nützt aber auch die Feile weit mehr, und nur so kann ein *vollkommenes Kunstwerk* entstehen.

Hub 328

665. HERDER AN SEINE FRAU

Rom, 14. März 1789

Goethes Szene [aus „Tasso"] habe ich mit Vergnügen gelesen. Er kann nicht anders als sich selbst idealisieren und immer aus sich schreiben, so daß er sich zugleich selbst malet. Für mich ist das gut. Aber ich fürchte, wie das durch die fünf Akte gehn werde. Immer aber wird's ein geistvolles, interessantes Stück werden ...

Über Goethes Karnevalslustbarkeit [„Das römische Karneval"] wundre ich mich. Er ist ein sonderbarer Mensch; ich lasse ihn für sich walten, ohn ihn auch nur beurteilen zu wollen. Er folgt seinem Genius, und der ist nicht der meine.

Helt 279 und 281

666. KAROLINE HERDER AN IHREN MANN

Weimar, 20. März 1789

Ich habe die Fortsetzung von „Tasso" wieder abgeschrieben. Goethe kam dazu; er absolvierte mich hierüber, wie leicht zu denken, und grüßt Dich. Von diesem Stück sagte er mir im Vertrauen den eigentlichen Sinn. Es ist *die Disproportion des Talents mit dem Leben.* Er freut sich recht über mich, daß ich es selbst so gut empfinde. Der Augenblick, da der zarte Dichter bekränzt wird, ist mir recht rührend gewesen; nun ist er eingeweiht zum Leben, Lieben und Leiden! –

Die gute Kalbin ... nimmt Goethens „Tasso" gar zu speziell auf Goethe, die Herzogin, den Herzog und die Steinin; ich habe sie aber ein wenig darüber berichtigt. Das will ja auch Goethe durchaus nicht so gedeutet haben. Der

Dichter schildert einen *ganzen Charakter,* wie er ihm in seiner Seele erschienen ist; einen solchen ganzen Charakter besitzt ja aber ein einzelner Mensch nicht allein. So ist es mit dem Dichtertalent selbst, so mit der Kunst zu leben, die er durch den Herzog oder Antonio darstellt. Daß er Züge von seinen Freunden, von den Lebenden um sich her nimmt, ist ja recht und notwendig. Dadurch werden seine Menschen wahr, ohne daß sie eben ein ganzer Charakter lebend sein können oder dürfen. –

Das Ende der dritten Szene hat mir Goethe soeben noch geschickt. Ich habe ihn gefragt, ob Du's der Herzogin [Anna Amalia] und Angelika [Kauffmann] lesen darfst; so antwortete er mir, Du könntest beliebigen Gebrauch davon machen.

Helt 296f.

667. KAROLINE HERDER AN IHREN MANN

Weimar, 23. März 1789

... über Goethe, gestehe ich, habe ich bisher immer zu parteiisch geschrieben – ich habe geschrieben, wie ich's jedesmal empfunden habe. Liebster Engel, Du hast über ihn ganz und vollkommen recht. Du beurteilst ihn Mann gegen Mann. War unser Gefühl nicht schon lange hierüber berichtigt? Und wenn er es eine Zeitlang durch Umstände zu mildern gewußt hat, so hat er doch seine Natur nicht abgelegt. Seine Alleinherrschaft und hundert kleine Eitelkeiten empfinden ja Freunde und Feinde, und meine Abgötterei ist nicht so weit gediehen, daß ich sie gar für göttliche Eigenschaften ansehe. Oh, mein Einziger auf der Welt, verkenne mich doch hierinnen nicht! Meine ganze Empfindung ist ja unendlich mehr und inniger mit Deinen Eigenschaften, mit Deinem Geist und Gemüt verwebt. Deine Wirksamkeit, Dein treues, reines Gemüt und Dein Mitgefühl für alles Leidende und Gute steht bei mir auf der höchsten Stufe, und ich wollte Dich um alle Güter der Welt nicht um einen eitlen Dichter vertauschen. Daß ich soviel Aufhebens davon gemacht habe, rührt bloß daher, weil ich vom Dichter und der Poesie, vom Künstler und der Kunst noch keinen so anschaulichen Begriff gehabt habe, und ich war eben wie ein Kind, das einen neuen Buchstaben hat kennengelernt.

Leid tut es mir beinah, daß ich Dir den „Tasso“ abgeschrieben habe. Er bestätigt, darstellend und ausführend, die ganze Vergötterung des Dichters ... O ich möchte alle die Briefe bisher über ihn und die Kunst ungeschrieben machen! Was geht mich der Dichter und die Poesie an!

HeIt 297 f.

668. HERDER AN SEINE FRAU

Rom, 28. März 1789

Was Du von Goethens Klärchen schreibst, mißfällt mir mehr, als daß es mich wundern sollte. Ein armes Mädchen – ich könnte mir's um alles nicht erlauben! Aber die Menschen denken verschieden, und die Art, wie er hier auf gewisse Weise unter rohen, obwohl guten Menschen gelebt hat, hat nichts anders hervorbringen können. Auf mich macht Italien in allem nun einmal den ganz entgegengesetzten Eindruck. Ich kehre wie ein Geist zurück und kann Dir nicht sagen, wie mir vor dem gewöhnlichen Troß der Buhlereien usw. ekelt.

HeIt 301

669. MERCK AN KARL AUGUST

Darmstadt, 28. März 1789

Sie können nicht glauben, was ich vor ohngefähr acht Tagen empfand, als ich mich aus der Schmach der Unterdrückung wieder in dem Zirkel meiner alten Freunde aufgenommen fand, mit Goethes Mutter, der Laroche, ihren Kindern und Goethes alten Freunden vereinigt wieder sah. Dies alles hab ich nächst Gott Ihnen zu danken.

Ich weinte vor Freuden, als ich den schönen Kopf von Goethe, von Neker [Hecker] geschnitten, in den Händen seiner Mutter sah. Sie erlaubte mir, einige schöne Abdrücke davon zu machen. Ich wandte sie sogleich an, durch Hülfe des Bethmannischen Contoirs sie an Wedg[e]wood zur Verfertigung einer Paste abzuschicken. Und so siegeln wir alle, wenn Gott will, in wenigen Monaten mit diesem schönen Kopfe.

MBr 621

670. CHARLOTTE VON STEIN AN CHARLOTTE VON LENGEFELD

Weimar, 29. März 1789

Ich war den Winter immer nicht wohl, und da wird man geneigter zum Nachdenken, das einen im Leben nicht glücklicher macht. Der andere mir mühsame Begriff von meinem ehemaligen, vierzehn Jahre lang gewesenen Freund liegt mir auch manches Mal wie eine Krankheit auf und ist mir nun wie ein schöner Stern, der mir vom Himmel gefallen. Wenn ich Sie sehen werde, will ich Ihnen mancherlei darüber erzählen, das ich nicht schreiben mag.

SchFr II, 266

671. KÖRNER AN SCHILLER

Dresden, 31. März 1789

Goethes achten Teil [der „Schriften"] habe ich gelesen. Ich bewundere sein Talent, die mannigfaltigsten Arten von *Ton* zu treffen. Oft ist *dies* das einzige Verdienst eines Gedichts ... Das wichtigste ist wohl das letzte Gedicht: „Die Geheimnisse". Ich zerbreche mir sehr den Kopf über dies Rätsel ...

SchiKö II, 57

672. HERDER AN SEINE FRAU

Rom, 3. April 1789

Die Herzogin, weißt Du, liebe ich am meisten; Du kennst aber ihre unkräftige Güte. Der Herzog ist gut und brav; was kann, was mag er aber für mich tun? Und überhaupt, wie müde ich des Zusammenhanges mit Fürsten und Fürstinnen

Johann Heinrich Merck

geworden bin, die immer unverständige Kinder bleiben ... mag ich Dir nicht sagen. Daß Goethe für uns wenig mehr sein kann, wird mir beinah einleuchtend. Er ist's im öffentlichen Bezuge nie gewesen. Die Damen gehen ihren Weg hin ...

Helt 305

673. KARL AUGUST AN MERCK

Aschersleben, 9. April 1789

Mit Ehren kann man Goethens Bild als Siegel führen. Wer dieses Petschaft mit demjenigen Respekt braucht, welchen es verdient, wird gewiß nicht leicht etwas Schlechtes in die Welt schicken. Ich erwarte das Original selbst ehstens hier ...

MS 246

674. HUBER AN KÖRNER

Mainz, 10. April 1789

Er ist doch wieder, im Kleinen, so ganz Goethe: der Gesang auf den Gondeln, das Gespräch mit der Samariterin. Dieser Mensch wird mir mit jedem Augenblick unbegreiflicher.

Bode I, 425

675. HERDER AN SEINE FRAU

Rom, 10. April 1789

Aber Du hast recht, ich sollte nicht so scharf urteilen, und ich will's lieber gar nicht mehr tun. Eben da ich heut die Briefe zusammengepackt habe, habe ich so viel wahre Erweise von Goethes männlicher Treue, Freundschaft und Liebe gegen mich gefunden, daran will ich mich halten; was geht mich übrigens seine Privatvorstellung an? Ich habe gnug an mir selbst zu richten, daß ich nicht gerichtet werde.

Helt 315

676. KAROLINE HERDER AN IHREN MANN

Weimar, 24. April 1789

Ich bin gestern abermals bei der Herzogin gewesen ...

Wie ich nach Hause kam, fand ich Goethe bei dem Kinderfest [Luise Herders Geburtstagsfeier]. Wir sprachen bald von Göttingen, wie wir denn schon einigemal davon gesprochen haben. Daß Du den vorteilhaften Antrag beherzigtest und beherzigen müßtest, sagte ich ihm; er fand es ganz recht, so wie er gleich von Anfang den Antrag als ein gutes Evenement, wir möchten nun bleiben oder gehn, ansah. Er will Dir selbst schreiben ... Er dringt aber darauf, daß wir ihn allein von der ökonomischen Seite betrachten und gebrauchen müssen. In der Verhandlung mit den Hannoveranern müssen wir mit Recht das hoch anschlagen, was wir Gutes hier haben; kurz, in eine Waagschale das Vorteilhafte von Göttingen und in die andre das Gute von hier legen. Dieses war ... mein eigner erster Gedanke gewesen, der mir nicht von ihm eingehaucht worden ist ... „Glaubt nicht", sagte er gestern, „daß er dort frei von Verdruß und Ärger sein wird. Er wird überall die Neider und Heuchler, und wie sie heißen, finden; sein Gemüt bringt er ja überall mit. Also von dieser Seite ist's dort nicht um ein Haar besser als überall. Kurz, laßt nur das Gemüt aus dem Spiel und bleibt bei dem äußerlichen Vorteil stehn. Der Herzog kann und darf ihn nicht gehn lassen; er ruiniert sich Jena und Weimar zugleich. Auch nicht einmal nach Jena wünsch ich Herdern; ich hab ihn viel zu lieb; er ist zu gut zum Professor; er kennt ihre kleinlichen Leidenschaften noch nicht. Es ist gut, daß der Antrag gekommen ist; jetzt kann ihm durch das *Muß* und mit Ehren ein gutes und sichres Etablissement für ihn und die Seinigen gemacht werden, und die ganze Stadt wird damit zufrieden sein und es wünschen." ...

Liebes Herz, über Goethe und Knebel habe ich sehr klare und reine Begriffe bekommen. Der erste ist bei Dir jetzt im Schatten; aber ich weiß, Du erkennst ihn wieder. Knebel bleibt ein unstetes, unsichres Rohr. Er ist im Grund gut, aber ein jedes Lüftchen beugt und wendet ihn anders ... Goethe bleibt sich gleich; er steht auf festem Boden. Mündlich mehr im Detail von. Es schmerzt mich, daß Du Dein Gemüt von ihm abwendest, und er ist doch der einzige rein gute Mensch hier.

Helt 335ff. und 339f.

677. KAROLINE HERDER AN IHREN MANN

Weimar, 1. Mai 1789

Die Steinin grüßt Dich herzlich. Über Goethe leidet die Arme noch immer sehr viel, und ich fühle und sehe, daß er's zu toll macht. Den Reichardt, der es von ihm verlangt, hat er zu sich ins Haus genommen. Er komponiert die „Claudine", die ich in Gesellschaft bei ihm gehört habe, worunter nur einiges gut ist, Goethe aber alles hübsch findet. Nun fällt mir Goethe eine Zeitlang auch aus den Händen, da er gute und schlechte Menschen mit gleicher Freundlichkeit aufnimmt.

Helt 347

678. HUBER AN KÖRNER

Mainz, 3. Mai 1789

Ich habe nunmehr den achten Band von Goethe gelesen. Die „Geheimnisse" sind mir zu quälend und um desto quälender, weil es in Goethens Manier liegt, dem Mystischen einen simpeln, kinderleichten Anstrich zu geben. Aber die Verbindung eines unverständlichen Stoffs mit der verständlichsten Manier hat für meinen Kopf etwas besonders Schmerzliches.

Meine Lieblinge unter allen sind: „Meine Göttin", das ... unnachahmlich göttlich ist, und der berüchtigte „Prometheus" ... Unter den kleinen Epigrammen im griechischen Geschmack ist mein Liebling: „Schlummer und Schlaf ..." [„Die Geschwister"].

Mir fällt bei dem „Prometheus" Moses Mendelssohn und seiner nachherigen Berliner Stellvertreter ganze – – wieder ein, die sich's unterstanden, ihn als einen *Jugendstreich* zu behandeln, ohne zu wissen, von wem er war, und Jacobin auf den Kopf einer Lüge zeihten, daß Lessing solche erbärmliche Schülerverse bewundert haben könnte. Erinnerst Du Dich's?

Bode I, 428f.

679. KAROLINE HERDER AN IHREN MANN

Weimar, 8. Mai 1789

Sobald Du kannst, so schreibe nur ein paar Reihen auch der Steinin; sie ist es wert. Und dann tröste sie auch! Sie ist sehr, sehr unglücklich, und Goethe beträgt sich nicht hübsch ..., und ich fürchte, der Kummer verkürzt ihr Leben. Sie ist den Dienstag nach Ems ins Bad gegangen. Er hat sein Herz, wie sie glaubt, ganz von ihr gewendet und sich ganz dem Mädchen, die eine allgemeine H- vorher gewesen, geschenkt. „Ich habe mich immer auf Herdern gefreut", sagte sie mir, „wenn er wiederkommen wird; so bleibt mir nun gar nichts mehr."

Helt 362

680. KAROLINE HERDER AN IHREN MANN

Weimar, 10. Mai 1789

Ich habe Dir bisher Goethe so wenig genannt, weil ich ihn wenig allein gesprochen habe. Gestern hat er den „Tasso" bis auf drei Szenen der Herzogin vorgelesen. O wie bestrafe ich mich, daß ich ihn auch nur einen Augenblick verkenne! Er ist durchaus eine treue männliche Seele, und es freut mich, daß Du dies in einem Deiner letzten Briefe so gut wiedererkennst. Er kam gestern abend noch zu mir, und da wir über „Tasso" fertig waren, über den Du Dich gewiß freuen wirst, warst Du unser Gespräch. Dem Herzog hat er gesagt, daß unsre Schulden 1800 bis 2000 Taler betragen; es war des Herzogs eigner Entschluß, sie zu bezahlen.

Helt 367

681. HERDER AN SEINE FRAU

Florenz, 21. Mai 1789

Und das Verlassen der Freunde? Ach Gott, was sind sie uns, was sind sie *Dir,* was sind sie *mir* gewesen? Die gute Kalbin schätze ich gewiß wie Du, aber *der* ist auch wiederum Schiller gnug, und am Ende haben doch *wir beide* einzig und allein mit uns selbst gelebet. Erinnre Dich an alles, und Dein Herz wird ja sagen. Menschen zur Gesellschaft, wie wir sie brauchen, finden sich allenthalben.

Von Knebel denkst Du vielleicht zu hart. Ich kenne seine Unarten, die oft gerade dann sich äußern, wenn er's am besten, d.i. am grimmigsten, meint. Noch neulich entfuhr es der Herzogin [Anna Amalia], daß *er's* gewesen, der jahrelang dem Herzog vorgepredigt, es sei unverzeihlich, wie ich stehe. Als von Goethe das Gespräch kam, zuckte sie die Achseln und sagte, es sei schade, daß er nichts zustande bringen könne und sich in die Person andrer nie zu versetzen wisse.

HeIt 377f.

682. KAROLINE HERDER AN IHREN MANN

Weimar, 29. Mai 1789

Goethe will auf einige Tage zu Dir, reitend, ins Karlsbad kommen. Er ist in diesem wichtigen Zeitpunkt jetzt unser treuester Freund, und einen Freund müssen wir jetzt haben. Glaube mir's! ...

Goethe liebt Dich und ist's vor allen Menschen wert, von Dir geliebt zu werden. Wende Dich nicht von ihm ab! Du achtest und liebst an der Angelika [Kauffmann], was die Natur ihr Glückliches und Heiliges gegeben hat; er ist von dieser Seite ihr Bruder, und wir wollen ihn nicht mehr verlieren, wie Du es einmal – vor sechs Jahren war's – so heilig zusagtest. Es schmerzt ihn, Daß Du in dieser wichtigen Sache so stumm gegen ihn bist. Ich habe Dich entschuldigt. Das Wiedersehen im Karlsbad wird alles gutmachen.

HeIt 384f.

683. HERDER AN SEINE FRAU

Mailand, 13. Juni 1789

Goethens Brief ist grob; er behandelt mich als einen jungen Narren von 20 Jahren; ich kann ihm also nicht darauf antworten. Indessen, da er doch eine gute Absicht haben soll, so danke ihm dafür und sage ihm ..., daß ich nichts weniger als mein Jawort für Göttingen gegeben ... Aber so geht's! Man muß die kleinen, schwachen Menschen, die nur „fühlen, nicht sehen" können, fein dumm und sinnlos machen, um zu ihnen als ein höherer Geist zu reden ...

Grüße Goethe und sage ihm nichts Übles von meiner Empfindung.

HeIt 399f. und 401f.

684. KAROLINE HERDER AN IHREN MANN

Weimar, 15. Juni 1789

Ich habe niemand in diesen Tagen gesehen als Goethe. O den mußt Du als Deinen treuen Bruder lieben und behalten!

HeIt 403

685. CHARLOTTE VON STEIN AN KNEBEL

Kochberg, 8. Juli 1789

Meine Freundinnen haben mich alle sehr liebreich empfangen; auch sogar von einem ehemaligen alten Freund fand ich ein freundliches Zettelchen in meinem Kabinettchen an der Wand.

BodeSt VI, 242

686. SOPHIE VON SCHARDT AN CHRISTOPH ALBRECHT VON SECKENDORFF

Weimar, 12. September 1789

Die Herzogin Luise ist sicherlich ein seltenes Wesen, höchst liebenswürdig und von edlem Charakter. Unser Herzog hat einen Fonds von guten Ansichten, denen man eine ehrliche Zuneigung nicht versagen kann. Alles, was uns hier fehlt, ist ein gerechter, edler und für das Gute eifriger Minister, der sich nicht scheut zu reden. Fritsch ist nicht der Mann dazu. Goethe, der sicherlich den Charakter dazu hätte, fehlt der Sinn dafür. Er fühlt, daß er in den Geschäften nicht die Geschicklichkeit hat, die über die Schwierigkeiten hinwegführt, und deshalb hat er sie aufgegeben. Er ist dem Herzog ganz nützlich, da er ihm als Freund dient; ich kann die Ungerechtigkeit nicht erkennen, die die Leute darin finden, daß er sein Gehalt weiter behält. Hat ein Fürst nicht das Recht, einem Manne, den er liebt, Gutes zu erweisen ...? Er zahlt ja viele andere Gehälter, die ihm und andern weniger Nutzen tragen.

GoeJb XXV, 75. Aus dem Französischen

687. KNEBEL AN HERDER

Jena, 20. September 1789

Goethe geht mit seinem eigenen Glücke hier und studiert vieles aus, was Ihnen Freude bringen wird.

VaH III, 53

688. SCHILLER AN KÖRNER

Rudolstadt, 28. September 1789

Was Dich betrifft, so wirst Du hoffentlich die Bekanntschaft mit Goethe und Herder bald auf ihren wahren Wert herabsetzen lernen; aber mit aller Vorsicht wirst Du dem allgemeinen Schicksal nicht entgehen, das noch jeder erfuhr, der sich mit diesen beiden Leuten liierte. Dein engerer Zirkel wird sich, wie ich voraussehe, bald auf Voigt und allenfalls noch auf Bode einschränken.

SchiBr II, 339

689. CHARLOTTE VON STEIN AN KNEBEL

Kochberg, 18. Oktober 1789

Es ist mir angenehm, daß Herder Ihnen freundschaftlich schrieb. Aber warum ist seine Seele darnieder, da doch seine Glücksumstände gesichert sind? Es fehlt ihm ein Herzensfreund: das ist und bleibt doch das höchste Glück!

BodeSt VI, 244f.

690. KAROLINE VON BEULWITZ AN SCHILLER

Rudolstadt, 24. Oktober 1789

Die Stein sprach mir heute lange über G[oethe]. Es sind böse Reminiszenzen in ihr geblieben...

SchFr I, 212

691. WILHELM VON HUMBOLDT AN FORSTER

Bern, 28. Oktober 1789

Über unsere Literatur, darüber, daß sowenig Produkte erscheinen, aus welchen eigentlich Genie hervorblickt, sagte er [Lavater] freilich manches Gute. Aber wen nahm er nun von dem allgemeinen Verdammungsurteil aus? Haben Sie je solche Zusammenstellung gehört? Jacobi, Spittler und Löffler aus Gotha ...

ForBr II, 812f.

692. KAROLINE VON BEULWITZ AN SCHILLER

Rudolstadt, 2. November 1789

Ich stimmte die letzten Tage unseres Zusammenseins besser mit der Stein. Sie war in eine stille Trauer über ihr Verhältnis mit G[oethe] gesunken, und da schien sie mir wahrer und harmonischer als in der widernatürlichen von Gleichgültigkeit oder Verachtung... Viele Schwächen muß G[oethe] haben, und zur Freundschaft gehört Stärke.

SchFr I, 213

693. CHARLOTTE VON LENGEFELD AN SCHILLER

Weimar, 6. November 1789

Der gar liebe Knebel scheint mir nicht tragen zu können, daß G[oethe] neben ihm glänzt und ihn vielleicht verdunkelt. Er ergießt sich nur über die Menschen, daß sie eigentlich doch nichts gewännen, wenn sie nur immer strebten, ihre Kräfte zu entwickeln, und nicht auch ihren moralischen Sinn dadurch veredelten. Er hat mir so viel davon vorerzählt, daß mir das Wort noch immer vor den Ohren schallt: Kräfte!

SchiLo II, 350

694. SOPHIE VON SCHARDT AN CHRISTOPH ALBRECHT VON SECKENDORFF

Weimar, 10. November 1789

Goethe ist beinahe begraben, um den sechsten und siebenten Band seiner Werke fertig zu machen. Er sagt mir, daß er sogleich wieder geselliger werden würde. Ich bin neugierig, ob Ihnen sein „Tasso" so gefallen wird wie uns. Ich möchte, daß er sich oft so einschlösse, um zu schreiben, damit die Welt sähe, daß er sich mit dem beschäftigt, was eigentlich sein Wirkungskreis ist, in dem er seinen Platz wählen muß. Übrigens steht er immer noch etwas unvorteilhaft gegen das Publikum, das immer geneigt ist, ihm zuzuschreiben, was Mißfallen erregt. Ich glaube, daß er viel mehr durch Schweigen sündigt als durch Ratschläge. Die schlechten kommen wahrscheinlich nicht von ihm.

GoeJb XXV, 76. Aus dem Französischen

695. KONSTANTIN BEYER IN SEINEM TAGEBUCH

Erfurt, 1. Dezember 1789

Nach Tische in die Assemblee [bei Dalberg], wo zahlreiche Gesellschaft sich eingefunden hatte. – – – Jetzt wurde Lärm: der Herzog von Weimar kommt! – Die Lakaien liefen mit Lichtern hinunter, die sämtlichen Kurfürstlich Mainzischen Offiziers gingen in corpore hinaus, um ihn zu empfangen. Jetzt trat er herein – in seiner Regimentsuniform, weiß und rot, mit großen, mächtigen Reitstiefeln. Der berühmte Geheimde Rat Goethe war sein Begleiter nebst den Kammerherrn von Wedeln. Goethe geht nicht mehr so geniemäßig einher wie ehmals; er ist viel stärker, hofmäßiger geworden, hat sich ganz nach Hofetikette geformt. Er kam in einen zimtbraunen Bratenkleide, Chapeau bas, mit den Degen an der Seite dahergeschritten, machte Komplimente wie der steifste Hofjunker...

Gespr I, 486f.

696. KAROLINE VON BEULWITZ AN SCHILLER

Weimar, 5. Dezember 1789

Goethe war artig. Er dauert mich so: sein Liebchen ist in Kindesnöten seit fünf Tagen und wird vermutlich sterben. Er sah milder aus als gewöhnlich und zerstreut.

SchFr I, 215

697. SCHILLER AN CHARLOTTE VON LENGEFELD

Jena, 8. Dezember 1789

Ich habe schon gedacht, wie es vielleicht möglich wäre, unsre Vereinigung auf das Frühjahr durch *Goethen* zu befördern, und die Idee wird mir immer annehmlicher, je mehr ich darüber nachdenke. Auf einen fixen Gehalt ... kommt alles an... Wie wär es nun, wenn wir uns G[oethe] anvertrauten, so daß er sich für unser Verhältnis interessiert, daß es ihm gleichsam in die Hände gegeben wird. Er wird nicht ohne Anteil dafür sein, und in solchen Sachen Vertrauen zu erfahren, mitwirken zu können, schmeichelt einem jeden. G[oethe] besonders ist nicht ohne Sinn für Verhältnisse von der Art. Er würde sein Interesse daran auch vielleicht dem Herzog mitteilen, und wenn 200 Taler die Sache ausmachten, so ließe sich der H[erzog] vielleicht dazu bringen, besonders da ich auch ohne das auf

auf eine Besoldung Anspruch machen könnte ... Ob es angeht für Euch, G[oethe] und die St[ein] zugleich in euer Vertrauen zu ziehen, dies ist freilich eine Frage.

SchiBr II, 399

698. KAROLINE VON BEULWITZ AN SCHILLER

Weimar, 10. Dezember 1789

Der Plan, Goethe in unsere Projekte zu ziehen, ist gar nicht übel; nur möchte ich die Stellung seines Gemütes noch etwas zuvor beobachten.

Er ist krank oder sagt sich krank, seines Liebchens wegen, und geht nicht aus. Wenn ich ihn nur noch einige Male gesehen habe, dann wird sich eher etwas bestimmen lassen; ich meine nicht, daß das Verhältnis mit der Stein die Zutraulichkeit mit ihm stören wird.

SchFr I, 216

699. CHARLOTTE VON LENGEFELD AN SCHILLER

Weimar, 20. Dezember 1789

Goethe bleibt bis den ersten Feiertag in Jena. Du wirst ihn wahrscheinlich sehen. Ich wünschte es um seiner selbst willen, daß er mit Dir umginge. Dein Geist könnte wohltätig auf ihn wirken. Er scheint mir uneins mit sich, daher wird er es auch mit der Welt sein. Ich schließe es daher, weil er so viele Menschen um sich versammelt, die nichts sind. Fände er sich selbst wieder, so brauchte er diese nicht zu suchen.

SchiLo II, 445

700. SCHILLER AN CHARLOTTE VON LENGEFELD

Jena, 21. Dezember 1789

Goethen habe ich nicht gesehen, auch noch nichts von ihm gehört. Ich würde mich freuen, wenn ich ihm mehr sein könnte.

SchiBr II, 420

701. CHARLOTTE VON LENGEFELD AN SCHILLER

Weimar, 29. Dezember 1789

Humboldt wird Dir erzählt haben, was wir gestern bei G[oethe] gemacht haben. Er war recht freundlich und zutraulich mit mir. Er ist aber doch anders geworden; ehe er nach Italien ging, war er mir doch lieber; schon der Ausdruck in seinem Gesicht, er hat an Feinheit verloren.

SchiLo II, 456

1790

702. KNEBEL AN SEINE SCHWESTER

Weimar, 11. Januar 1790

Goethens „Tasso" ist bereits gedruckt [„Schriften", Band 6]. Es ist ein schönes Werk; man mag es auch aufschlagen, wo man will, so fallen ausgesuchte Gedanken ins Auge. Zur Vorstellung ist es nicht.

KnHe 107

703. HUBER AN KÖRNER

Mainz, 15. Januar 1790

Göschen hat mir die drei ersten Bögen von „Tasso" geschickt. Man sieht daraus noch sehr wenig vom Interesse ab, doch ist eine neue Individualität der Manier hier wieder sehr sichtbar. Und ich habe wieder die Kühnheit bewundert, mit welcher er das Fehlerhafte seines Stoffes berührt, ohne über eine gewisse Grenze zu schreiten. Hier ist Verdauung der italienischen Manier mit ihrer Weitschweifigkeit, ihrer Spielerei, wie in der „Iphigenie" die Altklugheit, die Gemeinplätze der griechischen Manier mit dem modernen besseren Genius amalgamiert worden.

Bode I, 438f.

704. JOHANN GAUDENZ VON SALIS-SEEWIS IN SEINEM TAGEBUCH

Weimar, 8. Februar 1790

Goethe empfing mich mit viel Anstand und Kälte. Wir speisten bei Herrn von Kalb ... Goethe scherzte viel, parodierte den Ton der Beisitzer der Nationalassemblee, verteidigte Sophismen mit Laune, Deutschland mit Wärme.

GoeJb XII, 319

705. WILHELM VON HUMBOLDT AN KAROLINE VON DACHERÖDEN

Berlin, 26. Februar 1790

Hast Du schon Goethes „Tasso“ gelesen? Wie unendlich schöne Stellen der hat! ... Die Stein muß doch unendlich genossen haben, von so einem Mann geliebt zu werden, denn in Goethe ist doch alles so wahr, so tief empfunden, so Geist und Herz verschwebt!

Hu I, 96

706. ELISABETH GOETHE AN FRIEDRICH VON STEIN

Frankfurt, 1. März 1790

Das erste, warum ich Ihnen bitte, ist, meinem Sohne zu danken wegen seines sechsten Bandes, „Tasso“ und „Lila“ sind mir neu – und ich hoffe viel Vergnügen davon zu haben. Ferner berichten Sie ihm, daß sein „Römisches Karneval“ auf dem Hofball in Mainz mit aller Pracht ist aufgeführt worden, – dieses läßt ihm Mama Laroche ... vermelden.

Frau Rath 283f.

707. FRIEDRICH LEOPOLD GRAF ZU STOLBERG AN SEINEN BRUDER CHRISTIAN

Berlin, 6. März 1790

Ich habe Goethes „Tasso“ gelesen. Sehr schöne Diktion, sehr feine Stellen, ein absurdes Ganzes, wiewohl Werk eines Meisters, aber fern von Meisterstück.

Bode III, 457

708. HUBER AN KÖRNER

Mainz, 8. März 1790

Zuvörderst etwas vom „Tasso". Mir scheint Dein letztes Urteil nicht richtig. Dieses Produkt ist in seiner Art wohl ebenso vollkommen als „Götz", „Iphigenie" und „Egmont". Der Eindruck, den es das erstemal zurückläßt, ist freilich widrig; es ist eine Art von *tragischer Satire,* in die man sich nicht gern findet. Aber das verschwindet in der Folge immer mehr und mehr; man trifft auch mit dem Dichter eine Art von Übereinkunft über seine weitschweifige Behandlung, über seine Auseinandersetzung durch unendliche Monologe, bei denen auch nicht einmal der *Anstrich* von Natürlichkeit gesucht worden ist..., und dann hat man ebenso reinen Genuß als bei Goethes andern Werken. Und mit Goethen ist ja diese Übereinkunft gar bald getroffen, weil der Geist des Ganzen jedesmal von den Vorteilen der Manier und selbst der eigentümlichen Fehler jeder Manier überzeugt.

An der inneren Wahrheit der einzelnen Charaktere ist durchaus nichts auszusetzen. Tasso lebt zwiefach für uns in Rousseau und *noch jemand,* dessen Bild bei seiner Trennung von uns mich nicht verlassen hat, von dem Augenblick an, da Tasso nach Rom will. Antonio wäre schwerer zu finden, aber wie schön und wahr ist der Charakter! Ich gestehe Dir, daß die Prinzessin mich fast verführt, eine Untreue an Iphigenien und Klärchen zu begehen. Wie unendlich fein und doch wie lebendig ist die *schöne Weiblichkeit* wieder in diesem Charakter nuanciert! Alfons mit so wenigen Strichen *so fürstlich edel,* ohne Gepräng. Und Leonorens gutmütige Feinheit, vorzüglich in der Szene mit Antonio, die *zweite* Stufe von Weiblichkeit, auf welcher sie neben der Prinzessin steht.

Wenn der Dichter solche Resultate gewonnen hat, so kann ich nicht einen Augenblick mehr zweifeln, ob er sie auch auf einem *andern,* uns geläufigeren Wege hätte gewinnen können und sollen; und ich traue fest, daß *sein* Weg der einzig rechte war. Mit allem dem will ich nicht leugnen, daß der erste, verworrne, peinliche Eindruck, den dieses Stück macht, sehr *wahr* sein mag. Keine Theorie der ästhetischen Empfindungen reicht zu, uns zu sagen, wie *diese* Behandlung eines Charakters wie Tasso wirkt, und die *Gattung* dieses Stücks zu bestimmen. Doch schwamm in mir auch das erstemal diese Empfindung oben: freudige Bewunderung der seltsamen Kombination in der äußersten *Paradoxie des Gedankens* und der höchsten Simplizität der Ausführung.

Reicher an sogenannten *Stellen* ist dieses Stück übrigens als irgendeines von Goethe; aber jedes einzeln ist köstlich. Was hast Du gesagt zu der „goldnen Zeit" in der Szene der Prinzessin mit Tasso im zweiten Akt und zu dem „Seidenwurm" in der Szene des Alfons mit Tasso im fünften Akt?

Bode I, 440ff.

709. KAROLINE VON DACHERÖDEN AN WILHELM VON HUMBOLDT

Erfurt, 10. März 1790

Der „Tasso" ist gar herrlich. Goethe hat sich bei uns sehr in Kredit gesetzt, weil er die Frauen so darinnen lobt, – es sind köstliche Sachen, er liegt immer bei mir; man wird nicht müde, ihn zu lesen. Ja, wohl muß die Stein viel genossen haben, als er sie noch liebte – aber nun von ihm verlassen – das muß sehr weh tun. Ich kenne dies Verhältnis nicht genau; aber soviel habe ich wohl gemerkt, daß sie hin und wieder klein und er indelikat gehandelt haben.

Hu I, 100

710. SCHILLER AN KÖRNER

Jena, 26. März 1790

Goethe ist von Weimar weg und, wie er angibt, der verwitweten Herzogin von W[eimar] entgegen, die man zu Ende des März aus Italien zurückerwartet. Man vermutet aber stark, daß er nicht mehr zurückkommen werde.

SchiBr III, 68

711. ELISABETH GOETHE AN FRIEDRICH VON STEIN

Frankfurt, 22. April 1790

... einer meiner Freunde möchte gern wissen, ob Ihro Durchlaucht der Herzog sich in Weimar befindet ... Aber ebensogern möchte ich wissen, wo mein Sohn ist. Einige sagen, in Venedig, andere, in der Schweiz.

Frau Rath 284f.

712. KAROLINE VON DACHERÖDEN AN WILHELM VON HUMBOLDT

Erfurt, 16. Mai 1790

Lies doch den „Faust" von Goethe! Das Gretchen ist ein ganz neuer weiblicher Charakter, so lieb, so innig und wahr.

Hu I, 144

713. WILHELM VON HUMBOLDT AN KAROLINE VON DACHERÖDEN

Berlin oder Tegel, 24. Mai 1790

Wohl ist's ein ganz neuer Charakter, Gretchen in Goethens „Faust". Diese Naivität und fromme Unschuld! Und in dem Ausdruck diese Natur und Wahrheit! Die Art, wie sie sich ihm erklärt, wie sie ihm den Kuß zurückgibt, ist über jede Beschreibung meisterhaft. Und auf der andern Seite Faust. Dies Große, Allumfassende, diese Gabe, die ganze Natur mit seinen Gefühlen zu verweben, ist doch nur bei Goethe in der Stärke und Schönheit geschildert ...

Wenn nur das Ganze nicht so buntscheckicht wäre! Aber von vornherein sind fatale Szenen, hie und da freilich schön, aber auch so undelikat und roh. Die niedliche Szene der ersten Zusammenkunft Gretchens und Fausts wird einem durch die Marthe ewig verdorben. Goethe hätte sie nicht sollen einander begegnend spazierengehen lassen. Denn sooft ich nun lese, was Grete sagt, seh ich schon im Geiste immer wieder die unausstehliche Marthe auf sie zu kommen.

Hu I, 150f.

714. HUBER AN KÖRNER

Mainz, 7. Juni 1790

Ich habe den „Faust" gelesen. Es ist ein tolles, unbefriedigendstes Gemengsel, aber freilich voll von Schönheiten, die ganz einzig sind.

Im Lesen, und wenn man fertig ist, fallen verschiedene Stellen auf, in welchen man verborgenen Sinn ahnet und die auf eine Art von hoher philosophischer Idee des Ganzen zu deuten scheinen. Aber ich glaube, daß man sich am Ende irrt, und Goethe scheint im Gange der Geschichte und im Ganzen der plumpen Pöbelmoral, die an sich in der Tradition liegt, getreu geblieben zu sein: Faust ergibt sich dem Teufel, der ihn liederlich macht und am Ende holt.

Auf Sinnlichkeit scheint das ganze Gewicht gelegt zu sein. Das Edlere im Faust liegt abgerissen da und hängt nicht einmal mit jenem zusammen. Auch appuyiert Mephistopheles auf nichts anderes, selbst in Stellen, die beim ersten Anblick was Höheres zu bedeuten scheinen, wie z. B. die:

Verachte nur Vernunft und Wissenschaft,
Des Menschen allerhöchste Kraft usw.

Der erste Monolog des Faust hat vielleicht für die Initiierten verborgenen Sinn, der mir entgeht. Gretchen ist allerliebst. Ihre religiöse Szene mit Faust rührend und schaudernd, wie ich weniges kenne.

Bode I, 444f.

715. WILHELM VON HUMBOLDT AN FRIEDRICH HEINRICH JACOBI

Tegel, 20. Juni 1790

Von Goethe muß ich Ihnen noch ein Wort sagen. Ich sah ihn zwar sehr wenig, sooft ich ihn auch besuchte, nur *einmal* bei ihm, und das in großer Gesellschaft; aber Sie müssen ihm das nicht übelnehmen, lieber Freund, sowenig als ich es tat. Er hat sich hernach beklagt, daß er gerade in einer sehr unglücklichen Stimmung damals gewesen wäre, und sehr viel Freude hat es mir schon gemacht, ihn nur zu sehn, und vorzüglich das herrliche Auge, in dem so unendlich viel seines bewundernswürdigen Geistes sich ausdrückt. Es ist mir doch immer, als wär er unser einziger Dichter. Sein „Tasso" und einige Stellen in „Faust" haben mich aufs neue darin bestärkt.

Hum 154

716. HUBER AN KÖRNER

Mainz, 28. Juni 1790

Was Du am „Faust" liebst, verkenne ich nicht. Aber ich meine nur, daß in Mephistopheles' Plan nichts anderes zu liegen scheint, als die Sinnlichkeit zum Werkzeug von Fausts Verderben zu machen. Und das fällt um so mehr auf, je mehr in Faust selbst liegt. Oder meinte es Goethe so, daß der Teufel, der höhere Geist selbst, einen Menschen von Fausts Gehalt nicht faßte, mißverstand? Das scheint doch nicht. Vielmehr verachtet, persifliert Mephistopheles alles Geistige in dem Menschen, alle Empfindung, weil ihm anschaulich ist, daß alles das sich in der Materie, in den Sinnen verliert. Daß dem kraftvollen Genie das abstrakte Denken nicht genügt, gibt er ja für den Keim seines Verderbens an; jedes andere platonische, geistige Bedürfnis im Faust sieht er als maskierte Sinnlichkeit an. Und er, der Teufel, muß es doch am besten wissen.

Von *der* Seite scheint mir also Goethe ganz der pöbelhaften Idee vom Teufel und Menschen gefolgt zu sein, und er hat am Ende wohlgetan. Denn es kam auf Darstellung an, so gut wie bei einem Sujet aus der Mythologie oder dem heroischen Zeitalter Griechenlands, bei der man auch nur die für die poetisch-sinnliche Darstellung interessantesten Seiten auffaßt, nicht sich bemüht, den moralischen oder philosophischen Gehalt der Idee, die zum Grunde liegt, zu berichtigen. Nur sind diese Ideen uns durch Entfernung und Assoziationen schon veredelt, ehe sie der Dichter gebraucht; jene sehen wir plump und platt, und die bald edle, bald pikante und immer geistvolle Form, in die sie der Dichter kleidet, macht eine Art von Täuschung, die uns verführt, etwas andres, Tieferliegendes, darunter zu suchen.

Mephistopheles sieht Obszönität des Menschen; der höhere Blick des bösen Geistes ist konsequente, unbestechliche Faunenweisheit. Daß Goethe darum den menschlichen hohen Wert Fausts nicht vernachlässigte, trotz der Verachtung, der er ihn im Mephistopheles aussetzte, ihn doch con amore warm und erhaben ausmalte, macht seinem Genie Ehre. Aber es ist peinlich! Das Peinliche löst sich dann freilich am Ende in höhere Bewunderung des Dichters auf. Deine beliebte *erhabene Ruhe* hält am Ende hier auch her: man sieht im Dichter den Herrn seines Stoffs, seiner Welt – den *höchsten* Blick, der *über* dem Teufel und dem Menschen schwebt, den frei spielenden Geist, der, nirgends durch *unzeitige* Wahrheit (also nicht mehr Wahrheit) beschränkt, jede relative Wahrheit der Imagination ungescheut auffaßt und erschöpft.

Und gerade dies – ich wiederhole es über den „Faust" mit verdoppelter Ehrfurcht – hat unter allen Dichtern der Welt Goethe allein *ganz* vermocht. Es ist die reinste, konsequenteste Imagination, ewig unvermischt mit seiner eigenen Individualität: das großmütigste, freieste, unbedingteste Opfer, das je der Muse und dem Genius gebracht wurde.

Bode I, 445ff.

717. KÖRNER AN SCHILLER

Dresden, 29. Juni 1790

Funk sagt mir, daß Du mit dem „Faust" nicht zufrieden bist. Freilich finde ich auch Ungleichheiten darin, und gewiß sind die einzelnen Szenen zu sehr verschiedenen Zeiten gemacht. Aber mich freut doch vieles, besonders die Hauptidee, daß Faust durch *Charakter* immer eine höhere Art von Wesen bleibt als Mephistopheles, wenngleich dieser ihm an Vorrat von Ideen, an Erfahrung, an Gewandtheit überlegen ist. Dies könnte zwar auch oft mehr ausgeführt sein, und der Bänkelsängerton, den Goethe gewählt hat, verleitet ihn nicht selten zu Plattheiten, die das Werk verunstalten.

SchiKö II, 141

718. CHARLOTTE VON STEIN AN KNEBEL

Weimar, 3. Juli 1790

Der Herzog läßt den Geheimrat von Goethe nach Schlesien kommen. Dem wäre es unstreitig bei seinem Christelchen hier wohler.

BodeSt VI, 249

719. KNEBEL AN HERDER

Ansbach, 11. Juli 1790

Von Goethe habe ich diesen Morgen den „Faust" erhalten und letzthin seine botanische Schrift [„Versuch, die Metamorphose der Pflanzen zu erklären"] ... Hier ist nicht der Ort, um sehr bedeutende Urteile irgendeiner Art zu erfahren; doch hat mir Hofrat Schöpf versprochen, letztere Schrift nochmals mit genauerer Prüfung zu lesen.

VaH III, 70

720. SCHUCKMANN AN REICHARDT

Breslau, 11. August 1790

Heute war bei Ankunft des Königs [Friedrich Wilhelms II.] große Cour. Ich sah einen farbigen Rock – gegen das Kostüm – und aus diesem supplikantenähnlichen gemeinen Rocke ein ungemeines Gesicht hervorblicken. Fragte lange vergebens nach dem Namen des Eigentümers und höre endlich: *Goethe!*

Wir machten Bekanntschaft, aber freilich, wie man sie so macht. Ich nahm Deinen Namen zum Empfehler und hoffe ihn wohl noch mehr zu sehen.

Schuck 80

721. KÖRNER AN SCHILLER

Loschwitz, 13. August 1790

Goethe war auch vor kurzem ein paar Tage hier. Graf Geßler suchte ihn auf und brachte ihn einen Abend auf unseren Weinberg. Er taute auf und war zuletzt sehr mitteilend. Aber seine Art sich anzukündigen hat immer etwas Kaltes und Zurückscheuchendes. Ich habe wieder eine halbe Stunde lang ein interessantes Gespräch über Kunst mit ihm gehabt.

SchiKö II, 144

722. SCHUCKMANN AN REICHARDT

Breslau, 18. August 1790

Ich hab ihn doch ganz anders, als meine Vorstellung war, gefunden, grade zu meiner Zufriedenheit. Daß es schwer ist, ihm näherzukommen, liegt nicht in seinem Willen, sondern in seiner Eigentümlichkeit, in der Sprachschwierigkeit, seine Gefühle und Ideen so, wie sie in ihm liegen, auszudrücken; in der Intension beider und der Liebe, die diese ihm für sie abdringt. *Bis er weiß,* daß man ihn errät, fühlt, ihm durch jede Öffnung, die er gibt, hineinsieht, kann er nicht reden.

So stell ich mir's vor; sag Du mir, ob ich recht habe. Einige Menschen, von denen er ist, würden gewiß leichter und besser sprechen, wenn sie gemeinerer Natur wären, weil in die kurrenten Formeln nur die kurrenten Dinge passen.

Schuck 80

723. SCHUCKMANN AN REICHARDT

Breslau, 26. September 1790

Ich bin sehr nahe und innig mit ihm bekannt geworden und habe einen vortrefflichen Menschen an ihm gefunden. Was ich Dir über seine Schwierigkeit im Ausdruck schrieb, war ganz weg, sobald er herzlich ward und außer der Konvention mit mir lebte. Kalt kann er eigentlich nicht reden, und dazu will er sich mit Fremden zwingen; und das wohl aus guten

Christian Gottfried Körner

Gründen. Vertraut, folgt er seiner Natur und wirft aus dem reichen Schatze die Ideen in ganzen Massen hervor. Ich möchte sagen: er spricht, wie der Algebraist rechnet, nicht mit Zahlen, sondern mit Größen, und seine lebendige Darstellung ist nie Gaukelspiel der Phantasie, sondern seine Bilder sind immer das wahre Gegenstück, was die Natur dem Dinge gab, und führen den Hörer ihm zu, nicht ab. Das ist jetzt, nachdem er acht Tage weg ist, mein reines Urteil über seine persönliche Art, ohne Einwirkung der Zuneigung, die ich zu ihm gewonnen habe. Freilich, alle übrigen Menschen hier, von Garve bis zu Seydlitz, finden, daß er sich sonderbar ausdrücke, daß er nicht zu verstehen sei und lästige Prätensionen mache. Und doch hat er sich von meiner guten [Schwieger-] Mutter recht vertraulich die Wundertaten des Enkels und ihre Wirtschaft erzählen lassen, die ihn auch recht lieb darum hat. Auch Kessel ist eine Ausnahme; dem war er durch seine Liebhaberei verwandt, und er hat ihn einen Nachmittag, da er seine Sachen besah, durch das, was er darüber äußerte, sehr entzückt.

Schuck 80f.

724. KÖRNER AN SCHILLER

Dresden, 6. Oktober 1790

Goethe ist acht Tage hier gewesen, und ich habe viel mit ihm gelebt. Es gelang mir, ihm bald näherzukommen, und er war mitteilender, als ich erwartet hatte. Wo wir die meisten Berührungspunkte fanden, wirst Du schwerlich erraten. – Wo sonst als – im Kant! In der Kritik der teleologischen Urteilskraft hat er Nahrung für seine Philosophie gefunden. Doch haben wir nicht bloß philosophiert, wenigstens nicht bloß über Natur. Seine Begriffe von Stil und Klassizität in der Kunst waren mir sehr interessant, und ich suche sie mit meiner Theorie der Ideale zu vereinigen. Hier waren wir auf ganz verschiedenen Wegen, aber in seinem Gesichtspunkte ist viel Fruchtbares, das ich bis jetzt übersehen hatte. Auch verdanke ich ihm manche treffliche Winke im Genuß der bildenden Künste. Von seinen „Elegien" hat er uns einige vorgesagt. Ich kann sie nicht anders beschreiben als ausgesprochene Gemälde von Situationen in Rom. Er hat sich möglichst bemüht, bloß das Objekt mit größter Bestimmtheit und Lebhaftigkeit so darzustellen, daß man über der *Sache* den *Künstler* vergißt. Sprache und Versifikation sind sehr gefeilt.

SchiKö II, 149

725. GARVE AN WEISSE

Breslau, 10. Oktober 1790

Ich will glauben, daß das, was in gewissen Augenblicken Stolz zu sein scheint, im Grunde nur Zurückhaltung ist. Er kann nur auf eine einzige Art sein (um seiner eigenen metaphysischen Art zu reden mich zu bedienen). Um vertraulich und offenherzig mit jemanden zu werden, muß er sich erst in diesen Ton hineinfinden. Sein „Tasso" ist das letzte treffliche Produkt seiner Muse. Es ist in Ihrer „Bibliothek" zwar strenge, aber nach meiner Meinung richtig beurteilt worden.

Gar I, 425

726. HUBER AN KÖRNER

Mainz, 15. Oktober 1790

Deine Nachrichten von Goethe waren mir sehr lieb, und ich beneide Dich, wie ich mich freue, daß Du diesen Menschen so ausgekostet hast.

Daß Du in seiner Philosophie den Grund zu seiner Unerreichbarkeit als Dichter findest, mag wohl eine kleine Vermengung sein. Bildung und Ruhe fehlten im „Werther", in „Götz" und in „Faust", der doch zum Teil aus jenen früheren Epochen ist; aber diese glückliche Dichterorganisation, die jeden so verschiedenen Stoff ergriff und sich mit ihm amalgamierte: die ist schon in jenen Werken. Und in dieser lag wohl eher der Grund, daß er jetzt dies System erwähnet hat, als umgekehrt. Was machst Du mit seinen

Grundsätzen allein? Seine Organisation, seine Existenz hätte ich ihm ablernen mögen!

Die Beziehungen, die er seiner Theorie gibt, kommen mir mehr wie eine Marotte vor, die mir ihn menschlicher, begreiflicher und also lieber macht, mit welcher ich aber nicht übereinstimmen könnte. Oder gibt es ein System, dem man diese rein sinnliche Anschauung und Empfängnis verdanken könnte, die ihn in meinen Augen vor jedem Dichter der Welt auszeichnet?

Bode I, 452f.

727. SCHILLER AN KÖRNER

Jena, 1. November 1790

Goethe hat uns viel von Dir erzählt und rühmt gar sehr Deine persönliche Bekanntschaft. Er fing von selbst davon an und spricht mit Wärme von seinem angenehmen Aufenthalt bei Euch und überhaupt auch in Dresden. Mir erging es mit ihm wie Dir. Er war gestern bei uns, und das Gespräch kam bald auf Kant. Interessant ist's, wie er alles in seine eigene Art und Manier kleidet und überraschend zurückgibt, was er las. Aber ich möchte doch nicht über Dinge, die mich sehr nahe interessieren, mit ihm streiten. Es fehlt ihm ganz an der herzlichen Art, sich zu irgend etwas zu *bekennen.* Ihm ist die ganze Philosophie subjektivisch, und da hört denn Überzeugung und Streit zugleich auf. Seine Philosophie mag ich auch nicht ganz: sie holt zuviel aus der Sinnenwelt, wo ich aus der Seele hole. Überhaupt ist seine Vorstellungsart zu sinnlich und *betastet* mir zuviel. Aber sein Geist wirkt und forscht nach allen Direktionen und strebt, sich ein Ganzes zu erbauen – und das macht mir ihn zum großen Mann.

Übrigens ergeht's ihm närrisch genug. Er fängt an, alt zu werden, und die so oft von ihm gelästerte Weiberliebe scheint sich an ihm rächen zu wollen. Er wird, wie ich fürchte, eine Torheit begehen und das gewöhnliche Schicksal eines alten Hagestolzen haben. Sein Mädchen ist eine Mamsell Vulpius, die ein Kind von ihm hat und sich nun in seinem Hause fast so gut als etabliert hat. Es ist sehr wahrscheinlich, daß er sie in wenigen Jahren heiratet. Sein Kind soll er sehr liebhaben, und er wird sich bereden, daß, wenn er das Mädchen heiratet, es dem Kinde zuliebe geschehe und daß dieses wenigstens das Lächerliche dabei vermindern könnte.

Es könnte mich doch verdrießen, wenn er mit einem solchen *Geniestreich* aufhörte; denn man würde nicht ermangeln, es dafür anzusehen.

SchiBr III, 113f.

728. KAROLINE VON DACHERÖDEN AN WILHELM VON HUMBOLDT

Erfurt, 19. Dezember 1790

Mit Goethen möcht ich viel leben. Er hat für mich etwas sehr Anziehendes; so eine Geistes- und Herzensverschwebung ist sein ganzes Wesen. Aber dann kann er auch wieder wunderbar sein, drückend und leer, wenn er spricht, da, wo er glaubt sprechen zu müssen. So ging es mir mit ihm, als er vor einigen Wochen mit der Herzogin [Anna Amalia] hier war. Er ging mir fast nicht von der Seite, sprach so offen, so geistvoll und herzlich; aber wenn ein Dritter dazukam, sprach er das fadeste Zeug, das man denken mag. Lili [Karoline von Beulwitz] schrieb mir einmal, es sei schmerzlich, ein Wesen wie Goethe auch für Momente nur bloß *dulden* zu können. Und so ist's. Die Weimaraner plagen und verschrauben ihn auch. Was für ein Lärm über das Kind ist, ist unglaublich. Die regierende Herzogin [Luise] ist indelikat genug gewesen, ihm sagen zu lassen, sie fände es sonderbar, daß er ihr sein Kind alle Tage vor der Nase herumtragen ließe. Wie albern! Einige meinen, er werde sich wohl noch gar das Schätzchen antrauen lassen, um dem Kinde eine gesichertere Existenz zu verschaffen.

Hu I, 337f.

1791

729. GRASS IN SEINEM TAGEBUCH

Weimar, 6. Februar 1791

Um 11 ging ich mit Lips zu Goethe ... Er war sehr heiter ... Er sprach mit vieler Ungezwungenheit und verlangte nicht, meine Zeichnungen zu sehen, als bis ich sie selbst hervorholte. Er sah sie aufmerksam durch und war bei manchen, besonders den italienischen, sehr zufrieden und bat, daß ich sie ihm dalassen möchte, um Seiner Durchlaucht ... sie zu weisen. Dies machte ihm vielen Spaß, wie Lips sagte, sie nun herumzuweisen, und er sieht jedes noch so geringe Blatt mit Aufmerksamkeit durch und studiert es durch. Durch diese Methode lernt er selbst bei Kleinigkeiten ... Er will jetzt eine kleine Landschaft radieren, und es soll unglaublich sein, was er für Sachen durchstudiert hat, bis er über die Manier einig geworden ist. Bei den unbedeutendsten Sachen, sagt Lips, macht er Bemerkungen, die voll Geist sind und wobei es den, der die Sache vorher ansah, ärgert, daß ihm auch nicht so etwas beifiel.

Das Gesicht Goethes ist voll Feuer und doch Weichheit, nicht wie bei Herder: Marmor. Sein Auge ist rund und frei, braun, ein dunkler Spiegel, der desto reiner und heller auffaßt. Sein Blick ist oft unmerklich auf Sachen gewandt, die er gar nicht zu bemerken scheint. Er ist noch voll Manneskraft, schnell in seinem Wort und Tun, überlegend prüfend im Urteil ... Lips hat ihn, wie noch niemand vor ihm, gezeichnet und sticht jetzt sein Bild ...

Dieser Mann ist in Weimar wie ein Gott. Aber es ist auch, wie ein Gott, nur ein Goethe.

Graß 288 f.

730. ALBERTINE VON GRÜN AN HÖPFNER

Regensburg, 21. Februar 1791

Die Nachricht, die Sie mir von Goethe geben, hat mich nicht gewundert, noch viel weniger betrübt. Ich glaube bald, liebster Höpfner, ich habe einen prophetischen Geist. Wie ich vor zwei Jahren Rousseaus „Confessions" las, sagte ich zu meiner Schwester: „Ich wette, was Du willst, unsere Schöngeister suchen nun auch solche Theresen zu bekommen." Ich weiß nicht, ob die Sucht in Deutschland noch so herrscht unter den Genies, alles zu übertreiben, was Goethe anfängt. Sonst gingen sie nun gewiß in die berühmtesten Häuser, sich Weiber zu holen. Daß Goethe sein Mädchen genommen, dadurch gewinnt er zehnmal mehr bei mir, als wenn er sie verlassen und eine sehr glänzende Partie getan. Für den Verlust des guten Rufs sind ja keine Schätze in der Welt Ersatz. Was konnte er also anders geben als seine Hand? Gott segne ihn und mache ihn recht glücklich! Ich bin ihm manche vergnügte Stunde meines Lebens schuldig.

Grün 154f.

731. SCHILLER AN KÖRNER

Jena, 3. März 1791

In Weimar habe ich durch die Bürgerische Rezension [„Über Bürgers Gedichte"] viel Redens von mir gemacht; in allen Zirkeln las man sie vor, und es war guter Ton, sie vortrefflich zu finden, nachdem Goethe öffentlich erklärt hatte, er wünschte, Verfasser davon zu sein. Das Komische dabei ist, daß von soviel Weisen keiner erriet, von wem sie war.

SchiBr III, 135f.

732. SOPHIE VON SCHARDT AN CHRISTOPH ALBRECHT VON SECKENDORFF

Weimar, 8. April 1791

Die schöne Welt ward gestern betrübt durch die Abreise unserer Komödiantentruppe, die Herr Bellomo nach Graz führt. Herr Goethe übernimmt eine Art Leitung des Theaters, obwohl der eigentliche Direktor ein Schauspieler Fischer ist, und man verspricht uns etwas Gutes, nach und nach.

GoeJb XXV, 79f. Aus dem Französischen

733. CHARLOTTE VON STEIN AN IHREN SOHN FRIEDRICH

Weimar, 27. Mai 1791

Schreib ja dem Goethe! Man hat ja mehr Briefe der Lebendigen an die Toten. Das Mitleid bemächtigt mich manchmal über ihn, daß ich weinen könnte.

Stein I, 351

734. AUGUST WILHELM SCHLEGEL AN BÜRGER

Amsterdam, 2. Juli 1791

Seht Ihr die Berlepschen [Emilie von Berlepsch]? Und ist Goethe wirklich auf ihrem Landgute?

Bürg IV, 126f.

735. MÜNTER IN SEINEM TAGEBUCH

Weimar, 5. Juli 1791

Bei Goethe war ich auch und fand ihn sehr viel freundschaftlicher als sonst, obgleich immer noch kalt, wie er es gegen jeden ist. Er ist ein sehr unglücklicher Mensch. Muß beständig mit sich selbst in Unfrieden leben. Alles arbeitet in seinem Kopf und drängt ihn zur Tätigkeit, und doch will er nicht sein Amt abwarten. Er hat alle Regierungsgeschäfte abgegeben, bezieht aber doch für nichts seine 2000 Rtlr. Hat Botanik, Anatomie, Kunst studiert, alles wieder liegenlassen und arbeitet nun über die Theorie der Farben. Ein osteologisches Buch [Abhandlung über den Zwischenkieferknochen], was er geschrieben hat, soll gut sein.

GoeJb XVIII, 115

736. BÖTTIGER IN SEINEM TAGEBUCH

Weimar, Juli oder August 1791

Seine Versuche über Farben und Lichtbrechung, wovon er jetzt die ersten Sätze in einer Schrift [„Beiträge zur Optik"], die im Industriecomptoir [Bertuchs] diese Messe herauskommt, bekanntmacht, erregen bei Kennern, z. B. bei dem Herrn von Zach in Gotha, viel Achselzucken und bei den Spöttern Bonmots. So sagte der trockene Geheime Rat Bode, die Geißel der hiesigen Genies, als von Goethes Prisma gesprochen wurde: „Die Genies müssen immer eine Puppe haben, womit sie spielen, und weil sie Kraft in sich fühlen, so wollen sie mit Felsenstücken wie mit Schnellkäulchen spielen." Man erwartet jetzt, ein neues Schauspiel [„Der Großkophta"] von ihm auf die Bühne gebracht zu sehen, worin er die geheimen Gesellschaften persifliert. Aber die Schauspieler sollen sich erst besser eingespielt haben. Man glaubt noch immer, daß er seine bisherige Mätresse, Dlle. Vulpius, einmal heiraten werde. Als vor einiger Zeit ein junger Goethe aus dieser Verbindung in die Welt gewandert kam, so bat er den Herzog zu Gevatter, der es zwar annahm, aber der Taufe nicht beiwohnte. Diese Vulpius ist übrigens eine kleine, unansehnliche Person, die mit dem so wohlgewachsenen, männlich schönen Goethe ... nicht wenig kontrastiert.

Bö I, 48

737. BÖTTIGER IN SEINEM TAGEBUCH

Weimar, 8. Oktober 1791

Es ist Wonne, Goethe über solche Gegenstände mit lichtvoller Präzision sprechen zu hören. Wieland spricht viel weitschweifiger ...

Bö I, 143

738. SCHILLER AN KÖRNER

Jena, 24. Oktober 1791

... sie [Charlotte Schiller] ist jetzt voll Eifer fürs Zeichnen, und viele geschickte Künstler, auch Goethe, munterten sie auf, weil sie wirklich einiges Talent dazu hat.

SchiBr III, 164

739. BÖTTIGER IN SEINEM TAGEBUCH

Weimar, 4. November 1791

Der Präsident der Gesellschaft, der Geheime Rat von Goethe, eröffnete sie [die Sitzung der Weimarer Gelehrten Gesellschaft] mit fortgesetzten Betrachtungen über das Farbenprisma ...

Die Hauptsätze demonstrierte er an einer schwarzen Tafel, wo er die Figuren schon vorher angezeichnet hatte, so lichtvoll vor, daß es ein Kind hätte begreifen können. Goethe ist ebenso groß als scharfsinniger Demonstrator an der Tafel, als er's als Dichter, Schauspiel- und Operndirektor, Naturforscher und Schriftsteller ist. Er erklärte sich hier im kleinern Zirkel geradezu gegen Newtons Farbentheorie, die durch seine Versuche ganz umgeworfen wird ...

Bö I, 25

740. KAROLINE HERDER AN GLEIM

Weimar, 6. November 1791

Goethe macht optische Versuche, besucht uns oft und ist heiter und wohl. Es wird eine Komödie von ihm in Berlin gedruckt, der „Großkophta".

VaH I, 145

741. FRIEDRICH SCHLEGEL AN SEINEN BRUDER AUGUST WILHELM

Leipzig, 8. November 1791

Auf den deutschen Charakter ist man noch nicht sehr aufmerksam. Seit einiger Zeit deucht mich *entdeckt* zu haben, daß unser Volk einen sehr großen Charakter hat. So nenne ich den Inbegriff klimatischer und geschlechtsmäßiger Vortrefflichkeiten. Vollendet sehe ich ihn nur in einigen wenigen großen Männern; verzerrte Züge finde ich fast in allen Deutschen ...

Unter den Männern, die der öffentliche Ruf kennt, nenne ich Dir hier Friedrich, Goethe, Klopstock, Winckelmann und Kant ... Von obiger Art Menschen ist wohl unter allen Geschlechtern nicht viel Gleiches zu finden, und sie haben mehrere Eigenschaften, wovon nie ein uns bekanntes Volk eine Ahndung gehabt hat.

Schls 26

1792

742. CHARLOTTE VON STEIN AN CHARLOTTE SCHILLER

Weimar, 27. Februar 1792

Ich habe mir viel Mühe gegeben, den „Kophta“ zu bekommen, um Schillers Wunsch zu erfüllen; aber Goethe gibt ihn nicht als nur einigen wenigen, die ihn nicht weitergeben dürfen. Es ist nur ein Exemplar gedruckt und nicht ganz.

SchFr II, 285

743. HUBER AN KÖRNER

Mainz, 27. Februar 1792

Ich höre, daß der „Großkophta“ von Goethe in Weimar aufgeführt worden ist. Hörtest Du nichts weiter davon, und ob er nicht bald zu lesen sein wird? In mir ist die Erwartung, daß die Grenzen der *Kunst* damit um soviel weiter hinausgerückt sind, und diese Erwartung gibt mir noch immer niemand als Goethe.

Bode I, 463f.

744. BÖTTIGER IN SEINEM TAGEBUCH

Weimar, 23. März 1792

Nun überraschte uns Goethe mit einem Aufsatz [„Des Joseph Balsamo, genannt Cagliostro, Stammbaum“], dessen Ankündigung ebenso befremdend als die Ausführung hinreißend und unterhaltend war. Es ging ein auf einen Bogen gezeichneter Stammbaum herum, und zugleich kündigte uns Goethe an, er wolle uns etwas über Cagliostros Stammbaum und die Familie dieses Wundermannes vorlesen ...

Nun erzählte Goethe mit seiner unnachahmlichen Kunst,

zu erzählen und Familienszenen zu malen, seinen Eintritt in die kleine Wirtschaft dieser armen Bürgerfamilie ...

Noch hat Goethe eine Summe in den Händen, die er der armen Familie, welche durch Cagliostros neueste Schicksale in Rom aller Hoffnung beraubt sein muß, noch zuschicken wird. – Einer aus der Gesellschaft glaubt, es sei das Honorar, welches Goethe von Unger in Berlin für das Manuskript des „Großkophta" erhalten hat. Mir ist's auch aus andern Gründen wahrscheinlich; und so wäre es in der Tat höchst sonderbar, daß eine Summe Geldes, die durch ein Schauspiel erworben wurde, das Cagliostros Betrügereien und stirnlose Frechheit geißelt, dieses nämlichen Cagliostros alter Mutter und hülfloser Schwester in Palermo zur Erquickung gereicht und daß beides ein und derselbe *Deutsche* tat.

Vergeblich würde ich mich übrigens bemühen, die Schilderungen und kleinen entzückenden Details wiederzugeben, die Goethe in die Erzählung dieses kleinen Reiseabenteuers zu verweben gewußt hat.

Bö I, 42, 44 und 46

745. CHARLOTTE VON STEIN AN CHARLOTTE SCHILLER

Weimar, Ende März 1792

Hier überschicke ich Ihnen, beste Lollo, den „Kophta". Weil ich der Herzogin gesagt, Schiller wünschte ihn zu lesen, hat sie mir ihn, sobald als sie ihn erhalten, für Schiller geliehen. Ich bin neugierig, was er darüber sagt. Für mich hat das Stück kein Interesse. Nicht einmal den Ritter läßt er ganz rein, und das ohne Not. Man mag doch wenigstens auf der Bühne noch gerne solche Charaktere sehen, eben je weniger sie vielleicht im wirklichen Leben zu finden sind.

SchFr II, 286f.

746. FORSTER AN HEYNE

Mainz, 7. April 1792

Wir haben in diesen Tagen den „Großkophta", ein Lustspiel von Goethe, erhalten; allein hier ist leider alles dahin, was uns sonst an seinen Arbeiten freute; kein Funke Geist, Einbildungskraft, ästhetischen Gefühls; alles ist so platt wie der „Schamane" der Kaiserin von Rußland. Ist es möglich, auch dieser Mann hat sich so überleben können? Oder ist das eine Art, über die dumme Vergötterung, die manche ihm zollen, und über die Unempfänglichkeit des Publikums für die Schönheiten seines „Egmont", seines „Tasso" und seiner „Iphigenie" seinen Spott und seine Verachtung auszulassen? Ich weiß nicht, welches von beiden ich wählen soll. Schade um Druck und Papier!

For IV, 700f.

747. HEYNE AN FORSTER

Göttingen, 12. April 1792

Der „Großkophta" hätte also zur Vergrößerung des Ruhms seines Verfassers wenig beigetragen. Daß Goethe das Publikum so verächtlich behandelt und es so mit Narrheiten zum besten hat, hat mich oft in Unwillen gesetzt. In seinem „Faust" sind schöne Stellen; aber nebenher kommen Dinge, die nur der in die Welt schicken konnte, der alle andere neben sich für Schafsköpfe ansah.

ForBr II, 151

748. FRIEDRICH LEOPOLD GRAF ZU STOLBERG AN FRIEDRICH HEINRICH JACOBI

Neapel, 13. April 1792

Clerdon ist mir so lieb, aber *so lieb,* daß er mir immer in Deiner Gestalt vor Augen leibt und lebt. Wie wahr schrieb Dir aber Wieland, daß Allwill Goethe sei! Ich begreife nicht, wie Goethe Dir das verzeihen kann! Ich sehe ihn, wie Dich im Clerdon.

JacN I, 163

749. FORSTER AN CHRISTIAN FRIEDRICH VOSS

Mainz, 14. April 1792

Ich habe neulich einen Todesschrecken über Goethes neustes Werk, der „Großkophta", gehabt. Bewahre mich Gott, daß es mir auch so gehen sollte! Lieber in Zeiten aufgehört, als aus der Höhe, wo Goethe stand, so unter alle Mittelmäßigkeit zur leersten Schlaffheit herabgesunken! Ist doch in dem ganzen Stück keine Zeile, die man behalten oder wiederholen möchte, keine Einbildungskraft, kein Dialog, kein Interesse irgendeiner Art.

For IV, 702f.

750. KAROLINE BÖHMER AN AUGUST WILHELM SCHLEGEL

Mainz, 20. April 1792

Der „Großkophta" ..., wie kommt er Euch denn vor? Forster bekam ihn am 1. April von Goethe geschickt und tat einen Sprung vom Stuhl auf, als wäre sein Heiland gekommen – denn wer würde da nichts Gutes erwarten, sei es auch in der simpelsten, unscheinbarsten Einkleidung. Aber diese da, diese so ganz unbedeutende Behandlung ... Goethe ist ein übermütiger Mensch, der sich aus dem Publikum nichts macht und ihm gibt, was ihm bequem ist.

Car I, 252

751. FORSTER AN FRIEDRICH HEINRICH JACOBI

Mainz, 18. Mai 1792

Die altgriechische, aristophanische Deutlichkeit (alias Plattheit) ist wohl zuverlässig das Modell, welches dem Verfasser des „Großkophta" vorgeschwebt hat, und diese Erklärung ist mir lieber, als wenn ich glauben müßte, er habe sein Publikum verspottet. Allein die Scherze des Histrionen hatten wenigstens ihre Beziehung auf die Zeitgenossen und würzten sein Drama mit bitterer Satire; was hat der

Johann Georg Adam Forster

„Großkophta" zum Ersatz? Auf den zweiten optischen Versuch von Goethe [„Beiträge zur Optik"] spanne ich nicht minder als Sie.

For IV, 716 f.

752. HUBER AN KÖRNER

Mainz, 3. Juni 1792

Sag mir doch um Gottes willen, ob wir schon vom „Großkophta" zusammen gesprochen haben und wie Du Dir das reimst! Jacobi in Düsseldorf glaubt, daß Goethe de bonne foi gewesen ist und etwas von aristophanischer, griechischer Komödie im Kopf gehabt hat. Also in der Komödie ein Gegenstück zur „Iphigenie" in der Tragödie! Aber das genügt mir doch nicht.

Bode I, 468

753. CHARLOTTE VON STEIN AN IHREN SOHN FRIEDRICH

Weimar, 13. Juni 1792

Von unserem ehemaligen Freund habe ich wieder etwas Schlechtes gehört. Wenn ich ihn nur aus meinem Gedächtnis wischen könnte!

Stein I, 361

754. CHARLOTTE VON STEIN AN IHREN SOHN FRIEDRICH

Weimar, 27. Juni 1792

... Du bist zwar früh von einem Freund hintergangen worden; es ist aber besser früh als spät, wo sich die Wunde nicht wieder auswächst.

Stein I, 361

755. KNEBEL AN HERDER

Weimar, 30. Juli 1792

Goethe reiset in wenigen Tagen nach Koblenz ab. Es ist mir fast wehmütig geworden, daß er dahin soll. Doch es gehört wahrscheinlich in sein Schicksal und in sein besonder System von Nachgiebigkeit. Ich bin diesen Morgen bei ihm gewesen, in seinem nun wieder neuen Hause, das er sich sehr artig zurichtet.

VaH III, 87

756. HUBER AN KÖRNER

Mainz, 24. August 1792

Endlich habe ich Goethe kennengelernt; er war diese Woche zwei Tage hier, und ich habe zwei Abende mit ihm zugebracht. Er war gesellschaftlich lustig, und ich bin in dieser Rücksicht sehr erbaut von ihm gewesen. Übrigens treibt er das Vermeiden aller Individualität im Umgang bis zum Lächerlichen; es war zum Beispiel zweimal, durch einen höchst natürlichen Zusammenhang, von Dir die Rede, ohne daß auch nur eine Silbe von ihm herauskam.

Die ihn früher kannten, finden, daß seine Physiognomie etwas ausgezeichnet Sinnliches und Erschlafftes bekommen hat. Zugleich scheint er Politica im Kopf zu haben, wozu ich ihm denn von Herzen gratuliere.

Indessen freute mich, nachdem der erste Anfall von zurückstoßender Steifigkeit vorbei war, die milde Leichtigkeit und der Schein von Anspruchlosigkeit in seinem gesellschaftlichen Ton. Den ersten Abend wurden wir alle durch guten Wein gestimmt; er hatte Einfälle, mit Raisonnement vermischt, und war würklich lebhaft; in Augenblicken machte es mir vielen Spaß, seine Mutter ganz in ihm wiederzufinden, und das war dann, wenn er launig-kräftig etwas auseinandersetzte, worin eben *ihre* Originalität vorzüglich liegt. Den zweiten Abend tranken wir Bier, wobei denn für die allgemeine Konversation viel verlorenging, aber er erzählte sehr niedlich und launig manches von Italien und war durchaus leicht und gutmütig ...

An Begeisterung für ein höheres Ziel glaube ich in Goethe nicht mehr, sondern an das Studium einer gewissen weisen Sinnlichkeit, deren Ideal er vorzüglich in Italien zusammengebaut haben mag und in welche denn mannigfaltige und, gegen seinen ehemaligen Geist, oberflächliche Beschäftigungen mit wissenschaftlichen und andern *vorhandnen* Gegenständen mit einschlagen. Vielleicht hat er recht, vielleicht auch nicht.

Gespr I, 517f.

757. HEYNE AN FORSTER

Göttingen, 26. August 1792

Von der Erscheinung Goethes und seiner Beiwohnung des Feldzugs läßt sich noch kein Grund angeben, so sonderbar auch diese ist.

ForBr II, 220

758. HEYNE AN SÖMMERRING

Göttingen, 27. August 1792

Goethe bei der Armee! Welche Profanation!

Söm 596

759. HELENE JACOBI AN JULIANE VON REVENTLOW

Pempelfort, 28. August 1792

Wir hofften auch Goethen in diesen Tagen unter uns zu haben; er mußte aber zu schnell zur Armee ... Herders suchten ihn sehr zu entschuldigen, so fatal ihnen auch das Verhältnis [zu Christiane Vulpius] ist, in das er sich verwickelt hat. Am mehrsten für ihn spricht bei mir, daß er an Fritz [Friedrich Heinrich Jacobi] schrieb, er hätte sehnlichst gewünscht, ihn zu sehen und ihm Rechenschaft von seinem Haushalt zu geben. Wenigstens scheint sein Gewissen frei, und das richtet ja nur Gott. Die menschliche Gesellschaft richtet freilich anders, und da sie sich beleidigt fühlt, muß er die Strafe ihres Tadels leiden, und das von Rechts wegen. Diesmal trage ich auf beiden Schultern und halte es mit dem einen und mit der andern.

JacN II, 159

760. FRIEDRICH SCHLEGEL AN SEINEN BRUDER AUGUST WILHELM

Leipzig, Oktober 1792

Alles, was von ihr [Karoline Böhmer] kommt, ist mir merkwürdig. Ihr lebendiges Bild von Goethe kömmt mit meinen Vermutungen und Körners und andrer Erzählungen überein. Meine Liebe zu ihm ist nicht mehr dieselbe. Der Inbegriff seiner Werke ist der Abdruck einer eigennützigen, kalt gewordenen Seele. Der „Werther", „Götz", „Faust", „Iphigenie" und einige lyrische Stücke sind der Anfang eines großen Mannes – es ist aber bald ein Höfling draus geworden. Aber auch in diesen ist Wahrheit zu sehr Absicht, peinlich gelernte Wissenschaft, nicht angebornes Wesen.

Schls 58f.

761. HERDER AN FRIEDRICH HEINRICH JACOBI

Weimar, 11. November 1792

Goethe wirst Du wahrscheinlich sehen, bald sehen, oder, da ich dies schreibe, vielleicht schon gesehen haben; denn über Frankfurt kann er doch nicht heimkehren. Füttre den verlornen, wiederkehrenden Sohn, der bei Hans auch Hungersnot gelitten, gut aus und gib ihm von Deinem besten Champagner!

HN II, 301f.

762. DOHM IN SEINEM TAGEBUCH

Düsseldorf, November 1792

Goethe sprach viel und gut! Tiefe Blicke über christliche Religion; überall tief eindringender Scharfsinn, zugleich mit sehr viel Witz!

Gespr I, 534

763. FRIEDRICH HEINRICH JACOBI AN JOHANNA SCHLOSSER

Pempelfort, 10. Dezember 1792

... Du tust Goethe gewiß unrecht, wenn Du ihn einer Verachtung gegen Schlosser beschuldigst. Ich habe ihn hierüber gleich den Morgen nach seiner Ankunft vorgenommen und ihm mit dürren Worten gesagt, was mir Schlosser vorigen Sommer geschrieben hatte, nämlich: wenn ihn Goethe verachte, sei er ein Narr, und wenn er etwas wider ihn habe und es ihm nicht sage, ein schlechter Mensch. – Es tat ihm weh, dies zu hören, das sah ich, und es war ihm gewiß Ernst mit der Versicherung, daß er zwar Vorwürfe, aber nicht diese verdiene; er ehre und liebe Schlossern, aber Schlosser habe für ihn etwas Unverträgliches, weswegen er sich vor ihm scheue. Dies war die Substanz von dem, was er vorbrachte ...

Was Du von Goethes Stolz im *allgemeinen* sagst, lasse ich Dir gelten. Ich habe ihn von dieser Seite jetzt noch viel näher kennengelernt, auch durch eigene Bekenntnisse, die er mir von seinem Ehrgeize und seiner Eitelkeit ablegte. Viele seiner Handlungen, die ich ehmals nicht begriff oder mir doch nicht genug auslegen konnte, begreife ich jetzt vollkommen. Auch ist Dein Verdacht in Absicht des Mangels an Glut im Mittelpunkt seines Wesens nicht ganz ohne Grund. Aber Du nimmst mir dieses oder jenes, überhaupt den ganzen Menschen nicht recht zusammen und vergissest, wie Du ihn ehmals gekannt hast. Zum Beispiel in Deinem gestern angekommenen Briefe steht: „Das Alkibiadische modelt sich wohl für den Moment in alle Formen und mißt sie sich selbst gern an, des Genusses wegen. Man macht nicht gern mit seiner Person die schroffe Ecke zwischen einem Kreise der unter sich harmonisch sich bindenden Figuren, oder es gehört eine Festigkeit dazu usw." – Dies paßt nun einmal gar nicht auf den Goethe, den Du mit eigenen Augen gesehen, so oft hin und her betrachtet und andern dargestellt hast. Gern mag er überall hervorglänzen und der Erste sein; aber durch Akkommodation zu gelten, ist ihm verhaßt. Auch übermannt ihn nicht leicht das Wohlgefallen an andern; und wo es ihn übermannen will, da ist seine erste Bewegung, zu widerstehen. Hat es ihn überrascht, so widersteht er nachher aus Überlegung. So hat er es auch hier getrieben, und ich weiß von keiner Verwandlung, außer in Meinungen, welches vielleicht in der Folge doch auf ihn wirken kann. Ohne dieses wird die Stimmung, die er hier empfing, nicht lange halten. Diese aber war so, daß er bei seinem Charakter sie nicht hätte annehmen können, wenn nicht zugleich in seiner Denkungsart eine große Veränderung vorgegangen wäre. Hätte ich Dir meinen Bericht abstatten können, so hättest Du gewissermaßen selbst gesehen und würdest begreifen, was ich meine und nicht meine. Getäuscht hat mich Goethe diesmal gewiß in nichts.

JacN I, 165ff.

764. HELENE JACOBI AN SOPHIE ZU STOLBERG

Pempelfort, vermutlich Dezember 1792

Die Politik hat mir zu viel Greuel, als daß ich nur davon anfangen möchte, und Goethe zu viel Gutes und Schönes, als daß ich damit zu Ende kommen könnte. Er ist und bleibt der wahre Zauberer ... Was die Leute Sonderbares von ihm schwatzen und reden, ist, weil sie immer nur die linke Seite sehen. Und das ist auch das Verkehrteste an ihm, daß er so gerne das Verkehrte an sich herauswendet. Ich verglich ihn deswegen einmal gegen ihn selbst mit einer Hautelisse auf dem Gestell; wer sich nicht bückt, die untere Seite zu sehen, wird die schönen Farben darin nicht ahnden oder die Ware für sich mögen. Ihm ward unendlich wohl unter uns, und der

Abschied kostete ihm viel. Fritz [Friedrich Heinrich Jacobi] und er haben sich tiefer durchdrungen und inniger erkannt wie je. Fritzens offenes, sanftes Wesen, seine fromme und doch so freie Seele haben Goethen sehr ergriffen, und so ergriffen, daß ich fast glaube, daß die Folgen davon in eigener Sinnesänderung bei ihm spürbar sein werden. Denn Wahrheit ist ihm teuer, sobald er als Wahrheit sie erkennt; aber ihr falsches Bild ihm auch so verhaßt, daß sie eben deswegen die größte Gefahr bei ihm läuft; denn indem er jenes rastlos verfolgt, stürzt er über diese oft hin und tritt sie mit Füßen. Um nicht betrogen zu werden von dem, was er scheut, betrügt er sich selbst um das, was er liebt; und je blühender die Schöne ihm entgegenkommt, desto vorsichtiger glaubt er in ihr nur die feine Schminke der Falschen zu erblicken. Auch ist es in unserer Natur, der Brillen nicht zu mögen, weil wir Schwäche des Alters mit dieser Hilfe zu verbinden gewohnt sind; und so wird das Auge oft blind, bis man *sieht*, daß man *nicht* sehen kann! Goethe hat mir unendlich hohen Genuß gegeben; aber auch manchen tiefen Schmerz der Seele. Je mehr ich ihn liebte, desto ängstlicher hätte ich ihn schützen mögen, daß er sich selbst wenigstens nicht schade.

JacN II, 159f.

1793

765. DAVID VEIT AN RAHEL LEVIN

Gotha, 20. März 1793

Das erste, was mir an ihm auffiel und Sie zu wissen verlangen, war seine Figur.

Er ist von weit mehr als gewöhnlicher Größe, und dieser Größe proportioniert dick, breitschulterig ... Die Stirn ist außerordentlich schön, schöner, als ich sie je gesehen; die Augenbraunen im Gemälde [von Lips] vollkommen getroffen, aber die *völlig braunen* Augen mehr nach unten zugeschnitten als dort. In seinen Augen ist viel Geist, aber nicht das verzehrende Feuer, wovon man soviel spricht. Unter den Augen hat er schon Falten und ziemlich beträchtliche Säcke; überhaupt sieht man ihm das Alter von 44 bis 45 recht eigentlich an, und das Gemälde ist in der Tat zu jugendlich; es müßte denn wahr sein, was man in Weimar allgemein behauptet, daß er während seinem Aufenthalt in Italien merklich gealtert habe. Die Nase ist eine recht eigentliche Habichtnase, nur daß die Krümmung in der Mitte sich recht sanft verliert ... Der Mund ist sehr schön, klein und außerordentlicher Biegungen fähig; nur entstellen ihn, wenn er lächelt, seine gelben, äußerst krummen Zähne. Wenn er schweigt, sieht er recht ernsthaft, aber wahrhaftig nicht mürrisch, und kein Gedanke, keine Spur von Aufgeblasenheit. Auch dem Dümmsten müßte Aufgeblasenheit an einem Menschen mißfallen, der in Sprache und Manier so ganz simpel wie jeder Geschäftsmann ist. Das Gesicht ist voll, mit ziemlich herabhängenden Backen. Im ganzen ist das Gemälde wohl getroffen; aber es macht doch einen sehr falschen Begriff von ihm. Sie würden ihn gewiß nicht erkennen. Er hat eine männliche, sehr braune Gesichtsfarbe. Die Farbe der Haare ist etwas heller. Er trägt das Vorderhaar ratzenkahl abgeschoren, an den Seiten ausgekämmt und völlig anliegend, einen langen Zopf, weiß gepudert. Die Binde im Porträt verstehe ich gar nicht. Lips muß ihn haben putzen wollen. Seine Binde ist eine von den unter gesetzten Männern ganz gewöhnlichen, hinten zugeschnallt, vorne glatt und dünn und wegen dem übergelegten Hemdkragen wenig zu sehen. Die Wäsche fein, mit wenig vorstehendem Jabot. Kleidung: ein blauer Überrock mit gesponnenen Knöpfen, doppeltem Kragen (der eine über die Schultern, der stehende nicht recht hoch), eine schmalgestreifte Weste von Manchester oder ähnlichem Zeuge und – vermutlich Beinkleider; der Überrock bedeckte sie; kalblederne, ordinäre Stiefel. Alles zusammengenommen, kann er ein Minister, ein Kriegsrat, ein Geheimrat, allenfalls ein Amtmann sein, nur kein Gelehrter und gewiß kein Virtuose. In Berlin würde ihn jeder einheimisch glauben. Er hat uns ungemein höflich aufgenommen. Als er auf uns zukam, sah er uns recht freundlich an (sein Blick ist gewöhnlich ernsthaft, aber ohne alle Arroganz, wie es scheint; wenn er sich nicht an einen wendet, so sieht er gesenkt zur Erde, mit den Händen auf dem Rücken, und spricht so fort) ... Er ließ sich nun noch über unsere Reise selbst, über die Kriegsoperationen mit uns ein, sprach aber von keiner Partei mit Dezision, jedoch immer überaus natürlich, als ob er nur die Sachen, nicht die Worte suchte. Man hört's ihm noch manchmal an, daß er aus dem Reich ist, wie er uns auch selbst sagte. Das Zimmer, in welchem wir standen (sitzen ließ er uns nicht), war mit grünen Tapeten ganz modern geziert, Gemälde und Köpfe ringsumher, von der Größe wie das Studierzimmer der Herz, ein völliges Quadrat; zwei Mahagonitische, ein Spiegel, sechs Lehnstühle, weiß, mit grün und weiß gestreiften seidenen Polstern. Eine Viertelstunde (eher mehr als weniger) hielt er uns auf, machte dann eine bedeutend lächelnde Miene, und wir waren nicht dumm ... Er begleitete uns aus der Antichambre und war noch beim Abschiede sehr höflich ...

Mit dem Theater muß es traurig aussehen; der Geschmack des Publikums für Operetten geht so weit, daß Lust- und Trauerspiele wenig besucht und gegeben werden Das Orchester wird gerühmt ... Der erste Sänger ... hat mit seiner Frau, die Sängerin ist, wöchentlich 16 Taler Gage. Das Theater ist sehr klein. Dittersdorf wird häufig gegeben. Wieland versäumt Operetten niemals ..., Goethe selten. Beim Theater ist Goethe just das, was Engel in Berlin, und soll zu seiner Verbesserung schon viel beigetragen haben ...

Goethe ist hier unter vielen Volksklassen (ich habe in den sechs Stunden viel Leute gesprochen) als sehr freundlich, gutmütig bekannt und hat die allgemeine Achtung und Liebe. Die mittlern Stände nennen ihn den Genius des Orts ...

Die Vulpius ist 26 bis 27 Jahre alt, nicht hübsch (ich selbst habe sie nicht gesehen), ihm zur Linken angetraut, kommt nie in sein Haus. Er besucht sie nicht täglich, indessen soll sie noch viel Einfluß auf ihn haben. Länger als zwei bis drei Stunden ist er nie bei ihr. Das Antrauen war die Folge des jungen Goethe, der jetzt im dritten Jahre sein soll. Er unterstützt die ganze Familie, schafft dem Bruder, der Schriftsteller ist, Verleger usw.

Zur Cour kommt Goethe freilich. Aber wenn der hohe Adel bei dem Herzog speist, kann er nicht zur Tafel gezogen werden. Diesen hohen Adel habe ich gestern bei der Herzogin in einem Saale speisen sehen, über welchem eine Galerie für die Zuschauer erbaut ist.

In den herzoglichen Park hat Goethe unter andern sehr viele ausländische Pflanzen hingesetzt, damit ihm das Studium der Botanik nicht allzu kostbar werde. Seine nähere Bekanntschaft erhält man sehr schwer. Die Menschen, welche ich gesprochen, wissen alle keinen, mit dem er sehr genau umgehet.

Rahel I, 2–7

766. KAROLINE HERDER UND HERDER AN FRIEDRICH HEINRICH JACOBI

Weimar, 5. April 1793

[Karoline:] Es hat den Anschein, daß uns Goethe bald wieder verlassen und zum Herzog gehen wird. Bedauern Sie ihn und uns! Doch scheint er lieber in jene Gegenden zu gehn, als wir ihn lassen. Er hat uns diesen Winter manch frohe Stunde gemacht mit einem poetischen Werk, wovon er Ihnen wohl wird geschrieben haben [„Reineke Fuchs"]. Sie ist eben ganz einzig, diese deutsche Epopöe, und Sie werden auch Freude daran haben. Die guten Götter mögen ihn dafür behüten und bewahren bei seinem zweiten Feldzug...

[Herder:] ... ich bin sehr alt und werde es von Stunde zu Stunde. Goethe wird dagegen jung, korpulent und rund von Stunde. Seine Epopöe, die älteste und ewige, ist bald, bald fertig. Verstehe mich wohl: die ewige auf unsrer Erde, nicht im Saturn, der Sonne oder der jetzt so hell leuchtenden Venus.

HN II, 303ff.

767. HERDER AN GLEIM

Weimar, 1. Mai 1793

Die erste und größte Epopöe deutscher Nation, ja aller Nationen seit Homer, die Goethe sehr glücklich versifiziert hat, ist „Reineke der Fuchs". Das ist der Aufschluß des Rätsels. Das Gedicht ist seit Homer die vollkommenste Epopöe, wie Sie's, lieber Gleim, in Goethes glücklichen Hexametern sehn werden. Sie ist deutscher Nation; denn wenn ihr Grund gleich aus einem französischen Roman genommen sein mag, so ist doch ihre epische Einrichtung einem Deutschen, dem Heinrich von Alkmar, zuständig, und in Goethes Versifikation gehört sie den Deutschen auf eine eigentümliche Weise mehr. Das Gedicht ist ein Spiegel der Welt ... In ein paar Tagen reiset Goethe an den Rhein, und Ihr Gruß soll ausgerichtet werden. Nicht wahr, Sie schütteln über mein Rätsel den Kopf? Lieber Gleim, schütteln Sie ihn aber nur sanft, ehe Sie das Gedicht sehen und lesen. Ein Rätsel mußte so vorgetragen werden; das ist Rätsels Natur ...

VaH I, 157

768. LUDWIG TIECK AN SEINE SCHWESTER SOPHIE

Erlangen, 2. Mai 1793

Wir fuhren über Weimar ... O daß ich Goethe und Herder nicht sehen konnte! Goethe, der gleichsam mein Gespiel von meiner Geburt an gewesen ist, dessen „Götz" und „Werther" wir so oft zusammen gelesen haben, dessen Werke ich las, als ich sie nicht verstand, in denen ich jedesmal etwas Neues entdecke und der gleichsam erst mit *mir* klüger und verständiger geworden ist ...

TieckS 185f.

769. KAROLINE HERDER UND HERDER AN FRIEDRICH HEINRICH JACOBI

Weimar, 12. Mai 1793

[Karoline:] Goethe ist endlich heute doch noch zum Herzog abgereist, mit unsern Wünschen und unsrer Liebe begleitet. Die guten Götter bringen ihn glücklich und mit dieser Reise zufrieden wieder zu uns!

[Herder:] Goethe hat eine vortreffliche Arbeit [„Reineke Fuchs"] vollführt. Glück und sein Genius haben ihm dabei geholfen.

HN II, 306f.

770. LAVATER IN SEINEM TAGEBUCH

Jena, 31. Mai 1793

Wir kamen von Goethe zu sprechen. Reinhold meinte wie ich: er wäre seit Shakespeare unter allen durch Werke *darstellenden* Künstlern der größeste. Schade, daß der Große, Einzige sich *selbst* seiner Kunst aufzuopfern scheint! Es gibt Menschen – ich vermesse mich nicht, dies von Goethe zu sagen, den ich als eins der größten Produkte der Natur bewundere –, es gibt Menschen, die nur für das, was sich darstellen läßt, Interesse haben; die nur das Größte nur insofern zu frappieren scheint, als es darstellbar, dramatisch ist. Es gibt wieder andere – bisweilen, doch nicht immer, dieselben –, die das darstellbare Große nur so lange interessiert, als sie sich mit Darstellung desselben beschäftigen, und die nachher gegen das, was während der Bearbeitung sie so sehr in Bewegung und alle ihre Geisteskräfte in Kontribution setzte, all ihr Interesse in Anspruch nahm, ganz gleichgültig, einige, die ganz abgeneigt dagegen werden. Erschöpfung an einem bringt gewöhnlich einen schwerlich wieder besiegbaren Ekel dagegen hervor. Wer viel Genie hat, oder vielmehr, wer selbst Genie ist, hält sich selten immer an einem.

Von Schillern ward ungefähr folgendes gesprochen: Als Künstler mag Goethe vielleicht mehr Übung, Kenntnis und Kultur haben – an Talenten mag er ihm gleichkommen. Unter allen *Dichtern* scheint er der Erste und Größte in der Darstellung der Moralität und Immoralität zu sein. Reinhold glaubt, die sittliche *Güte* und *Größe* habe seines Wissens noch keiner so glücklich zu *individualisieren* verstanden als er.

La 324f.

771. BÜRGER AN GÖCKINGK

Göttingen, 18. Juni 1793

Nun vollends Goethe! Ach, habe ich Euch wohl einmal erzählt, wie es mir mit Goethen gegangen ist? Hab ich's noch nicht, so sagt mir's, damit ich Euch ein Beispiel von dem honores mutant mores aufstelle, das füglich für ein Nonplusultra gelten kann.

BürgG 473

772. HELENE JACOBI AN SOPHIE VON LAROCHE

Pempelfort, 28. Juni 1793

Sie sagten mir und fragten mich so manches über Goethe in Ihrem letzten, liebe Sophie. Seitdem hat er sich nun selbst Ihnen wieder gestellt, und *Sie* können *mir* es sagen, wie Sie ihn gefunden haben. Seine Mutter schrieb der Schlosserin, daß er *schöner* und munterer und beredter gewesen sei wie noch nie und daß alle seine Freunde sich seiner erfreut hätten. Wir machen uns so halb und halb die Hoffnung, als würde er nicht wieder heimkehren, ohne den schönen Rhein zu uns heruntergeschwommen zu sein. Doch wird dies freilich von der Dauer dieses traurigen, elenden Feldzuges und der Wendung, die die Sachen noch nehmen können, abhangen. Ich möchte wissen, was ihn eigentlich diesmal wieder aufs neue in das wilde Getümmel des Lagers gebracht hat. Ob des Herzogs dringendes Bitten oder das sonderbare innere Treiben des sonderbaren Menschen oder der bloß philosophische Zweck, Menschenkenntnis zu sammeln und neue Erfahrungen auch mit über sich selbst zu machen, wo allerdings hier kein unrechter Ort dazu ist?

JacN II, 161

773. CHARLOTTE VON STEIN AN IHREN SOHN FRIEDRICH

Weimar, 10. Juli 1793

Von unserm Humanus habe ich die Nacht geträumt. Er sagte mir, das letzte Feldgeschrei sei gewesen: „Ist die Harmonie wieder hergestellt?“ Und da ich das Wort „Harmonie“ nicht verstand und einigemal fragte, so ging er zu seiner Demoiselle und streichelte ihr die Backen. Noch mehr närrisch Zeug habe ich von diesem ausgelöschten Stern geträumt.

Stein I, 374

774. LAVATER IN SEINEM TAGEBUCH

Eutin, 13. Juli 1793

Fahrt mit Stolbergs. Ich weiß nicht mehr, wovon wir alles sprachen – unter anderm ... von dem viele Stufen durchgegangnen Goethe, von dem ich eine Trost einflößende Anekdote erzählte.

La 325

775. SOPHIE VON SCHARDT AN FRIEDRICH VON STEIN

Weimar, 23. November 1793

Heute habe ich beim Goethe bei einem Dejeuner Frankenbergs, Gores, die Herzoginmutter, Hofdamen, Wieland, Meyer gesehen und die Voß mitgebracht. Daselbst Kaffee getrunken, Bonbons gegessen und Gemmen beschaut. Das Gespräch teilte sich zwischen Kunst, Politik und Hauben nebst Müffen von Silberlöwen.

Fritz von Stein II, 38

776. CHARLOTTE VON STEIN AN IHREN SOHN FRIEDRICH

Weimar, vermutlich 25. November 1793

Goethe hat nun auch ein Töchterlein, seit ein paar Tagen. Er hat eine entsetzliche Freude darüber, denn er ist freundlich wie ein Ohrwürmchen und macht französische Calembours, hat auch sein Töchterchen selbst gehoben.

Stein I, 381 f.

777. CHARLOTTE VON STEIN AN IHREN SOHN FRIEDRICH

Weimar, 28. November 1793

Ich habe leider an nichts Glauben mehr, wo unser abgeschiedener Freund etwas bei zu tun hat. Er hat seinen Schutzgeist gewiß beleidigt und nun kein Glück mehr.

Stein I, 382 f.

778. FALK AN SEINEN BRUDER DAVID

Halle, 28. Dezember 1793?

Den folgenden Morgen besuchte ich den Geheimen Rat Goethe. Du kennst ihn als Verfasser von „Werthers Leiden", „Götz von Berlichingen" und andern Meisterstücken.

Er ist der Liebling des regierenden Herzogs und kommt ganze Tage lang nicht von der Residenz. Als ein armer Advokat kam er nach Weimar und machte hier diese glänzende Laufbahn. Über die Vierzig ist er jetzt wohl schon hinaus. Er ist von mittlerem Wuchse, hat ein männlich braunes Antlitz, schwarze funkelnde Augen, einen tieffassenden Blick, einen starken schwarzen Bart und genialische, aber regelmäßige Züge. Sein Anzug war bürgerlich einfach, ein simpler blauer Überrock; sein Anstand kunst- und anspruchslos. Ein mehr angeborener als angenommener Ernst erweckt in jedem, der mit ihm spricht, ein gewisses Gefühl von Hochachtung; ich möchte beinahe sagen, von Ehrfurcht, das aber keineswegs zurückstoßend ist. Ich hätte ihn eher für einen biederherzigen Amtmann als für den großen Schriftsteller gehalten, auf den unser Vaterland nicht ohne Ursache stolz sein darf. Er empfing mich freundschaftlich, und wir sprachen über eine Stunde miteinander.

WJb VI, 21 f.

779. CHARLOTTE VON STEIN AN IHREN SOHN FRIEDRICH

Weimar, 30. Dezember 1793

Die Herzogin erzählt mir, der Geheime Rat Goethe habe den Herzog erinnert, vor Dich zu sorgen. So dann und wann kommt doch ein Funke von Anhänglichkeit an Dir.

Fritz von Stein II, 42

Anhang

Anmerkungen

1749–1771

5 *p. Hrn. Dr. und Sen. Fresenium privatim* – Haustaufe durch Herrn Dr. und Senior (Hauptpastor) Fresen.

S. T. – salvo titulo: (lat.) mit Vorbehalt des richtigen Titels.

6 *ihn anzunehmen* – Am 23. Mai 1764 bewarb sich der vierzehnjährige Goethe um Aufnahme in die „Arcadische Gesellschaft zu Phylandria", einen literarischen Geheimklub junger Leute. In dem Aufnahmegesuch an den Leiter, den siebzehnjährigen Ysenburg von Bury zu Neuhof bei Offenbach a. M., hatte Goethe sich auf seinen Freund Karl Schweitzer bezogen, der Mitglied dieser Gesellschaft war.

recta – recta via: (lat.) geradenwegs.

7 *Alexis* – Die Mitglieder der „Arcadischen Gesellschaft zu Phylandria" trugen Renaissancenamen.

9 *Amphion* – Amphion, der Sohn des Zeus und der Antiope, vermochte mit seiner Leier die Natur zu bezaubern. (Das Zitat ist nach Gellerts „Die Bauern und der Amtmann".)

die Fräulein – Vgl. Nr. 9. Die Anrede war nur bei adliger Abstammung üblich.

porte-mains – (franz.) Gesten.

Il marche à pas comtés ... – (franz.) Er geht mit stolzen Schritten wie eine Magnifizenz, der die vier Fakultäten folgen.

Was würde der König von Holland sagen – Anspielung auf das Theaterstück „Bramarbas" von Ludvig Holberg.

10 *Eine mine coquette avec un air hautain* – (franz.) Eine kokette Miene mit hochmütigem Ausdruck.

12 *der Aufwand ... nicht so groß* – Goethe hatte als Student in Leipzig immerhin 100 Gulden monatlich.

13 *„Meine liebe Base ..."* – Kornelia Goethe gibt hier eine Konversation mit einem ihrer Vettern und dem Bruder wieder.

16 *Reichsluft* – Reich: hier Landschaftsbezeichnung für die süd westlichen Reichslande.

16 *Legationsrat Moritz* – Johann Friedrich Moritz hatte in juristischen Geschäften bei Benigna von Watteville, geb. von Zinzendorf, zu tun.

17 *unsere Fakultät* – Die juristische der Universität Straßburg. Goethe hatte dort am Tage vorher mit der Verteidigung von 56 Thesen zum Lizentiaten der Rechte promoviert, nachdem seine Dissertation über die Zehn Gebote, „De Legislatoribus", abgelehnt worden war. Vgl. auch Nr. 31 und 35.

Jesus autor et judex sacrorum – (lat.) Jesus als Urheber und Richter der Heiligtümer.

jus naturae est... – Die erste der 56 Thesen Goethes lautet vollständiger: Jus naturae est, quod natura omnia animalia docuit" (Naturrecht ist das, was die Natur alle belebten Wesen gelehrt hat; JGoe II, 54).

O Corydon... – (lat.) O Corydon, Corydon, welch Wahnsinn hat dich ergriffen? (Zitat aus Vergils zweiter Ekloge; danach wird der Name Corydon sprichwörtlich für einen Hansnarren gebraucht.)

1772

19 *Anubis* – Totengott der ägyptischen Mythologie.

wer die Rezension gemacht hat – Autor der hier erwähnten Rezension vom 11. Februar 1772 zu Sulzers „Allgemeiner Theorie der schönen Künste" (Teil 1, 1771) war Johann Heinrich Merck. Goethe gehörte 1772 zu dem Mitarbeiterkollektiv der „Frankfurter Gelehrten Anzeigen", das alle Beiträge – besonders die frühen Rezensionen – gemeinsam besprach und redigierte. Deshalb wurde der vorliegende Text, entgegen Bodes Berichtigung in Band 3 der ersten Auflage, nicht ausgesondert.

avec connaissance de cause – (franz.) mit Sachkenntnis.

20 *Triseptspiel* – Tresettspiel: Ein aus Italien stammendes Kartenspiel für vier Personen.

Gefangenschaft – Herder war nach einer Augenoperation an sein Krankenzimmer gebunden.

23 *Liedchen, das Sie aus dem Shakespeare übersetzt* – Aus „Wie es euch gefällt", zweiter Akt, fünfte Szene (in Herders „Volksliedern" unter dem Titel „Waldgesang").

Koxkox – Figur in Wielands Geschichte „Koxkox und Kikequetzel" (in den „Beiträgen zur geheimen Geschichte der Menschheit").

24 „Tristram Shandy“ – Roman von Lawrence Sterne (1759 bis 1767).

27 *Mylady Seymour, die Herren in Gießen* – Die Bekanntschaft mit Sophie von Laroche (Mylady Seymour, nach der „Geschichte des Fräuleins von Sternheim“) wie auch mit der Professorenschaft in Gießen hatte Karoline Flachsland enttäuscht.

(spricht Sankt Lukas) – Vgl. Evangelium des Lukas, Kapitel 24, Vers 39.

diese drei Stücke – Das dritte Gedicht („Fels-Weihegesang. An Psyche“) ist an Karoline gerichtet.

28 *mein Impromptu von Antwort* – Goethes Gedicht hatte geschlossen:

Nimm des verlebten Tages Zier,
Die bald welke Rose, von deinem Busen,
Streu die freundlichen Blätter
Übers düstre Moos,
Ein Opfer der Zukunft.
(JGoe II, 263.)

Gegen den empfindsam-elegischen Ton wendet sich Herder (mit drastischer Anspielung auf Goethe) in seiner „Antwort auf die Felsweihe an Psyche“, deren Anfang lautet:

Nicht „des verlebten Tages Zier,
O Psyche! keine welke Rose
sei Traueropfer dir
auf totem Moose!“
Welch Opfer! welch Altar! Und düster
die Gegend! und ein irrer Götzenpriester,
der diesen Fels erstieg und ungeweiht ihn sang ...
(HSW XXIX, 511.)

29 *„De Legislatoribus“* – (lat.) „Über die Gesetzgeber“. Vgl. Nr. 15 und Anmerkung.

ex capite religionis et prudentiae – (lat.) aus Religions- und Klugheitsgründen.

Frankfurter Zeitungsschreiber – Gemeint ist die Rezensionstätigkeit Goethes an den für die Stürmer und Dränger programmatischen „Frankfurter Gelehrten Anzeigen“ des Jahrgangs 1772.

30 *... einen Götzenpriester* – Vgl. Nr. 29 und Anmerkung.

31 *was Goethe geschrieben* – Vgl. Nr. 33.

weiß nicht woher – Karoline beklagt sich im gleichen Brief über „die beständige Schulmeisterei und Dummheit des Geheimerats“, ihres Schwagers Andreas Peter von Hesse (1728–1803), in dessen Haus sie wohnte.

32 *nach dem Teutschen Hause* – Hier wohnte Charlotte Buff, deren Vater Heinrich Adam Buff (1710–1795) Deutschordens-Amtmann war.

p. – Abkürzung für (lat.) perge: fahre fort, und so weiter.

Diktatur – Hier: Protokollaufnahme.

33 *Neveu* – (franz.) Neffe.

35 *dem leidigen Tröster ... wie Elihu* – Vgl. Das Buch Hiob, Kapitel 16, Vers 2, und Kapitel 32, Vers 1 ff. Elihu ist der jüngste der Freunde Hiobs; er nimmt zuletzt das Wort zur abschließenden Rechtfertigung Gottes, als das große Streitgespräch darüber zwischen dem anklagenden Hiob und den drei Alten, Eliphas, Bildad und Zophar, ergebnislos verlaufen ist.

1773

43 *Merck an Nicolai* – Merck, der 1772 (bis Juni) die „Frankfurter Gelehrten Anzeigen" redigiert hatte, war gleichzeitig auch Mitarbeiter an der „Allgemeinen Deutschen Bibliothek" Friedrich Nicolais. 1772 verlegte er die anonyme Erstausgabe von Goethes Aufsatz.

44 *das Ressort* – der geschäftliche Bereich.

wenn man Weißen so nennt – Der von Lessing in der „Hamburgischen Dramaturgie" schon kritisierte Dramatiker Christian Felix Weiße hatte auch einige Shakespeare-Stoffe („Richard der Dritte", „Romeo und Julia") auf die deutsche Bühne gebracht.

Evénement – (franz.) Begebenheit, Ereignis.

47 *Schnickschnack der Orsina* – In Lessings „Emilia Galotti", vierter Akt, dritte Szene, gebraucht die Gräfin Orsina den offenbar als nicht bühnenfähig empfundenen Ausdruck „elender Schnickschnack".

Bel zu Babel – Bel war die Stadtgottheit Babylons. Nach biblischem Sprachgebrauch hier: Abgott einer verworfenen Stadt.

48 *Ich erstaune über das unvergleichbare Genie ...* – Lavater meint die beiden anonymen theologischen Flugschriften Goethes von 1773 „Brief des Pastors zu*** an den neuen Pastor zu***" und „Zwo wichtige bisher unerörterte Fragen. Von einem Geistlichen in Schwaben".

Rezensier's also, wer will – Da er selbst der anonyme Herausgeber war, lehnt Herder hier ab, eine Rezension zu der Sammlung „Von deutscher Art und Kunst" (1773) zu verfassen, in der auch Goethes „Von deutscher Baukunst" wieder abgedruckt war.

49 *Brun, Schöno, Stüssi* – Titelfiguren Bodmerscher Lesedramen.
die Chimären der Skulda ... und des Bragors – Gemeint ist die von der altnordischen Dichtung der Skalden inspirierte Poesie Klopstocks, Gerstenbergs u. a. (Bragur ist der altnordische Gott der Dichtkunst.)

51 *fürchterlicher Feind von Wieland et Konsorten* – Im Septemberheft der von Wieland seit Januar 1773 in Weimar herausgegebenen Zeitschrift „Teutscher Merkur" war gerade eine verständnislose „Götz"-Rezension von Christian Heinrich Schmid erschienen (die Wieland selber später, im Juni 1774, mit einer Gegenrezension korrigierte).
ein paar Farcen ... auf ihn und Jacobi – Zum Zeitpunkt des Gesprächs lag Goethes Farce „Götter, Helden und Wieland" (erschienen März 1774) im Manuskript vor. Letzten Anlaß zu diesem Stück hatten Wielands fünf „Briefe an einen Freund [Johann Georg Jacobi] über das deutsche Singspiel ‚Alceste'" im „Teutschen Merkur" gegeben, in denen der Autor seine überlegene Modernität gegenüber Euripides hervorhob. Das Satirenfragment „Das Unglück der Jacobis" (vgl. Nr. 72), etwa September 1772 entstanden, hat Goethe 1775 selbst vernichtet.

52 *Goethe an Betty* – Jacobis Frau hat Goethe im September 1773 durch Johanna Fahlmer und die Schwestern Gerock näher kennengelernt. In einem früheren Brief vom 10. Juli 1773 an Wieland schreibt Jacobi nebenbei „... vom Doktor Goethe (dem Verfasser des infamen Artikels gegen meinen Bruder in den ‚Frankfurter Anzeigen' von 1772)" (gemeint ist die Besprechung vom 18. Dezember 1772 zu Johann Georg Jacobis: „Über das von dem Herrn Prof. Hausen entworfne Leben des H. G. R. Klotz"; vgl. Nr. 87 und Anmerkung).
wird aufgeführt worden sein – Die erste Aufführung des Dramas kam erst am 14. April des nächsten Jahres in Berlin durch die Kochsche Truppe zustande.
Er schwitzt ... – Er ist schwer abzusetzen. (Goethe und Merck ließen die erste Auflage im Selbstverlag drucken. Der Buchhändler Deinet versucht seinen Kollegen Nicolai zum Ankauf einer „guten Partie" zu bewegen.)

53 *Papius in Wetzlar* – Der wegen Bestechungsaffären 1771 suspendierte Kammergerichtsassessor ist das Vorbild des im „Götz" (zweiter Akt, „Herberge") genannten Assessors Sapupi (Anagramm aus Papius).

55 *in allen seinen Briefen* – Gemeint sind Goethes Briefe an Lavater, die dieser seinen Freunden zeigte.

das letzte Mal ... in Frankfurt logierte – Am 11. und 12. Oktober 1773.

hübschen Kleidern nachlaufen – Bei der Uraufführung des „Götz von Berlichingen" am 14. April 1774 in Berlin wurden zum ersten Mal in einem Geschichtsdrama nicht moderne, sondern historische Kleidungen verwendet.

56 *Vorsicht* – Hier: Vorsehung.

57 *in beiliegendem Auszuge* – Johanna Fahlmer teilt ein langes Gespräch mit Goethe mit. Als dieser nach Frankfurt zurückkehrte, gab sie ihm die Bogen für das neueste Heft des „Teutschen Merkurs" zu lesen, in denen Wieland mit großer Einsicht und Zurückhaltung „Götz von Berlichingen" und „Götter, Helden und Wieland" besprach. Goethe habe sich verteidigt: „Der Vater-Ton! der ist's just, der mich aufgebracht hat." Wieland habe „just das schlechtste von allen seinen Werken" (die „Alceste") in den „ewigen Briefen" verteidigt. Doch zeigte sich Goethe von den Rezensionen entwaffnet: „... nun muß ich ihn auf immer gehenlassen." Auch versprach er, seine Satire „Das Unglück der Jacobis" niemand mehr zu zeigen. (GoeJb II, 381–383.)

Possenspiele von Goethe – Vgl. Nr. 85 und Anmerkung.

58 *Wielands Betragen* – Vgl. Nr. 77 und Anmerkung.

Zu Goethe – Lavater war auf der Durchreise zur Kur in Bad Ems, wohin ihn Goethe vom 28. bis 30. Juni begleitete.

60 *ich bin und werde glücklich sein* – Luise von Ziegler, die „Lila" des Darmstädter Kreises, hatte drei Wochen vorher den preußischen Offizier Gustav von Stockhausen geheiratet.

Die Goetheschen Manuskripte – Es sind diejenigen kleineren dramatischen Werke von 1773/74, die nach der Ablehnung durch Nicolai zur Herbstmesse 1774 anonym bei Weygand in Leipzig unter dem Sammeltitel „Neueröffnetes moralisch-politisches Puppenspiel" erschienen: „Prolog", „Des Künstlers Erdewallen", „Jahrmarktsfest zu Plundersweilern" und „Ein Fastnachtsspiel vom Pater Brey". Goethe hatte die Manuskripte Klinger überlassen.

61 *in „Werthers" zweitem Teil* – Goethe, der Lavater zu einer Rheinreise abholte, hatte ein Manuskript des „Werther" mitgebracht; der Roman erschien (anonym) erst im September.

61 *„Über das, was man ist“* – Von diesem Aufsatz Goethes sind nur einige Sätze, die Lavater in seinem Tagebuch zitiert, erhalten, und auch deren Zuordnung ist umstritten.
in öffentlichen Blättern empfindlich beleidigt – Gemeint ist Goethes Polemik vom 22. Dezember 1772 in den „Frankfurter Gelehrten Anzeigen“ zu „Über das von dem Herrn Prof. Hausen entworfne Leben des H. G. R. Klotz“, wo es u. a. heißt: „Wir wünschten, Herr Jacobi unter seinen Zweigen akkompagnierte seine Vögel. Streitigkeiten soll er andern überlassen; als Geistlicher, Poet und – hat er doppelt und dreifach das Weiberrecht“ (JGoe III, 97).
63 *Peccadilles* – (franz.) kleine Sünden.
64 *C'est une pièce sublime* – (franz.) Das ist ein prächtiges Stück.
67 *en beau* – (franz.) in edler Art.
68 *Die „Deutsche Chronik“* – Schubarts „Deutsche Chronik“ stellte in der ersten Beilage vom August 1774 „Clavigo“ „unendlich weit“ unter „Götz von Berlichingen“.
die Kleider und Harnische – Vgl. Nr. 73 und Anmerkung.
69 *von ohngefähr in einer Stube zusammengeführt* – Auf Goethes Rheinreise mit Lavater am 21. Juli in Elberfeld bei Kaufmann Caspari. Die Szene ist später auch von Heinrich Jung-Stilling im dritten Band seiner Lebensgeschichte, „Heinrich Stillings häusliches Leben“ (1789), geschildert worden.
71 *So weit war ich gekommen* – Werthes schildert seine Reise rheinaufwärts.
zwischen Klopstocken und mir – Vgl. Nr. 106.
72 *„Brannte nicht unser Herz in uns ...“* – Vgl. Evangelium des Lukas, Kapitel 24, Vers 32.
73 *Sapere!* – (lat.) Verständig, weise sein! – Jacobi hatte sich in einem Brief vom 15. Oktober abermals ganz auf Goethes Seite gestellt.
74 *ἐξ ἔρωτος κατοχή* – (griech.) Liebesraserei, welche dazu antreibt, sich gegen die Naturordnung zu erkühnen.
75 *noch eine schlimmere Ketzerei* – Vorher ist von der stutzerischen Schreibart der Schöngeister die Rede.
76 *Etourderie* – Unbesonnenheit.
83 *Lenz an seinen Bruder Johann Christian* – Der Brief ist Antwort auf die Heiratsanzeige des Bruders.
ad articulum mortis – (lat.) zum Zeitpunkt des Todes.
84 *Jeder Jüngling wünschet ...* – Es ist der erste der beiden Leitsprüche, die Goethe bei der zweiten, echten Auflage von 1775 dem ersten bzw. zweiten Teil des „Werther“ voranstellte.

84 *Cato hat ... zugestoßen* – Der Republikaner Marcus Porcius Cato, der Jüngere (Uticensis), Feind Caesars, beging Selbstmord, als dieser zur Alleinherrschaft gelangte. Cato verschmähte es, um Gnade zu flehen. – Platon hatte in seinem „Staat" das Idealbild eines auf Tugend und Wissenschaft basierenden Zukunftsstaates geschaffen.

vom Bunde – Gemeint ist der literarische „Göttinger Hainbund", dem Miller und Boie angehörten.

85 *Im „Göttinger Musenalmanach" sind zwei Stücke* – In dem Musenalmanach für 1774, herausgegeben von Heinrich Christian Boie, sind drei Gedichte von Goethe („Adler und Taube", „Der Wandrer", „Mahomets Gesang") anonym (gezeichnet W.) erstmals veröffentlicht.

86 *brühwarm nachgedruckt* – Gemeint sind die Raubdrucke der rechtmäßig bei Weygand in Leipzig erschienenen Werke.

Geschichte eines hiesigen Pfarrhauses – Gemeint ist der Frankfurter Pfarrer zu St. Petri, Conrad Caspar Griesbach, dessen Frau in Goethes „Dichtung und Wahrheit" (achtes Buch) ähnlich charakterisiert wird wie „die Frau des neuen Pfarrers" im „Werther".

keine andern Leiden als durch meine eigenen – Garve zog sich krankheitshalber 1772 von seiner Professur in Leipzig zurück und lebte seither bei seiner Mutter in Breslau.

87 *wenn ich nicht ruhig sterben könnte ...* – Dies sollte Bodmer an Lavater geschrieben haben.

Was ich von „Werthern" halte ... – Vgl. Nr. 118.

88 *Tiroir* – (franz.) eigentlich: Schublade. Hier: die verschiedenen Kulissenzüge.

verworrene und verwirrende Schauspiel – Bodmer nimmt hier einen Ausdruck aus dem erwähnten Brief Sulzers an ihn vom 19. November 1884 auf.

89 *in censum* – (lat.) Hier: in Betracht.

die große Neuigkeit – Der weimarische Oberhofmeister berichtet, die Verlobung Karl Augusts mit der Prinzessin Luise von Hessen-Darmstadt stehe bevor.

90 *das schattierte ... G. F. S.* – Zu der Zeichnung von Lavaters Begleiter auf der Emser Reise 1774, Georg Friedrich Schmoll, vgl. die Tafeln 13 und 15 in: „Die Bildnisse Goethes", hrsg. von Ernst Schulte-Strathaus, München 1913. – Eine verbesserte Fassung des Kupfers wurde 1777 in Lavaters „Physiognomische Fragmente" („Dritter Versuch", S. 222) eingefügt.

92 *Goethens Brief* – Der Brief an Wieland ist nicht erhalten. Goethe, der die weimarischen Prinzen Karl August und

Konstantin am 11. Dezember in Frankfurt und vom 13. bis 15. Dezember in Mainz besucht hatte, wurde von ihnen „veranlaßt, Wielanden einen freundlichen Brief zu schreiben", wozu Goethe „die Gelegenheit sehr gern ergriff" („Dichtung und Wahrheit", fünfzehntes Buch; WA I, 29, 328).

92 *sich Klopstock und Goethe lange nicht so verstanden haben* – Klopstock hatte Goethe Anfang Oktober auf der Durchreise nach Karlsruhe in Frankfurt besucht; Goethe hatte ihn bis Darmstadt begleitet.

93 *ein Briefchen* – Vgl. Nr. 133 und die erste Anmerkung dazu.

94 *Huées* – (franz.) Hohngeschrei.

95 *Noch ein Glück* – Außer dem Gewinn an seiner Braut Ernestine Boie.

96 *in den Musentempel aufgenommen zu werden* – Gleim sammelte seit 1745 Ölbildnisse der von ihm geliebten oder bewunderten Männer und Frauen.

1775

102 *„Werthers Leiden", Teil 1, S. 23* – Vgl. im „Werther" den Brief vom 26. Mai 1771.

103 *„Sauf le respect ..."* – (franz.) „Bei allem Respekt für Ihren Freund, aber es ist gefährlich, einen Schriftsteller zum Freunde zu haben."

epischem Shandysmus – Nach Lawrence Sternes „Leben und Meinungen des Herrn Tristram Shandy" (deutsch 1774/75), dessen Schwergewicht nicht auf der durchgehenden Handlung, sondern auf den Reflexionen der Hauptfigur ruht.

klügeren „Werther" – In Friedrich Nicolais Parodie auf Goethes Roman, „Freuden des jungen Werthers, Leiden und Freuden Werthers des Mannes" (Berlin 1775), bekommt Werther seine Lotte, nachdem der Selbstmordversuch mißglückt ist: Der Freund hatte die Pistole mit Hühnerblut geladen.

104 *weil die Welt steht* – solang die Welt steht.

106 *in costy* – am Platze (damaliges Kaufmannsitalienisch).

107 *disgustieren* – abstoßen, beleidigen.

Abhandlungen ... mit einer Vorrede herausgeben – Die „Philosophischen Aufsätze von Karl Wilhelm Jerusalem" erschienen 1776. In der knappen Vorrede setzt Lessing, ohne Goethe und seinen Roman zu nennen, den philosophischen Geist Jerusalems deutlich dem Werthertyp entgegen.

108 *wie Klotzen auf den Nacken springen* – 1768 hatte Lessing in den „Briefen antiquarischen Inhalts" die archäologischen

Veröffentlichungen von Christian Adolf Klotz vernichtend kritisiert.

111 *der zweite Band der „Iris"* – Im dritten Stück des zweiten Bandes erschien Goethes Singspiel „Erwin und Elmire".

112 *Scarteque* – Französierende Schreibung für Scharteke (ältere Form: Scarteke).

Rezension ... im März des ... „Merkurs" – Dort heißt es u. a.: „Das Werklein des Hrn. N[icolai] ist also vielmehr eine Satire auf eine gewisse Art von *Lesern* als auf das mit Recht allgemein bewunderte Werk des Hrn. G[oethe] ... Indessen ist nicht zu leugnen, daß hier und da ... den *Wundermännern*, die seit kurzem *den Genie in Beschlag genommen haben*, einige ... heilsame Wahrheiten gesagt werden." (Braun I, 93.)

turlupinieren – turlupiner: (franz.) foppen, aufziehen.

Unfall seiner Frau – Eine Fehlgeburt.

116 *die Gans* – In Wagners Satire auf die „Werther"-Rezensenten werden statt der Namen teilweise Tiervignetten verwendet (sie waren von Dannhäuser in Offenbach geschnitten); die Satire wurde von Deinet gedruckt.

117 *Utinam una cervix ...!* – (lat.) „O wenn doch das römische Volk nur einen Hals hätte!" – Nach Suetons „Kaiserbiographien" ein Ausspruch des wegen seiner Grausamkeit berüchtigten Caligula.

121 *Goethe geht mit Heiratsgedanken* – Gemeint ist Goethes Verhältnis zur sechzehnjährigen Lili Schönemann.

122 *Aus einer gedruckten Erklärung* – Goethes Erklärung erschien als Flugblatt (9. April 1775) und in verschiedenen Zeitschriften („Nicht ich, sondern Heinrich Leopold Wagner hat den Prometheus gemacht ...").

meine Rezension – Merck übersandte eine für Nicolais „Allgemeine Deutsche Bibliothek" verfaßte Rezension der „Leiden des jungen Werthers" sowie der Nicolaischen „Freuden des jungen Werthers" und anderer Werther-Polemiken. Nicolai veröffentlichte sie 1775 im Band 26.

123 *einen Teil der Reise mit uns machen* – Die Brüder Stolberg trafen sich in Frankfurt mit Haugwitz, um gemeinsam eine Reise in die Schweiz zu unternehmen. Goethe schloß sich ihnen bis Zürich an.

124 *läßt noch manche Freude ...* – Anspielung auf ein aussichtsloses Liebesverhältnis.

127 *nicht ausgegeben worden* – Vgl. Nr. 151 und Anm.

129 *mit meiner Munterkeit* – Bodmer war 77 Jahre alt.

132 *Goethium quisquis studet aemulari etc.* – (lat.) Wer auch immer dem Goethe gleichkommen will ...

133 *uns zugut* – Herder hatte sich mit seiner Frau einige Wochen in Darmstadt aufgehalten.

mit Goethen Göttertage genossen – Gemeint ist Goethes Besuch auf der Rückreise aus der Schweiz im Juli 1775.

134 *Kämmerer* – In der Schweiz ein geistliches Amt. Der Angeredete war Kämmerer in Küßnacht.

fustian – (engl.) Schwulst.

ποιητης – Poietes: im Griechischen sowohl „Hervorbringer", „Schöpfer" als auch „Dichter".

137 *zankt mit Dannhäusern* – Nicolai hatte im September („Allgemeine Deutsche Bibliothek", Band 26) in einer Sammelrezension zu Schriften von Goethe und anderen Verfassern die auch gegen Nicolai gerichtete anonyme Schrift „Prometheus, Deukalion und seine Rezensenten" (von Heinrich Leopold Wagner) besprochen und wegen Goethes Verfasserschaft auf Dannhäuser in Frankfurt (Offenbach) gewiesen, „der am besten wissen wird, wer die *Holzschnitte* zu diesem Possenspiel bei ihm bestellt hat und für wen sie gewesen sind" (Braun I, 217).

Badinieren – Scherzen, Spaßen.

138 *meine Meinung ganz freimütig gesagt* – Vgl. Nr. 204 und die erste Anmerkung dazu.

ein Profil von Goethes Kopf – Die Zeichnung von Georg Friedrich Schmoll.

139 *coûte que coûte* – (franz.) koste es, was es wolle.

Pièce – (franz.) Stück. – Jung-Stillings Pamphlet „Die Schleuder eines Hirtenknaben gegen den hohnsprechenden Philister, den Verfasser des Sebaldus Nothanker [Nicolai]" verteidigt den Pietismus gegen Nicolais satirische Darstellung.

140 *darin er uns Hoffnung macht* – Die Brüder Stolberg hielten sich vom 26. November bis 3. Dezember 1775 in Weimar auf. Für Friedrich Stolberg wurde dort eine Kammerherrenstelle in Aussicht genommen.

141 *In Straßburg* ... – Mitte Juli 1775 auf Goethes Rückreise aus der Schweiz.

seine Manuskripte [„Stella"] auf die Art verkaufen – Goethe hatte das Drama durch Merck dem Verleger Mylius unter der Bedingung angeboten, daß noch vor Eintreffen des Manuskriptes das Honorar nach Weimar gesandt würde. Mylius brachte das Stück im Januar 1776 heraus.

143 *schweben zwischen Wieland und Goethe* – Am 7. November traf Goethe in Weimar ein.
144 *Weibchens und Männinnen* – schweizerisch für: Mädchen und Frauen.
147 *Aise* – (franz.) Glück, Wohlbehagen.
hujus – (lat.) dieses (Monats).
Die Korsen sind wirklich unglücklich – Die Korsen hatten sich in den fünfziger und sechziger Jahren von der Herrschaft der Genuesen befreien können; 1768 überließen diese deshalb die Insel Frankreich, dessen Übermacht die Korsen nicht gewachsen waren. Goethe und Seidel hatten den korsischen Freiheitshelden Pasquale Paoli in Frankfurt gesehen.
151 *Risum teneatis!* – (lat.) Enthaltet euch des Lachens! (Nach Horaz, „Dichtkunst", Vers 5.)
152 *Menéen* – (franz.) Anschläge, Umtriebe.
in seinem Hause – Zimmermann besuchte mit seiner Tochter Ende September Goethe in Frankfurt.
153 *„durch das Medium der Liebe" zu sehen* – Vgl. Nr. 208.
154 *Nun wollte ich auf Akademien gehen* – Vorher schildert Klinger die Armut, in der er aufgewachsen war.

1776

155 *Effort* – (franz.) Anstrengung.
156 *Wieland an Sophie von Laroche* – Vgl. Nr. 944.
157 *Merck an Nicolai* – Es ist der Antwortbrief auf Nr. 227.
158 *über rationem artis* – (lat.) über kunsttheoretische Fragen.
160 *sich ... in Konvulsionen übt* – Vgl. Nr. 944.
161 *das Abenteuer, von welchem ich abgestanden bin* – Wieland war 1772 als Erzieher des Prinzen Karl August nach Weimar gekommen.
162 *Précipicen* – (franz.) Abgründe.
Ascendant – (franz.) Einfluß (durch Überlegenheit).
dieses alles herauszuwickeln – Auf Goethes Empfehlung und Drängen war die erledigte Stelle des Generalsuperintendenten, des obersten Geistlichen im Herzogtum Sachsen-Weimar, am 1. Februar offiziell Herder angeboten worden.
163 *Deus nobis haec otia fecit!* – (lat.) Gott hat uns diese Muße vergönnt!
Calumnien – Verleumdungen.
sacre bleu – Französischer Fluch; etwa: alle Wetter!
Das Ganze – Die Gesellschaft am Weimarer Hof, in die Seckendorff 1775 als Kammerherr eingetreten war.

166 *poussieren* – Hier: mit Hingabe betreiben.
trente-leva ... soixante-leva – (franz.) Hohe Einsätze in dem Kartenglücksspiel Pharao.

170 *meine liebsten Eltern* – Kalb hatte im November 1775 mit Goethe in Frankfurt Freundschaft geschlossen. Goethes Eltern nannten den weimarischen Adligen „lieber Sohn".

172 *lobt den Himmel, daß seine Seele nicht ganz Verstand ist* – Stolbergs „Schreiben an Herrn Matthias Claudius in Hamburg" („Deutsches Museum", Heft 1, 1776) ist eine enthusiastische Lobrede auf Lavater, den Physiognomisten und den Prediger, der „weiß, daß der Mensch, Gottlob!!! nicht ganz Verstand ist, daß auch das Herz will erfüllt sein ..."

173 *ein Haus gemietet* – Gemeint ist Goethes erste Wohnung am Burgplatz.

174 *Die Rangordnung hat ihre Ursachen* – Der Brief wurde in Lenzens livländischer Heimat mißverstanden; man glaubte, Lenz wolle sich mit Goethe verschwägern. Vgl. Nr. 312.

180 *im Bergwerke* – Goethe hielt sich in Ilmenau auf, wo die seit langer Zeit verfallenen Bergwerke wieder in Betrieb gesetzt werden sollten.

182 *tour à tour comme vous savez* – (franz.) abwechselnd, wie Sie wissen.
den Goethe besungen hat – Wahrscheinlich denkt Bodmer an das Lied „Bekränzt mit Laub den lieben vollen Becher", das 1776 im „Göttinger Musenalmanach" erschien. Es stammt von Matthias Claudius.

183 *halb tot über die Nachricht* – Höpfners hatten mitgeteilt, Goethe sei verunglückt.
mein anderer Götze – Gemeint ist Klinger, der ihre Zuneigung besaß.

185 *Ihre Korrespondenz mit Goethe* – Klopstock sandte am 8. Mai 1776 einen mahnenden Brief an Goethe, worin es heißt: „Der Herzog wird, wenn er sich fortwährend bis zum Krankwerden betrinkt ... nicht lange leben ... [Herzogin] Luisens Gram! Goethe! ... [Friedrich Stolberg] kommt aus Freundschaft zum Herzoge. Er soll doch also mit ihm leben? ... Er geht, wenn er [der Herzog] sich nicht ändert, wieder weg ..." – Goethe schrieb am 21. Mai 1776 in einer kurzen Zurückweisung: „Verschonen Sie uns inskünftige mit solchen Briefen, lieber Klopstock! ... Graf Stolberg soll immer kommen. Wir sind nicht schlimmer, und will's Gott, besser, als er uns selbst gesehen hat." (WA IV, 3, 63 f.) Klopstock kündigte darauf im

Brief vom 29. Mai 1776 die Freundschaft. Stolberg trat seine Stellung als Kammerherr nicht an.

185 *„Warnung"* – Das Gedicht entstand 1772 und kann sich nicht auf Goethe beziehen.

186 *rompieren* – abbrechen.

alas! – (engl.) o weh!

Montag abend – Klinger hielt sich vom 24. Juni bis Ende September in Weimar auf.

188 *seiner Verbindung* – Vgl. Nr. 241 und 279.

abominable – (franz.) abscheulich.

189 *dem Pastor Goeze Recht geben* – Der Hamburger Hauptpastor hatte in den „Freiwilligen Beiträgen zu den Hamburgischen Nachrichten aus dem Reiche der Gelehrsamkeit" (7. April 1775) das Verbot des „Werther" gefordert, in der Nummer vom 23. Februar 1776 „Stella" mit „Gotteslästerung" in Verbindung gebracht und die „Original-Stücke" überhaupt als Anleitung zum Laster charakterisiert.

aus einem Briefe – Es folgt eine Abschrift aus Nr. 270.

deräsonieren – unvernünftig reden, faseln.

190 *von Imhoff an seine Frau* – Die Schwester der Frau von Stein hielt sich bei ihren Eltern in Weimar auf, um dort die Geburt ihres ersten Kindes abzuwarten.

191 *jaloux* – (franz.) eifersüchtig.

Klopstock ... an Goethe – Vgl. Nr. 279 und die erste Anmerkung dazu.

192 *daß ich ihn sah!* – Mit diesem Brief beginnt die lange Reihe von Zeugnissen der Weimarreisenden oder Durchreisenden, die über mehr oder weniger flüchtigen Kontakt mit dem berühmten Dichter berichten.

die dethronisierten Hofmeister – Anspielung auf Graf Goertz. Vgl. Nr. 298.

Bode mit dem Herzog ... gespeist – Bode hatte auf einer Reise für die Reorganisierung des Freimaurer-Ordens im Mai Weimar besucht, wo die Geheimräte von Fritsch und Karl Alexander von Kalb seine Logenbrüder waren.

194 *„Wohl dem, der Freude ..."* – Offenbar Verwechslung mit den Sprüchen Jesus Sirachs , Kapitel 25, Vers 7.

prise – (franz.) Hier: Gewalt.

σωφροσύνη – (griech.) Sophrosyne: weise Mäßigung.

adversus quoscunque – (lat.) gegen jedermann.

Jalousie – (franz.) Eifersucht.

195 *attrappieren* – ertappen; hier: treffen.

196 *Alkibiades* – Nach dem athenischen Politiker hier für einen jungen, schönen, glänzend begabten Mann, der aus eigener Tatkraft zu großer Macht gelangt.

197 *„Orandum est, ut sit mens sana"* – (lat.) Man muß beten, daß sein Geist gesund bleibe. – Anspielung auf Henry Fieldings Roman „Tom Jones" (1749).

198 *So seid Ihr denn gepaart ...* – Zu den Taufpaten von Herders zweitem Sohn gehörten auch Hamann und Claudius.
Gelegenheit zu Anmerkungen – Vgl. Nr. 295.

199 *Was machen Sie ...* – Lenz befand sich vom 3. April bis 1. Dezember des Jahres in Weimar.

200 *der sechste Akt von „Stella"* – Vermutlich von dem Meininger Hofprediger Johann Georg Pfranger; hier wird Fernando als Bigamist zum Pranger und zu lebenslänglicher Strafarbeit beim Festungsbau verurteilt.
Decorum – (lat.) Schicklichkeit.
von der ich Mamaen das schrieb – Vgl. Nr. 263 und Anmerkung.

204 *eine Erklärung auf alles ...* – Die Beilage ist nicht erhalten; doch ist nach Wielands Umschreibung etwa an Goethes Gedicht „Seefahrt" zu denken, das am 11. September entstand.

205 *Fabrice ... Marianne ... Wilhelm* – Die drei Hauptgestalten in Goethes Einakter „Die Geschwister"; am 21. November gespielt von Registrator Schmidt, Amalie Kotzebue und Goethe.

1777

208 *Energumene* – Ein von einem Dämon besessener Schwärmer. Kaufmann vertrat als eine Art Lebensreformer eine krampfhaft „naturgemäße" Lebensweise. Er wurde zum „Geniewesen" gerechnet, zu jenen „Strudelköpfen, welche fast den Ehrennamen eines Genies zum Spitznamen herabgebracht hätten" (Goethe, „Tag- und Jahreshefte" zu 1794).
in dem wunderlichen „Allerley" – „Allerley gesammelt aus Reden und Handschriften großer und kleiner Männer. Herausgegeben von einem Reisenden E[hrmann] u[nd] K[aufmann]", Frankfurt-Leipzig 1776; Kaufmanns Anteil an dieser Schrift ist gering.

209 *seit seiner Zurückkunft von Dessau* – Goethe war im Dezember 1776 mit dem Herzog in Wörlitz, dem Sommersitz des Dessauer Hofes.
Coronidis loco – (lat.) Schließlich.

210 *wie unverschämt* ... – Das „Deutsche Museum", herausgegeben von Boie und Dohm, brachte im November 1776 einen Aufsatz „Etwas über das Nachahmen allgemein und über das Goethisieren insbesondre". Dort wurde auf die Frage, was Goethisieren heiße, geantwortet: „Das Ideal der Dichtkunst ist der leidenschaftliche Mensch. Ihr Gegenstand ist Handlung, und die Summe der Kräfte, die eine Handlung hervorbringen, ist hier das Maß ihrer Vollkommenheit. Der Würger des keuschesten Weibs, das je in den Armen eines Mannes lag, ist Othello, dichterisch vollkommener als der ganze göttliche Grandison. Werther und Stella gehören aus ebendem Grunde zu der ersten Klasse von Wesen, die die Dichtkunst geschaffen hat." Dort heißt es auch: „Oh! ich glaube zu sehr an hohe Urgenien, die ganzen Nationen den Weg zeigen sollten, fühle zu sehr, daß *Goethe* so ein Liebling der Natur ist, den sie zum Wegweiser ausrüstete." (Braun I, 305–307.) – Wieland hatte im „Teutschen Merkur" (Februar 1776) „Stella" zu den „fürtrefflichen" Produkten gezählt, die „der Nation angehören, auf die Nachwelt kommen und in ihrer Art Epoche machen". (Braun I, 245).

211 *Verdienste ... nicht zu bekümmern* – Der Satz bezieht sich auf Crespel, der sich über Mißgunst und Verdächtigungen beklagte.

213 *zum Richter über „Rosemunde"* – Jacobi hatte Wieland geraten, seine Oper „Rosemunde" von der Aufführung in Mannheim zurückzunehmen, da sie mißlungen sei. Wieland bat um erneute Prüfung, die er selber auch vornehmen wolle.

216 *Bedlam-Stück* – Tollhaus-Stück; nach dem sprichwörtlich gebrauchten Namen des Londoner Irrenhauses.

220 *sans gêne* – (franz.) ungezwungen.

1778

223 *Seid aufrichtig* ... – Vgl. dazu Nr. 359.

225 *casa santa* – (lat.) heilige Hütte. Kranz nennt so das Haus von Goethes Eltern, bei denen er zu Gast gewesen war.

... *so sagen sie ihm nichts von Lila* – Vgl. Nr. 83 und Anmerkung.

226 *pour faciliter la communication* – (franz.) um die Verbindung zu erleichtern.

228 *Wenn Sie ihn hätten kommen sehn* ... – Auf einer Reise in Staatsangelegenheiten (wegen des drohenden Krieges zwischen Preußen und Österreich um die bayrische Erbfolge), die

vom 10. Mai bis 1. Juni 1778 dauerte, begleitete Goethe den Herzog Karl August und den Fürsten Leopold von Anhalt-Dessau nach Berlin.

229 *insidios* – hinterhältig, verfänglich.

230 *inaccessibel* – unzugänglich.

erklären Hans Sachs zum hohen Dichtergenie – Im April 1776 erschien im „Teutschen Merkur" Goethes Gedicht „Erklärung eines alten Holzschnittes, vorstellend Hans Sachsens poetische Sendung" und, von Goethe angeregt, Wielands „Zugabe einiger Lebensumstände Hans Sachsens". Bertuch gab in Weimar 1778 „Proben aus des alten teutschen Minnesängers Hans Sachsens Werken" heraus.

Zum Manessischen Kodex ... – Bodmer hatte, neben anderen mittelalterlichen Dichtungen, 1758/59 den größten Teil der berühmten Heidelberger Minnesängerhandschrift zum ersten Mal veröffentlicht.

die nativam pulchritudinem – (lat.) die ursprüngliche Schönheit.

231 *über den „Jahrmarkt" ... ergötzt* – Goethe hatte das „Jahrmarktsfest zu Plundersweilern" 1778 neu bearbeitet und erweitert und am 28. Oktober auf der Ettersburger Liebhaberbühne aufgeführt. Herzogin Anna Amalia hatte die Lieder komponiert.

Frau Aja – So wurde Goethes Mutter in ihrem engsten Kreise genannt (nach der Mutter der vier Heymonskinder aus dem bekannten Volksbuch).

im Frack gemalt – Das Gemälde ist eine Kopie von Johann Ehrenfried Schuhmann nach dem Ölgemälde von Georg Melchior Kraus, Weimar 1775–1776, aus dem Besitz der Herzogin Anna Amalia.

232 *Daß mir und allem ... Goethe ... die größte Wohltat geworden ...* – Merck hatte, im Zusammenhang mit der erwarteten Geburt eines Weimarischen Erbprinzen, am 7. November 1778 geschrieben: „Es wird alsdann haben all Fehd ein End. Und Goethen wird man auch sein Dasein besser verzeihen." (MS 131.)

1779

235 *Das Porträt* – Vgl. Nr. 374.

Döckergen – Doktorchen.

236 *Amanuensis* – Gehilfe, Sekretär.

die famosen Fragmente – Lessing veröffentlichte zwischen 1774 und 1778 unter dem Titel „Fragmente eines Ungenannten"

Teile der nachgelassenen „Apologie oder Schutzschrift für die vernünftigen Verehrer Gottes“ von Samuel Reimarus, in der ein konsequenter Deismus vertreten wurde. Seit Ende 1777 erschienen dazu die Polemiken der orthodoxen Theologen und die Gegenschriften Lessings; die weitere Veröffentlichung letzterer wurde ihm im Juli 1778 vom Herzog von Braunschweig verboten.

236 *Weder Spalding ...* – Sämtliche Genannten sind protestantische Theologen.

Goethe ... allgemein mißfallen – Bei seinem Aufenthalt 1778 in Berlin.

237 *Der Friede ... in einer garstigen Lage* – Im Frieden von Teschen wurde der Bayrische Erbfolgekrieg (1778–1779) beendet. Ein größerer Krieg hätte das Herzogtum Weimar als Durchmarschgebiet schwer schädigen können.

sich ... verbotenus acquittieret – (lat./franz.) sich wörtlich entledigt.

Jouissance – (franz.) Genuß.

238 *Gentilhomie* – (franz.) Edelhof, Rittergut.

239 *ut nosti* – (lat.) wie du weißt.

Geheimer Rat ... in dieser Frankfurter Messe – Goethe wurde am 5. September 1779 zum Geheimen Rat ernannt. – Auf der Reise in die Schweiz, die der Herzog mit Goethe und Moritz von Wedel am 12. September antrat, wurde unter anderem auch in Frankfurt bei Goethes Eltern vom 18. bis zum 22. September Station gemacht. Erst am 13. Januar 1780 war Goethe wieder in Weimar.

odium Vatinianum – (lat.) Haß auf Vatinius. – Der Volkstribun Vatinius, der Caesar mit ungewöhnlichen Vollmachten ausstattete, wurde von Cicero heftig angegriffen.

Sed vana ... – (lat.) Aber ohne Kräfte ist die Wut ein Nichts.

Polissonnerie – (franz.) Ungezogenheit. – Wieland denkt offenbar auch an die in Nr. 384 mitgeteilte Episode.

eventieren – durch Indiskretion bekannt werden.

241 *ein herrliches Journal* – Später umgearbeitet zu den „Briefen aus der Schweiz. Zweite Abteilung“.

243 *Skorie* – Schlacke.

Von Deinem Briefe an ihn – Jacobi zeigte sich durch die Nachrichten vom Ettersburger Vorfall (vgl. Nr. 384) im Brief vom 15. September 1779 aufs tiefste persönlich verletzt und kündigte die Freundschaft auf. Vgl. Nr. 397.

245 *der liebenswürdigste – Ketzer* – Hotze bezieht sich auf Goethes Brief vom 28. Oktober 1779 aus Genf an Lavater, in dem er

fordert, „... daß wir einander unsere particular Religionen ungehudelt lassen. ... Ich denke auch aus der Wahrheit zu sein, aber aus der Wahrheit der fünf Sinne ..." (WA IV, 4, 111f.)

247 *Le pauvre homme!* – (franz.) Der arme Mensch!

249 *Ihre gutherzige Freundin ... schreibt ...* – Vgl. Nr. 393.
uns Freunde zu erwerben – Der Herzog von Württemberg hielt den Dichter Schubart seit Januar 1777 willkürlich auf der Festung Hohenasperg gefangen. Für Schubart hatten sich u. a. auch Klopstock und Lavater verwandt; er wurde jedoch erst nach zehnjähriger Haft entlassen.

1780

253 *homunciones* – (lat.) Menschlein, Erdenkinder.
multum mutatus ab illo – (lat.) erheblich geändert gegen sonst.

254 *enfant gâté* – (franz.) Schoßkind.
Panurgie – Alleskönnerschaft, vielseitiges Schöpfertum.
Ein Kleeblatt vom Lauthischen ... Tische – Gemeint ist die Tischgemeinschaft und Freundschaft aus der Straßburger Studentenzeit, die Goethe auch in engere Beziehung zu dem pietistisch-religiösen Heinrich Jung brachte. Alle andern dieses Kreises seien in Unbedeutendheit versunken.

255 *Vor etlichen Wochen* – Während des Aufenthalts am Hofe Karl Eugens vom 11. bis 18. Dezember 1779 auf der Rückreise aus der Schweiz.

256 *von dieser Seite* – Wieland berichtet über die Aufnahme seines „Oberon" (1780).
σωφροσύνη – (griech.) Sophrosyne: weise Mäßigung.

257 *Ἀνάβασις* – (griech.) Anabasis: Xenophons Beschreibung des Kyreerfeldzuges.
Jaktanz – das Prahlen.
Goethe ... durchstreichen – Der betreffende Absatz aus dem aphoristischen Aufsatz Pestalozzis lautet: „O Fürst in deiner Höhe! O Goethe in deiner Kraft! Ist das nicht deine Pflicht, o *Goethe,* da deine Bahn nicht ganz Natur ist; Schonung der Schwachheit, Vatersinn, Vaterzweck, Vateropfer im Gebrauch seiner Kraft, das ist reine Höhe der Menschheit. O *Goethe* in deiner Hoheit, ich sehe hinauf von meiner Tiefe, erzittre, schweige und seufze. Deine Kraft ist gleich dem Drang großer Fürsten, die dem Reichsglanz Millionen Volkssegen opfern." (GoeJb VI, 93.) Iselin schlug vor, diese Stelle zu streichen, ließ sie aber dann doch stehen.

258 *Kloster* – Ein Gartenhäuschen im Park an der Ilm.

260 *Epops maximus cacaromerdicus* – (lat.) Nach Goethes Drama „Die Vögel. Nach dem Aristophanes", das am 18. August 1780 in Ettersburg aufgeführt wurde. Die Hauptgestalt stellt sich den Vögeln folgendermaßen vor: „... ich bin ... der große Hosenkackerling, Epops maximus polycacaromerdicus ..." (Epops: Wiedehopf).

Ettersburger Geschichte – Vgl. Nr. 384 und 397.

263 *prosterniert* – niedergeworfen.

264 *Illustres Voyageurs* – (franz.) berühmte Reisende; Anspielung auf die Schweizer Reise.

an dem Alkibiades – Dem Alkibiades wurde 415 v. u. Z. ein schwerer Religionsfrevel zur Last gelegt: die mutwillige Beschädigung der Hermen in den Straßen Athens. Er floh nach Sparta, hatte jedoch auch dort bald genug Feinde, insbesondere den König Agis, dessen Frau er verführte.

265 *die Peter Mefferte* – sprichwörtlich für einen spürnasigen und klatschsüchtigen Hans in allen Gassen. (Nach dem Spielkartenfabrikanten Pieter Mefferdt in Amsterdam.)

1781

266 *Gelese des königlichen Verfassers* – In Friedrichs II. Schrift „De la littérature allemande ...", die November 1780 in Berlin erschien, wurde „Götz von Berlichingen" „eine abscheuliche Nachahmung jener schlechten englischen Stücke" (der „abscheulichen Stücke von Shakespeare") genannt (Original französisch). Friedrichs II. Kritik an der deutschen Literatur vom Standpunkt der französischen Klassik aus forderte eine Reihe Gegenschriften heraus, u. a. von Justus Möser.

dem Eigentlichen, worüber ich reden möchte – Am 11. Mai heißt es im Brief an Hamann: „Hier ist nichts, nichts, nichts als armes Treiben und Martern des Geistes; despotische Anarchie und anarchischer Despotismus." (HeH 174.)

267 *Das Faktum* – Die Ettersburger „Woldemar"-Verhöhnung (vgl. Nr. 397); Jacobi hatte seine Korrespondenz hierüber Lavater zugeschickt.

268 *Etourderien* – Unbesonnenheiten.

271 *nichts in dieser Galeere verloren* – Sprichwörtlich (nach Molières „Die Streiche des Scapin", zweiter Akt, elfter Auftritt: „Was, zum Teufel, hatte er auf dieser Galeere zu suchen?") für jemanden, der unvorsichtig „in ein Wespennest gestochen" hat. – Kalb und Seckendorff, mit denen Merck in

Kassel zusammentraf, schienen andere Anstellungen zu suchen.

272 *Fiat applicatio* – (lat.) Es möge angewandt werden.
auf Kaysern – Der Komponist hielt sich von Januar bis Mai 1781 in Weimar auf.
rumusculus – (lat.) nichtiges Gerede.

275 *in der Stadt eine Wohnung bekommt* – Goethe bewohnte seit Mai 1776 das Gartenhaus im Ilmtal, ein Geschenk des Herzogs. Ab November 1781 mietete er das Helmershausensche Haus am Frauenplan.

276 *Ihres Vorfalls mit Goethen* – Vgl. Nr. 397.

1782

277 *Goethe wird nun einsehen* ... – Karl Alexander von Kalb, ehemals Kammerpräsident in Weimar, schreibt über den schlechten Zustand der weimarischen Finanzen. – Am 11. Juni des Jahres übernahm Goethe nach dem Abgang Johann August von Kalbs auch die Leitung dieser obersten Finanzbehörde.

278 *Dénouement* – (franz.) Auflösung.
Phöbus – Glanz, Reinheit.

279 *Bodmer an Christoph Heinrich Müller* – In einem weiteren Brief an Müller schreibt Bodmer wenig später, daß er das Stück „für schlechter als das schlechteste unter Senecas Trauerspielen" halte, und meint über Goethe: „Er tut wohl, daß er sie dem Publiko vorenthält. Welcher Stolz, nur für einen Teil der Nation schreiben zu wollen, den man sich, sagt man, gebildet hat!" Müller antwortet: „Goethe ist kein Tragiker. ‚Stella' nimmt sich nicht aus und hat, die Unsittlichkeit abgerechnet, wesentliche Fehler. ‚Götz' ist als Schauspiel eine Mißgeburt. Sein ‚Clavigo' ist zur Hälfte gestohlen. ... Ihm sind die Alten unbekannt." (Bode III, 450.)

281 *Begriff von der Wirklichkeit* – Gemeint ist der Weimarer Hof, den Seckendorff verlassen will.

282 *honorificentissime* – (lat.) höchst ehrenvoll.
quod felix faustumque sit! – (lat.) was glücklich und gesegnet sein möge!
a well-wisher – (engl.) ein Wohlwollender.
bonus civis – (lat.) guter Bürger.
Asinus – (lat.) Esel.
seine Broschüre – Gemeint ist Johann Georg Schlossers Schrift „Über die Seelenwanderung. Zweites Gespräch", Basel 1782.

283 *Ernestinische Häuser* – Die südthüringischen Fürstentümer, die aus den verschiedenen Erbteilungen der Ernestinischen Linie des sächsischen Fürstenhauses Wettin hervorgegangen waren: Sachsen-Weimar-Eisenach, Sachsen-Gotha, Sachsen-Meiningen, Sachsen-Coburg und Sachsen-Hildburghausen.

284 *Feigheit* – Hier noch nach älterer allgemeinerer Bedeutung: Zagheit, Standpunktlosigkeit.

1783

288 *Versöhnung mit Goethe* – Goethe hatte im Brief vom 2. Oktober 1782 an Jacobi die Beziehungen wieder angeknüpft. Vgl. Nr. 397.

wenn Sie sich mit mir freuen – Über die Geburt des Erbprinzen Karl Friedrich am 2. Februar 1783.

289 *„Ed egli fu pittore."* – (ital.) Auch er war ein Maler. – Nach einem Ausruf Correggios angesichts eines Gemäldes von Raffael: „Anch' io sono pittore!" (Auch ich bin ein Maler!)

291 *Therese Heyne an ihre Eltern* – Die neunzehnjährige Tochter des berühmten Göttinger Philologen begleitete ihren Oheim Blumenbach auf einer Reise in die Schweiz. Goethe suchte sie in ihrem Weimarer Gasthof auf.

Kloster – Ein Gartenhäuschen im Weimarer Park.

292 *läßt sich Exzellenz heißen* – Diese Anrede war im 18. Jahrhundert bei höheren Beamten üblich. Das Amtsprädikat Exzellenz erhielt Goethe erst 1804.

293 *Sans soucis* – (franz.) ohne Sorge. Gemeint ist Gleims Gartenhaus vor den Toren von Halberstadt.

294 *Goethe war hier* – Am 14. September 1783 auf seiner zweiten Harzreise (zusammen mit Fritz von Stein), die auch nach Göttingen und Kassel führte.

295 *Den folgenden Morgen* – Jacobi berichtet von seinem Besuch bei dem inzwischen verstorbenen Lessing in Wolfenbüttel im Juli 1780.

Ἐν και παν! – (griech.) En kai pan: Eins und alles! – Damit bekannte sich Lessing zu Spinozas Pantheismus. Seine Äußerung wurde der Ansatzpunkt für die als „Pantheismusstreit" bekannte öffentliche Kontroverse zwischen Jacobi und Mendelssohn, zu der Jacobi 1785 mit dem Buch „Über die Lehre des Spinoza, in Briefen an den Herrn Moses Mendelssohn" den Anlaß gab. In ihrem Verlauf grenzte sich Goethe in Briefen an Jacobi klar von dessen Glaubensphilosophie ab, die den Spinozismus als Atheismus bekämpfte. Da Jacobi in seiner Schrift den „Prometheus" (anonym und ohne Goethes Wissen) abdruckte, wurde das Gedicht schnell berühmt.

296 *„Dr. Faust"* – Natürlich ist nicht Goethes noch unvollendetes Werk gemeint, sondern offenbar das Volksbuch „Historia von Doktor Johann Fausten".

... war niemand da – In der Schloßkirche, wo Herder predigte.

1784

299 *l' honnête-homme à la cour* – (franz.) der ehrliche Hofmann.

so ein kleines Tagebuch – Am 12. Februar 1784 dankt Goethes Mutter, daß Fritz von Stein ihre Bitte so hübsch erfülle.

300 *bei der hiesigen Gefahr* – Gemeint ist eine Überschwemmung durch die Saale in Jena.

Da ist die Rede – Hufeland hatte einen Kux des Ilmenauer Bergwerks gekauft, das am 24. Februar mit einer Rede Goethes eröffnet wurde, und Voigt, neben Goethe Mitbeauftragter für das Bergwerk, hatte ihm ein Exemplar dieser Rede versprochen. Bis Anfang 1784 waren von den 1000 Kuxen erst 400 gezeichnet.

301 *tâche* – (franz.) Aufgabe.

Kubus von fünfviertel Ellen – Sömmerring versuchte, nach Montgolfiers Vorbild (1783) Luftballons zum Steigen zu bringen.

302 *ὑπεροπλος* – (griech.) hyperoplos: übermütig, trotzig, frevelhaft.

καλοκαγαθια – (griech.) Kalokagathia: Inbegriff des altgriechischen Bildungsideals: körperliche und geistige Vollkommenheit, die sich privat und bürgerlich bewährt.

304 *das Bethlehem in Juda* – Goethe hatte dieses biblische Bild für Weimar in dem Gedicht „Auf Miedings Tod" (1782) gebraucht (vgl. Der Prophet Micha, Kapitel 5, Vers 1).

von Braunschweig – Vom 16. August bis 1. September 1784 hielt sich Karl August mit Goethe als Geheimsekretär beim Herzog Ferdinand von Braunschweig auf, um über den von Friedrich II. gegen Österreich angestrebten Fürstenbund zu beraten, der im folgenden Jahre zustande kam.

307 *vom Herzog und seiner Reise* – Karl August reiste nach den Braunschweiger Besprechungen in die Schweiz, um unterwegs im geheimen Auftrage des preußischen Kronprinzen mit dem Herzog von Zweibrücken zu verhandeln. Dieser sollte auf Drängen Kaiser Josephs II. sein Erbe Bayern mit den öster-

reichischen Niederlanden vertauschen. Gegen einen solchen Machtzuwachs der Zentralgewalt im Reich hatte Friedrich II. die kleineren deutschen Fürsten im Fürstenbund auf seiner Seite.

308 *Dehors ... Dedans* – (franz.) der äußere Anstand ... das Innere.

310 *die Heilige Familie* – Knebel hatte Frau von Stein zum Geburtstag ein solches Bild geschenkt.

der Herzog ... bei Ihnen – Karl August kam im Spätjahr auf seiner diplomatischen Reise nach Zweibrücken (vgl. Nr. 495 und Anmerkung) zweimal mit Merck zusammen und sagte diesem offenbar auch, daß er Goethe in Frankfurt treffen wolle. Dieser aber folgte der Einladung nicht.

so schlechte Figur – Albertine von Grün hatte einen Gehfehler.

„Baisse votre cou, fier Sigamber!" – (franz.) Beugt euren Nacken, stolzer Sigamber! (Sigamber, Sugambrer: germanischer Volksstamm, der in den Franken aufging.)

311 *Sophie Becker in ihrem Tagebuch* – Die Begleiterin der Frau von der Recke äußert sich in ihrem Tagebuch sehr erstaunt über den in Weimar noch herrschenden Kastengeist. Bode erklärte ihr, die Vornehmen seien hier zu arm, die Beamten zu schlecht besoldet, um behaglich miteinander zu leben. „Gesellige Zusammenkünfte, Diners, Soupers sind ganz ungewöhnliche Dinge; daher bleiben sich die Menschen fremd, lassen auch mit Fleiß nichts von der Etikette gegeneinander ab, um nur nicht näherzukommen. Findet dies unter den Mitgliedern *eines* Standes statt, wie weit muß also die Entfernung [der Bürgerlichen] vom Adel sein! Hierzu kommt nun auch, daß die berühmtesten Männer, statt gemeinschaftlich an der Herabstimmung des steifen Umgangs ihrer Mitbürger zu arbeiten, sich einander selbst sorgfältig aus dem Wege gehen. Wieland sieht nur sich, Goethe sich, und Herder desgleichen. Werden sie alle drei zugleich wohin gebeten, wie Bode es bisweilen in der Gräfin Bernstorff Hause angestellt hat, so hat keiner Geist und Leben." (Tagebucheintrag vom 16. Dezember.)

1785

312 *„Exzellenz" schimpfen* – Vgl. Nr. 471 und Anmerkung.

aus der sich unter anderm ... ergibt – Mit Goethes Entdeckung des menschlichen Zwischenkieferknochens fiel ein bisher angenommener anatomischer Hauptunterschied zwischen

Tier und Mensch weg; die Entwicklungslehre bewahrheitete sich auch in diesem Punkt.

313 *... davon Sie mir schreiben* – Der Brief bezog sich offenbar auf Goethes zunehmende Verstimmung und Resignation bei seinen Amtsgeschäften, über die er bei einem Besuch in Jena mit Knebel (5.–12. März 1785; vgl. Nr. 511) gesprochen hat. Beide waren Gegner der Fürstenbundsbestrebungen Karl Augusts, der sich Goethes Einfluß mehr und mehr entzog. (1786 trat Karl August in preußische Militärdienste.) „Denn ich sage immer: wer sich mit der Administration abgibt, ohne regierender Herr zu sein, der muß entweder ein Schelm oder ein Narr sein", schrieb Goethe am 9. Juli 1786 an Charlotte von Stein, kurz vor der Flucht nach Italien.

314 *über sein System lachen werden* – Goethes Behauptung des menschlichen Zwischenkieferknochens war, wie Merck schon wußte, von Sömmerring bereits abgelehnt worden; auch Camper erklärte sich dagegen.

315 *gestern ... von Jena weg* – Goethe und Knebel fuhren gemeinsam nach Karlsbad zur Kur (5. Juli bis 18. August 1785). *auf dem Wege zum Tore* – Knebel wollte den unfreiwilligen Aufenthalt zu einer mineralogischen Exkursion nutzen.

1786

318 *über Lavaters Magnetisieren* – Die junge Charlotte von Lengefeld hatte mit ihrer Mutter und ihrer Schwester, der jetzt verheirateten Karoline von Beulwitz, auf einer Bildungsreise auch Lavater in Zürich kennengelernt. Dieser beschäftigte sich offenbar mit der damals aufsehenerregenden Lehre und Heilpraxis des sogenannten tierischen Magnetismus.

319 *hier wieder angekommen* – Goethe war nach Jena gefahren.

320 *dunkel und unbekannt ... herumziehen* – Am 3. September brach Goethe von Karlsbad aus ohne Wissen seiner Freunde und inkognito nach Italien auf.

Ich fand Goethe älter, kälter ... – Am Tage nach Lavaters Abreise von seinem kurzen Besuch in Weimar, am 21. Juli, schreibt Goethe an Charlotte von Stein: „Er hat bei mir gewohnt. Kein herzlich, vertraulich Wort ist unter uns gewechselt worden, und ich bin Haß und Liebe auf ewig los." (WA IV, 7, 250.) Lavater schreibt am 27. August an Herzogin Luise: „Dem guten, weisen, hohen Goethe bin ich auch eine Dankzeile schuldig. Sie, Beste, übernehmen alles." (La 363 f.)

320 *„Si j'avais un coeur à donner...“* – (franz.) Wenn ich ein Herz zu vergeben hätte, gäbe ich es Goethe.

321 *„Es ist eine Wollust...“* – Zitat aus „Götz von Berlichingen“, Erster Akt, Szene: „Herberge im Wald“.

1787

326 *subskribiert... nicht so gern...* – Göschen erwartete für seine Ausgabe von „Goethes Schriften“ (8 Bände, 1787–1790) wenigstens 1000 Subskribenten. Es fanden sich 550.

die unsäglichen Schmerzen ... zu vermehren – Moritz hatte sich beim Sturz vom Pferde einen Arm gebrochen; außerdem bezieht er sich hier auf seine unglückliche Liebe zu einer verheirateten Frau.

328 *per supplicam* – (lat.) durch Bittgesuch.

etwas, das ihn angeht – Merck bittet, daß Goethes Mutter ihm die Blätter weitergeben dürfe, die ihr von Weimar aus zur Einsicht geliehen waren. Es handelte sich um Aufzeichnungen Goethes aus Italien (vgl. Nr. 540).

329 *Hier ist „Iphigenia“* – Goethe schickt die Aushängebogen der neuen (Vers-)Fassung, die zuerst 1787 in Band 3 von „Goethes Schriften“ erschien.

330 *geheime Absichten* – Da Karl August in der Reichspolitik aktiv geworden war (1786 trat er auch als Generalmajor in preußische Dienste), hielt man es in Wien für möglich, daß sein Minister auf der Italienreise ebenfalls Fürstenbundbestrebungen im Auge hatte (vgl. Nr. 494f. und Anmerkungen).

333 *Arkadische Versammlung* – Die „Accademia degli Arcadi“ in Rom, eine literarische Gesellschaft.

334 *Ajo* – (ital.) Erzieher, Hofmeister.

Wahlgeschäft zu Mainz – 1787 wurde Karl Theodor von Dalberg, mainzischer Statthalter in Erfurt, zu dem Goethe enge Beziehungen hatte, als Koadjutor und späterer Nachfolger des Kurerzbischofs von Mainz und Reichs-Erzkanzlers gewählt. Der Erzkanzler hatte als Vorsitzender des Kurkollegiums und Leiter aller Reichstagsangelegenheiten eine Schlüsselposition der Reichspolitik inne. Dalberg trat dem von Preußen gegen Österreich gebildeten Fürstenbund bei. – Die genannten Personen konnten nach Herzans Meinung bei der päpstlichen Wahlbestätigung und ihren politischen Bedingungen von Einfluß sein.

335 *langen Brief* – Er ist nicht überliefert.

geht nicht nach Sizilien – Goethe befand sich bereits dort.

336 *Achilles unter den Vozen von Skyros* – Die Geschichte von Achilles in Mädchenkleidern unter den Töchtern des Königs Lykomedes auf Skyros ist in den „Kyprien“ enthalten, einer (nur fragmentarisch überlieferten) altgriechischen Dichtung, deren Stoffe zeitlich vor dem trojanischen Krieg liegen.

337 *Schiller an Körner* – Schiller war am 21. Juli, von Dresden kommend, auf einer ursprünglich bis Hamburg geplanten Reise in Weimar eingetroffen.

340 *im Stern* – Gemeint ist ein Teil des Weimarer Ilmparks.

Von meinem Liedchen – Knebel hatte am 13. August der Schwester geschrieben, er habe eben ein Liedchen gemacht: „... das soll ... an Goethens Geburtstag hier im Garten gesungen werden, und Du ... sollst es komponieren“ (KnHe 63).

341 *Goethens Charakter zu schildern* – Lavater schrieb noch im Mai 1788 eine preisende Goethe-Charakteristik „Ein Wort über Goethe“ für das Werk von Leonhard Meister „Charakteristik deutscher Dichter. Nach der Zeitordnung gereiht“ (1787 bis 1793), das aber dann mit Lessing und Geßner abschloß.

keine „Mitschuldigen“ mehr – Der zweite Band von „Goethes Schriften“ enthielt neben einem bearbeiteten Neudruck des „Götz von Berlichingen“ auch den Erstdruck des schon 1769 entstandenen, erneut überarbeiteten Lustspiels „Die Mitschuldigen“.

342 *vortreffliche Grundsätze* – Moritz legte sie in der Schrift „Über die bildende Nachahmung des Schönen“ (1788) nieder.

343 *So ein Brief* ... – Goethe hatte, als er die ersten vier Bände seiner „Schriften“ in Rom erhielt, sich am 27. Oktober 1787 bei Göschen über Ausstattung und Schrift der Bücher beschwert. Er nahm auch Anstoß an der Höhe der Auflage (oder an den verschiedenen Ausgaben) und verlangte mehr Freiexemplare. Der Brief ging von Philipp Seidel über Bertuch, Göschens Teilhaber, an Göschen. Bertuch war gegen weitere Freiexemplare und meinte, man müsse Goethe unter anderem vorstellen, daß diese neue Auflage von 500 Exemplaren, während der größere Teil der alten Auflage noch unverkauft sei, für den Verleger ein Risiko vorstelle. Göschen glaubte, Goethe werde durch Herder und dessen Verleger Hartknoch in Riga beeinflußt.

344 *Angelikas Zeichnung und der „Egmont“* – Band 5 der Göschenausgabe brachte 1788 unter anderem den Erstdruck des „Egmont“ mit dem Titelkupfer nach einer Zeichnung Angelika Kauffmanns.

349 *Anch' io son' pittore* – (ital.) Auch ich bin ein Maler. Vgl. Nr. 464 und die zweite Anmerkung dazu.
von den neuen Briefen – Goethe hatte „Die Leiden des jungen Werthers" für den ersten Band der Göschenausgabe erweitert.
350 *Die Goethe* – Am 25. April schreibt Körner an Schiller: „Huber hat Goethes Mutter kennengelernt; sie soll sehr von Dir begeistert sein. Dabei ist sie stolz auf ihren Sohn und steht gut mit ihm." (SchiKö I, 216.)
351 *Wir sind schon eine Stunde hier* – Auf der Reise nach Eßlingen trafen die Mutter und die jüngere Tochter Schultheß aus Zürich sowie ihr Vetter (Heinrich Schinz?) mit Goethe und Philipp Christoph Kayser in Konstanz zusammen.
352 *Mondschein* – Vgl. Nr. 1402.
ich hab was – Dorothea sollte ihrer Schwester ein Andenken von Goethe mitbringen.
356 *embrassieren* – umarmen.
seinen „Dr. Faust" vorgelesen ... – Grimm traf mit Goethe in Eisenach und 1780 in Gotha zusammen. Den „Faust" kannte er vermutlich durch den Gothaischen Hof, dessen Vertreter in Paris er war.
357 *Karoline Herder an ihren Mann* – Herder trat am 7. August auf Einladung des Domherrn Friedrich von Dalberg und auf dessen Kosten eine Italienreise an.
359 *... mit dem du alles siehst* ... – Karoline las einen Reisebrief Herders aus Italien vor.
zu dieser guten Stunde – Herders Sohn Adalbert hatte Geburtstag.
360 *raillieren* – verspotten.
364 *Einsiedel* – Die Herzogin Anna Amalia war in Begleitung Friedrich von Einsiedels und Luise von Göchhausens ebenfalls in Rom.
366 *von Kochberg* – Vgl. Nr. 608.
367 *die Regeln aus Goethes Munde* – Im Brief vom 13. Oktober 1788 teilte Karoline Herder ihrem Mann einige „goldene Worte" Goethes zu Herders mißlicher Lage in seiner Reisegesellschaft mit. Herders Eigenheit sei „Zartheit und Nachgiebigkeit"; er hätte zur rechten Zeit sich überwinden und sein Recht vertreten sollen. (HeIt 127.)
369 *... ist jetzt auch dazugetreten* – Nach zwölfjähriger Pause begann Goethe im Oktober 1788 wieder Zeitschriftenbeiträge

zu liefern, zuerst: „Auszüge aus einem Reisejournal“ über Italien.

370 *wie unteilnehmend hat doch Goethe geraten* – Vgl. Nr. 616 und 623.

372 *ihm die Wahrheit zu sagen* – Ende Oktober trennte sich Herder von Dalberg. Das Verhältnis zu diesem war immer mißlicher geworden, da Dalberg ganz unter dem Einfluß Sophie von Seckendorffs stand, die er überraschend ebenfalls zu seiner Reisebegleitung gewählt hatte. Herder schloß sich der Herzogin Anna Amalia an.

373 *docendo discitur* – (lat.) durch Lehren lernt man.

374 *Was ich noch gewünscht hätte* – Schiller erörtert die Annahme der Jenaer Professur.

1789

375 *nahm teil an der Freude* – Neujahrsgeschenke für die Kinder.

376 *der „Brey“* – Goethe hat in diesem Schwank Karolines Verhältnis zu Herder und Franz Michael Leuchsenring (während ihrer Brautzeit) dichterisch frei verarbeitet (vgl. Nr. 650).

380 *gedruckten Brief* – Im Februarheft des „Teutschen Merkurs“ wandte sich Goethe gegen die falsche Vergleichung von Natur- und Kunstdingen: „... das Unterscheiden ist schwerer, mühsamer als das Ähnlichfinden, und wenn man recht gut unterschieden hat, so vergleichen sich alsdann die Gegenstände von selbst“ (WA IV, 9, 344). – Knebels Antwort wurde im folgenden Heft des „Teutschen Merkurs“ gedruckt.

381 ... *aber nur wie ein Gott* – Körner antwortete am 9. Februar: „Goethens Charakter, wie Du ihn beschreibst, hat allerdings viel Drückendes. Man muß seinen ganzen Stolz aufbieten, um sich vor einem solchen Menschen nicht gedemütigt zu fühlen. Doch wäre es schade, wenn dies Dir seinen Umgang verleiden sollte. Du kannst keck mit dem Gefühle: anch' io son' pittore [auch ich bin ein Maler], vor ihm auftreten, wenn er auch gleich durch Alter und Erfahrung in der Herrschaft über sich selbst eine gewisse Überlegenheit besitzt.“ (SchiKö II, 18.)

383 *Was Du über Goethe schreibst ...* – Vgl. Nr. 641.

385 *careless* – (engl.) sorglos.

386 *des Goethe Antwort an den Herzog* – Herder bespricht seine Geldsorgen, bittet Karoline, sich darum keine Sorgen zu machen, fährt dann aber mit Bezug auf Nr. 633 fort.

388 *Was Sie von Goethen schreiben* – Der Brief ist nicht überliefert.

388 *wie Hamlet sagt* – Vgl. Shakespeares „Hamlet“, Erster Aufzug, fünfter Auftritt.

390 *dies alles ... Pfützen* – die Kunstgenüsse Italiens.

Goethes Streit mit Knebel – Vgl. Nr. 644.

einen großen Aufschluß – Der Brief ist die Antwort auf Nr. 647.

391 *Deine Vergleichung* – Vgl. Nr. 657.

Was Du ... zu seiner Entschuldigung sagst – Vgl. Nr. 650.

392 *die junge Vulpius* – Goethe hatte Christiane bereits im Juli 1788 kennengelernt.

394 *ganz und vollkommen recht* – Vgl. Nr. 661.

395 *aus der Schmach der Unterdrückung* – Merck hatte sich in großer wirtschaftlicher Bedrängnis an Goethe gewandt; darauf hatte ihm der Herzog geholfen.

den schönen Kopf ... von Neker [Hecker] geschnitten – Im „Jahrbuch der Goethe-Gesellschaft“, Band 2 (1915), wird ein Siegelring mit Goethes Kopf bekannt gemacht.

396 *was mag er aber für mich tun?* – Herder erwägt, einen Ruf an die Universität Göttingen anzunehmen.

399 *Gesang auf den Gondeln ...* – Gemeint ist Goethes Artikel „Volksgesang“ unter den „Fortgesetzten Auszügen aus dem Taschenbuch des Herrn***“ im Märzheft 1789 des „Teutschen Merkurs“ (später mit dem Sammeltitel „Über Italien. Fragmente eines Reisejournals“).

401 *Den Reichardt ... zu sich ins Haus genommen* – Reichardt war vom 23. April bis 4. Mai 1789 Goethes Gast.

der berüchtigte „Prometheus“ – Vgl. Nr. 476 und die zweite Anmerkung dazu.

404 *Goethens Brief ist grob* – Goethe bat Herder am 10. Mai, bei der Berufung nach Göttingen nichts zu übereilen und sich zuvor mit ihm zu beraten: „... hier ist zu rechnen und nicht zu fühlen, zu wägen, und nicht in einen Lostopf zu greifen ... Bedenke, daß du nicht als ein junger Mensch Dein einzeln Schicksal aufs Spiel setzest ... Reise glücklich und komm gebadet zu uns, dann wollen wir konsultieren, und Dein Heil soll das höchste Gesetz sein.“

... sehr liebreich empfangen – Nach einer Kur in Wiesbaden und Ems.

406 *die Bekanntschaft mit Goethe und Herder* – Körner hatte Neigung, nach Weimar überzusiedeln und dort in den Staatsdienst zu treten; Schiller antwortete ihm darauf positiv, schränkte jedoch ein, daß Frau und Schwägerin in Weimar keinen passenden Verkehr finden würden: „... die Bürger-

lichen sind gar zu erbärmlich, und mit dem Adel geht es nicht lange gut" (SchiKö II, 86f.).

408 *Chapeau bas* – (franz.) den Hut in der Hand haltend.
in Kindesnöten ... – Geburt des Sohnes August am 25. Dezember 1789.

1790

411 *Beisitzer der Nationalassemblee* – Salis-Seewis hatte als Hauptmann der Schweizergarde in Versailles den Beginn der Französischen Revolution erlebt.

413 *noch jemand* – Offenbar ist Schiller gemeint, der im Juli 1787 den Dresdener Freundeskreis verließ und nach Weimar ging.

414 *Ja, wohl muß die Stein ...* – Vgl. Nr. 705.

415 *den „Faust" von Goethe* – Ostern 1790 erschien als letzter der siebente Band von „Goethes Schriften" mit den Erstdrucken von „Faust. Ein Fragment" sowie der Singspiele „Jery und Bätely", „Scherz, List und Rache".

416 *appuyieren* – den Nachdruck auf etwas legen.

419 *seine botanische Schrift* – Der „Versuch, die Metamorphose der Pflanzen zu erklären", Goethes erste naturwissenschaftliche Veröffentlichung, erschien Anfang Juli 1790 bei Ettlinger in Gotha. Goethe schrieb dazu am 9. Juli 1790 an Knebel: „Meinen Faust und das botanische Werkchen wirst Du erhalten haben; mit jenem habe ich die fast so mühsame als genialische Arbeit der Ausgabe meiner Schriften geendigt, mit diesem fange ich eine neue Laufbahn an, in welcher ich nicht ohne manche Beschwerlichkeit wandeln werde."

420 *vor kurzem ein paar Tage hier* – Während der Reise nach Schlesien (vom Juli bis Oktober 1790) zu Karl August, der dort am preußischen Truppenaufmarsch gegen Österreich teilnahm, hielt sich Goethe je zweimal mehrtägig in Dresden und Breslau auf.

423 *durch seine Liebhaberei* – Kessel sammelte Kupferstiche.

424 *in Ihrer „Bibliothek" ... richtig beurteilt* – In der ausführlichen Besprechung der „Neuen Bibliothek der schönen Wissenschaften und der freien Künste" (Band 41, Leipzig 1790, Erstes und Zweites Stück) wird unter Berufung auf Aristoteles bemängelt, das Stück sei voll „erhabener Gedanken, aber ohne eine Handlung, die diese einzelnen Teile unter einen Gesichtspunkt brächte ..." (Braun II, 88).

1791

428 *Die Nachricht ... von Goethe* – Offenbar hatte Höpfner geschrieben, Goethe habe Christiane Vulpius zu sich genommen.

429 *eine Art Leitung des Theaters* – Im Januar 1791 wurde Goethe mit der Leitung des neu errichteten Hoftheaters beauftragt. Hofkammerrat Kirms übernahm die Verwaltungsarbeiten. Am 7. Mai wurde das Theater mit Ifflands „Jägern" und Goethes „Prolog" eröffnet.

soll gut sein – Goethes Abhandlung über den Zwischenkieferknochen (vgl. Nr. 505 und Anmerkung) wurde erst 1820 gedruckt. Doch veröffentlichte 1788 der Jenaer Professor Loder in seinem anatomischen Handbuch Goethes Entdekkung.

430 *über solche Gegenstände* – Über Italien und die antike Kunst; während eines Abendessens bei Wieland.

1792

433 *Böttiger in sein Tagebuch* – Bericht über eine Sitzung des Gelehrten-Vereins (vgl. Nr. 739).

434 *Cagliostros neueste Schicksale* – Cagliostro wurde in Rom zum Tode verurteilt und am 6. April 1791 zu lebenslänglicher Haft begnadigt, in der er 1795 starb.

den „Kophta" – Das Drama erschien zuerst im März 1792 in Band 1 von „Goethes neuen Schriften", die bis 1800 in 7 Bänden bei Unger in Berlin herauskamen.

435 *Clerdon ... Allwill* – Gestalten aus „Allwills Briefsammlung" von Friedrich Heinrich Jacobi (1792; dritte Fassung von „Aus Eduard Allwills Papieren", 1777).

439 *de bonne foi* – (franz.) in gutem Glauben.

von einem Freund hintergangen – Friedrich von Stein lebte von 1783 bis zu Goethes erster Italienreise in dessen Haus und wurde von ihm erzogen. Das Verhältnis lockerte sich durch den Bruch Charlotte von Steins mit Goethe.

440 *nach Koblenz* – Am 8. August reiste Goethe von Weimar ab zum Herzog Karl August ins preußische Feldlager. Für die mit der Französischen Revolution Sympathisierenden, die schon vom „Großkophta" enttäuscht waren, schien er jetzt völlig auf der Seite der konservativen Kräfte zu stehen.

seinem nun wieder neuen Hause – Im Juni 1792 zog Goethe mit seiner Familie aus der Mietswohnung im Jägerhaus (Marienstraße) wieder in das Haus am Frauenplan, das ihm Karl August zum Geschenk machte.

441 *in diesen Tagen* – Friedrich Heinrich Jacobi und seine Schwestern Charlotte und Helene waren mit dem Ehepaar Herder im Bade zu Aachen zusammengetroffen.

442 *Ihr lebendiges Bild von Goethe* – Nach dessen Aufenthalt in Mainz am 20. und 21. August.

Hans – Hauptquartier der Koalitionsarmee im September 1792.

443 *nach seiner Ankunft* – Vom 6. November bis 4. Dezember weilte Goethe zu Besuch in Düsseldorf und Pempelfort bei Jacobi.

Das Alkibiadische – Vgl. die Anmerkung zu Nr. 300.

444 *Hätte ich Dir meinen Bericht abstatten können ...* – Jacobi erklärt sich vorher für zu kränklich und durch die Kriegsgefahren zu erregt, um ordentlich berichten zu können.

1793

446 *im Gemälde [von Lips]* – Gemeint ist der Kupferstich von Heinrich Lips nach seiner Kreidezeichnung, Weimar 1791.

447 *aus dem Reich* – Landschaftsbezeichnung für Süd- und Südwestdeutschland.

448 *ihm zur Linken angetraut, kommt nie in sein Haus* – Diese falsche Information korrigiert Veit selbst nach seinem zweiten Besuch: Vgl. Nr. 802.

zum Herzog gehen – Herzog Karl August befand sich bei den preußischen Truppen, die das von französischen Revolutionstruppen besetzte Mainz belagerten. Am 12. Mai begab sich Goethe dorthin.

449 *Aufschluß des Rätsels* – Herder hatte im vorherigen Brief von Goethes Versepos geschrieben, ohne den Titel zu nennen.

451 *wie es mir mit Goethe gegangen* – Über Bürgers Besuch Ende April 1789 bei Goethe vgl. Nr. 931.

honores mutant mores – (lat.) Ehrenstellen verändern die Sitten. – Göckingk antwortete am 6. Juli: „Von Goethe wundert mich das nicht. Tut mir den Gefallen und erzählt mir, wie er mit Euch umgegangen ist. Ich habe schon mehrere über ihn klagen gehört. Es ist übrigens nicht Verlust, sondern Gewinn, wenn man ein Herz einbüßt, das nicht einmal auf dem Probiersteine der Eitelkeit Strich hält." (BürgG 475.)

452 *unserem Humanus* – Nach der Gestalt in Goethes Gedicht „Die Geheimnisse".

453 *ein Töchterlein* – Von Goethes fünf Kindern blieb nur das älteste am Leben.

Calembour – Wortspiel, Kalauer.

an nichts Glauben mehr ... – Charlotte von Stein hatte ihre fünf Kuxe des Ilmenauer Bergwerks mit Einbuße verkauft.

454 *starken schwarzen Bart* – Gemeint ist der Bartwuchs.

habe den Herzog erinnert – Nach dem Tode des Oberstallmeisters von Stein.

Verzeichnis der Abbildungen

Die Abbildungen stellte uns freundlicherweise die Stiftung Weimarer Klassik zur Verfügung. Das Karl-August-Porträt (S. 177) und Tischbeins „Italienischer Bettler" (S. 323) stammen aus den Kunstsammlungen zu Weimar.

Inhaltsverzeichnis

AUFBAU BIBLIOTHEK

»Bei Goethen war's den Abend, wie ich Dir schrieb, ganz allerliebst. Er hatte einige junge Schauspieler [...] eingeladen und las mir mit ihnen eine seiner frühesten Arbeiten, ein Stück voll Laune und Humor, ›Die Mitschuldigen‹ betitelt, vor. Er hatte selbst die Rolle eines alten Gastwirts darin übernommen, was bloß mir zu Ehren geschah; sonst tut er das nicht. Ich habe nie was Ähnliches gehört: er ist ganz Feuer und Leben, wenn er deklamiert, niemand hat das echt Komische mehr in seiner Gewalt als er. Zwischendurch meisterte er die jungen Leute, ein paar waren ihm zu kalt. [...] ›Seid ihr denn gar nicht verliebt? Verdammtes junges Volk! Ich bin sechzig Jahr alt, und ich kann's besser.‹«

Johanna Schopenhauer an ihren Sohn Arthur,
12. Februar 1807

GOETHE IN VERTRAULICHEN BRIEFEN SEINER ZEITGENOSSEN

Zusammengestellt von Wilhelm Bode

Zweiter Band
1794-1816

Aufbau Taschenbuch Verlag

Quellennachweis, Textrevision und Register Regine Otto
Anmerkungen Paul-Gerhard Wenzlaff

Goethe in vertraulichen Briefen I-III

ISBN 3-7466-6049-1

1. Auflage 1999

Aufbau Taschenbuch Verlag GmbH, Berlin

Umschlaggestaltung Torsten Lemme

nach einem Gestaltungskonzept von Andreas Heilmann

unter Verwendung einer anonymen Porträtzeichnung,

Bildarchiv Preußischer Kulturbesitz

Druck Ebner Ulm

Printed in Germany

1794

780. FRIEDRICH HEINRICH JACOBI AN WILHELM VON HUMBOLDT

Pempelfort, 31. Januar 1794

Gleich darauf wurde Mainz eingenommen, und wir verlebten wieder vierzehn angstvolle Tage. Damals lag ich eines Abends wegen Kopfweh hingestreckt auf einem Kanapee, und Lene las mir vor. Ein geschwätziger Kriegsrat R., den ich auf meiner Rückreise von Karlsruh bei Dohm kennengelernt hatte, wollte mir über den Hals. Er kam mit seinem Registerschiff von Wesel zurück. Ich hatte ihm sagen lassen, daß ich todkrank, wenn es sein müßte: gestorben, begraben wäre. Das war geschehen, schon vor zwei Stunden, und ich glaubte mich gerettet. Da klingelte es, und ich höre Geräusch. Ein Bedienter kommt hereingeschlichen: „Ein fremder Herr ..." – „Doch der verdammte R.!" sagte ich verzweiflungsvoll, „ich sehe, ... ich spreche ihn nicht!" Lene ging hinunter, um zu sehen, wie sie dem Übel abhülfe. Der Fremde war schon an der Treppe. Das hörte ich, sprang auf. „*Goethe!*" rief ich aus, „gewiß Goethe!" Er war es, liebster H[umboldt], er selbst! Er war nur auf acht Tage gekommen, blieb vierzehn Tage, blieb drei Wochen und wäre wahrscheinlich bis zum Frühjahre, wenigstens noch eine gute Zeit geblieben, wenn nicht Dumouriez mit Riesenschritten herangerückt wäre. Da die Franzosen zu Aachen einrückten, brach Goethe auf.

JacBr II, 139f.

781. CHARLOTTE VON STEIN AN IHREN SOHN FRIEDRICH

Weimar, 3. Februar 1794

Schreib doch Goethe, als wenn Du glaubtest, es werde ihn Dein Avancement erfreuen, da er Dich in die Bahn gebracht hätte. Denn ich konnt es letzt in seinem Gesicht lesen, ob er mir schon kein Wort sagte. Ich muß immer in meinem Herzen sagen: „Armer Goethe!"

Stein II, 6

782. CHARLOTTE VON STEIN AN IHREN SOHN FRIEDRICH

Weimar, 11. Februar 1794

Du kannst dies dem Goethe in einem Brief detaillieren, wenn Du noch soviel Vertrauen zu ihm hast, und ihn fragen, ob er Dir nicht selbst rät, unter diesen Umständen nach Haus zu gehen.

Ich habe Goethe den Stein von Teneriffa angemeldet; aber auf alles, was ich ihm sage, antwortet er mir mit Verlegenheit.

Stein II, 6

783. FRIEDRICH LEOPOLD GRAF ZU STOLBERG AN FRIEDRICH HEINRICH JACOBI

Emkendorf, 19. Februar 1794

Ich erinnere mich, Goethen darüber, daß man dieses [einen bestimmten Hauptzweck] bei Dichtungen jeder Art verlanget, spotten gehört zu haben. Itzt würd er, glaub ich, anders urteilen. Sein „Werther" indessen hat zwar keinen moralischen Hauptzweck; aber als Dichtung wird ihm dieser Mangel durch den zwar verderblichen, doch sehr einschmeichelnden Hauptgedanken, *man müsse sein Herzchen halten wie ein krankes Kind,* auf eine solche Art ersetzt, daß die Wirkung des Büchleins außerordentlich ist.

JacBr II, 149

784. RAHEL LEVIN AN BRINKMAN

Berlin, 19. Februar 1794

Haben Sie bemerkt, daß Homer, sooft er von Wasser redet, immer groß ist, wie Goethe, wenn er von den Sternen redet? Dem seine Sternreden sind Ihnen gewiß nicht so gegenwärtig wie mir: in „Iphigenie" Orest, in den kleinen Gedichten „An Lida" und noch unendlich oft in seinen besten und geringeren Sachen.

RahelA I, 70

785. FRIEDRICH HEINRICH JACOBI AN REINHOLD

Pempelfort, 26. Februar 1794

Daß Goethe meine Aufträge an Sie unausgerichtet ließ, hat mich äußerst befremdet. Er übernahm sie mit sichtbarer Freude, und ich stehe dafür, daß sie nicht geheuchelt war. Bisher, sagte er mir, hätte er wenig Umgang mit Ihnen gehabt, aber nun sollte es anders werden; er würde gleich in den ersten acht Tagen nach seiner Zurückkunft nach Jena reisen usw.

Ich habe nachher auch in Briefen an ihn Ihrer wiederholt gedacht, nach Ihnen gefragt. Daß er hierauf nicht antwortete, ließ mich ohne Verdacht, weil ich dergleichen an ihm gewohnt bin.

Nach der Ankunft Ihres Briefes machte ich ihm Vorwürfe, die er dann, natürlich, ebenfalls mit Stillschweigen überging.

WR 299

786. BÖTTIGER IN SEINEM TAGEBUCH

Weimar, Anfang Juni 1794

Voß trat mit dem festen Vorsatz in Wielands Haus ein, durchaus niemand außer Wieland in Weimar zu sehen, weil er, sagte er, nicht gekommen sei, anzubeten. Wieland hätte gerne gleich den ersten Mittag Goethen zu sich gebeten. Aber Voß setzte sich mit aller Macht dagegen und zog sogar Wielands Frau ins Spiel, um durch diese Goethens gefürchtete Erscheinung abzuwenden. Sein Widerwille gegen Goethe kam daher, weil er sich ihn als einen aufgeblasenen Geheimen Rat dachte und es ihm durchaus nicht verzeihen konnte, daß er sich durch den Adelsbrief unehrlich gemacht habe. Lange blieb Wielands Beredsamkeit erfolglos. Vergeblich stellte Wieland seinem Gaste vor, daß Goethen vom Herzog der Adel gewissermaßen aufgedrungen worden sei, damit sein Liebling auf einer vorhabenden Reise an gewisse Höfe präsentabler sei. Erst bei Herder am folgenden Abend lernte Goethe Vossen kennen. Aber Voß gestand auch in den letzten Stunden seines Hierseins, daß er beschämt über sein Vorurteil und gestärkt durch den Umgang mit solchen Männern, die er sich ganz anders vorgestellt habe, von hinnen scheide.

GoeJb IV, 321 f.

787. SCHILLER AN KÖRNER

Jena, 12. Juni 1794

„Reineke Fuchs" von Goethe hast Du ohne Zweifel schon in Händen. Mir behagt er ungemein, besonders um des homerischen Tones willen, der ohne Affektation darin beobachtet ist.

SchiNa XXVII, 11

788. VOSS AN SEINE FRAU

Halberstadt, 13. Juni 1794

Goethes „Reineke Voß" habe ich angefangen zu lesen; aber ich kann nicht durchkommen. Goethe bat mich, ihm die schlechten Hexameter anzumerken; ich muß sie ihm alle nennen, wenn ich aufrichtig sein will. Ein sonderbarer Einfall, den „Reineke" in Hexameter zu setzen!

J. H. Voß II, 392

789. KÖRNER AN SCHILLER

Dresden, 17. Juni 1794

„Reineke Fuchs“ habe ich gelesen. Ich verkenne den Kunstwert daran gewiß nicht; aber wenn ich die Zeit und Mühe bedenke, die Goethe darauf verwendet haben muß, so dächte ich doch, daß er uns etwas Bedeutenderes hätte geben können. Vieles ist doch trocken und langweilig darin.

SchiNa XXXV, 21

790. VOIGT AN GOTTLIEB HUFELAND

Weimar, 18. Juni 1794

Goethe wird künftig mehr und länger in Jena sein, wenn es nur so artig dort bleibt, wie es jetzt ist.

Huf 69

791. CHARLOTTE VON STEIN AN IHREN SOHN FRIEDRICH

Weimar, Anfang Juli 1794

Nach den schönen englischen Landsitzen wird Dir's auf dem unsrigen nicht mehr gemütlich werden. Nimm Dich in acht, daß Dir's nicht wie unserm ehemaligen Freund nach seiner italienischen Reise geht! Noch letzt antwortete er jemanden, der die Aussicht ins Ilmtal lobte: „Das ist keine Aussicht!“ und sah dick mürrisch dazu aus.

Stein II, 10

792. SCHILLER AN KÖRNER

Jena, 1. September 1794

Bei meiner Zurückkunft fand ich einen sehr herzlichen Brief von Goethe, der mir nun endlich mit Vertrauen entgegenkommt. Wir hatten vor sechs Wochen über Kunst und Kunsttheorie ein langes und breites gesprochen und uns die Hauptideen mitgeteilt, zu denen wir auf ganz verschiedenen

Wegen gekommen waren. Zwischen diesen Ideen fand sich eine unerwartete Übereinstimmung, die um so interessanter war, weil sie wirklich aus der größten Verschiedenheit der Gesichtspunkte hervorging. Ein jeder konnte dem andern etwas geben, was ihm fehlte, und etwas dafür empfangen. Seit dieser Zeit haben diese ausgestreuten Ideen bei Goethe Wurzel gefaßt, und er fühlt jetzt ein Bedürfnis, sich an mich anzuschließen und den Weg, den er bisher allein und ohne Aufmunterung betrat, in Gemeinschaft mit mir fortzusetzen ...

Ein großer Verlust für unsere „Horen" ist es, daß er seinen Roman [„Wilhelm Meisters Lehrjahre"] schon an Unger verkauft hatte, ehe wir ihn zu den „Horen" einluden. Er beklagt es selbst und hätte ihn uns mit Freuden überlassen. Doch verspricht er, so viele Beiträge zu liefern, als in seinen Kräften steht.

SchiNa XXVII, 34f.

793. SCHILLER AN COTTA

Jena, 1. September 1794

Goethe ist voll Eifer; er wird uns alles geben, was er vorrätig hat, und er hat schon erklärt, daß das Journal [„Die Horen"] ihn in neue Tätigkeit setzen werde. Wahrscheinlich wird gleich das erste Stück etwas von ihm und auch von Herder enthalten.

SchiNa XXVII, 37

794. CHARLOTTE VON STEIN AN SCHILLER

Weimar, 10. September 1794

Ich bitte Sie, mein bester Herr Schiller, beikommenden Tisch in Abwesenheit unsrer Lolochen [Charlotte Schiller] in ihre Stube zu setzen. Ein guter Freund von Ihnen beide hat mir den Auftrag gegeben, und ich habe es mit Vergnügen besorgt...

Goethe war letzt bei mir und hat sehr gut von Ihnen

Friedrich Schiller

gesprochen. Es stimmte mit dem überein, was Sie mir von Ihrer neulichen Unterredung von ihm sagten, und es freut mich, daß es beim Goethe kein nur flüchtiger Eindruck war.

SchiNa XXXV, 49

795. SCHILLER AN SEINE FRAU

Jena, 12. September 1794

Die Stein hat mir dieser Tage geschrieben, daß Goethe kürzlich bei ihr gewesen, welches mir unerwartet gewesen ist. Von allen Orten her erfahre ich jetzt, wie sehr sich Goethe über die Bekanntschaft mit mir freut. An Meyern in Dresden hat er, wie Körner schreibt, vieles darüber geschrieben und auch mit der Stein viel davon gesprochen.

SchiNa XXVII, 43

796. SCHILLER AN KÖRNER

Jena, 12. September 1794

Ich werde künftige Woche auf vierzehn Tage nach Weimar abreisen und bei Goethe wohnen. Er hat mir so sehr zugeredet, daß ich mich nicht wohl weigern konnte, da ich alle mögliche Freiheit und Bequemlichkeit bei ihm finden soll. Unsre nähere Berührung wird für uns beide entscheidende Folgen haben, und ich freue mich innig darauf. Der Hof ist nach Eisenach abgereist, und Goethe hat sich losgemacht, so daß wir nun ganz unseren Ideen leben können.

SchiNa XXVII, 46

797. SCHILLER AN SEINE FRAU

Weimar, 16. September 1794

Seit drei Tagen bin ich hier, und nun schon ziemlich bei Goethe eingewohnt. Ich habe alle Bequemlichkeiten, die man außer seinem Hause erwarten kann, und wohne in einer Reihe von drei Zimmern, vorn hinaus. Diese meiste Zeit aber bin ich fast immer mit Goethe zusammen gewesen, doch ohne den ganzen Genuß dieses Umgangs, weil ich mich selten wohl befand ... meine Krämpfe inkommodierten mich ...

Ich habe bei Goethe schon schöne Landschaften gesehen. Wir haben viel über *meine* Sachen gesprochen; auch von seinen Arbeiten in der Naturgeschichte und Optik hat er mir viel Interessantes erzählt ... Gesehen habe ich hier noch niemand, doch bin ich heute vormittag mit Goethe im Stern spazieren gewesen. In seinem Hause sahe ich noch niemand als ihn.

SchiNa XXVII, 48

798. RAMDOHR AN BÖTTIGER

Gotha, 19. September 1794

Ich hatte mir fest vorgenommen, gestern morgen zu Ihnen zu kommen. Um 8 Uhr war ich zu Krause bestellt, um 10 Uhr zu Goethe, um 11 Uhr zur Gräfin Bernstorff. Wohl! sagte ich mir: um 1 Uhr fährst du erst weg, also findest du gewiß eine Stunde für den lieben Böttiger. Inzwischen l'homme propose, mais Dieu dispose. Ich komme zu Goethe, finde ihn erst gesprächig, bald darauf interessant von seiten des Kopfs und endlich gar zutraulich und herzlich. – Das böse Gewissen wird bei mir wach! Du hast dem Manne unrecht getan, sag ich mir. Er spielt nicht den Minister, nicht den Sonderling: es ist Folge der ersten Erziehung, es ist Mißtrauen gegen sich und andere, die ihm anfangs das kalte, stolze Ansehen geben. – Wir sehen schöne Zeichnungen, Gemälde, Überbleibsel des Altertums. Zu ihrem innern Werte gesellt sich das Andenken an Italien. Ich werde warm, entzückt, begeistert. Die Glocke schlägt 11 Uhr; ich muß zur Gräfin Bernstorff. „So ungern ich mich losreiße, ich muß zur Gräfin Bernstorff, Herr Geheimer Rat." – „Da gehen Sie und kommen wieder; ich habe noch einige Sachen, die Sie interessieren werden." – Ich expediere meine Gräfin Bernstorff in zehn Minuten – und wieder hin zu Goethe. Ich war in der festen Meinung, als ich Abschied von ihm genommen hatte, es sei 12 Uhr – es war 1 Uhr vorbei.

GoeJb I, 316f.

Charlotte Schiller

799. SCHILLER AN SEINE FRAU

Weimar, 20. September 1794

Ich bringe die meiste Zeit des Tages mit Goethen zu ... Vor einigen Tagen waren wir von halb 12, wo ich angezogen war, bis nachts um 11 Uhr ununterbrochen beisammen. Er las mir seine „Elegien", die zwar schlüpfrig und nicht sehr dezent sind, aber zu den besten Sachen gehören, die er gemacht hat. Sonst sprachen wir sehr viel von seinen und meinen Sachen, von anzufangenden und angefangenen Trauerspielen und dergleichen. Ich habe ihm meinen Plan zu den „Maltesern" gesagt, und nun läßt er mir keine Ruhe, daß ich ihn bis zum Geburtstag der regierenden Herzogin, wo er ihn spielen lassen will, doch vollenden möchte. Es kann auch ganz gut dazu Rat werden, denn er hat mir viel Lust dazu gemacht, und dieses Stück ist noch einmal so leicht als „Wallenstein". Er hat mich gebeten, seinen „Egmont" für das weimarische Theater zu korrigieren, weil er es selbst nicht wagt, und ich werde es auch tun. Meinen „Fiesko" und „Kabale und Liebe" rät er mir, auch nur ein wenig zu retouchieren, daß diese Stücke ein bleibendes Eigentum des Theaters werden. Was seinen Anteil an den „Horen" betrifft, so hat er großen Eifer, aber freilich wenig vorrätige Arbeit. Seine „Elegien" gibt er uns, und zwar gleich für die ersten Stücke. Alsdann hat er mir vorgeschlagen, einen Briefwechsel mit ihm über Materien zu eröffnen, die uns beide interessieren, und dieser Briefwechsel soll dann in den „Horen" gedruckt werden.

SchiNa XXVII, 49

800. WILHELM VON HUMBOLDT AN SCHILLER

Jena, 22. September 1794

Mit Fichte habe ich ganz interessant gesprochen, sehr viel auch über Sie. Er erwartet von Ihnen sehr viel für die Philosophie ... Auch Goethe wünschte er für die Spekulation zu gewinnen; sein Gefühl leite ihn so richtig. „Neulich", fuhr er fort, „hat er mir mein System so bündig und klar dargelegt, daß ich's selbst nicht hätte klarer darstellen können." Sie kennen diese Manier.

SchiNa XXXV, 62

801. SCHILLER AN KÖRNER

Jena, 9. Oktober 1794

Wir haben eine Korrespondenz miteinander über gemischte Materien beschlossen, die eine Quelle von Aufsätzen für die „Horen" werden soll. Auf diese Art, meint Goethe, bekäme der Fleiß eine bestimmte Richtung, und ohne zu merken, daß man arbeite, bekäme man Materialien zusammen. Da wir in wichtigen Sachen einstimmig und doch so ganz verschiedene Individualitäten sind, so kann diese Korrespondenz wirklich interessant werden.

Seinen Roman [„Wilhelm Meisters Lehrjahre"] will er mir bandweise mitteilen; und dann soll ich ihm allemal schreiben, was in dem künftigen stehen müßte und wie es sich verwickeln und entwickeln werde. Er will dann von dieser antizipierenden Kritik Gebrauch machen, ehe er den neuen Band in den Druck gibt. Unsere Unterredungen über die Komposition haben ihn auf diese Idee geführt, die, wenn sie gut und mit Sorgfalt ausgeführt werden sollte, die Gesetze der poetischen Komposition sehr gut ins Licht setzen könnte.

Seine Untersuchungen über Naturgeschichte ... haben mich so sehr als sein poetischer Charakter interessiert, und ich bin überzeugt, daß er sich auch hier auf einem vortrefflichen Wege befindet. Auch was er gegen die Newtonische Farbentheorie einwendet, scheint mir sehr befriedigend zu sein.

SchiNa XXVII, 65f.

802. DAVID VEIT AN RAHEL LEVIN

Jena, 20. und 21. Oktober 1794

20. Oktober: ... Goethe hat mich erstaunlich freundlich aufgenommen ... Es ist wahr, daß er älter geworden, aber nicht zu seinem Nachteil, wie Reichardt gesagt haben soll; er ist etwas magerer, und bleich im Gesicht; die Nase sieht länger aus, und die ihm gewöhnliche steife Stellung wird um so auffallender. Nichtsdestoweniger ist er außerordentlich freundlicher Gesichter und der heitersten Laune fähig ...

21. Oktober: ... Ich sprach immer viel dazwischen und kam ihm oft zu Hülfe; denn er kann sich gemeinhin auf viele Wörter nicht besinnen und macht beständig Gesichter ...

Ein göttliches Kind hat Goethe. Kohlschwarze Augen, sprechende Physiognomie und wahres Goldhaar, das gar keine Lust zum Dunkelwerden hat. – Die Vulpius ist ihm *nicht* angetraut.

Rahel I, 243 und 248f.

803. JOHANN JAKOB HORNER AN SEINEN BRUDER

Leipzig, 25. Oktober 1794

Am Sonntagmorgen machte ich Goethen meine Aufwartung, bei welchem Meyer im Hause wohnt. Er ist ein Mann gerade in seinen besten Jahren, ziemlich groß und hat bei einer gemeinen Physiognomie doch sehr viel feine Züge. – Er war damals ziemlich kurz an Worten, welches ich ihm auch gar nicht verdenken kann. Ich besah noch sein fürstliches Kabinett von Handzeichnungen berühmter Meister und sein mit dem feinsten epikureischen Geschmack eingerichtetes, wie es scheint inwendig neu gebautes Haus ... Auf den Abend war ich mit Meyer zu Herder zum Tee und Nachtessen eingeladen, wozu sich Goethe, Böttiger und noch andere einstellten. – Herder hat mir äußerst wohl gefallen. Er ist ein großer, beinahe vierschrötiger Mann und hat etwas beinahe schwärmerisch Heiteres in seinem Blicke. – Die Gesellschaft war äußerst ungeniert, ohne unhöflich zu sein. Jeder sprach und stand oder setzte sich, zu wem er wollte ... Ein gewisser Professor Meyer aus Berlin [?] erzählte die Heirats- und Sterbensgeschichte des Hofrat Moritz auf eine so infam witzige und freilich mitunter selbst erfundene Manier, daß wir uns alle vor Lachen den Bauch halten mußten. – Dies weckte Goethen so nach und nach aus seiner Kälte auf. – Er saß neben mir, und wir schenkten uns wechselseitig um die Wette ein. Nun fing auch er an, von Moritz zu erzählen, was er in Rom für dumme Streiche gemacht hatte, und schlug mit seinem Witz, der viel feiner war, den Professor und bisweilen auch Herdern zu Boden.

JbGoeGes V, 203ff.

804. KAROLINE HERDER UND HERDER AN GLEIM

Weimar, 27. Oktober 1794

[Karoline:] Das liegt mir schon Jahr und Tag auf dem Herzen. Aber *wem* sagen und *wem* klagen? Keiner hat hier einen Sinn dafür – und unser ökonomischer Herzog am allerwenigsten. Liebster Freund, *von Gott allein* muß unsere Hülfe kommen und von seinem guten Engel. Ach, wie ist meines Mannes Leben und Existenz verdorben, verschoben, verbittert worden! Seine besten Kräfte und Neigungen muß er gegen unbedeutende Arbeiten unterdrücken ...

[Herder:] So ist denn noch jemand, der an meinem Innern teilnimmt, der auf mich achtet! Genug davon! Hier sind andere Zeiten.

VaH I, 184f.

805. BÖTTIGER IN SEINEM TAGEBUCH

Weimar, 31. Oktober 1794

In einem alle Freitage sich versammelnden Abendzirkel für den Winter zwischen 1794 und 1795 wurde beschlossen, jedesmal einen Gesang der „Ilias“ nach Voß vorzulesen und sich dann die dabei von selbst kommenden Bemerkungen mitzuteilen. Goethe ist Vorleser. Einige lesen im Originale nach. Die andern sitzen im Zirkel herum.

Die härtesten Stellen wurden durch Goethes treffliche

Deklamation und richtig wechselndes Andante und Adagio außerordentlich sanft und milde. Es ist unleugbar, daß Voß nur fürs Ohr und den lebendigen sukzessiven Eindruck, nicht fürs Auge und zergliedernden Überblick des Stils gearbeitet hat.

Bö I, 81

806. CHARLOTTE VON STEIN AN CHARLOTTE SCHILLER

Weimar, 7. November 1794

Die bewußten Elegien habe ich schon mehrmals loben hören, aber mir sie zu lesen zu geben, hat mich der ehemalige Freund vermutlich nicht würdig gefunden. Er wollte sie vor einigen Jahren drucken lassen; der Herzog widerriet's ihm aber. Wie unsern gnädigsten Herrn just einen Moment diese pedantische Sittlichkeit überfallen hat, begreife ich nicht.

SchFr II, 298

807. BÖTTIGER IN SEINEM TAGEBUCH

Weimar, 10. November 1794

Ganz anders sei es mit Goethe. Dieser wisse fast alle seine Werke auf den Nagel herzusagen, denn, setzte er [Wieland] hinzu, es sind Emanationen seines *Ichs*, das er unbeschränkt liebhat.

Bö I, 144

808. DAVID VEIT AN RAHEL LEVIN

Jena, 10. November 1794

Gestern habe ich Schiller zum erstenmal gesehen. Ich finde Humboldts Urteil sehr wahr: Goethe hat ein allgemein schönes Männergesicht, Schiller nur *eine* Art davon, und die Art, die sich mit dem Angenehmen sehr verträgt, ohne die Stärke zu verlieren.

Rahel I, 270

809. SCHILLER AN HOVEN

Jena, 22. November 1794

Überhaupt bin ich in diesem Sommer endlich mit Goethen genau zusammengekommen, und es vergeht keine Woche, daß wir nicht einander sehen oder schreiben. Vor einiger Zeit habe ich mehrere Wochen in Weimar bei ihm gewohnt und ihn ganz in seinem Wesen kennenlernen. Er ist ein höchst interessanter Charakter in jedem Betracht, und seine Sphäre ist so weit ausgebreitet. In naturhistorischen Dingen ist er trefflich bewandert und voll großer Blicke, die auf die Ökonomie des organischen Körpers ein herrliches Licht werfen. Sein Dichtergeist ist noch ganz und gar nicht ausgelöscht; nur hat er sich seit einiger Zeit auf alle Teufeleien eingelassen, davon Du in den ersten Stücken des Journals [„Die Horen"] Proben finden wirst. Über die Theorie der Kunst hat er viel gedacht und ist auf einem ganz andern Wege als ich zu den nämlichen Resultaten mit mir gekommen. Gegenwärtig korrespondieren wir darüber.

SchiNa XXVII, 92

810. HÖLDERLIN AN NEUFFER

Jena, November 1794

Auch bei Schiller war ich schon einige Male, das erstemal eben nicht mit Glück. Ich trat hinein, wurde freundlich begrüßt und bemerkte kaum im Hintergrunde einen Fremden, bei dem keine Miene, auch nachher lange kein Laut etwas Besonders ahnden ließ. Schiller nannte mich ihm, nannt ihn auch mir, aber ich verstand seinen Namen nicht. Kalt, fast ohne einen Blick auf ihn, begrüßt ich ihn und war einzig im Innern und Äußern mit Schillern beschäftigt. Der Fremde sprach lange kein Wort. Schiller brachte die „Thalia", wo ein Fragment von meinem „Hyperion" und mein Gedicht „An das Schicksal" gedruckt ist, und gab es mir. Da Schiller sich einen Augenblick darauf entfernte, nahm der Fremde das Journal vom Tische, wo ich stand, blätterte neben mir in dem Fragmente und sprach kein Wort.

Ich fühlt es, daß ich über und über rot wurde. Hätt ich gewußt, was ich jetzt weiß, ich wäre leichenblaß geworden. Er wandte sich drauf zu mir, erkundigte sich nach der Frau von Kalb, nach der Gegend und den Nachbarn unseres Dorfs, und ich beantwortete das alles so einsilbig, als ich vielleicht selten gewohnt bin. Aber ich hatte einmal meine Unglücksstunde. Schiller kam wieder, wir sprachen über das Theater in Weimar, der Fremde ließ ein paar Worte fallen, die gewichtig genug waren, um mich etwas ahnden zu lassen. Aber ich ahndete nichts. Der Maler Meyer aus Weimar kam auch noch. Der Fremde unterhielt sich über manches mit ihm. Aber ich ahndete nichts. Ich ging und erfuhr an demselben Tage ..., daß Goethe diesen Mittag bei Schiller gewesen sei!

Höld 152f.

811. SCHILLER AN KÖRNER

Jena, 5. Dezember 1794

Von ihm [Goethe] findest Du in dem Ersten Stück [der „Horen"] noch den Anfang einer Reihe von Erzählungen [„Unterhaltungen deutscher Ausgewanderten"]; aber dieser Anfang, der zur Einleitung dienen soll, hat meine Erwartung keineswegs befriedigt. Leider trifft dieses Unglück schon das Erste Stück...

SchiNa XXVII, 98

812. SCHILLER AN KÖRNER

Jena, 19. Dezember 1794

Dieser Tage hat mir Goethe die Aushängebogen von dem ersten Buch seines Romans [„Wilhelm Meisters Lehrjahre"] mitgeteilt, welche meine Erwartungen wirklich übertroffen haben. Er ist darin ganz er selbst: zwar viel ruhiger und kälter als im „Werther", aber ebenso wahr, so individuell, so lebendig, und von einer ungemeinen Simplizität. Mitunter wird man auch von einzelnen auffallenden Funken eines jugendlich feurigen Dichtergeists ergriffen. Durch das

Ganze, soweit ich davon las, herrscht ein großer, klarer und stiller Sinn, eine heitre Vernunft und eine Innigkeit, welche zeigt, wie ganz er bei diesem Produkt gegenwärtig war.

SchiNa XXVII, 106

813. SCHILLER AN COTTA

Jena, 22. Dezember 1794

Was seine [Goethes] prosaischen Aufsätze [für die „Horen"] anbetrifft, so würde es eine sehr gute Wirkung tun, wenn Sie ihm beim Abschluß der Rechnung nach der Ostermesse von freien Stücken etwas zu dem ausgemachten Honorar zulegten. Sie legten ihm dadurch eine Verbindlichkeit auf, die Sie nicht viel kostete, weil doch verschiedene Aufsätze kommen werden, die Sie nicht 6 Louisdors pro Bogen kosten. Dies ist, wie gesagt, bloß bei Goethen nötig, der zwar nicht eigennützig ist, aber doch erwartet, daß er bei den „Horen" besser als sonst irgendwo bezahlt wird. Wenn es ihm aber nicht auffallen sollte, so könnten Sie diese Ausgabe sich ersparen. Ich will Ihnen also davon Nachricht geben, was er schreibt.

SchiNa XXVII, 110

1795

814. CHARLOTTE VON STEIN AN IHREN SOHN FRIEDRICH

Weimar, Anfang Januar 1795

Goethes „Wilhelm Meister" [Band 1] ist heraus. Er hat mich, ich weiß nicht, wie ich dazu komme, mit einem Exemplar beehrt. Es sind schöne Lettern, schön Papier, ein schöner Stil, und hat mich interessiert, weil er's geschrieben hat und sich seine eigene Moral liest.

Stein II, 23

815. SCHILLER AN COTTA

Jena, 9. Januar 1795

Das Honorar betreffend, so wird Goethe nach Erscheinung des ersten Stücks seine Bedingungen machen. Ihn müssen wir ja festzuhalten suchen, weil er viel in petto hat und auch überaus viel Eifer für die „Horen" zeigt. Ein Mann wie Goethe, der in Jahrhunderten kaum einmal lebt, ist eine zu kostbare Akquisition, als daß man ihn nicht, um welchen Preis es auch sei, erkaufen sollte.

SchiNa XXVII, 118

816. HÖLDERLIN AN NEUFFER

Jena, 19. Januar 1795

Auch mit Goethen wurd ich bekannt. Mit Herzpochen ging ich über seine Schwelle. Das kannst Du Dir denken. Ich traf ihn zwar nicht zu Hause, aber nachher bei der Majorin [Charlotte von Kalb]. Ruhig, viel Majestät im Blicke, und auch Liebe, äußerst einfach im Gesprache, das aber doch hie und da mit einem bittern Hiebe auf die Torheit um ihn und ebenso bittern Zuge im Gesichte – und dann wieder von einem Funken seines noch lange nicht erloschnen Genies gewürzt wird – so fand ich ihn. Man sagte sonst, er sei stolz; wenn man aber darunter das Niederdrückende und Zurückstoßende im Benehmen gegen unsereinen verstand, so log man. Man glaubt oft einen recht herzguten Vater vor sich zu haben. Noch gestern sprach ich ihn hier im Klub.

Höld 164

817. GARVE AN WEISSE

Breslau, 23. Januar 1795

Unter den literarischen Neuigkeiten ist Goethens Roman [„Wilhelm Meisters Lehrjahre"] ohne Zweifel die interessanteste ... *Eine* Sache wundert mich: daß ein Mann, der die Welt im großen kennt und mit ihren mittlern und obern Ständen soviel gelebt hat wie Goethe, in seinen Schilderungen sich gerade auf einen Gegenstand einschränkt, der in Romanen schon so oft ist geschildert worden, ich meine die Schauspielerwelt, das Leben, die Sitten und die Abenteuer von Komödianten, Seiltänzern etc. Von Scarrons Romane an bis jetzt ist keine Klasse von Leuten häufiger abkonterfeit, keine Leidenschaft öfter zum Triebrad einer romanhaften Geschichte gemacht worden als die Schauspieler und die Liebe zu Schauspielen.

Noch habe ich keinen Leser gefunden, dem nicht die erste weitläuftige Entwickelung des Puppenspiels wäre langweilig gewesen. Die Geliebte Wilhelms schlief darüber ein; wie konnte sein Geschichtschreiber glauben, daß es den nicht in ihn verliebten Lesern besser gehen würde? In dem ersten Buche zeichnet sich fast nichts aus als die Schilderung der beiden Alten und die Verteidigung des Handels von dem Freunde Wilhelms. Auf den Reisen dieses letztern stoßen uns merkwürdigere Personen auf. Philine ist ein seltsam zusammengesetztes, aber doch interessantes Wesen. Das Mädchen, welches Wilhelm dem Luftspringer abkauft, ist noch ein sonderbareres, noch unerklärlicheres Geschöpf, das an sich zieht, aber nicht befriedigt, weil man zu wenig davon begreift. Der alte Barde scheint aus einer andern Welt, einem andern Zeitalter zu sein als die übrigen Personen. Das Geheimnisvolle, welches über seinem Schicksale und seinem Charakter schwebt, spannt die Erwartung; aber so, wie es in diesem Teile gelassen wird, schadet es der Wahrscheinlichkeit. Überhaupt ist alles nur erst angelegt, nichts auf den Punkt entwickelt, um ein hohes Interesse zu erregen. Einen Roman sollte man ... nicht stückweise herausgeben, sowenig als man einzelne Akte eines Schauspieles herausgibt. Der Autor und der Leser verlieren bei dieser Zerstückelung. Soviel ist sichtbar, daß, so wie Goethe selbst gewissermaßen ein Sonderling in seinem Charakter und in seinem Betragen ist, er auch die Geschöpfe seiner Einbildungskraft nicht nach Modellen zusammensetzt, die man gewöhnlich in der Welt findet. Poetisch werden dadurch seine Produktionen reizender, insofern sie mit Geist und Fleiß ausgeführt sind; aber wo er sie vernachlässiget, werden auch zuweilen Mißgeburten daraus. Doch in allen seinen Werken sind gewisse tief ins menschliche Herz und Leben eindringende Reflexionen, die sie mir schätzbar machen. Dergleichen sind auch hin und wieder in „Meisters Lehrjahren" eingestreut, zum Beispiel in dem Gespräche des Unbekannten, der auf dem Schiffe die extemporisierte Komödie mitgespielt hatte.

Gar II, 179ff.

818. HÖLDERLIN AN HEGEL

Jena, 26. Januar 1795

Goethen hab ich gesprochen, Bruder! Es ist der schönste Genuß unsers Lebens, soviel Menschlichkeit zu finden bei soviel Größe. Er unterhielt mich so sanft und freundlich, daß mir recht eigentlich das Herz lachte und noch lacht, wenn ich daran denke.

Höld 168

819. DAVID VEIT AN RAHEL LEVIN

Jena, 8. Februar 1795

Auf der Redoute in Weimar ... Man hat Pharao gespielt, hat Goethe drehen (so nennt man hier langsam walzen) gesehen, hat die Vulpius gesehen und abscheulich gefunden ...

Goethe hat in dem „Meister" einen meiner Wünsche realisiert: er hat kein Wort oder doch nur selten eines unterstrichen ... Überhaupt bewundre ich in dem Buche nichts so sehr als die überall verbreitete Gleichheit des Ausdrucks, die große Einheit des Tons zu den mannigfaltigen Empfindungen. Er hat hier einem Menschen selbst gestanden, daß er nicht mehr fähig wäre, sich seiner ersten Jugendeindrücke so lebhaft zu erinnern, als er es im „Wilhelm" getan hat; denn die Lebhaftigkeit des Gedächtnisses, mit welcher er den „Meister" vor fünfzehn Jahren entworfen habe, sei ihm nun bei der Ausfeilung ganz fremd geworden. – Noch eines ...: er spielt Klavier, und gar nicht schlecht.

Rahel II, 72ff.

820. KÖRNER AN SCHILLER

Dresden, 10. Februar 1795

„Wilhelm Meister" hat meine Erwartung wirklich übertroffen. Es gibt wenig Kunstwerke, wo das Objektive so herrschend ist. Die lebendigste Darstellung der Leidenschaft abwechselnd mit dem ruhigsten, einfachsten Ton der Erzählung. An Kraft können sich mehrere Stellen mit dem „Werther" messen. Und welcher Reichtum von Charakteren, wieviel Anmutiges und Gedachtes in diesem Werke, was man im „Werther" nicht findet! Auf Ostern erscheint wohl der zweite Teil?

SchiNa XXXV, 148f.

821. SOPHIE REIMARUS AN REINHOLD

Hamburg, 17. Februar 1795

Sie mögen „Meisters Lehrjahre“ nicht, durchaus nicht, sagt Cramer. Das habe ich nicht recht hinunterkriegen können. Es ist soviel Schönes darinnen, das man nicht überstreichen muß. Solch eine herrliche Simplizität im Stil, und dann wieder eine Raschheit der Gedanken, die nur Goethe zu handhaben weiß. Freilich ist auch viel Gedehntes da; in der Kinderkomödie kramt er fast zu lange; die Marionetten würfe man gerne weg, und am Ende ist auch die Mignon übel. Bei dem allen sieht man aber doch die Meisterhand, und lassen Sie nur den Burschen ausgelernt haben, warten Sie nur die übrigen Teile ab, ich möchte wetten, Sie werden zufrieden sein.

Denken Sie nicht, daß ich so naseweis bin, allein so zu urteilen. Heß hat das Buch nicht weglegen können, ohne es ausgelesen zu haben. So Sieveking und seine Frau. Meinem Mann habe ich es ganz vorlesen müssen, und, spitzen Sie die Ohren, er fand einen höchst moralischen Zweck in dem Buche. In Rousseaus „Bekenntnissen“ konnte er den nicht finden, und deswegen verabscheuet er sie, als Keim der Entschuldigung manches Bösen. Darüber will nun Cramer aus der Haut fahren, tritt mit dem Fuße auf „Meisters Lehrjahre“ und hält in der Hand hoch empor Rousseaus „Bekenntnisse“ als Leitstern der Aufrichtigkeit für gegenwärtige und künftige Sünder. Wäre die Sünde nicht da, so dürften wir die Beichte nicht hören. Und wie wäre es, wenn der „Meister“ uns sagte: Junger Mensch, da war ich ein Tor! Hüte dich und mache es besser! – In dem, was er über den Hang zum Komödianten sagt, wittert man schon so etwas.

WR 337f.

822. CHARLOTTE VON STEIN AN CHARLOTTE SCHILLER

Weimar, 19. Februar 1795

Dem Goethe scheint's gar nicht mehr ernst ums Schreiben zu sein, daß er [in den „Unterhaltungen deutscher Ausgewanderten"] die bekannte Geschichte der Mlle. Clairon, die er nach Italien transportiert, die vom Klopfen, welche mir vor drei Jahren Herr von Pannewitz erzählte, daß sie sich in seiner Eltern Haus zugetragen, und die aus des Bassompierre sehr bekannten „Mémoires", die er doch wahrhaftig nicht wird für eine Geistergeschichte wollen passieren lassen, indem sie sehr körperlich war, gut genug zum Inhalt eines so respektablen Journals wie die „Horen" hält.

SchFr II, 299

823. CHARLOTTE VON STEIN AN CHARLOTTE SCHILLER

Weimar, 25. Februar 1795

Daß Goethe sich Schiller immer mehr nähert, fühle ich auch, denn seitdem scheint er mich wieder ein klein wenig in der Welt zu bemerken. Es kommt mir vor, er sei einige Jahre auf eine Südseeinsel verschlagen gewesen und fange nun an, auf den Weg wieder nach Hause zu denken.

SchFr II, 299

824. GLEIM AN HERDER

Halberstadt, 26. Februar 1795

Goethens „Wilhelm Meisters Lehrjahre" hab ich gelesen. Ein paar Bogen enthalten das Schönste, was solch ein Kopf hervorbringen kann; mit dem Ganzen kann ich nicht zufrieden sein, weil ich der Meinung bin, daß man nichts von dem, was uns einmal, daß wir's geschrieben haben, gereuen kann, schreiben muß!

VaH I, 188

825. GLEIM AN VOSS

Halberstadt, 13. März 1795

Wie hat Goethens „Reineke Fuchs“ unserm Voß gefallen? Ich kann ihn nicht lesen; der Sechsfüßer ist lahm, und überhaupt schickt sich derselbe zu den Reden des Fuchses nicht.

GoeJb XXXIII, 18

826. KÖRNER AN SCHILLER

Dresden, 22. Mai 1795

Mit großem Genuß habe ich den zweiten Teil von „Wilhelm Meister“ gelesen. Welcher Reichtum von Charakteren und Situationen, und wie lebendig die Darstellung, wieviel Gehalt in einzelnen Bemerkungen, die nur als Nebensache eingestreut sind! Und welcher anmutige Ton, welch ein lachendes Kolorit in dem Ganzen! Warum versucht Goethe nicht einmal seine ganze Kraft in einem Lustspiele? Wir sind noch so arm an dieser Gattung.

SchiNa XXXV, 211

827. SCHILLER AN KÖRNER

Jena, 2. Juni 1795

Deine Ergießungen über „Meister“ habe ich Goethen, der wieder hier ist, vorgelesen und ihm Freude damit gemacht. Auf die Komödie will er aber nicht entrieren, denn er meint, daß wir kein gesellschaftliches Leben hätten.

SchiNa XXVII, 189

828. DAVID VEIT AN RAHEL LEVIN

Jena, 4. Juni 1795

Goethe hat die „Claudine“ am vorigen Sonnabend aufführen lassen. Vor einiger Zeit, da er hier war, ließ ihm Latrobe ein Lied von ich weiß nicht wem [von Friederike

Brun] und aus dem „Musikalischen Blumenstrauß", komponiert von Zelter, mit dem Anfang „Ich denke dein" vorsingen und spielte es selbst. Er war tief gerührt von der Komposition, ging nach Hause und flickte es mit aller Gewalt in die „Claudine" ein, aber mit ganz abgeändertem Text [„Nähe des Geliebten"] ...

Heute habe ich ihn wieder gesehen und gegrüßt und war eine Stunde hindurch in einem Zimmer mit ihm; denn er war und kömmt jedesmal nach unsrer Krankenanstalt und läßt sich über jede Kleinigkeit belehren. Die theoretischen Teile der Medizin hat er vollkommen inne. Die „Claudine" ist bis auf das (wie es heißt) äußerst gute Orchester und bis auf die Gruppierungen, die eingesetzt werden, äußerst miserabel gesungen und gespielt worden ... Übrigens weiß ich von den Schauspielern, daß sie äußerst aufgebracht sind und behaupten, Goethe könnte wohl etwas schreiben, aber nichts angeben, und vom Schauspieler verstände er gar nichts. Das ahndet er freilich nicht ... Sehr amüsiert hat es mich, im Theater Goethe und Wieland nebeneinander mit den Büchern in der Hand sich innig freuen und miteinander sprechen zu sehen ...

Sie können fest glauben, daß Goethe nicht nur die „Unterhaltungen [deutscher Ausgewanderten]" schreibt, sondern daß das letzte Stück [die Prokurator-Novelle] ganz besonders gefällt, und ganz besonders dem Herrn von Humboldt ... Wie es in Goethe entstanden ist, die Erzählung so zu dichten, scheint mir nicht schwer zu finden. Wenn man zeigen will, wieviel feinere Gefühle von der allergröbsten Sinnlichkeit abhängen und wie sehr man sich *hier* täuscht, und wenn man diese Idee zu einem Gedicht erheben will, was kann anders daraus werden als eine solche Geschichte? ...

Übrigens werden diese Erzählungen nie ein Ganzes, sind gar nicht dazu bestimmt, soviel ich weiß.

Rahel II, 142–145

829. DAVID VEIT AN RAHEL LEVIN

Jena, 5. Juni 1795

Indem ich dieses schreibe, ist Goethe entweder schon in Karlsbad oder kömmt doch bald hin. In beiden Fällen ist es gut, wenn Sie wissen, daß er nicht in Gesellschaft mit irgendeinem Vornehmen kömmt ..., daß er jetzt besser gelaunt ist als jemals, wiewohl er steifer aussieht als jemals, und äußerst gerne in völliger und fröhlicher Ungezwungenheit lebt. Ich denke, Sie kommen gewiß mit ihm zusammen, besonders da er ohne Zweifel begierig ist, die Unzelmann kennenzulernen. Berlin haßt er ziemlichermaßen. Das fürs Gespräch! Sollte die Vulpius mit ihm sein? Die Bekanntschaft mit ihr dürfte wohl von ihm ganz entfernen. Doch hierüber weiß ich nichts Gewisses.

Rahel II, 152

830. FRIEDRICH VON STEIN AN CHARLOTTE SCHILLER

Weimar, 17. Juni 1795

Der Goethe ist wieder wohl; indes ist er doch ein wenig abgemattet von denen spanischen Fliegen. Er hat immerfort seinen stupenden Fleiß und läßt sich wenig in der Welt sehen. Nach Ilmenau wird er nun nicht gehen, aber in der Mitte des Juli nach Karlsbad.

SchFr I, 444

831. CHARLOTTE VON STEIN AN CHARLOTTE SCHILLER

Weimar, 4. Juli 1795

Ich hoffe, Goethe soll von Karlsbad wieder gesund zurückkommen. Seit dem Winter auf der Redoute habe ich ihn nicht wieder gesehen als letzt einen Augenblick im Garten, wo er aber so eilte, aus der Luft zu kommen, daß ich meine Ansprache gegen ihn nicht endigen konnte.

SchFr II, 301

832. SCHILLER AN FRIEDRICH CHRISTIAN VON AUGUSTENBURG

Jena, 5. Juli 1795

Nicht ohne Verlegenheit wage ich es, Eurer Herzoglichen Durchlaucht das Sechste Stück der „Horen“ zu überreichen.

Die „Elegien“, welche es enthält, sind vielleicht in einem zu freien Tone geschrieben, und vielleicht hätte der Gegenstand, den sie behandeln, sie von den „Horen“ ausschließen sollen. Aber die hohe poetische Schönheit, mit der sie geschrieben sind, riß mich hin, und dann gestehe ich, daß ich zwar eine konventionelle, aber nicht die wahre und natürliche Dezenz dadurch verletzt glaube. Ich werde in einem künftigen Stücke des Journals mir die Freiheit nehmen, mein Glaubensbekenntnis über das, was dem Dichter in Rücksicht auf das Anständige erlaubt und nicht erlaubt ist, ausführlich abzulegen [„Die sentimentalischen Dichter“ in den „Horen“ 1795].

SchiNa XXVIII, 2f.

833. FRIEDERIKE BRUN IN IHREM TAGEBUCH

Karlsbad, 7.–9. Juli 1795

Abends brachte mir die brave Göchhausen den Goethe. Anspruchsloser, wie er es ist in seinem Reden und Schweigen, in seinem Gehen und Stehen, ist es unmöglich zu sein. Sein Gesicht ist edel gebildet, ohne gleich einen innern Adel entgegenzustrahlen; eine bittere Apathie ruht wie eine Wolke auf seiner Stirn. Bei einem schönen, männlichen Wuchs fehlt es ihm an Eleganz und seinem ganzen Wesen an *Gewandtheit.* Ist das der Günstling der Musen und Grazien? Dies der Schöpfer des „Tasso“, des „Egmonts“ und der „Iphigenia“, des „Werthers“ und „Götz“, des „Faust“ und ach! der Sänger jener herzempörenden und herzstillenden, jener sanft einlullenden und aufschreckenden Lieder? Ich sah nur den Verfasser des „Wilhelm Meister“ diesen Abend, und auch *der* ist aller Ehren wert.

Da faßte mich bei einem Gedanken, aus dem der seinige zurückstrahlte, plötzlich sein Flammenauge, und ich sahe „Fausts“ Schöpfer! Ich sehe ihn seitdem täglich und versäume keine Gelegenheit, ihn zu sehen. Anfangs quälten mich seine Blicke, die ich immer auf mir und an mir empfand, wenn ich ihn *nicht* ansah, und die dann die des *forschenden* Beobachters waren; und des Beobachters ohne *Hoffnung* und Glauben an reinen Menschenwert, der nur neue Gestalten zu seinen lebenvollen Gemälden sucht und in die Welt sieht wie in einen Guckkasten. Gestern und heute ist er sehr liebenswürdig und traulich gewesen, und ich habe zuweilen den Werther und Egmont hervorleuchten sehen. Ob ich den Tasso und die Iphigenia erblicken werde? Das Glück hat ihn verzogen und die Weiber. Er hat geschwelgt, ohne zu genießen; genommen, ohne zu geben. Ob je in seinem Herzen der reine Ton der Liebe wieder erklingen wird? Er hat viel geredet und immer, als ob's halb im Scherz wäre, aber im bittern Scherz herrliche Sachen gesagt über Kunst, Epigramme, Elegisches, Improvisieren, Liebe als Mittel zum *Zweck,* über Hoffnung, die in ihm erstorben ist, von seiner äußersten Empfänglichkeit durch Phantasie bei Gelegenheit der Kupfer zu Wielands Werken. Ärgerlich ist's, daß er seine Paradoxe, wenn man ihm drüber zu Leibe geht, oft mehr wie halb zurücknimmt, so daß sie darüber nicht selten zu Gemeinplätzen werden ... Ich gerate immer mit dem Goethe in sehr lebendige Unterhaltung ... Er öffnet mit viel Bonhomie sein Inneres, in dem sich mir ein reicher Fonds von Wahrhaftigkeit und Billigkeit offenbart. Übrigens war er heut ... schrecklich paradox, und ich ergrimmte über sein Wegwerfen der *Erinnerung* – „die Gegenwart ist die einzige Göttin, die ich anbete“, sagte er –, über seinen Unglauben an intellektuelle Freundschaft. Freundschaft werde durch Verhältnisse genährt (daß sie aus Sympathie entstünde, gab der *Sünder* doch zu), und wenn diese sich änderten oder aufhörten, stürbe sie Hungers. Ich ward zur Salzsäule! Da kam die Rede vom seligen Moritz, mit dem er viel in Italien gelebt, und da war er so weich und gut und lobte und bedauerte den Moritz so aus meinem Herzen heraus, daß ich ihm hier alles verzieh. Einmal sagte er:

„Niemand hat Mitleiden mit mir, wenn ich klage.“ Es war Scherz; ich sagte ihm ernst: „Ich habe bei manchem Ihrer Lieder inniges Mitleiden empfunden.“ – „O ja, ich war wohl unglücklich in diesen Augenblicken, aber dergleichen muß man abschütteln.“ – „Nein, nicht abschütteln! Durch Arbeiten und in sich zur Heiterkeit verwandeln!“ sagte ich. Denn seine Gleichgültigkeit ohne Heiterkeit und daß er schon so ganz mit den Menschen abgerechnet hat, ist mir schrecklich.

Gespr I, 605ff.

834. KARL AUGUST AN SCHILLER

Weimar, 9. Juli 1795

Für die überschickten „Horen“, werter Herr Hofrat, sage ich Ihnen den verbindlichsten Dank.

Die „Elegien“ hatten mir sehr wohl gefallen, da sie mir der Autor vorlas oder hererzählte; indessen glaubte ich immer, er würde sie noch etwas liegenlassen, ehe er sie öffentlich erscheinen ließ. Wenn sie vor den Druck in den Händen mehrerer Freunde wären gegeben worden, so würde man vielleicht den Autor vermocht haben, einige zu rüstige Gedanken, die er wörtlich ausgedrückt hat, bloß erraten zu lassen; andere unter geschmeidigeren Wendungen mitzuteilen, noch andere ganz zu unterdrücken: Die Furcht wird immer bei mir erregt, wenn ich etwas in einen neuen Genre von einen Schriftsteller auftreten sehe, dessen Name imponiert und wo das Werk noch nicht den vollkommensten Grad der Ausbildung erhalten hat, daß so viele Nachahmer dann hinzugeschwommen kommen, welche durch die geschmacklosesten Gueuléen den Augenblick oder die Epoque weiter hinausschieben, wo die deutsche Literatur wirklich den Grad von Humanität erlangen wird, nach welchen alle Schriftsteller streben, denen es ernstlich an der Sache gelegen ist. Die schönen Weiber haben zwar die Eigenschaft, daß sie sich zuweilen ein Vergnügen machen, Moden zu erfinden und zu tragen, die allen Nachahmerinnen lächerlich stehn ... Aber ich sollte doch glauben, daß alle diejenigen, welche

Karl August
Herzog von Sachsen-Weimar-Eisenach

durch den Namen, den ihnen das Schicksal verliehn hat, zu Vorstehern und Stammhaltern des literarischen Volkes gestempelt sind, diese Launen verbannen sollten.

SchiNa XXXV, 237

835. FRIEDERIKE BRUN IN IHREM TAGEBUCH

Karlsbad, 12. Juli 1795

Heute sah er zuweilen leibhaftig aus wie sein Faust. Bald glaubte ich ihn auf dem Faß zu sehen, und dann glaubte ich wieder, der Gottseibeiuns würde ihn auf der Stelle holen ...

O Goethe, wie irret dein großer Geist umher! Die Erde war dir zu niedrig, und du *verschmähst* den *Himmel! Welche Stunde wird die deines Erwachens sein?* Nun schwebt er zwischen Himmel und Hölle. Wenn dein Sonnenblick sich dem neuen Lichte öffnet, dem du ihn mit wahrer *Herzenshärte* verschließest; was hat dich zu diesem Trotze gegen alles das gebracht, welches doch so göttlich aus dir redet? Denn wirklich ist in gewissen Momenten ein Blick in Goethes Auge ein Beweis für Unsterblichkeit mehr. Heute redete ich viel mit ihm über seine häuslichen Verhältnisse, seine Freunde, seinen Knaben ... Ich sagte ihm meine Freude an seiner Wahrhaftigkeit und Billigkeit. „Das erste ist man, weil man *muß;* das zweite, soviel man *kann*", sagte er sehr bescheiden ... Am Abend war er hier bei uns mit der kleinen Levin und der Unzelmann, die sehr verständig tut und etwas Treuherziges in ihrem Blick hat, welches mir gefällt. Sein Ton mit Frauen, die nicht streng auf sich halten, ist nicht fein, und an zarter Grazie fehlt's ihm überhaupt. Der Herr Rittmeister von Gualteri war ungebeten dazugekommen, ein avantageuser fat, mit dem Goethe zu meinem Erstaunen sehr bekannt und vertraut tut, ihn aber dabei heimlich schraubt ... Er [Goethe] hat sehr viel *mimisches Talent* und kann aussehen wie der lebendige *Miltonische Teufel;* doch ist's schade um ein so edles Gebilde, es verzerrt zu sehen! ...

Nachmittags kam Goethe, um mit mir zu Sarah und Marianna [Meyer] zu gehen. Bis ich fertig war, ließ er *Lotte*

[Brun] *lesen.* Er hat soviel Kindlichkeit und Einfalt in seinem Wesen wie alle erhabenen Geister. Bei Meyers war er gar hold, und Marianne, die holde Seele, geht ihm ans Herz . . .

Kleine Polin [Therese Brzozowska], *mit der Goethe viel sprach.* Ein stilles, liebes Wesen. Goethe liebt die Leidenden und gesellt sich sanft und teilend zu ihnen . . .

Abends war Goethe wieder etwas *faustinisch* wild (wie er es leider Frauen, die ihm *nur schön* sind, gegenüber *leicht* wird), doch sagte er herrliche Sachen über 1) Voß, seine „Luise", „Odyssee"; 2) über das Briefschreiben.

Gespr I, 607–610

836. FRIEDERIKE BRUN IN IHREM TAGEBUCH

Karlsbad, 19./20. Juli 1795

Ganz öffnete er mir sein Herz und ließ mich in seine Verhältnisse blicken. Dieser außerordentliche Mensch konnte freilich nicht auf gewöhnliche Weise sein viel forderndes Herz und seinen ungestümen Sinn befriedigen. Innig erfreu ich mich, ihn häuslich glücklich zu wissen, als guten, zärtlichen Vater. Seine Kinderliebe ist *charakteristisch.* Die meinigen hängen mit Leidenschaft an ihm, und ich würde ihm mit Freuden ein *Mädchen* anvertrauen. Denn seine Überzeugung über weibliche Bestimmung und weibliche Würde ist äußerst edel und zart.

Gespr I, 610

837. KARL THEODOR VON DALBERG AN SCHILLER

Erfurt, 25. Juli 1795

Goethens „Elegien" sind fürtrefflich. Sie übertreffen, dünkt mir, Ovid, Properz und Catull und sind denen Tibullischen Elegien an Schönheit ähnlich.

SchiNa XXXV, 263

838. FRIEDERIKE BRUN AN PFAFF

26. Juli 1795

Die letzte Zeit meines Aufenthalts in Karlsbad ward mir höchst lehrreich und zuletzt lieb durch meine Bekanntschaft mit Goethen. Wir sahen uns täglich, erst mit Neugierde, dann mit Interesse; dann schieden wir voneinander mit Wohlwollen. Mir erschien er als eins der seltensten Exemplare der Menschheit, in voller Kraft eines unbeugsamen Willens und hohen Geistes. Ihm war es vielleicht neu, ein Weib zu sehen, die ruhig und ungeblendet ihn beobachtete. So blieben wir eine Weile einander gegenüber, aber dann öffnete er sich mir mit edler Offenheit, fühlend, daß ich sein besseres Selbst suchte – und ich entdeckte in ihm einen Schatz der Wahrheit, Billigkeit und häuslichen Güte, die, verbunden mit dem, was der Schöpfer des „Tasso" und der „Iphigenia" und des „Egmont" zu geben vermag, mir ihn unvergeßlich machen. Lassen Sie mich immer stolz darauf sein, mich mit Goethen auf diesem Wege gefunden zu haben – und denken Sie auf mein Wort gut von Goethen, dem Menschen, man sage, was man wolle ...

Die Kinder sind brav. Goethe war in beide vernarrt, zumal in Lotte ..., und sie hingen an ihm wie Trauben. Lotte lehrte er richtig lesen, Karl unterrichtete er über Mineralogie. Seit fünfzehn Jahren ist Naturgeschichte (zumal Mineralogie und Physik) Goethes ausschließendes Studium.

Gespr I, 611

839. BÖTTIGER AN SCHULZ

Weimar, 27. Juli 1795

Zu den merkwürdigsten Erscheinungen an unserm literarischen Himmel gehören Goethes „Elegien" im Sechsten Stück der „Horen". Es brennt eine genialische Dichterglut darinnen, und sie stehn in unserer Literatur *einzig*. Aber alle ehrbaren Frauen sind empört über die bordellmäßige Nacktheit. Herder sagte sehr schön, er [Goethe] habe der Frechheit ein kaiserliches Insiegel aufgedrückt. Die „Horen" müßten nun mit dem u gedruckt werden. Die meisten Elegien sind bei seiner Rückkunft im ersten Rausche mit der Dame Vulpius geschrieben. Ergo –

GoeJb I, 318

840. CHARLOTTE VON STEIN AN CHARLOTTE SCHILLER

Weimar, 27. Juli 1795

Herders Urteil über die „Elegien" ist mir nicht bekannt geworden ... Das meinige ist zu unbedeutend darüber, denn ich habe für diese Art Gedichte keinen Sinn. In einer einzigen, der sechsten, war etwas von einem innigeren Gefühl. Ich glaube, daß sie schön sind; sie tun mir aber nicht wohl. Wenn Wieland üppige Schilderungen machte, so lief es doch zuletzt auf Moral hinaus, oder er verband es mit Ridicules – soviel ich davon gelesen habe. Auch schrieb er diese Szenen nicht von sich selbst.

Bei Gelegenheit dieser „Elegien" sagte Herder der Herzogin, Goethe sei in Italien sehr sinnlich geworden, ihn aber habe es daselbst angeekelt. Daß der Herzog an Schiller einen Brief über diese „Elegien" geschrieben, habe ich von der Herzogin gehört; auch sagte sie mir etwas aus Schillers Brief an den Herzog darüber. Schillers ernsthafte „Briefe" [„Über die ästhetische Erziehung des Menschen"] neben den leichtfertigen „Elegien" machen einen sonderbaren Kontrast.

SchFr II, 301 f.

841. FRIEDRICH SCHLEGEL AN SEINEN BRUDER AUGUST WILHELM

Dresden, 31. Juli 1795

Was sagst Du zu den göttlichen „Elegien"? Was sagst Du zum göttlichen „Wilhelm"? Sage und singe mir ein schönes, feines und langes Lied davon ...

Schls 231

842. WILHELM VON HUMBOLDT AN SCHILLER

Tegel, 4. August 1795

Der Brief des Herzogs ist drollig genug. Die Idee wird wohl seiner Frau so wie die Humanität darin Herdern angehören. Indes ist er doch artig gedacht, und es ist immer viel, daß ein Herzog überhaupt an so etwas denkt und, wenn es ihm einfällt, es so bescheiden und diskret vorträgt. Hier findet, wie gesagt, soviel ich bis jetzt hörte, niemand an den „Elegien" Anstoß.

SchiNa XXXV, 272

843. WILHELM VON HUMBOLDT AN SCHILLER

Tegel, 15. August 1795

Goethe, behauptet Meyer, bekommt für jeden Band seiner Schriften bei Unger, also auch für jeden des „Meisters", 100 Louisdor. Unger selbst sagte mir, daß er mit dem „Meister" jetzt gerade außer Schaden sei, und ob ich gleich gedacht hätte, daß der Abgang noch stärker sein müßte, so schien es doch die Wahrheit zu sein. Indes war er sehr zufrieden, und das um so mehr, als Biester, der die Korrektur besorgt hat, ihm gesagt hat, Goethe habe ihm diesen Roman gegeben, um ihn damit zu ruinieren. Überhaupt ist der Beifall, den der „Meister" hierherum findet, doch äußerst geteilt.

SchiNa XXXV, 283

844. FRIEDRICH SCHLEGEL AN SEINEN BRUDER AUGUST WILHELM

Dresden, 17. August 1795

Zerstreue Dich nicht in Lektüre, in literarischen Kleinigkeiten! Tue Dir *Gewalt* an! Wer immer warten wollte, bis die Begeisterung vom Himmel käme, würde endlich in Bürgersche Trägheit versinken. Schiller muß nach Körners Ausdruck die Gedanken mit der größten Anstrengung *her-*

aufpumpen. Auch Goethens Leichtigkeit ist oft die Frucht von unsäglichem Fleiß und großer Anstrengung, ohne solche wütende Art wie Schiller, der sich durch Weintrinken begeistert.

Schls 234

845. WILHELM VON HUMBOLDT AN SCHILLER

Tegel, 25. August 1795

Ich kann es mir, nach den Erzählungen, sehr lebhaft denken, wie er in den Fehler verfallen sein kann, den Sie dem sechsten Buche vorwerfen. Er scheint überhaupt jetzt nach einer Einfachheit, Deutlichkeit und Vollständigkeit im Vortrag zu streben, die allem, was er in dieser Gattung schreibt, notwendig gefährlich werden muß. Etwas davon hat sich, wie Sie auch manchmal äußerten, schon in die bisherigen Bücher des „Meister" eingeschlichen und ist . . . sowenig den guten als den schlechten Beurteilern entgangen. Ich halte es um so schwerer, daß Goethe jetzt und künftig diesen Fehler vermeidet, als er aus seinen besten Eigentümlichkeiten, wenn nicht entsteht, doch erklärbar ist und als er durch die größere Ruhe und Kälte seines jetzigen Alters vermehrt wird. Auf das ganze Ende des „Meisters" bin ich begierig . . . Es sollte mich unendlich schmerzen, wenn der „Meister" nicht auf die rechte Weise hinausgeführt und der Knoten mehr zerhauen als gelöst wäre. Nach neueren und bessern Nachrichten hat Goethe zwar für die ersten vier bei Unger gedruckten Bände für jeden 500 Taler, für den „Meister" aber mehr bekommen. Vielleicht ist es nicht übertrieben, was man sagt: für die beiden ersten Bände 1500 Taler. Von seinem Benehmen mit seinen Verlegern, das hier durchaus hart und unbillig genannt wird, höre ich sehr viel sprechen. Indes sind auch die Berliner Gelehrten über diesen Punkt in einer ganz eignen wahren oder affektierten Unschuld. So fragte mich Herz neulich in ganzem Ernst, ob denn Goethe in der Tat Geld nehme.

SchiNa XXXV, 303

846. CHARLOTTE VON STEIN AN CHARLOTTE SCHILLER

Weimar, 29. August 1795

Hier wieder ein Teil Erzählungen [von Tressan]. Mögen sie Schiller so gut einschläfern wie Goethes „Märchen" neulich Wieland, als Goethe in einer Gesellschaft bei sich vorlas.

SchFr II, 303

847. RAHEL LEVIN AN BRINKMAN

Teplitz, August 1795

Sagen Sie ihm, wir kennten uns schon. Goethe wäre der Vereinigungspunkt für alles, was *Mensch* heißen kann und will.

RahelA I, 144

848. CHARLOTTE VON KALB AN CHARLOTTE SCHILLER

Weimar, 8. September 1795

Goethe sah ich noch nicht; er ist aber wieder hier. Meyer sagte mir, er habe schon längst mich besuchen, mich zu sich einladen wollen; aber sein *Mißstand mit der ganzen Sozietät* hier macht, daß er auch für mich verloren ist. Das könnte, das sollte anders sein.

SchFr II, 224f.

849. RAHEL LEVIN AN VEIT UND HORN

Teplitz, 8. September 1795

Sie haben mich glücklich gemacht, meine Herren! Mit Goethe. „Ich hofft es, ich verdient es nicht." Beinah möcht ich sagen: ich faß es nicht. Nämlich, ich wundere mich so. Wieso kann er wissen, daß ich Empfindung habe!? Niemanden hab ich mich in meinem Leben weniger in irgendeiner Art zeigen können als ihm. Durch Zeitumstände ... Er ist Goethe. Und was ihm scheint und er sagt, ist wahr.

Von mir selbst glaub ich ihm. Ich seh ihn schon einmal wieder, das andere Kurjahr.

Wenn Sie ihn ... sehen ..., so grüßen Sie ihn, von dem Menschen, der ihn *immer* angebetet, vergöttert hätte, auch wenn ihn *niemand* rühmte, verstände, bewunderte. Und wenn er sich wunderte, daß ein gemäßigtes Mädchen ihm eine anscheinende Extravagance sagen ließe, so sollt er's nicht tun und lieber *be*wundern, daß sie ihn so respektierte, daß es einen *Respekt* gäbe, der sie allein zurückhielte, es ihm nicht zu *sagen.* Hab ich recht? Ja, ja, ich bet ihn an. Sagen Sie ihm, es wäre nicht Affektation, sondern Pflaumenweichheit. Überhaupt könnt ich nicht dafür, daß die andern alles affektierten, was ich im Ernst meine.

Rahel II, 184f.

850. WILHELM VON HUMBOLDT AN SCHILLER

Tegel, 11. September 1795

... das Ungewöhnliche bei den „Horen" ist bloß das Honorar. Dies müßte nun bei Ihnen, Goethe und Herder zwar bleiben. Wenn Sie aber die übrigen Mitarbeiter, was sehr füglich angeht, heruntersetzten und von Goethe, wenn er bloß so wenig beliebte Dinge gäbe, als die „Unterhaltungen" bisher waren, weniger aufnähmen, so wäre dadurch schon genug für Cotta erspart.

SchiNa XXXV, 333f.

851. SCHILLER AN FRIEDRICH HEINRICH JACOBI

Jena, 5. Oktober 1795

Darüber, daß ich die Goethischen „Elegien" in die „Horen" aufgenommen habe und noch heute darin aufzunehmen willig und bereit sein würde, werde ich, wenn nur einigermaßen meine Zeit es erlaubt, öffentlich in einem kleinen Aufsatz über die Schamhaftigkeit der Dichter, oder wie er sonst betitelt sein mag, [„Die sentimentalischen Dichter" in den „Horen" 1795] meine Gründe angeben.

SchiNa XXVIII, 68

852. WILHELM VON HUMBOLDT AN SCHILLER

Tegel, 12. Oktober 1795

Von Goethe höre ich hier allerlei possierliche Geschichten erzählen, die von zwei getauften Jüdinnen [Rahel Levin und Marianne Meyer], die mit ihm in Karlsbad waren, herkommen. Außerdem daß er ihnen soll erstaunlich viel vorgelesen, in Stammbücher und auf Fächer geschrieben und ihre Produktionen korrigiert haben, erzählt auch die eine, die sonst ein sehr schönes Mädchen war, daß er ihnen die einzelnen Gelegenheiten erzählt habe, die ihn zu den „Elegien" veranlaßt, namentlich die zu dem Vers: „Und der Barbar beherrscht römischen Busen und Leib!" ... Sie sollen auch, wie sie erzählen, bei dem erwarteten neuen Ankömmling in Weimar Patenstelle vertreten.

SchiNa XXXV, 378

853. AUGUST WILHELM SCHLEGEL AN SCHILLER

Braunschweig, 13. Oktober 1795

In Goethes „Elegien" herrscht römischer Geist: Man glaubt italienische Luft zu atmen, wenn man sie liest. Jede neue Form, in der Goethe auftritt, ist ein neuer Beweis seiner Selbständigkeit; aber die sichre Kühnheit des Mannes, an den „Natur und Schule" gerichtet werden könnte, möchte als Beispiel sehr gefährlich werden.

SchiNa XXXV, 382

854. BÖTTIGER IN SEINEM TAGEBUCH

Weimar, 8. November 1795

[Wieland] Über Goethe und Herder. Ihm fehlt es an Selbsterkenntnis. Sie glauben, das Publikum müsse alles dankbar aufnehmen. Herder ziehe alles in sein Gebiet und wolle überall herrschen. Die „Horen" seien doch nur eine merkantilische Spekulation von Schiller. Anfänglich sei es eine Bundeslade gewesen, die niemand habe anrühren dürfen, ohne daß Feuer daraus hervorgegangen und die Frevler zu verzehren gedroht habe. Jetzt könne man schon menschlicher mit ihnen umgehen. Der Aufsatz von Goethe ..., das Feenmärchen, fange prächtig an, ende aber sehr mattherzig. Amphora coepit, urceus exit. Es werde ihm bange, daß es mit dem „Wilhelm Meister" auch so gehen könne.

Bö I, 165

855. SCHILLER AN WILHELM VON HUMBOLDT

Jena, 9. November 1795

Goethe ist seit dem 5. hier und bleibt diese Tage noch hier, um meinen Geburtstag mit zu begehen. Wir sitzen von abend um 5 Uhr bis nachts 12, auch 1 Uhr beisammen und schwatzen. Über Baukunst, die er jetzt zur Vorbereitung auf seine italienische Reise treibt, hat er manches Interessante gesagt, was ich mir habe zueignen können. Sie kennen seine solide Manier, immer von dem Objekt das Gesetz zu empfangen und aus der Natur der Sache heraus ihre Regeln abzuleiten. So versucht er es auch hier ...

Daß von seiner „Optik" und seinen naturhistorischen Sachen auch viel die Rede sei, können Sie leicht denken. Da er die letztern gerne vor seiner italienischen Reise (die er im August 96 anzutreten wünscht) von der Hand schlagen möchte, so habe ich ihm geraten, sie in einzelnen Aufsätzen, in *seiner* darstellenden Manier, zu den „Horen" zu geben. Ohnehin ist sonst nicht viel von ihm für das folgende Jahr zu hoffen.

Wir haben dieser Tage auch viel über griechische Literatur und Kunst gesprochen ...

SchiNa XXVIII, 100f.

856. CHARLOTTE VON STEIN AN CHARLOTTE SCHILLER

Weimar, 11. November 1795

Das fünfte Buch von „Wilhelm", auch das Glaubensbekenntnis hat mir sehr wohl gefallen. Ich glaube beinahe, es ist von einem Frauenzimmer, und er hat es nur zugestutzt. Eine einzige widerliche Stelle ist in dieser Konfession.

SchFr II, 306

857. CHARLOTTE VON STEIN AN IHREN SOHN FRIEDRICH

Weimar, 18. November 1795

Von Goethe erhielt ich gestern abermals einen Teil des „Wilhelm Meister", der mich beim Lesen sehr unterhalten hat. Er hat wieder ein Faulconbridgen taufen lassen, und es ist gestern wieder gestorben.

Stein II, 34

858. WILHELM VON HUMBOLDT AN SCHILLER

Tegel, 20. November 1795

In den „[Venezianischen] Epigrammen" ist alles die Zensur passiert, auch das mit den

„Rauch des Tobaks, Wanzen, Knoblauch und †".

Das letztere ärgert mich beinah. Mich wundert, daß Sie es nicht schon gestrichen. Es ist doch unartig, und poetischer Verlust war nicht dabei ...

Seine naturhistorischen Sachen sind doch, dünkt mich, nicht recht für die „Horen" geeignet. Überhaupt, glaube ich, müßte er sie ernstlicher angreifen, wenn sie der Wissenschaft Gewinn bringen sollen, wie seine Ideen an sich gewiß in hohem Grade tun können. Zu seiner „Optik", vorzüglich insofern es gegen Newton gerichtet ist, kann ich noch kein rechtes Zutrauen fassen, und ich wollte, er wartete mit den Epigrammen gegen diesen, bis er das Publikum überzeugt hätte.

SchiNa XXXVI/1, 24 f.

859. BÖTTIGER IN SEINEM TAGEBUCH

Weimar, 26. November 1795

[Wieland] Über Goethe. Bei Ende des zweiten Bandes des „Wilhelm Meister" hoffte Goethe, mit vier Bänden auszukommen. Jetzt spricht er schon von fünf Bänden. Die vier Friedrichsdor pro Bogen schmecken so gut, daß noch sechs oder acht Bände daraus werden können. Die „Geständnisse der schönen Seele", welche die größte Hälfte des dritten Bandes ausmachen, sind von einer verstorbenen Dame, die Goethe nur nach seiner Art zuschnitt. Man sieht ihnen das Fremdartige auf jedem Worte an. Es fehlte eben Goethe an Manuskript. Das ganze Buch hat dadurch schon eine auffallende Ungleichheit, daß morceaux aus ganz verschiedenen Perioden Goethes darin sind. Überhaupt arbeitet Goethe so, daß er Stücke (z. B. bei einem Schauspiel Szenen aus dem ersten und fünften Akt) einzeln ausarbeitet und sie dann sehr lose zusammenhängt. Das erste Buch im „Wilhelm Meister" war schon vor zehn Jahren *viel lebendiger* einmal niedergeschrieben. Aber seltsam ist es, daß Goethe, der in seinem Serlo und Meister solche Ideale von guten Theaterdirektionen aufstellt, selbst ein so abscheulicher Direktor ist und bald den Geschmack des weimarschen Publikums auf Haberstroh reduziert haben wird (zum Beispiel der „Zauberzither" [von Wenzel Müller]).

Bö I, 169f.

860. CHARLOTTE VON STEIN AN IHREN SOHN FRIEDRICH

Weimar, 29. November 1795

Der dritte Teil von „Wilhelm Meister" ist sehr unterhaltend. Wie ich dem Autor sagte, ich wäre aufs Ende der Personnagen sehr neugierig, wie er es ausführen würde, so sagte er mir, im Leben brauche man nicht konsequent zu sein, aber freilich in einem Roman verlange man es. Ich stutzte ordentlich, daß er das Herz hatte, mir das zu sagen, und unsere Unterhaltung war am Ende.

Stein II, 35, und Bode I, 540

861. WILHELM VON HUMBOLDT AN SCHILLER

Tegel, 4. Dezember 1795

Ich habe den „Meister" jetzt von neuem gelesen. Es ist nicht zu leugnen, daß das sechste Buch unerträgliche Longueurs und Tiraden hat, so gut auch sonst der so schwierige Gegenstand behandelt ist. Mit dem Oheim verwandelt sich auf einmal die Szene, und besonders an dieser Stelle sind einige sehr feine Bemerkungen ... Ob ich gleich die „Bekenntnisse [einer schönen Seele]" immer mit großem Interesse lesen werde und es mich nicht verdrießen lasse, dem Gange des Charakters auch mit Mühe nachzugehen, so ist mir das Individuum doch immer eine höchst fatale Gestalt, die mir in allen ihren Metamorphosen gleich stark und (was mir ein Beweis der großen Kunst ist, mit der Goethe den Charakter souteniert hat) immer auf gleiche Weise mißfällt ... Freilich aber war er eben so der beste für diesen Stoff, und es scheint mir ein eigentümliches Verdienst des „Meister", daß die Charaktere so ganz nach den Foderungen des Romans gebildet sind. Vorzüglich ist dies am Meister sichtbar, der mir wie ein Ideal eines Romanencharakters vorkommt, immer so geneigt ist, sich zu verwickeln, und so nie Kraft hat, die geschürzten Knoten wieder zu lösen, und sich daher unaufhörlich dem Zufall in die Hände gibt ...

Über das zehnte „Horen"-Stück habe ich zwar kein bedeutendes Urteil bis jetzt gehört ... Dagegen habe ich das „Märchen" schon mehrmals tadeln hören. Die Leute klagen, daß es nichts sage, keine Bedeutung habe, nicht witzig sei usw., kurz, es ist nicht pikant, und für ein leichtes, schönes Spiel der Phantasie haben die Menschen keinen Sinn. Im ganzen finde ich auch hier unser altes Urteil bestätigt. Es wird entsetzlich wenig *gelesen*. Das meiste nur angegafft und durchblättert. Eigentlich lesen tut jeder fast nur das, was er selbst eben zu seinem eignen Geschreibsel braucht.

SchiNa XXXVI/1, 40ff.

862. CHARLOTTE VON STEIN AN IHREN SOHN FRIEDRICH

Weimar, 6. Dezember 1795

Wenn Du den dritten Band von „Wilhelm Meister" lesen wirst, so gib acht auf das Glaubensbekenntnis einer schönen Seele. Ich wollte schwören, es ist nicht von Goethe, sondern er hat nur Stellen hineingesetzt, und es hat ihm vermutlich jemand einmal gegeben. Und ... wie die Schnecke in ihr Haus nur alles um sich zum Nutzen zieht, so hat er dieses wie vom Himmel gefallen in die Komödiantengesellschaft gebracht, weil diese Bogen auch bezahlt werden.

Stein II, 36, und Bode I, 541 f.

863. WILHELM VON HUMBOLDT AN SCHILLER

Tegel, 11. Dezember 1795

Goethe, der mir auch vorgestern geschrieben hat, leibt und lebt in seinen Briefen, so wie man ihn im Gespräche sieht. Manchmal ist mir das schon äußerst frappant gewesen, besonders gerade jetzt, da er in keiner vorteilhaften, ihm recht eigentümlichen Stimmung zu sein scheint, sondern sich so in einem Zustand der Abspannung gehenläßt. Über seine naturhistorischen Sachen denke ich völlig einstimmig mit Ihnen. Daß er sich über Stillschweigen in Ansehung seiner optischen Schrift [„Beiträge zur Optik"] beklagt, darin hat er doch kaum halb recht. Bald nach ihrer Erscheinung hat Gren in Halle sie *angeblicherweise* völlig widerlegt, d. h. gezeigt, daß die von Goethe aufgestellten Phänomene sich recht gut nach der Newtonischen Theorie erklären ließen und also keine neue brauchten. Auch im „Gothaischen Magazin" hat man ihrer gedacht. Wenn jetzt einer schweigt, so geschieht's doch wohl, weil er jener Widerlegung beitritt und aus Diskretion es nicht öffentlich erklären will. Neuerlich aber ist das Stillschweigen, und zwar nicht auf die angenehmste Art, in Gehlers Supplementbande zu seinem „Physikalischen Wörterbuch", Artikel „Farben", wieder gebrochen worden... Ich wünschte wohl zu wissen, was eigentlich daran sein mag; allein auf alle Fälle sollte doch Goethe jetzt erst seine Theorie gründen und befestigen, ehe er Feindseligkeiten anfinge.

SchiNa XXXVI/1, 44

864. SOPHIE TISCHBEIN AN AUGUST WILHELM SCHLEGEL

Dessau, 14. Dezember 1795

[Johann Friedrich August] Tischbein hatte Ihnen versprochen, etwas von Ihrem Abgott zu sagen. Die Zeit hat ihm gefehlt, sein Versprechen zu halten, und jetzt gibt er mir den Auftrag, es zu tun; er meint, einem Weibe würde es leichter, ein solches Kapitel abzuhandeln, als einem Mann. Nun, ich will es versuchen und sehen, ob ich Ihnen begreiflich machen kann, daß dieser Halbgott, wie Sie ihn zu nennen pflegten, nur ein Mensch ist. Sie fragen mich, ob ich seinen „Wilhelm Meister" gelesen habe. O ja, verschlungen habe ich ihn mehr als gelesen, so außerordentlich schön finde ich ihn. Aber eben darum verdrießt es mich, daß ein so schöner und großer Geist auch so einen schwachen Geist zeigen kann. Hören Sie nur und urteilen Sie! Erst muß ich Ihnen aber sagen, daß ich ihn wohl im Schauspielhaus gesehen habe, aber nie gesprochen; denn er würdigte uns seines Besuchs nicht. – Er hat einen jungen Künstler [Heinrich Meyer] mit von Italien gebracht, gibt ihm Wohnung und den Tisch und hat ihn dem Herzog empfohlen, der ihm auch des Jahrs etwas gibt, und G[oethe] sein Plan ist, diesen Menschen in der Folge dort zu fixieren. Was dieser Mensch leisten kann, ist, wie alle Kunstverständige sagen, sehr wenig; auch ist dies das allgemeine Urteil des dortigen Publikums über ihn. T[ischbein] hatte ein besonderes Empfehlungsschreiben an G[oethe]. Dieser aber empfing ihn sehr kalt und kam, obgleich halb Weimar T[ischbein] besuchte, in den ersten sechs Wochen nicht zu ihm; endlich ist er denn doch gekommen, aber immer kalt geblieben, und je mehr Arbeit T[ischbein] bekam, je mehr man mit seiner Arbeit zufrieden war, je zurückhaltender wurde Herr G[oethe]. Auch hat er es nicht bei der Kälte bewenden lassen, sondern wirklich Kabale gegen

Ti[schbein] gemacht. Es tut mir leid, dieses von ihm sagen zu müssen. Der Herzog sowie die Herzogin äußerten den Wunsch, G[oethe] von Ti[schbein] seiner Hand gemalt zu sehen. Ti[schbein] bat ihn um sein Porträt. Wieland, Herder und Pötiger [Böttiger] haben ihm dies sehr gütig zugestanden, Herr G[oethe] aber abgeschlagen. Da nun die Arbeit vor den Hof geendigt war, ging Ti[schbein] nochmals zu G[oethe] und bat ihn, doch zu kommen und sein Urteil über die Gemälde zu sagen – und können Sie es glauben? Er ist nicht gekommen! – Was konnte anders die Ursache dieser sonderbaren Behandlung sein als Furcht, daß seines Protegé Arbeit in Vergleichung mit der von Ti[schbein] seiner zu viel verlieren würde, oder die, daß Ti[schbein] sein Urteil über diesen Menschen frei heraussagen würde und er auch ebenfalls dadurch verlieren würde. Beides verbesserte nun G[oethe] durch sein Betragen nicht, und Sie selbst werden mir zugestehen, daß diese Behandelung keinen edlen Zug in seinem Charakter bewies und dabei sehr viel Menschliches hatte.

Sobald es hieß, Ti[schbein] würde den Winter in W[eimar] bleiben, ließ Herr G[oethe] seinen Künstler geschwind nach Italien reisen, und nun, höre ich, wird er wieder zurückkommen.

SchlTi 311 f.

865. WILHELM VON HUMBOLDT AN SCHILLER

Berlin, 29. Dezember 1795

Der „Musenalmanach [für das Jahr 1796]" ist jetzt in allen Händen ... Die härteste Kritik muß sich Goethe gefallen lassen, besonders seine „[Venezianischen] Epigramme", für die nun auch freilich der Standpunkt, aus dem sie beurteilt werden müssen, am schwersten zu finden ist und die ich daher auch von einigen ebenso grundlos loben als von andern tadeln höre ...

In Rücksicht auf Goethe werde ich auch oft gefragt, warum er soviel teils Schlechtes, teils Unvollendetes ins Publikum gibt.

SchiNa XXXVI/1, 71 ff.

1796

866. KÖRNER AN SCHILLER

Dresden, 1. Januar 1796

Die ganze Sammlung [der „Musenalmanach“ für 1796] ist in der Tat einzig in ihrer Art ... Goethens Produkte sind ungleich. Der „Besuch“ ist allerliebst. Die „Nähe der [des] Geliebten“ ist sehr für die Musik berechnet. Die „[Venezianischen] Epigramme“ machen ein Ganzes für sich und sind mir ein sehr interessantes Produkt. Ich sehe sie als ein Tagebuch während einer italienischen Reise an. Aus diesem Gesichtspunkte sind sie mir äußerst charakteristisch, und manche darunter, die einzeln nicht bedeutend sein würden, gehören sodann zur Vollendung des Seelengemäldes. Vielleicht hätten einige doch aus dieser Sammlung wegbleiben sollen, die auch im nördlichen Deutschland entstanden sein könnten. Überhaupt glaube ich nicht, daß das Publikum dieser „Epigramme“ zahlreich sein wird. Schon hier habe ich beim Vorlesen nur wenig Personen gefunden, die sie ganz zu genießen wußten.

SchiNa XXXVI/1, 75

867. SCHILLER AN WILHELM VON HUMBOLDT

Jena, 4. Januar 1796

Seitdem Goethe hier ist, haben wir angefangen, Epigramme von *einem* Distichon im Geschmack der „Xenien“ des Martial zu machen. In jedem wird nach einer deutschen Schrift geschossen. Es sind schon seit wenig Tagen über zwanzig fertig, und wenn wir etliche Hundert fertig haben, so soll sortiert und etwa ein Hundert für den „Almanach“ beibehalten werden. Zum Sortieren werde ich Sie und Körnern vorschlagen. Man wird schrecklich darauf schimpfen, aber man wird sehr gierig darnach greifen, und an recht guten Einfällen kann es natürlicherweise unter einer Zahl von hundert nicht fehlen. Ich zweifle, ob man mit einem Bogen Papier, den sie etwa füllen, so viele Menschen zugleich in Bewegung setzen kann, als diese „Xenien" in Bewegung setzen werden.

SchiNa XXVIII, 155

868. FUNK AN KÖRNER

Jena, 17. Januar 1796

Goethe ist der einzige, der die Zeit, wo er in Jena ist, viel mit Schillern lebt. Er kömmt alle Nachmittage um 4 Uhr und bleibt bis nach dem Abendessen.

Gewöhnlich tritt er schweigend herein, setzt sich nieder, stützt den Kopf auf, nimmt auch wohl ein Buch oder einen Bleistift und Tusche und zeichnet. Diese stille Szene unterbricht etwa der wilde Junge [Karl] einmal, der Goethen mit der Peitsche ins Gesicht schlägt, dann springt dieser auf, zaust und schüttelt das Kind, schwört, daß er ihn einmal wurzeln oder mit seinem Kopf Kegel schieben müsse, und ist nun, ohne zu wissen wie, in Bewegung gekommen ...

Auf alle Fälle taut er beim Tee auf, wo er eine Zitrone und ein Glas Arrak bekömmt und sich Punsch macht.

Gespr I, 628f.

869. SCHILLER AN WILHELM VON HUMBOLDT

Jena, 25. Januar 1796

Woltmann sagte mir, daß eine ganz saft- und kraftlose Rezension des „Reineke Fuchs" jetzt für die „Literatur-Zeitung" eingeschickt worden; eine so schlechte, daß sogar Hufeland auf Unterdrückung derselben votiert habe. Ich zweifle nicht, daß man, Goethen und mir zulieb, sie wirklich unterdrücken wird, wenn *ich* eine andere verspreche. Aber so gern ich diese Arbeit übernähme ..., so wissen Sie doch, lieber Freund, daß ich jetzt von meiner poetischen Aktivität mich nicht wohl zerstreuen kann. Ich gäbe daher sehr viel darum, wenn Sie an meiner Statt diese Arbeit übernähmen; ich würde dann, da wir in unsern kritischen Grundsätzen so sehr harmonieren, die Rezension als die meinige in die „Literatur-Zeitung" geben. Wollten Sie dieses nicht, so könnte sie, was noch besser wäre, zu einem Aufsatz für die „Horen" dienen. Da der „Reineke Fuchs", wenn man gerecht sein will, das beste poetische Produkt ist, was seit so vielen, vielen Jahren in Umlauf gekommen ist, und sich mit Recht an die ersten Dichterwerke anschließt, so ist es in der Tat horribel, daß er so schlecht behandelt werden soll. Goethe weiß von meiner Idee nichts, und ich werde ihm auch nicht eher etwas davon sagen, als wenn sie schon ganz ausgeführt ist; aber ich betrachte es als meine eigene Angelegenheit, zu machen, daß man entweder eine andere Meinung davon bekomme oder sich doch derjenigen schäme, die man davon hat.

SchiNa XXVIII, 173f.

870. SCHILLER AN WILHELM VON HUMBOLDT

Jena, 1. Februar 1796

Die „Xenien", von denen ich Ihnen einmal schrieb, haben sich nunmehr zu einem wirklich interessanten Produkt, das in seiner Art einzig werden dürfte, erweitert. Goethe und ich werden uns darin absichtlich so ineinander verschränken, daß uns niemand ganz auseinanderscheiden und absondern soll ... Eine angenehme und zum Teil genialische Impudenz und Gottlosigkeit, eine nichts verschonende Satire, in welcher jedoch ein lebhaftes Streben nach einem festen Punkt zu erkennen sein wird, wird der Charakter davon sein. *Unter* 600 Monodistichen tun wir es nicht, aber womöglich steigen wir auf die runde Zahl 1000 ... Es ist auch zwischen Goethe und mir förmlich beschlossen, unsre Eigentumsrechte an die einzelnen Epigrammen niemals auseinanderzusetzen, sondern es in Ewigkeit auf sich beruhen zu lassen; welches uns auch wegen der Freiheit der Satire zuträglich ist.

SchiNa XXVIII, 181f.

871. CHARLOTTE SCHILLER AN FRIEDRICH VON STEIN

Jena, 10. Februar 1796

Goethe war vorigen Monat vierzehn Tage hier und recht heiter und froh. Wir zeichnen zusammen, und ich habe schon manches gelernt. In einigen Tagen kömmt er wieder und bleibt länger hier. Sein gleiches freundschaftliches Verhältnis mit Schiller macht mir viele Freude, und es ist beiden dadurch ein neuer schöner Lebensgenuß aufgegangen.

Fritz von Stein I, 134

872. KAROLINE BÖHMER AN LUISE GOTTER

Braunschweig, 10. Februar 1796

Schillern hängt *das Ideal* gar zu sehr nach [im „Musenalmanach für das Jahr 1796"]; er meint, es ist schon gut, wenn er's nur ausspricht. Das hat mich sehr divertiert, daß man die „[Venezianischen] Epigramme" abseits getan, eine Schranke gezogen und sie, sozusagen wie junge Ferklein, in ein Köfchen allein gesperrt hat. Es sind muntre Dinger, und ich mag sie gern.

Car I, 381 f.

873. SCHILLER AN HUBER

Jena, 10. Februar 1796

Auch Goethen sage ich nichts davon, da er gar kein Freund der Emigrierten ist, die in Weimar alle über ihn klagen. Zwar tut er keinem was zuleide, aber er nimmt sich auch keines an und würde ihre Anzahl eher zu vermindern als zu vermehren wünschen.

SchiNa XXVIII, 190

874. BÖTTIGER AN SCHULZ

Weimar, 24. Februar 1796

In unsrer weimarischen Welt bleibt's beim alten. Die heiligen drei Könige [Goethe, Schiller und Herder] beschatten und bewetterleuchten einander wie sonst. Goethe, der seine Winterassembleen wieder hält, aber nur die Zimmer und Lichter gibt – er selbst arbeitet bei Schiller in Jena, mit dem er ganz zusammengeflossen ist –, hat doch allerliebste Epigramme im Schillerschen Almanach geliefert. Können Sie denken, daß das Publikum gänseköpfig genug ist, das † [Venezianisches Epigramm Nr. 66] für Gott weiß welches Geheimnis auszudeuten, da es doch vor den Augen steht, daß er den Judengalgen selbst meint.

GoeJb I, 317

875. CHARLOTTE VON STEIN
AN IHREN SOHN FRIEDRICH

Weimar, um den 25. Februar 1796

Ich hatte ihn seit ein paar Monaten nicht gesehen. Er war entsetzlich dick, mit kurzen Armen, die er ganz gestreckt in beide Hosentaschen hielt. Schiller hatte seinen schönen Tag und sah neben ihm wie ein himmlischer Genius aus; seine Gesundheit war leidlich, und die blasse Ruhe auf seinem Gesicht machte ihn interessant. Ich möchte nur wissen, ob ich dem Goethe auch so physiognomisch verändert vorkomme als er mir. Er ist recht zur Erde worden, von der wir genommen sind. Der arme Goethe, der uns sonst so liebhatte!

Stein II, 38 f.

876. WILHELM VON HUMBOLDT AN SCHILLER

Berlin, 27. Februar 1796

Auch habe ich am „Fuchs" wirklich schon nicht wenig getan ..., auch den alten Text in mehrern Ausgaben verglichen. Ob ich hievon gleich gar keinen eigentlichen Gebrauch machen ... werde, so habe ich doch diese Vergleichung sehr gut genutzt. Sie hat mir gedient, zu sehen, was Goethe eigentlich selbst getan hat, und dies ist nicht sowohl viel als vielmehr alles. Im einzelnen hat er fast nichts abgeändert, oft dieselben Worte gelassen, aber dennoch ist das Ganze durch ihn schlechterdings etwas anderes geworden. Dasjenige nämlich, was eigentlich poetische Form daran ist, dasjenige, wodurch es zu der *Phantasie* des Lesers spricht und seinen ästhetischen Sinn rührt, gehört ihm ganz und ganz allein ... Wodurch Goethe dies bewirkt hat, ist schwer zu bestimmen, und ich habe an einzelnen Stellen vergeblich darüber gegrübelt. Das Silbenmaß, das es dem Griechischen näherbringt, tut viel; aber da es so äußerst lose und leicht behandelt ist, auch wieder nicht viel. Die Hauptsache liegt wohl in der Sprache, in dem Periodenbau, endlich und vorzüglich in der Behandlungsart des Genies, die sich nicht einzeln und mit Worten bestimmen läßt.

SchiNa XXXVI/1, 131f.

877. LAVATER AN JOHANN GEORG MÜLLER

Zürich, 28. Februar – 1. März 1796

Goethes „Bekenntnis einer schönen Seele" [in „Wilhelm Meisters Lehrjahren"] hab ich nur an einem dritten Ort flüchtig gesehen und doch kaum aus der Hand legen können. Auch Geßner fand es über allen Begriff christlich von Goethe. Eine verstorbne auserwählte Freundin [Susanna Katharina von Klettenberg], die auch Goethes vertrauteste, schwesterliche Freundin war, versicherte mich oft, daß sie gegründete Hoffnung habe, Goethe würde noch einst als ein vorzüglicher Christ sein Leben enden ...

[1. März] Gestern und heut las ich das „Bekenntnis einer schönen Seele"! Hätt ich diese schöne Seele (es ist gewiß *die* Freundin, von welcher ich eben sprach) nicht darin erkannt, es hätte mich viel weniger interessiert. Itzt kam's mir doch nur als ein klein Gemälde in einer enorm breiten Rahm vor. Ich weiß nicht, warum mir alles so leer, so wortreich, so zwecklos und ärmlich vorkommt, was ich diese Zeit her lese.

Mich dünkt immer, unsere Autoren haben keinen Respekt, weder vor der Zeit noch ihren Lesern, noch sich selber. So wenige denken ihren Lesern was Wahres, Gewichtiges, Reichhaltiges, Applikables, Unvergeßliches zu geben!

La 368f.

878. SCHILLER AN WILHELM VON HUMBOLDT

Jena, 21. März 1796

Was ich in meinem letzten Aufsatz [„Beschluß der Abhandlung über naive und sentimentalische Dichter ..."] über den Realism gesagt, ist vom Wallenstein im höchsten Grade wahr. Er hat nichts Edles, er erscheint in keinem einzelnen Lebensakt groß, er hat wenig Würde und dergleichen, ich hoffe aber nichtsdestoweniger, auf rein realistischem Wege einen dramatisch großen Charakter in ihm aufzustellen, der ein echtes Lebensprinzip in sich hat. Vordem habe ich, wie im Posa und Carlos, die fehlende Wahrheit durch schöne Idealität zu ersetzen gesucht; hier im „Wallenstein" will ich es probieren und durch die bloße Wahrheit für die fehlende Idealität (die sentimentalische nämlich) entschädigen ...

Daß Sie mich auf diesem neuen und mir ... fremden Wege mit einiger Besorgnis werden wandeln sehen, will ich wohl glauben. Aber fürchten Sie nicht zuviel. Es ist erstaunlich, wieviel Realistisches schon die zunehmenden Jahre mit sich bringen, wieviel der anhaltendere Umgang mit Goethen und das Studium der Alten, die ich erst nach dem „Carlos" habe kennenlernen, bei mir nach und nach entwickelt hat. Daß ich auf dem Wege, den ich nun einschlage, in Goethens Gebiet gerate und mich mit ihm werde messen müssen, ist freilich wahr; auch ist es ausgemacht, daß ich hierin neben ihm verlieren werde. Weil mir aber auch etwas übrigbleibt, was *mein* ist und *er* nie erreichen kann, so wird sein Vorzug mir und meinem Produkt keinen Schaden tun, und ich hoffe, daß die Rechnung sich ziemlich heben soll ...

Übermorgen ... reise ich auf vierzehn bis achtzehn Tage nach Weimar, wenn meine Gesundheit es erlaubt. Ich habe Goethen versprochen, während Ifflands Anwesenheit, der am Karfreitag ankommt, ihm Gesellschaft zu leisten, damit er für Iffland um so eher eine Sozietät eröffnen könne. Er wollte nicht gern zuviel Anstalten Ifflands wegen machen, und doch wissen Sie, daß man in Weimar alles aufbieten muß, um auch nur etwas von Sozietät zu haben. Nun geht ein Teil der Sozietätsarrangements auch auf meinen Namen, und wenn wir beide, Goethe und ich, zusammen sind, so verwandelt sich die ganze Historie in eine Komödie für uns.

SchiNa XXVIII, 204f.

879. CHARLOTTE VON STEIN AN IHREN SOHN FRIEDRICH

Weimar, 14. April 1796

Sein kleiner August kommt jetzt oft als Spielkamerad vom kleinen Schiller zu mir. Es scheint ein gutes Kind. Ich schenkte ihm einige Spielereien, die ihn sehr freuten, und nach drei verschiedenen Pausen, wo er sich vermutlich einzeln die Geschenke in seinem Köpfchen rekapitulierte, sagte er allemal ein recht ausgesprochenes: „Ich bedanke mich." Ich kann manchmal in ihm die vornehmere Natur des Vaters und die gemeinere der Mutter unterscheiden. Einmal gab ich ihm ein neu Stück Geld; er drückte es an seinen Mund vor Freuden und küßte es, welches ich sonst am Vater auch gesehen habe. Ich gab ihm noch ein zweites Stück, und da rufte er aus: „Alle Wetter!" Vor einigen Tagen schickte mir Goethe durch den Kleinen ein dick Paket ... Akten ..., die Du bei ihm hattest liegenlassen, und schrieb mir ein recht papiernes Billett dazu. Hat er Dir wohl auf die drei Briefe, die Du ihm nacheinander schriebst, geantwortet?

Schillers sind nun beinahe vier Wochen hier, und Goethe macht Anschläge, im Fall er Ifflanden nicht hier fürs Theater engagieren kann, dem Schiller die Theaterwirtschaft, welche er zeither verwaltet, zu übergeben, da er nach Italien geht.

Stein II, 41

880. KÖRNER AN SCHILLER

Dresden, 15. April 1796

... freut mich besonders Dein Verhältnis mit Goethen immer mehr. Seine mannigfaltigen Attentionen für Dich und das Zutrauen, mit dem er Dich über eines seiner Lieblingsprodukte [„Egmont"] schalten und walten läßt, beweisen für seine herzliche Anhänglichkeit. Eure Verbindung muß für euch beide eine Quelle von vielem Genuß sein, und für die Kunst habe ich große Erwartungen davon, deren Erfüllung fast bloß von Deiner Gesundheit abhängt. Ich sehe eine Möglichkeit, wie ihr *zusammen* ein dramatisches Werk hervorbringen könntet – und was würde das werden! Aber auch ohne diesen Fall müssen sich in euren Werken die köstlichsten Folgen von dieser gegenseitigen Annäherung immer mehr zeigen. Eure Verschiedenheit konnte fast nicht besser ausgesucht werden, um eurem Verhältnisse die größte mögliche Würze zu geben.

SchiNa XXXVI/1, 184

881. BÖTTIGER AN SCHULZ

Weimar, 13. Mai 1796

Iffland aus Mannheim hat hier vier Wochen lang durch sein Meisterspiel alles entzückt, und ich soll nun, so will es die Herzogin und Goethe, etwas in Druck ergehen lassen. Göschen will es mit aller Pracht seiner Offizin auszieren. Ist das Glück uns hold, so kommt Iffland zu Michaelis ganz zu uns, reformiert unser ganzes Theaterwesen und versucht, ob unser kleines Weimar wo nicht das prächtigste, doch das kunstreichste Theater in Deutschland besitzen könne. Da Goethe Anfangs August mit dem Herzog nach Italien geht, so muß eine neue Theaterdirektion stattfinden. Dies und die anerkannte Vortrefflichkeit Ifflands bewogen den Herzog, ihm alle Bedingungen zu bewilligen, die er vorläufig machte...

Legen Sie nun ernstlich Hand an Ihre „Italienische Reise". Sonst kommt Ihnen Goethe zuvor. Denn wie mir Unger unterderhand verraten hat, wird er gleich nach Goethes Zurückkunft eine artistische Reise von Goethe erhalten, dergleichen noch nie erhört und gesehn war. Der Goethische Kammerherr Meyer ist schon seit Jahr und Tag in Italien und hat dem, der da kommen soll, die Stätte bereitet. Darum wird auch Goethe seinen „Wilhelm Meister" auf einmal schließen und die auf acht Bände geschürzten Knoten mit seinem unwiderstehlichen Genieschwert mächtig zerhauen.

GoeJb I, 318f.

882. CHARLOTTE VON STEIN AN IHREN SOHN FRIEDRICH

Weimar, nach dem 16. Mai 1796

Goethe ist noch immer in Jena. Es kam eben, wie ich da war, eine kleine „Viktoria" von Dresden für ihn an. Er setzte sie am Tisch vor sich und meinte, beim Essen und Trinken sei am besten von der Kunst zu sprechen. Er nahm auch wirklich an nichts viel weiter Anteil, und zuletzt hatte er das Glas Wein in der einen Hand und die Viktoria in der andern.

Stein II, 44

883. CHARLOTTE VON STEIN AN CHARLOTTE SCHILLER

Weimar, 2. Juni 1796

Über Schillers heiteres Aussehen habe ich mich gefreut; grüßen Sie ihn recht schön von mir, und wenn Sie's für gut finden, so sagen Sie auch dem dicken Geheimrat einen guten Abend in meinem Namen.

SchFr II, 311f.

884. BÖTTIGER AN WIELAND

Weimar, 6. Juni 1796

Jetzigen Freitag wird man die Herzogin [Anna Amalia] mit „Erwin und Elmire“ überraschen, wobei die Göchhausen die Theaterdirektion hat ... Goethe hat die zwei Dutzend Hemden für seine Reise nach Italien wieder abbestellen lassen und entschädigt sich wegen dieser Fehlschlagung durch den Weihrauch, mit dem ihn Schiller und [August Wilhelm] Schlegel in Jena, wohin ihm nun auch die Donna Vulpia nachgefolgt ist, bis zum Ersticken umräuchern.

GoeJb IV, 324

885. FRIEDRICH SCHLEGEL AN SEINEN BRUDER AUGUST WILHELM

Pillnitz, 15. Juni 1796

Gestern war ein Götterfest für mich. Ich las die Idylle [„Alexis und Dora“]. Nur einmal; aber wenn es auch das einzige Mal bliebe, so würde sie nie aus meinem Gedächtnis verlöschen. Es hat mich mit Entzücken durchdrungen. Das „Ewig!“ ging mir durch Mark und Bein. Eine wollüstige Träne fiel auf das Blatt. Wie zart ist nicht die Rede des Mädchens! Es ist mir lieber als alles, was Goethe je über Liebe metrisch gedichtet hat ... Er hat übrigens sehr recht, es eine Idylle zu nennen. Es ist wirklich eine, nur nicht im modern Schillerschen Sinn, sondern im griechischen. Doch versteht sich's, daß sie mehr wert ist als alle Theokritischen und dergleichen.

Wer so dichten kann, ist glücklich wie ein Gott!

Schls 284f.

886. JEAN PAUL AN OTTO

Weimar, 18. Juni 1796

Schon am zweiten Tage warf ich hier mein dummes Vorurteil für große Autoren ab, als wären's andere Leute. Hier weiß jeder, daß sie wie die Erde sind, die von weitem im Himmel als ein leuchtender Mond dahinzieht und die, wenn man die Ferse auf ihr hat, aus boue de Paris besteht und einigem Grün ohne Juwelennimbus. Ein Urteil, das ein Herder, Wieland, Goethe etc. fällt, wird so bestritten wie jedes andere, das noch abgerechnet, daß die drei Turmspitzen unserer Literatur einander – meiden. Kurz, ich bin nicht mehr dumm. Auch werd ich mich jetzt vor keinem großen Mann mehr ängstlich bücken, bloß vor dem tugendhaftesten. Gleichwohl kam ich mit Scheu zu Goethe. Die Ostheim [Charlotte von Kalb] und jeder malte ihn ganz kalt für alle Menschen und Sachen auf der Erde. Ostheim sagte, er bewundert nichts mehr, nicht einmal sich; jedes Wort sei Eis, zumal gegen Fremde, die er selten vorlasse; er habe etwas Steifes, reichstädtisches Stolzes; bloß Kunstsachen wärmen noch seine Herznerven an (daher ich Knebel bat, mich vorher durch einen Mineralbrunnen zu petrifizieren und zu inkrustieren, damit ich mich ihm etwan im vorteilhaften Lichte einer Statue zeigen könnte. Ostheim rät mir überall Kälte und Selbstbewußtsein an.). Ich ging, ohne Wärme, bloß aus Neugierde. Sein Haus frappiert, es ist das einzige in Weimar in italienischem Geschmack, mit solchen Treppen, ein Pantheon voll Bilder und Statuen. Eine Kühle der Angst presset die Brust. Endlich tritt der Gott her, kalt, einsilbig, ohne Akzent. Sagt Knebel zum Beispiel: „Die Franzosen ziehen in Rom ein." – „Hm!" sagt der Gott. Seine Gestalt ist markig und feurig, sein Auge ein Licht (aber ohne angenehme Farbe). Aber endlich schürete ihn nicht bloß der Champagner, sondern die Gespräche über die Kunst, Publikum etc. sofort an, und – man war bei Goethe. Er spricht nicht so blühend und strömend wie Herder, aber scharf-bestimmt und ruhig. Zuletzt las er uns – das heißt spielte er uns* – ein ungedrucktes herrliches Gedicht vor [„Alexis und Dora"], wodurch sein Herz durch die Eiskruste

Jean Paul
(Johann Paul Friedrich Richter)

die Flammen trieb, so daß er dem enthusiastischen Jean Paul (mein Gesicht war es, aber meine Zunge nicht...) die Hand drückte. Beim Abschied tat er's wieder und hieß mich wiederkommen. Er hält seine dichterische Laufbahn für beschlossen. Beim Himmel, wir wollen uns doch lieben! Ostheim sagt, er gibt nie ein Zeichen der Liebe. 1000000 etc. Sachen hab ich Dir von ihm zu sagen.

* Sein Vorlesen ist nichts als ein tieferes Donnern, vermischt mit dem leisen Regengelispel: es gibt nichts Ähnliches.

JP II, 211f.

887. CHARLOTTE GRÄFIN VON SCHIMMELMANN AN SCHILLER

Seelust bei Kopenhagen, 18. Juni 1796

Purgstall hat Goethe besser verstanden, so schien es mir, als die meisten, die ihn sahen. Daß *Sie* mit ihm glückliche Stunden zubringen, daß *er* in Ihrem Umgang sein besseres Wesen findet, hatte ich schon von Purgstall gehört, und gerne gehört. In Ihrem letzten Brief bestätigen Sie dieses. Auch nennen Sie „Wilhelm Meister", so wie ich es begreife, nicht ganz so, wie ich es selbst empfinde; ein solches *Kunstwerk* konnte ich im ganzen kaum bewundern; mein ungeübtes Auge erblickte nur einzelne Szenen, die mich aber auch hinrissen, ich gestehe es. Eine so tiefe Menschenkenntnis verdient Bewunderung; obgleich ich die Menschen nicht gerne bloß unter einer gewissen Gestalt gezeichnet sehe, kann ich nicht ihre Wahrheit verkennen. Mit diesem Buche ist es mir gegangen, als sähe ich ein schönes Gemälde der École Flamande – es sind nicht meine Lieblingsstücke. Ich habe Raffael lieber; seine Ideale sind mir näher als alle detaillierte Würklichkeit, die mich umgibt. Doch fühle ich, daß dieses in mir liegt.

SchiNa XXXVI/1, 233f.

888. CHARLOTTE VON STEIN AN CHARLOTTE SCHILLER

Weimar, 19. Juni 1796

Augustchen brachte mir gar letzt seinen Vater geführt, als ich unter den Orangenbäumen vor meinem Hause saß. Er nahm es an, sich neben mich zu setzen. Es ist mir noch immer unbegreiflich, daß er mir so fremd werden konnte.

SchFr II, 312f.

889. CHARLOTTE VON KALB AN JEAN PAUL

Jena, 19. Juni 1796

Goethe hab ich immer wahr gefunden in seinen Äußerungen. Die Zukunft wird's Ihnen zeigen. Sie sind ein Wesen, das ihn interessieren muß.

ChKalb 13

890. SCHILLER AN KÖRNER

Jena, 27. Juni 1796

Ich erhalte soeben das Ende von „Wilhelm Meister“, habe angefangen, darin zu lesen, und nun bin ich ganz voll davon...

Ein klein Gedichtchen aus dem achten Buch „Meisters“ [„So laßt mich scheinen ...“] will ich Dir doch geschwind abschreiben. Es ist himmlisch, es geht nichts darüber.

SchiNa XXVIII, 230f.

891. CHARLOTTE VON STEIN AN CHARLOTTE SCHILLER

Weimar, Juni 1796

Ich kann immer das Epigramm „Frech wohl bin ich geworden“, das man mir eben vorlas, wie ich so krank war, nicht aus meinem Kopfe kriegen und kann nicht ausfindig machen, ob der naive und sentimentalische Dichtergeist darin beisammensteht. Aber meinem Spitz muß ich's immer vorsagen, wenn ihm so recht hündisch wohl ist, denn er ist mir recht treu und recht fromm; er beißt niemanden und ist wirklich kein Schuft.

SchFr II, 311

892. KIRMS AN IFFLAND

Weimar, 7. Juli 1796

Goethe schätzt Sie hoch, was Sie aus dem Empfang und aus dem ganzen Benehmen mit Ihnen müssen bemerkt haben. Sie vermissen vielleicht eine Herzlichkeit an ihm; das kann sein. Von dieser Seite zeigt er sich nicht oft und alsdann nur, wenn er die Menschen lange geprüft und bewährt gefunden hat.

Th 61

893. KÖRNER AN SCHILLER

Dresden, 8. Juli 1796

Das Gedicht [„So laßt mich scheinen ..."] von Goethe ist herrlich; aber Du mußt die Bescheidenheit nicht übertreiben. In dieser Gattung kann Goethe Vorzüge vor Dir haben; aber diese Gattung ist nicht die ganze Sphäre der Dichtkunst ... Der gestaltlose Gedanke ist bei Dir immer das erste. Diesem soll die Phantasie *dienen*, um ihm eine Gestalt zu geben. Bei Goethen ... ist das *Spiel* der Phantasie das erste. Durch dies entsteht die Gestalt. Sie kann nie geistlos sein, da sie sein Produkt ist, aber ob sie geistvoll sei, kümmert ihn nicht ... Du herrschest unumschränkter über die Sprache. Auch im Versbau bist Du strenger gegen Dich selbst und duldest solche Nachlässigkeiten nicht, die man auch zuweilen in Goethens besten Gedichten findet. So hast Du auch den Effekt des Theaters mehr studiert ...

Ich freue mich, daß Du den „Meister" beurteilen willst. Dich wird diese Beschäftigung interessieren und Dich auf manche fruchtbare Ideen bringen, und dann ist mir's um Goethens willen lieb. Um uns Werke von solchem Umfange zu liefern, bedarf er einer Aufmunterung. Für den deutschen Dichter gibt es keine Hauptstadt. Sein Publikum ist zerstreut und besteht aus einzelnen Köpfen, die seinen Wert zu schätzen wissen, aber deren Stimme selten laut wird. Die unsichtbare Kirche bedarf eines Repräsentanten, sonst glaubt der Dichter in einer Wüste zu sein; und zu diesem Repräsentanten schickt sich niemand besser als Du.

SchiNa XXXVI/1, 258 f.

894. CHARLOTTE VON KALB AN JEAN PAUL

Jena, 9. Juli 1796

Wir sprachen von Goethens Idylle [„Hermann und Dorothea"], die Goethe Ihnen wohl auch vorgelesen. Schiller findet es eines seiner besten Kompositionen. Mir hat's auch sehr gefallen – Gedanken, Komposition –, aber mir scheint's, für die Wesen interessiert man sich nicht, von denen gedichtet wird. Der Jüngling ist ein Dichter und kein Liebhaber, das Mädchen verliebt und keine Geliebte.

ChKalb 16

895. WILHELM VON HUMBOLDT AN SCHILLER

Berlin, 16. Juli 1796

Das Geständnis, das mir Ihr letzter Brief ablegt, daß Sie lieber in Goethes Individualität jetzt als in der Ihrigen leben, ist mir ein neuer und schöner Beweis, wie sehr auch das selbständigste eigne Genie von der Anerkennung eines fremden durchdrungen sein kann. Ihre eigne Produktionskraft lähmen, wie Sie sagen, wird dies Gefühl sicherlich nur in sehr wenigen vorübergehenden Momenten.

SchiNa XXXVI/1, 272

896. KAROLINE SCHLEGEL AN LUISE GOTTER

Jena, 18. Juli 1796

Gestern nachmittag, da ich allein war, meldet man mir den Herrn Geheimrat. Ohngemeldet hätte ich ihn nicht erkannt, so stark ist er seit drei Jahren geworden. Er war gar freundlich, freute sich, mich in so angenehmen Verhältnissen zu treffen, sagte viel Schönes von [August Wilhelm] Schlegel, bis dieser selbst kam. Er hat mir gedroht, oft, auf seinem Weg ins Paradies, bei uns einzusprechen. Wir gingen nachher zu Schillers und abends in den großen hiesigen Klub, wo er an beiden Orten war. Diesmal wird er nicht lange bleiben; er hat nur das Ende von „Wilhelm Meister" herübergebracht, um mit Schiller darüber zu sprechen.

Car I, 391

897. KAROLINE SCHLEGEL AN KARL SCHLEGEL UND DESSEN FRAU

Jena, Juli 1796

Goethe hat den letzten Teil des „Wilhelm Meister", hinter sich aufs Pferd gebunden (denn er reitet trotz seiner Korpulenz wacker darauf los), in Manuskript herübergebracht, und Schiller sagte gestern, daß er uns in den nächsten Tagen zu einer Vorlesung desselben einladen würde ... Es hat mir große Freude gemacht, Goethen, und zwar so holdselig, wiederzusehn. Er sprach davon, wie lustig und unbefangen wir damals noch alle gewesen wären und wie sich das nachher so plötzlich geändert habe ... Jena scheint mir ein grundgelehrtes, aber doch recht lustiges Wirtshaus zu sein.

Car I, 392f.

898. CHARLOTTE VON STEIN AN IHREN SOHN FRIEDRICH

Weimar, 2. September 1796

Daß Du gesonnen bist, in preußische Dienste zu gehen, habe ich aus einem Brief gesehen, den Du Goethen geschrieben. Mit allem guten Willen, den ich bei ihm bemerkte, fürchte ich, er wird wegen seiner allzu literarischen Existenz zu unbehülflich sein, Dir mit Geschick aus der Sache zu helfen. Er war nur einen Augenblick hier und ist wieder nach Jena. Ich bat ihn, es noch etwas zu überlegen; alsdann will er mir den Brief an Dich offen schicken. Er sagte, er habe gar keinen Einfluß auf den Herzog ...

Den 17. gehe ich nach Kochberg. Deine Sachen will ich erst vorher einpacken; es ist mir traurig, in Deine Stube zu gehen, Goethe ... will mir helfen einpacken, denn mit den Büchern hast Du mir zu unbestimmt geschrieben, und er weiß besser wie ich, welche Dir am nötigsten sind.

Stein II, 51, und Bode I, 564

899. KAROLINE SCHLEGEL AN LUISE GOTTER

Jena, 4. September 1796

Goethe ist jetzt wieder hier und läßt das Theater arrangieren. Sonst gibt er sich diesmal viel mit Raupen ab, die er totmacht und wieder auferweckt.

Wenn Du den [„Xenien"-]„Almanach" siehst, so wirst Du auch sehn, wie er sich seither mit dem Totschlagen abgegeben hat. Er ist mit einer Fliegenklappe umhergegangen, und wo es zuklappte, da wurde ein Epigramm. Schiller hat ihm treulich geholfen; sein Gewehr gibt keine so drollige Beute von sich, aber ist giftiger. Goethe hat ein[e] Parodie auf den „Kalender der Musen und Grazien" gemacht, die einem das Herz im Leibe bewegt. Es heißt die „Musen und Grazien in der Mark".

Car I, 397

900. CHARLOTTE VON STEIN AN IHREN SOHN FRIEDRICH

Weimar, 8. September 1796

Der kleine August hat eine rechte Anhänglichkeit an mich und besucht mich immer und ist ein recht besonnenes Kind, aber er hat etwas Trauriges, als wenn er schon einmal den Trug dieses Lebens erfahren hätte.

Stein II, 53

901. RAHEL LEVIN AN DAVID VEIT

Teplitz, 21. September 1796

Sie [Marianne Meyer] wird Ihnen eine Idylle [„Alexis und Dora"] von Goethe zeigen, welche im künftigen „Musenalmanach" stehen wird, von der ich nicht schweige, weil ich will, sondern weil ich muß. Ich werde – doch noch – alle Tage empfindlicher, und Goethe und ich sind so konfundiert in mir, daß ich mit seinen Worten empfinde, so falsch es ist, nicht einmal denke.

Ja, ja, es geht noch immer crescendo. Der weiß es, was ich meine; er kann *alles sagen.* Es ist ein Gott! Lesen Sie die Idylle. Glauben Sie nicht, daß ich wegen der Idylle so frisch rase. Nein, „Iphigenie" lasen wir gestern und „Tasso" *vorher.* Wie die „Iphigenie" ist! Nun goutiere ich sie erst recht.

Rahel II, 223

902. CHARLOTTE VON STEIN AN CHARLOTTE SCHILLER

Kochberg, 26. September 1796

Ist August bei Ihnen? Ehe ich von Weimar abreiste, erzählte er mir, seine Mutter würde im Monat Oktober auf vier Wochen nach Jena gehen, um daselbst reiten zu lernen. Da kann ja Madame Paulus mit ihr reiten.

SchFr II, 314

903. SCHLICHTEGROLL AN BÖTTIGER

Gotha, 3. Oktober 1796

Es ist schade, daß die Herren vor lauter Gift und Galle das Maß des Schicklichen und Honetten oft weit überschritten haben, wodurch sie im Grunde niemanden so sehr schaden als sich selbst ... Wenn nur durch diese neue Erscheinung kein gar zu übler, grober Ton in unserer literarischen Welt eingeführt wird!

GoeJb I, 319

904. KAROLINE HERDER UND HERDER AN GLEIM

Weimar, 7. Oktober 1796

[Karoline:] Vor allen Dingen sende ich Ihnen ein merkwürdiges genialisches Produkt der Muse an der Saale [Schillers „Musenalmanach" für 1797]. Die „Xenien" sind von Goethe und Schiller. Ich möchte wohl Ihr Urteil darüber hören. Wenn Sie Erläuterungen darüber wünschen, so fragen Sie; wir haben das meiste davon herausgekriegt. Wenn wir aber im dunkeln sind, dann fragen wir die Herren nicht ...

[Herder:] Nun, Bester, flugs auf zu den „Xenien", und sehen Sie, wie die *neuen* Musen sich erklären und was für ein neuer Parnaß emporsteigt ... „Das Alte ist vergangen", sagt Sankt Paulus, „das Neue herbeikommen." Wir indessen, Lieber, Guter, Bester, wollen beim Alten bleiben und uns lieben und werthalten. Wir haben mehrere solcher Katzbalgereien erlebt und wissen, was aus ihnen wird.

VaH I, 216

905. BÖTTIGER AN JACOBS

Weimar, 9. Oktober 1796

Der neue Schillersche „Musenalmanach" ist ein wahres Revolutionstribunal, ein Terrorism, gegen welchen alle guten Köpfe in Masse aufstehen müssen.

Es ist mir unbegreiflich, wie Goethe, der sonst so leise

auftretende, furchtsame Zauderer, sich zu einem so *jugendlichen* Mutwillen mit offenem Visier hinreißen lassen konnte. Aber ich erinnere mich noch zum Glück, ihn das Urteil sprechen gehört zu haben: „Das deutsche Publikum erträgt und verschlingt *alles.*"

Gespr I, 649f.

906. SANDER AN BÖTTIGER

Berlin, 15. Oktober 1796

Die ... Epigramme [„Xenien"], wenigstens die zwölf auf Reichardt, konnten mir wahrhaftig kein Vergnügen machen. Gott behüte, wie sind die grob! Ein gewisser großer Mann, von dem sie ohne Zweifel herrühren, ist in allem groß, selbst in der Grobheit. Ich höre von einer guten Freundin, die den Schillerschen „Musenalmanach" schon ganz kennt (durch Herrn von Humboldt, dem Goethe ihn bogenweise geschickt hat), daß man in der Gesellschaft, wo daraus vorgelesen worden ist, auch über die andern Epigramme gegen Nicolai usw. sehr den Kopf geschüttelt hat. Man fällt hier über Goethe ziemlich allgemein (nur die Clique seiner Anbeter ausgenommen, die sogar sein „Märchen" in den „Horen" himmlisch finden) das Urteil, der viele Weihrauch habe ihn schwindlig gemacht und er erlaube sich nun Dinge, die man auch nicht ungeahndet sollte hingehen lassen.

GoeJb XVII, 230f.

907. KAROLINE SCHLEGEL AN LUISE GOTTER

Jena, 15. Oktober 1796

Wie ich höre, sind der falschen Deutungen unzählige. Schützens waren in Leipzig und haben den Spektakel recht mit angesehn. Gutes Kind, wie wirst Du noch erschrecken, wenn Du ihn [den „Xenien"-Almanach] in die Hand nimmst! Freilich sind die Namen voll ausgeschrieben, wenigstens Manso und Nicolai. Das wäre auch nichts; je öffentlicher, je weniger darf man ihnen Vorwürfe über diese hinterlistigen Waffen machen. Sie hätten alles vollaus nennen sollen und sich dazu. Ich kann Dir sagen, daß mir das Ding immer weniger gefällt und ich Schiller (ganz unter uns) seitdem nicht gut bin. Denn das glaub ich: fünf Sechstel rühren von *ihm* her und nur die lustigen und unbeleidigendern von Goethe. Schiller wird aber den Handel auch allein ausbüßen müssen. Er gibt so unendlich viel Prise; man kann ihn bei allen Ecken fassen, und er ist empfindlich, wie eben seine Rache zeigt.

Car I, 399f.

908. JEAN PAUL AN OERTEL

Hof, 22. Oktober 1796

Goethens Charakter ist fürchterlich: das Genie ohne Tugend muß dahin kommen ... Fürchterlich weh tat es meinem Herzen, daß G[oethe] ein so nahes wie das des guten Reichardts durchlöchern konnte.

JP II, 261

909. KAROLINE SCHLEGEL AN LUISE GOTTER

Jena, 22. ? Oktober 1796

[In den „Xenien" Nr.] 161–176 kommt Goethe mit der Naturgeschichte und Optik. Ich habe ihn viel darüber reden hören, also versteh ich sie wohl, aber sie können nicht jedermann so lustig dünken wie dem, der ihn diese Epigramme sagen hörte; denn er *macht* die seinigen nicht erst auf dem Papier: sie *entwischen* ihm.

Car I, 403

910. RAHEL LEVIN AN DAVID VEIT

Berlin, 23. Oktober 1796

Von „Meister" zu *sprechen* ist noch nicht genug, den muß man zusammen lesen ... Wie er über Kunst, Musik und Theater spricht ... Überhaupt, die Satisfaktionen, die ich darin erlebe, gehen doch weit ...

Sehen Sie, daß Mignon die interessanteste ist? Das Zucken vom Munde nach der linken Seite nahm mich gleich ein! Wie lieb ist's mir, daß sie starb, und an ihrem eigenen Herzen! Hingegen haß ich die Therese cordialement. Warum ist sie nicht mit einer Perücke geboren? Da wäre ja der Verwalter gleich fertig gewesen! *Gesehen* hab ich sie nun freilich nicht; also hübsch, sehr hübsch kann sie gewesen sein, und ein Lothario kann zuletzt alles, besonders wenn er ehrlich wird oder ist. Daß Wilhelm die nicht bekommen hat, hat mir ordentlich die Brust befreit. Wie meisterhaft ist es von Goethe, seine Personnagen so kennbar zu beschreiben und sprechen zu lassen und nie seine feine und gebildete Sprache zu verleugnen. Wie meisterhaft ist Laertes ... Friedrich aber im letzten Teile, den hat er sprechen *hören;* das erfindet auch *er* nicht. Wie er denn überhaupt oft gehorcht haben muß und das Vertrauen aller Arten von Menschen muß zu besitzen gewußt haben.

Rahel II, 233f.

911. CHARLOTTE VON STEIN AN IHREN SOHN FRIEDRICH

Weimar, 25. Oktober 1796

Es sind mitunter schöne Gedanken drin [im letzten Teil des „Wilhelm Meister"], besonders auf politische Verhältnisse des Lebens, und fängt mit einem Gefühle an, das ich dem Goethe als völligem Erdensohn gar nicht mehr zutraute; auch glaube ich, es ist aus alten Zeiten. Übrigens sind seine Frauens drin alle von unschicklichem Betragen, und wo er edle Gefühle in der Menschennatur dann und wann in Erfahrung gebracht, die hat er all mit einem bißchen Kot beklebt, um ja in der menschlichen Natur nichts Himmlisches zu lassen. Es ist immer, als wenn einen der Teufel zurechtwiese, daß man sich ja nicht etwa in seinen Gefühlen irre und sie vor etwas Besseres halte, als sie wären.

Stein II, 54

912. KÖRNER AN SCHILLER

Dresden, 28. Oktober 1796

Ich sehe im „Meister" eine Welt im kleinen. Das Darstellungswürdige der menschlichen Natur wird hier zu einem großen Gemälde in der Sukzession vereinigt. Männlichkeit und Weiblichkeit erscheinen in ihren bedeutendsten Gattungen, und zwischen beiden sehen wir Meister als eine mittlere Natur – eine Art von Hermaphrodit. Keine *einzelne* Figur soll die Aufmerksamkeit fesseln; das besondre Interesse für Marianen, Mignon, den Alten wird gleichsam bestraft. Das Schicksal spielt mit den Freuden und Schmerzen der einzelnen Personen; aber das Persönliche in ihnen ist stärker als die Macht des Schicksals.

SchiNa XXXVI/1, 356

913. SCHILLER AN KÖRNER

Jena, 28. Oktober 1796

Goethe hat jetzt ein neues poetisches Werk [„Hermann und Dorothea"] unter der Arbeit, das auch größtenteils fertig ist. Es ist eine Art bürgerlicher Idylle, durch die „Luise" von Voß in ihm zwar nicht veranlaßt, aber doch neuerdings dadurch geweckt; übrigens in seiner ganzen Manier, mithin Vossen völlig entgegengesetzt. Das Ganze ist mit erstaunlichem Verstande angelegt und im echten epischen Tone ausgeführt ... Die Idee dazu hat er zwar mehrere Jahre schon mit sich herumgetragen, aber die Ausführung, die gleichsam unter meinen Augen geschah, ist mit einer mir unbegreiflichen Leichtigkeit und Schnelligkeit vor sich gegangen, so daß er neun Tage hintereinander jeden Tag über anderthalbhundert Hexameter niederschrieb.

SchiNa XXVIII, 323

914. BÖTTIGER AN SCHULZ

Weimar, 30. Oktober 1796

Goethe war fast den ganzen Sommer in Jena, weil er hier immer mehr seinen Einfluß verliert. Niemand flucht den Franzosen mehr als er, denn durch ihre Invasion und Kunstplünderungen in Italien verderben sie seinen Plan, in der Mitte des Sommers dahin abzugehn. Er muß sich also mit den Berichten genügen lassen, die ihm Meyer pünktlich aus Florenz abstattet, und seine Galle am deutschen Publikum auslassen. Davon haben wir nun eine schöne Portion im neusten Schillerschen „Musenalmanach" durch seine „Xenien" bekommen.

Ich schreibe Vieweg, daß er Ihnen unverzüglich ein Exemplar dieses sansculottischen Ungeheuers zuschicke. Alle, die ihre Knie nicht vor den göttlichen „Horen" gebeugt haben, werden darinnen guillotiniert. Am härtesten ist Nicolai, Reichardt (einst der Günstling Goethes und sein Hofkapellmeister), die Grafen Stolberg . . ., Manso . . ., Dyk . . . und die Newtonianer, die Goethes Offenbarung über die Farben nicht verehren wollen, gegeißelt. Alles ist in Aufruhr über diese Unverschämtheit. Man begreift nicht, wie der furchtsame Goethe so heraustreten konnte. Aber er denkt: künftiges Jahr bist du in Italien! Der Herzog in Gotha, der seinen Liebling Schlichtegroll mit einem aasfressenden Raben verglichen fand, ist äußerst aufgebracht. Schlichtegroll hat nämlich im „Nekrolog" ein sehr hämisches Leben von Moritz einrücken lassen; diese Schmach rächte Goethe . . . Dagegen hat nun Goethe seinen „Wilhelm Meister" sehr glorreich geendigt. Auch seine bittersten Feinde müssen dies eingestehn.

GoeJb I, 319f.

915. BÖTTIGER IN SEINEM TAGEBUCH

Weimar, 31. Oktober 1796

Herder klagte darüber, daß Goethe so oft bloß Sophisterei treibe, im Lothario [im „Wilhelm Meister"], dem er überall huldigt, dem Eigenwillen der Großen Kopfkissen unterlegt und in Szenen wie in der Erzählung von Philine, die der Graf Friedrich macht, seine eigene laxe Moral predigt. Den Einfall der Philine, die sich mit schwangerm Leibe im Spiegel sieht und ruft: „Pfui! wie niederträchtig sieht man da aus!", hat Goethe seiner vorigen Geliebten, der Frau von St[ein] abgeborgt. „Man mag unter allen diesen Menschen nicht leben", sagte Herder ferner. „Nichts spricht uns an. Wie ganz anders ist es in Lafontaines Romanen!"

Bö I, 192

916. KNEBEL AN KAROLINE HERDER

Weimar, Ende Oktober 1796

Den „Wilhelm Meister" habe ich endlich gestern nacht auch zu Ende gebracht. Ich bin darauf zu Gaste gegangen und habe also nicht sehr untersucht, was mir eben gefallen sollte, wenn ich nur fortlesen mochte. Und da hab ich doch viel Eigenes, Beziehendes und Gutes gefunden. Sonst hat mich die Lektüre eben nicht in Enthusiasmus gesetzt, und die vielen Liebeshändel nehm ich als Mangel bessern Stoffes für das Interesse an. Lothario war mir leider von allen der Leerste. Es wird so viel von seiner Tätigkeit gesprochen, und er tut gar nichts. Mit den Frauen mögen Sie auch recht haben. Es wird immer zuviel vorausgesetzt. Noch sind einige Radikalübel. Das Umwandern von Wilhelm zu Natalien war mir äußerst widrig.

VaH III, 100

917. CHARLOTTE VON STEIN AN IHREN SOHN FRIEDRICH

Weimar, Ende Oktober 1796

Es ist und bleibt ein Punkt in seinem Herzen, mit dem es nicht just ist.

Stein II, 54

918. CHARLOTTE VON STEIN AN CHARLOTTE SCHILLER

Weimar, 2. November 1796

Aber eigentlich ist mir's politisch nicht recht, daß die beiden guten Freunde diese Späße [„Xenien"] haben drucken lassen. Goethe schadet's zwar nicht, aber Schiller könnte es in der Folge schaden, besonders im Holsteinischen. Man lebt doch nicht vom Verstand allein. Ich denke freilich nicht wie eine Poetin, sondern hausmütterlich.

Sch Fr II, 314f.

919. SANDER AN BÖTTIGER

Berlin, 8. November 1796

Wen ich noch darüber [über die „Xenien"] gesprochen habe, äußert Indignation; höchstens ein paar Frauenzimmer ausgenommen, die mit der Sprache nicht herauswollen, weil sie Goethe persönlich kennen und nicht gern an das Geständnis gehen, daß auch er sich einmal vergessen habe.

GoeJb XVII, 231

920. CHARLOTTE GRÄFIN VON SCHIMMELMANN AN SCHILLER

Kopenhagen, 8. November 1796

Ach, lieber Schiller, *Sie* sollten nicht, so scheint es mir, sich an der Spitze der Kriegführenden stellen, nicht im Namen der Musen die Geißel [der „Xenien"] schwingen! Verzeihen Sie meine Aufrichtigkeit, ich hörte schon so manches Urteil, so manche giftige Anmerkung, auch aufrichtige Klagen der Gutgesinnten über die enge Verbindung zwischen Schiller und Goethe. Denke ich mir G[oethe] als Verfasser der „Iphigenia" und „Tasso" ppp., so verstehe *ich* für meinen Teil diese Seelenverbindung und wünsche beiden vom Herzen Glück zur innigsten Verbindung Höre ich aber von der Existenz im Raum die sich Goethe gewählt hat, so werde ich daran ganz irre. Placé entre la cour et la bassecour, seinen Genius im Umgang stets verleugnend, ein unedles Weib an seiner Seite, die ihm vielleicht, wie Therese einst für Rousseau es tat, alles schwarz anstreicht, was ihr nicht ähnlich ist – kurz, ein solches Gemälde von G[oethe] seine Lage (sollte es wahr sein) erklärt mir zu sehr seine Bitterkeit, seine Verachtung gegen das gesamte Menschengeschlecht. Zwar schauet er mit tiefe Blicke ins menschliche Herz herein und findet darum selten echte Tugend; doch diese Allgewalt des Bösen und Niedrigen im Menschen so aufzustellen, ist nicht, so deucht es mir, die Aufgabe eines wahren Weltverbesserers, der in seiner ganzen Würde auftreten will und kann. Sie selbst lehrten uns, Anmut und Würde so hoch zu schätzen, machten sie uns überall so unentbehrlich ... Lassen *Sie* nicht ab, uns das schöne Ideal zu zeigen ...

Glauben Sie auch ja nicht, daß ich Goethe mißverstehe; nur seine jetzige Stimmung ist es, die ich wünschte fern zu sehen, fern von Ihnen! Doch G[oethe]! lese ich seine „Alexis und Dora" zum Beispiel, so bin ich gleich gewonnen.

SchiNa XXXVI/1, 366f.

921. WEISSE AN UNBEKANNT

Leipzig, 12. November 1796

Der Schillersche „Almanach" ist aller Welt ein Ärgernis. Grobheit und schaler Witz zeichnen die meisten Epigramme [„Xenien"] aus. Aber es wird den Verfassern wahrlich vergolten werden, und schon schneit es stark Gegen-Epigramme von allen Orten her. Der alte Forster war vor vierzehn Tagen aus Halle hier gewesen und hatte ein ganzes Taschenbuch dergleichen herrezitiert. Von Nicolai erwarte ich die schärfste Lauge, und die Rezensenten werden ihre Geißeln tapfer schwingen. Es kann auch nicht schaden, daß Leuten die Wahrheit gesagt wird, die sich, wie die Verfasser der „Horen", das Monopol über Geschmack und deutsche Literatur anmaßen wollten.

Huf 39f.

922. CHARLOTTE VON STEIN AN CHARLOTTE SCHILLER

Weimar, 19. November 1796

... ich glaube beinahe, er [Karl von Stein] heiratet gar nicht und nimmt sich zuletzt ein Mamsellchen wie Goethe, denn er findet das so artig an ihm, und mir sind diese Verhältnisse zum Ekel.

Ich hab die Berlepsch nur einmal gesehen; sie war lustig und munter und dick und fett. Vielleicht macht sie jetzt mehr Eindruck auf Goethe, als da sie mager und sentimentalisch war; sie sieht auch etwas gemeiner aus.

SchFr II, 315

923. NICOLOVIUS AN FRIEDRICH HEINRICH JACOBI

Eutin, 20. November 1796

Hier, lieber Vater, kommen die Briefe von Goethe zurück. Ich freue mich Deines Versprechens, über den vierten Band von „Wilhelm Meister" ausführlicher zu schreiben, und freue mich Deines Urteils über ihn in der Antwort an G[oethe] ... Du erwartetest am Schluß des dritten Bandes ein Gemälde wie Raffaels „Verklärung", nicht die Arabesken seiner üppigen Meisterhand. Daß G[oethe] Deine Erwartung nicht befriedigt, mag guten Grund haben. Das Ideal, das Deine Seele Dir aufstellt, ist ihm wohl fremde. Gottlob, daß Du der Wahrheit näher bist! Wenigstens glaubt Sokrates es, der im „Philebus" den Edleren, als Lieblingen der Gottheit, Erfüllung ihrer Ahndungen zusagt. Wer diese nicht kennt, geht freilich unangefochtener, wird leicht verstanden ...

Schiller hat seinen „Almanach" an Voß geschickt, der ihn mir mitgeteilt hat unter dem Versprechen der Verschwiegenheit, damit das Ding Stolbergen unbekannt bleibe. Die gottlosen Mäuler! Goethen kleidet der Mutwillen besser; aber bei Schillern ist er doch immer dem Feuer eines Schwindsüchtigen gleich. Hast Du auch gehört, was Voß erfahren, daß G[oethe] und Sch[iller] die „Xenien“ bei einer Flasche Champagner gemacht haben? Daß so etwas entstehe, mag ganz natürlich sein; daß es aber gedruckt werde, ist schwerlich sittlich.

JacN I, 185f.

924. CHARLOTTE VON STEIN AN IHREN SOHN FRIEDRICH

Weimar, 22. November 1796

Heute oder morgen wird das Einpacken Deiner Kiste vollendet, und zwar hat Goethe schon zwei Vormittage damit zugebracht und wird heute auch noch einige Stunden damit zubringen. Er macht es sehr ordentlich und gern. Es ist doch schade, daß der Goethe in so dummen Verhältnissen steckt. Er hat Verstand und eine Seite von Bonhomie, und nur sein dummes häusliches Verhältnis hat ihm etwas Zweideutiges im Charakter gebracht.

Auch ich habe manche Päckchen eingepackt. Auch der kleine August hat Münzen eingewickelt.

Stein II, 56

925. GLEIM AN VOSS

Halberstadt, 27. November 1796

Was sagte mein Voß zu den „Xenien“? Sind sie nicht eines Robespeters würdig? Solche Katzbalgereien sollten der Goethe und der Schiller, die man für die Verfasser hält, verabscheuen.

GoeJb XXXIII, 18

926. WIELAND AN REINHOLD

Weimar, 2. Dezember 1796

Goethe, der beinahe fünf Monate in Jena lebte, ist seit fünf bis sechs Wochen wieder hier und fährt fort, ein mir sehr angenehmes Verhältnis mit mir zu unterhalten, wirklich das reinste und einzige, das zwischen uns bestehen kann und soll. Er ist ein sonder- und wunderbarer Sterblicher, aber bei allem dem so sehr *aus einem Stück*, so sehr bona fide alles, was er ist, mit allem seinem Egoismus so wenig übeltätig oder vielmehr im Grunde so gutartig und mit allen Anomalien seiner produktiven Kraft ein Mann von so mächtigem Geist und unerschöpflichen Talenten, daß es mir unmöglich ist, ihn nicht liebzuhaben, wie oft ich auch im Fall bin zu wünschen, daß dies oder jenes anders an ihm wäre. Von *seinem Anteil* an den „Xenien" haben Sie sehr richtig geurteilt. Aber die Welt ist nicht so nachsichtlich, und beide Epigrammatisten haben sich selbst durch diese Ergießung ihrer Laune und – Galle einen unendlichemal größern Schaden getan, als alle ihre literarischen Widersacher und Diaboli ihnen zusammengenommen in ihrem ganzen Leben hätten tun können ... Was mich bei dem allem tröstet, ist, daß sowohl G[oethe] als Sch[iller] es in ihrer Macht haben, durch ebenso gute und noch bessere Geisteswerke, als wir schon von ihnen kennen, in wenig Jahren jede Spur der von ihnen verübten Leichtfertigkeiten wieder auszulöschen – nur diejenigen ausgenommen, die sie (wie in einem tollen Seelenrausch) an einigen edeln, guten und eine *solche* Behandlung auf keine Weise verdienenden Menschen, z. B. an Gleim und an den Stolbergen, begangen haben. Denn solche Avanien können in der Tat weder in dieser noch jener Welt ungeschehen gemacht werden ...

WR 231 f.

927. NICOLAI AN ALTHOF

Berlin, 9. Dezember 1796

Bürger hat einst ein sehr treffendes Epigramm auf Goethe gemacht, da er ihn in der Vorkammer warten ließ und nachher sehr gnädig empfing. Eure Wohlgeboren haben dies kleine Gedicht aus Gründen, welche ich nicht einsehen kann, in Bürgers Gedichten nicht drucken lassen. Ich habe es aber mehrmals vorlesen gehört, und wenn ich nicht irre, so sind Abschriften in mehreren Händen. Bürger hat es mir selbst einmal vorgelesen und würde mir selbst vermutlich eine Abschrift nicht versagt haben, wenn ich ihn darum gebeten hätte.

Nun bin ich aber dabei, mit den Herren Schiller und Goethe wegen ihrer Ungezogenheit in ihrem sogenannten „Musenalmanache“ ein Wörtchen zu sprechen, sehr ernsthaft und lustig, wie man's nehmen will, gar nicht in dem Tone, den diese Herren annehmen, aber in einem Tone, den sie vermutlich nicht erwartet haben. Ich verteidige im Grunde die ganze deutsche Literatur, welche solcher Karrenschieberton beschimpft, und damit es fruchte, muß den Herren keine Wahrheit verschwiegen werden, die ihnen nützlich ist.

Dazu wollte ich nun Herrn Goethe freundschaftlich erinnern, er müsse nicht Geheimer Rat sein wollen, wo Dichter zu sein nur etwas wert ist, und um als Dichter etwas wert zu sein, müsse er nicht anfangen, schlechte Gedichte zu machen. Dazu wollte ich nun Bürgers Epigramm haben, denn es wird auch beim Publikum Eindruck machen, daß ein Mann wie Bürger ihm das schon längst sagte. Ich bitte Sie sehr also, mir eine Abschrift mit erster reitender Post zu senden.

Bürg IV, 268f.

928. GLEIM AN HERDER

Halberstadt, 10. Dezember 1796

Falk ist bei Euch. Er sagte mir, Wieland wäre unwillig über die Angriffe, die sich Goethe und Schiller gegen mich erlaubt hätten. Wo find ich diese Angriffe? In den „Xenien“ habe ich sie nicht gefunden, und Clamor [Klamer] Schmidt, auf dessen Kommentar Ihr mich verwiesen habt, hat sie nicht nachweisen können. Also müssen's wohl heimtückische Angriffe sein, in Schriftbogen, die ich jetzt nicht mehr lese. Sie mögen übrigens angreifen, so viel und so arg sie wollen; mich kümmert's nicht. Es wäre mir unlieb nur, weil ich mit ein paar Worten gegen die „Xenien“ mich erklären wollte. Tät ich's angegriffen, so schien' ich nicht mehr unparteiisch.

VaH I, 219

929. VOIGT AN GOTTLIEB HUFELAND

Weimar, 14. Dezember 1796

Die Anti-Xenien sind platt genug und vielleicht mehr ärgerlich für die Freunde der „Xenien"-Schreiber als für sie selbst. Die Rezension der Hexameter in der Hamburger Neuen Zeitungsbeilage war denn als Ironie doch erträglicher als die Leipziger Grobheit. Mir graut davor, wenn Freund Nicolai erst auftreten wird. Es sollte mich wundern, wenn die Gothaer so ganz ruhig bleiben. Alles das hat man sich aber voraussagen können.

Huf 71

930. CHARLOTTE VON STEIN AN IHREN SOHN FRIEDRICH

Weimar, nach dem 14. Dezember 1796

Herzog und Herzogin und so wir alle finden's nicht unrecht, daß man den zwei Herren [Schiller und Goethe als Verfassern der „Xenien"], welche glaubten, allein auf dem Parnaß zu befehlen, in ihrer Manier geantwortet.

Stein II, 58

931. ALTHOF AN NICOLAI

Göttingen, Mitte Dezember 1796

B[ürger] und G[oethe] hatten sich nie gesehen, aber vormals manchen Brief miteinander gewechselt. G[oethe] hatte diesen Briefwechsel angefangen und, von Bewunderung und Liebe für seinen Bruder im Apoll hingerissen, diesen bald nicht mehr mit *Sie,* sondern mit *du* angeredet. Da nun B[ürger] diese vertrauliche Annäherung erwiderte und G[oethe] in dem einmal angenommenen Tone blieb, so wurden beide schriftlich Duzbrüder.

Als in der Folge G[oethe] zu höheren irdischen Würden emporstieg, da wurde auch die Sprache in seinen Briefen an B[ürger] feierlicher; das *Du* verwandelte sich wieder in *Sie,* und bald hörte der Briefwechsel ganz auf.

Im Jahre 1789 schickte B[ürger] dem Herrn von G[oethe] ein Exemplar von der zweiten Ausgabe seiner Gedichte mit einem höflichen Schreiben zu und machte bald darauf eine Reise, die ihn durch Weimar führte. Er stand bei sich an, ob er's wagen sollte, den Herrn von G[oethe] zu besuchen, weil er von Natur blöde war und sich nach dem, was er von andern wohl gehört hatte, eben keine herzliche Aufnahme von seinem ci-devant Duzbruder versprach. Indessen da seine Freunde ihn mit der Versicherung dazu ermunterten, Herr von G[oethe] sei seit seiner Reise nach Italien leutseliger geworden, da er überdem gerade jetzt einen kleinen Dank für das Geschenk seiner Gedichte und auch wohl eine lehrreiche Beurteilung seiner neuesten Produkte von G[oethe] erwartete, so faßte er ein Herz und verfügt sich an einem Nachmittage in die Wohnung des Ministers.

Hier hört er von dem Kammerdiener, Seine Exzellenz sei zwar zu Hause, aber eben im Begriff, mit dem Herrn Kapellmeister R[eichardt] eine von diesem verfertigte neue Komposition zu probieren. O schön, denkt B[ürger], da komme ich ja gerade zu einer sehr gelegenen Zeit, halte Seine Exzellenz nicht von Staatsgeschäften ab und kann ja wohl zu der Musik auch meine Meinung sagen. Er bittet also den Kammerdiener, Seiner Exzellenz zu melden, B[ürger] aus Göttingen wünsche seine Aufwartung machen zu dürfen. Der Kammerdiener meldet ihn, kommt zurück und führt ihn – nicht in das Zimmer, wo musiziert wird, sondern in ein leeres Audienzzimmer.

In diesem erscheint nach einigen Minuten auch Herr von G[oethe], erwidert B[ürger]s Anrede mit einer herablassenden Verbeugung, nötigt ihn, auf einem Sofa Platz zu nehmen, und erkundigt sich, da B[ürger], der doch einen ganz andern Empfang erwartet hatte, ein wenig verlegen wird, nach – der damaligen Frequenz der Göttingischen Universität. B[ürger] antwortet, so gut er bei seiner Verlegenheit kann, und steht bald wieder auf, um sich zu empfehlen. G[oethe] bleibt mitten im Zimmer stehen und entläßt B[ürger] mit einer gnädigen Verbeugung.

Auf dem Wege nach Hause machte nun B[ürger] nachstehendes Epigramm:

Mich drängt' es, in ein Haus zu gehn,
Drin wohnt' ein Künstler und Minister.
Den edeln Künstler wollt ich sehn
Und nicht das Alltagsstück Minister.
Doch steif und kalt blieb der Minister
Vor meinem trauten Künstler stehn,
Und vor dem hölzernen Minister
Kriegt ich den Künstler nicht zu sehn:
Hol ihn der Kuckuck und sein Küster!

Mit großem Vergnügen teile ich Ihnen ... das verlangte Epigramm mit ... Daß Sie die unerhörte Beleidigung alles literarischen und sittlichen Wohlstandes, deren sich die Sudelköche in Jena und Weimar schuldig gemacht haben, mit Nachdruck rügen wollen, das werden Ihnen Zeitgenossen und Nachkommen verdanken.

Bürg IV, 270f.

932. CHARLOTTE GRÄFIN VON SCHIMMELMANN AN LUISE GRÄFIN ZU STOLBERG

Kopenhagen, 17. Dezember 1796

Schiller hat mir einen reizenden Brief geschrieben, mich herzlich dankend für meinen Tadel. Wenn Goethe wirklich so ist, wie er ihn schildert, muß man diese Verbindung, wovon er und ohne Zweifel auch Goethe so große Erwartungen hegt, verzeihen. Er verspricht mir indessen, daß es das erste und letzte Mal sein wird, daß wir sie so verbündet sehen werden. „Solche Waffen braucht man nur einmal, um sie dann auf immer niederzulegen.“ Das sind seine Worte. Er behauptet, sie seien dazu gereizt worden und müßten daher einmal für alle wider ihre Gegner zu Felde ziehen. Sein Brief ist im zartesten Ton, voller Freundschaft für uns geschrieben, voll Dankes für unseren Rat und meine aufrichtige Sprache. Was Goethe betrifft, sagt er mir, daß dies Weib, welches die Mutter seines Sohnes ist, nur in dieser Eigenschaft in seinem Hause wohnt, daß sie für ihn wirtschafte und nicht zu seiner Gesellschaft gehöre, keinen Einfluß auf ihn habe und daß sein Sohn gut erzogen werde.

Ein junger Edelmann [Friedrich] von Stein, der vom sechsten bis zum neunzehnten Jahre von Goethe erzogen worden, ist nach dem Zeugnis aller das Muster eines Jünglings, „ein vortrefflicher Mensch". Das sind die Gründe, die er für sich sprechen läßt. Sie erklären vieles, wenn sie auch nicht völlig überzeugen.

GoeJb XIV, 351

933. CHARLOTTE GRÄFIN VON SCHIMMELMANN AN SCHILLER

Kopenhagen, 20. Dezember 1796

Ich brauchte keine neue Überzeugung; doch bin ich jetzt über Ihre enge Verbindung mit G[oethe] so ruhig, daß ich mich durch kein fremdes Urteil werde irreführen lassen. Alles, was Sie mir über seine Lage, sein häusliches Wesen sagen, ist mir genug. Ich glaube so gerne an wahre Größe des Geistes und huldige so gerne die echte Tugend ... Ich erwarte sehr viel ... von Ihrer Vereinigung mit G[oethe].

SchiNa XXXVI/1, 408

934. BÖTTIGER IN SEINEM TAGEBUCH

Weimar, 25. Dezember 1796

Man errät schon das Ende. Dorothea, so heißt das Mädchen, wird noch beim Mondschein diesen Abend *heim*geführt. So läuft die ganze Geschichte ununterbrochen fort, in den engen Zeitraum von nachmittag 3 Uhr bis abends um 9 Uhr eingeschlossen.

Man sieht, daß die Fabel des Gedichts so äußerst einfach ist, daß sie sich kaum auch nur erträglich erzählen läßt. Aber desto mehr Breite, desto belebenderes Detail gestattet nun diese scheinbar einfache Alltagsgeschichte. Und hier ist Goethe homerisch groß und *neu.* Stellen wie die Episode, wo die Wirtin erzählt, wie vor einundzwanzig Jahren, als das Städtchen abbrannte, ihr jetziger Mann ihr auf der rauchenden Brandstätte seine Hand anbot; Schilderungen wie der

Gang der Mutter durch Garten, Weinberg, Kornflur mit den bezeichnenden Lokalumständen; Lebenssprüche, wie sie der edle Pfarrherr zu verschiedenen Malen ausspricht, müssen alle Klassen und alle Stände gleich stark ergreifen und hinreißen. War je eine Epopöe *Volksgedicht*, so muß es dies werden. Der gemeinste Verstand wird es fühlen, der geübteste und gelehrteste wird es *bewundern* ...

Es steht auf einer ungeheuern Basis, auf der Französischen Revolution ... Und doch sieht man die Schrecknisse nur aus der Ferne, hört das Gewitter nur hinter dem Gebirge, wird nie im fröhlichsten Genusse der sichern Gegenwart gestört. Dabei kennt der Dichter kein Vaterland, keine Partei; das Gedicht kann jenseits des Rheins mit so herzlicher Teilnahme durchgenossen werden als diesseits. Es sind *menschliche,* nicht Nationalszenen ... Es ist die *einzige Odyssee,* die in unsern Tagen noch möglich schien. Denn wie sich dort die Irrsale eines einzigen Menschen doch auf den gewaltigen Hintergrund des Kampfes zweier Weltteile miteinander, des zerstörten Trojas und der bei der Rückkehr verderbten Griechen, lehnen, so stützt sich hier die *schnelle* Bewerbung eines ehrbar redlichen Gastwirtssohns um eine in flüchtender Armut edle Braut auf eine Kriegsflut und Emigration, wie sie vielleicht kein folgendes Jahrhundert wiedersieht.

Das Kolorit des Gedichts ist das hellste, was nur unser nordisches Klima gewähren kann. Es ist ein heller, klarer Sonntag in der Jahreszeit, wo alles den Scheunen und Kellern entgegenreift, in schwellender Üppigkeit und glühender Sonnenbeleuchtung. Darum wandeln auch alle Figuren in so reinen, klaren Umrissen ...

Die Charaktere der handelnden Personen sind aus der Menschenklasse genommen, die in unsern Tagen allein noch Individualität und Naturgepräge haben ... Es sind die sogenannten Honoratioren einer kleinen Stadt, wie sie leiben und leben.

Bö I, 73–76

935. KAROLINE SCHLEGEL AN LUISE GOTTER

Jena, 25. Dezember 1796

Wer mich entzückt und fast verliebt gemacht hat, das ist Herder ... Den Mittag drauf waren wir bei Goethe, und Herder auch, wo ich bei ihm und Knebeln saß; allein ich hatte den Kopf immer nur nach *einer* Seite. Goethe gab ein allerliebstes Diner, sehr nett, ohne Überladung, legte alles selbst vor und so gewandt, daß er immer dazwischen noch Zeit fand, uns irgendein schönes Bild mit Worten hinzustellen ... oder sonst hübsche Sachen zu sagen. Beim süßen Wein zum Dessert sagte ihm Schlegel grade ein Epigramm vor, das Klopstock kürzlich auf ihn gemacht, weil Goethe die deutsche Sprache verachtet hat [„Venezianische Epigramme", Nr. 29], und darauf stießen wir alle an, jedoch nicht Klopstock zum Hohn; im Gegenteil, Goethe sprach so brav, wie sich's geziemt, von ihm. Gern wär ich noch länger dageblieben, um bei Goethe nicht allein zu hören, sondern auch zu sehn ... *Was* ich sah, paßte alles zum Besitzer. Seine Umgebungen hat er sich mit dem künstlerischen Sinn geordnet, den er in alles bringt, nur nicht in seine dermalige Liebschaft, wenn die Verbindung mit der Vulpius, die ich flüchtig in der Komödie sah, so zu nennen ist. Ich sprach noch heute mit der Schillern davon; warum er sich nur nicht eine schöne Italienerin mitgebracht hat? Jetzt tut es ihm freilich auch wohl nur weh, die Vulpius zu verstoßen, und nicht wohl, sie zu behalten.

Car I, 410f.

936. BÖTTIGER AN GÖSCHEN

Weimar, 28. Dezember 1796

Der weimarische „Sudelkoch" ist eben in Leipzig. Sollte das nicht zu einer drolligen Begegnung Anlaß geben? Soviel kann ich Ihnen sagen, daß er ein neues Heldengedicht in sechs Gesängen unter der Feder hat, welches sich auf die Französische Revolution gründet, ohne diese doch zu berühren [„Hermann und Dorothea"], und in dem Goethe ganz der göttliche Goethe ist. Es muß das erste Volksgedicht werden, das eine neuere Nation aufzuweisen hat. Wieland hat geweint, als es ihm Goethe vorlas.

GoeJb VI, 107

937. GÖSCHEN AN BÖTTIGER

Leipzig, Ende Dezember 1796

Soviel ich weiß, hat Goethe durch ein artiges Benehmen alles zur Artigkeit gebracht, wo er sich genähert hat. Er hat unsern alten Weiße besucht und viel mit ihm über griechische und römische Literatur gesprochen und sich äußerst gut benommen.

GoeJb VI, 102f.

938. HERDER AN KAROLINE ADELHEID GRÄFIN VON BAUDISSIN

Weimar, 1796

Zuerst, liebe gnädige Gräfin, bin ich Ihnen noch eine Antwort über Goethes Roman [„Wilhelm Meisters Lehrjahre"] schuldig. Machen Sie mir doch Vorwürfe, als ob ich ihn selbst geschrieben hätte, und ich habe ihn, später als die meisten Leser, in diesen Tagen erst gelesen. Vor vielen Jahren las er uns daraus Stücke vor, die uns gefielen, ob wir gleich auch damals die schlechte Gesellschaft bedauerten, in der sein Wilhelm war und so lange, lange aushielt. Ich weiß, was ich auch damals dabei gelitten habe, daß der Dichter ihn so lange unter dieser Gattung Menschen ließ. Indessen war damals der Roman anders [„Wilhelm Meisters theatralische Sendung"]. Man lernte den jungen Menschen von Kindheit auf kennen, interessierte sich für ihn allmählich und nahm an ihm teil, auch da er sich verirrte. Jetzt hat der Dichter ihm eine andre Form gegeben; wir sehen ihn gleich da, wo wir ihn nicht sehen mögen, können uns seine Verirrungen nur durch den Verstand erklären, interessiert aber hat er uns noch nicht so sehr, daß wir irgend mit ihm sympathisieren könnten. Ich habe dem Dichter darüber Vorstellungen getan; er blieb aber bei seinem Sinn, und den zweiten Teil des ersten Bandes, wo die Philine vorkommt, habe ich im Manuskript gar nicht gelesen. Über alles dieses denke ich wie Sie, liebe gnädige Gräfin, und jedes feine moralische Gefühl, dünkt mich, fühlt also. Goethe denkt hierin anders; Wahrheit der Szenen ist ihm alles, ohne daß er sich eben um das Pünktchen der Waage, das aufs Gute, Edle, auf die moralische Grazie weiset, ängstlich bekümmert. Im Grunde ist dies der Fehler bei mehreren seiner Schriften. Er hat sich also auch ganz von meinem Urteil weggewandt, weil wir hierinnen so verschieden denken.

Ich kann es weder in der Kunst noch im Leben ertragen, daß dem, was man Talent nennt, wirkliche, insonderheit moralische Existenz aufgeopfert werde und jenes alles sein soll. Die Mariannen und Philinen, diese ganze Wirtschaft ist mir verhaßt; ich glaube, der Dichter habe sie auch verächtlich machen wollen, wie vielleicht die Folge zeigen wird. Es ist aber schlimm, daß er diese Folge nicht mitgab und den ersten Teil allein hinstellte. Aber auch hierinnen handelte Goethe nach seinem Willen.

Wie die Folge auch sein mag, so bleibt dem Helden des Stücks immer sein Flecken; seine erste Liebe ist – auf welch ein Geschöpf geworfen!

Machen Sie mir also keine Vorwürfe, liebe gnädige Gräfin! Es kann niemand mehr gegen diese Vorstellungsart haben als ich, da ich in mehreren Verhältnissen wirklich darunter leide. Vielleicht an keinem Orte Deutschlands setzt man sich über zarte moralische Begriffe, ich möchte sagen, über die Grazie unsrer Seele in manchem so weit weg als hier, und dabei entgeht dem armen Menschen der größeste Reiz seines Lebens, und es erklingen sehr falsche Dissonanzen. Doch genug davon!

Mir hat im ganzen Buch vorzüglich der alte Harfenspieler gefallen; das ist mein Mann. Sonst sind sehr treffende, feine Bemerkungen darin, aber das Gewebe, worauf alles liegt, kann ich nicht lieben.

HBr 367 f.

1797

939. CHARLOTTE VON STEIN AN IHREN SOHN FRIEDRICH

Weimar, 2. Januar 1797

Gestern bekam ich geräucherten Lachs und Hamburger Fleisch, welches Goethe hinterlassen hatte, mir, wenn es in seiner Abwesenheit anlangte, zu schicken. Ob die fleischernen Gaben unsere Geister wieder zusammenbinden werden, weiß ich nicht. Aber das ist gewiß, daß ich seinen August recht liebhabe. Er ist so possierlich und gescheit, daß ich ganze Tage mit ihm spielen könnte. Auch kommt er recht oft.

Stein II, 61

940. CHARLOTTE VON STEIN AN CHARLOTTE SCHILLER

Weimar, 3. Januar 1797

Stellen Sie sich vor, daß die Jungfer Vulpius mir eine Torte zum Geburtstag geschickt hat! Goethe ist ein ungeschickter Mensch; er wollte, August sollte mich damit anbinden; konnte er nicht ein Zettelchen dazu schreiben, anstatt daß die Magd mit dem stattlichen Kuchen und einem Kompliment von der Mlle. V[ulpius], eben da ich Besuch hatte, mir ins Kabinett trat? Das gibt nun eine ordentliche Stadtgeschichte, wo ich drüber ausgelacht werde.

SchFr II, 318

941. LAVATER AN HERZOGIN LUISE

Zürich, 11. Januar 1797

Ach! Verehrungswürdige! ist kein Mittel, kein Weg, den geniereichsten Epigrammatisten vor Lästerungen des Allerheiligsten zu verwahren? Welche Leiden bereitet der Gesunkene sich in sich selber! Große Seelen leiden, wenn sie nüchtern werden, entsetzlich von den schwer vergütbaren Sottisen, die sie in der Trunkenheit des Geniewitzes verübten!

La 369

942. HUBER AN USTERI

Neuenburg ?, 18. Januar 1797

Und nun die „Xenien"! Was *mich* darin *persönlich* interessieren konnte, hat mir wahren Schmerz gemacht. Dem Bubenmutwillen dieser Menschen ist nichts heilig! Schiller ist mein Freund, Goethe war Forsters Freund!

Ich hoffe so glücklich zu sein, meiner Frau diese Infamie verborgen zu halten, die ihrer Ruhe, ihrer Gesundheit gefährlich sein könnte.

GoeJb XVIII, 284

943. VOIGT AN GOTTLIEB HUFELAND

Weimar, 19. Januar 1797

Der Xenien-Krieg bringt eine literarische Attacke über Weimar und Jena, die wir hätten vermeiden können.

Huf 71

944. BÖTTIGER IN SEINEM TAGEBUCH

Weimar, 19. Januar 1797

Wieland: ... Goethes „Alexis und Dora" eröffnet uns ein ganz neues Genre. Auch hier beweiset er wieder, daß er alles kann. Hätte er gereimte Stanzen machen wollen, so bin ich sicher, daß er mich auch hier aus dem Felde geschlagen hätte, wie ein Fragment eines seiner Gedichte in Stanzen [„Die Geheimnisse"?] hinlänglich beweiset. Er kann, wenn er will, alles. Sein Zauber hat mich in der ersten Zeit seines Hierseins dahin gebracht, daß ich ganz in ihn verliebt war und ihn wirklich anbetete. Wir fuhren im Jahre 1776 im Winter nach Stetten zu der Mutter der Frau von Bechtolsheim in Eisenach (das Gut hat jetzt der Graf Keller, ihr Sohn). Da freute ich mich recht innig, wie er so auf alle Leute einen recht großen Eindruck machte, und besang ihn in einem Liede ... an die Frau von Bechtolsheim ... Bei der Sammlung und Revision meiner Werke stand ich lange an, ob ich dies Gedicht nicht auch einer neuen Feile unterwerfen und mit aufnehmen sollte. Allein ich hab's doch unterlassen. Dies Monument einer Idololatrie, die ich späterhin nur zu oft zu bereuen Ursache hatte, sollte nicht auf die Nachwelt kommen! Mir fällt immer der Spruch des Plato dabei ein: „Der Liebende ist der Schwache und Bedürfende, der Geliebte der Starke und Selbständige"; und in diesem Verhältnisse stand ich zu Goethe, dessen große Kunst von jeher darin bestand, die Konvenienz mit Füßen zu treten und doch dabei immer klug um sich zu sehen, *wie weit* er's grade wagen dürfe. In Stetten zum Beispiel war er gegen die Alte weit respektvoller als hier gegen die ... [Herzogin-] Mutter, in deren Gegenwart er sich oft auf dem Boden im Zimmer herumgewälzt und durch Verdrehung der Hände und Füße ihr Lachen erregt hat.

Bö I, 202f.

945. ELISABETH STAEGEMANN AN REICHARDT

Königsberg, 20. Januar 1797

Er ... brachte mir den Tag darauf die Nachricht, daß Kant nächstens selbst an Sie schreiben würde; daß er mit dem unwürdigen Benehmen von Schiller und Goethe höchst unzufrieden, vorzüglich aber gegen den erstern erzürnt wäre und daß er Ihre Art, sich gegen den bösartigen Angriff des letzteren [in den „Xenien"] zu verteidigen, ganz vortrefflich fände.

GoeJb XXVII, 264

946. LAVATER AN FRIEDRICH LEOPOLD GRAF ZU STOLBERG

Zürich, 25. Januar 1797

Stille, kräftig, demütig, mutig wollen wir, Lieber, mit lichtheller Weisheit und Würde dem garstigen Sansculottismus, ohn uns durch ihn beflecken zu lassen, entgegenarbeiten. Goethe ist nun auch – ich hätte bald gesagt: Profoß der Sansculotten-Rotte geworden. Er hat dadurch bei allen Menschen von Menschensinn verloren und wie alle Sterbliche, ja wie alle unsterbliche Genies das Gericht, *sich selbst zu verraten,* erfahren müssen.

La 370

947. CHARLOTTE VON STEIN AN CHARLOTTE SCHILLER

Weimar, 7. Februar 1797

Goethe hat eine Elegie [„Hermann und Dorothea"] gemacht, worin er das Publikum wegen der „Xenien" wieder versöhnen wird; denn sie ist recht poetisch schön und ist, wie Anakreon würde von sich gedichtet haben. Nur schade, daß bei der Gattin, die am reinlichen Herd kocht, immer die Jungfer Vulpius die Illusion verdirbt. Vielleicht haben Sie sie schon gelesen; ich habe sie durch die dritte Hand bekommen.

SchFr II, 319

948. SANDER AN BÖTTIGER

Berlin, 7. Februar 1797

Von einer Freundin, die mit der schönen Marianne Meyer, Korrespondentin des Herrn von Goethe, in Verbindung steht, weiß ich, daß Schiller die starken Sachen, die über die „Xenien" zum Vorschein kommen, nicht mit Gleichgültigkeit aufnimmt. Goethe, Humboldt und was sonst noch viel um ihn ist, haben genug zu tun, ihn zu beruhigen und zu erheitern. So muß er denn doch mehr moralisches Gefühl haben als Herr von Goethe.

GoeJb XVII, 232

949. KAROLINE HERDER AN GLEIM

Weimar, 10. Februar 1797

Haben Sie schon Wielands „Merkur“, den Februar, gesehen? ... Übrigens hat Wieland über die „Xenien“ strenge Gerechtigkeit, aber auch gerechte Milde walten lassen, wie ein Friedensrichter und Vater endlich den Vorhang gezogen – mehr konnte er doch nicht tun vor dem ungleichen Publikum. Die meisten sind mit diesem Urteil zufrieden und sagen, er habe sie noch bei Ehren erhalten. Jemand aber, der Goethe und Schiller genau kennt (wir sind es nicht), glaubt, es wird eine Todfeindschaft zwischen Wieland und den Herren erregen. Sie, Allerbester, werden doch kein Wort über den Peleus [Gleim in den Xenien „Melde mir auch ...“ und „Ach, ihm mangelt ...“] verlieren! Mir hat er ein Fieber verursacht und die völlige Ungnade vielleicht von Goethe zugezogen. Lassen Sie die verdorrten Gemüter in ihrem Talent übermütig und sich einzig fühlen!

VaH I, 222

950. CHARLOTTE VON STEIN AN CHARLOTTE SCHILLER

Weimar, 15. Februar 1797

Schillers Basrelief gefällt mir alle Tage besser; es ist recht ausdrucksvoll. Einen Spaß macht mir's, die Köpfe von Wieland, Herder, Goethe mit ihm zu vergleichen. Herder, Goethe, Schiller haben alle einen Ausdruck von Stolz, der vom Schiller ist der vornehmste, vom Goethe ist er trutzig und vom Herder grob. In Wielands Büste finde ich gar keinen.

SchFr II, 320

951. BOIE AN NICOLAI

Meldorf, 26. Februar 1797

Nichts freut mich mehr als die volle Gerechtigkeit [Nicolais Anti-Xenien], die Sie den Talenten beider mit Recht bestraften vortrefflichen Köpfen [Goethe und Schiller] widerfahren lassen. Ich glaube mit Ihnen, daß nichts Goethen in seiner Jugend heilsamer gewesen wäre als eine Lessingische Rüge. Unser so wenig gebildetes, im Lobe nie maßhaltendes Publikum ist im Grunde schuld an dem ganzen Übel. Es verzieht seine guten Köpfe selbst und beklagt sich, wenn sie verzogen sind.

GoeJb II, 437

952. CHARLOTTE SCHILLER AN FRIEDRICH VON STEIN

Jena, 3. März 1797

Goethe schiebt seine Plane, nach Italien zu reisen, auch auf, solange es noch so übel aussieht. Ich wollte nur, Meyer wäre zurück. Dieser wird wahrscheinlich immer denken, Goethe kömmt, und so kann sich sein Aufenthalt doch sehr verzögern. – Goethe ist jetzt hier, und ich hoffe, er vollendet sein großes episches Gedicht [„Hermann und Dorothea"] hier, was sehr schön ist. Es ist einem oft, als hörte man den Homer ...

Was sagt er [Hermes] nur zu den „Xenien"? Sie werden wohl gedacht haben, daß die beiden Dichter mitunter etwas unartig waren; aber es ist im ganzen nicht so böse gemeint. Alles, was noch dagegen gesagt worden, gibt einen neuen Beweis, daß sie manches Wahre gesagt haben, nämlich über die Fähigkeit und Art, die Dinge aufzunehmen, des gelehrten Publikums. Manche haben platte Deutungen gemacht, die sie erst selbst hineingelegt haben; manche haben es moralisch zu ernstlich genommen; keiner hat aber den Reichtum von Witz aufweisen können, den die beiden verschwendet haben, und es ist noch nichts erschienen, was dagegen aufkommen könnte.

Fritz von Stein I, 138f.

953. SANDER AN BÖTTIGER

Berlin, 25. März 1797

Hat man bei Ihnen keine Vermutung, von wem der „Mücken-Almanach" sein kann? Hier tut er dem Goethe-Klub sehr weh. Alles zusammengenommen, sehe ich nun, daß die Ausfälle einer Gesellschaft gelten, die Madame Herz, Frau des jüdischen Arztes und Philosophen, noch vor Jahr und Tag alle Mittwoch regelmäßig hielt, die aber jetzt eingegangen ist. Madame Herz ist ein schöner Kopf auf einem unförmlichen Rumpfe. Dieser Rumpf war aber vor zwölf Jahren, als Goethe sich einmal in Berlin aufhielt, nicht unförmlich. Madame Herz bekam daher von Goethe Besuche und ist seitdem seine geschworene Verehrerin. Sie werden in dem „Mücken-Almanach" finden: „Eine beinahe zu groß, eine beinahe zu klein." Das sind die Herz und die kleine Rahel Levi[n]. Die beiden Jüdinnen im Karlsbade kennen Sie schon: eben diese Rahel und die schöne Marianne Meyer.

GoeJb XVII, 232f.

954. WILHELM VON HUMBOLDT AN SEINE FRAU

Weimar, 7. April 1797

Goethe ist unendlich gut und freundschaftlich, und es lebt sich sehr schön so nah und allein mit ihm. Zwar allein seh ich ihn gewöhnlich nur die Abende, aber die sind auch überaus hübsch. Er ist so vertraulich, spricht so leicht über die Dinge, die ihm die liebsten sind, wird so schön davon erwärmt und erscheint ganz, zugleich in der eignen Zuversicht und Bescheidenheit, die ihm so ausschließend eigen sind. Auf die Freude und den Nutzen, den ihm das Zusammenleben mit Schiller gibt, kommt er sehr oft zurück. Nie vorher, sagt er, hätte er irgend jemand gehabt, mit dem er sich über ästhetische Grundsätze hätte vereinigen können; die einzigen wären noch Merck in Darmstadt und Moritz gewesen; allein obgleich beide mit ihm in Absicht des Takts übereingekommen wären, so hätte er sich wenig mit ihnen verständigen können. Zwanzig bis fünfundzwanzig Jahre hätte er also so ganz für sich allein gelebt, und daher sei es mit gekommen, daß er in einer ganzen langen Zeit so wenig gearbeitet habe. Desto rüstiger scheint er jetzt.

Hu II, 36f.

955. CHARLOTTE VON STEIN AN CHARLOTTE SCHILLER

Weimar, 9. April 1797

Daß Goethe die Welt lustig ansieht, macht, weil diese Seite seines Verstandes die klarste ist. Er hat begriffen, daß ihre Natur von der Beschaffenheit sei, daß sie keine Philosophen je verbessern werden. Und da er sich selbst, wie billig, auch zu der Welt rechnet, weiß er wohl, daß auch er nicht anders sein kann, und je mehr ihn diese Dinge sonst gequält und er sie durchdacht, hat er sich gemütlich darüber zur Ruhe gesetzt. Dabei hat er jetzt eine gute Gesundheit und mehr Fleisch im Topf als der arme Rousseau, um sich gute Bouillons kochen zu lassen.

Ihre Liebe ist die einzige, die mir wohltut. Alle andere, gewesene oder noch bestehende, haben mich nicht selten gequält ...

SchFr II, 322

956. KAROLINE HERDER AN GLEIM

Weimar, 14. April 1797

... wir sind nebenher tiefer verwundet von Goethe als durch alles, was in den „Xenien" steht. Schweigen ist unsere Pflicht; die Zeit, die Nemesis wird alles in die Waage bringen.

VaH I, 224

957. BÖTTIGER IN SEINEM TAGEBUCH

Weimar, 15. April 1797

Ich habe diesen Abend die letzten fünf Gesänge von „Hermann und Dorothea" vom Meistersänger selbst vorlesen hören. Welch eine Welt voll Handlung und Gefühl, in welchem engen Raume, mit wie wenigen Mitteln!

Goethe fühlt, daß, sobald seine Dorothea auftrete, Hermann gewissermaßen nur zur zweiten Figur herabsinken müsse und daß, je später sie auftritt, desto größer die Spannung der Hörer („Leser" möchte ich bei einem Gedicht nicht sagen, das eigentlich nur durchs Ohr empfangen werden sollte) sein müsse ...

Es ist eine unnennbare Kunst in der ganzen Komposition. Man kann es kühn versuchen, irgendeinen Fall, einen Knoten der Verwickelung anders anzunehmen; nirgends käme *dieser* Effekt heraus. Die Alten sagten ebendies von der „Odyssee".

Bö I, 77 und 80

958. ANNE-LOUISE-GERMAINE DE STAËL AN MEISTER

Paris, 22. April 1797

Goethe schickt mir in prächtigem Einbande einen Roman aus seiner Feder, er führt den Titel „Williams Meister". Da Goethe deutsch schreibt, konnte ich eben nur den Einband genießen – doch, unter uns gesagt, Benjamin [Constant] versichert, ich komme dabei noch besser weg als er, der das Buch gelesen hat. Sei dem, wie ihm wolle, Sie, Herr Meister, müssen in meinem Namen an Goethe einen prächtigen Dankbrief schreiben, der meine Unwissenheit verschleiert und meiner Dankbarkeit und Bewunderung für den Verfasser des „Werther" Ausdruck verleiht.

Staël 140. Aus dem Französischen

959. HERDER AN BÖTTIGER

Weimar, April ? 1797

Ich danke aufs schönste für alles. Die „Xenien“ sind mager. Ich hasse die ganze verdammte Gattung und wünschte, daß dies die letzten in unserer Sprache wären. Jeder ehrliche Mann, der seines Weges fortgeht, kann eine Klette ans Kleid oder einen Schandfleck ins Gesicht geworfen bekommen, und man sagt, es war eine Xenie.

Bött 137

960. SCHILLER AN KÖRNER

Jena, 1. Mai 1797

Herder ist jetzt eine ganz pathologische Natur, und was er schreibt, kommt mir bloß vor wie ein Krankheitsstoff, den diese auswirft, ohne dadurch gesund zu werden. Was mir an ihm fatal und wirklich ekelhaft ist, daß ist die feige Schlaffheit bei einem innern Trotz und Heftigkeit. Er hat einen giftigen Neid auf alles Gute und Energische und affektiert, das Mittelmäßige zu protegieren. Goethen hat er über seinen „Meister“ die kränkendsten Dinge gesagt. Gegen Kant und die neusten Philosophen hat er den größten Gift auf dem Herzen; aber er wagt sich nicht recht heraus, weil er sich vor unangenehmen Wahrheiten fürchtet, und beißt nur zuweilen einen in die Waden.

SchiNa XXIX, 71

961. GRUNER AN LANGER

Jena, 13. Mai 1797

Die Xeniensudler, salva reverentia, verdienten diese Lauge. Von ihnen heißt es: tribus Anticyris opus est; aber der eine ist Respektsperson, der andere ein französischer Bürger in weimarischer Pension, der Akademie gar nichts nütze. G[oethe] ist letzthin wieder einige Wochen auf dem Schlosse allhier gewesen; vermutlich hat er neue Xenien geschmiedet. Fahren Sie immer fort, für das Gute zu wachen.

Lang 50f.

962. BÖTTIGER IN SEINEM TAGEBUCH

Jena, 28. Mai 1797

Goethe hat die Idee, Bernhards von Weimar Biograph zu werden, wozu er große Sammlungen angelegt ..., völlig aufgegeben. Seine Sammlungen hat er teils dem Geheimen Rate Voigt, teils dem Professor Woltmann abgetreten. Letzterer ist fest entschlossen, das Werk nach Goethes Plan auszuführen ...

Goethe arbeitet seine Gedichte alle erst im Kopfe aus, wo er sie fest eingeprägt mit sich herumträgt. Sind sie soweit vollendet, läßt er sie niederschreiben, und da kann er die niedergeschriebenen noch acht Tage lang feilen und verbessern. Dann ist es ihm aber unmöglich, wieder dazu zurückzukehren. Sie sind ihm gleichsam zum Ekel geworden, und es kostet ihm die größte Überwindung, noch einmal auf sie zurückzukommen. Ganz anders bei Wielanden.

Bö I, 65f.

963. CHARLOTTE VON STEIN AN IHREN SOHN FRIEDRICH

Weimar, nach dem 17. Juni 1797

Über seine italienische Reise scheint er unentschlossen; indessen will er nach der Schweiz. Vielleicht will er's mir nicht sagen, daß er dahin will; denn es ist in seiner Art, unnötig Geheimnisse zu machen.

Stein II, 71

964. JOHANNES VON MÜLLER AN BÖTTIGER

Wien, 24. Juni 1797

Den größten Dank für den Anfang des Meisterstücks [„Hermann und Dorothea"] von Goethe! Es hat mich ganz bezaubert. Ich halte es für ein Originalwerk, wie unsere Literatur in dieser Art noch keines hat.

Sie leben in dem Zentrum des Kriegstheaters über die

„Xenien“ ... Leid ist mir von Grund der Seele, daß jetzt einige Vorwand zu haben meinen, an zwei Männern, die mir in sehr vielem Betracht äußerst wert sind, zu Rittern zu werden. Doch es wird den unbärtigen Streitern schon vergehen ...

Goethe und Schiller werden sich helfen. Aber das ist schade, daß hiedurch so ein Ton in unserer Literatur autorisiert zu werden scheint. Ich hätte nicht gedacht, daß wir noch in das heroische Zeitalter zurückkämen.

GoeJb XXI, 282f.

965. LAVATER AN MATTHAEI

Zürich, 21. Juli 1797

Die „schöne Seele“, welcher Bekenntnisse Goethe seinem „Wilhelm Meister“ wie eine Faust aufs Aug oder wie ein Aug auf die Faust eingeimpft hat, hieß Klettenberg. Sie sagte von Goethe: „Er gehört zu den Auserwählten; Christus wandelt unerkannt zwischen Lavater und Goethe.“

Ach, aber ach – der Satan kam
Und sich den lieben Sünder nahm!

La 370

966. SCHILLER AN HEINRICH MEYER

Jena, 21. Juli 1797

Auch wir waren indes nicht untätig, wie Sie wissen, und am wenigsten unser Freund, der sich in diesen letzten Jahren wirklich selbst übertroffen hat. Sein episches Gedicht [„Hermann und Dorothea“] haben Sie gelesen; Sie werden gestehen, daß es der Gipfel seiner und unsrer ganzen neueren Kunst ist. Ich hab es entstehen sehen und mich fast ebensosehr über die Art der Entstehung als über das Werk verwundert. Während wir andern mühselig sammeln und prüfen müssen, um etwas Leidliches langsam hervorzubringen, darf er nur leis an dem Baume schütteln, um sich die schönsten Früchte, reif und schwer, zufallen zu lassen. Es ist unglaublich, mit welcher Leichtigkeit er jetzt die Früchte eines wohlangewandten Lebens und einer anhaltenden Bildung an sich selber einerntet, wie bedeutend und sicher jetzt alle seine Schritte sind, wie ihn die Klarheit über sich selbst und über die Gegenstände vor jedem eiteln Streben und Herumtappen bewahrt. Doch Sie haben ihn jetzt selbst [in Zürich] und können sich von allem dem mit eignen Augen überzeugen. Sie werden mir aber auch darin beipflichten, daß er auf dem Gipfel, wo er jetzt steht, mehr darauf denken muß, die schöne Form, die er sich gegeben hat, zur Darstellung zu bringen, als nach neuem Stoffe auszugehen, kurz, daß er jetzt ganz der poetischen Praktik leben muß. Wenn es einmal einer unter Tausenden, die darnach streben, dahin gebracht hat, ein schönes vollendetes Ganzes aus sich zu machen, der kann meines Erachtens nichts Besseres tun, als dafür jede mögliche Art des Ausdrucks zu suchen, denn, wie weit er auch noch kommt, er kann doch nichts Höheres geben. – Ich gestehe daher, daß mir alles, was er bei einem längern Aufenthalt in Italien für gewisse Zwecke auch gewinnen möchte, für seinen höchsten und nächsten Zweck doch immer verloren scheinen würde. Also bewegen Sie ihn auch schon deswegen, lieber Freund, recht bald zurückzukommen und das, was er zu Hause hat, nicht zu weit zu suchen.

SchiNa XXIX, 105f.

967. WILHELM VON HUMBOLDT AN SCHILLER

Dresden, 23. Juli 1797

Er schreibt mir von seinen Balladen, schickt aber leider keine mit. Ich hätte sehr viel darum gegeben, sie auf der Stelle mit den Ihrigen vergleichen zu können. Er selbst gibt den Ihrigen einen sehr merklichen Vorzug, und ich bin auch sicher überzeugt, daß er lange nicht in dem Grade für diese Gattung gemacht ist als Sie. An sein zweites episches Gedicht [„Die Jagd"] ist er wahrscheinlich nun gar nicht gekommen, und ich gestehe, daß ich den Verlust nicht groß achte, wenn er diesen Plan fahrenläßt.

SchiHu II, 115f.

968. JEAN PAUL AN HERDER

Hof, 31. Juli 1797

Goethe dichtete früher so [wie Herder], aber nun liebt er den Stoff nirgends mehr als an seinem Leibe und quälet uns mit seinen ausgetrockneten Weisen à la grecque.

JPH 26

969. HERDER AN KNEBEL

Weimar, 5. August 1797

Vorigen Sonntag ist Goethe ipse cum sua und dem Sohne, wie man sagt, fortgereist: denn uns hat er keinen Wink gegeben. Man sagt, nach der Schweiz.

Schiller hat mir vier Balladen des nächsten „Almanachs" mitgeteilt, zwei von ihm, zwei von Goethe. In den letzten spielt Priapus eine große Rolle. Einmal als Gott mit einer Bajadere, so daß sie ihn morgens an ihrer Seite tot findet [„Der Gott und die Bajadere"]; das zweite Mal als ein Heidenjüngling mit seiner christlichen Braut, die als Gespenst zu ihm kommt und die er, eine kalte Leiche ohne Herz, zum warmen Leben priapisiert [„Die Braut von Korinth"] – das sind Heldenballaden! Sie werden schon allgemein gelobt, und Böttiger ist entzückt von ihnen.

Kn II, 270

970. HÜSGEN AN GERNING

Frankfurt, 15. August 1797

Letzt abgewichenen Freitagmorgen erschien ganz unerwartet ein Fremder in meinem Zimmer, den ich vor seinem wohlgemästeten Bauch nicht erkannte, bis ihn seine Stimme bei der Frage verriet: „Kennen Sie denn Ihren alten Freund nicht mehr?" Und siehe da, es war Goethe in eigener hoher Person! Und ungeachtet er eine geraume Zeit bei mir blieb, so bliebe er doch erbärmlich steif und zurückhaltend.

Das einzige, was er mir durch seine Zunge mitteilte, war,

daß er gesonnen sei, in die Schweiz zu reisen. Als ich ihn am andern Tag besuchte, war er redsprächiger und gefühlvoller.

JbH 1902, 349

971. FRIEDRICH SCHLEGEL AN SEINEN BRUDER AUGUST WILHELM

Berlin, 26. August 1797

Es [„Hermann und Dorothea"] ist das herzlichste, biderbeste, edelste, naivste und sittlichste unter Goethes Gedichten. Was könnte der moralisierende Jenisch nicht erst alles über die Wirtin zum Goldnen Löwen sagen, welche an Würde und Wert leicht alle Frauen und Mädchen im „Meister" übertrifft. Das Gedicht ist offenbar mit der *Absicht* gedichtet, so sehr altes griechisches homerisches ἐπος zu sein, als bei dem romantischen Geist, der im Ganzen lebt, möglich wäre. Bei sehr großer Ähnlichkeit im Einzelnen ist also *absolute* Verschiedenheit im Ganzen. Durch diesen romantischen Geist ist es weit über Homer, dem es aber ἠθος und Fülle wieder weit nachsteht. Man könnte es ein *romantisiertes* ἐπος nennen ...

Man vergleicht es viel mit Vossens „Luise" und wird es noch viel tun. Ich wüßte aber nicht, in welcher Rücksicht diese Vergleichung interessant sein könnte, es müßte denn die vom absoluten Gegensatz zwischen Geist und Buchstaben sein ...

Was in dem Goetheschen Gedicht noch sehr merkwürdig und sehr schön ist, ist die liberale Ansicht der Zeitbegebenheiten. Kein Franzose wäre deren *so* fähig, und das ist doch ein Trost gegen politische Nullität.

Schls 292ff.

972. SCHILLER AN KÖRNER

Jena, 15. September 1797

Goethe schreibt mir fleißig, und seine gehaltvollen, geistreichen Briefe ... lassen mich seinen ganzen Gang begleiten und geben mir vielen Stoff zum Denken. Er war acht Tage in Stuttgart, wo er sich sehr wohl gefiel. Jetzt wird er in Zürich bei Meyern sein. Wie es mit der italienischen Reise sein wird, weiß ich noch nicht, und er möchte es wohl selbst noch nicht wissen.

SchiNa XXIX, 134f.

973. GEORG GESSNER IN SEINEM TAGEBUCH

Zürich, 20. und 21. September 1797

[20. September] Nette gab mir ein Billett von Mama [Schultheß]: „Goethe ist hier!" – ich erschrak recht, eilte in den Schönenhof für einen Augenblick. Was ich fürchtete, war: – Goethe ambetiert gegen Papa [Lavater] ... ich sah ihn nicht. *α/ω* ... [das Los] sagt, ich sollte nicht zu ihm gehen heute. Heim – sehr ungemütlich, weil ich die schwere Lage der Mama, die Kränkung Papas und den Eigensinn Goethes gar so klar sah.

[21. September] Es tat mir leid, daß Papa so bitter von Goethe redete und, unverhört, zu hart urteilte ... Ich sprach mit Nette von Goethe: was zur Entschuldigung seiner unentschuldbaren „Xenien" gesagt werden könne. Sie saisierte mich sehr.

Gespr I, 680f. und Bode I, 610

974. LAVATER AN META POST

Zürich, 21. September 1797

Goethe ist bei uns, ohne daß wir uns sahen. So gern ich ihm etwas gesagt hätte, ich bin froh, außer der Verlegenheit zu sein, ob ich ihm seinen „Schwärmer, der im dreißigsten Jahre gekreuzigt werden sollte, damit der Betrogne kein Schelm werde" (so tolerant sind die Eiferer gegen Bonzen ohne Bonzengift!), und seine „Wanzen und †" [Venezianische Epigramme, Nr. 52 und 66] vorhalten oder ihn als einen dezidierten Antichristen wegstoßen sollte. Die Orthodoxen und Schwärmer sind sehr intolerant; intoleranter die Neologen; am intolerantesten die Atheisten und Lästerer.

La 370f.

975. LAVATER AN BARBARA SCHULTHESS

Zürich, 22. September 1797

Du hast für mich gestritten,
Bist vorwärts nicht geschritten –
Hast viel für mich gelitten –
Das Dir Dein Gott vergelt!
Nur laß statt aller Bitten
Mich ein' in Dein Herz schütten:
Hör niemals einen Dritten,
Der zwischen uns sich stellt!

Schult 43

976. KARL AUGUST AN KNEBEL

Weimar, 23. September 1797

Goethe schreibt mir Relationen, die man in jedes Journal könnte rücken lassen. Es ist gar possierlich, wie der Mensch feierlich wird!

KA 107

977. VOSS AN GLEIM

Eutin, 24. September 1797

Über das Goethische Gedicht „Hermann und Dorothea" denke ich völlig wie Ernestine. Lesen Sie nur durch! Sie werden für manche zu eilfertig gearbeitete Stellen durch sehr schöne entschädigt werden. Die zur Vorrede bestimmt gewesene Elegie [„Hermann und Dorothea"] beweist hinlänglich, daß es ihm Ernst war, etwas wo nicht Homerisches, doch Homeridisches aufzustellen: um *auch diesen Kranz* des Apollo zu gewinnen. Ich werde mich herzlich freun, wenn Griechenlands Geist uns Deutschen ein vollendetes Kunstwerk gewährt, und nicht engherzig nach meiner „Luise" mich umsehn. Aber ebenso ehrlich denke ich für mich und sage es Ihnen: die Dorothea gefalle, wem sie wolle; Luise ist sie nicht!

J.H.Voß II, 339

978. KÖRNER AN SCHILLER

Dresden, 27. September 1797

„Hermann und Dorothea" habe ich nun ganz gelesen, aber noch nicht studiert. Der Ton ist durchaus glücklich gehalten, und der höhere Schwung vor dem Schlusse tut treffliche Wirkung. Das ganze Produkt gehört unstreitig unter Goethes Werke vom ersten Range. Aber fast ist es von zu hohem ästhetischen Werte, um nach Verdienst aufgenommen zu werden. Der größte Teil des Publikums klebt immer am Stoffe, und hier sind die herrschenden politischen Parteien einigermaßen interessiert. Daher erwarte ich die seltsamsten Urteile im Lob und Tadel.

SchiKö IV, 41

979. GLEIM AN VOSS

Halberstadt, 1. Oktober 1797

Zu Leipzig hörten wir von einer zweiten „Luise" [„Hermann und Dorothea"], mit welcher ein großer Sünder seine [„Xenien"-] Sünde gutmachen will! Ein Goethianer hatte sie gelesen: „Voß ist übertroffen!" Man rezitierte die Elegie [„Hermann und Dorothea"], die zur Einführung der Übertrefferin dienen soll. Man habe Goethen zum Verbrechen gemacht, daß er im Properz gelesen, daß er nach Rom gereist sei, daß er die Musen mitgenommen habe. – „Wir werden sehen!" sagt ich. Hätt er aber auch gesieget – ich halt es nicht für möglich –, so macht er seine Sünden nur größer.

GoeJb XXXIII, 21

980. CHARLOTTE SCHILLER AN FRIEDRICH VON STEIN

Jena, 1. Oktober 1797

Goethe ist nun in Stäfa bei Meyer ... Ich glaube auch nicht, daß er sich bei den ungewissen politischen Aussichten nach Italien wendet, und da er nun Meyer wieder hat, so hoffe ich, wendet er sich ehestens wieder unsern thüringischen

Bergen zu und ist vielleicht den Winter wieder in Weimar. Es ist erstaunend, welchen Einfluß seine Nähe auf Schillers Gemüt hat und wie belebend für ihn die häufige Kommunikation seiner Ideen mit Goethe ist; er ist ganz anders, wenn er auch nur in Weimar ist. Mir selbst ist Goethe auch sehr lieb; aber er wird mir noch lieber um Schillers willen. Goethe ist auch hier viel anders. Es ist recht eigen, welchen Eindruck der Ort auf ihn macht: in Weimar ist er gleich steif und zurückgezogen. Hätte ich ihn hier nicht kennenlernen, so wäre mir viel von ihm entgangen und gar nicht klar geworden. Ich glaube doch, daß auf diese Stimmungen die häuslichen, zu der Welt in Weimar nicht passenden Verhältnisse am meisten Einfluß haben. Hier fällt die strenge Beurteilung weg, und dies macht ihm seine Existenz freier in der Idee.

Fritz von Stein I, 142f.

981. COTTA AN SCHILLER

Tübingen, 3. Oktober 1797

Sie haben mir ... eine unbeschreibliche Freude gemacht, da ich mir nie träumen lassen konnte, bei Goethe so wohl angeschrieben zu sein. Bei einem so seltenen Manne, wie dieser ist, muß dies doppeltes Vergnügen verursachen, und ich wünschte nur, sein günstiges Urteil verdienen zu können. Ich werde die Stunden nie vergessen, die ich mit ihm zubrachte, und nichts bedauern, als daß ich mit Ihnen und ihm nicht mein Leben zubringen kann. Man wird in solchem Umgang ein ganz andrer Mensch, und nie fühlt man den Wert und Unwert des Menschen mehr, als wenn man aus solchen Beispielen [sieht], was er werden kann, und aus seinem eigenen, was er nicht ist.

Was Sie von den Vorteilen schreiben, wozu dieses nähere Verhältnis mit G[oethe] mich führen könnte, erkenne ich vollkommen; allein ich war zu schüchtern, in dieser Hinsicht etwas zu erwähnen, weil ich für alles in der Welt nicht wollte, daß mein Benehmen gegen G[oethe] dadurch den Schein von Eigennutz bekäme ...

Nur einmal äußerte ich den Wunsch, auch in literarische

Verbindung mit ihm treten zu können, und er schien nicht ganz abgeneigt zu sein. – Wenn Sie die vielen Beweise Ihres Wohlwollens noch dadurch vermehren wollten, daß Sie den Mittelsmann hiebei machen würden, so würden Sie mich sehr verbinden. Ich hege freilich immer den stolzen Wunsch, daß ein angefangenes Verhältnis der Art nie getrennt werden möchte, und ich werde daher auch immerhin das Möglichste tun, es zu erhalten und diejenigen, die sich mit mir in solche Verbindung einlassen, es nie bereuen zu machen.

Wenn Sie daher bei G[oethe] sich verwenden wollten, so würde ich gerne jede Bedingung eingehen und mich dabei, wo es möglich wäre, so bezeugen, daß er finden sollte, daß ich außer dem Handlungsinteresse noch ein anderes kenne.

SchiCo 261

982. BÖTTIGER AN MATTHISSON

Weimar, 18. Oktober 1797

Über nichts sind die Meinungen geteilter als über Goethes „Braut von Korinth". Während die eine Partei sie die ekelhafteste aller Bordellszenen nennt und die Entweihung des Christentums hoch aufnimmt, nennen andere sie das vollendetste aller kleinern Kunstwerke Goethes. Echt genialisch nenne ich Schillers „Handschuh" und Goethes „Legende" [„Der Gott und die Bajadere"].

Mat 22

983. GEORG GESSNER IN SEINEM TAGEBUCH

Zürich, 22. Oktober 1797

Ich ging in den Schönenhof, in der sonderbaren Erwartung, da vielleicht Goethe zu sehen. Er kam. *Stirne und Augen Moses, lauter Geist und Feuer* – im Munde etwas Verzogenes, woran er selbst muß schuld sein.

Wir sprachen von Fichtianismus – seiner Unheilbarkeit – von Niethammer ... Dann von den Franken; er urteilte äußerst vernünftig über den Extremzustand ihres Geistes,

Johann Friedrich von Cotta

wo alle Moral beseitigt wird. Er erzählte von seinem mitgemachten Feldzug – äußerst feine psychologische Bemerkungen. Der Krieg zeigt die Menschen in der rohen Stärke aller Leidenschaften.

Gespr I, 683

984. DANNECKER AN WILHELM VON WOLZOGEN

Stuttgart, 26. Oktober 1797

Sie kennen seine ungeheure Kunstkenntnis, seine Liebe zum Großen, Vollendeten, Charakteristischen, Schönen! O ich bin äußerst glücklich, einige schöne Meinungen, die mir nun Gesetze bleiben, von ihm gelernt zu haben. Ja, was er mir sagte, war in mir zwar wie ein Nebel, schon ehe er zu mir kam, aber daß ich's nicht ausdrücken konnte; nun wüßte ich's gleich zu Tausenden anzuwenden. Das ist gewiß, daß ich in meinem Leben nichts mehr ausführen werde, das nicht sozusagen in sich eine Welt ausmacht. Täglich waren wir beisammen, und er machte mir ein Kompliment, das ich für groß halte, indem er mir sagte: „Nun habe ich Tage hier verlebt, wie ich sie in Rom lebte." ...

Meinem Schwager [Rapp] und seiner Frau, meinem lieben Weibchen und mir las er eines Abends seine Elegie [„Hermann und Dorothea"] vor.

Wolz I, 461 f.

985. KNEBEL AN BÖTTIGER

Nürnberg, 1. November 1797

Die poetische Welt ist durch den Schillerschen „Almanach" mit hellen Sternen bezeichnet ... Goethe hat sich in der Tat glänzend hervorgetan, und seine Abfertigung der Anti-Xenisten durch den „Zauberlehrling" hat mir trefflich gefallen. Wie werden sie es denn nun machen, die Wassermänner? *Distichen* glaubten sie hervorbringen zu können; werden ihnen denn die gereimten Balladen auch gelingen? Da kostet es wenigstens die Mühe des Reims. Schiller glänzt nach ihm, in der zweiten Größe, in einigen dieser Gesänge, recht annehmlich und weniger flitternd wie sonst ...

„Hermann und Dorothea" verkauft sich nun hier in mancherlei Gestalten. Ich habe es sogar in rotem Saffian als Schreibtäfelchen gefunden.

Kn III, 27

986. GLEIM AN VOSS

Halberstadt, 4. November 1797

Nun ich seinen „Hermann" nicht gelesen – wer kann solche Sechsfüßer lesen! –, sondern angesehen habe, nun sag ich: Dieser „Hermann und Dorothea" ist eine Goethische Sünde wider meinen heiligen Voß, ist zu „Götter, Helden und Wieland" das Seitenstück, ist, ich laß es mir nicht ausreden, eine gottlose Satire; meines Voß' „Luise" will der Bube lächerlich machen! Alle seine Kraft und Schnelle wendete der alte Peleus an, den Bösewicht zu Gottes Erdboden, wenn er ihm nahe käme, niederzuwerfen! Robespierre beging kein größeres Bubenstück! Hier sind alle gute, reine Seelen meiner Meinung!

Vo II/1, 178

987. LAVATER AN HOTZE

Zürich, 14. November 1797

Goethe sah ich nur von ferne. Er will in keinem Verhältnis mehr mit mir stehen. Indes – Saulus ist Paulus geworden; Goethe kann wohl noch ein Christ werden, sosehr er über dies Wort lachen würde.

La 371

988. LAVATER AN HOTZE

Zürich, 29. November 1797

Daß ich Goethe nicht sprach, weißest Du schon. Sein „Hermann" ist vortrefflich – und ein Versöhnopfer für die „Xenien".

La 371

989. HERDER AN FRIEDRICH HEINRICH JACOBI

Weimar, 1. Dezember 1797

So wirst Du noch von einem abkommen, der Dir, wie ich glaube, Deiner zu großen Anhänglichkeit wegen viel Schaden getan hat. Rate, von wem! Ich bin so ziemlich von dem und der und jenem und dieser frank und frei ...

Was sagst Du außer der Französischen und Kantischen zur dritten großen Revolution, der Friedrich Schlegelschen? Hinfort ist zwar kein Gott mehr, aber ein Formidol ohn allen Stoff, ein Mittler zwischen dem Ungott und den Menschen: der Mensch Wolfgang.

HN II, 317f.

990. CHARLOTTE GRÄFIN VON SCHIMMELMANN AN SCHILLER

Kopenhagen, 13. Dezember 1797

Wir hatten schon im Oktober hier die Erscheinung von Goethes „Hermann und Dorothea". Wir waren entzückt und erkannten auch im neuen Gewande den hohen Geist des echten Dichters. Doch hat uns Goethe diesmal überrascht. Möchte er uns oft so ins Heiligtum der Wahrheit hereinführen! Ich war immer geneigt, Goethe nicht zu verkennen, und fühlte mich beschämt, wenn *Zweifel* über ihn mich störten. Durch Sie und durch Purgstall kam ich ihm näher. Purgstall lernte Goethe erst in Jena kennen. Sie sahen sich in der Schweiz: eine große Freude war es für Purgstall.

SchiZ 233f.

991. FRIEDRICH SCHLEGEL AN SEINEN BRUDER AUGUST WILHELM

Berlin, 18. Dezember 1797

Deine Rezension des „Hermann" ist immer noch nicht da ...

Ich würde mich sehr freuen, wenn Dir mein Vorschlag, etwas über Goethes neuste lyrische Gedichte zu schreiben, gefiele. Es würde wirklich sehr schön stimmen zu meinem

Aufsatz über „Wilhelm Meister". Und wer weiß, ob wir dadurch nicht den Grund legten, in einigen Jahren ein gemeinschaftliches Werk über Goethe zu schreiben.

Schls 333

992. JEAN PAUL AN OTTO

Leipzig, 19. Dezember 1797

[Emilie von] Berlepsch wollte schon vorige Woche kommen ... Ich wurde noch von keinem Weibe so sehr und so rein geliebt wie von dieser. Goethe ist zurück und in Weimar einsam. Sie will mir ihr langes, ihr gefallendes Gespräch mit ihm über mich erzählen, und ich Dir. Sie spricht von seiner Seelen-Dublette, wovon die bessere immer vor ihr auftrete. Nach meiner Einsicht in ihre und seine Seele gab es für ihn keine Frau weiter als diese.

JP III, 25

993. WIELAND AN HEINRICH GESSNER

Oßmannstedt, 25. Dezember 1797

Da er alles sein kann, was er will, so wundert's mich nicht, daß er so artig bei Euch gewesen ist und Euch alle so bezaubert hat.

WBr IV, 195

994. BÖTTIGER IN SEINEM TAGEBUCH

Weimar, zwischen dem 28. und 30. Dezember 1797

[Wieland:] Goethes Unglück sei, nichts vollenden zu können.

Bö I, 216

1798

995. WILHELM VON HUMBOLDT AN SCHILLER

Paris, 20. Januar 1798

Bei Gelegenheit ... muß ich Ihnen doch Vossens Urteil über den „Hermann“ sagen, das er Vieweg, Goethens Verleger, der jetzt hier ist, geäußert hat. Er hat gesagt, er habe anfangs geglaubt, dies Gedicht werde seine „Luise“ ganz vergessen machen; dies sei zwar nicht der Fall, allein es habe einzelne Stellen, für die er seine „Luise“ gern ganz hingeben würde. An dem Versbau lasse sich freilich noch immer viel tadeln; indes sei es kein Wunder, daß er, der nun eine so große Übung besitze, dies besser verstehe, und immer seien diese letzten Goethischen Hexameter bei weitem besser als alle seine vorigen. So Vossisch dies Urteil ist und so ganz der totale Unterschied beider Gedichte darin übersehn ist, so ist es doch ein so komplettes Lob, als man aus Vossens Munde nur erwarten konnte.

SchiHu II, 147f.

996. GLEIM AN VOSS

Halberstadt, 23. Januar 1798

Ich möchte jeden, der die elenden Sechsfüßer gelesen hat, fragen: Wie lesen Sie denn? Welch eine Luise! Welch eine Dorothea!

Luise Voß und Dorothea Goethe,
Schön, beide, wie die Morgenröte,
Stehn da zur Wahl,
Und Wahl macht Qual;

Hier aber, seht!, ist nichts zu quälen!
Hier kann die Wahl nicht fehlen.
Luise Voß ist mein, im Lied und im Idyll;
Die andre nehme, wer da will!

Neulich las ich aus dieser „Dorothea" eine Stelle: „bis über den Parnaß erheben", und fand sie so platt, daß ein Blocksbergsdichter sie hätte machen können. Sei's, was es will, ich finde, daß der, welcher „Götter, Helden und Wieland" gemacht hat, diese „Dorothea" auch zu machen boshaft genug gewesen sei.

GoeJb XXXIII, 22f.

997. SCHILLER AN COTTA

Jena, 28. März 1798

Goethe und Meyer wollen ein gemeinschaftliches Werk über ihre Kunsterfahrungen in einer Suite von kleinen Bändchen [den „Propyläen"] herausgeben, und diesen Verlagsartikel kann ich Ihnen anbieten ... Auch ich werde Anteil daran nehmen ... Goethe ist aber entschlossen, den „Cellini" [Übersetzung] ... an die Suite dieses Werks anzuhängen. Es frägt sich nun, ob Sie Lust dazu haben und welche Bedingungen Sie machen können; denn wohlfeil gibt es Goethe nicht.

SchiNa XXIX, 222f.

998. COTTA AN SCHILLER

Tübingen, 11. April 1798

Also, offen zu gestehen, gefällt mir bei dieser Unternehmung [„Propyläen"] das nicht, daß sie bloß für das Kunstpublikum ist. Dieses scheint mir zu klein für den Verleger von Goethes Schriften, der auf einen sehr zahlreichen Absatz muß rechnen können. Sodann „Cellini": er ist noch zu neu in dem Angedenken der „Horen"-Leser und -Besitzer ... Überdies, was ich mir aber schlechterdings nicht zu erklären weiß, da ich ihn als etwas ganz Vorzügliches betrachte, er hat in unsern Gegenden gar wenig gefallen. Dies zusammengenommen macht mich etwas ängstlich bei dieser Unternehmung, die ich doch wegen des Verhältnisses mit Herrn von G[oethe] um keinen Preis aus der Hand lassen möchte und die gewiß einzig in ihrer Art ausfallen wird. Ganz beruhiget würde ich daher sein, wenn Sie den Herrn Geheimen Rat bestimmen könnten, daß er mir zugleich die Zusicherung für seine künftigen Produkte gäbe, z. B. „Faust" etc.

SchiCo 287 f.

999. CHARLOTTE VON STEIN AN IHREN SOHN FRIEDRICH

Weimar, 26. April 1798

Eben komme ich von einem großen Dejeuner von Goethe, der seine mit Eleganz und schönen Künsten möblierten Zimmer einmal mit hohen Herrschaften hat beehren wollen. Es waren alle hiesigen Fürstlichkeiten da nebst Erbprinz von Gotha, auch viele Damen.

Stein II, 89

1000. BÖTTIGER IN SEINEM TAGEBUCH

Weimar, vermutlich April 1798

Ifflands Urteil über Goethe: Es ist etwas Unstetes und Mißtrauisches in seinem ganzen Wesen, wobei sich niemand in seiner Gegenwart wohl befinden kann. Es ist mir, als wenn ich auf keinem seiner Stühle ruhig sitzen könnte. Er ist der glücklichste Mensch von außen. Er hat Geist, Ehre, Bequemlichkeit, Genuß der Künste. Und doch möcht ich nicht dreitausend Taler Einnahme haben und an seiner Stelle sein!

Bö I, 56

1001. ABEGG IN SEINEM TAGEBUCH

Jena und Weimar, 2. und 3. Mai 1798

[Jena, 2. Mai] „Goethe ist", äußerte u. a. Fichte, „hier viel angenehmer als in Weimar, wo er sich ziemlich steif zeigt. In unser hiesiges Professorenkränzchen geht er jedesmal, wenn er hier ist. Heute findet keines statt, sonst wollte ich Sie einführen; unter vier Augen und bei guter Gesellschaft ist Goethe ein trefflicher Gesellschafter." Ich sagte: „In

Weimar mag er freilich vielseitigeren Umgang haben als hier." – „Ich dächte", erwiderte Fichte, „daß er doch auch bei uns hier einige Stunden besser zubringen könnte als bei den faden Leuten, die größtenteils um ihn sind. Freilich tadelt man an ihm den Stolz, mit dem er oft manche Fremde und Bekannte behandelt. Bürger kam einmal zu Goethe und wollte ihn umarmen, Goethe aber war und blieb zurückhaltend. Bürger ärgerte sich darüber entsetzlich und machte über diesen Vorgang ein Epigramm, das gedruckt worden ist. Die Sache aber war diese: Bürger wollte, wie Goethe wußte, in Jena etabliert werden, und zwar durch Goethes Einfluß. Weil dieser aber Bürger in Jena nicht haben wollte, zeigte er sich kalt, damit jener keinen darauf zielenden Antrag stelle..."...

[Weimar, 3. Mai] Sogleich nach meiner Ankunft wurde ich vorgelassen und nach einem wohlwollenden Empfange von Goethe in einen Zirkel geführt, der sich täglich des Morgens bei ihm versammelt ...

Die Räume in Goethes Hause sind äußerst geschmackvoll. In dem Zimmer linker Hand befinden sich prachtvolle Gemälde, unter anderen eins, das eine römische [die Aldobrandinische] Hochzeit darstellt und in Rom gefunden ist. Auf der vorderen Seite liegt ein kleines Zimmer, in dem ein Fortepiano stand; aus diesem gelangt man in einen niedlichen Garten, durch dessen Tür man in den Park tritt. Goethe ist einer der schönsten Männer, die ich je gesehen habe. Er ist fast einen halben Kopf größer als ich, sehr gut gewachsen, angenehm dick; aber sein Auge ist nicht so grell wie auf dem Kupferstiche. Ruhe, Selbständigkeit und eine gewisse vornehme Behaglichkeit werden durch sein ganzes Benehmen zur Schau getragen. Mit keinem Teilnehmer der Gesellschaft unterhielt sich Goethe besonders lange. Er ging aus einem Zimmer ins andere und zeigte bald diesem, bald jenem ein freundliches Gesicht. Gegen 11 Uhr kam Iffland ... Diesen nahm Goethe bei der Hand und führte ihn einige Male auf und ab... Nun kam Frau Hofrätin Schiller. Ihr Mann habe, wie sie sagte, den Katarrh und könne nicht ausgehen. Sie scheint eine sehr artige, gebildete Frau zu sein. Goethe sprach sehr vertraut mit ihr; so äußerte er: „Ihr führt mir aber eine wunderliche Haushaltung!" und noch mehr in diesem Tone, was ich nicht verstehen konnte. Jedem Ankommenden wurde Schokolade angeboten. Gegen $11^1/_2$ Uhr begab sich die ganze Gesellschaft in ein prachtvoll ausgeschmücktes Zimmer, um hier etwas zu genießen. Es standen da allerlei mit Kunst arrangierte Speisen: Krebse, Zunge usw. Dazu wurde der feinste Wein gereicht ... Dann gingen wir wieder in die übrigen Zimmer, worauf sich einer nach dem anderen still entfernte. Ich trat an Goethe heran und dankte ihm mit kurzen Worten. Nachdem ich mit großem Wohlwollen entlassen worden war, ging ich sehr befriedigt heim.

Euph XVI, 734–737

1002. CHARLOTTE VON STEIN AN CHARLOTTE SCHILLER

Weimar, 24. Mai 1798

Es war alles zum Ball bei diesem Feste gebeten, Goethe ging aber *den* Tag fort. Man hat ihm hier schuld gegeben, er habe sich gefürchtet, ein Kränzchen zu bekommen.

SchFr II, 328

1003. CHARLOTTE VON STEIN AN CHARLOTTE SCHILLER

Weimar, Ende Mai 1798

Ich freue mich, wenn es meinem alten Freunde bei Ihnen wohl ist; ich wußte gar nicht, warum mein kleiner Morgenbesuch [August von Goethe] seither ausgeblieben war. Die Mutter macht sich in Jena auf dem Land lustig. Neulich war sie mit meiner Mutter ihrer Löwern auf einem Ball in Lobeda und bat sich ihren Besuch in Weimar aus, besonders aber bei ihrer Schwester, welche sie recht vor der Verführung der Männer warnt, wie sie sagte. Er mag wohl das arme Wesen recht drücken, dem's mit einer gemeinen Natur gewiß wohler gewesen wäre als mit dem Genie.

SchFr II, 328f.

1004. CHARLOTTE VON STEIN AN CHARLOTTE SCHILLER

Weimar, 13. Juni 1798

In Ihrem Garten ist es wohl sehr schön ... Ich begreife nicht, daß sich Goethe in das Schloß in Jena stecken kann, da er hier in eignen Gärten wohnt. Er müßte denn viel mit Ihnen beiden sein. Denn sein hiesiges häusliches Verhältnis muß ihn ganz abpoetisieren ...

Adieu, Liebes, Einziges! Das sage ich ohne Rausch. Emilie Gore erzählte mir, daß, als sie letzt zugleich mit Goethe bei Hof aß, er mit Ausdruck süßen Weins nach der Tafel vor sie trat und zu ihrer größten Verwunderung sagte: „Ma chère, seule, unique amie!" Er muß doch noch ein Winkelchen im Herzen haben, wo ihm noch Liebe sitzt.

SchFr II, 329

1005. WILHELM BURGGRAF VON DOHNA-SCHLOBITTEN IN SEINEM TAGEBUCH

Weimar, 26. Juni 1798

Um 11 Uhr ging ich zu dem Geheimrat von Goethe. Er wohnt in Weimar in einem sehr antiken, geschmackvoll und gut möblierten Hause. Er hat ein sehr tiefdenkendes und dabei lebhaftes Aussehn, viel Artiges und Teilnehmendes; spricht nur wenig, gibt Anlaß zum Sprechen.

GoeJb XXXI, 66

1006. HERDER AN GLEIM

Weimar, 29. Juni 1798

Haben Sie das „Lyceum", das „Athenäum" gelesen? Wie Lessing, wie Jacobi darin behandelt sind, Lafontaine u. f.? Ein Einziger paradiert auf Erden, Apolls Stellvertreter, der Eindichter. Wir wollen hinunter, hinunter!

VaH I, 244

1007. FRIEDRICH SCHLEGEL AN SCHLEIERMACHER

Dresden, 3. Juli 1798

Über meinen Übermeister [„Über Goethes Meister"] habe ich hier noch nichts Bedeutendes vernommen. Wilhelm [Schlegel] hat zu tun ..., und für Karoline [Schlegel] ist das erste Stück zu klein gewesen, um ihr einen recht entschiedenen Eindruck zu geben. Sie gibt indessen doch zu, daß Goethe kein ganzer Mensch sei; daß er aber, wie ich behaupte, teils ein Gott, teils ein Marmor ist, will sie nicht zugeben ...

Der alte Herr hat so gut und schön als billig (er lobt uns über die Maßen und empfiehlt nur Gerechtigkeit und Mäßigung; diese sind nun so einmal seine Liebhaberei) über das „Athenäum" geschrieben, worüber Wilhelms höchlich erfreut sind. Karoline sagte, er würde die Ironie in meinem Aufsatze nicht merken. Das heißt viel sagen. – –

Fr[iedrich] Richter ist ein vollendeter Narr und hat gesagt, der „Meister" sei gegen die Regeln des Romans. Auf die Anfrage, ob es denn eine Theorie desselben gebe und wo man sie habhaft werden möchte, antwortet die Bestie: „Ich kenne eine, denn ich habe eine geschrieben."

Schlei 75f.

1008. BÖTTIGER IN SEINEM TAGEBUCH

Oßmannstedt, 15. Juli 1798

[Wieland:] „Klarheit" ist jetzt das Lieblingswort von Goethe. Das Genie hat sich zu Boden gesetzt, und klares Wasser schwimmt oben. Als Goethe zuerst nach Weimar gekommen war, bat er sich oft selbst bei Wielanden zu Gaste. Damals war das Wort „unendlich" überall wiederkehrendes Stichwort.

Bö I, 221

1009. JEAN PAUL AN OTTO

Halberstadt, 23. Juli 1798

Gleim stand unter der Türe: so herzlich wurd ich noch von keinem Gelehrten empfangen ... Setz ihn Dir aus Feuer und Offenheit und Redlichkeit und Mut und preußischem Vaterlandseifer ... und Sinn für jede erhöhte Regung zusammen und gib ihm noch zum breitesten literarischen Spielraum einen ebenso weiten politischen: so hast Du ihn neben Dir. Wie hebt diesen biedern Borussianer, der vor lauter Feuerflammen nie die rechte Gesichtsfarbe anderer Menschen sehen kann, mein Herz über die ästhetischen Gaukler in Weimar und Jena und Berlin, die für keine Seele eine haben, vor denen alle Charaktere nur beschauet, nicht ergriffen, wie die Charaktere, die von fünf bis acht Uhr auf der Bühne dauern, vorüberwehen! Ich denk auch an Reichardt, der zwar wie Antäus auf der *Familien*-Erde wieder Stärkung einsaugt, der aber doch jeden zu sehr im rechten – Lichte sieht, das heißt: der mit der Goetheschen Lorgnette Gute und Schlimme teilnahmlos, obwohl unparteiisch, lobend, aber nicht liebend, tadelnd, aber nicht hassend, als Dramaturg über das Theater laufen sieht.

JP III, 77f.

1010. NOVALIS AN SCHILLER

Teplitz, 23. Juli 1798

Mein Glück würde vollkommen sein, wenn es bei dieser Gelegenheit dem Manne, dem ich so viel verdanke, den ich so unaussprechlich verehre, Ihrem Freunde Goethe, gefiele, einmal offen und mitteilend zu sein, wenn ich dabei wäre, daß ich ein Bild von seinem persönlichen Umgang hätte, das dem Bilde vom Schriftsteller entspräche. Verzeihen Sie diesen frei geäußerten Wunsch – er fiel mir, indem ich schrieb, ein, bei der Erinnerung an den Abend, wo ich letzthin bei Ihnen war und mein Unstern wollte, daß ich Ihren Freund nicht in der Stimmung fand, wie ich ihn mir so sehnlich gewünscht hätte.

Nov 234

1011. MATTHIÄ AN BERG

Belvedere bei Weimar, 29. Juli 1798

Vorige Woche bemerkte ich einmal beim Eintritt in unser Gesellschaftszimmer einen Fremden, der lebhaft von Italien erzählte und der mir auffiel durch seine würdevolle Haltung und seine schöne Gesichtsbildung. Als ich ihm vorgestellt wurde, sagte er: „Wenn Sie einmal nach Weimar kommen, besuchen Sie mich; ich bin Goethe."

Die Unterhaltung ging nun weiter. Später vertauschten wir das Zimmer mit dem Freien und wandelten im Parke zwischen den Orangenbäumen. „Kennst du das Land, wo die Zitronen blühn", sprach ich. Goethe lächelte und schilderte nun noch manches aus diesem Wunderlande mit so lebendigen und reizenden Farben, daß ich gestehen muß, nie etwas Schöneres gehört zu haben.

Gespr I, 701

1012. SCHILLER AN KÖRNER

Jena, 15. August 1798

Ich habe Goethen dieser Tage die zwei letzten Akte des „Wallensteins" gelesen, soweit sie jetzt fertig sind, und den seltenen Genuß gehabt, ihn sehr lebhaft zu bewegen, und das ist bei ihm nur durch die Güte der Form möglich, da er für das Pathetische des Stoffes nicht leicht empfänglich ist.

SchiNa XXIX, 263

1013. SCHILLER AN KÖRNER

Jena, 31. August 1798

Man schleppt sich mit so vielen tauben und hohlen Verhältnissen herum, ergreift in der Begierde nach Mitteilung und im Bedürfnis der Geselligkeit so oft ein leeres, das man froh ist, wieder fallenzulassen; es gibt so gar erschrecklich wenig wahre Verhältnisse überhaupt und so wenig gehaltreiche Menschen, daß man einander, wenn man sich glücklicherweise gefunden, desto näher rücken sollte.

Ich bin in dieser Rücksicht Goethen sehr viel schuldig, und ich weiß, daß ich auf ihn gleichfalls glücklich gewirkt habe. Es sind jetzt vier Jahr verflossen, daß wir einander nähergekommen sind, und in dieser Zeit hat unser Verhältnis sich immer in Bewegung und im Wachsen erhalten. Diese vier Jahre haben mir selbst eine festere Gestalt gegeben und mich rascher vorwärtsgerückt, als es ohne das hätte geschehen können.

SchiNa XXIX, 270

1014. KAROLINE SCHLEGEL AN FRIEDRICH SCHLEGEL

Jena, 14. Oktober 1798

Wilhelm blieb in Weimar zurück, um Goethen zu sprechen, und der ist sehr wohl zu sprechen gewesen, in der besten Laune über das „Athenäum" und ganz in der gehörigen über Ihren „Wilhelm Meister", denn er hat nicht bloß den Ernst, er hat auch die belobte Ironie darin gefaßt und ist doch sehr damit zufrieden und sieht der Fortsetzung freundlichst entgegen. Erst hat er gesagt, es wäre recht gut, recht charmant; und nach dieser bei ihm gebräuchlichen Art, vom Wetter zu reden, hat er auch warm die Weise gebilligt, wie Sie es behandelt, daß Sie immer auf den Bau des Ganzen gegangen und sich nicht bei pathologischer Zergliederung der einzelnen Charaktere aufgehalten. Dann hat er gezeigt, daß er es tüchtig gelesen, indem er viele Ausdrücke wiederholt, und besonders eben die ironischen ...

Nun von Goethens Geschäftigkeit. Er hat das weimarische Komödienhaus inwendig durchaus umgeschaffen und in ein freundliches, glänzendes Feenschlößchen verwandelt ... Ein Architekt und Dekorateur aus Stuttgart [Thouret] ist dazu herberufen, und innerhalb dreizehn Wochen sind Säulen, Galerien, Balkone, Vorhang verfertigt und was nicht alles geschmückt, gemalt, verguldet, aber in der Tat mit Geschmack. Die Beleuchtung ist äußerst hübsch, vermittelst eines weiten Kranzes von englischen Lampen, der in einer kleinen Kuppel schwebt, durch welche zugleich der

Das Hoftheater in Weimar
nach dem Umbau durch Nikolaus Friedrich Thouret
1798–1825

Dunst des Hauses hinauszieht. Goethe ist wie ein Kind so eifrig dabeigewesen. Den Tag vor der Eröffnung des Theaters war er von früh bis spätabends da, hat da gegessen und getrunken und eigenhändig mitgearbeitet. Er hat sich die gröbsten Billetts und Belangungen über einige veränderte Einrichtungen und Erhöhung der Preise gefallen lassen und es eben alles mit freudigem Gemüt hingenommen, um die Sache, welche von der Theaterkasse bestritten ward, zustand zu bringen. Nun kam die Anlernung der Schauspieler dazu, um das Vorspiel [„Wallensteins Lager"] ordentlich zu geben, worin ihnen alles fremd und unerhört war ... Goethens Mühe war auch nicht verloren; die Gesellschaft hat exzellent gespielt, es war das vollkommenste Ensemble und keine Unordnung in dem Getümmel. Für das Auge nahm es sich ebenfalls trefflich aus. Die Kostüme, können Sie denken, waren sorgfältig zusammengetragen und kontrastierten wieder untereinander sehr artig. Zum Prolog war eine neue, sehr schöne Dekoration.

Bei der Umwandlung des Hauses war Schillers Käfig weggefallen, so daß er sich auf dem offnen Balkon präsentieren mußte, anfangs neben Goethe, dann neben der herzoglichen Loge. Wir waren im Parkett, das denselben Preis mit dem Balkon hat ...

Goethe ist heute wiederum hier angelangt, um nun weiter den vergangenen Effekt des Vorspieles und den zukünftigen des „Piccolomini" zu überlegen. Desto besser für uns.

Car I, 455–458

1015. CHARLOTTE SCHILLER AN FRIEDRICH VON STEIN

Jena, 23. Oktober 1798

Goethe ist hier und grüßt Sie; er spricht mit Anteil und Liebe von Ihnen. Hier ist er immer ein ganz andrer Mensch als in Weimar, und ich habe ihn hier sehr lieb; in Weimar, wenn ich ihn da sehe, muß ich mir manches zurechtlegen in seinem Wesen.

Fritz von Stein I, 147

1016. CHARLOTTE VON STEIN AN IHREN SOHN FRIEDRICH

Weimar, nach dem 27. Oktober 1798

Goethe seh ich selten, und wenn es einmal geschieht, so erschrickt mich seine immer zunehmende Dickheit.

Stein II, 98

1017. SCHILLER AN KÖRNER

Jena, 29. Oktober 1798

Das Vorspiel [„Wallensteins Lager"] ist nun in Weimar gegeben. Die Schauspieler sind freilich mittelmäßig genug, aber sie taten, was sie konnten, und man mußte zufrieden sein ... Die große Masse staunte und gaffte das neue dramatische Monstrum an, einzelne wurden wunderbar ergriffen. Du kannst, wenn die „Allgemeine Zeitung" von Posselt in Dresden zu haben ist, das Nähere über diese Wallensteinische Repräsentationen in Weimar gedruckt lesen; denn Goethe hat sich den Spaß gemacht, diese Relationen selbst zu machen [„Eröffnung des Weimarischen Theaters (Aus einem Briefe)"], daß er sie Böttigern aus den Zähnen reiße.

SchiNa XXIX, 295

1018. KAROLINE HERDER AN GLEIM

Weimar, 12. November 1798

Wie es in Weimar übrigens zugeht, werden Sie in der „Allgemeinen Zeitung" lesen. Die Komödie ist nun fast der herrschende Gedanke des großen Haufens geworden. Mein Mann ist vielleicht der einzige in Weimar, der noch nicht darinnen war.

VaH I, 248

1019. KAROLINE SCHLEGEL AN NOVALIS

Jena, 15. November 1798

Wir haben die „Propyläen" noch nicht gesehn. Was brauchen wir auch die Vorhöfe, da wir das Allerheiligste selber besitzen! Er lebt alleweil mitten unter uns. Gestern habe ich mit ihm soupiert, heute werde ich mit ihm soupieren, und nächstens gebe ich ihm selbst eine Fete. Kommen Sie dann auch! – Ich freue mich sehr auf die „Propyläen", das ist auch ein Genuß. Er hat kein Exemplar mitgebracht; denen, die hier etwa sind, mögen wir nicht nachjagen. Er will eins von Weimar kommen lassen. Die Vorrede scheint voll väterlichster Milde ... Wenn Sie die „Allgemeine Zeitung" lesen, so haben Sie auch den echten Bericht [„Eröffnung des Weimarischen Theaters (Aus einem Briefe)"] von „Wallensteins Lager" gelesen; der darin enthaltene Brief ist gewiß von der Hand des Meisters. Soviel tut er für seinen Freund, der sich auch im Vorspiel und Prolog als sein Jünger goethesker wie jemals zeigt.

Car I, 472f.

1020. BÖTTIGER IN SEINEM TAGEBUCH

Weimar, 26. November 1798

Goethes Vater war ein steifer, zeremoniöser Frankfurter Ratsherr. Alles Eckichte, Gezwungene, Gezwickte, Ministerartige hat Goethe von seinem Vater, der ihn übrigens in früher Jugend selbst unterrichtete und überhaupt auch ein sehr gelehrter Mann war ... Das Gewandte, Genialische hat er von seiner Mutter ... Goethes Mutter ist noch jetzt eine der lebhaftesten und modischsten alten Frauen in Frankfurt. Sie trägt eine Perücke, hoch frisiert, und lebt alle Tage hoch. Mit Goethes Verbindung mit der Dame Vulpia ist sie zufrieden, weil sie es sein *muß.* Als er ihr die Nachricht von ihrer letzten Entbindung schrieb, antwortete sie, es sei ihr lieb, doch wünsche sie, daß sie sich dieses Enkels auch rühmen könne. Als Goethe 1797 die Reise nach der Schweiz zu Meyer antrat, nahm er die Vulpia nebst seinem Sohne mit nach Frankfurt. Da bekam die Mutter sie beide erst zu sehen und betrug sich sehr artig gegen sie, fand sie auch sehr artig und rühmte sie.

Goethe fühlte indes das Mißverhältnis seiner Verbindung sehr gut und kaufte deswegen in Roßla das Gut, weil auch sein Sohn große Lust zur Ökonomie hat.

In Jena ist er darum so gern, weil er dort zwölf Stunden zu seiner Disposition hat. Nach dem Mittagessen geht er gewöhnlich eine halbe Stunde im Zimmer der Verdauung widmend auf und ab. Er trinkt dabei viel Bier, aber keinen Kaffee.

Auch an die Mutter schreibt er durch die Hand seines Bedienten, und *sie* nimmt es nicht übel.

Bö I, 58ff.

1021. BÖTTIGER IN SEINEM TAGEBUCH

Weimar, 28. November 1798

„Wallensteins Lager" findet Wieland höchst unmoralisch, sowie die Elegie „Amyntas" im „Musenalmanach von [für] 1799", die aber übrigens zu dem Vollendetsten gehöre, was unsere Sprache aufzuweisen hat – ausgenommen die „klägliche Klage".

Bö I, 231

1022. JEAN PAUL AN OTTO

Weimar, 30. November 1798

Glaube der Poss[eltschen] Zeitung nicht! Der Aufsatz ist von Goethe. Es [„Wallensteins Lager"] hat uns allen Langweile gemacht. Aber die künftigen zwei Stücke sind in seiner [Schillers] Gigantenmanier. Ich bekomme sie künftig durch einen Schauspieler [Schoell?] im Manuskript.

JP III, 125

1023. BÖTTIGER AN COTTA

Weimar, 7. Dezember 1798

Herzlich gern wollte ich von den zwei ersten Stücken der „Propyläen“ eine besondere Anzeige für eine Beilage [von Cottas „Allgemeiner Zeitung“] machen. Allein Goethe ist äußerst kitzlig zu behandeln. Ich habe abschreckende Erfahrungen darin.

Bode I, 640

1024. SCHILLER AN COTTA

Jena, 16. Dezember 1798

Goethe hat an seinem „Faust“ noch viel Arbeit, eh er fertig wird. Ich bin oft hinter ihm her, ihn zu beendigen, und seine Absicht ist wenigstens, daß dieses nächsten Sommer geschehen soll. Es wird freilich eine kostbare Unternehmung sein. Das Werk ist weitläuftig, 20–30 Bogen gewiß, es sollen Kupfer dazu kommen, und er rechnet auf ein derbes Honorar. Es ist aber auch ein ungeheurer Absatz zu erwarten. Es wird gar keine Frage sein, daß er Ihnen das Werk in Verlag gibt, wenn Ihnen die Bedingungen recht sind, denn er meint es sehr gut mit Ihnen.

SchiNa XXX, 13

1025. CHARLOTTE VON STEIN AN IHREN SOHN FRIEDRICH

Weimar, 18. Dezember 1798

Nur die Wolzogen kam in dem abscheulichsten Wetter gelaufen einen Augenblick, ehe die Herzogin hereintrat, und war außer sich vor Freuden ... Ich dachte, Goethe würde kommen und mir seine Freude über sein ehemaliges Kind bezeugen, aber auch er kam nicht.

Stein II, 101

1799

1026. CHARLOTTE VON KALB AN JEAN PAUL

Weimar, Anfang Januar 1799

Gestern mittag war ich bei Goethe. Es waren da Dichter, die nichts sagten, Hofleute und ordentliche Leute. Ich allein war etwas unordentlich, das heißt, ich habe gesprochen, und etwas zu lebhaft für die Zeit.

ChKalb 31

1027. KNEBEL AN MATTHISSON

Ilmenau, 15. Januar 1799

Das Wichtigste, was ich Ihnen zu sagen vergessen habe, ist, daß Goethe im Ernste daran zu denken scheint, ein Gedicht in der Art des Lukrez zu verfertigen. Es war dies längst mein geheimer Wunsch, da ich mich selbst von dieser Bahn, die eine Hoffnung meiner Jugend war, durch Alter und Umstände verscheucht sahe. Er kann es mit höherm Sinn und größern Kräften, und es dürfte vielleicht der dauerndste Lorbeer in seinem Kranze werden. Er rechnet auf meine Übersetzung als Basis zu seiner Arbeit.

Mat III, 8

1028. FRIEDRICH AUGUST WOLF AN LANGER

Halle, 15. Januar 1799

Haben Sie bereits Goethens (und einiger Freunde) „Propyläen“ durchsehen? Hier ist das Gegenteil der „Horen“, sowohl in bescheidner Ankündigung als in Tiefe! Aber jener ruhig dahingleitende Ton ist doch wohl für unsre Landsleute nicht gut berechnet. Daß etwas neu und tief gedacht ist, muß den meisten vorher durch einen Trompeter ausgerufen werden; sonst vermerken sie es nicht. Ich weiß nicht, ob Sie G[oethe] persönlich kennen, aber wie Sie ihn hier gedruckt finden, so ist er leibhaft und lebend.

Wolf 273

1029. BÖTTIGER IN SEINEM TAGEBUCH

Weimar, 20. Januar 1799

Abends bei Falk ... Wieland wundert sich, daß man Goethes „Reineke Fuchs“ nicht mehr schätze. Er lese oft mit Vergnügen darin. Falk tadelt die Hexameter; hier hätten bloß Knittelreime hingehört. Wieland nimmt sich des Hexameters an.

Bö I, 233f.

1030. JEAN PAUL AN OTTO

Weimar, 27. Januar 1799

Ich bin jetzt kecker als je ... Goethen sagt ich etwas über das hiesige Tragische (Böttiger, alles lobend, lobte mich auch darüber: „Wir denken alle dasselbe, aber es hat's ihm noch keiner gesagt“), worüber er empfindlich eine Viertelstunde den Teller drehte ... Aber Wieland, der wieder da war ..., sagte, so wär's recht, und ich gew[änne] ihn dadurch; wir w[ürden] noch die besten Freunde; [er] [Goethe?] hat mit Respekt von [mir] gesprochen. Als ich [zu] einem Diner bei Goethe geladen war, Schiller zu Ehren, nebst Herder und andern, der ihm aber nicht ein Ölblatt, geschweige einen Ölzweig des Friedens, den Goethe gern schlösse, reichte, wurd ich und Herder zu Goethes Einfassung gemacht, ich der linke Rahmen und er der rechte. Hier sagte mir Goethe, der nur allmählich warm werden will – so ist er gegen Schiller so kalt wie gegen jeden –: er habe seinen „Werther“ zehn Jahre nach dessen Schöpfung nicht gelesen, und so alles. „Wer wird sich gern eines vorübergegangenen Affekts, des Zorns, der Liebe etc. erinnern?“ Und so ekelt Herder auch vor seinen Werken. So etwas sollte Selbst-Götzendienern von

Literatoren und Rektoren gesagt werden, damit sie, wenn solche Männer demütig sind, wenigstens – nichts wären.

JP III, 151

1031. KAROLINE HERDER AN KNEBEL

Weimar, 2. Februar 1799

Aber wir glauben doch noch an sie – an Goethe und an Meyer, meine ich. Sie besitzen doch die Regel des Schönen und Guten. Sie könnten die Welt umbilden, wenn – Sie sehen, daß ich noch immer für die alten Freunde exaltiert bin. Das machen die „Propyläen"! (Meyer ist unser *Stern,* der uns nicht verläßt.)

Kn II, 322

1032. KARL GRAF VON BRÜHL AN SEINE MUTTER

Weimar, 7. Februar 1799

Die Truppe des hiesigen Theaters ist in einzelnen Teilen nicht schlecht, und manche Stücke werden wirklich gut gegeben. Der erste Darsteller, Vohs, ist sehr brav, allein das Ganze könnte besser sein, wenn die Direktion besser wäre. Allein Goethe, dem es doch nicht an Verstand und Kenntnissen fehlt, nimmt sich so schlecht dazu, daß wirklich Sachen vorkommen, die unverantwortlich sind. Die Verteilung der Rollen ist manchmal sehr falsch, und er sorgt so wenig für Anschaffung guter neuer Darsteller, da doch die Gage sehr beträchtlich ist, daß manche Stücke elend besetzt sind. Am besten in langer Zeit haben sie die „Piccolomini" von Schiller gegeben, weil gerade die Rollen gut verteilt waren und die Leute mit Interesse spielten.

Gespr I, 715f.

1033. CHARLOTTE VON STEIN AN CHARLOTTE SCHILLER

Weimar, 9. Februar 1799

Den schönen Florian hat mir Goethe geschenkt ...

Ich war vorgestern in Gesellschaft der Kalb. Sie frug mich, ob Goethe mich besuchte; ich sagte: „Nein." – „Welche Härte!" rief sie aus, und sie wollte es ihm vorhalten. In Eil, denn mein Wagen stand schon vor der Tür, bat ich sie recht sehr, es nicht zu tun, denn ich liebe meine Einsamkeit und bin gar nicht auf Visiten gestimmt. Wenn sie mir nur nicht etwas Albernes macht! Ich habe gar nicht gern, wenn man zu Goethe von mir spricht. Ich habe ein zu lebhaftes Gefühl davon, daß er gar kein Interesse an mir nehmen kann. Ich aber habe noch soviel Interesse an ihm, daß ich nicht leiden kann, daß man ihn damit plagt.

August ist bei mir; sein Gesichtchen tut mir auch wohl. Er wollte an Karlchen [Schiller] schreiben und freute sich übers Couvertchen, das ich ihm gemacht habe. Possierlich ist's, daß er sich das Siegel in meinem Schreibtisch ausgesucht hat, das mir sein Vater (ich glaube, vor zwanzig Jahren) geschenkt. Lassen Sie ihn es nicht sehen.

SchFr II, 332f.

1034. NOVALIS AN KAROLINE SCHLEGEL

Freiberg, 27. Februar 1799

Ich prophezeie mir wenig Gutes von der Aufnahme [der Schlegelschen „Lucinde"].

Vergleichungen mit Heinse können nicht ausbleiben ...

Viele werden sagen: „Schlegel treibt's arg; nun sollen wir ihm auch noch das Licht zu seinen Orgien halten." ...

Noch andre: „Da seht die Goethische Erziehungsanstalt – der Schüler über seinen Meister. Aus Venedig ist Berlin geworden."

Nov 279f.

1035. CHARLOTTE VON STEIN AN CHARLOTTE SCHILLER

Weimar, 28. Februar 1799

Letzt sagte sie [Herzogin Luise] mir, sie könnte sich recht vorstellen, daß mich Goethe nicht hätte können liebbehalten, ob sie mich gleich immer würde liebhaben.

SchFr II, 334

1036. KAROLINE HERDER AN KNEBEL

Weimar, Februar oder März 1799

Ich habe vor einigen Tagen das zweite Stück der „Propyläen" angefangen, Goethes Stück über Diderot [„Diderots ‚Versuch über die Malerei'"]. Hören Sie, Lieber, es schmerzt mich fast, daß Goethe sich den Jargon der kritischen Modesprache angewöhnt; er verleidet mir ordentlich die schönen Sachen. O wie ist Ihre Vorrede [zu den Elegien von Properz] dagegen ein Geniusblatt, das uns den Gewinn, Schatz und Reichtum unserer Sprache rettet. Läse doch Goethe diese Vorrede zehnmal! Ach, daß er so gern auf dem breiten Strom schwimmt, um die Ewigkeit in der Zeit nicht zu verfehlen!

BrKn I, 166

1037. RAHEL LEVIN AN BRINKMAN

Berlin, 9. März 1799

Lehren Sie sie [Madame de Staël] deutsch... Sie wissen, was bei mir Goethe ist. Alles, mein ganzes innres Leben und er ist eins bei mir. Aber ich glaube nicht, daß ihr Goethe geholfen hätte. Freilich, wenn sie ihn verstanden hätte, so hätte sie das andere auch gewußt. Und ein Probierstein ist er, ausbilden tut man sich durch ihn, der Stern im Leben ist er, aber ohne ihn muß man alles sein. Vielleicht, wenn sie eine Deutsche wäre.

RahelA I, 182f.

1038. JOHANN GEORG SCHLOSSER AN NICOLOVIUS

Frankfurt, 10. März 1799

Du fragst, lieber Sohn, nach der Klettenberg ... Ich kann noch nicht meinen Verdruß verbeißen, daß Goethe dieser reinen Seele einen Platz in seinem Bordell [„Wilhelm Meisters Lehrjahre"] angewiesen hat, das nur zur Herberge dienen sollte für vagabondierendes Lumpengesindel.

Bode III, 465

1039. KARL VON STEIN AN SEINEN BRUDER FRIEDRICH

Weimar, 18. März 1799

Haren scheint dem Herzog sehr zu behagen; dies wäre gut. Wenn Goethe es nur so läßt! Diesem ist es merklich unheimlich mit Haren: so eine gewisse moralische Rechtlichkeit drückt ihn leicht.

Fritz von Stein II, 70

1040. JEAN PAUL AN FRIEDRICH HEINRICH JACOBI

Weimar, 4. Juni 1799

Fichte ist noch in Jena ... Er schmerzet mich, da er edel ist und hülflos und da der bleiche Minister Voigt nicht wert ist, sein Diener zu sein, geschweige sein Mäzen. Goethe (über den ich Dir ein Oktavbändchen zufertigen möchte) ist Gott gleich, der nach Pope eine Welt und einen Sperling mit gleichem Gemüte fallen sieht; um so mehr, da er keines von beiden schafft. Aber seine Apathie gegen *fremde* Leiden nimmt er schmeichelnd für eine gegen die *seinigen.*

JP III, 199

1041. KAROLINE SCHLEGEL AN GRIES

Jena, 9. Juni 1799

Ein wahrhaft verehrungswürdiger Mann [Dohm], der in Staatsgeschäften sein Haar gebleicht, ohne den Bürgersinn einzubüßen. Er macht einen starken Kontrast mit Goethe und Schiller, die über jene Begebenheit wie Emigrierte sprechen. Wer es getan habe, sei einerlei; nur gut, daß es geschehn, denn das Abscheuliche müsse geschehn.

Bei Goethe ist das eine Art von Verzweiflung darüber, daß die Ruhe, die er liebt, sich ferner und ferner hält.

Car I, 550

1042. KARL VON STEIN AN SEINEN BRUDER FRIEDRICH

Weimar, 11. Juni 1799

Wen sie [die Zeit] aber von seiten des Körpers unkenntlich gemacht hat, ist Goethe. Sein Gang ist überaus langsam, sein Bauch nach unten zu hervorstehend wie der einer hochschwangeren Frau, sein Kinn ganz an den Hals herangezogen, von einer Wassersuppe dichte umgeben; seine Backen dick, sein Mund in halber Mondsform; seine Augen allein noch gen Himmel gerichtet; sein Hut aber noch mehr und sein ganzer Ausdruck eine Art von selbstzufriedener Gleichgiltigkeit, ohne eigentlich froh auszusehen. Er dauert mich, der schöne Mann, der so edel in dem Ausdruck seines Körpers war. Meine Mutter gab uns zu Ehren einen Tee vor ihrem Hause. Herr von Haren, Herr Gerning, Herr Dumanoir etc. etc. waren da. Sie ließ den vorbeigehenden Goethe einladen, diesem war dies unheimlich, er setzte sich hin, sprach nichts und machte ein entsetzlich verdrüßlich Gesicht. „Haben Sie Nachricht, Frau von Stein, von dem Herrn Kriegsrat [Friedrich von Stein] aus Breslau?“ war alles, was er unaufgefordert an Diskurs hervorgehen ließ.

Fritz von Stein II, 72, und Bode I, 648

1043. COTTA AN SCHILLER

Tübingen, 16. Juni 1799

Goethen mußte ich über den Stand des Absatzes der „Propyläen“ schreiben: Denken Sie sich, daß kaum 450 abgehen und ich bereits einen Schaden von 2500 Gulden habe – es ist mir eine äußerst unangenehme Geschichte, wegen der ich aber keinen Entschluß fassen, sondern diesen ganz Goethen überlassen will.

Begierig wäre ich über seine Äußerungen, ob ihm mein Brief nicht mißfallen habe, wie mich besorgen will, da er gerade und offen geschrieben ist.

SchiNa XXXVIII/1, 103f.

1044. SCHILLER AN COTTA

Jena, 5. Juli 1799

Goethe hat mir über die bewußte Sache [„Propyläen“] noch kein Wort gesagt, ob ich gleich mehrere Tage in Weimar mit ihm zusammen gewesen. Auch Meyern, der bei ihm wohnt, hat er von der Sache nichts entdeckt. Vielleicht daß er Ihnen unterdessen schon selbst geantwortet; inwiefern er unwillig sein kann, sehe ich nicht, denn der Verlust ist ein viel zu großes Objekt, als daß man dazu schweigen könnte. Freilich ist es eine schreckliche Erfahrung, die man hier wieder in Absicht auf den Geschmack des deutschen Publikums und insbesondere des kunsttreibenden und kunstliebenden Publikums macht. Ich habe zwar nie viel auf dasselbe gehalten, aber so höchst erbärmlich hätte ich mir die Deutschen doch nicht vorgestellt, daß eine Schrift, worin ein Kunstgenie von erstem Rang die Resultate seines lebenslänglichen Studiums ausspricht, nicht einmal den gemeinen Absatz finden sollte.

Das neue Stück der „Propyläen“ wird zwar einen größern Eindruck machen als die vorigen, weil es einen kleinen, auf Kunst sich beziehenden Roman von Goethe [„Der Sammler und die Seinigen“] enthält; aber wenn dieses Stück nicht zum allerwenigsten tausendmal abgesetzt wird, so sehe ich nicht, wie das Journal fortgehen kann.

SchiNa XXX, 66

1045. BÖTTIGER IN SEINEM TAGEBUCH

Weimar, 8. Juli 1799

Ein Hauptunterschied zwischen Goethe und Wieland ist in ihrer sinnlichen Organisation. Wieland hat äußerst blöde Sinne, besonders Augen. Daher ist alle seine Poesie Feenwerk, Phantasiespiel, Vision und Exaltation des inneren Auges, ohne ganz reine, bestimmte äußere Form. Goethe hat sehr scharfe äußere Sinne, hat selbst frühzeitig zeichnen und malen gelernt ..., und daher umfaßte er die sinnlichen Gegenstände mit unwiderstehlicher Gewalt und *Wahrheit*. Daher seine kristallhelle Klarheit im Ausdruck, sein kurz geschlossener, fest und symmetrisch gegliederter Periodenbau, sein Hang zur rein epischen Dichtung, da Wielands Gedichte alle nur romantische Epopöen sind.

Bö I, 69f.

1046. CHARLOTTE VON STEIN AN CHARLOTTE SCHILLER

Weimar, 27. Juli 1799

Gestern aß ich mit der Laroche bei Goethe. Es war ein empfindsames Diner. Wir mußten uns jedes nach unseren Namen auf dem Couvert setzen, und Nachbarn oder Visavis, eines oder das andere, waren am schicklichsten zur Unterhaltung ausgesucht. Auf dem Tisch standen anstatt der Gerichte Blumennäpfe mit raren Gewächsen und Bouteillen mit Wein dazwischen. Die Unterhaltung ging gleich auf die Blumen, und nach einer Weile wurden uns vorgelegte Speisen gebracht. Gegen das Dessert erhob sich eine unsichtbare sanfte Musik, und endlich trug man schöne Früchte und wohlgestaltete Kuchen auf den Tisch zwischen die Blumenstöcke ...

SchFr II, 337

1047. SOPHIE BRENTANO AN HENRIETTE VON ARNSTEIN

Oßmannstedt, 8. August 1799

Goethens Umgang allein tut einem nicht wohl. Er ist kalt und trocken für Menschen, die ihm gleichgültig sind, und um ihm mehr als das zu sein, dazu gehöret viel. Doch sehe ich den Sänger „Dorotheens" mit einem lebendigen Gefühl des Dankes und der Verehrung und wiederhole mir geflissentlich und oft in seiner Gegenwart, was alles sein Pinsel gemalt hat.

GoeJb XV, 358

1048. SCHILLER AN COTTA

Jena, 10. August 1799

Mit Goethen habe ich der „Propyläen" wegen Konferenzen gehalten, und es ist auf meinen Rat geschehen, daß er dieses Journal für ein mäßiges Honorar, in einer kleinern Auflage und nach längern Zwischenzeiten noch eine Zeitlang fortsetzen will. Es sogleich aufzugeben, schien mir auch darum nicht zu raten, weil Sie dadurch die Hoffnung ganz verlören, von den ersten Stücken noch etwas abzusetzen.

SchiNa XXX, 82

1049. CHARLOTTE VON STEIN AN CHARLOTTE SCHILLER

Weimar, 28. August 17

Heute ist Goethes Geburtstag, wozu ihm vermutlich die Schlegel werden Oden gemacht haben.

SchFr II, 339

1050. BÖTTIGER IN SEINEM TAGEBUCH

Weimar, 31. August 1799

[Wieland:] Ich habe Goethes „Hermann und Dorothea" wieder gelesen und gefunden, daß der letzte Gesang mich jetzt ganz befriedigt, so wenig er mir sonst gefallen wollte. Nur durch das dort eingeleitete Mißverständnis konnte sich Dorothea so herrlich zeigen ... Bei dieser Lektüre habe ich mich aufs neue überzeugt, Goethe sei eigentlich zum Künstler geboren. Die Figuren von „Hermann und Dorothea" sind alle in großen raffaelischen Umrissen herrlich gezeichnet. Es sind Figuren, in Marmor gehauen. Ans Kolorit muß man dabei nicht denken; auch dies konnte Goethe geben, wenn er malen wollte. Aber auch hier ist er Bildhauer. Alles ist im großen Stil. Die Vernachlässigung des Verses kommt daher, weil er alles diktiert. Jamben und Hexameter sind ihm ungefähr gleich geläufig. Aber er achtet es nicht, zehn Verse von demselben Einschnitt aufeinanderfolgen zu lassen. Ich erinnere mich aus den ersten Jahren noch einer Aufgabe, wo wir ein englisches Liedchen zusammen aus dem Stegreif übersetzen sollten. Ich bin nie ein Improvisator gewesen. Aber Goethe nahm das Buch, übersah eine Strophe und diktierte nun, es mochte brechen oder klappen, wenn's nur ungefähr der Sinn war.

Bö I, 248f.

1051. BÖTTIGER IN SEINEM TAGEBUCH

Weimar, vermutlich August oder September 1799

Goethe hat nicht den Mut, gewissen äußern Eindrücken zu widerstehen. Viele Menschen flieht er z. B. schon darum, weil sie Tabak rauchen. Neben seinem Hause wohnt ein Leinweber. Das Pochen und Anschlagen an den Weberstuhl, was das Geschäft dieses Handwerkers mit sich bringt, ist ihm so verhaßt, daß er alles angewandt hat, um diesen pochenden Kobold zu bannen oder ihm zu entfliehen. Darauf hat sich Goethe entschlossen, lieber in seinem Gartenhause vor der Stadt zu wohnen, das er seit vielen Jahren nicht mehr bewohnt hat, weil ihm die Erinnerungen an früher dort verlebte Tage unangenehm waren, als den Leinweber zu hören. Oft ist er deswegen auch schon wochenlang nach Jena gezogen. Indes muß er sich doch manches, durch häusliche Umgebung eingeengt, gefallen lassen. Neulich fand es die Dame Vulpius sogar für geraten, Schweine, deren Geruch ihm eine Pest ist, einzustallen. Hier indes drang sein Widerwille durch, und die circeischen Gesellen mußten sogleich geschlachtet werden.

Bö I, 57f.

1052. JOHANNA MARIA FICHTE AN IHREN MANN

Jena, 5. Oktober 1799

Goethe ist itzt hier und hat bei [August Wilhelm] Schlegel sich sehr freundschaftlich nach Dir, Deinen itzigen Arbeiten und Befinden erkundigt. Schlegel muß sehr bei Goethe gelten, denn er durchgeht mit Goethen seine [Goethes] Gedichte, welche letzterer herausgibt.

Fi III/4, 101

1053. DOROTHEA VEIT AN SCHLEIERMACHER

Jena, 11. Oktober 1799

Ungeheuer aber ist es, daß Goethe hier ist und ich ihn wohl *nicht* sehen werde. Denn man scheut sich, ihn einzuladen, weil er, wie billig, das Besehen haßt. Und er geht zu niemandem als zu Schiller, obgleich Schlegels und Schelling ihn täglich auf seiner alten Burg besuchen, in der er haust. Bis die andre Woche bleibt er nur hier. Zu Schiller geht man nicht; also ich werde in Rom gewesen sein, ohne dem Papst den Pantoffel geküßt zu haben. Es ist unrecht und, was noch mehr ist, dumm und, was noch mehr ist, lächerlich. Aber man kann mir nicht helfen.

SchlVeit I, 15f.

1054. JOHANNA MARIA FICHTE AN IHREN MANN

Jena, 16. Oktober 1799

Schlegels courtoisieren Goethe erstaunlich. Täglich ist einer von ihnen bei ihm. Auch ist Goethe vornehm geworden und geht zu niemandem als zu Schillern, vielleicht auch zu Griesbach ...

Fi III/4, 108

1055. DOROTHEA VEIT AN SCHLEIERMACHER

Jena, 15. November 1799

Nun hören Sie! Gestern mittag bin ich mit Schlegels, Karoline, Schelling, Hardenberg und einem Bruder von ihm, dem Lieutenant Hardenberg, im Paradiese (so heißt ein Spaziergang hier) – wer erscheint plötzlich vom Gebirg herab? Kein andrer als die alte göttliche Exzellenz, Goethe selbst! Er sieht die große Gesellschaft und weicht etwas aus; wir machen ein geschicktes Manöver, die Hälfte der Gesellschaft zieht sich zurück, und Schlegels gehn ihm mit mir grade entgegen. Wilhelm führt mich, Friedrich und der Lieutenant gehen hinterdrein. Wilhelm stellt mich ihm vor; er macht mir ein auszeichnendes Kompliment, dreht ordentlicherweise mit uns um und geht wieder zurück und noch einmal herauf mit uns und ist freundlich und lieblich und ungezwungen und aufmerksam gegen Ihre gehorsame Dienerin. Erst wollte ich nicht sprechen. Da es aber gar nicht zum Gespräch zwischen ihm und Wilhelm kommen wollte, so dachte ich: Hol der Teufel die Bescheidenheit! Wenn er sich ennuyiert, so habe ich unwiederbringlich verloren! – Ich fragte ihn also gleich etwas, über die reißenden Ströme in der Saale, er unterrichtete mich, und so ging es lebhaft weiter. Ich habe mir ihn immer angesehen und an alle seine Gedichte gedacht. Dem Wilhelm Meister sieht er jetzt am ähnlichsten. Sie müßten sich totlachen, wenn Sie hätten sehen können, wie mir zumute war, zwischen Goethe und Schlegel zu gehen ... An Friedrich machte er auch ein recht auszeichnendes Gesicht, wie er ihn grüßte. Das freute mich recht.

SchlVeit I, 20f.

1056. DOROTHEA VEIT AN RAHEL LEVIN

Jena, 18. November 1799

Goethe habe ich gesehen! ... er ... hat mich mit einem auszeichnenden Blick gegrüßt, als mein Name genannt wurde, und sich freundlich und ungezwungen mit mir unterhalten. Er hat einen großen und unauslöschlichen Eindruck auf mich gemacht. Diesen Gott so sichtbar und in Menschengestalt neben mir, mit mir unmittelbar beschäftigt zu wissen: es war für mich ein großer, ein ewig dauernder Moment! – Von dem zurückschreckenden Wesen, das man so allenthalben von ihm sich erzählt, habe ich wenig gemerkt. Im Gegenteil, obgleich meine Schüchternheit und Angst groß war, so nahm sie doch sehr bald ab, und ich gewann vielmehr ein gewisses schwesterliches Vertrauen in ihn. Ewig schade ist es, daß er so korpulent wird; das verdirbt einem ein wenig die Imagination! ... Er geht zu niemand als zu Schiller, dessen Frau sehr krank ist. Die Schlegel macht mir aber doch Hoffnung, daß er einmal ein Souper annehmen wird.

SchlVeit I, 22f.

1057. KLOPSTOCK AN HERDER

Hamburg, 27. November 1799

Haben Sie gelesen, was Goethe über die Farben [„Beiträge zur Optik"] gegen Newton geschrieben? Und haben Sie, was vor ziemlicher Zeit Marat, da er noch nicht rasend war, über ebendiese Sache (mich deucht: im „Merkur") und auch gegen Newton [„Entdeckungen über das Licht"]? Wenn Sie haben, so können Sie mir vermutlich sagen, was Goethe von Marat genommen hat.

Denn er ist, vielleicht nur zuzeiten, ein gewaltiger Nehmer. So hielt er es mit dem Leben, das Götze [von Berlichingen] z. B. von sich selbst geschrieben hat. „Götze" war seit ziemlich langer Zeit das erste deutsche Schauspiel, das ich ganz durchlas. Hätte ich damals jene Lebensbeschreibung gekannt, so hätte ich es zwar auch ganz gelesen, aber vornehmlich, um zu vergleichen. Es kommen in „Götzen", dem Schauspiele, auch andere Personen vor, die gewöhnlich nicht so sprechen, wie sie in den damaligen Zeiten hätten sprechen sollen; aber hier gängelte auch die Lebensbeschreibung Goethen nicht.

HN I, 213

1058. HERDER AN KLOPSTOCK

Weimar, 5. Dezember 1799

Ich habe diesen *Prediger* [Jenisch] vor einigen Jahren in meinem Hause kennenlernen müssen ... Er reiste damals nach Wien ... und hatte eben über Goethens „Meister" eine Abhandlung [„Über die hervorstechendsten Eigentümlichkeiten von ‚Meisters Lehrjahren'"] für die Judengesellschaft geschrieben, in der, gedruckt, behauptet wird, daß, „da von Theologen, Dichtern und Philosophen die menschliche Natur gar nicht verstanden und mit lauter Lügen überdeckt sei, sie in ‚Wilhelm Meister' zuerst lauter, klar und rein erscheine", weshalb man ihm als einem Prediger riet, einen Jahrgang Predigten darüber zu verfassen und vorzüglich die Philine als das reinste Exemplar der Menschheit zu behandeln; welches er sich denn auch gefallen ließ.

KlSt 326f.

Friedrich Gottlieb Klopstock

1800

1059. KAROLINE HERDER AN KNEBEL

Weimar, 3. Januar 1800

Auch hat mein Mann dem durch Goethe übersetzten „Mahomet" [von Voltaire] in Jamben bei ihm beigewohnt. „Vortreffliche, vortreffliche Verse", sagte mein Mann, „aber der Inhalt – ist eine Versündigung gegen die Menschheit und gegen alles." Sehn Sie, so lustig sind wir hier noch immer und fechten gegen Windmühlen!

Der *Fanatismus* ist ja wohl die Krankheit, an der wir und unsre Zeit krank daniederliegen ...

Ach, die Musen alle sind erkrankt, Bester, oder verpestet ...

Kn II, 329

1060. KARL AUGUST AN KNEBEL

Weimar, 4. Januar 1800

Die Übersetzung „Mahomets" von Goethe soll hoffentlich eine Epoche in der Verbesserung des deutschen Geschmacks machen.

KA 111

1061. KARL VON STEIN AN SEINEN BRUDER FRIEDRICH

Weimar, 30. Januar 1800

Kotzebue gehört unter die Damengesellschaften, doch lieben ihn auch die Herren, nicht aber die Schiller und Goethe ... Auch lassen dieser Kastor und Pollux den Jean Paul (hier) verächtlich herumkriechen. Selbst Wieland, finden sie, mache jetzt fehlerhafte, schlechte Verse.

Fritz von Stein II, 73f.

1062. KAROLINE HERDER AN KNEBEL

Weimar, 31. Januar 1800

Gestern waren wir in „Mahomet". Nachdem man im Anfange an der Neuheit der Vorstellung – es war Anstand, Haltung in Bewegung und Sprache – ein Wohlgefallen hatte und *der Zauber von Goethes Sprache und Rhythmus das Ohr ergötzte,* so wurde man durch den Inhalt von Szene zu Szene *empört.* Eine solche Versündigung gegen die Historie – er machte den Mahomet zum groben, platten Betrüger, Mörder und Wollüstling – und gegen die Menschheit habe ich Goethe nie zugetraut. Die platte, grobe Tyrannei, Macht, Betrug und Wollust wird gefeiert!

Was sollen *uns* die alten Farcen von Jesuiterei, *uns Protestanten?* Wir wissen nichts damit anzufangen!

Hat die Zeit uns nicht gereift? Sollen wir uns nicht an den bessern Früchten erfreuen – und nicht den alten Kot aufrühren, den Barbarei und Dummheit hervorbrachten?

Ach, und die Ziererei der Kunst, uns *Deutsche* mit dem französischen Kothurn zu beschenken, weil es der Herr von Haren durch den Herzog so bestellt hat!

Lieber – es hat uns hier im sumpfigen Tal ein Taumel ergriffen, wovon Sie in Ihrer reinen Luft nichts ahnen. Schmerzlich tut es weh, die Unnatur unter dem geweihten Namen Kunst auf den Thron gesetzt zu sehen. Ach, und wir gaffen und gaffen und jubeln! ...

Shakespeare, Shakespeare, wo bist du hin?

Kn II, 331

1063. JEAN PAUL AN FRIEDRICH HEINRICH JACOBI

Weimar, 4. Februar 1800

Der Voltairische Goethische „Mahomet" wurde hier gegeben und hat Herder und mich und andere durch alle Fehler der gallischen Bühne auf einmal (die nicht die Kulisse der Shakespeareschen oder griechischen zu sein verdient) erzürnt und gepeinigt. Mich erfaßte noch der Groll gegen die große Welt, die ewig der kalten und doch grausamen unpoetischen Zeremonialbühne der Gallier anhing und anhängt, weil sie selber auf einer frappant ähnlichen agiert.

JP III, 283f.

1064. BÖTTIGER AN UNBEKANNT

Weimar, 6. Februar 1800

Uns hat neulich Goethes „Mahomet" dreimal hintereinander an die schönen Tage der französischen Stelzentragödie erinnert, die bei uns *nie* greifen wird.

GoeJb X, 148

1065. NOVALIS AN LUDWIG TIECK

Weißenfels, 23. Februar 1800

Jakob Böhme les ich jetzt im Zusammenhange ...

Wenn die „Literatur-Zeitung" nicht so jämmerlich wäre, so hätt ich Lust gehabt, eine Rezension von „Wilhelm Meisters Lehrjahren" einzuschicken, die freilich das völlige Gegenstück zu Friedrichs [Schlegels] Aufsatze sein würde. Soviel ich auch aus „Meister" gelernt habe und noch lerne, so odiös ist doch im Grunde das ganze Buch ... Es ist ein „Candide" gegen die Poesie – ein nobilitierter Roman. Man weiß nicht, wer schlechter wegkömmt, die Poesie oder der Adel, jene, weil er sie zum Adel, dieser, weil er ihn zur Poesie rechnet. Mit Stroh und Läppchen ist der Garten der Poesie nachgemacht. Anstatt die Komödiantinnen zu Musen zu machen, werden die Musen zu Komödiantinnen gemacht. Es ist mir unbegreiflich, wie ich so lange habe blind sein können. Der Verstand ist darin wie ein naiver Teufel. Das Buch ist unendlich merkwürdig – aber man freut sich doch herzlich, wenn man von der ängstlichen Peinlichkeit des vierten Teils erlöst und zum Schluß gekommen ist. Welch heitre Fröhlichkeit herrscht nicht dagegen in Böhme, und diese ist's doch allein, in der wir leben, wie der Fisch im Wasser. – Ich wollte noch viel darüber sagen, denn es ist mir alles so klar, und ich sehe so deutlich die große Kunst, mit der die Poesie durch sich selbst im „Meister“ vernichtet wird und, während sie im Hintergrunde scheitert, die Ökonomie sicher auf festem Grund und Boden mit ihren Freunden sich gütlich tut und achselzuckend nach dem Meere sieht.

Nov 322f.

1066. KLOPSTOCK AN BÖTTIGER

Hamburg, 24. Februar 1800

Daß der Geheime Rat von Goethe Schützen sogar von der Polizei zu Geldstrafen verurteilen lassen, finde ich noch niedriger als das Betragen gegen Bürger.

ArchivLit III, 408

1067. GLEIM AN HERDER

Halberstadt, 22. März 1800

Unser Richter, hör ich, will Weimar, will Euch verlassen. Haltet ihn doch ja bei Euch! anderswo stirbt er. – Euer Herzog und seine Ratgeber lassen solchen Einzigen aus dem Lande? Goethe schreibe noch einen „leidenden Werther“, so wird er mein Held doch nicht! Er befindet sich in seiner Haut wohl; seine Brüder in Apollo gehen ihn nichts an! Mit seiner „Dorothea“ treiben seine Freunde doch wahrlich großen Unfug! Daß sie eine Satire gegen Vossens „Luise“ sei, kann ich mir nicht ausreden. Weil aber Goethe die Vorrede [die Elegie „Hermann und Dorothea“] zu ihr, die man zu Leipzig mir versagte, weislich nicht hat drucken lassen, so kann und mag ich's nicht beweisen.

VaH I, 269

1068. SCHILLER AN COTTA

Weimar, 24. März 1800

Ich fürchte, Goethe läßt seinen „Faust", an dem schon so viel gemacht ist, ganz liegen, wenn er nicht von außen und durch anlockende Offerten veranlaßt wird, sich noch einmal an diese große Arbeit zu machen und sie zu vollenden ... Er rechnet freilich auf einen großen Profit, weil er weiß, daß man in Deutschland auf dieses Werk sehr gespannt ist. Sie können ihn, das bin ich überzeugt, durch glänzende Anerbietungen dahin bringen, dieses Werk in diesem Sommer auszuarbeiten. Berechnen Sie sich nun mit sich selbst, wieviel Sie glauben, an so eine Unternehmung wagen zu können, und schreiben alsdann an ihn. Er fodert nicht gern und läßt sich lieber Vorschläge tun, auch akkordiert er lieber ins Ganze als bogenweis.

SchiNa XXX, 146

1069. HÜLSEN AN SCHLEIERMACHER

Lentzke in Holstein, 13. April 1800

In Ihrem Urteil über Goethe muß ich noch bemerken, daß das Verhältnis zwischen ihn und seiner Geliebten doch vielleicht reiner ist. Die christliche Einsegnung ist freilich nicht erfolgt, aber diese Negation will für das schöne Verhältnis der Geschlechter auch wahrlich nichts sagen. Ich weiß, daß Goethes Genossin keinesweges eine Magd im Hause war. Ich selbst habe beide Hand in Hand und in traulichen Gesprächen öffentlich spazierengehen sehen, und ein schöner muntrer Knabe geleitete sie. Auch habe ich die Frau selbst gesprochen und könnte nicht sagen, daß es ihr an Bildung fehlte. Sie hat sehr viel Einnehmendes, und ich sehe besonders mit Wohlgefallen ihre Liebe zu dem trefflichen Knaben, der mich ganz bezaubert hat. Ferner weiß ich auch, daß sie sogar bei Staatsvisiten die Honneurs im Hause macht, welches mir unter anderm die Geheimderätin von Koppenfels in Weimar erzählt hat, die auch Besuche von ihr erhielt und sie erwiderte. Sonst will ich freilich die Heiligkeit des Geschlechtsverhältnisses bei Goethe nicht suchen. Sein Leben hat ihn nicht darauf zugeführt. Hätte Goethe keinen Freund, so müßte ich ihn beklagen, denn er wäre sehr arm. Soviel weiß ich aber, daß in seinen Schriften darüber goldene Sprüche zu lesen sind, daß er äußerst bescheiden und anspruchslos ist und sonach wohl einen Freund verdiente.

SchleiH 36f.

1070. CHARLOTTE VON STEIN AN IHREN SOHN FRIEDRICH

Weimar, nach dem 26. April 1800

Also meint er, diese [Inschriften] seien nur in der Zeit der Jugend. Armer Goethe, daß ihm mit seiner Jugend so alles vorübergegangen ist! Die schöne, bleibende Liebe ist für jedes Alter geschaffen. In der Hermannshöhle steht mein Name von ihm in den Fels gegraben; der Fels hat ihn, aber er lange nicht mehr in seinem Herzen. Er dauert mich, denn er sieht nicht glücklich aus. Er hat auch einen besondern Zufall schon seit dem vorigen September; es ist ihm eine Empfindung, als wenn er immer in Spinneweben mit seinem Gesicht hineinführe.

Stein II, 126

1071. DOROTHEA VEIT AN RAHEL LEVIN

Jena, 28. April 1800

Friedrich [Schlegel], der Göttliche, ist diesen Morgen zu Vater Goethe oder Gott dem Vater nach Weimar gewandert...

SchlVeit I, 36

1072. KARL VON STEIN AN SEINEN BRUDER FRIEDRICH

Weimar, 7. Juni 1800

Briefe über Weimar [„Briefe eines ehrlichen Mannes bei einem wiederholten Aufenthalt in Weimar" von Friedrich von Oertel] sind im Druck erschienen, wo die Leute namentlich dem Publico mit der größten Freimütigkeit bekannt gemacht werden. Wieland wird gelobt, Herder desgleichen, Goethe getadelt, Knebel gelobt und noch unbedeutendere Lichter.

Fritz von Stein II, 76

1073. KNEBEL AN KAROLINE HERDER

Ilmenau, 23. Juni 1800

Goethes Sammlung kleiner Gedichte [„Neue Schriften", Band 7] habe ich auch gesehen. Es ist leider manches Platte in den Epigrammen hinzugekommen. Wer möchte so was vor der Welt sagen!

VaH III, 167

1074. SCHILLER AN COTTA

Weimar, 10. Juli 1800

Wegen der „Propyläen" habe ich mit Goethen gesprochen, und er proponiert vorderhand, daß Sie ihm für das Stück, welches jetzt gedruckt werden soll, geben können, was Ihnen beliebe. Sie brauchen ihm also nicht mehr zu geben, als Ihnen nach Abzug der Druckkosten von dem Gelde, das dafür einkommt, noch übrigbleibt; so daß Sie also bei diesem Stück keinen Verlust erleiden. Was die künftige Fortsetzung betrifft, so will er den Absatz der „Propyläen" noch ein halbes Jahr abwarten und vor den nächsten Ostern kein neues Stück mehr herausgeben.

SchiNa XXX, 170

1075. JEAN PAUL AN OTTO

Weimar, 21. August 1800

Über H[erders] Parteilichkeit überall steigt nichts ... Steht in einem französischen oder andern Journal etwas gegen Goethe oder gar Schiller, so wird's gepriesen und umhergeschickt ...

Auch Goethe ist, wenigstens äußerlich, parteiisch. Jetzt schweigen er und Schiller über das gelobte Gedicht der Imhoff [„Die Schwestern von Lesbos“ von Amalie von Helvig] still, das ich fortlobe. „Wie gefällt Ihnen Jacobis Brief an Fichte?“ fragt ich ihn. – „Er bleibt sich gleich.“ – „Gott und auch der Teufel bleiben sich gleich“, sagt ich. Darauf bleibt er aus Unbehülflichkeit und Stolz und Zorn dann – stumm. Kein Epigramm kann ihn in Bewegung stochern.

JP III, 367f.

1076. KNEBEL AN HERDER

Ilmenau, 25. August 1800

Unser neuestes literarisches Wesen bringt mir einen Ekel bei, beinahe vor allem, was ich deutsch gedruckt erblicke. Sie bringt mir ein Gefühl bei wie beinahe in den letzten Zeiten der Französischen Revolution: vom Heruntersteigen, vom Abarten und Verschlechterung des Geschlechts auf dem Wege, wo wir sonst unsere Hoffnungen zur Vervollkommnung desselben hegten. Von unsern neuesten Produkten ein großer Teil gehört vor kein anderes Forum mehr als das – der Polizei.

Was soll aus dem bübischen Betragen werden, dessen sich *Namen* und *Männer* nicht schämen! Welche literarische Geschichte einer Nation kann es aufweisen, daß man Männer, die sich Ehre und Namen in ihr erworben haben, öffentlich gleichsam mit Füßen tritt und ihren Namen den Straßenjungen preisgibt! Von *wem* soll die Zukunft lernen? Wo kann irgendeine Nacheiferung sein in dem ohnehin ehrenlosen Vaterlande?

VaH III, 170f.

1077. WILHELM VON HUMBOLDT AN SCHILLER

Paris, Anfang September 1800

Offenbar ist indes dieser Ihr Weg [in der Konzeption des „Wallenstein"] auch der gefährlichste für den Dichter. Man entfernt sich leicht von dem Menschen, wenn man ihn zu hoch über ihn selbst hebt, und unleugbar gibt es noch eine andre Art der Tragödie, welche ich die elegische nennen möchte und die bloß mit der schmerzlichen Empfindung des abhängigen Loses der Menschheit und der Ergebung in den Willen einer unbekannten Macht endigt. Die Alten kannten keine andre Gattung, und Goethe hat ihr in seinen schönsten Stücken eine neue Schönheit zu geben verstanden. Sein „Egmont" ist vielleicht die schmelzendste Ausführung derselben. Ich sage mit Fleiß *schmelzend,* weil mir dies Stück immer wie eine Musik von Empfindungen vorgekommen ist. Es greift nicht sowohl in den geschäftigen Ernst des Lebens ein, als es in bald lieblichen, bald wehmütigen und zerreißenden, aber immer sanften Träumen hinschwebt ...

Mit Goethe teilen Sie, genauer als sonst wohl zwei Dichter, den ganzen Umfang der Dichtkunst in Absicht auf den Stil. Der Gang seiner Einbildungskraft ist von dem der Ihrigen gänzlich verschieden. Er führt die Erscheinungen des Lebens anders ein, er legt sie anders an unser Herz, er erhebt anders zur geistigen Betrachtung. Auch wo er selbst schafft, scheint er noch zu empfangen, er erscheint fast immer mehr um sich schauend und bloß aussprechend, was er sah, als in sich arbeitend und forteilend. Er kann nicht mehr Objektivität haben als Sie, denn man kann Ihnen hierin keinen Vorwurf machen, nicht mehr Wahrheit, nicht mehr Leben. Aber er hat es auf eine andere Weise, und seine Dichtung steht dem Menschen im ganzen vielleicht näher.

Er bleibt mehr innerhalb der Grenzen der bloß empfindenden, leidenden oder genießenden Menschheit stehen, er wendet sich an eben diesen Teil unsres Ichs, und darum vorzüglich hat er keine höhere, aber eine andre Wahrheit und Wärme. Er weiß aus diesen Schranken hinaus gleich gut auf das Höchste zu gehen, aber er hat nicht dieselbe Raschheit der Bewegung, nicht dasselbe Drängen der Erscheinungen und erschüttert wohl gleich tief, aber minder heftig. Er wirkt mehr von außen, Sie mehr von innen auf den Menschen. Man kommt auf beiderlei Weise zum Ziel, aber man fühlt bei Ihnen die eigne innre Kraft höher angestrengt. Sie wirken stärker auf den selbsttätigen Teil des Menschen, den Sie unwiderstehlich bestimmen; er macht wenigstens die Notwendigkeit des Wirkens desselben minder sichtbar, weil er zuerst und unmittelbar den anschauenden und empfindenden stimmt.

Es ist schwer, unter Goethes Werken etwas dem „Wallenstein“ in Absicht des Sujets Ähnliches zu finden. Doch bietet Götz von Berlichingens Unternehmung, sich aus gemeinnützigen Absichten der Gewalt des Kaisers zu widersetzen, einige Ähnlichkeit mit Wallenstein, und weit mehr der Charakter seiner Frau mit dem der Herzogin dar. Solche Charaktere so lang, so nah, so in verschiedenen Lagen zu zeigen, als Goethe getan hat, wäre Ihnen, glaube ich, ebenso unmöglich gewesen als Goethen Ihr Wallenstein oder Ihr Max. Am meisten berühren Sie sich wohl noch in Thekla. Aber ich weiß nicht, ob es Goethen möglich gewesen wäre, sie vorzüglich durch dasjenige zu zeigen, was ihre hohe und reine Natur von sich ausstößt, wodurch Sie ihr gerade die meiste Größe und eine tief erschütternde Wahrheit gegeben haben. Zeigten Sie sie mehr positiv, so erschütterte sie weniger, als sie rührte. Doch ist es gerade das, was Goethe immer tut. Auch seine einfachsten Charaktere läßt er viel sehen, zeigt nicht bloß sie im Leben, sondern (möchte ich sagen) auch das Leben an ihnen. So im „Götz“, so Klärchen im „Egmont“, so Gretchen im „Faust“ und selbst Iphigenia. Daher haben seine Gestalten eine gewisse Weichheit und Lebenswärme vor den Ihrigen voraus, aber die Ihrigen dafür eine mehr imponierende Größe, gerade durch die sichtbarere Bestimmtheit der Umrisse eine höhere Kraft, das Gemüt sogleich nach vollendetem Effekt zum weiteren Fortwirken zu bestimmen ...

Wenigstens scheint mir Goethes Sprache da, wo sie auf *seine* Weise ... schön ist, sich vorzüglich durch die Reinheit des Maßes auszuzeichnen, in dem jeder Ausdruck die volle Sache, sie ganz und nichts als sie gibt. Wo es die Ihrige ist, da bewundre ich ein reiches und prächtiges Fortrollen der Ausdrücke, das uns mit sich fortreißt, jedes Bild, jede Empfindung bestimmt (aber nur das) hervorruft und vor der folgenden wieder verlöscht. Sie haben beide auch im Stil, und ich glaube, in gleichem Grade, das Verdienst, genau den Punkt zu treffen, in dem Objektivität und Subjektivität sich streng die Waage halten müssen. Insofern es aber der Sprache ausschließend zugehört, nicht bloß Zeichen eines Gegenstandes zu sein, sondern denselben dem Menschen durch Intellektualisierung näherzubringen, behandeln Sie dieselbe mehr ihrer Eigentümlichkeit gemäß und die Dichtkunst mehr wie eine redende Kunst – als von der Seite, wo sie der bildenden verwandt ist.

SchiNa XXXVIII/1, 324, 333f. und 338

1078. KNEBEL AN KAROLINE HERDER

Ilmenau, 7. September 1800

Ich kann nicht leugnen, daß mir ein paar neuere Produkte der jenaischen Sozietät ... ein paar bittere Tage gemacht haben. Wenn Sie das boshafte Ding „Satiren und Spiele von Maria" [von Brentano], oder wie es heißen mag, sich noch nicht haben geben lassen, so sehen Sie es doch gelegentlich an. In der *Gesellschaft* hätten wir vielleicht verachtend darüber gelacht; in der Einsamkeit macht es schlimmere Wirkung. Man spürt dem *Grund* und den *Folgen* davon nach. Mir tut es äußerst wehe, daß ich einen Mann wie Goethe, zu dessen *gutem Geist* ich doch immer noch ein stilles Zutrauen erhielt, so verfallen sehn muß, daß, wenn er gleich gewiß nicht der immediate Urheber solcher Produkte ist, doch Ursache und Gelegenheit dazu geben mußte. Und wenn es auch nur darum wäre, daß er sich von diesem Pack so unverschämt und beleidigend loben läßt.

VaH III, 171

1079. KAROLINE HERDER AN KNEBEL

Weimar, 10. September 1800

Es ist eine feierliche Stille hier unter den Großen. – „Schiller arbeitet wieder etwas *Großes* [„Die Jungfrau von Orleans"] – es soll ihm gelingen – man weiß aber nicht, was?" !!!

Goethe ist in Jena und schafft etwas.

Ach, dieser hätte uns der Natur wiedergeben können auf einem edlen und dem rechten Wege, wenn er gewollt hätte.

Seine Vergötterung war ihm aber lieber als die Wahrheit.

Professor Meyer kommt beinah nicht mehr zu uns. Die „Kalligone" [Herders] war vielleicht der Tropfe, der geschieden hat.

Kn II, 336

1080. OTTO AN JEAN PAUL

Bayreuth, 19. September 1800

Ich verdenke es diesem [Herder] nicht, wenn ihm jeder Goethische Tadel zu sehr gefällt. Ich habe nämlich ein Stück, das neueste, des „Athenäums" und kann Dir den Ekel nicht beschreiben, den ich mir daraus gegen die absprechenden, verworrenen Opferpriester des Gottes „Göttlich von Namen, Blick, Gestalt, Gemüte" sammelte. Es wird einem ordentlich der Kopf drehend, wenn man eine Zeitlang die närrischen Lobeserhebungen, die sich die Leute gegenseitig machen, und den nichtssagenden Wirrwarr von theoretischem Gefloskel gelesen hat ... Mir ist es unbegreiflich, wie Goethe mit seiner Universalität, der doch neben dem siebenten Bande seiner neuen Werke [„Neue Schriften"] wahrlich die vermischten Gedichte der frühern Werke [„Schriften", Band 8] nicht mehr machen könnte, einen solchen Götzendienst ertragen kann.

JPO 340f.

1081. CHARLOTTE GRÄFIN VON SCHIMMELMANN AN CHARLOTTE SCHILLER

Seelust bei Kopenhagen, 23. September 1800

Wie benimmt sich Goethe bei der Vergötterung, die er mit Shakespeare, Dante teilen muß? Wann werden wir ihn wieder in Lebensgröße auftreten sehen?

Finden *Sie* noch in dem Umgang dieses Titanen, was Sie vormals fanden? Schließt er sich in der Wirklichkeit an diese neuen Giganten, die er mit hervorbringen half? Baut er selbst mit an dem neuen Tempel, oder begnügt er sich damit, ihn bauen zu lassen, wie so mancher Geweihte?

SchFr II, 387

1082. DOROTHEA VEIT AN AUGUST WILHELM SCHLEGEL

Jena, 30. September 1800

Goethe ist noch hier. Er scheint nun mit Ernst etwas lernen zu wollen; er ist sehr fleißig, läßt sich ein Privatissimum nach dem andern lesen. Übrigens ist er auch sehr lustig, und Friedrich [Schlegel] hat neulich den Abend tête-à-tête mit ihm gespeist.

SchlVeit I, 52f.

1083. KNEBEL AN KAROLINE HERDER

Ilmenau, 16. Oktober 1800

Goethes Gespräche im „Damenkalender“ [„Die guten Weiber“] ist ein wahres Caput mortuum aller Artigkeit und alles Witzes, von bleischwerer Leichtigkeit. Und dann die gräßlichen Kupfer zur Zierde! ... Sonderbar war mir's, da ich am Morgen in der Schrift der Frau von Staël lesen mußte, daß die Deutschen von Natur keinen Geschmack hätten, und am Abend den Beleg dazu in dem Meisterwerke *des gebildetsten Mannes des Jahrhunderts,* wie ihn die jenaischen Freunde nennen, so auffallend fand.

VaH III, 175

1084. SCHILLER AN KÖRNER

Weimar, 21. Oktober 1800

Goethe ist von seiner Exkursion nach Jena, wo er etwas zu arbeiten hoffte, längst zurück, hat aber nur etwas weniges vom „Faust“ [II] gearbeitet [III. Akt], welches aber vortrefflich ist. Im ganzen bringt er jetzt zu wenig hervor, so reich er noch immer an Erfindung und Ausführung ist. Sein Gemüt ist nicht ruhig genug, weil ihm seine elenden häuslichen Verhältnisse, die er zu schwach ist zu ändern, viel Verdruß erregen.

SchiNa XXX, 207

1085. JEAN PAUL AN OTTO

Berlin, 24. Oktober 1800

Seit ich in Weimar war und hörte, daß Herder das schlecht findet, was Goethe und Schiller gut, und umgekehrt – s. Exempel unten* –, so frag ich nach keinem einzigen Urteil über mich, obwohl nach dem der gebildeten Majorität.

*Friedrich Schlegel, bei dem ich aß, sprach Wieland sogar die Talente ab und dem Jacobi reinen philosophischen Sinn, mir aber zu; Schiller findet nichts an Thümmel, Herder nichts an Schleiermacher und Tieck, Schl[egel] alles; Herder findet meinen neuen Stil klassisch, Merkel schlecht; Goethe die matte „Genofeva“ [von Tieck] gut und den „Wallenstein“; Wieland anfangs alles zu gut, dann zu schlecht – und so geht alles erbärmlich durcheinander.

JP IV, 9

1086. KÖRNER AN SCHILLER

Dresden, 27. Oktober 1800

Daß Goethen seine Verhältnisse drücken müssen, begreife ich recht wohl, und ich erkläre mir daraus, warum er außerhalb Weimar weit genießbarer als in Weimar sein soll. Man verletzt die Sitten nicht ungestraft. Zu rechter Zeit hätte er gewiß eine liebende Gattin gefunden, und wie ganz anders wäre da seine Existenz! Das andre Geschlecht hat eine höhere Bestimmung, als zum Werkzeug der Sinnlichkeit herabgewürdigt zu werden, und für entbehrtes häusliches Glück gibt es keinen Ersatz. Goethe kann selbst das Geschöpf nicht achten, das sich ihm unbedingt hingab. Er kann von andern keine Achtung für sie und die Ihrigen erzwingen. Und doch mag er nicht leiden, wenn sie geringgeschätzt wird.

Solche Verhältnisse machen den kraftvollsten Mann endlich mürbe. Es ist kein Widerstand da, der durch Kampf zu überwinden ist, sondern eine heimlich nagende Empfindung, deren man sich kaum bewußt ist und die man durch Betäubung zu unterdrücken sucht.

SchiNa XXXVIII/1, 362f.

1087. KAROLINE SCHLEGEL AN SCHELLING

Braunschweig, Oktober 1800

Sieh nur Goethen viel und schließe ihm die Schätze Deines Innern auf! Fördre die herrlichen Erze ans Licht, die so spröde sind, zutage zu kommen.

Car II, 4

1088. KAROLINE SCHLEGEL AN SCHELLING

Braunschweig, Oktober 1800

Ich wiederhol es noch einmal: warum kann ich dem Goethe nicht sagen, er soll Dich mit seinem hellen Auge unterstützen. Er wäre der einzige, der das nötige Gewicht über Dich hätte. Gib Dich wenigstens seiner Zuneigung und seinen Hoffnungen auf Dich ganz hin ...

Car II, 5

1089. KAROLINE HERDER AN KNEBEL

Weimar, 15. November 1800

Sie müssen sich durch die Herzoginmutter „Die alte und neue Zeit“ [„Paläophron und Neoterpe“] zu ihrem Geburtstag durch Goethe geben lassen. Sie werden eine ebenso große Freude daran haben als wir.

O könnte er nur etwas Gemüt seinen Schöpfungen geben, und sähe man nicht überall eine Art von Buhlerei oder, wie er es selbst so gern nennt, das „betuliche“ Wesen darinnen! Was hätte er seiner Nation werden können! Trauern muß man um diesen seltnen Genius! Nie weiß man, wie man in seinen Stücken daran ist, ob er das Rechte oder das Falsche meint, ob er diesem oder jenem das Wort redet. O Sophokles, welch einen *sichern* Maßstab hast du!

BrKn I, 184

1090. KNEBEL AN KAROLINE HERDER

Ilmenau, 21. November 1800

... wenn Herders Mühe und Geist hätten auf die Nation wirken können, wie anders würde es in so vielem aussehn! So ruft auch *er* in den leeren Wald; denn wo die Verdienste des einzelnen nicht zum Nationalvorteile angewandt werden, da ist – Barbarei. Darum haben auch die Alten das Verdienst oder Talent des großen Staatsbürgers und Regenten als das höchste angeschlagen, weil durch solches erst alle andern Talente und Verdienste Wirkung und Zweck erreichen. Deshalb rechne ich es auch Ihnen nebst mehreren von uns andern zur Sünde, daß wir Goethens Talente und Verdienste ganz falsch angeschlagen haben. Zum großen Staatsbürger und Reformator hat er eigentlich nichts; ihm ist dieser vielmehr zuwider; denn als geborener Künstler ist ihm die Verwirrung im ganzen lieber, sie gibt mehrere Bilder und reizt vielleicht die Geschicklichkeit des einzelnen mehr. Dies zeigt, daß der Künstler von Natur subaltern ist; er bezieht alles auf sich und seine Hervorbringung, die ihm sein Gott wird. Das Allgemeine schwächt ihn – es müßte denn bezahlender Haufe der Bewunderer sein. Goethe hätte sich nie zum Reformator eines Staates noch überhaupt zum Staatsmann geschickt. Und was hat er auch gemacht? Hier? und in Jena? und in Weimar? bei allem Einflusse, dessen er sich rühmt! Nicht einmal er, als Künstler, als Kenner und Liebhaber alter und italienischer Meisterstücke, bekannt und umgeben von Künstlern usw., hat dem Herzog ein zierliches Gebäude hinstellen können. Da haben sie den alten steinernen Tierkasten gelassen und tragen anjetzt an kleinlichem Schmucke hinein, was sie können. Da darf man wohl sagen, daß der hochgepriesene Genius der Deutschen etwas mehr als Unglück hat und daß es auch bei Hülfsmitteln nirgends bei uns zu etwas Rechtem kommen will. Auch das Weimarische Theater hat, soviel ich weiß, ein Fremder [Thouret?] eingegeben und erbauet ... Indes habe ich die neuesten „Propyläen" von Goethe erhalten, nebst dem Band seiner neuern Gedichte [„Neue Schriften", Band 7] und einem – gefälligen Schreiben.

VaH III, 179

1091. SCHILLER
AN CHARLOTTE GRÄFIN VON SCHIMMELMANN

Weimar, 23. November 1800

Was ich Gutes haben mag, ist durch einige wenige vortreffliche Menschen in mir gepflanzt worden, ein günstiges Schicksal führte mir dieselben in den entscheidenden Perioden meines Lebens entgegen, meine Bekanntschaften sind auch die Geschichte meines Lebens.

Dieses und einige Äußerungen in Ihrem Briefe führen mich natürlich auf meine Bekanntschaft mit Goethen, die ich auch jetzt, nach einem Zeitraum von sechs Jahren, für das wohltätigste Ereignis meines ganzen Lebens halte. Ich brauche Ihnen über den *Geist* dieses Mannes nichts zu sagen. Sie erkennen seine Verdienste als Dichter, wenn auch nicht in *dem* Grade an, als ich sie fühle. Nach meiner innigsten Überzeugung kommt kein anderer Dichter ihm an Tiefe der Empfindung und an Zartheit derselben, an Natur und

Wahrheit und zugleich an hohem Kunstverdienste auch nur von weitem bei. Die Natur hat ihn reicher ausgestattet als irgendeinen, der nach Shakespeare aufgestanden ist. Und außer diesem, was er von der Natur *erhalten*, hat er sich durch rastloses Nachforschen und Studium mehr *gegeben* als irgendein anderer. Er hat es sich zwanzig Jahre mit der redlichsten Anstrengung sauer werden lassen, die Natur in allen ihren drei Reichen zu studieren, und ist in die Tiefen dieser Wissenschaften gedrungen. Über die Physik des Menschen hat er die wichtigsten Resultate gesammelt und ist auf seinem ruhigen einsamen Weg den Entdeckungen vorausgeeilt, womit jetzt in diesen Wissenschaften soviel Parade gemacht wird. In der Optik werden seine Entdekkungen erst in künftiger Zeit ganz gewürdiget werden, denn das Falsche der Newtonischen Farbenlehre hat er bis zur Evidenz demonstriert, und wenn er alt genug wird, um sein Werk darüber zu vollenden, so wird diese Streitfrage unwiderleglich entschieden sein. Auch über den Magnet und die Elektrizität hat er sehr neue und schöne Ansichten. So ist er auch in Rücksicht auf den Geschmack in bildenden Künsten dem Zeitgeiste sehr weit voraus, und bildende Künstler könnten vieles bei ihm lernen. Welcher von allen Dichtern kommt ihm in solchen gründlichen Kenntnissen auch nur von ferne bei, und doch hat er einen großen Teil seines Lebens in Ministerialgeschäften aufgewendet, die darum, weil das Herzogtum klein ist, nicht klein und unbedeutend sind.

Aber diese hohen Vorzüge seines Geistes sind es nicht, was mich an ihn bindet. Wenn er nicht als Mensch für mich den größten Wert von allen hätte, die ich persönlich je habe kennenlernen, so würde ich sein Genie nur in der Ferne bewundern. Ich darf wohl sagen, daß ich in den sechs Jahren, die ich mit ihm zusammen lebte, auch nicht einen Augenblick an seinem Charakter irre geworden bin. Er hat eine hohe Wahrheit und Biederkeit in seiner Natur und den höchsten Ernst für das Rechte und Gute; darum haben sich Schwätzer und Heuchler und Sophisten in seiner Nähe immer übel befunden. Diese hassen ihn, weil sie ihn fürchten. Und weil er das Flache und Seichte im Leben und in der Wissenschaft herzlich verachtet und den falschen Schein verabscheut, so muß er in der jetzigen bürgerlichen und literarischen Welt notwendig es mit vielen verderben.

Sie werden nun aber fragen, wie es komme, daß er bei dieser Sinnesart mit solchen Leuten, wie die Schlegelischen Gebrüder sind, in Verhältnis stehen könne. Dieses Verhältnis ist durchaus nur ein literarisches und kein freundschaftliches, wie man es in der Ferne beurteilt. Goethe schätzt alles Gute, wo er es findet, und so läßt er auch dem Sprach- und Verstalent des ältern Schlegel und seiner Belesenheit in alter und in ausländischer Literatur und dem philosophischen Talent des jüngern Schlegel Gerechtigkeit widerfahren. Und darum, weil diese beiden Brüder und ihre Anhänger die Grundsätze der neuen Philosophie und Kunst übertreiben, auf die Spitze stellen und durch schlechte Anwendung lächerlich oder verhaßt machen, darum sind diese Grundsätze an sich selbst, was sie sind, und dürfen durch ihre schlimmen Partisans nicht verlieren. An der lächerlichen Verehrung, welche die beiden Schlegels Goethen erweisen, ist er selbst unschuldig, er hat sie nicht dazu aufgemuntert, er leidet vielmehr dadurch und sieht selbst recht wohl ein, daß die Quelle dieser Verehrung nicht die reinste ist; denn diese eiteln Menschen bedienen sich seines Namens nur als eines Paniers gegen ihre Feinde, und es ist ihnen im Grund nur um sich selbst zu tun. Dieses Urteil, das ich Ihnen hier niederschreibe, ist aus Goethens eigenem Munde; in diesem Tone wird zwischen ihm und mir von den Herren Schlegel gesprochen...

Es wäre zu wünschen, daß ich Goethen ebensogut in Rücksicht auf seine häuslichen Verhältnisse rechtfertigen könnte, als ich es in Absicht auf seine literarischen und bürgerlichen mit Zuversicht kann. Aber leider ist er durch einige falsche Begriffe über das häusliche Glück und durch eine unglückliche Ehescheu in ein Verhältnis geraten, welches ihn in seinem eigenen häuslichen Kreise drückt und unglücklich macht und welches abzuschütteln er leider zu schwach und zu weichherzig ist. Dies ist seine einzige Blöße, die aber niemand verletzt als ihn selbst, und auch diese hängt mit einem sehr edeln Teil seines Charakters zusammen.

Ich bitte Sie, meine gnädige Gräfin, dieser langen Äußerung wegen um Verzeihung. Sie betrifft einen verehrten Freund, den ich liebe und hochschätze und den ich ungern von Ihnen beiden verkannt sehe. Kennten Sie ihn so, wie ich ihn zu kennen und zu studieren Gelegenheit gehabt, Sie würden wenige Menschen Ihrer Achtung und Liebe würdiger finden.

SchiNa XXX, 213ff.

1092. FRIEDRICH SCHLEGEL AN SEINEN BRUDER AUGUST WILHELM

Jena, 24. November 1800

Goethe ist wieder hier und hat mir eine Kleinigkeit, die er zum Geburtstag der alten Herzogin gemacht, „Alte und neue Zeit", gezeigt. Er hat mich über die griechischen Namen konsultiert und schien mit denen, die ich ihm vorschlug: „Paläophron und Neoterpe", zufrieden.

Daß ein gewaltiges griechisches Trauerspiel [„Helena"-Akt in Faust II"] von ihm zu erwarten ist, in Trimetern und chorähnlichen Chören, hat Dir Dorothea ... geschrieben. Er hat einigemal recht viel darüber mit mir gesprochen; indessen habe ich mich doch nicht überwinden können, zu fragen nach dem Sujet.

Schls 446f.

1093. SCHILLER AN IFFLAND

Weimar, 18. Dezember 1800

Goethe ist jetzt sehr pressiert, den „Tancred" [nach Voltaire] zu vollenden. Sie haben uns dadurch, daß Sie ihn ein wenig drängen und treiben, einen guten Dienst getan, weil dieses Stück ohne diesen neuen Sporn leicht auf die lange Bank hätte geschoben werden können; denn Goethe hat einmal den Glauben, daß er winters nichts Poetisches arbeiten könne, und weil er es glaubt, so ist es bis jetzt auch wirklich der Fall gewesen.

SchiNa XXX, 223

1094. KARL VON STEIN AN SEINEN BRUDER FRIEDRICH

Kochberg, 20. Dezember 1800

Es gibt so kalte Herzen wie der Herzog von Weimar, Goethe etc., die einem einladen können zu einem Gastmahl und, wenn man hinkommt, sich vor einem hinstellen. Natürlich glaubt man sich verbunden, ihnen für ihre Höflichkeit was zu sagen; man erschöpft sich in Sentenzen und Neuigkeiten, sie machen eine gefällige Miene – aber sie schweigen. Also man fängt noch einmal an, sich auszupressen, und sie lächeln immer stumm wie vorher. Sie lassen einem spielen wie eine Flötenuhr, und wenn sie sich müde gehört haben, machen sie sich weg.

Fritz von Stein II, 78f.

1095. DOROTHEA VEIT IN IHREM TAGEBUCH

Jena, um 1800

Goethe sowohl als Schiller können sehr leicht in Verlegenheit vis-à-vis de certaines personnes geraten. Der ganze Unterschied ist nur, daß Goethe dann höflich, Schiller aber grob wird.

SchlVeit I, 94

1801

1096. BÖTTIGER AN ROCHLITZ

Weimar, 7. Januar 1801

Herder ist seit mehreren Jahren Goethen fremder geworden, und es scheint, als wenn es nie wieder zu einem ganz herzlichen Vernehmen zwischen beiden kommen könnte. Hier scheint mir Goethe ganz unschuldig, und sein Benehmen hat mir stets Achtung eingeflößt. Ich weiß die ersten Veranlassungen des Mißvernehmens nicht und mag sie auch nicht wissen. Aber soviel weiß ich, daß Goethe oft Herdern zuvorgekommen ist, ihn zu sich eingeladen und überhaupt alles getan hat, um es zu keinem öffentlichen Bruch kommen zu lassen.

GoeJb XVIII, 144f.

1097. WIELAND AN BÖTTIGER

Oßmannstedt, 9. Januar 1801

Ich höre heut abend beunruhigende Nachrichten von Goethes Gesundheitsumständen. Hoffentlich ... können Sie mir morgen ... etwas Tröstlicheres berichten. Der Verlust, wenn wir so unglücklich sein sollten, ihn zu verlieren, wäre in mehr als einer Rücksicht unersetzlich und nicht zu berechnen.

GoeJb I, 324

1098. SCHILLER AN COTTA

Weimar, 10. Januar 1801

Leider ist Goethe in diesem Augenblick sehr krank, und seine Ärzte sind nicht ohne Furcht eines unglücklichen Ausgangs. Auch wenn er für jetzt der Gefahr entrinnt, so könnte ihm doch eine große Schwäche und kränkliche Disposition übrigbleiben, die seine Tätigkeit hemmen würde. Es ist ein katarrhalisches Fieber mit einem heftigen Rotlauf, welches sich ins linke Auge geworfen, und mit einem schmerzhaften Krampfhusten verbunden. Der Arzt [Stark] fürchtet, daß die äußere Entzündung ins Gehirn schlagen oder daß ein Steck- oder Schlagfluß dazukommen könnte. Heut ist der sechste Tag ...

SchiBr VI, 236f.

1099. CHARLOTTE VON STEIN AN IHREN SOHN FRIEDRICH

Weimar, 12.–15. Januar 1801

12. Januar. Ich wußte nicht, daß unser ehemaliger Freund Goethe mir noch so teuer wäre, daß eine schwere Krankheit, an der er seit neun Tagen liegt, mich so innig ergreifen würde. Es ist ein Krampfhusten und zugleich die Blatterrose; er kann in kein Bett und muß in einer immer stehenden Stellung erhalten werden, sonst will er ersticken. Der Hals ist verschwollen sowie das Gesicht, und voller Blasen inwendig. Sein linkes Auge ist ihm wie eine große Nuß herausgetreten, und läuft Blut und Materie heraus, oft phantasiert er, man fürchtete vor eine Entzündung im Gehirn, ließ ihm stark zur Ader, gab ihm Senffußbäder; darauf bekam er geschwollne Füße und schien etwas besser. Doch ist diese Nacht der Krampfhusten wiedergekommen; ich fürchte, weil er sich gestern hat rasieren lassen. Entweder meldet Dir mein Brief seine Besserung oder seinen Tod; ehe laß ich ihn nicht abgehen. Die Schillern und ich haben schon viele Tränen die Tage her über ihn vergossen. Sehr leid tut mir's jetzt, daß, als er mich am Neujahr besuchen wollte, ich leider, weil ich an Kopfweh krank lag, absagen ließ. Und nun werde ich ihn vielleicht nicht wiedersehen!

14. Januar. ... Gestern hat er mit großem Appetit Suppe gegessen, die ich ihm geschickt habe. Mit seinem Auge soll es auch besser gehen. Nur ist er sehr traurig und soll drei Stunden geweint haben. Besonders weint er, wenn er den

August sieht. Der hat indessen seine Zuflucht zu mir genommen. Der arme Jung dauert mich; er war entsetzlich betrübt; aber er ist schon gewohnt, seine Leiden zu vertrinken. Neulich hat er in einem Klub von der Klasse seiner Mutter siebzehn Gläser Champagnerwein getrunken, und ich hatte alle Mühe, ihn bei mir vom Wein abzuhalten.

15. Januar. Goethe schickte heute zu mir, ließ mir danken für meine Teilnahme, und er hoffte, er würde bald wieder ausgehen können. Die Doktors halten ihn außer Gefahr, aber seine Genesung werde noch lange werden.

Fritz von Stein I, 165f.

1100. KAROLINE HERDER AN KNEBEL

Weimar, 21. Januar 1801

Daß Goethe lebt, darüber wollen wir Gott danken. Es möchte ohne ihn nicht gut in Weimar werden. Er ist doch immer der, der Schranken setzt, wenn es zu bunt werden will!

Mein Mann hatte ihn vorgestern besucht, fand aber leider den Herzog und Schiller da. Ein solcher Dreiklang war seiner Natur fremd, ungewohnt; er kam verstimmt nach Hause...

Kn II, 337

1101. KAROLINE HERDER AN KNEBEL

Weimar, 22. Januar 1801

Der Anfang von Goethes Krankheit soll ein Katarrh gewesen sein, den er den 1. Januar im Theater, als Haydns „Schöpfung" gegeben wurde, bekommen hatte und der sich allmählich in eine Geschwulst der Rose mit Fieber und einem Krampfhusten verwandelte. Es stieg damit so schnell, daß er den 5. und 6. Januar nicht mehr im Bett bleiben konnte, um nicht zu ersticken. Er wollte sich nicht zur Aderlaß verstehen, die Huschke, sein Arzt, für notwendig hielt. Den 7. Januar war das linke Auge durch die Geschwulst und Eiterung in Gefahr; auch teilte sich die Geschwulst allen Drüsen des Kopfs und Halses mit. Stark erschien den

Nachmittag. Eine sehr starke Aderlaß und darauf ein sehr reizendes Fußbad wurde auf seine Verordnung unternommen: beides rettete ihn. In dieser Nacht und den Morgen kannte er die Menschen nicht mehr. Das rechte Auge, das sonst gut war, wurde jetzt mit ergriffen; er sah durch dieses die Adern des Auges an der Wand rot, so wie ihm alles rötlich vorkam. In dieser Nacht nach der Aderlaß und Fußbad erschien am Fuß eine rotlaufartige Geschwulst, und die am Gesicht verlor sich nach und nach. Es kam eine Art Bräune, die eben auch gefährlich war. Stark, den wir den ersten Tag selbst gesprochen, hielt ihn für ganz tödlich und befürchtete einen Schlag, da Kopf, Gehirn und Brust so sehr befallen war.

BrKn II, 1f.

1102. KAROLINE SCHLEGEL AN SCHELLING

Braunschweig, vor dem 23. Januar 1801

Was für eine Nachricht hast Du uns gegeben, mein lieber Schelling, und welche wird heute kommen! Ich kann nichts Ordentliches schreiben und tun bis zu Ankunft Deiner Briefe, und ich gestehe Dir, ich bin innerlich krank vor Angst ...

Ich bin mit dem heftigsten Herzklopfen nach einer schlaflosen Nacht aufgestanden und zähle die Viertelstunden, bis die Post kommt. Du wirst mich doch heute nicht versäumen? ... Du weißt wohl, daß er mein Hort und Heil für Dich war und ich mich weit mehr auf ihn verließ als auf mich. Was vermochte die gedämpfte Stimme Deiner Freundin?

Car II, 27f.

1103. CHARLOTTE VON STEIN AN IHREN SOHN FRIEDRICH

Weimar, nach dem 26. Januar 1801

Er bat uns [Charlotte von Stein und Charlotte Schiller] aufs neue um unsere Freundschaft, als wenn er wieder in der Welt angekommen wäre. Sonderbar ist, daß er auch nicht um ein

Lot hat abgenommen. Aber sein Auge ist noch bös, aber mehr die äußere Haut daran als der Augapfel. Fünf Tage wußte er nichts von sich und weiß sich nur eines sonderbaren Gefühles zu erinnern, als wenn er etwas Ganzes gewesen wäre: eine Landschaft, so etwas Allgemeines etc. Wie er sein Individuum wieder fühlte, war ihm die Empfindung unglücklich. Gestern schien er mir aber heiter, aber leicht zum Zorn gereizt. Denn er wurde sehr heftig, daß man ein Stück von Kotzebue hier gespielt: „Die Sucht zu glänzen".

Stein II, 135

1104. ROCHLITZ AN BÖTTIGER

Leipzig, 27. Januar 1801

Hubers Rezension des „Wilhelm Meister" gefällt mir gar nicht ... Daß Goethes Plan besser gewesen sein mag, als er [Huber] ihn findet, will ich Ihnen zugeben; aber dafür werden und müssen Sie mich die Ausführung desto mehr tadeln lassen. Auch die Sprache im ganzen, und hin und wieder im einzelnen, scheint mir bei weitem noch nicht so zu sein, wie sie sein müßte und wie Goethe sie überdies geben müßte. Beinahe scheint mir's überhaupt (nach seinen neuen Arbeiten insgesamt), er verachte die Menschen, wie sie nun sind, auch die lesenden. Was er gibt, gibt er nicht nur um sein selbst willen, sondern auch für sich selbst. Für sich selbst aber braucht man an eignen Werken die Vollendung der Einzelheiten nicht und macht nicht viel daraus, mag auch die Zeit und ausharrende Mühe nicht drauf verwenden, durch welche allein jene Art der Vollendung erzeugt werden kann, sondern eilt lieber vorwärts zu neuen Schöpfungen. Überhaupt weiß ich nicht, ob die besten deutschen Prosaisten nicht besser schreiben können oder es nicht mögen. Wie schreibt nämlich hin und wieder Goethe? Wie noch öfters und weit schlimmer Wieland – selbst in seinem „Agathon" und „Aristipp"! Mir scheint es beinahe, als ob die vollkommne deutsche prosaische Sprache, wie die poetische, mit ihren Schöpfern verwelkt sei. Welcher Prosaist schreibt wie Lessing, vorzüglich auch in seinen kleinen theologischen Schriften? Welcher Dichter wie Klopstock etwa in einem Dutzend seiner Oden?

GoeJb XVIII, 145

1105. SCHILLER AN COTTA

Weimar, 6. Februar 1801

Goethe ist wiederhergestellt und befindet sich recht wohl. Seine gute Natur und die Geschicklichkeit des Dr. Stark, seines Arztes, haben ihn gerettet.

SchiBr VI, 241

1106. GLEIM AN HERDER

Halberstadt, 8. Februar 1801

Daß Euer Goethe, der dann und wann nur meiner nicht auch gewesen, die fatale Krankheit überstanden hat, freut mich sehr. Gott erhalte den Bessern der besten Welt!

VaH I, 286

1107. CHARLOTTE SCHILLER AN FRIEDRICH VON STEIN

Weimar, 17. Februar 1801

Daß Goethe so krank war, wissen Sie. Wir haben viel Angst seinetwegen gehabt. Es war eine Hirnentzündung nahe, und Stark hat ihn allein durch seine Schnelligkeit gerettet, hat eine starke Aderlaß tun lassen, die ganz entscheidend war. Wenn ich auch nicht fühlen könnte, was wir an Goethens Geist verloren hätten, so würde mir sein Verlust unendlich schmerzlich gewesen sein um Schillers willen, der in seiner Freundschaft durch die Nähe seines Geistes so reich ist und der niemanden wieder finden könnte, an den er sich so anschlösse. Auch liebe ich Goethe so herzlich, daß ich mir die Welt ohne ihn schwer denken kann. Ob ich ihn hier gleich weniger sehe als in Jena, so lebe ich doch mit seinem Geist durch Schillers Mitteilung. Schiller ist fast täglich bei ihm. Daß wir Frauen nicht so sans façon in seinem Hause Eintritt haben können und wollen, hängt von seinen inneren Verhältnissen ab. Obgleich Schiller selbst nie die Dame des Hauses als Gesellschafterin sieht und sie nie bei Tisch erscheint, so könnten doch andere Menschen es nicht glauben, daß sie sich verberge, wenn unsereins auch diese Gesellschaft teilte. Sie wissen am besten, wie die Menschen hier sind, wie sie lauern usw. Man wäre vor tausend Erdichtungen nicht sicher ...

Ich habe die liebe Mutter veranlaßt, Ihnen das Weimarische Taschenbuch ... zu schicken, weil das kleine Stück [„Paläophron und Neoterpe"] von Goethe Sie freuen würde. Ich hatte wohl recht? Es ist in einem so hohen, einfachen Sinn gedacht und die Ausführung so schön. Ich kenne wenig Sachen von Goethe, die ich diesem an die Seite stelle, von seinen späteren Produkten nämlich.

SchFr I, 458 und 460

1108. CHARLOTTE SCHILLER AN IHREN MANN

Weimar, 10. März 1801

Es ist hier eine große Gärung über die Thekla [die Rolle im „Wallenstein"], und ich wünschte der Herzogin wegen, die Geschichte wäre auf irgendeine Art beigelegt, daß sie nicht böse wird. Denn wenn Goethe nicht nachgibt, ist es sehr unhöflich, da sie kompromittiert ist ...

Am Sonntag hat die Herzogin sich sehr gegen die Löwenstern expektoriert und gesagt, sie wäre kompromittiert, wenn die Jagemann nicht spielte. Gegen die Frau [Karoline von Wolzogen] hat sie sich sehr beklagt, daß Goethe und Du sie nicht unterstützt hättet; die Frau hat ihr erklärt, daß Du nicht frei beim Theater handeln könntest. Es ist so ein Gewebe von Lügen und Bosheit in dem Ganzen, das man nicht durchschauen kann. Mir liegt nur am Herzen, Dich bei der Herzogin zu rechtfertigen, der Du es schuldig bist, weil sie Dir zu Gefallen die ganze Unterhandlung angefangen ...

Johann Wilhelm Ludwig Gleim

Meyer war bei mir: Goethe hat eben sich sehr ereifert und gesagt, er dürfe nicht nachgeben, weil er sonst um jede andere Schauspielerin auch geplagt würde und das Protegieren satt hätte, das ihn schon ehemals bei der Göchhausen und Herzogin [Anna Amalia] über die Rudorff so gequält hätte usw. Daß er unrecht hat, ist keinem Zweifel unterworfen ... Goethe ist mir unbegreiflich. Kirms lügt, denn die Herzogin hat es ihm ja aufgetragen, mit G[oethe] zu reden, und G[oethe] behauptet, es hab sich niemand an ihn gewendet. – Er ist noch krank; man muß auch ihn schonen. Aber dies ist nötig, der Herzogin zu zeigen, daß man sie und ihre Wünsche ehrt ...

SchiLo II, 593–596

1109. KARL VON STEIN AN SEINEN BRUDER FRIEDRICH

Kochberg, 12. März 1801

Die Jagemann hat sich mit dem Kranz entzweit, weil er in der Oper nicht nach dem (vorgeschriebenen) Takt spielen soll, sondern nach ihrer Stimme. Dies scheint für das ganze Orchester etwas viel verlangt zu sein; doch hat Goethe dem Kranz bis zur Zurückkunft des Herzogs die Direktion des Orchesters untersagt, worüber denn jetzt die Operetten nicht reüssieren. Bei dem Gelächter, was in dieser Unordnung geschah, so daß die Annonce des neuen Stückes nicht gehört werden konnte, hat sich Goethe so echauffiert, daß er laut aus seiner Loge dem Publico Stillschweigen geboten. Man hat aber doch gelacht. Die Jagemann hat an der Löwenstern eine starke Partie für sich, und Kranz das Publikum. Um den „Oberon" [von Wranitzky] vorzustellen, hat man ihn also ersucht, sein Amt ferner zu verwalten; aber er hat deklariert, daß, da man ihm einmal seine Funktion untersagt, so erwarte er erst hierüber den Ausspruch des Herzogs, der noch in Berlin ist. Die Jagemann surpassierte sich den Abend; hingegen alle anderen Akteurs ohne Ausnahme sangen so schlecht als möglich, was diesmal den Beifall des Publikums hatte, weil man es für Verdruß über den abwesenden Kranz auslegte. Man glaubt, Goethe und Schiller haben diese Oper machen lassen, um Wielands „Oberon“ herunterzusetzen.

Fritz von Stein II, 80

1110. BÖTTIGER AN ROCHLITZ

Weimar, 13. März 1801

Goethe ist zwar völlig genesen, und die kleinen Überreste einer Beule, die er noch über einem Auge hat, sind von gar keiner Bedeutung. Indessen will man doch bemerken, daß er äußerst reizbar und wieder in andern Rücksichten weicher und menschlicher sei. Sein „Tancred“ mißfiel hier das erste Mal durchaus, wurde aber das zweite Mal durch das Spiel der trefflichen Jagemann als Amenaide sehr gehoben ... Wir sind nun einmal nicht für diese pathetische Sentimentsparade.

GoeJb XVIII, 145f.

1111. CHARLOTTE VON STEIN AN IHREN SOHN FRIEDRICH

Weimar, 13. April 1801

Zeig doch Goethe Deinen Anteil! Wenn er gleich uns, seine alten Freunde, nicht mit Ehren verlassen hat, so hat er doch von dem Teil seines Lebens, wo er uns Gutes bewies, eine Anforderung an Dankbarkeit.

Stein II, 138

1112. KAROLINE HERDER AN KNEBEL

Weimar, 15. April 1801

Mit Gutskaufen geben Sie sich ja nicht ab! Ich muß Ihnen den Schleier über Wielands und Goethes Lage in Absicht ihrer Güter aufdecken ...

Goethe hat das Roßla überteuer mit 14000 Rtlr gekauft, mit schlechtem Haus und Stallung, alles baufällig, und schlechter Gegend. Er hat darauf 6000 Rtlr bezahlt. Jetzt soll er abermals 4000 Rtlr abzahlen und sucht in Apolda und umliegender Gegend bei *Rentbeamten* und dergleichen das Geld zusammen!

Mit seinem Pachter, der ihm zwei Jahre den ordentlichen Pacht nicht gegeben hat, hatte er bei dem Hofgericht einen Prozeß, den er zwar gewonnen und den Pachter herausgeworfen hat, indessen aber Unkosten und Verdruß davongetragen. Jetzt, heißt es, will er das Gut selbst administrieren – durch die Mademoiselle Vulpius. Die Nachbarschaft prophezeit aber kein Gelingen, da er und sie die Landwirtschaft nicht verstehn. Das Gerede über ihn tut uns oft sehr leid; er wird meist in zweideutigem Licht beurteilt, und wir haben zu tun, die Menschen eines andern zu überzeugen.

BrKn II, 7f.

1113. KAROLINE SCHLEGEL AN IHREN MANN

Braunschweig, 20. April 1801

Von Jena will ich Dir mitteilen, daß Loder mit Gewalt Himly hinzubringen sucht, daß er an den Herzog geschrieben hat, dieser aber seit seinem häßlichen Ebenteuer zu Berlin sehr verstimmt ist und nichts hören will von Jena. Goethe mag sich auch im Namen Seiner Durchlaucht schämen; er ist sogleich auf sein Landgut gegangen, was er noch nie getan hat und auch gewiß seine Absicht nicht war.

Car II, 105

1114. KAROLINE HERDER AN KNEBEL

Weimar, 22. April 1801

Wieland lassen wir gewiß nicht fallen. Wenn er nicht von Goethe gerückt und verschoben wird, so ist sein erstes Gefühl doch so rein und schön. – Er hat in seinem ersten Gefühl über die „Adrastea" [Herders] an mich geschrieben, so rein und wahr. Böttiger, dem ich's vorlas, meinte, es müsse in den „Merkur"; Besseres und Herzlicheres könnte Wieland nichts darüber schreiben. Er schlug's Wieland vor, und er genehmigte es. Sie werden's also im nächsten Stück lesen. Goethe hat ihn bald nach diesem Brief in Oßmannstedt besucht, ihn nach Roßla eingeladen, wieder besucht usw. Kurz, ich merkte durch Gerning, daß W[ieland] für Goethe und Schiller das Wort sprach.

Goethe spielt ewig seine Buhlerkünste, wenn er glaubt, jetzt sei ein Augenblick, da ein anderer außer seiner Clique etwas geleistet hat. O Lieber, uns ekelt dieser Buhlerlist! Niedrig, eitel!

Einen Zug habe ich vorgestern von ihm gehört, der uns bisher fremd und unmöglich schien – einen edlen Charakter hatten wir ihm doch zugetraut!

Kn II, 338f.

1115. CHARLOTTE VON STEIN AN IHREN SOHN FRIEDRICH

Weimar, 23. April 1801

Vorgestern saß ich mit Frau von Trebra in der ehemaligen Rosenhecke. Goethe kam, mit seiner Kammerjungfer an seiner Seite, an uns vorbeigegangen. Ich schämte mich in seiner Seele und hielt mein Sonnenschirmchen vor, als hätte ich ihn nicht bemerkt.

Stein II, 139

1116. KARL VON STEIN AN SEINE MUTTER

Kochberg, Anfang Mai 1801

Ich komme mir alle Tage häßlicher vor, und zumal heute sah ich frappant wie der Geheime Rat Goethe von außen.

Stein II, 140

1117. KAROLINE SCHLEGEL AN IHREN MANN

Jena, 11. Mai 1801

Auf diese leere Stelle will ich gleich noch etwas Amüsantes setzen, das uns Schelling diesen Mittag zum besten gab, wie ihm Goethe einmal beschrieben, daß er mit Jean Paul einen ganzen Abend Schach gespielt, figürlich. Der hat nämlich ein Urteil über ihn und seine Gattung herauslocken wollen und ihn nach G[oethes] Ausdruck auf den Sch-dr- führen, hat einen Zug um den andern getan, von Yorick [Sterne], von Hippel, von dem ganzen humoristischen Affengeschlecht – G[oethe] immer neben aus! Nun, Du mußt Dir das selbst mit den gehörigen Fratzen ausführen, wie Jean Paul zuletzt in die höchste Pein geraten ist und sich schachmatt hat nach Hause begeben. Einen durchtriebnern Schalk gibt es auf Erden nicht wie den G[oethe], und dabei das frömmste Herz mit seinen Freunden!

Car II, 136

1118. KAROLINE HERDER AN KNEBEL

Weimar, 28. Mai 1801

Welche Langmut gehört dazu, die zwei großen Dichter zu sehn, wie sie ihre ausstaffierten falschen Götzenbilder als den alleinigen dramatischen Gott aufgestellt haben! Das neueste Stück von Schiller, „Das Mädchen von Orleans“, soll so sublim sein, daß es jetzt vorderhand wegen zu *großer Sublimität* nicht aufgeführt werden kann!! Auch spielt es nicht weniger als sechs Stunden.

Herr von Goethe hat letzthin, da mein Mann auf dem Stadthaus in einer geschlossenen Gesellschaft aß, wobei Schiller und Goethe auch waren, wieder einen hohen Spruch getan. Es war nämlich von den neuern Systemen die Rede; da sprachen Hochdieselben: „Das Neuere zeichnet sich vor allem andern dadurch aus, daß es ganz allein, ohne sich an das Alte zu heften, dasteht.“ Sie sehen daraus, daß wir unmittelbar vom Heiligen Geist empfangen und geboren worden sind. Amen!

BrKn II, 11f.

1119. KAROLINE SCHLEGEL AN IHREN MANN

Jena, 31. Mai 1801

Den alten Meister wirst Du nicht vorfinden, und wenn Du Flügel nähmest. Er ist zwei Tage hier gewesen, um Jena noch einmal zu sehn, hat auch sonst nichts hier gesehn wie Jena und Schelling. Er geht auf sieben bis acht Wochen nach Pyrmont, und ich wünsche, das Bad möge sich noch *einmal* recht königlich beweisen. Er ist sehr munter. Ich habe ihm sagen lassen, er soll Söder nicht versäumen, da dieses vermutlich das einzige Mal ist, daß er Niedersachsen berührt. Er hat die Erinnerung dankbar aufgenommen ...

Wir haben für den sonnenklaren *** [Fichtes „Sonnenklaren Bericht an das größere Publikum"] ein Motto ausgefunden:

> Zweifle an der Sonne Klarheit,
> Zweifle an der Sterne Licht,
> Leser, nur an meiner Wahrheit
> Und an deiner Dummheit nicht!

Das Fundament des Einfalls ist von Schelling, die letzte Zeile von mir. S[chelling] hat es Goethen mitgeteilt, der, sehr darüber ergötzt, sich gleich den „Sonnenklaren" geben ließ, um sich auch ein paar Stunden von Fichte malträtieren zu lassen, wie er sich ausgedrückt hat.

Car II, 156f.

1120. KAROLINE SCHLEGEL AN IHREN MANN

Jena, 11. Juni 1801

Goethe ist vorige Woche abgereiset, nachdem er seinen Sohn vorher hat legitimieren lassen, und nur diesen und seinen Geist hat er mitgenommen. Die Weimaraner behaupten, Goethens Finanzen wären in einem sehr schlechten Zustande, und zwar durch die Vulpius, die ihre Unordentlichkeit und ganze Sippschaft mit ihnen nähret. Sie hat am Tage nach G[oethes] Abreise ihren Leuten in G[oethes] besten Zimmern ein Fest gegeben, dessen Evan Evoe in der ganzen Gegend umher erschollen ist. O das Unkraut, die Weiber!

Car II, 163f.

1121. SCHILLER AN COTTA

Weimar, 17. Juni 1801

Goethe ist zu Pyrmont und nur mit Wiedererlangung seiner Gesundheit beschäftigt. Von ihm dürfen Sie für den Kalender [„Taschenbuch für Damen“ von 1802] diesmal nichts erwarten; denn er ist seit lange ganz unproduktiv, und es ist nur zu wünschen, daß er nicht ganz alle seine poetische Tätigkeit verlieren möge.

SchiBr VI, 284

1122. KAROLINE SCHLEGEL AN IHREN MANN

Jena, 22. Juni 1801

Goethe hat sich acht Tage in Göttingen aufgehalten – wie mag er das angefangen haben? Die Loder wußte nichts Genaues davon, weil ihre Eltern nicht da sind; sie war selbst neugierig und hat mich ordentlich gebeten, an Fiorillo darüber zu schreiben, um das Nähere zu erfahren. Die Studenten haben ihm eine Musik gebracht, sicher auf Winckelmanns Anstiften. Er hat darauf seinen Geist heruntergeschickt mit einem Gegenkompliment, weil er schon ausgekleidet sei. Sie hatten es freilich darauf angelegt, ihn selbst zu hören, wäre es auch mit der Nachtmütze auf dem Kopf und sans culottes gewesen. Auch den allgemeinen Klub hat er besucht, wo denn die sämtliche Gesellschaft ihm ein Vivat brachte. Übrigens hat er wohl allerlei zu sehn gehabt, und die Loder meinte, die Bibliothek hätte ihn gewiß sehr beschäftigt, denn ich könnte nur glauben, er gäbe sich seit einiger Zeit sehr viel mit reellen Wissenschaften ab.

Car II, 174

1123. KAROLINE SCHLEGEL AN IHREN MANN

Jena, 6. Juli 1801

. . vom Goethe weiß er [Fiorillo] weniger, als ich wissen wollte. Er sah ihn nur einmal bei sich und kam krankheitshalber nicht anderwärts mit ihm zusammen. Sartorius hat das Los getroffen, sein Führer zu werden; den hat ihm Loder zugewiesen. Und denke, er hat sich auf einen Monat in Logis im Körnerschen Hause auf der Allee mieten lassen, nach vollendeter Kur. Fiorillo sagt, er habe ihn gefunden garbato, cortese ed amabile wie vor zehn Jahren in Weimar.

Car II, 184

1124. KANZLER VON MÜLLER IN SEINEM TAGEBUCH

Weimar, 21. September 1801

Goethes Bekanntschaft und Gespräch mit ihm. Er ... spricht sehr ruhig und gelassen, wie etwa ein bedächtiger, kluger Kaufmann. Nur das Aug ist scharf. Er war recht artig und gesprächig.

Mü 4

1125. SCHILLER AN KÖRNER

Weimar, 23. September 1801

Goethen habe ich wohl aussehend und gesünder als vor der Reise gefunden. Ich habe noch wenig mit ihm sprechen können, weil ihn, außer den theatralischen Dingen und dadurch veranlaßten Gesellschaften, die Ausstellung der eingesandten Preisstücke beschäftigt. Es sind jetzt in allem 22 Preisstücke eingekommen, außer einem ganzen Saal voll anderer Kunstwerke: Nahls, Catels, Burys und mehrerer anderer, welche wirklich zum Teil sehr schön und sehenswürdig sind. Das Institut scheint in Aufnahme zu kommen, und leicht könnte in einigen Jahren eine allgemeine Kunstausstellung der neuesten Künstlerwerke bei uns zustande kommen. Goethe läßt die Entree bezahlen, und der Ertrag wird zu dem Preis geschlagen.

SchiBr VI, 301

1126. BÖTTIGER AN ROCHLITZ

Weimar, 8. Oktober 1801

Von den Gesinnungen der Herren Goethe und Schiller gegen Sie und gegen Ihr Stück weiß ich weder im Guten noch Bösen das mindeste. Sie wissen, wie wenig ich von ihnen selbst etwas erfahren kann, da ich ganz von ihnen entfernt bleibe. Goethe lebt ganz in seiner Kunstausstellung, die seit drei Wochen in den Zimmern des Komödienhauses für acht Groschen Entree jedem sichtbar ist. Die Verteilung des Preises mag ihm bei der vielfachen *wichtigen* Konkurrenz viel Not machen ... Goethe (nicht Schiller) liegt ganz in den Händen der Schlegel. Einer aus ihrer Clique, der Bildhauer Tieck, der Bruder des Dichters, modelliert jetzt hier Goethes Büste und sitzt ganze Tage vor ihm, wie man sagt.

GoeJb IV, 325

1127. SCHILLER AN KÖRNER

Weimar, 16. November 1801

Wir suchen uns hier aufs beste durch den Winter hindurchzuhelfen. Goethe hat eine Anzahl harmonierender Freunde zu einem Klub oder Kränzchen vereinigt, das alle vierzehn Tage zusammenkommt und soupiert. Es geht recht vergnügt dabei zu, obgleich die Gäste zum Teil sehr heterogen sind, denn der Herzog selbst und die fürstlichen Kinder werden auch eingeladen. Wir lassen uns nicht stören; es wird fleißig gesungen und pokuliert. Auch soll dieser Anlaß allerlei lyrische Kleinigkeiten erzeugen, zu denen ich sonst bei meinen größeren Arbeiten niemals kommen würde.

SchiBr VI, 315

1128. GENTZ IN SEINEM TAGEBUCH

Weimar, 20. November 1801

Wir verbrachten den Abend bis 9 Uhr bei Herrn von Goethe, wo man Wieland, Herder, Schiller beisammen sah. Diese Abendgesellschaft hätte glänzend sein sollen, aber sie kam mir kalt und fast schal vor.

GentzTb 8. Aus dem Französischen

1129. SCHILLER AN COTTA

Weimar, 10. Dezember 1801

Sie fragen mich nach Goethen und seinen Arbeiten. Er hat aber leider seit seiner Krankheit gar nichts mehr gearbeitet und macht auch keine Anstalten dazu. Bei den trefflichsten Planen und Vorarbeiten, die er hat, fürchte ich dennoch, daß nichts mehr zustande kommen wird, wenn nicht eine große Veränderung mit ihm vorgeht. Er ist zu wenig Herr über seine Stimmung; seine Schwerfälligkeit macht ihn unschlüssig, und über den vielen Liebhaberbeschäftigungen, die er sich mit wissenschaftlichen Dingen macht, zerstreut er sich zu sehr. Beinahe verzweifle ich daran, daß er seinen „Faust" noch vollenden wird.

SchiBr VI, 321

1130. KAROLINE SCHLEGEL AN IHREN MANN

Jena, 10. Dezember 1801

Wenn Friedrich nur das *eine* Lied [nach Heinrich von Veldeke ?] von den kleinen Liedern hingegeben hätte [zum „Musenalmanach auf das Jahr 1802", hrsg. von Bernhard Vermehren], so wäre es charmant von ihm gewesen; aber die Distichen [„Die Werke des Dichters"] auf Goethes Werke! Fi donc!

Lieber, stimme nicht in die Lästereien Goethes ein, die sie da unter sich zur miserabeln Mode gemacht haben!

Car II, 235

1131. KAROLINE HERDER AN GLEIM

Weimar, 18. Dezember 1801

Eine Erscheinung auf unserm Theater muß ich Ihnen auch mitteilen. Lessings „Nathan“ ist aufgeführt worden, nachdem er hie und da verkürzt ist. Die Schönheit dieses Kunstwerks und die Wahrheit hat allgemeinen Eindruck gemacht ... Nach dieser Vorstellung fühlen wir aufs neue, wohin unsere Schauspieldichter gesunken sind und wie hoch Lessing steht!

VaH I, 295

1802

1132. KAROLINE SCHLEGEL AN SOPHIE BERNHARDI

Jena, 4. Januar 1802

Goethe hat sich vorgenommen, die Aufführung des „Jon“ noch immer weiter auszubilden. Ein paarmal will er die Schauspieler noch ungestört spielen lassen, dann ihn aber von neuem vornehmen ...

Er hat sehr artig darüber gesprochen, was sie nach und nach den Spielern und dem Publikum zumuteten. Erst hätten sie die drei Stücke von Schiller zu sich nehmen müssen (die sie indessen unverdaut wieder von sich gegeben haben), und überhaupt hätten sie sie recht zum *Hören* gezwungen. Nun sie auch den „Jon“ hinunter hätten, da könne man wieder etwas Tüchtiges darauf bauen.

Car II, 258f.

1133. KAROLINE SCHLEGEL AN AUGUST WILHELM SCHLEGEL

Jena, 4. Januar 1802

Ja, Freund, es verhält sich so; Du kannst ganz und gar zufrieden sein [mit der Aufführung des „Jon“]. Ich bin entzückt gewesen. Meine Hoffnung war gut nach allem, was Goethe geschrieben hatte; indes saß ich nicht ohne Herzklopfen da; aber ich wurde ruhig, sowie ich die Jagemann sah und hörte. Wir sahn uns gleich an, Schelling und ich, und nun ging es alles in *einem* Guß fort ...

Goethe hat mit unendlicher Liebe an Dir und dem Stück gehandelt. Ich weiß nicht, was Kotzebue dort gesagt hat; aber es kann sein, daß die Schauspieler anfangs rebellisch waren, ja die Jagemann soll dumm genug gewesen sein, den Jon für eine undankbare Rolle zu halten. Aber er hat alles

Kostüme zu „Jon" von August Wilhelm von Schlegel zur Weimarer Aufführung 1802

überwunden. Sie sind hoffentlich nun zufrieden, denn sie sind alle sehr applaudiert worden ... Auch ist keine Frage, daß es allgemein gefallen hat, gewiß mit manchen Ausnahmen, manchen Rückhalten und auch wider Willen, aber gefallen dennoch ...

Car II, 259f.

1134. KAROLINE HERDER AN KNEBEL

Weimar, 6. Januar 1802

Den Tag darauf wurde „Jon", von August Wilhelm Schlegel *frei* übersetzt und bearbeitet, gegeben. Ein schamloseres, frecheres, sittenverderbenderes Stück ist noch nicht gegeben. Jena war wieder herüberzitiert zum Klatschen. Bei der zweiten Vorstellung waren wenige darin; zum dritten Mal wollen sie's nicht wagen; denn da möchte das Haus ganz leer bleiben. Ach, Freund, wohin ist Goethe gesunken!

BrKn II, 23

1135. CHARLOTTE VON STEIN AN IHREN SOHN FRIEDRICH

Weimar, 7. Januar 1802

Schreib mir ja keine leeren Briefe à la Goethe, welcher mir zwar schon lange keine mehr schreibt, wenn er abwesend ist. Gestern fuhr er mit seiner Hausmamsell auf dem Schlitten.

Stein II, 145

1136. SCHMID AN SALZMANN

Frankfurt, 9. Januar 1802

Er hat im Frühjahr 1801 eine große Krankheit ausgehalten; man bemerkt aber davon keine Spuren mehr, denn er ist von gutem Aussehn und beträchtlicher Korpulenz. Wir hatten, nämlich mein seliger Schwager, meine Schwester und ich, viele Empfehlungen von seiner hier lebenden Mutter, deren ich mich in einem schicklichen Augenblick entlud. Nachher kam er uns als wohlwollender, freundlicher Landsmann selbst bei jeder Gelegenheit entgegen, und wir fühlten, daß es gut gemeint war. Andere, und wohl der größte Haufen, wollten ihn stolz finden. Allein nicht besser kann ich antworten als mit einem Auszug aus der „Zeitung für die elegante Welt", welchen ich Sie um Erlaubnis bitte, nach der Länge herzusetzen:

„Sein Äußeres erweckte die Frage: Ist Goethe stolz? Ach, wie vielsinnig ist das Wörtchen stolz, um mit einem Ja oder mit einem Nein die Frage beantworten zu können. In dem alten, veralteten Sinne, wo ein Mensch, nur aufgebläht durch äußere Vorzüge, selbst des Verdienstvolleren Bekanntschaft geringschätzt, weil ihm dieser an Vorzügen nicht gleichkommt, sind ja wohl nur noch wenige stolz; und Goethe unter diese Klasse zu rechnen, wird hoffentlich keinem einfallen. Den Wert seines gesuchten Ichs aber soweit zu kennen, daß ihm ein eigener Stempel der Absonderung aufgedrückt werde, der manchen Unberufenen zurückhält, sich an seine Person und Zeit zu wagen, dies versteht Goethe meisterlich. Ob dies bloße Schutzwehr oder Naturgabe sei, ist schwer zu entscheiden; aber fast sollte man aus der Bemerkung, daß er auch in kleinern und bekanntern Zirkeln eine gewisse Kälte nicht ablegt, urteilen, daß dieses Zurückziehen ihm sehr natürlich sei. Den neugierigen Brunnengästen war es nicht angenehm, gegen alle Ideale, die sie sich von dem gewandten, feinen Dichter gemacht hatten, einen ernsten, majestätischen Mann zu finden, der, die Hände in beiden Rocktaschen, mit quer in die Breite stehendem Hute, in mäßigem, gleichem Schritte die Allee auf und ab wandelte, ohne auf die Sterblichen um ihn her zu achten. Hätten alle die Unterhaltung genießen können, die er dann denen, die zunächst um ihn waren, gewährte, gewiß, sie wären versöhnt worden. Langsam sich entwickelnd, aber immer deutlich malend waren seine Beschreibungen, anziehend und fortgesetzt, suivis, seine Gespräche über interessante Gegenstände. Sein munterer zehnjähriger Knabe scheint in den lebhaften braunen Augen den Geist des Vaters zu fassen."

Er schien sich Ihrer, bester Freund, mit vieler Wärme zu erinnern und lächelte zufrieden und freundlich dabei. Wenn nicht obige Bemerkung von einem feinen Beobachter herrührte, so hätte ich darauf keine Rücksicht genommen; aber besser Ihren Freund zu schildern wäre mir unmöglich gewesen.

Salz 109f.

1137. KARL VON STEIN AN SEINEN BRUDER FRIEDRICH

Weimar, 9. Januar 1802

Dieser Tage her waren einige mit Musik begleitete Schlittenfahrten zum großen Vergnügen meiner Frau, die gern Schlitten fährt. Niemand fährt aber mit einer triumphierenderen Miene und mit mehr Passion, scheint es, als der dicke Geheimrat Goethe, neben seiner Gattin sitzend ..., fährt aber nicht selbst, sondern läßt sich fahren. Bei den großen Gesellschafts-Schlittenfahrten aber gibt er den Platz seiner Füchsin an eine Dame der Gesellschaft ab. Zu einem Konzert bei Zobels frug ich ihn, wenn ich ihm gelegen käme, ihm einmal meinen Besuch abstatten zu dürfen. „Meine Geschäfte", antwortete er, „erlauben mir nicht, Ihnen eine Zeit zu bestimmen; aber schicken Sie nur einmal morgens um 9, mich fragen zu lassen." Da sonst sein Haus und unser Haus wie eins anzusehen waren, er auch nicht in dem Fall ist wie Bonaparte, ein Land zu repräsentieren und den Geschäften zu unterliegen, so schien mir seine Antwort etwas eitel, er müßte denn meine Frage so genommen haben, als wenn ich ihm etwas Spezielles zu sagen hätte. Ich würde, sagte ich ihm, ihm gern einmal besuchen, wenn ich wüßte, ihn nicht zu inkommodieren, und wenn er eben einmal melierte Gesellschaft hätte.

Fritz von Stein II, 81

1138. WIELAND AN BÖTTIGER

Oßmannstedt, 15. Januar 1802

Ich unterscheide, wie in allen Dingen, so auch hier, das Formale vom Materiali. Mit dem letztern wird es wohl, was die dem Stücke [Schlegels „Jon"] gemachten Vorwürfe betrifft, seine Richtigkeit haben ... Das Formale dieses Aufsatzes [der Rezension von Böttiger] hingegen kann ich weder rechtfertigen noch entschuldigen; und nur unter der Voraussetzung, daß Sie G[oethe]n selbst empfindliche Streiche, Stiche und Stigmata ... haben beibringen *wollen*, kann ich sogar begreifen, warum Sie nicht nach Überlesung dessen, was Sie (vielleicht noch in derselben Nacht und ganz warm von dem *Unwillen*, der Sie während der Aufführung erhitzte) geschrieben hatten, sogleich selbst hätten sehen sollen, daß G[oethe] Ihnen eine solche öffentliche Flagellation des „Jons", des Dichters und dessen, der das Stück vorstellen ließ und alles Mögliche anwendete, damit es reüssieren sollte, nie, in seinem Leben nie verzeihen würde noch könnte ...

Ihnen dieses ... Urteil gehörig zu motivieren, müßte ich in eine Umständlichkeit eingehen, wozu ich keine Zeit habe und deren Sie auch wahrlich nicht bedürfen, da Ihnen, bei einer nochmaligen gelassenen Durchlesung, Ihr eigener guter Genius bei jedem von Ihrem Kakodämon eingeschwärzten Wort, Sarkasm, ironischem Lob, Judaskuß und Dolchstich von hinten unfehlbar selbst einen Stich geben wird. Ich setze also nur noch dies hinzu: wenn Sie mein leiblicher Bruder oder Sohn wären, könnte ich Sie ... weder verteidigen noch entschuldigen; und an G[oethes] Stelle würde ich die Sache ebenso genommen, ebenso hoch empfunden und ebenso gehandelt haben wie er. Das schlimmste an dieser Sache und was mir am leidesten tut, ist, daß dem Übel nicht mehr zu helfen ist. G[oethe] nimmt sie als eine guerre ouverte, und zwar als einen Vertilgungskrieg auf, wo einer von beiden auf dem Platz bleiben oder vielmehr den Platz räumen muß.

GoeJb I, 327ff.

1139. WIELAND AN BÖTTIGER

Oßmannstedt, 19. Januar 1802

Nun triumphiert freilich Monsieur Schl[egel], und Sie machen diesem Herren gegenüber eine traurige Figur. Das schlimmste ist, daß es Ihnen nichts hilft. Denn G[oethe] wird Ihnen Ihr Stillschweigen für nichts anrechnen, und Sie wieder mit ihm auszusöhnen, ist so unmöglich, als den Mond mit den Zähnen vom Himmel herabzuziehen. Auch bin ich versichert, wenn in irgendeinem deutschen Tagblatt etwas nur halbweg Nachteiliges über „Jon" gesagt werden sollte, so wird es Ihnen vor die Tür gelegt werden. Eine ehrliche guerre ouverte wäre für Ihren Ruhm das beste; aber wer könnte Ihnen in Ihrer hiesigen Lage dazu raten?

GoeJb I, 329

1140. SCHILLER AN KÖRNER

Weimar, 21. Januar 1802

Hier wollen wir im nächsten Monat Goethes „Iphigenia" aufs Theater bringen. Bei diesem Anlaß habe ich sie aufs neue mit Aufmerksamkeit gelesen, weil Goethe die Notwendigkeit fühlt, einiges darin zu verändern. Ich habe mich sehr gewundert, daß sie auf mich den günstigen Eindruck nicht mehr gemacht hat wie sonst, ob es gleich immer ein seelenvolles Produkt bleibt. Sie ist aber so erstaunlich modern und ungriechisch, daß man nicht begreift, wie es möglich war, sie jemals einem griechischen Stück zu vergleichen. Sie ist ganz nur sittlich; aber die sinnliche Kraft, das Leben, die Bewegung und alles, was ein Werk zu einem echten dramatischen spezifiziert, geht ihr sehr ab. Goethe hat selbst mir schon längst zweideutig davon gesprochen – aber ich hielt es nur für eine Grille, wo nicht gar für Ziererei. Bei näherem Ansehen aber hat es sich mir auch so bewährt. Indessen ist dieses Produkt in dem Zeitmoment, wo es entstand, ein wahres Meteor gewesen, und das Zeitalter selbst, die Majorität der Stimmen, kann es auch jetzt noch nicht übersehen. Auch wird es durch die allgemeinen hohen

poetischen Eigenschaften, die ihm ohne Rücksicht auf seine dramatische Form zukommen, bloß als ein poetisches Geisteswerk betrachtet, in allen Zeiten unschätzbar bleiben.
SchiBr VI, 335f.

1141. BÖTTIGER AN ROCHLITZ

Weimar, 21. Januar 1802

Gereizt von jenem Unsinn [August Wilhelm Schlegels „Jon"], vielleicht auch von prickelndem Krankheitsstoff, schrieb ich fürs „Modenjournal" eine Kritik desselben mit der möglichsten Schonung unserer Theaterdirektion, mit der ich um alles in der Welt in keinen öffentlichen Krieg geraten wollte. Goethe erhält indes, noch ehe das Stück die Druckerei verließ, Nachricht davon und fulminiert so fürchterlich auf mich und schreibt so drohende Billette an Bertuch, daß dieser die Unheilsbogen sogleich kassierte, ob er gleich Zensurfreiheit hatte und ganz anders hätte verfahren können. Doch Goethe drohte, sogleich seine Demission von der Theaterdirektion zu geben, wenn es geschähe. Die Sache machte hier Aufsehn und indignierte jeden, der kein Sklave der Schlegelschen Clique ist. Wahrscheinlich wird auch auswärts manches davon erzählt. Ich teile Ihnen hier im strengsten Vertrauen die für mich zurückbehaltenen Aushängebogen mit ... Urteilen Sie, ob etwas gegen Goethe Achtungswidriges darin ist und ob nicht alles vielmehr nur zuviel gelobt scheint. Auf jeden Fall macht dies meine hiesigen Verhältnisse noch unangenehmer. Sei es! Ich will furchtlos und meiner Überzeugung gemäß handeln.
Alt-Weimar 44

1142. KAROLINE HERDER AN KNEBEL

Weimar, 23. Januar 1802

Der Artikel „Drama" im vierten Stück der „Adrastea" soll und muß Ihren Beifall und Ihre Zustimmung erhalten. Zwei herrliche Blätter aber über den „Jon" kommen nun heraus;

denn mein Mann will mit Goethe nichts zu tun bekommen.

Denken Sie! Böttiger schreibt im „Modejournal“ eine Kritik über den „Jon“, wobei er unvermeidlich Wahrheiten sagen mußte. Als der Bogen gesetzt war, forderte ihn Goethe von Bertuch, und nachdem er ihn erhalten, schrieb er an Bertuch: wenn er diese Kritik über „Jon“ nicht augenblicklich unterdrücke, so ginge er sogleich zum Herzog und fodere seine Dimission als Direktor des Theaters. Auch wolle er künftig die Theaternachrichten im „Modejournal“ selbst liefern und wolle im nächsten Stück mit dem „Jon“ den Anfang machen.

Sehn Sie, so steht's mit unsrer Theaterwahrheit!

Dies alles aber ist ein *großes Geheimnis,* das indessen schon von Ohr zu Ohr sachte herumgeht. Böttiger hat den Bogen als den einzigen Abdruck gerettet – er wird ihn gewiß für Sie geben, wenn Sie ihn sehen mögen!

Kn II, 328

1143. KNEBEL AN KAROLINE HERDER

Ilmenau, 25. Januar 1802

Der neu-revolutionär-republikanisch durchgesetzte „Jon“ hat mich etwas in Erstaunen gesetzt. Der arme Böttiger nur dauert mich. Er ist in der Tat nicht wohl und nimmt sich doch sonst so in acht, die Blitze des Jupiters zu reizen. Es war längst zu denken, daß, wenn zwei solche Lüfte so nahe zusammenkommen würden wie Herr Kotzebue und Schlegel, es ein Brausen geben würde. Nur, dachte ich, es würde beim *Schall* verbleiben. Nun aber hat Jupiter die Schale gesenkt.

VaH III, 204

1144. CHARLOTTE VON STEIN AN IHREN SOHN FRIEDRICH

Weimar, nach dem 29. Januar 1802

Diese Unschicklichkeit kam von der Gräfin Egloffstein. Ich schämte mich besonders für die russischen Damen, und Goethe ist mir einige Klafter tief heruntergefallen, daß er es zugegeben.

Stein II, 147

1145. KNEBEL AN KAROLINE HERDER

Ilmenau, 3. Februar 1802

Die Unterdrückungsgeschichte der Böttigerschen Kritik hat mir viel Ärger gemacht. Ohne Zweifel fand man sie zu richtig und wahr, um sie erscheinen zu lassen. Sie darf aber nicht untergehn. Trösten Sie den guten Böttiger, der uns soviel Ehre bei den Ausländern macht wie unsere Genies und Schöngeister eben nicht.

VaH III, 204f.

1146. HENRIETTE VON KNEBEL AN IHREN BRUDER

Weimar, 3. Februar 1802

Schicke uns doch nur ja Deinen „Jon“ [von Euripides], lieber Bruder, denn der Schlegel verstümmelt alles und läßt das Edle weg. Eine ewige Schande für Goethen, daß er diesen Menschen so in Schutz nimmt.

KnHe 144

1147. SOPHIE VON SCHARDT AN FRIEDRICH VON STEIN

Weimar, 4. Februar 1802

Kotzebue ist der humanste unter unsern Poeten; dafür hat er aber auch gute Revenuen und geht an Hof mit seiner Frau. Goethe hat eine Mittwochs-Souper-Gesellschaft; die ist aber geschlossen, und er sagt: „Frägt ja man, warum, so sprecht, ich sei der Bär.“ Unter der Elite der Gesellschaft, die dort versammelt ist, glänzte der Kapitän Egloffstein und Karoline Egloffstein mit heiserm Stimmchen, auch der dicke Gemahl von Agnes Lilie [Friederike von Wolzogen]. Ferner gibt's Redouten, wo man der Herzogin gratuliert: ein Kind der Liebe [August von Goethe] stellte den Amor dar, der der Herzogin Verse brachte. Die Leute sagen, das sei unrecht gewesen, ein Kind der Liebe hätte nicht dürfen als Amor unter honetten Leuten erscheinen. Der arme Wurm wird doch nicht dem berühmten Edmund im „King Lear“ nachschlagen – er ist ein gutes Kindle.

Fritz von Stein II, 85f.

1148. SCHILLER AN COTTA

Weimar, 5. Februar 1802

Bei Goethen will ich tun, was ich kann, um Ihnen einen Beitrag von ihm für den „Damenkalender“ zu schaffen. Aber noch sehe ich nicht, wo es herkommen soll, da er in ganz andern als poetischen Beschäftigungen steckt. Es hatte ihn verdrossen, daß Sie Böttigern wegen des Gangs der „Propyläen“ Eröffnungen getan, weil er nicht gut gegen ihn gesinnt ist und B[öttiger], dessen Indiskretion bekannt ist, mit Begierde alles ergreift und verbreitet, was der guten Sache, für welche Goethe streitet, Nachteil bringt.

SchiBr VI, 346f.

1149. KNEBEL AN KAROLINE HERDER

Ilmenau, nach dem 7. Februar 1802

Ich will nichts dazu sagen. *Charakterlosigkeit* von allen Seiten! Nur soviel: Da die Schlegels und Konsorten beinahe die ganze weimarische Welt und Böttigern und specie aufs infamste öffentlich und persönlich in ihren Schriften dargestellt haben, so finde ich dagegen die *Rache* höchst unbedeutend, wenn es auch nur bloße Rache wäre, die Böttiger gegen ein Stück des Herrn Schlegel, das nach dem Ausspruch aller gesunden Welt verhunzt ist, hätte nehmen können. Noch dazu, da er seine Kritik mit *Gründen* belegt, die durchaus nichts Persönliches haben. Genug hievon! Wenn Wieland, der am meisten Ursache hätte, jene Teufeleien zu ahnden, sich so gefällig in diesen Weltlauf fügt, so habe ich ja auch weiter nichts zu sagen ...

Daß es Herdern so sehr betroffen hat, tut mir nun freilich wehe. Auch mich hat es betroffen, ob ich gleich soviel entfernter bin. Freilich, wenn Böttiger kein Mode- und Luxusschreiber wäre, so würde er sich manches weniger dürfen gefallen lassen. Sat! Sat! Ich bitte *Sie,* ziehen Sie sich diese Sachen nur nicht zu sehr zu Herzen!

VaH III, 205f.

1150. KAROLINE SCHLEGEL AN IHREN MANN

Jena, 8. Februar 1802

Böttiger hat nicht umhingekonnt, für das „Modejournal“ einen Bericht über „Jon“ abzufassen, der erstlich dartut: wenn man es anders wie Euripides machen wolle, müsse man es besser machen, und das habest Du nicht getan; nebst allen dazugehörigen Erörterungen. Zweitens aber: Dein Stück sei von der größten Anstößigkeit. Bis diese Stunde ist es indes bei der Genugtuung des Abfassens geblieben, denn Goethe hat die Sache erfahren und ist dergestalt ergrimmt, daß er sogar zu dem Donnerkeil seine Zuflucht genommen. Er hat dem Herzog und Voigt gesagt, er wolle mit der ganzen Direktion nichts mehr zu tun haben, wenn solche Schmeißfliege immer hinterher kommen und sich auf das Beste, was sie lieferten, hinsetzen dürfe. Er verlange, daß künftig alles, was in Weimar über ihr Theater erschiene, seiner Zensur unterworfen wäre. Man hat ihm denn das gern zugestanden, und er hat sie auch ganz gegen Böttiger aufgebracht und gegen dessen Hinterlist. (Denn die Vorstellung als Vorstellung hatte dieser mit Lob überschüttet.) Hierauf hat er den formellen Beschluß Bertuchen deklariert und, wie ich bis jetzt von der Froriep [Wilhelmine, geb. Bertuch] weiß, selbst den Theaterartikel übernommen, besonders aber den „Jon". Das „Modejournal" für diesen Monat wartet nur auf seinen Aufsatz [„Weimarisches Hoftheater"], um zu erscheinen, ja er hat ihnen auch die Zeichnung der Kostüme versprochen. – Böttiger hat nun wollen sein Geschriebenes in die „Allgemeine Literatur-Zeitung" rücken lassen; diese aber, durch Bertuch präveniert, hat nicht das Herz gehabt, es aufzunehmen.

Car II, 294

1151. COTTA AN SCHILLER

Tübingen, 15. Februar 1802

Ich kann nicht begreifen, daß Goethe, der mich doch kennen sollte, glauben kann, ich hätte Böttiger Eröffnungen wegen der „Propyläen" getan. Alles, was ich in dieser Sache weiß, ist, daß B[öttiger] fragte, ob ich die „Propyläen" fortsetzte, und daß ich ihm hierauf erwiderte, dies hange von Goethe ab. Und als er mir erwiderte: „Aber Sie haben doch keinen großen Gewinn daran?", so antwortete ich ihm: „Ich habe die Unternehmung nicht des Gewinns, sondern der Sache wegen gemacht." Es wäre sonderbar von mir gewesen, wenn ich eine andre als diese Antwort gegeben hätte, denn bei einem Werk, das in Weimar gedruckt und spediert wird, läßt sich aus der Anzahl der den Buchbindern abgegebenen Exemplare ohne große Mühe berechnen, daß ich wenigstens nichts gewinne, wenn man das Honorar auch noch so mäßig berechnete. Ich bitte Sie, mein Vertreter bei Goethe zu sein. Es wäre doch sonderbare Fügung, wenn ein Opfer von 2500 Gulden, das ich durch diese Unternehmung G[oethe] brachte, einen Gegenstand beträfe, der mich um dessen Gunst brächte oder sie verminderte.

SchiCo 447f.

1152. SCHILLER AN KÖRNER

Weimar, 18. Februar 1802

Es ist eine erstaunliche Klippe für die Poesie, Gesellschaftslieder zu verfertigen – die Prosa des wirklichen Lebens hängt sich bleischwer an die Phantasie, und man ist immer in Gefahr, in den Ton der Freimäurerlieder zu fallen, der (mit Erlaubnis zu sagen) der heilloseste von allen ist. So hat Goethe selbst einige platte Sachen bei dieser Gelegenheit ausgehen lassen, wiewohl auch einige sehr glückliche Liedchen mit unterliefen, die aus seiner besten Zeit sind.

SchiBr VI, 354

1153. HERDER AN KNEBEL

Weimar, nach dem 19. Februar 1802

Goethens edictum praetorianum ... in Ansehung des Theaters [„Weimarisches Hoftheater“] werden Sie bald lesen. So geistlos und so platt hat er noch nichts geschrieben. Der Himmel lasse uns nie so sinken! wenn wir gleich fest und breit auf der sella curiali säßen.

Kn II, 273

1154. KAROLINE HERDER AN GLEIM

Weimar, 1. März 1802

Über das Drama war er [Herder] scharf und in heiligem Eifer. Das neueste Gesetz des Theaters, das hier regiert und täglich unverschämter und frecher wird, setzt die dramatische Kunst auf *Repräsentation* und *Deklamation;* der Inhalt des Stücks ist diesen ersten tief untergeordnet oder kommt gar nicht in Betracht in Ansehung des Zuschauers. Als hölzerne Puppen sollen wir unten im Parterre sitzen und die hölzernen Puppen auf der Bühne anschauen und deklamieren hören; übrigens mir nichts dir nichts leer und trostlos von dannen gehn. Schlegel hat des Euripides „Jon“ übersetzt, aber so ungriechisch, so beleidigend die Schamhaftigkeit und

Sittlichkeit! Statt der Pallas erscheint Apollo selbst und erzählt mit einer Frechheit die Szene in der Höhle mit Kreusa, daß einem Hören und Sehen vergeht. Auf solche Weise will man uns die Griechen kennenlernen und geben! Mein Mann hatte etwas darüber in die „Adrastea" wollen einrücken lassen; er hat aber die Blätter wieder zurückgenommen; er will mit Goethe, der die Direktion des Theaters hat, nichts zu tun haben. Goethe ist auch der Verfasser der Theaterartikel von Weimar im „Modejournal" vom Monat März an. Das Wichtigste, das jetzt in der Welt existiert, ist dies Puppenspiel auf den Brettern! Und was könnte es sein und werden nach den Regeln des Aristoteles!

VaH I, 301

1155. KAROLINE SCHLEGEL AN IHREN MANN

Jena, 4. März 1802

Gries kam eben und erzählte mir allerlei von Zelters Aufenthalt. [Gottlieb] Hufeland, der sich gleich seiner bemächtigt hatte, war mit ihm nach Weimar hinübergefahren, ganz gegen seine Art auf zwei Tage auszusetzen; er hätte diese Gelegenheit, meint Gries, recht absichtlich genutzt, um Goethen einmal wieder näherzukommen, der ihn seit Jahr und Tag in auffallender Entfernung hält. Das ist ihm denn auch insoweit gelungen, weil man ihn nicht hat ausschließen können, und er soll ganz taumelnd von den Dingen sein, die er gesehn und gehört hat, und erwähnt alles so geheimnisreich, als wenn er eben den dritten Grad erlangt hätte. Goethe und Schiller sollen sehr eingenommen von dem guten Zelter sein. G[oethe] hat ihm, wie es scheint, etwas vom „Faust" mitgeteilt und ihm neue Sachen zu komponieren gegeben, die aber nicht zum Vorschein kommen sollen. Sie wollen auch eine Oper für ihn machen. Kurz, diese große ruhige Säule von Mann hat recht viel Bewegung hervorgebracht. Uns ist er ebenso unschuldig wie bürgerlich vorgekommen. Er sagte, er wüßte nicht, womit er das alles verdienet.

Car II, 310f.

1156. BÖTTIGER AN ROCHLITZ

Weimar, 8. März 1802

Hier ... Goethes Theater-Edikt, wie es hier genannt wird. Hier bringt es eine sehr widrige Sensation hervor, besonders unter den Schauspielern, die nur Iffland und Demoiselle Unzelmann gelobt, ihre trefflichen Bemühungen aber ganz verschwiegen sehen ...

Da nun auch Kotzebue, der sich Goethes eigenmächtige Korrekturen in seinem neuesten, echt komischen Stücke, „Die Kleinstädter", nicht gefallen lassen konnte – sie betrafen Stellen, worin Goethe Anspielungen auf seine Lieblinge, die Schlegel, witterte –, nichts mehr von sich auf unserm Theater aufführen läßt, so ist in der Tat die schrecklichste Dürre und Hungersnot eingebrochen.

Die Eingebungen der Schellingisch-Schlegelschen Clique, von welcher sich jetzt Goethe ganz beherrschen läßt, machen ihn täglich herrischer und gewaltsamer in seinen Maßregeln. Alle Unparteiischen beklagen dies um so mehr, da noch weit unangenehmere Folgen aus diesem allem vorauszusehen sind. Goethe ist jetzt fast beständig in Jena, wo er sich in Weihrauchwolken einhüllen läßt!

GoeJb IV, 326

1157. KAROLINE SCHLEGEL AN IHREN MANN

Jena, 11. März 1802

Du mußt wissen, daß er [Kotzebue] sich's angelegen sein läßt, ein sehr brillantes Haus in Weimar zu machen, daß er alle Woche einen adeligen und einen bürgerlichen Tee gibt und sein Adelsdiplom produziert hat, damit seine Frau an den Hof gehn kann. Da es mit Goethe nicht glückt, macht er Schillern unsinnig die Cour, und Frommanns zum Beispiel behaupten auch, daß er ihn gänzlich anbetet und aufrichtig über alle Schauspieldichter der Erde setzt. Nun hatte er auf Schillers Namenstag eine Fete veranstaltet, wo aus der „Jungfrau", dem „Don Carlos" usw. Szenen aufgeführt werden sollten, ja sogar die „Glocke" dramatisch rezitiert, und man spricht von einer großen Glocke von Pappe, die dazu verfertigt wurde. Die Imhoff, die Egloffstein und fast lauter Adelige waren die Spielenden. Der Saal im Stadthause sollte den Schauplatz abgeben, und er hatte ihn vorläufig besprochen, ohne genau anzugeben, daß er ein Theater wollte aufschlagen lassen. Dieses wird von Etter[s]burg herbeigefahren; wie es aber vor dem Stadthause abgeladen werden soll, lassen es der Rat und Bürgerschaft nicht ein, weil es den Saal verderben würde. Kotzebue unterhandelt, aber erlangt nichts, und nun geht das ganze Fest in Trümmern, denn das Anerbieten andrer Lokale, welche ihm geschahen, nahm er nicht an, weil sich im Moment die Sage erhob, Goethe habe als Baudirekteur dem Stadtrat das Nötige inspiriert, und er [Kotzebue] wieder vollständig die Rolle des Verfolgten und Beneideten zu spielen gedachte. Auch gerät ganz Weimar über die Sache in Aufruhr. Die Teilnehmenden hatten sich, besonders die Damen, herrliche Sachen angeschafft; viele Ausgaben waren von allen Seiten gemacht. Wer nicht laut zu schimpfen wagt, tut es doch in geheim. Es gehn die dummsten Gerüchte und Urteile herum, Goethe soll neidisch sein, nicht sowohl auf Kotzebue als vielmehr auf Schiller, weil es dem galt, und er habe sich gleich hieher geflüchtet, wie er immer tue, wenn er dergleichen angestellt habe. Nun trifft noch ein andres Ereignis hiemit zusammen. Kotzebue hat ein Stück gegeben: „Die [deutschen] Kleinstädter", aller Wahrscheinlichkeit nach dasjenige, welches als Tollhaus angekündigt wurde. Goethe hat alle *Persönlichkeiten* darin gestrichen, und Du kannst Dir denken, auf wen diese gingen; ja ein Stück der Intrige darin deutet das weimarische Publikum auf eine Hausgeschichte von Goethe selbst. Kotzebue hat manches wegstreichen lassen, ist aber auf einigem bestanden, was Goethe durchaus nicht zugab. Nun nahm er das Stück ganz zurück. Über dieses kommt es in einem Konzert bei der Herzoginmutter zu einem Wortwechsel zwischen G[oethe] und K[otzebue], in welchen sich Frau von Kotzebue mischt und versichert, ihr Mann solle nun gar nichts mehr aufs Theater in Weimar geben. Nicht genug, die alte Kotzebübin schreibt Goethen einen Brief – welchen, das magst Du ermessen. So ist der

Gott unter die Fischweiber geraten! Er hat ihr geantwortet, und das müßte freilich lustig zu lesen sein. Dies hat die Alte ohne Vorwissen ihres Sohnes getan, welcher sich dem Teufel hat darüber ergeben wollen; allein es war geschehn.

Schelling hat Goethe diesen Morgen gesprochen; er ist sehr gut gelaunt gewesen ... Wir glauben freilich auch, daß Goethe an der Saal-Affäre nicht unschuldig ist, vermutlich mit Schiller und dem Herzog einverstanden. Aber ist es nicht prächtig von ihm? ...

Goethe hält sich denn doch tapfer gegen die Halunken und prononciert sich scharf. Es kann auch nicht schaden, daß er selbst einmal ins Handgemenge mit ihnen kommt ...

Wegen obiger Geschichte muß ich noch melden, daß sie mit der Unterdrückung Böttigers in Verbindung gebracht und über den Despotismus geschrien wird. Das Volk stellt sich ganz demokratisch an, nun es einmal nicht den Hammer machen soll.

Car II, 315–318

1158. KAROLINE SCHLEGEL AN JULIE GOTTER

Jena, 11. ? März 1802

Was Du mir übrigens erzählst, damit hat mich gestern die Niethammer prächtig unterhalten. Aber Minchen Conta hat Dir bei allen dem doch eine Menge Lügen debitiert, selbst nach denen aus Weimar herübergekommenen Berichten. Der Rat und die Bürgerschaft hat sich nicht wollen den Saal verderben lassen; Kotzebue *will* nur durchaus, daß es Goethe sein soll, um den Gedrückten und unschuldig Verbannten zu spielen, und hat auch eben deswegen kein Anerbieten eines andren Lokales, die ihm geschehn sind, angenommen.

Goethe hat ferner in den „Kleinstädtern" nur – einige wenige Persönlichkeiten gegen Schlegels usw. gestrichen, weil sie dazu das Theater nicht hergeben könnten. Kotzebue ist so unverschämt geworden seit den Rubeln und dem Adelsdiplom, das er produziert hat, damit *sie* an den Hof gehn kann – daß er Goethe bei der Herzoginmutter darüber angefallen hat. Ja die liebe Christel ist herzugetreten und hat gesagt, nun solle ihr Mann auch kein Stück mehr hergeben, und die alte Kotzebübin hat Goethen einen ganz pöbelhaften Brief geschrieben darüber, daß sie ihren Sohn von Weimar verdrängen wollten. So manifestiert sich die Niederträchtigkeit, und so wird sie in Schutz genommen. – Schiller ist herzlich froh gewesen, daß sie ihm seine „Glocke" nicht aufgeführt haben. Fräulein Lesbos [Amalie von Imhoff] hat freilich sehr gejammert, denn ihre Kleidung hätte ihr schon 50 Goldgulden gekostet. Was es mit Goethes Flucht auf sich hat, weißt Du ja, und daß seine Ankunft schon lange bestimmt war ...

NB. Mit der *Gegenvisite* verhält es sich auch nicht so. Du wirst Dich entsinnen, daß Frommanns sogar gegenwärtig waren, wie Goethe die Gegenvisite bei Kotzebue machte. Er war nur steif und sprach nicht.

Car II, 319ff.

1159. KAROLINE HERDER AN KNEBEL

Weimar, 18. März 1802

Der gute Wieland hat seine Übersetzung des „Jon" aus dem Euripides bei uns gelesen, der uns allen um so mehr gefallen hat, da er ihn zart, einfach und edel gehalten hat – das gerade Widerspiel von dem Schlegelschen. Ich habe mit Wieland einen Tag besonders über das vierte Stück der „Adrastea" gesprochen. Er stimmt den Grundsätzen des Aristoteles und meines Mannes Erklärung ganz bei, gestund aber, daß er einige Stellen gemäßigter gewünscht hätte. Ich sagte ihm, daß das Gemäßigte ganz und gar keine Wirkung tue beim jetzigen Publikum; man müsse sich stark ausdrücken. Überdem sei es sein Metier, über Sittlichkeit und Moralität zu halten, da diese auf dem hiesigen Theater so frech und gegen alle Regeln der Kunst selbst beleidigt würden. Wenn *er* nicht darüber schreibe, so schreibe kein Mensch; alles werde schwankend und ungewiß durch diese Herren gemacht, und so gut man in der physischen Welt alles auf mathematische Berechnung gebracht habe, ebenso könne und müsse man's in der moralischen. Auch in dieser ist ein Einmaleins; zweimal zwei könne nicht fünf oder sieben nach Willkür der Herren *gesetzt* werden usw. Er stimmte mir bei, und ich sah vorgestern bei der Herzoginmutter, daß es gewirkt hat.

BrKn II, 25f.

1160. CHARLOTTE VON STEIN AN IHREN SOHN FRIEDRICH

Weimar, nach dem 25. März 1802

Du weißt, daß einige mit besondern Vorzügen geschmückte Personen einen Tag in der Woche abends beim Goethe nach der Komödie sich versammelten. Unter diesen waren auch die drei Egloffsteinschen Frauen, Fräulein Wolfskeel und Fräulein Göchhausen. Nun wurde ein artiger Brief geschrieben von der Gräfin Egloffstein, welchem die übrigen ihren Namen untersetzten, und sehr zärtlich vom Freund Goethe Abschied genommen, unter dem Vorwand, daß es nunmehr Frühlingsanfang sei, so lange man zur Dauer der Gesellschaft bestimmt gehabt. Und den nächsten Abend wurde nach der Komödie bei Kotzebue soupiert. Die Amalie Imhoff war die einzige, die nebst Schillers bei Goethe blieb (die Wolzogens waren verreist). Die Lolo [Charlotte von Schiller] wollte mich bereden, die leere Tafel beim Goethe mitbesetzen zu helfen; aber ich versicherte ihr, daß ich viel zu müde wäre, nach der Komödie noch zu einem Souper zu gehen.

Stein II, 149f.

1161. WIELAND AN BÖTTIGER

Oßmannstedt, 11. April 1802

Goethe hat mir allerdings am verwichnen Donnerstag einen ebenso unerwarteten als angenehmen Nachmittagsbesuch gemacht. Wir waren mehrere Stunden vergnügt und traulich und sprachen von mancherlei; aber von allen theatralischen Abenteuern der letztvergangenen Wochen und Monate ne *γρυ* quidem. Da K[otzebu]e zufällig erwähnt wurde, sprach er im Vorbeigehen unbefangen und *gut* von ihm; ebenso unbefangen wurde auch der Schlegelsche „Jon" und meine Übersetzung des Euripidischen berührt. Überhaupt schien er sich keines Dings, das einer Apologie bedürfte, bewußt zu sein; und ich glaube fast, daß dies wirklich der Fall bei ihm ist.

GoeJb I, 331

1162. SCHILLER AN COTTA

Weimar, 18. Mai 1802

Vielleicht könnten Sie aber alle diese Risikos nicht achten, in der Hoffnung, sich auf einmal an dem *Goethischen „Faust"* für alle Verluste zu entschädigen. Aber außerdem, daß es zweifelhaft ist, ob er dieses Gedicht je vollendet, so können Sie sich darauf verlassen, daß er es Ihnen, der vorhergehenden Verhältnisse und von Ihnen aufgeopferten Summen ungeachtet, nicht wohlfeiler verkaufen wird als irgendeinem andern Verleger, und seine Forderungen werden groß sein. Es ist, um es geradeheraus zu sagen, kein guter Handel mit G[oethe] zu treffen, weil er seinen Wert ganz kennt und sich selbst hoch taxiert und auf das Glück des Buchhandels, davon er überhaupt nur eine vage Idee hat, keine Rücksicht nimmt. Es ist noch kein Buchhändler in Verbindung mit ihm geblieben, er war noch mit keinem zufrieden, und mancher mochte auch mit ihm nicht zufrieden sein. Liberalität gegen seine Verleger ist seine Sache nicht.

SchiBr VI, 387

1163. MINNA KÖRNER AN CHARLOTTE SCHILLER

Loschwitz, 30. Mai 1802

Sag mir nur, wie's kommt, daß auf einmal der Goethe wieder so freund mit Reichardt ist? Er ist immer auf Giebichenstein, logiert da, wenn er wegen des Baues vom Komödienhaus in Lauchstädt sein muß. So erzählt die

Schwester von Madam Reichardt. Die hübschen Mädchen mögen ihn wohl anziehen, die Reichardt hat.

SchFr III, 38f.

1164. KAROLINE HERDER AN KNEBEL

Weimar, 2. Juni 1802

Das neueste, armseligste Produkt der dramatischen Kunst, „Alarcos" von Friedrich Schlegel, ist am Sonnabend unter dem *monarchischen* Zepter aufgeführt worden. Wir waren nicht darin. Das hiesige Publikum soll sich auf der einen Hälfte recht brav betragen haben; jedes monarchische Beklatschen des Unsinns wurde mit einem Lachen des Publikums beehrt.

Nach dem Stück ist Friedrich Schlegel mit seiner Lucinde, der Madame Veit, nach Paris gereist, vermutlich die Franzosen über die Meisterwerke der deutschen Dichter zurechtzusetzen.

Kn II, 352

1165. KÖRNER AN SCHILLER

Dresden, 9. Juni 1802

Gestern habe ich ... [Friedrich] Schlegels „Alarcos" geschickt bekommen. Es ist wirklich ein merkwürdiges Produkt für den Beobachter einer Geisteskrankheit. Man sieht das peinliche Streben, bei gänzlichem Mangel an Phantasie, aus allgemeinen Begriffen ein Kunstwerk hervorzubringen. Dabei ist viel Mühe auf einen künstlichen Rhythmus verwendet. Trimeter, Trochäen und Anapästen, auch Reime sind mit großer Verschwendung angebracht. Man sieht, es war völliger Ernst, seine ganze Kraft aufzubieten, und doch hat das Ganze so etwas Possierliches, daß man oft versucht wird, es für eine Parodie zu halten. Für den eigentlichen Wohlklang der Verse muß er gar kein Ohr haben. In dem Stil ist ein Gemisch von Schwulst und Gemeinheit: bald das Abenteuerliche von Jean Paul, bald der Ton der Staatsaktion.

SchiKö IV, 219f.

1166. KAROLINE VON WOLZOGEN AN IHRE SCHWESTER CHARLOTTE SCHILLER

Paris, 16. Juni 1802

Die Schweizern ist eine recht gute, originelle Frau ... Sie sagt mir, daß sie Goethen, als er in der Schweiz war, nur einmal durch eine Tür gesehen und sich gleich in ihn verliebt hätte, daß sie ihn nicht hätte noch einmal sehen mögen, da sie eben versprochen war.

SchFr II, 72

1167. KÖRNER AN SCHILLER

Dresden, 20. Juni 1802

Ich höre mit Verwunderung, daß man in Weimar den „Alarcos" mehrmal gegeben hat und daß ihn Goethe protegieren soll. Will er etwa wie Bonaparte in der literarischen Welt auch die Terroristen anstellen? Glaubst Du, daß G[oethe] im Ernste an einem solchen Produkte Geschmack finden kann?

SchiKö IV, 221

1168. HEIBERG AN RAHBEK

Weimar, 2. Juli 1802

Falk ist mit Goethe sehr intim und bewies mir klar, wie dieser aus Prinzip stolz ist, wenn er repräsentiert oder sich in Gesellschaft von Leuten befindet, mit denen er nicht harmoniert, dagegen ungemein liebenswürdig ist unter denen, die er kennt und schätzt ... Trotzdem er Goethes sehr guter Freund ist, folgt er doch nicht blind allen dessen Ansichten, sondern persifliert oft, was Goethe lobt, und vice versa ...

Fräulein von Imhoffs Urteil über Goethe und Schiller ist so charakteristisch, daß ich es Dir mitteilen muß. „Wenn ich jemanden Goethes Werke tadeln höre, schweige ich und streite niemals, weil ich bestimmt weiß, kein Mensch, ja selbst kein Gott vermöchte es, mich glauben zu machen, diese seien anders, als sie sein müßten. Tadelt man dagegen

Schillers Arbeiten, ärgert es mich, und ich verteidige sie, weil ich denke, es ließe sich doch möglicherweise etwas dagegen einwenden."

GoeJb XXIV, 77ff.

1169. SCHILLER AN KÖRNER

Weimar, 5. Juli 1802

Mit dem „Alarcos" hat sich Goethe allerdings kompromittiert. Es ist seine Krankheit, sich der Schlegels anzunehmen, über die er doch selbst bitterlich schimpft und schmält. Das Stück ist aber hier nur einmal und völlig ohne allen Beifall gegeben worden.

SchiBr VI, 400

1170. JEAN PAUL AN OTTO

Meiningen, 15. Juli 1802

In Weimar fand ich den alten Herder (nicht sie) mit alter Liebe, aber lebenssatt, krank und doch bald wieder zur vorigen Freude wach; die alte Herzoginmutter als eine Mutter; den alten Wieland als trüben Witwer ...; Goethen in Giebich[en]stein ... Er besuchte – trotz der „Xenien" – Reichardt zuerst, bracht ihn nach Weimar, logierte ihn und jetzt bei ihm; er sinkt nun. In Weimar ist alles Feldgeschrei gegen Schlegel und dessen „Alarcos", bei dessen Darstellung alles um den klatschenden Goethe lachte, schlief, fortging. Indes ist doch der „Alarcos", zwei große Fehler abgerechnet, echt tragisch und gut.

JP IV, 160

1171. CHRISTIANE VULPIUS AN NIKOLAUS MEYER

Lauchstädt, etwa Mitte Juli 1802

Schon seit drei Wochen bin ich mit dem Geheimen Rat und August in Lauchstädt ... Ich war schon hier auf sechs Bällen, wo es sehr brillant ist. Es sind viele junge Komtessen

Christiane Vulpius mit ihrem Sohn August

hier, die alle recht hübsch sind, viele Offiziere sind nicht da, aber die hallischen Studenten sind meist sehr gescheute Leute, und der Geheime Rat ist sehr mit ihrem Betragen sowohl auf Bällen als im Theater zufrieden ... Ich tanze auf jedem Ball mit einem wie mit dem andern, weil sie mir alle gleich sind. Sie erweisen mir alle, wo ich bin, sehr viel Artigkeit. Sie haben auf den Geheimen Rat und mein Vivat zugerufen. Das Theater ist hier sehr schön geworden; es können tausend Menschen zusehen. Im ersten Stück, das mit einem kleinen Vorspiel vom Geheimen Rat anfing, betitelt „Was wir bringen", waren achthundert Menschen. Wir waren auf dem Balkon in einer sehr schönen Loge, und wie das Vorspiel zu Ende war, so rüften die Studenten: „Es lebe der größte Meister der Kunst, Goethe!" Er hatte sich ganz hinten hingesetzt; aber ich stand auf, und er mußte vor und sich bedanken. Nach der Komödie war Illumination und dem Geheimen Rat sein Bild illuminiert und sein Name brennt. Und wir speisen mit im Salon, wo auch wieder alles illuminiert war und der ganze Saal mit Blumengirlanden geschmückt.

MeyerN 32f.

1172. KAROLINE VON WOLZOGEN AN IHRE SCHWESTER CHARLOTTE SCHILLER

Paris, 6. August 1802

Madame de Vaudreuil, Diderots Tochter, gleicht ihrem Vater sehr und ist eine ganz schlichte, sehr lebhafte Frau.

Goethens Gestalten begegnen einem oft in der Welt; so ist mir diese unter andern äußern Lagen ganz seine Therese.

SchFr II, 81

1173. DORA STOCK AN CHARLOTTE SCHILLER

Zerbst, 13. August 1802

Liebe Lotte, es ist nicht fein von Dir, daß Du uns die wichtigsten Vorfälle in Weimar nicht meldest! Goethe hat ja seine Strunzel verabschiedet, und Meyer ist Direktor der Akademie der Künste mit einer Gehaltsvermehrung von 800 Taler geworden!

SchFr III, 31

1174. SCHILLER AN COTTA

Weimar, 10. September 1802

Goethe hat Ihnen sein Drama [„Was wir bringen“] angeboten, wie er mir sagt, und das Honorar Ihnen überlassen. Auf eine Anfrage, die er vorher bei mir getan, was er ohngefähr dafür erwarten könne, habe ich ihm von 60 Karolin gesprochen, und er scheint damit zufrieden ... Die Buchhändler aus Berlin und Leipzig haben sich, wie ich von guter Hand weiß, darum gerissen, und es ist ein gutes Zeichen, daß Goethe sich nicht durch ihre Anerbietungen blenden ließ.

SchiBr VI, 417

1175. KAROLINE SCHLEGEL AN IHREN MANN

Jena, September 1802

Ich habe mich also an einen Mann gewandt, der guten Willen für uns beide und Macht genug hat, es bei ihm durchzusetzen. Er hat auch versprochen, zu tun, was er vermag; nur hat er mich auf die Möglichkeit einer abschlägigen Antwort bereitet, die mir indessen nicht glaublich scheint, da er es einmal unternommen. Er wird die Sache unmittelbar mit dem Herzog verhandeln, und er ist der einzige, dem sie mitgeteilt worden ist; außerdem ist kein Wort und kein Wink vorgefallen. An seiner Verschwiegenheit ist kein Zweifel. Sogar habe ich ihm versprochen, *ihn* gegen niemand zu nennen, weswegen ich im Fall des Erratens auch bitten muß, diese Diskretion gegen ihn selbst sowohl wie gegen andre zu beobachten.

Car II, 340f.

1176. SCHILLER AN COTTA

Weimar, 8. Oktober 1802

Für das Goethische Stück [„Was wir bringen"], da es nur fünf kleine Bogen gibt, werden 60 Karolin vollkommen hinreichen. Vergreift es sich schnell, nun, so können Sie immer noch ein übriges tun.

Jetzt beschäftigt ihn die Ausgabe des „Cellini" sehr ernsthaft. Er tut sehr viel für die Übersetzung und erhöht den Wert des Buchs durch vortreffliche Anmerkungen und Beilagen. Aber da er dieses Werk mit Liebe und vielem Studium bearbeitet, so will er es nicht mit Nachteil verkaufen, und freilich wär es schade, wenn er oder Sie dabei zu kurz kommen sollten. Das Werk ist in der Tat von der höchsten Bedeutung sowohl in psychologischer Rücksicht, als die Selbstbiographie eines gewaltigen Naturells und eines charaktervollen Individuums, als auch in historischer und artistischer, weil es eine Zeitperiode aufklärt, die für die neuere Kunst die wichtigste war, und selbst schätzbare Winke über Kunst und Kunstgeschichte verbreitet. Sollte es auch für den Moment keinen großen Absatz finden, so wird es immer ein schätzbarer Artikel auf Ihrem Lager sein und immer gesucht werden.

SchiBr VI, 418 f.

1177. SCHELLING AN AUGUST WILHELM SCHLEGEL

Jena, 13. Oktober 1802

Wenn Goethe in dieser Sache weniger tut, so ist es, weil er im Grunde ganz in derselben Lage ist wie wir, da er in Weimar ganz allein steht und selbst seine unmittelbaren Bekannten mehr oder weniger auf beiden Achseln Wasser tragen. Soviel ich merken kann, denkt er auf eine ziemliche Zeit wegzugehen. Wohin, weiß ich nicht.

Schell I, 423

1178. VULPIUS AN NIKOLAUS MEYER

Weimar, 15. Oktober 1802

Was den Schauspieler Zwick anbetrifft, so wissen Sie, wie der Geheime Rat ist; wenn er einmal nicht will, so will er nicht und ist sehr soupçonös, sobald man sich einer Sache recht ernstlich annimmt ... Ich will aber dennoch, wenn ich ihn einmal bei Laune finde, mit ihm darüber sprechen ...

Noch haben wir kein einziges neues Schauspiel hier gesehen. Es gehet etwas lahm, zumal da die J[agemann] jetzt so *öffentlich hochsteht,* daß sie macht, was – sie will.

MeyerN 47 f.

1179. SCHILLER AN COTTA

Weimar, 24. Oktober 1802

... hier schicke ich Ihnen nun ein kurzes Schema, welches Goethe darüber aufgesetzt hat und welches Sie mit seinem Werk [„Cellini"] näher bekannt machen wird.

Wenn ich in dieser Sache meinen unmaßgeblichen Rat geben sollte, so würde ich Ihnen proponieren, Goethen selbst zu einer runden Erklärung zu vermögen, was er für das Werk erwartet, und, hat er diese gegeben, bloß als Kaufmann zu berechnen und zu entscheiden, ob Sie sich darauf einlassen können oder nicht.

SchiBr VI, 424

1180. FRIEDRICH TIECK AN AUGUST WILHELM SCHLEGEL

Weimar, 27. Oktober 1802

Schreibe mir unverzüglich, ob Du oder Genelli der Verfasser des Aufsatzes über die hiesige Ausstellung in der „Eleganten Zeitung" bist ... Goethe ist wütend darüber, spricht von Buben, die sich unterfangen ..., und da Sachen darin sind, die nur ich gesagt habe, so meinen sie, ich sei auch mit im Spiele. Meyer stellt sich ganz gelassen und sagt, es sei dumm und platt und er begreife nicht, wie es Goethe ärgern könne. Der Herzog amüsiert sich am meisten und neckt Goethe rasend damit.

TieckF 39

1181. SCHILLER AN KÖRNER

Weimar, 15. November 1802

Ich lege Goethens Neuestes bei [„Was wir bringen"] ... Es hat treffliche Stellen, die aber auf einen platten Dialog, wie Sterne auf einem Bettlermantel, gestickt sind. – In der theatralischen Vorstellung nimmt sich's ganz gut aus, bis auf die allegorischen Knoten, die ein unglücklicher Einfall sind.

SchiBr VI, 428

1182. KAROLINE HERDER AN KNEBEL

Weimar, 18. November 1802

Die Anzeige der weimarischen Ausstellung in der „Erfurter Zeitung" ist doch gewiß genialisch. Die hocheingebildeten Herrens werden, wie billig, in ihrem eigenen Fett gebraten und geträuft. Ihr Übermut und ihre Pasquillsucht hatte keine Grenzen; ihr eigen Gefühl wird's ihnen sagen, an wem und wo sie dies alles verdient haben. O habe man doch noch Ehrfurcht vor der Nemesis! Es geht nicht mehr so an, daß man alles, was nicht dieser Herren Speichel leckt, so gerade mit Füßen treten kann und sich deshalb mit dem Elendesten zu verbinden sich nicht scheut.

BrKn II, 36f.

1183. KÖRNER AN SCHILLER

Dresden, 19. November 1802

Goethens „Was wir bringen" ist allerdings aus sehr ungleichartigen Bestandteilen zusammengesetzt. Auch ich habe schöne Stellen darin gefunden, aber sie sind nicht zahlreich. Im Ganzen herrscht eine behagliche Stimmung, die mir an Goethe sehr begreiflich ist, durch die aber, deucht mich, kein Kunstwerk entsteht. Es gibt eine Ruhe in den Werken der Kunst, die sehr verdienstlich ist, aber diese entsteht nicht durch Nachlässigkeit. Warum machte er nicht lieber einen kurzen Prolog, wenn er auf eine solche Gelegenheitsarbeit nicht viel Kraft verwenden wollte?

SchiKö IV, 237

1184. VULPIUS AN NIKOLAUS MEYER

Weimar, 1. Dezember 1802

Merkel und Kotzebue haben sich vereiniget, der literarischen Welt eine Brille aufzusetzen, und in einem eigenen Journale werden sie beweisen, daß Goethe gar kein Dichter ist, daß M[erkel] und K[otzebue] allein Kenner des Geschmacks sind und daß K[otzebue] eigentlich Deutschlands einziger Dichter ist, wie er sein soll ...

Übrigens hat sich bei uns in W[eimar] ein großer Wind gelegt, seit K[otzebue] ihn nach Berlin mitgenommen hat, und B[öttiger] sitzt ganz still in der antiquarischen Ecke, um Bolzen zu schnitzen für die beiden literarischen Buben der eleganten Gosse, soi-disant der kritischen Welt.

MeyerN 56

1185. HENRIETTE VON KNEBEL AN IHREN BRUDER

Weimar, 1. Dezember 1802

Über das schlechte Begräbnis unsrer guten Schröter betrüben wir uns sehr, und Prinzeßchen [Karoline], der sie so viele Freundschaft und Gefälligkeit erwiesen hat, bittet Dich angelegentlichst, daß Du auf ihre Kosten, doch ohne sie zu nennen, einen hübschen Leichenstein mit anständiger Inschrift besorgen möchtest ... Mit dem Einsiedel mag ich nicht sprechen. Es ist hier in Weimar, wo das Leben aus vollen Pulsen quillt und die Tätigkeit und Wirksamkeit zur höchsten Anstrengung steigt, nicht Sitte, von Toten oder gar von Begrabenen zu sprechen. Als man an dem Todestag der guten Elise Gore mit dem Goethe von ihr sprechen und ihren Verlust bedauern wollte, so wies er das Gespräch gleich zurück und sagte, wie man sich nur von einem Märchen, das immer dasselbe wäre, unterhalten könnte! Ganz kurz zuvor hatten ihm Gores sehr viel Gutes und Angenehmes erzeigt. Aber in dem sogenannten Genuß seines vollen Lebens darf ihn nichts stören.

KnHe 157f.

1186. KNEBEL AN KAROLINE HERDER

Ilmenau, 7. Dezember 1802

... unser literarisches Wesen liegt in einem schändlichen Pfuhle. Die *Buben* haben sich, unter Goethens falschem Deckmantel, den Ton herausgenommen und drücken alles Rechtliche nieder ...

Meine Schwester (unter uns gesagt!) schreibt mir, wie die *Geniemeister* an ihren vollen Tischen so voll und laut des *Vollgenusses* ihres Lebens sich berühmen, daß es den armen Damen, wie wohl zu denken, etwas sehr zum Ekel und Überdruß wird ... Weimar ist einmal der Ort nicht, wo ich selig werde; denn alle Weisen der Welt können dort, wie es scheint, nur einen sehr schlechten, etwas verhaßten Staat hervorbringen ...

VaH III, 219

1187. KAROLINE HERDER AN KNEBEL

Weimar, 15. Dezember 1802

Bergrat Werner ist vorigen Sonnabend, von Paris kommend, hier durchgekommen. Er hat mit meinem Mann bei Goethe zu Mittag gegessen ... Goethe, der sonst ein Gegner von Werners System war, lenkt nun ein und tat Werner sehr schön ... Über Tisch war er ein *Selbständiger, Hoher* usw. Kurz, mein Mann hat es fast nicht verdauen können. Ihre Briefe und Blätter [Epigramme] haben die Verdauung befördert und *vollendet.*

BrKn II, 38f.

1188. VOSS AN BOIE

Jena, 24. Dezember 1802

Goethe hat mir neulich seine jüngsten Arbeiten geschickt und mein mündliches Urteil über den Versbau verlangt. Er wünscht nach meiner Anleitung (wie er sich ausdrückt) die Sprache des Theaters etwas höher zu stimmen, auch im Gebrauch edlerer Versmaße. Ja, er scheint nicht abgeneigt, sich auch in der Ode zu versuchen: welches doch immer als Beispiel von Nutzen sein könnte.

J.H.Voß III/1, 174

1189. VOSS DER JÜNGERE AN HELLWAG

Jena, Ende 1802

Goethe und mein Vater gewinnen sich immer lieber. Neulich war Goethe mit seinem allerliebsten Knaben acht Tage hier; jetzt wird er wieder erwartet. Nie kann ich Goethe ansehn, ohne daß mir Stolberg einfällt, so auffallend ist mir eine gewisse Ähnlichkeit des Profils. Goethe hat freilich etwas Steifes in seinem Wesen, aber es verliert sich bei näherer Bekanntschaft. Er schreibt jetzt an seiner Optik, und man verspricht sich viel von diesem Werke. Er und Schelling sind unermüdet im Experimentieren, und von zwei so ausgezeichneten Köpfen und leidenschaftlichen Naturforschern läßt sich was erwarten.

VoßH 2

1803

1190. VULPIUS AN NIKOLAUS MEYER

Weimar, 19. Januar 1803

Seit meinem letztern Brief war meine Schwester mit einem Mädchen in die Wochen gekommen, das meine Frau heben und das den Namen Katinka erhalten sollte; es ist aber drei Tage darauf gleich wieder gestorben ...

Unser Theater kränkelt sehr, und die Oper taugt wenig noch ...

Fürs rezitierende Schauspiel wird auch noch wenig getan, weil G[oethe] täglich verdrüßlicher wird und weil man es recht darauf anlegt, ihm auch deshalb das Leben sauer zu machen. Am 1. Jänner gab er uns sein „Paläophron und Neoterpe". Das Stück ging sehr gut und gefiel. Er hatte einen neuen Schluß dazu gemacht, der sehr enchantierte. Heute ist sein „Clavigo".

MeyerN 62

1191. KAROLINE HERDER AN KNEBEL

Weimar, 25. Januar 1803

Es hat *August* [Herder] bei Ihnen sehr gefallen; Sie haben ihn wieder ganz begeistert. Er hat nach einem Abendgespräch bei der Herzoginmutter, wo er die zwei Ilmenauer Sterne [Knebel und August von Einsiedel] hoch erhob gegen die Weimaraner und wo ihm die Herzogin und [Hildebrandt von] Einsiedel beistimmten, den andern Tag lustige Epigramme auf Weimar gemacht und ist so von dannen geschieden.

BrKn II, 41

1192. CHARLOTTE VON STEIN AN KNEBEL

Weimar, 26. Januar 1803

Gestern abend kam die Herzogin zu mir ... Sie erzählte mir mit Abscheu einige Artikel aus dem „Freimütigen". Es ist ein Kotzebuisches Journal, welches mir aber unbekannt war, Ihnen aber wohl schon vorgekommen ist. Sollte nicht unser Freund Goethe durch seine unglücklichen „Xenien" diesen Geist, sich alles zu erlauben, ein wenig angefacht haben? Auch hat man den Kotzebue hier etwas unhold behandelt. Aber es ist doch unedel von ihm, sich auf diese Art zu rächen.

BodeSt VII, 59

1193. VULPIUS AN NIKOLAUS MEYER

Weimar, 7. Februar 1803

Kotzebuen ist das Land verboten worden. Er verkauft jetzt seinen Garten zu Jena. – Schiller hat ein neues Stück mit Chören [„Die Braut von Messina"] geschrieben. Goethe vollendet sein Trauerspiel [„Die natürliche Tochter"]. Kotzebue hat sich allgemein verhaßt gemacht. Goethe antwortet ihm nicht; aber er soll dennoch gezüchtigt werden.

MeyerN 63

1194. CHRISTIANE VULPIUS AN NIKOLAUS MEYER

Weimar, 7. Februar 1803

Unsern lieben Geheimerat beurteilen Sie ganz recht, wenn Sie überzeugt sind, daß er zu den Kotzebueischen Ausfällen schweigen wird. Was für Zeit und Kräfte hätte er verloren, wenn er seit 30 Jahren von allem Ungeschickten, was man über ihn gedruckt hat, hätte Notiz nehmen wollen! Er arbeitet vielmehr diesen Winter manches, das Ihnen so wie allen Freunden gewiß Freude machen wird. Es geht bei ihm, wie Sie wissen, immer vorwärts, ohne daß er sich viel umsieht.

MeyerN 67f.

1195. KNEBEL AN KAROLINE HERDER

Ilmenau, 16. Februar 1803

In Berlin macht man sich ja recht über uns lustig. Vorzüglich dient ihnen unser Schauspiel zum Zeitvertreib, und wenn sie witzig genug dazu wären, so machten sie Vaudevilles darauf. Das ist ja alles recht, wie es sein muß. Übermut und kleine Despotie strafen sich gar bald selbst und werden, wo sie nicht auf kräftigern Säulen als bei uns ruhen, zum Gelächter! In der Berliner „[Neuen allgemeinen] Bibliothek" sind gar erbauliche Anekdoten über die Aufführung des „Alarcos" ... Man sollte sagen, Kotzebue habe nur noch der jetzigen preußischen Krone gefehlt.

VaH III, 224

1196. SCHILLER AN WILHELM VON HUMBOLDT

Weimar, 17. Februar 1803

Es ist jetzt ein so kläglicher Zustand in der ganzen Poesie der Deutschen und Ausländer, daß alle Liebe und aller Glaube dazu gehört, um noch an ein Weiterstreben zu denken und auf eine bessere Zeit zu hoffen. Die Schlegel- und Tieckische Schule erscheint immer hohler und fratzenhafter, während daß sich ihre Antipoden immer platter und erbärmlicher zeigen, und zwischen diesen beiden Formen schwankt nun das Publikum. An ein Zusammenhalten zu einem guten Zweck ist nicht zu denken, jeder steht für sich und muß sich seiner Haut wie im Naturstande wehren.

Es ist zu beklagen, daß Goethe sein Hinschlendern so überhandnehmen läßt und, weil er abwechselnd alles treibt, sich auf nichts energisch konzentriert. Er ist jetzt ordentlich zu einem Mönch geworden und lebt in einer bloßen Beschaulichkeit, die zwar keine abgezogene ist, aber doch nicht nach außen produktiv wirkt. Seit einem Vierteljahr hat er, ohne krank zu sein, das Haus, ja nicht einmal die Stube verlassen ... Wenn Goethe noch einen Glauben an die Möglichkeit von etwas Gutem und eine Konsequenz in seinem Tun hätte, so könnte hier in Weimar noch manches realisiert werden in der Kunst überhaupt und besonders im Dramatischen. Es entstünde doch etwas, und die unselige Stockung würde sich geben. Allein kann ich nichts machen, oft treibt es mich, mich in der Welt nach einem andern Wohnort und Wirkungskreis umzusehen; wenn es nur irgendwo leidlich wäre, ich ginge fort.

SchiHu II, 230f.

1197. ERNESTINE VOSS AN OVERBECK

Jena, 21. Februar 1803

Er [Schiller] ist äußerst liebenswürdig, seine Frau auch sehr angenehm ... Schiller lebt sehr abgeschieden von der Welt und ist auch schwächlich; nach Jena kommt er oft in Jahren nicht. Bei Goethe zu sein, danach kann einen auch nicht gelüsten, denn seine Dame wohnt mit ihm unter einem Dach. Wir haben ihn bei Schiller und auch hier in Jena mehrmalen gesehn. Er ist sehr angenehm, sehr unterhaltend; aber fürs Herz findet man nichts bei ihm. Den Winter war er nicht hier; er hat viel gekränkelt und soll jetzt sehr verstimmt sein über manches, was von seinem Theaterdespotismus öffentlich gesagt wird.

Vo II/2, 281

1198. VULPIUS AN NIKOLAUS MEYER

Weimar, 26. Februar 1803

Mich dauert der Geheime Rat sehr. Er ist nun seit sieben Wochen nicht aus dem Hause gegangen, und als er neulich in den Garten, an die Luft kam, ist er umgesunken ....

Der verwitwete Hof hat gleichsam *offene* Fehde gegen G[oethe], und dort hängt alles auf des Kotzenbuben Seite. Man sollte sie alle ihm zu fressen geben. Das Volk verdient G[oethe] gar nicht. Der *Schuft* hat sogar *Partie* hier; können Sie sich das denken? Nur der Herzog steht fest bei G[oethe] und hat K[otzebue] sein Land verboten.

MeyerN 69f.

1199. VULPIUS AN NIKOLAUS MEYER

Weimar, 12. März 1803

Daß der Geheime Rat wirklich, wenn auch nicht *äußerlich,* krank war, ist gewiß. Jetzt ist er schon in neun Wochen nicht vor die Haustür gekommen. Das Kotzebuesche Wesen hat ihn sehr getroffen; auch hat er viel Gram der Cantatrice J[agemann] wegen, die jetzt alles ist. Sie kommt oft mit 5- bis 6000 Taler Schmuck und Ketten aufs Theater ...

Der Geheime Rat hält jetzt wöchentlich dienstags Konzert. Die Sänger singen. Diese Woche waren der Herzog, die Prinzessin und Prinz Bernhard drinne. – Er arbeitet viele Gedichte jetzt aus und sein Schauspiel „Die natürliche Tochter" ...

Jetzt speisen sonntags jedesmal zwei Schauspieler und eine Schauspielerin beim Geheimen Rat.

MeyerN 72ff.

1200. CHARLOTTE VON STEIN AN IHREN SOHN FRIEDRICH

Weimar, 13. März 1803

Das Kästchen mit Proben steht noch unaufgemacht. Goethe und Schiller werden sie bei mir versuchen, aber Goethe will nicht eher als Palmarum ausgehen. Ich weiß nicht, ob ihm Zweige werden gestreut werden.

Stein II, 163

1201. CHARLOTTE VON STEIN AN IHREN SOHN FRIEDRICH

Weimar, 17. März 1803

So was Ridiküles hatte ihm die Herzogin nicht zugetraut. Ich muß lachen, wenn ich dran denke, wie die Bäckers-, Schneiders-, Schlossers- usw. -kinder unsern Herzog und die übrige Familie würden gemacht haben.

Stein II, 164

1202. KAROLINE HERDER AN KNEBEL

Weimar, 18. März 1803

Mein Mann ist in voriger Woche bei Goethe in seinem Konzert gewesen, ist aber krank davon geworden, – mehr aber von der „Bajadere", die gesungen worden war. Er kann nun einmal diese Sachen nicht vertragen. Das ganze Konzert bestand aus Goethe-Schillerschen Romanzen.

BrKn II, 42

1203. KARL VON STEIN AN SEINEN BRUDER FRIEDRICH

Kochberg, 22. März 1803

Goethen sieht man nicht viel. Stein [auf Nordheim] geht wunderbar mit ihm um. Auf einer Redoute sagt er zu ihm: „Schick dein Mensch nach Hause, ich habe sie besoffen gemacht." Also Goethe geht hin und deutet der armen Vulpius an, nach Haus zu gehen, die ganz nüchtern gewesen ist.

Fritz von Stein II, 90

1204. KNEBEL AN KAROLINE HERDER

Ilmenau, 22. März 1803

So ist denn unser Klopstock auch tot ... Bei allen seinen Sonderbarkeiten bleibt er Deutschlands erster Dichter ...

Ich habe ... letzthin einen Schellingischen Schüler, einen Herrn von Podmanitzky, hier gehabt. Es ist ein ziemlich offener Mensch, und da bin ich erstaunt gewesen, welche Geheimnisse ich aus dieser Schule erfahren habe. Sie wissen, daß sich diese über alle Kenntnisse, Wissenschaften und Künste erstreckt. Was mich am meisten betroffen hatte, war, daß sie Goethen, ihren Stifter und *Gott* – gelinder darf man sich, wie Sie wissen, bei dem deutschen Enthusiasmus nicht ausdrücken –, auch so nicht recht mehr für einen Dichter erkennen wollen. Sie sagen, seine *Ideen* seien zwar alle dichterisch, aber das Formelle fehlt ihnen. Ich glaube, sie verstehen darunter die Ausführung, und das wäre, bei einigen wenigstens, so dumm nicht gesagt. In der *Objektivität* habe Goethe mit Shakespeare gar nichts Ähnliches; er könne aus seiner Subjektivität gar nicht herauskommen! (Nun verstehen Sie es, warum er unsern Herder auf *seine Romanzen* einlädt!) Sein bestes Werk sei dennoch „Faust", die „Braut von Korinth" und dergleichen. Die Übersetzungen von „Mahomet", „Tancred" finden sie als ein ganz unwürdiges Produkt von Goethe. Sie können sich wohl vorstellen, daß ich mir hie und da die Freiheit nahm zu widersprechen.

VaH III, 228f.

1205. CHARLOTTE SCHILLER AN FRIEDRICH VON STEIN

Weimar, 31. März 1803

Goethe hat eine unaussprechliche Freude daran [an der „Braut von Messina"].

Über Goethes Stimmung wird Ihnen die liebe Mutter auch sprechen. Schiller ist der einzige Mensch hier, der ihn sieht wie sonst. Er gibt auch dann und wann Concerts und Soupers, wo wir Damen zu ihm kommen; aber er will nicht öffentlich mehr erscheinen. Ob er diesen Vorsatz hält, wissen die Götter . . .

Am nächsten Sonnabend wird ein neues Stück von Goethe aufgeführt, der erste Teil erst. Es ist ein Geheimnis; der Name ist „Eugenie". Auch Schiller hat es nicht gewußt, daß Goethe, der sich beinahe drei Monate ganz verschlossen hatte und auch nicht an den Hof ging, mit einer solchen Arbeit beschäftigt war. Mich freut es nur, daß ich ihn tätig weiß; denn wenn ein Mann von solchen Kräften feiert, so schmerzt einen jeder Zeitverlust.

Fritz von Stein I, 159, und SchFr I, 475

Weimar, 4. April 1803

Endlich ist der geheimnisvolle Schleier gelüftet, und die „Natürliche Tochter" von Goethe ist vorigen Sonnabend unter unglaublichen Erwartungen gegeben worden. Ich selbst ging mit dem reinsten Willen, zu bewundern und anzubeten, was göttlich sei, ins Schauspiel. Freilich hatte mich schon der Komödienzettel halb irregemacht. Lauter Abstraktionen: König, Herzog, Sekretär usw., ohne Kategorie von Zeit und Raum. Dies ... machte mir bange. Auf der andern Seite hieß es: „Erster Teil". Also ein dramatischer Zyklus, wie ihn Schiller in seinem „Wallenstein" versucht, aber gänzlich verfehlt hatte, wie ihn aber schon der Vater der Tragödie, Aischylos, aufs reinste vollendet hat. Dies erfüllte mich wieder mit hoher Erwartung.

Nun die Aufführung! Herrliche Situationen, nichts von Geschlechtsliebe (also hierin ganz griechisch), ein Heldenmädchen voll zarter Weiblichkeit, Tochter-und-Vater-Verhältnis mit sophokleischem Pinsel und doch unserm Standpunkt der Humanität angemessen. Wie groß! Tiefblick in die großen Verhältnisse des Lebens: über Regenten, bürgerliche häusliche Verhältnisse. Wie ergreifend! Welche kristallhelle Sprache, welche Keuschheit der Bilder, wie wenig Schillerschen Bombasts! Dies alles ganz des großen Goethe würdig! Aber nun das Schwebende, Flirrende, Unbestimmte der ganzen Handlung! Welche Krokodile von unwahrscheinlichen, unmotivierten, unsublunarischen zu verschlucken! Welch ungeheure Anmutungen an die Zuschauer, welche Sprünge, welche scènes à tiroir! Nein, dies ist wieder nicht auszuhalten und gießt eiskaltes Wasser auf die Flamme der reinsten Bewunderung. Ein Mädchen, die den Fels herabstürzt und in der zweiten Minute kerngesund dasteht. Einen Vater, der wie Lear wütet, als seiner Tochter Tod bestätigt wird, und der doch bei erstem Anhören der Nachricht zahm wie ein Schöps gewesen sein muß! Eine Hofmeisterin, die aus lauter Liebe zu ihrer Pflegetochter, sehend und hörend, die ärgste Spitzbübin unter der Sonne ist. Eine lettre de cachet, die wie ein Medusenkopf die

Menschen versteint und niemals weder in Frankreich noch irgendwo so vorhanden gewesen ist. Ein Heldenmädchen, die sich wie ein Gänsekopf von einer Grisette auf dem Theater selbst anputzen läßt und zuletzt vor allen ehrbaren Zuschauern sich ausbedingt, reine Jungfrau zu bleiben, wenn sie einem Manne die Hand geben soll. Nein, das ist zuviel der unverdaulichen Kost auf eine Mahlzeit. Und das *πρῶτον ψεῦδος* von allem diesen, die neue Ästhetik! Heiliger Aristoteles, bete vor unsern Verstand! Und gar der erste Teil bloßer Notbehelf, um uns aufs Maul zu schlagen, wenn wir hier schon reine Auflösung erwarten, die erst im zweiten oder dritten Stück kommen soll. Nein, so machte es Aischylos nicht. Bei ihm schließt sich und rundet sich jedes der drei Stücke vollkommen in sich selbst ...

Auch war die Aufnahme des Stücks äußerst kalt und bedenklich vor einem aus Jena gekommnen, im voraus enthusiasmierten Publikum, das vierzehn Tage vorher Schillern wegen seiner „Braut von Messina" ein dreimaliges Vivat gerufen hatte. Dies freilich auch mit großem Unrecht, denn auch Schillers unbegreifliche, empörende Schicksalsfabel ist ein sublimer – Mißgriff. Aber hier fühlte sich doch jedermann ergriffen, tragisch bewegt! ...

Auch bin ich nach allen hier verstreuten Keimen sicher, daß in der Fortsetzung uns noch eine herrliche tragische Saat keimt. Nur diese Abstrakta hasse ich! Wahrlich, auch Sophokles' „Ödipus" ist ein Ideal, spricht eine Gesamtheit einer Klasse von Herrschern und Unglücklichen aus. Aber dies Allgemeine, dies aus Tausenden Erlesene wird in Theben lokalisiert, heißt Ödipus und erhält dadurch festen Boden und dramatische Individualität.

GoeJb XVIII, 146ff.

1207. BÖTTIGER IN SEINEM TAGEBUCH

Weimar, 11. April 1803

Mit Unwillen sprach er [Wieland] von Goethes neuerer Gefallsucht, den Hof durch Sentenzen, welche die Willkür begünstigen, sich zu verbinden, wie dies bei dem neuesten

Produkt, der „Natürlichen Tochter“, wieder sehr auffallend gewesen ist. Goethe hatte die vorige Woche ein Déjeuner gegeben, bloß um sich wegen seines neuen dramatischen Produkts von den Hofdamen usw. loben zu hören. Die Tränen hatten ihm in den Augen gestanden.

Bö I, 259

1208. KAROLINE HERDER AN KNEBEL

Weimar, 12. April 1803

Goethes neues Stück [„Die natürliche Tochter“] hat mir eine reine hohe, lange nicht genossene Freude gemacht. Sein guter Genius ist wieder erwacht.

Das Thema des Stücks hat eine große Anlage, menschlich und politisch, nämlich: der *ewige Kampf der menschlichen Verhältnisse mit den politischen.* Der Keim und der Gang des Schicksals wird vor uns entwickelt; wie eine Blume entfaltet sich eine Folge aus der andern; Handlungen und Empfindungen sind *eins,* in vortrefflichen, daraus entspringenden Gesinnungen, Gedanken, ausgesprochen in einer schönen klassischen Sprache, in den schönsten Jamben ...

Was das Interesse noch erhöht, ist, daß es in *unsrer Zeit* spielt. Wieviel kann und wird er uns noch darstellen, *noch lebendig sagen!* Es ist ein wahrhaft hohes, klassisches Stück. Goethes ganz würdig. Nach diesem Anfang [des geplanten Zyklus] zu urteilen, ist es das Höchste, Schönste, was er je gemacht hat. Glauben Sie, es ist ein *Licht der Kunst,* bei dem das Schillersche Irrlicht verschwindet.

Das Publikum und die jenaischen Studenten sind freilich noch zu sehr an den Schillerschen Klingklang und Bombast gewöhnt, der ihre Ohren kitzelt. Daher hat es *den* Beifall nicht gehabt, den ihm aber auch nur die Verständigen geben können.

Schiller soll gesagt haben, *er bedauere, daß zu viel Natur in diesem Stück sei!*

In der fürstlichen Loge wußte man nicht, was daraus zu machen sei. Sie hatten den ruhigen Sinn nicht für den Geist und die Simplizität dieses Stücks.

Mein Mann wird es den künftigen Sonnabend zum erstenmal sehen ... Er ist mit dem, was ich ihm daraus erzählt habe, sehr zufrieden und freut sich eben ganz rein mit mir über die Erscheinung eines solchen Stücks, das in die Klasse von Lessings „Nathan" gehört, aber *wärmer, vielseitiger, lebendiger* fortgeht ...

Daß die Schillersche Partei so laut entgegen diesem Stück ist, ist auch ein Zeichen, wie es mit dem Verhältnis dieser zwei Geister steht. Die Zeit scheidet doch endlich auch bei diesen das *Wahre vom Falschen.* Von Schillers „Feindlichen Brüdern" [„Die Braut von Messina"], diesem grassen Unding, schreibe ich Ihnen ein andermal.

Kn II, 345ff.

1209. KNEBEL AN KAROLINE HERDER

Ilmenau, 16. April 1803

Über nichts möcht ich mich unlieber täuschen lassen als über Charakter und Herz, woraus bei mir alle Basis des Menschenwerts besteht. In Goethes System gehören sie eigentlich nicht. Beiläufig mögen ihm vielleicht anjetzt die Dinge, in Rücksicht auf die *Seinigen,* etwas nähergegangen sein, und so läßt er sich darüber in einem *Schauspiel* aus. Was Kunst und Genie nicht kann! Nur das Herz läßt sich nicht täuschen; man merkt immer, wo es höchstens nur im Viertel stehnzubleiben gewohnt ist.

VaH III, 231

1210. KAROLINE HERDER AN GERNING

Weimar, 17. April 1803

Wir haben einen innigen, hohen Genuß gehabt: Goethes „Eugenia" ward gegeben. Ein hohes, tief gedachtes, tief empfundenes Stück, an Inhalt wie an Kunst. Goethes ganz würdig; sein bester Genius war mit ihm. Der Inhalt ist ganz politisch – das Menschliche im Kampf oder vielmehr durchflochten mit den Verhältnüssen des Lebens – das ewige Schauspiel der Welt! Und dies alles in der einfachsten, edelsten Sprache, in den schönsten Jamben. Er will das Ganze in drei Abteilungen geben. Ach, es wird noch sehr tragisch kommen! Es ist hochtragisch angelegt, uns innig ansprechend wahr. Unsere Seele ist davon erfüllt und bewegt. Freuen Sie sich mit uns über dies reine ästhetische Kunstwerk.

Frau Rath 500

1211. CHRISTIANE VULPIUS AN NIKOLAUS MEYER

Weimar, 21. April 1803

Ich lebe ganz still und sehe fast keinen Menschen. Das Theater ist noch einzig und allein meine Freude, ich lebe aber sehr in Sorge wegen des Geheimen Rats. Er ist manchmal ganz hypochonder, und ich stehe viel aus. Weil es aber Krankheit, so tue ich alles gerne. Habe aber so gar niemanden, dem ich mich vertrauen kann und mag. Schreiben Sie mir aber auf dieses nichts; denn man muß ihm ja nicht sagen, daß er krank ist. Ich glaube aber, er wird wieder einmal recht krank.

MeyerN 89

1212. SCHILLER AN IFFLAND

Weimar, 22. April 1803

Goethe hat kürzlich ein sehr vortreffliches Stück [„Die natürliche Tochter"] von einer hohen rührenden Gattung auf die Bühne gebracht, das auch einen guten Sukzeß auf unserm Theater gehabt hat. Es wird auch gewiß an andern Orten Wirkung tun, und da es eine große weibliche Debutrolle enthält, so wird es einen lebhaften Kurs auf den deutschen Bühnen bekommen.

SchiBr VII, 35f.

1213. WILHELM VON HUMBOLDT AN SCHILLER

Rom, 30. April 1803

Was Sie mir von Goethe schreiben, tut mir unendlich leid. Aber nach dem, was ich schon neulich in Weimar an ihm bemerkte, kommt es mir weniger unerwartet. Seine Art zu sein hat mich schon damals unendlich geschmerzt. Es ist eine Verstimmung, aus der sein Wesen, das schlechterdings mehr durch die Natur als den Vorsatz bestimmt wird, nur zufällig durch äußere Umstände oder irgendeine innere, in ihm aufsteigende Geistestätigkeit gerettet werden kann. Wenn Sie sehen, daß er wieder so einsiedlerisch wird, als Sie es mir schreiben, und daß Ihr Zusammensein doch verloren ist, so tun Sie alles, um ihn zu einer Reise, sei es hieher oder nach Paris, zu bestimmen. Zwar halte ich selbst den Erfolg für zweifelhaft. Allein es ist dann auch wenig zu verderben, und ich glaube doch immer, ein Aufenthalt hier täte ihm wohl. Es gibt in Weimar Lokalumstände, die Ihnen einfallen, ohne daß ich sie nenne, die übel auf ihn einwirken. Ich rechne hier am meisten auf die Entfernung von diesen und die Einsamkeit; viel auf das Land, die noch übrigen Kunstwerke und das günstige Vorurteil, das er einmal für Rom hat; endlich auf uns. Sie kennen uns genug, um zu wissen, daß wir ihn nie stören werden. Er kann uns sehen oder nicht sehen; bei sich oder uns; allein oder in Gesellschaft. Ich habe bemerkt, daß nichts ihn so verstimmt, als wenn er glaubt, daß man Anspruch auf ihn macht, und das ist doch, wenigstens seiner Meinung nach, in Weimar immer der Fall. Ich würde ihm auch raten, seinen Knaben mitzubringen. Wo er ihm zur Last wäre, schickte er ihn uns, wo er für unsre Kinder sogar ein Gewinn ist, und außerdem würde es ihn erheitern. Teuer ist es freilich jetzt hier entsetzlich. Aber er, sein Sohn und ein Bedienter leben doch reichlich mit 2000 Talern das Jahr, und die bloße Herreise ist unbedeutend. Die ersten Einrichtungen könnten wir ihm sehr erleichtern. Wirklich, lieber Freund, überlegen Sie es ernstlich. Ich halte den Plan für sehr gut, aber freilich doch nur als Mittel gegen ein Übel, und wenn Sie untereinander sich wenig und nicht so, wie Sie beide es wünschen, genießen.

SchlHu II, 232f.

1214. COTTA AN SCHILLER

Leipzig, 13. Mai 1803

In Stuttgart gehet das Gerücht, Goethe komme dahin, um für immer daselbst zu privatisieren!!

SchiCo 486

1215. VOSS AN BOIE

Jena, 16. Mai 1803

Dieser Nachmittag brachte uns Goethe, der gestern von Lauchstädt zurückkam und unsere Studien im Versbau fortsetzen wollte. Er will sich nächstens in Trimetern mit untermischten Sätzen in anapästischen und choriambischen Versen versuchen, und ich hoffe, es wird gehen. Seine Schauspieler, sagt er, bekommen immer mehr Ohr und Gefühl für den edleren Gang des Verses.

Vo II/2, 267

1216. VOSS AN NICOLAY

Jena, 20. Mai 1803

Was sein [Kotzebues] „Freimütiger" von Goethe etc. erzählt, ist verunstaltet oder falsch. Doch hat Goethe mit seiner Zuneigung gegen die Schlegel es verdient, daß ihm der „Freimütige" das ausgebrannte Räuchwerk, mit etwas anderem versetzt, noch einmal unter die Nase qualmen läßt. Goethe kömmt oft nach Jena, und ich freue mich seiner Besuche. Er legt es ernstlich auf Reinheit des Ausdrucks und des Verses an und denkt selbst seine „Dorothea" noch einmal zu verbessern.

Vo II/2, 278f.

Johann Heinrich Voß

1217. CHRISTIANE VULPIUS AN NIKOLAUS MEYER

Weimar, Ende Mai 1803

Zu dem Almanach kamen auch die Noten von Ehlers mit zu der Gitarre heraus ... Er hat wieder sehr viel neue Lieder vom Geheimerat komponiert ..., überhaupt hat er sich wohl als Sänger als auch im Schau- und Lustspiel gebessert, und der Geheime Rat ist sehr zufrieden mit ihm; er ist auch oft bei uns. Der Geheime Rat sieht itzo die Schauspieler mehr als sonst; alle Woche haben wir welche zu Gaste, und so geht es reihum.

MeyerN 95

1218. WILHELM VON WOLZOGEN AN SEINE FRAU

Berlin, 17. Juli 1803

Vor einigen Tagen sagte ich der Königin [Luise], daß Goethe die Attention für seine Mutter gefreut hätte. Sie nahm es sehr gut auf und ging sogleich zum König, es ihm zu sagen; so daß man sieht, das Geschenk hatte mehr als *eine* Rücksicht.

Bode I, 761 f.

1219. FICHTE AN SCHILLER

Berlin, 20. Juli 1803

In voriger Woche hat sich die göttliche Strafgerechtigkeit sehr herrlich an dem Mittelsitze der Barbarei, in welchem ich dermalen lebe, offenbaret.

Das Berliner Publikum hat im Verlaufe dreier Tage die Züchtigung erlitten, Goethes unsterbliches Meisterwerk „Die natürliche Tochter“ förmlich auszupochen ...

Daß das ... Stück sehr langweilig ist und daß man bei ihm verteufelt aufpassen muß und daß es keine Handlung hat, darüber sind Hof und Stadt einig. Ein Theaterkritiker in der Ungerschen Zeitung – man glaubt, es sei unser alter Freund Woltmann – tritt hierbei mit vieler Gutmütigkeit ins Mittel. Er ermahnt das kleine auserwählte Häuflein, dem er freilich den hohen Genuß, den es in jenem Werke findet, nicht ganz verkümmern mag, zu der Bescheidenheit, das entgegengesetzte Urteil des großen Haufens denn doch aber auch zu respektieren. Er meint, es komme so ziemlich auf eins hinaus, woran man sich amüsiere, und sei eines des andern wert. Er schließt ungefähr mit dem Resultate: dergleichen Sachen seien zum *Lesen* in einem verschlossenen Zimmer vor einem oder zwei Freunden zwar recht gut; auf das Theater aber gehöre es anders. Und dies ist noch so ziemlich die freundlichste Stimme, die sich öffentlich hören lassen!

SchiFi 68f.

1220. SCHILLER AN WILHELM VON HUMBOLDT

Weimar, 18. August 1803

Goethens „Natürliche Tochter" wird Sie sehr erfreuen und, wenn Sie dieses Stück mit seinen andern, den früheren und mittleren, vergleichen, zu interessanten Betrachtungen führen. Des Theatralischen hat er sich zwar darin noch nicht bemächtigt, es ist zu viel Rede und zu wenig Tat, aber die hohe Symbolik, mit der er den Stoff behandelt hat, so daß alles Stoffartige vertilgt und alles nur Glied eines ideellen Ganzen ist, diese ist wirklich bewundernswert. Es ist ganz Kunst und ergreift dabei die innerste Natur durch die Kraft der Wahrheit. Daß er zu *der* Zeit, wo Sie, nach meinem letzten Brief, an seiner Produktivität ganz verzweifeln mußten, mit einem neuen Werk hervorgetreten, wird Sie ebenso wie mich selbst überrascht haben, denn auch mir hatte er wie der ganzen Welt ein Geheimnis daraus gemacht.

SchiHu II, 248

1221. CHARLOTTE VON STEIN AN IHREN SOHN FRIEDRICH

Weimar, nach dem 27. August 1803

Goethe nahm Schiller von uns weg ins Nebenzimmer, sie stellten sich im Diskurs neben eine Bouteille Wein und ließen sich nicht wieder mit uns ein. Dies mochte wohl Helbig etwas verdrießen. Goethe verdirbt einem meistenteils die Gesellschaft. Wahre Güte des Herzens gibt auch Lebensart. Goethe hat eigentlich nur Schwäche des Herzens; dies habe ich lange für Güte gehalten.

Stein II, 179f.

1222. BRENTANO AN ARNIM

Weimar, August 1803

Goethes „Eugenie“ hat mich in der Darstellung nicht im mindesten gerührt. Sie ist unendlich ruhig, vortrefflich und groß und weise und kunstvoll und herrlich und gebildet, so gebildet, daß ich sie sehr hochschätze, aber nur nicht bewundern kann. Die „Braut von Messina“ aber ist mir ein erbärmliches Machwerk, langweilig, bizarr und lächerlich durch und durch. Der äußerst steife Chor macht eine Wirkung wie in katholischen Kirchen die Repetition des halben Vaterunsers von der Gemeinde. Eine himmlische Idee von Tieck ist es, einen „Anti-Faust“, ein Lustspiel zu schreiben, in dem ein Mensch den Teufel betrügt. Er hat schon einen Akt geschrieben.

Brent I, 198

1223. FICHTE AN SCHILLER

Berlin, vermutlich August 1803

Goethes „Natürliche Tochter“ habe ich die beiden Male, da sie hier aufgeführt wurde, mit aller Aufmerksamkeit gesehen und glaube zu der möglichsten Anschauung, die man aus dieser Quelle haben kann, mich erhoben zu haben.

Sosehr ich Goethes „Iphigenie", „Tasso" und, nur in anderem Fache, seinen „Hermann und Dorothea" stets geliebt und verehrt habe, so ziehe ich doch diese Arbeit ihnen allen vor und halte sie für das dermalige höchste Meisterstück des Meisters. Besonders scheint sie mir ein so streng geordnetes, in sich selber zusammenhängendes organisches Ganze zu sein, daß ich es kaum für möglich halte, daraus etwas wegzulassen. Was in dem ersten Teile sich noch nicht erklärt, z. B. die geheimen Andeutungen auf das Verhältnis des Herzogs zu seinem Sohne, dessen und des Herzogs verborgene Komplotte, halte ich für bedeutende Winke auf die folgenden Stücke, die schon hier einen geheimen Schauer und furchtbare Ahnung einflößen sollen.

Daß ein solches Stück von irgendeiner Schauspieltruppe nach seinem wahren Geiste ergriffen und dargestellt werden sollte, darauf ist wohl ohne Zweifel Verzicht zu tun. Dagegen scheue ich mich nicht, dem wahren Zuschauer anzumuten, durch die Beschränktheit der Darstellung das Ideal hindurch zu erblicken. Daß teils schon wegen des Mangels dieser Erhebung solche Stücke für den gewöhnlichen Beschauer hinter mittelmäßigen und flachen zurückstehen, wo Geist (oder Ungeist) und Darstellung natürlich besser zusammenfallen, teils auch wegen der Aufmerksamkeit, die organischer Zusammenhang fordert – während in gewöhnlichen Stücken man allenthalben einzelnes, nämlich Sandkörner bekommt –, und bei dem gänzlichen Mangel an Organ für das innere Leben und Handeln meistens unverstanden bleiben – daher Goethe sich die ganzen zwei letzten Akte durch die seichte Relation hätte sparen können, daß Eugenie dem Gerichtsrat ihre Hand gegeben: – dies ist ebenso unvermeidlich. Ich für meinen Teil aber komme vielleicht darum, weil ich selber fast täglich durch irgendeine Plattheit gedrückt werde, mehr in die unbarmherzige Gesinnung, daß man allerdings das Höchste und immer nur das Höchste darstellen soll, ohne Mitleid mit der Unbehaglichkeit und Langweile der Ungebildeten, deren Besserung nie beginnen wird, solange sie noch etwas ausdrücklich für ihre Gaumen Zubereitetes finden ...

Da ich in meinem letzten Briefe des Auspochens erwähnte, so muß ich nun hinzusetzen, daß es ganz notorisch ist, daß – Sch[adow] die Auspocher bestellt und vorher angeworben. Ich schreibe Ihnen dies zu jedem Gebrauch, denn es ist stadtkundig; nur will ich es nicht Ihnen geschrieben haben. So behauptet man auch, daß der Verfasser der erwähnten Beurteilung in der Ungerschen Zeitung nicht Woltmann, sondern Herr Iffland selber sei.

SchiFi 70ff. und 75

1224. VULPIUS AN NIKOLAUS MEYER

Jena, 4. September 1803

Der Freimütige Schuft [Kotzebue] hat Jenas Untergang prophezeit. Die Clique schlägt sich aber selbst, und Jena wird wohl stehen bleiben. Loder hat aus Dankbarkeit für die vielen Gnaden vom Herzog seinen Abgang nach Halle unvergeßlich machen wollen; er hat deshalb so lange durch Kotzebue und andere große Männer ... negoziiert, bis die „Literatur-Zeitung" nach Halle kam. Nun gut! K[otzebue] stieß sogleich in die Tuba, und siehe da: Alles ist voll Schrecken und Furcht. Aber sie hatten nicht alles wohl überlegt, und die „*Jenaische* Literatur-Zeitung" *bleibt.* Goethe und Schiller sind an die Spitze getreten, und Eichstädt wird Redakteur. Es ist ein Fonds von 5000 Taler dazu da. Mit dem 1. Jänner 1804 erscheint das erste Stück.

MeyerN 105

1225. KÖRNER AN SCHILLER

Dresden, 10. Oktober 1803

Von der Göchhausen erhielt ich zuerst Goethens „Eugenie". Über den Plan des Ganzen läßt sich noch nicht urteilen; aber der erste Teil läßt viel erwarten. Der Stoff ist zum Teil drückend und widrig, und es tut mir fast leid um die große Kraft, die G[oethe] daran verwendet. Indessen darf man dem Dichter nicht vorschreiben, und ich kann begreifen, daß er einen Trieb fühlt, sich auch an einem solchen Stoff zu versuchen. Er ist tief eingedrungen, und in der ganzen Behandlung erkennt man den Meister. Aber auf einen lauten Beifall des Publikums darf er nicht rechnen, und ich wünsche nur, daß er durch eine kalte Aufnahme nicht abgeschreckt wird, das Werk zu vollenden. Für jeden, den der Stoff überwältigt, muß dies Stück unausstehlich sein, je lebhafter er fühlt. Es wird also von vielen gehaßt, von noch mehreren nicht verstanden und nur von wenigen bewundert werden.

SchiKö IV, 271f.

1226. KNEBEL AN KAROLINE HERDER

Ilmenau, 12. Oktober 1803

Endlich habe ich doch auch Goethes „Eugenie" gelesen; aber, ich darf es wohl sagen, nicht mit sonderlicher Erbauung. Es ist das raffinierteste Werk (so wie es da liegt) von Kunst, Talent und – darf ich das Wort recht aussprechen? – von *Seelenbüberei,* das jemals aus Goethes Feder geflossen. Also sind das die *herrlichen* Gestalten, die uns das *hochheilige* Genie zur Erbauung und zum Muster darstellt! Sind das die hohen Wirkungen der Kunst und des Genies, uns das Leben und die Menschheit durchaus zu vergiften und zu verekeln? O wie muß man im Herzen verdorben sein, ein solches Werk hervorzubringen! Vermutlich weil es schwer sein möchte, nicht bei irgendeinem Individuum eine selbständige freie Seele zu finden, so nahm Goethe die Stände, und diese sind alle par état und de par le roi *Schurken.* Sie mögen es mitnehmen, da ihre Häupter Narren und Schwächlinge sind. So sieht es also in der *moralischen Welt* aus! Und da ist weiter kein Mittel, wenn man doch fortleben will, als daß man auch ein *Bube* werde. *Hier* ist der Sieg des *Verstandes,* der *Kunst* und des *Genies!!* – Welch ein drohender Genius wacht über Deutschlands Literatur? Kann Kunst und Genie vor Infamie schützen??

VaH III, 239f.

1227. KAROLINE HERDER AN KNEBEL

Weimar, 13. Oktober 1803

Wenn Sie die „Eugenie“ in der Vorstellung gesehen hätten, so würden Sie geglaubt haben, der Dichter wollte die *Stände*, denen er alles gräßlich Herzlose gegeben hat, in ihrer Verworfenheit darstellen. Ihr entgegengesetztes Urteil lese ich heute mit Staunen, und wenn man die Grundsätze des Dichters kennt, so ist's nur allzu wahr, daß er das Stück zugunsten der Stände auflösen wird! Welch eine Hölle haben Sie mir hinter meinem gutmütigen Wahn geöffnet! Ich habe das Stück noch nicht gelesen und mag's fast nicht lesen.

Mein Mann gibt Ihrer Ansicht und Ihrem Gefühl recht. Aber lassen Sie uns doch nur die ganze Entwicklung abwarten! Wenn es uns allein wohl wird, da wir die Eugenia in *menschlichen* Armen in Schutz sehen, so hat der Dichter wider Willen das Wort für die Menschlichkeit reden müssen, wenn er auch das Ganze zugunsten der Stände angelegt hat.

Entwickelt er das Ganze zugunsten dieser, so ist er freilich ein Teufel, und sein Talent mag in die Hölle fahren!

Kn II, 348

1228. ROCHLITZ AN BÖTTIGER

Leipzig, 16. Oktober 1803

Goethes „Eugenie“ habe ich mit großer Freude gelesen. Besonders den vierten und fünften Akt halte ich für wunderschön. Und die Sprache ist wohl noch nie von einem Deutschen so behandelt worden. Man muß sich jene Akte laut lesen. Aber als Theaterstück kömmt „Eugenie“ mir vor wie jene Venus, die man auf den hohen Berg stellete.

GoeJb XVIII, 148

1229. KNEBEL AN KAROLINE HERDER

Ilmenau, 17. Oktober 1803

Ihr Urteil über die „Eugenie" war nach der gutmütigen Art, wie Sie es genommen haben, wohl verständig. Aber wie lassen sich die Stände in einem Gedicht dieser Art von der Menschheit trennen? Überhaupt finde ich so viele moralische Widersprüche, Inkonsequenzen, Härten und, ich darf wohl sagen: *Verrücktheiten* in diesem Gedicht, daß ich nun fast glaube, daß man auch ein *moralisch guter* Mensch sein müsse, um ein vorzüglich guter Dichter oder Schriftsteller zu sein. Eugenie ist nicht *menschlich gut* gerettet, wie Sie zu glauben scheinen; denn der Herr Gerichtsrat sieht sie doch wohl nur als eine *Speise* an, und die moralische Gouvernantin ist eine Kupplerin. Übrigens liegt mir durch dieses Stück Goethes fast unerklärlicher Charakter leider klar vor Augen.

VaH III, 241

1230. KAROLINE HERDER AN KNEBEL

Weimar, 19. Oktober 1803

Mein Urteil über Goethe kommt mir gerade so vor, als wenn das Lamm dort am Bach dem *Wolf*, der's eben fressen will, eine Lobrede hält.

Ach, er hat eine *Wolfsnatur!*

Kn II, 350

1231. BÖTTIGER AN ROCHLITZ

Weimar, 27. Oktober 1803

Goethe errichtet jetzt eine eigne Schule für jüngere Schauspieler und Schauspielerinnen, welcher er täglich oft mehrere Stunden widmet. Neulich wurde bei verschlossenen Türen von diesen Lehrlingen sein „Mahomet" über alle Erwartung gut gegeben. Er hatte mir auch Billetts dazu geschickt.

GoeJb XVIII, 149

1232. ERNESTINE VOSS AN LUISE NICOLOVIUS

Jena, Mitte November 1803 ?

Vom Onkel lassen Sie mich zuerst erzählen, der gar große Freude an der unbekannten Nichte hat, die ich ihm als mein Herzblättchen geschildert und dem ich von Ihrem häuslichen Leben und den raschen Knaben erzählt habe. Aus Ihrem letzten Briefe habe ich ihm auch mitgeteilt, als er einmal recht Sinn für so was hatte. Da sagte er wirklich recht gerührt, er erkenne in der Tochter die Seele der Mutter [Cornelia Schlosser, geb. Goethe], sogar in Ihren Schriftzügen die Hand der Mutter. Ich solle Ihnen sagen: er sei kein Rabenonkel, aber schreiben, das wäre eine Sache, die selten bei ihm ausgeführt würde. Herzlich soll ich Sie grüßen, Sie und Ihren Mann, und Ihnen sagen, er sähe Sie gar gern einmal in Ihrem häuslichen Kreise, aber die Reise über die Heide schrecke ihn.

Er ist wirklich allerliebst, wenn er hier in Jena ganz aus seinem steifen Berufe heraus ist und, in seinen langen Mantel gehüllet, mit der Zauberlaterne in der Hand, in unsere Stube tritt.

Gespr I, 894f.

1233. KNEBEL AN KAROLINE HERDER

Ilmenau, 29. November 1803

Gerning schreibt mir, daß Madame de Staël, die jetzt in Frankfurt ist, nächstens auch nach Weimar kommen werde. Da wünscht ich ihr keines als Ihr Haus, das leider jetzt für sie nicht sehr zugänglich sein kann. Dies tut mir sehr leid; denn leider unsere übrigen Herren sind doch – Idioten oder Pedanten. Wieland nehme ich aus ...

VaH III, 243

1234. KNEBEL AN KAROLINE HERDER

Ilmenau, 5. Dezember 1803

Noch ein Wort über Goethens „Eugenie". Ich habe jetzt die französischen sogenannten „Mémoires" [von Stephanie-Louise de Bourbon Conti] hier, aus denen Goethe den Stoff dazu geschöpft hat. Man kann sich kaum vorstellen, wie so ein albernes, verschrobenes Machwerk Goethes Geist so gewaltig habe anziehen können. Man kann es kaum vor Ekel lesen. Nun, da er aus nichtsbedeutenden Karikaturen und Ungeheuern doch etwas sehr Bedeutendes machen wollte, so mußten freilich wieder Ungeheuer, aber bedeutendere und grundverdorbene, entstehen. In der Tat, ich bedaure diesmal nur seinen Geschmack und Urteil. So bös hat er es nicht gemeint, als ich es denken mußte, da ich es für eine Originalschöpfung hielt. Wir haben *beide* viel, viel zuviel hineingelegt. Es bleibt eine kostbare Stickerei auf einem höchst *futilen* Grund. Ich hoffe und glaube nicht, daß er es endigen wird. Er muß die Nichtigkeit des abgeschmackten Märchens doch endlich erkennen.

VaH III, 244

1235. SCHRÖDER AN BÖTTIGER

Rellingen, 9. Dezember 1803

Was macht der literarische Erste Konsul Goethe? Man gibt ihm schuld, daß Jena so viele brave Männer verliert.

Schrö 275

1236. HENRIETTE VON KNEBEL AN IHREN BRUDER

Weimar, 22. Dezember 1803

Goethe wird künftigen Sonnabend herkommen und die Frau von Staël bei sich im Hause zuerst bewirten. Sie hat ihn so dringend und von allen Seiten darum bitten lassen, daß er nicht anders konnte; aber er sträubt sich und ist sehr melancholisch.

KnHe 190

1237. HENRIETTE VON KNEBEL AN IHREN BRUDER

Weimar, 23. Dezember 1803

Vom Goethe hofft sie [Frau von Staël] viel. Wir wollen sehen. Seine „Eugenia" hat ihr, einige wenige Stellen ausgenommen, sehr mißfallen. Sie sagt, in Paris hätte man nicht den ersten Akt ausgehalten. Goethen ist es äußerst beschwerlich herzukommen. Er hat an die Schillern geschrieben, daß er sich am liebsten mit Herdern möchte begraben lassen. Doch kann ich nicht glauben, daß ihm die Staël weh tun wird. Sie hat durchaus nicht das Preziöse und Pedantische, was unsre gelehrten Weiber oft so fatal macht, nichts Überspanntes, Halbreifes ...

KnHe 191

1238. KARL VON SCHARDT AN FRIEDRICH VON STEIN

Weimar, 31. Dezember 1803

Goethe kommt mit ihr [Frau von Staël] besser weg; dieser gibt zur ersten Antwort immer ein Späßchen, und beruhigt sie sich dabei nicht, so hat er doch Zeit gewonnen, sachgemäß zu antworten.

Fritz von Stein II, 92

1239. GERNING AN KNEBEL

Frankfurt, Ende Dezember 1803

Goethen möchte ich zurufen:

Fürchte nur nicht, daß wir auch Dich mit Nänien singen,
Xenien streuet man Dir jetzt schon über das Grab.

Bode I, 773

1804

1240. RIEMER AN FROMMANN

Weimar, 11. Januar 1804

Sie wissen doch, daß Goethe unpaß ist; krank mag ich nicht sagen, ob er gleich meist zu Bett liegt. Es rührt wahrscheinlich von einem zurückgetriebenen Echauffement her und scheint weiter nichts auf sich zu haben, als daß er nun nicht ausgehn kann und manchmal nicht guten Humors ist. Gestern abend las ich ihm einen Gesang von der Vossischen „Iliade" vor; da war er sehr gesprächig, und ich habe manches gelernt, was man eben nicht in der Schule lernt ...

Die Frau von Staël ist noch immer hier und scheint sich mit den schönen Geistern, Wieland und Schiller, gut zu stehen, wie man in der Stadt sagt, aber nicht mit G[oethe].

Rie 40ff.

1241. VULPIUS AN NIKOLAUS MEYER

Weimar, 15. Januar 1804

Unter andern ist der Geheime Rat G[oethe] wieder einmal unpäßlich und hat einige Tage im Bett gelegen. Er ist überhaupt, im ganzen, physisch und moralisch, nicht wohlauf ...

Kotzebue ist bei Nacht hier durchgegangen, hat sich aber nicht getraut, im Tor seinen Namen anzugeben, und hat sich nur $1^1/_2$ Stunde bei seiner Mutter aufgehalten, aus Furcht, arretiert zu werden. Seine Freunde selbst springen jetzt von ihm ab. Sein „Hugo Grotius" fiel so durch hier, daß man zischte, und sein „Ranudo Colibrados" mißfiel sehr.

Goethe arbeitet jetzt seinen „Götz von Berlichingen" fürs hiesige Theater zu, und der zweite Teil der „Natürlichen Tochter" ist auch bald fertig. – Schiller brütet noch über sein Schauspiel „Wilhelm Tell".

MeyerN 125f.

Christian August Vulpius

1242. WIELAND AN SEINE TOCHTER SOPHIE REINHOLD

Weimar, 16. Januar 1804

Jedermanns Erwartung ist itzt auf die beiden neuen „Allgemeinen Literatur-Zeitungen" gespannt ... Die lächerliche Sage, daß Goethe nach Jena ziehen und notabene, um der sinkenden Universität wieder aufzuhelfen, Vorlesungen daselbst halten werde, hat R[einhold] ohne Zweifel sogleich für das, was sie ist, erkannt.

WR 266

1243. CHRISTIANE VULPIUS AN NIKOLAUS MEYER

Weimar, 17. Januar 1804

... hoffen wir Sie wieder einmal ... bei uns zu sehen, denn zu einer Reise nach Bremen wird der Geheime Rat sich wohl nicht entschließen können; denn er liebt die Ruhe jetzt mehr als alles und ist sehr bequem geworden und wird wohl nicht viel mehr reisen.

MeyerN 127

1244. CONSTANT IN SEINEM TAGEBUCH

Weimar, 23. Januar 1804

Ich habe Goethe gesehen! Scharfsinn, Eigenliebe, physische Reizbarkeit bis zur Schmerzhaftigkeit, bemerkenswerter Geist, schöner Blick, etwas mitgenommenes Aussehen, das ist sein Bild.

Franz 25. Aus dem Französischen

1245. CHARLOTTE VON STEIN AN IHREN SOHN FRIEDRICH

Weimar, 27. Januar 1804

Goethe hat mir zu Deiner Verlobung Glück gewünscht; die beste Qualität der Braut [Helene Freiin von Stosch] waren ihm die sechzehn Jahr. Er war die ganze Zeit krank. Das ärgert Frau von Staël, die ihn gern recht viel sehen möchte. Jetzt hat sie es durchgesetzt und fährt täglich zu ihm. Die Staël ist wie die Königin von Saba; wo sie von einer Weisheit Salomonis hört, da reist sie darnach, was auch für ein zweideutiges Urteil ihr daraus erwachsen könnte ...

Stein II, 193

1246. ANNE-LOUISE-GERMAINE DE STAËL AN NECKER DE SAUSSURE

Weimar, Januar 1804

Die Frauen beehren mich mit jener Hinneigung zur Begeisterung, die den deutschen Frauen eigen ist, und machen mir den Hof wie verliebte Männer. Was die Männer angeht, so gibt es keine außer den Schriftstellern; alle andern sind Wachtmeister, die zwar nicht in Gesellschaft rauchen: aber das allein unterscheidet sie von der Schloßwache. Die drei Schriftsteller Goethe, Schiller und Wieland haben aber originelleren und tieferen Geist in Literatur und Philosophie als irgendein Mensch, den ich kenne. Ihre Konversation besteht ganz aus Ideen.

Bode III, 469. Aus dem Französischen

1247. LODER AN EINEN FREUND IN WÜRZBURG?

Halle, 2. Februar 1804

Goethe macht eine Art von Kanzler in Jena, wenn er da ist, und gibt große Tees, bei welchen alles *steht.*

Archiv CXXXVII, 66

1248. KNEBEL AN BÖTTIGER

Ilmenau, 3. Februar 1804

Doch meinen Sie ja nicht, daß ich die Deutschen allzusehr herausrühmen will. Es fehlt ihnen allgemein an *Geschmack*, und hier hat Frau von Staël nur gar zu recht ... Das ist leider

der Fall bei unsern *größern* Dichtern, denen ein gewisser Takt fehlt, den man mehr aus dem Umgang und der Welt als aus der Betrachtung nimmt. Die neueste „Eugenie" mag sogar hiezu ein kleines Beispiel liefern. – Wieland nehm ich indessen aus.

Kn III, 65f.

1249. RIEMER AN FROMMANN

Weimar, 4. Februar 1804

G[oethe] ... urteilt ... ein wenig anders im Schlafrock, als wenn er in Gesellschaft urteilen soll. Aber ich begreife ihn. Weil man ihn auspumpen will, so gibt er eben nur das, was ihm beliebt und womit er zwischen den Parteien so eben durchkommt. Wo er keine Hinterlist ahndet, da gibt er sich auch frei. Mir wird immer wohler bei ihm.

Rie 42f.

1250. BÖTTIGER AN ROCHLITZ

Weimar, 4. Februar 1804

Wenn ich nur wüßte, wer mein Nachfolger hier werden sollte, um allerlei danach einzurichten. Der Herzog sprach selbst mit mir sehr zutrauensvoll darüber, aber Goethen ist so etwas ein Greuel. Er bleibt sich gegen mich bis auf den letzten Augenblick gleich. Mag er! Bin ich doch bald außer der Spannweite seiner freundlichen Berührungen!

GoeJb IV, 325

1251. BÖTTIGER IN SEINEM TAGEBUCH

Weimar, 9. Februar 1804

Den 9. Februar bei ihr [de Staël] zum Mittagessen ...

Viel über Goethe bei Tische. Er habe das meiste Originalgenie unter allen mitlebenden Dichtern; es werde aber wenig von ihm auf die Nachwelt kommen. Er habe ihr selbst, als sie ihn über die „Natürliche Tochter" (welche sie einen noble ennui nannte) befragte, aufrichtig eingestanden, daß sie, wie so viele andere seiner Arbeiten, nur Künstlerversuch sei, der nach einer Auflösung einer noch nie gelösten Aufgabe strebte. (Darum traut auch Goethe diesem Versuch so wenig, daß er in die erste Vorstellung dieser „Eugenie" gar nicht einmal kommen mochte.)

Gespr I, 909

1252. CONSTANT IN SEINEM TAGEBUCH

Weimar, 16. Februar 1804

Sehr interessantes Souper bei Goethe. Er ist ein Mensch voller Geist, voll plötzlicher Einfälle, von Tiefe und neuen Ideen. Aber er ist der ungütigste Mensch, den ich kenne.

Franz 26. Aus dem Französischen

1253. VOSS DER JÜNGERE AN ABEKEN

Jena, 21. Februar 1804

Ich bin zehn Tage bei Goethe gewesen. Eine himmlische Zeit, die mir noch wie ein schöner Traum vor der Seele steht... Am Abend dieses Tages [13. Februar] nach Tische mußte ich Goethe meine Übersetzung von Horazens sechster Epistel des ersten Buchs vorlesen. Dies gab zu einem sehr schönen Gespräch Anlaß ... Er redete ... über den Platonischen Ausspruch, daß die Verwunderung die Mutter alles Schönen und Guten sei ... Er sprach wohl anderthalb Stunden mit feurigen Mienen, mit der lebendigsten Aktion, aber immer mit solcher Besonnenheit, daß er die Wahrheit seines Themas recht eigentlich durch die Tat beherzigte ... Dann redete er auch über die Empfänglichkeit des Gefühls, wie ein lebendiger Geist in der ganzen Gotteswelt nichts als Wunder erblicke und heilige Gottesoffenbarung ... Als er ausgesprochen, nahm er sein Licht, sagte ein trockenes „Gute Nacht!" und ging davon und ließ mich und Riemer wie Stumme gegeneinander sitzen. Ob Goethe uns in Verwunderung hat setzen wollen, das weiß und glaube ich nicht;

aber daß er's tat, weiß ich. Denn wohl keiner hat einen Mittler Gottes und der Menschen mit solcher Ehrfurcht betrachtet als wir diesen Mann in diesem Augenblicke.

VoßG 16 und 20f.

1254. HENRIETTE VON KNEBEL AN IHREN BRUDER

Weimar, 28. Februar 1804

Goethe wird uns jetzt vielleicht wieder aufgehen, wenn Frau von Staël untergegangen ist. Sie besuchte ihn öfters, aber er kam nicht an Hof. Man nimmt's ihm übel, aber das tut nichts, und ich kann's ihm nicht verdenken. Sich so alle Tage mit ihr am Hof zu präsentieren, ist keinem unsrer Männer zuzumuten. Ihre Sprache, ihre Ausbildung und Gewohnheit, sich mitzuteilen, sind zu verschieden.

KnHe 198

1255. CHARLOTTE VON STEIN AN IHREN SOHN FRIEDRICH

Weimar, 8. März 1804

Goethe hat aus lauter Freude, daß die Staël fort war, seine ihm bequemere Donna zwei Tage nacheinander durch alle Straßen auf dem Schlitten gefahren. Ich wundere mich, daß er Dir nichts über Deine vorseiende Heirat geantwortet. Wenn er kein Herz hat, so sollte er doch Lebensart haben.

Stein II, 195

1256. ANNE-LOUISE-GERMAINE DE STAËL AN FRIEDRICH HEINRICH JACOBI

Berlin, 11. März 1804

In Weimar hat es mir gut gefallen. Goethe ist ein Mann von erstaunlichem Geist. Sein Charakter und seine Ansichten sind mir nicht sympathisch. Aber für seine Fähigkeiten hege ich eine tiefe Bewunderung

Franz 31. Aus dem Französischen

1257. KAROLINE PAULUS AN CHARLOTTE SCHILLER

Würzburg, 11. März 1804

Sagen Sie doch Goethe gelegentlich, daß Madame Luzifer [Karoline Schelling] ihm die Ehre antut, auf eine bescheidene Art merken zu lassen, daß er unter die Zahl ihrer stillen Verehrer gehört. Er wird sich gewiß auf diese Auszeichnung nicht wenig zugute tun.

SchFr III, 188

1258. VOSS DER JÜNGERE AN HELLWAG

Jena, 13. März 1804

Ich leugne nicht, daß ich anfangs, als ich von Goethe auf ein paar Tage eingeladen ward, mit etwas beklommenem Herzen hinreiste. Ich sollte mich produzieren und hatte natürlich die Besorgnis, ich könnte auch wohl nicht gefallen. Dann auch hätte ich mir jeden anderen Examinator, er sei so strenge er wolle, lieber gewünscht als den Goethe mit diesem furchtbar majestätischen Blicke. Aber wie ward ich anders gestimmt, als ich zu Goethen ins Zimmer trat! Nun fand ich einen lieben, freundlichen Mann, der mich freundschaftlich umarmte und küßte und so besorgt war wegen meiner Gesundheit, die ich zum erstenmal einem so strengen Winter- und Windtage ausgesetzt hatte, und mir zum Frühstück und zu der Labung des Körpers Gott weiß wieviel und wie vieles anbot. In dem Augenblicke hatte ich das tiefste Zutraun zu diesem herrlichen Manne. Als die paar Tage um waren, sagte mir Goethe, an meine Abreise wäre nun gar nicht zu denken; er wäre in dieser Zeit mein Vater und hätte zu befehlen. Das ließ ich mir denn auch gefallen und recht gern gefallen. Diese zehn Tage, die ich in Weimar blieb, gehören zu dem Frohsten, was ich nur auf dieser Welt genossen ... Des Sonntags hat Goethe gewöhnlich junge Leute bei sich, die er im Deklamieren und guten Vortrage übt. Ich bin zweimal in dieser Gesellschaft gewesen. Wir saßen alle um einen langen Tisch und Goethe in der Mitte. Jeder las, sobald an ihn die Reihe kam, auch Goethe selbst, sooft es ihn traf. Auf ihn fiel die Trauung im dritten Gesange [der „Luise" von Voß]. Nie hat wohl diese Stelle einen Mann mehr bewegt als Goethe; die Tränen traten ihm in die Augen, er konnte nicht weiterlesen. „*Eine heilige Stelle!*" rief er mit einer Innigkeit, die mich stumm und sprachlos machte, und gab das Buch seinem Nächsten. Ich konnte von nun an meine Augen nicht von ihm wenden, denn er sah aus wie ein verklärter Heiliger.

Sehn Sie, dieses war am ersten Tage meiner Ankunft; wie war es von nun an möglich, *nicht Zutrauen* zu diesem Manne zu haben? Ich wollte, ich wäre bei Ihnen und hätte mehr Muße . . ., so erzählte ich Ihnen von diesem Manne. Aber ich würde an *einem* Abend nicht fertig, in *einer* Woche nicht.

VoßH 3f.

1259. CONSTANT IN SEINEM TAGEBUCH

Weimar, 18. März 1804

Von Goethe Abschied genommen. Eine eigenartige Methode, das Publikum für nichts zu achten und bei allen Mängeln eines Stückes zu sagen: „Man wird sich daran gewöhnen!"

Franz 27. Aus dem Französischen

1260. SCHILLER AN WILHELM VON WOLZOGEN

Weimar, 20. März 1804

Auch ich verliere hier zuweilen die Geduld. Es gefällt mir hier mit jedem Tage schlechter, und ich bin nicht willens, in Weimar zu sterben. Nur in der Wahl des Orts, wo ich mich hinbegeben will, kann ich mit mir noch nicht einig werden. Es sind mir Aussichten nach dem südlichen Deutschland geöffnet. An meiner hiesigen Pension von 400 Taler verliere ich nichts, weil es hier so teuer zu leben ist, und mit den 1500 Talern, die ich jährlich hier zusetze, kann ich in Schwaben und am Rhein ganz gut leben. Es ist überall besser als hier, und wenn es meine Gesundheit erlaubte, so würde ich mit Freuden nach dem Norden ziehn.

Mein „Tell“ ist vor drei Tagen hier gespielt worden und mit dem größten Sukzeß, wie noch keins meiner Stücke.

SchiBr VII, 131

1261. ERNESTINE VOSS AN OVERBECK

Jena, 25. März 1804

Goethe haben wir diesen Winter viel gesehen und gewinnen ihn mit jedem Male lieber. So ganz allein muß man ihn haben. Einen angenehmeren Gesellschafter kann man sich kaum denken. Voß und er treffen nicht in allen Punkten zusammen, aber doch in sehr vielen; und wo sie nicht zusammentreffen, geht jeder seinen Weg ruhig fort. Er hat eine gewaltige Freude daran, daß Voß nicht fortzieht, ob er gleich das Ding nicht ganz geleitet hat; der Geheime Rat Voigt treibt die Schulgeschäfte ...

... auch ist der Punkt, daß man mit dem Knaben [August Wilhelm] Schlegel säuberlich verfahren muß, einer von denen, wo Voß und Goethe nicht einerlei Meinung haben.

Vo II/2, 281

1262. CHRISTIANE VULPIUS AN NIKOLAUS MEYER

Weimar, Ende März 1804

Soeben ... sind wieder sehr angenehme Freunde bei uns. Es war Voß, der Dichter, mit seiner Frau; sie wohnen itzo in Jena, sind aber ein paar recht liebe Leute. Nachdem sie sich einige Tage bei uns aufgehalten haben, sind sie wieder nach Jena und haben uns ihren ältesten Sohn geschickt, welcher auch ein sehr gebildeter junger Mann ist und dem es bei uns besonders wohl gefällt; und dem August sein Hofmeister [Riemer], welcher auch ein gescheiter Mensch ist. So gibt es alle Mittag ein sehr gelehrtes Gespräch ...

Das Beste ist, daß der Geheime Rat jetzo wieder recht heiter und vergnügt ist. Diesen Anfang aber vom Jahr war er wieder sehr krank. Er arbeitet den „Götz von Berlichingen“ für das Theater um, und wir freuen uns alle schon auf die Aufführung. Auch ein neues Stück von Schiller wird einstudiert, „Wilhelm Tell“ ...

MeyerN 130f.

1263. CHARLOTTE VON SCHIMMELMANN AN CHARLOTTE SCHILLER

Kopenhagen, 8. April 1804

Ich wurde, so wie meine Schwester, ganz im Französischen *unterrichtet,* in keiner andern Sprache; daher z. B. mein schlechtes Deutschschreiben und meine Blödigkeit, da ich eigentlich nur französisch *schreiben kann,* gewiß nicht, weil ich die Sprache vorziehe. Als ich zuerst Goethe las und nachher Schiller, da war mein Geschmack bald entschieden ...

Dieses Verhältnis zwischen Goethe und der Staël hat uns sehr amüsiert. Kühn, wie eine Französin es nur sein kann, stellte ich sie mir dabei vor, als sie Goethe selbst über seine „Eugenie“ zu Rede stellen durfte. Just dieses heilige Dunkel, über seinen Gestalten schwebend, just diese Ungenannten hatten für mich einen eigenen Reiz; ich fürchtete vielmehr *zu viel* zu hören und zu sehen und weniger zu ahnen. Ich ärgerte mich fast darüber, als jemand sie mir zuerst nannte, die wahre Heldin. Ein ätherischer Vorhang verhüllte sie mir bis dahin. Goethe selbst sollte mir ihn nicht heben; so schien es mir damals bei der ersten Erscheinung. Und dieses Stück muß mehr als einmal gelesen werden; es dringt so tief ins menschliche Herz hinein; *alles* läßt sich nicht sogleich fassen, sogleich genießen. Denken Sie sich dann mein Erstaunen bei dem Ausforschen der Frau von Staël und wie ich es für den Dichter empfand. Wie ich dasjenige verstand, was er Ihnen so gestehen mußte.

SchFr II, 404ff.

1264. VOSS DER JÜNGERE AN BOIE

Jena, 9. April 1804

Ich bin abermals in Weimar gewesen bei dem Herrlichen, und diesmal als Stubengenoß und Vizehofmeister seines August ... Ich habe Goethe diesmal noch mehr genossen als das vorige Mal. Seine Aufnahme war so herzlich; und was er mir in dieser Zeit Liebes erzeigt hat, kann ich nicht beschreiben. Er hat wie ein zärtlicher Vater für mich gesorgt; er sinnt recht darauf, mir einen angenehmen Aufenthalt zu verschaffen ...

Es ist kein Gegenstand, der seiner Aufmerksamkeit entgeht; in alles bringt er Geist und Leben, und wenn er auch von entlegenen Dingen redet, so nimmt er doch die um ihn her liegenden und wechselnden Gegenstände zu Hülfe, um seine Gedanken in sie einzukleiden. Nie braucht er je ein anderes Gleichnis, als das von Dingen hergenommen ist, die er grade vor sich sieht, und man wundert sich oft, wie er aus einem erbärmlichen Stoffe etwas so Herrliches und Herzerhebendes zu bilden wußte. Wenn er dann in Feuer gerät, so wird sein Schritt hastiger, oder wenn er gewisse Gegenstände fixiert, um sie tief zu ergründen, dann steht er auch wohl gar stille und stemmt einen Fuß vor den andern, mit dem Körper rückwärts gebogen. Ihm bei Tische grade entgegen zu sitzen und in sein feuriges, tiefes Auge zu blicken, ist eine wahre Wonne ... Es drückt sich in seinen Zügen bei aller Majestät soviel Güte und Wohlwollen aus. Nie aber ist er angenehmer und liebenswürdiger als des Abends in seinem Zimmer, wenn er ausgezogen ist und entweder mit dem Rücken gegen den Ofen steht oder auf dem Sofa sitzt. Ja, da wird es unmöglich, sich ihm nicht hinzugeben. Ob es die Ruhe macht, die abendliche Stille, das Gefühl der Erholung von oft schweren Arbeiten oder was es ist. Dann ist er am heitersten und gesprächigsten, am offensten und herzlichsten. Ja, Goethe kann die Herzlichkeit selbst sein. Dann hat sein manchmal furchterregender Blick auch alles Schreckhafte verloren.

Sobald ich in Weimar etwas eingerichtet bin, will er eine Gesellschaft junger Leute um sich versammeln ... Da sollen

Schriften aus mehreren Fächern und Sprachen gemeinschaftlich gelesen und besprochen werden. Ich weiß schon aus Erfahrung, wie mit Liebe er so was unternimmt und betreibt. Die Früchte dieser Konversationen sollen denn auch zugleich auf die „Literatur-Zeitung" verbreitet werden, und wahrlich, das ist ein glücklicher Gedanke. Denn Goethe, der zum eigentlichen Rezensenten nicht geschaffen ist, gibt doch oft im Gespräche die herrlichsten und treffendsten Urteile, die durchaus nicht verlorengehen dürfen. Und welche Übung wird es für uns sein, Winke und umhergestreute Ideen der Art aus Goethes Geiste auffassen zu lernen und in Aufsätze oder Rezensionen sie zu fixieren!...

Goethes Zutrauen und seine Liebe zu verlieren, wäre das Schrecklichste, was mir in Weimar begegnen könnte. Aber solange ich bleibe, was ich bin, und fortfahre zu werden, was ich werden kann, solange werde ich sein lieber Sohn bleiben, wie er mich mehrere Male genannt hat.

Vo II/1, 7–12

1265. VOSS DER JÜNGERE AN ABEKEN

Jena, 11. April 1804

Einmal sprach er von Gott und Unsterblichkeit und war dabei in einer Bewegung, die ich Dir nicht beschreiben kann. Aber wohl steht mir noch vor Augen, wie er mit dem Leibe rückwärts sich lehnte und sein unbeweglicher, nur auf den Gegenstand, der seine Seele füllte, fixierter Blick, von dem Irdischen weggewandt, das Höhere und Unnennbare suchte. Dann ist er mehr als ein Mensch, ein wahrhaft überirdisches Wesen, dem man sich mit tiefer Ehrfurcht nur nahen kann.

VoßG 29f.

1266. CHARLOTTE VON STEIN AN IHREN SOHN FRIEDRICH

Weimar, nach dem 12. April 1804

Ich komme vom Goethe, der mich einmal fur immer auf alle Donnerstage eingeladen, seine Kunstsammlungen zu sehen.

Ich nehme mir immer noch eine Dame mit, und da lern ich allerhand, denn man muß immer lernen. Ich bleibe von elf bis um eins. Ich glaube, Frau von Staël hat ihm das Besoin beigebracht, wieder etwas gebildetere Frauen zu sehen, als es bisher seine Umgebung war.

Stein II, 198

1267. VOSS DER JÜNGERE AN HELLWAG

Jena, 27. April 1804

Von meinem abermaligen Aufenthalt in Weimar und von Goethens herzlicher Aufnahme könnte ich Ihnen viel Erfreuliches erzählen ... Dieser einzige, herrliche Mann hat so väterlich an mir gehandelt, daß ich's nicht hinlänglich rühmen kann; er hat mir wahres Kindesrecht verstattet und lebenslänglich den freien Zutritt zu seinem Herzen vergönnt. Es tut unbeschreiblich wohl, einen solchen Freund und Führer in der Fremde zu haben, auf den man wie auf die Wahrheit und Redlichkeit selbst bauen kann. Seit ich Stolberg kenne, der mir unvergeßlich sein wird, hat kein Mann eine so unbegrenzte Liebe und ein so tiefes Zutrauen – mir gleichsam *abgezwungen* als Goethe, und ich darf sagen, daß ich stolz darauf bin, ihn so von ganzem Herzen lieben zu dürfen. Mehr Güte und freundliches Wohlwollen, mehr Teilnahme und Freundesgesinnung vereinigt außer ihm kein Sterblicher in sich. Sie sollten ihn nur sehen, um mein Gefühl zu beherzigen. Was er in Rücksicht meiner bei der neuen Schuleinrichtung veranstaltet hat, ist sehr viel; aber bei weitem mehr ist, was er mir als Mensch geworden ist und sein wird. Ich werde sein abendlicher Gesellschafter sein, und in Rücksicht darauf hat er mich ganz in seiner Nähe einquartiert. Wir werden gemeinschaftlich lesen, hoffentlich auch griechische Dichter. Ich werde für Goethe und unter seiner Aufsicht Dinge und Gegenstände ausarbeiten, die er gern geschrieben hätte, zu deren Ausführung aber es ihm an Zeit gebricht. Auf diese Weise wird zum Beispiel manche Rezension erscheinen. Oder ich kann ihm in seinem Studium der alten Kunstgeschichte und Mythologie durch Belesenheit und angestellte Untersuchungen zu Hülfe kommen. Wie ich mich zu diesen Lesestunden freue, kann ich kaum sagen ...

Und was sagen Sie zu der Goethischen Rezension von den Gedichten meines Vaters? Diese habe ich so recht eigentlich entstehen sehen, denn er schrieb sie während meines letzten Besuches. Welch ein gründliches Studium der Gedichte ist darin, und welch eine schöne, fast zu anspruchslose Darstellung! ... Goethe las mir eines Abends das „Herbstlied" und „Trost am Grabe" von meinem Vater vor, und die Tränen liefen ihm über die Backen.

VoßH 4f.

1268. BÖTTIGER IN SEINEM TAGEBUCH

Weimar, Ende April 1804

Es ist unwahrscheinlich, daß sich beide [Goethe und Schiller] stets von Herzen achten und fördern werden, und die Szene während der letzten sechsstündigen Probe von „Wilhelm Tell", wo beide, in der herzoglichen Loge zuschauend, einen Toast auf ihre Meisterschaft im Champagner tranken und die armen Schauspieler hungern und schmachten ließen, dürfte nicht oft wiederholt werden. Goethe ist wahrhaft naiver Dichter und stets im Objekt. Alle Gestalten haben bei ihm Rundung und feste Umrisse. Sie leben in der poetischsten Poesie. Schiller irrlichterisiert in Farbenreflexen und Idealen. Keine einzige seiner Figuren im Trauerspiele hat wahrhafte Haltung und feste Selbständigkeit. Aber er gefällt durch falsch schimmernde Farbengebung und ist jetzt der Götze des Tages. Nur die Johanna gelang ihm, weil diese auch nur in der Idee und nie in der Wirklichkeit war. Goethe ist auch durchaus eine weit kräftigere Natur, im Überfluß gewiegt und erzogen, auf den aber die Hofluft frühzeitig Einfluß bekam ...

Goethe sah nie ein Blatt des „Freimütigen". Man drang es ihm auf; er gab es ungelesen zurück, hat aber darum keinesweges es verschworen, einmal Rache an jenem Gesindel zu nehmen. Er gab einmal eine Karikatur an: Goethe mit einigen andern Kunstfreunden wandelt in den Propyläen unter den Säulengängen vornehm gutmütig herum. Unten hat Kotzebue die Hosen abgezogen und setzt einen Sir Reverence, indem er, sehnsuchtsvoll hinanblickend, spricht:

Ach, könnt ich doch nur dort hinein,
Gleich sollt's voll Stank und Unrat sein!

Bei der „Eleganten Zeitung" schlug er vor, den Buben, der die Greifen zügelt, umzukehren und dem Publikum das Gesäß zeigen zu lassen. Überhaupt liebt Goethe dies Genre des Aristophanes. Auch Nicolai hat er einmal vorgestellt, wie er auf Werthers Grabhügel einen Haufen setzt [„Freuden des jungen Werthers"]. Die Xenienlaune kehrt oft bei ihm ein; nur läßt er sich nicht immer von ihr fortreißen.

Bö I, 62f.

1269. VOSS DER JÜNGERE AN BÖRM

Weimar, 1. Mai 1804

Wer von Goethe, wie es Bürger tat, eine weichliche Hingiebigkeit erwartet, ein zärtliches Entgegenkommen und ein herzliches Anschmiegen, der wird gewöhnlich betrogen. Ich kann mein eigenes Beispiel anführen, da ich, als ich Schiller soeben verlassen hatte, vor drei Jahren zuerst zu Goethe kam und ihn ebenso erwartete. Ich ward zurückgestoßen durch sein Auge; ich fühlte mich zu klein, zu schwach, mit einem Worte: es war der Eindruck einer gewaltigen Masse auf das unvorbereitete Auge. Ich verließ ihn voll Ehrfurcht, aber konnte ihn nicht *lieben.*

Nachher sah ich ihn öfter auf Augenblicke, konnte aber nie meine Schüchternheit überwinden, noch mein reines Zutrauen erwecken.

VoßG 15f.

1270. VOSS DER JÜNGERE AN BOIE

Weimar, 11. Mai 1804

Wenn ich aber sagte, daß G[oethe]s Gesprächen soviel Allgemeines zugrunde läge, so ist das nicht so zu verstehen, als ob er abstraktes Zeug, wie im „Athenäum", in Sentenzen spräche. Ich meine nur das Ideenreiche dieses so geistreichen Mannes, das aus jeder Hülle und Einkleidung so klar hervorleuchtet. Ich möchte Goethen den popularsten Philosophen nennen, der uns auch bei den geringfügigsten Gegenständen wahre Weisheit in die Seele redet.

Seine Weise, die Menschen zu betrachten, ist ganz die eines kontemplativen Naturforschers, im edleren Sinne des Worts. Kein Mensch ärgert ihn, wenn er einen bestimmten Charakter hat, selbst ein Kotzebue, sogar ein – – [Böttiger?] nicht. Er denkt, so hat ihn einmal der liebe Gott, der von allen Arten etwas gibt, geschaffen, und ist er nicht positiv, so ist er doch negativ zum allgemeinen Heile notwendig. Freilich, wenn er zum Wohle des Allgemeinen *wirken* soll, so hat diese Toleranz auch bei ihm ihre Grenzen. Wenn ein Klotz im Wege steht, da wird er beiseite geschafft, damit die Bahn frei werde, und je hartnäckiger der Widerstand, je heftiger die Gewalt, ihn fortzuschaffen. Ich habe ihn zornig gesehen über Eseleien und Teufeleien; aber es war der Zorn des Gerechten, ein schneidender, kraftvoller Unwille, nicht zügellose Leidenschaft und Ereiferung.

Nie sind Goethes Forderungen an die einzelnen Menschen unbillig; sie richten sich nach der Fähigkeit jedes Subjektes. Aber was einer leisten *kann*, das fordert er ganz und ungeteilt. So ehrt und schätzt er jedes Talent, jede noch so kleine mechanische Fertigkeit. Aber kein Charakterloser fand Gnade vor seinen Augen. Die Losung „Es ist doch ein guter Mensch" ist ihm unausstehlich. Und wehe dem, der seine Erwartungen und sein Zutrauen durch träges, hartnäckiges Stillstehen, durch Schlaffheit oder gar Scheinsucht statt des reellen Wertes zu täuschen anfängt. Anfangs ist er noch milde und sucht schonend zum Guten zurückzulenken; hilft es nichts, so wird er zornig und wendet sein Antlitz auf ewig.

Voß II/1, 16ff.

1271. VOSS DER JÜNGERE AN SOLGER

Weimar, 15. Mai 1804

Dem herrlichen Goethe bin ich nun in meiner neuen Wohnung recht nahe. Ich kann ihn täglich sehen, weil mein Fenster grade auf die seinigen gerichtet ist, und darf zu ihm kommen, wann ich will ... Wie lehrreich das für mich ist, brauche ich Dir nicht zu sagen. Aber es ist noch etwas in ihm, das nicht bloß auf den Kopf und Verstand wirkt, sondern auf den ganzen Menschen ... Ich möchte sagen, schon der Anblick, die Gegenwart dieses Mannes hat einen Zauber, der unwiderstehlich wirkt.

ArchivLit. XI, 104

1272. RIEMER AN FROMMANN

Weimar, 22. Mai 1804

Ich lebe ziemlich schlaraffisch ... Bei G[oethe] höre ich einige Collegia über Metamorphose der Pflanzen, Theorie der Farben. Wir besehen den Mond durch einen siebenfüßigen Herschel und wissen uns sonst über allerlei zu unterhalten.

Rie 46

1273. SCHILLER AN COTTA

Weimar, 8. Juni 1804

Kann ich aus Goethen einen poetischen Funken herausschlagen, so soll es an mir nicht fehlen; aber leider sehe ich jetzt wenig Anschein dazu, da ihm andre Sachen den Kopf warm machen.

SchiBr VII, 155

1274. CHARLOTTE VON STEIN AN IHREN SOHN FRIEDRICH

Weimar, 11. Juni 1804

Ich fühle, daß es ihm unheimlich ist, und unsere Denkarten sind so auseinandergegangen, daß, ohne es zu wollen, ich ihm alle Augenblicke einmal weh tue.

Zum Unglück wurde mir eben der „Freimütige" gebracht. Er erwähnte der Dummheit des Publikums, das eine solche Schrift lese: da hatte ich also auch mein Teil! Er wollte es gar nicht sehen, und ich mußte es verdecken.

Stein II, 202

1275. JEAN PAUL AN OTTO

Koburg, 19. Juni 1804

Wer Zähne hat, knirschet sie – damit beißen wäre freilich besser –, sobald er „Kaiserliche Majestät in Gallien" hört. Doch haß ich Bon[aparte] nicht so sehr, als ich die Franzosen verachte. Und Goethe war weitsichtiger als die $^2/_2$ Welt, da er schon den Anfang der Revolution so verachtete als wir das Ende.

JP IV, 301

1276. HEINRICH BECKER AN KIRMS

Lauchstädt, 4. August 1804

Sie sagen wohl, man soll nichts dazu sagen; aber schlimm wäre es, wenn man erst so abgestumpft ist, daß man nicht mehr empfindlich wäre, ob einen Lob oder Tadel trifft. Das ist ein schlechter Künstler, der für beides kein Gefühl mehr hat. Und obgleich der Geheime Rat zu allem so geschwiegen hat, so weiß ich doch, daß alles dies, was man auf ihn losgebrannt hat, einen großen Teil seiner Unzufriedenheit ausmacht und ihn öfters sehr angreift; und wenn er was sagen könnte, wider solche Leute würde er es wohl tun; aber so erlaubt es seine Lage nicht. Daß aber so ein Mensch wie Falk noch trotzdem, daß er so auf die Direktion und Schauspieler loslegt, doch immer noch in Weimar das größte

Publikum auf seiner Seite hat, wie ich bestimmt gehört, daß sich die halbe Stadt freut, daß man so ihre Schauspieler behandelt, das gibt wahrlich großen Mut, in Weimar zu leben ... Ja, wenn nicht Goethe und Schiller und Sie, lieber Herr Hofkammerrat, am Ruder ständen, so wäre ich auch der erste, der sich fortmachte ...

Th 177f.

1277. HENRIETTE VON KNEBEL AN IHREN BRUDER

Weimar, 5. August 1804

Goethen habe ich gesehen, und er sprach mit Freundschaft von Dir ... Mich dünkt, er hätte was Milderes und Angenehmeres in Wort und Ausdruck bekommen.

KnHe 205

1278. VOSS DER JÜNGERE AN HELLWAG

Jena, 13. August 1804

Goethe ist mir noch immer das, was er anfangs war: ein liebender väterlicher Freund. Ich gewinne ihn immer lieber, je mehr ich ihn kenne, und bin auch täglich bei ihm. In den letzten acht Tagen, die ich in Weimar zubrachte, habe ich eine herrliche Zeit gehabt. Alle übrigen Freunde von Goethe, die seinen täglichen Umgang ausmachen, waren nicht zugegen, und seine Hausgenossen waren ebenfalls verreist. Ich hatte Ferien und konnte nun beständig um Goethe sein. Wir setzten uns einen Mittag um 1 Uhr zu Tisch und standen erst gegen 6 Uhr auf. Da haben wir eine Mittagslektion aus dem Sophokles gehalten und dazu recht geistigen Portwein getrunken und am Ende, wo Goethe unaussprechlich launicht wurde, recht weidlich gelacht. Auf den Winter will Goethe mit mir und Riemer und noch ein paar anderen einen Leseklub, auch das Griechische mit eingeschlossen, halten. Dieser soll zugleich für die „Literatur-Zeitung" berechnet sein. Darauf freue ich mich außerordentlich und verspreche mir viele Vorteile davon.

VoßH 7

1279. VOSS DER JÜNGERE AN BOIE

Weimar, 22. August 1804

Wie war Goethe fröhlich, als ich meine Sachen auf dem Examen so gut beendet hatte, und wie war ich fröhlich, daß er einen solchen Anteil an mir nahm! Dem Mann verdanke ich ja fast ebensoviel als meinen Eltern; er hat mir ja Mut und Selbstvertrauen in die Seele geflößt und weiß mir durch sein Beispiel immer die Bescheidenheit und ein edles Mißtrauen nahe zu erhalten.

Ich lese jetzt griechisch mit ihm. Neulich lasen wir zusammen drei Stunden nach der Reihe, und Goethe ist jetzt außerordentlich warm für diese Sprache, besonders für den Sophokles ...

Wenn wir jungen Leute um Goethe sind, so gefällt mir das so besonders an ihm, daß er nie wie ein Meister zu den Jüngern, sondern wie ein Freund zum Freunde spricht; eine Humanität, die seine Jünger nur um so fester an ihn kettet ...

Voß II/1, 20

1280. BÖTTIGER AN BERTUCH

Dresden, 23. August 1804

Ich kann nicht leugnen, daß ich um so lieber im „Merkur" ein gelungenes Werk von Schadow bekanntmache, je despotischer und wegwerfender Goethe und Kompanie den braven Berliner Künstler, dem [Friedrich] Tieck noch lange nicht gleichkommt, seit einigen Jahren behandelt haben.

GoeJb II, 375

1281. CHARLOTTE VON STEIN AN CHARLOTTE SCHILLER

Kochberg, 22. September 1804

Ich sitze vor dem Schreibtisch, wo sich manche gute Freunde auf die Platte schrieben, unter andern Goethe anno 75 und anno 80 noch einmal, mit dem Zusatz: „Ebenderselbe." Alle diese Freunde besitze ich nicht mehr, aber Sie, treue Lollo, bleiben mir.

SchFr II, 350

1282. HENRIETTE VON KNEBEL AN IHREN BRUDER

Weimar, 26. September 1804

Götz bellt und überschreit sich und verdirbt die Rolle ganz und gar; so noch andre auch. Goethe will das nächste Mal etwas wegstreichen; das vorige Mal dauerte es just bis 11 Uhr. Das ist zuviel zugemutet! Die Gothaer, die expreß kamen, werden dran denken.

KnHe 207

1283. GRIES AN GOTTLIEB HUFELAND

Jena, 5. Oktober 1804

In Weimar habe ich den ersten Teil von Goethes umgearbeitetem „Götz" gesehen. Das Stück ist schon vor meiner Rückkehr ganz aufgeführt worden; da die Portion aber auf einmal zu nehmen zu stark befunden ward (es dauerte bis nach 11 Uhr), so ist sie jetzt geteilt worden. Im ganzen scheint man mit den Veränderungen wenig zufrieden zu sein; es ist nur eine Stimme darüber. Auch glaube ich wirklich, daß der zwischen der ersten Bearbeitung und der jetzigen verflossene Zeitraum ein wenig zu sichtbar ist. Goethe scheint, menschlicherweise, in seiner eigenen Sache die im „Werther" aufgestellte Bemerkung vergessen zu haben, daß ein Autor durch eine Veränderung seines Werkes, wenn es in seiner ersten Gestalt gefallen hat, dem Werke notwendig schaden muß. Er will das Stück jetzt noch einmal überarbeiten und für einen Abend vorstellbar machen. Am besten wär es wohl, er ließe es so, wie es seit dreißig Jahren entzückt hat.

Huf 24

1284. SCHÜTZE AN WILHELM GOTTLIEB BECKER

Weimar, 6. Oktober 1804

Das Theater scheint hier in jeder Hinsicht nur mittelmäßig zu sein; doch fehlt es nicht sowohl an guten Schauspielern als an guten Schauspielerinnen. Außer der Jagemann, die selten auftritt, ist keine vorzüglich. Sehr viel Vergnügen hat mir die Aufführung des umgearbeiteten „Götz von Berlichingen" gemacht. Man merkte gleich, daß der Dichter selbst dahinterstand; und so gut und so richtig als hier möchte das Stück schwerlich an andern Orten gegeben werden... Das Stück selbst ist mehr *aus-* und *nach-* als *um*gearbeitet; die wichtigern Szenen sind verlängert und alles mehr motiviert. Es ist darin durch komische und witzige Züge mehr für die Unterhaltung des gewöhnlichen Publikums gesorgt; es fehlt auch nicht an feierlichen Aufzügen und einnehmenden Schlußszenen. Durch dies alles scheint mir aber das Ganze etwas von seiner alten, ernsten Würde verloren zu haben, und es kommt mir vor, als ob Goethe nun auch anfange, etwas dem Publikum zu Gefallen zu tun. Dennoch hat das Stück nicht sonderlich gefallen. Es war nach dem Ende zu etwas langweilig und dauert auch gar zu lange, nämlich fünf volle Stunden.

GoeJb VII, 216

1285. VOSS DER JÜNGERE AN SOLGER

Weimar, 10. Oktober 1804

Goethe ist jetzt mit der neuen Ausgabe seiner gesamten Werke beschäftigt ... Wir haben bei dieser Gelegenheit Hoffnung, daß der ganze „Faust" erscheint; Goethe wird ihn jetzt schwerlich als Fragment drucken lassen, besonders da er so manchmal die Empfindung im Herzen nährt, daß man jetzt eilen müsse, bevor die ewige Nacht eintritt.

ArchivLit. XI, 113f.

1286. SCHILLER AN COTTA

Weimar, 16. Oktober 1804

Goethe denkt jetzt an eine Herausgabe seiner sämtlichen Schriften in einer Handausgabe, ohne Pracht und Verzierung. Nach den Erkundigungen, die ich darüber bei ihm eingezogen, ist er gesonnen, das Werk so zu verakkordieren, daß die sämtlichen Bände im Verlauf von dritthalb Jahren erscheinen sollen und in fünf Jahren, von Erscheinung des ersten Transports an gerechnet, das Recht einer neuen Auflage an ihn heimfallen soll. Der Verleger müßte sich also freilich tummeln, um in diesem kurzen Zeitraum das Werk zu verkaufen. Wie ich ihn sondiert habe, so scheint er nicht weniger als 4 Karolin für den gedruckten Bogen zu erwarten, und er rechnet das Ganze auf etwa 380–400 Bogen. Einige ungedruckte Sachen aus seiner frühern Jugend sind darunter; auch denkt er vom „Faust“ soviel dazu zu geben, als er fertig hat, wenn er auch nicht dazukäme, ihn ganz zu vollenden.

Überlegen Sie sich nun, ob Sie auf seine Vorschläge eingehen wollen, und wenn Sie Lust haben, so wäre es gut, ihn einmal, doch ganz im allgemeinen, um ein Verlagswerk zu ersuchen, daß er dadurch veranlaßt würde, Ihnen seine sämtlichen Werke anzubieten.

SchiBr VII, 180f.

1287. VOSS DER JÜNGERE AN IDEN

Weimar, 29. Oktober 1804

Ich war nun acht Tage beständig bei ihm, und fast alle Abende und Mittage bei ihm, und die Zeit verging unter Gesprächen und Griechischlesen. Es ist eine Wonne, mit Goethe zu lesen, denn bei solchen Gelegenheiten tun sich die Goldgruben seines Innern auf. Er ist recht wie in dem arabischen Märchen das goldene Bassin mit dem goldenen Wasser, das in alle Regionen hin seine verklärten Strahlen sendet. Wir haben viel im Sophokles gelesen, und der Sophokles, durch Goethes Geist belebt, wird zu einer Schule alles Schönen und Trefflichen. Lieben Freunde: da saß ich recht in der Nähe des großen und liebenswürdigen Mannes, denn wir sahen aus *einem* Buche ...

Goethe will nie Meister sein und ist es darum um so sicherer. Er verträgt jeden Widerspruch, und es ist nicht selten, daß er in Disputen gern und willig nachgegeben hat, denn manchmal trifft auch mal solch ein Fall ein, daß, was der Prophet Bileam nicht sehen konnte, sein Esel sah.

Dabei ist Goethe die Liebe selbst und sucht in allen Dingen und bei allen Menschen nur die vorteilhaften Seiten auf und beurteilt den Menschen nach dem Maßstabe dessen, was er seiner inneren Natur nach zu leisten imstande ist. Wie kämen wir schwachen Kinder des Staubes auch sonst neben ihm zurecht! ...

Wenn Du, liebster Iden, Goethe je gesehen hast, so wirst Du wissen, daß er Stolbergen ähnelt. Sie könnten der Gestalt nach Brüder sein. Ihrem edlen Wesen nach sind sie's, denn keiner ist vollkommener als der andere, nur Goethe von einem noch erhabeneren Geiste beseelt.

Bode II, 36f.

1288. DOROTHEA SCHLEGEL AN KAROLINE PAULUS

Köln, 8. Dezember 1804

Ich habe, seitdem ich Goethe kenne, immer eine Art von Mißtrauen gegen ihn gehabt. Man darf ja auch nur den „Meister" recht aufmerksam lesen und dabei sich seine Persönlichkeit recht lebhaft vor die Seele bringen, so wird man es ja schon ganz klar finden, wie er eigentlich weit mehr von einem mittelmäßigen als von einem hervorstechenden Talente hält und wie er nur soviel Sinn von den Menschen verlangt, daß sie seine Ideen, aber gerade nur seine Ideen, auszuführen imstande sind, nicht weniger, aber auch nicht mehr. Er behandelt die Universität wie sein Theater und die Professoren wie seine Schauspieler, die er dressiert, so Gott will, auch bilden will, aber freilich nicht jeden auf seine Weise, sondern hübsch harmonisch, daß ein jeder für sich eben nicht viel, aber alle zusammen das Kunstwerk bedeutend bedeuten. Daß er den Mittelmäßigen jetzt schmeichelt, daß muß er nun wohl tun, weil er keine bessern hat. Aber warum er die Guten hat gehen lassen, das ist es, was wenige verstehen werden und was *mir* ganz natürlich bei ihm dünkt. So ist es ihm eben recht. *Alt* war der alte Herr schon längst, sonst hätte er die „Eugenie" nicht dichten können; aber nicht alle, welche *alt* werden, sind deshalb so *veraltet* als er. Dazu muß man eben nie recht jung gewesen sein. Geh, er hat kein Gemüt und keine Liebe, und wenn es damit nicht richtig ist, kann alles auf die Länge nicht gut werden.

SchlVeit I, 143f.

1289. HENRIETTE VON KNEBEL AN IHREN BRUDER

Weimar, 12. Dezember 1804

Ich kann nicht begreifen, wie man sich selbst ersticken kann, wie es doch mit unserm Goethe der Fall ist. Er hat jetzt an seinem „Götz" so viel verdorben und ihn wirklich durch seine neuen Zusätze lahm gemacht. Wieland ergrimmte neulich über ihn und meint, daß er seinen eigenen Wert gar nicht mehr zu schätzen wüßte.

KnHe 214f.

1290. CHARLOTTE VON STEIN AN IHREN SOHN FRIEDRICH

Weimar, Mitte Dezember 1804

Du sagst mir zu wenig von Dir selbst, und mir fällt immer bei Deinen Briefen ein, was der selige Herder von Goethes Briefen sagte: sie kämen ihm vor wie eine Schüssel mit breitem Rand, wo nicht viel drin wäre.

Stein II, 209

1291. CHARLOTTE SCHILLER AN FRIEDRICH VON STEIN

Weimar, 27. Dezember 1804

Wir waren eben mit der lieben Mutter, ich und meine Schwester [Karoline von Wolzogen] und kleine Tante [Sophie von Schardt], bei Goethe, wo die Herzogin Luise auch war, wo wir uns an den Abguß der Minerva von Velletri ergötzt haben; Goethe hat ihn bekommen und aufgestellt...

Goethe war auch krank und fürchtete, bedeutend krank zu werden. Er geht nicht förmlich aus, weil er sich vor aller Erkältung hüten muß. – Die Hofluft tut den schönen Geistern nicht wohl. – Schiller wird auch immer krank, wenn er an Hof geht.

SchFr I, 487f.

1292. PERTHES AN FRIEDRICH HEINRICH JACOBI

Hamburg 1804

Scham, glühende Scham über die Zerreißung unseres Vaterlandes sollte und müßte unsere Herzen foltern, aber was tun unsere Edelsten? Statt sich zu waffnen durch Nährung der Scham und sich Kraft, Mut und Zorn zu sammeln, entfliehen sie ihrem eigenen Gefühl und machen Kunststücke [„Die natürliche Tochter“]. Sowenig aber Rettung für einen Sünder zu hoffen ist, der, um die Reue nicht zu fühlen, Karten spielt, sowenig wird unser Volk, wenn seine Besten so sich betäuben, dem Schicksal entgehen, ein verlaufenes, über die Erde zerstreutes Gesindel ohne Vaterland zu werden.

Per I, 164f.

1805

1293. RIEMER AN FROMMANN

Weimar, 18. Januar 1805

Unser teurer G[oethe] ist gar nicht wohl. Die chemische Stunde ist ihm schlecht bekommen. Es war stark eingeheizt; er ging zu Fuß nach Hause, und es war kalt. Dies brachte ihm Halsweh und Katarrh; hierauf hat sich das Übel nach dem linken Auge gezogen und es inflammiert. Er muß es daher schonen und sich meiner zum Schreiben bedienen. Doch scheint es weiter nichts auf sich zu haben und wird sich geben, wenn er sich nur zu Hause halten kann. Er selbst will nicht, daß man groß Aufhebens davon mache ...

Am Mittwoch sind die „Mitschuldigen" vom Geheimerat gegeben worden und haben sehr gefallen. Es wird nun öfter gegeben werden und ebenso auch ein früheres von ihm, das er hervorsucht.

Rie 64f.

1294. CHARLOTTE VON STEIN AN IHREN SOHN FRIEDRICH

Weimar, 10. Februar 1805

Diesen Brief wollte ich nicht endigen, bis ich wüßte, daß Goethe, der todkrank ist, außer Gefahr sei; denn bis morgen, hatte Stark geäußert, könnte man's erst wissen. Nun hat er aber die Nacht gut geschlafen und befindet sich nur heute matt. Also, hoffe ich, ist die Gefahr vorüber. Er hatte ein Brustfieber. – Eben schickt mir Goethe August und läßt mir sagen, daß ihn Stark außer Gefahr erklärt.

Stein II, 212

1295. VOSS DER JÜNGERE AN SOLGER

Weimar, 24. Februar 1805

Noch denselbigen Abend kam Stark aus Jena (es war am Freitagabend), der erklärte, wenn Goethe bis Sonntag früh lebte, so sei Hoffnung da ... Aber ... schon in dieser Nacht hatte die Krankheit umgeschlagen, die Krämpfe hatten nachgelassen, das Fieber war sanfter gewesen, und der Geliebte hatte über die Hälfte der Nacht ruhig geschlafen. Um 11 Uhr forderte er mich zu sich, weil er mich in drei Tagen nicht gesehn hatte. Ich war sehr bewegt, als ich zu ihm trat, und konnte ... die Tränen nicht zurückhalten. Da sah er mir gar freundlich und herzlich ins Gesicht und reichte mir die Hand und sagte die Worte, die mir durch Mark und Gebein gingen: „Gutes Kind, ich bleibe bei euch; ihr müßt nicht mehr weinen." – Da ergriff ich seine Hand und küßte sie ... zu wiederholten Malen; aber ich konnte keinen Laut sagen ...

Von dem Tage an ist Goethe zusehends besser geworden.

ArchivLit. XI, 117

1296. CHARLOTTE VON STEIN AN IHREN SOHN FRIEDRICH

Weimar, 7. März 1805

Goethe macht schon wieder Visiten par billets; auch ich erhielt eins. Sehr leid tut mir's, daß ich bis jetzt Dir nicht seine Büste habe verschaffen können. Hätte er mehr Wohlwollen als Eitelkeit in seinem Herzen, so hätte er Dir seine Büste schenken können anstatt Gores. Tieck hatte sie mir versprochen, aber er hat unendlich viel zu tun, und nun geht er mit Jagemann nach Italien. Vielleicht kann ich die Büste noch von Gores bekommen, wenn ich mich engagiere, ihnen eine andere dafür zu schaffen.

Stein II, 213

1297. SCHILLER AN WILHELM VON HUMBOLDT

Weimar, 2. April 1805

Goethe war diesen Winter wieder sehr krank und leidet noch jetzt an den Folgen. Alles rät ihm, ein milderes Klima zu suchen und besonders dem hiesigen Winter zu entfliehen. Ich liege ihm sehr an, wieder nach Italien zu gehen, aber er kann zu keinem Entschlusse kommen, er fürchtet die Kosten und die Mühseligkeiten, auch mögen ihn vielleicht andere Einflüsse binden. Unter diesen Umständen hat er freilich nicht viel im Poetischen leisten können; aber Sie wissen, daß er nie untätig und sein Müßiggang nur ein Wechsel der Beschäftigung ist ... Wir sahen uns diesen Winter selten, weil wir beide das Haus nicht verlassen durften.

SchiHu II, 268

1298. LUISE VON GÖCHHAUSEN AN BÖTTIGER

Weimar, 11. April 1805

Goethe ist noch immer sehr bedenklich krank. Die Zufälle, die zwar schnell vorübergehen, wiederholen aber zu oft, um nicht große Sorge um ihn zu haben. Seine Krankheit hält Stark für ein lokal' Übel in den Eingeweiden. Bald, o wie sehr fürchte ich es! wird in Weimar von allen, was darinnen groß und vorzüglich war, nichts mehr übrig sein als – das neue Schloß.

GoeJb X, 150

1299. CHRISTIANE VULPIUS AN NIKOLAUS MEYER

Weimar, 12. April 1805

Der Geheime Rat hat nun seit einem Vierteljahr fast keine gesunde Stunde gehabt und immer Perioden, wo man denken muß, er stirbt. Denken Sie also mich, ich, die außer Sie und dem Geheimen Rat keinen Freund auf dieser Welt habe, und Sie, lieber Freund, sind wegen der Entfernung für mich doch so gut wie verloren. Sie können sich denken, wenn so ein unglücklicher Fall käme und ich so ganz allein stünde, wie mir zumute ist. Ich bin wahrhaftig ganz auseinander. Und dann kommt noch dazu, daß die Ernestine [Vulpius] sich abzehrt und auch dem Grabe sehr nahe ist, und die Tante [Vulpius] ist auch sehr schwach. Es ist also die ganze große Last der großen Haushaltung auf mich gewälzt, und ich muß fast unterliegen. Es wollen zwar die Leute behaupten, man sehe mir es nicht an; aber lange kann es doch nicht so fortgehen.

Und hier ist kein Freund, dem ich so alles, was mir am Herzen liegt, sagen könnte! Ich könnte Freunde genug haben; aber ich kann mich an keinen Menschen wieder so anschließen und werde wohl so für mich allein meinen Weg wandeln müssen. Vor zwei Tagen begleitete ich August, der mit einer Gesellschaft nach Frankfurt geht zur Messe, bis Erfurt. Ich verließ den Geheimen Rat wohl. Ich war kaum ein paar Stunden da, als ich einen Boten erhielt, daß er sich sehr übel befände. Ich reiste gleich zurück und fand ihn sehr schlecht. Itzo, daß ich Ihm das schreibe, befindet er sich durch Hülfe des Hofrat Stark besser, aber nicht außer Bette, und stelle mir nichts Gutes vor. Wenn Sie mir auf diesen Brief antworten, so adressieren Sie ihn an meinen Bruder oder an die Frau Doktorin Buchholz, weil ich weiß: der Geheimer Rat hat es nicht gern, wenn ich was von seiner Krankheit schreiben. Ach Gott, wenn Sie nur hier wären! Ich glaube, die Ärzte kennen seine Krankheit nicht recht, oder es ist ihm nicht mehr zu helfen.

Ich weiß gar nicht, was ich denken soll. Der Zufall kommt gewöhnlich alle vier Wochen mit den größten Schmerzen, wobei er gewiß noch unterliegen muß. Ich glaube, es sind Hämorrhoidal-Umstände, denn der Schmerz ist im Unterleibe, aber Starke will nichts wissen ... Wenn dieser Brief nicht so geschrieben ist, als er sollte, so verzeihen Sie einer Krankenwärterin. Soeben, als ich dieses schreibe, schläft er ein bißchen.

MeyerN 159f.

1300. FRIEDRICH VON STEIN AN CHARLOTTE SCHILLER

Breslau, 12. April 1805

Goethes Krankheit ist mir nahegegangen, ob mir gleich seine Freundschaft völlig abgestorben ist. Er hat mir seit mehreren Jahren höchstens nur dann ein freundlich Wort gegönnt, wenn er eine Dienstleistung verlangte, und mir übrigens die größte Gleichgültigkeit bewiesen. Unter den Wesen, welche Einfluß auf mich in meinem Leben hatten, ist er eines der wichtigsten, und darum ist mir das Andenken dessen, was er für mich war, noch immer wert. Sollte er sterben, so wird sein armes Kind einer Sippschaft anheimfallen, von der ich mein Kind nicht erzogen haben möchte. Doch vielleicht überzeugt er sich dessen und übergibt den Knaben fremden Händen.

SchFr I, 489

1301. FERNOW AN NAUWERCK

Weimar, 14. April 1805

Goethe ist diesen Winter hindurch einigemal sehr gefährlich krank gewesen, so daß man für sein Leben besorgt war. Und wer wünscht zu erleben, daß dieser Angelstern unserer Kunst und des deutschen Geschmacks untergehe? Ich bin während dieses Winters zur Zeit seiner Rekonvaleszenz oft des Abends bei Goethe gewesen, weil ich wußte, daß ihm in diesen Stunden, wo er doch nicht arbeiten konnte, Gesellschaft und Unterhaltung angenehm ist. Außer mir durften nur wenige Freunde so ohne Umstände zu ihm kommen, Schillers nicht zu erwähnen, der natürlich mit seinem Titanenbruder in der genauesten Freundschaft lebt.

Fer 168

1302. CHARLOTTE SCHILLER AN FRIEDRICH VON STEIN

Weimar, 14. April 1805

Dieser Winter war uns allen unheilbringend ... Meine Kinder wurden zuerst krank, alsdann Schiller zu meiner Sorge, der mich seit langer Zeit stets wieder an das veränderliche Schicksal mahnt. Zu der Sorge um Schillers Gesundheit kam die Sorge um Goethe, der bedeutende, ängstliche Zufälle hat, und nun ist es mir auch, als habe ich eine Hoffnung des Lebens weniger. Er war mir immer durch seine leichte gemütliche Existenz ein Trost, wenn ich um mich herum alles leiden sah. Aber jetzt ist auch mein Herz um seinetwillen ängstlich.

SchFr I, 489f.

1303. HENRIETTE VON KNEBEL AN IHREN BRUDER

Weimar, 17. April 1805

Wir werden den Goethe durch seine Freunde warnen lassen ... Ich habe es auch oft bemerkt, daß unsre hiesigen Ärzte auf Lebensart zu wenig Rücksicht nehmen. Ich glaube, daß sie hierzuland nur immer an Hunger denken. Da kommt ihnen das Entgegengesetzte gar nicht in Sinn.

KnHe 221

1304. CHARLOTTE VON STEIN AN IHREN SOHN FRIEDRICH

Weimar, 18. April 1805

Goethe wandelt wieder herum, aber sein Übel ist vielleicht unheilbar und kann ihn schnell zum Tode führen, wenn Entzündung dazutritt. Es ist ein Fehler an der Niere.

Stein II, 216

1305. FALK AN BÖTTIGER

Weimar, 18. April 1805

Goethe ist sehr verfallen, und ich mag es Ihnen nicht verbergen, daß sein Gesundheitszustand mir anfängt wie der des seligen Herder vorzukommen. Ich fürchte sehr vor dem künftigen Winter. Von einem tief brütenden Hypochonder wird er schwerlich zu retten sein.

GoeJb X, 151

1306. FERNOW AN KÖRTE

Weimar, 18. April 1805

Mit Goethe will es gar nicht recht fort. Er ist so verfallen, daß, wenn ich ihn sehe, es mir oft Schreck macht.

Bode II, 46

1307. VULPIUS AN NIKOLAUS MEYER

Weimar, 19. April 1805

Goethe war wieder sehr krank; doch ist es nun besser. Er hat uns diesen Winter hindurch stets sehr besorgt für sein Leben gemacht. – August ist in Frankfurt bei der Großmutter. Christel ist wohl, aber Ernestine [Vulpius] hat sich die Auszehrung an den Hals getanzt und geärgert, und selbst Stark zweifelt an ihrer Rettung.

MeyerN 161

1308. SCHILLER AN KÖRNER

Weimar, 25. April 1805

Goethe war sehr krank an einer Nierenkolik mit heftigen Krämpfen, welche zweimal zurückkehrte. Dr. Stark zweifelt, ihn ganz herstellen zu können. Jetzt hat er sich wieder ganz leidlich erholt. Er ging soeben aus meinem Zimmer, wo er von einer Reise nach Dresden sprach, die er diesen

Sommer zu machen Lust hat. Arbeiten kann er in seinen jetzigen Gesundheitsumständen freilich nicht, und gar nichts vornehmen ist wider seine Natur. So ist ihm am besten geraten, wenn er unter Kunstanschauungen lebt, die ihm einen gebildeten Stoff entgegenbringen.

Er hat diesen Winter doch nicht untätig zugebracht. Außer einigen sehr geistvollen Rezensionen in der „Jenaischen [Literatur-]Zeitung" hat er ein ungedrucktes Manuskript Diderots [„Rameaus Neffe"], welches uns ein glücklicher Zufall in die Hände brachte, übersetzt und mit Anmerkungen begleitet ...

Außer dieser Arbeit hat Goethe auch ungedruckte Briefe von Winckelmann drucken lassen und mit seinen Zusätzen und Bemerkungen begleitet [„Winckelmann und sein Jahrhundert"] ... Poetisches ist nichts entstanden.

SchiBr VII, 240f.

1309. RIEMER AN FROMMANN

Weimar, um den 4. Mai 1805

G[oethe] ist über den schlimmen Tag, der heute eintreten müßte, wie es scheint, hinweg ...

Rie 67

1310. RIEMER AN FROMMANN

Weimar, 11. Mai 1805

Gewiß wird die Nachricht von unsers Schillers Hingange Sie sehr erschreckt haben. Keiner von uns erwartete ihn ... Goethe ist, wie Sie denken können, sehr dadurch alteriert, ob er sich gleich zusammennimmt und vor uns ruhig erscheint, wie es einem Manne seiner Art ziemt.

Rie 68

1311. CHARLOTTE VON STEIN AN IHREN SOHN FRIEDRICH

Weimar, 11. Mai 1805

Goethe ist völlig wiederhergestellt und kommt jetzt öfter zu mir. Schiller bleibt ihm ein unersetzlicher Verlust. Er sprach heute so schön und original über den physischen und geistigen Menschen, daß ich's hätte mögen gleich aufgeschrieben haben.

Stein II, 217

1312. RIEMER AN FROMMANN

Weimar, 13. Mai 1805

Mit G[oethe] steht es gut. Er arbeitet alle Morgen ... an seiner Optik, und ich bin ihm treu dabei behülflich. Die Krankheit scheint sich einen ordentlichen Ausweg verschafft zu haben, der, wenigstens nach des jungen Starkes Versicherung, unschädlich, ja unschuldig ist. Meyer, Fernow und ich sind abwechselnd seine Unterhaltung in den Stunden der Abspannung und Erholung.

Rie 69

1313. RIEMER AN FROMMANN

Weimar, 18. Mai 1805

G[oethe] ist sehr fleißig und war bis auf gestern abend immer wohl. Von dem Eindruck, den Schillers Ableben auf ihn gemacht, ließ er sich nichts merken. Es ward ihm künstlich beigebracht. Bei dem ersten Eindruck war niemand als die V[ulpius] zugegen. Den Tag über durfte niemand davon reden. Am dritten Tage sprach er zuerst selbst mit mir von dem Verlust, den die Literatur erlitten, was Schiller noch alles vorgehabt zu tun und zu leisten.

Vorigen Abend aber befiel ihn sein alter Seitenschmerz, doch nicht so stark wie das vorige Mal. Er hat auch geschlafen und will nur heute noch sich ruhig verhalten.

Rie 70

1314. VULPIUS AN NIKOLAUS MEYER

Weimar, 20. und 21. Mai 1805

20. Mai. Leider, so gesund er auch wieder zu sein schien, so kamen vorgestern seine Krämpfe doch so schrecklich wieder, daß Stark von Jena um Mitternacht herbei mußte. Es hat sich jetzt wieder gegeben, und St[ark] meint, das Übel wird chronisch werden, doch so, daß es immer nur nach längeren Pausen wiederkäme, um endlich zu verschwinden. Aber bis dahin? – Seine Kräfte gehen sehr darauf. Er hört ungern davon reden, und man muß sich hüten, Briefe sehen zu lassen, in welchen davon gesprochen wird.

21. Mai. Morgen wird seine [Schillers] Übersetzung der „Phädra" des Racine gegeben, und vorher wird ihm zu Ehren etwas [Goethes „Epilog zu Schillers ‚Glocke'"] musiziert und gesprochen.

Die Menschen hier sind gar sonderbar! Es ist schon, als wenn gar kein Schiller unter ihnen gelebt hätte, so wie's bei Herdern auch war.

MeyerN 163f.

1315. VOSS DER JÜNGERE AN SOLGER

Weimar, 22. Mai 1805

Goethe arbeitet an der Ausgabe seiner sämtlichen Schriften. Auch an seiner Optik arbeitet er, um nichts unvollendet zurückzulassen, und doch ist bei ihm des Unvollendeten noch sehr viel und wird es auch bleiben. Riemer und ich haben hiebei auch unser Geschäft bekommen. Mir hat Goethe ein Exemplar von „Hermann und Dorothea" gegeben, mit Papier durchschossen. Ich soll die Hexameter mustern und alle meine Einfälle unter den Namen „Änderungen und Vorschläge" beischreiben.

ArchivLit. XI, 126

1316. VOSS DER JÜNGERE AN NIEMEYER

Weimar, Mai 1805

Nach Schillers Tode habe ich mit Goethe einen Auftritt erlebt, den ich nie vergessen werde. Er hatte einen kleinen Rückfall von seinem Übel gehabt und ging zum erstenmal im Park spazieren, wo ich ihm begegnete. An dem Tage hatte er durch Riemer erfahren, daß mein Vater nach Heidelberg gehn würde. Seine Krankheitsschwäche, Schillers Tod und der Verlust meines Vaters – alles lag schwer auf seinem Gemüt. Er fing mit einer Heftigkeit an zu reden, bei der ich vor Entsetzen erstarrte. „Schillers Verlust", sagte er unter andern, und dies mit einer Donnerstimme, „*mußte* ich ertragen, denn das Schicksal hat ihn mir gebracht. Aber die Versetzung nach Heidelberg, das fällt dem Schicksal nicht zur Last, das haben Menschen vollbracht." Ich vermochte ihm nicht zu antworten, aber nie habe ich einen größeren Jammer gefühlt als in diesem Augenblick. Wir gingen wohl fünf Minuten stumm nebeneinander. Endlich ergriff er meine Hand mit einer leidenschaftlichen Heftigkeit und drückte und schüttelte sie, wie er es nie getan.

Voß II/1, 64f.

1317. CHARLOTTE VON STEIN AN IHREN SOHN FRIEDRICH

Weimar, Anfang Juni 1805

Goethe kommt jetzt öfterer zu mir; Schiller ist ihm ein großer Verlust. Nur wer recht geliebt hat, kann und muß an eine Zukunft glauben. Hätten Schiller und Goethe nur *einen* Menschen so geliebt, wie ich Dich liebe, die Zukunft, das Wiederfinden wäre ihnen unentbehrlich gewesen.

Stein II, 218

1318. WIELAND AN GÖSCHEN

Weimar, 6. Juni 1805

Ich kann mir vorstellen, welche Sensation die Nachricht von Schillers Tode in Leipzig gemacht haben muß. Nach Herdern und solange uns Goethe noch erhalten wird, konnte Deutschlands Literatur keinen empfindlicheren Verlust erleiden. Wollte Gott, daß wir nur nicht auch über den Einzigen, der uns darüber trösten kann, noch immer in Sorgen schweben müßten! Ich kann Ihnen nicht ausdrücken, wie leicht mir ums Herz würde, wenn ich gewiß sein könnte, diesen Fall nicht zu erleben. Indessen nimmt doch die Hoffnung täglich zu, daß seine treffliche Natur das Übel, das ihn schon zweimal in diesem Jahr dem Tode nahe gebracht, zuletzt doch, wo nicht gänzlich besiegen, wenigstens so modifizieren und dämpfen werde, daß seine Freunde und die Welt seines Daseins in unsrer Mitte noch lange genießen und sich noch manche Früchte seines herrlichen Geistes versprechen können.

WieL IV, 399f.

1319. LUISE VON GÖCHHAUSEN AN BÖTTIGER

Weimar, 10. Juni 1805

Keine Trauerszene ging auf dem Theater vor. Wer sollte sie veranstalten? Goethe war kränklich und im tiefsten Schmerz ...

Mit Goethes Gesundheit geht es besser, und ich hoffe, er wird uns erhalten. Er besucht wieder Gesellschaften und ist oft bei uns.

Bö II, 250ff.

1320. PRINZESSIN KAROLINE AN CHARLOTTE SCHILLER

Wilhelmstal, 12. Juni 1805

Fritz Stein sein Brief hat uns recht gefreut ... Daß Ihnen unser anderer Freund nicht so wohltätig sein kann, tut mir leid für ihn, denn er muß in einer traurigen Stimmung sein, nicht Stärke genug haben, sich Trost geben zu wollen.

SchFr I, 535

1321. WILHELM GRIMM AN SEINEN BRUDER JAKOB

Marburg, 17. und 24. Juni 1805

17. Juni: Heute hab ich etwas ganz Köstliches gelesen: Diderots „Vetter Rameau", von Goethe übersetzt. Klar, hoher Verstand, witzig; ich weiß nicht, wie ich es anfangen soll, um es recht loben zu können ... Das beste Urteil hat Goethe selbst darüber gesagt in einem Anhang, der äußerst interessant ist und herrliche Gedanken sagt, treffende für das jetzige Zeitalter ... Ich glaube, daß niemand ein solches Werk von der Gediegenheit, Festigkeit und der eben daraus entspringenden Leichtigkeit, Klarheit schreiben könnte als eben Goethe, und es mußte ihm deshalb notwendig zusagen. Wenn man so etwas liest, kann man sich eigentlich erst einen Begriff machen von dem, was Stil heißt ...

24. Juni: Von dem herrlichen Buch ..., Goethes „Vetter Rameau", steht im „Freimütigen" eine erbärmliche Anzeige von Merkel. Er nennt es das Charakterisieren eines stinkenden, zerfließenden Leichnams etc., und es fänden sich nur dann und wann gute Bemerkungen ...

Grimm 61 ff.

1322. AUGUST VON GOETHE AN NIKOLAUS MEYER

Weimar, 24. Juni 1805

Der Vater befindet sich jetzt wieder recht wohl, ob er gleich am 21. dieses Monats den sechsten Anfall von den ihn sehr quälenden Krämpfen hatte. Dieser Anfall war aber sehr schwach, und er ging schon den andern Tag wieder aus. Der Herr Geheime Rat Wolf aus Halle war einige Zeit bei uns, und jetzt ist der Herr Geheime Rat Jacobi bei uns. Wir befinden uns alle recht woh[l] ... Nur die Ernestine [Vulpius] wir[d] woh[l] bald sterben, denn sie hat die Auszehrung gar sehr.

MeyerN 164 f.

Jakob und Wilhelm Grimm

1323. CHARLOTTE VON STEIN AN CHARLOTTE SCHILLER

Weimar, 24. Juni 1805

Die Göchhausen ... ist mit mir von Tiefurt herausgefahren, bei mir abgestiegen und in den Park gegangen, um Philosophen aufzusuchen. Aber es begegnete uns nur einer, der Doyen Wieland. Er hatte bei Goethe mit Jacobi und des Jacobi Schwester zu Mittag gegessen; die Vulpia war von der Gesellschaft. Am Tisch, sagt Wieland, habe er (der Hausherr) ihr mit zarten Attentionen begegnet, und doch ist's entweder Lüge, oder er müßte eine Analogie mit der Mägdenatur haben.

SchFr II, 351

1324. VOSS DER JÜNGERE AN CHARLOTTE SCHILLER

Weimar, 28. Juni 1805

Goethe hat vorigen Sonnabend einen Anstoß seiner Krankheit gehabt, aber schon wieder schwächer als das letztemal. Starks Prophezeiung trifft ein: die Anfälle kehren von Zeit zu Zeit seltener und schwächer zurück, ehe sie ganz aufhören. Nur zwei Stunden hat Goethe gelitten, dann ruhig geschlafen, und am andern Morgen ist er wieder spazierengegangen. Dieses Übel hat in ihm gewühlt, als meine Eltern hier waren. Jacobi ist nach dem Ausbruch gekommen und hat einen äußerst heiteren, geselligen und mitunter lustigen Goethe gefunden. Goethe hat sogar einen Geniestreich gemacht. Kaum ist Jacobi nach Jena abgereist, so folgt ihm Goethe nach und überrascht ihn daselbst. Das freut mich herzlich, daß Goethe meine Eltern noch einmal in Jena sieht.

SchFr III, 201 f.

1325. KNEBEL AN SEINE SCHWESTER HENRIETTE

Jena, 28. Juni 1805

Goethe war gestern hier nebst dem Geheimen Rat Jacobi, der nach München als Präsident der dortigen Akademie der Wissenschaften geht. Wir waren den größten Teil des Abends bei Voß zusammen, und der Abend hat mir einen Teil meiner bisherigen Freudenlosigkeit abgestreift, da unter zusammengestimmten Menschen wirklich eine Art neuen Lebens entsteht. Goethe scheint mir den Rest seiner Tage bloß zum Gebrauch und zu Vollendung seiner Geistesarbeiten anwenden zu wollen, welches denn sehr rühmlich ist. Seine letzten Schriften sind auch vortrefflich und zu einem gewissen zusammenfassenden Endzweck.

KnHe 227f.

1326. CHRISTIANE VULPIUS AN NIKOLAUS MEYER

Weimar, 2. Juli 1805

Der Geheimer Rat befindet sich wieder etwas besser, aber das Übel kommt doch immer wieder, und man ist sozusagen keinen Augenblick sicher davor. Ich lebe in lauter Angst. Seit einiger Zeit ist es bei uns von Fremden nicht leer geworden ...

Und für den schönen Lachs danke ich Ihnen sehr; der Geheime Rat befand sich, als er ankam, recht wohl und hat sehr viel davon gespeist. Auch habe ich den Gästen davon vorgesetzt. Gestern erhielt der Geheime Rat Briefe von Halle, daß der berühmte Gall seine Vorlesungen nun anfängt, und heute um 4 Uhr gehen wir nach Lauchstädt und von da nach Halle.

MeyerN 165f.

1327. DOROTHEA SCHLEGEL AN KAROLINE PAULUS

Köln, 13. Juli 1805

Den „Winckelmann" von Goethe habt Ihr doch gewiß schon gelesen? Was sagst Du zu diesem sächsisch-weimarischen Heidentume? Ich gestehe Dir, mir kömmt das Ganze sehr flach, ja gemein, Goethes Stil unerhört steif und preziös und die Antipathie gegen das Christentum sehr affektiert und lieblos vor. Und wahrhaftig, wenn man *alt* ist, ist man noch lange nicht *antik;* aber wenn man sich so gewaltsam versteinert und durchaus antik sein will, dann wird man vielleicht alt.

SchlVeit I, 155

1328. FRIEDRICH HEINRICH JACOBI AN KOEPPEN

Ems, 24. Juli 1805

Von dem mißlichen Gesundheitszustande, worin Goethe sich seit dem Anfange dieses Jahres befindet, werden Sie gehört haben. Meine Erscheinung machte ihn sehr froh, und nach und nach erheiterte und erholte er sich dergestalt, daß ich die zwei letzten Tage fast meinen alten Goethe wiederhatte. Sein großes Anliegen war, meine Philosophie ganz zu erfahren und hierauf sie mit der seinen verträglich zu machen. Ich glaube, er hätte mir gern dartun mögen, daß er alle meine Wahrheiten in sein System aufnehmen könne, dem meinigen aber einige Wahrheiten des seinigen mangelten. Einmal wurde er fast ärgerlich, da ich es ihm zu klar machte, daß, wie Pascal sagt, ce qui passe la géométrie, nous surpasse, und deswegen eine spekulative Naturlehre nach der neuern Art nur ein Hirngespinst sein könne. Er erholte sich aber gleich wieder, da ich mit Heiterkeit den Beweis fortsetzte und die Gründlichkeit meines Dualismus gegen alle neuere Identitäts-Systeme ins Licht stellte.

JacBr II, 368f.

Eutritzsch, 30. Juli 1805

Vor ungefähr vierzehn Tagen habe ich einen überaus angenehmen Tag in Halle verlebt. Ich war zu Fuße hinübergelaufen, ohne eigentlich zu wissen, warum.

Ich ging ... zu Wolf; wir kamen auf Goethe zu sprechen. Er sagte mir, Goethe sei jetzt im Bade zu Lauchstädt, könne aber nach aller Ärzte Aussage dies Jahr nicht mehr zu Ende leben. Wie ich Abschied nehmen wollte, bat er mich, zum Abendessen wiederzukommen; er habe einige Gesellschaft, die mich gewiß interessieren würde. Wie ich hinkam, fand ich von Hallensern Schütz, Schleiermacher, den Kapellmeister Reichardt, Steffens und Knapp, aber außer diesen Dr. Gall und – rate einmal! – G-o-e-t-h-e-n! Er sprach viel mit mir, denn ich würde gar den Mut nicht gehabt haben, ihn auch nur mit einem halben Wörtchen angeredet zu haben. Um so mehr freute ich mich, daß er mich anredete, denn sprechen mocht ich herzlich gern mit ihm. Beim Weggehn sagte er mir, ich solle ihn besuchen, wenn ich nach Weimar käme; aber ich möchte die Reise nicht zu weit hinaussetzen, sonst suchte ich dort wahrscheinlich vergebens; aber auf jeden Fall hoffe er mich wiederzusehn. Wolfen bin ich unmenschlich gut geworden für diesen merkwürdigen Abend, den er mir dazu so überraschend bereitete. Ich bat Goethen um ein Blatt für mein Stammbuch, wo ich es jedoch nicht will hineinbinden lassen. Er schrieb mir aus seiner Elegie „Euphrosyne" die Worte der Weihung auf:

Sei mir lange zur Lust, und ehe mein Auge sich senket,
Wünsch ich dein schönes Talent glücklich vollendet zu sehn.
Goethe

Ich werde das Blatt sehr heilig halten, denn ich sehe Goethen wohl nicht wieder.

Pas 54

1330. RIEMER AN FROMMANN

Lauchstädt, 5. August 1805

Goethe ist wohl, und seine Gesundheit scheint, als wolle sie von nun an beständiger bleiben. Die Duschbäder bekommen ihm sehr wohl. Er hält auf Diät und ißt des Abends nichts, außer Tee und vielleicht späterhin eine Suppe. Aber lange wird es wohl nicht dauern, denn der Hausgeist wird ihm so lange zureden, daß der Tee ihn schwäche und er etwas Ordentliches genießen müsse usw., wie wir es schon erlebt haben.

Rie 73

1331. LANGER AN STROMBECK

Wolfenbüttel, 9. August 1805

Das neueste Produkt [„Winckelmann"] von Goethe (diesem Montblanc unsrer Literatur, wie Hans [Jean] Paul ihn sehr treffend begrüßt, denn keinen frostigern Gesellen gibt es auf Gottes Erdboden!) ist patientissime von mir durchgelesen . . .

Lang 11 f.

1332. WILHELM GRIMM AN SEINEN BRUDER JAKOB

Marburg, 10. August 1805

Der „Freimütige" fährt noch auf die erbärmlichste Art fort, an Goethe zu zupfen. Es ist gut, daß er zu hoch steht und der „Freimütige" so niedrig; denn wenn er nur von einiger Bedeutung wäre, so müßte ein solches Betragen empörend sein. Jetzt ist es nur verächtlich. Neulich ließ Merkel groß drucken: „Ein lächerlicher Fehler in der Übersetzung ‚Rameaus Neffe' von Goethe"; sagte darin: „Wenn die Leser der französischen Sprache *so wenig* kundig, als der berühmte Herr Übersetzer es schien" etc. Etwas, was er hernach zurücknehmen mußte. Goethe hat natürlich richtig übersetzt. Ein andermal heißt es, es werde ihm leicht sein, über den Mann (einen englischen Schriftsteller Murphey, glaub ich) ein Buch zu schreiben: „M. und sein Jahrhundert“, und darin unwahre und wahre, dumme, einfältige und witzige Stellen hinzuwerfen und alles drucken zu lassen etc.

Der Merkel hat doch noch nie die Ehre gehabt, daß ihm Goethe nur ein Wort geantwortet hätte.

Grimm 73

1333. RIEMER AN FROMMANN

Weimar, 14. August 1805

G[oethe] und August sind noch nicht hier; sie machen erst einige kleine Reisen und kommen nicht leicht vor Ende August wieder.

G[oethe] befindet sich nicht nur leidlich, sondern auf dem Wege zur völligen Gesundheit. Es sind nicht Hämorrhoiden, noch was man sonst glaubte; sondern es war eine örtliche Schwäche des Unterleibs, welche durch das Duschbad und die strenge Diät in Absicht des Champagners und des Abendessens und durch reichliche Bewegung ganz gehoben scheint, denn G[oethe] fühlt auch nicht den leisesten Schmerz mehr an den sonstigen Stellen. Dies gibt uns schöne Aussichten für die Zukunft, da wir Menschen nun einmal so interessiert sind, von jedem Leben auch eine sich auf uns erstreckende Tätigkeit selbst im hohen Alter noch zu verlangen.

Rie 75

1334. CHARLOTTE VON SCHIMMELMANN AN CHARLOTTE SCHILLER

Seelust bei Kopenhagen, 15. August 1805

Alle seine Umgebungen müssen doch den unsterblichen Geist drücken. Ist er noch so leblos geblieben? Sehen Sie sich wieder? Und wie? – Blieb er noch untätig?

SchFr II, 415

1335. ERNESTINE VOSS AN CHARLOTTE SCHILLER

Heidelberg, 15. August 1805

Mit Goethe sind wir gerade da stehengeblieben, wo wir standen, als ich Sie zuletzt sahe. Es ist auch nicht eine Silbe von unserem Wegziehen geredet. Es ist nicht ein herzliches Wort gesprochen. Goethe ist nicht bestimmt, das Wohltätige, was herzliche Verbindung geben kann, sich zu eigen zu machen. Ich beneide auch seine einsamen Stunden nicht, denn er muß doch manchmal eine dunkle Ahndung davon haben, daß es nicht gut ist, daß der Mensch allein stehe. Ich habe auch keine Sehnsucht nach seiner Nähe; mir ist gottlob! die Welt noch nicht wieder so eng gewesen als in seinen Zimmern!

SchFr III, 192

1336. CHARLOTTE VON STEIN AN IHREN SOHN FRIEDRICH

Weimar, 20. August 1805

Gall hat ein bedeutendes Gesicht; er scheint gutmütig, doch schlau zu sein. Wenn er vorträgt, so fährt er sich mit der Hand übers Gesicht, gerade wie Goethe zu tun pflegt, wenn er etwas vorträgt ...

Goethe hat den Dr. Gall in Halle gehört, und da Goethe seinen periodischen Anfall von Kranksein eben bekam, hat er ihn noch dreimal vor seinem Bette gehört. Doch schreibt mir Goethe gar nichts darüber. Weil er aber alle seine Briefe nur diktiert, so kann er doch nie ganz offen sein.

Fritz von Stein I, 168f.

1337. CHARLOTTE SCHILLER AN FRIEDRICH VON STEIN

Weimar, 22. August 1805

Goethe ist jetzt viel besser; er ist nach Helmstedt von Lauchstädt aus gereist, um Beireis kennenzulernen. – Ich hoffe, wenn er wiederkommt, hat er Mut, mich zu sehen. Er war sehr krank; daher habe ich seine zu große Weichlichkeit mir gedeutet. – Ihre Art des Schmerzens, Ihr Anteil an Schiller, mein guter lieber Freund, war meinem Herzen wohltätiger. Das Schonen des Gefühls ist mir schmerzlicher als eine Ergießung des Gefühls.

SchFr I, 495

1338. VOSS DER JÜNGERE AN HELLWAG

Jena, 26. August 1805

Meine verehrten Freunde Goethe und Schiller waren beide krank, und besonders der erste schien uns verlassen zu wollen. Das hat sich anders gewandt; er ist jetzt sehr wohl ... Aber Schiller, der edelste Mann, den die Erde trug, ist nicht mehr ...

Goethe ist mir ein zweiter Vater mit wahrer Vatertreue, und mein ganzes Streben ist, auch ihm, wie meinen Eltern, ein lieber Sohn zu bleiben. Gott gebe ihm folgenden Winter eine feste Gesundheit! Aufheiterung wird er dann genug finden in der Ausgabe seiner sämtlichen Werke, die ihn jetzt ganz beschäftigt. Mehreren seiner jüngeren Freunde hat er in dieser Hinsicht Arbeiten aufgegeben, mir zum Beispiel die Durchsicht des hexametrischen Vers- und Periodenbaues in seinen antiken Gedichten, und ich bin vorerst an „Hermann und Dorothea“ gegangen, wo ich meine Probe ablege, wieweit ich meinem Vater den Hexameterbau nach den strengsten Regeln abgelernt habe.

VoßH 8

1339. VULPIUS AN NIKOLAUS MEYER

Jena, 30. August 1805

Meine Schwester ist von Lauchstädt seit vierzehn Tagen zurück. – Der Geheime Rat aber ist umhergereiset und in Helmstedt gewesen, um den sonderbaren Bauerreis [Beireis] kennenzulernen. Jetzt ist er wieder in Lauchstädt und schreibt etwas [„Schillers Totenfeier“], womit im Oktober

Schillers Apotheose auf dem hiesigen Theater gefeiert werden soll ...

Hier in J[ena] ist es ziemlich leer. Man zählt etwa 260 Studenten.

Allenthalben ist die Teurung drückend, besonders aber in W[eimar]. Dies hat auf alles sichtbaren Einfluß. Der Mut fehlt überall.

MeyerN 172

1340. CHARLOTTE SCHILLER AN COTTA

Weimar, 12.? September 1805

Goethe ist jetzt zurück von seiner Reise und ist gesünder und stark im Gemüt. Ich habe ihn einigemal gesehen, und er kann jetzt mit Fassung mich sehen. Sein Umgang ist mir wohltuend; er spricht über wissenschaftliche Dinge mit uns und Naturgeschichte. Es scheint, er hat jetzt mehr als je das Bedürfnis, sich mitzuteilen, und ich höre ihn gern. Es tat mir seiner selbst willen weh, daß ich ihn nicht sah, denn es zeigte mir, daß sein Gemüt noch nicht so gefaßt war, als es ihm gut ist. Es ist ja das einzige, was uns bleibt, mit unsern Freunden zu leben und in der Erinnerung an das, was wir verloren. Über Schiller hat er mir noch nicht gesprochen, aber ich fühle, daß sein Andenken ihm nahe ist und daß es ihm auch schmerzlich, doch aber wohl ist, mich zu sehen.

SchiCo 559

1341. GÖSCHEN AN BÖTTIGER

Leipzig, 8. Oktober 1805

Wie ich höre, so gibt Cotta nun auch Goethes Werke heraus, ohngeachtet ich mit Goethe über die folgenden Auflagen einen bindenden Kontrakt habe. Das ist ein feiner Bursche unter dem Mantel des Goethe-Bonaparte! Bald wird Cotta nichts mehr an mich zu plündern finden. Wohl möge es ihm bekommen!

GoeJb VI, 105

1342. LUISE VON GÖCHHAUSEN AN BÖTTIGER

Weimar, 4. November 1805

Goethens wissenschaftliche Bemühungen zugunsten eines kleinen Zirkels von Damen, zu welchem auch ich die Ehre habe zu gehören, haben wieder ihren guten Fortgang. Mittwochs von 10 bis 1 Uhr hält er über verschiedene naturhistorische Gegenstände Vorlesungen, die auch Papa Wieland zuweilen besucht. Diese sind wirklich sehr lehrreich und unterhaltend.

Bö II, 255

1343. RIEMER AN FROMMANN

Weimar, 16. November 1805

Wir haben unterdes allerlei gesehen, den Kaiser. Was wollen wir mehr? Besser A[lexander] als B[onaparte]. – Wenn nur Friede würde! Wir haben die Franzosen so tief in Deutschland, daß wir sie nicht noch mehr reizen müssen. Das Volk ist wie Heuschrecken ...

Unser Herzog ist krank, doch bessert sich's mit ihm. G[oethe] hat sich auch einen steifen Hals am Hofe geholt und war gestern nacht recht krank. Heute geht's ... Durch die Störungen bei Hofe ist er aus der Arbeit gekommen.

Rie 79

1344. RIEMER AN FROMMANN

Weimar, 20. November 1805

G[oethe] ist wieder vollkommen besser und sonst immer wohl und heiter. Der Würzburger als gewöhnlicher Tischwein und zu fetten Braten das englische Gewürz Piccalillo bekommen seinem Magen ... vortrefflich ...

Heute werden die preußischen Helden hier einziehen und morgen hier Rasttag halten. Das Korps der Offiziere hat sich „Wallensteins Lager" ausgebeten. Vermutlich wollen sie sich daraus begeistern!

Rie 80

1345. FERNOW AN BÖTTIGER

Weimar, etwa Ende November 1805

Was die Visitenkarte betrifft, so hat der Kaiser [Alexander I. von Rußland] nicht nur allen Geheimen Räten, sondern auch sogar den Hofdamen samt und sonders welche senden lassen, und es ist allerdings eine ehrende Aufmerksamkeit, daß auch eine auf des Kaisers ausdrücklichen Befehl an Wieland hat gesendet werden müssen, obgleich er weder Geheimer Rat noch Hofdame ist. Es ist aber falsch, daß bloß Wieland und nicht auch Goethe dergleichen erhalten haben sollte. Überhaupt ist der Kaiser hier gegen alle Menschen, die ihm nahe gekommen, so leutselig und zuvorkommend artig gewesen, daß eine solche Auszeichnung oder Zurücksetzung überhaupt bei keinem Menschen stattgefunden hat. Aber was für elendes Zeug wird nicht bei jeder Gelegenheit über Goethe geklatscht und gelogen!

Bö II, 287

1346. VULPIUS AN NIKOLAUS MEYER

Weimar, 6. Dezember 1805

Seit sechs Wochen haben wir täglich Durchmärsche von Soldaten, Geschütz, Preußen, Sachsen pp. Alle Dörfer liegen hagelvoll; z. B. Oberweimar hat 150 Mann. Alles steigt zu enormen Preisen, und wir wissen nicht, was aus uns werden soll ...

Goethe arbeitet an seiner „Farbenlehre", die Ostern erscheinen soll, und hat für gar nichts sonst Zeit.

MeyerN 179f.

1347. HENRIETTE VON KNEBEL AN IHREN BRUDER

Weimar, 14. Dezember 1805

Goethe hat am vergangnen Mittwoch gar schön über die Elastizität der Luft gesprochen und noch hübscher über die moralische Elastizität: wie große und ungewöhnliche Erscheinungen und Begebenheiten auf den Menschen wirken, ganz nach seiner Art, schön und frisch.

KnHe 239

1348. LOUIS FERDINAND PRINZ VON PREUSSEN AN PAULINE WIESEL

Gera, etwa Mitte Dezember 1805

Ich habe nun Goethen wirklich kennengelernt; er ging gestern noch spät mit mir nach Hause und saß dann vor meinem Bette. Wir tranken eine Flasche Champagner, und er sprach ganz vortrefflich. Herrlich deboutonnierte sich seine Seele. Er ließ seinem Geiste freien Lauf; er sagte viel, ich lernte viel und fand ihn ganz natürlich und liebenswürdig.

Preu 62

1349. CHARLOTTE VON STEIN AN IHREN SOHN FRIEDRICH

Weimar, 19. Dezember 1805

Indes alles nur von Krieg und Politik spricht, hören wir alle Mittwoch bei Goethen eine gelehrte Vorlesung. Die meisten Male sagt er einen lichten Punkt, worauf man sich denn freut, daß er ihn ausführen wird; aber er berührt ihn nicht wieder; es müßte denn sein, daß er sie zuletzt wie Raketen zum Himmel steigen ließ und sie nicht vielleicht verhüllt läßt, wie das Büst der Minerva in seiner Stube mit einem abgelegten Schal von Mlle. Vulpius verschleiert ist.

Fritz von Stein II, 112

1350. VULPIUS AN NIKOLAUS MEYER

Weimar, 28. Dezember 1805

Daß Sie von G[oethe] wenig lesen, kömmt daher, daß er gar nicht à son aise ist. Immer kränkelt er. Die Ärzte sagen, er halte sich in Essen und Trinken nicht nach ihren Vorschriften ...

Wir haben so viel Soldaten, daß von Eisenach bis Jena 46 000 Mann liegen. Unsere Stadt hat 1600 Mann, und die Teurung wird rasend.

MeyerN 184

1351. PERTHES AN FRIEDRICH HEINRICH JACOBI

Hamburg, etwa 1805

Winckelmanns Briefe wie „Winckelmann" selbst haben mir, so interessant sie sind, wenig gefallen, und Goethe tut Winckelmann zu viel Ehre an, wenn er ihn einen gründlich geborenen Heiden nennt und ihn gleichsam zum Repräsentanten seiner eignen Welt- und Menschenanschauung macht. Schön und wahr finde ich dagegen die Entwickelung des Goethischen Heidentums, welches so scharf und bestimmt wie sonst nirgends als der andere Pol des Christentums erscheint: auf der einen Seite Stärke und Einheit durch die Liebe, auf der andern Seite Selbstverlaß. Das Christentum ist ein Verliehenes, und im Christentum wird alles fortdauernd durch die Gnade Gottes gegeben und durch die Liebe empfangen. Das Heidentum ist die Natur, und im Heidentum ist jedes Produkt ein Selbst. Die religiösen Gefühle des Menschen erscheinen als ein Erzeugnis der Natur; jedes Geschöpf soll als sich selbst schaffend fest und rein auf seinen eignen zwei Füßen stehen; der Mensch soll alles genießen, allem widerstehen, alles Unvermeidliche leiden mit eigner vollen Kraft. Heidentum und Christentum erschöpfen, wie mir scheint, alles, und das zwischen ihnen Liegende ... ist immer nur ein inkonsequentes Bruchstück, ist Lappenwerk und Eitelkeit. Es gibt nur Demut oder Stolz. Daß Goethe den ihm entgegenstehenden Pol haßt, ist natürlich. Und warum wollte der Christ nicht einen vollen Feind lieber sich gegenüber haben als zehn hinkende Schwätzer? Es versuche nur einer ehrlich, ein Goethischer Heide zu werden und wirklich auf eignen Füßen zu stehen – das wird ihm Arbeit genug kosten und dem Christentum viele Proselyten zuführen.

Per I, 151 f.

1806

1352. BRENTANO AN ARNIM

Heidelberg, 1. Januar 1806

... kaum betrittst Du die Dichterbahn, so begegnet Dir der beste lebendige Meister auf der Chaussee ... und bietet Dir tröstend und freundlich die Hand. Dir, dem alle abgeschiedenen großen Dichter geliebt sind, ist Goethe befreundet, von dem kein Jüngling dieser Zeit sich des Vertrauens rühmen kann, den selbst die verehrende Lesewelt stolz nennt. Lieber Arnim, sei doch eine Minute eitel und bleibe ein Dichter. Goethe hat einstens zu Friedrich Tieck gesagt, er wundre sich, daß Preußen keinen Dichter habe als Ramler. Gott segne Dich, Lieber! rette doch Dein Vaterland, steige auf Dein Flügelroß und mache eine Bresche in Goethens Literärgeschichte ...

Brent I, 294f.

1353. VULPIUS AN NIKOLAUS MEYER

Weimar, 7. Januar 1806

Diesen Morgen um 11 Uhr ist meine Schwester Ernestine sanft für immer entschlafen ... Sie ist nun das neunte meiner verstorbenen Geschwister. Seit einem halben Jahre sahen wir ihren Tod voraus; sie zehrte sich aus; und dennoch weinen wir jetzt ...

Wir dürfen es dem Geheimen Rat noch nicht sagen, daß E[rnestine] tot ist; es greift ihn alles gar zu sehr an. Er ist auch nicht recht taktfest.

MeyerN 185f.

Clemens Brentano

1354. CHARLOTTE SCHILLER AN FRIEDRICH VON STEIN

Weimar, 13. Januar 1806

Goethe hat Trauer im Haus. Die Schwester der Vulpius ist gestorben; der arme Mann hat so geweint! Dies schmerzt mich, daß seine Tränen um solche Gegenstände fließen müssen. – Ich hoffe, Goethe bleibt diesen Winter wohl; er war einigemal krank, doch ist es jetzt vorüber. – Seine Mittwochs-Gesellschaften sind sehr interessant. Ich wollte, Sie hätten es hören können. Ich habe manches aufgeschrieben. Seine „Farbenlehre" wird jetzt gedruckt.

SchFr I, 497

1355. CHARLOTTE VON STEIN AN IHREN SOHN FRIEDRICH

Weimar, 15. Januar 1806

Goethens Vorlesungen gehen alle Mittwoche ihren Weg. Ein Viertelstündchen wird der Politik gewidmet oder vielmehr den jetzigen Begebenheiten; doch hat er das nicht gern. Vor acht Tagen war eben seine Schwägerin, die jüngere Schwester seiner Demoiselle, gestorben, und zwar, wie wir eben da waren. Aber alle Todesfälle in und außer seinen Haus läßt er sich verheimlichen, bis er so nach und nach dahinterkommt. Doch soll er sie beweint haben. Sie war schon lang an der Auszehrung krank. Sein Bube kommt mir auch nicht vor, als könnte er lange leben; gebe der Himmel, daß er nicht vor ihm stirbt! Seine Demoiselle, sagt man, betrinkt sich alle Tage, wird aber dick und fett. Der arme Goethe, der lauter edle Umgebungen hätte haben sollen! Doch hat er auch zwei Naturen. Er liest uns jetzt über die Farben, sagt, daß sie in unsern Augen liegen; drum verlange das Auge die Harmonie der Farben wie das Ohr die Harmonie der Töne etc.

Fritz von Stein II, 117f.

1356. HENRIETTE VON KNEBEL AN IHREN BRUDER

Weimar, 18. Januar 1806

Goethe war diesen Abend auch da [bei Herzogin Anna Amalia] und war sehr lebhaft und brillant, fast ein wenig zu sehr in der Gegenwart vom alten Wieland, welcher jedoch, wie der sanfte Mond, seinen Platz am Himmel auch nicht schlecht behauptete und dem die sanft empfindenden Gemüter fast noch williger folgten. Indes sprach Goethe sehr gescheit, und ich kann sagen, daß ich sein Gespräch mit Vergnügen angehört und behalten habe. Nur daß man den Vorsatz in ihm zu bemerken glaubte, allein gelten zu wollen, schreckte etwas ab.

KnHe 242

1357. HENRIETTE VON KNEBEL AN IHREN BRUDER

Weimar, 27. Januar 1806

Es wäre mir ein wahres Vergnügen gewesen, wenn ich Dir neulich von Goethes und Wielands Kampfgespräch einiges hätte mitteilen können ...

Noch lieber möchte ich Dir von Goethes letztem Vortrag vom vorigen Mittwoch Bericht abstatten können, der mir ganz außerordentlich wohlgefiel. Es war das angenehmste Gefühl, sich mit ihm gleichsam auf eine höhere Stufe gestellt zu sehen, und wirklich die schönste menschliche Natur belebte sich aufs neue in ihm. Er sprach von dem Bezug, den der Mensch zu sich selbst und zu den Dingen außer ihm hat, so reich, reif und mild, daß ich wirklich noch nie so habe sprechen hören. Ich wünschte, er hätte die Rede aufgeschrieben. Mich dünkt, sie allein müßte ihm den Ruhm eines seltnen Menschen machen. Ich selbst dünkte mich glücklicher und vornehmer durch die unzähligen Fäden, durch die wir mit Himmel und Erde zusammenhängen ... Prinzeß [Karoline Luise] freute sich mit mir.

KnHe 242f.

1358. VOSS DER JÜNGERE AN ABEKEN

Weimar, 30. Januar 1806

Goethe ist nicht, wie er sein sollte. Seine Nieren sind wahrscheinlich desorganisiert; er hat täglichen Blutabgang durch den Urin; oft aber stockt dieser, und dann ist er sehr krank. Ich glaube, daß er alt werden kann, aber gesund wird er nie wieder. Gott erhalte ihm nur seine frohherzige Laune! Neulich sagte er: „Wenn mir doch der liebe Gott eine von den gesunden Russennieren schenken wollte, die zu Austerlitz gefallen sind!"

VoßG 98

1359. CHRISTIANE VULPIUS AN NIKOLAUS MEYER

Weimar, Januar 1806

Meine Arbeiten und Bemühungen häufen sich alle Tage mehr, und ich komme fast den ganzen Tag nicht zu mir selbst. Und wegen der Preußen, die bei uns sind, haben wir alle Tage etliche Offiziers zu Tisch und auch welche im Hause. Und nun kommt noch dazu, daß ich dieses alles ganz allein besorgen muß, denn die gute Ernestine hat ausgelitten... Die Tante ist auch ganz stumpf geworden, und ich fürchte auch sehr für sie. – Mit dem Geheimen Rat geht es wieder leidlich, aber ich fürchte auch nur, daß es Flickwerk ist. O Gott, wenn ich mir denke, daß eine Zeit kommen könnte, wo ich so ganz allein stehen könnte, das verdürb mir manche frohe Stunde. Außerdem würden Sie aber, wenn wir uns wiedersehen sollten, mich wenig verändert finden. Die Tanzlust und alles ist noch wie sonst, nur das ist der Unterschied, daß ich etwas stärker geworden bin.

MeyerN 186f.

1360. HENRIETTE VON KNEBEL AN IHREN BRUDER

Weimar, 1. Februar 1806

Wir sind gestern vormittags beim Goethe gewesen, da es den Mittwoch nicht anging. Er hat uns schöne galvanische Versuche gemacht, die mich sehr interessiert haben.

KnHe 244

1361. LUISE VON GÖCHHAUSEN AN BÖTTIGER

Weimar, 12. Februar 1806

Goethe fährt noch immer fort, uns naturhistorische Vorlesungen zu halten. Er verleugnet *hier* das Genialische seines Geistes nicht, der da weiß einen großen Gegenstand groß zu behandeln. Die Vorträge sind sich nicht alle gleich, aber er hat uns vortreffliche gehalten.

Bö II, 259

1362. ARNIM AN BRENTANO

Berlin, 17. Februar 1806

Goethes Urteil [Rezension] über das „Wunderhorn" habe ich mit einer eigenen Demut gelesen. Ich verehre seinen herrlichen Willen für alles an sich Lobenswerte, und wenn er in diesem Willen uns besser sieht, so hebt er uns an sein Auge, an dessen Glanz wir unsre Straße weiter erhellt sehen. Er ist der einzige Feuerwurm in dieser kimmerischen Nacht der Gelehrsamkeit, und genauer betrachtet, wird es ein hoher Wandelstern.

ArnB 162f.

1363. BRENTANO AN ARNIM

Heidelberg, Februar 1806

Ich wäre glücklich, wenn ich Dich hätte Goethens Rezension [des „Wunderhorns"] lesen sehn. Wie muß Dir das Herz gehüpft haben? Das liebe, musikalische Herz ist wohl nicht leicht in adligeren Takten eines frohen Selbstgefühls getanzt.

Brent I, 300

1364. CHARLOTTE VON STEIN AN IHREN SOHN FRIEDRICH

Weimar, 3. März 1806

Goethe war wieder recht krank. Seine Krankheit ist periodisch; er bekommt sie alle drei, vier Wochen. Er sagte mir, er nähme Bilsenkraut statt Opium dafür, und täte ihm letzteres besser. Neulich wurde seine „Stella“ gegeben. Er hat aus dem Drama eine Tragedie gemacht; es fand aber keinen Beifall. Fernando erschießt sich, und mit den Betrüger mag man kein Mitleid haben. Besser wäre es gewesen, er hätte Stella sterben lassen. Er nahm mir's übel, als ich's ihm tadelte.

Fritz von Stein II, 120

1365. VULPIUS AN NIKOLAUS MEYER

Weimar, 3. März 1806

Vorgestern früh 7 Uhr ist unsre gute alte Tante, 74 Jahr alt, gestorben. Wir beklagen die gute alte Pflegerin unsrer Jugend recht sehr ... Der Verlust von ihr und der Ernestine so kurz hintereinander muß dem Haushalt viel Schaden und Eintrag tun ...

Goethe ist schon wieder krank gewesen. Monatlich kömmt jedesmal sein Übel zurück und macht ihn sehr mürbe. Es sind böse Hämorrhoidal-Zufälle.

MeyerN 191

1366. CHARLOTTE VON STEIN AN IHREN SOHN FRIEDRICH

Weimar, 14. März 1806

Napoleon hat gesagt, er verlange nichts von Deutschland, aber er habe noch Arrangements zu machen, qui feront encore beaucoup de carnage. Und drum vergeht mir auch die Lust zum Reisen noch mehr, und ich will lieber Goethens Vorlesungen forthören, um die übrige menschliche Welt zu vergessen. Jetzt kommt er auf sein Farbensystem. Schade, daß aber sein periodisches Übel oft die Vorlesung unterbricht! Er hat sich entschlossen, nach Karlsbad zu gehen. Ich finde ihn mißmütig. Sein Leiden ist sehr schmerzhaft.

Fritz von Stein II, 122

1367. BRENTANO AN ARNIM

Heidelberg, 18. März 1806

Bettine war in Kassel ... Auch war sie öfters bei der Kurprinzessin und in adligen Sozietäten und macht mir eine lustige Beschreibung von dem meschanten Zeug, das dort geschwätzt werde. Zum Beispiel: Wenn Klärchen im „Egmont" doch nicht so gemein wäre, ärger als eine Kammerjungfer! Und seine Romanzen, wie fade! Der „Neue Amadis" zum Beispiel, hätte er doch Wielands „Neuen Amadis" vor Augen gehabt! – Pumps, stürzt ein Gemälde in der Nebenstube von der Wand! Die Rezensenten werden blaß und stehn stumm mit offnem Maul, Bettine lacht laut und ruft: „Da ist der Geheime Rat! Da tritt Goethe herein!"

Brent I, 305

1368. FALK AN JOHANNES VON MÜLLER

Weimar, 25. März 1806

Goethe hat monatliche Anfälle von der güldenen Ader, die bei ihm den Weg durch den Urin nimmt. Sonst, wenn sie kamen, waren sie höchst schmerzhaft, und er schrie so, daß ihn die Wachen am Tor hören konnten. Jetzt ist es gelinder damit.

Kutsche und Pferde hat er abgeschafft und geht, wie die thüringischen Landleute sagen: eben auch proper zu Fuß. Auf jede Weise ist ihm dieses auch zuträglicher.

Gespr II, 59

1369. GRIES AN GOTTLIEB HUFELAND

Jena, 28. März 1806

Auch in Weimar ist es mit der Musik ziemlich vorbei. Überhaupt hat das Theater seit Schillers Tode sehr gelitten; die interessanteste und fast die einzige interessante Vorstellung diesen Winter war Goethes „Stella", nach einer, wie mir scheint, nicht sehr vorteilhaften Veränderung. Denken Sie nur: Fernando erschießt sich, und die arme Stella vergiftet sich am Ende. Wem fällt da nicht die Xenie ein:

Ödipus reißt sich die Augen aus, Jokaste erhängt sich,
Beide schuldlos; das Stück hat sich harmonisch gelöst.

Übrigens befindet Goethe sich jetzt ganz leidlich und arbeitet sehr eifrig an der neuen Ausgabe seiner Werke sowie an einem neuen Werke über die Farben, auf welches er selbst vielen Wert zu legen scheint. Gebe nur der Himmel, daß diese Ausgabe endlich einmal eine vollständige werde und daß er selbst sie noch ganz vollenden möge!

Huf 25

1370. CHRISTIANE VULPIUS AN NIKOLAUS MEYER

Weimar, 4. April 1806

... und dazu kommt noch immer die Sorge um den guten Geheimer Rat, mit dem es doch auch noch immer auf der Spitze steht.

MeyerN 193

1371. KAROLINE SCHELLING AN IHREN MANN

Würzburg, 9. Mai 1806

Er [Gries] sagt, es wäre platterdings in Jena nicht mehr auszuhalten; alles wäre da tot und traurig ... Schelver lebte mit seiner Frau auf *einen* Zimmer und mit sonst niemand. Hegel brächte sich so durch, man könnte nicht sagen wie ... Goethe war mehrermal sehr krank im vergangnen Winter, an den alten Krämpfen, die von der Zerstörung einer der beiden Nieren herrühren. Er weiß diesen Umstand und sagte einmal zu dem jüngeren Voß, der täglich bei ihm ist: „Wenn mir der Himmel nur die gesunden Nieren von einem der Russen bescherte, die in der Schlacht von Austerlitz geblieben sind!" Voß wußte nicht, ob er weinen oder lachen sollte über den Wunsch. Die Ärzte sagen, er könne doch noch lange mit einer halben Niere leben.

Car II, 455

1372. ALEXANDER VON HUMBOLDT AN KAROLINE VON WOLZOGEN

Berlin, 14. Mai 1806

Was Sie auch scherzhaft von meiner Universalität sagen, so trauen Sie mir doch deutschen Sinn genug zu, um mich recht mit herzlicher Rührung täglich Ihrer und Goethens und des Verewigten [Schiller] zu erinnern, um nicht zu fühlen, daß es etwas Großes und Rühmliches für mich ist, einmal zwischen Ihnen und diesen nicht ganz unbeachtet gestanden zu haben ... Überall ward ich von dem Gefühle durchdrungen, wie mächtig jene Jenaer Verhältnisse auf mich gewirkt, wie ich, durch Goethes Naturansichten gehoben, gleichsam mit neuen Organen ausgerüstet worden war.

GoeJb III, 433

1373. VULPIUS AN NIKOLAUS MEYER

Jena, 21. Juni 1806

Ich gehe morgen oder übermorgen von hier nach Weimar, weil der Geheime Rat Goethe jetzt hier ist und in acht Tagen nebst dem Major von Hendrich ins Karlsbad geht, dort seine Gesundheit wiederzuerlangen. Gott gebe es!

Meine Schwester ist schon seit zwei Tagen nach Lauchstädt, und ich kann das Goethische Haus in W[eimar] nicht ganz leer lassen.

MeyerN 196

1374. CHARLOTTE VON STEIN AN IHREN SOHN FRIEDRICH

Weimar, 23. Juni 1806

Becker in Gotha sammelt die Kapitalien, ein Gut für die Schillerschen Kinder zu kaufen. Goethe hat keinen Sinn für solche merkantilischen Dinge, die außer der Literatur liegen.

Stein II, 236

1375. CHARLOTTE VON STEIN AN IHREN SOHN FRIEDRICH

Weimar, nach dem 21. Juli 1806

Für Menschen, die aus dem Herzen nichts mehr zu sagen haben, ist das Diktieren sehr passend und bequem.

Stein II, 237

1376. CHARLOTTE VON STEIN AN IHREN SOHN FRIEDRICH

Weimar, 10. August 1806

Wir haben hier einen neuen Schuldirektor [Lenz], welcher seine Schüler die alten Dichter gleich in deutsche Verse übersetzen läßt. Dieses wird den jungen Leuten sehr schwer, und August Goethe nahm das Wort und sagte ihm, er würde es nicht tun; denn sein Vater habe ihm verboten, Verse zu machen. Bei der unpoetischen Mlle. Vulpius und ihrer Deszendenz [?] mag ihm das wohl natürlich eingefallen sein.

Stein II, 238

1377. VOSS DER JÜNGERE AN NIEMEYER

Weimar, 12. August 1806

In der letzten Krankheit Schillers war Goethe ungemein niedergeschlagen. Ich habe ihn einmal in seinem Garten weinend gefunden; aber es waren nur einzelne Tränen, die ihm in den Augen blinkten. Sein Geist weinte, nicht seine Augen. Und in seinen Blicken las ich, daß er etwas Großes, Überirdisches, Unendliches fühlte. Ich erzählte ihm vieles von Schiller, das er mit unnennbarer Fassung anhörte: „Das Schicksal ist unerbittlich, und der Mensch wenig.“ Das war alles, was er sagte, und wenige Augenblicke nachher sprach er von heitern Dingen. Aber als Schiller gestorben war, war eine große Besorgnis, wie man es Goethe beibringen wollte. Niemand hatte den Mut, es ihm zu melden. Meyer war bei Goethe, als draußen die Nachricht eintraf, Schiller sei tot. Meyer wurde hinausgerufen, hatte nicht den Mut, zu Goethe zurückzukehren, sondern ging weg, ohne Abschied zu nehmen. Die Einsamkeit, in der sich Goethe befindet, die Verwirrung, die er überall wahrnimmt, das Bestreben, ihm auszuweichen, das ihm nicht entgehen kann – alles dieses läßt ihn wenig Tröstliches erwarten. „Ich merke es“, sagt er endlich, „Schiller muß sehr krank sein“, und ist die übrige Zeit des Abends in sich gekehrt. Er ahnte, was geschehen war; man hörte ihn in der Nacht weinen. Am Morgen sagt er zu einer Freundin: „Nicht wahr, Schiller war gestern sehr krank.“ – Der Nachdruck, den er auf das „sehr“ legt, wirkt so heftig auf jene, daß sie sich nicht länger halten kann. Statt ihm zu antworten, fängt sie laut an zu schluchzen. „Er ist tot?“ fragt Goethe mit Festigkeit. „Sie haben es selbst ausgesprochen“, antwortet sie. „Er ist tot!“ wiederholt Goethe noch einmal und bedeckt sich die Augen mit den Händen.

Um 10 Uhr sehe ich Goethe im Park gehen. Ich hatte aber nicht den Mut, ihm zu begegnen. Drei Tage lang bin ich ihm ausgewichen. Am vierten paßte ich die Zeit ab, wo er auf die Bibliothek gegangen war. Ich folgte ihm, wünschte ihm einen guten Morgen und fing wohl zehn bibliothekarische Fragen an, bei denen ich sowenig etwas dachte als Goethe bei seinen Antworten, die er mit sichtbarer Geistesabwesenheit, aber mit der größten scheinbaren Geschäftigkeit mir gab ...

Jetzt spricht Goethe sehr selten von Schiller, und wenn er es tut, so sucht er die heitern Seiten ihres schönen Zusammenlebens auf.

Vo II/1, 60ff.

1378. CHARLOTTE VON STEIN AN CHARLOTTE SCHILLER

Weimar, 14. August 1806

Goethe war vorgestern ziemlich lange bei mir, sehr gesprächig und heiter und zufrieden vom Karlsbad.

SchFr II, 351

1379. BÖTTIGER AN BERTUCH

Dresden, 24. August 1806

Mit Goethe habe ich in den vier Wochen, wo wir zusammen im Karlsbad gewesen sind, mich nur stumm gegrüßt. Es ist nicht meine Schuld. Er wollte es so haben, wie mir Hendrich [?] sagte, und ich fand mich natürlich auch nicht geneigt, ihm zu hofieren. Welch eine sultanische Arroganz!

GoeJb II, 375

1380. ARNIM AN BETTINA BRENTANO

Göttingen, 30. August 1806

Goethe hat an Blumenbach geschrieben, daß er sich nach dem Bade sehr wohl befinde. Er lebe hoch und abermals hoch und immerdar hoch! Hier sah ich ihn zum erstenmal, ich kenne noch die Stelle auf dem Walle, er sah so groß und gewaltig aus, daß ich fürchtete, nicht vorbeikommen zu können.

ArnBe 42

1381. HENRIETTE VON KNEBEL AN IHREN BRUDER

Weimar, 3. September 1806

Die gute Prinzeß [Karoline Luise] hat diese Ruhe recht benutzt. Aufgemuntert durch Goethens schönes Geschenk und Beispiel, hat sie über sechs Landschaften aus dem Kopf gemacht, die mitunter recht artig sind. Sie ist ganz außerordentlich vergnügt über das reiche und angenehme Geschenk und betrachtet sie wie ein kostbares Heiligtum. Es ist sehr artig vom Goethe, daß er der Prinzeß diese Freude gemacht und soviel Zeit und Fleiß daran gewendet hat.

KnHe 252

1382. PRINZESSIN KAROLINE AN CHARLOTTE SCHILLER

Weimar, 11. September 1806

Goethe ist hier, das wissen Sie; aber das wissen Sie wohl nicht ..., daß er 32 Zeichnungen auf seiner Reise gemacht hat, die hübschesten und geistreichsten, und mir sie geschenkt hat. Liebe Loloa, können Sie sich mein Glück recht lebhaft denken? Und meinen Stolz, wenn ich Übermut in der Seele hätte?

SchFr I, 536

1383. RIEMER AN FROMMANN

Weimar, 20. September 1806

Hiesigen Orts sind die meisten Menschen voll Furcht vor den Franzosen; ganz unnötig, da uns die nähern Preußen schützen. Erst gestern sind wieder Fuseliers an uns vorbei ins Coburgsche gegangen. In Eisenach sind auch Preußen...

Der Herzog ist nach Schafstädt in sein Hauptquartier. Die Großfürstin [Maria Pawlowna] ist, glaub ich, noch hier. Die Herzoginnen bleiben ...

G[oethe] ist wohl... Wir arbeiten fleißig an den Farben.

Rie 82f.

1384. BRENTANO AN ARNIM

Heidelberg, Anfang Oktober 1806

Bettine ist jetzt täglich ein paar Stunden bei der alten Goethe und läßt sich Anekdoten von dem geliebten Sohne erzählen, die sie für sich ganz mit den Worten der Mutter in ein Buch schreibt, um eine geheime Biographie dieses Göttlichen zu bilden. Was ich bereits von diesen Geschichten gehört, ist trefflich.

Brent I, 334

1385. CHARLOTTE VON STEIN AN IHREN SOHN FRIEDRICH

Weimar, 12. Oktober 1806

Mein Kopf ist mir heute recht schwer von allem Lärm, Furcht und Hoffnung. Die meisten um mich herum sind aber noch ängstlicher als ich. Goethe sagte, die Franzosen hätten ja schon längst die Welt überwunden, es brauchte kein Bonaparte. Die Sprache, Kolonien von Refugiés, Emigrierte, Kammerdiener, Köche, Kaufleute usw., alles dies hinge an ihrer Nation, und wir wären verkauft und verraten.

Stein II, 241f.

1386. KOËS IN SEINEM TAGEBUCH

Weimar, 13. Oktober 1806

Spaziergang mit Goethe und dem Major Hinrich [von Hendrich] neben dem großen Lager. Der König [Friedrich Wilhelm III. von Preußen] steht jetzt hier mit 95000 Mann. Die Großfürstin [Maria Pawlowna] ist fort, nach Altstädt. Gestern schlugen die Sachsen bei Jena ein Lager auf. So weit wir über die Berge umher sehen konnten, standen Zelte. Die Soldaten kochend, Kohl und Kartoffeln; andere Holz umhauend aus den Alleen, andere Ochsen oder Kühe schlachtend, die nachher stückweise auf Pfählen ins Lager getragen wurden. Marketenderinnen mit Branntwein und Kaffee, Feldwachen, Hauptwache, Kavallerieregimenter defilierten vorbei, ringsherum stieg Rauch aus dem Lager herauf. Es war ein schöner Herbsttag. Goethe ist ein ansehnlicher Mann, herrliche Augen; doch schien sein Gemüt niedergedrückt durch die kritischen Umstände. Gestern zerschlugen ihm die Soldaten die Fenster und Möbel in seinem Gartenhause.

GoeJb XXVII, 120

1387. KOËS IN SEINEM TAGEBUCH

Weimar, 19. Oktober 1806

Heute wurde Goethe mit der Mamsell Vulpius in der Stadtkirche öffentlich getraut. – Proklamation wurde verlesen, daß sich die Bürger wieder ruhig mit ihrem Gewerbe beschäftigen könnten. Jeder Franzose müsse bezahlen, was er verlange. Sogleich lebte alles von neuem auf. Man fing an, die Läden wieder zu öffnen; die Dirnen sammelten sich wieder auf den Straßen usw.

GoeJb XXVII, 123

1388. JOHANNA SCHOPENHAUER AN IHREN SOHN

Weimar, 19. Oktober 1806

Den 12. besuchte mich erst Bertuch ... Kurz darauf meldete man mir einen Unbekannten. Ich trat ins Vorzimmer und sah einen hübschen, ernsthaften Mann in schwarzem Kleide, der sich tief mit vielem Anstande bückte und mir sagte: „Erlauben Sie mir, Ihnen den Geheimen Rat Goethe vorzustellen!" Ich sah im Zimmer umher, wo der Goethe wäre; denn nach der steifen Beschreibung, die man mir von ihm gemacht hatte, konnte ich in diesem Manne ihn nicht erkennen. Meine Freude und meine Bestürzung waren gleich groß, und ich glaube, ich habe mich deshalb besser genommen, als wenn ich mich darauf vorbereitet hätte. Wie ich mich wieder besann, waren meine beiden Hände in den seinigen und wir auf dem Wege nach meinem Wohnzimmer.

Schop I, 17

1389. CHARLOTTE VON STEIN AN IHREN SOHN FRIEDRICH

Weimar, nach dem 19. Oktober 1806

Die Schiller hat wenig verloren, Goethe gar nichts; er hat den Augereau bei sich gehabt. Und während der Plünderung hat er sich mit seiner Mätresse öffentlich in der Kirche trauen lassen, und war dies die letzte kirchliche Handlung, denn alle unsere Kirchen sind nun Lazarette und Magazine.

Stein II, 247

1390. VULPIUS AN NIKOLAUS MEYER

Weimar, 20. Oktober 1806

Welch ein Unglück hat uns betroffen! Den 14. wurde die unglückliche Schlacht bei Jena verloren. Abends 5 Uhr ging bei uns die Plünderung an, die 36 Stunden dauerte und mich von allen, *allen* entblößet hat. Drei Tage waren wir nicht in unserm Hause. Mordgewehre auf uns gezückt, gemißhandelt, beraubt, unendlich unglücklich gemacht. Wir sprechen jetzt gute Seelen um Geld an; und wer hat welches? Denn nicht zehn Häuser, selbst das Schloß nicht, sind verschont geblieben. Die fürchterliche Nacht, Geheul, Gewinsel, Brand – ach Gott! und meine Frau und das Kind ... im Park ...

Etwas Frohes: Gestern hat der Geheime Rat G[oethe] sich mit meiner Schwester trauen lassen. Sein Haus ist verschont geblieben. Er hatte stets Marschälle drinnen.

MeyerN 198f.

1391. JOHANNA SCHOPENHAUER AN IHREN SOHN

Weimar, 24. Oktober 1806

Goethe hat sich Sonntag mit seiner alten geliebten Vulpius, der Mutter seines Sohnes, trauen lassen. Er hat gesagt, in Friedenszeiten könne man die Gesetze wohl vorbeigehen, in Zeiten wie die unsern müsse man sie ehren. Den Tag drauf schickte er Dr. Riemer, den Hofmeister seines Sohnes, zu mir, um zu hören, wie es mir ginge; denselben Abend ließ er sich bei mir melden und stellte mir seine Frau vor. Ich empfing sie, als ob ich nicht wüßte, wer sie vorher gewesen wäre. Ich denke, wenn Goethe ihr seinen Namen gibt, können wir ihr wohl eine Tasse Tee geben. Ich sah deutlich, wie sehr mein Benehmen ihn freute. Es waren noch einige Damen bei mir, die erst formell und steif waren und hernach meinem Beispiel folgten. Goethe blieb fast zwei Stunden und war so gesprächig und freundlich, wie man ihn seit Jahren nicht gesehen hat. Er hat sie noch zu niemand als zu mir in Person geführt. Als Fremden und Großstädterin traut er mir zu, daß ich die Frau so nehmen werde, als sie genommen werden muß. Sie war in der Tat sehr verlegen, aber ich half ihr bald durch. In meiner Lage und bei dem Ansehen und der Liebe, die ich mir hier in kurzer Zeit erworben habe, kann ich ihr das gesellschaftliche Leben sehr erleichtern. Goethe wünscht es und hat Vertrauen zu mir, und ich werde es gewiß verdienen. Morgen will ich meine Gegenvisite machen.

Schop I, 40

Johanna Schopenhauer mit ihrer Tochter Adele

1392. CHRISTIANE KOTZEBUE AN IHREN SOHN AUGUST

Weimar, nach dem 8. November 1806

Es wird Dich von Goethe freuen, daß er kurz nach der Plünderung, wie Kraus begraben wurde, auf dem Kirchhofe zu mir kam, mich fragte, wie es mir gegangen, und wünschte, daß ich in sein Haus gekommen wäre. Er sei nicht ausgeplündert, weil er sich eine Sauvegarde, die ihm zwar viel gekostet, ausgebeten. Er habe bis auf den Wein doch das Seinige behalten und bedauerte mich sehr freundschaftlich über meinen Verlust.

Ko 70f.

1393. VULPIUS AN NIKOLAUS MEYER

Weimar, 10. November 1806

Den 15. bis 17. waren wir im Hause des Geheimen Rats Goethe, und unsre Wohnung war mit allem, was darinnen war, denen preisgegeben, die es besetzen wollten. Und das geschah auch endlich. Gegen sechzehn Mann hausten darinnen, als mich endlich, da Napoleon Bücher von der Bibliothek verlangte, auf Requisition seines Ingenieurs d'Alma Grenadiere in meine Wohnung einsetzten. Den 18. zog ich ein; aber – wie fand ich es? Lassen Sie mich davon schweigen! – Dann tägliche Einquartierung, so daß wir einmal zehn Mann hatten, und kein Geld, keine Lebensmittel! – Meine Schwester stand bei, aber – dem Geheimen Rat selbst hat es über 2000 Taler gekostet; allein zwölf Eimer Wein. Er ist nicht geplündert. Den ersten Abend hat er's mit Wein und Klugheit abgewendet; dann bekam er Sauvegardes, da die General Victor, Marschälle Ney, Lannes, Augereau und andere Offiziere bei ihm logierten; zuweilen 28 Betten in seinem Hause. Aber es hat ihn sehr mitgenommen. Doch ist er gesund, wofür Gott zu danken ist.

MeyerN 200f.

1394. JOHANNA SCHOPENHAUER AN IHREN SOHN

Weimar, 14. November 1806

Ich kann Goethen nicht genug sehen; alles an ihm weicht so vom Gewöhnlichen ab, und doch ist er unendlich liebenswürdig. Diesmal habe ich ihn einmal böse gesehen. Sein Sohn, eine Art Taps, der aber im Äußern viel vom Vater hat, zerbrach mit großem Geräusch ein Glas. Goethe erzählte eben etwas und erschrak über den Lärm so, daß er aufschrie. Ärgerlich darüber, sah er den August nur einmal an, aber so, daß ich mich wunderte, daß er nicht untern Tisch fiel. Ein ausdrucksvolleres, mobileres Gesicht habe ich nie gesehen. Wenn er erzählt, ist er immer die Person, von der er spricht; der Ton seiner Stimme ist Musik. Jetzt ist er alt, aber er muß schön wie ein Apoll gewesen sein.

Schop I, 50

1395. CHARLOTTE VON STEIN AN IHREN SOHN FRIEDRICH

Weimar, 19. November 1806

Goethe läßt Dir Glück wünschen zum neugeborenen Sohn; es schien ihn zu freuen. Seine Besuche sind mir nicht wohltätig; ich kann nicht offen gegen ihm sein. Manchmal ist er ganz wie verrückt, und nicht allein mir kommt er so vor, sondern mehreren Menschen.

Fritz von Stein II, 129

1396. RIEMER AN FROMMANN

Weimar, 22. November 1806

Die alte Neuigkeit aus unserm Hause habe ich halb vergessen, halb darum nicht geschrieben, weil ich schon wußte, daß Sie sie auch ohne mich erfahren würden. Das Wie und Wann und Warum eignet sich nur zur mündlichen Kommunikation.

Rie 86

1397. CHARLOTTE SCHILLER AN FRIEDRICH VON STEIN

Weimar, 24. November 1806

Von diesen schmerzlichen Eindrücken weiß ich den Geist meines ewig geliebten Freundes [Schillers] gern bewahrt, und es ist mir ein Trost, allein zu leiden. Er würde seine Kräfte aufgeboten haben, sich über das Schicksal zu erheben, und gewiß uns allen ein Trost gewesen sein, denn er vermochte alles über sich. Aber daß ich ihm diese Ansicht des Lebens erspart weiß, ist mir eine Beruhigung. Sein Freund hat sich seiner selbst nicht so würdig gezeigt, und es hat mein Gefühl verwundet, ihn in einer schmerzlichen Anschauung zu sehen. Er wollte sich zusammennehmen, wollte heiter scheinen, wie wir noch keinen Sinn dafür hatten. Man fühlte auch, daß es nicht aus der rechten Quelle kam, und deswegen blieb auch der Eindruck verloren.

Die Trauung hat mir etwas Grausenhaftes, gesteh ich. In einer Kirche, wo Tote, Verwundete tags vorher lagen, wo man sicher erst alle Spuren der vorhergehenden Tage sorglich verwischt hatte, eine Zeremonie vorzunehmen, die jeder Mensch nur in den glücklichsten Tagen seines Lebens oder nie feiern sollte, dieses ist mir ein Gefühl, das ich nicht ganz verdrängen kann. Das Nachteilige des Eindrucks, den dieser Schritt auf die Gemüter tun muß, ist nicht zu unterdrücken. Auch ist es so ohne Nutzen und Zweck. Ich habe nicht Glück wünschen können wie andere und schwieg lieber. Es war etwas Unberechnetes in diesem Schritt, und ich fürchte, es liegt ein panischer Schrecken zum Grund, der mir des Gemüts wegen wehe tut, das sich durch seine eigene große Kraft über die Welt hätte erheben sollen.

SchFr I, 498 f.

1398. JOHANNA SCHOPENHAUER AN IHREN SOHN

Weimar, 28. November 1806

Goethe fühlt sich wohl bei mir und kommt recht oft. Ich habe einen eigenen Tisch mit Zeichenmaterialien für ihn in eine Ecke gestellt ... Wenn er dann Lust hat, so setzt er sich hin und tuscht aus dem Kopfe kleine Landschaften, leicht hingeworfen, nur skizziert, aber lebend und wahr wie er selbst und alles, was er macht. Welch ein Wesen ist dieser Goethe! wie groß und wie gut! Da ich nie weiß, ob er kommt, so erschrecke ich jedesmal, wenn er ins Zimmer tritt; es ist, als ob er eine höhere Natur als alle übrigen wäre; denn ich sehe deutlich, daß er denselben Eindruck auf alle übrigen macht, die ihn doch weit länger kennen und ihm zum Teil auch weit näherstehen als ich. Er selbst ist immer ein wenig stumm und auf eine Art verlegen, wenn er kommt, bis er die Gesellschaft recht angesehen hat, um zu wissen, wer da ist. Er setzt sich dann immer dicht neben mir, etwas zurück, so daß er sich auf die Lehne von meinem Stuhle stützen kann; ich fange dann zuerst ein Gespräch mit ihm an; dann wird er lebendig und unbeschreiblich liebenswürdig. Er ist das vollkommenste Wesen, das ich kenne, auch im Äußeren; eine hohe, schöne Gestalt, die sich sehr gerade hält, sehr sorgfältig gekleidet, immer schwarz oder ganz dunkelblau, die Haare recht geschmackvoll frisiert und gepudert, wie es seinem Alter ziemt, und ein gar prächtiges Gesicht mit zwei klaren braunen Augen, die mild und durchdringend zugleich sind. Wenn er spricht, verschönert er sich unglaublich; ich kann ihn dann nicht genug ansehen. Er spricht von allem mit, erzählt immer zwischendurch kleine Anekdoten, drückt niemand durch seine Größe. Er ist anspruchslos wie ein Kind; es ist unmöglich, nicht Zutrauen zu ihm zu fassen, wenn er mit einem spricht, und doch imponiert er allen, ohne es zu wollen. Letztens trug ich ihm eine Tasse Tee zu, wie das in Hamburg gebräuchlich ist, daß sie nicht kalt würde, und er küßte mir die Hand; ... alle, die in der Nähe waren, sahen mit einer Art Erstaunen zu. Es ist wahr, er sieht so königlich aus, daß bei ihm die gemeinste Höflichkeit wie Herablassung erscheint, und er selbst scheint das gar nicht zu wissen, sondern geht so hin in seiner stillen Herrlichkeit wie die Sonne.

Schop I, 52f.

1399. KAROLINE SCHELLING AN LUISE WIEDEMANN

München, 30. November 1806

Aus Jena und Weimar haben wir Briefe gehabt. Goethe schrieb an meinen Mann wie derjenige, der fest und unerschütterlich auch in solchen Stürmen geblieben. 72 Stunden brachten sie in der Todesangst gleichsam zu. Geld und Geldeswert verschmerzt man, sagt er, wenn man nur das Teuerste und Liebste durchbringt. Öffentliche Blätter sagen, daß er sich am Tage der Schlacht mit der Vulpius trauen ließ – als wenn er Bande noch hätte knüpfen und fester anziehen wollen in einem Augenblick, wo alle Bande gelöst scheinen! ...

In Jena und Weimar, wo sie nie den Mut verlieren und wie die Ameisen gleich wieder bauen, was eingerissen ist, denken sie nur, sich auch hier wieder zu helfen und alles zusammenzuhalten. In dem Sinn schreibt auch Goethe. Ihre größte Sorge mag sein, ob sie unter der jetzigen Herrschaft bleiben.

Car II, 478f.

1400. VOSS DER JÜNGERE AN LEOPOLD VON SECKENDORFF

Heidelberg, 6. Dezember 1806

Goethe war mir in den traurigen Tagen ein Gegenstand des innigsten Mitleidens. Ich habe ihn Tränen vergießen sehen. „Wer“, rief er aus, „nimmt mir Haus und Hof ab, damit ich in die Ferne gehen kann?“

Sich selbst hat er plündern müssen, um nicht geplündert zu werden.

VoßG 102

1401. CHARLOTTE VON SCHIMMELMANN AN CHARLOTTE SCHILLER

Kopenhagen, 15. Dezember 1806

Goethes skandalöse Hochzeit hat einen jeden geärgert. Man schrieb uns gleich, daß die Kanonen von Jena sein Hochzeitlied und sieben brennende Häuser in W[eimar] seine Hochzeitfackeln gewesen wären! Und eine solche Wahl der Person! Alles war in Harmonie, nur keine Muse war dabei.

SchFr II, 424

1807

1402. JOHANNA SCHOPENHAUER AN IHREN SOHN

Weimar, 5. Januar 1807

Goethe ist ein unbeschreibliches Wesen; das Höchste wie das Kleinste ergreift er. So saß er den ersten Feiertag eine lange Weile im letzten meiner drei Zimmer mit Adelen und der jüngsten Conta, einem hübschen, unbefangenen sechzehnjährigen Mädchen. Wir sahen von weitem der lebhaften Konversation zwischen den dreien zu, ohne sie zu verstehen, zuletzt gingen alle drei hinaus und kamen lange nicht wieder. Goethe war mit den Kindern in Sophiens [der Dienerin] Zimmer gegangen, hatte sich dort hingesetzt und sich Adelens Herrlichkeiten zeigen lassen, alles Stück vor Stück besehen, die Puppen nach der Reihe tanzen lassen und kam nun mit den frohen Kindern und einem so lieben, milden Gesicht zurück, wovon kein Mensch einen Begriff hat, der nicht die Gelegenheit hat, ihn zu sehen, wie ich. Ihn freut alles, was natürlich und anspruchslos ist, und nichts stößt ihn schneller zurück als Prätension ... Ich fabrizierte den Abend noch mit Meyern einen transparenten Mondschein, denn Meyer muß immer so etwas vorhaben; die übrigen standen umher und konversierten im zweiten Zimmer; Conta und die Bardua sangen zwischendurch ein Liedchen, und Goethe ging ab und zu, bald an meinen Tisch, wo ich mit Meyern arbeitete, bald nahm er teil an jenem Gespräch. Mit einem Male kam man, ich weiß nicht wie, dort auf den Einfall, die Bardua, die sich ohnehin leicht graut, mit Gespenstergeschichten angst zu machen. Goethe stand gerade hinter mir. Mit einem Male machte er ein ganz ernsthaftes Gesicht, drückte mir die Hand, um mich aufmerksam zu machen, und trat nun gerade vor die Bardua und fing eine der abenteuerlichsten Geschichten an, die ich je hörte. Daß er sie auf der Stelle ersann, war deutlich; aber wie sein Gesicht sich belebte, wie ihn seine eigene Erfindung mit fortriß, ist unbeschreiblich. Er sprach von einem großen Kopf, der alle Nacht oben durchs Dach sieht; alle Züge von dem Kopf sind in Bewegung; man denkt die Augen zu sehen, und es ist der Mund, und so verschiebt sich's immer, und man muß immer hinsehen, wenn man einmal hingesehen hat. Und dann kommt eine lange Zunge heraus, die wird immer länger und länger, und Ohren, die arbeiten, um der Zunge nachzukommen, aber die können's nicht. Kurz, es war über alle Beschreibung toll; aber von ihm muß man's hören und besonders ihn dazu sehen. So ungefähr muß er aussehen, wenn er dichtet ...

Gestern war wieder Gesellschaft, Goethe fing an, von seinem herannahenden Alter zu sprechen, mit einer Weichheit des Tones, mit einem so edlen Selbstbewußtsein, daß er uns alle tief rührte. Dabei hielt er mich fest bei der Hand; er tut das oft und erinnert mich dann lebhaft an Deinen Vater, der mich denn auch so festhalten konnte ... Es ist unbegreiflich, wie er sich an mich gewöhnt hat. Alles wundert sich drüber, und ich selbst wundre mich auch; aber ich freue mich darüber unbeschreiblich ... Er ist mir bei weitem hier das Interessanteste; auch lebe ich so viel mit ihm, daß er sich in alle meine Vorstellungen einmischen muß.

Schop I, 68ff.

1403. CHARLOTTE VON STEIN AN IHREN SOHN FRIEDRICH

Weimar, 23. Januar 1807

Goethe war eben bei mir; er hat Deinen Brief mitgenommen, um ihn zu Haus zu lesen ...

Goethe war traurig; seine Gesundheit ist nicht sonderlich. Doch ist mir seine Traurigkeit wohltuender als seine unnatürliche Lustigkeit.

Prinz August von Preußen hat, als er hier durch gefangen ging, für den Grafen Schmettau ein Monument beim Goethe bestellt ...

Stein II, 259

1404. RIEMER AN FROMMANN

Weimar, 28. Januar 1807

Unser teurer G[oethe] ist zeither nicht ganz wohl. Er will zwar nicht, daß man es laut werden lasse, und ich sage es Ihnen nur im Vertrauen; allein er kann es doch nicht verbergen. Es sind die schlimmen Monate gerade, und es kommt so vieles zusammen, was auf ihn nicht zum besten einwirkt. Wenn wir nur den Mai erreichen ohne heftigere und eigentliche Anfälle; dann wollen wir ihn schon wieder mit Gesundheit ausrüsten. Das alles unter uns! Denn er hat's nicht gern, wenn ihm aus der Nähe und Ferne die Wirkungen seines Zustandes zurückstrahlen.

Rie 89f.

1405. JOHANNA SCHOPENHAUER AN IHREN SOHN

Weimar, 30. Januar 1807

Klugen, vernünftigen Leuten muß unser Beginnen fast töricht erscheinen. Wenn so ein Senator oder Bürgermeister sähe, wie ich mit Meyer Papierschnitzel zusammenleime, wie Goethe und die andern dabeistehen und eifrig Rat geben, er würde ein recht christliches Mitleid mit uns armen kindischen Seelen haben ... Der Ofenschirm ist fertig und die Bewunderung aller Welt; er ist wirklich über Erwarten hübsch. Goethe hat letzt mit dem Lichte in der Hand wohl eine halbe Stunde davor gesessen und ihn besehen, und wer ihm näherkam, der mußte mit bewundern und besehen ... Goethe ist seit einiger Zeit nicht recht wohl; er ist nicht krank, aber er fürchtet, krank zu werden, und schont sich ängstlich. Doch kommt er zu mir, wenn er irgend kann, und läßt sich in der Portechaise zu mir tragen. Er kommt mir bisweilen etwas hypochondrisch vor; denn seine Krankheit verschwindet, wenn er nur ein wenig warm in der Gesellschaft wird, und das geschieht so leicht. Am Dienstag gab ich einmal eine Extragesellschaft ... Die Goethen kam allein und sagte mir, er wäre nicht wohl, würde aber, wenn es ihm möglich wäre, eine halbe Stunde kommen; doch sei dies nicht gewiß. Miteins sah ich ihn aber im Nebenzimmer zwischen der Bardua und der Conta ganz gemütlich sitzen. Ich lief gleich voller Freude zu ihm, die Mädchen machten mir Platz, und ich habe fast eine Stunde mit ihm geplaudert ... Er war unbeschreiblich sanft und liebenswürdig gestimmt. Du meinst, es sei unmöglich, vis-à-vis ihm nicht ein wenig scheinen zu wollen. Sähest Du ihn nur, Du würdest fühlen, wie unmöglich es ist, ihm gegenüber sich anders als natürlich zu zeigen. Er ist ganz Natur, und seine klaren, hellen Augen benehmen alle Lust, sich zu verstellen. Man fühlt, daß er doch durch alle Schleier sieht und daß diesem hohen, reinen Wesen jede Verstellung verhaßt sein muß. Ich pflegte ihn nach besten Kräften und hatte die Freude, einen Bedienten, der schon um 8 Uhr gekommen war, bis 11 mit der Laterne warten zu sehen.

Schop I, 73f.

1406. CHARLOTTE VON STEIN AN IHREN SOHN FRIEDRICH

Weimar, nach dem 6. Februar 1807

Wir kommen oft in Streit. Das letztemal war's über Meyer. Ich tadelte, er mache Goethe nach. „Den Teufel noch einmal, Dame!" sagte er. „Ich will doch sehen, wer immer mit mir lebt und mir nicht ähnlich werden soll!" Ich erwiderte, es wäre aber nur in seiner Ruchlosigkeit. Wie es Nacht war, ging er, um sich von Meyern die „Weihe der Kraft" [von Zacharias Werner] vorlesen zu lassen ...

Wir haben auch einen jungen Bildhauer hier, der recht geschickt ist; er heißt Weise [Weisser?]. Jetzt läßt Goethe auch von diesem seine Büste machen. In der von Tieck sieht er eitel, prätentiös und schwach aus. Ich bin neugierig, was für Tugenden ihm Weise ausmeißeln wird.

Stein II, 260f.

1407. JOHANNA SCHOPENHAUER AN IHREN SOHN

Weimar, 12. Februar 1807

Bei Goethen war's den Abend, wie ich Dir schrieb, ganz allerliebst. Er hatte einige junge Schauspieler, die er oft bei sich deklamieren läßt, um sie für ihre Kunst zu bilden, eingeladen und las mir mit ihnen eine seiner frühesten Arbeiten, ein Stück voll Laune und Humor, „Die Mitschuldigen" betitelt, vor. Er hatte selbst die Rolle eines alten Gastwirts darin übernommen, was bloß mir zu Ehren geschah; sonst tut er das nicht. Ich habe nie was Ähnliches gehört: er ist ganz Feuer und Leben, wenn er deklamiert, niemand hat das echt Komische mehr in seiner Gewalt als er. Zwischendurch meisterte er die jungen Leute, ein paar waren ihm zu kalt. „Seid ihr denn gar nicht verliebt?" rief er komisch erzürnt, und doch war's ihm halb ein Ernst. „Seid ihr denn gar nicht verliebt? Verdammtes junges Volk! Ich bin sechzig Jahr alt, und ich kann's besser." Wir blieben bis halb 12 zusammen; ich saß bei ihm und die Bardua auf der andern Seite; wir beide sind seine Lieblinge.

Schop I, 79

1408. RIEMER AN FROMMANN

Weimar, 18. Februar 1807

Der „Tasso" ist ganz gut abgelaufen. Das bessere Publikum, welches einigermaßen an dem Stück Anteil nimmt oder nehmen zu müssen glaubt, ist zufrieden, und die Außenbleiber bedauern es hinterher nicht gesehn zu haben. Wolff hat sich übertroffen; er hat leidenschaftliche Heftigkeit gezeigt, die man ihm nicht zutraute. Die Wolff machte die Leonore Sanvitale; man konnte sich begnügen. Becker spielte sehr gut und erhielt sich das ganze Stück hindurch gleich. Die Silie machte die Leonore und mir am wenigsten zu Dank. Hätte sie aber auch die Wolff gemacht, so wäre etwas anders zu desiderieren gewesen. Das Ganze machte sich indessen recht gut, und man desiderierte keineswegs Handlung, wie man's nennt; den Plebs etwa ausgenommen.

Wir waren zeither an Newtons Optik beschäftigt und

übersetzten vor ein paar Tagen zwischendurch Müllers Rede in der Akademie zu Berlin: „De la gloire de Frédéric".

Rie 90

1409. CHARLOTTE VON STEIN AN IHREN SOHN FRIEDRICH

Weimar, nach dem 20. Februar 1807

Es [die „Farbenlehre"] ist zwar eine trockene Unterhaltung, und doch mag man's wegen der Schreibart, wo nicht, ohne der Deutlichkeit zu schaden, ein Wort zuviel ist, gern lesen. Für wen es vollends Liebhaberei ist, dem kann es sogar interessant sein. Wenn man kann nachfühlen, wie jemand sich so etwas auseinandergesetzt hat, so ist einem diese Klarheit eine wohltuende Empfindung ...

Unendlich gut wurde er [„Torquato Tasso"] aufgeführt. Nur die Rolle der Prinzeß nicht, welche die Silie oder ehemals Petersilie machte. Wieland war so bös darüber, daß er keine Petersilie mehr in der Suppe essen wollte. Schade, daß Goethe die Rolle nicht der Jagemann gegeben hat. Tasso selbst war ein wahrer Schatz; der Akteur heißt Wolff; ich hatte immer eine Zuneigung zu ihm, denn etwas sieht er Dir gleich ... Lies einmal den „Tasso" wieder: es ist jede Zeile Goldes wert. Er ist mir nie so in die Seele übergegangen.

Stein II, 263f.

1410. VULPIUS AN NIKOLAUS MEYER

Weimar, 22. Februar 1807

Goethes „Tasso" ist am 16. aufgeführt worden, und zwar mit Glück, woran die Bühnen stets gezweifelt haben. Es ist also ein neuer Beweis, wie gut unsere Schauspieler und wie fein gestimmt unsere Spektatoren sein müssen. – Selbst die Galerie verhielt sich mäuschenstill – und applaudierte wacker mit. Genug, es gefiel ...

Der Geheime Rat G[oethe] ist jetzt ziemlich wohl, nur sehr krittlig und grämlich. Da hat man doch ein wenig seine Not.

MeyerN 205f.

1411. FERNOW AN GERHARD VON KÜGELGEN

Weimar, etwa Ende Februar 1807

Darin ist er aber auch so ganz besonders glücklich organisiert, daß jeder anklingende Ton von außen in seinem Gefühle richtiger widerklingt; und sowie er dergleichen Anklang in sich wahrnimmt, so ist er darauf wie auf eine Naturerscheinung aufmerksam. Dann sucht er sich den Eindruck zur Klarheit zu bringen und ihm womöglich Namen und Ausdruck, wenigstens in einem Gleichnis, zu geben. Er wäre ja der einzige Dichter nicht, der er ist, wenn er das nicht könnte. Daher kommt's aber auch, daß so unendlich wenig Menschen Goethe verstehen und kennen und daß die, welche ihm als Künstler Gerechtigkeit widerfahren lassen, ihn außer dieser Sphäre als Menschen so schief beurteilen. Nach dem, was ich nach so vielfältiger Beobachtung von seinem Charakter begreife, halte ich ihn auch für einen der trefflichsten und edelsten Menschen, überhaupt in jeder Hinsicht für eine der vollkommensten und gediegensten Naturen, die ich unter Menschenkindern gefunden habe. Wer könnte auch ein wahrhaft großer und trefflicher Künstler sein und nicht zugleich ein ebenso großer und trefflicher Mensch!

Fer 198

1412. HENRIETTE VON KNEBEL AN IHREN BRUDER

Weimar, 4. März 1807

Goethes „Tasso" hat mich und wohl das ganze Publikum lebhaft interessiert. Ich hätte selbst nicht geglaubt, daß es bei der Aufführung diese Wirkung hervorbrächte, besonders bei mir; denn ich gestehe, daß ich im Theater fast immer gleich ermüdet bin und öfters sogar einschlafe. Es ist aber ein großer Vorteil, wenn man voraus das Gefühl hat, daß nichts Gemeines gesagt wird. Dann hat Goethe das vor Schiller voraus, daß jeder Charakter sein Eigenes behält und man nicht uberall den Autor hören und sehen muß.

KnHe 277 f.

1413. VOSS DER JÜNGERE AN CHARLOTTE SCHILLER

Heidelberg, 7. März 1807

Daß der herrliche Goethe sich so wohl befindet! Gott segne ihm die neue Badreise wie die vorige! Nun kann ich recht mit Ruhe an ihn denken, denn ich habe die Überzeugung, daß ihm ein ruhiges, mildes Alter zuteil werden wird. Wie elend war Goethe in der Zeit, als uns der teure Schiller entrissen ward!

SchFr III, 217

1414. JOHANNA SCHOPENHAUER AN IHREN SOHN

Weimar, 10. März 1807

Seit ein paar Abenden liest Goethe selbst bei mir vor, und ihn dabei zu hören und zu sehen, ist prächtig. [August Wilhelm] Schlegel hat ihm ein übersetztes Schauspiel von Calderón [„Der standhafte Prinz"] im Manuskripte geschickt; es ist Klingklang und Farbenspiel; aber er liest auch den Abend keine drei Seiten, sein eigener poetischer Geist wird gleich rege: dann unterbricht er sich bei jeder Zeile, und tausend herrliche Ideen entstehen und strömen in üppiger Fülle, daß man alles vergißt und den Einzigen anhört. Welch ein frisches Leben umgibt ihn noch immer! Der arme alte Wieland kommt mir gegen ihn vor wie der alte Kommandant von Eger, wenn Wallenstein ihm sagt: „An meinen braunen Locken zogen die Jahre leicht vorüber." Du kennst die Stelle; sie heißt anders, aber dies ist der Sinn davon. Auch fühlt Wieland sich durch Goethens Gegenwart gedrückt; deshalb kommt er nicht in meine Gesellschaft, so gern er möchte.

Schop I, 85

1415. JOHANNA SCHOPENHAUER AN IHREN SOHN

Weimar, 23. März 1807

Goethe verläßt mich nicht, er hat jeden Abend seinen „Standhaften Prinzen" standhaft vorgelesen bis gestern, wo er ihn zu Ende brachte ... Mit seiner unbeschreiblichen Kraft, seinem Feuer, seiner plastischen Darstellung reißt er uns alle mit fort. Obgleich er eigentlich nicht kunstmäßig gut liest, er ist viel zu lebhaft, er deklamiert, und wenn etwa ein Streit oder gar eine Bataille vorkommt, macht er einen Lärm wie in Drury Lane, wenn's dort eine Schlacht gab. Auch spielt er jede Rolle, die er liest, wenn sie ihm eben gefällt, so gut es sich im Sitzen tun läßt. Jede schöne Stelle macht auf sein Gemüt den lebhaftesten Eindruck; er erklärt sie, liest sie zwei-, dreimal, sagt tausend Dinge dabei, die noch schöner sind, kurz, es ist ein eigenes Wesen, und wehe dem, der es ihm nachtun wollte! Aber es ist unmöglich, ihm nicht mit innigem Anteil, mit Bewunderung zuzuhören, noch mehr ihm zuzusehen. Denn wie schön alles dieses seinem Gesichte, seinem ganzen Wesen läßt, mit wie einer eignen hohen Grazie er alles dies treibt, davon kann niemand einen Begriff sich machen. Er hat etwas so rein Einfaches, so Kindliches. Alles, was ihm gefällt, sieht er leibhaftig vor sich. Bei jeder Szene denkt er sich gleich die Dekoration und wie das Ganze aussehen muß ...

Zwischendurch singt die Bardua uns ein Lied von Goethe, von Zelter oder Hummel komponiert. Er hat das gern und extert die gute Bardua nicht wenig, wenn sie undeutlich ausspricht oder gar die Verse verwechselt. Letzt habe ich entdeckt, daß sein Lied „Ich hab mein Sach auf Nichts gestellt" [„Vanitas! Vanitatum vanitas!"] recht gut zur Melodie „Es gingen drei Burschen zum Tor hinaus" sich paßt. Darüber hatte er große Freude, und nun muß die Bardua es jeden Abend singen.

Schop I, 88f.

1416. LODER AN CHRISTOPH HUFELAND

Petersburg, 8. April 1807

Die Franzosen haben in Weimar übel gehauset ... Wielands und Voigts Haus rettete nur der Zufall vor der Plünderung am ersten Tage, und am zweiten bat sich jeder eine Sauvegarde aus. Es ist nicht wahr, daß Wieland und Goethe aus Achtung gegen ihren berühmten Namen eine Wache bekommen haben. Goethe ward allerdings geplündert, und ein paar brutale Kerls drangen mit ihren Degen auf ihn ein und hätten ihn vielleicht umgebracht oder wenigstens verwundet, wenn die Vulpius sich nicht auf ihn geworfen und ihn teils dadurch, teils durch einige silberne Leuchter, die sie sogleich hergab, gerettet hätte. *Dafür* hat er sie geheiratet, und der Herzog hat nachher seine Einwilligung dazu gegeben. Auch haben die weimarischen Damen, Egloffsteins Frau mit zuerst, die neue Geheime Rätin in ihre Gesellschaften gebeten und sie dadurch gefirmelt. Daß Goethe sich unter dem Donner der Kanonen hat kopulieren lassen, wie in der Hamburger Zeitung stand, ist ein platter Spaß oder vielmehr eine dumme Lüge.

Alt-Weimar 99

1417. RIEMER AN FROMMANN

Weimar, 15. April 1807

Der Druck unserer „Farbenlehre“ leidet durch den Tod der Herzoginmutter und diesen Besuch eine ... unangenehme Unterbrechung, die jedoch so kurz als möglich dauern soll, indem ich besonders darauf dringe, daß die Polemik [aus der „Farbenlehre“] völlig gedruckt sei, ehe wir nach Karlsbad gehen. Denn es ist gar zu unangenehm, nach einer Unterbrechung, wie diese sein würde, wieder ins Alte zurückzukehren und sich von neuem in den Zusammenhang einzustudieren. Nach der Rückkunft gehen wir mit frischen Kräften und größerer Lust zu dem historischen Teil über.

G[oethe] ist übrigens wohl. Die Geheime Rätin ist wieder zurück und unterhält uns von dem, was sie sah und hörte.

Rie 94

1418. RIEMER AN FROMMANN

Weimar, 18. April 1807

Der Tod der Herzogin, die unverhoffte Rückkehr der Geheimerätin, die Ankunft [Friedrich August] Wolfs und seiner Reisegefährten, die zwischenfallende Ausarbeitung gedachten Aufsatzes [„Zum feierlichen Andenken der ... Fürstin ... Anna Amalia"], eine Vorlesung für die Damen, die Übertretung der gewohnten Diät führten am Donnerstagabend den alten Anfall mit schon vergessener Heftigkeit herbei, und G[oethe] mußte gestern noch den ganzen Tag im Bette zubringen ... Die Abäscherung in vier Tagen hintereinander war bei seiner gewohnten Ruhe zu groß.

Rie 95

1419. HENRIETTE VON KNEBEL AN IHREN BRUDER

Weimar, 18. April 1807

Goethe ... hat diesen Morgen die Prinzeß [Karoline Luise] mit schönen Blumen beschenkt, die sie sehr erfreuen, einem Lack- und einem Levkojenstock, in schönster Blüte.

Vorigen Mittwoch waren wir vormittags bei ihm. Der Geheime Rat Wolf war da und hielt anfangs auch einen kleinen Vortrag über die Alten, ihre Geschichte, ihre Sprache usw. Dann brachte uns Goethe einige Frühlingsblumen und zeigte uns recht hübsche Sachen mit guten Bemerkungen; wobei ich das artige Hungerblümchen besonders liebgewann, das so wenige Bedürfnisse hat und bei wenig Saft und geringer Wärme sich so schnell entwickelt und hervorkommt, daß man es fast wachsen sehen kann.

KnHe 281 f.

1420. BÖTTIGER AN BERTUCH

Dresden, 24. April 1807

Ich habe die Blume schon in Händen, die Goethe auf [Anna] Amaliens Grab gestreut hat. Es ist nicht zu leugnen, daß sie manch aromatische Ausdüftung verstreut; aber hie und da riecht man doch auch den Minister, der den Lebenden schöntut. Da ich als Redakteur des „Merkurs“ bekannt bin und sich Goethe noch das letztemal, in Karlsbad, so bäurisch grob gegen mich benommen hat, daß es aller Welt auffiel, so kann ich ... sein Specimen nicht in den „Merkur“ aufnehmen, ohne den Anschein zu haben, als wollt ich ihm den Hof machen. Auch ist es eine große Frage, ob Vater Wieland mit allem, was Goethe sagte oder *verschwieg,* zufrieden ist. Endlich erscheint dies Andenken auch sogleich in Eichstädts „Allgemeiner Literatur-Zeitung“; wir kommen viel zu spät damit.

GoeJb II, 375

1421. VOSS DER JÜNGERE AN ABEKEN

Heidelberg, 26. April 1807

Mir war es rührend, wie Goethe am zweiten Abend nach der Schlacht [16. Oktober 1806], als wir um ihn versammelt waren, der Vulpius für ihre Treue in diesen unruhigen Tagen dankte und mit den Worten schloß: „So Gott will, sind wir morgen mittag Mann und Frau.“

Goethes Heirat scheint mir die Frucht von seinem damaligen Gefühl gewesen zu sein, daß auf Erden eine allgemeine Gleichheit eingetreten sei. Er dachte wohl zunächst an die möglichen Wechsel der Dinge und wünschte die versorgt, der er doch so viele Verbindlichkeiten schuldig ist. Die Vulpius mag sein, was sie will, für Goethe hat sie von jeher mit beispielloser Treue gewacht, und sie durfte mit Recht Anspruch auf seine Dankbarkeit machen. Auch ist sie ja immer die Mutter seines geliebten Sohnes. Irdische Verhältnisse mögen Goethe bisher abgehalten haben, die Vulpius zu heiraten; aber wann konnten solche Rücksichten weniger stattfinden als zu der Zeit, wo alles sich auflösen zu wollen schien. Und welchen Zeitpunkt konnte Goethe bequemer wählen, das zu tun, was er schon lange hat tun wollen, als zu einer Zeit, wo die Stadtfama mit viel wichtigeren Dingen beschäftigt war, als auf eine solche Kleinigkeit zu merken. Als man sich wieder besinnen konnte, war Goethes Heirat schon etwas Altes und Verjährtes.

Lieber, die Vulpius ist nicht so schlimm, wie Du sie denken magst. Sie ist sinnlich, das heißt auf Vergnügungen ausgehend. Aber solange ich sie kenne, hat sie nichts getan, was auch bei dem strengsten Rigoristen ihr Renommee verdächtig machen könnte. Man braucht sie wahrlich nicht zu überschätzen; man lasse ihr nur, was sie hat. Wir haben immer ein gut Leben miteinander geführt ...

Übrigens leben Goethe und seine Frau wie vorher. Er nennt sie „liebes Kind" wie vorher und sie ihn „lieber Geheimrat" und „Sie" wie vorher. Sie macht in ruhigen Tagen ihre Lustpartien, sie hat ihre Schauspielergesellschaften, alles wie vorher.

VoßG 102f. und 161

1422. JOHANNA SCHOPENHAUER AN IHREN SOHN

Weimar, 28. April 1807

Ein großes Unglück hat über uns geschwebt; es ist vorübergezogen. Goethe ist dem Tode nahe gewesen. Seit vierzehn Tagen, die er krank war, habe ich ihn nicht gesehen; jetzt ist er besser und kommt hoffentlich übermorgen zu mir; dann gebe ich meine Gesellschaft zum letzten Male. Es wird jetzt Sommer, und die Zeit der Geselligkeit ist vorüber. Er hat der verwitweten Herzogin eine Standrede geschrieben, die am Tage ihres feierlichen Leichenbegängnisses in der Kirche abgelesen wurde ... Wie wunderbar der große Mann jeden Ton zu treffen weiß! Wie meisterhaft alles ist, was von ihm kommt!

Schop I, 97

1423. HENRIETTE VON KNEBEL AN IHREN BRUDER

Weimar, 29. April 1807

Wir sind diesen Morgen nicht bei Goethen, der auch kürzlich krank war und nun auch noch etwas matt und hinfällig ist...

Eine gute Lektüre, die uns etwas von der Gegenwart entfernt, ist jetzt von großem Wert, und es war mir recht schmeichelhaft, als uns Goethe gestand, da wir ihm kürzlich auf dem Spaziergang begegneten, daß er jetzt am liebsten „Tausendundeine Nacht" läse; denn just so mache ich es auch.

KnHe 282f.

1424. KNEBEL AN SEINE SCHWESTER

Jena, 22. Mai 1807

Wir haben Goethe noch hier, und er wandelt in seiner „halben Hypochondrie", wie er sie nennt, unter uns herum, und seine Gegenwart tut uns wohl. Wie angenehm ist es, unter den gemeinen Gelehrten einen Mann zu sehen, dem es um wahre Wissenschaft und Weisheit zu tun ist! Auch scheint es mir, daß er froh ist, der weimarischen bösen Luft auf eine Weile entronnen zu sein.

KnHe 286

1425. KNEBEL AN SEINE SCHWESTER

Jena, 26. Mai 1807

Goethe ist gestern in der Frühe von hier abgereist. Wir grüßten ihn noch beim Wegfahren aus unserm Fenster. Er scheint sich fast ganz in sich und den weiten Umfang seiner Beschäftigungen und Kenntnisse zu konzentrieren, um den bösen Einflüssen der Zeit und der Umstände widerstehen zu können und das mannigfaltige moralische und politische Übel von sich zu halten. Es ist schlimm, wenn man gewissermaßen an der Welt zu verzweifeln anfängt und sich das Gemüt der freien Mitteilung verschließt. Man bewahrt dadurch Übel, die sich doch vielleicht lindern ließen. Doch was läßt sich sagen! Die Umstände machen vorher das Gemüt krank, und dann kann das kranke Gemüt nicht, wie das gesunde, sich freie Vorstellungen schaffen. Goethe ist indessen glücklich, daß er sich einen so reichen Vorrat von tiefen Kenntnissen und Fähigkeiten aller Art hat anzuschaffen und zu erhalten gewußt. Zu wünschen wäre es, daß er an dem Platze, woran er sich befunden, auch gewisse politische Fähigkeiten oder Eigenschaften sich hätte aneignen können. Aber diese sind, wie schon Bacon bemerkt hat, Gemütern von eigenem reichen Vorrat selten eigen, indem sie anfänglich solche zum Teil auch zu sehr verachten. So hat unser Weimar durch die ganz vorzüglichen Geister, die es besessen, im Politischen auch nicht um ein Haar gewonnen.

KnHe 287

1426. KAROLINE HERDER AN KNEBEL

Freiberg, 30. Mai 1807

O lieber Freund, ich möchte ein Geständnis machen über die hochgepriesenen poetischen Abgötter der Zeit. Wie steif und leer und herz- und geistlos sind sie mir in ihren Formen, mit denen sie uns jetzt eine kunstvolle Menuett vortanzen! Arme, zusammengelesene Gegenstände, die nicht leben; kurz, meist *ausgedrückte Zitronen* gegen unsern *einzig lebendigen* Jean Paul ... *Ein Genius und Heiland seiner Zeit ist er!* Und welcher Dichter dies nicht ist, hat seinen göttlichen Beruf verfehlt.

BrKn II, 90

1427. CHRISTINE VON REINHARD AN IHRE MUTTER

Karlsbad, 1. Juni 1807

Vorgestern ward auf meinem Zimmer über die Begebenheiten der Zeit geschwätzt; gefragt, ob wohl Deutschland und deutsche Sprache ganz verschwinden würden. „Nein, das glaube ich nicht", sagte jemand, „die Deutschen würden, *wie die Juden,* sich überall unterdrücken lassen, aber *unvertilgbar* sein wie *diese* und, wenn sie kein Vaterland mehr haben, erst recht zusammenhalten."

Dieser Jemand war Goethe. Er war wenige Tage vorher hier angelangt, hatte mir am Tage seiner Ankunft einen Brief von Frau Frommann geschickt und durch Riemer seinen Besuch melden lassen.

Mein Mann begab sich gleich nach dem Mittagessen zu ihm. Man führte ihn in ein Zimmer, wo ein älterer, ziemlich starker, mit einer Jacke bekleideter Mann saß, der sofort ins Nebenzimmer verschwand und alsbald, mit einem Überrock bekleidet, zurückkehrte. Er setzte sich aufs Sofa und war bemüht, sich geradezuhalten.

Seine Manieren haben nichts Französisches, sind nicht freundlich, sondern rasch und abgehackt. Sein Ausdruck ist ernst, aber wenn er lächelt, glänzen seine Augen, und Ironie läßt sich in allen Runzeln seines Antlitzes blicken.

Er war sehr zuvorkommend, sprach von Jassy, unserer Gefangennahme und erinnerte sich einer Reise, die er in jene Gegend gemacht hatte.

Das Bild, das ich mir von Goethe vorgestellt, ist, wie es berühmten Leuten gegenüber so häufig geschieht, nicht genau. Er gleicht mehr dem Antonio als dem Tasso. Sein ganzes Auftreten ist das eines Staatsmannes; nur sein Auge verrät den Dichter.

Rei 325f. Aus dem Französischen

1428. CHRISTINE VON REINHARD AN IHRE MUTTER

Karlsbad, 11. Juni 1807

Goethe hielt uns auf einem Spaziergange einen förmlichen Vortrag über seine neue Farbenlehre. Seine Art, sie zu betrachten und darzustellen, ist sehr interessant; trotzdem sagt man sich, sobald man nicht mehr unter seinem geistigen Einflusse steht, es werden viele seiner Ausführungen von kompetenten Beurteilern ins Reich der Chimäre verwiesen werden. Karl folgt diesem blendenden Geist besser als ich. Die geistige Welt, in der er sich bewegt, umfaßt alles: Philosophie, Botanik, Astronomie. Alle Zweige der Wissenschaft sind ihm bekannt. Wenn ich ihm einige Zeit gefolgt bin, wie er alle Gegenstände berührt und sich immer in unersteiglicher Höhe hält, so verweigert mein Verstand jeden Dienst, und ich werde durch das Gefühl meiner Inferiorität vernichtet. Aber ich bin überzeugt, daß dies der von ihm gewünschte Eindruck ist, der ihm außerordentlich schmeichelt.

An einem einzigen Tage kam er viermal. Vormittags, um mir in der Kopie seiner Höhenkarte zu helfen, dann, um das von ihm erbetene Tagebuch unserer Einschließung mir zurückzustellen, später, um uns farbige Gläser zu bringen, die sich auf seine Arbeit beziehen, endlich abends, um sich zu entschuldigen, daß er nicht mit uns speisen könne ...

Der Dichter brachte uns sein Stammbuch und bat uns, daß wir uns hineinschreiben möchten. Ich war darüber sehr betreten, denn er hat bestimmte Ansichten über die Handschrift, die nach ihm Schlüsse auf den Charakter der Person gestatte. So hat er ein förmliches Studium über die Handschrift Napoleons gemacht und ist zu einem sehr richtigen Urteil über sie gelangt. Doch haben wir uns dadurch aus der Prüfung zu ziehen gesucht, daß wir das allumfassende Genie des Mannes lobten, vor dem Natur und Menschenherz keine Geheimnisse mehr besitzen. Diese Schmeicheleien wurden gut von ihm aufgenommen.

Rei 326 ff. Aus dem Französischen

1429. CHRISTINE VON REINHARD AN IHRE MUTTER

Karlsbad, 24. Juni 1807

Mein Mann traf Goethe am Vormittag und erzählte ihm, daß die erwartete Schlacht am 14. Juni stattgefunden habe. „Es werden noch mehrere folgen", sagte er auf französisch.

Nach dem Konzert kam er uns entgegen und ging mit uns in ostensibler Weise spazieren. Diese Demonstration wurde allgemein bemerkt.

Goethe bringt fast alle Abende bei uns zu. Dann ist die Politik völlig aus der Unterhaltung verbannt. Die Herren plaudern über Kunst, Wissenschaft und Literatur. Der funkelnde Geist des Forschers weiß auch den ernstesten Fragen eine neue Wendung zu geben. Man kann ihn nicht auf den ersten Blick beurteilen; nur wenn man mit ihm allein ist, gibt er sich als den allumfassenden Geist kund; sobald man in zahlreicher Gesellschaft ist, wird er schweigsam und bleibt in seine Gedanken versunken.

Unsere Begegnung mit ihm gehört zu den wenigen glücklichen Zufällen unseres Lebens. Für meinen Mann ist die geistige Anregung, die er aus der Intimität mit Goethe empfängt, nützlicher als alle von ihm gebrauchten Heilmittel. Er und Goethe scheinen sich täglich mehr aneinander zu gewöhnen und sich zu schätzen. Wir bringen ganze Tage miteinander zu.

Einmal las Goethe mehrere seiner Gedichte vor. Es war ein großer Genuß.

Rei 329f. Aus dem Französischen

1430. CHRISTINE VON REINHARD AN IHRE MUTTER

Karlsbad, 5. Juli 1807

Der Herzog hat uns sehr liebenswürdig aufgefordert, Weimar auf unsere Reiseroute zu sehen. Goethe lud uns gleichfalls ein und sagte bei der Gelegenheit meinem Mann, er wolle ihm seine Frau vorstellen. Er fügte hinzu: „Ich will sie Ihnen schildern, aber nicht in Gegenwart Ihrer Gattin; die ist eine zu aristokratische Natur. Für meine Frau sind meine Werke tote Buchstaben; sie hat keine Zeile davon gelesen; die geistige Welt existiert nicht für sie. Sie ist eine vortreffliche Wirtschafterin; meine Häuslichkeit, die sie ganz allein leitet, ist ihr Königreich. Sie liebt Putz und Theater und ist dann völlig umgewandelt. Meine Gesellschaft hat sicher einen Einfluß auf ihren Verstand ausgeübt und das Theater ihren Ideenkreis erweitert." ...

Goethe machte uns ein sehr schönes Geschenk mit der eben erschienenen Gesamtausgabe seiner Werke. Auf die erste Seite klebte er eine von ihm selbst gemalte Ansicht Karlsbads nach der Natur, mit der Widmung: „Dem würdigen Ehepaar Reinhard." Diese Aufmerksamkeit rührte uns sehr. Mein Mann verschaffte sich mehrere französische Werke, die er ihm schenken will. Augenblicklich ist nur von „Corinna“ [von Frau von Staël] die Rede. Der Herzog ließ ein Exemplar auf Bitten Goethes kommen. Dieser hat es seit einigen Tagen und scheint entzückt zu sein, wenigstens lobt er es ohne jeden Vorbehalt.

Rei 332f. Aus dem Französischen

1431. PASSOW AN HUDTWALKER

Weimar, 7. Juli 1807

In diesen Stunden wird mir das Katheder zum Dreifuß, und ich *fühle* mich recht als Goethes Mitbürger (dessen Sohn hiesiger Primaner ist).

Goethe ist noch nicht hier, kommt aber im August, da er seinen Plan mit Wien aufgegeben hat. Ich sehe aber, daß er alles vorbereitet hat, mich an sein Haus zu knüpfen. Seine jetzige Frau hat mir das schon zu verstehn gegeben. Und nicht umsonst!

Einen zweiten gesellschaftlichen Berührungspunkt hat mir eine Landsmännin von Dir, eine hier lebende Hofrätin von Schopenhauer, gegeben ... Ihr Haus ist das einzige, was Goethe besucht und wo man ihn ganz Goethe findet. Im Winter ist er und noch einige Weimaraner, z. B. Einsiedel, Meyer, Fernow, Weißer, alle Abende des Donnerstags und Sonntags bei ihr, wo er zum Entzücken liebenswürdig sein soll. Noch vor seiner Reise hat er, gleich nach meiner Berufung, die Schopenhauer gebeten, auch mich zu diesen Zirkeln zu zählen.

Pas 83

1432. CHRISTINE VON REINHARD AN JOHANNA FROMMANN

Karlsbad, 8. Juli 1807

Unser Zusammentreffen hier mit Goethe betrachte ich als ein Geschenk des Himmels. Er und Reinhard scheinen großes Behagen aneinander zu finden. Ich habe eine herzliche Freude, sie ihre Schätze austauschen zu sehen. Goethe lebt hier fast nur mit uns; wir sehen ihn täglich.

Mein eigentliches Urteil über diesen höchst merkwürdigen Menschen, der als Dichter alle meine Gefühle, als Mensch nur meine Verstandeskräfte in Bewegung setzt, behalte ich mir vor, Euch einmal beim Teetisch recht verständlich vorzutragen, um es durch Euch berichtigen zu lassen.

Gespr II, 237

1433. CHRISTINE VON REINHARD AN IHRE MUTTER

Karlsbad, 10. Juli 1807

Ich habe Ihnen schon von unserm täglichen Verkehr und von dem Anteil gesprochen, mit dem ich dieses ebenso außerordentliche wie universale Genie betrachte. Ich sage „betrachte", denn trotz allen Entgegenkommens seinerseits sind unsere Beziehungen, wenigstens soweit es mich betrifft, niemals herzliche geworden. Es ist an ihm zuviel Aufgetragenes und ein Mangel an Natürlichkeit, die kein Vertrauen erwecken und vielmehr jede Ergießung ausschließen. Es wäre anmaßend von mir, wenn ich ihn beurteilen wollte und mir einbildete, dieses einzigartige Wesen begriffen zu haben. Ich werde vielmehr nur versuchen, den Eindruck wiederzugeben, den dieser strahlende Geist auf mich gemacht hat; aber auch dazu sollte man seine Beobachtungsgabe und seine Kühnheit haben.

Der Professor Huber sagt mit Recht, daß Goethe jede Individualität vermeidet. Eben deshalb hat er nie mein Herz bewegt. Er schwebt über dem menschlichen Elend gleich dem Bewohner eines andern Himmelskörpers. Nie spricht er von sich selber, und nie habe ich ihn an den Freuden und Kümmernissen anderer Anteil nehmen sehen. Selten entlockt man ihm ein Zeichen der Billigung oder des Mißvergnügens. Wenn man gegen ihn die Mißgeschicke und Enttäuschungen von Leuten, die er kennt, erwähnt, so nimmt er solche Erzählungen wie Anekdoten und erzählt ähnliche. Nichts erregt ihn. Er lebt völlig im Kreise seines Denkens und Wissens; wahrlich: einem ungeheuren Kreise, der alle Wissenschaften in sich faßt; da macht er sich denn ein Spiel aus den abstraktesten Gegenständen. Er ergibt sich mit Eifer der Botanik, der Chemie, der Steinkunde, der Astronomie: Alles ist ihm vertraut. Die Farbenlehre ist sein gegenwärtiges Steckenpferd, und der Bericht, den er meinem Manne darüber gemacht hat, zeigt, daß sie, von der Chemie ausgehend, zur Philosophie ansteigt.

An die Schmeichelei gewöhnt, wie er ist, verwirrt ihn keine Lobrede mehr. Als im Laufe eines Gesprächs Goethe sich mit ungewohntem Feuer und Schwunge ergossen hatte, sagte ihm Karl: obwohl er doch zu wiederholten Malen mit bedeutenden Männern in beinahe innige Beziehungen gekommen sei, habe er doch bei keinem von ihnen einen solchen Reichtum an Gedanken, einen solchen Zusammenklang, eine solche Erhabenheit der Aussprüche, kurz, ein so vollkommenes Ganzes gefunden wie bei ihm. Er gestand, daß er ihm nur mit Mühe folgen könne, denn sein Geist müsse immer wieder auf das zurückkommen, was er von ihm gehört hatte, und daß er oft von der Richtigkeit und Kühnheit seiner Ideen gleichsam geblendet sei. Solche Huldigung schien den Dichter gar nicht weiter zu erstaunen; er antwortete: man müsse in der Tat an seine Sprache gewöhnt sein, um ihn zu verstehen, weshalb er denn auch auf die gesellschaftliche Unterhaltung verzichtet habe und nur dann sprechen möge, wenn er Menschen seiner Höhe antreffe, wie mein Mann es sei und Schiller es gewesen. Danach begann er dann diesen letzteren zu loben, ohne jeden Hintergedanken der Nebenbuhlerschaft oder ohne an eine Vergleichung mit sich selber.

Sie wissen, liebe Mutter, daß Goethe, wie viele vorzügliche Männer, bei den Weibern sich gern einer geringeren geistigen Höhe anpaßt und daß er bei ihnen eine gewöhnliche Natur einer verfeinerten Intelligenz beinahe vorzieht. Bei seinen Verhältnissen mit unserm Geschlecht läßt er sich vom Eindruck des Augenblicks bestimmen und hat dann doch die Maximen bei der Hand, die seine Launen und alle ihre Folgen rechtfertigen sollen. Aber in seinen Werken rühren und gefallen uns seine erhaben fühlenden Heldinnen nicht, weil der Dichter sie nur deshalb mit soviel Tugenden geschmückt und mit soviel Liebe geschaffen hat, damit es den Anschein habe, daß er den Schöpfer der wirklichen Frauen übertreffe.

Wenn er seine Dichtungen vorliest, ist es ein Hochgenuß. Seine Stimme ist klangvoll, stark und wohlmoduliert. Das Feuer seiner Blicke, sein Ausdruck, seine Bewegungen sind richtig und eindrücklich. Mit Vorliebe deklamiert er Balladen und handlungsreiche Stellen. Er hatte uns gleich gesagt, daß seine Wahl gewöhnlich auf Gegenstände falle, wo eine Situation uns ergreift, und nicht etwa auf gefühlvolle oder gedankenreiche Reden.

Meine unerfahrene Hand hat nun genug über diesen Meister in allen Künsten niedergeschrieben. Ich sollte Ihnen noch die Meinung meines Gatten über den Menschen und den Schriftsteller Goethe mitteilen, aber die Zeit mangelt mir. Sie unterscheidet sich von der meinigen in mehreren Punkten, denn er erhebt seinen Freund dermaßen in die Wolken, daß das Haupt des Helden beinahe von einem Himmelslichte umgeben erscheint. Ich meinerseits beschränke mich darauf, in ihm zwei Augen von unvergleichbarem Glanze zu bewundern und zu gestehen, daß ich ähnliche nie gesehen habe, denn sie erstrahlen von einer Intelligenz über alle Maßen.

Rei 334–337. Aus dem Französischen

1434. BETTINA BRENTANO AN ARNIM

Kassel, 13. Juli 1807

In Weimar ward mir ein einziger Wunsch erfüllt: die vier Stunden, die ich dort zubrachte, schaute ich in Goethes Antlitz, der mich wieder so freundlich ansah, so freundlich! Kein Wesen in der ganzen Natur war mir so angemessen, gab so, was ich begehrte, als eben das seinige ...

Mit Goethe sprach ich viel von Ihnen. Er hat Sie lieb; er kann es sehr gut begreifen, daß ich Sie auch liebhabe. Ich wundre mich, daß ich so ruhig war bei ihm, bei ihm allein, daß ich auf seiner Schulter lag und beinah schlief, so still war die Welt um mich her, und er ließ sich's gefallen und war auch still und war so ehrend in dem wenigen, was er zu mir

Bettina von Arnim geborene Brentano

sprach. Ich trag einen Ring von ihm am Mittelfinger der rechten Hand. Es ist eine kleine Figur in einen blauen Stein geschnitten, die ihre Haare löst oder bindet ...

ArnBe 57

1435. BRENTANO AN ARNIM

Frankfurt, 17. Juli 1807

Indessen reiste Bettine ... durch Berlin und Weimar. Dort war sie bei Goethe drei Stunden, und er steckte ihr einen Ring an den Finger und gedachte unsrer Mutter ... ich mußte sehr weinen, sie wiederzusehen: am Finger die schöne Antike von Goethen, ein Weib, das sich verschleiert. Ich habe sie unendlich lieb ... Bettine ist ruhig wie ein Engel; sie ist geistreicher, als je ein Mensch vielleicht gewesen, unergründlich genial, unschuldig. Ihr Gesang ist viel, viel mehr geworden. Sie ist nicht mehr gespannt; sie ist ein Genius, der die Flügel öffnet und senkt ...

Soeben geht Bettine mit ihrem Schreibebuch zum erstenmal zur alten Goethe, sich erzählen zu lassen und aufzuschreiben. Gestern hat die Alte ihr gesagt: „Main Sohn hat Ufträg vom Kaunig nach Wiehn kriegt, un sie sahge, er werd außem Karlsbad hihngehn. Aber ich weeß besser, er kann nit wohl hihngehn; ich hab em ja Schpahwasser nach Waimar geschickt, un wie kann er dann nach Wiehn, wenn das Schpahwasser in Waimar iss!" Dieses ist die letzte Nachricht in der Biographie.

Brent I, 341 und 343

1436. ELISA VON DER RECKE AN REINHART

Karlsbad, 25. Juli 1807

Goethe und Fernow sind jetzt hier. Ersterer will sich in Karlsbad ansässig machen und auf der Wiese den Goldenen Brunnen kaufen. Ich verdenke dies Goethen nicht, denn Karlsbad bleibt schön, wenn man auch Salzburg, Tirol und die Schweiz gesehen hat.

GoeJb IV, 455

1437. CHRISTINE VON REINHARD AN IHRE MUTTER

Weimar, 9. August 1807

Ich hatte mir fest vorgenommen, die Bekanntschaft von Goethes Frau zu machen, um ihm zu beweisen, daß meine Natur nicht so exklusiv sei, wie er vermutete.

Zugunsten seiner Frau ist, obgleich Goethe eine hervorragende Stellung einnimmt, obgleich alles von ihm abhängt und man überall seinen Geschmack spürt, keine Abweichung von der Etikette gemacht worden. Der Zutritt zu Hofe ist ihr nicht gestattet, und wenige Personen überschreiten ihre Pforte außer den Fremden, die stets begierig sind, das Heiligtum dieses Mannes ohnegleichen zu überschreiten.

Das Äußere von Frau von Goethe ist gewöhnlich, um nicht zu sagen: gemein. Aber sie sieht so aus, als wenn sie einen guten Charakter hätte. Sie hat auf mich einen weniger antipathischen Eindruck gemacht, als sonst Frauen machen, die in die Gesellschaft kommen, nachdem sie lange Zeit eine niedrige Stellung eingenommen haben. Sie drängte uns gutmütig, eine Mittagseinladung bei ihr anzunehmen.

Goethes Wohnung ist ein wahrhafter Musenpalast, in italienischem Stil eingerichtet. Auf jedem Treppenabsatz sind Nischen angebracht, in denen Statuen stehen. Am Fußboden des ersten Salons ist in Mosaik das Wort SALVE zu lesen.

Man meint in einen Tempel einzutreten, aber die darin wohnende Gottheit hat nichts Ätherisches. Wollte ich sie Ihnen genau charakterisieren, so könnte ich sie nur mit der Kammerfrau vergleichen, die ich nach Italien mitnahm. Ihre Person, ihre Manieren und Bewegungen sind durchaus die einer gewandten Kammerfrau. Auch ihr Bildungsgrad steht nicht höher ... Es ist seltsam, daß ein Mann von so erhabenem Wesen, der das Schöne verehrt, in seinen Wohnräumen keine mittelmäßigen Kunstgegenstände duldet, eine so gewöhnliche Frau zu seiner Lebensgefährtin gemacht hat, daß er, der in Kunstgegenständen so schwer zu befriedigen ist, in Gefühlssachen so bescheiden war.

Diese Seltsamkeit, dieser Mangel an Logik stimmt jedoch

mit dem Eindruck überein, den der Dichter mir machte, sooft es sich um sein äußeres Leben handelte.

Rei 345 ff. Aus dem Französischen

1438. VOSS DER JÜNGERE AN CHARLOTTE SCHILLER

Heidelberg, 28. August 1807

Dieser Görres gehört unter die Arabeskenschriftsteller. Er hat Witz und Phantasie, aber durchaus keinen Geschmack... Jean Paul ist sein Heros; Schiller verdient nicht den Namen eines Dichters; Goethe soll einige Anlage gezeigt haben, aber die gemeine Natur hat den Sieg davongetragen. Im „Wilhelm Meister" herrscht eine niedrig-ökonomische Ansicht des Lebens, ein irreligiöser Dualismus ... Schade ist es um manchen guten Kopf, der durch eine solche querköpfige Ansicht zugrunde geht ...

Ist Goethe denn noch wirklich im Karlsbade oder nach Wien gereist, wie es hier heißt? Ich fürchte, er ist nach seiner Vermählung nicht so glücklich wie vorher. Vielleicht bleibt er lange auf der Reise, um sich zu zerstreuen und Heiterkeit für den Winter zu holen. Wolle ihm ein gutes Geschick die geben nach dem letzten, für ihn doch zum Teil trüben Winter. Daß er seinen August zu uns schickt, ist wohl gewiß; wenigstens mir hat er es als bestimmt geschrieben ...

Gestern fiel mir die Xenie in die Hände:

Ödipus reißet die Augen sich aus, Jokasta erhängt sich,
Und so hat sich das Stück endlich harmonisch gelöst.

Ich war mutwillig genug, folgende Parodie zu machen:

Stella sticht mit dem Dolche sich tot, Fernando erschießt sich,
Und so hat sich das Stück endlich harmonisch gelöst.

Unbegreiflich ist mir's, wie Goethe diese Änderung hat machen mögen und können.

SchFr III, 227–230

1439. BETTINA BRENTANO AN ARNIM

Frankfurt, August 1807

Wievielmal stelle ich mir innerlich vor, wie Sie wiederkommen, was ich sagen will, und so weiter. Es ist mein Spielwerk, mit dem ich mich ergötze, sooft ich allein bin. Es ist mein Lieblingskind, das mir Sorge und Freude macht. Es ist ein Zwillingsbruder von der Begierde, wieder mit Goethe zu sein.

Wenn ich an diesen denke, so möchte ich ewig um ihn herumstreichen, ihn zart anspielen, wie kühler Wind in der Sommerhitze, ihm frisches Wasser reichen, ihn wärmen und pflegen im Winter, ein Tribut meines erfüllten Herzens. Seine Büste steht auf meinem Tisch, oft leg ich die Hand an die kalte breite Stirn. So lebendig ist das Bild, daß ich glauben muß, er winkt mir, er lacht, er scheint traurig, je nachdem ich es selbst bin, alles wie unter einem Schleier ...

Guter Arnim, Sie werden bald Goethe sehen. Ich bitte, denken Sie meiner, wenn Sie vor ihm stehen, so wie ich Ihrer gedacht habe. Fragen Sie nach mir, nur ganz leicht, und wenn er dann freundlich wird, das schreiben Sie mir.

Seine Mutter sehe ich alle Tage und erquicke sie in diesen heißen Tagen mit Trauben und Melonen.

ArnBe 61 und 63

1440. BETTINA BRENTANO AN ARNIM

Frankfurt, Mitte September 1807

Goethe hat mich durch seine Mutter bitten lassen, ihm zu schreiben; er will mir antworten. Diesen hab ich so lieb! So ganz ohne Wache, ohne Ringmauer, ohne Schloß und Riegel; vielmehr sind die Türen ausgehoben wie in Italien. Seht, so muß es sein bei solch einer kräftigen Natur. Ich kann mir mein Wesen gar nicht mehr denken ohne diese Säule, um die meine Lebenskette sich schlingt. Es wär ja dem schönen Land, dem herrlichen belebenden Strom abgeschnitten, wenn ich ohne diese himmlische Freude im irdischen Leben sein müßte.

ArnBe 68

Achim von Arnim

1441. GALL AN BERTUCH

Basel, 23. September 1807

Wenn Goethe da ist, so beschwören Sie ihn doch, daß er mir seinen prächtigen, herrlichen Kopf abdrücken läßt. Alle Welt lacht mich aus, daß ich ihn nicht habe. Ich will recht sanft mit ihm umgehn.

Alt-Weimar 96

1442. RIEMER AN FROMMANN

Weimar, 30. September 1807

Mit nächstem ... wird G[oethe] auch an der Polemik [der „Farbenlehre"] wieder fortfahren. Sich zu dieser Winterarbeit vorzubereiten und Lust dazu zu erwecken, hat er sich vorläufig an den zweiten Teil, der Geschichte nämlich, gemacht, sammelt und liest dazu. Und es wird sehr interessant werden. Von Karlsbad aus gleich in die Polemik einzuschreiten war eine zu ennuyante Sache.

Mit G[oethes] Gesundheit geht es sehr gut, und wenn es auch nur in diesem Grade besteht, so ist schon alles gewonnen. Denn ihn wieder *jung* zu machen, möchte wohl Medeens Sprudel selbst unfähig sein. Gott sei Dank, daß er sich so, heiter und tätig, befindet!

Rie 100

1443. CHARLOTTE VON STEIN AN IHREN SOHN FRIEDRICH

Weimar, 30. September 1807

Goethe ist wieder hier und grüßt Dich freundlich. Übrigens mutet er seinem Herzen nicht viel zu für seine Freunde.

Stein II, 271

1444. VULPIUS AN NIKOLAUS MEYER

Weimar, 4. Oktober 1807

Goethe ist gesunder zurückgekommen und ist jetzt munter und wohl, wiewohl er viel arbeitet an seinem Farbenwerk, an Hackerts Biographie [„Philipp Hackert"] pp. Er hat auch ein neues vortreffliches Vorspiel geschrieben [„Zur Eröffnung des Weimarer Theaters am 19. September 1807"], womit die Großfürstin im Theater empfangen wurde. Es schildert dasselbe die Szenen des 14.–17. Oktobers vorigen Jahrs bei uns, ganz treu und lebhaft, und die Empfangsszenen dieses Jahres. Sie hätten sehen sollen, wie alle Häuser mit Girlanden, Kränzen pp. behangen wurden, wie alles so waldlich aussah. Goethe hat es trefflich beschrieben...

MeyerN 215

1445. PASSOW AN BUCHER

Weimar, 10. Oktober 1807

Neulich hat Goethe angefangen, aus Schlegels Übersetzung von Calderóns „Standhaftem Prinzen" vorzulesen, von der er das Manuskript hat. Das Stück selbst genießen wir nicht sonderlich, aber Goethe desto mehr, weil er sich beim Vorlesen so recht gehnläßt. Erstlich spricht er so laut und heftig, daß die Leute in allem Ernst unterm Fenster stehenbleiben müssen; dann wiederholt er oft lange Stellen, die ihm besonders gefallen, zwei- und dreimal, und endlich spricht er selbst alle Augenblicke dazwischen, wo er etwas zu loben oder zu tadeln findet.

BodeSt VII, 199

1446. RIEMER AN FROMMANN

Weimar, 14. Oktober 1807

Von Goethens Befinden kann ich Ihnen das Beste melden. Er ist wohlauf. Die Diät, strenger als je, bekommt ihm sehr gut. Er ißt bloß zu Mittag, aber gut und hinlänglich. Des

Abends genießt er Tee mit Wein, des Morgens, außer seinem Spawasser, abwechselnd Kaffee, Schokolade oder Fleischbrühe. Des Weins täglich nur ein Nößel. Des Abends geht er sehr oft in Gesellschaft und ins Theater. So hoffen wir, daß sein teueres Leben uns noch lange zugute kommen soll.

Rie 102

1447. VOSS DER JÜNGERE AN CHARLOTTE SCHILLER

Heidelberg, 17. Oktober 1807

Goethes Gesundheit scheint nun doch wirklich fest zu sein ... Gott erhalte uns diesen Edeln an Geist und Herzen! Noch denke ich mit Freude eines Abends, wo Schiller in unserem Hause, auf unserem schwarzen Sofa, unter Agnes' [von Stolberg?] Bilde, ich möchte sagen, mit Begeisterung von Goethes durchaus edler, aber oft verkannter Natur sprach. Und aus welch einem Herzen entsprangen diese Worte! Wahrlich, eine schönere Verherrlichung gibt es nicht! kann es nicht geben! Die Nachwelt wird staunen über die Größe und Tiefe seines Geistes. Lieben und mit Innigkeit an ihm hangen wird sie, wenn sie erfährt, daß ihn Schiller mit ganzer Seele geliebt hat. Den Vorzug hat Schiller in seinen Werken vor Goethe, daß er keiner Verherrlichung durch andere bedarf. Wer ihn, den Menschen, auch nicht aus den theatralischen Werken ganz erkennt ..., der braucht nur in seinen Gedichten zu lesen, dem möchte ich das Lied „An die Freude" zu lesen geben, worin so ganz das Herz und die Gesinnung redet ... Wie sehr wünschte ich, daß auch Goethe mehr solcher Gedichte gegeben hätte, durch die man unmittelbar in sein Herz blicken könnte.

SchFr III, 231 f.

1448. RIEMER AN FROMMANN

Weimar, Ende Oktober 1807

Zugleich meldet er [Fernow] mir von einer Broschüre, die ich mich auch erinnere, angekündigt gesehn zu haben, unter dem ominösen Titel: „Saat, von Goethe gesäet, dem Tage der Garben zu reifen“ [von Reinhold], der schon nichts Gutes weissagte. Nun vollends muß ich erfahren, daß es voller Invektiven gegen G[oethe] und das weimarsche Theater ist und daß ein Lump wie Merkel oder Kotzebue der Urheber sein muß. Ich möchte es doch lesen, doch, versteht sich, vor G[oethe] geheimhalten. Er muß es doch nicht erfahren, oder nur höchst indirekt.

Rie 105

1449. CHARLOTTE VON STEIN AN IHREN SOHN FRIEDRICH

Weimar, 11. November 1807

Gestern abend war ich bei der Herzogin. Goethe hat neue Szenen in seinen „Faust“ gemacht und las sie vor. Sie werden in sechs Wochen ungefähr gedruckt erscheinen. Es ist ein sehr genialisches Stück, und mit Wahrheit sagt er in der Vorrede, daß er einen vom Himmel bis zur Hölle führe. Es sind jetzt öfterer Vorlesungen vom Goethe in einem sehr kleinen Zirkel bei der Herzogin. Die Erbprinzeß [Maria Pawlowna], Prinzeß Karoline, die zwei Oberhofmeisterinnen [von Wedel und Henckel von Donnersmarck] und ich; selten Herren. Wenn es dem Goethe lange gemütlich bleiben wird, so fortzufahren, wird es hübschere Abende geben als die des ewigen Kartenspiels. Aber beinah noch hübscher sind die Dienstage früh bei Prinzeß Karoline, wo er auch manchmal hinkommt und ohne Vorlesung die geistreichsten Dinge sehr angenehm auseinanderwickelt. Er ist da weniger geniert und weiß, daß er in der Prinzeß Karoline einen feinen Sinn findet ... Goethe ist auf zwölf Tage nach Jena gereist. Wenn er etwas arbeiten will, so nimmt er immer seine Zuflucht dahin; denn seine Zelebrität setzt ihn immer so vielem Zuspruch aus, daß er hier nicht zu sich selbst kommt.

Stein II, 273f.

1450. KNEBEL AN SEINE SCHWESTER

Jena, 17. November 1807

Goethe lebt so ganz still weg und betreibt seine Geschäfte. Er besucht mich zuweilen, und wir disputieren uns auch ein wenig ...

Das Menschengeschlecht ist zuweilen etwas verkehrt; aber wo ihm Wärme und Güte herkommt, da streckt es doch bald die Köpfe hin. Gerechtigkeit gehört aber auch zu Wärme und Güte, denn ungerechte Güte ist Härte gegen den Gerechten selbst. Und so geht es auch dem guten Goethe, der nicht immer mit gleichgemessenem Maße teilt.

KnHe 313f.

1451. KAROLINE HERDER AN JOHANN GEORG MÜLLER

Weimar, 6. Dezember 1807

Über Ihre herrliche Idee zum Grabmal des Vaters werde ich Professor Meyer fragen. Dieser war ehedem des Vaters Freund; er hat den wahren, einfachen Geschmack. Goethe hatte ihn abgewandt; vielleicht hat er sich seitdem zum Bessern geändert, wie Goethe denn des Vaters Tod sehr angegriffen haben soll und er jetzt gute Gesinnungen über ihn äußern soll. Ach, sie haben nur jetzt keinen Wert für mich. Goethe ist für mich tot.

VaH III, 346

1452. KNEBEL AN SEINE SCHWESTER

Jena, 8. Dezember 1807

Goethe lebt hier recht wohl, und ich sehe ihn fast täglich. Zuweilen bringt er die Abende bei uns zu, und da ist dann jetzt der poetische Luther [Zacharias Werner] auch zugegen. Wir haben Goethe diese letzten Male besonders geistig und mitteilend gefunden, und es scheint, als wenn er es in diesem Kreise mehr noch sei als anderwärts. Es ist zu bewundern, wie tief er den Grund so verschiedner Dinge erforscht hat...

Goethes Gegenwart gibt mir doch einige, wiewohl geringe Hoffnung wegen des dringenden Bedürfnisses unsrer Erziehungsanstalten. Es ist nicht zu sagen, wieviel mit geringen Kosten, vielleicht im Anfange nur mit 3- bis 400 Talern, hierin für das gemeine Beste geschehen könnte und wie sehr sich das in kurzem verinteressieren würde. Denn in der Tat, es würden mehrere Personen hieher ziehen, wenn sie einige Anstalten für ihre Kinder fänden, und da die Universität auf so schlechtem Fuß ist, so würde dieses gar viel zur Nahrung der Bürger beitragen. Aber in Weimar, wo sich zum Unnützen und Willkürlichen so leicht die Summen finden, ist man für das Rechte immer arm.

KnHe 317

1453. KNEBEL AN SEINE SCHWESTER

Jena, 15. Dezember 1807

Goethe hat mir kürzlich einen einsamen Abend geschenkt, wobei er mir ein neues Gedicht von ihm, das er wahrscheinlich erst hier angefangen, „Pandorens Wiederkunft", vorgelesen hat. Ich kann Dir weiter nichts davon sagen, als daß es herrlich gedacht und ausgeführt ist. Die Personen sind gewissermaßen alle neu und mit großer Lieblichkeit entworfen. Vorzüglich gefällt mir die Idee von Pandorens Büchse oder Urne, die nach der Fabel alle menschliche Übel soll enthalten haben und an deren Grunde die Hoffnung allein noch zurückblieb. Goethe hat diese Übel in liebliche Traumgestalten verwandelt, die sich bei eröffneter Urne Dünsten gleich in die Höhe ziehen, nach deren Bildern die Sterblichen immer rennen, aber nur durch den törichten Verfolg derselben unglücklich werden. Die Hoffnung verspricht er sich noch unter dem griechischen Namen Elpore glücklich auszumalen. Der Sorge tragende Gemahl der Pandora, Epimetheus, hat mir auch sehr gefallen.

KnHe 318f.

1454. KNEBEL AN SEINE SCHWESTER

Jena, 17. Dezember 1807

... Goethe versicherte mich, daß das zum nächsten Geburtstag unsrer Herzogin zu gebende Stück [„Wanda"] des Herrn Werner gewiß keine drei Stunden spielen könne. Auch wird das Vorspiel, das er, wie es scheint, selbst dazu machen wollte, wegbleiben, da es nicht fertig wird.

Überhaupt scheint Goethe von der Beschwerlichkeit der Ausdauerung bei solchen festlichen Operationen gänzlich überzeugt zu sein, und er versicherte mich, daß er es selbst bei Schillers Stücken niemals über den vierten Akt habe aushalten können ...

Goethe, der morgen wieder nach Weimar zurückkehrt, hat uns gestern noch äußerst niedliche, hier verfertigte Sonette vorgelesen, und ich glaube, daß er es nicht übelnimmt, wenn Du oder die liebe Prinzeß [Karoline Luise] ihn ersuchen werden, sie vorzulesen. Auch darfst Du es ihm aufrichtig gestehen, daß ich seine „Wiederkunft der Pandora" Dir verplaudert hätte, und der Beifall der Prinzeß würde ihm schmeicheln und das Gedicht selbst ihr großes Vergnügen machen. Diese Geistesblumen haben uns in der Tat diese letzten trüben Tage sehr erheitert. Ich glaube nicht, daß an einem solchen Ort in so kurzer Zeit mehr Geistreiches und Liebliches ist hervorgebracht worden; denn auch Herr Werner hat sehr hübsche Sachen gemacht.

KnHe 319f.

1455. KNEBEL AN KAROLINE VON BOSE

Jena, 24. Dezember 1807

Daß Sie sich Goethen nicht ganz nähern können, kommt wohl daher, weil er wahrscheinlich ebenso *Scheu* trägt wie Sie ...

Wagen Sie es aber nur einmal und befragen Goethe über etwas, was Sie wirklich betrifft – und Sie werden ihm gewiß auf eine freundschaftliche Art näherkommen.

Kn III, 21

1456. PERTHES AN JOHANNES VON MÜLLER

Hamburg, etwa 1807

Ihre Rede auf Friedrich [„La Gloire de Frédéric"] habe ich nun ganz gelesen; es kommt mir aber doch vor, als wäre hierin um des Herrn willen das übrige Menschengeschlecht zu sehr als Pack behandelt. Goethes Übersetzung der Rede ist sehr schön; aber wo meine Achtung und Liebe für Johannes Müller mich nicht überzeugte, wird auch Goethe mich nicht bestechen.

Per I, 196

1808

1457. KNEBEL AN JEAN PAUL

Jena, 25. Januar 1808

Dieser [Goethe] ist seit einiger Zeit heiterer und poetischer, als ich ihn je gekannt. Sein „Vorspiel [zur Eröffnung des Weimarer Theaters...]" haben Sie in den Morgenblättern gelesen; jetzt arbeitet er – außer einer Menge Sonette, die er dazwischen macht – an einem andern, das mir eins der glücklichsten seiner poetischen Feder scheint. Es heißt „Die Wiederkunft der Pandora" ...

Übrigens ist Goethe öfters hier und bringt uns gute Tage und Abende.

GoeG 228f.

1458. WERNER AN CHRISTINE GRÄFIN BRÜHL

Weimar, 27. Januar 1808

... in Jena ... war ich drittehalb Wochen und lernte den hochbegnadigten *Goethe!!!* kennen. Sie kennen diesen nie alternden Apollo von Belvedere, ich brauche Ihnen also nur zu sagen, daß dieser *gesundeste aller fernhinschauenden Titanen* mich Kranken freundlich erträgt und – *gelten läßt* und in bezug auf mich mein Äskulap, also etwas ist, was selbst Hygieia nicht sein kann ...

Kurz, ich sehe den wahrhaft großen Goethe seit dem 2. Dezember vorigen Jahres täglich fast. An jenem mir ewig denkwürdigen Tage lernte ich ihn in Jena kennen, wo ich drittehalb Wochen in seiner *mich begeisternden* Nähe war. Dann ging er hieher nach Weimar und ich auch. Er hat mich in seiner Nähe eingemietet und nimmt sich meiner bis in die kleinsten Details (Sie kennen diesen zarten Riesengeist, dem nichts Kleines zu klein und nichts Großes zu groß ist!)

väterlich an! Er hat mich auf dem hiesigen Hofe präsentiert ...

Dieses Trauerspiel, „Wanda, Königin der Sarmaten", wird, will's Gott, den 30. diesen Monats zum Geburtsfeste der wahrhaft erhabenen Herzogin hier aufgeführt. Goethe wendet alle ersinnliche Mühe daran, was ich dankbar erkenne.

Wer 110f.

1459. WILHELMINE HERZLIEB AN CHRISTIANE SELIG

Jena, 10. Februar 1808

Er war immer so heiter und gesellig, daß es einem unbeschreiblich wohl und doch auch weh in seiner Gegenwart wurde. Ich kann Dir versichern, liebe, beste Christiane, daß ich manchen Abend, wenn ich in meine Stube kam und alles still um mich herum war und ich überdachte, was für goldne Worte ich den Abend wieder aus seinem Munde gehört hatte, und dachte, was der Mensch doch aus sich machen kann, ich ganz in Tränen zerfloß und mich nur damit beruhigen konnte, daß die Menschen nicht alle zu einer Stufe geboren sind, sondern ein jeder da, wo ihn das Schicksal hingeführt hat, wirken und handeln muß, wie es in seinen Kräften steht, und damit Punktum!

From 150

1460. RIEMER AN FROMMANN

Weimar, 16. Februar 1808

Morgen über acht Tage soll „Der zerbrochene Krug" [von Heinrich von Kleist] sein, wenn's möglich ist ...

G[oethe] ist zwar nicht krank, aber (unter uns) nicht des besten Humors. Er hält sich immer noch auf seiner Stube.

Rie 112f.

1461. HENRIETTE VON KNEBEL AN IHREN BRUDER

Weimar, 5. März 1808

Ein fürchterliches Lustspiel, was wir am vorigen Mittwoch haben aufführen sehen und was einen unverlöschbaren unangenehmen Eindruck auf mich gemacht hat und auf uns alle, ist „Der zerbrochene Krug" von Herrn von Kleist in Dresden, Mitarbeiter des scharmanten „Phöbus". Wirklich hätte ich nicht geglaubt, daß es möglich wäre, so was Langweiliges und Abgeschmacktes hinzuschreiben. Die Prinzeß meint, daß die Herrens von Kleist gerechte Ansprüche auf den Lazarusorden hätten. Der moralische Aussatz ist doch auch ein böses Übel. Ich glaube, bei diesen Herrens hat sich das Blut, was sie sich im Krieg erhalten haben, alles in Dinte verwandelt. Im nächsten „Phöbus", den Dir die Prinzeß bald schicken wird, tritt dieser selbe Autor auch gleich mit so einer abscheulichen Geschichte [„Die Marquise von O..."] auf, lang und langweilig im höchsten Grad.

KnHe 328

1462. BETTINA BRENTANO AN ARNIM

Frankfurt, 7. März 1808

Der Brief [Goethes] hatte mich so kalt und hart gemacht; er selbst schreibt mir so kalt und steif, als ob er sich scheute, eine Leidenschaft in mir zu reizen. Siehst Du, so versteht er mich! Er ist nicht gewöhnt, seinen eignen Wert so tief und fest in der Seele eines andern zu sehen und das, warum er sich selber schätzte, wenn er sich über Lob und Tadel am unrechten Ort hinaussetzte, auf einmal erkannt zu wissen. Er kann sich das nicht vorstellen, und so werde ich wie jeder andre mit Politik, mit Sittlichkeit behandelt.

ArnBe 106

1463. ARNIM AN BETTINA BRENTANO

Heidelberg, 10. März 1808

Daß Du Goethes Brief kalt und steif nennst, weiß ich nur mit sehr künstlichen Brücken mit Deiner Verehrung seines Werts zu verbinden. Ich gestehe Dir, daß ich alles, was mir von Goethe käme, mit Ehrfurcht annehmen würde. Gedenke, daß bei dem Reichtum seines Lebens es eine schöne Gutmütigkeit von ihm ist, Dein und auch mein Vertrauen zu wünschen. Aber es zu erwidern, würde ich fast unnatürlich finden, denn er hat einen größern Kreis des Lebendigen umschlossen, wo wir schon genug seines Vertrauens genossen. Ich bewahre Briefe von ihm, die mir nicht mehr sagen, als daß er die meinen mit Vergnügen empfangen, wie ein Heiligtum. Daß Du nicht so denkst, verwundert mich nicht, Mädchen werden verwöhnt. Aber Du hättest wohl die Kraft, Dich von der Gattung in ihren Fehlern loszureißen.

ArnBe 109

1464. BETTINA BRENTANO AN ARNIM

Frankfurt, 11. März 1808

Der Brief, den ich von Goethe erhielt, hatte mich wohl erfreut und sogar glücklich gemacht. Ich ließ ihn Savigny lesen, der fand ihn kalt. Ich bedachte nun, wie ich eigentlich an Goethe schreibe: mit aller lebendigen Liebe, mit aller Ehrfurcht, die sich in mir mehr wie ein wildes, ungeregeltes Genie ausweisen als wie eine Frucht meiner Erkenntnis, mit einem unwillkürlichen Begehren, mich an ihn zu drängen. Alles Gute von ihm erschüttert mich bis aufs Gebein; aller Schmerz und Unglück, was er erlitten hat, liegt ewig vor mir, und es kann mich immer wieder rühren. Da ich nun überdachte: einen solchen Brief gegen den seinigen, so war mir's, als könnten ihm meine unangenehm oder ängstlich sein ... Glaube nicht, daß ich diesen Prätensionsfehler mit andern Mädchen gemein habe. Ich hatte nie Gelegenheit, denselben zu kultivieren; keiner hat mir je um meiner selbst willen recht gegeben oder Ehre angetan oder einen Wert beigelegt, der der Mühe wert gewesen wäre. Von Goethe ist es nur Natur, die überall erhebend und großmütig sein muß, daß er mich freundlich anhört, daß er mir die Hand reicht, wenn ich sie ans Herz drücken will.

ArnBe 110f.

1465. BRENTANO AN ARNIM

Kassel, 15. März 1808

Ich bin versichert, daß Goethe Dich unterstützt, wenn Du ihn bittest. Das ist ja eben sein Unglück, daß er keine ordentlichen Leute hatte, mit denen er jugendlich bleiben konnte; drum ist er ja etwas steifstellig worden.

Brent I, 365

1466. BETTINA BRENTANO AN ARNIM

Frankfurt, Ende März 1808

Ich habe mir nie ein Bild gemacht von Männern noch von Weibern, die ich hätte lieben können. Aber ich dachte oft: *Hätt ich nur jemand!* Kein Mensch hat noch meiner instinktmäßigen Ansicht, die ich von Freunden habe, beinah wie ein noch verschlafnes Gefühl, so entsprochen wie Goethe. Er war mit mir wie mit einem Kinde, das an denselben Ufern wie er erzogen ward, fühlte meine Unerfahrenheit, meinen Unverstand nicht als Beleidigung für ihn, indem ich mich ihm so näherte, als sei er meinesgleichen. Das Gefühl meiner Unwürdigkeit schlug mir vor ihm nicht im Herzen. Aber die Gelegenheit hätte beweisen können, daß ein Blick von ihm auf mein Leben mir werter war als dasselbe. Frei war ich vor ihm, wie die Tanne vor der Sonne ist, die mit Gelassenheit ihre brennende Strahlen in sich saugt.

ArnBe 119

1467. BRENTANO AN ARNIM

Kassel, März 1808

Ich finde, daß alle kleine Goethischen Stücke durchaus französisch sind.

Brent I, 360

1468. SOPHIE REIMARUS AN CHRISTINE VON REINHARD

Hamburg, vor Mitte April 1808

Den Prolog [„Zueignung"] zum neuen „Faust" mußte ich für Dich und Karl abschreiben; er ist zu schön, und ein Himmelsfunken drinnen, den ich bisher in Goethes Gemüt nicht fand: ein weiches, inniges Gefühl, ein Zusammenhang mit abgeschiedenen Freunden, der in dem Himmelsdome von Goethes Geist nie fehlen konnte, wenn er auch zuweilen durch Erddünste versteckt war. Jetzt sieht man die reine Bläue von Lieb und Freundschaft durch, und dies tut so wohl. Diese Zeit erzieht ihre Menschen! Was im Glück schlummernd lag, wird schmerzhaft wach durch Leiden.

Bode II, 150f.

1469. RIEMER AN FROMMANN

Weimar, 16. April 1808

Goethe wird schon künftige Woche hinüberkommen [nach Jena], und dann werden wir auch bald nach Karlsbad aufbrechen. Es ist noch ein gichtisches Übel dazugekommen, oder vielmehr der Anteil Gicht bei dem bisherigen hat sich auf die Beine geworfen, welches ihm große Schmerzen macht und weswegen er je eher, je lieber ins Bad eilt. Karlsbad hat ihm schon einmal diesen Zufall vertrieben; es war, wie er nach Italien ging. – Doch lassen Sie sich nichts merken, als wüßten Sie was davon; er scheint mir's nicht gern zu haben, daß man davon spricht.

Rie 118

1470. KAROLINE SCHELLING AN GRIES?

München, 18. April 1808

Was sagen Sie denn zu Goethes Fragment „Elpenor"? Liegt nicht alle seine Anmut und Erhabenheit darin, und lebendiger noch wie in „Iphigenien"? Der schöne Knabe ist frisch wie Morgentau. Wenn er das noch vollendete ...

Car II, 525

1471. RIEMER AN FROMMANN

Weimar, 20. April 1808

Ohne bettlägrig zu sein, fühlt G[oethe] denn doch alle Tage, gewöhnlich mittags und abends, wie man seinem Gesicht und sonstigen Gebärden abmerken kann, große Schmerzen. Es ist auch noch eine Art von Gicht, die ihn an den Schienbeinen sehr inkommodiert ...

In den übrigen Stunden ist G[oethe] so ziemlich. Er geht auch ins Theater; aber seine Tätigkeit ist natürlich nicht groß, und dies macht ihn eigentlich mehr unzufrieden als das Übel an sich.

Rie 120

1472. CHARLOTTE VON STEIN AN IHREN SOHN FRIEDRICH

Weimar, 22. April 1808

Goethe führte mich neulich in seinen Garten am Haus, um mir etwas Neues zu zeigen. Es war Deine alte Hütte, die er wieder hatte reparieren lassen; und das war das erstemal seit so vielen Jahren, daß er von seinem alten Verhältnis mit Dir etwas erwähnte ...

Vor einigen Tagen las Goethe aus seiner Fortsetzung von „Wilhelm Meister", welche „Wilhelms Wanderjahre" heißt, bei mir zwei Geschichten vor. Gräfin Henckel, ihre Tochter, Mama Seebach, Henriette Seebach, die Schillern, Bose waren eben bei mir. Er war gekommen, mir etwas Botanisches zu erklären, welches ein besonderer Auswuchs an einem Lackstock, den ich besitze, veranlaßte. Er hat dieses mit einer Deutlichkeit getan, daß man das innere Leben davon ergreifen konnte. Die Damen hätten ihm gern die Hände geküßt – und warum nicht ebensowohl, als wie am ersten Ostertag unsere liebenswürdige Großfürstin [Maria Pawlowna] dem Popen die Hand küßte für das Kruzifix, das er ihr zu küssen gegeben.

Stein II, 286

1473. HENRIETTE VON KNEBEL AN IHREN BRUDER

Weimar, 23. April 1808

... da will ich nur gleich von dem gestrigen Abend sprechen, wo uns Goethe bei der Herzogin einige Erzählungen vorgelesen hat, die uns außerordentlich erfreut haben. Goethe ist im Begriff, eine Fortsetzung von seinem „Wilhelm Meister" unter dem Namen „Wilhelm Meisters Wanderschaft" zu verfertigen, und aus dieser sind die Erzählungen genommen. Wir haben lange nichts gehört und gesehen, was dem „Sankt Joseph dem Zweiten" gleichkäme ... Auch die zweite Erzählung läßt den Meister erraten; sie ist nur etwas weltlicher, unter dem Namen „Der Mann von 50 Jahren"; auch ist sie noch nicht zu Ende.

KnHe 333

1474. CHARLOTTE VON STEIN AN KNEBEL

Weimar, 25. April 1808

Goethe, den ich Sie bitte, freundlich von mir zu grüßen, hat auch einen rechten Regentag getroffen. Wir werden ihn hier recht vermissen, wenn er wieder nach Karlsbad geht. Er wird ordentlich von neuem liebenswürdig! Aber seine Gesundheit ist schwach.

BodeSt VII, 83

1475. ARNIM AN BETTINA BRENTANO

Heidelberg, 29. April 1808

Vom alten Goethe höre ich nichts; ich habe so mancherlei von Herzen weggesprochen an ihn, daß er die Lust verloren zu haben scheint, darauf zu antworten ... Der Sohn erinnert mich so lebhaft an ihn und doch so traurig, denn er scheint so unjugendlich stumpf, wie es eigentlich kein echter Sohn von Goethe sein sollte. Ich schiebe es auf die Mutter, die den Funken in eine blinde Laterne gesteckt hat. In jungen Leuten kann man sich indessen leicht irren; doch habe ich ihn bis jetzt von nichts mit Interesse reden hören wie von ein paar miserablen Schauspielern. Vielleicht war Wilhelm Meister auch so, als er die Mariane liebte?

ArnBe 147

1476. RIEMER AN FROMMANN

Weimar, 4. Mai 1808

G[oethes] Ankunft am Sonntagmorgen war mir ebenso unerwartet als Ihnen seine Abreise. Er entschließt sich immer plötzlich. Nun ist unsre Abreise nach Karlsbad auf morgen über acht Tage festgesetzt, und wir rüsten uns dazu. Er will, wo möglich, in einem Tage von Weimar nach Schleiz, wenigstens nach Pößneck ...

G[oethe] ist übrigens wohl, bis auf die Unbequemlichkeit bei Tische. Er trinkt jetzt wieder Champagner, der ihm gut bekommt. Sonderbar, er darf nicht während des Essens trinken, aber nachher um 4 Uhr; dann fühlt er keine Beschwerde.

Zu arbeiten haben wir uns beide viel vorgesetzt und nehmen das Gehörige dazu mit. Wenn auch nicht alles erfüllt wird, so ist es doch gut, sich immer mehr vorzusetzen; man tut sonst gar nichts.

Rie 121 f.

1477. FRIEDRICH SCHLEGEL AN SULPIZ BOISSERÉE

Weißenfels, 9. Mai 1808

Ich nahm auch Gelegenheit, Goethen Moslers Zeichnungen altdeutscher Gemälde im voraus zu empfehlen, und zwar sehr franchement. Ich sagte ihm, es hätten einige aus der Vorliebe für die *alte* Malerei eine Art Sekte und Phantasterei gemacht; das sei hier gar nicht der Fall; wir wollten bloß der Vergessenheit entreißen, was ohne allen Zweifel in hohem Grade merkwürdig und zum Teil gewiß auch künstlerisch vortrefflich sei. Meine Ansicht, die übrigens bloß historisch und praktisch sein könne, habe wenigstens das gewirkt, daß eine bedeutende Zahl vortrefflicher Kunstwerke vom Untergang gerettet wurden etc. Es schien Eindruck zu machen, und er versprach, die Sache mit Teilnahme und Ernst aufzunehmen, sobald es erschienen sei. Dann muß man ihm also eins der ersten Exemplare schicken. Sein Urteil gilt doch sehr viel. Ich suchte ihm im allgemeinen einen Begriff von der Kölnischen Malerei zu machen, was ihm auch sehr einzuleuchten schien. Er hat sich gewissermaßen bekehrt, indem er neulich etwas sehr zum Lobe von Albrecht Dürer geschrieben. Am meisten sprachen wir doch über das indische Studium, was ihn sehr lebhaft interessierte.

Bois 51

1478. CHARLOTTE VON STEIN AN IHREN SOHN FRIEDRICH

Weimar, 11. Mai 1808

Heute früh nahm Goethe Abschied von mir; morgen reist er nach Karlsbad und will daselbst bis in den Oktober bleiben. Er versichert mir, er könne da seine Autorschaft viel besser betreiben als hier. Er ist manchmal recht freundlich und mitteilend gegen mich und trug mir auch viele freundliche Grüße an Dich auf. Aber mir will das Zutrauen nicht ganz wieder werden.

Stein II, 287

1479. CHRISTIANE GOETHE AN IHREN SOHN AUGUST

Weimar, 16. Mai 1808

Nun bitte ich Dich, sei nur recht fleißig, daß der Vater Freude an Dir hat, und wirst Dich dann auch sehr freuen, wie gut er alles mit Dir vorhat. Denn er hat Dich sehr lieb; das habe ich erst recht gesehen, wie Du weg warst. Die erste Zeit hat er fast nichts gegessen.

GoeJb X, 7

1480. KAROLINE HERDER AN KNEBEL

Weimar, 17. Mai 1808

Ich habe vor einiger Zeit Goethes „Wiederkunft der Pandora" ... gelesen, zwar nur erst die Hälfte vielleicht davon; aber ich weiß nicht, was ich lese; es geht mir alles wie Schatten vorüber – oder wie jener Blinde: „Herr, ich sehe Menschen wie Bäume." Machen Sie mich doch sehend über die neue Goethische Vollkommenheit! Ach, mein Bester, ich sehe darinnen eine verkünstelte, unnatürliche Manier, die mir auch nicht *einen lebendigen Tropfen* gibt. Seine jetzige Manier scheint mir eine wahre Versündigung an seinem eigentlichen Talent. Klären Sie mich doch auf! Übrigens glaube ich: so brav und gut Goethe im Innern ist, so hat er doch seinen großen Beruf als Dichter sehr verfehlt. Er hat einen zu zweideutigen Weg eingeschlagen; das darf der Dichter nicht. Wo er uns auch mit seinem Zauberstab hinführe und verwickele, so muß er uns am Ende immer den wahren, sichern und lichten Punkt zeigen, aus der Nacht das Licht heben!

BrKn II, 105

1481. SCHRÖDER AN BÖTTIGER

Rellingen, 23. Mai 1808

Mit jenem trefflichen Kopfe kann ich nicht einstimmen, Goethes Gedichte durchaus Meisterwerke zu nennen. Doch ich bin ein armer prosaischer Mensch, der – vielleicht zu seiner Schande – gestehen muß, von dem als „außerordentlich" gepriesenen Goethe ebensoviel Schlechtes als Gutes gelesen zu haben.

Schrö 284

1482. THERESE HUBER AN USTERI

12. Juni 1808

Wie deucht Ihnen Goethes „Faust", soweit er nun da ist? Nicht als Drama, nicht als geregeltes Kunstwerk, aber als Frucht eines Geistes? Ist da nicht Kunst und Natur erschöpft? Ist nicht das Weh und das Glück des Menschen darin erschöpft? Ebenso zeugt der Anfang der „Achilleis" von dem Reichtum dieses Mannes. Ich glaubte, sein Geist sei erschöpft. Die „Natürliche Tochter" hatte mich hoffnungslos gelassen; ich dachte, er sei endlich in einer Manier zugrunde gegangen. So nahm ich den „Faust" recht furchtsam in die Hand, die „Achilleis" mit Widerwillen, und der Reichtum in beiden war mir eine neue Schöpfung! Ja, die „Eugenie" tritt nun als Glied in die Kette seiner Schöpfungen ein, als Blume im Kranz; sie beleidigt mich nicht mehr als letzter kraftloser Trieb oder ausgearteter Schoß. Da habe ich auch den „Großkophta" wieder gelesen, seit seiner Erscheinung zum erstenmal. Der Mensch ist ein Gott in sich. Er wirkt fort und verbreitet sich über alles. In sich macht ihn das reich; die Wirksamkeit, von ihm abgerissen, ist sich aber nicht stets gleich. So wollte ich, der Teufel hätte alle die Gelegenheitsgedichtchen geholt.

GoeJb XVIII, 124

1483. EBELING AN NICOLAI

Hamburg, 14. Juni 1808

Was sagen Sie zu dem unverschämten „Faust"? Warum haben wir keine „Literaturbriefe" [von Lessing] mehr! Müßten Zeitungsartikel nicht so kurz sein, daher man alle Beweise schuldig bleiben muß, so machte ich mich in einer Zeitung darüber her. Wie wenig gehalten und fest ist Fausts

Charakter gezeichnet! Wie ein elender Hanswurst sein Mephistopheles! Gegen einige glückliche, kraftvolle Szenen, gegen Gretchens Lied und dergleichen (fast alles die alten, schon gedruckten) wieviel alltägliches, gemeines Geschwätz und Reimerei! War's der Mühe wert, sich dem Teufel zu ergeben, um ein Studentengelag der Art zu sehen und *diese* Hexenszenen, die den faden Faust gar nicht langweilen! Nun vollends das Intermezzo, dann die pöbelhaften Zoten, die er so gern für [unleserlich] möchte geltend machen! Sollte nicht irgendwo ein Mann von Kraft aufstehen und sich diesem Goethischen Unwesen widersetzen? Vielleicht wäre es Ihnen eine Erholung, und wer könnte es besser! Wenn doch Lessing seinen „Faust" vollendet hätte! Ich ehre mir *seinen* Teufel und *seinen* Faust, in der einzigen Szene, die wir haben.

GoeJb X, 158

1484. BÖTTIGER AN ROCHLITZ

Dresden, 19. Juni 1808

Ich werde nicht satt, Goethes unverstümmelten „Faust" zu lesen! Geht es Ihnen auch so? Glauben Sie, daß noch etwas zurück sei? Ich nicht.

Seine „Achilleis" aber fließt im ganzen weder tief noch anmutig. Es ist und bleibt effoetae senectutis debilitas darin sichtbar.

GoeJb IV, 326

1485. WIELAND AN RETZER

Weimar, 20. Juni 1808

Haben Sie unter den Novitäten der letzten Buchhändlermesse auch eine der allermerkwürdigsten, die neue, sehr vermehrte, veränderte und beinahe ganz umgeschaffene Ausgabe des Goethischen „Doktor Faust", schon gesehen? Sie macht ... einen Band der bei Cotta herauskommenden „Sämtlichen Werke" dieses Dichters ... aus, ist aber auch a parte in einem kleineren Taschenformat zu haben. Auch das, was wir jetzt von dieser barock-genialischen Tragödie, wie noch keine war und keine jemals sein wird, erhalten haben, ist nur der erste Teil derselben, und der delphische Apollo mag wissen, wie viele Teile noch folgen sollen. Ich bin begierig zu wissen, welche Sensation dieses exzentrische Geniewerk zu Wien macht, und besonders, wie Ihnen die Wallburgisnacht auf dem Blocksberge gefallen wird, worin unser Musaget mit dem berühmten Höllen-Breughel an diabolischer Schöpfungskraft und mit Aristophanes an pöbelhafter Unfläterei um den Preis zu ringen scheint. Was wird Herr Thomas West zu dieser in jedem Betracht erstaunlichen Erscheinung sagen? Und was wird sich der neue „Prometheus" für lustige Kontorsionen geben, um uns weiszumachen, daß dieser „Faust" das Nonplusultra des menschlichen Geistes und das göttlichst-menschlichste und teuflischste aller Dichterwerke sei? Man muß gestehen, daß wir in unsern Tagen Dinge erleben, wovon vor fünfundzwanzig Jahren noch kein Mensch sich nur die Möglichkeit hätte träumen lassen. Vous voyez qu'à présent il n'y a qu'à oser pour être sûr de réussir. Bei allem dem befürchte ich, unser Freund G[oethe] hat sich selbst durch dieses Wagestück mehr geschadet, als ihm sein ärgster Feind jemals schaden könnte, und sein *Verleger* wird der einzige sein, der sich wohl dabei befinden wird.

WABr II, 81 f.

1486. ROCHLITZ AN BÖTTIGER

Leipzig, 22. Juni 1808

Goethes „Faust" ist allerdings eine wahre und köstliche Bereicherung der deutschen Literatur. Eine Welt bewegt sich hier im Spiegel einer echt poetischen Seele vor uns. Nur das Intermezzo gegen den Schluß des Ganzen scheint mir, aller hübschen Einfälle ungeachtet, Goethes oder wenigstens dieses Platzes unwert; zu geschweigen, daß man die meisten Beziehungen desselben nach wenigen Jahren nicht einmal mehr verstehen wird. Auch zerreißt es die tragischen Szenen viel zu sehr und, bei seiner Länge, sogar widrig. Ob noch mehr zurückgeblieben? Ich glaube, ja! teils aus einigen frühern Äußerungen G[oethe]s gegen mich, die auf das jetzt Hinzugekommene nicht recht passen, teils weil Faust hier doch nur durch eine Stufe hinauf- oder vielmehr hinabgeführt wird, teils weil Gretchen doch nur im ganzen Werk als Episode erscheinen darf, wäre dies aber das Ganze, viel zu sehr herausgehoben wird.

GoeJb XVIII, 149f.

1487. THERESE HUBER AN REINHOLD

24. Juni 1808

Die neuen Teile des „Faustes" haben mir ein unbegrenztes Vergnügen gemacht. Die Ruhe in dem Prolog, die Klarheit, der Mutwille, der Übermut – und die Erschöpfung des Schrecklichen in den letzten Szenen ... Ich las ihn am 3. Juni ein paar lieben Menschen und Emilen [Herder] vor, nachts auf einem Berg an der Donau in einem einsamen Gartenhäuschen, bei einem ungeheuern Gewitter, das in einer großen Weite keinen höhern Gegenstand hatte wie unser kleines Dach. Um halb zwei Uhr gingen wir nach Hause, und obschon ich's zum zweitenmal las, war mir der Kopf doch so voll, daß ich nicht wußte, ob ich nicht auch vom Blocksberg kam.

GoeJb XXIV, 93

1488. DOROTHEA SCHLEGEL AN IHREN MANN

Köln, 24. Juni 1808

Wir haben Goethes „Faust" hier, und ich habe ihn auch schon gelesen. Es sind viele neue Sachen darin; doch hängt es bei alledem nicht mehr zusammen als auch das erste; es sind nur noch mehrere Fragmente. Die Walpurgisnacht ist zwar ausgelassen genug; doch dünkt sie mich nicht so leicht phantastisch und so bedeutend genialisch wie die Szene mit den Katzen und der Hexe. Das Bedeutende in der Walpurgisnacht ist störend, als ob es Persönlichkeit wäre; der Nicolai etc. ist auch wirklich dort mal à propos. Das Verhältnis des Menschen zum Bösen ist, meine ich, auch gar nicht klar und bestimmt genug dargestellt; denn mich dünkt, bei einer solchen besonnenen Überlegenheit des Menschen kann das Böse nicht siegen. Fausts Monolog über die ersten Worte des Evangeliums Johannes: „Im Anfang" etc. ist zwar recht schön; aber Calderón hat in seinem Monolog über denselben Gegenstand (die erste Szene in „Los dos Amantes del Cielo") viel mehr Tiefe und Reichtum. Ergreifenderes aber und so bis ins Tiefste erschütternd habe ich nie etwas gelesen als die letzte Szene von Gretchen im Gefängnis. In dieser Szene glaube ich ganz Calderóns Geist wehen zu fühlen, aber doch ganz deutsch, so daß es jedes deutsche Gemüt erschüttern muß; sie ist romantisch-tragisch im allerhöchsten Sinn ... Es wird mir aber doch klar bei diesem „Faust", daß Goethe wohl nicht so glücklich ist, als man in den Werken seiner mittlern Zeit ihn wohl halten möchte. Es ist doch eine rechte Bitterkeit darin trotz der anscheinenden Lustigkeit.

SchlVeit I, 243f.

1489. RIEMER AN FROMMANN

Karlsbad, 1. Juli 1808

G[oethe] befindet sich ununterbrochen wohl und ist sehr tätig. Die „Pandora" ist bis zur Hälfte dem „Prometheus" zugeführt ... Dann sind andre poetische Arbeiten drangekommen, die zu ihrer Zeit auch an das Licht treten werden, zunächst wenigstens an das Kerzenlicht des geselligen Teezimmers. Allmählich rücken wir in die Prose ein, und da ist die „Farbenlehre" das nächste.

Rie 123f.

1490. RAHEL LEVIN AN VARNHAGEN VON ENSE

Berlin, 22. Juli 1808

Ein *Fest* war sonst ein neuer Band Goethe bei mir; ein lieblicher, herrlicher, geliebter, geehrter Gast, der mir neue Lebenspforten zu neuem, unbekannten, hellen Leben gewiß erschloß. Durch all mein Leben begleitete der Dichter mich unfehlbar, und kräftig und gesund brachte der mir zusammen, was ich, Unglück und Glück, zersplitterte und ich nicht sichtlich zusammenzuhalten vermochte. Mit seinem Reichtum machte ich Kompanie. Er war ewig mein einzigster, gewissester Freund ..., von dem ich wußte, welche Höllen er kannte! Kurz, mit ihm bin ich erwachsen, und nach tausend Trennungen fand ich ihn immer wieder ...

Varn I, 17

1491. PAULINE GOTTER AN MARGARETE VON SCHMERFELD

Gotha, 9. August 1808

Wer ihn nicht kennt, kann sich keinen Begriff machen, wie liebenswürdig, wie mitteilend und belehrend er in Gesellschaft von *wenig* Menschen ist, denn in größerer Gesellschaft ist er steif und zurückhaltend. Bei all dem Geist, mit dem er die geringste Kleinigkeit, die er sagt, interessant zu machen versteht, verbindet er eine Herzlichkeit und Natürlichkeit, die einem soviel Zutrauen einflößt, die so zum Herzen spricht, daß man ihm alles sagen könnte und ganz den großen Mann vergißt, der einen sonst genieren könnte. Wir [Karoline von Seckendorff und Pauline Gotter] waren beinahe alle Tage mit ihm, und jede bezaubernde Gegend um Karlsbad haben wir mit ihm gesehen; er besuchte uns sehr oft und hat mir sogar botanische Stunden gegeben.

Got 8

1492. CHARLOTTE VON STEIN AN IHREN SOHN FRIEDRICH

Weimar, 18. August 1808

Unser philosophischer Freund Goethe, welcher jetzt in Eger ist, hat mir nichts erwidert über Deinen Verlust.

Fritz von Stein II, 150

1493. ELISABETH GOETHE AN BETTINA BRENTANO

Frankfurt, 28. August 1808

Liebstes Vermächtnüs meiner Seele! Das ist einmal ein gar erfreulicher Tag für uns, denn es ist unseres lieben, meines liebsten Sohnes und Deines Bruders, Geburtstag. Ich weiß zwar gar wohl, daß Du es gar nicht leiden kannst, daß ich [ihn] Dir als Bruder schenk; aber warum? Ist er Dir zu alt? Da sei Gott vor, denn ein so kostbarer Stoff, wie in diesem seinem Leib und Seele verwirkt ist, der bleibt ewig neu, und ja sogar seine Asche soll einst vor andern das beste Salz haben, an die eine Mutter, absonderlich am Geburtstag, zu denken Bedenken tragen möcht; aber wir zwei sind nicht abergläubig und für seine Unsterblichkeit schon dergleichen Ängstlichkeit überhoben. Ich vorab hab gewonnen' Spiel, denn in diesem Jahr zähl ich 76 Jahr und hab also den Becher der Mutterfreude bis auf den letzten Tropfen geleert. Mir kann nicht Unglücksschicksal aufgeladen mehr werden. – Doch ich muß Dir zutrinken, denn mein Lieschen hat mir alleweil den besten Wein heraufgebracht und eine Bouteille Wasser, denn Du weißt, daß ich ein Wassernymph bin. Und zwei Pfirsich sind daneben, der ein für Dich, der ander für mich; ich werd sie beid verzehren in Deinen Namen. Und jetzt stoß ich mit Dir an, *Er soll leben!*

Frau Rath 589f.

1494. PAULINE GOTTER AN KAROLINE SCHELLING

Gotha, 6. September 1808

Eine unvorhergesehene glückliche Zusammentreffung der Umstände bereitete uns aber dort [in Karlsbad] einen Genuß, den ich keinem Vergnügen in der Welt an die Seite setzen möchte. Gleich in den ersten Tagen wurde uns durch Ziegesars die Freude, Goethes Bekanntschaft zu machen. Unter freiem Himmel war sie geknüpft, und unter freiem Himmel wurde sie täglich fortgesetzt. Spaziergänge, Landpartien und Vorlesungen wechselten angenehm ab, und wir machten bald mit Ziegesars, Goethen und seinem Freund

Riemer einen kleinen Zirkel aus, der fest zusammenhielt und gewiß der lustigste und vergnügteste in ganz Karlsbad war. Um die übrige elegante Welt wurde sich wenig bekümmert, und weder Bälle, Assembleen noch Konzerts verführten uns. Aber dafür wurde auch täglich die entzückende Gegend zu Wagen und zu Fuß durchstrichen, und ich kann wohl sagen, es ist kein schöner Felsen drei Stunden in der Runde um Karlsbad, den wir nicht mit Goethe erklettert hätten. Er war die Seele unsrer Gesellschaft, immer gleich liebenswürdig, heiter und mitteilend. Nachdem Ziegesars weg waren, die vierzehn Tage früher als die Seckendorffen und ich Karlsbad verließen, machten wir beide mit Goethen und Riemer allein die Partien. Und die Abende beim Tee teilte uns Goethe immer sehr artige Kleinigkeiten, die noch im Manuskript sind, mit. Jetzt arbeitet er sehr fleißig an einer Fortsetzung des „Wilhelm Meister". Ich möchte wohl sagen, ohne mich zu rühmen, daß er insbesondere viel Güte für mich gehabt hat und sich auf alle Weise meiner angenommen. Oft ist er früh gekommen, mir botanische Stunden zu geben, und einigemal hat er mich ganz allein zu weiten Spaziergängen abgeholt.

Ein von dem unsrigen sehr verschiedener Zirkel, wo doch gewissermaßen aber auch ein Dichter präsidierte, war der der Frau von der Recke und ihrem Freund Tiedge: „die tugendhafte Gesellschaft", wie Goethe sie immer nannte, weil man dort täglich die „Urania" [von Tiedge] sang und rezitierte. Aber leider waren wir niemals so glücklich ..., so einem Oratorium beizuwohnen, wahrscheinlich unsres profanen Umgangs wegen.

Car II, 529f.

1495. THERESE HUBER AN BÖTTIGER

Göttingen, 18. September 1808

Sie sprachen mir von Goethes neuem „Faust". Alles, was Sie sagen, unterschreibe ich mit vollem Herzen. Mir war's, indem ich's las, wie es Noah sein mochte in seiner Arche, da er den Regenbogen sah: „So lebt der alte Gott noch!" Der

Geist, der den „Faust“ schuf, kann also noch unter den Menschen wandeln. Mir deucht, die reichen Zusätze selbst müssen aus ganz verschiedenen Zeiten sein, und ich kann das Gedicht noch nicht für beendigt halten. Lächeln Sie nicht! ich glaube aber, Faust besiegt noch das Böse – es sind einige Winke in dem Gedicht selbst, besonders im Gespräch zwischen Mephistopheles und *dem Herrn*, die mich das ahnden lassen. Allein, wie darf ich mich daran wagen, über ein solches Werk mehr wie meine Freude zu äußern? Ich werde durch so eine Schöpfung im eigentlichen Verstande glücklicher. Es ist nicht nur das Gedicht; es ist des Menschen Geist, der da gemalt wird; es ist der, welcher dichtet; und von dem Geist zum Urquell der Geister hebt sich mein Gemüt so leicht – und welcher Weg kann leichter sein als dieser?

Und der erste Gesang der Achilleide? Freilich, Sie Genosse des erhabensten Altertums, Sie finden vielleicht da Schwächen, wo ich meine alten Götter nur wiedererkenne, nicht in homerischen, aber in göttlichen Glanz. Wie wünsche ich, daß Goethe diese Achilleide vollende! Ich hoffe es kaum – doch vielleicht vermag es Goethe, über dieser Zeit und dieser Welt, ganz in seiner Heroen Welt zu leben.

GoeJb XVIII, 124f.

1496. VULPIUS AN AUGUST VON GOETHE

Weimar, 21. September 1808

Du wirst früher als wir die Nachricht von dem Tode Deiner Großmutter am 13. des Monats erhalten haben. Hier traf sie am 17. ein, gerade an dem Tage, als Dein Vater hieher zurückkam. Das Haus war mit Kränzen, Girlanden, Teppichen behangen, mit Orangeriebäumen besetzt und die Fußboden mit Blumen bestreut. Nach Tische mußte es Deinem Vater gesagt werden. Er war ganz hin.

Vater und Mutter gehen in tiefster Trauer. Das wirst Du auch tun, der Frankfurter wegen wenigstens.

Deine Mutter reiset, wenn entsiegelt wird, persönlich nach Frankfurt ...

Dein Vater ist recht wohl aus dem Bade gekommen, schmal und sine Bauch. Er bewegt sich viel leichter. Ob er mit zum Kongreß müssen wird, weiß ich nicht. Wolzogen liegt in Würzburg krank.

GoeJb X, 17f.

1497. RIEMER AN FROMMANN

Weimar, vor dem 25. September 1808

Glücklich wären wir nun wohl angekommen und auch freundlich aufgenommen. Die jungen Schauspieler hatten die Treppe mit Teppichen und Blumengewinden und Orangerie geschmückt, das einen sehr guten Anblick machte. Goethe war sehr erfreut. Den Nachmittag aber kam die Trauerpost, daß seine Mutter gestorben sei. Es hat ihn natürlich sehr betrübt, und wir vermeiden alles, was den Schmerz in ihn erneuern kann. Sonst ist er wohl, und es hat keine körperlichen Folgen gehabt, soviel ich wenigstens weiß.

Rie 129f.

1498. VULPIUS AN NIKOLAUS MEYER

Weimar, 28. September 1808

Fürchterliche Durchmärsche haben wir gehabt, bei welchen z. B. meine Schwester in 3 Tagen 39 Mann Einquartierung hatte, ich 10 Mann. Und nun logiert der russische Kaiser und sein Bruder, der Großfürst, bei uns im Schlosse, der Erbprinz von Mecklenburg, Herzog von Oldenburg, Dessau, Coburg, Hildburghausen etc. Nun ist alles nach Erfurt, wo Napoleon der Große angekommen ist. Seinetwegen gibt der Herzog in Ettersberg eine Jagd, die über 8000 Taler kostet.

MeyerN 222

1499. HENRIETTE VON KNEBEL AN IHREN BRUDER

Weimar, 1. Oktober 1808

Wie es heißt, so wird die Jagd auf dem Ettersberg künftigen Donnerstag sein, darauf werden die Monarchen mit dem ganzen Train hier speisen und auch die Nacht bleiben. Den folgenden Tag wird in der Nähe von Jena Hasenjagd gehalten. Goethe, heißt es, will den Napoleonsberg dekorieren lassen. Die Leute hier sind gar nicht so feindselig gesinnt; sie sind ganz erstaunlich glücklich und freuen sich alle außerordentlich.

KnHe 345f.

1500. CHARLOTTE VON STEIN AN IHREN SOHN FRIEDRICH

Weimar, 5. Oktober 1808

Die kleine Tante [Sophie von Schardt] sagte mir, Goethe und Napoleon seien die interessantesten Physiognomien im ganzen Theater [in Erfurt] gewesen. – Goethe ist immer in Erfurt, hat eine Audienz von einer halben Stunde beim Napoleon gehabt; aber wie man mir sagt, will er die Unterredung, von der er sehr zufrieden ist, geheimhalten.

Stein II, 298

1501. KARL VON STEIN AN SEINEN BRUDER FRIEDRICH

Kochberg, 10. Oktober 1808

Mit Goethen und Wieland hatte er [Napoleon in Weimar] viel gesprochen. Mit Goethen schon in Erfurt. Ich habe lange Goethen nicht in so gnädiger Laune gesehen als damals. Was doch ein bißchen Weihrauch nicht tut!

Fritz von Stein II, 153

August Kotzebue

1502. CHRISTIANE KOTZEBUE AN IHREN SOHN AUGUST

Weimar, 14. Oktober 1808

Wenn neue Stücke von Dir gegeben werden, hat er die ersten Proben bei sich und hört nicht auf, die Schauspieler zu ermahnen, gut zu spielen.

Ko 71

1503. HENRIETTE VON KNEBEL AN IHREN BRUDER

Weimar, 15. Oktober 1808

Du weißt doch, daß Napoleon nicht allein dem Geheimen Hofrat Stark, sondern auch Goethe und Wieland das Zeichen der Ehrenlegion gegeben hat. Ein Franzos sagte gestern zur Prinzeß [Karoline Luise]: „L'empereur a donné la croix de la légion d'honneur à un de vos chirurgiens et aussi à vos savants."

KnHe 349

1504. BETTINA BRENTANO AN FRIEDRICH HEINRICH JACOBI

München, 15. Oktober 1808

Wenn je leidenschaftliches Andenken in meinem Herzen gezuckt hat, so ist es das von Goethe. Eines Abends hatte er mich ins Theater gebracht. Es war „Tasso". Er ging weg. Die Vorstellung ward mir langweilig; die Kraftworte, die sprudlenden Feuerquellen des Geistes wurden als Zierde der Darstellenden gebraucht. Ich ging mit Freude nach Haus, weil mir Goethe versprochen, noch eine Stunde mit mir zu bleiben. Allein er ward verhindert. Nun fühlte ich den Enthusiasmus, den mir die Hoffnung, ihn noch zu sehen, erregt hatte, mit schwerem Fittich sich niedersenken. Meine bunte Welt löschte ihre Lichter aus. Alle Bilder und Gedanken schwanden. Nur ich war noch wach. Alles schlief im Haus. Ich ging kalt im Zimmer auf und nieder. Mein Herz, das sich selten regt, klopfte stark, ohne daß mein

Gemüt bewegt ward. Ich stand an der Nachtlampe still, schaute in die kleine Flamme, wie sie kümmerlich ihre Nahrung in sich sog. Ich weiß nicht, welches erweichende Gefühl mich in diesem Augenblick berührte. Eine Träne folgte langsam der andern. Da der Schmerz den ersten Damm überwunden hatte, brach er mit Gewalt los. Eine Nachtmusik ließ sich auf der Straße hören; ich legte mich ans Fenster. Ich fühlte, daß mein Schmerz in der üppigsten Gärung lag. Ich starrte mit den Augen gegen die Tränen, die sich losringen wollten. Ich trat vor den Spiegel, ein schmerzvoller Geist, der alle irdischen Züge überwunden hatte, schaute heraus. Mitleidsvoll beleuchtete ich die Gestalt, mitleidsvoll blickte es mich wieder an. Nun war ich auch bis ins Innerste ergriffen, die brennenden Lippen legte ich auf das kalte Glas und küßte, so inbrünstig, so Treue schwörend meinem eignen Wesen. Sonderbar fiel mir der Monolog aus Goethes „Iphigenie" ein: „Heraus in eure Schatten, rege Wipfel" etc. Ich deklamierte ihn mit großer Wärme, laut und kraftvoll ... Aller Enthusiasmus war wieder erwacht, tiefes Leben wallte in meiner Brust, ich kniete nieder, bat Gott, mir keine solche Stunde mehr zu geben, und schlief den übrigen Teil der Nacht freier und beruhigter als gewöhnlich.

JacN II, 28f.

1505. VARNHAGEN VON ENSE AN RAHEL LEVIN

Dresden, 16. Oktober 1808

Höre, geliebte Rahel, so bald als möglich leihe oder kaufe den Cottaschen „Damenkalender"! Ich habe Harscher die „Pilgernde Törin" vorgelesen und soll es heute nochmals tun; er war in *einem* Ausrufen über die Lieblichkeit und Meisterschaft des Dichters. Ich soll Dich aber fragen, ob Du nicht an dem Aufsatze mitgeschrieben oder doch dazugeliefert hast. Er findet überall Erinnerungen an Dich in jenem Charakter, das Vornehme, Künstlerische, Lustige, und der tiefe Sinn, die feste Einsicht, verbunden mit der durchgeführten Kühnheit und Freiheit ... Du hast recht, daß Du den Goethe so liebst, meine teure Rahel. Ich finde *einen* Geist in Dir und ihm; seine Jugendzeit besonders ist eine Nachbarin von Dir. Seit einigen Tagen les ich viel hin und wieder in dem einen Band, den ich bei mir habe und worin der „Faust" steht. Dabei fühl ich mich noch am nächsten zu Dir hingeschleppt und sehe in Deines Wesens Gegenwart hinüber, fast wie durch Deine Briefe! Dieselbe rein schauende, tüchtige, wahrhafte Natur; alles zunächst real, dann auch lieblich und überschwenglich idealisch!

Varn I, 75f.

1506. KAROLINE SARTORIUS AN UNBEKANNT

Göttingen, 27. Oktober 1808

Des Mittags hatte Goethe Talmas geladen, und hier schien ein wahrer Wettstreit zwischen dem Wirt und seinen Gästen einzutreten, wer den anderen an Liebenswürdigkeit übertreffen könnte. Goethe ist des Französischen nicht ganz mächtig, aber seinem Geist legt keine Sprache, die er nur einigermaßen kann, so leicht Fesseln an ...

Er hinterließ Talmas wie uns alle von seiner Liebenswürdigkeit entzückt, die wirklich diesen Tag über alle Beschreibung war ...

Als sie weg waren, trat Goethe in seiner Hofuniform, mit Stern und Ordensband geschmückt, herein. „Ich komme", sagte er, „mich Ihnen zu zeigen und zu fragen, ob Sie mich akkreditieren wollen." Er war in dieser Kleidung so jugendlich und schön, daß ich ihm um den Hals fiel und ausrief: „Ew. Exzellenz, Ihnen so zu widerstehen, ist unmöglich; aber ich hoffe, Sie werden mein Unglück nicht wollen" ...

Für den Abschiedsabend [am 18. Oktober] hatte der Dichter seine schönste Gabe, seine Gedichte, uns aufgespart. Er erschien abends bei Tisch mit einer Handvoll Papiere, die er neben sich hinlegte, und war über alle Maßen wohlgelaunt.

Nach dem Essen fing er an vorzulesen, aus dem Kopf zu rezitieren, bis des Nachts 1 Uhr. An diesem Abend übertraf er sich selbst. Des Dichters Glück war von jeher: Weiber,

Wein, Gesang; und unseren Freund, für den ein ewiger Frühling blüht, begeistern die beiden ersten noch im Herbst seines Lebens zu den herrlichsten Gesängen. Verliebt sein ist die Weise des Hauses; verliebt ist jedermann, der darin aus und ein geht; ich war zuletzt wahrhaftig besorgt, auch uns würde die Epidemie ergreifen. So hat er diesen Sommer in Karlsbad ein Liebchen gehabt, dem er seine süßesten Lieder gesungen, und diese Sonette, die noch sämtlich ungedruckt sind, teilte er uns mit. Schön waren sie alle, am schönsten aber die, in welchen er *sie* sprechen ließ und mit deren Zartheit ich nichts zu vergleichen wüßte, wie es denn wohl noch nie einen Dichter gegeben hat, der in das weibliche Gemüt so tiefe Blicke getan hat. Es ist, als habe das ganze Geschlecht, von der Edelsten bis zur Niedrigsten, bei ihm Beichte gesessen. In denjenigen Liedern, worin *er* sprach, herrschte schon mehr das gemäßigte Feuer der reiferen Jahre ...

Alsdann gab es allerhand Gelegenheitsgedichte, zum Teil aus früheren Zeiten, die wegen mancherlei Personalitäten nicht gedruckt sind, noch es werden können, in denen aber eine Laune herrschte, die uns bald in das unsinnigste Lachen versetzte; in meinem Leben glaube ich nicht so gelacht zu haben.

In tiefer Nacht schieden wir endlich voneinander, nachdem er uns in diesen wenigen Stunden durch alle Stufen des Vergnügens geführt hatte.

Ich glaube gern, daß Goethe nur gegen wenige und nur selten ist, wie ich ihn gesehen habe. Aber so, wie er war, habe ich nie einen liebenswürdigeren Mann gesehen.

Sart 161–164

1507. RIEMER AN AUGUST VON GOETHE

Weimar, 30. Oktober 1808

Es ist nunmehr wieder ganz still und ruhig in Weimar geworden. Gott sei Dank! Denn man wußte nicht, wo einem der Kopf stand. Wir haben uns den Winter so viel zu tun vorgenommen, daß, wenn auch nur die Hälfte zustand kommt, es immer mehr sein wird, als man denken kann. Der Vater ist wohl, und ... auf das schönste dekoriert mit dem französischen und russischen Legion- und Annen-Orden. Das hätten Sie und ich am 14. Oktober nicht gedacht! Wieland und Einsiedel haben ihn gleichfalls bekommen.

GoeJb X, 20f.

1508. ARNIM AN BETTINA BRENTANO

Heidelberg, 5. November 1808

Ob es dem alten Meister gefallen würde, die Privattheater? Alles, nur das nicht! Weißt Du so wenig von Deinem alten Freunde? Er hat einen unauslöschlichen Haß gegen alle Privatkomödien. Sein Grund ist, weil er fühlt, wie wenig bei aller Anstrengung und Übung von eigentlichen Schauspielern geleistet werden kann; was soll da von leichten, beschäftigten Liebhabern geschehen? Mit grimmigem Haß hat er solche Unternehmungen in Weimar verfolgt, und ist er bei allen Einladungen doch nie erschienen. Früher in Ettersburg hat er freilich selbst gespielt, aber immer in Verbindung mit den bessern Schauspielern wie die Corona Schröter.

ArnBe 218f.

1509. WILHELM VON HUMBOLDT AN SEINE FRAU

Erfurt, 19. November 1808

Goethe war äußerst freundschaftlich und herzlich gegen mich, aber sonst in keiner guten Stimmung in den beiden Tagen. Er hat unendliche Trakasserien wegen des Theaters, und, was wirklich schrecklich ist, so war ihm gerade, als ich da war, vom Hofe erklärt worden, er solle zwar die Theaterdirektion behalten, aber sich nicht mehr darum bekümmern, was ihn sehr verdroß. Goethe hat eine lange Unterredung mit dem französischen Kaiser gehabt, von der er sehr voll ist. Schlicht historisches Erzählen ist, weißt Du, seine Sache nicht. Aber „Werthers Leiden" und die französische Bühne sind die Hauptgegenstände der Unterhaltung gewesen ...

Unendlich weh tut es einem, daß Goethe nicht wegen des fremden Einflusses, sondern wegen des inneren Unwesens an allem literarischen Heil in Deutschland verzweifelt. Jeder, sagt er, will für sich stehn, jeder drängt sich mit seinem Individuum hervor, keiner will sich an eine Form, eine Technik anschließen, alle verlieren sich im Vagen, und die das tun, sind wirklich große und entschiedene Talente, aus denen aber eben darum schlechterdings nichts werden kann. Er versichert darum, daß er sich nicht mehr um andere bekümmern, sondern nur seinen Gang gehen wolle, und treibt es so weit, daß er versichert, der beste Rat, der zu geben sei, sei, die Deutschen, wie die Juden, in alle Welt zu zerstreuen; nur auswärts seien sie noch erträglich ...

Vorgestern abend, als wir bei Goethe waren, las er uns eine Art Märchen vor. Aber leider fielen Karoline [von Wolzogen] und mir gar sehr die „[Unterhaltungen deutscher] Ausgewanderten" dabei ein. Es ist eine der Kompositionen, die nur zum Ausruhen bestimmt sein können.

Hu III, 21 ff.

1510. HENRIETTE VON KNEBEL AN IHREN BRUDER

Weimar, 26. November 1808

Du weißt wohl noch nicht, daß Goethe sein Geschäft beim Theater niedergelegt hat. Ich glaube wohl, daß er der großen Plage und beständigen Neckerei längst müde war. Doch hat es ihn hauptsächlich verdrossen, daß kürzlich der Herzog aus eigener Bewegung oder vielmehr aus Bewegung der Jagemann dem Sänger Morhard auf eine etwas ungerechte Weise Arrest gegeben hat. Als einen Eingriff in seine Rechte nahm Goethe das übel, und da weder ihm noch dem Sänger Genugtuung geschah, so zieht er sich nun ganz ab. Unser Theater möchte nun leicht von seinem Ruhme verlieren. Wahrscheinlich übernimmt es nun die Jagemann selbst.

Denke nur, daß hier ein Franzos, Lemarquant, ist, der sonst in Erfurt war, der den „Doktor Faust" ins Französische übersetzt. Er geht dabei nach Spanien und will aber immer von Zeit zu Zeit einen Bogen von seiner Übersetzung an Goethen schicken, daß dieser ihn korrigieren soll. Wir haben den Goethe noch nicht darüber gesprochen, sind aber neugierig, was er zu diesem Feldzug sagt. Es soll schon ein ganzes Stück davon fertig sein.

KnHe 354

1511. PIUS ALEXANDER WOLFF AN BLÜMNER

Weimar, 28. November 1808

Erfahren Sie also, daß Demoiselle Jagemann ihre Absicht, mit dem Theater nach Belieben zu schalten und zu walten, welches wahrscheinlich schon lange ihr Wunsch war, damit erreicht hat, daß sie Goethen durch Eingriffe in seine Rechte, vom Herzog unterstützt, verschiedentlich beleidigte und diese Kränkungen so lange wiederholte, bis er dem Herzog die Direktion, welche er achtzehn Jahre unter sich hatte, zu Füßen legte. Der Herzog, dem sein Verfahren wahrscheinlich durch Umwege abgedrungen und manches Wort durch entfernte Gründe abgelockt worden, war anfangs sehr darüber frappiert, und es kam zu allerhand Vorschlägen, die aber immer so gedreht wurden, daß Goethe auf seinem Entschluß beharren mußte. Heute hat Goethe alles abgeschlossen und nichts mehr zur Unterschrift, das Theater betreffend, angenommen ...

Die erste Beleidigung, die Goethe widerfuhr, ist folgende. Es ist eine merkwürdige Geschichte und ein Meisterstreich eines verschmitzten Köpfchens. Morhard, unser Tenorist, wurde von der Großfürstin unterstützt und war deshalb Demoiselle Jagemann ein Dorn im Auge; es war ihr aber zeither unmöglich, ihm etwas Übles zuzuführen, obwohl sie es schon mehreremal versucht hat. Die gegenwärtige Entfernung der Großfürstin gab ihr nun Gelegenheit; denn Morhard wurde zufällig krank, als die Oper „Sargino [oder der Zögling der Liebe“ von Paer] zum zweitenmal gegeben werden sollte. Der Herzog, durch die Jagemann angespornt, bestand auf der Vorstellung, ließ weder Morhards Entschuldigung noch das Attestat des Arztes gelten und verlangte noch denselben Abend, daß, wenn er nicht singen könnte, er augenblicklich die Stadt verlassen sollte. Morhard hielt sich an Goethe als an seinen Direkteur, und dieser hatte Mühe genug, ihm acht Tage Wache als eine gelinde Strafe für seine Unschuld auszuwirken. Dadurch wurde Morhard verabschiedet und Goethe als Unterstützer seines Ungehorsams verdächtig gemacht. Sie hat sich an Morhard gerächt und ist zugleich in ihrem Plan, Goethen zu verdrängen, vorgerückt.

Th 319ff.

1512. PASSOW AN BREEM

Weimar, 29. November 1808

Möge nur die nächste Generation besser, energischer sein als die jetzige in Tatenlosigkeit und Feigheit versunkene: glücklicher wird sie dann gewiß sein. Und auch ich hoffe noch Bürger des erneuten Deutschlands zu werden, und wer das nicht mit mir hofft und nicht selbsttätig zu werden bereit ist, der kann keine größere Sünde begehn als zu leben ...

Bei dieser Gelegenheit muß ich Ihnen doch die betrübte Nachricht melden, daß Goethe, seitdem ihm Napoleon das Schandkreuz der Ehrenlegion ins Knopfloch gehenkt hat, sich beträgt, wie es einem solchen Legionär ziemt!

Pas 90

1513. CHRISTIANE GOETHE AN IHREN SOHN AUGUST

Weimar, 30. November 1808

Der Geheime Rat hat das Theater völlig niedergelegt, aber der Herzog will es durchaus nicht zugeben. Man schickt täglich sowohl an mich als an den Geheimerat Leute ab, die ihn bereden sollen, es nicht aufzugeben. Aber sein Entschluß ist fest, daß er es entweder ganz allein haben will oder gar nicht. Ich bin es sehr wohl zufrieden und sehe ein, daß es durchaus nicht anders angeht. Die Sache ist nämlich so: Es hat sollen „Sargin" [„Sargino oder der Zögling der Liebe" von Paer] gegeben werden, Morhard hat aber so einen fürchterlichen Katarrh bekommen, daß es ohnmöglich war. Die Jagemann hat aber geäußert: „Wenn der Hund nicht singen kann, so soll er bellen, und er muß singen!" Da das aber nicht möglich war und Morhard nicht in die Probe kam, so hat sie sich an den Herzog gewendet, und dieser hat Morhard noch denselben Abend wollen über die Grenze bringen lassen, wo ihm denn der Geheime Rat nur geschwinde hat Wache geben lassen, um es zu mildern. So stehen jetzt die Sachen. Der Herzog ist am Dienstag nach Jena, und wir wissen nun noch nicht, wie es werden wird.

GoeJb X, 24

1514. HENRIETTE SCHLOSSER AN KLARA VON CLERMONT

Frankfurt, 4. Dezember 1808

Mit der Teilung sind wir nun ganz fertig, und die Goethe zu Hause. Sie schrieb uns allen aus Weimar. Ihr Sohn ist in Heidelberg; sie besuchte ihn dort noch auf ein paar Tage. Er ist ein sehr lieber, braver Junge, gescheut, herzlich und treu; alle Menschen lieben und loben ihn, die ihn kennen. Genialisch wie sein Vater ist er nicht. Auch freut es ihn gewaltig, daß seine *Mutter* nun auch seines *Vaters Frau* ist. Er scheint dergleichen gar nicht zu lieben wie sein Vater und wird gewiß ein bürgerlicher wacker Geschäftsmann werden, ohne doch trocken zu sein. Er ist äußerst lebhaft und lustig und hat Freude an schönen Wissenschaften, hängt kindlich an seinen Eltern und ist gegen uns alle zutraulich – und wir ganz charmiert in ihn.

Sie, die Goethe, haben wir auch alle herzlich gerne, und sie fühlt dies mit Dank und Freude, erwidert es auch und war ganz offen und mit dem vollsten Vertrauen gegen alle gesinnt. Ihr äußeres Wesen hat etwas Gemeines, ihr inneres aber nicht. Sie betrug sich liberal und schön bei der Teilung, bei der sie sich doch gewiß verraten hätte, wenn Unreines in ihr wäre. Es freut uns alle, sie zu kennen, um über sie nach Verdienst zu urteilen und sie bei andern verteidigen zu können, da ihr unerhört viel Unrecht geschieht.

GoeF 142f.

1515. WILHELM VON HUMBOLDT AN SEINE FRAU

Erfurt, 7. Dezember 1808

Ich habe diesmal bei Goethe gewohnt, und er war außerordentlich freundschaftlich, vertraulich und herzlich. Ich bewohnte eine seiner sogenannten Putzstuben im ersten Stock ... Die Händel mit dem Theater dauern noch immer fort und haben dem armen Goethe nun schon volle vier Wochen Unruhe gekostet, in denen er schlechterdings nichts hat vornehmen können. Er möchte es dahin bringen, daß Oper und Schauspiel getrennt und letzteres ihm allein überlassen würde. Allein der Herzog wird diesen Vertrag schwerlich eingehen, und vermutlich geht Goethe ganz vom Theater, das dann in weniger als nichts zerfallen wird, ab. Vermutlich gewinnt aber dann dabei das Publikum. Denn er freut sich schon jetzt, dann mehr arbeiten zu können, und denkt auf eine Fortsetzung der „Natürlichen Tochter", zu der schon alles fertig liegen soll. Die Geheimrätin, die jetzt von Frankfurt a. M., wo sie wegen des Nachlasses der verstorbenen Mutter Goethes war, zurückgekommen ist, ist ein ganz leidliches Wesen, und Goethe tut alles, um zu machen, daß die weimarschen Damen mit ihr umgehen sollen. Karoline [von Wolzogen] tut es ohne Anstand, da sie mit Recht sagt, daß sehr viele von jeher aufs rechtmäßigste verheiratete Damen um kein Haarbreit amüsanter sind, und andere folgen ihr. Goethe ist darum auch äußerst gut mit Karolinen und lobt sie über alle Maßen. Für Theodor [von Humboldt] hat die Geheimrätin wirklich zärtliche Sorgfalt gehabt.

Hu III, 40f.

1516. CHARLOTTE VON STEIN AN IHREN SOHN FRIEDRICH

Weimar, nach dem 17. Dezember 1808

Angenehm ist es mir freilich nicht, in der Gesellschaft zu sein. Indessen, da er das Kreatürchen sehr liebt, kann ich's ihm wohl einmal zu Gefallen tun ...

Stein II, 302

1517. HELENE VON KÜGELGEN AN IHREN MANN

Dresden, 24. Dezember 1808

Du glaubst, ich würde Goethe auch lieben, wenn ich ihn kennte. Ich habe ihn immer geliebt und achte ihn jetzt, nachdem er getan hat, was die Welt verlacht... Ich liebe ihn wahrlich, ob ich gleich nicht zweifle, daß er den Mephistopheles persönlich kennt, den er so treu gemalt hat, und daß er den Faust in hoher Person gespielt hat auf des Lebens Theater.

Küg 123

1518. ARNIM AN BETTINA BRENTANO

Weimar, 25. Dezember 1808

Die erste Bewillkommung von Goethe waren zwei Küsse. Er fragte mit vieler Freundlichkeit nach allen Ereignissen, besonders nach Dir ...

Den andern Tag war bei ihm zum erstenmal Gesellschaft der ersten Frauen der Stadt, unter andern der Frau von Stein, bei seiner Frau. Er fragte mich, ob ich nicht etwas vorlesen wollte, und zeigte meine Kupferstiche herum. Ich las etwas, das Du noch nicht kennst, eine Novelle [„Liebesgeschichte des Kanzler Schlick und der schönen Sienerin"], erst etwas beengt, aber nachher mit einer Art Dramatik, die ich noch nie geübt habe mit solcher Keckheit.

ArnBe 240f.

1519. ABEKEN AN VOSS DEN JÜNGEREN

Weimar, 26. Dezember 1808

Er [Ernst von Schiller] aß neulich mittags bei Goethe, der sehr gütig gegen ihn war; das scheint sehr auf ihn gewirkt zu haben.

Ja, lieber Voß; auch ich bin neulich bei Goethe gewesen ... Gestern vor acht Tagen war ich bei ihm zu Mittag. Ich kann Dir meine Freude darüber nicht genug ausdrücken. Es war mir der schönste Tag, den ich in Weimar gehabt habe.

Es war nur eine kleine Gesellschaft: ein Bremenser [Nikolaus] Meyer, den ich noch von Jena her kenne, eine Dame und unsre Kleinen. Das war mir gerade recht; und ich hatte meinen Platz gerade Goethe gegenüber, so daß ich mich an seinen Reden, seiner herrlichen Gestalt, seinem edlen Gesichte recht weiden konnte. Und er war so gesprächig, so heiter. Das Gespräch kam eben nicht auf erhabene Gegenstände, aber wie bedeutend ist auch das Kleinste in Goethes Munde! wie lebendig, wie frisch und heiter!

Und Goethe hat eine so herrliche Milde. Ich bin sonst schüchtern, wenigstens verschlossen, wenn ich zu großen oder vornehmen Menschen trete. Hier war mir's ganz gemütlich, und bei aller Größe, mit der Goethe einem gegenübersteht, hatte ich doch das schöne Gefühl, mit dem man sich Mensch zum Menschen nahet. Und wenn ich auch Goethe nie wiedersähe, doch werde ich mir immer mit Freude sagen, daß ich ihn gesehen habe.

Gespr II, 395

1520. PIUS ALEXANDER WOLFF AN BLÜMNER

Weimar, 28. Dezember 1808

... Sie sollen durchaus von mir zuerst die erfreuliche Nachricht erhalten, daß Goethe das Theater wiederhat. Seit meinem letzten Brief hat sich die Sache hingezogen; ein Vorschlag verdrängte den andern, eine Bedingung die andere, welche alle so schimpflich waren, daß sie Goethe nicht eingehen konnte. Wie denn nun seine Gegner das Heft ganz in Händen zu haben glaubten und sich über seinen Sturz schon laut zu freuen anfingen, trat unsre regierende Herzogin hervor, wie Karl Moor unter die Räuber, und befahl, daß Goethe jede seiner Bedingungen erfüllt werden sollte, und ihn selbst ersuchte sie mündlich, die Direktion zu behalten. Gestern abend wurde ihm die Beendigung der Sache und die Vollmacht schriftlich zugeschickt ... Da sich die Sache wieder so gemacht hat, ist unserm Theater sehr zu gratulieren. Denn Goethe war wirklich einige Nachlässigkeit vorzuwerfen, und ich bin überzeugt, daß er nun mit neuem Eifer sein Unternehmen beginnen wird. Übrigens wäre es ihm sehr schwer geworden, sich von uns loszureißen; das sah man an seinem ganz veränderten Wesen und an der nun wiedergekommenen Heiterkeit.

Th 321 f.

1521. WILHELM VON HUMBOLDT AN SEINE FRAU

Weimar, 28. Dezember 1808

Ich bin seit dem ersten Weihnachtsfeiertag hier, liebe Li, und wohne bei Goethe ... Ich habe erst hier Goethes neustes Produkt, „Pandoras Wiederkunft", kennengelernt; er hat es uns bei Karolinen [von Wolzogen] vorgelesen ... Es ist eine der wunderbarsten Produktionen, aber der allerschönsten und größesten. Die Hauptsache beruht auf dem Kontrast der beiden ungleichen Brüder, des kalten, rastlosen, gewerbfleißigen Prometheus und des empfindsamen, unglücklichen und müßigen Epimetheus ... Das Neue und Schöne ist, daß alle Urtöne der Leidenschaften, der Gefühle, alle Elemente der menschlichen Gesellschaft darin vorkommen und mit einer Reinheit, ja man kann sagen Nacktheit dargestellt sind, daß daraus selbst eine ungeheure Größe hervorgeht. Dann ist die Sprache, die in den verschiedensten Silbenmaßen abwechselt, himmlisch ...

Mit des armen Schillers nachgelassenen Papieren beschäftige ich mich des Morgens mit der Wolzogen ... *Er bleibt der größte und schönste Mensch, den ich je gekannt.* Wenn Goethe auch noch dahingeht, dann ist eine schauerliche Öde in Deutschland. Doch ist der jetzt überaus wohl.

Hu III, 53f.

1522. CHRISTIANE GOETHE AN IHREN SOHN AUGUST

Weimar, 30. oder 31. Dezember 1808

Denke Dir nur, wer alles bei uns ist: Ein Herr von Kügelgen, der Deinen Vater malt, der Doktor [Nikolaus] Meyer, Herr von Humboldt, Werner, Arnim und noch mehrere Fremde. Dazu habe ich müssen achtzehn vornehmen Damen Visiten machen. Wir hatten einen Tee von dreißig Personen; alle Damen, die Du kennst: Frau von Wolzogen, Stein, Schiller und mehrere. Am zweiten Weihnachtsfeiertag war ein großes Souper bei Wolzogens, wo ich auch dazu eingeladen war, und ich habe die Schillern und Wolzogen recht liebgewonnen ...

Mit dem Theater hat es sich wieder so gut gemacht, da der Herzog Deinem Vater ein Reskript zugeschickt hat, daß er eigenmächtig machen kann, was er will. Und ich sitze nicht mehr auf meiner alten Bank ..., ich sitze in der Loge neben der Schopenhauern. Du kannst also aus diesem Brief ersehen, daß meine jetzige Existenz ganz anders als sonst ist.

GoeJb X, 28

1809

1523. WILHELM VON HUMBOLDT AN SEINE FRAU

Weimar, 1. Januar 1809

Hier habe ich Werner, den Verfasser der „Söhne des Tals“ ..., kennengelernt, auch sein letztes Stück, „Attila“, gelesen. Es hat wohl einzelne schöne Stellen, verdient aber nicht einmal, Dir nach Rom geschickt zu werden. Alles ist locker, ohne Motive, nicht reelle Personen, sondern bloß Burattini. Zuletzt wieder die Sakramente und das mystische Wesen. Gegen das letzte hat Goethe einen Haß, von dem man sich keinen Begriff machen kann, und der arme Werner hat gestern sehr dafür leiden müssen. Er aß bei Goethe, wie er mir erzählt hat, und wollte etwas vorlesen. Obgleich Goethes Frau ihm gesagt hatte, daß das Mystische Goethen unerträglich sei, so ließ er sich beigehn, ein Sonett auf Genua, wo er kürzlich gewesen, vorzubringen, in welchem die Scheibe des Vollmonds zur Hostie gemacht wird. Wie dies Goethe gehört hat, ist er, wie er selbst sagt, *saugrob* ... geworden. Werner hat sich zurückziehen müssen, und obgleich er die Versöhnung durch die Frau versucht hat, mit der er gestern abend auf dem Ball gewalzt hat, so kommt sie so leicht gewiß nicht zustande. Goethe ist seitdem so wild geworden, daß er Karolinen [von Wolzogen] und mir noch heute im Eifer versicherte, auch jede gemalte Madonna sei nur eine Amme, der man die Milch verderben möchte (höchsteigene Worte), und die Raffaelschen stäken im gleichen Unglück. Er treibt jetzt den Haß so weit, daß er nicht einmal mehr leiden will, daß eine irdische Frau ihr Kind selbst im Arm haben soll. Ist das nicht komisch? Aber es ist auch wirklich wahr, daß der Mystizismus so schrecklich getrieben wird, daß man auf solche Übertreibungen fast in halbem Ernst kommen kann.

Hu III, 60f.

Wittenberg, 9. Januar 1809

Goethe hat mir vertraut, daß er einen neuen Roman [„Die Wahlverwandtschaften"] angefangen ..., und sagt, er habe noch einige weibliche Charaktere gehabt, die er bisher nicht habe anzubringen Gelegenheit gefunden ...

So sein recht eigentliches häusliches Leben mit der teuren Hälfte und Riemern ist nichts weniger als interessant oder hübsch. Habe ich Dir schon erzählt, daß er die Frau *Du* und sie ihn *Sie* nennt? Das, siehst Du, liebes Kind, ist ein Respekt! Riemer ist noch breiter, schwammiger und zerflossener geworden, als Du ihn schon kanntest, und so behaglich und gemächlich, daß er um 8 Uhr immer noch im Bett liegt. Er ist ganz eigentlich der Famulus des großen Mannes, redet immer in „Wir" und hat auch zu den kleinsten Dingen, um die man ihn bittet, nie einen Augenblick Zeit. Dabei treibt er unendlichen gesellschaftlichen (auch Goethe nachgemachten), meist sehr tändelnden, meist läppischen und ziemlich arg magistermäßigen Spaß. So macht er jetzt Sonette, die Goethe unendlich protegiert. Nicht genug, daß Riemer sie mir vorlesen mußte, so nahm auch Goethe selbst sie oft und las sie noch einmal. Sie sind nicht geradehin schlecht, meist komisch und satirisch, aber doch oft sehr fade. Die meisten roulieren zuletzt auf einem Wortspiel, einem angewandten Sprichwort oder einer Volksphrase usf. ...

Mir ist sie [Johanna Schopenhauer] durch Figur, Stimme und affektiertes Wesen fatal; aber Goethe versäumt keinen ihrer Tees, die sie zweimal alle Woche gibt. Nur die Wolzogen und ich haben ihn ein paarmal untreu gemacht.

Mit dem Theater ist alles wieder im Gleise, und Goethe hat wieder die ganze ungehinderte Direktion. Nur haben Goethe und Mademoiselle Jagemann sich jeder einen Schauspieler geschlachtet, und so ist es, nach Karolinens Ausdruck, wie in der „Braut von Messina" gegangen: „Die Diener tragen alle Schuld." Wie viel doch in Deutschland trotz des Unglücks der Zeiten für die Schillerschen Kinder geschehen ist, sollte man nicht denken. Noch jetzt hat man ihnen ein Benefiz in Wien gegeben, das ihnen 6000 Taler, nur freilich in Papiergeld, eingebracht hat. Iffland in Berlin hat sich auch sehr brav gezeigt. Leider aber Goethe gar nicht. Er hat fast gar keinen Anteil geäußert. Als Schiller starb, war zwischen ihm und Goethe eine leichte Brouillerie; teils deswegen, teils weil er selbst eben von einer großen Krankheit kam, hat ihn Goethe in seiner Krankheit nicht gesehen; aber wunderbar ist es, daß er auch Monate nachher die Wolzogen und die Lolo [Charlotte Schiller] vermieden hat. Jetzt erst ist er wieder sehr gut mit beiden. Ohne das Legionkreuz geht Goethe niemals, und von dem, durch den er es hat, pflegt er immer „mein Kaiser" zu sagen!

Hu III, 64ff.

1525. CHARLOTTE VON STEIN AN IHREN SOHN FRIEDRICH

Weimar, 12. Januar 1809

Alle meine Träume, wie ich mit Dir und Goethe einen Reichtum des Geistes in meinem Alter finden würde, sind auch nur Träume geblieben. Nun bist Du weit von mir ...

Stein II, 305

1526. ARNIM AN BETTINA BRENTANO

Berlin, 15. Januar 1809

Den ersten Mittag empfing mich Goethe mit zwei Küssen, was ihm Gott segne mit zwei Küssen höherer Liebe! Seine Lippen (wie die Finger großer Musiker) haben eine eigentümliche Rundung, Bildung und Beweglichkeit, so daß man schon darin sehen und fühlen kann, wie er die Sprache wunderbar erregen und verbinden kann ... Voß [den Jüngeren] erkannte er ganz genau. [Friedrich August] Wolf erzählte mir, daß er [Goethe] dem Voß, wenn er bei ihm gegessen, nie das Delikate präsentiert.

ArnBe 249

1527. ARNIM AN DIE BRÜDER GRIMM

Berlin, 23. Januar 1809

Goethe hat mich sehr gütig aufgenommen. Er und die Weimeraner haben mir soviel Lob über die Zeitung [„Trösteinsamkeit. Zeitung für Einsiedler"] gesagt, daß ich recht von Herzen froh wurde. Er interessierte sich lebhaft für Wilhelms Übersetzungen ... Ich habe für Euch beide den Realschulbuchhändler, wenn Goethe eine Vorrede schreibt. Sonst fürchtet Reimer, in der jetzigen Armut würden Poesien, die näher den Gelehrten als der gemeinen Unterhaltung lägen, sich nicht bezahlt machen ohne solche Empfehlung. Ich werde nächstens deswegen an ihn schreiben ...

Goethe liest wöchentlich einmal acht Damen, worunter die Herzogin, aus dessen [Hagens] Bearbeitung der „Nibelungen" vor, zeichnet Karten dazu, erläutert, Riemer setzt die Vorträge auf.

ArnG 20f.

1528. JOHANNA SCHOPENHAUER AN KÜGELGEN

Weimar, 4. Februar 1809

Falk hatte unendlich zu tun, weil er alles einrichtete und für so viele Masken anzugeben, auch zu besorgen hatte; auch gab es in der Welt nichts Geschäftigeres als ihn. Goethe gab ihm wenig nach, und Falk war oft recht ärgerlich, daß dieser ihm immer auf den Fersen war und so sehr auf Zucht und Ehrbarkeit hielt, wenn Falk gern ein wenig [Wort ausgelassen] gemacht hätte ... Den Dienstagabend waren Falk, Werner und Riemer bei mir ..., um Nußverse zu machen. Da trat plötzlich Goethe unter uns wie Peter der Große unter die verschwornen Strelitzen. Er sollte eigentlich nichts von den Nüssen wissen, denn wir wußten wohl, daß er viel dagegen einwenden würde; aber der treue Werner, der sich vor Freuden, wieder in Gunst zu stehen, nicht zu lassen weiß, hatte es ihm verraten. Er redte uns so sanft und väterlich zu und berief sich dabei auf seine Erfahrung, daß wir, obgleich ungern, ihm folgen mußten. Jetzt sehe ich wohl, wie recht er hatte; wir sind von zu ernsthaften [Leuten] umgeben ... Mit den Nüssen war's also aus; nur ein'ge wenige wurden gerettet, z. B. die an die Schönste in Weimar ..., von welcher 12 Exemplare an 12 verschiedene Damen verteilt wurden; auch Madame Wolff bekam die ihre, und mit großem Recht. Goethe fuhr den Abend so gewaltig gegen Falken auf, der eine kleine Unschicklichkeit beging, daß ich sehr erschrak. Doch der Sturm legte sich; ich und Adele versuchten unsre Anzüge; wir gefielen Goethen gar sehr; das stimmte uns wieder froh, und so blieben wir bis Mitternacht zusammen, in Lust und Freude, und Goethe war gar liebenswürdig und gesellig.

Den Freitag fuhr ich dann um halb 9 nach dem Stadthause und fand in einem für uns von Goethen bestimmten Zimmer den größten Teil unsrer Gesellschaft schon versammelt und Goethen mit Uniform und Ordensband mittendrunter voll Leben und Feuer. Er musterte jeden einzelnen, ob's noch wo fehle. Hernach hat er uns exerziert, arrangiert, kommandiert nach Herzenslust. Ich habe ihn nie so lebendig gesehen; wir alle wurden von seinem gewaltigen Leben ergriffen ...

Endlich war die Herzogin da. Goethe ließ uns bei sich vorbeidefilieren und war doch wieder eher unten als wir ...

Nachdem wir lange dem tollen Wesen zugesehn hatten, ging ich mit Oken, Riemer etc. hinauf, um uns ein wenig mit Speis und Trank zu stärken. Da finden wir Frau von Goethe mit ihrer Gesellschaft, einen Offizier Deng in wilder Lustigkeit bei Tische, der Champagner tobte in den Köpfen, die Pfropfen knallten, die Damen quiekten, und Goethe stand still und ernsthaft in einer Ecke. Wie er uns sah, ließ er gleich einen Tisch und das Nötige besorgen, setzte sich zu uns; es kamen noch mehr aus unserm Zirkel, jener wilde Schwarm ging herunter zum Tanz, und wir blieben ein Stündchen gar gesellig und fröhlich oben. Goethe war über die Maßen zufrieden. Wie wir hierunterkamen, hatten die mehrsten Masken sich schon verlaufen, und wir blieben noch bis 3 Uhr auf der Estrade und sahn dem Tanz zu und hatten unsern Spaß untereinander und mit ein'gen der übrigen

Masken. Es ist fast beispiellos, daß Goethe so lange aufblieb; aber er war gar zu froh über das Ganze.

Schop I, 147–150

1529. CHRISTIANE GOETHE AN BETTINA BRENTANO

Weimar, 4. ? Februar 1809

Goethe befindet sich diesen Winter außerordentlich wohl, welches er doch den heilsamen Quellen zu danken hat. Bei meiner Zurückkunft kam er mir ordentlich jünger vor, und gestern, weil große Cour an unserm Hof war, sah ich ihn zum erstenmal mit seinen Orden und Bändern geschmückt; er sah ganz herrlich und stattlich aus, ich kann ihn gar nicht genug bewundern; mein erster Wunsch war: wenn ihn doch die gute Mutter noch so gesehen hätte! Er lachte über meine große Freude.

JbGoeGes III, 151

1530. BETTINA BRENTANO AN ARNIM

München, 12. Februar 1809

Goethe antwortet mir nicht; es schlägt mich nieder. Ich weiß, daß er andern schreibt. Nun, mag's sein! Ich habe nicht so großen Mut, von ihm geliebt zu werden, als ihn zu lieben mehr, weit mehr, wie andre es vermögen.

ArnBe 256f.

1531. WOLTMANN AN SMIDT

Berlin, 18. Februar 1809

Bei den Regierungen sollen die wissenschaftlich-technischen Deputationen, welche bei den Sektionen des Geheimen Staatsrates schon organisiert sind, in ihren Abstufungen weiterwirken. Ich möchte sagen, daß diese Deputationen die Röhren sind, wodurch die reine Einsicht ohne Beimischung des Geschäftslebens durch alle Kreise der Staatsverwaltung aufsteigen soll. An der Spitze des Plenum aller solcher Deputationen wird *einer* stehen, der unabhängig von den Ministern nur dem gesamten Staatsrat und dem König seine Gedanken und seine Rechenschaft vorlegt. Diese Person wird entweder ein Nichts, ein bloßes vornehmes Gaukelspiel oder von dem ungemeinsten Einfluß sein, welcher eigentlich die Intelligenz ausspricht, die wenigstens den *inneren* Staat beherrschen sollte ... Ich kenne aber in Deutschland nur *einen,* der nach Gehalt des Geistes und der Kenntnisse zu diesem Posten sich eignete, wenn er mehr praktischen Mut und Fleiß hätte, nämlich Goethe.

GoeJb VI, 117f.

1532. PASSOW AN AMALIE VON VOIGT

Weimar, 24. Februar 1809

Auf der Redoute bin ich inzwischen gewesen, um den großen, von Goethe und Falk angeordneten Aufzug auch zu sehn. Schlimm ist inzwischen, daß vor der Redoute entsetzlich viel davon gesprochen wurde, sonderlich von den Aufgezogenen, nachher aber alles sehr still blieb. Auch war's lumpig. Einer unserer Schüler, Herr Burkhardt, zog als Chorführer voran, dann ... Werner als Knecht Ruprecht, horribel anzusehn, dann der Stern, darin die Heiligen Drei Könige: Madame Schopenhauer, Frau Falken und das liebe Adelchen [Schopenhauer]; dann ein Trupp Bauern und Bäuerinnen, unter denen sich besonders Frau von Goethe bemerklich machte. Sonst war noch zu betrachten ein Aufzug von einigen Schauspielern, eine erst am Morgen der Redoute von der Jagemann gefaßte und mit Geist und Glück ausgeführte Idee, von der vorher gar nicht, aber nachher desto mehr und desto günstiger gesprochen ist ... Diese wirklich schönen Gestalten, die *ohne Lachen* erfreuten und erheiterten, hielten schadlos für den Überdruß des ganzen Aufzugs, der nur an Anmaßung, Leerheit und Gefallsucht der respektiven Interessenten erinnerte.

Pas 96f.

1533. COTTA AN CHARLOTTE SCHILLER

Stuttgart, 2. März 1809

Wenn doch Goethe mit seinem Roman [„Die Wahlverwandtschaften"] herausrückte! Anfangs sagte er's mir zu; nun ist er aber wieder abgeneigt, ihn sogleich zu publizieren.

SchiCo 562

1534. HENRIETTE VON KNEBEL AN IHREN BRUDER

Weimar, 4. März 1809

Für die Bekanntschaft mit dem griechischen Philosophen und Geschichtsschreiber [Thukydides] sind wir Dir außerordentlich verbunden. Wir finden es auch gar zu hübsch, daß in jenen Zeiten die Männer von höherer Seele mitunter auch tätigen Anteil an den Geschäften und an dem Wohl ihres Vaterlandes nahmen und nicht eine Sekte für sich ausmachten und durch ihre Geistesvorzüge gleichsam gelähmt wurden.

KnHe 357

1535. KAROLINE HERDER AN JOHANN GEORG MÜLLER

Weimar, 12. März 1809

Könnten Sie mir nicht das Blatt der „Aarauer allgemeinen Weltkunde", worin Goethe [von Zschokke ?] rezensiert ist, senden? Der Schade, den Goethe durch seine Vergötterung des Dichtertalents gestiftet, ist unberechenbar. Aber die Menschen werden erwachen und nach der Wirkung fragen, die der Dichter auf Geist, Gemüt und Charakter, auf das innigste, wahre menschliche Glück und auf die Jugend, auf die Veredlung der Menschheit gemacht hat. Heil dem Schweizer, der es jetzt schon wagt, nach dieser Wirkung zu fragen!

VaH III, 347

1536. CHARLOTTE VON STEIN AN IHREN SOHN FRIEDRICH

Weimar, 13. März 1809

Eben tritt Goethe herein und trägt mir einen schönen Gruß an Dich auf. Einen eigentlich offnen, herzlichen Umgang will mir mit diesen Freund nicht wieder werden, so gut ich ihn auch bin.

Fritz von Stein II, 166

1537. KAROLINE HERDER AN JEAN PAUL

Weimar, 21. März 1809

Jetzt sind Schiller und Goethe an der Tagesordnung des *lauten* Publikums – Richter und Herder haben die stille, unsichtbare Gemeine – aber desto inniger, liebender, dauernder. Ihr seid diejenigen, zu denen Gott spricht: auf diese Felsen baue ich meine Gemeine, und die Pforten der Hölle sollen sie nicht überwältigen. Amen!

HeJ

1538. HENRIETTE VON KNEBEL AN IHREN BRUDER

Weimar, 8. April 1809

Goethe ist jetzt auch ein wenig hypochonder, wie mir Frau von Stein sagt.

KnHe 362

1539. VOSS DER JÜNGERE AN ABEKEN

Heidelberg, 16. April 1809

Wie ist denn Passow so auf Madame Goethe erbittert? und wie es scheint, auch auf Goethe? Die Goethe ist wahrlich nicht so „gemein und durch und durch ekelhaft", wie er glaubt (er sagt, seine Freunde mit ihm). Ich bin überzeugt, daß Du nicht *diese* Ansicht teilst. Hier findet noch wohl eine

Mittelansicht statt, die auch von der Überschätzung gleich weit entfernt ist.

Ich werde Passow über diesen Punkt nicht antworten, denn wer Goethe angreift, der greift in mein Leben. Und über Madame Goethe mag ich keine Federkriege führen.

VoßG 161

1540. HENRIETTE VON KNEBEL AN IHREN BRUDER

Weimar, 19. April 1809

Es war ewig schade, daß Du nicht die Erzählung [„Die Wahlverwandtschaften"] von Goethe mit angehört hast. Sie ist voll Geist und Leben und versetzt in die mildeste Gemütsstimmung.

KnHe 363

1541. SIEVEKING AN UNBEKANNT

Weimar, 20. April 1809

Am Sonntag mittag war ich bei Goethe und fand ihn im Garten. Du glaubst nicht, wie weit der Mann hervorragt vor allen, die in Deutschland geschrieben haben. Solch ein menschlicher Adel in dem ganzen Wesen, solch ein Feuer in den großen braunen Augen, so gediegen und unmittelbar aus dem Leben gegriffen jedes Wort, auch das unbedeutendste, das er sagt.

GoeJb VIII, 320

1542. CHARLOTTE VON STEIN AN IHREN SOHN FRIEDRICH

Weimar, 29. April 1809

Es tat einem wohl, auf einige Stunden in eine idealische Welt zu kommen. Wieviel Kenntnis des menschlichen Herzens, was für feine Gefühle, wieviel Sittlichkeit, Verstand und Anstand darin [in den „Wahlverwandtschaften"] vorgetragen ist, kann ich Dir nicht genug sagen. Der Himmel gebe, daß er ihn vollenden kann! Er hatte ihn voriges Jahr in Karlsbad angefangen, und nun will er ihn auch dort vollenden, und die Kriegsunruhen verhindern die Reise.

Stein II, 309

1543. HENRIETTE VON KNEBEL AN IHREN BRUDER

Weimar, 29. April 1809

Heute wird Goethe auf einige Tage nach Jena kommen. Er hat uns gestern durch die Fortsetzung seines Romans einen der seltnen und auserlesenen Abende verschafft und hat uns ganz in seinen Zauberkreis hineingezogen. Seine Gemälde sind nicht allein vollkommen richtig gezeichnet, sondern jedes Detail ist zugleich mit so lebhaften Farben und so äußerst delikat ausgemalt, daß man dieses neue Produkt als ein Meisterwerk nicht genug bewundern und sich darüber erfreuen kann. Ich gäbe was darum, wenn er Dir's vorläse. Es hat uns sehr glücklich gemacht.

KnHe 366

1544. HUDTWACKER AN SEINE MUTTER

Jena, Mai oder Juni 1809

Es vergeht kein Tag, wo ich nicht zu Frommanns gehe, wo Goethe bisweilen des Abends ist. Am Sonntagabend war er von 7 bis 11 Uhr dort und sprach sehr viel. Und wie spricht er! Bisher habe ich zuweilen geglaubt, man könne den Menschen Goethe vom Dichter absondern, aber nun ist er recht eigentlich auch meinem Herzen teuer geworden. Jedermann bildet sich ein, wenn er mit ihm spricht, selbst Goethe zu sein, und fühlt sich unbewußt zu ihm hinaufgehoben.

Er schätzt jedes, kennt jedes, beurteilt jedes, was irgend einen menschlichen Geist beschäftigen kann. Am interessantesten ist es, ihn über naturhistorische Gegenstände, besonders über Blumen, zu hören. Seine fast kindliche und rührende Zartheit, die seine Leser kennen, erscheint hier in einer Liebenswürdigkeit, die kein Gedicht erreichen kann. Er spricht mit großer Lebhaftigkeit, und Gries ..., der ja so taub ist, daß er seine Worte nicht hört, versichert mich, er verstehe vieles bloß durch seine Gebärden.

Sein Blick ist hinreißend, und wenn vollends eine Träne sein Auge füllt, was ihm im Feuer seiner Begeisterung und bei seiner sittlichen Reizbarkeit nicht selten begegnet, so möchte gewiß jeder Jüngling ihm um den Hals fallen und jedes Mädchen an seine Brust.

Hudt 482f.

1545. WOLF GRAF BAUDISSIN AN SEINE SCHWESTER

1. Juni 1809

... er ließ uns sagen, wir möchten um 3 aufs Mineralienkabinett kommen, weil das Zimmer, welches er im Schlosse bewohnt und in dem er ißt und schläft, gar zu klein und schlecht sei. Ich erwartete ihn wie ein Kind den Heiligen Christ.

Endlich kam er, redete mich mit einer langen, geläufigen Phrasis an, war äußerst höflich und fing an, in dem Mineralienkabinett herumzuzeigen. Ich verwünschte meine Unwissenheit in der Mineralogie und verwandte kein Auge von ihm.

Ich schwöre, daß ich nie einen schöneren Mann von sechzig Jahren gesehn habe. Stirn, Nase und Augen sind wie vom olympischen Jupiter, und letztere besonders ganz unmalbar und unvergleichbar. Erst konnte ich mich nur recht an den schönen Zügen und der herrlichen braunen Gesichtsfarbe weiden; nachher aber, wie er anfing, lebhafter zu erzählen und zu gestikulieren, wurden die beiden schwarzen Sonnen noch einmal so groß und glänzten und leuchteten so göttlich, daß, wenn er zürnt, ich nicht begreife, wie ihre Blitze nur zu ertragen sind. Ich war in einem solchen Anstaunen und Anbeten, daß ich alle Blödigkeit rein vergaß.

Mehrere Fremde haben über seine Härte und Steifheit

geklagt, gegen uns ist er äußerst human und freundlich gewesen.

Er hatte einen blauen Überrock an und gepudertes Haar ohne Zopf. Seine ehemalige Korpulenz hat er verloren, und seine Figur ist jetzt im vollkommensten Ebenmaß und von höchster Schönheit. Man kann keine schönere Hand sehn als die seinige, und er gestikuliert beim Gespräch mit Feuer und einer entzückenden Grazie. Seine Aussprache ist die eines Süddeutschen, der sich in Norddeutschland gebildet hat, welche mir immer die vorzüglichere scheint; er spricht leise, aber mit einem herrlichen Organ und weder zu schnell noch zu langsam, und wie kommt er in die Stube, wie steht und geht er! – Er ist ein geborner König der Welt ... Die Tiecksche Büste von Goethe ... *ist keineswegs idealisiert,* sondern Goethe jetzt eher noch schöner, indem sein Gesicht schmaler geworden ist und die göttlichen, nicht schwarzen, wie ich vorhin schrieb, sondern braunen Augen nicht einmal der Pinsel darstellen kann.

Gespr II, 441 ff.

1546. LUISE SEIDLER AN PAULINE GOTTER

Jena, 4. Juni 1809

Silvies [von Ziegesar] Entrevue mit Goethe bei Kaysers war ihr ganz unerwartet und, wie es schien, fast überraschend. Sie hatte mir ein Billett geschrieben, um sie dort zu sehen; als ich aber hinkam, war sie ausgegangen, und Goethe war unter der Zeit gekommen. Es war mir auch sehr überraschend, ihn bei Kaysers zu treffen, und eine unausstehliche Verlegenheit überfiel mich, als ich in der engen Stube die ängstlichen Kaysers und die beiden Geheimräte [Goethe und Ziegesar] traf. Wie gerne hätte ich Dich an meinen Platz gewünscht, liebste Pauline! Mir war gar nicht wohl, da Goethe so ganz nur Geheimrat war und blieb! Du würdest ihn gleich umgeschaffen und Dir einen Himmel bereitet haben.

Bald kam Silvie; wir gingen ihr auf der Treppe entgegen, und als ihr Kaysers sagten, daß Goethe da sei, flog sie in die

Stube und an seinen Hals, daß ich glaubte, die beiden Arme könnten ihn erdrosseln. Ich konnte nicht hinsehen; alles war in peinlicher Verlegenheit.

Doch ermannte sie sich bald, verbiß ihre Tränen, kam gleichwohl eine Viertelstunde lang zu mir und näherte sich dann erst nach mehreren Versuchen Goethe, der indessen tief in der Politik mit Ziegesar wieder verwickelt war.

Ich empfahl mich bald, um meine Sachen zu packen, und als ich nach zwei Stunden wieder hinkam, fand ich sie alle um einen Tisch sitzend, Silvie neben Goethe, aber in gleichgiltigen Gesprächen, doch noch rot und glühend wie die schönste Rose. Sie tat mir recht leid: Goethe war noch immer Geheimrat. Meine Anrede wurde höflich kurz erwidert, und ich war froh, als wir im Wagen saßen, weil ich mich peinlich geniert fühlte.

Gespr II, 448

1547. HUDTWACKER AN AUGUST VON GOETHE

Jena, 5. Juni 1809

Er arbeitet an einem neuen Roman, von dem man sich ins Ohr sagt, daß er „Die Wahlverwandtschaften" heißen wird, wohnt eng und schlecht auf einem Nebenflügel des Schlosses, weil, glaube ich, seine ordentlichen Zimmer gebaut werden, wo er in *einer* Stube leben, essen und schlafen muß, und kann sich trotzdem nicht entschließen, nach Weimar, wo ihn so vieles stört, wieder hinzuziehn. Ich brachte ihm Deinen Brief bei meiner ersten Ankunft hierselbst, vor vierzehn Tagen, und er erkundigte sich sehr sorgfältig nach Dir. Seitdem habe ich ihn mehrere Male bei meinem Onkel Frommann und auch einmal im Botanischen Garten gesehn. Er soll magerer geworden sein, was ihm sehr gut steht, und ist meist ziemlich heiter und gesund.

Goe Jb X, 86

1548. CHARLOTTE VON STEIN AN KNEBEL

Weimar, 7. Juni 1809

Die Landschaften vom Kaaz haben mich sehr gefreut... Goethe wird nach beendigter Arbeit in Jena einen ausruhenden Genuß drin finden. Es ist mir lieb, daß ihn hier so etwas erwartet. Danken Sie ihm mit einem Gruß in meinem Namen für das heut Überschickte! Die diktierten Briefe machen mir eigentlich keine Freude (unter uns gesagt), weil kein herzlich Wort drin ist, und ich kann nur aus dem Herzen schreiben.

BodeSt VII, 86

1549. CHARLOTTE VON STEIN AN CHARLOTTE SCHILLER

Ilmenau, 11. Juli 1809

Dem Goethe schrieb' ich wohl gern, aber die diktierten Briefe zur Antwort sind mir fieberhaft. Sagen Sie ihm nur ein freundliches Wort von mir, oder, wenn er in Jena ist, so schreiben Sie es wohl.

SchFr II, 352 f.

1550. CHRISTIANE GOETHE AN IHREN SOHN AUGUST

Weimar, 19. Juli 1809

Dein Vater und ich befinden uns recht wohl und freuen uns, einmal einen Sommer beisammen zu sein. Denn er geht nun wahrscheinlich nicht nach Karlsbad und ich nicht nach Lauchstädt.

GoeJb X, 40

1551. PAULINE GOTTER AN MARGARETE VON SCHMERFELD

Gotha, 21. Juli 1809

So herrlich, so groß seine Werke in jedem Betracht sind, so kommen sie doch in keinen Vergleich gegen seine mündliche Unterhaltung, und es ist der reichste Genuß, den ich gefunden habe. Aber ich glaube auch, daß seine Gegenwart sehr gefährlich sein kann, und ich versichere Dich, daß ich mein ganzes bißchen Verstand zusammengenommen habe, um mir jeden Augenblick klar zu gestehen, daß alle süßen Worte, die er mir ins Ohr raunte, nicht mir insbesondere, sondern jedem jungen Mädchen gelten würden. Ich war weniger besorgt, daß meine Eitelkeit aufgeregt wurde (denn die ist wahrhaftig bei mir nicht sehr groß), als daß mein Herz mit meinem Kopf davonlaufen möchte, wenn ich ihn mit der größten Zärtlichkeit und mit den geistreichsten Wendungen um die Erlaubnis bitten sah, mir die Hand zu küssen, da er gegen andere vornehm, steif zurückhaltend und herablassend ist. Keine Seele hat das von mir erfahren; aber in den Busen der liebsten Freundin kann man es wohl ausschütten.

Got 19

1552. ARNIM AN WILHELM GRIMM

Berlin, 2. August 1809

Daß Goethe nichts hinzugefügt, ist mir nicht allein wegen des Honorars, es ist mir der Sache selbst wegen unangenehm. Er hätte bei der Gelegenheit sicher viel Treffliches über den Eindruck der nordischen Sagen, Götterlehren, so wie sie ihm erscheinen, gesagt. Während er sich selbst nach seiner Bildung so ganz nach den Griechen gewendet, hat seine Natur ihn doch in mehreren seiner schönsten Gedichte, im „Erlkönig", im „König von Thule", wieder in jene Gesinnung und Gemütsfarbe zurückgeführt.

ArnG 41

1553. VARNHAGEN VON ENSE AN RAHEL LEVIN

Zistersdorf, 4. August 1809

Dieser Tage fand ich in einem elenden Buche von Cramer einige Goethesche Verse als Motto angeführt: wie mich das rührte, liebe Rahel! Ich mußte fast weinen; es war wie ein Wiedersehen! Ja, wenn ich hier einen Band Goethe hätte! Wo man auf jedem Worte, jedem Ausdruck in süßem Nachdenken verweilen kann und unerschöpfliche Labung aus den edlen Steinwänden quillt! Leider weiß ich so wenig im Ganzen auswendig; was ich aber weiß, sag ich mir oft im stillen her.

Varn II, 15

1554. CHARLOTTE VON STEIN AN CHARLOTTE SCHILLER

Weimar, 4. September 1809

Gestern bekam ich einen *eigenhändigen,* stattlichen Brief von Goethe, der durch die Anwesenheit aller unsrer Fürstlichkeiten in Jena elektrisiert war. Der Brief sah völlig oder vielmehr sprach zu einem wie ein Herr mit Degen und Orden im Hofkleid. Ich glaube, Sie haben mich verraten, daß ich die diktierten Briefe nicht mag.

SchFr II, 353

1555. WILHELM VON HUMBOLDT AN SEINE FRAU

Königsberg, 8. September 1809

[Friedrich von] Stein ist ein sehr guter Mensch, allein zur Arbeit doch nur sehr bedingter Weise tauglich. Was noch wunderbarer ist, so trägt er auch in diesen Unvollkommenheiten Spuren der Goethischen Erziehung, die man nicht verkennen kann. Ich glaube, daß es ihm geschadet hat, daß Goethe zu sehr mit ihm, wie er überhaupt leicht überall tut, auf das Reale und Praktische gegangen ist und zu wenig auf das eigentliche Lernen gehalten hat.

Hu III, 229

1556. ROCHLITZ AN BÖTTIGER

Leipzig, 23. September 1809

Sage man, was man will: da hat der alte Herr doch wieder ein trefflich Stückchen Arbeit geliefert. Diese Einfalt und Anmut, diese Originalität und schöne Beschränkung, diese köstliche Sprache durch das Ganze und nun so manche, wirklich entzückende Einzelheiten! Und wenn es nun wahr ist, daß er es gleich bei den „*Lehr*jahren" auf *Wander*-(Gesellen-)Jahre abgesehen hätte, was er wenigstens jetzt behauptet; daß darum der Held dort nur – keiner war, sondern bloß ein hin und her gewehtes Rohr, nur angeregt, nicht einmal empfangend, außer mechanisch; wenn *darum* (was auch die Schlegel, sich selbst lächerlich machend, dagegen behaupteten) jenes Buch nicht zu Ende, sondern nur aus sein konnte: so muß man ja doch schon vor solch einem Plane den Hut abziehn. Nähert er nun wirklich am Ende seinen Helden der Meisterschaft, so kriegen wir damit wohl gar eine versteckte und verklärende Selbstbiographie – worauf freilich schon viele Einzelnheiten in den „Lehrjahren" hinwiesen.

GoeJb XVIII, 150f.

1557. BÖTTIGER AN ROCHLITZ

Dresden, 27. September 1809

Allerdings hab ich das köstliche Bruchstück aus „Wilhelm Meisters Wanderschaft" gelesen und wieder gelesen. Welch ein magischer Zauber in dieser Parodie der Heiligen Familie! Die Lilie zwischen Joseph und Maria ist das Sublimste, was ich kenne. Ich wage übrigens zu glauben, daß Goethe, als er seinen „Wilhelm Meister" vor fünfzehn Jahren schloß, an diese Fortsetzung schwerlich dachte. Damals genoß ich sein ganzes Zutraun und weiß daher Geständnisse von ihm, die mich dies glauben lassen. Um so bewunderungswürdiger ist seine noch nicht erschöpfte Schöpferkraft.

GoeJb XVIII, 151

1558. ARNIM AN BETTINA BRENTANO

Berlin, 29. September 1809

Goethes „Wanderjahre" werden, nach dem Fragment [„Sankt Joseph der Zweite"] zu schließen, wahrscheinlich alles umfassen, was an Kunstwelt in Italien zu finden, doch wird wenig so reizend ausfallen können als der Anfang, der in Cottas Almanache [„Taschenbuch für Damen auf das Jahr 1810"] abgedruckt; denn es umfaßt ja wahrhaftig alles Reizende aus der ersten Geschichte der Maria.

ArnBe 335

1559. JEAN PAUL AN FRIEDRICH HEINRICH JACOBI

Bayreuth, 4. Oktober 1809

Deine Frage über Goethens „Faust" begehrt zur Antwort ein – Büchlein. Die poetische Kraftfülle darin begeistert mich. Ich weiß wohl, Deine Frage meint mehr die philosophische als ästhetische Schätzung. Eigentlich ist's gegen die Titanenfrechheit geschrieben, die er sehr leicht in seinem – Spiegel, wenigstens sonst, finden konnte. Aber vor der Vollendung des Werks ist kein gerechtes Urteil möglich. Daß ihn der Teufel nur dann holen solle, wenn er einmal wahrhaft befriedigt und selig wäre, für diesen schweren Punkt gibt's mir keine Auflösung als die, daß er sich bekehrte und sein hungriges Herz durch den Himmel stillte – und dann käme der Teufel!

JP VI, 57

1560. BETTINA BRENTANO AN ARNIM

Landshut, 16. Oktober 1809

Von Goethe in Cottas Almanach [„Sankt Joseph der Zweite" im „Taschenbuch für Damen auf das Jahr 1810"] habe ich gelesen und freue mich, daß wir zwei eine Liebe für ihn miteinander teilen, die größer ist als gewöhnlich und die auch Jugendkraft hat und stündlich wächst.

ArnBe 339

1561. COTTA AN CHARLOTTE SCHILLER

Weimar, 20. Oktober 1809

Goethes „Wahlverwandtschaften", die ich leider noch nicht ganz besitze, sind mir ein Schatz von Weisheit, ein wahres Lebensbuch, wie alles von Goethe. Aber nun müssen wir doch ernstlich an die Herausgabe denken, besonders wegen der fatalen drei Nachdrucke, zwei in Wien und eins in Köln...

SchiCo 563

1562. WILHELM GRIMM AN SEINEN BRUDER JAKOB

Berlin, 28. Oktober 1809

Goethes „Wahlverwandtschaften" haben wir gelesen. Die erste Hälfte des ersten Bands ist über alle Begriffe langweilig, das andere aber herrlich, rührend und von einer seltenen Gewalt der Darstellung. Aber jenen Fehler vergißt man doch nicht.

Grimm 170

1563. GRIES AN BERGER

Jena, Oktober 1809

Was mir auch das Schicksal nehmen will, die Freude am Schönen und Guten wird es mir doch nicht rauben können. So habe ich in diesen Tagen wieder einen ganz einzigen und unvergänglichen Genuß erworben durch die Erscheinung von Goethes „Wahlverwandtschaften". Ich mag Dir nicht viel davon sagen, weil Du das Buch gewiß noch oft genug lesen wirst. Jedes neue Werk des großen Meisters ist ein nie zu vermindernder Schatz, an dem man sein ganzes Leben zu zehren hat. Er ist der einzige, auf den Deutschland noch mit Recht stolz sein kann, er, dessen Werke länger dauern werden als die ungeheuern Schöpfungen unserer Zeiten, die man für die Ewigkeit hervorzubringen wähnt.

Gries 89

1564. ARNIM AN BETTINA BRENTANO

Berlin, 5. November 1809

Ich will von etwas anderm Schmerzlichen reden ..., von Goethes „Wahlverwandtschaften". Clemens [Brentano] kam ganz tückisch verstört davon: wie Goethe sich hinsetzen könne, den Leuten soviel Kummer zu bereiten! Was kann *er* dafür? Doch mögen wir den Himmel entschuldigen mit der Langenweile, die auf Erden entstehen würde, wenn er nicht zuweilen allerlei Trübsal auf unschuldige Häupter häufte. Diese Langeweile des unbeschäftigten, unbetätigten Glückes, die Goethe in der ersten Hälfte des ersten Bandes so trefflich dargestellt, hat er mit vieler Beobachtung in das Haus eines gebildeten Landedelmannes unserer Zeit einquartiert. Ich habe manchen der Art kennengelernt, und alle leiden an einer ganz eigentümlichen Hypochondrie. Durch ihre Bildung von dem Kreise eigentlicher Landleute geschieden, soviel Wohlwollen und Wirtlichkeit sie in sich sammeln mögen, ohne eine mögliche Richtung ihrer Tätigkeit zur allgemeinen Verwaltung, kochen sie ihre häusliche Suppe meist so lange über, bis nichts mehr im Topfe. Nirgends finden sich mehr Ehescheidungen als unter diesen Klassen; alles Neuhinzutretende muß sie stören in dem Zustande gegenseitigen Überdrusses ...

Unendlich schmerzlich ist's, daß Ottilie Wunder tut und daß die Kirche, um sie zu hindern, zugeschlossen wird. Wessen Schuld ist diese Härte, da Eduard noch lebt? Ich will das durchaus nicht leiden. Will einer Wunder tun, so soll ihn niemand daran hindern. Übrigens wollen wir unserm Herrgott und seinem Diener Goethe danken, daß wieder ein Teil untergehender Zeit für die Zukunft in treuer, ausführlicher Darstellung aufgespeichert ist.

ArnBe 349 f.

1565. BÖTTIGER AN ROCHLITZ

Dresden, nach dem 7. November 1809

Wie treffend ist Ihr Urteil über Goethes „Wahlverwandtschaften"! Die ganze Komposition hängt an einem losen Faden und entbehrt doch zuweilen der innern psychologischen Wahrscheinlichkeit (selbst die so bewunderte Charakterentwicklung Ottiliens scheint mir zu kranken, doch muß ich alles noch einmal lesen). Allein man kommt bei den Schönheiten des Details, bei der himmlischen Klarheit des Stils, bei den tiefgeschöpften Lebens- und Klugheitsreflexionen, bei dem Zauber leiser Geisterankläange in Ahndungen usw. gar nicht zur nüchternen, prüfenden Besonnenheit. Wie werden sich die Anempfinderinnen, wie Goethe sie wohl sonst nennt, hinein-, herauslesen! Schon habe ich einen Begeisterung sprechenden Brief der Dame Spazier darüber.

GoeJb XVIII, 152

1566. PASSOW AN KNEBEL

Weimar, 11. November 1809

Die göttlichen „Wahlverwandtschaften" haben Sie wahrscheinlich schon gekannt, ehe wir diesen Schatz von Verstand und von Liebe, von klassischer Vollendung und ewiger Jugendglut nur ahneten. Goethe fängt an, zu unvergänglicher apollinischer Jugend zurückzuleben.

Kn II, 480

1567. JAKOB GRIMM AN SEINEN BRUDER WILHELM

Kassel, 11.–12. November 1809

Neulich eines Abends kam der Ferdinand [Grimm], er müsse mir doch etwas weisen, was er sich gekauft habe, ob er es gleich bereue, denn er habe kein Geld, es zu bezahlen. Es waren Goethes „Wahlverwandtschaften". Ich sagte, daß ich es von Herzen gern bezahlte, wenn es ihm Freude machte. Es rührte mich ordentlich, wie er hinzufügte, das wäre das erste Buch, was er neu erhalte; seine andern kommen fast alle schmutzig aus verauktionierten Lesebibliotheken...

Von dem Buch bin ich sehr eingenommen worden und kann gar nicht in Deinen Tadel einstimmen. Es ist mir nämlich begreiflich, daß man in dergleichen Geschichten aus moderner Zeit recht leis in das eigentliche Leben, durch alle Konvenienzen hindurch, durch alles förmliche Wesen einbrechen muß. Im „Wilhelm Meister" ist es nicht anders gemacht. Ohne diesen Eingang wäre die Charlotte sicher nicht interessant. Die Luciane hätte meinetwegen ganz wegbleiben mögen und auch der Mittler, der nichts Rechtes zu tun hat. Beim Architekten hat vielleicht Goethe wenigstens an die Gestalt des Engelhardt gedacht. Auffallend ist, wie Goethe den Zufall und ein heimliches Schicksal gegen seine sonstige Art mannigfaltig hat walten lassen.

Grimm 172

1568. VOSS DER JÜNGERE AN CHARLOTTE SCHILLER

Heidelberg, 12. November 1809

Bei Cottas bin ich vierzehn Tage gewesen ..., da habe ich denn auch Goethes „Wahlverwandtschaften" gelesen, von denen ich viel erwartete und doch noch viel mehr fand. Die Erzählung beginnt so einfach, in so kleinem Raume, und wie erweitert sich das alles! Mir ist, als wenn Goethe den ganzen Reichtum seiner Erfahrungen und Lebensansichten hier niederlegen wollen. Aber der Mann ist unerschöpflich wie die Gottheit: von jedem seiner künftigen Werke werde ich dasselbige sagen müssen. Ottilie ist ein lieblicher Engel. Ein bloßes Geschöpf der Einbildungskraft? Das glaube ich nimmermehr. Aber das arme Kind jammert mich, sooft ich daran denke. Soeben hat es noch „so vernünftig in die Welt geguckt", und nun dieser Tod! ... Soweit habe ich gelesen; die folgenden Bogen fehlen Cottan noch – meine Sehnsucht nach dem Ende ist unbegrenzt.

SchFr III, 244

1569. KAROLINE VON WOLZOGEN AN IHRE SCHWESTER CHARLOTTE SCHILLER

Wiesbaden, 16. November 1809

Goethen grüße dreifach. Ich habe dieser Tage ganz in dem Roman [„Die Wahlverwandtschaften"] gelebt und will ihm selbst darüber schreiben, sobald ich einige Ruhe habe, um mein Inneres auszusprechen. Er hat mich unaussprechlich ergriffen und mir meine eigene Natur wieder vereint und in allen Tiefen aufgeschlossen. Wie können die Menschen an so etwas meistern und tadeln, was ewig wahr ist wie die Aussprüche der Natur selbst! Sage ihm für jetzt nur, daß er mir wieder aufs neue durchaus wundervoll und lieb geworden.

SchFr II, 92

1570. BETTINA BRENTANO AN ARNIM

Landshut, 21. November 1809

Ich hatte die „Wahlverwandtschaften" noch nicht gelesen; vorgestern, an meinem Namenstag, schenkte sie mir Savigny. Ich durchwachte die Nacht, um es durchzulesen; selten hatte ich noch den Eindruck eines Buches so rasch und so deutlich empfunden. Lieber Arnim, die Seele, die mir mit Gewalt durch den Schmerz, der eindrang, geweitet wurde, empfand es als herb. Aber o wie hat Gott mir seinen Sonnenschein mild ins Leben verteilt, daß ich recht fühlen muß, wo seine Wärme am stärksten ist: An demselben Morgen nach der traurigen Nacht, auf demselben Tisch, wo ich vorher noch im Wandspiegel mein durch Betrübnis erblaßtes Gesicht angesehen hatte, fand ich einen Brief von Goethe, der ganz war, als hätte er geahndet, wie ich durch sein Buch des Trostes bedürftig geworden. Lieber Arnim, Gott will es so, daß Ihr beide Euch das Maß haltet in meiner Liebe. Denn noch nie hast Du mir so fest ans Herz gesprochen, und nie ist Goethe in solcher Güte übergeströmt als beide in Euren letzten Briefen. Er sagt: „Ich war auch einmal so närrisch wie Du, aber gewiß auch glücklicher und

Karoline von Wolzogen

besser als jetzt." ... Wir wollen uns so an ihn drängen, daß wir ganz wie seine Kinder werden ...

Ich kann Dir nicht genug sagen, wie sehr mir das wohltut, daß Du den Goethe so sehr liebst.

ArnBe 351 ff.

1571. WILHELM GRIMM AN SEINEN BRUDER JAKOB

Halle, 24. November 1809

Das Urteil über Goethes Buch [„Die Wahlverwandtschaften"] ist mir interessant gewesen. Auch darin bewährt sich sein großer Geist, daß seine Werke so verschiedenartige Urteile erzeugen und unendliche Ansichten zulassen. Steffens, Reichardt haben wieder ganz abweichende, seltsame Meinungen; aber noch jeder meint, es habe es doch nur Goethe schreiben können, und jeder hat etwas gefunden, das ihm besonders wert gewesen, so daß schon jeder einzelne Charakter seinen Freund und Feind gehabt hat und alles schon gut und schlecht gewesen. Ich zum Beispiel finde nun die Luciane (Jagemann) wieder sehr reizend und ganz notwendig, indem durch sie der Charakter der Ottilie erst recht deutlich und entgegengestellt wird. Dagegen ist mir der verfluchte Gehülfe ganz unausstehlich.

Ich begreife auch, daß das ganze Verhältnis sehr langsam und sorgfältig mußte entwickelt werden, nur nicht langweilig, wie es mir durchaus ist. Ich erkläre mir es aus der Art der Entstehung des Buchs, weil es durchaus diktiert ist, wo der Faden wohl nicht streng angehalten worden, sondern ganz gemächlich abgehaspelt worden und zuweilen auf die Lehne des Schlafsessels herabgefallen ist. Dann aber soll auch Goethe mehreres von Riemer haben ausarbeiten lassen und ihm nur den Entwurf gegeben haben, wie Raffael malte – wenn es wahr ist.

Grimm 177 f.

1572. CHARLOTTE SCHILLER AN COTTA

Weimar, 27. November 1809

Goethe ist jetzt wieder frisch und kräftig nach seinem letzten Anfall vorigen Sommer, und Meyer versicherte mich neulich, daß er ihn beinah seit zehn Jahren nicht so aufgeregt und kräftig gesehen habe ... Er ist so mitteilend und instruktiv jetzt und spricht sich gern aus – dadurch gibt er uns allen Freude und Trost. Alle Sonntagmorgen hat er Musik bei sich, wo wir Damen dazu geladen, übrigens sehe ich ihn im kleinen Zirkel alle Woche, wo er liest und sich mitteilt über alles, was ihn eben interessiert.

SchiCo 563

1573. FOUQUÉ AN RAHEL LEVIN

Nennhausen, 30. November 1809

Nur noch einige Worte über Goethes „Wahlverwandtschaften". So etwas Herrliches, finde ich, hat der alte Meister noch nicht erschaffen. Diese tiefe künstlerische Besonnenheit bei diesem jugendinnigen Gefühl und stillem heiligen Glauben! Ich habe mich noch nie so zu ihm hingezogen gefühlt. Daß nun der Mann Exzellenz sein muß, ich ein Schriftsteller, und vor allem, daß viele der besten Worte durch unwürdigen Gebrauch nichtsnutzig geworden sind oder gar verdächtig – das tut mir jetzt recht von Herzen leid. Ich glaube, ich schriebe ihm sonst. Ist es aber nicht ebensoviel, wenn ich mich vor ihm neige und im stillen Gemüte sage: „Lieber alter Vater, du bist doch vielmal mehr als wir anderen alle zusammengenommen, die wir heutzutage der Dichtkunst pflegen."

GoeJb XXIV, 97

1574. KNEBEL AN SEINE SCHWESTER

Jena, 1. Dezember 1809

Der junge Goethe war ... auch hier. Dies ist ein wunderlicher Mensch, aber ich habe ihn doch lieb. Er hat eine innere

Rechtlichkeit und einen Ernst, der bis zur Melancholie geht. Wirklich neigt er auch dahin, so daß man zuweilen um ihn besorgt sein könnte. Doch davon sagst Du dem Vater nichts. Er ist gewaltig in seiner Juristerei fleißig und liebt diese mit strengem Eifer. Beinahe sagt er sich zu sehr von allem übrigen los.

KnHe 398

1575. RIEMER IN SEINEM TAGEBUCH

Weimar, 2. Dezember 1809

Mit der G[oethe] und [Karoline] Ulrich zu Tisch. Daß G[oethe] jetzt so heftig werde und sich gehenlasse. Woher es komme.

RieTb I, 286

1576. WILHELM GRIMM AN SEINEN BRUDER JAKOB

Halle, 3. Dezember 1809

Über die „Wahlverwandtschaften" habe ich noch mehrere Stimmen gehört. Am originellsten ist die des Genialen [Reichardt], der in diesem Buch die Studien zu den andern Teilen der „Eugenie", die Goethe aufgegeben, angewendet sieht. Steffens meint, das Kind sterbe wie ein Hund, und doch ist die Szene so rührend und die Nacht darauf recht mit der Stille dargestellt, in welcher man vor oder nach einem großen Unglück angstvoll und bang eine solche zubringt.

Grimm 182

1577. RIEMER AN FROMMANN

Weimar, 12. Dezember 1809

Die ganze vorige Woche hat sich Goethe nicht wohl befunden, indem ein heftiger Katarrh ihm zusetzte und besonders zwei Nächte durch große Brustschmerzen verursachte. Durch Wartung und Mittel hat sich das Übel indes gegeben, und er ist heut zum erstenmal wieder ausgegangen.

... Wir bearbeiten jetzt den Rest der Polemik [der „Farbenlehre"] ...

Madame Schopenhauer ist nun wieder unser geselliger Mittelpunkt.

Rie 148

1578. WILHELM GRIMM AN SEINEN BRUDER JAKOB

Weimar, 13. Dezember 1809

Ich zog mich gleich an und ließ mich nach Goethes Haus führen, das sehr nett und schön dasteht. Er war aber krank, vorher bedeutend gewesen und jetzt in der Besserung, daß er mich nicht annehmen konnte. Also gab ich Arnims Brief ab. Ich ging dann zu der Dame Schopenhauer, die hier die Honneurs macht, und überreichte meinen Brief; wohin bald Goethes Bedienter kam und mir sagte, Herr Dr. Riemer, Goethes Sekretär, werde mich in die Komödie abholen. Das geschah dann, und wir gingen in Goethes Loge, die unter der fürstlichen ist ... Goethes Bedienter bat mich, den andern Tag erst auf die Bibliothek zu gehn und dann um 12 Uhr zu dem Herrn Geheimen Rat zu kommen. Auf der Bibliothek wurd ich artig genug empfangen, und um 12 Uhr ging ich dann hin. Der Hausehren in Goethes Hause ist mit freistehenden Statuen und andern in Nischen schön verziert. Über eine breite Treppe, die vornehm und bequem aussieht, wurd ich erst vor ein Zimmer geführt, wo am Eingang zu den Füßen SALVE mit schwarzen Buchstaben und an der Seite ein Kandelaber steht und das voll Bilder hing; dann in ein Kabinett, das ebenfalls mit Handzeichnungen, altdeutschen Holzschnitten ausgeziert war, und alles eigen eingerichtet, zum Beispiel die Türen mit matter brauner Farbe angestrichen und die Griffe aus goldnen Löwenköpfen bestehend, sehr geordnet und reinlich. Hier mußt ich einige Zeit warten, darauf trat er selbst hinein, ganz schwarz angezogen, mit den beiden Orden und ein wenig gepudert. Ich hatte nun sein Bild oft gesehen und wußte es auswendig, und dennoch, wie wurde ich überrascht über die Hoheit, Vollendung, Einfachheit und Güte dieses Angesichts. Er hieß mich sehr freundlich sitzen und fing freundlich an zu reden ... Ich blieb fast eine Stunde da; er sprach so freundlich und gut, daß ich dann immer nicht daran dachte, welch ein großer Mann es sei. Als ich aber weg war oder wenn er still war, da fiel es [mir] immer ein, und wie gütig er sein müsse und wenig stolz, daß er mit einem so geringen Menschen, dem er doch eigentlich nichts zu sagen habe, reden möge. Tags darauf wurde ich zum Mittagessen bei ihm eingeladen. Seine Frau, die sehr gemein aussieht, ein recht hübsches Mädchen [Karoline Ulrich] ... und Riemer waren da. Es war ungemein splendid, Gänseleberpasteten, Hasen und dergleichen Gerichte. Er war noch freundlicher, sprach recht viel und invitierte mich immer zum Trinken, indem er an die Bouteille zeigte und leis brummte, was er überhaupt viel tut. Es war sehr guter roter Wein, und er trank fleißig; besser noch die Frau ... Der Tisch dauerte von 1 bis halb 4 Uhr, wo er aufstand und ein Kompliment machte, worauf ich mit Riemer wegging ...

Grimm 185ff.

1579. REINBECK AN JOHANNA SCHOPENHAUER

Stuttgart, 16. Dezember 1809

Daß wir hier des großen Goethe neuestes Geschenk, die „Wahlverwandtschaften“, mit unbeschreiblichem Vergnügen genossen und bewundert haben, können Sie leicht glauben, und hier gibt es fast nur eine Stimme darüber. – Welch eine Gabe des reichen Genius! – Und wir haben deren noch mehrere – gebe der Himmel noch recht viele! – zu erwarten. – Wenigstens ist unter uns die frohe Kunde davon erschollen. – Welch einen Vorgeschmack gibt uns nicht das göttliche Bruchstück [„Die pilgernde Törin“] im „Damenkalender“! – Wenn man so etwas liest, möchte man gleich verschwören, jemals wieder eine Feder anzusetzen. Und ist man damit zu Ende, so ist es einem wieder, als ob man sich in sich neue Quellen eröffnen fühlte. Sooft ich Goethe lese, ist es für mich eine Stahlkur.

Schop I, 169

1580. FRIEDRICH HEINRICH JACOBI AN VOSS

München, 18. Dezember 1809

Was sagst Du zu Goethes „Wahlverwandtschaften"? Schelling ist davon ganz entzückt. Mir ist das Buch im ganzen ein Ärgernis, ob ich gleich das darin einzeln zerstreute Gute und Schöne wohl zu schätzen weiß.

JacN II, 43

1581. THERESE HUBER AN BÖTTIGER

20. Dezember 1809

Und Goethes „Wahlverwandtschaften"? – Mir tönte bei dem Nachdenken über diesen Geist Händels „Bacchus ever young and fair" aus dem „Alexanderfest" in das Ohr. Aber die sittsamen Leute – die schreien! Jacobis Schwestern meinen, ihr Bruder würde sich schämen, so ein unanständiges, unsittliches Buch geschrieben zu haben. Und so meint auch der sehr sittliche Verfasser von den „Reisen im südlichen Frankreich", Thümmel. – Ja, mein werter Herr! Das sind Wächter Zions!

GoeJb XVIII, 128

1582. RIEMER AN FROMMANN

Weimar, um den 20. Dezember 1809

Mit G[oethes] Gesundheit wackelt es wieder. Er hat vorigen Montag einen heftigen Anfall von seinen alten Krämpfen gehabt, wovon er sich freilich gleich den andern Tag insoweit erholt fand, daß er bei dem schönen Wetter eine halbe Stunde in seinem sonnigen Garten spazierte. Aber es retardiert ihn doch in seinen Arbeiten.

Rie 150

1583. VULPIUS AN NIKOLAUS MEYER

Weimar, 31. Dezember 1809

Seit der Mitte des Oktobers hat eine Nervenfieberseuche bei uns viele Menschen hinweggerückt ...

... im Hause des Herrn Geheimrats von Goethe ist alles gesund; nur bei ihm selbst haben die Krämpfe schon wieder zweimal repetiert. Er ist aber wieder wohl. – Meine Schwester, vom Ball in die Komödie, von dieser auf die Redoute, zu einem Ball nach Jena, zu Traktamenten etc., ganz wohlauf.

MeyerN 230f.

1584. THERESE HUBER AN IHRE TOCHTER THERESE FORSTER

1809

Goethes „Wahlverwandtschaften" könnten gewissermaßen als ein Nebenstück zu Goethes „Werther" angesehen werden. Beide zeigen uns Menschen, zu deren Leidenschaft sich das Schicksal gleichsam zugesellet, um sie ihrem bessern Wissen und Wollen zum Trotze ins Verderben zu ziehen. ... Die Diktion ist wieder so leicht, so einfach, die Gruppen so abgerundet, so lebendig, und die Farben von einer Lebendigkeit, daß man immer glaubt, eine italienische Landschaft zu sehen, die kein Duft einhüllt. Lebensweisheit und Lebenskraft, Ruhe und Herrschaft atmet in dem Ganzen. Gegen das Machwerk, das Ausfüllen der einzelnen Teile wäre wohl noch manches zu sagen; allein die Schönheit der ganzen Erscheinung überwiegt diese einzelne Unvollendung.

GoeJb XVIII, 126

1810

1585. RAHEL LEVIN AN VARNHAGEN VON ENSE

Berlin, 4. Januar 1810

Ich verstehe kein Buch, bis ich mir nicht sagen kann, wie der Autor dazu gekommen ist, es zu machen, wie es in ihm dabei vorging. So muß jedes Buch einen Text in sich tragen wie einen Kern, um den es herumwächst; und ist es sehr gut und je besser es ist, so wieder in seinen einzelnen Teilen! So war mir zum Beispiel der Kopf ganz verschlossen über „Erlkönig", und erst den vorigen Winter verstand ich ihn plötzlich. Noch weiß ich kein Wort über „Das Wasser rauscht', das Wasser schwoll" [„Der Fischer"], hingegen verstehe ich die „Pandora" und die „Natürliche Tochter" von Goethe ganz anders als seine andere Leute. Das ist das Alter. In dem Fürsten ist alle Leidenschaft in Tochterliebe umgewandelt, und diese noch unbehandelte Liebe als Leidenschaft zeigt Goethe. Epimetheus ist alt wie ein Sohn der Erde, von ihr und Kenntnis ihrer, von Alter, von Undank, von der angehäuften *Zahl* der Übel gedrückt, von Hoffnung endlich entblößt! Das *wahre* Alter! Nicht einmal ungeduldig, den „welken Kranz" betrachtend, die Jungen bedauernd, nicht beneidend, und doch rastlos im Schaffen, weil die Not es grade heischt. Mir hat's einen entsetzlichen Eindruck gemacht: ich verstand gleich das Alter; ich wurde damals alt. Auch alt wird man plötzlich; auch das Alter entfaltet sich wie eine Blüte plötzlich aus der Knospe, wennschon die ganze Jugend es vorbereiten muß.

RahelA I, 460f.

1586. FRIEDRICH HEINRICH JACOBI AN KÖPPEN

München, 12. Januar 1810

Ihr Urteil über „Die Wahlverwandtschaften“ stimmt mit dem unsrigen sehr überein; nur scheint das Ärgernis, welches wir an dem Buche genommen haben, größer und stärker zu sein als das, welches Sie und Meta [Köppen] daran genommen. Die zwiefache Ähnlichkeit des Kindes und ihre Ursache hat uns im höchsten Grade empört, und diese Angelegenheit ist doch die Seele des Buchs. Wir können das Göttliche und Himmlische an Ottilia nicht finden und sprechen es ihr geradezu ab, weil sie den armseligen Eduard so überschwenglich lieben kann. In dem ganzen Roman ist keine Figur, an der man ein wahres Wohlgefallen haben könnte. Charlotte und der Hauptmann werden sich nur aus lieber Langerweile gut, denn sie können im Grunde sich nicht leiden. Desto ärgerlicher und ekelhafter wird der doppelte Ehebruch durch Phantasie, der den Knoten des Stücks ausmacht. Dieses Goethesche Werk ist durch und durch materialistisch oder, wie Schelling sich ausdrückt, *rein physiologisch.* Was mich vollends empört, ist die scheinbare Verwandlung am Ende der Fleischlichkeit in Geistlichkeit, man dürfte sagen, die Himmelfahrt der bösen Lust.

Ob Bettina Goethen als Ottilia oder Luciane oder als beide zusammen gesessen habe, darüber lohnt es nicht der Mühe zu streiten. Bei einigen Narrheiten der Luciane können einem Narrheiten der Bettina [Brentano] einfallen, und das ist nicht nur hier, sondern auch in Frankfurt geschehen. Metas plutarchische Vergleichung zwischen Bettina und Luciane ist vortrefflich ...

JacN II, 44f.

1587. KNEBEL AN SEINE SCHWESTER

Jena, 16. Januar 1810

Ich höre, Goethe ist mit seiner Gesundheit gar nicht in gutem Stande. Das tut mir auch wehe. Er greift sich zu sehr an. Er muß ins Karlsbad, wohin er sich auch, wie ich höre, gar sehr sehnet.

KnHe 401

1588. RIEMER AN FROMMANN

Weimar, 20. Januar 1810

G[oethe] ist keineswegs unwohl, obgleich hin und wieder das Gerücht davon erschallen wird und worüber ich Sie ins klare setzen will, damit Sie nicht unnötige Sorge haben. Er mag und kann nicht an den Hoffestivitäten teilnehmen, und so geht er auch an keinen andern Ort und sieht auch weniger Leute bei sich, die ihn oft ungestüm überlaufen. Nun heißt es, er befinde sich nicht wohl; welches denn wahr und nicht wahr ist. Aber wie würde er sonst nur etwas vor sich bringen!

Rie 152

1589. WILHELM VON HUMBOLDT AN SEINE FRAU

Halle, 22. Januar 1810

Die Reise ist mir recht gut bekommen, und meinem Auge ist so gut als nichts mehr anzusehen. Du glaubst nicht, wie lieb Goethe mit mir, auch mit meinem kleinen Übel gewesen ist. Ich mußte alle halbe Stunden etwas ins Auge träufeln. Goethe hat das nun immer selbst und mit einer Sorgfalt getan, von der Du keinen Begriff hast. Er ist noch nie gegen Dich (denn er hat unendlich oft von Dir gesprochen) und mich so lieb gewesen.

Hu III, 322

1590. RIEMER IN SEINEM TAGEBUCH

Weimar, 28. Januar 1810

Mittags Frommann zu Tisch, der allerlei Déraisonnements von Philistern über „Die Wahlverwandtschaften" erzählte. Unter anderen hat sich auch ein Philister ... gewundert; er könne nicht begreifen, wie G[oethe] zwei Bände über diese chemische Sache schreiben mögen, da er ja nichts als das Bekannte, was in einem Kapitel der Chemie vorkäme, abhandle.

RieTb II, 57

1591. BÖTTIGER AN ROCHLITZ

Dresden, 28. Januar 1810

Was sagen Sie denn zu der bittern und einseitigen, doch oft sehr treffenden Rezension ..., womit die Hallenserin diesmal begonnen hat? Gewiß lesen Sie auch meine paar Worte darüber in der „Zeitung für die elegante Welt". Fast werde ich irre an mir selbst. Denn man sagt mir hier laut und bitter, ich hätte Goethen zu sehr geschmeichelt. Das habe ich wahrlich nicht gewollt.

GoeJb XVIII, 152

1592. WILHELM GRIMM AN ARNIM

Kassel, Januar 1810

Als ich in Weimar ankam, war Goethe krank gewesen, gefährlich mit Blutspeien, aber eben in der Besserung. Er ließ mich den folgenden Tag zu sich rufen und war sehr freundlich und gütig. Ich habe auch ein paarmal da gegessen, und der Riemer hat mich in die Komödie abgeholt. Ich gab ihm die dänischen Lieder, die er sich hat vorlesen lassen und die ihm sehr wohl gefallen. Er sagte: „Dergleichen haben wir nicht gemacht." Allein von einer Vorrede ließ er nichts verlauten; wahrscheinlich hat er es vergessen ...

Zu den literarischen Neuigkeiten gehört, daß sich Goethe geäußert, er werde noch einen Roman schreiben, eh die

Fortsetzung des „Meister" erscheine, und habe die Idee dazu schon bei dem letzten Teil der „Wahlverwandtschaften" gefaßt. Zu jener Fortsetzung sind vier einzelne Stücke vorhanden, worunter auch ein Märchen [„Die neue Melusine"] und das [„Die pilgernde Törin"], was im „Taschenbuch" gestanden. Diese müßten aber noch verbunden werden. Wer die Personen in den „Wahlverwandtschaften", hat man längst heraus. Der Architekt ist natürlich der Engelhardt, in welchen die Vulpius verliebt gewesen. Die Luciane ist nicht die Jagemann, sondern ein Fräulein Reitzenstein, welche in Weimar ist und alle Herzen erobern soll. Ich habe sie mehrmals gesehn, aber gar nichts Ausgezeichnetes an ihr gefunden. Die Ottilie ist ein Fräulein, von der Goethe gesagt hat, es stäke nicht ein, sondern tausend Engel in ihr, die aber nicht da war; ebenso nicht der Offizier, der Eduard ist, darum ich auch ihre Namen vergessen ... Der Riemer hat etwas höchst Widriges für mich. Ich meine nicht, daß er ein wenig Goethe spielt und nachmacht, welches nur sehr pedantisch an ihm aussieht; denn das geht wohl natürlich zu. Sondern wegen einer seltsamen Art von Freundlichkeit und Schmeichelei: er packt einem beständig die Hände und drückt sie und dergleichen, wozu er etwas Fatales in seinem Gesicht hat ... Goethe liest jetzt den „Simplicissimus" [von Grimmelshausen] und sprach sehr schön darüber ...

ArnG 47ff.

1593. KNEBEL AN SEINE SCHWESTER

Jena, 6. Februar 1810

Gestern las ich eine böse Kritik über seine „Wahlverwandtschaften" in der „Hallischen Literatur-Zeitung", die man mir zugeschickt hatte. In manchen Stücken mag wohl der Rezensent so ganz unrecht nicht haben; aber es ist unfein gesagt und nur das Widrige herausgenommen.

KnHe 410

Henriette von Knebel

1594. HENRIETTE VON KNEBEL AN IHREN BRUDER

Weimar, 7. Februar 1810

Die böse Kritik über Goethes Roman habe ich nicht selbst gelesen, und sie ärgert mich. Es ist mir verdrießlich, daß man einen Roman so hart und grob rezensieren kann, zumal da man sich, wie ich höre, öfters der eignen Art zu sprechen von Goethe selbst bedient. Eine feine Kritik und zierliche Stacheln würde ich mir noch gefallen lassen. Aber daß die Deutschen nur immer grob und hämisch gegeneinander sind, ist ärgerlich.

KnHe 411

1595. CHARLOTTE VON STEIN AN IHREN SOHN FRIEDRICH

Weimar, 7. Februar 1810

Ich habe von Goethes letztem Roman zwei Rezensionen [von Rehberg und von Delbrück] gelesen, eine in der „Hallischen“, die andere in der „Jenaischen Literatur-Zeitung“. In der letzteren ist der Ottilie Charakter recht hübsch herausgesetzt, aber das Ende kommt mir nicht als richtige Ansicht vom Rezensenten vor; ich hätte Ottilien lieber an gebrochenem Herzen sterben lassen. Die erstere Rezension ist etwas bitter.

Stein II, 326

1596. CHRISTIAN GOTTLOB VON VOIGT AN BÖTTIGER

Weimar, 8. Februar 1810

Bei den zuchtreichen Damen siegt (und das ist immer glücklich genug) das moralische Gefühl. Als Kunstwerk, als wahren Menschenherzenverrat oder Aussprechung wird es [„Die Wahlverwandtschaften“] nicht betrachtet, ob man wohl immer leicht in den eignen Busen greifen möchte.

GoeJb I, 335

1597. WIELAND AN SEINE TOCHTER CHARLOTTE GESSNER

Weimar, 10. Februar 1810

Verzeihe, liebes Kind, daß ich Dein Verlangen, mein Urteil von den „Wahlverwandtschaften", an welchen dieser Titel, dünkt mich, das einzige Alberne ist, zu wissen, diesmal nicht stillen kann. Das Werk wird von den einen zu übermäßig gelobt, von den andern vielleicht zu scharf getadelt; auch gehört es von einer Seite unter die besten, von der andern unter die tadelnswürdigsten Produkte seines genialischen, aber das Publikum gar zu sehr verachtenden Urhebers. Das Buch muß, wie Goethe *selbst* sagt, *dreimal* gelesen werden...

WieCh 260

1598. SCHELLING AN PAULINE GOTTER

Stuttgart, 12. Februar 1810

... die „Wahlverwandtschaften"! Wie denkt man bei Ihnen davon? ... Wissen Sie etwas über des Verfassers Gedanken dabei? Wann und wo er es geschrieben? Auch dies interessiert mich.

Mir schien es, daß wenige oder fast niemand von meiner Bekanntschaft den rechten Gesichtspunkt dafür habe, so klar er für jeden, dem er nicht überhaupt fehlt, bezeichnet ist; und die teils abgeschmackten, teils bloß äußerlichen Beurteilungen, die in öffentlichen Blättern stehen sollen, deuten auch auf kein besseres Verständnis. In München haben sich ordentlich Parteien darüber gebildet; namentlich die edle Familie ... machte sich's zum Geschäft, es auf alle Weise herabzusetzen.

Schell II, 193

1599. BETTINA BRENTANO AN ARNIM

Landshut, Mitte Februar 1810

Goethe hat mir vorgestern mit viel Freundlichkeit geschrieben und ein Gedicht vom Maskenzug auf den 30. Jänner geschickt [„Die romantische Poesie"], das gar schön ist. Ich glaub, daß er mir sehr gut ist und auch bleiben wird, wie Du auch. Dann kann ich mich wohl für sehr glücklich halten, denn Ihr seid die zwei Besten auf der Welt, aber im Ernst, Ihr seid's.

ArnBe 380

1600. THERESE HUBER AN REINHOLD

19. Februar 1810

Ich habe [„Die Wahlverwandtschaften"] gegen Sie nur gelobt, weil Ihnen so wie mir die Mängel nicht entgehen konnten. Über das vornehme Verruchtsein und verruchte Vornehmsein [bin ich] nicht Ihrer Meinung. Um diese Verkettungen der Schicksale, diese Verirrungen der Einbildungskraft zu schildern, konnte er nicht below stairs bleiben. Bei einem Logis über drei Stiegen, wenn die Frau die Eier selbst einkauft und der Mann erst in die Wirklichkeit versetzt werden soll, nimmt das Gute und Böse eine andere Gestalt an. Diese Willkür und diese Notwendigkeit trägt sich above stairs zu. Verruchtheit? Ist das Geschilderte innerhalb der Bedingungen der Wahrheit und der Schönheit, so ist keine Verruchtheit darin. Die völlige Rücksichtslosigkeit im Mechanischen ist wohl nicht der Eile schuld zu geben, sondern andern Ursachen. Entweder geht's Goethen jetzt mit dem Mechanischen wie mir mit manchem Detail weiblicher Arbeit: ich mache das Schwerste, aber überfahre das Geschniegelte, gebe mich gern nur mit großen Massen ab – oder er macht sich einen Spaß mit dem Tier Publikum. Sobald man das nicht heilig hält wegen dessen, was es sein sollte, ist kein Spott, den es nicht verdient für das, was es ist. Der Mensch Goethe? Was meinen Sie denn vor einen Menschen? Den, mit welchem Goethens Beichtvater zu tun hat? Der Mensch, der sich uns offenbarte von „Götz von Berlichingen“ bis zu den Sonetten, die noch nicht gedruckt werden dürfen, ist ein Strahl der Gottheit, vor deren Urquell ich meine Knie dankend beuge. Sonst weiß ich vom Geheimerat Goethe manches Gutes, und der Geheimrat Goethe weiß von den Menschen manches Schlechte. In Mephistophles hätte er sich wohl zur einen Hälfte recht deutlich geschildert, und solcher Mephistophles-Stunden ist sich wohl mancher wackre Mensch *bewußt. Bewußt* – denn unbewußt möchten sie den braven Menschen verunzieren.

GoeJb XVIII, 129f.

1601. KARL VON STEIN AN SEINEN BRUDER FRIEDRICH

Kochberg, 22. Februar 1810

Man hat bei der Gelegenheit zu dem Redoutenstaat Kleider bei dem Schneider und artige Verse [„Die romantische Poesie“] bei dem Hofpoeten machen lassen ... Meine Frau stellte dabei den Sommer dar; die Allegorie war, wie jetzt alles, aus den „Niwlungen“.

Fritz von Stein II, 179

1602. ARNIM AN BETTINA BRENTANO

Berlin, 26. Februar 1810

Deine Lust und Deine Arbeit am „Faust“ sei Dir gesegnet ... So ungeniert Du mit dem Aufschreiber umgehen magst, ganz ohne Einfluß ist seine Nähe doch nicht; fühlt man doch selbst bei Goethe, soviel älter, sicherer und in langer Gewohnheit abgehärteter er sein mag, den Riemer, der mit fragendem Blicke zu ihm über manche recht hell polierte Stelle ein ledernes Futteral veranlaßt. So nämlich erkläre ich mir manches einzelne, was mir in den „Wahlverwandtschaften“ zu lang ist. Die Rezension in der „Hallischen Literaturzeitung“ soll von Brandes in Hannover sein; Schellings Briefe im „Morgenblatt“ habe ich nicht gelesen.

Jene machte mir durch den eigentümlichen Hochmut Spaß, womit sie so über das Buch hinblickt ... Über „Die Wahlverwandtschaften" habe ich hier vieles herumgestritten. Manche suchten darin Absichten zugunsten Napoleons.

ArnBe 383

1603. BETTINA BRENTANO AN ARNIM

Landshut, Ende Februar 1810

Goethe hat mir wieder geschrieben und mir zum Teil die engen Mauern meiner Verbannung wieder eingerissen. Daß ich's recht sage: ein paar Worte von ihm sind mir wie dem Gefangenen die Sonne, die ihm ins Gefängnis scheint, oder wie ein Frühlingsvogel, der ihm durchs Gitter flattert.

ArnBe 383

1604. CHARLOTTE VON STEIN AN IHREN SOHN FRIEDRICH

Weimar, Anfang März 1810

Goethe, der auch Dienstag früh wie von ohngefähr sich bei der Prinzeß [Karoline] eingefunden hat, liest uns die ausgesuchtesten Sachen von Poesie von sich und andern vor. Neulich las er den „Standhaften Prinzen" vom Calderón, welches Schlegel aus den Spanischen übersetzt; er will es auch hier [auf]führen lassen.

Fritz von Stein II, 180f.

1605. CHARLOTTE VON STEIN AN KNEBEL

Weimar, 2. März 1810

Goethe, wie ich höre, wird bald nach Jena gehen und uns auf lange verlassen. Nicht einmal zur Vermählung der Prinzeß [Karoline] wird er hier sein. Er hat uns hübsche Feste ausgeziert; zur Vermählung werden *Sie* uns welche veranstalten müssen!

BodeSt VII, 88

1606. WILHELM VON HUMBOLDT AN SEINE FRAU

Berlin, 6. März 1810

Schicksal und innere Notwendigkeit vermisse ich vor allen Dingen darin. Auch glaube ich im Gespräch mit Goethe entdeckt zu haben, daß sehr viel Reminiszenzen in dem Roman [„Die Wahlverwandtschaften"] aus dem wirklichen Leben angebracht sind, die er nun nicht genug poetische Kraft oder Stimmung gehabt hat, in ein Ganzes gehörig zu verschmelzen. Ihm aber darf man so etwas nicht sagen. Er hat keine Freiheit über seine eigenen Sachen und wird stumm, wenn man im mindesten tadelt.

Hu III, 356

1607. RIEMER IN SEINEM TAGEBUCH

Weimar, 6. März 1810

G[oethe] kommt mir vor wie der Orpheus in der antiken Paste, der sich vor den auf seinen Gesang andringenden Bestien gewissermaßen fürchtet. Ich gehöre zwar auch zu den Bestien, aber ich will lieber Gott die Ehre geben.

G[oethe] ist die Zärtlichkeit der Tiere unangenehm; sie macht ihm weh. Aber mir macht die Zärtlichkeit gewisser Weiber gegen ihn noch viel weher, die mir viel schlimmer als diese Bestien vorkommen, eben weil es doch Menschen sind. Gegen solche erscheinen mir die Tiere immer noch wie Götter.

RieTb II, 59

1608. PASSOW AN VOSS DEN JÜNGEREN

Weimar, 12. März 1810

Sie wissen wohl, daß die bewegliche und geschwätzige Madame Schopenhauer alle Winter gewisse Repräsentationstees hält, die sehr langweilig sind, besonders seit Fernows Tod, zu denen sich aber alles Gebildete und Bildung Vorgebende drängt, weil Goethe häufig dort zu sehn war. Als ich nach Weimar kam, besuchte ich denn diese Dame auch. Sie lud mich zu ihren Tees, und ich besuchte sie den ganzen Winter, aller Langenweile zum Trotz, weil ich Goethe dort zu sehn und ihn zuweilen sprechen und erzählen zu hören mich erfreute, selbst wenig teilnehmend, weil der ewig mit aufgesperrtem Maul lachende und jachternde, frivole Ton der Tees nicht in mein Fach gehört. Als im Herbst darauf (1808) die Tees wieder angehn sollten, kommt die Schopenhauer zu meiner Luise, und nach einigen Umschweifen eröffnet sie ihr: sie bedaure gar sehr, mich nicht wieder zu ihren Tees laden zu können, denn Goethe habe ihr erklärt, er würde in keine Gesellschaft kommen, wo er mich wisse, und aus ihren Tees ein für allemal wegbleiben, wenn ich käme. Was die Schopenhauer bei diesem Zumuten hätte tun sollen, will ich nicht urgieren, dafür ist sie Madame Schopenhauer. Zugleich bat sie um Gottes willen, Luise möchte verhindern, daß ich Goethen nicht zur Rede setzte etc.; die ganze Sache solle unter uns bleiben. Das versprach Luise gleich in meinem Namen, weil sie über meine Meinung keinen Augenblick im Zweifel war, und verbat die Tees fortan auch für sich. Als ich zu Hause kam, erfuhr ich die wunderliche Geschichte, und sie kränkte mich tiefer, als ich damals selbst glaubte, weil ich das Verfahren immer unedel fand und Goethe Leute um sich duldete, mit denen ich mich in aller Rücksicht vergleichen durfte. Aber ich war lange gewohnt, Goethen nicht nach dem Gesetz zu denken, das uns andern Erdensöhnen unsern Wert oder Unwert streng zumißt. Weil ich in so vieler Hinsicht den Außerordentlichen bewunderte, so gestand ihm mein Gefühl, alle persönliche Kränkung unterdrückend, auch hier, wiewohl mit einigem Widerstreben, das Recht, anders zu verfahren als die gewöhnlichen Zweifüßler, die die Frucht der Erde essen, ruhig zu. Ihn zur Rede zu setzen, wäre mir auch ohne die gegebene Zusage nicht eingefallen. Ich glaubte, ihm mißfalle etwas an mir, das er vielleicht selbst nicht aussprechen könnte, und daß er das so bestimmt und entschieden aussprach, konnte ich seiner herrschenden Natur gerade nicht verargen. Hinfort auf Diskretion hoffend, zog ich mich, um ihn nirgends durch Zusammentreffen mit mir zu verletzen, ganz auf mich selbst und auf zwei, drei vertraute, bewährte Freunde zurück, von aller guten Gesellschaft ohnehin durch dies Pröbchen aus der besten zurückgeschreckt. Ich verschloß die Sache übrigens in mir und erzählte sie niemandem als Schulzen und, wo ich nicht irre, dem guten, mir von Kindheit auf befreundeten Plüskow; selbst Abeken weiß sie von mir noch nicht. In dieser Passivität und gänzlichen Zurückgezogenheit, wodurch ich die Verehrung, die ich gegen Goethe bewahrte, jetzt am richtigsten auszudrücken glaubte, vergingen ungefähr anderthalb Jahre. Im vorigen Jahr kam ein alter Freund meines Vaters, der auch mir schon seit längerer Zeit wohlwollte, der Oberst von Hintzenstern, vormaliger Gouverneur des Prinzen Bernhard, nach Weimar und ließ sich hier nieder. Dieser vortreffliche Mann wurde einer der wenigen, mit denen ich umging, der mich näher kennenlernte und mich liebgewann. Er wünschte, daß ich mehr teilnehmen möchte am geselligen Leben, was ich ablehnte, ohne doch mich berechtigt zu fühlen, ihm den Grund zu sagen. Vor einigen Wochen kommt er zu mir, als ich gerade aus bin, und zwischen ihm und meiner Luise entspinnt sich ein Gespräch über mein verschlossenes und zurückgezogenes Leben. Da er sich so gar liebevoll über mich äußert, fühlt Luise sich getrieben, ihm zu eröffnen, was wir als Geheimnis behandelt hatten, und sie erzählt ihm den ganzen Hergang. Hintzenstern ist außer sich, kann dergleichen von Goethe nicht begreifen und hält alles für Erfindung der Schopenhauer, beschließt indes, der Sache auf den Grund zu kommen, es koste, was es wolle. Er horcht hie und da auf und hat die Freude zu sehn, daß das, was uns als Geheimnis übergeben und von uns mit der äußersten Schonung behandelt war, in allen adligen Häusern längst bekannte und angenommene Sache war (ob durch das Goethesche Haus, ob durch die Schopenhauer verbreitet, weiß ich nicht, verlang es auch nicht zu wissen), und dazu weiß man auch den Grund jenes meines Bannes, den die Schopenhauer nicht zu wissen sich gegen uns gestellt hatte: Goethe sei deshalb aufgebracht auf mich, weil ich öffentlich in der Schule seine Gedichte getadelt und auf sie geschimpft habe. Hintzenstern sagte mir, wie weit er in seinen Nachforschungen gediehn war. Als dieser schöne Grund aber hervorkam, da weiß ich nicht, ob ich das höchst Lächerliche oder das ganz Nichtswürdige einer solchen Lüge am stärksten fühlte. Mir stieg das Blut aber auch vor Freude zu Kopf, daß der Grund nicht in mir selbst, daß er ganz außer mir, daß er in einer Unmöglichkeit lag. Denn daß ich anders als mit höchster Liebe von einem Goethischen Gedicht sprechen könnte, ist pure Unmöglichkeit. Ich sagte Hintzenstern, soviel ich wußte und konnte und soviel es zu meiner vollsten Rechtfertigung bedurfte; und das war mit wenig Worten getan, denn Hintzenstern kennt mich. Nun aber versprach er, alles daranzusetzen, Goethen über seinen Irrtum aufzuklären: er fühlte sich und mich und alles Recht und alle Sitte gekränkt, und das konnte der wohlbesonnene, aber tief und stark fühlende, unermüdliche Mann nicht so mit ansehn. Er mußte alles Mißverständnis lösen; Einsiedel und einige andere rieten ihm zaghaft ab, aber er ließ sich nichts einreden. Im Vertrauen auf Goethes rechten Sinn und auf die gute, reine Sache, für die er sprach, ging er zu Goethe, erzählte ihm die ganze Sache, wie man mich in steter Unwissenheit mit der Hauptsache erhalten habe, wie ich die ganze Sache aus ruhigem Selbstgefühl, nicht aus schuldigem Bewußtsein auf sich habe beruhn lassen, wie er den ganzen Vorgang erfahren habe, und wie sehr unrecht mir geschehn sei. So wie Hintzenstern erwartet hatte, nahm Goethe die Sache, äußerte sich freundlich über mich und wie sehr es ihn freue, ein solches Mißverständnis so, und durch einen solchen Mann, gelöst zu sehn, und versprach ihm, mir zu zeigen, daß ihn nichts mehr von mir entferne. Hintzenstern kam ganz außer sich vor Freude angelaufen, und da ich nicht zu Hause war, erzählte er Luisen, wie gut sich Goethe gezeigt und geäußert habe. So verging wieder eine Zeit von acht Tagen; endlich am letzten Mittwoch ließ Goethe mich und Luise zu Tisch bitten. Es war sonst niemand geladen, und er ließ es sich recht sichtbar angelegen sein, mir auf jede Weise aufs deutlichste zu zeigen, daß keine Spur der alten Mißstimmung und Entfremdung in ihm übrig sei. Die drei Stunden, die wir mit ihm zubrachten, waren mir freilich in mancher Rücksicht peinlich; es war mir alles so fremd und neu und unerwartet; aber es ist auch wieder ein gar süßes Gefühl, sich von einem immerwährend bewunderten und verehrten Manne nach so langer Zwischenzeit nicht mehr verkannt zu sehn, zu sehn, wie der einzig verehrte Mann es sich selbst angelegen sein läßt, jede Spur natürlicher Scheu durch Freundlichkeit und Milde und Hervorsuchen solcher Dinge, die mir die nächsten, liebsten sein mußten, wegzutilgen. So zähl ich diese drei Stunden auch wieder den schönsten meines Lebens bei. Ich kehrte heitrer, als ich je gehofft hatte, recht innerlich befriedigt und in schöner Genüge wieder heim, nun auch der ganzen Zwischenzeit, obgleich sie mir erst jetzt recht dumpf und bänglich erscheint, nicht mehr zürnend. Gestern nachmittag bin ich wieder allein bei ihm gewesen und habe ihm meinen Persius gebracht, von dem ich ihm schon am Mittwoch allerlei hatte sagen und erzählen müssen. Er sprach ganz herrlich über das Altertum: es wird in seinem Munde jedes Wort so bedeutend, und was er sagt, ist so unaussprechlich wahr, daß man es selbst schon, nur nicht so klar, gedacht zu haben glaubt. Aber, lieber Voß, da schreib ich Ihnen im Strom der Freude lauter Sachen hin, die Sie ebensogut und besser wie ich wissen. Morgen geht Goethe nach Jena auf eine ganze Zeit; aber er hat mir selbst den Anlaß und die Erlaubnis gegeben, ihm dorthin zu schreiben, und in den Osterferien marschier ich selbst nach Jena ... Als ich aus Goethes Nähe ausgeschlossen war, habe ich mich nie unglücklich gefühlt, das weiß der Himmel! Obgleich ich meinen höchsten Wunsch, und meiner Meinung nach fürs ganze Leben, verfehlt hatte, so fühlte ich mich selbst zu rein und zu unschuldig dabei, um zu trauern, und der stete Kampf, der dadurch unbewußt in mir blieb, dies gewaltsame Zurückdrängen manches Gefühls hat vielleicht wohltätig auf die festere Ausbildung meines Charakters gewirkt. Jetzt fühle ich erst lebendig, was es heißt, von einem angebeteten Geist auch persönlich gekannt und freundlich in seinem Andenken lebend zu sein, wie das anregt und innerlich treibt und drängt, wie im ersten Frühling nach langem Winter ... Und sollte ich Goethe niemals wiedersehn, diese zwei Besuche bei ihm genügen für ein Leben: Es sind ein paar ganz köstliche helle Punkte, die mir nichts wieder trüben noch verdunkeln soll.

Pas 111ff.

1609. D'ALTON AN KNEBEL

Tiefurt, 13. März 1810

Lieber Freund, Herders Briefe habe ich erhalten, allein einer davon ist bei Ihnen liegengeblieben. Ich bitte Sie, gleich nachzusehen. Der Inhalt davon ist leicht zu ersetzen, da eine Abschrift davon vorhanden; allein ich wäre nicht imstande, Ihnen andere Briefe zu schicken. In dem fehlenden Briefe geschieht der Taufe von Goethes Sohn Erwähnung. Das muß Goethen gleichgültig sein, da die ganze Welt davon weiß.

Wenn ich Sie wieder spreche, so wird es mir leicht sein, Sie auf andere Gedanken zu bringen, inwiefern diese Papiere wieder an die Familie zurück sollen, der sie angehören; zuvörderst würden solche den Erben der Herzogin zukommen. Wenn Sie aber von den andern Briefen wüßten, was ich weiß, so können *Sie* unmöglich wünschen, daß solche diesen Weg nehmen. Doch davon einst mündlich. Herders gutes Vernehmen mit Goethe hat nicht bis ans Ende seines Lebens gedauert; Goethe soll seine Freunde seinem Ruhm aufgeopfert und solche an die damaligen Genies verraten haben; Herder klagt in einem Briefe sehr über diesen fatalen Stolz ...

Mein Aufenthalt in hiesiger Gegend ist der lehrreichste meines Lebens. Nirgends bin ich mit soviel Vertraulichkeit mißhandelt worden als hier. So hat z. B. die alte Stein mir alle ihre Geheimnisse vertraut, weil sie sich in ihren Fehlern geehrt glaubte. Sie klagte mir Goethens Untreue, der ihr versprochen, ihren Sohn zu Breslau zum Erben zu machen und nie zu heuraten und Gott weiß was alles ... Aber ich habe ihr einen Platz in meinem Ehrenspiegel eingeräumt, der ihr statt einer Grabschrift dienen soll.

Ich habe hier Gemeinheiten kennengelernt, die das Glück geadelt hat und die die Welt für Verdienste hält, daß ich imstande bin, manches Rätsel zu lösen.

GoeG 254f.

1610. CHARLOTTE VON STEIN AN KNEBEL

Weimar, 2. April 1810

Grüßen Sie, wenn ich bitten darf, Goethen von mir. Ich höre, er ist recht vergnügt. Das freut mich. Ich wollte, er lebte hundert Jahr und ließ' mir nur manchmal etwas von seinem Andenken ins Elysium sagen.

BodeSt VII, 88

1611. KNEBEL AN SEINE SCHWESTER

Jena, 2. April 1810

Es war große Gesellschaft da, auch Goethe, der sehr wohl disponiert war und von 2 Uhr bis abends 9 Uhr fast in einem fort sprach. Es ist nicht uninteressant, ihm zuzuhören . . .

Goethe ist bei jeder Gelegenheit liebreich und freundlich gegen mich, und das auf seine eigne gute Art. So hat er während meiner Abwesenheit fast täglich meinen neuen Garten besucht und die Arbeiter aufgeregt, fleißig zu sein und alles mit Ordnung zu machen. Auch hat er die Meinigen öfters besucht. Er zeichnet jetzt viel, wie er mir sagt.

KnHe 428 f.

1612. KNEBEL AN SEINE SCHWESTER

Jena, 10. April 1810

Wir haben kürzlich, Goethe und ich, recht herzlich das Lob der Frau von Stein miteinander gemacht. Man muß das Verdienst seiner Freunde auch zu erkennen und zu benennen wissen. Goethe ist hier sehr fröhlich.

KnHe 431

1613. CHARLOTTE SCHILLER AN FRIEDRICH VON STEIN

Weimar, 12. April 1810

Durch unsre musikalischen Gesellschaften bei Goethe habe ich einen eigenen Sinn für Musik erhalten und einen eigenen Genuß darin finden lernen.

Es ist mir recht lieb, daß Sie den „Joseph" [aus den „Wanderjahren"] noch nicht kannten und daß ich ihn Ihnen schicken konnte. Er ist so lieblich und graziös und so rein und schön ausgesprochen.

Sie würden sich über August Goethe freuen. Er ist recht brav und gut und ernsthaft, beinahe melancholisch in seinem Wesen. Er ist recht gebildet und hat eine herzliche Anhänglichkeit in seinem Gemüt. Er ist mir sehr lieb. Zu meiner großen Freude hat er das Organ seines Vaters, und wenn sich seine Stimme ausbildet, so wird sie der seines Vaters ähnlich. Ich weiß mir keine schönere Stimme ...

SchFr I, 509f.

1614. KNEBEL AN SEINE SCHWESTER

Jena, 13. April 1810

Goethe zeichnet fleißig und hübsch und ist nicht selten hier. Wir sind öfters zusammen im Streit, über verschiedne Dinge.

KnHe 432

1615. KNEBEL AN SEINE SCHWESTER

Jena, 20. April 1810

Da er übrigens jetzt den ganzen Tag nichts tue als Landschaften zeichnen, so möchte er gern die alten Vorschriften wieder nachsehen ...

Weiter will ich nun heute kein Wort zufügen, als daß Goethe noch alle Übungen, und so auch in der Poesie, höchlich anpreist, wobei man keine allzu strengen Forderungen an sich machen müsse.

KnHe 436

1616. KNEBEL AN SEINE SCHWESTER

Jena, 24. April 1810

Gestern hatt ich einen vergnügten Abend. Goethe war hier nebst seinem Dr. Riemer, und Seebeck war auch da. Da ich in diesen Feiertagen die philosophischen Schriften des Hemsterhuis wieder las, so sprachen wir viel von dem damaligen Klub, der sich in Münster formiert hatte und wovon gedachter Hemsterhuis, die Fürstin Gallitzin, Graf Stolberg, Jacobi und noch einige mehr die ausgezeichneten Personen waren und der nachher zu dem Katholizismus des Grafen [Friedrich zu] Stolberg mag Gelegenheit gegeben haben. Diese Periode ... war zu seiner Zeit interessant genug und hatte mitunter viel Edles. Sie suchten aber zu bekehren, und das gelang nicht überall. Ich habe Goethen ersucht, in seiner Lebensgeschichte diese Gesellschaft vorzüglich zu beschreiben, und er hat es mir versprochen, zumal da ihm die Personen alle noch so gegenwärtig wären. Die Fürstin Gallitzin, geborne Gräfin Schmettau und Schwester des in der Frau von Stein Hause verstorbenen Generals Schmettau, hat schöne und edle Handlungen getan.

KnHe 437

1617. CHARLOTTE VON STEIN AN IHREN SOHN FRIEDRICH

Weimar, 27. April 1810

Goethe hält sich schon lange in Jena auf, schreibt mir nicht ein Wort, aber er ist wohl, hat sogar in Drakendorf bei Ziegesars getanzt – wurde aber schwindlig, fiel hin; es hat ihn aber nichts geschadet. Es ist schade, daß eine so ausgezeichnete Natur nicht immer jung bleiben kann.

Fritz von Stein II, 181

1618. KNEBEL AN SEINE SCHWESTER

Jena, 1. Mai 1810

Meine Gesellschaft ist beinahe allein der gute Goethe, der mich fast alle Abende besucht ... Goethe zeichnet jetzt allerliebste kleine Landschaften nach hiesigen Gegenden wie Visitenkarten. Mein Karl zeichnet auch ...

KnHe 440

1619. KNEBEL AN SEINE SCHWESTER

Jena, 4. Mai 1810

Ich treibe meine Lektionen mit dem Karl, dem ich etwas im Fleiß und gehöriger Aufmerksamkeit nachhelfen muß, wie es die Jahre jetzt bei ihm erfordern. Goethe leistet mir hierin zuweilen einige Hülfe, da er eine ungemeine Gabe hat, die Sachen zu einer anschaulichen Klarheit zu bringen, und dazu die Mäßigung und Geduld, nicht nachzulassen. Ich bin versichert, daß durch diese Art sein eigner Sohn ein sehr gebildeter Mensch werden werde ...

KnHe 441

1620. PAULINE GOTTER AN SCHELLING

Drakendorf, 12. Mai 1810

Von Goethe wird es Sie freuen, zu hören, daß er recht heiter und gesund ist. Den ganzen Winter war zwar sein Befinden ziemlich abwechselnd, und er hat Theater und Gesellschaft wenig besucht. Die Aussicht, nach Karlsbad zu kommen, scheint aber schon jetzt im Vorgefühl genesend auf ihn zu wirken. In Weimar sah ich ihn zuerst wieder und habe ihn ganz gegen mich gefunden, wie ich ihn verlassen hatte: liebevoll und herzlich. Beinah sein erstes Wort war Teilnahme an dem Verlust der Lieben [Karoline von Schelling], und auf eine so zarte, innige Weise, wie ich es von ihm erwarten konnte. Dieser Beweis seiner Freundschaft hat mich mehr erfreut als alles Liebe und Freundliche, was er mir je gesagt hat. Ihnen, werter Freund, dankt er herzlich für Ihr Andenken und hat mir die schönsten Grüße an Sie aufgetragen. Seit dem März hält er sich in Jena auf und hat die Optik [„Zur Farbenlehre"] beendigt, die nun diese Messe in zwei Teilen erscheint, wie Sie wissen, und nun eilt er so bald wie möglich nach Karlsbad. Auf die nächsten Tage hatte er sich bei uns angemeldet, um mit Silvie [von Ziegesar] und mir recht spazierenzugehn; ich werde mich freuen, wenn er Wort hält. Seine Gegenwart ist das einzige, was mich wahrhaft aufregt und erfreut. Schon einigemal war er hier, das erste Mal ganz unter uns von der ausgelassensten Laune. Die Gewalt seines Feuers und seiner Lebhaftigkeit habe ich wohl in einzelnen Momenten, aber nie so anhaltend wie damals gesehn; er vergaß sich ganz, ließ seine ganze Stimme ertönen und schlug immer mit den Händen auf den Tisch, daß die Lichter umherfuhren; es war eine wahre, unbedingte Lustigkeit. Seine Begeisterung machte den wunderlichsten Kontrast mit Hendrichs Prosa und Riemers Phlegma, die ihn begleitet hatten.

Schell II, 208

1621. SCHACHT AN CHERUBIM

Fulda, 13. Mai 1810

Jena steht obenan, denn ich sprach Goethe. Mit dem erhabensten, regelmäßigsten, ruhigsten Gesicht stand er vor mir. Es überraschte mich, doch fühlte ich mich frei bei ihm und durchaus nicht ängstlich. Er sprach viel, lobte meinen Entschluß, nach der Schweiz zu gehen, trug mir einen Gruß auf an Pestalozzi, den er persönlich kennt und den er einen bedeutenden, guten und lieben Mann nannte.

Goethes Stirn ist hochgewölbt; sein Auge nicht groß, aber lebhaft; seine Gestalt und Haltung kraftvoll, ob er gleich einundsechzig Jahre zählt; seine Sprache schlicht, so wie er schreibt. Er verschmäht Prunk und eitle Gesellschaft und lebt jetzt einzig der Kunst und den Wissenschaften ...

Auch den alten Wieland habe ich gesehen ... Es soll ein eigener Anblick sein, ihn mit Goethe zusammen zu sehen:

den eingedorrten Alten und den kraftvollen Goethe. Beide sind übrigens Duzbrüder und haben sich lieb.

GoeJb XXVIII, 244

1622. RIEMER IN SEINEM TAGEBUCH

Jena, 14.–15. Mai 1810

14. Mai. Zu Knebel, wo Goethe und seine Frau. Eifersüchtiges Weinen derselben. Deshalb bald nach Hause. Nachher zusammen, doch sie ohne Anteil.

15. Mai. ... Mittags die Geheime Rätin zu Tische. Verdrießlichkeiten aus Eifersucht. Apaisiert hernach.

RieTb II, 62

1623. KNEBEL AN SEINE SCHWESTER

Jena, 15. Mai 1810

[Nichte] Henriette hat mir durch Langermann den bronzenen Stier geschickt, den ich ehemals bei unserm Bruder schon bewunderte. Er ist vortrefflich. Goethe hat ihn sich eben ausbitten lassen, um ihn näher zu besichtigen. Ob er gleich ein Präsent sein soll, so will ich doch suchen, ihn zu Geld zu machen, um der guten Henriette etwas zu schicken. – Ich schicke Dir hier die Anzeige von Goethes „Farbenlehre", von ihm selbst. – Das Buch selbst ist unendlich reich und vortrefflich.

KnHe 446f.

1624. KNEBEL AN SEINE SCHWESTER

Jena, 18. Mai 1810

Der schöne Stier ist fort. Goethe hat ihn mit sich genommen nach dem Karlsbad. Ich kann zwar nicht sagen, daß ich ganz damit zufrieden wäre; doch mit Freunden seiner Art muß man nicht rechnen. Er ließ ihn von mir abholen und schickte mir ihn nicht wieder zurück ... Nun muß ich zwar sagen, daß ich selbst den Stier nicht ganz antik glaube und nicht von der vollendetsten Arbeit; aber das Ganze war doch geistig gedacht und vermutlich nach einem größern Original. Ich nahm mir sogleich vor, als ich den Stier erhielt, ihn zu verkaufen und das Lösegeld dafür unsrer Nièce als meinen Beitrag zu ihrer Karlsbader Reise zu schicken. Ich sagte deshalb an Goethe, ich glaubte, unser Bruder habe ihn für 12 Dukaten erstanden. Er taxierte ihn etwas leichter; doch sagte er mir nicht, daß er ihn kaufen wolle. Nun muß ich damit zufrieden sein, und unsre Nièce mag es auch sein, der ich die zwei Röllchen, jedes mit 10 Talern, bei nächster Gelegenheit schicken werde.

KnHe 447f.

1625. KNEBEL AN SEINE SCHWESTER

Jena, 25. Mai 1810

Ein Grundübel bei uns ist es ..., daß auf die erste Erziehung zu wenig gewandt wird ... Ich habe manchmal mit Goethe deshalb gesprochen. Er ist wohl eben der Meinung, aber er hat vielleicht nur zu wenig Hoffnung zu den Menschen, daß sie gescheiter würden. Wir *lernen* viel und *wissen* wenig, am mindsten das Rechte.

KnHe 451f.

1626. KNEBEL AN SEINE SCHWESTER

Jena, 4. Juni 1810

Goethe hat aus dem Karlsbad ein ganz kurzes Reisejournal an seine Frau geschickt, das aber recht angenehm ist. Er ist wohl und vergnügt und freut sich der dortigen Ruhe zu neuen Arbeiten und Geschäften. Die kleinsten Dinge hat er sich auf seiner Reise angenehm begegnen lassen – und so muß es sein. „Das Glück besteht aus zarten Faden", sagt Franklin ...

KnHe 457

1627. KÖRNER AN CHARLOTTE SCHILLER

Dresden, 4. Juni 1810

Ihnen habe ich noch einen Vorschlag zu tun. Schillers Werke, das weiß ich wohl, bedürfen keiner Empfehlung durch einen berühmten Herausgeber. Aber in Schillers Seele würde ich mich freuen, wenn Goethe sich zur Direktion der Herausgabe bekennte und eine Charakteristik Schillers dem ersten Bande vorausschickte. Eine solche Erscheinung wäre an sich schön und würde den merkantilischen Wert der Sammlung erhöhen. Goethe sollte gar keine Arbeit bei der Herausgabe haben. Diese wollte ich ganz übernehmen und hoffte in den Grundsätzen mit ihm übereinzustimmen, wäre auch äußerstenfalls bereit, mich seiner Entscheidung zu unterwerfen. Ich sehe Goethen in Karlsbad, wohin wir zu Ende des jetzigen Monats abgehen. Wollen Sie mir Auftrag geben, mit ihm darüber zu sprechen, so disponieren Sie über mich.

SchFr III, 56f.

1628. HOCH AN DIE K. UND K. POLIZEI- UND ZENSUR-HOFSTELLE IN WIEN

Karlsbad, 7. Juni 1810

Gehorsamste Meldung. Ihre Majestät [Kaiserin Maria Ludovica] unsere allergnädigste Frau geruheten noch gestern abends die im Sächsischen Saale versammelte Gesellschaft der hier anwesenden Fremden in Begleitung Ihrer Kaiserlichen und Königlichen Hoheit der Frau Erzherzogin Therese, des Prinzen Anton und der Prinzessinnen Maria Anna und Amalie von Sachsen mit Höchstihrer Gegenwart zu beglücken, wobei Höchstdieselbe sich besonders mit der Gräfin Potocka, gebornen Lubomierska, auf die herablassendste Art unterhielten. Ihre Majestät geruheten auch den anwesenden Dichter Goethe Ihrer gnädigen Aufmerksamkeit zu würdigen und durch Ihre geistvolle Huld zur höchsten Bewunderung zu verleiten.

Chronik XXVI, 21

1629. PAULINE GOTTER AN SCHELLING

Drakendorf, 17. Juni 1810

Leider hat er uns schon seit dem 20. Mai verlassen. Noch bis zuletzt, von allen Seiten gequält und geplagt, war er doch immer gut und liebenswürdig, und der Abschied wurde uns allen schwer. Durch den rückkehrenden Kutscher hat er Kunde von sich gegeben und Stecknadeln geschickt oder ein Paket Spitzfindigkeiten, wie er schrieb, zum Zeichen seiner glücklichen Ankunft. Sonst haben wir nichts von ihm gehört; er wird immer bequemer und diktiert Riemern alles. Nur seine jungen Freundinnen haben den Vorzug, daß er selbst schreibt, und warten gern dafür etwas länger.

Schell II, 214

1630. GRILLPARZER IN SEINEM TAGEBUCH

Wien, 20. Juni 1810

Was Goethen und die Achtung, die ich ihm zolle, betrifft, so kann und mag ich nicht leugnen, daß zuerst der allgemeine Ruf seiner Vortrefflichkeit und besonders die Lektüre des Sonntagsblatts mich auf seinen Wert aufmerksam gemacht haben (ohne daß sie jedoch mein Urteil geleitet oder wohl gar bestimmt hätten), dieses, sage ich, machte mich zuerst auf seinen Wert aufmerksam, da ich vormals kaum den zwanzigsten Teil seiner Werke kannte, und das, was ich gelesen hatte, ich muß es gestehen, schien mir bei weitem nicht gut genug, um nur einige Vergleichung mit Schillers Schriften auszuhalten. Zwar gefiel mir „Götz von Berlichingen", es entzückte mich sogar; aber die naive Ungezwungenheit, die in diesem Drama herrscht, machte mich, einen jungen Menschen von vierzehn bis fünfzehn Jahren, glauben, es gehöre eben kein so großes Genie dazu, um so etwas zu schreiben, besonders da ich [in] meiner Phantasie genug Materiale zu haben glaubte, um wohl auch etwas Ähnliches zu verfertigen. „Werthers Leiden" war es vorbehalten, mich zu bekehren. Ich las sie mit Entzücken, und hohe Begierde bemächtigte sich meiner Seele, die Werke dieses außerordentlichen Mannes, dessen Vortrefflichkeit ich nun einzusehen begann, in ihrem ganzen Umfange zu kennen, eine Sache, die in Wien nicht leicht ist. Die Franzosen kamen nach Wien, und ein Nachdruck seiner Schriften erschien. Ich schaffte sie mir so schnell als möglich an und blickte mit unbeschreiblicher Wonne nun in die Tiefen seines unaussprechlich zarten Gefühls. Ich las „Fausten". Er frappierte mich, meine Seele war seltsam bewegt, doch wagte ich kein Urteil zu fällen, da dieses Drama so unermeßlich von der als einzig gut gedachten Form meines infallibeln Schillers ganz abwich, und wohl auch hauptsächlich, weil A[ltmütter], dessen Urteil ich schätzte, ihm beinahe allen Wert abgesprochen hatte. Doch eine zweite Lesung war hinreichend, alle Vorurteile zu zerstören. Fausts schwermütige und doch kraftvolle Züge, Margarethens reine, himmlische Engelsgestalt gleiteten an meinem trunkenen Auge vorüber; der kühne, interessante Mann, in dem ich so oft mich selbst wiederfand oder doch wiederzufinden glaubte, setzte meine Phantasie in Flammen, riß meine Seele auf immer von Schillers rohen, grotesken Skizzen weg und entschied meine Liebe für Goethen. Doch felsenfest gegründet ward sie durch „Tasso'n". Konnte diese Dichternatur dem Dichter fremd sein? Ich selbst glaubte es zu sein, der als Tasso sprach, handelte, liebte. Nur Worte, so schien es mir, hatte Goethe *meinen* Gefühlen gegeben; ich fand mich in jedem Gefühle, in jeder Rede, in jedem Worte. „Iphigenia", „Clavigo", „Die Geschwister", „Egmont" vollendeten, was die vorigen begonnen, und ich betete Goethe an.

Grillp 254 f.

1631. HOCH AN DIE K. UND K. POLIZEI- UND ZENSUR-HOFSTELLE IN WIEN

Karlsbad, 21. Juni 1810

Gehorsamste Meldung ... Am verflossenen Dienstag, den 19. des Nachmittags, fuhren Ihre Majestät auch auf die Promenade, welche nach dem Posthofe führt, und wurden daselbst von einer Gesellschaft der vorzüglichsten anwesenden Badegäste empfangen, welche Ihre Majestät baten, einen in diesem romantischen Tale sehr schön gelegenen und ebenso geschmackvoll ausgewählten als niedlich vorgerichteten Ruheplatz mit Allerhöchstihrer Gegenwart zu beglücken.

Ihre Majestät nahmen diese Einladung huldvoll an und begaben sich unter der abwechselnden Harmonie zweier blasenden Musikchöre nach dem ländlich geschmückten und mit dem Allerhöchsten Namenszuge gezierten Orte, welcher itzt mit Ihrer Majestät allergnädigsten Erlaubnis „Der Kaiserin Platz" genannt wird.

Goethes Meisterhand hat hiezu die beiliegende Ode [„Der Kaiserin Platz"] verfaßt, welche, auf diesem Platze mit messingenen Lettern in natürlichen Felsen eingegraben, den spätesten Nachkommen das Glück verkünden soll, dessen sich Karlsbads Bewohner während der alles beseligenden Anwesenheit der angebeteten Landesmutter zu erfreuen hatten.

Chronik XXVI, 25

1632. RIEMER AN FROMMANN

Karlsbad, 10. Juli 1810

G[oethe] ist die Zeit her sehr wohl, beschäftigt und doch auch in Gesellschaft gewesen. Die Anwesenheit der Kaiserin veranlaßte beifolgende Gedichte ... Sie machten bei den guten Östreichern den besten Eindruck, der durch die Gegenwart alles dessen, wovon darin die Rede ist, noch viel mehr verstärkt wird.

Rie 162

1633. KNEBEL AN SEINE SCHWESTER

Jena, 17. Juli 1810

Ich lese jetzt mit Andacht und Verehrung Goethes *historischen* Teil der „Farbenlehre". Größeres ist nach meinem Bedünken noch nichts in Wissenschaft und Kenntnis hingestellt worden. Man steigt zur höchsten Ansicht des Wissens. Es sind Paragraphen darin, die ganze Bücher wert sind; doch will es mit großer Fassung gelesen sein, und manches ist mir selbst noch dunkel. Es sind nur wenige, die den ganzen Wert dieses Buches verstehen können, und es dürfte vielen lange ein Orakel bleiben.

KnHe 468

1634. GÖSCHEN AN BÖTTIGER

Leipzig, Sommer 1810 ?

Unter uns von Goethe. Sein Buch [„Zur Farbenlehre"] beweiset, daß er anfängt, auszukramen mit schönen Worten. Das Licht ruht im Auge und geht dem äußern Licht entgegen. Das ist die Lehre des ehrlichen Black, Professor in Edinburgh, von gebundener und ungebundener Wärme. Denn, sagt Goethe, wir sehen im Traume Farben. Folglich, sag ich, sitzt der Stock im Puckel, weil wir oft im Traume Prügel kriegen. Sagt denn jene Träumerei etwas Besseres als: das Auge hat Empfänglichkeit für Licht und Farbe und ist dazu gemacht und erschaffen. Gemeine Sachen in schönen Worten und gelernte Sachen, mit denen man prunken will, weil man glaubt, andere Leute bleiben so dumm wie die Esel und halten schöne Seifenblasen für Weltkugeln. Der Mann mag recht haben, denn das Publikum verschlingt ihn oder vielmehr hat sein Fleisch und Blut verschlungen; was übrig ist, sind gute und immer sehr ansehnliche, schätzbare Knochen, mit poetischen gewobenen, gestrickten und zusammengenähten Gewändern behangen.

GoeJb VI, 105 f.

1635. KÖRNER AN CHARLOTTE SCHILLER

Dresden, 5. August 1810

Mit Goethen habe ich in Karlsbad über Schillers Werke gesprochen. Ich fand bei ihm zwar Wärme für Schiller, aber keine Neigung, sich mit der Herausgabe der Werke zu befassen. Auch zur Fortsetzung des „Demetrius“ schien er keine Lust zu haben. Es wären, meinte er, noch nicht zwei Akte fertig, also über die Hälfte noch zu machen. Auf meinen Vorschlag, daß ich bei der Herausgabe der Werke alles Mühsame besorgen wolle und er nur die Direktion des Ganzen übernehmen möchte, erwiderte er, daß dies sehr tunlich sein würde, wenn wir an einem Orte wohnten, aber durch Briefe lasse es sich nicht machen. Weiter bin ich nicht mit ihm gekommen und habe mir bloß vorbehalten, ihm noch den Plan zur Billigung vorzulegen. Den Aufsatz über Schillers schriftstellerische Eigentümlichkeit lehnte er unter der Äußerung ab, daß ihn dies zu weit führen und zuviel Zeit kosten würde, die er jetzt zu mehreren angestrengten Arbeiten nötig habe.

SchFr III, 57f.

1636. RIEMER AN FROMMANN

Teplitz, 12. August 1810

Nachdem uns die letzte Zeit in Karlsbad etwas unangenehm geworden war durch den ewigen Regen, der so früh Nacht und das Tal so feucht machte, auch G[oethe] seine Rechnung nicht gefunden zu haben schien, machten wir uns den 4. August in einer neu akquirierten, sehr bequemen Batarde auf den Weg nach Teplitz ... Nun sind wir hier, wohnen im Goldnen Schiff, ein großer Gasthof mit vielen Zellen. Goethe wohnt im ersten Stock, ich im dritten und genieße der göttlichsten Aussicht. Zwischen uns wohnt ... einer, der wenig war, als er noch war, was er war, und der jetzt weniger als wenig ist [Louis Bonaparte, der ehemalige König von Holland]. Wir haben ihn aber noch nicht zu Gesicht bekommen.

Gestern besuchten uns Savignys und Bettine [Brentano], die nach Berlin reisen. Sie ist noch so klug und unklug wie sonst und gleich unbegreiflich. Zelter ist unser täglich Brot ... Fichte ist heute abgereist ... Die schöne Frau von Levetzow ist hier, aber sehr zusammengegangen.

G[oethe] ist wohl, und er hat sein Vertrauen auf die

hiesigen Bäder gesetzt, da ihn in Karlsbad seine Übel befielen. Er badet täglich und glaubt Wirkung zu verspüren. Auf alle Fälle bleiben wir drei Wochen hier. In Karlsbad ward er die letzte Zeit schon sehr am Arbeiten verhindert, hier nun vollends durch das Bad und unsern Dux [Karl August].

Rie 164f.

1637. PAULINE GOTTER AN SCHELLING

Gotha, 18. August 1810

Noch einige Gedichte aus Karlsbad könnte ich beilegen, die die Anwesenheit der östreichischen Kaiserin veranlaßte; aber Sie haben sie wohl schon oder werden sie noch in öffentlichen Blättern lesen ... Mich dünkt, man merke ihnen ein wenig den Vorsatz des Dichters an, etwas dichten zu wollen. Es ist nicht so das Leben, der innere Drang, der aus jedem andern Goethischen Gedicht so lebhaft spricht. Den Verfasser würde ich aber immer darin erkennen und kann es nicht leiden, daß man sie so ganz und gar heruntersetzt, wie von allen Seiten, namentlich in Weimar, geschieht.

Auch ein Widersacher von Goethe, aber ein alter Freund unsres Hauses, Meyer[-Bramstädt] aus dem Holsteinischen, war kürzlich hier ...

Schell II, 225

1638. VOIGT AN BÖTTIGER

Weimar, 20. August 1810

Die „Farbenlehre" amüsiert mich ungemein. Goethe als Professor und Disputant zu hören, ist an sich schon artig genug. Was über malerisches Kolorit gesagt ist, unterrichtet mich viel. Correggio scheint mir nicht hoch genug gestellt, aber dem Landsmann Cranach widerfährt alle Ehre.

Alt-Weimar 270

1639. KNEBEL AN SEINE SCHWESTER

Jena, 21. August 1810

Hier schicke ich Dir auch den Brief unsrer Nièce, der Dich amüsieren wird. Ich habe ... sie über Goethes Hochmut ein wenig zurechtgesetzt. Man kann den Ernst im Umgange so wenig vertragen und legt ihn sogleich für Stolz aus. Übrigens ist von Goethe zu ihr und überhaupt zu der gewöhnlichen Gesellschaft noch ein großer Abstand. Doch macht er ja alle Jahre durch seine Schriften dem Publikum die Cour, und er verlangt, daß sie dieses dafür annehmen sollen. Ich habe diese Nacht noch den historischen Teil seiner „Farbenlehre" beendigt, und dies mit großer Erbauung. Ich rate Dir, daß Du das Buch in ernstern Stunden liesest. Wenn Du gleich nicht alles davon brauchen kannst, so wird es Dich doch auf große Urteile führen. Es ist ein Revolutionsbuch der wissenschaftlichen gesunden Vernunft.

KnHe 476

1640. PFUEL AN KAROLINE DE LA MOTTE-FOUQUÉ

Teplitz, 22. August 1810

Ich sehe Goethe täglich bei dem Herzog, und ich kann Dir nicht sagen, wie seltsam mir der Mann wohlgefällt; noch ist mir niemand vorgekommen, der meinem Innern so wohltäte; ich kann ihn nicht ohne ein heimliches Lächeln betrachten! Ich spreche zu niemandem lieber als zu ihm, und wieder fühle ich mich vor niemand so demütig als vor ihm und von niemand so zur Keckheit angeregt als durch ihn. Aus dem einen Auge blickt ihm ein Engel, aus dem andern ein Teufel, und seine Rede ist eine tiefe Ironie aller menschlichen Dinge. Wenn er zuweilen im engen Kreise recht heiter ist und das Gespräch allmählich bunt wird, dann weist er uns zuweilen zurecht und nennt uns: „Ihr Kinder!" Und dann fühle ich, daß der alte Papa recht hat, und beuge mich vor dem alten Meister und sehe ein, wie wahr es ist, wenn er, wie neulich, sagte: „Der Jugend Kenntnis ist mit Lumpen gefüttert!"

Spaßhaft ist es zu sehen, wie der alte Meister diejenigen

behandelt, welche im Bewußtsein eigener Berühmtheit sich an ihn drängen und ihr einseitiges Streben bei ihm geltend machen wollen ...

Goethe spricht leise und sehr gemessen, aber mit einer unglaublichen Sicherheit und funkelnden Augen, die seltsam genug mit der Ruhe und mit dem Maße in seinen Worten abstechen.

Gespr II, 559f.

1641. RIEMER AN FROMMANN

Teplitz, 29. August 1810

Denn G[oethe] war in der letzten Zeit, teils durch Zelters, teils durch anderer Freunde Gegenwart, teils auch durch den Anfall von seinem Übel, aus der Kontinuität des Arbeitens herausgekommen und konnte zuletzt bei dem schlechten Wetter nicht wieder mit der ersten Wärme darankommen. Hier okkupierte ihn nun der Herzog. Und das Baden [in Teplitz] scheint noch weniger als das Trinken [in Karlsbad] große Geistesbewegungen zuzulassen ...

G[oethe] befindet sich übrigens sehr wohl und heiter, das Bad scheint anzuschlagen, und alle Menschen freuen sich, ihn so heiter gesellig und mitteilend zu finden. Ich habe leider das Glück nicht, ihn beständig zu umgeben, indem die Hälfte des Tages, von 11 Uhr an, mit Baden, Ruhen, dem Diner beim Herzog und der Gesellschaft bei Fürst Clary oder andern hingeht, wobei ich denn nicht allerorten gegenwärtig sein kann. Doch haben wir zusammen schon einige Spazierfahrten gemacht ...

Rie 167

1642. WILHELM VON HUMBOLDT AN SEINE FRAU

Eger, 14. September 1810

Es ist sehr närrisch, daß die Fürstin von [Schwarzburg-] Rudolstadt eine ordentliche Antipathie gegen Goethe hat. Sie hat ihn nur bei Hofe gesehen, läßt sich aber auch gar nicht abstreiten, daß er nicht auch anderswo dieselbe Starr-

und Steifheit habe. In ihm ist die Empfindung gegenseitig, und so gern er z. B. die Köpfe der Kolosse sähe, so kann er sich nicht überwinden hinzugehen.

Hu III, 475

1643. NIEBUHR AN DOROTHEA HENSLER

Berlin, 14. September 1810

Zelter erzählt von Goethe, daß er an seiner eignen Biographie schreibt, die aber nicht erscheinen soll, solange er lebt; dann an der Fortsetzung vom „Meister". Zelter hat seinen Fragen über Musik nachgedacht und versichert, daß von ihm, der gar nicht musikalisch ist und nicht einmal etwas Musik gelernt hat, eine Tonlehre kommen werde, die ganz neu, tief und für ihn überzeugend sei. Auch hier entdeckt er das Gesetz divergierender Tendenz. Ist das nicht ein außerordentlicher Triumph des Genies?

Nieb 154

1644. ANDREAS VON MERIAN IN SEINEN AUFZEICHNUNGEN

Dresden, Ende September 1810

Goethe war einfach angezogen, trug Stiefel, runden Hut, seine Orden. Seine Haare sind schwarz, mit Grau untermischt. Er hat eine sehr hohe, etwas zurückliegende Stirn, wie Homer und alle großen Dichter.

Sein Kopf, der eher schmal ist, spitzt sich gegen oben hinten zu. Schwarz und schön und immerfort in Bewegung sind seine Augen. Das Angesicht ist länglich und gefurcht, die Nase adlerisch. Seine Gestalt ist ansehnlich, gerade, fast zurücklehnend; sein ganzer Anstand männlich, sehr ernst, beinahe trocken. Er sprach von ganz gewöhnlichen Dingen auf eine ganz gewöhnliche Weise. Das tut er mit Fleiß. So war Goethe im September 1810.

GoeJb XXIII, 70

1645. SAVIGNY AN JAKOB GRIMM

Berlin, 1. Oktober 1810

Wie ganz anderen Eindruck hat mir Goethe gemacht, den wir auf der Herreise zwei Tage in Teplitz gesehen haben. Wie kräftig, groß, mild, überall ganz er selbst, in allem, was er tut und denkt und spricht, sein ganzes Gemüt gegenwärtig. Er hat mich recht von neuem mit Liebe und Ehrfurcht erfüllt. Ich weiß nichts, was so mit Lust und Freude am Leben erfüllen und so auf dem rechten Wege befestigen kann als solch ein Anblick.

Sav 57

1646. KNEBEL AN SEINE SCHWESTER

Jena, 3. Oktober 1810

Ich schrieb kaum gestern diese letzte Zeile, als Goethe mit lautem Geräusch meine Treppe heraufkam und zu mir hereintrat. Er kommt mit frischem Geist und Mut und hat mancherlei Neues gesehen. Gerne erzählte er von der österreichischen Kaiserin, wie sie lieblich sei, wohlunterrichtet, durchaus ohne Leidenschaft, aber voll gutem Geist, jedem nach seiner Art ihr Wohlwollen zu bezeugen, und immer heiter im Geiste und voll Gunst gegen jedermann ... Von des Königs in Holland [Louis Bonaparte] gutem Verstand, großer Unterrichtung und menschenfreundlichem Wesen erzählten sie mir nur weniges, weil Goethe mittags sogleich wieder nach Weimar abfuhr. Ich hatte gestern vielen Besuch von denen, die Goethe nur einen Augenblick sprechen wollten ... Goethe denkt etwa in vierzehn Tagen wieder hier zu sein, um dann länger zu verbleiben. – In Dresden war er sehr vergnügt und beschäftigte sich sehr mit den dortigen Schätzen der Kunst.

KnHe 494f.

1647. ROCHLITZ AN BÖTTIGER

Leipzig, 4. Oktober 1810

Daß Sie Goethe nicht gesehn, tut mir leid. Ich bin gewiß, Sie beide dürften sich nur einmal recht grade und aufrichtig sprechen und Sie wären für immer im besten Verhältnis. Über sein Farbenwerk mögen sich immer die Federn und die Worte spitzen! Schwächen, Irrtümer im einzelnen kann man vielleicht viele entdecken; die Hauptsache verletzt dies nicht, und diese ist so, daß sie allein Goethen die Achtung und den Dank der ganzen unterrichteten Welt erwerben müßte, besäße er dieselben nicht längst. Das Spaßhafte dabei ist, daß, soviel ich weiß, vor allem die Physiker ex professo das Werk unter die Schere nehmen zu müssen glauben. Das heißt es verstehen wie die Hamburger den „Nathan" – für die Apologie des Judentums.

GoeJb XVIII, 152

1648. BRETSCHNEIDER AN NICOLAI

Krzimiz bei Pilsen, 6. Oktober 1810

Goethe war in Karlsbad. Ich hatte einen Catalogus von alten Münzen der Eybenberg gelehnt, den Goethe von ihr geborgt hatte. Ich hatte ihn schon seit ein paar Jahren zurückverlangt, denn es ist ein einzig Exemplar nur vorhanden. Ich wollte auch gern Goethen wiedersehen, denn wir waren sonst gute Freunde, anno 1772; seit der Zeit habe ich ihn nicht gesehen. Ich war sehr kränkelnd, kam in Goethes Quartier: Seine Exzellenz waren nicht zu Hause. Ich fragte, wann er abgespeist hätte; man sagte mir: um 3 Uhr. Um 3 ging ich wieder hin; er ließ mir heraussagen, er sei beim Essen. Er ließ mich laufen.

Inzwischen kam die Eybenberg nach Karlsbad, und hatte ihr Seine Exzellenz gesagt, daß er gefehlt hatte. Sie wollte mich persuadieren, ihn noch einmal zu besuchen: Das tat ich nicht. Er wollte die Sache wiedergutmachen und kam drei Tage vor seiner Abreise, ließ sich früh um

Johann Friedrich Rochlitz

10 Uhr ansagen. Ich ließ mich entschuldigen, weil ich beim Essen sei – welches ihn sehr verdrossen hat.

Gespr II, 549

1649. HENRIETTE HERZ AN JONAS VEIT

Berlin, 9. Oktober 1810

Ich habe wieder einmal eine schöne Zeit in Dresden verlebt ... und das Glück gehabt, Goethe kennenzulernen, was mir ordentlich an meinem Leben gefehlt hatte. Nie hat irgendeines Menschen Ernst mich so ungewöhnlich abgestoßen, nie eine Liebenswürdigkeit mich so angezogen, als die ich abwechselnd in Goethes Gesicht sah. Auch kenne ich [in] ihm diese zwei Ausdrücke nur. Herrschender ist indessen doch der Ernst, obschon er im ganzen heiter war. Ich habe manch gutes Wort von ihm gehört, und ihn gesehen und gesprochen zu haben, bleibt ein heller Punkt in meinem Leben.

SchlVeit I, 433

1650. CHARLOTTE SCHILLER AN ERBPRINZESSIN KAROLINE

Weimar, 9. Oktober 1810

Ich bin mit unserm Meister in einer Stunde hier angekommen, und er ist mild und heiter und freundschaftlich. Er hat mich auch schon besucht gestern. Er war auch in Dresden und bei der Herzogin von Kurland. Er hat viele Zeichnungen aus „Faust" und „Götz" mitgebracht, die wir alle sehen sollen ...

SchFr I, 549

1651. KNEBEL AN SEINE SCHWESTER

Jena, 10. Oktober 1810

Hendrich ... versicherte ... mich, daß Goethe so bald nicht hieherkommen würde. Der Herzog habe ihn engagiert, daß er wöchentlich wenigstens zweimal bei Hofe speisen müsse; dafür schenke er ihm Kutsche und Pferde und gebe ihm auch Unterhaltung für diese.

KnHe 495

1652. PFUEL AN KAROLINE DE LA MOTTE-FOUQUÉ

18. Oktober 1810

In so gigantischer Gestalt sich auch sein Geist vor einen aufpflanzt, so geht ihm doch ein Element ab, welches zu derjenigen Art der Erhabenheit notwendig gehört, die der Mensch mit Liebe umfaßt. Ich möchte dies Element das Christliche im Menschen nennen. Man wird oft an ihm eine gewisse Härte gewahr, die jede freie Hingebung zurückscheucht. Er ist tolerant, ohne milde zu sein ...

Gespr II, 560

1653. VULPIUS AN NIKOLAUS MEYER

Weimar, 21. Oktober 1810

Der Geheime Rat von Goethe ist kerngesund aus Teplitz wiedergekommen und rühmt die Güte der dortigen Quellen sehr. Durchlaucht der Herzog hat ihn mit zwei schönen Pferden beschenkt, Zeug dazu und Fourage für dieselben. Er ist jetzt recht froh und bei Laune.

MeyerN 236

1654. RIEMER AN FROMMANN

Weimar, 31. Oktober 1810

Goethe ist wohl und sehr oft an Hof, wodurch man dort sehr glücklich ist, indem er die beste Laune mitbringt.

Rie 170

1655. CHARLOTTE SCHILLER AN ERBPRINZESSIN KAROLINE

Weimar, 1. November 1810

Der Meister ist gar galant und freundlich, und ich freue mich, daß die Großfürstin sich mit ihm viel unterhält ...

Am 26. Oktober, wo großer Ball war und der Meister mit seinem Sohn erschien (der Kammerassessor geworden), entstand eine höchst komische Situation ... Man meldete seinen Wagen vor dem Souper, und ich nahm seine Einladung an, mit nach Hause zu fahren. Als wir auf die Treppe kommen, sagte er, ich möchte verzeihen, wenn er langsam ginge, denn er habe seit mittags Schmerzen von neuen Schuhen, die er sich in Dresden habe machen lassen. Daß er gerade mich erwählte, mit ihm nach Hause zu fahren, die auch an demselben Übel durch Pariser Schuhe litt, war aber recht lustig, und wir haben recht darüber gelacht. Und Sie können sich unsere beiden nicht unansehnlichen Gestalten auf der gewundenen Treppe wohl nicht ohne Lachen denken ...

SchFr I, 552f.

1656. PAULINE GOTTER AN SCHELLING

Drakendorf, 8. November 1810

Wir [Pauline Gotter und Silvie von Ziegesar] zürnten ein wenig auf ihn, daß er durch Jena gehen konnte, ohne einen Seitensprung hierher zu tun; neulich hat er aber so artig sein Verlangen ausgedrückt, uns bald zu begrüßen, daß wir ihm um der schönen Worte willen verziehen haben; so gutmütige Geschöpfe sind wir.

Der Herzog tut alles mögliche, ihn wieder an Hof zu ziehen; er schenkt ihm Equipage, stellt seinen Sohn an und bezeigt ihm die artigsten und feinsten Aufmerksamkeiten, alles in der Absicht, daß Goethe diesen Winter nicht nach Jena gehen soll, was sein Plan war. Ich wette aber, daß er ihn doch noch ausführt und Hof und Stadt zum Trotz seinen Musensitz aufsucht. Und wenn wir etwas von ihm lesen wollen, ist das auch nötig; den ganzen Sommer hat er ganz und gar nichts geschrieben.

Schell II, 238

1657. KNEBEL AN SEINE SCHWESTER

Jena, 15. November 1810

Goethe soll sehr wohl sein. Er geht öfters nach Hof und ist auch sonst, wie ich höre, sehr umgänglich. Schwerlich dürfte er vor dem Frühjahr hieherkommen. Seinem Sohn hat der Herzog den Kammerassessortitel gegeben und ihm den Zutritt bei Hof erlaubt.

KnHe 500f.

1658. CHARLOTTE SCHILLER AN ERBPRINZESSIN KAROLINE

Weimar, 16. November 1810

Die Sonntagmorgen sind hier recht bunt, und alle Gestirne durchkreuzen sich!

Graf R[euß], der Kanzler W[olfskeel] und Herr von Poseck; die Frifri [Gräfin Häseler] war neulich auch da mit einer Kusine. Was soll da noch herauskommen? Die Frau von N[iebecker ?] schmachtet auch dort herum und die Töchter. Ich weiß doch nicht, ich kann der Freundin meines *verehrten Freundes* nicht das abgewinnen. Habe ich nicht den rechten Standpunkt oder bin ich zu unpassend? ... Ihre Situation dauert einen, und sie mag mit dem Mann manches gelitten haben; aber ihr Geist und Kenntnisse sind nicht von der freundlichen erweckenden Art wie ein Gemüt, das einem wohlmachen kann.

Ich setze Ihnen im engsten Vertrauen einen Kanon [„Genialisch Treiben“] vom Meister, den Zelter wunderschön komponiert hat. Es ist prächtig, wie das *Unaufhörliche* ausgedrückt ist.

SchFr I, 555f.

1659. EMMA KÖRNER AN CHRISTIAN WEBER

Dresden, 20. November 1810

Goethe war auch in Karlsbad, und ich war äußerst begierig, ihn nach mehreren Jahren wiederzusehen. Die erste Zusammenkunft mit ihm entzückte mich indessen nicht, da er immer etwas Steifes hat, ehe man genauer mit ihm bekannt wird. Und obgleich er meine Eltern doch nun schon so lange kennt, konnten wir es doch während unsers ganzen Aufenthalts in Karlsbad nicht dahin bringen, mit ihm auf einen zutraulichern Ton zu kommen.

Aber bei einem Aufenthalt von vierzehn Tagen, den er nach vollendeter Badekur in Dresden machte, hat er uns reichlich für diese Förmlichkeit entschädigt, indem er ein ganz anderer Mensch war, als wir ihn früher gesehn, und seine Art, sich über so manche Gegenstände mitzuteilen, uns unendlichen Genuß gewährt hat. Er nimmt großes Interesse an Musik, und unsere kleine Singakademie machte ihm sehr viel Freude. Dresden hat ihm so wohl gefallen, daß er uns versprochen, künftiges Jahr wieder hier durchzugehen ...

Einige kleine Gedichte, welche er an die Kaiserin von Östreich gemacht, und seine „Pandora“ ausgenommen, haben wir nichts Neues von seinen poetischen Produktionen gesehen. Er sagt selber, daß er diesen Sommer nicht sehr fleißig gewesen, da ihm Kränklichkeit oft daran verhindert hat. Von den „Wanderungen Wilhelm Meisters“ ist manches fertig, wird aber noch nicht so bald erscheinen. Und wie er uns sagte, wird die Fortsetzung derselben in einen ernsten, strengen Geschmack sein und wenig mit den lieblichen Bildern gemein haben, von denen er uns in den Cottaschen Almanach vorigen Jahres eine Probe gegeben.

Kö 118f.

1660. CHARLOTTE SCHILLER AN IHREN SOHN KARL

Weimar, 23. November 1810

Neulich hat uns [Pius Alexander] Wolff bei Frau von Schardt ein paar Lieder von Hebel deklamiert ... Die Geschichte von dem Bergmann in Falun [„Unverhofftes Wiedersehen" von Hebel] hat uns der Geheimrat Goethe in einer Gesellschaft vorgelesen. Wir haben alle geweint; so rührend hat er es mit seiner schönen Stimme gelesen.

ESchi 62

1661. CHARLOTTE VON STEIN AN KNEBEL

Weimar, 28. November 1810

Gestern abend war die Großfürstin bei mir; ich habe ihr Goethen dazu gebeten, der auch recht artig war und uns viele hübsche Zeichnungen wies. Er sprach auch mit Liebe von Ihnen und wie es ihm bei Ihnen immer wohl werde ...

Vor einigen Tagen las ich in Herders neuntem Teil ... Über das, was er über die Farben bei Gelegenheit des Newton und Eulers sagt und das ... mir auch merkwürdig war, war Goethe sehr aufgebracht.

BodeSt VII, 91

1662. KNEBEL AN SEINE SCHWESTER

Jena, 10. Dezember 1810

Nun bin ich zwei Tage in Weimar gewesen ... Mittags speisten wir bei Goethe, der eben nicht ganz heiter schien. Seine Frau fragte mich in geheim, ob ich nicht wüßte, ob bei Vermählung der Erbprinzessin ein Präsent an ihren Mann gekommen sei. Er habe nichts erhalten, und sie seien auf den Argwohn gekommen, ob etwa etwas untergeschlagen sei. Ich sagte, ich wollte bei Dir mich erkundigen ... Nun wollt ich die Oper besuchen; es wurde aber keine gegeben. Signor Brizzi ist krank ... Sie gaben „Don Carlos" dafür. Ich mag das Stück nicht und brachte den Abend vollends mit Goethe zu, der uns überredete, den Professor Voigt und mich, den andern Morgen noch zu seinem Konzert in Weimar zu bleiben und bei ihm zu logieren, das wir auch taten.

KnHe 504f.

1663. CHARLOTTE SCHILLER AN ERBPRINZESSIN KAROLINE

Weimar, 14. Dezember 1810

So ergötze ich mich jetzt an dem zweiten Teil der „Farbenlehre". Ich bitte untertänig, lesen Sie ihn! Es ist so etwas Prächtiges, so rein verständig und groß gesehen. Die Ansichten, die der Meister darinnen ausspricht, sind wunderbar groß, und man steht wie vor einem gefundenen Schatzkästchen und zieht ein Juwel nach dem andern ans Tageslicht. Die Geschichte der Wissenschaft, die Charakterisierung der Individuen ist so prächtig! Dies Kapitel, das „Lücke" überschrieben ist, ist vortrefflich. Was er da klar und schön alles aufstellt, ausspricht, ist unaussprechlich.

SchFr I, 558

1664. KNEBEL AN SEINE SCHWESTER

Jena, 26. Dezember 1810

Ich kann übrigens nicht sagen, daß das Glück jetzt in Weimar wohnt, und das schlimmste ist, daß man bei Abwesenheit desselben die bittre Seite gegen sich selbst kehrt, auch wohl ungerecht und undankbar ist. Doch genug!

Goethe sagte mir noch, er lebe wie die unsterblichen Götter und habe weder Freude noch Leid. Man sieht es ihm auch wohl an. Doch ist er übrigens wohl, läßt fleißig Musik bei sich machen und sucht sich, so gut er kann, emporzuhalten.

KnHe 510

1665. PAULINE GOTTER AN SCHELLING

Drakendorf, 27. Dezember 1810

Jetzt bin ich dabei, die „Farbenlehre" zu lesen; Goethe gab sie mir, herauszusuchen, was mir Vergnügen gewähren könnte. Nun schrieb er aber neulich ganz boshaft, es freue ihn, daß ich mich daran abmüdete; ich würde ihn wohl nächstens verwünschen und das verräterische Geschenk ins Feuer werfen, er hätte mir es auch nur für meine Sünden gegeben. Bis jetzt habe ich es aber noch nicht den Flammen übergeben. Das Wiedersehen dieses lieben Freundes war eine schöne, heitere Unterbrechung in unserem sonst so einförmigen Leben. Wir waren einen Tag in Weimar; er besuchte uns gleich; dann ging ich mit ihm ins Theater, wo uns ein schlechtes Stück völlige Freiheit ließ, uns nach einer so langen Trennung recht angelegentlich zu unterhalten. Er schrieb früher, die Zeit und die Abwesenheit hätten nichts an ihm und seinen Gesinnungen verändert, und ich fand es auch wahr: er schien ebenso herzlich, ebenso liebevoll wie sonst, was mich innig freute, wenn auch die lebhaftern Versicherungen seiner Zuneigung mich stets beschämen; denn ich fühle recht gut, daß ich sie mehr dem zufälligen Zusammentreffen der Umstände als mir selbst zu verdanken habe. Ich habe Goethen von Ihnen, werter Freund, Grüße gebracht, die er schönstens erwiderte; er freute sich sehr, daß ich ihm sagen konnte, Sie hätten sich mit seiner „Farbenlehre" diesen Sommer beschäftigt, und er äußerte sehr lebhaft den Wunsch, einmal mündlich mit Ihnen darüber sprechen zu können.

Schell II, 240f.

1666. CHARLOTTE SCHILLER AN KNEBEL

Weimar, 29. Dezember 1810

Wir haben einen recht schönen Abend bei Frau von Stein gestern gehabt. Die Großfürstin war bei ihr und Goethe, und er war unbeschreiblich liebenswürdig und geistreich. Wir hatten aber auch einen Kampf zu bestehen. Der arme

Graf Marschall und seine Frau hatten sich melden lassen; sie sind recht unglücklich durch den Verlust des Kindes. Aber so eine Bitterkeit und Schroffheit des Wesens im Schmerz, wie die Frau zeigt, tut einem entsetzlich weh.

Ich fürchtete, sie würde sich des Gesprächs bemeistern und durch ihre Klagen das Gemüt der Großfürstin bewegen und Goethe würde still werden. Ich war in einem recht peinlichen Zustand. Es gelang mir, dadurch daß ich Goethe und den Prinzen in einen heitern Diskurs brachte, das Gleichgewicht herzustellen, und am Ende wurde das Gespräch allgemeiner, und Goethe sprach so schön, so bedeutend. Die Großfürstin überwand auch die trüben Eindrücke, daß selbst die armen Trauernden sich erleichtert fühlten ...

GoeG 256 f.

1811

1667. CHARLOTTE VON STEIN AN IHREN SOHN FRIEDRICH

Weimar, 3. Januar 1811

Sie [Maria Pawlowna] kommt manchmal abends zum Tee zu mir und findet gerne den Goethe, den ich ihr denn allemal einlade. Goethen macht's rechten Spaß, in den Geschichten der Münzen das, wornach Du gefragt, herauszubringen, und wenn ihm der Humor bleibt, wirst Du bald Münzen einen Viertelzentner mit allen Erklärungen bekommen.

Stein II, 340f.

1668. LUISE SEIDLER AN SCHRÖDER

Jena, 4. Januar 1811

Sie wissen noch nicht, liebster Freund, wie nahe ich in Dresden mit Goethe bekannt geworden bin, wie er sich meiner annahm, wie er sich mir durch seine Güte, durch seine väterliche Sorgfalt und Fürsorge noch täglich werter machte, wie ich ihn jetzt erst kenne, liebe und verehre ...

... man hat mir oft sehr wehe getan, besonders die Schopenhauer [Adele ?]. Kein Tag verging, wo sie mich nicht durch Worte oder Mienen zu kränken suchte. Goethe erschien mir da als ein rechter Schutzengel und Rächer; er brachte zehn Tage in Dresden zu und übersah mit *einem* Blicke meine Lage. Oder wollte er die anderen demütigen? Ich weiß es nicht, aber er war mir ein väterlicher, aufmerksamer, gütigster Freund, der die größten Aufmerksamkeiten für mich hatte, mich nicht nur bei meinen Arbeiten unendlich aufmunterte, sondern mich auch dreimal selbst besuchte, mich überall mit hinnahm, mich in allem auszeichnete ... Ach, wenn man so allein steht, ist jedes freundliche Wort so viel wert, und nun nach so vielen Kränkungen sich so entschädigt zu sehen! Ich malte grade die heilige Cäcilie von Carlo Dolce (welche die Orgel spielt). Man hatte dies Unternehmen mit vielem Achselzucken bekrittelt ... Goethe stopfte ihnen auch hierin den Mund, indem er meine Arbeit lobte und das Bild sehr passend für mich fand.

Sei 62f.

1669. ERBPRINZESSIN KAROLINE AN CHARLOTTE SCHILLER

Ludwigslust, 14. Januar 1811

Von Kranz [Kaaz] erwarte ich jetzt Zeichnungen, die mir Goethe ausgesucht hat und auf die ich mich recht freue ... Der Meister hat mir (unter uns) eine große Freude gemacht und auf meine Bitten durch Silvie Ziegesar die Ballade vom beschütteten Westchen [„Wirkung in die Ferne"] geschickt, auch Verschen auf eine Volksmelodie, die ich so liebhabe. Durch Knebel hat er mir auch die Rede von Jakobs „Über den Reichtum der Griechen [von plastischen Kunstwerken]" zu lesen geschickt ...

Wie lebt sich's denn recht in Weimar? Genießt man den Meister viel? Gibt's noch kleine Tees im Blauen Zimmer, wo der Meister liest?

SchFr I, 560

1670. CHARLOTTE SCHILLER AN ERBPRINZESSIN KAROLINE

Weimar, 22. Januar 1811

Ich habe sie [Maria Pawlowna] einige Abende gesehen, wo sie recht die Seele des Gesprächs war und so schön sprach, und zumal mit dem Meister, den sie auf eine so leise Art versteht und gewähren läßt, daß es einen recht ergötzt. Er ist auch ganz entzückt darüber und auch recht geistreich und gewandt in einer solchen Sozietät.

Gelesen ist noch nichts, seit Sie uns fehlen, teurer, geliebter Engel!

Jetzt gibt der Meister „Hackerts Leben" [„Philipp

Hackert"] heraus ... Er war zwölf Tage in Jena dieser Arbeit wegen. Ich sehe ihn alle Sonntage Morgen und in der Loge im Theater, wo ich wohl zuweilen mehr seinetwillen hingehe ...

Manchmal ist der Meister recht komisch. Seien Sie so gnädig und lassen sich von Kettenburg ... ein Bild von den Herren [Boisserée] machen ... Diese hab ich auch kennenlernen ...; diese wollten herkommen mit ihren Schätzen. Und der Meister hat durch Minister Reinhard ... diese Herkunft (unter uns gesagt) nicht zustande bringen lassen. Er erzählt' es mir, der Meister nämlich, und freut' sich darüber. Da sagte ich: „Mir ist's auch nicht unlieb, denn ich bin auch entübrigt, diesen Herren eine Artigkeit zu erzeigen." Da entgegnete der Meister: „Liebes Kind! Eure Artigkeiten, nimm es mir nicht übel, kenne ich schon. Da nehmt ihr einen alten Topf, füllt ihn mit Kolonialwaren und setzt die Fremden da herum und glaubt, alles getan zu haben, während wir andern wirklich artig sein müssen." Ich habe lange darüber lachen müssen ...

SchFr I, 561 f.

1671. CHARLOTTE SCHILLER AN ERBPRINZESSIN KAROLINE

Weimar, 27. Januar 1811

Gestern war ich recht erstaunt. Als ich in des Meisters Loge komme, wo noch niemand war, finde ich – raten Sie, was? Vier brennende Lichter und einen Teetisch. Die Lichter und das Öffnen der Türe hatte Sensation gemacht; alle Köpfe waren nach der Loge gerichtet, wo ich ganz betroffen und bescheiden stand.

Der Meister kam und die Gemahlin, die einen heftigen Katarrh hatte, und deswegen waren diese Anstalten getroffen. Die vielen Lichter waren aber ohne Befehl hingestellt, und ich war recht froh, als nur eins blieb. Heute ist die Frau Gemahlin so krank, daß sie zu Bette liegt. Doch waren wir dort, wo prächtige lateinische Gesänge erschallten, und ganz ernsthaft.

Ich darf es manchmal gar nicht sagen, wie mich doch des Meisters Lage einengt und im Innern schmerzt. Denn mir deucht, ich fühle zuweilen in seiner Seele, daß er irre in sich ist. Welcher Dämon hat ihm diese Hälfte angeschmiedet!

SchFr I, 565

1672. KNEBEL AN SEINE SCHWESTER

Jena, 27. Januar 1811

Den Sonntag, den 20., fuhr ich mit Goethe nach Drakendorf, und Himmel und Erde waren mit ungemein hellen und reinlichen Farben geschmückt. Wir wurden daselbst sehr freundlich aufgenommen. Der Alte [von Ziegesar] kam uns an der Haustüre schon entgegen, und die Mädchen, Silvia [von Ziegesar] und Pauline Gotter, die sich seit einiger Zeit bei diesen aufhält, erschienen in niedlicher Schweizertracht. Sie hatten kurze rote Mieders, mit schwarzen Samtbändern eingefaßt, und das übrige war alles sehr proper von weißem Zeug. Auch hatten sie die Haare hübsch geflochten und waren sehr freundlich und graziös. Wir aßen sehr gut zu Mittag, und Silvia machte die Honneurs sehr artig, so wie der Alte sehr beredt und freundlich war. Gegen Abend fuhren wir wieder zurück und unterhielten uns von Leibniz' Philosophie und der Elektrizität der Luft. Goethe reiste tags darauf wieder nach Weimar zurück ...

KnHe 517

1673. SCHELLING AN PAULINE GOTTER

München, 30. Januar 1811

Es wäre gar schön, wenn Sie mir ein Wörtchen über die „Farbenlehre" schrieben. Unser verehrter Herr kann es doch nicht lassen und will auch durch das wissenschaftliche Werk ein weibliches Herz rühren. Was sagen Sie aber zu der kleinen Malice, die er gegen die blaue Farbe ausübt? Ich zweifle nicht, daß sie ihm oft reizend gewesen; aber gewiß hat er sie dann am wenigsten für ein Nichts angesehen.

Übrigens glaubt man in dem Buch oft mit ihm zu Tische zu sein und ihn perorieren zu hören; ich gestehe aber, daß diese Tischreden oft gerade das Ergötzlichste für mich gewesen sind.

Schell II, 245

1674. CHARLOTTE VON STEIN AN IHREN SOHN FRIEDRICH

Weimar, 8. Februar 1811

An der Herzogin Geburtstag hat man den „Standhaften Prinz" von Calderón ... gegeben. Mir und sehr vielen hat es außerordentlich gefallen, aber freilich den größern Publikum nicht. Die Schauspieler spielten vortrefflich, Goethe war ganz mit jugendlichen Feuer dabei.

Fritz von Stein II, 186

1675. CHARLOTTE SCHILLER AN ERBPRINZESSIN KAROLINE

Weimar, 9. Februar 1811

... will ich dem Befehl des Meisters gehorsam sein, der es sehr zu wünschen schien, daß ich Ihnen Bericht geben soll von der Aufführung des „Standhaften Prinzen" [von Calderón] ...

Es ist etwas ganz Vortreffliches. Die Art des Spiels, die Einrichtung, Berechnung der kleinsten Effekte war mit solchem Geist und Würde ausgedacht und ausgeführt, daß nur Goethe so etwas möglich machen konnte ...

Das erste Mal hat der Meister und ich laut geweint ...

Unser alter Freund Wieland hat einen ordentlichen Grimm, daß mich das Stück so ergriffen ... Ich hoffe nur, unser Meister wird es nicht gewahr.

Welchen tiefen Respekt man vor seiner Klugheit und Verstand bekommt in solchen schweren Aufgaben, das kann man nicht aussprechen. Alle Schauspieler sind doch nur sein Organ, und ohne ihn, ohne diese geistige Ansicht wäre es rein unmöglich, so etwas unternehmen zu können. Ihre Frau

Mutter und die Hoheit [Maria Pawlowna] haben es sehr gerühmt, und das freut mich Goethens wegen.

SchFr I, 567–570

1676. KNEBEL AN SEINE SCHWESTER

Jena, 13. Februar 1811

Ich lege Dir hier ein paar Verschen bei, die ich gestern an Goethe machte. Ich mag ihm gerne zuweilen etwas Angenehmes sagen, weil das Lob oder der Beifall doch eigentlich das Echo des Sängers ist.

KnHe 522

1677. KNEBEL AN SEINE SCHWESTER

Jena, 15. Februar 1811

Die Verse an Goethe will ich Dir ein anders Mal schicken. Er hat mir auch nicht darauf geantwortet. Ich weiß nicht, was ich von seiner Stimmung denken soll. Es kommt mir vor, als suchte er sich auf gewisse Art zu betäuben, indem er scheint an nichts innigen Anteil zu nehmen als gerade an dem, was ihm Lust macht und womit er sich treibt. Dieser Kaltsinn trägt eben nichts zum Glücke bei.

KnHe 522

1678. RIEMER AN FROMMANN

Weimar, 27. Februar 1811

G[oethe] hat endlich die goldene Dose von der Kaiserin [Maria Ludovica] bekommen; sie ist von Wert und geschmackvoll.

Rie 179

1679. CHARLOTTE VON STEIN AN CHARLOTTE SCHILLER

Weimar, 1. März 1811

Dienstagabend brachte die Großfürstin [Maria Pawlowna] bei mir zu. Sie fehlten uns. Übrigens hatte der Meister eine gute Stimmung, und über mancherlei Gedanken aufwekkende Gegenstände wurde gesprochen. Sie mochte gar nicht gehen, so müde sie auch war, und blieb bis um halb zehn Uhr.

SchFr II, 355

1680. PAULINE GOTTER AN SCHELLING

Gotha, 16. März 1811

Eine Freude ... war die Vorstellung des „Standhaften Prinzen" in Weimar; wohl schwerlich hat Calderón selbst eine so vollendete Darstellung dieses Stücks gesehen. Mir hat es großen Genuß gewährt, aber auch ebensoviel den andern Tag die Tischgespräche darüber. Auch noch einen heitern Wintertag habe ich mit Goethe sehr vergnügt in Drakendorf verlebt, wo er in der besten Laune von der Welt viel Schönes und Herrliches gesagt. Er besuchte uns mit Knebel. Wir hatten es darauf angelegt, die alten Herrn recht aufgeräumt zu haben, und uns deswegen ihnen zu Ehren auf das zierlichste und gewählteste geputzt. Das verfehlte denn auch seinen Zweck nicht, und sie versicherten zuletzt, ihre Füße hätten zwar nicht getanzt, aber ihre Herzen ...

Noch ein kleines artiges Gedicht [„Wirkung in die Ferne"] von dem verehrten Herrn lege ich Ihnen hier bei, das Ihnen gewiß Vergnügen macht. Er teilte es uns schon in Karlsbad mit, und es wurde hernach immer viel darüber gescherzt. Ich bat ihn auch oft darum; er wollte aber nie damit herausrücken. Endlich hat er sich aber doch eines Bessern besonnen, und ich halte es für keinen Verrat, es aus meinen Händen in die Ihrigen zu legen ...

Schell II, 246 f.

1681. KNEBEL AN SEINE SCHWESTER

Jena, 17. März 1811

Die Verse an Goethe will ich Dir doch beisetzen. Sie sind etwas schmeichelhaft, aber sie haben ihm sehr gefallen. Man muß Leuten, die was Außerordentliches tun, auch zuweilen etwas Außerordentliches sagen. Ein französischer Reisebeschreiber, den ich eben jetzt lese, bemerkt, daß die Deutschen einander immer verachten.

KnHe 524

1682. CHARLOTTE SCHILLER AN ERBPRINZESSIN KAROLINE

Weimar, 19. März 1811

Unser geliebter Meister wird zwar von manchen Menschen gescholten, daß er nicht mitteilend sei und finstern Humors; ich fand ihn gestern sehr liebenswürdig, und er war so freundlich zu bemerken, daß ich lange ausgeblieben, statt zehn Tage zwanzig, daß ich schöne Sonntage versäumt. Ich habe dafür doch mit ihm gelebt, denn ich habe die leicht faßlichen und herauszuhebenden Teile der „Farbenlehre" der lieben Fürstin [von Schwarzburg-Rudolstadt] vorgetragen und habe warme Teilnahme gefunden. Manches hatte sie gleich verstanden und zurechtgelegt. Über dieses Kapitel, welches „Lücke" überschrieben ist, im zweiten Teil, hat sie eine solche Freude, daß sie sagte, es sei ihr lieber wie die „Wahlverwandtschaften", und sie hat ordentlich eine Ehrfurcht vor dem Meister bekommen.

SchFr I, 572

1683. CHARLOTTE SCHILLER AN ERBPRINZESSIN KAROLINE

Weimar, 24. März 1811

Ich habe dem Meister ... von Ihrem schönen Brief erzählt, und er war freundlich, daß ich so geschrieben hatte, daß Sie sich ein Bild machen konnten. Sie werden nun auch seinen

Brief erhalten und die Landschaften [von Kaaz]. Er ist gar freundlich und weich gestimmt, und wir haben manche gute, freundliche Gespräche in der Loge. Zuweilen muß ich ihn trösten, wenn er die ästhetischen Erscheinungen nicht mit Zufriedenheit sieht. Und zuweilen teilen wir uns unsere Ansichten über die Welt und Dinge mit und sind recht gute Freunde.

SchFr I, 575

1684. CHARLOTTE VON STEIN AN KNEBEL

Weimar, 30. März 1811

Die Schillern und ich singen oft Ihre Lobsprüche, wie gut Sie die Unwissenden belehren, indessen Goethe einen oft nur mit einem Bonmot abfertigt.

BodeSt VII, 92

1685. KNEBEL AN SEINE SCHWESTER

Jena, 8. April 1811

Nun kam ich mit meiner ganzen Familie zum Mittagsessen zu Goethe, der uns in seinem Garten höchst freundlich aufnahm und sich diesen Tag selbst zu einem Tage des Vergnügens zu machen schien. Es war niemand da als wir. Ich sah mich in gute Stimmung versetzt, und diese dauerte fort. Auch sahen wir die Dose der Kaiserin, die ungefähr so ist wie die, die der Herzog dem alten Ziegesar geschenkt hat . . ., nur oval. Auch hat Goethe noch einen bronzenen Stier zu dem unsrigen bekommen . . . Goethe fand ich um vieles noch mehr gemildert und unteilnehmender der Sachen, die von außen kommen. Er sagte, wir müßten anfangen, alt zu werden.

Was nun das Stück, den „Saul", selbst betrifft, so ward er gar sehr zu meiner Zufriedenheit gegeben . . . Manches wäre freilich noch zu desiderieren, das Goethe selbst fühlt. Er will es gegen den Winter wieder geben lassen, aber alsdann das ganze Stück von Musik akkompagniert, weil es in der Tat viel Opernmäßiges hat . . .

KnHe 530f.

1686. RIEMER AN FROMMANN

Weimar, 27. April 1811

Es tut mir sehr leid, daß ich Sie ... über G[oethe]s Abreise überhaupt und sein Kommen nach Jena so lange in Erwartung gelassen habe ... Noch zu Anfang dieser Woche bezeigte er gar keine Lust hinüberzukommen, und gestern abend, als ich nach Hause komme, höre ich von Karln [Eisfeld], daß er heute nach Jena gehe. Ich bin es so gewohnt, es immer nur einen Tag vorher zu erfahren, daß ich beinahe nicht mehr frage. Über die Abreise nach Karlsbad weiß ich ebensowenig ...

Der junge Schopenhauer ist auch hier, den ich sehr zu seinem Vorteil verändert finde, sowohl an Gestalt als Wesen. Noch nie ist vielleicht einem das Studium der Philosophie äußerlich und innerlich so gut bekommen. Wenn man im Sprüchwort sagt: „Si tacuisses, philosophus mansisses", so ist *er* dadurch zum Philosophen geworden, daß er schweigen gelernt hat. Wenn doch das in der Familie aufwärts wirken könnte! ...

Unsere Singakademie ist am vorigen Sonntag geschlossen worden. Morgen hört auch der Tee bei der S[chopenhauer] auf.

Rie 184f.

1687. CHARLOTTE VON STEIN AN IHREN SOHN FRIEDRICH

Weimar, 30. April 1811

Er weiß gar hübsch zu erzählen [„Dichtung und Wahrheit"], und von Kindheit an ist er schon interessant. Er wird uns sein Christelchen auch interessant zu machen wissen in seiner poetischen Vorstellung, sowenig sie es auch in der Tat ist ...

Unser Herzog ist nie bei solchen Vorlesungen; der hört unterdessen Jagemannsche Späße. Der Erbprinz, seine Gemahlin, die zwei Oberhofmeisterinnen [von Wedel und Henckel von Donnersmarck], die Schillern, Tante Schardt, Frau von Pogwisch und ich sind die Zuhörer. ...

Goethe reist mit seiner Frau Geheimerätin nach Karlsbad. Ich habe nichts wieder von seiner guten Absicht gehört, Dir die Münzen zu schicken. Da er seine Frau immer auf die Studentenbälle nach Jena schickt, haben sie ihr neulich allerhand Polissonerien gemacht. August schämt sich, mit seiner Mutter auf die Bälle zu gehen; man sagt, er sei nie dabei. Jetzt studiert er in Kapellendorf die Wirtschaft.

Stein II, 346ff.

1688. CHARLOTTE SCHILLER AN ERBPRINZESSIN KAROLINE

Weimar, April 1811

Unser Meister ist wohl jetzt, doch hatte er den Katarrh. Er ist heiter und freundlich und besucht Frau von Stein beinahe alle Morgen. Über Karl hat er sich recht gefreut und mir soviel Gutes gesagt. Er spricht recht mit Behagen von ihm und freut sich, daß unsre Söhne keine falschen Ansprüche haben und mit Ernst und Eifer ihrer Bildung nachstreben und daß wir sie so erzogen haben, daß sie nur den Wert ihrer Väter fühlen, um ihnen nachzustreben und nicht darauf zu ruhen und sich zu stützen.

Vor vierzehn Tagen war er bei der Hoheit [Maria Pawlowna] zum Tee und hat mit Ihrer Frau Mutter so interessant gesprochen ... Er hat über seine Lieblingsideen, Bildung und Entstehung der Erde, gesprochen und prächtige Sachen gesagt.

SchFr I, 578f.

1689. KNEBEL AN SEINE SCHWESTER

Jena, 1. Mai 1811

Den 25. April kam Frau von Stein ganz allein bei uns angefahren. Sie war ungemein heiter und wohl und machte uns einen recht lieben Tag ...

Den 27. kam Goethe unvermutet auf mein Zimmer. Seine Gegenwart erfreute mich sehr. Wir teilten uns mancherlei mit. Er sagte mir viel über sich selbst und von seiner Lebensgeschichte, woran er jetzt schreibt und wovon er schon manches der Herzogin vorgelesen hat, das vielen Beifall gefunden. Er nimmt die Sache, wie ich von Frau von Stein gehört habe, etwas weitläufiger und flicht vieles von der Geschichte und den Personen damaliger Zeit mit ein, was das Ganze sehr interessant macht. Er sagte mir, er sei in dieser Geschichte bereits bis in sein zwanzigstes Jahr gekommen und wolle nun, da er so manche andre geschrieben, nun auch seinen eignen Roman schreiben, von dem die ersten paar Bände sogleich, wie sie fertig wären, erscheinen sollten. Wir brachten einen recht hübschen Abend zu; auch war er mit Karls Arbeiten sehr zufrieden.

KnHe 537

1690. CHARLOTTE SCHILLER AN ERBPRINZESSIN KAROLINE

Weimar, 1. Mai 1811

Es ist jetzt eine Lektüre in den Blauen Zimmern, wo ich jedes Wort möchte behalten können, um es Ihnen zu sagen.

Der Meister hat angefangen, sein Leben [„Dichtung und Wahrheit"] zu lesen. So eine schöne große Ansicht, so ein Bild des Ganzen führt er einem vor die Seele, und so liebenswürdig zeigt er das Liebenswürdige! ...

Jetzt sind wir gekommen, bis er nach Leipzig gehen soll.

SchFr I, 577f.

1691. SULPIZ BOISSERÉE AN SEINEN BRUDER MELCHIOR

Weimar, 3. Mai 1811

Ich komme eben von Goethe, der mich recht steif und kalt empfing; ich ließ mich nicht irremachen und war wieder gebunden und nicht untertänig. Der alte Herr ließ mich eine Weile warten; dann kam er mit gepudertem Kopf, seine Ordensbänder am Rock; die Anrede war so steif vornehm als möglich. Ich brachte ihm eine Menge Grüße. „Recht schön", sagte er. Wir kamen gleich auf die Zeichnungen, das Kupferstichwesen, die Schwierigkeiten, den Verlag mit Cotta und alle die äußern Dinge. „Ja, ja, schön, hem, hem." Darauf kamen wir an das Werk selbst, an das Schicksal der alten Kunst und ihre Geschichte. Ich hatte mir einmal vorgenommen, der Vornehmigkeit ebenso vornehm zu begegnen, sprach von der hohen Schönheit und Vortrefflichkeit der Kunst im Dom so kurz als möglich, verwies ihn darauf, daß er sich durch die Zeichnungen ja selbst davon überzeugt haben würde. Er machte bei allem ein Gesicht, als wenn er mich fressen wollte. Erst als wir von der alten Malerei sprachen, taute er etwas auf, bei dem Lob der neugriechischen Kunst lächelte er. Er fragte nach Eyck, bekannte, daß er noch nichts von ihm gesehen hatte, fragte nach den Malern zwischen ihm und Dürer und nach Dürers Zeitgenossen in den Niederlanden. Daß wir gerade so schöne Bilder hätten, weil überhaupt die Kunst in Niederland viel edler und gefälliger als im übrigen Deutschland gewesen, leuchtete ihm ein. Ich war in allen Dingen so billig, wie Du mich kennst, aber auch so bestimmt und frei wie möglich und ließ mich gar nicht irremachen durch seine Stummheit oder sein „Ja, ja, schön, merkwürdig!" Ich gab großmütig meine Gedanken über den Gang der Malerei durch die Einwirkung von Eyck zum besten, jedoch mit aller Vorsicht; zugleich aber ließ ich nicht undeutlich merken, daß man eben bei der noch ganz frischen Entdeckung, die wir das Glück gehabt zu machen, seine Gedanken noch nicht gerne ausspreche; ich gab sie auch nur in allgemeinen Zügen. Das ließ er sich alles sehr wohl und behaglich einlaufen. Endlich war von Reinhard die Rede; das Gespräch führte zu unserm gemeinschaftlichen Besitz vom Apollinarisberg, von seinen Verhältnissen zur Regierung, zu seiner Frau, so daß ziemlich das Wesentlichste berührt wurde. Das machte den alten Herrn freundlicher, das Lächeln wurde häufiger, er lud mich auf morgen zu Tisch, erinnerte mich noch, zum Erbprinzen zu gehen, ich müßte den Herrschaften die Zeichnungen zeigen, er wolle alles schon einleiten.

Ich kündigte ihm Cornelius' Zeichnungen [zu „Faust"] an;

das gefiel ihm ... Ich wollte ihm nur mit ein paar Worten sagen, daß sie in altdeutschem Stil seien, aber er wurde abgerufen; es kam ein anderer Besuch; er gab mir einen oder zwei Finger, recht weiß ich es nicht mehr, aber ich denke, wir werden es bald zur ganzen Hand bringen. Als ich durchs Vorzimmer ging, sah ich ein kleines, dünnes schwarz gekleidetes Herrchen in seidenen Strümpfen mit ganz gebücktem Rücken zu ihm hineinwandeln, da wird er wohl seine Vornehmigkeit haben brauchen können! Ist es ein Wunder, wenn ein Mensch, der sein ganzes Leben hindurch von Schmeichlern und Bewunderern umringt und von klein und groß wie ein Stern erster Größe angestaunt und gepriesen wird, am Ende auf solche hoffärtige Sprünge kommt, die aber auch gleich aufhören, sobald ihm jemand gegenübersteht, der zwar das eminente Verdienst hochachtet, seinem eigenen Wert aber nicht alles vergibt.

Boi 128f.

1692. SULPIZ BOISSERÉE IN SEINEM TAGEBUCH

Weimar, 8. Mai 1811

Nachmittags nach Tisch saßen wir allein. Er lobte recht mit aller Wärme und allem Gewicht meine Arbeit; ich hatte das erhebende Gefühl des Siegs einer großen, schönen Sache über die Vorurteile eines der geistreichsten Menschen, mit dem ich in diesen Tagen recht eigentlich einen Kampf hatte bestehen müssen ... Ich fühlte die uns im Leben nur selten beschiedene edele Freude, einen der ersten Geister von einem Irrtum zurückkehren zu sehen, wodurch er an sich selber untreu geworden war; es konnte keinen wohltätigeren, wahreren Beifall für mich geben. Ich sagte ihm, wie ich es erkenne, wie hoch ich seinen Beifall schätze, der diese Kunst gewissermaßen ein für allemal abgefertigt gehabt, wie sehr mich ein so ernster, wahrhafter Beifall und Erkenntnis meines Strebens um der Sache entschädige für den oft fast schmerzhaften, nie aber das Herz erfreuenden, leider unentbehrlichen Beifall der großen Welt, zumeist der Fürsten, die gewöhnlich jedem Hanswurst und Schauspieler denselben schenken.

Ich sprach, wie eben meine Stimmung mir es eingab; ich weiß nicht, wie ich die Worte setzte; sie mußten meine Bewegung kundgeben, denn der Alte wurde ganz gerührt davon, drückte mir die Hand und fiel mir um den Hals. Das Wasser stand ihm in den Augen.

Boi 386f.

1693. SULPIZ BOISSERÉE
AN SEINEN BRUDER MELCHIOR

Leipzig, 15. Mai 1811

Von Weimar und vom alten Herrn hätte ich noch recht viel zu schreiben, wollte ich Euch alles erzählen. Das tut sich aber besser mündlich, dafür müssen wir auch was aufsparen, und dann will ich Euch den alten Herrn dabei *nachmachen*. Es ist ein gar wunderlicher Heiliger. Es geht mit ihm wie mit allen eigentümlichen Menschen, soviel man auch von ihnen weiß und hört, sieht man doch immer noch viel Neues, wenn man mit ihnen selbst zusammenkömmt, und deshalb allein ist mir diese Bekanntschaft über alle Maßen schätzbar. Sie gibt mir einen Beitrag zur Kenntnis der menschlichen Natur und des Lebens überhaupt, den ein Dutzend Bücher und Geschichten großer Männer nicht so verschaffen können und seine *eigene Lebensbeschreibung* nie liefern kann. Er ist gerade jetzt mit dieser Arbeit beschäftigt und hat schon einige Stücke ... bei Hof vorgelesen. Es muß auf jeden Fall ein höchst künstliches und merkwürdiges Buch werden; er hat da von einer Menge Menschen und Dingen zu reden, wovon er durchaus nicht alles mit klaren, baren Worten sagen darf. Das wird dann allerlei wunderbare Tänze zwischen dem verständigen Hofmann und dem tollen deutschen Burschen hervorbringen, der besonders bei solchen Erinnerungen alter Zeiten immer noch wieder aufwacht.

Boi 136

1694. KNEBEL AN SEINE SCHWESTER

Jena, 15. Mai 1811

Vor kurzem las ich Fox' „Geschichte Jakobs des Zweiten" ... Welcher scharfe Geist und doch zugleich welche hohe Mäßigung in allen seinen Urteilen! ... Sein historischer Stil ist von der höchsten Simplizität.

Nun hat mir Goethe, der vorgestern von hier nach dem Karlsbad abgereist ist, seine biographische Skizze von Philipp Hackert hinterlassen. Ich möchte daran fast dasselbe loben, was ich eben an Fox gelobt habe. Freilich ist es in einer andern Art, doch das Ganze äußerst angenehm und interessant.

KnHe 541

1695. CHARLOTTE SCHILLER AN COTTA

Weimar, 22. Mai 1811

Dieser Monat ist mir immer so schmerzlich! In diesem Jahr doppelt, denn sogar der Tag war derselbe, an dem er [Schiller] uns entrissen wurde ... Goethe schrieb mir ein Billett an diesem Tage, einen Auftrag! Aber er hatte auch den Datum vermieden. Aus manchen Äußerungen in seinen Gesprächen fühlte ich in dieser vergangenen Zeit tief, wie er eigentlich niemals wieder jemand findet, der ihm Schiller ersetzen kann, wie er trauert, daß er ohne diese Art von Mitteilung sein und leben muß.

SchiCo 564

1696. SULPIZ BOISSERÉE AN BERTRAM

Dresden, 24. Mai 1811

Unser braver Daub soll mir von Herzen gelobt sein für seine eifrige Rede über Goethe. Er hat den rechten Fleck getroffen; gerade das Heidentum, dem sich der Alte mit Leib und Seele ergeben, ist auch wieder das, was ihn unglücklich macht. Er ist zu tief und gemütvoll, um nicht besonders in jetziger Zeit und bei seinem Alter eine große Leere und Dunkelheit darin zu fühlen, und ich kann mir denken, daß ihm ein verständiger, billiger Umgang, der ihm durch die Geschichte der Völker sowohl als des menschlichen Lebens überhaupt die würdige, wahre Ansicht des Christentums eröffnete, sehr trostreich und beruhigend werden könnte; denn er hat Sinn für die Geschichte auch in höherer Bedeutung ...

Goethe mahnt mich in manchen Stücken an den Faust, nur daß umgekehrt bei ihm das Leben von der leichten, sinnlichen, genußreichen Seite anfing und nun erst aus Ermüdung und Verzweiflung gleichsam zum Grübeln und Tiefsinnen überschlägt. Daher das böse Wühlen in den *Eingeweiden* (möchte ich es nennen) des menschlichen Herzens in den „Wahlverwandtschaften"; daher selbst das Philisterwesen der Farbentheorie. Es käme nur darauf an, daß er das *rechte Grübeln und Forschen* ergriffe, so wie es beim Faust darauf ankam, daß er das rechte und nicht das *falsche, schlechte* Leben ergriff, um in sich selbst zu Einigkeit und Frieden zu gelangen.

Boi 143

1697. PAULINE GOTTER AN SCHELLING

Gotha, 24. Mai 1811

Der liebe alte Herr ist nun bereits wieder in seinem Böhmerwald, bei der Nymphe des Quells, nach der er sich sehr gesehnt hat, und wenn Frau von Staël neulich an unsern Herzog schreiben konnte: „J'ai soif de la mer", so kann man wohl auch von ihm sagen: „Il a eu soif du Sprudel." Bei dem heitern Wetter lebt er gewiß recht vergnüglich und durchstreift die schönen Fichtentäler, die in jenen Gegenden wahrhaft grandios zu nennen sind. Zum Abschied habe ich von Jena aus noch ein kleines Briefchen erhalten, was mir wert ist. Den ganzen Winter über war seine gewöhnliche Hausgesellschaft noch durch einen Künstler Raabe vermehrt, der ihn und seine Familie in Miniatur gemalt, meist zum Sprechen ähnlich. An der Spitze der frappanten Ähnlichkeit steht die Vulpiade. Goethe hat mit Hülfe dieses wirklich braven Künstlers viel von seinen italienischen Kunstsachen geordnet.

Schell II, 254f.

1698. CHARLOTTE SCHILLER AN ERBPRINZESSIN KAROLINE

Weimar, Anfang Juni 1811

Unser Meister wird nicht lang in Karlsbad bleiben, sondern nach Teplitz gehen; so hat mir Meyer gesagt. Die dicke Ehehälfte haust schon dort, und ich bin ordentlich besorgt, daß die hohe Idee der Verehrung der dortigen nachbarlichen Welt vor den Meister nicht leidet, wenn sie dieses Bild des Lebens erblicken, das so ganz materiell ist und an das sich alles Gleichartige auch hängt. Habe ich doch schon Sorgen als Schlüsseldame für einzelne Freunde, und nun, wenn ein großes Publikum diesen Anblick hat! Daß ich indessen Urlaub habe, freut mich unter solchen Umständen.

SchFr I, 585

1699. CHARLOTTE SCHILLER AN ERBPRINZESSIN KAROLINE

Weimar, 1. Juni 1811

Von unserem Meister hör ich gar nichts und sehne mich recht darnach. Mit Frau von Stein ist in ihren Gedanken weniger Ideenverbindung mehr mit ihm, und sie schreibt ihm nicht und hat auch noch keinen Brief empfangen. Sie wissen, das ist periodenweis. Wenn es mir zu lange dauert, schreibe ich selbst einmal, sobald ich den „Hackert" gelesen habe. Die gute Emilie [Gore] hat sich darüber erfreut, weil von dem guten alten Papa [Gore] darin vorkommt. Sie will mit mir darin lesen, weil sie viele Menschen kennt. Wenn ich es ihr vorlese, sagt sie, verstünde sie es.

SchFr I, 584

1700. KNEBEL AN SEINE SCHWESTER

Jena, 6. Juni 1811

Die gute [Emilie] Gore ... Die kleine Lebensbeschreibung ihres Vaters in Goethes neuster Schrift über Hackerts Leben hat ihr unendlich wohlgetan. Sie hat mir darüber die zartesten und empfindlichsten Worte geschrieben, die ich wieder an Goethe mitteilen will.

KnHe 544

1701. CHARLOTTE VON STEIN AN KNEBEL

Weimar, 21. Juni 1811

Vom Goethe habe ich gar nichts gehört, solang er fort ist. Ich glaube, er wird etwas mager am Herzen.

BodeSt VII, 93

1702. KNEBEL AN SEINE SCHWESTER

Jena, 3. Juli 1811

Goethe fand ich ein wenig hypochonder. Der Zufall der Herzogin geht ihm sehr nahe, auch scheint es, daß die Badewelt kein sonderliches Interesse ihm mehr gibt. Man hört jetzt nirgends mehr viel Gutes ...

KnHe 551

1703. KNEBEL AN SEINE SCHWESTER

Jena, 5. Juli 1811

Den gestrigen Abend brachte Goethe mit Riemern bei uns zu. Wir waren sehr heiter; auch lieferten uns die neusten Stadt- und Landgeschichten ... Unterhaltung zum Spaß ... So muß die Tollheit der Menschen zuweilen noch zur Lust dienen.

KnHe 552

1704. CHARLOTTE SCHILLER AN ERBPRINZESSIN KAROLINE

Weimar, 7. Juli 1811

Unser Meister ist wieder aus dem Bade, aber in Jena. Ich sehne mich, ihn zu sehen, um einen Begriff seiner Existenz zu haben, seiner poetischen nämlich, denn die reelle ist gar zu realistisch, und die Kugelform der Frau Geheimerat erinnert zu sehr an das runde Nichts, wie Oken die Kugel nennt, und ist doch ein Nichts von Leerheit und Plattheit. Wenn wir ihn in einer bessern Welt ohne dieses Bündelchen sehen können, wollen wir uns auch freuen, nicht wahr?

SchFr I, 586f.

1705. SULPIZ BOISSERÉE AN BERTRAM

Würzburg, 8. Juli 1811

Als ich in Karlsbad zur Geheimerätin Goethe kam, sagte sie: „Goethe ist abgereist; er hat mehrere Tage auf Sie gewartet und hatte sich sehr darauf gefreut, Sie hier bei sich zu haben, aber nachher konnte er nimmer länger warten. Er wird es Ihnen auch selbst geschrieben haben." Ihr könnt denken, daß ich über diesen Bescheid sehr verdrießlich war ... wenn Du aber hörst, daß der alte Herr seiner Frau gesagt hat: „Ich will nur schnell nach Jena eilen, um mein Buch fertig zu machen (den ersten Teil seiner Lebensgeschichte); nachher im September können wir dann vielleicht noch eben nach dem Rhein reisen" – wenn Du das hörst, wirst Du wohl nichts einzuwenden haben. Die Frau bat mich, ich sollte ihm nur recht zusetzen, er hätte mich sehr lieb, ich brächte ihn gewiß zu der Reise. Das will ich nun auch von Köln aus gleich tun ... Ich habe wirklich immer noch gezweifelt, daß der alte Herr so recht eingehen würde, aber nun scheint es ihm ganz Ernst zu sein. Ich merkte das an Meyer, der auch in Karlsbad war und äußerst freundlich gegen mich tat. Ich sagte ihm von der flüchtigen Äußerung wegen der Reise nach Köln, und er antwortete: „Das glaub ich recht gern, denn der Goehoeimderoth ischt soehr aemvänglich dafüer." Beim Weggehen sagte er mir: „Hob'n Soe Donk füer Ihre Erscheinoung!"

Bois 140

1706. KNEBEL AN CHARLOTTE SCHILLER

Jena, 9. Juli 1811

Er kam mit nicht ganz heiterem Mute von seinem gewöhnlichen Heilbade zurück, doch ein Geist wie der seinige ist schneller Heilung fähig, und so lebt er jetzt recht munter unter uns. Seine Geschäfte treibt er fortgesetzt wie immer, doch sind wir auch täglich beisammen ...

Goethe gedenkt, wie es scheint, diesen Monat bei uns zuzubringen, um einen Teil seiner vorhabenden Arbeiten zu vollenden. Hier findet er freilich die Ruhe, die an andern Orten etwas seltener ist, im Überfluß.

SchFr III, 324f.

1707. BERTRAM AN SULPIZ BOISSERÉE

Heidelberg, 15. Juli 1811

Ich habe von Goethen zwei Ansichten. Die erste ist aus den „Römischen Elegien" abstrahiert, wo für den edleren Sinn die ganze materia peccans gemeiner weltlicher Denkart sich offenbaret, wie ich das gegen [Friedrich] Schlegel in Paris, der es nachher in seiner Rezension bonnement angenommen, beständig behauptet habe.

Die schönere Gesinnung zeigt sich in der Freundschaft mit Schiller und dem *Prolog zum „Faust". Lies den* mit Aufmerksamkeit und frage Dich selbst, ob dieser Mann, der mit der höheren Empfänglichkeit für geistige Wechselwirkung unter dem chaotischen Vernichten und Wiedergebären der Zeit *einsam* dasteht, nicht das bessere Streben der Jugend freudig anerkennen wird, wenn es ihm die neu errungene Ansicht versöhnend und vermittelnd entgegenbringt, offen und frei, wie die Redlichkeit der Gesinnung es erheischt, aber auch ohne herben Widerspruch, und die gegründete Achtung für den seltenen Genius es fodert; daß der, welcher am mächtigsten auf seine Zeit gewirkt, in dem verödeten Gebiet der Poesie die Keime neuen Lebens überall aufgeregt und in den mannigfaltigsten Formen und Gestalten entwickelt hat, für das Bessere, was die Zeit in ihrem Fortschritte wirklich zutage gefördert, nicht ganz unempfänglich geblieben, das hat er oft durch Wort und Tat bewiesen. Seine kalte, vornehme Zurückgezogenheit mögen die ihm wenigstens nicht verargen, die, von revolutionärem Schwindelgeiste ergriffen, den Widerspruch schonungslos auf die höchste Spitze trieben und, als die gute Sache Raum gewann, den Erfolg nur nach individuellen Absichten zu lenken und als die Verkündiger des neuen Evangeliums die Richterstühle über Israel für sich einzig in Anspruch zu nehmen bemüht waren. Was hat denn der Alte für Wahl gehabt? Stupide oder absichtliche Bewunderer und Narren und Extravaganten.

Boi 142

1708. KNEBEL AN SEINE SCHWESTER

Jena, 16. Juli 1811

Goethe und Wieland sind zugleich hier ... Es sind jetzt so viel ganz verrückte Bücherschreiber, daß man es nicht denken sollte. Alle wollen Originale sein und was Außerordentliches sagen. Goethe seufzt darüber und sagt, ihr Talent bestehe in der Verrücktheit, und wenn man ihnen diese nähme, so bleibe ihnen fast nichts übrig...

Sonst haben wir auch noch eine andre Erscheinung vor einigen Tagen hier gehabt, nämlich den Maler Friedrich aus Dresden ... Er sieht ganz einem alten Germanen gleich ... Goethe preist sein Talent, aber beklagt, daß er damit auf irrem Wege ginge.

KnHe 552ff.

1709. CHRISTIAN GOTTLOB VON VOIGT AN BÖTTIGER

Weimar, 18. Juli 1811

Herr von Goethe ist schon seit drei Wochen wieder in Jena. Der zweite Band seiner Lebensbeschreibung ist schon gedruckt und geht bis auf die Studien in Straßburg. Es wird also ein großes Werk werden, de se ipso, und ein Gemälde, wie man gern von dem gegenwärtigen und künftigen Publikum angesehen sein will.

GoeJb I, 335

1710. CHARLOTTE SCHILLER AN ERBPRINZESSIN KAROLINE

Weimar, 18. Juli 1811

Am Sonntagnachmittag haben wir Knebel in Jena und unsern Meister besucht ... Der Meister war gar gut, freundlich, mitteilend und ernsthaft gestimmt mitunter, wie ich es gern habe. Er ist mit der Welt nicht im Frieden, scheint es, und sagt, er wollte ein indischer Einsiedler werden, wie die waren, die Apollonius von Tyana aufsuchte. Er sieht wohl aus, und keine Abspannung ist in seinen Zügen sichtbar.

SchFr I, 589f.

1711. CHARLOTTE SCHILLER AN ERBPRINZESSIN KAROLINE

Weimar, 30. Juli 1811

Diesen Morgen kam er zu mir und war gar freundlich und mild und mitteilend. Er fragte nach Ihnen, meine gnädigste Prinzeß, recht teilnehmend; da sagte ich ihm, daß ich Ihnen etwas aus den Mémoires [„Dichtung und Wahrheit“] vertraut hätte; da war er recht weich und sagte mit aller Tiefe und Güte seines Gemüts, ich sollte Ihnen von ihm viel Herzliches sagen. Ich sage es geradeso, wie er es gesagt hat. Ich habe neulich wieder den kleinen Kunstroman in den

„Propyläen" gelesen: „Der Sammler [und die Seinigen]". So etwas Grazioses und Heiteres und Verständiges in dieser Art gibt es nicht wieder. Das sagte ich ihm. Das freute ihn sehr, und ich fühlte, daß es ihn bewegte und freute. Karoline [von Schiller] und ich sollen zu ihm kommen und die Zeichnungen aus dem „Faust" [von Nauwerck] sehen ...

SchFr I, 591

1712. KNEBEL AN CHARLOTTE SCHILLER

Jena, 31. Juli 1811

Wieland hab ich gestern besucht. Er sah recht wohl aus und war auch heiteres Gemüts. Er gab mir die Ursachen von dem Wechsel seines Aufenthalts auf einige Wochen an, und ich mußte ihm Beifall geben. Sie lassen sich leicht erraten.

Von G[oethe] sprachen wir nicht. Sie kennen aber Wielands Gemütsart. Es ist natürlich, daß er gegen das Außerordentliche sehr reizbar ist; harmoniert nun dieses nicht gerade mit seiner Ansicht und Stimmung, so ist er dagegen aufgebracht und überschreitet, da sich Phantasie dazumischt, öfter im Ausdruck das Maß. Derselbe Gegenstand darf sich aber nur wieder etwas in seine Ansicht fügen, so ist er ebenso zum Beifall und Lobe geneigt. G[oethe] hat freilich manches, das seinem Wesen und seiner Natur aufstößt, und ohne einige Eifersucht kann es auch nicht unter zwei berühmten Künstlern bleiben. Aber ich bin versichert, daß er ihn im Herzen doch sehr hochhält.

SchFr III, 325f.

1713. CHARLOTTE VON STEIN AN KNEBEL

Weimar, 31. Juli 1811

Goethe sah ich einigemal und finde ihn recht wohl und recht – kalt. Bei der großen Hitze, die wir zeither haben, kann man sich bei ihm abkühlen. Ich lasse gern jedem seine Art und weiß gar nicht, wie ich zu der Bemerkung gekommen bin; ... nur in Vergleichung mit Ihnen fiel mir das so ein!

BodeSt VII, 94

1714. LEFEBVRE AN REINHARD

Berlin, Mitte August 1811

Die Unterhaltung nahm sogleich einen höheren Flug. Er ergriff die ganze deutsche Literatur der Vergangenheit und Gegenwart und ging mit Riesenschritten, indem er in großen Zügen, mit schnellen Strichen, aber höchst kräftig und mit lebendigen Farben malte, so daß ich mich nicht genug verwundern konnte. Von seinen eigenen Werken sprach er wenig und bescheiden, viel dagegen von den französischen Meisterwerken jeder Gattung, von den großen Männern, die die Ehre Frankreichs sind, von dem Glück seiner Sprache, von den schönen Genies, die sie immer handlicher gebildet hätten, von den gegenwärtigen Schriftstellern, ihrem Charakter und demjenigen ihrer Erzeugnisse. Kurz, ich war als Franzose gekommen, um dem schönsten Genie Deutschlands meine Huldigung darzubringen, und ich bemerkte alsobald, daß mir Goethe in Deutschland die Ehre Frankreichs machte. Man kann unmöglich mehr Geist mit mehr Bescheidenheit und jener Artigkeit verbinden, die auf das Wissen einen so liebenswürdigen Glanz legt. Ich sagte ihm, als von unserer Literatur die Rede war, daß wir uns in enge Schranken eingeschlossen hätten, aus denen wir uns nicht herauswagten, daß wir hartnäckig immer dieselben Straßen gingen, was andere Völker nicht täten. Er antwortete mir mit unendlicher Höflichkeit: er finde gar nicht, daß die Franzosen einen Widerwillen hätten, von ihren gewohnten Straßen abzugehen; sie seien nur kritischer als andere Völker, wenn es in Frage gebracht werde, neue Wege einzuschlagen. Sein Auge ist voller Feuer, aber von einem sanften Feuer. Sein Gespräch reich und überfließend, sein Ausdruck immer anschaulich und sein Gedanke selten alltäglich!

GoeRei 163f. Aus dem Französischen

1715. RIEMER AN FROMMANN

Weimar, 17. August 1811

Die Exkursion nach Erfurt ist ganz gut abgelaufen und reut uns nicht. Das Wetter wurde günstig, indem es sich um die Zeit, als der Zug in den Dom ging, sich aufhellte. Die Musik war wohl der Mühe wert. Das Lokal sehr günstig, und die besonders eingeübten Sachen, als die Symphonie aus der „Zauberflöte", machten sich vortrefflich. Die Frau von Heygendorf und Stromeyer sangen, wie ich mich nicht erinnere, sie gehört zu haben, und wurden erstaunlich applaudiert. Die Beleuchtung in der Kirche und der öffentlichen Gebäude war sehr anständig. G[oethe] speiste bei de Vimes, der von den Aufmerksamkeiten des weimarischen Hofs sehr zufrieden schien ... Den andern Morgen um 11 Uhr fuhren wir wieder ab, ohne die „Schöpfung" zu hören, weil es uns denn doch zuviel wurde, und auch, weil unsre Privatwohnung nicht sehr erfreulich war.

Rie 188

1716. RIEMER AN FROMMANN

Weimar, 22. August 1811

Wir arbeiten jetzt am sechsten Buche [von „Dichtung und Wahrheit"] ... Es liegt schon vor mir; nur ist ein anderer Eingang zu machen ...

Leider werden wir dieser Tage eine Unterbrechung haben. Arnim mit seiner Bettine kommt heran und hat sogar ein Quartier durch mich mieten lassen. Die Morgen wollen wir uns aber ungestört zu erhalten suchen.

G[oethes] Geburtstag, der 28., rückt heran, und ich möchte ihm gern eine Freude machen. Er ißt kein Obst weiter als Trauben und Feigen, letztere ungemein gern.

Rie 189f.

1717. CHARLOTTE SCHILLER AN ERBPRINZESSIN KAROLINE

Weimar, 25. August 1811

Ich muß Ihnen doch auch berichten, wie klug der Meister ist. Da er einmal seine dicke Hälfte im Bad mit hatte, so empfahl er sie der Obhut der Frau von Recke, der berühmten nämlich. Diese und ihre Nichte, die Fürstin Hohenzollern, haben sie protegiert und an alle öffentlichen Plätze eingeführt. Unter dieser Ägide ist ihr Ansehn und Ruf trefflich geblieben, und der Meister weiß seine Freunde zu brauchen. Jetzt hat sie hier keine brillante Bekanntschaft und ging neulich mit einem russischen Kurier und Sekretär [Lewandowsky], der überhaupt der Cicisbeo ist, während der Mann bei der Gesellschaft war, auf den Schießplatz. Seinetwegen würden wir sie gut aufnehmen, versteht sich; wenn sie sich aber selbst ihren Platz in der Gesellschaft sucht, wer kann das hindern? Wenn *er* nur nicht gekränkt wird! Das ist alles, was wir wünschen können.

SchFr I, 595

1718. PASSOW AN VOSS DEN JÜNGEREN

Jenkau, 29. August 1811

So nahmen wir von Eger bis Karlsbad einen ehrlichen Karlsbader Bürger in unserm Wagen mit; da der vernahm, daß ich von Weimar käme, fing er gleich von Goethe zu erzählen an, den er nie gesprochen, aber bisweilen in seinem Hause gesehn hatte, weil [Friedrich August] Wolf bei ihm wohnte. Ganz besonders aber erfreute mich der Scharfrichter von Eger, der eine schöne Münzsammlung hatte und zu dem Goethe deshalb einigemal gekommen war. Wenn der alte ernsthafte Mann an den Kasten kam, in dem er ein kleines Goldstück bewahrte, das Goethe ihm geschenkt hatte, wußte er gar in seiner Begeisterung sich nicht zu lassen und kam immer darauf zurück: es hätten ihn wohl allerlei Fürsten und Prinzen besucht, aber ein solcher Herr, der so ganz was Absonderliches wäre wie der Herr Geheime Rat, sei ihm doch all seine Lebtage nicht vorgekommen, und konnte er gar nicht wieder loskommen von Goethes ganz absonderlichem Wesen. Vor so gesunden Naturen, die gleich unbestochen sind von Eigensucht wie von Mode und nachbetendem Vorurteil, steht man recht klein da mit seinem bißchen mühsam erworbener Bildung, die einem endlich zur Anerkennung des Herrlichsten und Höchsten verhilft. Denn wer steht uns dafür, daß uns Goethe durch seine einfache, ruhige Gegenwart, die so gar geräusch- und prunklos ist, ebenso ergreifen würde wie den Egerschen und Karlsbader Bürgersmann, wenn wir keine Zeile von ihm gelesen hätten? Denn daß uns jetzt in seiner Nähe hoch und frei ums Herz wird, das danke uns der Henker!

Pas 151

1719. ERBPRINZESSIN KAROLINE AN CHARLOTTE SCHILLER

Ludwigslust, 5. September 1811

Gestern abend sind nicht die Fäuste [„Faust"-Zeichnungen von Nauwerck] angelangt, aber die Hiobspost, daß in Lüneburg die Douaniers sich eines Pakets an mich bemächtigt haben, und ich zweifle nicht, daß dieses meine Fäuste sind. Nun wird heute mein Brief an den Meister anstatt mit süßen Worten mit bittern angefüllt werden, daß er nicht für seine Kunstwerke den sicheren Weg über Leipzig und Berlin gewählt hat, sondern den höchst unsicheren durch das französische Reich. Das hat man von seiner Anhänglichkeit an das rote Bändchen! Es wird gewiß noch mehr Anstände über Meister und Lehrlinge bringen. Inzwischen hoffe ich doch, daß nach Verlauf von acht Tagen ich mein Eigentum aus den Händen der Räuber reißen werde. Daß der Meister die dicke Hälfte im Karlsbad sicherzustellen wußte, ist indessen nicht ungeschickt von ihm, und ich lobe ihn darum. Könnte er sie nur auch zur neuen Erscheinung in Weimar machen und ihr dadurch einen Standpunkt geben, der ihm und seinen Freunden bequemer wäre!

Kaum hatten Sie mir den Kunstroman [„Der Sammler

und die Seinigen"] in den „Propyläen" genannt, nahm ich auch meine „Vorhallen" zur Hand, die ich zwar schon seit einiger Zeit mir angeschafft, aber noch nicht hineingesehen hatte. Außerordentlich bin ich dadurch befriedigt. Aufs neue habe ich den Meister liebgehabt und verehrt. In ihm verehre ich immer den Schöpfer in seinem Geschöpf, in der Fülle seiner Natur sehe ich den Widerschein des Reichtums der ewigen Natur. Wie vor einem hohen Gebirge stehe ich vor ihm, das ich nicht zu erklimmen vermag, nicht zu studieren, nicht durchzukommen, das mir aber das Herz erhebt, nach dem ich blicke und sage: „Mein Heil kommt von den Bergen!", und dessen hohen Empfindungen, die mir's einflößt und die mir doch hin und wieder das Verständnis öffnen, ich treu mich hingebe. Ihnen kann ich es sagen, dem Meister nicht. Plump hingesetzte Lobsprüche schmecken so schlecht als der Tadel. Auch lobe und preise ich da eigentlich nicht den Meister, sondern nur seine Natur.

SchFr I, 595f.

1720. PAULINE GOTTER AN SCHELLING

Drakendorf, 7. September 1811

Die Herausgabe des „Wilhelm Meister" [die „Wanderjahre"] wird vorderhand noch unterbleiben. Dagegen erscheint Michaelis der erste Band seiner Biographie. Mit dem Titel hat er sich vorgesehn, und wie es hieß „*Zur* Farbenlehre", so heißt es diesmal: „*Aus meinem Leben*", ja vielleicht mit dem Zusatz: „*Wahrheit und Dichtung*"... In die ersten zwanzig Bogen bin ich so glücklich gewesen zu blicken und nun erst recht begierig auf das nächste. Es ist eine Grazie in der Erzählung der unbedeutendsten Zufälle, die nur aus Goethes Feder fließen kann und die einen entzücken muß. Oft hätte ich ihn in der Freude meines Herzens in die Arme schließen mögen, als die einzige Äußerung, die uns Menschen herzliche Empfindungen als wirkliche aus dem Herzen kommende nur einigermaßen zur Genüge ausdrückt. Mit den kleinsten Vorfällen seiner Kindheit wird man nach und nach vertraut, und es ereignet sich alles (möcht ich sagen) fast sichtbar vor unsern Augen, daß man eben sich zuletzt einbildet, man hätte es mit ihm erlebt.

Schell II, 264f.

1721. RIEMER AN FROMMANN

Weimar, 11. September 1811

Er speist jetzt die Woche dreimal am Hofe und war gestern auch bei dem Souper, was der Klub zum Beschluß im Schießhause gab. Heute ist er wieder bei Hofe.

Die Schauspieler sind nun wieder zurück. Das Theater, d. h. die Bühne, ist erweitert und wird auch dem Gesang zuträglich sein ...

Der Komet erregt alle Nächte unsere Betrachtung.

Rie 192f.

1722. ARNIM AN BRENTANO

Weimar, 14. September 1811

Hier in Weimar fand ich alles in Festen. Riemer hatte uns eine allerliebste Wohnung am Park gemietet. Goethes, des Herzogs, Wielands Geburtstag folgten aufeinander; es war Vogelschießen; ich ließ mich bei Hofe vorstellen; Bettine wollte nicht. Von Goethes „Leben" erscheinen Michaeli zwei Bände; nach allem, was ich davon höre, in vieler Hinsicht sehr zurückhaltend, aber doch sehr merkwürdig. Auf ihn scheint dies Beschreiben seines Lebens dahin gewirkt zu haben, sein Leben aufzugeben; wenigstens sagt er es. Auch nimmt er bei aller Freundlichkeit den wenigsten Anteil an allem Neuen in der Welt und wehrt sich vielmehr dagegen. Die Frau macht ihm wohl manchen Kummer und entfremdet ihn von den Menschen.

ArnB 288f.

1723. CHARLOTTE VON STEIN AN KNEBEL

Weimar, 18. September 1811

Eben hatte mich Goethe im Schreiben unterbrochen ... Ich war etwas im Streit mit ihm über Frau von Arnim, eine geborene Brentano, die ihn anbetet, die er sogar veranlaßte hierherzukommen und die er bitter gekränkt hat. Freilich mag wohl seine Frau schuld daran gewesen sein. Das kleine närrische Wesen, nämlich die Arnim, hat mir sehr wohl gefallen und allen, die sie gesehen haben. Auch hatte er sie mir sonst sehr gelobt. Es ist schlimm für seine Freunde, daß er alle Liebe für einen Irrtum des Herzens hält. Wir wollen nicht so denken!

BodeSt VII, 96f.

1724. CHARLOTTE SCHILLER
AN ERBPRINZESSIN KAROLINE

Weimar, 19. September 1811

Seit vierzehn Tagen sind Arnims hier. Er ist graziös, liebenswürdig wie sonst ... Die Frau ist recht geistreich und lebendig und erzählt vortrefflich. Sie ist viel stiller geworden, als sie sonst war, und da kann ich auch mit ihr fortkommen. Sie liebt den Meister auf eine rührende Weise, aber denken Sie nur, daß ihr die dicke Hälfte das Haus verboten, de but en blanc eine Zänkerei in der Ausstellung angefangen und ihr gesagt hat, sie würde sie nicht mehr sehen usw. Die Bettina ist eigentlich bloß des Meisters wegen hier, freute sich auf ihn, sehnte sich, ihn zu sehen, und seit diesem Vorfall nimmt er auch keine Notiz von ihr. Sie hat ihm vorgestern geschrieben, gesagt, sie wollte der Frau ihr Betragen ganz vergessen, er würde ihr immer lieb bleiben. Und er antwortet nicht, kommt nicht! Das ist eines meiner Leiden, denn die Frau wirft mir nun auch alle Tage Brocken hin über Herzlosigkeit und Schwäche des Meisters. Die Frau sieht ihn gar nicht wie ich. Verteidigen kann ich ihn nicht und doch auch nicht verdammen.

SchFr I, 597f.

Berlin, 22. September 1811

Du weißt, daß zu Michaeli schon zwei Bände seiner Lebensgeschichte erscheinen; es scheint nun, daß diese Erinnerung seiner Jugend ihn in seinen Gedanken plötzlich mit Absicht alt macht. Während er sonst mit einer Art Absicht alles mit zu umfassen strebte, so tut er jetzt, als ob er alles von sich hielte, und es war oft bis zum Lächerlichen, wie er bei allem Neuen in der Kunst, wovon ich ihm sprach, immer sagte: „Ja, das sind nun recht gute Späße, aber sie gehen mich nichts mehr an." Einmal kam er darin so weit, daß er mir weismachen wollte, er kümmere sich um weiter nichts als um die alten griechischen und römischen Pasten. Es scheint aber seine Arbeitsmethode, daß er sich mit Absicht in einem Studio isoliert ... Mehrmals sagte er mir, daß er die Welt jetzt durch andre berühre ... Ich komme immer wieder in meinen Gedanken auf Goethe zurück. Du glaubst nicht, in welcher kuriosen Umgebung er lebt. Durch die Frau von allen rechtlichen Menschen in Weimar abgeschnitten, die nun alle Schuld auf ihn werfen, ihn herzlos und charakterlos nennen, scheint in ihm ein künstlicher Stolz und eine tiefe Zerknirschung abzuwechseln. Denk Dir, daß er vor vier Wochen in Jena heimlich kommuniziert hat und gegen mich mit einem Spott vom Christentum sprach als von etwas Abgetanem. Seine älteste Geliebte, eine Frau von Stein, schwört darauf, er werde Herrenhuter. Sonderbar ist's, daß ich in Berlin, als die Nachricht kam, ein berühmter Gelehrter sei katholisch geworden, gegen Steffens behauptete: wenn Goethe auch nicht katholisch würde, er würde gewiß fromm. Aus den Stanzen auf Schiller [„Epilog zu Schillers ‚Glocke'"] hat er bei der Wiederaufführung alles, was auf Vaterland Beziehung hat, ausgestrichen. Was das Geschichtliche von Deutschland und Nationelle [anlangt], so scheint er in einer ähnlichen kuriosen Verwirrung wie Johannes Müller. Kurz, ich bin fast niemals ohne eine Art Verzweifelung von ihm gegangen, indem ich deutlich fühlte, er habe unrecht, aber ich sei nicht der, welcher es ihm beweisen solle.

ArnG 146 f.

1726. PAULINE GOTTER AN IHRE MUTTER

Drakendorf, 25. September 1811

Arnims sind von W[eimar] fort, und ich habe Euch eine köstliche Geschichte von ihnen zu erzählen, einen Zank betreffend zwischen Bettina und der Frau Gemeinerätin. Ihr lacht Euch tot, wenn Ihr's hört. Dank sei's der Vulpiade; ich habe nun nichts mehr von dieser Nebenbuhlerin zu befürchten. Goethe hat sie nicht wieder sehen wollen!

Got 38

1727. CHARLOTTE VON STEIN
AN IHREN SOHN FRIEDRICH

Weimar, 29. September 1811

Goethe hat mir den ersten Teil seiner Mémoires geschenkt, aber noch unter dem Siegel des Geheimnisses, und doch läßt er's drucken; vielleicht will er's noch an jemand Vornehmes dedizieren. Das Exemplar war ohne Titel irgendeiner Art. Es ist sehr unterhaltend, aber ich könnte nicht gegen das Publikum so offen sein in seiner Stelle.

Die Arnim mit ihrem Mann ist wieder abgereist und hat sich mit Goethen entzweit, nach allem Vermuten durch einen Klatsch, den die Goethen gemacht hat. Die Arnim hat mich recht gedauert. Sie sagte, es sei ihr, als wenn ihr das Liebste aus ihrem Herzen hier sei begraben worden; denn sie betet den Goethe an.

Stein II, 354

1728. CHARLOTTE SCHILLER
AN ERBPRINZESSIN KAROLINE

Weimar, 3. Oktober 1811

Von unserem Meister kann ich einmal nicht viel sagen, denn ich sehe ihn nicht. Ich war anfangs betreten und fürchtete, man hätte mich auch mit in das Ungewitter gezogen ohne Schuld; aber ich denke es doch im Ernst nicht und halte es nur für Ungeschicklichkeit von seiner Seite und für andere

Ursachen, die ihn unter anderem bewogen haben, mir einen Platz in meiner ehemaligen Loge anzubieten. Diesen habe ich nicht angenommen und ihm die Gründe geschrieben, denn ich kann mich an diesem Platz im Leben nicht mehr erfreuen, warum sollte ich das Schauspiel da aufsuchen? Ich gehe jetzt auf den Balkon. Die Menschen, die sich alles gleich deuten, werden wohl auch sagen, die dicke Hälfte habe mich aus der Loge des Mannes vertrieben. Aber er hat mir geschrieben, daß er sich einige Zeit als ein Einsiedler halten müßte usw. Ich schreibe Ihnen einmal das Billett ab. Ich habe ihm freundlich geantwortet und ihm gesagt, warum ich in meine ehemalige Loge nicht gehen könne; ich hätte aber ihn immer fragen wollen, ob er, da sein Sohn hier ist, nicht lieber en famille wäre. Ich saß freilich sehr gern bei ihm, denn wir haben manches schöne Gespräch geführt. Anfangs, da eben Arnims noch hier waren und ich alle Tage bald die Bettina klagen, bald meine Schwester [Karoline von Wolzogen] schimpfen hörte, wurde ich auch betreten und dachte mir alles viel ernstlicher. Ich sage meiner geliebten Prinzeß alles, wie es in mir vorgeht, aber ich warte ordentlich sehnlich auf eine Ebbe, denn die Flut des Klatschens ist *ungeheuer.* Die ganze Stadt ist in Aufruhr, und alles erdichtet oder hört Geschichten über den Streit mit Arnims. Da die Bettina mit der dicken Hälfte doch viel war im Anfang und mit einer andern Macht [Karoline Jagemann] auch, so mag eine unendliche Tiefe des Klatsches entstanden sein, da die beiden Damen sich doch des Theaters wegen nicht lieben. Wer da alles hineinverflochten ist, weiß der Himmel. Ich kann nichts tun als schweigen und dem Meister dadurch zeigen, daß ich in kein unwürdiges Licht gegen ihn mich stellen mag, aber auch mir nichts vergeben kann. Zuweilen denke ich, die Frau will ihn ganz isolieren, um ihr Wesen mit ihren Kindern – das sind die Schauspieler – nach Lust zu treiben, und sie fürchtet einen jeden Umgang, wo sie nicht in Anschlag kommen kann. Auch habe ich sie zuweilen gestört, wenn er nicht in der Loge war und sie hatte Besuch dorthin bestellt. So suchte sie Lewandowsky sehr oft auf; deswegen könnte sie auch etwas über mich ausgesprochen haben, was nicht wahr wäre. Die Wahrheit wird am Ende siegen.

Ich habe Meyer gesagt, wenn er vernähme, daß der Meister auch von mir vorgefaßte Meinungen hätte, so möchte er zu meinem Besten reden. Das hat er mir versprochen. Er ist jetzt beinahe alle Abende bei ihm.

Zu Frau von Stein kommt der Meister auch zuweilen früh; ich traf ihn nur noch nicht. Ich werde immer dem Epigramm treu bleiben, das ich Ihnen schrieb; aber ich bin doch zuweilen, wie im „Werther" steht, als hätte man mir meinen Degen abgenommen, wenn ich nicht recht weiß, was der Meister von mir denkt.

SchFr I, 601 f.

1729. ERBPRINZESSIN KAROLINE AN CHARLOTTE SCHILLER

Ludwigslust, 10. Oktober 1811

Die Geschichte von unsers Meisters Hälfte und der Bettina hat hier in der Kolonie Zwistigkeiten angerichtet. Ich bin nicht mit des Meisters Verfahren zufrieden, wundere mich aber nicht darüber und verkenne ihn deswegen nicht und lieb ihn deswegen nicht weniger. Denn ich sage: Wer Dreck anfaßt, besudelt sich . . ., und daß er den angefaßt hat, weiß ich schon lange und habe ihn trotzdem doch immer frischzu geliebt . . . Fräulein Knebel aber will mir das Tun in sich selbst entschuldigen, will gar finden, daß Goethe recht habe und daß sie es sehr natürlich fände, sich eine in Liebe zudringliche Dame wie Bettina vom Halse zu halten. Ich gebe ihr hierin gar nicht recht und bedaure nur die arme Bettina, weil ich zu ihren Ehren glauben will, daß ihr das Verfahren leid tut. Ich bedaure den Meister, der sich dem T. ergeben hat. Bedaure die arme Lolo, die notwendigerweise um ihn leiden muß, und bedaure von uns einen jeden der Eidgenossen des Schutz und Trutzes, die nun doch ins Gedränge kommen, denn am Ende gehören Arnims trotz aller ihrer Liebe doch nicht so ganz zu unserem Bündnis, und wenn's auf Schutz und Trutz ankommt, mögen sie und können nicht vom losen Maule lassen.

SchFr I, 603

1730. VOSS DER JÜNGERE AN CHARLOTTE SCHILLER

Heidelberg, 19. Oktober 1811

Meine Eltern sind sehr froh, Sie, verehrte Freundin, wiedergesehen zu haben ... Aber über Goethens Aufnahme sind sie nicht froh gewesen. Ich gestehe Ihnen, daß mich lange nichts so sehr gekränkt hat. Meine Aufnahme war, wie ich hinterdrein merke, im Grunde auch sehr kalt. Ich merkte das nur damals nicht, weil meine Freude, den Mann wiederzusehen, zu groß war und weil er wirklich das zweite und dritte Mal anders war. So wäre er auch meinem Vater geworden; aber dem verdenke ich's nicht, wenn er es nach dem ersten Mal nicht zum zweiten Mal versuchen wollte. Daß mein Vater ihm (zum mildesten gesprochen) gleichgültig geworden ist, sehe ich deutlich; auch fand ich, was ich meinen Eltern nicht sagen will, im Gartensaale seine Büste nicht mehr, die ihm ehemals so teuer war. Wie würde Schiller sich gefreut haben, meine herrlichen Eltern wiederzusehen!

SchFr III, 254f.

1731. PAULINE GOTTER AN SCHELLING

Gotha, 23. Oktober 1811

Goethen mochte ich nicht nach ihr [Bettina von Arnim] fragen. Er will nichts mehr von ihr hören und sehn nach einem heftigen und pöbelhaften Streit, der sich zwischen ihr und Frau von Goethe an einem öffentlichen Orte begeben hat. Daß die Gemeinheit nur von *einer* Seite obwaltete, hoffe ich zu Bettinens Ehre; wenigstens ist es nur von dieser zum Handgemenge gekommen, wenn man so sagen will, indem sie der unglücklichen Bettine die Brille von der Nase gerissen und auf dem Boden zertrümmert hat. Es wäre wohl zu wünschen, daß sie jedermann so die Augen über sich öffnete, wenn auch auf eine etwas sanftmütigere Weise.

Schell II, 268

1732. ARNIM AN RIEMER

Frankfurt, 28. Oktober 1811

Daß es Goethe leicht gewesen wäre, ohne seiner Frau etwas zu vergeben, meine Frau für ihre langgehegte fromme Anhänglichkeit tröstend zu belohnen und mit ein paar Worten für die erlittene Kränkung zu entschädigen, wird Ihnen eingeleuchtet haben ... Gern hätte ich ihm am Hofe noch ein paar Worte zum Abschiede gesagt; er vermied es aber, ungeachtet er mich freundlich begrüßte.

GoeRom II, 277

1733. KNEBEL AN SEINE SCHWESTER

Jena, 31. Oktober 1811

Goethe war eben bei mir, der den Einfall bekam, mittags herüberzufahren, und abends nach 8 Uhr im Mondschein wieder zurückfuhr. Ich fand diese Visite recht artig ...

Goethe wird noch etwas zurückgezogener und, wie ich merke, mit den Menschen eben nicht zufriedner. Dies läßt sich bei seiner Weise und bei dem mehrern Hofleben, das er nun führt, wohl denken. Er schützt sich dagegen mit Arbeiten und Beschäftigung, und diese, da sie ihm glücken, sind freilich eine gute und mächtige Notwehr. Der Gedanke, seine Lebensgeschichte zu schreiben, kommt ihm dabei wohl zustatten, da er, wie er mir selbst gestern sagte, zu dem Höhern und Poetischen jetzt schwerlich im Geiste gelangen dürfte.

KnHe 573f.

1734. KNEBEL AN SEINE SCHWESTER

Jena, 1. November 1811

Goethe hatte mich vorgestern zum besten. Er reiste nicht ab, und ich brachte den gestrigen Abend bei ihm zu.

KnHe 575

1735. JAKOB GRIMM AN ARNIM

Kassel, 1. November 1811

Ich habe nun eben den ersten Teil von Goethes „Leben“ gelesen, und es ist natürlich wieder ein außerordentliches und schönes Buch. Wenn es mir erst schien, als ob auf den anmutigen, reizenden Eingang es in der Mitte hin ärmer würde, so ist das letzte Drittel wieder herrlich, und ich nehme alles zurück. Es kam auch daher, weil ich mir wohl das Ganze enger und stärker gedacht hatte. So aber ist mir diese Weitläufigkeit viel lieber, und ich freue mich auf die nachfolgenden zwölf Teile, wenn sie nur herauskommen. Das Epische, Gründliche, Historische ist ja immer das Weitaufgenommene, von Farbe Himmelblaue, das in der Nähe vergeht, je ferner man aber davon rückt, desto duftiger wird. So wird dieser erste Teil, aus den folgenden besehen, immer an Interesse zunehmen. Der Zusammenhang mit seinen Schriften ist schon an vielen Orten deutlich und angenehm zu wissen. Er und Gretchen ist Wilhelm und Mariane, außerdem auch Gretchen in den „Faust“ und als Klärchen in „Egmont“ eingegangen. Ich möchte nun Deine Frau erzählen hören, die so vieles von der Mutter gehört hat und sicher von andern Seiten. Überhaupt für Frankfurter muß das Buch mit seiner lebendigen Lokalität einen großen Reiz mehr bekommen. Die ganze Krönungsfeierlichkeit ist ausnehmend erzählt und von ihr und dem Siebenjährigen Krieg ein reines historisches Bild gegeben. Er muß eine bewunderungswürdig gedächtnisreiche Seele haben. Seine Individualität ist mir häufig nicht das liebste; das heißt, ich hätte an seiner Stelle da und da nicht so sein können und mögen, und es ist mir einigemal lieber, was er von andern erzählt ... Eine Menge Eindrücke, die er hätte beschreiben können, weil er sie doch gewiß erlebt hat, findet man nicht beschrieben, und sie haben ihn daher nicht so berührt, zum Beispiel die Konfirmation. Was mir am wenigsten gefällt, ist das Knabenmärchen [„Der neue Paris“] ...

Was Du nun von ihm, besonders im vorletzten Brief, schreibst, ist freilich kurios, und es war mir einiges darunter unerwartet und leid. Ihn selbst kann ich mir einmal unmöglich anders als gut, lieb und darum auch recht denken. Was er für sich selbst tut, ist ihm gewiß notwendig, und ob es mich gleich überraschte, so finde ich es doch nicht tadelnswert, daß er sich von dem Äußeren abwendet und zu sich selber sammelt. Es ist das ein uralter Trieb, der alle alte Helden aus dem Geräusch in die Einsamkeit zieht. Sein Abweisen des Äußeren und Neuen ist daher erklärlich; nur daß er es nicht mit Liebe und manchmal mit Spott tun soll, mir nicht verständlich noch erfreulich. Besonders da er mit seiner Ruhe Mißverständnisse, die wohl andere befangen können, leichter zu ebenen und zu überschauen imstand ist ... Daß er viele herrliche Sachen nicht anerkennt, oder nicht genug, und seine Herrlichkeiten darüber setzt, heißt nichts anders als das Gewöhnliche, daß kein Mensch alles zusammen begreifen und lieben kann. Schätzt er also meiner Meinung nach die altdeutsche Poesie, die deutsche Geschichte zuwenig, so betrübt mich das insofern gar nicht, als es meine andere Überzeugung davon nicht widerlegt. Ja ich fühle, daß ich die römischen Pasten und antiken Monumente ebenfalls viel höher achten würde, wenn ich sie genauer studierte; denn in allem Einzelnen ist Liebe und Segen möglich, allein nicht in allem zusammengenommen, wo er sich zerstreuen würde.

ArnG 152ff.

1736. WILHELM GRIMM AN ARNIM

Kassel, 1. November 1811

An Goethes „Leben" hab ich mich in diesen Tagen sehr gefreut. Ich sehe, daß der Jakob schon manches darüber geschrieben, was auch meine Meinung ist. Ich glaube nicht, daß es ein solches Buch gibt, was so einfach ansprechend und so bedeutsam zugleich ist. Ich könnte mir denken, daß, wenn man die zart und süß poetische Klasse, der es Langeweile machen wird, übergeht, es ein allgemeines Lesebuch werden könnte, wo dann nur die Erzählung der biblischen Geschichten in dieser Manier wegbleiben müßte. Die Liebesgeschichte mit der Gretchen ist von ganz unbeschreiblicher Anmut und Lieblichkeit ...

Nachdem ich dieses Buch von Goethe gelesen, ist mir noch mehr unbegreiflich, was Du von ihm schreibst. Welche milde Gesinnung, welche Achtung gegen das ganze Streben ... ist darin ausgedrückt! Nehm ich dazu, daß er selbst so oft gegen das Isolieren gewarnt und gegen absichtliches Ausschließen und Geringhalten, so ist mir sein Urteil gegen Görres' Buch ... unerklärlich. Es ist gewiß, daß Goethe, wie jeder, unwillkürliche Vorliebe und Abneigung für manches haben wird. Zuweilen denk ich, daß der Riemer, gegen welchen ich zum Beispiel eine solche unwillkürliche Abneigung empfinde, ihm dies abgelauert und ihn, um sich zu empfehlen, in solchen Gesinnungen bestärkt und ihm nur das, was Goethe das Bequeme nennt, vor die Augen rückt. Ich glaube, der größte, sicherste Geist mißtraut seiner Ansicht; aber er wird fest darin, wenn er sie in einem andern ebenso erblickt und meint, sie sei auch lebendig in diesem entstanden. Riemer hat mir als Goethe geschrieben ... Der [Friedrich August] Wolf, dem Reichardts nachsagten, er habe viele Westen angetan, um Goethe in der Korpulenz zu gleichen, auch den Leib so vorgestreckt, ist mir viel angenehmer und unschuldiger auf diese Art ...

Hast Du in dem Taschenbuch „Urania" ein Bruchstück aus Reichardts Denkwürdigkeiten seines Lebens gelesen? ... Da Kotzebue ebenfalls seine Lebensgeschichte herausgibt, so erhalten wir in diesen dreien einen merkwürdigen Zyklus, der viel Vergnügen auf die verschiedenste Art machen wird. Wie reines Gold wird Goethe sein; Reichardt wie stark poliertes Messing, das ebenso aussehen soll, das man aber am Geruch erkennt, wenn man's anrührt; und Kotzebue wie Blei, das durch vieles Umschmelzen endlich ganz verbrennt wird.

ArnG 157 f. und 160

1737. KNEBEL AN SEINE SCHWESTER

Jena, 4. November 1811

Vorgestern nahm mich Goethe mit zu einer hübschen Spazierfahrt, wo es um die Mittagszeit so schön war als am schönsten Frühlingstag. Die Felder sind grün, und einige

Früchte, als Erbsen und dergleichen, blühen sogar. Häufig fanden wir die Blumen am Wege, und die ganze anmutige Gegend zerfloß in einem duftigen Frühlingsschimmer ...

Ich hatte gestern mit Goethe eine artige Unterredung, worin er mir sagte, daß er sich nie in seinem Leben eines *zufälligen* Glückes habe rühmen können und daß er solches auch im Spiel erfahren, wo ihn das Glück durchaus fliehe.

KnHe 575ff.

1738. ARNIM AN DIE BRÜDER GRIMM

Frankfurt, 19. November 1811

Über Goethes „Leben" spreche ich das höchste Lob in allem, was Frankfurt darstellt. Von ihm selbst, von Eltern und Schwester erhält man nirgends ein Bild. Offenbar hatte er das meiste vergessen, manches absichtlich verändert. Das Märchen [„Der neue Paris"] ist, bis auf den Schluß mit Tafel, Baum und Brunnen, neu erfunden. Die biblische Geschichte stimmt auch nicht in die Zeit und noch weniger in das Buch. Es tut einem leid, daß die Mutter nicht mehr lebt; die würde prächtige Anmerkungen und Berichtigungen hinzugefügt haben: Sie war es, die vom Prellstein den Kaiser begrüßt hat. Ein großer Mangel ist die Auslassung aller Jahrzahlen. Da verwirrt sich auf eine eigne Art Knaben- und Jünglingsalter, und er läßt einem den kuriosen Eindruck bald von einem vorzeitigen Knaben, bald von einem leeren Jüngling, weil die verschiednen Anekdoten so ineinander verlaufen. Die Geschichte mit Gretchen ist so herrlich erzählt, als er je einen Roman erzählt hat. Auch hat er die Krönung gar sinnreich zwischengeschoben. Wahrscheinlich ist es aber wohl nicht, daß während derselben, wo der Magistrat in einem steten Andrange wichtiger Anfragen, wo die Stadt damals mit Tausenden von Vagabunden aller Art angefüllt, zu einer Zeit, wo fast noch keine Polizeieinrichtung bestand, die Zusammenkünfte von einigen jungen Leuten so belauscht und aufgesucht worden wären.

ArnG 164

1739. CHARLOTTE SCHILLER AN ERBPRINZESSIN KAROLINE

Weimar, 23. November 1811

Des Meisters „Leben" klingt nicht dem großen Haufen, merke ich, und es wäre mir leid, weil er empfänglich für die äußeren Stimmen ist. Mit rechter Wärme, wie man es ergreifen soll, fürchte ich, wird es nicht aufgenommen; sonst sprächen wohl alle Menschen davon. Sie wird es freuen und ansprechen, nicht bloß, weil es vom Meister ist; es ist so ein reiches, schönes Gemälde des Lebens, der Verhältnisse jener Zeit, und er selbst steht als Gegenstand lieblich und freundlich da. Ich finde es musterhaft erzählt und so heiter gestellt und begreife gar nicht, wie man sich nicht daran freut und so, wie man sich über nichts mehr freuen kann; denn es gibt doch nur einen Meister. Ich weiß nicht, ob ich mich täusche oder ob die Welt kalt ist; aber mich dünkt es so, als spräche man nicht genug davon. Ich glaube, die Welt wird so albern und hat kein Urteil mehr. Wenn Goethe selbst nichts darüber sagt, so weiß man nicht, was man sagen soll. Und über sich selbst kann er doch nichts sagen. Daß man die „Farbenlehre" nicht mehr anerkennt, schmerzt mich auch. Ich wollte, der Meister wäre so höfisch gewesen, als Sie unter uns lebten, geliebter Engel! denn Sie hätten ihn und er Sie erfreut. Er ist gar oft an Tafel.

SchFr I, 608

1740. WILHELM GRIMM AN ARNIM

Kassel, 26. November 1811

Von Deinem Tadel über Goethes Buch [„Dichtung und Wahrheit"] leuchtet mir ein, was Du sagst, daß man von ihm kein rechtes Bild bekomme und von der Mutter auch nicht. Mir ist das im Lesen auch ähnlich eingefallen; doch hab ich geglaubt, daß die Fortsetzung hier alles auseinandersetzen und anordnen wird. So glaub ich sicher, daß er ausdrücklich angeben wird, man habe ihn bloß mit der Polizei erschreckt; angedeutet wird es wenigstens schon. Von dem Vater und dem Großvater hab ich hingegen eine deutliche Vorstellung, bis zu ihren Umgebungen. Seltsam ist die Nachricht von seinem Katholischwerden. Der Louis [Ludwig Emil Grimm] hat sie von München als Gewißheit geschrieben, und hier der Buchhändler Thurneißen hat uns mit dieser Neuigkeit dienen wollen.

Unbegreiflich ist mir seine Freundschaft mit einem Manne [Karl Friedrich Graf von Reinhard] hier, den ich zwar nur gesehen, der mir da einen unangenehmen Eindruck gemacht hat, den aber der Jakob mir bestätigt, der ihn gesprochen. Verstand mag er haben, doch nicht soviel, um den Hochmut abzulegen.

ArnG 167f.

1741. PAULINE FÜRSTREGENTIN ZUR LIPPE AN HERZOG FRIEDRICH CHRISTIAN VON AUGUSTENBURG

Detmold, 28. November 1811

Wäre der Verfasser dieses Werkes [„Dichtung und Wahrheit"], von dem nur der erste Band heraus ist, weniger berühmt, so würde man kaum davon reden, und man würde es übel finden, daß er uns die Geschichte seiner Jugend verspricht, uns dagegen die Geschichte der Erzväter, das Krönungsprotokoll Josephs des Zweiten und ein Feenmärchen, das ich nicht so schön finden kann, wie man sagt, in den Kauf gibt.

Bode II, 338f. Aus dem Französischen

1742. RAHEL LEVIN AN FOUQUÉ

Berlin, 29. November 1811

Vor vielen Jahren, als wir noch nicht so sehr liiert waren und er [Louis Ferdinand Prinz von Preußen] nur viel zu mir kam, attackiert' er mich über Goethe. Ich sprach *nie* von Goethe. Fing mich in einer Türe und dozierte, wie schlecht „Egmont" sei, sehr lange, mir zur marterndsten Langenweile, weil ich nur der Schicklichkeit fünf Worte opferte und gar nicht antwortete. Wie Goethe einen Helden habe *so* schildern können! In einer miserablen Liebschaft mit solchem Klärchen usw. Ein Jahr vor seinem Tod schrieb er aber seiner Geliebten [Pauline Wiesel], er sei vom Herzog von Weimar mit Goethen zu Hause gegangen, habe sich in sein Bette gelegt, Goethe davor, und da wäre er denn bei Punsch aufgetaut; er habe über alles mit ihm gesprochen, und nun habe er gesehen, was es für ein Mann sei; mit noch vielem Lobe, welches er so beschließt: „Laß dies ja der Kleinen lesen, denn alsdann bin ich ihr gewiß unter Brüdern dreitausend Taler mehr wert." Dies, Fouqué, war mein größter Triumph in der Welt.

Ein großer Prinz, mein Freund, der Vetter meines Königs, der Neffe Friedrichs II., der noch von Friedrich selbst gekannt war, mußte mir das schreiben, ohne daß ich je von Goethe mit ihm gesprochen hatte. Es *mußte* der menschlichste Prinz seiner Zeit in seinen eigenen leibhaften Freunden dem größten Dichter huldigen. *Dies* schreib ich Ihnen *aus Eitelkeit.* Nun aber setzt ich mich hin und schrieb Louis einen großen Brief, worin ich ihn bat, sich zu erinnren, daß ich nie mit ihm von Goethe gesprochen hätte, nie ihm gesagt, er soll etwas von ihm lesen. Jetzt aber möcht er es tun, und nicht einzelnes, um Goethens Werke kennenzulernen, sondern alles von ihm, um Goethe kennenzulernen aus ihrem Zusammenhang. Jetzt sei er's wert, denn jetzt liebe er usw.

RahelA I, 558f.

1743. CHARLOTTE SCHILLER AN ERBPRINZESSIN KAROLINE

Weimar, 5. Dezember 1811

Ich möchte, Sie hätten ... meinen merkwürdigen Streit ... über des Meisters Christentum mit der Schardt gehört. Sie stellt ihn gegen Werner und meint, er wäre kein Christ, weil er nicht den, von dem wir den Namen haben, so hoch stellt als Werner. Ich sagte, er sei mehr Christ, als er sagt, und hätte ein tiefes Gefühl für Religion ...

Es hat Frau von Stein sehr unterhalten, daß wir beide so warm wurden, und der Meister würde auch gelacht haben, daß ich für seinen Glauben streite.

SchFr I, 610f.

1744. PAULINE GOTTER AN SCHELLING

Schleusingen, 5. Dezember 1811

G[oethe]s „Leben“ ist nun wohl endlich in Ihren Händen? Die Herausgabe hatte sich verzögert, weil es Frommann beim letzten Bogen an Papier fehlte. So kam es nicht mit auf die Messe. Meine Mutter und Schwestern sind jetzt dabei und behaupten steif und fest, der Brief des Freundes in der Vorrede sei aus Goethes Feder geflossen und die einzige Dichtung im ganzen Buch; was ich aber nicht zugebe, nicht einsehend, wozu es dieser Einleitung als bloßer Erfindung bedürfe. Gern hätte ich mich hier noch einmal daran erquickt, aber in dieser Geisteseinöde ist es nirgends zu erhalten. G[oethe] ist sehr fleißig an dem Folgenden. Er möchte gern den Herzog von W[eimar] bewegen, mit manchen Gedichten und interessanten Notizen aus ihrem früheren Zusammenleben, die dieser sorgfältiger gesammelt hat als Goethe, herauszurücken; aber er verweigert es bis jetzt noch standhaft.

Schell II, 275f.

1745. WILHELM GRIMM AN GÖRRES

Kassel, 12. Dezember 1811

Goethe hat mir durch seinen Sekretär [Riemer] sehr höflich mit einigen ihm nachgeschlagenen, inwendig kupfernen Perioden danken lassen, was mir nicht zulieb gewesen. Soviel ich weiß, fürchtet er sich, bei dem „Wunderhorn“ zuviel gesagt zu haben, so daß man ihn eines zu großen Anteils an dergleichen Dingen beschuldigen könnte.

GoeRom II, 361

1746. RAHEL LEVIN AN VARNHAGEN VON ENSE

Berlin, 15. Dezember 1811

Wenn er wissen will, wer die Verfasser sind: mich kannst Du nennen! ... Mir liegt (außer wegen des Pekuniären für Dich) gar nichts dran, ob es gedruckt wird: wenn Goethe es nur *gesehen* hat, er nur weiß, welche bewußte Liebe für ihn schon mit ihm zugleich lebt. Wie vergöttert er in Deutschland, in *Berlin* wird ... Ich hab ihm seit drei Wochen, wo „Tasso" zum erstenmal gegeben wurde, alle Tage anonym schreiben wollen ... Ein einzig Publikum, Leute mit Büchern, sitzen und hören's da; junge Offiziere, gespannt wie bei Schlachten, stehen und horchen. Meine *Wonne!* Es *mußten* achthundert Menschen Goethens Götterworte hören und in die Seele einnehmen. Es wurde weit besser gespielt, als man je denken sollte ... Referiere mir ja von Goethe! Ich glaub, er leidet es nicht! Gott, wie verabgöttre ich *den* immer von neuem! Gottlob, daß Du sein „Leben" gelesen hast. Wie weint ich im „Tasso" bei jeder Stelle, wie der Souffleur im „Meister", aus Schönheit.

Varn II, 199

1747. RIEMER AN FROMMANN

Weimar, Mitte Dezember 1811

G[oethe] und ich sind zeither sehr mit „Romeo und Julie" beschäftigt gewesen und sind es noch ... Es ist freilich keine kleine Arbeit, wenn es unsern Forderungen an Theatralisches nahegebracht werden soll und die zersplitterten Szenen zu Massen gedrängt erscheinen sollen. Indes ist doch die Mühe sehr belohnend und unverloren für unser und alle deutsche Theater.

Rie 200

1748. VARNHAGEN VON ENSE AN RAHEL LEVIN

Prag, 19. Dezember 1811

Mit Dir hab ich diesen Sieg erfochten, Dich hab ich als unbezwingliche Waffe geführt ... Das hab ich zuwege gebracht, daß wir nun von dem weisesten Dichter die edelsten Aussprüche über Deinen Geist besitzen, daß Ihr wie Geister Euch im dunklen Nebel entgegenwinkt! Ihm ist eine Freude zuteil geworden: er weiß, daß er im Sterben nicht untergeht und nicht erst durch wüste Jahrhunderte sich durchkämpfen muß, um den liebevollen Geist, der ihn lebendig begreift, zu finden. Ich bin gerührt, daß ich ihm diese Freude zuwenden konnte. Er weiß nicht, wer G. ist noch wer E.; aber mit schlauen, strengen Blicken erkennt er unfehlbar die Menschenart und ergänzt aus wenigen Angaben die Charaktere solcher Naturen ... Und nun, liebe Rahel, darf ich Dich ihm doch nennen?

Varn II, 201

1749. RAHEL LEVIN AN VARNHAGEN VON ENSE

Berlin, 26. Dezember 1811

Seit Goethens Brief vor mir liegt. Wie eine Überschwemmung ist es über mich gekommen: ein Meer ist alles ... Du weißt, ob ich eitel nach Beifall strebe, den ich mir nicht selbst gebe; ob ich große Bemühungen anstelle, um gelobt zu werden. Aber meine wirklich namenlose Liebe und bewundernde Verehrung dem herrlichsten Mann und Menschen einmal zu Füßen legen zu können, war der geheime, stille Wunsch meines ganzen Lebens, seiner Dauer und seiner Intensivität nach. In *einer* Sache hab ich meinem tiefsten Innersten gefolgt: mich von Goethe scheu zurückzuhalten. Gott, wie recht war es! Wie keusch, wie unentweiht, wie durch ein ganzes unseliges Leben durch bewahrt, könnt ich ihm nun die Adoration in meinem Herzen zeigen. Durch alles, was ich je ausdrückte, geht sie hindurch; *jedes* aufgeschriebene Wort beinah enthält sie. Und auch er nur wird es mir anrechnen können, wie schwer es ist, solche liebende Bewunderung schweigend ein ganzes Leben in sich zu verhehlen. Wie beschämt schwieg ich vor zwei Jahren, als Bettina mir einmal als von dem Gegenstand ihrer größten Leidenschaft feurig und schön in dem von Herbstsonne glänzenden, stillen Monbijou von ihm sprach! Ich tat, als kennt ich ihn gar nicht. So ging's mir oft; ein andermal schwatz *ich* wieder ... Jetzt muß es Marwitz aushalten. Alle unsere Gespräche fangen mit ihm an und hören mit ihm auf. Nun wieder sein „Leben"! Die „Propyläen" las mir Marwitz gestern vor. Und so geht es immerweg mit ihm. Urteile, da Du mich ganz kennst, wie sich meine Seele freut, daß er weiß, wie man ihn liebt. Und er weiß es *nicht.* Alles müßt er sehen, wissen, hören. Nenne mich nur, wenn Du willst. Er wird sich zwar doch unangenehm wundern, daß es eine so nichtsbedeutende Person ist, in Welt und Literatur.

Varn II, 206

1750. ERNESTINE VOSS AN CHARLOTTE SCHILLER

Heidelberg, 30. Dezember 1811

Zu kurz war unser Sehen für diesmal, aber wir freuen uns doch noch oft des schönen Tages, den Sie uns mit der lieben Schwester [Karoline von Wolzogen] schenkten ... Diesmal widerstand es unserem Gefühl, nach Weimar zu kommen, weil Goethe so kalt, so steif war. Voß hätte doch zu ihm gehen müssen, und wer sieht so was gerne mehr als einmal? Einmal ist fast schon zuviel, besonders wenn man sich keiner Veranlassung dazu bewußt ist. Wie solches Benehmen in einem fühlenden Herzen Platz einnehmen kann, verstehe ich nicht, und manchmal hat er doch, als wir Nachbarn waren, ein *Herz* selbst uns nicht verhehlt. Es wird mir jetzt weit schwerer als vor der Reise, das Bild des liebenswürdigen Goethe in meine Seele zurückzurufen.

SchFr III, 194

1812

1751. CHARLOTTE SCHILLER AN ERBPRINZESSIN KAROLINE

Weimar, 5. Januar 1812

Der Meister ... bearbeitet „Romeo und Julie" fürs Theater zu Ihrer Frau Mutter Geburtstag. Neulich hat er bei ihr gelesen; da war er so erstaunend lieb und artig. Bei Frau von Stein war er auch zum Geburtstag. Ich sagte ihm, wie mir seine Arbeit vorkäme, und hob einiges heraus; da kamen ihm die Tränen in die Augen. Er will uns nur nicht zu Hause sehen, glaube ich, denn er ist selten sonst so freundlich, mild und liebenswürdig gewesen. Le bon ménage führt er auf wie auf Thespis' Karren ... Er fährt mit der dicken Hälfte, und der Sohn fährt, auf dem Schlitten nämlich. Den Sohn habe ich sehr lieb; er lebt aber ganz still und ernsthaft. Übrigens wird mancher Menschen gar nicht mehr gedacht bei ihm, z. B. der Bettina. Bei Meyer war er neulich morgens auch und auch sehr freundlich. Ich denke mir, er hat sein Haus schließen wollen für die sogenannte gute Gesellschaft, denn Tänzer und Gaukler sieht er, wie in seinem Epigramm [„Hast du nicht gute Gesellschaft gesehn? ..."] steht. Die Sonntagsgesellschaft wurde auch voriges Jahr gar zu bunt und vielleicht zu prosaisch.

SchFr I, 615f.

1752. FRIEDRICH SCHLEGEL AN SULPIZ BOISSERÉE

Wien, 8. Januar 1812

Wenn ich nun über jeden Ihrer Briefe eine ganz ungemeine Freude ... empfinde, so dürfen Sie doch keineswegs glauben, daß dies bloß dem Geist und Witz zuzuschreiben ist, mit welchen Sie so erfreuliche Geschichten als des alten, heidnischen Götzen Bekehrung zur alten *billigen* Kunst oder Helminas [von Chezy] reichen Fischfang des abtrünnigen Primas'schen [Dalberg?] Herzens uns mitteilen ...

Ich lege Ihnen meinen Plan [zur Zeitschrift „Deutsches Museum"] gleich ausführlich vor. Ich habe in Rom gute Korrespondenten, u. a. den alten Maler Müller ... Hartmann in Dresden habe ich dringend eingeladen, der soll uns zum Salze dienen. Sie erinnern sich ja noch seines unvergleichlichen Spaßes mit Goethe. Gleichwohl habe ich auch diesen alten abgetakelten Herrgott der Vorschrift des Evangelii gemäß eingeladen.

Aber der Mittelpunkt und Kern des ganzen Kunstwesens müssen Ihre Beiträge sein ...

Bois 161f.

1753. RAHEL LEVIN AN VARNHAGEN VON ENSE

Berlin, 11. Januar 1812

Auch auf mich haben die biblischen Stellen [in „Dichtung und Wahrheit"] den größten Eindruck gemacht als die *reinste* Beauté. Wie erhaben, wie abgezogen: das reifste Beschauen und Begründen aller Geschichte, mit dem unbefangensten, kindlichsten Auffassen gepaart! *Wie* göttlich! Mein alter Spruch: widersprechende Eigenschaften, in Harmonie gebracht, machen den großen Mann. – Das Buch hat aber das größte Aufsehen gemacht und hat die größten Verehrer, wütendsten Anhänger. [Friedrich August] Wolf sagt, zweitausend Exemplare wären gleich weg gewesen.

Varn II, 219

1754. WIELAND AN BÖTTIGER

Weimar, 13. Januar 1812

Sagen Sie mir doch sub rosa: was für eine Wirkung haben ... Goethes „Wahlverwandtschaften" in Dresden, Wien, Leipzig und überhaupt im Publikum gemacht? Und was urteilen die Sani von „Aus meinem Leben. Wahrheit und Dichtung"?

Das erste Mal verkümmerte mir alles, was mir mißfiel, den Genuß dessen, was mir gefiel; doch hielt das eine dem andern ziemlich das Gleichgewicht. Das zweite Mal gab ich mir alle Mühe, mich selbst zu täuschen und mir *alles gefallen zu lassen.* Das dritte Mal legte ich die „Wahlverwandtschaften" in die eine Waagschale und mein Ideal eines guten Romans in die andere. Und siehe da: von dem ersten Augenblicke an, da die junge Heldin des Stücks erscheint, fing die Schale des Goethischen Romans an zu steigen und stieg, mit wenigen Abwechslungen, immer höher, bis sie endlich an den Waagebalken anstieß und dort wie an einem künstlichen Magnet hängenblieb.

Dafür habe ich hingegen den ersten Teil seiner sogenannten Biographie mit großem Vergnügen gelesen.

Bode II, 348

1755. KNEBEL AN SEINE SCHWESTER

Jena, 4. Februar 1812

Ich bin in gestriger Nacht von Weimar zurückgekommen... Am Samstag wurde „Romeo und Julie" von Goethe aufgeführt, welches allgemeinen Beifall fand und in der Tat ihn auch verdiente.

KnHe 586

1756. CHARLOTTE SCHILLER AN ERBPRINZESSIN KAROLINE

Weimar, 5. Februar 1812

Vor vierzehn Tagen ungefähr lebte ich noch ganz fremd und entfremdet mit dem Meister und liebte ihn, wie man die Natur liebt, ohne zu begreifen, daß sie einen ansieht, wenn wir sie segnen. Unsre Freundin St[ein] geriet auf die Gedanken, alle Papiere, die Sie auch sehen möchten oder sahen, zu zeigen. Ich durchblickte dieses wunderbare menschliche Wesen und klagte über das Schicksal unsrer Freundin und

Christoph Martin Wieland

lebte recht in der Vergangenheit mit ihr, und es war, als schlösse sich mein Herz mit den leisesten Fäden an das ihre an, und ich gelobte ihr, sie nie zu verlassen, und meine Liebe solle ihr folgen bis ins Grab. Ich komme von dem Lesen in eine Gesellschaft zu Frau von R[hoden?], die ihn mit der dicken Hälfte bat, und er fing an, so von der Vergangenheit zu sprechen, erzählte plötzlich von Sachen, die ich eben gelesen, von denen er historisch in den Briefen sprach, weil er eine Reise beschrieb, von der Familie Ihrer Frau Großmutter zum Beispiel, daß es mich unaussprechlich wunderte. Ich hatte ihm die hübsche Art erzählt, wie Henriette [von Knebel] über sein „Leben" geschrieben. Ich gehe, um meinen Mantel umzunehmen; da kommt er, faßt mich bei der Hand, dankt noch einmal für die Mitteilung, sagt, daß es ihm wohl sei, mit jemanden zu sein, der seine Sprache verstehe wie ich, die ihn so lange kenne, daß wir uns nie fremd noch fern sein könnten. Und sagte noch: „Wissen Sie noch, wie lange wir schon voneinander wußten, wie Sie noch da über den Bergen waren, über Kochberg hinaus?" (In diesem Augenblick hätte er gewiß auch die alte treue Freundin erkannt.) Ich wurde so weich, daß die Tränen mir kamen, und fühlte auch, daß ich ihn nicht verlieren kann. Aber diese sonderbare Stimmung gerade da, wo ich so recht in ihm lebte, seine Verhältnisse zu Frau von St[ein] fühlte, das ist mir lieb und tröstlich, denn die Seelen kennen eine Sprache, die nie verstummt, wenn sie rein einst klang. Seit der Zeit sah ich ihn in dieser Woche öfter, auf der Redoute am Sonntag, und immer war er gleich freundlich und gemütlich. Ich bin aber auch treu, und wie den Tag nach unserer Zusammenkunft die Bettina wieder kam, die er gar nicht sehen will und wirklich ungerecht erscheint, so ließ ich es ihr nicht so merken, tröstete, gab Hoffnung und sagte, sie solle nur mild sein und reden, damit es sie nicht schmerze, wenn sie ihn einst ganz verlöre, und sie sich keine Vorwürfe zu machen brauche. Meyer sagte neulich recht klug und wahr, es könnte gleich wieder anders werden mit ihr, wenn sie sich an die Frau wendete; aber das dürfe man ihr und ihm nicht sagen, weil sie unzuverlässig wären. Bei solchen launenhaften Menschen ist das ganz wahr.

Wie interessant war der Meister ehemals, wie weich, wie hat er geliebt, und wie konnte sich das ändern! Es ist mir ein Rätsel, diese Natur. Wie hat die arme Charlotte leiden müssen! Ich habe das Schicksal dieser Menschen in diesen Tagen aufs neue gelebt und mit gelitten, und doch gäbe ich diese Ansicht nicht wieder zurück und will lieber Leiden tragen helfen als diese Blätter nicht kennen.

Nun zu „Romeo und Julie" ... Es liegt die Übersetzung von Schlegel zum Grunde, aber manches ist so goethisch, daß man es bald fühlt; und wunderbar und groß geht der Geist Shakespeares über die Szene ... Das Ende ist, fühle ich, ganz vom Meister; denn wie die Entwickelung sich aufgelöst, wie die Toten alle ruhen, schließt der Pater das Gewölb und sagte: „So ruhe auf ewig der Haß wie die Liebe in Frieden in dieser Gruft!" Er sagt's in schönen Worten, und die Loloa will nur den Sinn sagen ... Die Dekorationen sind vortrefflich und des Meisters würdig ...

Wie ich mich über die Urteile geärgert habe, wie in poetische Wut geraten, will ich Ihnen nicht sagen. Aber man verkennt ganz das Stück, den Wert der Bearbeitung, und alles will nun richten. Wenn ich diese Menschen achten könnte, so würde ich recht böse; so ist es nur ein vorübergehender Zorn.

Ihre Frau Mutter und die Hoheit haben es rein gefühlt; das weiß ich.

SchFr I, 618–621

1757. CHARLOTTE SCHILLER AN ERBPRINZESSIN KAROLINE

Weimar, 12. Februar 1812

Der Meister ist sehr erweckt und freut sich, daß Monsieur de S[aint]-A[ignan] so gebildet ist und sehr schöne Sachen über die französische Literatur sprechen soll ... Die schöne Marschallin [Lannes], die einst bei ihm logierte, hat ihm ein prächtig Tintenfaß von Bronze gesendet durch diese Gelegenheit.

SchFr I, 623

1758. WILHELM GRIMM AN SEINE TANTE ZIMMER

Kassel, 7. März 1812

Die Geschichte von Goethes Frau wußt ich wohl. Es ist eine gemeine Person, das sagt ich Ihnen schon damals, wie ich sie gesehen hatte. Die Frau von Arnim hat ihr eine Ehre angetan, wenn sie mit ihr gesprochen. Sie hat mir alles selber erzählt.

JbGoeGes III, 159f.

1759. AUGUST VON GOETHE AN FRIEDRICH SCHLOSSER

Weimar, etwa 10. März 1812

Sie wissen am besten, wie unser großväterliches Vermögen in Frankfurt durch mancherlei Zufälle beträchtlich geschmolzen war, als es mein Vater überkam. Diesen Rest, welcher durch Ihre gütige Vorsorge und Bemühung vor manchem Verluste bewahrt worden, wünschten wir jedoch uns näher zu bringen, wenn wir nicht durch die beträchtlichen Abzugsgelder davon zurückgeschreckt würden. Mein Vater kann sich nach seiner Denkweise mit Geschäften dieser Art weniger abgeben; doch halte ich es für meine Schuldigkeit, uns das wenige soviel als möglich zu erhalten. Da nun Seine Hoheit der Großherzog [Dalberg] von jeher viel Gnade und Wohlwollen gegen meinen Vater gehegt, so wäre es wohl am geratensten, sich an Seine Hoheit wegen eines Abzuggelderlasses selbst zu wenden ... Auch wünschten wir noch zu wissen, an wen wir uns wohl noch in Frankfurt zu wenden hätten, damit auch von daher wegen unserer Angelegenheit keine ungünstigen Berichte bei Seiner Hoheit einliefen, welches wohl jetzt um so weniger zu befürchten steht, da mein Vater in seiner Lebensbeschreibung seiner Vaterstadt ein bleibendes Denkmal gesetzt und also wohl auf ein Vergeltungsrecht hoffen dürfte.

Schlos 111

1760. WILHELM GRIMM AN ARNIM

Kassel, 11. März 1812

Übrigens erzählt man hier Anekdoten, daß Goethe werktätig seine Frau korrigiert habe. Hast Du in den „Miszellen“ von Zschokke eine Parallele zwischen Goethe und Alfieri als Autobiographen gelesen? Goethe wird darin weit heruntergesetzt und ihm am Ende zu verstehen gegeben, er hätte besser getan, im schwachen Alter zu schweigen. Wenn Du den Alfieri rezensierst, so könntest Du wohl etwas über diese charakteristisch deutsche Schlechtigkeit sagen.

ArnG 182f.

1761. CHARLOTTE VON STEIN AN IHREN SOHN FRIEDRICH

Weimar, Mitte März 1812

Bei allen den großen Begebenheiten der Erde schmerzte mich diese so sehr kleine [der Tod eines Kanarienvogels] doch recht sehr. Goethe war aber so artig, mir heimlich den leeren Vogelbauer holen zu lassen, und setzte einen andern kleinen Dalai-Lama hinein, so daß ich, wie getäuscht, ganz das zahme Vögelchen wiederhatte.

Stein II, 363

1762. PAULINE GOTTER AN SCHELLING

Gotha, 19. März 1812

Nein, ich weiß gewiß, lieber Schelling, er ehrt und liebt Sie von ganzem Herzen, und wenn dem nicht so wäre, verdiente der alte Herr nicht *einen* freundlichen Blick mehr. Daß er Ihnen nicht geantwortet, ist wohl nur zufällig; vielleicht bedurften Ihre Briefe geradezu keiner Antwort, und er erspart sich gern jeden Federzug. Schreiben Sie ihm nur immer wieder! Wer wollte mit seinen Freunden so genau rechten? Wundern tut mich auch nicht, wenn er den Herrn Kapellmeister [Weber] etwas kalt empfangen. Ich kenne schon seine entschiedene Antipathie gegen alle Musici. Am auffallendsten bemerkt sich das, wenn er Reichardt gegenübersteht. Zelter ist der einzige, den er persönlich liebt und schätzt. Ich habe auch diesen Winter keine Zeile mit dem alten Herrn gewechselt; nur durch Fremde und Bekannte haben wir uns von Zeit zu Zeit begrüßen lassen; aber es ist mir nicht bange, seine Gesinnungen unverändert zu finden – er hat zwar ein wankelmütiges Herz, aber doch nur auf gewisse Weise. Wie es diesen Sommer mit ihm werden wird, weiß ich noch gar nicht; sein Famulus [Riemer] wird Ostern bei der weimarischen Schule angestellt, und lange kann G[oethe] doch nicht in fremden Landen ohne diesen existieren. Es klingt freilich wunderlich, den alten Herrn für so unmündig zu erklären.

Schell II, 297

1763. CHARLOTTE SCHILLER
AN ERBPRINZESSIN KAROLINE

Weimar, 29. März 1812

Der Meister ... hat jetzt den Herrn R[iemer] verloren, der an Sch[ulzes] Stelle gekommen; er [Riemer] war neulich bei mir. Ich betrübe mich, daß der Meister nun kein kluges Wort sprechen wird; denn der Sohn ist gut und brav fürs Leben, aber zu real und hat keinen Sinn für Wissenschaft. Ich sagte es R., daß er dem Meister fehlen würde; er sprach mit Anhänglichkeit von ihm. Doch von dem August sagte er, daß er dem Vater nichts sein könne in der Poesie, weil er gar zu klug für das ökonomische Leben sei und dabei immer auf den Nutzen sehe. Er lebt so still, August, daß man ihm wenig begegnet, und ist sehr ernsthaft. Außer daß er Madame Wolff und Frau von Spiegel auf dem Schlitten zusammen gefahren hat, weiß ich keine Näherung an die Welt von ihm. Es gibt seltsame Kombinationen, und in dieser Gesellschaft hätte ich sie nicht gesucht. Ich glaube, der Sohn will für die lustige Natur der Mutter ein Gleichgewicht geben und ist doppelt ernsthaft dafür. Bei dieser bleibt es beim alten.

SchFr I, 627

1764. KNEBEL AN SEINE SCHWESTER

Jena, 9. April 1812

Gestern erhalt ich einen Brief von Goethe, daß der Herzog, vermutlich auf sein Vorstellen, denn ich habe nicht daran gedacht, meinem Karl ein Stipendium akkordiert hätte, das ihm doch in drei Jahren gegen 400 Taler einbringt. Der Herzog soll es auf eine sehr freundliche, bereitwillige Weise getan haben, und mein Karl war tief davon gerührt und fühlte in dem Augenblick, welche Verbindlichkeit er dem Herzog habe. Nun, sagte er, wolle er zu keiner Landsmannschaft gehen; denn er wolle sagen, er dependiere mit seinen Eltern vom Herzog, und der Herzog seh es nicht gerne. So erwerben sich die Großen Liebe und Gehorsam.

KnHe 601

1765. JACOBS AN FRIEDRICH HEINRICH JACOBI

Gotha, 25. April 1812

Über Goethens „Leben“ sind, denk ich, unsre Meinungen ziemlich dieselben. Es gibt Leute hier, die es unendlich herabsetzen, weil sie ich weiß nicht welche Erwartung davon gehegt haben. Es ist wohl etwas zu breit geschrieben, auch manches über Gebühr ausgesponnen, wie es jedem leicht begegnet, wenn er seine Kindergärtchen mustert. Manche Horsd'oeuvre hätte man ihm gern ganz erlassen. Aber im ganzen habe ich das Buch doch mit Vergnügen gelesen. Es ist mir ein historischer Kommentar zu seinen Werken, die sich schon aus diesem ersten Bande besser erklären, und gleichsam ein Portefeuille von Studien und Skizzen eines geliebten Meisters, dessen vollendetern Bildungen man doch gern bis zu ihren ersten Elementen nachspüren mag. Aber auch ohne diese Beziehung ist vieles vortrefflich in dem Buch, wie überhaupt die Darstellung der ehrenfesten Reichsbürgerlichkeit, die nun bald so verschwinden wird wie das Gepräg auf einem Dreifrankenstück; die Schilderung des ganzen Lebens von Frankfurt und vor allen der herrliche Abschnitt von der Kaiserwahl und

Krönung, wo die anziehende Liebschaft des Dichters sich durch die großen prunkvollen Szenen mit einer ganz eignen Anmut und Lieblichkeit durchschleicht. Doch hierin vereinigen sich wohl die Urteile aller Leser, vielleicht nur das meines gnädigsten Herrn und Herzogs [von Sachsen-Gotha] ausgenommen, der das ganze Buch unendlich platt, eigenliebisch und unsittlich findet; ja, schlecht geschrieben sogar, *wie man vor zwanzig Jahren geschrieben habe* ...

JacN II, 83

1766. DE STAËL AN CAMILLE JORDAN

Genf, 26. April 1812

Möchtest Du mir nicht das Buch von Goethe [„Dichtung und Wahrheit"?] zurückschicken? Jemand hier hat Lust, es zu übersetzen. Ich finde es auch nicht besser als Du, aber in Deutschland hat es *großen Erfolg,* und der Erfolg macht die Leute immer begierig, die Ursache kennenzulernen.

Bode II, 358

1767. CHARLOTTE VON STEIN AN IHREN SOHN FRIEDRICH

Weimar, 1. Mai 1812

Goethe kann das Abschiednehmen nicht leiden; er ging ohne Abschied neulich von mir. Nun reist er heute von Jena aus, wo er einige Tage war, nach Karlsbad ab, in der kalten Witterung! Er eilte so entsetzlich geschwind zu meiner Tür hinaus, daß mir es wunderbar vorkam; ich glaube, ich sehe ihn nicht wieder.

Fritz von Stein II, 193

1768. CHARLOTTE SCHILLER AN ERBPRINZESSIN KAROLINE

Weimar, 16. Mai 1812

Ich will einmal meine beste Stimmung benutzen, um Ihnen über die Briefe zu sprechen, mein geliebter Engel. Sie haben mir einen großen Aufschluß gegeben, und sie sind sehr merkwürdig. Die Stelle aus Popens Brief der Heloisa fällt einem ein:

„And wished an angel when I loved a man.“ Bei ihm ist das Menschliche recht sichtbar, und eben weil die Gefühle *zu menschlich* waren, so haben sie enden können. Es ist eine große Naturgewalt, der er selbst nicht zu entgehen vermag, die sein Wesen treibt und trieb. Das fühlt man. Ein uns für diese Erde entflohener Geist [Schiller] war auch menschlich; aber *so* lieben hätte er nie können. Er hätte immer sich durch die Tiefe seines Gemüts an das Gute festgehalten. „Die Leidenschaft flieht, die Liebe muß bleiben“, sagt er so schön in der „Glocke“, und eigentlich bloß aus Leidenschaft konnte er nicht lieben. Dies trennt die Charaktere beider Freunde und unterscheidet sie so schön.

SchFr I, 630f.

1769. SIBBERN AN SOPHIE OERSTED

Weimar, 16. Mai 1812

Frau Geheimrat von Goethe sah ich schon in Jena. Meine Erwartung war gespannt, denn einer hatte immer schlechter als der andere von ihr geredet. Endlich sah ich sie mit eigenen Augen. Es ist und bleibt mir ein Rätsel, wie Goethe eine solche Frau hat nehmen können... Ich habe ihr selbstverständlich sowohl in Jena als auch hier meine Aufwartung gemacht, und sie ist, das muß ich gestehen, weder schön noch gebildet. In Jena sah ich sie einen ganzen Abend hindurch tanzen, bis 1 Uhr, und sie tanzte beinahe jeden Tanz. Es ist eine Sitte der Studenten, ihr den Hof zu machen, selbstverständlich um sie zum besten zu haben, teils auch aus Pikanterie. Sie wetteifern, mit ihr zu tanzen.

Bode II, 360. Aus dem Dänischen

1770. VARNHAGEN VON ENSE AN RAHEL LEVIN

Prag, 22. Mai 1812

Goethe soll nach Wien berufen werden, um die Leitung der dortigen Bühnen zu übernehmen. Man sagt, er wünsche es und sei sehr eifrig dazu, allein ungeachtet der Vorliebe der Kaiserin würde er gegen die Dummheit des geistscheuen Publikums und den schon im voraus laut gewordenen Haß vieler Schauspieler nicht aufkommen. Man tadelt ihn ungemein wegen eines äußerst demütig abgefaßten Briefes an Metternich, dem er für seine Ernennung zum Mitgliede der Wiener Akademie dankte. Man findet es kriechend. Die Leute bedenken nicht, daß niemand weniger die hergebrachten Formen verletzt als Goethe ...

Varn II, 286

1771. FRIEDRICH LEOPOLD GRAF ZU STOLBERG AN SEINEN BRUDER CHRISTIAN

Karlsbad, 12. Juni 1812

Nachmittags kam Goethe zu uns. Da ich ihn in 28 Jahren nicht gesehen hatte, fand ich ihn sehr verändert. Er, der so schlank und blaß war, ist dick und rot, sieht sehr gesund aus. Er war sehr freundschaftlich, zeigte Rührung und Freude, und auch mich überströmte die Erinnerung der lang verflossenen Zeit.

Stolb 208

1772. WILHELM VON HUMBOLDT AN SEINE FRAU

Karlsbad, 15. Juni 1812

Ich schreibe Dir in Goethes Stube ..., weil ich immer mit ihm zusammen bin, ohne jedoch bei ihm zu wohnen ... Stirbt sie [Fürstin von Schwarzburg-Rudolstadt], so ist schlechterdings in dem ganzen weiten Deutschland nur noch Goethe übrig und die Wolzogen, die uns hier Gegenstände der Sehnsucht und hoher Umgangsfreude sein können.

Auch in Goethen spürt man das Alter sehr. Nicht im Geistigen. Er ist noch ebenso munter, so rüstig, so leicht beweglich zu Scherz und Schimpf, in welch letzterem er sich gegen die neuen Sekten, besonders die christ-katholische, mit großem Wohlbehagen ergeht. Allein man sieht, daß er oft an seinen Körper erinnert wird. Mitten in Gesprächen, auch die ihn interessieren, unterbricht er sich, geht hinaus, ist sichtbar angegriffen.

Gestern machte ich einen langen Spaziergang mit ihm, aber er mußte sich alle paar tausend Schritt setzen und ausruhen...

Etwas Trauriges ist seine Art, sich nach und nach einzuspinnen. Er will nicht nach Wien, nicht einmal nach Prag; von Italien hat er auf ewig Abschied genommen. Also Weimar und Jena und Karlsbad! Immer und alljährlich!...

Ich habe mit Goethe sehr viel interessante Gespräche gehabt, vorzüglich über Shakespeare, über den er ganz neue und sehr interessante Ideen hat; auch über Calderón, von dem er noch mehr hält, dann über tausend andere Gegenstände.

Hu IV, 4ff.

1773. NIEBUHR AN DOROTHEA HENSLER

Berlin, 16. Juni 1812

Wir lesen jetzt ... den „Wilhelm Meister" ..., dem ich niemals habe Geschmack abgewinnen können ... Es will aber auch jetzt nicht besser gehen. Etwas vollkommner Geschriebenes und Ausgearbeitetes hat unsere Sprache wohl nicht – Klopstocks „Gelehrtenrepublik" ausgenommen ... –, an Anschaulichkeit und Kolorit ist nichts in unserer Literatur damit zu vergleichen: Es ist darin eine Fülle von feinen Bemerkungen und herrlichen Stellen, die Verwickelungen sind äußerst fein, und alles ist bewundernswürdig gleich gehalten. Das alles weiß ich jetzt mehr als früher zu schätzen. Aber die Unnatürlichkeit des Plans, der Zwang der Beziehungen dessen, was in einzelnen Gruppen meisterhaft entworfen und ausgeführt ist, auf eine gesamte Verwickelung und geheimnisvolle Leitung, die Unmöglichkeit darin und die durchgehende Herzlosigkeit, wobei man sich noch am liebsten an die ganz sinnlichen Personen hält, weil sie doch etwas dem Gefühl Verwandtes äußern, die Nichtswürdigkeit oder Geringfügigkeit der Helden, an deren Porträtschilderungen man sich doch oft ergötzt – das alles macht mir das Buch noch immer widerlich, und ich ärgere mich an der Menagerie von zahmem Vieh.

Geht es Dir nicht auch so, daß nichts leicht einen schmerzlicheren Eindruck macht, als wenn ein großer Geist sich seine Flügel bindet und eine Virtuosität in etwas weit Geringerem sucht, indem er dem Höheren entsagt? Goethe ist der Dichter der Leidenschaft und der Erhabenheit der gesamten menschlichen Natur, und so erscheint er in den Gedichten seiner Jugend. Man kann es wohl für sehr wahrscheinlich halten, daß er damals fähig gewesen wäre, sich der ganzen Sphäre zu bemeistern, an deren äußerste Grenzen ihn ein unwillkürlicher Flug aus seinem Innersten oft hinanhob. Er versäumte es, sich diese Einheit zu erwerben, welche vielleicht kein einziger Geist so beherrscht hatte, wie er es gekonnt hätte, und das Fragmentarische und Wilde seiner Jugendarbeiten mißfiel ihm selbst in reiferen Jahren. Er strebte nach einer Einheit und Vollendung, vorzüglich nachdem er auf seiner Reise in Italien die Kunst erforscht hatte. Seine ersten Versuche in dieser Manier, was er um 1786–90 schrieb, ist ganz seiner unwürdig. Es war eine ganz unpoetische mühselige Realität. Er mußte aber auch hierin zum Virtuosen werden, und um es zu werden, beschränkte er seinen Geist. Das macht mich sehr wehmütig. Studiert man seine Schriften von dieser Epoche an, so findet man darin fast durchgehends eine Vernüchterung, die ihm ganz unnatürlich ist. Allmählich scheint, besonders in seinem Innern, das ihm eigentümliche Gefühl wieder zu erwachen, wenigstens in der Erinnerung; aber die vergangenen Jahre sind verloren, und durch sie auch die, welche er noch hat. Ich hoffe aber, daß für ihn selbst die Durcherinnerung seines Lebens wieder verjüngend sein soll.

Nieb 275ff.

Rudolstadt, 17. Juni 1812

Bei Weimar fällt mir Riemer ein. Weißt Du, daß der auch bei Goethe nach neun Jahren seine alten Verrücktheiten bekommen und deshalb das Haus verlassen hat? Goethe wollte nicht recht mit der Sprache heraus, ob es Liebe oder Haß gewesen sei, sagt aber, daß nichts mehr mit ihm anzufangen gewesen sei und er selbst darüber wohl ein halbes Jahr fast ganz verloren hat. Goethe hat so gut als gar nichts Dichterisches in den letzten zwei Jahren gemacht, wie er selbst sagt. Er ist aber fast fertig mit einem neuen Teil seines „Lebens", aus dem er mir auch einiges vorgelesen hat. ... Es ist Goethen sehr schade, so ungeheuer allein zu sein. Denn soviel Menschen er auch vorübergehend sieht, ist er mit keinem vertraut und hat mir versichert, daß, wenn er Meyer und mich ausnähme, im ganzen weiten Deutschland niemand sei, mit dem er eigentlich frei reden möge und könne. Er versauert wohl vielleicht nicht so, aber er verknöchert und verhärtet wirklich und wird auch entsetzlich intolerant und im Gespräch manieriert. Er hatte, wie Du weißt, immer gewisse Lieblingsausdrücke, die halbsagend waren und ihm eigentlich als Aushilfe galten, wenn er zu träge war, seine Ideen recht bestimmt auszudrücken. Aber noch nie habe ich den Gebrauch davon so häufig als diesmal bemerkt. Er begleitet sie auch jetzt mehr mit Mienen und muß einem, der nicht daran gewöhnt ist, sehr wunderbar vorkommen ...

Aber in Karlsbad ist nun der sogenannte Sprudel, an dem man ein bis zwei Stunden lang trinkt, auf einem Brettergerüst, das ungefähr 50 Menschen faßt. Dahinter ist eine schmale hölzerne Brücke, dann enge, fast nie von der Sonne beschienene Straßen, die Allee ist ziemlich weit. Auf diesen Brettern befindet sich nun Goethe alle Morgen mit der Elisa [von der Recke], Tiedge, Gessler, die er alle nicht leiden kann, zusammen. Er nennt diesen Teil des Karlsbader Lebens selbst eine verruchte Existenz. Zu den Annehmlichkeiten Weimars, die er mir auch einmal hergezählt hat, rechnet er auch „das Frauchen". Das ist eins der schrecklichsten Dinge in der Ehe, daß Mann und Frau ... sich durch Gewohnheit und die Befriedigung kleiner physischer Bedürfnisse so herabstimmen, daß sie das Mittelmäßige und sogar das Gemeine gut und selbst unentbehrlich finden.

Hu IV, 8ff.

1775. CHARLOTTE VON STEIN AN CHARLOTTE SCHILLER

Weimar, 19. Juni 1812

Die Goethen ist auch nach Karlsbad, den 14. Juni, abgereist. Goethe sitzt in völliger Arbeit auf dem Parnaß, den zwei Kaiserinnen [von Österreich und von Frankreich], die nach Karlsbad kommen, entgegenzusingen.

SchFr II, 356

1776. KARL BERTUCH AN BÖTTIGER

Weimar, 6. Juli 1812

Was den Großkophta betrifft, so ist er jetzt, seitdem er seine Christel zur Exzellenz gemacht hat, für das gesellige Verhältnis in Weimar gleich Null, und Sie als Fremder werden ihn nirgends treffen. Daß Sie ihn in seinem Hause nicht aufsuchen werden, versteht sich von selbst.

GoeJb X, 155

1777. CHARLOTTE VON STEIN AN KNEBEL

Ilmenau, 15. Juli 1812

Von Goethe höre ich auch nichts, seitdem ich hier bin, sehe ihn aber immer im Traum krank und den Kanarienvogel, so er mir geschenkt, von einer Ratte gefressen.

BodeSt VIII, 14

1778. SIBBERN AN SOPHIE OERSTED

Jena, 16. Juli 1812

Er ist von einer majestätischen Schönheit, Blick, Haltung und Gang sind kraftvoll, wie ein Mann in den besten Jahren, und doch ist sein Gesicht durch die 63 Jahre geprägt. Er besitzt eine Figur und ein Benehmen wie ein Fürst, oder eher möchte ich sagen, wie ein Minister, wobei ich etwa an den alten Bernstorff denke ... Leben und wirken wird er gewiß, ohne jede Minderung, mindestens noch 20 Jahre. Er sieht aus, als könne er 80 Jahre alt werden, ohne jedoch ein Greis zu werden. Freuen Sie sich, daß er noch so viele Jahre mit Ihnen zusammen leben kann und Ihnen jedes Jahr neue Gaben bringt ... Er stand dort groß und kräftig, in einem blauen Überzieher, den er auch am Tage zuvor angehabt hatte. – Als ich von ihm ging, war es gleichsam still in meiner Seele ...

Gespr II, 730f.

1779. CHARLOTTE SCHILLER AN ERBPRINZESSIN KAROLINE

Weimar, 19. Juli 1812

Über die [Karlsbader] Gedichte unseres Meisters werden Sie auch manches hören. Meinen Gefühlen nach sind sie recht schön und für diesen Zweck würdig und edel. Ich begreife nicht, wo er soviel finden kann, ohne das *Zuviel* nicht gefunden zu haben. Die Stanzen sind sehr schön und das historisch Darstellende daran. Kurz, ich, selbst Frau von Stein war nicht unzufrieden.

Über unsern Meister gehen so verschiedene Ansichten und Diskurse herum, merke ich an der Welt, und ich fühle, wir werden zu Schutz und Trutz wieder erneuern müssen, was wir uns gelobten. Selbst die, die ihn sonst liebten, sind lau. Noch an dem Freund [Wilhelm von Humboldt], den ich gestern sah, merke ich's wieder. Will man aber nur ewig sehen, wie der Meister sein sollte, und nicht, wie er ist? Es gibt wenig Menschen, ich möchte sagen niemand, über den so alles urteilen will. Und alles will seinen Charakter und nicht den Genius schätzen, als wenn das doch getrennt sein könnte. Ein Mensch, der das Edle ausspricht, ist es auch. Wo fände er sonst den Geist in sich? Am Ende werden wir ihn noch ganz allein rein lieben, und das wollen wir auch.

SchFr I, 636f.

1780. ARNIM AN BRENTANO

Teplitz, etwa 26. Juli 1812

Goethe heißt jetzt im „Moniteur" der Sänger des Kontinentalsystems, wegen der Karlsbader Verse, und seine Frau die Frau Abstinentalrätin.

ArnB 303

1781. REICHARDT AN LUDWIG TIECK

Giebichenstein, 27. Juli 1812

Auch hat mir K[arl von Raumer] ein paar inhaltreiche Briefe mitgeteilt, die Du ihm ... über Goethe geschrieben und in denen mein eigen Urteil rein ausgesprochen ist. Ja, ich möchte noch hinzu behaupten, daß G[oethe] weit mehr ein geborner Denker, Beobachter und Redner als Dichter ist. Als dramatischer Dichter fehlt ihm gewiß das, was eben auf der Bühne allein den sicheren Effekt gewährt. Er ist auch da immer mehr Menschenkenner und Redner als Schöpfer und Dichter, am wenigsten Schauspieler.

Tieck III, 115

1782. CHARLOTTE SCHILLER AN KNEBEL

Weimar, Ende Juli 1812

Von Goethe habe ich einen Brief gelesen an Frau von Stein. Den 26. Juni war er recht krank. Mit [Friedrich zu] Stolberg, schreibt mir meine Mutter, wäre er sehr freundlich gewesen. Auch die Gräfin Fritsch schreibt, daß Stolberg geweint habe beim Abschied von ihm. Ich habe immer gern, wenn die alten Freunde sich wiedererkennen.

SchKn 83

1783. HOCH AN DIE K. UND K. POLIZEI- UND ZENSUR-HOFSTELLE IN WIEN

Teplitz, 5. August 1812

Untertänigste Meldung. Ihre Majestät erfreuen sich wieder eines bessern Wohlseins als die vorhergehenden Tage und vergnügen sich itzt täglich durch länger dauernde Spazierfahrten, woran der Herzog von Weimar jederzeit teilnimmt. Dieser ist von der Gnade Ihrer Majestät, womit ihn Allerhöchstdieselbe auszeichnet, so lebhaft durchdrungen, daß er mehrmals erklärt hat, er würde mit Vergnügen für diese göttliche Frau sein Leben wagen. Erst vorgestern wurde er von Ihrer Majestät wieder auf das angenehmste überrascht, indem Allerhöchstdieselbe in dem Gartenhäuschen zunächst an der Wohnung des Herzogs, wo er gewöhnlich zu frühstücken pflegt, insgeheim ein Dejeuner arrangieren ließen. Goethe empfing den Herzog mit einem kleinen Gedichte zu seinem an diesem Tage eingefallenen Namensfeste und führte ihn so wie unversehens zu dem Gartenhäuschen, wo sich die Türe öffnete und Ihre Majestät die Kaiserin, die Prinzessin Maria Anna [von Sachsen] und deren Hofstaat den Herzog mit Ihren Glückwünschen empfingen.

Der Herzog war bis zu Tränen gerührt.

Chronik XXVI, 36

1784. ERBPRINZESSIN KAROLINE AN CHARLOTTE SCHILLER

Doberan, 15. August 1812

Durch den Erbprinzen habe ich vom Meister auch einen sehr freundlichen Brief erhalten und ein paar hübsche Zeichnungen seiner Hand. Aus einem Brief von Rantzau aus Teplitz habe ich ersehen, daß der Meister dort Komödie spielt, und das in einem von der Kaiserin verfertigten Stück [„Die Wette“]. Ich bitte Sie: ist das wahr? Und ist's wahr, um alles in der Welt das Stück her, wenigstens genaue Nachricht davon!

SchFr I, 637

1785. KNEBEL
AN CHARLOTTE SCHILLER

Jena, 18. August 1812

Der Herzog ist sehr wohl und freundlich von Teplitz wieder zurückgekommen und hat ein leichteres Leben mitgebracht. Die österreichische Kaiserin scheint guten Einfluß auf ihn und unsern abwesenden Freund gehabt zu haben und scheint überhaupt eine Dame zu sein, deren Umgang erheitert und erweckt. Sie hat sich viel von Goethe vorlesen lassen und aus diesen Vorlesungen lebendige Nahrung gesogen.

SchFr III, 335

1786. CHARLOTTE SCHILLER
AN ERBPRINZESSIN KAROLINE

Weimar, 30. August 1812

... es ist wohl wahr, und nach der Aussage der Frau Geheimerätin, die es meiner Schwester [Karoline von Wolzogen] anvertraut hat, hat ein Gespräch die Veranlassung [zur „Wette"] gegeben über die Materie, welches der beiden Geschlechter das Recht hätte, zuerst die Liebe zu gestehen. Man ist soweit gekommen, es auszumalen, und der Meister hat eine Geschichte darüber erzählt. Die Kaiserin hat gemeint, man könnte sie dramatisch behandeln, und hat sich eine ganze Nacht hingesetzt und das Stück verfertigt, worin der Meister die Rolle eines alten Onkels machen sollte. Er hatte schon eine große Allongen-Perücke bestellt, als er krank wurde und es unterblieb. Soweit geht meine Kunde. Erfahre ich mehr und anders, so sollen Sie es wissen, meine hochverehrte Herrin. Nach des Meisters eigenem Bericht werde ich den besseren machen. Er hat an seine Frau geschrieben, wenn er alles sagen wollte, was ihm Schmeichelhaftes und Erfreuliches geschehen wäre, so würde man es für Anmaßung halten können, und es wäre beinahe unglaublich. Es freut mich, daß er Ehre erfährt, und ich möchte ihm auch gern alle Kronen aufs Haupt setzen: die Dichter-, Bürger- und Heldenkrone. Auch mir und der Frau hat er sehr freundlich und gut geschrieben. Sobald ich sein [Karlsbader] Gedicht an die Kaiserin erhalten kann, sende ich es.

SchFr I, 637f.

1787. DOROTHEA SCHLEGEL AN VARNHAGEN VON ENSE

Wien, 2. September 1812

Lieber Freund, man muß nicht allein gute Verse machen, man muß vor allen Dingen *Gesinnungen* haben. Sind die Verse aber so schlecht wie die Gesinnungen und eins wie das andre, was kann man denn anders, als um den Verlornen trauern? Und höchst unpolitisch sind diese [Karlsbader] Gedichte obendrein, denn wenn die Anekdoten der Dame der Kanzone, die Sie mir erzählten, wahr sind, so wird sie gar übel erbaut sein von dieser Apotheose der Fremden. Ist er durch keine Marter zu diesen Stanzen gezwungen worden, so will ich Gott bitten, daß sie ihm verziehen werden.

SchlVeit II, 98f.

1788. ERBPRINZESSIN KAROLINE AN CHARLOTTE SCHILLER

Ludwigslust, 15. September 1812

Das Stück [„Die Wette"] soll gar nicht spielbar gewesen sein und der Meister sich krank gestellt haben. Ich habe noch auf dem Herzen, Ihnen zu sagen, daß ich nicht ganz so mit seinem Gedichte auf die *eine* Dame [die Kaiserin von Frankreich] zufrieden bin, als Sie es mir scheinen. Mir deucht, daß er vieles bequemer hätte ungesagt können sein lassen, ob es gleich sehr schön und vortrefflich gesagt ist. Die Östreicher sollen gar nicht damit zufrieden sein.

SchFr I, 641

1789. CHARLOTTE VON STEIN AN KNEBEL

Weimar, 19. September 1812

Heute hat Saint-Aignan die Nachricht erhalten, daß die Franzosen den 5. in Moskau eingerückt sind. Die arme Großfürstin! ...

Ich sah heute Goethen nur einige Minuten, denn immer verfehlte ich ihn, wenn er mich besuchen wollte. Er schien mir vergnügt und über die Begebenheiten erhaben. Denn so etwas ist immer ein schönes Thema sowohl für Philosophen als für Poeten, welches nun leider keins von beiden die arme Großfürstin ist!

BodeSt VIII, 15

1790. BUCHOLTZ IN SEINEM TAGEBUCH

Weimar, 23. und 27. September 1812

[23. September:] Bei seinem ersten Eintreten frappierte mich sein Gesicht nicht; bald erkannte ich vieles von seiner Bildung, wie sie mir aus Abbildungen bekannt war. Herrliches Auge, doch blickte er meistens weg. Etwas eingefallene Züge. Sein Gesicht schien ein anderes zu sein bei freundlicher Spannung, ein anderes in der nachlässigen Lage. Er sprach leise, scheinbar fast nur obenhin, war aber sonst sehr gütig.

[27. September:] Er gefiel mir das zweite Mal noch besser als das erste Mal. Wahrlich ein herrliches Gesicht, das auch jetzt fast gar nicht eine gewisse heitere Ruhe und freundliche Spannung verlor. Er sprach über Theater und Literatur ...

Bei Tisch war außer ihm seine Frau, sein erwachsner Sohn, eine gewisse Demoiselle Ulrich, die sehr interessant aussah, und sein Sekretär [Riemer]. Das Gespräch betraf meist gleichgültige oder doch nur ganz obenhin berührte Punkte ...

In allem, was er tat und sprach, war eine hohe Ruhe, eine anstandige Feierlichkeit; er schien alles nur leicht zu berühren, sprach galant, artig mit Demoiselle Ulrich, halb scherzend und mit Würde zugleich mit seiner Frau (es mag ein eigentümliches Verhältnis sein; er nannte sie *Du,* sie ihn *Sie:* „Erlauben Sie, daß wir uns jetzt entfernen"), gab seinem Sohn scherzend ein kleines Monitorium, da er eins der besseren neuern Bücher nicht gelesen hatte (ich dachte an mich), war sehr gütig, gastwirtlich gegen mich.

JbGoeGes V, 208–213

1791. MARIA LUDOVICA KAISERIN VON ÖSTERREICH AN KARL AUGUST

2. Oktober 1812

Ich wüßte gar gern, ob Goethe mit seinem zweiten Aufenthalt in Karlsbad zufrieden gewesen ist. Sagen Sie ihm, daß ich seine Werke mit neuem Vergnügen wieder lese, daß sie aber doch viel verlieren, wenn der Verfasser sie nicht selbst vorliest und deklamiert.

Bode II, 376

1792. CHARLOTTE SCHILLER AN ERBPRINZESSIN KAROLINE

Weimar, 5. Oktober 1812

Gestern habe ich mich mit August lange unterhalten über die neuen Produkte der Welt, und wir kamen überein, daß wir beide eigentlich nicht leicht mehr etwas loben können von der neuen Welt; wir können es nur angenehm, gefällig finden. Denn er wie ich haben in Schiller und seinem Vater einen Maßstab, dem wenige nur nahe kommen. Es freute mich, daß er es fühlte.

SchFr I, 642f.

1793. HELENE VON KÜGELGEN AN FRIEDERIKE UND WILHELM VOLKMANN

Dresden, nach dem 12. Oktober 1812

Ich muß Euch noch einiges von der Frau von Arnim erzählen, die mir als das originellste Wesen erschienen ist... Als sie vor einem Jahr den heftigen Streit mit der Goethe hatte, der soviel Aufsehen machte, hat sie in ganz Weimar erzählt: es wäre eine Blutwurst toll geworden und hätte sie gebissen. Und wirklich soll die Goethe keinem Ding so ähnlich sehen als einer Blutwurst.

Die Arnim kommt mir vor wie ein recht pikantes Ragout, wo man auch Knoblauch und Asa foetida hineingetan hat...

Aus Braunschweig ist jetzt jemand da, der ... ein recht gebildeter und vielunterrichteter Mann scheint ... Wir sprachen von Werner, der sich nun öffentlich in den Straßen Roms geißelt; wir sprachen vom jungen Arthur Schopenhauer, der tags zuvor gelehrt beweisen wollte, es gäbe keinen Gott ... So kam es zu Bekenntnissen, die ich nie gefordert haben würde, und er meinte, alle diese, wenn sie es wirklich mit sich gut und ernstlich meinen, kommen wieder zurück von ihren Irrungen. – Goethe hat jetzt in einer Zeit von zwei Monaten zweimal kommuniziert – was man doch erlebt! Der sucht und sucht auch wohl noch und weiß noch nicht, wo es finden.

Küg 152

1794. CHARLOTTE VON STEIN AN IHREN SOHN FRIEDRICH

Weimar, Ende Oktober 1812

Hast Du Goethes „Leben" gelesen? Der zweite Teil ist auch heraus. Mich interessiert er sehr; schreib mir doch, wie Dir's vorkommt.

Er ist manchmal sehr artig gegen mich, aber erstaunt ungleich. Aus seinem „Leben" sehe ich, daß er von Jugend auf so war, seinen Freunden wehe tat.

Stein II, 373

1795. BÖTTIGER AN ROCHLITZ

Dresden, 1. November 1812

Natürlich liest auch hier jeder mit Heißhunger den zweiten Teil von Goethe über sich. Man findet ihn gehaltreicher, voll treffender Urteile über Kunst und Kunstmenschen, eine köstliche, sich jedem Gegenstand wie ein Zaubermantel anschmiegende Sprache, voll kristallheller Klarheit und hinreißender Darstellung. Aber man wünscht doch noch dies und jenes weg. Besonders sind einige Stellen über den Katholizismus anstößig, die gewiß sehr gemißbraucht werden.

GoeJb XVIII, 153

1796. CARL MARIA VON WEBER AN LICHTENSTEIN

Weimar, 1. November 1812

Goethe habe ich einmal recht angenehm genossen. Heute ist er nach Jena gereist, um den dritten Teil seiner Biographie zu schreiben; hier kömmt er nicht dazu. Es ist eine sonderbare Sache mit der näheren Vertraulichkeit eines großen Geistes. Man sollte diese Heroen nur immer aus der Ferne anstaunen.

Web 24f.

1797. NIEBUHR AN PERTHES

Berlin, 3. November 1812

Verdrießlich ist mir auch, was dem Mißbrauch Wasser auf die Mühle gibt und in Goethens Munde nicht Ernst sein kann: eine Rechtfertigung der katholischen Sakramente. Ich weiß wohl, was sich dafür sagen läßt, aber *das* hat Goethe offenbar nie gedacht, und seine Darstellung [„Dichtung und Wahrheit", 7. Buch] muß auf beiden Seiten ärgern. Unbeschreiblich merkwürdig ist die sichtbar ganz zuverlässige Darstellung seiner Entwicklung, so ohne allen Einfluß der alten Literatur, so ganz aber in der Art der Alten, durch die unmittelbarste, reichste Benutzung der Gegenwart und Wirklichkeit und das rastlos immer stark mit Stoff genährte Feuer in seinem Busen.

Nieb 339

1798. KARL AUGUST AN GRÄFIN JOSEPHINE O'DONELL

Weimar, 4. November 1812

[Franz.:] Goethe ist augenblicklich in Jena. Der zweite Band seiner Quasi-Lebensgeschichte ist erschienen; er enthält sehr interessante Dinge, höchst bemerkenswerte Beobachtungen, feine Belehrungen über die Anatomie der Seele; aber manchmal ist er breit und allzu ausgesponnen, um gerade aufs Ziel loszuführen. Es sind zu viel große Worte darin, die ich gar nicht liebe, und sehr viele höchst langweilige Einzelheiten. [Deutsch:] Indessen ist dieser zweite Teil ein sehr merkwürdiges Werk und mir zehnmal lieber wie der erste, den ich ihn gerne geschenkt hätte. [Franz.:] Die Gesundheit des Verfassers ist sehr gut. Ich bin überzeugt, daß er Ihnen selbst sein Buch schicken wird ...

ArchivLit. XV, 41. Z. T. aus dem Französischen

1799. ROCHLITZ AN BÖTTIGER

Leipzig, 12. November 1812

Was Sie über Goethes „Leben" II sagen, stimmt fast gänzlich mit meinem Urteil zusammen, auch in Ansehung jener Stelle über den Katholizismus. Sie ist meiner Einsicht nach nicht einmal durchgehends wahr, und daß sie eben jetzt, eben von diesem Manne, eben so dreist und überraschend ausgesprochen worden, muß von vielen, und auf Schwache, von sehr üblen Folgen sein. G[oethe]n war, wie ich gewiß weiß, schon vor dem Druck manche Vorstellung über diese Stelle gemacht worden; er hat sie alle zurückgewiesen, weil, wer einmal mit einem solchen Buche auftrete, auch *alle* seine

Ansichten und Überzeugungen ohne Rücksichten auf irgend etwas, außer die Sache selbst, heraussagen müsse; jenes sei aber wirklich seine Überzeugung.

GoeJb I, 336

1800. CHARLOTTE VON STEIN AN KNEBEL

Weimar, 14. November 1812

Ich freue mich, Sie jetzt in Goethes Nähe zu wissen, für Sie und ihn, und möchte wohl manchmal Zuhörerin Ihrer Gespräche sein.

Goethes zweiter Teil hat, wie der Herzog gestern abend erzählte, in Leipzig große, angenehme Sensation gemacht, und wenn sich dort die Menschen begegnen und zeither nur Politik sprachen, so wird dieser gar nicht erwähnt, sondern nur von Goethes „Dichtung und Wahrheit" gesprochen. An die liebe Frau und Sohn meine freundlichsten Grüße und so auch an Goethen; er hätte keinen Urlaub, länger wegzubleiben, denn die vierzehn Tage seien um!

BodeSt VIII, 18

1801. CHARLOTTE SCHILLER AN ERBPRINZESSIN KAROLINE

Weimar, 19. November 1812

Ich hoffe, Sie haben nun das „Leben" des Meisters. Der zweite Teil haucht mich ordentlich südlich an, und ich bin zu Hause in Straßburg, sehe den Münster ... Ich will auch den „Landpriester von Wakefield" [von Goldsmith] wieder lesen ... Was er über Herder sagt, ist so schön. Die Schilderung seiner Schwester ist auch vortrefflich.

Ich habe aufs neue Schutz und Trutz in mir erneuert und reiche meine Rechte nach der Ostsee hin zu der Ihrigen. Im ersten Teil habe ich die theologischen Ansichten so gern (ich las sie erst gestern wieder), die Geschichten der Patriarchen, wie er sagt, wie sie mit Glauben ausgezogen und als Kinder Gottes gehandelt haben.

SchFr I, 645f.

1802. KNEBEL AN CHARLOTTE SCHILLER

Jena, 24. November 1812

Unserm wahren Freund Goethe bin ich und sind die Meinigen am meisten wegen unserer Rettung schuld, und ich bitte auch Sie, ihm bei Gelegenheit unsre Dankbarkeit zu bezeugen.

SchFr III, 337

1803. KNEBEL AN SEINE SCHWESTER

Jena, 26. und 27. November 1812

Doch zu meinen Geschichten zu kommen, die sich in diesen letzten Tagen zugetragen haben, so muß ich Dir noch voraus melden, daß Goethe wieder ein drei Wochen bei uns zugebracht hat, in denen er menschlicher, mitteilender und mir teurer war als je ...

Goethe hat sie gesehen und hat große Freude darüber gehabt. Auch nahm er ihn nun alle Morgen zu sich, diktierte ihm Briefe und dergleichen, um ihn fertiger im Schreiben zu machen. Dieses Zutrauen erweckte den jungen Menschen. Er wollte ihn auch in seinem Gefängnis besuchen. Überhaupt kann ich nicht sagen, welche Liebe und welche zarte Sorgfalt Goethe bei dieser Gelegenheit und während seines ganzen Hierseins ... für mich und die Meinigen bezeugt hat. Er hat auch vorzüglich meinen jähen Eifer zurückzuhalten gesucht, wofür ich ihm danken muß; denn mit dem elenden Volk ist doch weiter nichts anzufangen, und man besudelt sich nur mit ihnen ...

27. November. Noch muß ich Dir sagen, daß ich auf Goethes Antrieb mein Leben zu schreiben angefangen habe.

KnHe 633, 636 f.

1804. HELENE VON KÜGELGEN AN FRIEDERIKE UND WILHELM VOLKMANN

Dresden, November 1812

Klopstock, Herder, Jung gingen auf gerader Straße dem Ziele nach. Schillers Weg scheint mir stark geschweift. Und Goethens ein vollkommenes Zickzack. Unbegreiflich ist meinem Gemüt das Haschen nach allem. Ein solcher Mensch erscheint mir wie ein Polyp, der seine Arme unaufhörlich nach Raub ausstreckt und mit gleicher Begierde alles und jedes an sich reißt.

Küg 153

1805. CHARLOTTE SCHILLER AN KNEBEL

Weimar, Anfang Dezember 1812

Goethe hält sich noch zu Hause; Meyer sagt mir aber, er sei nicht krank, doch angegriffen, daher lebhaft im Gespräch und reizbar. Er war doch kränker in Jena, als er es uns hier wollte wissen lassen. Ich sage es aber nicht weiter; denn er will es, scheint es, geheimhalten.

SchKn 86

1806. CHARLOTTE SCHILLER AN ERBPRINZESSIN KAROLINE

Weimar, 5. Dezember 1812

Knebel schrieb auch neulich, daß er [Goethe] in Jena gewesen und in einer milderen und mitteilenderen Stimmung als je, selbst für Knebel bei einigen Gelegenheiten äußerst wohltätig. Die Herzensgüte und Billigkeit, die man in seinem „Leben" bei ihm findet, habe ich ihm immer zugetraut, wenn er zuweilen den Menschen nicht so erschien. Was er sagt, daß man die Menschen gewöhnlich alle für gesund hielte, und was er davon ableitet, ist so wahr, wie überhaupt ein unermeßlicher Reichtum von treffenden und aus der Wahrheit ergriffenen Bemerkungen in diesem Buche enthalten sind.

SchFr I, 646

Friedrich Leopold Graf zu Stolberg

1807. FRIEDRICH LEOPOLD GRAF ZU STOLBERG AN PERTHES

1812?

Senden Sie mir doch den zweiten Teil von Goethes „Leben"! Den ersten habe ich mit dem größten Interesse in Karlsbad, wo ich ihn selbst fast täglich sah, gelesen. Er war gegen mich in hohem Grade freundschaftlich. Vom Vorigen war, wie Sie denken können, nicht die Rede, so wie es auch mich nicht störte, daß ich gerade dort die „Xenien" wieder las. Bei mir oder bei meiner Frau entfiel ihm nie ein irreligiöses Wort; vielmehr gab er manche Äußerungen, die man ihm nicht zutrauen sollte. Unter anderm sprach er ganz vortrefflich über Jacobis letzte Schrift [„Von den göttlichen Dingen und ihrer Offenbarung"]. Er sah überaus wohl und kräftig aus, litt aber einige Tage an fürchterlichen Krämpfen im Unterleibe, von denen man besorgt, daß sie ihn auf einmal überfallen und töten können.

GoeJb XVIII, 119

1813

1808. VOSS DER JÜNGERE AN ABEKEN

Heidelberg, 4. Januar 1813

Goethes „Leben“, den zweiten Teil, habe ich bis zur Hälfte gelesen, und mit großem Vergnügen – bis auf die Sakramente, in deren allegorischer Darstellung er offenbar dem Zeitgeiste huldigt. Lieber Gott, wie ganz anders habe ich darüber Goethe *reden* gehört!

VoßG 120

1809. DOROTHEA SCHLEGEL AN AUGUST WILHELM SCHLEGEL

Wien, 12. Januar 1813

Ferner haben wir Goethes zweiten Teil seiner „Dichtung und Wahrheit“. Es ist in diesem zweiten Teil mehr Reichtum als im ersten; es will einem aber doch nicht klar daraus werden, woher denn nun der ausgezeichnete Mann, der Dichter seines Volks daraus hat entstehen können. Am Ende glaube ich doch, daß er diese ganze Form bloß braucht, um manches zu sagen, was ihm zu sagen bequem ist: das Beste aber verschweigt er dennoch. Aus diesen meist läppischen Geschichtchen kann ich mir seine Entstehung nicht zusammensetzen.

SchlVeit II, 140f.

1810. FRIEDRICH SCHLEGEL AN SULPIZ BOISSERÉE

Wien, 16. Januar 1813

Daß der alte Götze Ihrer so lobpreisend in dem zweiten Teile [von „Dichtung und Wahrheit“] gedacht, freut mich sehr, der guten Wirkung wegen, die es für die Beförderung Ihres Unternehmens haben wird. Hätte er nur nicht in der Beschreibung des Münsters sich selbst ein so vollständiges testimonium paupertatis ausgestellt von seiner fortwährenden Unfähigkeit, die gotische Baukunst zu verstehen und zu empfinden. Daß er mich auch bei *dieser* Gelegenheit nicht genannt hat, darf mich nicht weiter wundern, da ich es schon von den Deutschen gewohnt bin, daß sie mir übel begegnen. Weil er aber so gar breit um sich her greift, so werde ich ihn dagegen wohl einmal bei nächster Gelegenheit, wo von Kunst die Rede sein wird, nennen; etwas humoristisch, versteht sich, und indem ich ihn wie jener Soldat beim Shakespeare das geschmähte Lauch essen nötige. – Der alte Kerl fängt an, mir in der Tat recht sehr zuwider zu werden, je mehr seine innere Schlechtigkeit ans Licht kommt.

SchlBoi 173f.

1811. ROCHLITZ AN BÖTTIGER

Leipzig, 25. Januar 1813

Daß Goethe die sieben Sakramente, wie Sie sagen, so phantastisch gepriesen, wird freilich schwerlich jemand rühmen können, und diese Sache, so einzeln an sich betrachtet, wüßte ich's zwar zu erklären, aber nicht zu entschuldigen, viel weniger zu rechtfertigen. Aber lassen Sie uns einmal diese wunderliche Einzelheit abrechnen, lassen Sie uns dann vergessen, daß wir Protestanten, ich meine: Partei, sind und uns nur unseres Christentums sowie der jetzigen Lage des Christentums in den meisten gebildeten Staaten, ja vornehmlich in Deutschland, erinnern und nun ganz bestimmt, fest und hell uns vorhalten, was jene ganze Depression Allgemeines enthält oder wenigstens verrät, sucht, will! Wie dann?

GoeJb XVIII, 153

1812. CHARLOTTE SCHILLER AN ERBPRINZESSIN KAROLINE

Weimar, 26. Januar 1813

Für den Meister zittre ich eigentlich und möchte es nicht erleben. Und doch ist es wahrscheinlich. Meyer sagt, er sei wohl und es gehe ihm gut.

SchFr I, 653

1813. LUISE SEIDLER AN PAULINE VON SCHELLING

Jena, 26. Januar 1813

Der einzige Trost, unser verehrter Meister und Freund, ist jetzt immer so kränklich, so niedergeschlagen von den allgemeinen Weltbegebenheiten, daß mein letzter Aufenthalt bei ihm, zu Ifflands Gegenwart, mir ebensooft Sorge und Betrübnis als Freude machte ...

Der zweite schöne Mittag – Du weißt, die andern Tageszeiten ist er wenig zu sehen und noch weniger genießbar – war der, wo Iffland da aß, in der besten Laune, tausenderlei Anmutiges und Komisches aus seinem Leben erzählend und der verehrte hohe Wirt dies alles auf das freundlichste und liebenswürdigste erwidernd.

Gespr II, 758f.

1814. CHARLOTTE VON STEIN AN IHREN SOHN FRIEDRICH

Weimar, 29. Januar 1813

Goethe ist auch immer krank. Seit Wielands Tod war er einmal bei mir.

Stein II, 377

1815. CHARLOTTE SCHILLER AN ERBPRINZESSIN KAROLINE

Weimar, 11. Februar 1813

Der Meister ist nicht krank; doch flieht er die große Welt und hält sich zu Hause, ist unsichtbar bei den Festen, weil er ohne Stiefel nicht gehen darf ... Der Sohn, der gar klug ist und artig, sagte mir neulich, daß, da er nun 63 Jahr alt sei – das will mir gar nicht glaublich scheinen –, so müßte er sich schonen, und in Gesellschaft verdürbe er sich so leicht, weil er sich vergäße. Das ist nun wohl gut für ihn, aber nicht für uns!

SchFr I, 655f.

1816. KARL VON STEIN AN SEINEN BRUDER FRIEDRICH

Kochberg, 20. Februar 1813

Ich bin zu der Herzogin, des Erbprinzen und der Erbprinzeß Geburtstägen in Weimar gewesen ... Goethe hat zu die Geburtstäge allerhand Klingklang [„Idylle“] gemacht. Die Tableaux oder Bilderszenen mit Gesang waren aber hübsch ... Meine Frau hat als Oenone den Goethe berückt, daß er ihr um den Hals gefallen ist. Die Musen haben es hinter dem Vorhang entdeckt und sie beneidet.

Fritz von Stein II, 199f., und Gespr. II, 780

1817. CHARLOTTE SCHILLER AN ERBPRINZESSIN KAROLINE

Weimar, 25. Februar 1813

Es durften nur Frauen von Maçons, noch dazu nur von hiesigen, dabeisein. Ich als die beste Freundin Wielands, die ihn in den letzten Jahren am meisten sah ..., hätte wohl tiefer gefühlt, was da vorging, als manche Dame, die entweder nur da war, um dazusein oder nur in leeren Akklamationen auszubrechen. Selbst die Frauen der Toten haben es vielleicht als ein Opfer angesehen, dasein zu müssen. Dies waren meine Gedanken, und hätte ich der dicken Hälfte für eine Schale Punsch für diesen Abend ihr Recht abkaufen können ..., so glaube ich, wären wir beide an unserm Platz gewesen.

SchFr I, 656f.

1818. LUISE SEIDLER AN PAULINE VON SCHELLING

Jena, 4. März 1813

Von Goethe kann ich Dir bessere Nachrichten geben. Ich fand ihn kürzlich in Weimar wieder ganz den alten, lebenskräftig, voll Feuer und des besten Humors. Ein Gespräch über Fouqués Werke, wo er einmal recht aus sich herausging..., wünschte ich Dir hier so lebendig herzaubern zu können...

Gespr II, 780

1819. CHARLOTTE SCHILLER AN KNEBEL

Weimar, 17. März 1813

Von Goethe sehe ich leider einmal gar nichts! Sein eignes reiches Wesen würde mir jetzt recht wohl machen; nur eine recht eminente Geisteserscheinung kann die kleinen Stürme alle beschwören. Wenn man nur zu ihm könnte, wie man wünschte!

SchKn 115f.

1820. KNEBEL AN CHARLOTTE SCHILLER

Jena, 19. März 1813

Ich glaube wohl, daß Ihnen, geliebte Freundin, die Anrede eines Mannes, wie Goethe ist, zuweilen sehr wohltätig wäre. Da er sich aber ungerne mündlich und so völlig und schön in Schriften mitteilt, so müssen wir ihn schon da suchen, wo er zu finden ist.

SchFr III, 340

1821. CHARLOTTE VON STEIN AN KNEBEL

Weimar, 24. März 1813

Goethens Rede auf seinen [Wielands] Tod [„Zu brüderlichem Andenken Wielands"], die ich gestern zu lesen bekam, ist ein Kunstwerk, Kunststück und Meisterstück. Sie hat mir außerordentlich gefallen.

BodeSt VIII, 21

1822. CHARLOTTE SCHILLER
AN ERBPRINZESSIN KAROLINE

Weimar, 10. April 1813

Die Rede [auf Wielands Tod] vom Meister ist meisterhaft: so klar, schön, billig, verständig und mit soviel Geist.

Denken Sie, daß ich neulich in dem Tannengang an seinem Garten ganz einsam ging; da begegnete ich ihm; er war so freundlich, lieb und gut. Wir sprachen über seine Rede, die ich eben gelesen hatte, und er nahm mich mit in sein Haus, welches eben ganz ausgereinigt war. Ich sah den prächtigen Jupiterskopf, den er jetzt besitzt ...

SchFr I, 659

1823. GRIES AN CHARLOTTE SCHILLER

Jena, 18. April 1813

Wie anders würde die Vorstellung der „Zenobia" ausgefallen sein, wenn Schiller sich ihrer angenommen hätte! Jetzt muß ich mich freuen, daß es nur so leidlich gegangen ist ...

SchFr III, 167

1824. CHARLOTTE VON STEIN AN IHREN SOHN FRIEDRICH

Weimar, 18. April 1813

Er konnte die hier so abwechselnde bald Lüge bald Wahrheit, ob Russen oder Franzosen uns zernichten würden, nicht ertragen, war tiefsinnig darüber geworden, ist auch lange Zeit nicht mehr zu mir gekommen, und kam gestern seine Frau, mir ein Lebewohl von ihm zu sagen, und er würde mir von Teplitz aus schreiben.

Stein II, 382

1825. KNEBEL AN SEINE SCHWESTER

Jena, 22. April 1813

Er hatte sich vorgenommen, es diesen Sommer, wo möglich, in Weimar auszuhalten und dabei sich ganz auf seine Arbeiten, vorzüglich auf seine Lebensgeschichte, einzuschränken. Als ich letzthin in Weimar war, sah ich ihm wohl an seinem tiefen und schweigenden Ernst an, daß er etwas in sich gedrückt sei. Auf inständiges Zureden seiner Frau hat er sich endlich schleunig entschlossen abzureisen, und das Glück hat ihm dadurch gewollt, daß er die Szenen, die sich gleich tags darauf in Weimar durch Besetzung der Franzosen und Vertreibung der preußischen Piketts zugetragen, nicht daselbst miterlebte.

KnHe 650

1826. HELENE VON KÜGELGEN IN IHREM TAGEBUCH

Dresden, 25. April 1813

Des Kaisers [von Rußland] und Königs [von Preußen] Einzug brachte schon von früh an Menschen zu uns, die sich unsrer Fenster bedienen wollten. Der erste von diesen war Goethe. Er fand mich mit den Kindern noch allein und war sehr liebenswürdig, das heißt, wir genierten einander nicht.

Ich trug ihm den Sessel vor das Mittelfenster hin. Ich war zu bewegt, um sprechen zu können.

Nun aber füllte sich das Zimmer, und so ging es fort bis 2 Uhr. Ich war sehr müde; dabei die beständige Janitscharenmusik gerade unter den Fenstern. Als sie nun endlich kamen und alle Glocken läuteten, als sie zu Pferde in der Allee hielten, gerade unter unseren Fenstern, und nun die vielen tausend Stimmen wie in einem lang gehaltenen Schrei sie begrüßten – und als die unzähligen Geschwader vorbeizogen und die Musik, das Geschrei, die wehenden vaterländischen Fahnen, die mich mehr als alles andere rühren: da war ich wirklich ermattet. Und nun mußten wir zu Mittag essen ... Goethe ging gleich nach Tisch von uns, um zu schlafen, und ich hing wie eine überreife Kornähre vornüber und ließ mich vollends zerarbeiten bis um 4 Uhr, da Goethe erwachte und zum Kaffee kam.

Küg 167

1827. BÖTTIGER AN ROCHLITZ

Dresden, 12. Mai 1813

Ich habe W[ieland] als Menschen nicht lange und genau genug gekannt, um urteilen zu können, ob Goethe ihm in dieser Hinsicht ganz und überall sein Recht angetan. Aber W[ieland] den Dichter glaube ich mir nicht fremd, und da muß ich denn gestehen, daß er ... in einer Weise aufgefaßt und mit einer Konsequenz, Klarheit und Anschaulichkeit dargestellt ist, wie das wohl kein andrer vermocht hätte, im ganzen nämlich! Gegen einzelnes lassen sich vielleicht nicht grundlose Einwendungen machen ... Die Rede aber, als Kunstwerk, als Charakterbild an sich betrachtet, muß ich sie als das Schönste rechnen, was Goethe in späterer Zeit geliefert hat, unter das Schönste, was Deutschland in dieser Gattung besitzt.

GoeJb XVIII, 153f.

1828. THEODOR KÖRNER AN FRIEDRICH SCHLEGEL

Teplitz, 28. Mai 1813

Goethe sehe ich oft, aber über das, was mich jetzt am meisten interessiert, läßt sich mit ihm nicht sprechen. Er ist zu kalt für den Zweck, um zu hoffen. Jede Entbehrung und Unruhe ist ihm daher ein zu kostbares Opfer. Um seine und vieler anderer Leute höhere Weisheit beneide ich niemanden.

Kör 315f.

1829. CHARLOTTE SCHILLER AN KNEBEL

Weimar, 14. Juni 1813

Ich habe jetzt den „Reineke Fuchs" wieder vorgenommen, und die klare Ansicht hat mich recht erfreut und ergötzt von neuem. Ich sehe auch immer Goethe im Geist dabei und gedenke der Zeit, wo er uns daraus gelesen. Die Beichte Reinekes liest er einzig vor.

SchKn 134

1830. WILHELM VON HUMBOLDT AN SEINE FRAU

Prag, 31. Juli 1813

Goethe ist, wie mir die Recke ... sagt, sehr verdrießlich in Teplitz. Ich kann mir seinen Zustand denken. Er hat eigentlich kein Gleichgewicht in sich, er ist schwach in der Wirklichkeit, und dann gilt das Idealische nur im Moment der Begeisterung und durchdringt nicht jeden Moment des bloßen einfachen Lebens. Da er sich nicht anschließt, können es auch andere nicht, und so nötigt ihn gerade die Unfähigkeit, recht allein zu stehen, allein zu bleiben.

Hu IV, 84f.

1831. RIEMER AN FROMMANN

Weimar, 14. August 1813

Ich muß mich jetzt an das Goethische [Manuskript zum 11. und 12. Buch von „Dichtung und Wahrheit"] halten, das mir, bei seiner Entfernung und da ich das Risiko tragen muß, wirklich einige Not macht. Denn es enthält gewaltige Nachlässigkeiten im Stil, teils wohl durch die Ähnlichkeit, ja Gleichheit der Zustände veranlaßt, öfter aber auch durch Mangel an Aufmerksamkeit des Diktators oder Schreibers ...

... ich sehne mich nur nach G[oethes] Rückkehr; denn er mag sein, wie er will, nach so langer Abwesenheit hat man sich immer viel zu sagen.

Rie 209f.

1832. DOROTHEA SCHLEGEL AN SULPIZ BOISSERÉE

Wien, 24. August 1813

Goethe ist in Teplitz gewesen; ich weiß nicht, ob er noch dort ist. Der flüchtet vor dem äußern Feinde und gibt seine ganze Seele ungehindert dem innern Feinde preis. Es gibt nicht viele Bücher, die meiner innern Natur so zuwider sind als seine letztern, namentlich die „Wahlverwandtschaften" und vollends sein sogenanntes „Leben". Was er über die Sakramente und was er über Ihr Werk darin kundtut, ist doch so bei den Haaren herbeigezogen und so deutlich nur eine Bescheinigung seines Eigentumsrechtes. Wie es dann aber zu gehen pflegt, es beweist gerade im Gegenteil, daß diese Gegenstände ihm allezeit fremd geblieben, seiner Seele nie einheimisch gewesen sind.

SchlVeit II, 195f.

1833. CHARLOTTE VON STEIN AN CHARLOTTE SCHILLER

Kochberg, 11. September 1813

Dem Meister habe ich den Tag vor meiner Abreise eine Ananas zu seinen Füßen geschoben, die ich ihm zum Geburtstag bestimmt hatte, ganz still bei Mondenschein, als er (où peut-on être mieux, wie man sagen könnte, qu'au sein de sa famille) saß und sich von Mlle. Engels auf der Gitarre vorspielen ließ. Ich war mit meinen Fräulein hinten zum Garten hineingegangen; hoffentlich hat er sie gefunden.

SchFr II, 357

1834. RIEMER AN FROMMANN

Weimar, 10. Oktober 1813

Gott! wenn nur für diesen Winter einige Ruhe zu hoffen wäre! und nicht etwa noch Schlimmeres uns bevorstände! –

Um mich auf andre Weise zu beruhigen und eine wissenschaftliche Unterhaltung mit G[oethe] zu haben, bin ich in ihn gedrungen, mir etwas von seinen physiologischen Abhandlungen mitzuteilen, und er hat sich bewogen gefunden, diese Papiere vorzunehmen, und wir lesen sie zusammen. So dürfte die „Metamorphose der Pflanzen" in einer neuen und reichern Umgebung auftreten, wenn sie auch der ausgearbeiteteste Teil wäre. Aber die Einleitung ist ganz, wie sie daliegt, brauchbar; das übrige mehr schematisch, aber doch sehr interessant.

Rie 211

1835. WILHELM VON HUMBOLDT AN SEINE FRAU

Weimar, 26. Oktober 1813

Ich wohne hier wieder nach alter Art bei Goethe ... Der Geheimrat trägt den Annen-Orden; die Legion ist beiseite gelegt, wie es scheint. Allein die Befreiung Deutschlands hat noch bei ihm keine tiefe Wurzel geschlagen. Er glaubt zwar ernstlich daran, aber stellt mit vielen Umschweifen, unbestimmten Phrasen und Gebärden vor, daß er sich an den vorigen Zustand einmal gewöhnt habe, daß alles da schon in Ordnung und Gleis gewesen sei und der neue nun hart falle. Die Verheerungen der Kosaken, die wirklich arg sind, nehmen ihm alle Freude an dem Spaß. Er meint, das Heilmittel sei übler als die Krankheit; man werde der Knechtschaft los werden, aber zum Untergehn. Ich habe mich wenig darauf eingelassen, diese Dinge zu bestreiten; es kam mir mehr darauf an, es zu kennen und aus ihm zu hören. Übrigens sieht er's sehr locker und lose an. Die Weltgeschichte, meint er, habe auch diesen Spaß haben müssen ... Sonst aber ist Goethe eine wunderschöne Natur, mit der ich immer unendlich gern bin.

Hu IV, 155

1836. WILHELM VON HUMBOLDT AN SEINE FRAU

Dornheim bei Arnstadt, 27. Oktober 1813

Von Goethe könnte ich Dir noch lange erzählen. Er hat den Feldzeugmeister Colloredo zur Einquartierung gehabt, der auf Goethes Kosten alle Tage 24 Personen zu Tisch gehabt hat. Die Geheimrätin versicherte, das koste 2- bis 300 Taler, und der Koch hätte ihr noch gesagt, daß sie sehr geizig wäre. Wie Colloredo gekommen ist, hat Goethe noch die Legion getragen, und Colloredo hat ihm gleich gesagt: „Pfui Teufel, wie kann man so etwas tragen!" Heute früh hat er mich ernsthaft konsultiert, was er tragen solle; man könne doch einen Orden, durch den einen ein Kaiser ausgezeichnet hat, nicht ablegen, weil er eine Schlacht verloren habe. Ich dachte bei mir, daß es freilich schlimm ist, wenn man für das Ablegen der Legion keine besseren Gründe hat, und wollte ihm eben einen guten Rat geben, als er mich bat, zu machen, daß er einen österreichischen Orden bekäme. Es ist närrisch, daß wir immer dazu bestimmt sind, daß die Leute uns in das Vertrauen ihrer kleinen Schwachheiten setzen. Die Goetheschen tun mir um so mehr leid, als er äußerst gut und freundschaftlich mit mir ist.

Hu IV, 156

Weimar, 29. Oktober 1813

Gestern wurden wir bei Hofe zu Mittag geladen. Ich besuchte den Hofmarschall, und endlich ... bekam ich ein Quartier im Hause des berühmten Goethe. Er empfing mich und meinen Freund [Rumbold] mit der größten Höflichkeit und gab uns eine sehr behagliche Wohnung ...

Nach dem Theater eilte ich zurück, um zu sehen, was Rumbold und Pat für ein Souper getan hätten, zu dem ich Herrn von Goethe, den Kanzler [von Hardenberg], den Prinzen Hohenzollern und Grafen Bombelles eingeladen hatte. Wenn man die Umstände bedenkt, so war das Mahl der Gäste nicht unwürdig; wenigstens schienen sie so zu denken. Wir hatten viel lebhaftes Gespräch; die Anwesenheit des Herrn von Goethe machte, daß wir uns alle anstrengten. Und wenn ich mich auch nicht erinnere, daß jemand von *uns* Erhebliches an Witz oder Weisheit vorgebracht hätte, so taten wir doch unser Bestes und bemühten uns zu zeigen, daß wir verständnisvolle Zuhörer der Weisheit des großen deutschen Genies seien.

Der Zauber seiner Unterhaltung wird nach meiner bescheidenen Ansicht etwas durch ein pedantisches Wesen gestört, das offenbar von der Anbetung herkommt, an die er von seinen zahlreichen Verehrern gewöhnt ist. Die Leute hier scheinen gleichsam an seinen Lippen zu hangen; sie horchen auf seine Worte wie auf Orakel. Deshalb ist es nicht verwunderlich, daß diese Worte in einem minder leichten Flusse sich ergießen, als wenn er so frei reden könnte wie andere, von denen man nicht allemal, wenn sie den Mund auftun, eine ungewöhnliche Schönheit der Rede oder Weisheitslehren oder dichterische Phantasien erwartet.

Mir für mein Teil gefällt Goethe wegen seiner guten Laune und angenehmen Manieren. Ein kleinerer Geist, eine minder geniale Natur wäre gewiß unausstehlich geworden bei so beständiger Fütterung mit Schmeichelei, wie sie ihm zuteil wird. Es ist aller Ehren wert, daß er so wenig verdorben wurde.

Gespr II, 845f. Aus dem Englischen

Prag, 4. November 1813

Sie [Karoline von Wolzogen] hat mich mit einem großen Glücke überrascht. Sie sagte mir mit einem Male: „Ich habe Briefe von Ihnen gelesen, die sehr schön sind!" Ich dachte, an Frau von Humboldt; sie setzte hinzu: „Über Goethe. Es hat ihn unendlich gefreut. Es ist ihm so nötig, er wird so häufig mißverstanden, so vielfältig nicht gut berührt", so ungefähr sprach sie, „es hat ihm außerordentlich wohlgetan." Ich sagte ihr, daß ich ihn *vergöttre* ..., diesen *König* der Deutschen, der blinden, unglücklichen, die ein Jahrhundert nach seinem Tod erwachen werden. Ich vergöttre diesen begabten Weisen, agitierten, echten Herzensmenschen! Daß er mir im ganzen Leben beigestanden! Sie sagte mir, man hätte ihr vertraut – das kann in Weimar nur Goethe sein –, die Briefe seien von mir; sie wolle es auch verschweigen. Ich sagte, es sei nicht nötig, denn da Goethe es wisse, könne es die ganze Welt wissen. Denk Dir also mein innres stilles Glück, daß ich meinen Herrn, meinen größten Liebling gefreut habe! Ach, und das ist es nicht, bei Gott nicht, denn wüßt ich *einen,* der ihn mehr liebt, verehrt, bewundert, anbetet ..., so wollt ich ewig, ewig ignoriert bleiben und ihm den zuschieben. O gäbe es eine Fürstin, die so für seine Verehrung geboren wäre, fast wollt ich ihr mein Herz und meine Einsicht geben, leihen gewiß oft! ...

Denk Dir nur, jetzt in Weimar fuhr ihn ein österreichischer General Colloredo, der bei ihm wohnen sollte und dem er entgegenging, an, weil er den Orden der Ehrenlegion auf demselben Schilde im Knopfloch hatte, wo der russische war. Goethen *der*gleichen! Der rohe Krieg! und seine Gesellen! Frau von Wolzogen sagt, es würde ihn *unendlich* kränken, und wie sie ihn kenne, werde es ihm Weimar verbittern und er es verlassen. August, welch ein Schmerz in seinem Alter, bei seiner Zartheit! Wie er sich alles denkt und alles in seiner Seele zu stehen hat, mischt ein wütender Krieger sich ein! Ach, nähm er's als einen Stoß, einen Schlag, im Gedränge auf ihn gefallen! Und Deutschlands Pöbel, wie wird er sich freuen! Hier sind vornehme Leute *für* Goethe.

Graf Christel Clam[-Gallas] an der Spitze. Der sagt, er würde es kriechend gefunden haben, wenn Goethe in dem Augenblicke den Orden abgelegt hätte. Es nennten sich Fürsten und Staatsmänner als Mitglieder dieses Ordens ...

Gentz, der zu Frau von Wolzogen kam, als ich eine Weile dort war, drückte sich nicht schön über Goethe aus. So kalt wie eine Klinke. Ich klinke ihn aber auf: die Zeit kommt, oder ich sterbe früher!

Varn III, 189ff.

1839. WILHELM VON HUMBOLDT AN SEINE FRAU

Frankfurt, 9. November 1813

Ich muß aber die Sache mit dem Orden [für Goethe] besser betreiben, als ich tat ...

Noch eine Sache vergaß ich Dir zu sagen. Die äußeren Dinge wirken jetzt so auf ihn, daß er mir, nicht zwar, wenn wir allein waren, aber mit der Frau bei Tisch, selten die Exzellenz geschenkt hat.

Hu IV, 167

1840. VARNHAGEN VON ENSE AN RAHEL LEVIN

Boizenburg, 3. Dezember 1813

Der General Colloredo ist derselbe, mit dem ich in Prag im Roten Hause den Streit hatte und den ich herausforderte; von ihm ist man wütende Härte gewohnt. Aber doch war das Kreuz der Ehrenlegion wohl nicht an seinem Platze, wie sehr ich auch (und selbst mein General) die Rechtfertigung, die Graf Clam wirklich edel dafür ausgefunden hat, anerkenne. Goethe wahrlich hat diesen Krieg mitbereitet wie keiner. Ohne ihn und den tiefdringenden Einfluß seines Geistes und Regens wäre ein großer Teil unserer Jugend nicht *so* für die Waffen entflammt, stünde unser Sinn und Willen nicht so erhöht für Besseres. Aber er, die Wurzel, verleugnet doch auch nicht billig das ihm freilich ungleichartige Erzeugnis seiner grünen Blätter, und daß er mit unserer Geschichte zu hadern scheint, muß in der Tat jeden von uns betrüben. Ich habe ihn übrigens neulich mit Perthes wacker verteidigt gegen den General Tettenborn ...

Varn III, 222

1841. LUISE SEIDLER AN PAULINE VON SCHELLING

Jena, 12. Dezember 1813

Von Goethe kann ich Dir wenig Erfreuliches mitteilen. Diese unruhigen Zeiten haben seine Behaglichkeit gestört, und das empfindet er übel und soll es auch wiederum empfinden lassen. Ich war neulich auch mittags bei ihm und empfand es doch auch etwas, ob er gleich die Güte selbst war ..., denn er war weniger lebhaft als sonst. Auch meinte er, man müsse sich auf alle Art zerstreuen, und er arrangiere jetzt seine Kupferstiche nach den Schulen; das sei Opium für die jetzige Zeit. Nimm dies, wie Du willst: mir war es leid, daß er für die jetzige Zeit, die freilich lastenvoll, aber doch überall groß und herrlich ist, Opium will.

Auch meinte er, es sei unrecht von den Studierenden und Professors, mit in den Kampf ziehen zu wollen, da jetzt schon so viel geschehe, dadurch Wissenschaften gestört etc. etc. würden. Übrigens ließ er sich nicht weiter über die Sachen aus, aber daß er nicht dafür enthusiasmiert ist, beweist er doch auch, indem er seinem Sohn verweigert, sich unter die Freiwilligen zu stellen, der es wünscht und in kein gutes Licht durch sein Bleiben gesetzt wird.

Gespr II, 850

1842. KIESER AN LUISE SEIDLER

Weimar, 12. Dezember 1813

Um 6 Uhr ging ich zu Goethe. Ich fand ihn allein, wunderbar aufgeregt, glühend, ganz wie im Kügelgenschen Bilde. Ich war zwei Stunden bei ihm, und ich habe ihn zum ersten Male nicht ganz verstanden. Mit dem engsten konfidentiellen

Zutrauen teilte er mir *große Plane* mit und forderte mich zur Mitwirkung auf. Ich glaubte, es sei die Zeit nach Tische; aber es gab kein Tröpfchen, und dennoch wurde er immer lebendiger. Ich war zu müde, um mich in dieselbe Stimmung zu versetzen; so habe ich mich endlich ordentlich losgerissen. Ich fürchtete mich beinahe vor ihm; er erschien mir, wie ich mir als Kind die goldenen Drachen der chinesischen Kaiser dachte, die nur die Majestät tragen können. Ich sah ihn nie so furchtbar heftig, gewaltig, grollend; sein Auge glühte, oft mangelten die Worte, und dann schwoll sein Gesicht, und die Augen glühten, und die ganze Gestikulation mußte dann das fehlende Wort ersetzen. Ich habe seine Worte und Plane, aber ihn selbst nicht verstanden. Ich muß morgen nach dem Theater wieder zu ihm, um ihn zu ergründen. Er sprach über sein Leben, seine Taten, seinen Wert mit einer Offenheit und Bestimmtheit, die ich nicht begriff.

Sei 125f.

1843. KIESER AN LUISE SEIDLER

Weimar, 13. Dezember 1813

Es fällt mir ... ein, daß es sonderbar ist, warum man so leicht, was Goethe sagt, ausführt und beweist, – wieder vergißt. So riet er mir in Beziehung auf unser Gespräch, ja am Sonnabend die „Räuber“ von Schiller zu sehen; aber ich habe das Motiv rein vergessen. Ich glaube, es liegt doch hauptsächlich darin, daß man sich durch die Art seiner Darstellung überreden läßt, mit ihm ganz gleichdenkend zu sein, da man doch in den Grundansichten in manchen Stücken abweicht. Oder liegt's darin, daß man im Gespräch mit ihm nie Ruhe genug hat, um das sich im Gespräch Entwickelnde sich einzuprägen, da der Strom der Entwickelung unaufhaltbar forteilt und das Frühere vom Nachfolgenden verschlungen wird?

Sei 127f.

1844. CHARLOTTE SCHILLER AN KNEBEL

Weimar, 22. Dezember 1813

Vorige Woche hat Goethe uns einen schönen Abend gemacht. Er hat bei der Herzogin uns einen Abschnitt aus seinem neuen Teil der „Dichtung und Wahrheit" gelesen, was er über Klinger, Lavater und Basedow sagt. Er hat mit soviel Geist Lavater gezeichnet und mit soviel Wahrheit, daß man ihn sieht, und mit soviel Milde die verschiednen Ansichten ausgesprochen, daß es eine Meisterhand nur so kann.

SchKn 162f.

1845. ROCHLITZ AN BÖTTIGER

Leipzig, 30. Dezember 1813

Unter diesen muß ich vor allen Goethe rühmen. Ich wüßte nichts zu ersinnen, was echte Humanität, Fürsorge, Zutraulichkeit und Freundschaft für Menschen, wie *wir* eben sind, tun könnten, das er nicht vom ersten bis zum letzten Tage, vornehmlich für mich selbst, getan hätte. Damit Sie nicht glauben, ich sehe durch das schmückende Glas der Vorliebe, will ich Ihnen nur einiges anführen, was sich mit wenigem anzeigen läßt. Die meisten Vorstellungen der Bühne waren bloß nach unsern Wünschen angeordnet; Goethe überließ uns für immer seine Loge, in welcher er nur uns besuchte, wie er uns seinen Wagen und andere Bequemlichkeiten überließ. Ich wünschte gleich beim ersten Morgenbesuch seine Kunstsachen, vornehmlich seine Zeichnungen, nach und nach kennenzulernen. Er sann sich, damit dies auf die ungezwungenste und erfreulichste Weise geschehen möchte, folgendes aus, was er gleich den ersten Nachmittag, wo er zu uns kam, mir vorschlug. „Ich lasse für Sie", sagte er, „jeden Tag ein Stübchen heizen und sorge am Morgen dafür, daß Sie immer wenigstens für einige Stunden Beschäftigung bereit finden. Kommen Sie dann oder kommen Sie nicht! Kommen Sie, so wird mein Bedienter [Dienemann ?] mir's sagen; kann ich, so teile ich Ihre Beschäftigung; kann ich nicht, so mögen Sie mich entschuldigen." Und so geschah es auch pünktlich; er kam aber allezeit, und ich blieb nur, wegen anderer Beschäftigung, drei Tage aus. Da kramten und besichtigten und untersuchten wir denn gemeinschaftlich, teilten uns unsere Ansichten einander mit, stritten wohl auch, und hübsch ernstlich. Kurz, es waren köstliche Stunden; denn was weiß der Mann nicht alles, und wie lehrreich oder anziehend wird nicht selbst das Bekanntere durch sein Zusammenfassen des Einzelnen und Beziehen desselben auf das Allgemeine – besonders auch in Absicht auf Geschichte und Kunsttechnik!

GoeJb I, 337 f.

1814

1846. WILHELM VON HUMBOLDT AN SEINE FRAU

Freiburg i. Br., 1. Januar 1814

Endlich hat sich doch also auch ein Schiller in Bewegung gesetzt! Goethen kann ich mir vorstellen. Er gehört durchaus zu den gleichgültigen Naturen für alles Politische und Deutsche. Egoismus, Kleinmütigkeit und zum großen Teil ganz gerechte Menschenverachtung, die man aber nur nicht so anwenden muß, tragen zusammengenommen dazu bei. Die Frau hält ihn ihrerseits auch in den erbärmlichsten Ansichten in dieser Rücksicht gefangen. Dabei hat er wirklich von Napoleon eine große Idee wenigstens gehabt und hat sie eigentlich noch. Denn auch die jetzige Epoche sieht er doch als eine Krise an, die ihn habe auch treffen sollen, um ihn daran zu versuchen. Wie der Sohn denken mag, wünschte ich ordentlich zu wissen. Ich konnte ihm indes auch keinen Enthusiasmus abmerken.

Hu IV, 207

1847. CHARLOTTE SCHILLER AN ERBPRINZESSIN KAROLINE

Weimar, 2. Januar 1814

Der Meister ist teilnehmend und freundlich, doch nicht ohne Sorgen!

Der dritte Teil [von „Dichtung und Wahrheit"] ist nur in Aushängebogen erst sichtbar. Er hat mir zwei Bücher davon mitgeteilt, die wunderbar schön, lebendig und anziehend sind. Man wird ordentlich mit jung und aufgelebt.

SchFr I, 670f.

Leipzig, 9. Januar 1814

Jetzt nach Weimar: denn da erquickte man mich auch, unmittelbar, tätig. Niemand aber tat das mehr, oder vielmehr: niemand tat das so echt, human, ganz würdig vertraulich und *meiner* Weise sich bequemend als der Mann, den Tausende dazu gar nicht fähig glauben, weil Tausende über ihn urteilen, ohne ihn nahe zu kennen. Goethen mein ich ...

Ich hatte Goethen einige Tage vor meiner Reise geschrieben – nichts als: ich komme mit Frau und Kindern; ich will mich erholen; lassen Sie mich was Gutes vom Theater und, kann es sein, etwas von Ihren Kunstsachen sehen, womit ich jenen Zweck am schönsten zu erreichen denke ... Als ich den ersten Morgen zu ihm kam, arrangierte er mit ebensoviel Feinheit und Vertrauen als selbst mit Sorge gegen Frau und Kinder unsre Zeit im ganzen für unsern Aufenthalt. Die Residenzer ... gleich zu stimmen, gab er uns den zweiten Tag ein schönes und leckeres Mahl, dem aber niemand beiwohnen sollte, als die wir wünschten, und deren waren wenige. Dann ward das Theater geordnet. Ich wünschte freilich den „Tasso“ oder die „Iphigenia“, aber die vielen Russen in W[eimar] und auch die meisten der Preußen, die vom Erfurter Belagerungskorps zum Schauspiel herüberkommen, haben dazu nicht Ruhe, nicht Bildung, nicht Geschmack. Auch sind jene Werke jetzt wirklich nicht an der Zeit ... So wurde denn, außer manchem schönen Musikalischen, vornehmlich „Götz von Berlichingen“, in zwei Abende verteilt, aufgetischt, und so, daß ich nie vollendetere theatralische Darstellungen gesehen habe. (Goethe selbst ließ die Hauptpersonen erst kommen, wohnte den Proben lenkend und anfeuernd bei pp.)

GoeRo 453f.

1849. VARNHAGEN VON ENSE AN RAHEL LEVIN

Hadersleben, 11. Januar 1814

In Schleswig besuchte ich in Auftrag des Generals [Tettenborn] eine andere Schriftstellerin, Charlotte von Ahlefeld, geb. Seebach, die in Weimar durch die Herzogin gewissermaßen erzogen worden ist, Goethe, Schiller, Herder genau gekannt hat, eine Freundin der Frau von Wolzogen, eine Hauptverehrerin von Goethe ... Die gute Frau sprach mit Innigkeit von Goethe, über den ich ihr einige Worte aus Deinem Briefe nebst der Geschichte mit Colloredo vorlas. Sie sagte unter anderen, niemand habe in den trübseligsten Augenblicken sie so übermächtig beruhigt und durch oft wenig gesprochene Worte getröstet wie Goethe, den sie hoch über Schiller stellte, ohne literarische Anmaßung, bloß menschlich. Jawohl, geliebte Rahel, es lebe Goethe, bei jeder Gelegenheit! Mir gefällt an Niebuhr, daß er in seiner Zeitung [„Preußischer Korrespondent"] öfters aus ihm spricht, bald genannt, bald nicht.

Varn III, 280f.

1850. CHARLOTTE VON STEIN AN KNEBEL

Weimar, 12. Januar 1814

Goethe hat neulich einmal bei der Herzogin seine kleinen Gedichte vorgelesen, aber die jetzige Zeit ist so unpoetisch ... – Gesang will Freude haben.

BodeSt VIII, 287

1851. CHARLOTTE SCHILLER AN ERBPRINZESSIN KAROLINE

Weimar, 13. Januar 1814

Unsre Stadt ist plötzlich ein Lager geworden. Freiwillige zu Pferd und zu Fuß üben sich, und alles will sich rüsten ...

Der Meister ist tätig und ziemlich wohl. So recht geistig aufgelegt scheint er nicht. Mit dem Magnetismus gibt er sich auch ab und hat etwas darüber geschrieben; er wird es ein-

mal bei Ihrer Frau Mutter lesen. Wenn er mit seinem hellen Geistesblick diese merkwürdige Erscheinung wie die Farbenlehre beleuchtet, so freue ich mich.
SchFr I, 671ff.

1852. RIEMER AN FROMMANN

Weimar, 10. Februar 1814

Ihre Besorgnisse wegen G[oethe] beantworte ich nächstens: sie sind nichts, und er remuneriert mich gut, das mir denn in diesem teuern Jahre sehr zustatten kommt. Es sind wohl andre Dinge, die einem das Leben sauer machen und den Mut benehmen.
Rie 215

1853. CHARLOTTE VON STEIN AN KNEBEL

Weimar, 12. Februar 1814

Manchmal sehne ich mich nach einem behaglichen Freund ... Goethe ist selten zu sehen, und ist immer etwas um ihn, entweder eine Wolke, ein Nebel oder ein Glanz, wo man nicht in seine Atmosphäre kann.
BodeSt VIII, 287

1854. WILHELM GRIMM AN ARNIM

Kassel, 13. Februar 1814

Vor einigen Tagen ist die zweite Abteilung der sächsischen Armee durchgekommen ... Ein Jenaer Student, der zu den Freiwilligen gehörte, erzählte, Goethe sei ganz still und ziehe sich zurück; vielleicht weil er neulich einen unangenehmen Auftritt gehabt. Als er nämlich noch mit dem französischen Orden an den Hof gekommen, habe ihn ein östreichischer Colloredo, der da gewesen, deshalb hart angefahren, ob er nicht wisse, daß jetzt keine Zeit dafür sei. Wer weiß übrigens, ob es wahr ist? Es war einer von denen, die ihm nicht geneigt sind.
ArnG 298

1855. RIEMER AN FROMMANN

Weimar, 5. März 1814

G[oethe] ist im ganzen sehr wohl und heiter. Er wird den Sommer zu Hause bleiben, da ihn seine gesammelten und jetzt in der Ordnung befindlichen Kunstsachen sehr unterhalten und beschäftigen.

Rie 217

1856. RIEMER AN FROMMANN

Weimar, vor dem 12. März 1814

G[oethe]s tanzlustige Damen [Christiane Goethe und Karoline Ulrich] werden heute nach Jena gekommen sein, denn sie ziehen wie die Geier und Raben immer der Armee nach. Das ist ein wahres Schlaraffenleben, was diese führen! Vielleicht die einzigen in Deutschland, denen es wohl ist.

Rie 217

1857. CHARLOTTE SCHILLER
AN ERBPRINZESSIN KAROLINE

Weimar, 15. März 1814

Wenn ich nur wüßte, was ihm eigentlich abgeht! Über seinen Sohn habe ich manche Kämpfe. Ich finde es natürlich, daß der Vater in seinem Alter alles tut, um ihn nicht Militär werden zu lassen; es ist doch eigentlich die einzige Freude, die er von seinem häuslich ehelichen Leben hat. Und dann hat auch der Sohn nicht den eigenen Trieb. Da es den Vater glücklich macht und den Sohn nicht unglücklich, so gönne ich es ihnen. Und doch gibt es hier und da Menschen, die die Achseln zucken darüber. Karl hätte ich um keinen Preis, auch wenn ich darüber gestorben wäre, abgehalten, denn seine ganze Existenz, sein ganzes Wesen wäre zerknickt gewesen; er hätte melancholisch werden können. Aber da August selbst nicht den Trieb hatte, so bin ich des Vaters wegen froh, daß seine Neigungen mit dem Glück des Vater übereinstimmen.

SchFr I, 678

1858. CHARLOTTE SCHILLER AN ERBPRINZESSIN KAROLINE

Weimar, 24. März 1814

Es ist mir recht erfreulich, daß der Meister öfter allein unsre geliebte Freundin [Maria Pawlowna] besucht, denn da lernen sie sich am besten kennen. Doch sagt ihr eigentlich W[ieland]s Geist mehr zu. Ich kann mir es erklären, denn den Meister ganz zu verstehen, wie er ist, dazu gehört eine Poesie des Gefühls, die bei dem größten Verstand nicht so ausgearbeitet ist. Er will auch oft erraten sein und spricht sich nicht klar selbst aus. Man muß mehr mit der Liebe als mit dem Verstand dieser Natur entgegenkommen.

SchFr I, 679

1859. RIEMER AN FROMMANN

Weimar, vor dem 6. April 1814

Ich lebe für mich und vor mich, und außer G[oethe] besuche ich niemand; jenen dafür auch desto öftrer. Er schreibt (unter uns!) am vierten Bande, d. h. Italien ...

Wir sind sehr mit Einquartierung geplagt. Preußen, Russen, Sachsen folgt sich einander und räumt einander den Platz.

Rie 218

1860. CHARLOTTE VON STEIN AN IHREN SOHN FRIEDRICH

Weimar, 24. April 1814

Vor einigen Tagen habe ich Buschmänner, zwei Männer, zwei Frauen und ein Kind, hier gesehen. Die Männer fraßen lebendige Hühner; mit der abgezogenen Haut schmierten sie Arme und Beine ... Goethe wollte sie nicht sehen und litt auch nicht, daß jemand von seiner Familie oder seinen Umgebungen sie sah ...

Goethe, wie man sagt, hat seinen Sohn nicht wollen mit den Freiwilligen gehen lassen, und ist er der einzige junge Mensch von Stand, der hier zu Haus geblieben. Sein Vater scheint gar unsern jetzigen Enthusiasmus nicht zu teilen; man darf nichts von politischen Sachen bei ihm reden. Und doch ist gewiß seit Jahrhunderten nichts Interessanteres vorgekommen! Er liest auch keine Zeitungen. Wohl sind sie nicht allemal wahr, aber doch nicht so lügenhaft, wie sie auf Befehl Napoleons geschrieben wurden. Wir hören hier die Neuigkeiten von den durchgehenden Kurieren ziemlich bald...

Stein II, 412

1861. CHARLOTTE VON STEIN AN KNEBEL

Weimar, 7. Mai 1814

Goethen seh ich gar nicht. Er mag mit unsereins im Grunde nichts zu tun haben und ist gar nicht so mitteilend wie Sie...

BodeSt VIII, 290

1862. ERBPRINZESSIN KAROLINE AN CHARLOTTE SCHILLER

Ludwigslust, 11. Mai 1814

Ich hatte fest darauf gerechnet, den Meister in Teplitz zu treffen, und mit Schrecken habe ich durch meinen Bruder vernommen, daß er nach Berke [Berka] will. Ich bitte Sie, liebste Schlüsseldame, ihm meinen Fußfall zu tun und zu bewirken, daß er nicht dem Neuen nachhänge, sondern dem Alten treu bleibe, was ihm zuträglich sein wird.

SchFr I, 687

1863. CHARLOTTE VON STEIN AN KNEBEL

Weimar, 1. Juni 1814

August Goethe ist in eine unangenehme Lage mit den Freiwilligen gekommen; das tut mir leid für ihn. Sein Vater erfährt's wohl nicht, hoffe ich. Letzterer hat die Sache zu philosophisch angesehen.

BodeSt VIII, 290

1864. KNEBEL AN CHARLOTTE SCHILLER

Jena, 3. Juni 1814

Die Affäre mit dem jungen Goethe ist mir sowohl seinetwegen als auch vorzüglich um des Vaters willen verdrießlich, so wie Ihnen. Ich glaube, daß dabei etwas Unvorsichtigkeit von Seite des jungen Menschen sowie des wohlmeinenden Erbprinzen stattgefunden hat; auf der andern Seite ist aber auch Neid und Jalousie, davon man einen Teil von dem Vater auf den Sohn überträgt.

Mag doch die gute Frau von Staël noch soviel schreiben, unter den Deutschen waltet immer ein kleinlicher Geist, der echte Verdienste nicht mit liberalem Auge anzusehen und zu schätzen weiß. Was schadet es denn, wenn man dem Sohn um des Vaters willen mehr Ehre als andern antut? Nur für Geburt, Rang und Titel hat dieses Volk unbedingten Respekt.

SchFr III, 354

1865. ARNIM AN WILHELM GRIMM

Wiepersdorf, 14. Juni 1814

Den „Meister“ hab ich wie ein ganz fremdes Buch wiedergelesen, so lange hatte ich ihn nicht in Händen. Die ungemeine Tiefe von Weisheit, die darin an eine nicht immer glücklich gewendete Geschichte angereiht ist, hat mich ins höchste Erstaunen gesetzt. Es ist mir vieles so herrlich hervorgetreten, was ich sonst nicht beachtete.

ArnG 305

1866. WILHELM GRIMM AN ARNIM

Kassel, 21. Juni 1814

Den dritten Band von Goethes „Leben“ habe ich eben gelesen, und ist das einzige Buch, das ich gekauft habe. Es ist schon viel mehr literarisch als die vorigen; er sagt auch selbst deshalb, daß es ihm jetzt erst leicht ums Herz werde. Goethe hat geschrieben, daß diese Zeit ihm wie ein Wunder gekommen sei, das man nicht begreifen könnte und vor dem man staunend stehe. Seine Natur aber sei, beim brennenden Haus gleich nachzusinnen, wie das neue aufzubauen sei. Raumer hat es, glaube ich, in einem Brief an [Johann Friedrich] Schlosser gesehen. Goethe wird von vielen jetzt sehr hart beurteilt. Kennst Du den russischen Oberst Böttger aus Braunschweig, einen Freund von [Johann Albrecht] Eichhorn? Der wußte allerlei Dinge von ihm, wogegen ich ihn verteidigte.

ArnG 309f.

1867. RAHEL LEVIN AN SARA VON GROTTHUSS

Prag, 24. Juni 1814

Vorgestern eröffnete mir der ständische Schauspieldirektor Liebich ... folgendes: Er würde Goethen schreiben und ihn bitten und ihm vortragen, daß er für gesamte deutsche Bühnen ein Stück [„Des Epimenides Erwachen"] schriebe, welches den 18. Oktober auf allen unsern Bühnen zugleich aufgeführt würde, und so alle Jahre den 18. und im *ganzen Jahr* sonst keinen Tag. Mir schauderten gleich die Backen, und Tränen standen mir in den Augen. Aber *wie* sagte dies der Mann, mit welcher Einfachheit, Ehrlichkeit, Anspruchslosigkeit, und wie durchdrungen, und was fügte er hinzu! „Ich will keinen Ruhm davon", sagte er; „aber *wem* kann man's zumuten als Goethen!" ... *Liebe* Grotta, rede ihm *zu,* daß er's tue, daß er's *nicht* abschlage! Wenn es ihm auch Mühe macht und einen Entschluß kostet. Es ist das erste Mal in meinem Leben, daß ich denke: Goethe soll, mag eine Mühe haben! Denke Dir, geliebte Freundin, wenn ganz Deutschland denkt: Jetzt hört ganz Deutschland dieses Stück, schaudert, bebt, horcht und klatscht und jubelt und weint mit uns! Ich falle auf die Erde und weine! ... Vertrete Liebich bei ihm. Er war sehr kleinmütig, aber wie zu einer Pflicht fest entschlossen, ihn anzugehen; schon gefaßt in Traurigkeit, wie man es ist, auf eine abschlägige Antwort. Gedrückt sagte er: „Ich habe dann das Meinige getan. Keinen Würdigern weiß ich nicht! Einem *andern* kann man *dies* doch nicht anfordern!" Ich ermunterte ihn. „Ich habe eine Freundin", sagte ich, „der ist Goethe sehr hold und zugetan, und der vertraut er; der werde ich die Sache vortragen; die soll sie unterstützen und ihn *bitten.*" Nun, glückselige Grotta, von der man dies sagen kann, tu es auch! ... Wie wird's ihm die Kaiserin, seine Freundin, danken! Ganz Deutschland beglückt er; es flammt von neuem auf!

RahelA II, 225–228

1868. BESSER AN PERTHES

London, Juni oder Juli 1814

Goethe und Herder verstehen sie [die Engländer] nicht, Klopstock mißverstehen sie völlig ... Ich will gar nicht von den Männern der City reden ..., ich will auch nicht von meinen Methodisten-Freunden reden, für die Goethe ein wicked fellow ist; aber der insularische Charakter des Volkes bleibt auch geistig abgeschlossen für sich, kann nicht aus sich heraus und kann nichts Fremdes aufnehmen. Männer wie Robinson werden stets eine sehr seltene Erscheinung in England bleiben.

Per II, 15f.

1869. CHARLOTTE SCHILLER AN ERBPRINZESSIN KAROLINE

Weimar, 2. Juli 1814

Gestern waren wir beim Meister, der hier ist. Zelter ist bei ihm; wir wollten eigentlich etwas aus seiner Komposition der Chöre vernehmen, aus dem Stück für Berlin [„Des Epimenides Erwachen"], die er komponiert, aber wir hörten nichts!

Ich finde doch, es ist noch etwas nicht wie sonst in des Meisters Zügen und Stimme, und eine Art Abspannung, und so, wie wenn er sich in dem Element der Welt nicht heimisch fände. So sprach er in lauter Sätzen, die einen Widerspruch auch in sich hatten, daß man alles deuten konnte, wie man es wollte. Ich werde immer mehr an den Sachen Anteil zu nehmen getrieben, und für das Große der Menschheit bin ich noch angeregt. Aber der Meister, fühlt man mit einer Art Schmerz, denkt von der Welt: „Ich hab mein Sach auf nichts gestellt!" Wenn man in der Welt den Glauben ans Gute und Große verliert, so ist es auch für uns nicht da.

SchFr I, 690f.

1870. CHARLOTTE SCHILLER AN ERBPRINZESSIN KAROLINE

Weimar, 18. Juli 1814

Indem wir hier unsre Stadt schmücken wollen, um Ihrem Herrn Vater unsre Freude zu zeigen über seine Rückkehr, geht der Meister durch die Straßen, mißt und rechnet wie die Fische in Wielands „Wintermärchen", die ich so gerne habe, und statt daß jene Fische von einer schönen Fee oder Mohren in die brennende Glut geworfen werden, so versengt die Sonne und die Hand der Zeit die Kränze und Blumen! Der längst erwartete Herrscher zögert immer zu kommen ... Währenddem hat doch ein andrer Teil der Stadt dem geliebten Kaiser Alexander Kränze winden können.

SchFr I, 691

1871. CHARLOTTE VON STEIN AN KNEBEL

Weimar, 23. Juli 1814

Was sagen Sie dazu, daß alle Fürsten heimgekehrt und unser Herzog noch nicht da ist? Dem Goethe seine Dekorations sind nun alle verwelkt! Er geht nun auch fort, morgen oder übermorgen, nach Wiesbaden.

BodeSt VIII, 291

1872. JACOBS AN FRIEDRICH HEINRICH JACOBI

Gotha, 24. Juli 1814

Jetzt tut es mir leid, mich Goethen nie genähert zu haben; aber es ist zu spät, und auch nach aller der Liebe, die *Sie* mir erwiesen haben, kann ich die Scheu vor den Heroen unsrer Literatur nicht besiegen. Lieber ist er mir jetzt um vieles geworden, und ich habe beim Lesen dieses ganzen dritten Bandes [„Dichtung und Wahrheit. Dritter Teil"] ein Gefühl gehabt, wie wenn man an einem stillen, heitern und weichen Abend an dem Ufer eines Flusses liegt, der tief und ruhig zwischen reichen Ufern gleitet und in seiner Tiefe den verklärten Himmel und die ganze Herrlichkeit [der] schönen Natur glänzender, heitrer und anmutiger als die Wirklichkeit zeigt. Es ist eine Milde und Heiterkeit in dem Buche, die einen, wenn man es zugemacht hat, bis zu Tränen rühren kann.

JacN II, 123

1873. CHARLOTTE GRÄFIN VON SCHIMMELMANN AN CHARLOTTE SCHILLER

Seelust bei Kopenhagen, 17. August 1814

Eben las ich der Frau von Staël ihr Werk [„De l'Allemagne"]. Es ist ihr nicht gegeben, Deutschland so zu kennen, wie sie es glaubt. Ihr Verstand ist groß; ihre Gedanken sind treffend; ihre Gefühle sind, ich will es hoffen, tief und wahr; doch bleibt sie eine Französin, und ihre Bilder scheinen mir en transparent; le fond y manque ... Nichts ist kontrastierender als Goethes „Leben" (der dritte Teil erschien uns zugleich mit der Staël). Goethe ist und bleibt ein Zauberer. Seine Macht ist die der Natur, und doch ist die Kunst nicht versäumt. Wie läßt er diese schönen Sterne an Deutschlands Horizont aufgehen und untergehen, sein eigenes hohes Wesen in der Mitte ... Seine Milde hat mich oft gerührt; seine Urteile niemals strenge, doch wahr und gerecht. Wären alle Geister so gestimmt gewesen vor Jahren, so hätten wir nicht so oft Ärger gehabt da, wo wir Wahrheit zu finden hofften. Doch dieses Beispiel von Goethe muß wirken.

SchFr II, 438

1874. CHARLOTTE VON STEIN AN KNEBEL

Weimar, 14. September 1814

Goethe wird dort [in Frankfurt] erwartet; die dortigen Damen hatten ein schönes Fest für ihn bereitet, aber ein guter Freund vom Goethe [Gerning?] hat ihnen den Spaß verdorben und versichert, er könne so was nicht leiden. Ich möchte das Gegenteil glauben.

BodeSt VIII, 295

1875. ROSETTE STÄDEL IN IHREM TAGEBUCH

Frankfurt, 18. September 1814

Tag mit Goethe auf der Gerbermühle. Welch ein Tag, und welche Gefühle bewegen mich! Erst den Mann gesehen, den ich mir als einen schroffen, unzugänglichen Tyrannen gedacht, und in ihm ein liebenswürdiges, jedem Eindruck offenes Gemüt gefunden, einen Mann, den man kindlich lieben muß, dem man sich ganz vertrauen möchte. Er ist gewiß eine einzige Natur. Diese Empfänglichkeit, diese Fühligkeit und zugleich diese würdige Ruhe. Die ganze Natur, jeder Grashalm, jede Farbe, Ton, Wort und Blick redet zu ihm und gestaltet sich zum Gefühl und Bild in seiner Seele. Und so lebendig vermag er es wiederzugeben. Darum wohl muß jede Zeile seiner Schriften so in die Seele reden, so wundervoll reich sein, weil sie aus einem so wundervoll reichen Gemüte kommt.

Und wie wenig imponiert seine Nähe, wie wohltätig freundlich kann man neben ihm stehen! Er ist ein glücklich von der Natur mit Gaben überschüttetes Wesen, das sie schön von sich strahlt und nicht stolz darauf ist, das Gefäß für solchen Inhalt zu sein. So gab er sich heute, so will ich mir ihn denken, mögen andere sagen, was sie wollen.

Will 288

1876. SULPIZ BOISSERÉE AN SEINEN BRUDER MELCHIOR

Frankfurt, 19. September 1814

Goethe ist recht von Herzen freundlich, liebevoll und vertraulich gegen mich, so daß ich mich nicht genug darob zu freuen weiß. Er verlangt selbst, daß [Johann Friedrich] Schlosser auch bei uns wohnen möchte; dieser macht bei ihm den Kammerherrn. Wenn es aber nicht geht, so hat es auch nichts zu sagen; ich kann bei dem Alten schon etwas auf mich nehmen. Von besonderm Bedürfnis hat der edle Freund nur ein gutes Glas Bordeauxwein.

Boi 200

1877. KAROLINE VON HUMBOLDT AN IHREN MANN

Heidelberg, 27. September 1814

Hier fand ich Goethe bei den Gebrüdern Boisserées und wurde aufs herzlichste, zärtlichste möchte ich sagen, von ihm empfangen ... [Goethe] kam noch am Abend, 9 Uhr gestern, zu mir; so verlebte ich beinah den ganzen Nachmittag mit ihm und gehe jetzt zu Boisserées, wo ich mit ihm die Bilder sehen werde. Er geht mit der Idee um, vielleicht weiter in die Schweiz, vielleicht nach Italien zu gehn und dann nach Paris, wo er sagt, daß seine größte Bestimmung dazu sei, daß wir dann da sein würden. Er will, sagt er, im Vollgenuß aller Kunstwerke bleiben. Wenn man alt werde, müsse man nach außen suchen. Er sieht sehr wohl aus; ich finde ihn in den zehn Jahren, wo ich ihn nicht sah, kaum gealtert.

Hu IV, 389

1878. SULPIZ BOISSERÉE AN SEINEN BRUDER MELCHIOR

Darmstadt, 11. Oktober 1814

Der Abschied von dem alten Freund tat mir recht leid, besonders als er wegfuhr und ich allein blieb und niemand hatte als meine Gedanken, mit denen ich mich unterhalten konnte über das, was er uns gewesen und was wir in diesen schönen Tagen an ihm gehabt. Er bat wiederholt, ihm ja bald zu schreiben und den Katalog unserer Sammlung (bloß zur Leitung seines Gedächtnisses) zu schicken und überhaupt zu sorgen, daß zwischen uns alles recht im Leben erhalten würde. Er wiederholte mehrmal und bei jedem Anlaß, daß er nächsten Frühling wiederkommen wolle, und meine Drohung, wenn er zu lang ausbliebe, würde ich ihn abholen, freute ihn.

Boi 204

1879. CHARLOTTE SCHILLER AN ERBPRINZESSIN KAROLINE

Rudolstadt, 15. Oktober 1814

Unser Meister ist in Heidelberg gewesen, in Frankfurt. Dort hat man ihm zu Ehren ein Stück von ihm gegeben, und seine Loge war mit Lorbeerkränzen geschmückt. Er ist geehrt und gefeiert worden; das freut mich. Ich möchte mir vorkommen wie Eleonore im „Tasso", und wenn ihn die Menge jubelnd begrüßt, möchte ich ihm meinen Segen im stillen wirksam geben können. Er ist mir recht neu und lebendig nahegekommen, da ich jetzt wieder seinen dritten Teil [von „Dichtung und Wahrheit"] las. Es ist ein Zauber, ein Reichtum, ein Geist darin, der einem immer frischer entgegentritt, je mehr man damit bekannt wird.

SchFr I, 701 f.

1880. SULPIZ BOISSERÉE AN AMALIE VON HELVIG

Darmstadt, 23. Oktober 1814

Seitdem nun selbst der alte Heidenkönig dem deutschen Christkind hat huldigen müssen, sind wir gar voll des süßen Übermuts. Daß dieser Berg aber zum Tal gekommen ist, haben wir mit den schönen Zeichnungen von Ihnen und Ihrer Schwester Luise zu danken; er war davon noch ganz entzückt. Nur mit Strafreden müssen Sie ihn hart angegangen haben, denn darob vernahmen wir öfters fernes Donnern und lagerten sich, mit der Frau von Staël zu reden, häufig Gewölke an seinem Fuß, während das Haupt, unerschütterlich ruhig und heiter, immer Beifall zollte den erfreulichen Dingen, die er von Ihnen gesehen.

Was jedoch die Bilder selber für einen Eindruck auf unsern Freund gemacht haben, ist unsagbar, und was er darüber geäußert, wäre heute zu weitläufig. Einstweilen mögen Sie nur wissen, daß er den Meister Eyck jetzt immer im Munde führt und Hemmelink und Meister Schoreel hochleben läßt ...

Boi 204f.

1881. SULPIZ BOISSERÉE AN SCHMITZ

Darmstadt, 24. Oktober 1814

Nun laß mich Dir von Goethe erzählen. Daß er volle vierzehn Tage bei uns gewohnt hat, wirst Du wissen. Daß wir aber durch diesen längern Umgang, der in jeder Hinsicht sehr lehrreich und erfreulich für uns war, sein ganzes Vertrauen erworben und ein sehr enges Verhältnis mit ihm geknüpft haben, weißt Du noch nicht. Es ist die Rede davon, über unsere Sammlung, über unser Bemühen um das altdeutsche Bauwesen und über die Art und Weise, wie wir dazu gekommen, eine eigene kleine Schrift [„Kunst und Altertum am Rhein und Main“?] zu schreiben ...

Um recht zu begreifen, welchen gewaltigen Eindruck unsere Bilder auf den alten, rüstigen Freund gemacht haben, mußt Du wissen, daß er nie einen Johann von Eyck und überhaupt außer Cranach und wenige Dürer keine altdeutschen Bilder gesehen hatte ... Jeden Tag – nur einige, wo wir uns mit dem Bauwesen beschäftigten, ausgenommen – war er morgens um acht Uhr im Bildersaal und wich nicht von der Stelle, bis zur Mittagszeit, da wurde dann alles besprochen und mußten wir ihm alles Geschichtliche und unsere Ansichten und Bemerkungen sagen, wogegen wir die seinigen hörten. Er war mit unsrer ruhigen, philosophisch-kritischen Betrachtung der Kunstgeschichte sehr zufrieden, und ich kann sagen, daß ich über den Gang der Kunstgeschichte recht viel von ihm gelernt habe. So wie wir jetzt miteinander stehen, denke ich noch manches von dem alten Meister zu lernen, besonders im Schreiben.

Boi 206f.

1882. CHRISTIAN SCHLOSSER AN DIE BRÜDER BOISSERÉE

Frankfurt, 28. Oktober 1814

Es ist Goethes ernstester Vorsatz, nächsten Frühling wieder bei uns zu sein und diesen Winter viel mit Betrachtungen zuzubringen, die in die große Welt leiten, welche in Euern Zimmern sichtlich vorhanden ist ...

Von Goethe habe ich den Auftrag, Euch alle bestens und dankbarlichst zu grüßen ... Wie sich in ihm die betrachtete Welt immer mehr rundete und Gestalt gewann, war merkwürdig zu sehen. Ich habe ihn sehr gebeten, wenn er auf der einen Seite sich durchaus auf das einzelne Eurer Sammlung und dessen, was ihr nahe liegt, beschließt, auf der andern kein Element der Betrachtung auszuscheiden und möglichst das ganze Vorhandene zu umfassen. Es kann dieses von einer welthistorischen Wirkung werden, die, wie Eure Sammlung und ihre Folgen, von keinem vorzuberechnen ist.

Bois 231

1883. RÜCKERT AN VOSS DEN JÜNGEREN

Ebern, 28. Oktober 1814

Goethe war ja in Heidelberg. Sie werden vermutlich den verheißenen Jubelbrief an Truchseß geschickt haben, und ich hoffe, bei Gelegenheit auch etwas davon zu bekommen. Wie hat es mich gefreut, daß der alte Prometheus noch zuletzt eine Art von öffentlicher Huldigung in deutschen Landen einnimmt, und doch ist sie so kahl! Ich habe neulich in Koburg von einem von Darmstadt kommenden Major im Ton leichtfertiger Persiflage erzählen [hören], daß man daselbst ihm zu Ehren Kotzebues „Stricknadel“ gegeben habe, und eine anwesende ästhetische Professorswitwe erläuterte den Zusammenhang zwischen Goethe und der „Stricknadel“ dadurch, daß sie wissen wollte, Kotzebue und Goethe haben einmal eine Art von Wette angestellt, ob man nicht über einen ganz gemeinen, geringfügigen Gegenstand ein gutes Theaterstückchen machen könne. Daraus sei die „Stricknadel“ geworden. Was nun an der Wette ist, weiß ich nicht, ebensowenig, ob die „Stricknadel“ ein gutes Stück ist, aber noch weniger, wenn das alles ist, wie das gleichwohl eine „Huldigung“ für Goethe abgeben soll.

Haben Sie den weimarschen „Willkommen“ gelesen? Die Sammlung der Gedichte zum Empfang des rückkehrenden Herzogs: eine Zusammenstellung, einzig in ihrer Art, ob ich gleich das einzelne fast durchweg für ungenießbar gefunden habe. Ich erhielt das Büchlein von einem Nachbar, dem Herrn von Rotenhan, und verhieß ihm, herauszufinden, was etwa daran von Goethe sei. Ich fand, daß eben alles von Goethe sei, aber nicht unmittelbar von ihm, sondern wer weiß von wie vielen ihm nachtretenden vornehmen Poeten und Poetinnen von Weimar. Solch ein großes Genie verödet wie ein großer Baum eine ganze Strecke um sich her, daß darauf nichts Selbständiges aufkommen kann. In fünfzig Jahren wird noch Weimar nichts andres hervorbringen als lauter kleine Goethes. Wer eine Freude daran hat! Ich habe sie nicht.

Bode III, 484f.

1884. VOSS DER JÜNGERE AN TRUCHSESS

Heidelberg, 30. Oktober 1814

Du foderst einen Jubelbrief über Goethe; aber den kann ich nun nicht mehr schreiben, da die Jubelperiode vorüber ist und der Jubelsenior fern. Das hätte unter seinen Augen geschehen müssen. Goethe ist vierzehn volle Tage bei uns gewesen und hat bei den Brüdern Boisserée, eigentlich wohl bei ihren Gemälden, gewohnt. Sein erster Besuch war bei meinen Eltern, und er kam so freundlich und zutraulich wie in den ersten Jenaer Zeiten. Am folgenden Tage gingen die Schmausereien an ... Auch wir Professoren, nebst einem Anhange von Beamten, Ärzten usw., gaben ihm einen gemeinschaftlichen Schmaus im Carlsberge. So hat ihn denn jeder nach Herzenslust sehn können, genossen haben ihn nur wenige; denn beim Essen und Trinken, besonders wo Gaffer herumstehn, ist Goethe ein Mann wie unsereins. Nur zweimal kam ich dazu, ein trauliches Wort mit ihm zu sprechen, und sah zu meiner Freude, daß er mir und meinem Treiben noch hold ist ... Wir sprachen viel über Calderón. Auch er ist entzückt von Gries' Übersetzung ...

Daß die Heidelberger über Goethe entzückt sind, versteht sich. Alt und jung preiset seine Leutseligkeit, und jeder verwahrt sorgfältig die ihm zugeworfenen Geistesbrocken, wenn sie auch noch so mager sind. Sogar mein Kollege M[ose]r, der aus einem deutschen Barbier ein lateinischer Professor der Medizin geworden, ist seines Gespräches gewürdigt. „Wir haben über den ‚Faust' gesprochen", sagte er mir. „Und ich mit ihm über die Feldmäuse", antwortete ich ganz ernsthaft. Ein anderer [Martin], ein Mann von Geschmack und ästhetischer Bildung, fing an, über den Barbarismus zu radotieren, womit die Handschuchsheimer den schönen Heiligenberg niedergeholzt hätten. „Beruhigen Sie sich", sagte Goethe, „in einigen Jahren ist er wieder grün, und dann hat Ihr Ärger volle zweiundzwanzig Jahre Ruhe, denn so lange muß er nach forstlichen Regeln schon grün bleiben." Der Philister kuckte Goethen an und schien an seinem Geschmacke ganz irre zu werden. – Daß Goethe sich mit manchen zu seiner Gemütsergötzung unterhalten hat, ahndet mancher nicht. Andere dienten dazu, seinen Schatz von Menschenkenntnis zu erweitern oder seine Phantasie mit irgendeiner Personnage für ein zukünftiges Fastnachtsspiel zu bereichern.

Vo II/2, 60ff.

1885. CREUZER AN GÖRRES

Heidelberg, 30. Oktober 1814

Hier war noch alles voll von Goethe, welcher vierzehn Tage hier gewesen war. Den Minister hat er ganz dahintengelassen, zutraulich und freundlich gegen jedermann. Die Steifledernheit des alten Voß hat ihm harte Reden ausgepreßt.

Jetzt ist er nun dahinter her, über die Bilder der Boisserée zu schreiben. Dann will er Pfingsten wiederkommen und das Geschriebene nochmals mit den Bildern vergleichen.

Gö 432

1886. CHARLOTTE SCHILLER AN ERBPRINZESSIN KAROLINE

Weimar, 5. November 1814

Unser Meister ist auch gesund zurückgekehrt und ist in seiner Vaterstadt geehrt und gepriesen worden. Er hat Besuche gegeben bei mir und sieht recht hell aus. Auch hat er vorigen Dienstag bei Ihrer Frau Mutter uns aus seinem Reisejournal gelesen, wo er in seiner Schilderung der Rhein- und Maingegenden recht meine Sehnsucht erweckt hat. Ich möchte wohl, er öffnete sein Herz der Gesellschaft und man sähe ihn öfter.

SchFr I, 703

1887. HASENCLEVER AN NICOLOVIUS

Ehringhausen, 11. November 1814

Daß ich Goethe noch in Frankfurt getroffen, war mir sehr viel wert. Er reiste zwar in den ersten Tagen nach meiner Ankunft ab, doch war ich viel mit ihm und mehr, als ich es eigentlich erwarten durfte. Ich erinnere mich weniger Menschen, die diesen rein menschlichen Eindruck auf mich machten. Er ist ein stattlicher Mann von beinahe sechsundsechzig Jahren, dabei im Umgange so überaus freundlich und milde, und liebreich und schonend im Urteil. Doch Du, mein Bester, weißt dies ja alles besser, als ich es Dir sagen kann, und ich kann nur noch hinzufügen, daß es ein überaus wohltuendes Gefühl ist, wenn man sich mit dergleichen großen Geistern in gewissen Berührungspunkten menschlich verwandt und zu ihnen hingezogen fühlt.

Has 26

1888. GROOTE AN SULPIZ BOISSERÉE

Köln, 19. November 1814

Schenkendorf hat mir recht mit Feuer und Liebe die Bekehrung Goethes vor Euern Bildern geschildert, und die kann ich mir denken, so als wäre ich dabeigewesen. Welch ein Wunder! welch eine Erscheinung! Ist es nicht, als ob zu den drei Heidenkönigen an die Krippe des Heilands noch ein vierter hinträte und auch sein Geschenk hinbrächte und vor dem neugeborenen Kinde (in dem laufenden Jahre ward es doch wahrhaft neugeboren!) auch niederkniete und opferte und glaubte und das Evangelium dann unter seine Brüder fern und immer ferner verpflanzte? „Was wir gebaut in unserer Kraft, können wir, wenn wir Besseres fühlen, auch in eigener Kraft wieder zerstören." Und so sollen also die „Propyläen" sinken und mit ihnen die Götterbilder in den „Elegien"! Und wer weiß, ob statt der Iphigenie nicht noch eine große, herrliche, christliche Heldin Goethen den Kranz der Unsterblichkeit aufsetzen soll! Wie mir über Schenkendorfs herzdurchdringender Erzählung ward, das schildere ich nicht. Aber ich konnte mir es recht denken, wie im Himmel über *eine* Bekehrung mehr Freude sein mag als über neunundneunzig Gerechte, die der Buße nicht mehr bedürfen.

Bois 239 f.

1889. KARL VON DALBERG AN KAROLINE VON WOLZOGEN

Mörsburg, 24. November 1814

Unser genialischer, herrlicher Goethe und der biedere Senator Steitz sind bis jetzt die einzigen Frankfurter, deren Anteil an meinem Schicksal mir bekannt geworden ist.

Indes, solange ich lebe, wird es mich freuen, daß ich durch Demolierung der Frankfurter Festungswerke der guten Stadt die Belagerung erspart habe. Nach der Leipziger Schlacht wäre sie unvermeidlich geworden, war Frankfurt noch fester, geschlossener Ort. Danken Sie dem vortrefflichen Manne für sein Andenken!

Wolz I, 82

1890. CHARLOTTE SCHILLER AN ERBPRINZESSIN KAROLINE

Weimar, 3. Dezember 1814

Wir sehen jetzt den Meister öfter in dem Zimmer der Frau Mutter, wo er über seine italienische Reise erzählt, Details ausmalt, und es ist unaussprechlich, wie sein Verstand immer klar und weit umfassend um sich blickt in allen Perioden des Lebens. Er hat auf Dinge geachtet im Laufe seines Lebens, die wir gar nicht wähnen konnten. Während man ihn als eine leidenschaftlich bewegte Natur nur in seiner Phantasie lebend sich denken konnte, beachtete er das Große und Kleine mit Scharfsinn. Er hat Bemerkungen über die Nationaleigenschaften der Italiener, Züge beobachtet, die nur ein Mensch auffinden kann, der in der Welt weiter nichts vernähme ...

Der Meister las uns neulich auch ein Bruchstück aus der Kunstgeschichte Meyers, wie durch die Entstehung der christlichen Kirchen die Kunstwerke der Griechen zerstreut und zerstört wurden ...

SchFr I, 704f.

1891. CHARLOTTE VON STEIN AN KNEBEL

Weimar, 14. Dezember 1814

Goethe ist uns hier davongegangen; ich glaube, er will gar bei Ihnen bleiben! Grüßen Sie ihn recht schön von mir! Möge er Sie erheitern! Die hiesigen politischen Unterhandlungen – ich wollte sagen: Unterredungen – erfreuen nicht.

BodeSt VIII, 296f.

1815

1892. KNEBEL AN KAROLINE VON BOSE

Jena, 12. Januar 1815

Goethe brachte letzthin vierzehn Tage bei uns zu und war überaus wohl und mitteilend. Er las mir seinen „Epimenides“ vor, eine Oper, die er auf die Rückkunft des Königs nach Berlin gemacht hat. Sie ist vortrefflich, sowohl in der Idee als Ausführung, voll Kraft und ihm eignem Geist. Überhaupt scheint er sich diesen Sommer gleichsam verjüngt zu haben. Er hat eine ungeheure Anzahl kleiner Gedichte gemacht, zum Teil im orientalischen Geschmack [„West-östlicher Divan“], in den er sich ganz hineinstudiert. Dabei hat er noch seine Reisegeschichte geschrieben und wird seine „Italienische Reise“ auf Ostern herausgeben.

Kn III, 23

1893. RIEMER AN FROMMANN

Weimar, vor dem 14. Januar 1815

Der Schlag oder eine Art von Schlag im Wagen hat seine Richtigkeit, wiewohl die Dame [Christiane Goethe] das selbst nicht weiß. Unterdes ist alles wieder gut, und es sind schon Supplikationen angestellt worden oder vielmehr herumgeschickt, Visitenkarten mit der Inschrift: „Für genommenen Anteil *höchlich* dankbar.“ Das Gegenteil wäre für *ihn* vielleicht gut gewesen, für uns andre gewiß.

Rie 226

1894. CHARLOTTE SCHILLER AN KNEBEL

Weimar, 8. Februar 1815

Der arme Geheime Rat Goethe hat jetzt viel Not. In der Nacht von Sonnabend, den 4., auf den Sonntag war die Frau einige Stunden (fast) tot, und Huschke hat dem Sohn in Vertrauen eröffnet, sie könnte nicht leben. Doch hat es sich gebessert. Aber der Anfall von Krampf kann immer bei jeden Veranlassungen wiederkommen.

Ich fürchte für ihn. Er kann das widerliche Leiden des Lebens nicht ertragen, ohne angegriffen zu werden, und viel Kräfte hat er nicht mehr. Ein guter Schutzgeist walte über unsern Freund!

SchKn 177

1895. RIEMER AN FROMMANN

Weimar, vor dem 19. Februar 1815

Voigt und G[oethe] geben nun freilich nicht viel Trost; letztrer sogar rät mir, an allen Strängen zu ziehen und zu *sehen, wo* und *wie* ich etwas erhalte. Das macht mir nun eben keine Freude, und ich bin beinahe entschlossen, ohne weiteres mich auf Rostock einzulassen ... Von dem Lumpengelde kann ich hier nicht leben; Schulden habe ich über die Gebühr ... Dazu noch eine so herzlose Antwort von G[oethe], der mich gleichwohl hier behalten will und mir das Rostock ausreden möchte!

Rie 228

1896. CHARLOTTE SCHILLER AN KNEBEL

Weimar, 22. Februar 1815

Wenn der Nimbus, der Weimar stets als so gebildet umgibt, verschwindet, wenn wir uns der übrigen Welt gleichstellen, so denken Kotzebues Gelichter gar am Ende, daß wir ihnen anheimgefallen sind, und behandeln uns wie ein erobertes Land ... Goethe hat sich darüber ereifert, und mit Recht ...

Gestern habe ich einen großen Genuß gehabt. Wir waren

bei der Herzogin mit Goethe, Frau von Schardt, meine Schwester und ich. Frau von Stein darf leider nicht ausgehen. Frau von Wedel schenkt immer Tee ein. Also ist die Gesellschaft ganz klein, aber recht gemütlich. Goethes Umgang mit dem Orient ist uns recht erfreulich; denn er lehrt uns diese wunderliche Welt kennen ... jetzt las er uns aus dem Gedicht des Ferdusi ... Sein Geist, der klar und reich die Verhältnisse durchblickt, weiß auch aus dieser Masse von Welt und von fremdartiger Phantasie zu sondern und Licht zu schaffen und es in ein Ganzes vors Auge zu bringen ... Wir sollen auch aus dem Koran etwas hören. Die Herzogin freut sich dieser Lektüre sehr, und wir alle nicht weniger.

SchKn 180ff.

1897. CHARLOTTE SCHILLER AN COTTA

Weimar, 3. März 1815

Während die großen Interessen der Welt beseitigt werden, haben wir im kleinen literarischen Kreis manche Fehden, und manches Halbgenie, das es auch nur zu sein wähnt, will sich emporschwingen. Ich möchte Ihnen alles erzählen können, aber nur vorderhand bitte ich Sie, nichts aufzunehmen, was man Ihnen zusendet, was nicht von Goethe kommt. Es sind hier allerlei Sünden gegen den guten Geschmack begangen worden, die man nicht aufkommen lassen muß, die Goethe auch sehr empört haben. Auch seinetwegen bitte ich Sie darum, ob er es gleich nicht weiß und dies ganz unter uns bleibt.

SchiCo 565

1898. CHARLOTTE VON STEIN AN KNEBEL

Weimar, 22. März 1815

Gestern sah ich einen Augenblick Geheimen Rat Goethe, als ich vor seinem Garten vorbeiging, und fand ihn recht mager, aber ganz geduldig in seinem Leiden. Es war das erste Mal, da ich ihn in diesem Jahr wiedersah.

BodeSt VIII, 297

1899. JOHANNA SCHOPENHAUER AN KEIL

Weimar, 15. April 1815

Goethe ist fast den ganzen Winter recht ordentlich krank gewesen. Mancher häusliche Verdruß, Schreck über die fürchterlichen Zufälle seiner Frau, die nun am Ende sich doch wieder erholt trotz aller gemachter Anstalten, selig abzufahren, hatten den doch ziemlich alten Herrn angegriffen. Dazu kam ein Flußfieber und Katarrh, der ihn Tag und Nacht mit Husten plagte. Diese brachten ihn sehr herunter. Jetzt erholt er sich wieder, aber kein menschliches Auge darf seit drei Monaten in das Heiligtum blicken, in welchem er hauset, außer seine Hausgenossen und die beiden Auserwählten, Riemer und Meyer.

Schop I, 228f.

1900. CHARLOTTE SCHILLER AN KNEBEL

Weimar, 15. April 1815

Über Goethes „Epimenides“ habe ich eine wahre Freude gehabt. Wie schön gedacht, wie schön gefühlt und ausgesprochen! Es sind wunderschöne, wundergroße Gedanken darin, und das innere heilige Gefühl ist so schön gefaßt. Kurz, es ist mir sehr erfreulich.

SchKn 191

1901. ERBPRINZESSIN KAROLINE AN CHARLOTTE SCHILLER

Ludwigslust, 20. April 1815

Daß der Meister krank war, habe ich recht bedauert. Gucken Sie ja in seinen Garten, und in einem vertraulichen Stündchen sagen Sie ihm auch von mir, daß ich ihn *recht lieb* hätte. Sagen Sie das nur so crûment; ich scheue mich nicht davor.

SchFr I, 710

1902. CHARLOTTE VON STEIN AN KNEBEL

Weimar, 26. April 1815

„Epimenides" hat mir sehr gefallen, und hat mir ihn Herr von Metting, der sehr hübsch vorliest, vorgelesen. Bis jetzt ist er hier nicht zu haben ... Ich hatte es von Geheimen Rat Voigt geborgt, dem Goethe es geschenkt hatte.

BodeSt VIII, 298

1903. THERESE HUBER AN IHRE TOCHTER THERESE FORSTER

nach dem 12. Mai 1815

Lies im „Morgenblatt" aus diesem Monat, was Goethe über Shakespeare sagt [„Shakespeare und kein Ende"]. Das ist wie Sonnenschein. Da darf er wieder drei solche „Epimenides"-Monstrümmel komponieren (die schöne Partien haben)!

GoeJb XXIV, 94

1904. RAHEL VARNHAGEN VON ENSE AN IHREN MANN

Baden bei Wien, 19. Juli 1815

Goethe hat den Leopoldsorden bekommen. Wie freut das meine Seele! Daß Weisheit, innere große Gaben gekrönt werden, Meistergelingen der *Natur*; daß man Wirken in unserem Vaterlande erkennt und nicht auf eine Tat wartet. Er dankt ihn wohl der Kaiserin, seiner Helden-Este Enkel. Heil ihnen noch *jetzt*, den geistreichen, edlen Fürsten! Sie und Goethe machen es *wahr*, was er im „Tasso" sagt von der Schwelle, die ein Edler betritt! So schließt sich Gutes an Gutes, und so mag es zur höchsten Glorie in Ewigkeit gedeihen!! und ein jeder Lebendige, wie jetzt Goethe, schon bei seinem Leben den Lohn *genießen*! Wird ihm *Preußen* keinen Orden geben? In *solchen* Dingen möge sich Österreich und Preußen beneiden.

Varn IV, 216

1905. FOCHEM AN GROOTE

Köln, 27. Juli 1815

Herr von Stein und Goethe sind vierundzwanzig Stunden länger geblieben und haben auch mir, begleitet von Wallraf und Maler Fuchs, einen anderthalbstündigen Besuch geschenkt. Goethe räsonierte beständig und predigte dem Minister vor ...

Ich meinerseits ließ es auch nicht an Komplimenten fehlen. Ich äußerte sehr lebhaft, es sei mein Stolz und mein Glück, zwei Männer zu besitzen, von denen ich mit einem der berühmtesten Klassiker sagen dürfte: Unus sufficit orbi – ein Kompliment, welches Goethe fast außer sich brachte. Dieser letzte ist zwar ein schon alter, aber gesetzter, fester, sinniger, sublimer Mann ... Nur ein Teil verarge ich ihnen; sie waren so unhöflich, mit ihren beschmutzten Stiefeln auf meine seidenen Stühle zu steigen, um die Bilder, besonders die „Gefangennehmung", in der Nähe zu betrachten.

Foch 103f.

1906. SULPIZ BOISSERÉE IN SEINEM TAGEBUCH

Wiesbaden, 3. August 1815

Spaziergang ... mit Goethe vor dem Kursaal, Essen im Kursaal. Nach Tisch spazieren am Teich ...

Die *Gesellschaft* kömmt wieder zur Sprache und daß ich ganz besonders seit vorigem Jahr meine Gedanken darauf gerichtet und ihn in meinem Sinn zum Präsidenten gemacht. – Gneisenau [meinte früher], warum ich mich immer zurückgehalten. – Aus Mangel an Autorität und des wahren Augenblicks. Jetzt ist er da; die Sache macht sich ganz von selbst ...

Boi 394

1907. BUCHOLTZ AN SEINE SCHWESTER

Frankfurt, 10. August 1815

Ich sah in Wiesbaden Goethe. Er war recht gütig und freundlich und hatte, wie auch das vorige Jahr, schon nichts mehr von diesem Weggewendeten, Scheuen, Fremden, das das erste Mal, als ich ihn sah, in seinem schönen Gesichte anfangs oder abwechselnd spielte ... Er und Baron Hügel sehen sich oft und haben sich gern ... Goethe hat sich sehr über die unveranlaßte Auszeichnung des Geistes gefreuet, deren Zeichen ihm Hügel eingehändigt hat.

JbGoeGes V, 219f.

1908. BRENTANO AN ARNIM

Berlin, 15. August 1815

Hier wird auf allen Judentees erzählt, Goethe sei mit dem Plan des Doms in Köln, um ihn bauen zu lassen. Eichhorn hat Goethe und Stein in dem Dom getroffen.

Brent II, 134

1909. EICHHORN AN SEINE FRAU

Paris, 15. August 1815

In Köln war ich ... mit Stein und Goethe zusammen im Dom. Arndt hatte uns auch begleitet. Es war mir höchst interessant, Goethe kennenzulernen. Wohl kann ich sagen, daß ich nicht leicht ein ausgezeichneteres Gesicht gesehen habe. Unter Tausenden würde er schon durch sein Äußeres hervortreten. Als einen Dichter kündiget ihn dieses zwar nicht an; diese Nase, diese ausgeprägten, scharfen Züge, das tiefe und weite Schauen seines Auges sage aber jedem, daß in dem Manne ein Geist wohnt, der die Welt aufgenommen und durchdrungen hat und über ihr steht. Sein Gespräch war nicht lebhaft, vermutlich weil die unerschöpfliche Redseligkeit unseres Führers, des Kanonikus Wallraf, über jeden Stein, was er bedeutet, ist und nicht ist, ihn zu einer unwillkürlichen Passivität des Hörens zwang. Ein alter Geistlicher, der eben vom Dienste in der Kirche nach Hause gehen wollte und uns im Vorbeigehen vor dem schönen Bilde einer Anbetung der Maria stehen sah, trat an Stein und Goethe heran und sprach: „Wir Kölner können uns glücklich schätzen, die beiden ersten deutschen Männer, den größten Dichter und den größten Staatsmann, in unsern Ringmauern zu sehen.“ Gegen den Angriff eines so herzhaften Kompliments war es schwer, etwas zu erwidern. Mit einer tiefen Beugung wendeten sich schnell beide Männer seitswärts, und als ein Deus ex machina hatte Arndt Zeit, dem Manne, den er oberflächlich kannte, zuzuflüstern, er möge ja in dem angefangenen Tone nicht weiter fortfahren und sich unter dem Haufen der stummen Anbeter verlieren, weil er sonst die Größe der beiden Männer durch Grobheiten erfahren könne.

Den Abend bracht ich mit Arndt bei Stein zu. Goethe hatte sich in sein Zimmer nebenbei zurückgezogen und schrieb, wie er nach Steins Versicherung jeden Abend ihrer gemeinschaftlichen Reise getan, vermutlich sammelnd zu einer Fortsetzung „Aus meinem Leben“. Denn schon Stein mag der Phantasie des Dichters als eine Figur erschienen sein, welche er durch schnelle Aufzeichnung festzuhalten habe. Stein war seinerseits bezaubert über Goethe. Ganz naiv äußerte er, was in seinem Munde viel sagen will: „Goethe ist doch wahrhaftig ein gescheuter Kerl.“

Gespr II, 1018f.

1910. HELENE JACOBI AN JOHANNA SCHLOSSER

München, 19. August 1815

Am begierigsten sind wir, in Deinem nächsten Briefe zu hören, ob Goethe, der sich in Köln aufhielt, alles zu besehen und sich mit alten Steinen und Gemäuer abzugeben, nicht auch einige Schritte weiter tat, in Düsseldorf die alte Freundin aufzusuchen, und wie es Dir mit ihm gegangen ist. Lotte [Jacobi] will kaum es für möglich halten, daß er so nahe an Dir hätte vorbeigehen können, zumal da jetzt jeder und neuerdings die Fritz Schlosserschen seine große *Menschenfreundlichkeit* und *Hingebung* nicht genug zu rühmen wissen. Fritz [Friedrich Heinrich Jacobi] und ich sind aber noch nicht mit uns eins, was wir davon zu halten haben. Die Tugenden dieses Menschen werden wohl immer nur Modifikation bleiben, da der einzige Grund und Boden wahrer Tugenden, ein reines höheres Gefühl, ihnen zu frühe entzogen wurde und, zerzettelt, als einzelne Ingredienzien, zum Relief seiner Geistes- und Phantasieprodukte dienen mußte. Man sieht in der jetzigen Beschreibung und *Nachbetrachtung* seines früheren Lebens, wie klug er die Benutzung davon zu handhaben weiß, indem er bald, nach dem Geiste der Zeit, Frömmigkeit als Grundlage in sich hier und da hervortreten läßt und dann wieder andere wirkliche Gefühle der Leidenschaft, die nicht minder schön in einem jugendlichen Herzen sind, abzuleugnen und als Poesie zu verkleiden sucht. Die einzige Stelle in allen drei Teilen, die echt aus dem *Gemüt* zu kommen scheint und darum auch alle, die sie lesen, im eigenen Gemüt wieder anspricht, ist die über seine erste Bekanntschaft mit Fritz. Übrigens bleibt man immer ruhig neben dem Schreiber stehen, lobt und bewundert ihn, wenn er als Beobachter oder Maler sich zeigt, sieht aber den *Lebenden* nur im *Bilde* und wird nie durch diesen fortgerissen, nur diese oder jene Epoche mit ihm *fortzuleben*. Dieses ist mir bei jedem Teil aufs neue sehr auffallend und zeigt, wie Dichtung und Wahrheit, so im Gleichgewicht gehalten, von keiner Seite überziehen können.

JacN II, 169f.

1911. RAHEL VARNHAGEN VON ENSE AN IHREN MANN

Frankfurt, 19. August 1815

Vielleicht lerne ich ihn natürlich kennen, bei Schlossers, zu denen zu gehen mir die Pilat und Schlegels sehr zuredeten. Deren Freund ist er. *Wie* es kommt, ist es mir recht. Da ich ein Leben lang verschmachten mußte und doch allen Trost und so viele Seligkeit und so vieles von ihm hatte. Fast sehe ich ein, daß es so besser war. Vorgestern ist unsere gewesene Prinzeß Louis mit ihrem englischen Gemahl [Herzog von Cumberland] und unserer Frau von Berg aus Berlin von hier nach Mainz und den Rhein entlang nach Brüssel gereist, um von dort nach England hinüber zu gehen. Die wollten auch Goethe sehen, und Otterstedt war der Gesandte. Goethe wollte *schwer,* und die Damen mit dem Prinzen fuhren zu ihm auf ein Landhaus, wo er wohnt. Goethe hat recht, und ich wollte, er sähe uns *nicht:* Ich ängstige mich vor solcher Parade, wo der König und die Vorgestellten nicht wissen, was sie sagen sollen.

Varn IV, 262

1912. RAHEL VARNHAGEN VON ENSE AN IHREN MANN

Frankfurt, 20. August 1815

Nein, August, welches Glück! ... Wir fahren zu einem herrlichen Tore hinaus, an einem herrlichen Kai am Main vorbei, an kultivierten Gärten in der wohlhabenden Gegend, durch Weingefilde, im köstlichsten, *gesündesten* Wetter, wie es in *zwanzig* Jahren nicht war, nach einem Forsthause, wo man Kaffee nimmt. Dort gehen wir im Walde spazieren; wir treten endlich *aus* dem Wald, sehen eine weite, schöne Wiese, am Ende ein hellbeschienen Dorf. Der Herr [Ellisen] fragt, ob wir das sehen wollen. Ich sage, die Sonne sei zu stark, lieber später. Er sagt: „Es ist Niederrad, das Dorf, wovon Goethe soviel schreibt [in „Dichtung und Wahrheit"], wo er immer mit seinen jungen Freunden hinging." – „Dann wollen wir durch die Sonne!" sag ich, und Schauder grieselt mir über die Backen. Getrost, fröhlich, ja zerstreut im Gespräch gehen wir hin. Es hat Straßen wie die österreichischen Dörfer; ich tadle das. Wenig Menschen gehen hin und wider. *Ein* niedriger halber Wagen mit einem Bedienten fährt den langsamsten Schritt. Ein Herr fährt vom Bock, drei Damen in Trauer sitzen drin; ich seh in den Wagen und sehe Goethen. Der Schreck, die Freude machen mich zum Wilden; ich schrei mit der größten

Kraft und Eile: „*Da ist* Goethe!“ Goethe lacht; die Damen lachen; ich aber packe die Vallentin, und wir rennen dem Wagen voraus und kehren um und sehen ihn noch *einmal*. Er lächelte sehr wohlgefällig, beschaute uns sehr und hielt sich Kräuter vor der Nase, mit denen er das Gesicht fächelte, das Lächeln und das Wohlwollen uns, aber besonders seiner Gesellschaft, die eigentlich kickerte, zu verbergen. Der Wagen hält in seiner Langsamkeit endlich ganz, der Herr vom Bock wendet sich und sagt: „Das ist der ‚Schwan‘.“ Nämlich *das* Wirtshaus, von welchem Goethe schreibt, dort immer eingekehrt zu sein. Also auch Goethe ging heute in seine Jugend wallfahrten, und ich, Deine Rahel, trifft ihn, macht ihm eine Art Szene, greift ein in sein Leben! *Dies* ist mir ja lieber als alles Vorstellen, alles Kennenlernen. Als ich ihn das zweite Mal sehen wollte, sah ich ihn *nicht:* ich war so rot wie Scharlach und auch blaß; ich hatte den Mut nicht. Und als er vorbei war, am Ende der Straße durch ein Fabrikgebäude und eine Pappelallee entlang aus dem Dorfe fuhr, zitterten mir Knie und Glieder mehr als eine halbe Stunde.

Varn IV, 265f.

1913. SULPIZ BOISSERÉE IN SEINEM TAGEBUCH

Frankfurt, 28. August 1815

Willemer eröffnet den Tisch mit einer passenden Anrede, Anspielung auf Freimaurersitte, und bringt des Alten Gesundheit aus mit Wein von seinem Geburtsjahr 1749, mit 1748er Rheinwein. Durchgehend muntere Stimmung in der Gesellschaft. Dann kam ein Brief vom Konsistorium an Willemer mit Erlaubnisschein, den an diesem Tag geborenen unehelichen Sohn Wolfgang im Haus zu taufen. Zweiter Brief kam in Knittelversen von einem Meistersänger Christian; kurze Wiederholung von Goethes Biographie, soweit sie jetzt gedruckt ist, alle Verse endigen mit den Eigennamen der Goethischen Liebschaften. Rise merkt es gleich; beides von Ehrmann.

Morgens hatte Frau Hohlweg in einem Boot Musik machen lassen, Harmonien; es war so eingerichtet, daß sie anfingen, als G[oethe] aus dem Bett aufstand. „Ei, ei!" sagte er etwas ängstlich und bedenklich, „da kommen ja gar Musikanten!" Doch fand er sich bald zurecht, weil die Musik sehr gut war. Dann gab's ein Mißverständnis mit einem Dukaten, den der Alte durch Karl [Stadelmann] an die Musikanten schickte; sie wollten und konnten natürlich nichts nehmen, war das Theaterorchester, fand sich beleidigt...

Dann las er mir seine Denkschrift vor [„Kunst und Altertum am Rhein und Main"] von Köln. Es mutete mich an wie ein Kapitel aus seinem „Leben". Ich soll in diesen Tagen zu ihm heraus kommen, da wolle er mir alles noch einmal rascher in die Feder sagen; man sehe dann am besten, wo es noch fehle an Zusammenhang. Er will nicht, daß ich weggehe. Ich blieb den Abend draußen; er liest von seinen orientalischen Gedichten [„West-östlicher Divan"]. Heitere, freundliche Stimmung des kleinen Kreises.

Boi 409 f.

1914. RAHEL VARNHAGEN VON ENSE AN IHREN MANN

Frankfurt, 30. August 1815

Es war den Sonntag natürlich die Rede von Goethe, und da erbot sich dann Otterstedt wieder, *er* wolle hin und ihn schaffen; welches ich verbat; er sollte ihn nur wissen lassen, wer es war, der ihm in Niederrad nachschrie. Frau von Schlosser [Sophie Schlosser] meinte, ich solle nur grade mit Otterstedts zum Kommerzienrat ... Willemer hinfahren und dort die Damen besuchen! Das fehlte mir! – Das alles mißfällt mir: Goethe muß ich anders, natürlich sehen, wie alles. Du weißt, im Leben hab ich noch keine Bekanntschaft gesucht als eine, der mehr an mir als mir an ihr liegen mußte. Man steht sonst zu dumm da. Was sollt ich Goethen sagen?

Varn IV, 297

1915. RAHEL VARNHAGEN VON ENSE AN IHREN MANN

Frankfurt, 5. September 1815

Schelte nicht! Ich weiß wie Du, daß Goethe viel an mir hätte: eine Sorte, die er noch nicht hatte. Und dreist ging' ich zu ihm, könnte ich es ihm in einem Gefäß reichen, auf einem Korbe darbringen, lebte er in einem Walde, wo er nicht gerne ist. Aber hier, in einer Familie [Willemer], wo er sich ausruht, hat, was er will, allein sein will! Wie soll ich kommen? Was soll ich sagen? Und besonders, da er nun die aufmerkende, langjährige Liebe von mir kennt. Nun geniere ich ihn ... Aber ein Wort schreiben will ich; fragen will ich ihn, ob er das Paket durch den Kaufmann Reichenbach erhalten hat ...

Varn IV, 311

1916. RAHEL VARNHAGEN VON ENSE AN IHREN MANN

Frankfurt, 8. September 1815

Guter teurer August. Goethe war diesen Morgen um ein Viertel auf 10 bei mir. Dies ist mein Adelsdiplom. Aber ich nahm mich auch so schlecht als einer, dem sein geehrter, über alles verehrter, tapfrer, weiser König den Ritterschlag vor der ganzen Welt gibt. Ich benahm mich sehr schlecht. Ich ließ Goethe beinah nicht sprechen! O wie weissagte meine Seele gestern, als ich Dir schrieb, ich hätte den größten Geschmack und müßte mich immer so geschmacklos, so ungraziös betragen, immer selbst so erscheinen! Und ich kann *wieder* nicht dafür; zwanzig Umstände, Ereignisse reichten sich die Hände, um mich dazu zu zwingen, mich durch Überwältigung hineinzustürzen. Höre nur! Als vorgestern und gestern keine Antwort von Goethe kam, beschäftigte es mich immer unter allem Leben heimlich, wie eine chronische Krankheit ..., und ich dachte, der Brief sei ihm nicht abgegeben, oder, *trotz der Unmöglichkeit!* er käme lieber einen Moment zu mir, als daß er mir auch nur eine

Zeile antwortete, oder er habe schwer einen Boten. Und so dacht ich mir denn sein Kommen oder Schicken, und dabei, daß es gewiß geschähe zur Unzeit und wenn ich's gar nicht dächte, wie immer. *Das* aber konnte ich mir *nicht* denken: ein Viertel auf 10 ist zu arg. Ich hatte gestern ein erhitztes, rotes Auge ... Als ich den Morgen erwachte, so war das Auge nicht mehr rot, aber beide taten mir weh, als wäre Staub darin; und um nicht zu lesen und sie zu ruhen, blieb ich im Bette ..., frühstücke im Bette, nehle sehr und stehe endlich um 9 auf. Grade im Zähneputzen, im roten Pulver, mit meinen Flanellen angetan, kommt mein Wirt und sagt Doren, ein Herr wolle mich sprechen. Ich denke, ein Bote von Goethe. (*Noch nie* kam der Wirt und nie in solcher Art Angst.) Ich lasse fragen, wer es ist, und schicke Dore hinunter. Diese bringt mir Goethens Karte, mit dem Bescheid, er wolle ein wenig warten. Ich lasse ihn eintreten und nur *so* lange warten, als man braucht, einen Überrock überzuknöpfen. Es war ein schwarzer Wattenrock, und so trete ich vor ihn, *mich* opfernd, um ihn nicht einen Moment warten zu lassen ... Im ganzen war er wie der vornehmste Fürst, aber wie ein äußerst guter Mann, voller Aisance, aber Persönlichkeiten ablehnend, *auch* vornehm. Auf *Dich* ziemlich gespitzt, und äußerst verbindlich. Er ging sehr bald. Ich konnte ihm nicht von der Pereira, nicht von der Grotthuss, von nichts sprechen! Nur ganz zu Anfang sagte ich ihm: „Ich war es, die Ihnen in Niederrad nachschrie; ich war mit Fremden dort, eben weil Sie davon gesprochen hatten; ich war zu überrascht.“ Er ließ dies ganz durch.

Es war mir recht. Ich fühle, daß ich mich im ganzen so betragen habe *wie damals* in Karlsbad. Mit der hastigen Tätigkeit: lange mein schönes stilles, bescheidenes Herz nicht gezeigt. Aber wenn man einen nur einen Moment, nach so lang*jähriger* Liebe und Leben und Beten und Weben und Beschäftigung, zu sehen bekommt, dann ist es so. Und mein Negligé, mein Gefühl von Ungrazie brachte mich ganz darnieder, und sein schnelles Weggehen. Aber nun besuche ich ihn. Otterstedts wollen es schon die ganze Zeit; ich aber wollte nicht. Im ganzen ist es rasend viel, daß er kam. Er sieht keinen Menschen ... Goethe hat mir für ewig den

Ritterschlag gegeben. Beim Himmel! Er *weiß* es, der Himmel! Kein Olympier könnte *mich* mehr ehren, mir von *meiner* Ehre mehr bringen.

Varn IV, 325ff.

1917. VOSS DER JÜNGERE AN FRIEDRICH KARL WOLFF

Heidelberg, 14. September 1815

Goethe, der uns vorigen Herbst besuchte, wird wieder erwartet. Keiner freut sich recht dazu. Ja, wenn man Goethe ohne die großen Schmäuse genießen könnte, die er erfordert! Hier genoß ich ihn nur in zwei Morgenstunden, wo ich ihn allein und im Schlafrock fand. Beim großen Schmause, den wir Professoren ihm im Wirtshause gaben, genoß ihn keiner; eine ausgestopfte Puppe mit seiner Larve hätte dieselben Dienste getan.

VoßG 113

1918. RIEMER AN FROMMANN

Weimar, 21. September 1815

Von Goethe ... weiß ich weiter nichts, als daß er sich wohl befindet, in Frankfurt ist und seine Tage in den Kunstsammlungen und Museen dortiger Liebhaber der Kunst und Wissenschaften zubringt. Was für literarische Ausbeute er mitbringen wird, ist nicht bekannt. Doch meine ich, daß er theatralische Vorsätze, die er schon sonst hegte, jetzt ins Werk richten dürfte, und sehr nötig wäre es: denn unser Theater ist jetzt sehr in der Agonie.

Rie 233

1919. RAHEL VARNHAGEN VON ENSE AN IHREN MANN

Frankfurt, 24. September 1815

Einen Göttergenuß hatte ich gestern abend und heute morgen in Goethens Buch [„Dichtung und Wahrheit“], wo er am Ende seines Aufenthalts in Straßburg die französische Literatur, Voltaire, Diderot, Deutschland, Frankreich, Hof und Welt mit Firmamentslichtern erhellt! Solcher Geist kommt auch vom Himmel, solche edle Seele; denn zu solcher Klarheit gehört diese Unparteilichkeit, zu dieser die edle, unschuldvolle *Seele.*

Varn V, 24

1920. HELENE JACOBI AN ERNESTINE VOSS

München, etwa Herbst 1815

Was Du mir von Goethe erzählst, sticht sehr gegen das ab, was die *Fritz Schlosserischen* von ihm behaupten: daß er so gar gut, liebend und hingebend geworden wäre, so *unaussprechlich liebenswürdig!* Ich bin froh, daß der Mensch nicht hier war. Ich kann das Wohl und Weh, das er wechselnd mir zu empfinden gibt, nicht ertragen, mag das Selbstbeleidigen einer so schönen, herrlichen Natur nicht mit ansehen. Um was hat er selbst sich nicht alles gebracht! Selbst die allgemeine Ehre, die er in Masse wie einen hellen Nimbus um sich gezogen fühlt, hat doch keinen einzigen Strahl, der bis in sein Herz glänzte und es wärmen könnte. Für mich ist er in aller seiner Höhe immer nur ein Bild des Jammers. Ganz neuerlich wollte man uns wieder versichern, er sei katholisch geworden. Diesmal konnten wir den Gang, wie das alte Gerücht aufs neue bei vielen Glauben gefunden, ganz natürlich nachweisen, da er nicht nur den Schlosserschen Proselyten und Proselytenmacher sich immer enger anschließt, sondern nun auch eine ganze Zeit her bei Willemer, der auch übergetreten ist, auf dessen Mühle bei Frankfurt sich aufhält, wo er ganz eingezogen lebt in strengster Arbeit an einem Buche, von dem niemand wissen soll, bis es gedruckt ist. Was kann man da nicht alles heraus- und hinzudenken!

JacN II, 171

1921. RAHEL VARNHAGEN VON ENSE AN IHREN MANN

Frankfurt, 11. Oktober 1815

Gestern ... hab ich so über Goethe geheult, geschrien, weil mir das Herz borst. Ich nahm ein Bändchen Lieder zu Hand, weil es mir an einem Buche gebrach, und las manches Lied mit großem, neuen Anteil, weil mir sein „Leben", welches ich eben gestern *hier* wieder ausstudiert hatte, ganz gegenwärtig war, und las, bis ich an das kam: „Mit einem gemalten Bande". Ich freute mich, weil er selbst schreibt, er habe das Band gemalt und der Tochter [Friederike Brion] in Sesenheim geschickt; ich kannte das Gedicht *sehr* gut; doch war mir nicht alles und nicht das Ende gegenwärtig. Und *so* endet's:

Fühle, was dies Herz empfindet,
Reiche frei mir deine Hand,
Und das Band, das uns verbindet,
Sei kein schwaches Rosenband!

Wie mit verstarrendem Eis auf dem Herzen blieb ich sitzen! Einen kalten Todesschreck in den Gliedern. Die Gedanken gehemmt. Und als sie wiederkamen, konnt ich ganz des Mädchens Herz empfinden. Es, er *mußte* sie vergiften. *Dem* hätte sie nicht glauben sollen? Die *Natur* war dazu eingerichtet. Und wie muß er gewesen sein, er, Goethe, hübsch, wie er war! Ich fühlte dieser Worte *ewiges* Umklammern um ihr Herz. Ich fühlte, daß die sich *lebendig nicht* wieder losreißen. Und wie des Mädchens Herz *selbst* klappte meins krampfhaft zu, wurde ganz klein in den Rippen. Dabei dacht ich an *solchen* Plan, an *solch* Opfer des Schicksals, und *laut* schrie ich, ich mußte; das Herz wäre mir sonst tot geblieben. Und zum erstenmal war Goethe feindlich für mich da. Solche Worte muß man *nicht* schreiben; *er* nicht! Er kannte ihre Süße, ihre Bedeutung, hatte selbst schon geblutet.

Varn V, 71

1922. JOHANN HEINRICH MEYER AN GOTTLIEB HUFELAND

Weimar, 29. Oktober 1815

Goethe ist vor etwa vierzehn Tagen vom Rheine zurückgekommen, so munter, froh und wohl, wie ich seit zehn und mehr Jahren ihn nicht gesehen. Er ist vielfach tätig, welches eben ein guter Beweis seines völligen Wohlbefindens ist. Eigentlich unter der Feder und zugleich unter der Presse hat er Betrachtungen auf seiner Reise an den Rhein [„Kunst und Altertum am Rhein und Main“]. Sie beziehen sich auf den Zustand der Künste, Wissenschaften, Sammlungen in den verschiedenen Städten, wo er gewesen, und werden wohl bald erscheinen. Sodann, wenn er mich beglücken will, lieset er manchmal, aber noch ganz im geheim, und ich glaube nicht, daß andre viel davon erfahren haben, Gedichte in der Manier des persischen Dichters Hafiz vor [„West-östlicher Divan“]. Es ist bereits eine sehr beträchtliche Sammlung, und dürfte ich in Sachen der Poesie urteilen, welches ich mir aber keineswegs anmaße, so würde ich sagen, es wären Stücke darunter von der vortrefflichsten Art.

Huf 36 f.

1923. WILHELM GRIMM AN SEINEN BRUDER JAKOB

Kassel, 20. November 1815

Goethe habe ich weder den „Armen Heinrich“ [von Hartmann von Aue] gegeben noch von den Märchen etwas Näheres gesagt. Da er sich wohl bewußt sein mag, wie leicht er an etwas teilnimmt, so hat er eine eigene, wunderliche Scheu, man kann sagen Ängstlichkeit, daß ihm ja nichts zu nahe rückt, und er weicht gewiß aus oder setzt sich eiskalt hin, wenn man von etwas mit Lebhaftigkeit und Eifer spricht, das er noch nicht kennt . . . Ich habe ihm daher kein Wort von der altdeutschen Poesie gesagt, bis er in Heidelberg von selbst zu mir kam und mich fragte, mit welcher literarischen Arbeit wir uns jetzt beschäftigten; ich erzählte

Johann Heinrich Meyer

es ihm ganz einfach ... Der Louis [Ludwig Emil Grimm] hat es aus natürlichem Gefühl ebenso gemacht, und zu dem ist er auch gekommen, hat ihn über die Rheinreise gefragt und dergleichen, recht liebreich.

Grimm 468f.

1924. CHARLOTTE VON STEIN AN KNEBEL

Weimar, 25. November 1815

Ich wußte gar nicht, daß Goethe bei Ihnen in Jena ist, denn ich höre und sehe nichts von ihm und dränge mich nicht gern auf, weil er seine Zeit braucht und er nicht Ihre Gutmütigkeit besitzt, sich unsereins mitzuteilen, und sagt durch seine Schriften: „Ihr habt Mosen und die Propheten, laßt sie dieselben hören!"

BodeSt VIII, 299f.

1925. SULPIZ BOISSERÉE AN FRIEDRICH SCHLEGEL

Heidelberg, 2. Dezember 1815

Sie werden gehört haben, daß Goethe über deutsche Kunst und Altertum am Rhein schreibt, und sich freuen, daß dieser so lange ungläubige Freund nun so ernsthaft teilnimmt. Es ist recht gut, daß er bei seiner so allgemein bekannten Mäßigung sich nun auch für die Sache erklärt; denn gerade diejenigen, die etwas dafür tun können, hielten sie immer noch für eine Extravaganz.

Bois 295

1926. FRIEDRICH SCHLEGEL AN SULPIZ BOISSERÉE

Frankfurt, 31. Dezember 1815

Daß Goethe über Euere Bilder schreibt, ist auch schon wegen der Wirkung auf das Publikum sehr gut, und noch heilsamer kann es werden, wenn er bei dieser Gelegenheit (wie ich höre, daß er es im Sinn hat) den Preußen etwas den Sinn öffnet über den hohen Wert und altdeutschen Charakter der Rheinlande überhaupt. Und selbst für die bildende Kunst, wenngleich ich ihm verhältnismäßig für diese nicht sehr viel zutraue, wird sein Reden darüber nicht ohne Nutzen bleiben, weil er doch von alters her so anregender Art ist. Wenigstens werden seine Reden darüber in jedem Falle bedeutender ausfallen als die etwas röselichten Beschreibungen der schwedischen Dame [„Beschreibung altdeutscher Gemälde" von Amalie von Helvig].

Bois 296

1816

1927. KNEBEL AN CHARLOTTE SCHILLER

Jena, 16. Februar 1816

Für Ihre gefällige und geistreiche Schilderung des „Epimenides“ danke ich Ihnen. Sie sehen mit wohlgefälligen Augen und hören auch so. Andere waren nicht so zufrieden. Die Musik wollte ihnen nicht recht ans Herz gehen, und dann fanden sie, daß manches in der Allegorie zu fein und daher zu unbestimmt für den anschauenden Sinn sei ... Zuletzt aber die Mischung von moderner Tracht und Sitte mit der antiken tat ihnen gewaltig weh ... Ich glaube, wenn man den alten Hermann hätte auftreten lassen und das nordische Unzeug, hätten manche mehr Gefallen daran gehabt etc.

SchFr III, 364

1928. CHARLOTTE VON STEIN AN KNEBEL

Weimar, 21. Februar 1816

Gestern las uns Goethe bei der Herzogin persische Gedichte vor. Es war lange, daß ich nichts von ihm gesehen hatte. Ich wünschte ihm in seinem Wesen etwas von Ihrer Herzlichkeit: mit Ihnen ist so hübsch Gedanken und Gefühle auswechseln! Auf das Geringste, was man nicht ganz in seiner Vorstellung sagt, hat man einen Hieb weg. Ich frug ihn, ob diese Gedichte von einem oder verschiedenen orientalischen Dichtern wären. ... erwiderte er: „Liebes Kind, das wird mir niemand erforschen.“

Als wenn ich ein Mädchen von zehn Jahren wäre!

Ich weiß gar nicht, wie man ohne Herzlichkeit eigentlich leben kann. Er braucht diesen Lebenspunkt gar nicht.

BodeSt IX, 293f.

1929. CHARLOTTE SCHILLER AN KNEBEL

Weimar, 25. Februar 1816

Am Dienstag hat uns Goethe bei der Großfürstin persische Gedichte vorgelesen, die persische Wendungen und Gegenstände haben, aber den Geist des einzigen Dichters wohl bezeichnen! Ich fühle wohl, wie es zuweilen der Phantasie wohltun kann, ganz fremdartige Motive wie Bilder aufzusuchen, um sich wieder zu beleben und Fremdartiges belebend zu erschaffen, wenn in der umgebenden Welt und ihren Bedingungen der Stoff nicht immer anspricht. Übrigens ist Goethe heiter und gesellig, und vorigen Donnerstag war er bei Geheimerat von Voigt den Abend von der besten Laune.

SchKn 255

1930. GRIES AN ABEKEN

Jena, 8. März 1816

Goethes „Epimenides" machte auf dem Theater eine langweilige Erscheinung. Ich habe nie ein Stück gesehen, das mit so großen Zurüstungen so wenig ausrichtete. Darüber ist nur *eine* Stimme. Aber freilich ist auch die Musik sehr mittelmäßig, und die Ballette, die Kavallerie, die in Berlin das Stück auf den Beinen hielten, fehlten natürlich in Weimar ganz. Es wird schwerlich wieder aufgeführt werden.

Bode II, 464

1931. RIEMER AN FROMMANN

Weimar, vor dem 1. April 1816

Man macht nämlich eine heimliche Kabale, uns das Logis am Park vorzuenthalten und Gott weiß wie und womit uns abzufinden. Ich höre nur in der Stadt, daß Steinert nicht heraus will; aber die Sache hängt anders zusammen, und es ist ein Stückchen, das G[oethe] und M[eye]r uns spielen möchten. Ich lasse mich aber auf nichts ein, und sie haben nicht das Herz, mir das Propos zu tun ...

Das wäre mir ein schöner Lohn für die viele Gefälligkeit und Bereitwilligkeit, die ich stets und so auch diesen Winter für G[oethe] gehabt, daß ich meine eigenen Sachen öfters hintangesetzt habe. Ich weiß nicht, der alte Herr gefällt mir nicht.

In wenig Tagen muß sich die Sache aufklären, und wenn man mir Sprünge macht, so komme ich zu Ihnen nach Jena.

Rie 237

1932. CHRISTIANE GOETHE IN IHREM KALENDER

Weimar, Anfang April 1816

2. April: Der Geheime Rat unpaß ...

3. April: Der Geheime Rat noch krank. Mittags mit August allein. Der Geheime Rat hat den ganzen Tag das Bett nicht verlassen.

5. April: Der Geheime Rat um vieles besser. Er stand zu unserer aller Freude gegen 9 Uhr auf und ließ sich ankleiden.

JbGoeGes III, 251

1933. CHARLOTTE VON STEIN AN KNEBEL

Weimar, 9. April 1816

Es scheint, daß es zeither uns allen Zeitgefährten so geht, auch Goethen. Doch hat er durch eine große Menge Blutigel, spanische Fliegen usw. erzwungen, bei der vorgestrigen Zeremonie als erster Geheimrat mit allen seinen Orden dicht neben dem Großherzog zu paradieren.

BodeSt IX, 298

1934. KARL VON STEIN AN SEINEN BRUDER FRIEDRICH

Kochberg, Mitte April 1816

Daß auch gescheite Leute in diese Misères einigen Wert legen können, wo sie keinen haben, bewiesen Goethe und Voigt, welche sich um den ersten Platz am Thron des Großherzogs von Weimar stritten. Voigt hat behauptet, er führe das Staatsruder; aber Goethe hat ihn weggerudert durch die Anciennetät, was übrigens, da mehrere auf diesen Throntreppen herumstanden und herumtrappelten, niemanden, der nicht den vorhergegangenen Disput wüßte, amüsiert oder aufmerksam gemacht haben würde. Voigt führt deswegen doch nach wie vor das Staatsruder, und Goethe flankiert auf dem Pegasus drum herum.

Fritz von Stein II, 218

1935. CHARLOTTE SCHILLER AN KNEBEL

Weimar, 24. April 1816

Goethe ist ziemlich wohl. Sein Sohn und Ernst [von Schiller] haben wieder Spuren eines Elefanten gefunden. Darüber ist große Freude, und Goethe, Meyer und Riemer sind auf die Stelle gewallfahrtet und haben Nachsuchungen angestellt und auch versteinerte Knochen gefunden.

SchKn 274f.

1936. CHARLOTTE SCHILLER AN KNEBEL

Weimar, 1. Juni 1816

Der Besuch in Jena bei Ihnen hat mir recht wohlgetan ... Ich hätte auch Goethe sehen mögen ..., denn sein eignes Wesen hier hat sich durch die Bedingungen des äußern Verhältnisses anders gestaltet. Es ist, als habe der Rang, der Anstand hier leichter Eingang in sein freies poetisches Gefühl als in Jena. Hätte ich ihn, selbst mit Schiller, immer nur hier gesehen, so würde er lange nicht so klar und hell vor mir stehen im Geist, als er's jetzt bleiben wird. Ich habe rechte Sorge um ihn; denn seine Frau ist zweimal in dieser Woche bedeutend krank gewesen, und man könnte Schlag befürchten. Vor vierzehn Tagen hatte sie auch so einen Krampfanfall, den mir der Sohn recht ängstlich beschrieb. Das physische Leiden kann seine freie, reiche Natur nicht ertragen, und deswegen wünschte ich ihn von solchen Anblicken fern.

SchKn 279ff.

1937. JOHANNA SCHOPENHAUER AN BÖTTIGER

Weimar, 1. Juni 1816

Hier ist alles in Erwartung des Prinzen Bernhard, der den Donnerstag mit seiner jungen Gemahlin eintreffen soll: ein Zug ihm entgegen, Theater, Illumination, Hof- und Stadtbälle werden vorbereitet. Unser Großkophta sitzt bei alledem wie ein Dachs in seinem Bau, und kein sterbliches Auge wird seines Anschauens gewürdigt. Riemer hat den Prolog gemacht, mit dem die Jagemann das junge Paar von der Bühne bewillkommnen wird ... Frau von Goethe ist krank; sie hat förmlich die fallende Sucht und wird auch sehen, nach Karlsbad zu gelangen. Wo ihr Gemahl sich hinwenden wird, darauf ruht noch heiliges Dunkel.

Schop I, 242

1938. VULPIUS AN KNEBEL

Weimar, 8. Juni 1816

Meiner Schwester irdisches Schicksal hat der Tod mit allgewaltiger Hand geendet und ihrer herrlichen Kraft und Gesundheit ein langwieriges Spiel abgewonnen. Sie starb vorgestern, den 6., Mittag um 12 Uhr, eben an ihrem Geburtstage, 52 Jahre alt. Wie es um uns aussieht, können Sie denken. Das Haus scheinet verwaist zu sein, und der Mann ist sehr betrübt. Was soll ich Ihnen von seinem Schmerze sagen? Ich denke, er wird auf einige Zeit nach Jena gehen ... Heute wird die Erblaßte begraben. Friede ihrer Seele!

BrKn II, 153

1939. CHARLOTTE SCHILLER AN KNEBEL

Weimar, 8. Juni 1816

Und das dunkle Haus unsers Freundes Goethe gab mir auch einen dunkeln Platz im Gemüt; denn ich dachte mir, dies Getöse könnte ihm schmerzlich sein. Er ist leidlich wieder und nur angegriffen, ließ er sagen. Die Frau dauert mich, denn sie hat unendlich gelitten. Die Großherzogin erzählte mir, daß sie alle Minuten einen Anfall in dem letzten Tage gehabt! Die Details weiß ich noch nicht. Wenn sein Körper nur Kraft behält, so wird er dies überstehen. Der Sohn ist nicht krank geworden, sondern nur matt war er. Das übrige soll auch im gleichen sein und seine Umgebungen besser.

SchKn 284

1940. RIEMER AN FROMMANN

Weimar, 9. Juni 1816

Der Tod gleicht alles aus, und so müssen wir mit Anteil und Bedauern gestehen, daß es ein hartes und schreckliches Ende war, welches die Frau genommen, ob man gleich voraussehen konnte, daß es über kurz oder lang so kommen müßte.

Das Detail weiß Goethe selber schwerlich so wie wir, und zu seinem Glücke bleibe es ihm ferner verhüllt. Bei seiner Art zu sein und zu leben wird er sie nur zu oft vermissen. Ob er gleich gefaßt erscheint und von allem andern spricht, so überfällt ihn doch mitten unter anderm der Schmerz, dessen Tränen er umsonst zurückzudrängen strebt. Die Einsamkeit wird immer größer werden, sobald der Sohn erst wieder seinen Geschäften und – Vergnügungen nachgeht. Denn außer Meyern und mir sieht er nur wenige und selten; und wir können gerade in den einsamsten Stunden am wenigsten um ihn sein. Auch wird die ökonomische Gesinnung des Sohns ziemlich alles von ihm entfernen, was ihn zerstreuen und aufheitern könnte. Ein Aufenthalt in Jena und dann eine Reise nach Teplitz wird also wohl das Beste und Wirksamste sein, um sein unschätzbares Leben uns länger zu fristen.

Rie 239

1941. VULPIUS AN NIKOLAUS MEYER

Weimar, 11. Juni 1816

Ihre Freundin, meine Schwester, ist nicht mehr. Der Tod hat ihrer kraftvollen Gesundheit in einem schrecklichen Kampfe von fünf Tagen das Leben abgekämpft. Sie starb am 6. (ihrem Geburtstage, in ihrer Geburtsstunde) Mittag 12 Uhr an Blutkrämpfen der schrecklichsten Art, für sie und uns. Sie können sich vorstellen, wie zerstört alles bei uns ist und umhergeht. Alle weinen, und ihr Mann ist fast untröstlich. Behüte Sie Gott für dergleichen harten Schicksalen und schenke Ihnen Friede und frohes Gedeihen sowie all den Ihrigen.

MeyerN 453

1942. GRIES AN GOTTLIEB HUFELAND

Jena, 21. Juni 1816

Daß Goethe vor kurzem seine Frau verloren, werden Sie schon gehört haben. Dieser unerwartete Todesfall hat, wie es scheint, einen tiefen Eindruck bei ihm hinterlassen. Nicht als ob er die Verblichene eben sehr geliebt hätte, aber sie war doch die Mutter seines Sohnes und sollte, nach dem natürlichen Lauf der Dinge, die Pflegerin seines Alters sein. Ich fürchte, wir werden den Unersetzlichen nicht lange mehr behalten. Er war, kurz vor dem Tode seiner Frau, einige Wochen lang in Jena. Ich fand ihn sehr gealtert, und obwohl er zwischendurch sehr heiter war, ließ sich doch aus manchen Äußerungen wahrnehmen, daß er selbst sich kein langes Leben mehr verspricht. Indessen fährt er immer fort, den Menschen Freude zu machen. Seine kürzlich erschienene Schrift „[Über] Kunst und Altertum in den Rhein- und Maingegenden“ wird vielleicht, so trefflich in ihrer Art sie ist, kein ganz allgemeines Interesse erwecken; aber in der neuen Ausgabe seiner vermischten Gedichte stehen ganz herrliche Sachen, zumal von der heiteren Art, in welcher Goethe so einzig ist.

Huf 26f.

1943. JOHANNA SCHOPENHAUER AN ELISA VON DER RECKE

Weimar, 25. Juni 1816

Seit dem Tode seiner Frau habe ich ihn heute zum erstenmal gesehen, denn es ist seine Art, jeden Schmerz ganz in der Stille austoben zu lassen und sich seinen Freunden erst wieder in völliger Fassung zu zeigen. Ich fand ihn dennoch verändert; er scheint mir recht im innersten Gemüt niedergeschlagen ...

Der Tod der armen Goethe ist der furchtbarste, den ich je nennen hörte. Allein, unter den Händen fühlloser Krankenwärterinnen, ist sie, fast ohne Pflege, gestorben. Keine freundliche Hand hat ihr die Augen zugedrückt. Ihr eigner Sohn ist nicht zu bewegen gewesen, zu ihr zu gehn, und Goethe selbst wagte es nicht ... reden konnte sie nicht, sie hatte sich die Zunge durchgebissen ... Ihre Unmäßigkeit in allen Genüssen, zu einer sehr bösen Periode für unser Geschlecht, hatte ihr das fürchterlichste aller Übel, die fallende Sucht, zugezogen ... Auf allen Fall hat sie die kurze Freude furchtbar gebüßt, und es kränkt mich, daß niemand mit Mitleid ihres Todes gedenkt, daß alles das viele Gute, welches doch in ihr lag, vergessen ist und nur ihre Fehler erwähnt werden, selbst von denen, welchen sie wohltat und die ihr im Leben auf alle Weise schmeichelten.

Schop I, 246f.

1944. WILHELM VON HUMBOLDT AN SEINE FRAU

Frankfurt, 25. Juni 1816

Hörst Du nichts von Goethe und ob er nach Karlsbad kommt? Der Großherzog von Weimar, der jetzt hier war und in Wiesbaden das Bad braucht, meinte, er sei noch nicht recht entschlossen gewesen. Du wirst wissen, daß er seine Frau verloren hat. Die ersten Tage war er, wie es aus seinem Briefe an [Johann Friedrich] Schlosser scheint, untröstlich; allein jetzt schreibt er schon wieder sehr heiter. Man könnte das erste und bei dieser Person vielleicht gleich gut das letzte begreifen, allein beides zusammen ist wunderbar, obgleich nicht ungewöhnlich.

Schlossers, die Goethes Lage genau kennen, meinen, daß er in seinen Finanzen doch nie ohne Sorge ist. Er hat an festen Einkünften unglaublich wenig und muß nur immer schreiben und drucken lassen. So mag sein letztes Buch [„Über Kunst und Altertum in den Rhein- und Maingegenden"] entstanden sein, das ungeheuer leer und seiner auf keine Weise würdig ist. Man hatte hier einen Plan, und Stein interessierte sich sehr dafür, ihm ein Gut am Rhein zu kaufen und zu schenken. Allein es ist natürlich, daß, da man so etwas doch nicht in eine Bettelei ausarten lassen will, nichts daraus wird.

Hu V, 273

1945. DOROTHEA SCHLEGEL AN IHRE SÖHNE JONAS UND PHILIPP VEIT

Frankfurt, 3. Juli 1816

Sonst habe ich nichts Neues gelesen als ein Bändchen von Goethe über die Kunst in den Rheingegenden [„Über Kunst und Altertum in den Rhein- und Maingegenden"]. Das ist nun endlich das Kunstadels-Diplom, was zu erlangen die Boisserées so lange um den alten Heiden herumgeschwänzelt haben! Und wie überflüssig! Wer die Sammlung sieht und nur nicht eines ganz verstockten Sinnes ist, der braucht ja weiß Gott keines solchen Stempels, um zu sehen, daß diese Sammlung *einzig* in ihrer Art ist. Schwerlich werden Boisserées sehr zufrieden sein mit diesem platten, affektierten Gewäsch; aber gewiß werden sie nicht unterlassen, die Miene anzunehmen, als wären es goldne Sprüche. Friedrich [Schlegel] sein Verdienst um die neue Würdigung unsrer ältesten Kunstdenkmale hat der alte kindische Mann dadurch zu schmälern gesucht, daß er ihn in diesem ganzen Werke gar nicht genannt, seiner weder bei dem Dom zu Köln noch bei der Boisseréeschen Sammlung und Sulpizens Arbeit, noch bei den kölnischen Kunstdenkmalen überhaupt nicht mit Namen gedacht hat, während er jede, auch die kleinste und unbedeutendste Schrift anderer über diesen Gegenstand, teils verunglimpfend, teils über den Wert schätzend, lang und breit genannt und beleuchtet hat. Hat er aber durch solches Ignorieren geglaubt, Friedrichs großes Verdienst ganz auszutilgen, so hat er geirrt. Eben dadurch, daß er ihn nicht genannt hat, wo er alle andern nennt, hat er ihn wirklich doch genannt, nämlich so, wie man ein Licht in der Zeichnung *aussparen* kann, indem man die Schatten zeichnet. Jeder muß ja hier gleich eine böse Absicht einsehen!

Eine Stelle ist darin über das Christentum als Gegenstand der Malerei. Diese ist nicht allein das klare, kecke Geständnis seiner antichristlichen Denkart, sondern durch Stil und Schreibart so über alle Maßen platt und bierbrudergemein, daß ich heftig im Lesen darüber erschrocken bin. Es war mir zumute, als sähe ich einen verehrten Mann vollbetrunken herumtaumeln, in Gefahr, sich im Kot zu wälzen.

Bei reiflicher Überlegung kommt es mir auch wahrscheinlich vor, daß diese Stelle gar nicht von Goethe selbst, sondern vielmehr von seinem Mephistopheles Meyer sein muß. So platt und durchaus gemein verteufelt kann doch wohl Goethe nicht sein! Diese Hypothese ist mir aber mehr eine Erklärung als eine Entschuldigung für diese Gemeinheit. Ein Autor muß für das einstehen, was in seinem Buche vorkömmt. Goethes größte Anbeter schweigen mäuschenstille; andre schimpfen laut; einige verlangen, man müsse diese Stelle ausscheiden und das übrige als geistreich würdigen. Das ist mir aber einmal nicht gegeben. Zum Teil kömmt mir das Ganze armutselig und geistesarm vor; zum Teil aber ist mir durch diese verruchte Entwürdigung der heiligen Geheimnisse, die auf einmal ganz unvermutet und plötzlich zum Vorschein kommt wie der Pferdefuß des in einen Menschen verkappten Teufels, auch das übrige, was es allenfalls Hübsches haben mag, in Asche und Graus verwandelt ... Das Ganze ist Lug und Trug!

SchlVeit II, 356ff.

1946. ELISA VON DER RECKE AN JOHANNA SCHOPENHAUER

Karlsbad, 3. Juli 1816

Mit schmerzhafter Rührung, liebe Teure, habe ich Ihre Darstellung der traurigen Verlassenheit der guten Goethe in ihrem schreckhaften Todeskampfe gelesen. Wahrlich! Diese gutmütige Frau hätte es wohl verdient, daß dankbare Herzen ihren letzten bittern Kampf erleichtert und die unter furchtbaren Krämpfen Sterbende nicht verlassen hätten. Im Leben tat sie vielen wohl! Und aus meiner Erfahrung weiß ich es, daß das Bewußtsein uns bei heftigen Krämpfen und todesähnlichen Erstarrungen bleibt ... Der furchtbare Tod der noch im Grabe verfolgten Goethe hat mich schmerzhaft erschüttert! – Sie haben recht, teure Frau! Die im Leben auf einer Seite so glückliche, im Sterben aber höchst unglückliche Goethe hatte doch viele guten Seiten! Warum richten die Menschen denn immer ihre Blicke auf die Fehler der andern, statt diese nur stille für sich als Warnungen zu betrachten, die uns vor Fehler schützen? – Wodurch die Verstorbene sich mir empfohlen hat, ist, daß ich sie nie von andern Böses sprechen hörte. Auch war ihre Unterhaltung, soweit ich sie kannte, immer so, daß ich mir es wohl erklären konnte, daß ihr anspruchsloser, heller, ganz natürlicher Verstand Interesse für unsern Goethe haben konnte, der mir seine Frau mit diesen Worten vorstellte: „Ich empfehle Ihnen meine Frau mit dem Zeugnisse, daß, seit sie ihren ersten Schritt in mein Haus tat, ich ihr nur Freuden zu danken habe.“ – Die Frau, welche von ihrem Gatten ein solches Zeugnis erhält, über deren Fehler werden alle diejenigen, welche den Gatten schätzen, einen Schleier zu werfen suchen. Wir, liebe Teure, wir wollen immer der guten Seiten der Verstorbenen gedenken und ihre Schwächen in Vergessenheit zu bringen uns bemühen!

Schop I, 249f.

1947. WILHELM GRIMM AN ARNIM

Kassel, 4. Juli 1816

Den Tod von Goethes Frau hatte ich in Kösen schon gehört. Riemer sagte mir und die Schoppenhauer auch, daß er schrecklich gewesen. Niemand hätte die Krämpfe mit ansehen können, und Mägde und Weiber haben nicht dableiben können, weil sie, wie das geschieht, auch davon ergriffen worden. Geweint hat er laut über sie, und das wäre auch unnatürlich gewesen, wenn er es nicht getan hätte. Er war noch nicht ausgegangen und hatte nur ein paar Freunde gesehen; indessen machte ich doch nachmittags einen Versuch, da ein Fremder ihm gerade angenehm in einer solchen Stimmung kommen kann und ich mich erst melden ließ. Er nahm mich an und war sehr freundlich und heiter. Er fragte mich nach Dir, Deiner Frau, Kindern, selbst dem Haus und der Gegend. Dann sprach er von mancherlei, woran man in der Zeit leicht denkt ... Ich habe ihn niemals so freundlich und wohlwollend gesehen. Er arbeitet, wie Riemer sagt, viel, und auch an dem vierten Bande seines „Lebens".

ArnG 349f.

1948. ARNIM AN WILHELM GRIMM

Wiepersdorf, 20. Juli 1816

So natürlich und doch so seltsam ist's, daß Goethe die Vulpius beweint, daß ich es nur aus seinem Vornamen Wolfgang ableiten kann, wie er zu ihr gelangt ist. Noch wunderbarer, daß er darüber zum eifrigen Protestanten geworden. Übrigens glaube ich, sein Religionswesen ist wohl mehr Untersuchung als Wesen. Er wird auf mancherlei Resultate kommen, die jedem wichtig; wer weiß, ob sie ihm selbst etwas helfen.

ArnG 351

1949. DOROTHEA SCHLEGEL AN SULPIZ BOISSERÉE

Frankfurt, 21. Juli 1816

Finden Sie die Art, wie Goethe unsern Friedrich in seinem neuen Werk [„Über Kunst und Altertum in den Rhein- und Maingegenden"] genannt hat, nicht äußerst sinnreich? Nämlich da, wo er ihn *nicht* genannt hat, so wie man oft in einer Zeichnung ein Licht nicht zeichnet, sondern ausspart. Das, was er über das allmächtige Dombild sagte, ist doch allerliebst – eine orientalische Maskerade! Darauf kann doch nur ein so geistvoller Kenner kommen! Seine Ansicht von der Geschichte unsrer Religion ist mir ungemein wert. Nämlich ich sehe wohl ein, daß Plato oder Pythagoras ganz anders von den Geheimnissen der alten Indier würden geredet haben, auch wenn sie nicht daran zu glauben für gut gefunden hätten. Indessen aber muß man gestehen, daß seine [Goethes] Art doch ein gewaltiges Licht und einen Aufschluß über seine ganze Ansicht von der Malerei der Deutschen gibt; jetzt wird einem alles klar und zusammenhängend. Von Ihrer Sammlung habe ich mir doch eigentlich mehr in dem trefflichen Buch zu finden erwartet; vielleicht kömmt es noch im zweiten Teil nach.

SchlVeit II, 367

1950. GRIES AN ABEKEN

Jena, 22. Juli 1816

... im Mai ... fürchtete ich wirklich sehr für ihn, zumal da Knebel mir sagte, daß er in vertraulichen Gesprächen einen gewaltigen Lebensüberdruß geäußert habe.

Vielleicht werden Sie in den Zeitungen gelesen haben, daß Goethe gesonnen sei, Weimar zu verlassen und den Überrest seines Lebens in Frankfurt zuzubringen. Wie diese Nachricht in die Zeitungen gekommen ist, begreife ich nicht; aber wahr ist es, daß er das Drückende seiner Lage in Weimar und am Hofe mehr als jemals empfindet und auch wohl gegen Knebel den Wunsch nach einer Veränderung geäußert hat ... Gewiß könnte eine solche Veränderung seiner doch immer unfreien Verhältnisse sehr zur Erheiterung seines Alters dienen, wenn er auch nicht eben Frankfurt zum Wohnort wählen würde. Aber er selbst sieht ein, daß daran eben jetzt gar nicht zu denken ist, da der Herzog ihm erst vor kurzem 2000 Taler Zulage und seinem Sohn ein Gehalt von 800 Talern gegeben hat.

JbGoeGes V, 240

1951. KAROLINE VON HUMBOLDT AN CHARLOTTE SCHILLER

Karlsbad, 23. Juli 1816

Der Tod von Goethens Frau, das endliche Aufhören ihrer Leiden hat mich beruhigt nach dem, was Du mir in Deinem Briefe sagst. Die Schopenhauer schreibt in die Welt allerlei Details herum, die es besser wäre mit Stillschweigen zu übergehen, sie mögen nun wahr sein oder nicht: Niemand sei bei ihr gewesen; Mann und Sohn hätten den Anblick ihrer epileptischen Zustände nicht ertragen können, und die Wartefrauen hätten sie ohne Beistand liegenlassen.

SchFr II, 211

1952. CHARLOTTE SCHILLER AN KNEBEL

Weimar, 28. August 1816

Heute an Goethes Geburtstag wollen wir ihm aus der Ferne unsre stillen Wünsche senden. Ich hoffe, die Sonne leuchtet ihm freundlich heut ... Er ist nicht so mitteilend wie Sie, lieber Freund, und wo man bei Ihnen das Wohlwollen gern ausspricht, weil man ein wiederkehrendes Gefühl empfängt, so mag man bei ihm nur still die Gefühle bewahren. Es ist nicht allen Gleiches von den Göttern verliehen ...

SchKn 297

1953. KNEBEL AN CHARLOTTE SCHILLER

Jena, 29. August 1816

Unsers Freundes Goethe Geburtstag haben wir gestern im Herzen gefeiert. Es scheint, er wird sich mit den Jahren nicht ganz von dem Lose aller außerordentlichen Menschen lossprechen können, welche die Nichtigkeit der Dinge immer schwerer fühlen. Sein fleißiges Naturstudium allein kann ihn in der Höhe halten, die ihm den Genuß des Lebens nicht verächtlich macht. Dazu scheint er auch eine unversiegliche Quelle in sich zu haben.

SchFr III, 367f.

1954. CHARLOTTE SCHILLER AN KNEBEL

Weimar, 25. September 1816

Gestern haben wir einen recht freundlichen Abend gehabt bei Goethe, der meine Schwester [Karoline von Wolzogen], Frau von Kalb und mich und meine zwei großen Kinder zu einem Tee eingeladen. Unser Meyer war natürlich auch dabei, und Frau von Stein sollte dabeisein; aber sie wird leider die Abende so müde und fürchtet das Blenden des Lichts; auch glaubt sie, schwer zu hören, das ist recht traurig. Goethe war heiter und mitteilend und zeigte uns Kupferstiche aus „Faust", die ein Maler Cornelius aus Rom gesendet ... Ich bin so mit „Faust" verwebt, daß ich alle Stellen erkenne und auch auf jede Lebenssituation andre passende Sprüche daraus anwende ... Ich glaube, so lebten die Griechen in der „Ilias", und so genießt man auch die Poesie, wenn sie sich ins Leben verflicht.

SchKn 301f.

1955. KLARA KESTNER AN IHREN BRUDER AUGUST

Weimar, 29. September 1816

Er [Ridel] fing denn auch bald an, von Goethe zu sprechen, dem er durch seinen Sohn, der sein Kollege ist, hatte sagen lassen, daß Mutter kommen würde. Er hatte ihm antworten lassen, daß er sich sehr dazu freue, welches Mutter ihm nicht so recht zugetraut hatte; doch der Onkel [Ridel] machte nach seiner liebenswürdigen Art uns ein viel angenehmeres Bild von ihm, als wir uns gemacht hatten, und versicherte, daß er ihn schon öfter gerührt gesehen hätte, und glaubte, daß er es bei diesem Wiedersehen auch sein würde. Nachdem wir nun drei Tage hier waren, also am Mittewochen, da Goethe durch den Onkel erfahren, daß Mutter hier sei, ließ er den Onkel par carte mit seiner sämtlichen Familie freundschaftlich zum Essen einladen. Mutter hätte ihn gern erst einmal allein gesehen; doch da dies für Goethe eine überaus große Artigkeit sein sollte, so wurde zugesagt. Nun kannst Du denken, wie mir Unbedeutenden es zumute war, vor diesem großen Mann erscheinen zu sollen, und in seinem eignen Hause, welches doch noch viel schlimmer war, als wenn er zu uns gekommen wäre. Doch was half es! Das Herzklopfen mußte überwunden werden. Mutter war auch nicht ganz à son aise und wollte erst mit dem Onkel vorausgehen und wir dann nachkommen; doch hieraus wurde nichts, indem der große Mann uns seine Equipage schickte, uns abzuholen. Wir fuhren also hin und wurden unten an der Treppe von dem Sohn empfangen. Im Vorsaal kam er selbst uns entgegen, doch treuer dem Bilde, was ich durch Dich von ihm hatte, als dem, was uns der gute Onkel gab. Denn Rührung kam nicht in sein Herz! Seine ersten Worte waren, als ob er Mutter noch gestern gesehen: „Es ist doch artig von Ihnen, daß Sie es mich nicht entgelten lassen, daß ich nicht zuerst zu Ihnen kam." (Er hat nämlich etwas Gicht im Arm.) Dann sagte er: „Sie sind eine recht reisende Frau", und dergleichen gewöhnliche Dinge mehr. Mutter stellte mich ihm vor, worauf er mich einiges fragte, unsre Reise betreffend und ob ich noch nie in dieser Gegend gewesen sei, welches ich doch ganz unerschrocken beantwortete. Darauf gingen wir zu Tisch, wohin er Mutter führte und auch natürlich bei ihr saß; ihm gegenüber der Onkel und ich daneben, so daß ich ihm ganz nahe war und mir kein Wort und kein Blick von ihm entging. Leider aber waren alle Gespräche, die er führte, so gewöhnlich, so oberflächlich, daß es eine Anmaßung für mich sein würde, zu sagen, ich hörte ihn sprechen oder ich sprach ihn; denn aus seinem Innern oder auch nur aus seinem Geiste kam nichts von dem, was er sagte. Beständig höflich war sein Betragen gegen Mutter und gegen uns alle, wie das eines Kammerherrn. Der Onkel entschuldigte ihn, wie ich mich ziemlich freimütig über ihn äußerte, mit seiner Steifigkeit und selbst Blödigkeit. Erstere hat er nun physisch und freilich diesen Tag auch geistig im höchsten Grade; denn alle sagten, er sei so liebenswürdig gewesen, wie sie ihn beinahe nie gesehen. Nach Tisch fragte ich nach einer sehr schönen Zeichnung, die immer meine Augen auf sich zog; er ließ sie mir herunternehmen und erzählte mir sehr artig die Geschichte davon; sie war von einer Dame. Julien [von Egloffstein] dachte er mit großer Auszeichnung und besonders ihres Talents. Darauf ließ er eine Mappe holen und zeigte Mutter ihr und des seligen Vaters und Eurer fünf Ältesten Schattenrisse auf einem Blatt. Du siehst aus allem diesen, er wollte verbindlich sein. Doch alles hatte eine so wunderbare Teinture von höfischem Wesen, so gar nichts Herzliches, daß es doch mein Innerstes oft beleidigte. Seine Zimmer sind düster und unwöhnlich eingerichtet. Hier und da stehen Vasen, und die Wände sind mit Zeichnungen dekoriert, worunter jedoch meiner Ansicht nach außer der genannten nichts Ausgezeichnetes war. Der Sohn, welcher die Honneurs machte, scheint ein ziemlich unbedeutender Mensch zu sein. Er sieht seinem Vater in den Augen ähnlich, hat aber eine sehr flache Stirn; übrigens ist er eher hübsch als häßlich. Dieser war ausgezeichnet artig gegen Mutter, führte sie in den Garten, wohin wir folgten. Er ist nicht von Bedeutung; der Eingang aber ist sehr hübsch, indem er durch eine Art Laube, die schon an dem Hause anfängt, den Garten mit einem Gartenzimmer vereinigt, worin sehr viele Büsten der berühmtesten Schriftsteller unserer Zeit und die hiesige herzogliche Familie aufgestellt sind. Auch Goethens und seiner Frauen Büste steht darin, von der wir abscheuliche Dinge hören, mit denen ich mein Papier nicht beflecken werde. Gottlob, daß sie tot ist! Und doch, sollte man es glauben, ehrt er ihr Andenken mit Rührung. Nachdem wir nun alles gesehen, fuhren wir nach Haus. Er entschuldigte sich, daß er nicht ausgehen könne, indem er auch bei Hof abgesagt habe. Wir werden ihn nun wohl nicht öftrer sehen, welches mir leid tun sollte, da ich ihn gern einmal sähe, daß ich ihn mit seinen herrlichen Kindern reimen könnte, welches ich bisher noch nicht gekonnt. Zuweilen fiel mir bei Tisch eine schöne Stelle aus seinen Gedichten ein, ich sah ihn darauf an, konnte aber keine Ähnlichkeit finden ...

Ich sah die „Rosamunde" von Körner, ein schreckliches Trauerspiel, was mir zu traurig war. Doch natürlich interessierte mich das Theater sehr, da es doch ganz andre Schauspieler als bei uns sind. Und doch klagt man hier sehr, wie schlecht das Theater jetzt gegen sonst ist. Goethe bekümmert sich nicht viel mehr darum.

GoeJb XIV, 285ff.

1956. CHARLOTTE KESTNER AN IHREN SOHN AUGUST

Weimar, 4. Oktober 1816

Von dem Wiedersehen des großen Mannes habe ich Euch selbst noch wohl nichts gesagt; viel kann ich auch nicht darüber bemerken. Nur soviel: ich habe eine neue Bekanntschaft von einem alten Mann gemacht, welcher, wenn ich nicht wüßte, daß er Goethe wäre, und auch dennoch, hat er keinen angenehmen Eindruck auf mich gemacht. Du weißt, wie wenig ich mir von diesem Wiedersehen oder vielmehr dieser neuen Bekanntschaft versprach. War daher sehr unbefangen. Auch tat er nach seiner steifen Art alles mögliche, um verbindlich gegen mich zu sein. Er erinnerte sich Deiner und Theodors mit Interesse, ließ mir seinen Sohn eine Pflanze zeigen, die ihm Theodor geschickt hatte etc., und, was mich sehr freute, er sprach mit großem Interesse von [Johann] Stieglitz. So stehen die Sachen. Er ist nicht wohl und geht nicht aus. Also eine Frage, ob die *alten neuen Bekannten* ihre Bekanntschaft fortsetzen und sich in ihren alten Tagen auch gefallen.

Kest 118

1957. CHARLOTTE VON STEIN AN KNEBEL

Weimar, 9. Oktober 1816

Goethe ist auch leidend, am Arm. Gestern ging ich auf einen Augenblick in seinen Garten, um ihm von der Herzogin einen Auftrag auszurichten.

Kürzlich hat ihn auch die Lotte aus „Werthers Leiden" besucht, Madame Kestner aus Hannover. Sie war auch schon ein paarmal ... bei mir. Sie ist von angenehmer Unterhaltung, aber freilich würde sich kein Werther mehr um sie erschießen.

BodeSt IX, 306f.

1958. KLARA KESTNER AN IHREN BRUDER AUGUST

Weimar, 14 Oktober 1816

Goethen sahen wir noch nicht wieder. Er leidet noch immer an der Gicht am rechten Arm. Vor acht Tagen schrieb er Mutter ein sehr freundschaftliches Billett, mit Bedauern angefüllt, durch sein Kranksein verhindert zu sein, sie öfter zu sehen. Er bot ihr zugleich seine Loge im Theater und seinen Wagen zum Abholen an. Dieses war durch den Kanzler Müller veranlaßt, der durch Mutter erfahren, daß es ihr so schwer werde, einen Platz im Theater zu finden, und es ihm erzählt hatte. Vielleicht sehen wir ihn heute in einer kleinen Gesellschaft bei Müllers, der ihn persönlich einladen wollte. Es würde mich natürlich sehr freuen, da ich ihn noch gar nicht kenne und so gern ein angenehmes Bild von ihm hätte. Bei Goethe aß außer uns niemand, welches recht freundlich ausgedacht von ihm war.

GoeJb XIV, 288

1959. KLARA KESTNER AN IHREN BRUDER AUGUST

Weimar, 25. Oktober 1816

Goethen sahen wir bei Müllers, wo er freilich etwas liebenswürdiger als zu Haus war, aber doch meinen Wünschen nicht entsprach. Doch bin ich jetzt mehr mit ihm zufrieden, da er wenigstens unter vier Augen gegen Mutter liebenswürdig ist. Sie geht auf sein Verlangen immer in seine Loge, wo er sehr freundlich sein soll. Ich gehe nicht hin, da ich fürchte, ihn zu genieren, indem vorn nur zwei Plätze sind. Auch bin ich längst zufrieden, wenn er nur gegen Mutter freundlich ist, da ich keine Ansprüche auf ihn machen kann und sein Wesen nicht verstehe.

GoeJb XIV, 288

1960. GEORGE TICKNOR IN SEINEM TAGEBUCH

Weimar, 25. Oktober 1816

Er ist etwas über Mittelgröße; breit, aber nicht plump; graues Haar; dunkle, rötliche Gesichtsfarbe; volle, reiche schwarze Augen, welche, obwohl vom Alter getrübt, doch noch sehr ausdrucksvoll sind. Sein ganzes Aussehen ist alt, und obwohl seine Züge ruhig und gefaßt sind, so tragen sie doch verschiedene Spuren von dem Sturme der ehemaligen Gefühle und Leidenschaften. Alles in allem ist seine Person nicht nur respektabel, sondern imponierend. In seinen Manieren ist er einfach. Er empfing uns [Ticknor und Everett] ohne Zeremoniell, doch mit Aufmerksamkeit und feinem Anstand, ohne deutsche Komplimente zu machen ...

Wir blieben fast eine Stunde bei ihm, und als wir gingen, begleitete er uns bis zur Wohnzimmertür mit der gleichen Einfachheit, mit der er uns empfangen hatte, ohne irgendwelche deutsche Umständlichkeiten.

Tick 114f. Aus dem Englischen

1961. GEORGE TICKNOR IN SEINEM TAGEBUCH

Weimar, 28. Oktober 1816

Professor Riemer ... unterhielt uns über eine Stunde, indem er uns Goethes Lebensweise, Eigenheiten usw. beschrieb ... Professor Riemer lebte neun Jahre in Goethes Hause ... Er sagte, daß Goethe ein viel größerer Mann sei, als die Welt je wissen würde, weil er jederzeit Anregung und Reibung braucht, um zur Höchstleistung zu gelangen. Es sei ein großes Unglück, daß er jetzt solche Einflüsse und Beispiele entbehrt, wie er sie bei Herders, Wielands und Schillers Lebzeiten genoß ...

Er hat noch viel Handschriftliches, das nie veröffentlicht wurde, und trägt vieles im Kopfe mit sich herum, das noch nicht auf das Papier kam. Er schreibt immer durch einen Schreiber, dem er nach Notizen auf kleinen Zetteln diktiert, während er in seinem Zimmer auf und ab geht ...

Unter den vielen ungedruckten Sachen sind Teile einer Fortsetzung des „Faust", die Riemer gesehen hat. Darin führt der Teufel den Faust an den Hof und macht ihn zu einem großen Manne. Außerdem Gedichte in persischem Stil und Geschmack; diese schrieb er während des letzten Krieges, um seine Phantasie und sein Gemüt zu erleichtern, indem er sich mit etwas abgab, das mit Europa nichts zu tun hatte.

Er lebt nun, in seinen alten Tagen, in trostloser Einsamkeit, sieht fast niemanden und geht selten aus. Sein Genuß am Leben scheint vorbei zu sein, seine Lust zu Leistungen ebenfalls. Soweit ich sehen kann, hat er nichts vor sich als ein paar Jahre kalter, unbefriedigter Zurückgezogenheit.

Tick 115f. Aus dem Englischen

1962. CHARLOTTE VON STEIN AN KNEBEL

Weimar, 30. Oktober 1816

Goethes „Italienische Reisen" [Teil 1] höre ich von meinen auswärtigen Freunden loben; er hat mir sie aber nicht mitgeteilt. Er schickt mir manchmal von einem guten Gericht von seinem Tisch, aber von höherer Speise würdigt er mich nicht.

BodeSt IX, 307

1963. KANZLER VON MÜLLER IN SEINEM TAGEBUCH

Weimar, 12. November 1816

Er war in seinem kleinen Studierzimmer und kam mir recht alt und verlassen vor.

Mü 19

1964. SCHINKEL AN RAUCH

14. November 1816

Einen ganzen schönen und lehrreichen Tag habe ich beim Goethe in Weimar verlebt, der mich höchst freundlich bei sich aufnahm. In seiner Nähe wird dem Menschen eine Binde von den Augen genommen, man versteht sich vollkommen mit ihm über die schwierigsten Dinge, welche man allein nicht getraut anzugreifen, und man hat selbst eine Fülle von Gedanken darüber, die sein Wesen unwillkürlich aus der Tiefe herauslockt.

Gespr II, 1154f.

1965. DOROTHEA SCHLEGEL AN IHREN SOHN PHILIPP VEIT

Frankfurt, 21. November 1816

Dagegen etwas drucken lassen, lieber Sohn, ist wirklich überflüssig. Das Urteil über dieses heillose Buch [„Über Kunst und Altertum in den Rhein- und Maingegenden"] ist einstimmig dagegen, und die einzelnen Parteiischen, die sich nicht bis zum öffentlichen Verleugnen bringen können, *schweigen*, so daß die Mißgeburt ohne alle Wirkung ist und bleibt. Wozu also dagegen schreiben und *aufs neue* Haß und Widerwärtigkeit auf sich laden. Lassen wir die Toten ihre Toten begraben!

SchlVeit II, 388

1966. CHARLOTTE SCHILLER AN KNEBEL

Weimar, 11. Dezember 1816

Ich habe nun auch Goethes „Reise" gelesen. Es hat mich unbeschreiblich angezogen, und der Dichter steht in aller Kraft der Jugend mit den reifen, reichen Ansichten der spätern Zeiten vor uns ... Ich glaube, manchen Menschen wird es gehen mit diesem Buche wie der Frau von Staël mit Goethe selbst, die sich den Auteur de „Werther" nicht denken konnte in einer Hofuniform. Man erwartet gewiß mehr Beschreibungen, dichterische Bilder usw. Und eben wie er in den einfachsten Anschauungen doch alles Hohe in seinem Leser erweckt und dadurch, daß er seine Anschauungen, nicht seine Gefühle ausspricht, ist es so schön und erfreulich.

SchKn 329f.

1967. LUDWIG TIECK AN SOLGER

Ziebingen, 16. Dezember 1816

Goethes Buch über Italien [„Italienische Reise"] hat mich angezogen und mir äußerst wohlgetan. Nicht, daß ich seiner Meinung immer wäre, daß ich dieselben Dinge zum Teil nicht ganz anders gesehen hätte; sondern diese Erscheinung hat mich nun endlich nach vielen Jahren von dem Zauber erlöst (ich kann es nicht anders nennen), in welchem ich mich zu Goethe verhielt: diese Anbetung, diese unbedingte Hingebung meiner Jugend in sein Wesen, dies Verständnis seiner Natur, ja, wie es mir auch wohl erschien, eine gewisse Verwandtschaft der meinigen mit seiner, und dann wieder, besonders späterhin, das determinierte Widerstreben im Kampf mit jenem Gefühl, das fremde Zurückstoßende, das oft völlig Unverständliche seines Wesens. Jetzt erst ist meine Liebe und Verehrung zu ihm eine freie, indem ich ganz bestimmt sehe, wo wir uns trennen und trennen müssen ... Ist es Ihnen nicht auch aufgefallen, wie dieses herrliche Gemüt eigentlich aus Verstimmung, Überdruß sich einseitig in das Altertum wirft und recht vorsätzlich nicht rechts und nicht links sieht? Und nun: ergreift er denn nicht auch so oft den Schein des Wirklichen statt des Wirklichen? ... Darf er, weil sein überströmendes junges Gemüt uns zuerst zeigte, was diese Welt der Erscheinungen um uns sei, die bis auf ihn unverstanden war, – darf er sich, bloß weil er es verkündigt, mit einer Art vornehmer Miene davon abwenden und unfromm und undankbar gegen sich und gegen das Schönste sein? Und wahrlich doch nur, weil alles in ihm, wie in einem Dichter so leicht, noch nicht die höchste Reife und Ruhe erlangt hatte, weil seine Ungeduld eine Außenwelt suchte und nur das geträumte Altertum ihm als die gesuchte Wirklichkeit erschien.

Ich nenne es geträumtes, weil grade Goethe in jener, selbst der schönsten Zeit in scharfer Opposition mit Religion und Sitte und Vaterland würde gewesen sein. Er vergißt um so mehr, daß unsere reine Sehnsucht nach dem Untergegangenen, wo keine Gegenwart uns mehr stören kann, diese Reliquien und Fragmente verklärt und in jene reine Region der Kunst hinüberzieht. Diese ist aber auch niemals so auf Erden gewesen, daß wir unsere Sitte, Vaterland und Religion deshalb geringschätzen dürften. Ist es nicht fast dasselbe wie Mercier und andere Schwachen, die die Gegenwart wegen ihres Jahres 2440 verachteten? ... Ich hatte auch die Antike gesehen, Sankt Peter, und konnte den Straßburger Münster nur um so mehr bewundern. Nach dem auswendig gelernten Raffael verstand ich erst die Lieblichkeit und Würde altdeutscher Kunst – und dies wäre Oberflächlichkeit, Einseitigkeit etc. in mir gewesen? Ich liebe die Italiener und ihr leichtes Wesen, bin aber in Italien erst recht zum Deutschen geworden.

Und nun! Ist Goethe als Greis nicht gewissermaßen von neuem irre geworden? Und etwa durch neue Entdeckungen? – Durch dasselbe, was auch in seiner Jugend da war, was er zum Teil kannte, durch Gedanken, die er zuerst ausgesprochen. Ohne Vaterland kein Dichter! Sich von diesem losreißen wollen, heißt die Musen verleugnen ...

Auch ärgert es mich von Goethe, der soviel anatomiert, Steine gesammelt, Bücher nachgeschlagen, unermüdet gewesen ist, daß er noch nicht einmal Ihren „Erwin" gelesen hat. Und er hat ihn nicht gelesen, sonst hätten wir längst die Spuren davon gesehen. Aber seine Bequemlichkeit, seine Sicherheit halten ihn ab ...

Sol 486 ff.

Anhang

Anmerkungen

1794

5 *wurde Mainz eingenommen* – 1792 von den französischen Truppen. Vgl. zu diesem Brief Nr. 763f.

6 *Dein Avancement* – Friedrich von Stein war zum Kammerassessor ernannt worden. Vgl. Nr. 779.
dies ... detaillieren – Charlotte von Stein schlägt ihrem Sohn vor, Ostern von Hamburg nach Weimar zurückzukehren, da durch des Vaters Tod die Einnahmen der Familie geringer seien.

14 *Stern* – Älterer Teil des Weimarer Parks an der Ilm.
l'homme propose, mais Dieu dispose – (franz.) der Mensch denkt, aber Gott lenkt.

19 *gemein* – hier: alltäglich, gewöhnlich.

20 *Das liegt mir schon Jahr und Tag ...* – Gleim hatte an Karoline am 4. Oktober über Herder geschrieben: „Wie ... fangen wir's an, daß der Gottesmann nichts tun darf als schreiben? ... Lieber, bester Herzog von Weimar, willst du, daß ich dich ferner noch lieben und hochschätzen soll, so befreie meinen Herder, den Mann Gottes, von Handarbeiten!" (VaH I, 183.)

23 *erkundigte sich nach der Frau von Kalb* – Hölderlin war 1793 bis 1795 Hauslehrer im Hause der Charlotte von Kalb.

1795

25 *um welchen Preis es auch sei* – Cotta antwortete am 19. Januar: „Es ist natürlich, daß man Goethen bezahlen muß, was er verlangt ..." (SchiCo 54).

31 *den zweiten Teil von „Wilhelm Meister"* – Der zweite Band, das dritte und vierte Buch enthaltend, erschien im April 1795. Er erschien sogleich auch als vierter Band von „Goethes neuen Schriften" (7 Bände, 1792–1880) bei Unger in Berlin.

32 *... daß das letzte Stuck ... ganz besonders gefällt* – Rahel Levin hatte im Brief vom 1. Juni 1795 die Prokurator-Novelle ge-

tadelt und Goethes Verfasserschaft bezweifelt: „So recht wie vom Boccaccio." (Rahel II, 133.)

33 *die Unzelmann kennenzulernen* – Rahel Levin reiste mit der Schauspielerin Friederike Unzelmann nach Teplitz und Karlsbad, wohin sich auch Goethe am 2. Juli begab. (Vgl. Nr. 835.)

34 *Die „Elegien", welche es enthält* ... – Am 20. Juli schrieb Schiller an Körner: „Von Goethes ‚Elegien' sind die derbsten weggelassen worden, um die Dezenz nicht zu sehr zu beleidigen" (SchiKö III, 195). Zugleich an Goethe: „Über die ‚Elegien' freut sich alles, und niemand denkt daran, sich daran zu skandalisieren. Die eigentlich gefürchteten Gerichtshöfe haben freilich noch nicht gesprochen." (SchiBr IV, 214.) Friedrich Jacobi schrieb am 23. September 1795 an Schiller: „Es hat mich sehr gewundert, daß Sie die ‚Elegien' unseres Freundes Goethe in die Horen aufgenommen haben; das mußte ja ein gewaltiges Geschrei, vornehmlich der Damen, wider Ihre Monatsschrift erregen. Ich habe schon früher über ähnliche Vergehungen klagen hören. Sie nicht zu vermeiden deucht mir wenigstens *unpolitisch.*" (SchiNa XXXV, 352.) – Am 18. Februar 1795 hatte er über „Wilhelm Meister" an Goethe geschrieben, „daß ein gewisser unsauberer Geist darin herrsche" (GoeJac 206).

36 *Gueuléen* – Übertreibungen.

39 *avantageuser fat* – (franz.) ruhmrediger Geck.

42 *im ersten Rausche mit der Dame Vulpius* – Schulz antwortet am 13. September, er habe dieser Gedichte in Mitau noch nicht habhaft werden können. „O der weiblichen und männlichen Abderiten, die glauben können, der Dichter habe an das Tier (französisch bête) gedacht, mit dem er sich zuweilen begeht, als er in seiner Verklärung die Erscheinungen in den Elegien sah" (GoeJb I, 317.)
Schillers Brief an den Herzog darüber – Er ist nicht überliefert.

43 *Hier findet, wie gesagt* ... – Humboldt wiederholt damit einen Satz aus dem Brief an Schiller vom 28. Juli 1795. Am 15. August schreibt er: „Von den ‚Elegien' höre ich doch durchaus mit großer Achtung sprechen." Nur Gedicke (Gymnasialdirektor in Berlin) habe gesagt, es sei doch „eigentlich elendes Zeug und Goethe ein stolzer Mensch" (SchiHu I, 86).

44 *den Fehler ..., den Sie ... vorwerfen* – Vgl. hierzu Schillers Brief vom 17. August 1795 an Goethe (SchiBr IV, 235), worin er schreibt, ihm scheine die Materie des sechsten Buches „doch zu schnell abgetan: denn mir deucht, daß über das *Eigen-*

tümliche christlicher Religion und christlicher Religionsschwärmerei noch zu wenig gesagt sei ..." (Schiller kannte das sechste Buch des „Wilhelm Meister", das Humboldt noch nicht gesehen hatte, bereits aus der Handschrift.)

45 *Sie haben mich glücklich gemacht* ... – Die beiden Jenaer Studenten hatten auf einem Ball in Karlsbad mit Goethe über Rahel Levin gesprochen, die er dort oft gesehen hatte. Goethe lobte sie sehr: sie hätte, so berichtet David Veit, „stärkere Empfindungen, als er je beobachtet hätte, und dabei die Kraft, sie in jedem Augenblick zu unterdrücken ... Ja, es ist ein Mädchen von außerordentlichem Verstand, die immer denkt, und von Empfindungen – – wo findet man das?" (Rahel II, 179.)

„Ich hofft es ..." – Nach Goethes Gedicht „Willkommen und Abschied".

47 *„Natur und Schule"* – Schillers Elegie erschien kurz nach Goethes „Römischen Elegien" im neunten Stück der „Horen". Sie erhielt später den Titel „Der Genius".

48 *das Feenmärchen* – „Das Märchen" ist letzter Teil der (anonym in den „Horen" veröffentlichten) „Unterhaltungen deutscher Ausgewanderten".

Amphora coepit ... – (lat.) Eine Amphora schien es zu werden, ein (gewöhnlicher) Krug kam heraus. (Nach Horaz, „Dichtkunst", Vers 36–38.)

49 *Das fünfte Buch von „Wilhelm"* – Anfang November 1795 erschienen (auch als Band 5 der „Neuen Schriften") bei Unger das fünfte und sechste Buch von „Wilhelm Meisters Lehrjahren".

das Glaubensbekenntnis – Die „Bekenntnisse einer schönen Seele" im sechsten Buch des „Wilhelm Meister".

ein Faulconbridgen – Philipp Faulconbridge ist „Bastard" König Richard I. in Shakespeares Drama „König Johann". Gemeint ist hier Goethes Sohn Karl, er wurde nur siebzehn Tage alt.

In den „[Venezianischen] Epigrammen" – Humboldt beaufsichtigte den in Berlin besorgten Druck von Schillers „Musenalmanach auf das Jahr 1796".

Rauch des Tobaks, Wanzen ... – Aus „Epigramme. Venedig 1790", Nr. 66.

mit den Epigrammen gegen diesen – Vgl. Nr. 78 der „Venezianischen Epigramme".

50 *von einer verstorbenen Dame* – Goethe hat in den „Bekenntnissen einer schönen Seele" Motive aus dem Leben der 1774

verstorbenen Susanna Katharina von Klettenberg nach Unterhaltungen und Briefen frei verarbeitet.

50 *morceaux* – (franz.) Abschnitte.

51 *Longueurs* – (franz.) Längen (besonders in belletristischen Werken).

soutenieren – Hier: durchhalten, aufrechterhalten.

1796

56 *wurzeln* – mundartlich für: prügeln.

57 *an meiner Statt* – Vgl. Nr. 876; die Rezension erschien nicht.

Impudenz – Unverschämtheit.

58 *divertieren* – ergötzen.

die „[Venezianischen] Epigramme" abseits getan – Die Epigramme bildeten den Schluß des Almanachs.

... sage ich nichts davon – Huber wollte einen Schweizer Franzosen Sandoz in Thüringen versorgt sehen; Schiller rät ab: „Eine Anfrage ist schlechterdings nicht zu wagen, weil man es da gewiß wo nicht abschlagen, doch widerraten würde" (SchiBr IV, 417).

59 *das* † – Vgl. Nr. 858.

63 *über ... [„Egmont"] schalten und walten* – Schiller richtete „Egmont" für die Bühne ein (vgl. Nr. 799).

65 *wegen dieser Fehlschlagung* – Goethe mußte seine sorgfältig vorbereitete dritte Italienreise aufgeben, als 1796 die (von Bonaparte geführten) französischen Truppen der Direktorialregierung die Lombardei eroberten.

... las die Idylle – „Alexis und Dora" erschien in Schillers „Musenalmanach auf das Jahr 1797" mit dem Untertitel „Idylle". Schlegel war sie schon in einem Probebogen zugänglich.

66 *boue de Paris* – (franz.) Pariser Straßenschmutz.

69 *École Flamande* – (franz.) Die flämische Malerschule des 16. und 17. Jahrhunderts.

71 *treu ... fromm ... kein Schuft* – Vgl. „Epigramme. Venedig 1790", Nr. 73 und 74:

Wundern kann es mich nicht, daß Menschen die Hunde so lieben;
Denn ein erbärmlicher Schuft ist, wie der Mensch, so der Hund.

Frech wohl bin ich geworden; es ist kein Wunder. Ihr Götter
Wißt, und wißt nicht allein, daß ich auch fromm bin und treu.

72 *Ihr letzter Brief* – Er ist nicht erhalten, berichtete offenbar von Schillers intensiver Beschäftigung mit „Wilhelm Meisters Lehrjahren".

73 *Seit drei Jahren* – Karoline Schlegel hatte Goethe zuletzt 1792 bei Georg Forster in Mainz gesehen.

Paradies – Ein Spaziergang an der Saale.

75 *Madame Paulus* – Die Frau des Theologieprofessors Paulus wurde viel beredet, namentlich wegen ihrer Liebschaften.

76 *Schlichtegroll an Böttiger* – Vgl. Nr. 914.

„Das Alte ist vergangen" – Vgl. 2. Korintherbrief, Kapitel 5, Vers 17.

78 *Prise geben* – (franz.: „donne prise sur soi") sich eine Blöße geben.

Von „Meister" zu sprechen ... – Im Oktober 1796 erschien der vierte und letzte Band von „Wilhelm Meisters Lehrjahren", auch als sechster Band von „Goethes neuen Schriften".

82 *Es ist und bleibt ein Punkt ...* – Düntzer zitiert 1874 diesen Satz in seiner Monographie über Charlotte von Stein (nach heute verlorenen Quellen) in folgendem Zusammenhang: „Am 27. hatte sie [Charlotte von Stein] bereits den Schillerschen Musenalmanach gelesen, den sie wohl auch von Goethe erhalten. Die Xenien darin waren ihr recht zuwider. Die beiden Dichter, meinte sie, würden sich dadurch viele Feinde machen. Besonders sei es von Goethe nicht hübsch, daß er die Stolbergs, die ihn so herzlich geliebt, lächerlich gemacht habe. ‚Es ist und bleibt ein Punkt in seinem Herzen, mit dem es nicht just ist.' Als ob nicht die Stolberge der von beiden Dichtern vertretenen Richtung auf das feindlichste entgegengetreten wären."

im Holsteinischen – Gemeint sind vor allem Herzog Friedrich Christian von Schleswig-Holstein-Augustenburg und der dänische Minister Graf Ernst von Schimmelmann, die seit 1792 Schiller eine jährliche Pension ausgesetzt hatten. Vgl. Nr. 920.

83 *an die Spitze der Kriegführenden* – Mit dem „Musenalmanach" für 1797, der die „Xenien" enthielt. Schiller hatte ihn schon vor dem Erscheinungstermin (29. September) an Gräfin Schimmelmann gesandt.

84 *Placé entre la cour ...* – (franz.) Gestellt zwischen (Herzogs-) Hof und Hühnerhof (Wirtschaftshof).

85 *Antwort an G[oethe]* – Jacobi, der schon im Brief vom 18. Februar 1795 den „gewissen unsauberen Geist" im Band 1 der „Lehrjahre" gerügt hatte, kritisierte nach Erhalt des

letzten Bandes im Brief vom 9. November 1796: „Die Entwickelung ist aber nicht im ganzen, wie ich sie nach dem dritten Teile, der ein *Höchstes* von Entwickelungs-*Anlage* für mich ist, erwartet hatte."

85 *damit das Ding Stolbergen unbekannt bleibe* – Auch die Grafen Stolberg, besonders die christlich-schwärmerischen Ansichten in den Schriften Friedrich Leopolds, wurden in den „Xenien" verspottet.

86 *Deiner Kiste* – Friedrich von Stein wünschte einen Teil seiner Bücher.

Avanien – Beschimpfungen.

87 *dies kleine Gedicht* – Vgl. Nr. 931.

88 *In den „Xenien" . . . nicht gefunden* – Im Xenienalmanach heißt es vom „alten Peleus" mit Anspielung auf Gleims „Preußische Kriegslieder . . . von einem Grenadier" (1758):

Ach! ihm mangelt leider die spannende Kraft und die Schnelle,
die einst des G[renadiers] herrliche Saiten belebt.
(WA I, 5/1, 255.)

89 *Hamburger Neue Zeitungsbeilage* – In der Beilage zur „Hamburger Neuen Zeitung", „Beiträge von gelehrten Sachen", 3. Stück, 1796, erschien eine lange, ironisch lobende „Xenien"-Rezension in Distichen, wahrscheinlich von Christoph Daniel Ebeling. Sie wurde mehrmals nachgedruckt.

Leipziger Grobheit – Offenbar sind die „Gegengeschenke an die Sudelköche in Jena und Weimar" (1796) von Dyk und Manso gemeint.

in ihrer Manier geantwortet – Heinrich Düntzer berichtet in seiner Monographie über Charlotte von Stein (Stuttgart 1874) nach heute verlorenen Quellen: „Besonders gönnte sie es Goethe, daß man ihm seine unsittliche Verbindung mit Christiane nicht geschenkt habe" (Stein II, 58).

91 *mit Nachdruck rügen wollen* – Nicolai benutzte die Nachrichten Althofs in seinem „Anhang zu Friedrich Schillers Musenalmanach für das Jahr 1797". – Zu Goethes Verhalten vgl. Nr. 1001.

einen reizenden Brief – Er ist nicht überliefert.

wie er ihn schildert – Vgl. die spätere Charakteristik in Nr. 1091.

92 *Man errät schon das Ende* – Goethe las „Hermann und Dorothea" bis in den vierten Gesang vor.

94 *ein Epigramm* – Auf Goethes Epigramm, worin er die deutsche Sprache als den „schlechtesten Stoff" bezeichnet, veröffentlichte Klopstock im „Berlinischen Archiv der Zeit und

ihres Geschmacks“ (September bis November 1796) ein Gespräch „Der zweite Wettstreit“. Die „deutsche Sprache“ sagt dort:

Goethe, Du dauerst Dich, daß Du mich schreibest? Wenn
Du mich kenntest,
Wäre dies Dir nicht Gram; Goethe, Du dauerst mich auch.

94 *„Sudelkoch“* – Anspielung auf die Anti-Xenien von Dyk und Manso: „Gegengeschenke an die Sudelköche in Weimar und Jena“ (1796).

eben in Leipzig – Goethe reiste mit Herzog Karl August am 28. Dezember 1796 über Leipzig nach Dessau.

1797

98 *meiner Frau ... verborgen halten* – Huber bezieht ein Distichon, das auf Forsters Ende anspielt, auf seine Frau Therese, verwitwete Forster:

O ich Tor! ich rasender Tor! und rasend ein jeder,
Der, auf des Weibes Rat horchend, den Freiheitsbaum pflanzt.

99 *Ihre Art, sich ... zu verteidigen* – Reichardt war in den „Xenien“ grob angegriffen worden. Seine Antwort, die er 1796 in seiner Zeitschrift „Deutschland“ veröffentlichte, schickte er an Staegemann; dessen Frau schreibt nun, sie habe die Polemik durch einen gemeinsamen Freund Kant überbringen lassen.

100 *Profoß der Sansculottenrotte* – An die Herzogin Luise schickte Lavater folgendes Distichon:

Einziger! Feldherr! Held! Heerführer! gekrönter Eroberer!
Warum erniedrigst du dich, Goethe, zum Büttel herab!
(La 370.)

101 *den „Peleus“* – Vgl. auch Nr. 928 und Anm.

102 *Lessingische Rüge* – Nicolai schrieb im „Anhang zu Friedrich Schillers Musenalmanach für das Jahr 1797“, daß „Herrn Goethe eine kleine Züchtigung von Lessing heilsam gewesen“ wäre, wie Lessing sie geplant habe.

[Hermes] – Seine Romane werden in vier „Xenien“ verspottet.

103 *„Mücken-Almanach“* – Der „Mückenalmanach für das Jahr 1797. Leben, Taten, Meinungen, Schicksale und letztes Ende der Xenien im Jahre 1797“ erschien in Neustrelitz.

Goethe in Berlin – Goethe war nur 1778 in Berlin. Er lernte Henriette Herz erst 1810 kennen.

104 *tiefer verwundet ... „Xenien“* – Karoline bedankt sich in diesem Brief für Gleims Gegenschrift gegen die „Xenien“. Am

27. April heißt es: „Wir haben uns hier in unser hinterstes Winkelchen verkrochen. Humanität und Christentum sind hier Contrebande und verlachenswerte Vorurteile." (VaH I, 225.)

106 *salva reverentia* – (lat.) bei aller Ehrfurcht (zu sagen).

diese Lauge – Gemeint sind zwei Aufsätze Langers gegen die „Xenien" in Nicolais „Allgemeiner Deutscher Bibliothek", Jahrgang 1797.

tribus Anticyris opus est – (lat.) Gemeint ist: Es bedarf aller Nieswurz, die um die drei Städte Anticyra wächst, um diesen Wahnsinn zu heilen. (Vgl. Horaz, „Dichtkunst", Vers 300 bis 312.) Herakles wurde durch dies Kraut vom Wahnsinn befreit.

109 *jetzt selbst [in Zürich]* – Auf seiner dritten Schweizer Reise (20. Juli – 20. November 1797) traf Goethe erst im September mit Meyer zusammen.

110 *à la grecque* – (franz.) auf griechische Manier.

ipse cum sua – (lat.) selbst mit der Seinigen (Christiane).

111 *der moralisierende Jenisch* – Der Berliner Theologe veröffentlichte im selben Jahr eine Schrift „Über die hervorstechendsten Eigentümlichkeiten von ‚Meisters Lehrjahren' ... Ein ästhetisch-moralischer Versuch".

ἔπος ... ἦθος – (griech.) Epos ... Ethos.

Mama ... Papa – Geßner heiratete in erster Ehe eine Tochter der Barbara Schultheß, die auf dem Schönenhof wohnte; in zweiter Ehe hatte er Lavaters Tochter Anna (Nette) zur Frau. – Auch Lavater war in den „Xenien" persönlich angegriffen worden.

112 *ambetieren* – um die Gunst buhlen.

saisieren – ergreifen, mit Beschlag belegen.

einen dezidierten Antichristen – Goethe schrieb am 29. Juli 1782 an Lavater: „Da ich zwar kein Widerchrist, kein Unchrist, aber doch ein dezidierter Nichtchrist bin, so haben mir Dein ‚Pilatus' und so weiter widrige Eindrücke gemacht ..." (WA IV, 6, 20).

115 *wohl angeschrieben* – Goethe war vom 7. bis 16. September bei Cotta in Tübingen zu Gast. Schiller gab Goethes briefliches Urteil über Cotta an diesen weiter: „Für einen Mann von strebender Denkart und unternehmender Handelsweise hat er viel Mäßiges, Sanftes und Gefaßtes, so viel Klarheit und Beharrlichkeit, daß er mir eine seltene Erscheinung ist" (an Schiller, 12. September 1797; WA IV, 12, 301).

116 *„Braut von Korinth" ... „Handschuh" ... „Legende"* – Schillers „Musenalmanach für das Jahr 1798" erschien im Oktober mit

Balladen Goethes und Schillers; etwa zur gleichen Zeit erschien auch „Hermann und Dorothea".

119 *Täglich... beisammen* – Auf der Reise in die Schweiz hielt sich Goethe vom 29. August bis 7. September in Stuttgart auf.

120 ... *kann wohl noch ein Christ werden* – Dies bezieht sich auf einen Brief Hotzes (der jetzt in Frankfurt wohnte) vom 6. November: „Sahest Du Goethe? Ich sah ihn nicht. Lasest Du ‚Hermann und Dorothea'? Welche Kraft hat Gott in diesen Menschen gelegt! Welcher Fluß der Sprache und des Verses! Mir war's ein paarmal: ich spüre, der kann zurückkommen!" (La 370.)

121 *zur dritten großen Revolution* – Vgl. Nr. 1006 und Anm.
Rezension des „Hermann" – Sie erschien vom 11. bis 13. Dezember 1797 in der „Allgemeinen Literatur-Zeitung", Jena.

122 *Aufsatz über „Wilhelm Meister"* – Er erschien 1798 im zweiten Stück der von den Brüdern Schlegel herausgegebenen neuen Zeitschrift „Athenäum".

1798

125 *einem großen Dejeuner* – bei Gelegenheit von Ifflands Gastspiel in Weimar.

126 *Epigramm, das gedruckt worden ist* – Vgl. Nr. 931.

127 *bei diesem Feste* – Am 20. Mai wurden im Saale der Frau von Stein vier Paare aus dem weimarischen Adel getraut.
ein Kränzchen zu bekommen – Auf Festen verschenkten Mädchen solche Kränze an Junggesellen.

128 *„Ma chère, seule, unique amie!"* – (franz.) Meine liebe, einzige, unvergleichliche Freundin!
das „Lyceum", das „Athenäum" – Herder bezieht sich auf das anfängliche Lob der frühen Romantik für Goethe: Im Berliner, 1797 von Reichardt herausgegebenen „Lyceum der schönen Künste" (S. 166) findet sich unter Friedrich Schlegels „Kritischen Fragmenten" der Satz: „Wer Goethes ‚Meister' gehörig charakterisierte, der hätte damit wohl eigentlich gesagt, was es jetzt an der Zeit ist in der Poesie." – Im ersten Stück des seit 1798 erscheinenden „Athenäums" (S. 103) wird Goethe von Novalis (Fragmente „Blütenstaub") „jetzt der wahre Statthalter des poetischen Geistes auf Erden" genannt. Das zweite Stück brachte Schlegels Charakteristik „Über Goethes Meister" („Alles ist so gedacht und so gesagt wie von einem, der zugleich ein göttlicher Dichter und vollendeter

Künstler wäre ..."). In Schlegels „Fragmenten" aus demselben Stück (S. 232) heißt es: „Die Französische Revolution, Fichtes Wissenschaftslehre und Goethes ‚Meister' sind die größten Tendenzen des Zeitalters."

129 *über das „Athenäum" geschrieben* – Im Brief vom 18. Juni 1798 bedankte sich Goethe bei August Wilhelm Schlegel für die Übersendung des „Athenäums", „... dessen Inhalt mir schon sehr angenehm und erfreulich gewesen wäre, wenn auch die Verfasser mich und das meinige nicht mit einer so entschiedenen Neigung begrüßten. ... Bei der Energie und Klarheit, mit der Sie zu Werke gehen, bitte ich Sie, Mäßigkeit und Gerechtigkeit immer walten zu lassen."

130 *bei dieser Gelegenheit* – bei der Rückkehr nach Jena.

131 *Matthiä an Berg* – Am 2. September erwähnt er wieder einen Besuch „Seiner Exzellenz des Herrn Geheimen Rats von Goethe (so ein großes Tier ist jetzt der Verfasser der ‚Leiden Werthers') ... Goethen blitzt das Dichterfeuer recht aus den Augen; übrigens sieht man ihm aber an, daß ihn Charakter, Titel und Stand genieren; er ist sehr steif." (Gespr I, 701.)

135 *wir waren im Parkett* – Gemeint sind August Wilhelm Schlegel, Schelling, Fichte, Gries und andere aus Jena.

136 *der einzige in Weimar* – Am 18. Januar 1799 schreibt Herder an Gleim: „Richter befindet sich bei uns sehr wohl; Falk lebt sehr eingezogen... Jetzt ist Schiller hier, an dessen ‚Piccolomini' fleißig probiert wird. Ich kenne nichts davon und erwarte ruhig die zweite oder die dritte Aufführung, wie ich denn bei seinem ‚Wallensteins Lager' nur in der vierten Repräsentation war. Totus in aliis nunc impie versor" (ruchloserweise stecke ich gerade vollständig in anderen Dingen). (VaH I, 251.)

137 *Goethes Vater ...* – Böttiger übernimmt hier Mitteilungen von Goethes Frankfurter Landsmann Gerning.

138 *Glaube der Poss[eltschen] Zeitung nicht!* – Otto hatte am 21. November geschrieben, er habe von dem neuen Theater in Weimar und Schillers „Wallensteins Lager" in Posselts Zeitung (der Beilage zur „Allgemeinen Zeitung", die Posselts „Europäische Annalen" fortsetzte) gelesen. In Goethes Artikel „Eröffnung des Weimarischen Theaters" (vom 7. November 1798) hatte es geheißen, über das Unterhaltende des Stücks sei im Publikum nur *eine* Stimme. Vgl. Nr. 1017.

139 *außer sich vor Freuden* – Fritz von Stein war endlich in Breslau als Kriegs- und Domänenrat angestellt worden.

1799

143 *das Siegel* – Es trug die Inschrift: „Alles um Liebe".
Goethische Erziehungsanstalt – Anspielung auf „Wilhelm Meisters Lehrjahre".

145 *Fichte ist noch in Jena* – Fichte, seit 1794 Professor in Jena, wurde wegen seiner Schrift „Über den Grund unseres Glaubens an eine göttliche Weltregierung" (1798), in der er Gott mit der sittlichen Weltordnung gleichsetzte, vom kursächsischen Konsistorium des Atheismus angeklagt und am 29. März 1799 entlassen.

146 *jene Begebenheit* – Am 28. April 1799 wurden nach Abbruch der Rastatter Friedensverhandlungen (1797–1799), auf denen es zwischen den Reichsständen und der militärisch erfolgreichen französischen Direktoriumsregierung zu keiner endgültigen Einigung kam, die abreisenden französischen Gesandten von ungarischen Husaren ermordet. – Dohm war einer der preußischen Gesandten.

148 *mit der Laroche* – Sophie von Laroche besuchte mit ihrer Enkelin Sophie Brentano ihren Vetter Wieland in Oßmannstedt.

149 *von den ersten Stücken* – Bisher waren vier Hefte erschienen; es wurden bis 1800 noch zwei gedruckt.

151 *die circeischen Gesellen* – Nach dem zehnten Gesang der „Odyssee", in dem die Zauberin Kirke zweiundzwanzig von Odysseus' Gefährten in Schweine verwandelt. – Schweinehaltung ist in Goethes Hauswirtschaft auch später noch bezeugt.
nach Dir ... erkundigt – Fichte war nach seiner Absetzung in Jena nach Berlin gegangen.

1800

159 *„Candide"* – Nach Voltaires gleichnamigem satirischem Roman. – Novalis nennt in seinen „Fragmenten" (1798 bis 1800) Goethes Roman „eine Satire auf die Poesie, Religion usw."

160 *das Betragen gegen Bürger* – Vgl. Nr. 931.

161 *wieviel Sie glauben ... wagen zu können* – Cotta bot daraufhin ein Honorar von 4000 Gulden, das bei gutem Absatz erhöht werden sollte.

162 *diese [Inschriften] seien nur in der Zeit der Jugend* – Friedrich von Stein wünschte aus Weimar messingene Lettern, wie sie dort

früher für Inschriften als Schablonen benutzt wurden. Goethe lieh die seinigen am 26. April 1800 und schrieb dabei an Charlotte von Stein: „Die Zeiten der Inschriften muß man nutzen, solange sie dauern“ (WA IV, 15, 61).

163 *manches Platte* – Der Band der Unger-Ausgabe enthielt an Epigrammen neu vor allem die „Weissagungen des Bakis“; möglicherweise bezieht sich Knebel auch auf die „Vier Jahreszeiten“, die hier zum erstenmal als Zyklus erschienen.

164 *das gelobte Gedicht* – „Die Schwestern von Lesbos“ von Amalie Imhoff war in Schillers „Musenalmanach auf das Jahr 1800“ erschienen.

Jacobis Brief – Fichte hatte seine Verteidigungsschrift gegen den Vorwurf des Atheismus („J. G. Fichtes ... Appellation an das Publikum über die ... ihm beigemessenen atheistischen Äußerungen“, 1799) u. a. auch an Jacobi gesandt, der einen Antwortbrief „Jacobi an Fichte“ (Hamburg 1799) veröffentlichte. Hier grenzt er seine Philosophie der „Unwissenheit“ und eines persönlichen Gottes von Fichtes „unsinnlicher Abgötterei“ ab, die jedoch „Moralität und die mit ihr unzertrennlich verknüpfte wahre innere Religion nicht ausschließe“ – Vgl. auch Nr. 1117.

168 *Die „Kalligone“ [Herders]* – Vgl. Nr. 1089 und Anm.

„Göttlich von Namen ...“ – Zitat aus einem Sonett von August Wilhelm Schlegel im „Athenäum“, Band 3, zweites Stück (1800), S. 346. Der Schluß des Sonetts lautet:

Die Goethen nicht erkennen, sind nur Gothen,
Die Blöden blendet jede neue Blüte,
Und, Tote selbst, begraben sie die Toten.

Uns sandte, Goethe, dich der Götter Güte,
Befreundet mit der Welt durch solchen Boten,
Göttlich von Namen, Blick, Gestalt, Gemüte.

169 *Caput mortuum* – (lat.) Hier: unbrauchbarer Rückstand.

171 *seinen Hoffnungen auf Dich* – Goethe schrieb Schelling am 27. September 1800 nach Jena: „Ich wünsche eine völlige Vereinigung, die ich durch das Studium Ihrer Schriften, noch lieber durch Ihren persönlichen Umgang ... zu bewirken hoffe ...“ (WA IV, 15, 117).

172 *eine Art von Buhlerei* – In Herders „Kalligone“ (1800) heißt es mit deutlicher Spitze auch gegen Goethes Schaffen der letzten Jahre: „... was bedarf einer sittlichen Richtung mehr als der verwilderte Trieb der *Liebe*? So manches hat die Poesie, so manches die Kunst zu vergüten, was sie hier Übeles gestiftet

und womit sie sich selbst geschadet haben. Ernste Zeiten rufen von Buhlereien zurück ..." (HSW XXII, 330.)

173 *Tierkasten* – Das Weimarer Schloß ist gemeint.

177 *vis-à-vis de* ... – (franz.) gegenüber bestimmten Personen.

1801

179 *Rotlauf* – Goethe war seit dem 3. Januar lebensgefährlich an Gesichtsrose erkrankt.

184 *sans façon* – (franz.) zwanglos.
die Geschichte – Ein Streit um die Rolle der Thekla im „Wallenstein" zwischen den Schauspielerinnen Vohs und Jagemann.

187 *sich surpassieren* – sich übertreffen.

188 *Deinen Anteil* – Die Anteilnahme an Goethes Genesung.

191 *wie der Geheime Rat Goethe von außen* – Anspielung auf Goethes Beleibtheit.

192 *Söder* – In Söder bei Hildesheim befand sich eine große Gemäldesammlung im Besitz des Herrn von Brabeck.
seinen Geist – Gemeint ist Goethes Schreiber Ludwig Geist; so entsteht die Trias Vater, Sohn und (Heiliger) Geist.
Evan Evoe – Im Altgriechischen Jubelrufe der Bacchantinnen.

194 *garbato, cortese ed amabile* – (ital.) artig, höflich und liebenswürdig.
den theatralischen Dingen ... – Gemeint ist ein Gastspiel der Friederike Unzelmann.
eingesandte Preisstücke – Von 1799 bis 1805 veranstalteten die „Weimarer Kunstfreunde" in jedem Jahr eine Kunstausstellung mit Preiswettbewerb.

195 *Klub oder Kränzchen* – Die geschlossene Mittwochsgesellschaft „Cour d'amour" (sieben Paare, die Goethe während der Wintermonate nach dem Theater zu sich einlud). Vgl. Nr. 1147 und 1160.

196 *Gentz in seinem Tagebuch* – Gentz besuchte seinen Bruder Heinrich, der 1800 bis 1803 den Schloßbau in Weimar leitete.
Fi donc! – (franz.) Pfui!

1802

198 *Aufführung des „Jon"* – Karoline berichtet über die Aufführung von August Wilhelm Schlegels „Jon" (nach Euripides) unter Goethes Regie am 2. Januar 1802.

198 *Kotzebue dort* – In Berlin.
er hat alles überwunden – Am 12. Januar berichtet Karoline Schlegel über ein Gespräch Schellings, der auf Einladung Goethes im Haus am Frauenplan übernachtete, mit Goethes Schreiber Ludwig Geist: „... ob er auch im Schauspiel gewesen? – Nein, er habe nicht gekonnt, und es sei ihm sehr leid... Und der Hr. Geheimrat haben sich so unendliche Mühe gegeben, ja, ein Punsch könne Wunder tun, und den hätten der Herr G[eheime] R[at] nicht gespart, hätten auch einen um den andern beiseit gezogen und sie gebeten: um Gottes willen... spielt gut!" (Car II, 265.)

201 *Schmid an Salzmann* – Schmid meldet den Tod seines Schwagers Engelbach, der wie Salzmann zur Straßburger Bekanntschaft Goethes gehört hatte, und berichtet nun von Goethes Aufenthalt in Pyrmont.

202 *suivis* – (franz.) zusammenhängend, fortgesetzt.

203 *Füchsin* – von „fuchsen": Unzucht treiben. Fuchs heißt außerdem lat. vulpes (Anspielung auf den Namen Vulpius).

204 *so auch hier* – Böttiger hatte für Bertuchs Weimarer „Journal des Luxus und der Moden" eine Kritik zu A. W. Schlegels „Jon" geschrieben, deren Veröffentlichung Goethe verhinderte (vgl. Nr. 1141). Letzterer hatte sich deswegen am 13. Januar auch an Wieland gewandt, um eine Veröffentlichung im „Teutschen Merkur" zu verhindern.
Guerre ouverte – (franz.) offene Fehde.

206 *Urteilen Sie...* – Rochlitz antwortete am 24. Januar 1802: „Ihr Aufsatz ist gründlich, anständig und so, daß das Abscheuliche jenes literarischen Despotismus recht lebhaft ins Auge springt ... Ich würde an Ihrer Stelle schon längst – nicht etwa Goethe die Spitze geboten, aber ihn vermieden und durchaus mich nicht bemüht haben, ihm gefällig zu werden." Darauf Böttiger am 26. Januar: „Ihr Urteil, daß mein Aufsatz unsträflich sei, ist mir sehr trostreich, denn ich möchte um alles für keinen Frondeur gehalten werden. Zu meiner Freude finde ich, daß auch hier alle Unbefangenen meine Partei nehmen." (Alt-Weimar 44f.)
herrliche Blätter über den „Jon" – Offenbar die Abschnitte „Das Drama. Ein Fragment", die unter diesem Titel erst postum am Schluß des elften Stücks der „Adrastea" von Wilhelm Gottfried von Herder herausgegeben wurden. Hier setzt sich Herder, ohne Schlegel zu nennen, mit einer Auffassung des „Jon" auseinander, die aus des Euripides „angemessener Wohlanständigkeit und Ordnung" eine „un-

züchtig-gehässige Tempel-Betrugsgeschichte" machte. – Vgl. auch Nr. 1154.

207 *die Schale gesenkt* – In der Ilias, 8. Gesang, Vers 69ff., hält Zeus (Jupiter), auf die streitenden Heere herabschauend, die goldene Waage mit den Todeslosen.

208 *Diese Unschicklichkeit* – Düntzer schreibt nach heute verlorenen Quellen über den Maskenball vom 29. Januar zum Geburtstag der Herzogin am 30. Januar: „Vielfachen Anstoß erregte es, daß Goethes August als geflügelter Amor im Triumphe herumgetragen wurde und zuletzt der Herzogin Goethes schöne Stanzen [„Maskenzug. Zum 30. Januar 1802"] überreichte. Charlotte wunderte sich, daß die Herzogin, die doch das Ideal der Würde und des Anstands sei, keinen Anstoß daran genommen, daß ein Kind der Liebe ihr als Amor erschienen sei." Weiter schreibt Düntzer über Charlotte von Stein: „Daß Christiane immer neben dem Zuge hergegangen, hatte man ihr zugetragen." (Stein II, 146f.)

soviel Ehre bei den Ausländern – Böttigers archäologische und altphilologische Veröffentlichungen wurden zum Teil ins Französische und Englische übersetzt. Er war u. a. auch Herausgeber der Zeitschrift „London und Paris" (1798–1806).

Deinen „Jon" – Knebel besaß die Übersetzung des „Jon" von Euripides, die der junge Georg Christoph Tobler 1781 in Weimar bei Knebel ausgeführt hatte.

Mittwochs-Souper-Gesellschaft – Vgl. Nr. 1127 (mit Anm.) und 1160.

209 *Agnes Lilie* – Anspielung auf Friederike von Wolzogens Roman „Agnes von Lilien".

Böttigern ... Eröffnungen getan – Vgl. Nr. 1151.

210 *Sat!* – (lat.) Genug!

211 *ich hätte Böttiger Eröffnungen getan* – Vgl. Nr. 1148.

212 *mit Erlaubnis* – Körner war Freimaurer.

edictum praetorianum – (lat.) Im antiken Rom Rechtserlaß beim Amtsantritt des Praetors, des obersten Gerichtsbeamten, in dem dieser die Grundsätze angab, nach denen er Recht sprechen wollte.

sella curiali – sella curuli: (lat.) Der Amtssessel für die obersten Beamten im antiken Rom.

war er [Herder] scharf und in heiligem Eifer – Vgl. Nr. 1142 und Anm.

213 *den dritten Grad* – die oberste Stufe der Freimaurer-Weihen.

215 *Brief ... Er hat ihr geantwortet* – Kotzebues Mutter schrieb am 3. März 1802 an Goethe u. a., er habe „völlig unrecht ... Seien

Sie nur nicht so parteiisch gegen Menschen, die nur durch kriechende Schmeichelei um Ihre Liebe buhlen." – Goethe antwortete am selben Tag kurz, daß er sich „alle unüberlegte Zudringlichkeiten dieser Art sowohl für jetzt als künftig ausdrücklich verbitte ..." (WA IV, 16, 47 und 413.)

217 *Fräulein Lesbos* – Anspielung auf Amalie von Imhoffs Gedicht „Die Schwestern von Lesbos" (1800 in Schillers Musenalmanach veröffentlicht).

Goethes Flucht – nach Jena.

das vierte Stück der „Adrastea" – Vgl. Nr. 1142 und Anm.

218 *ne γρυ quidem* – (lat./griech.) keinen Ton (wörtlich: keinen Grunzer).

219 *alle diese Risikos* – Schiller schreibt, Goethe wolle „einen Almanach von Liedern, welche zu bekannten volksmäßigen Melodien von ihm gemacht sind, herausgeben" (vgl. das „Taschenbuch auf das Jahr 1804. Hrsg. von Wieland und Goethe"). Er fordere 1000 Taler dafür und verlange zugleich die Herausgabe seiner Übersetzung „Leben des Benvenuto Cellini" und einer „Geschichte der Kunst im verflossenen Jahrhundert" („Winckelmann und sein Jahrhundert"), die beide keine Aussicht auf geschäftlichen Erfolg hätten. (SchiBr VI, 385 f.)

wieder so freund mit Reichardt – Vgl. Nr. 945 und Anm. Nach Goethes Erkrankung Januar 1801 wurde das freundschaftliche Verhältnis wiederhergestellt.

225 *sein Name brennt* – als Illumination.

226 *Strunzel* – Verächtliche Bezeichnung für ein derbes, unordentliches Weibsbild.

es bei ihm durchzusetzen – Das Ehepaar Schlegel beantragte im Sommer 1802 die Scheidung der Ehe durch Anordnung des Herzogs von Sachsen-Weimar. – Am 18. Februar 1803 schrieb Karoline an Julie Gotter: „... ich will und darf Dir nicht sagen, wer mir in dieser Angelegenheit fast väterlich beigestanden hat ..." (Car II, 356).

227 *in dieser Sache* – Christian Gottfried Schütz hatte in die „Allgemeine Literatur-Zeitung" (Jena, Jg. 1802, Nr. 225) die Anzeige eines anonymen (von dem Theologen Franz Berg verfaßten) Pasquills „Lob der allerneuesten Philosophie" aufgenommen; darin wurde Schelling beschuldigt, er habe zwei Jahre zuvor Karoline Schlegels Tochter Auguste Böhmer durch ungeschickte medizinische Behandlung getötet. – August Wilhelm Schlegel veröffentlichte einen Protest gegen die „in der jenaischen ‚Allgemeinen Literatur-Zeitung' begangene Ehrenschändung".

228 *soupçonös* – argwöhnisch.
des Aufsatzes ... in der „Eleganten Zeitung" – Gemeint ist ein ausführliches, satirisch-parodistisches Lob auf die „Weimarische Kunstausstellung und Preisverteilung" („Zeitung für die elegante Welt", 7. bis 16. Oktober 1802). – Besonders die jüngere Künstlergeneration wandte sich gegen die Gefahr klassizistischer Sterilität der zwischen 1799 und 1805 jährlich stattfindenden Weimarer Wettbewerbe nach jeweils vorgegebenen Motiven aus der antiken Mythologie. In dem erwähnten Artikel wird besonders Heinrich Meyer übel mitgespielt: „Weder einem Dichter noch einem Künstler wird es jemals gelungen sein, die Dürftigkeit und Nichtigkeit des Lebens so kräftig und furchtbar groß darzustellen, wie ihm."
230 *Merkel und Kotzebue* – Letzterer gab ab 1803 in Berlin die Zeitschrift „Der Freimütige" heraus. Garlieb Merkel, der sich später daran beteiligte, hatte sich bisher in den „Briefen an ein Frauenzimmer über die neuesten Produkte der schönen Literatur" (3 Jahrgänge, Berlin 1801–1803) gegen Goethe gewandt.
die beiden literarischen Buben – Anspielung auf das Signet im Titel der „Zeitung für die elegante Welt".
soi-disant – (franz.) angeblich, sogenannt.
mit dem Einsiedel – Friedrich von Einsiedel hatte von den Weimarern das engste Verhältnis zu Corona Schröter. Knebel antwortete auf diesen Brief am 18. Januar 1803: „Es ist sündlich, wie man in Weimar mit den Toten umgeht. Über Personen, die wirkliche Verdienste für sich und für die Gesellschaft hatten, habe ich acht Tage nach ihrem Tode auch nicht einen Laut mehr reden hören. Sie waren wirklich in nichts übergegangen. Dies ist wahrer Atheismus, Blasphemie und Irreligiosität." (KnHe 160.)
231 *Staat* – Hier: Zustand.
Ihre Briefe und Blätter – Vgl. auch Knebels satirische Distichen auf Goethe und Schiller; z. B.:

Die neuesten Schriftsteller

Eure herrlichen Werke sind alle geschrieben der *Nachwelt!*
Wär ich die Nachwelt nur, daß ich sie könnte genießen.

Die Imperatorsmiene

Wunder, daß teutsche Dichter so sehr den Kaisern doch gleichen,
Da den Dichtern doch wohl selten ein Kaiser noch glich!

234 *einige Artikel aus dem „Freimütigen"* – In den ersten Nummern (vom 4., 10. und 21. Januar 1803) erschienen gleich drei Polemiken gegen Goethe: 1. die genaue Darstellung der Unterdrückung von Böttigers „Jon"-Rezension (vgl. Nr. 1138 ff.), 2. „Alarcos auf der Weimarischen Bühne", worin dargestellt wird, wie Goethe bei der Premiere den Applaus zu dirigieren und das Publikumsgelächter bei einer unfreiwillig komischen Textstelle zu unterdrücken versucht habe, 3. werden in einem Artikel (anonym, von Ludwig Ferdinand Huber) Goethes Übersetzungen von Voltaires „Mahomet" und „Tancred" kritisiert: „Unpoetischer wurde wohl nie ein Poet übersetzt..."

235 *erbauliche Anekdoten* – Vgl. die vorige Anmerkung.

237 *Das Kästchen mit Proben* – Ungarwein aus Breslau.

So was Ridiküles – Der Ballettmeister Morelli bereitete zum Empfang des aus Paris zurückkehrenden Erbprinzen ein Ballett vor, in dem die herzogliche Familie durch Bürgerkinder dargestellt werden sollte. Goethe hatte bei der Einstudierung geholfen.

240 *scènes à tiroir* – (franz.) unzusammenhängende Szenen.

lettre de cachet – (franz.: „Siegelbrief") Verhaftsbefehl der absolutistischen französischen Könige.

241 *πρῶτον Ψευδος* – Proton Pseudos: (griech.) der Haupttrug.

243 *Karoline Herder an Gerning* – Diese Briefstelle wurde Goethe von seiner Mutter im Brief vom 24. Juni 1803 mitgeteilt.

245 *Was Sie mir von Goethe schreiben* – Gemeint ist Nr. 1196.

249 *die Attention* – Als mecklenburgische Prinzessin war die Königin Luise bei der Frau Rat zu Gast gewesen, als ihr Vater bei seinen Schwiegereltern in Darmstadt lebte. Am 19. Juni 1803 wurde Goethes Mutter von ihr im Wilhelmsbad bei Frankfurt empfangen und mit einer goldenen Halskette beschenkt.

251 *... nahm Schiller von uns weg* – Charlotte von Stein berichtet von einer Teegesellschaft bei Schiller. Zu den Besprechungen vgl. Nr. 1224.

einen „Anti-Faust" – Tiecks literatursatirisches Fragment „Anti-Faust oder Geschichte eines dummen Teufels" (1801) wendet sich gegen Böttiger, Nicolai, Falk u. a.

253 *daß Sch[adow] die Auspocher bestellt* – Schadow hatte im Juniheft 1801 der von Faßler und Rohde herausgegebenen Berliner Zeitschrift „Eunomia" scharf gegen Goethes Artikel „Flüchtige Übersicht über die Kunst in Deutschland"

(„Propyläen", Band 3, 1800, 2. Stück) polemisiert und die Weimarer klassizistischen Anschauungen zur bildenden Kunst als falsch, hemmend und Verwirrung stiftend charakterisiert.

253 *Jenas Untergang* – Die Jenaer Universität geriet in eine ernste Krise, als in Nachwirkung der Unstimmigkeiten um Fichtes Entlassung (vgl. Nr. 1040 und Anm.) Professoren wie Gottlieb Hufeland, Paulus, Schelling, Loder und Schütz weggingen, wobei Schütz als Herausgeber die „Allgemeine Literatur-Zeitung" mit preußischer Unterstützung nach Halle nahm. Kotzebue hatte im „Freimütigen" vom 19. August 1803 die Befreiung der Zeitung „von dem literarisch-despotischen Einflusse" begrüßt und vorausgesagt, die „verwaiste" Universität Jena werde „immer tiefer sinken". Auf Goethes Betreiben konnte als Ersatz die „Jenaische Allgemeine Literatur-Zeitung" gegründet werden.

254 *par état ... de par le roi* – (franz.) von Staats wegen ... im Namen des Königs.

257 *jetzt ... nicht sehr zugänglich* – Herder war schwer krank und starb am 18. Dezember 1803.

258 *der literarische Erste Konsul* – Anspielung auf die Alleinherrschaft des „Ersten Konsuls" Napoleon. Am 2. Januar 1804 schrieb Schröder an Böttiger über dessen Berufung nach Dresden: „Sie haben einen trefflichen Tausch gemacht, denn Sie sind dem Konsul Goethe entgangen" (Schrö 277).

259 *... kommt mit ihr ... besser weg* – Nach einem Brief Henriette von Knebels vom 3. Januar 1804 an ihren Bruder Karl urteilte Frau von Staël über Goethe, „qu'il pouvoit être aimable, quand il étoit sérieux, mais qu'il ne devoit jamais plaisanter" (daß er liebenswürdig sein konnte, wenn er ernst war, aber daß er niemals scherzen sollte; KnHe 193).

... auch Dich mit Nänien singen – Gerning übersandte eine Trauerode auf Herders Tod.

1804

263 *die beiden neuen „Allgemeinen Literatur-Zeitungen"* – Vgl. Nr. 1224 und Anm.

... das ist sein Bild – Am 27. Januar heißt es in dem Tagebuch: „Dem Mißbrauch des Analogiedenkens begegnet man oft bei Goethe und vor allem in seinen kühnen Bemühungen [prétentions] auf dem Gebiet der Chemie und in den exakten Wissenschaften." (Aus dem Französischen; Franz 26.)

270 *nach dem Norden* – Wilhelm von Wolzogen hatte über seinen Aufenthalt in Petersburg geklagt.

das Ding nicht ganz geleistet – Durch die Anstellung des Sohnes als Gymnasialprofessor in Weimar hoffte Goethe den alten Johann Heinrich Voß enger an Jena zu binden.

274 *Besoin* – (franz.) Bedürfnis.

275 *Böttiger in seinem Tagebuch* – Aufzeichnung nach einer Unterredung mit Falk während einer Reise nach Leipzig.

276 *Sir Reverence* – (engl.) wörtlich: Achtung, Herr!

278 *poetischen Funken herausschlagen* – Cotta wünschte einen Beitrag Goethes zum „Taschenbuch für Damen".

279 *unheimlich* – Goethe war zwei Stunden bei Frau von Stein gewesen.

Wer Zähne hat... – Am 20. Mai 1804 wurde Napoleon zum Kaiser der Franzosen ausgerufen.

nichts dazu sagen – Die Weimarer Schauspieler waren im Berliner „Freimütigen" und in der Leipziger „Zeitung für die elegante Welt" verspottet worden.

... so auf die Direktion und Schauspieler loslegt – Falk hatte 1804 in sein Märchen „Die Prinzessin mit dem Schweinerüssel" zwei Parodien eingeflochten und darin die Schauspielerzunft lächerlich gemacht, worauf Goethe, allerdings vergeblich, Falks Landesverweisung durchzusetzen suchte.

282 *Götz bellt ...* – Am 22. September wurde „Götz von Berlichingen" in einer von Goethe 1803/04 stark erweiterten Bühnenfassung gegeben. Die Premiere fand schon wegen ihrer Länge wenig Anklang. Anwesend war auch Herzog August von Gotha.

284 *seine sämtlichen Werke anzubieten* – Cotta zahlte 10000 Taler für seine erste, dreizehnbändige Goethe-Ausgabe (1806 bis 1810).

286 *die Guten hat gehen lassen* – Der Theologe und Orientalist Heinrich Eberhard Gottlob Paulus gehörte zu den Professoren, die nach 1803 Jena verließen. Vgl. Nr. 1224 und Anm.

1805

287 *die chemische Stunde* – „Abends Dr. Fries chemische Stücke", so lautet Goethes Tagebucheintragung vom 10. Januar.

289 *Dir seine Büste schenken* – Stein wünschte eine Büste Goethes zu besitzen.

290 *Übel in den Eingeweiden* – Goethe litt seit 1805 wiederholt an Nierenkoliken.

295 *Rezensionen* – In der „Jenaischen Allgemeinen Literatur-Zeitung" veröffentlichte Goethe am 13./14. Februar Rezensionen über: Hebels „Alemannische Gedichte" (2. Auflage 1804), Grübels „Gedichte in Nürnberger Mundart" (1798 bis 1800), A. von Kleins epische Gedichte „Der Geburtstag" (1803) und „Athenor" (1804) sowie über die drei Tragödien „Regulus" von H. J. von Collin (1802), „Ugolino Gherardesca" von K. V. Böhlendorff (1801) und „Johann Friedrich, Kurfürst zu Sachsen" von B. Silber (1804).

298 *alles lag schwer auf seinem Gemüt* – Voß schreibt im Mai an Solger: „Abends besuchte ich die Vulpius; die sagte mir, er sei sehr bewegt nach Hause gekommen ... Unter andern hatte er gesagt: ‚Voß wird seinem Vater nach Heidelberg folgen, und auch Riemer wird man über kurz oder lang wegziehn, und dann steh ich ganz allein!'" (Gespr II, 13.)

299 *Keine Trauerszene* – Bezug auf Schillers Tod.

300 *Wilhelm Grimm an seinen Bruder Jakob* – In seiner Antwort vom 12. Juli 1805 schreibt Jakob Grimm aus Paris: „Der Goethe ist ein Mann, wofür wir Deutsche Gott genug nicht danken können. Er kommt mir gerade wie Raffael vor ..." (Grimm 67.)

305 *Heidentum* – Weihnachten 1805 schreibt Dorothea Schlegel an Karoline Paulus: „Goethes neue Sachen lesen wir nicht. Erst die ‚Eugenie', dann der ‚Winckelmann'! das ist zu arg!" (SchlVeit I, 160.)

ce qui passe la géométrie ... – (franz.) wer die Geometrie beherrscht, ist uns überlegen.

307 *patientissime* – (lat.) mit größter Geduld. Langer nennt das Buch dann eine „lanx satura oder Sammelsurium" (Lang 12).

Der „Freimütige" fährt ... fort ... – Vgl. Nr. 1321. „Der Freimütige" besprach „Winckelmann und sein Jahrhundert" am 27. Juni 1805; am 24. August erschien „Von Goethe in Lauchstädt veranstaltete Totenfeier zu Ehren Schillers", am 6. September „Aufführung des Götz", am 8. November, von Kotzebue unterzeichnet, „Beweis, daß Herr v. Goethe kein Deutsch versteht".

312 *den Kaiser* – Zar Alexander I. besuchte während des dritten Koalitionskrieges gegen Frankreich (2. Dezember 1805 Sieg Napoleons bei Austerlitz) in Weimar seine Schwester Maria Pawlowna, seit 1804 Gattin des Erbprinzen Karl Friedrich.

313 *vergangenen Mittwoch* – Vgl. Nr. 1342. Goethe hielt während des Winterhalbjahres bis Mai 1806 mittwochs vor Damen seiner Bekanntschaft Vorträge über allgemeine Naturlehre.

314 *Louis Ferdinand Prinz von Preußen an Pauline Wiesel* – Varnhagen, der den Brief über das Treffen in Jena mitteilt, fährt fort: „Der Herzog [Karl August] erzählte nach vielen Jahren noch gern von dieser Zusammenkunft. Er selber hatte sich früh zurückgezogen, die andern aber tranken die ganze Nacht ... ‚ungeheuer viel', sagte er, ‚um die Wette, und Goethe blieb nichts schuldig; er konnte fürchterlich trinken!'"

wirklich kennengelernt – Goethe und Louis Ferdinand waren sich schon im Frankreichfeldzug 1792 begegnet.

deboutonnieren – aufknöpfen, öffnen.

von G[oethe] wenig lesen – Gemeint sind briefliche Mitteilungen.

à son aise – (franz.) hier: wohl, zufrieden.

1806

316 *... ist Goethe befreundet* – Arnim war Mitte Dezember 1805 nach Jena mit Goethe und dem Prinzen Louis Ferdinand zusammen gewesen.

bleibe ein Dichter – Arnim hatte die Absicht geäußert, ins preußische Heer einzutreten.

324 *qui feront encore ...* – (franz.) die noch viel Blut kosten werden.

güldene Ader – Eigentlich: Hämorrhoiden; gemeint sind die Nierenkoliken.

326 *Universalität* – Der Weltreisende Humboldt hielt sich zwischen 1804 und 1827 vorwiegend in Frankreich auf, wo sein großes Reisewerk in französischer Sprache erschien.

327 *das Diktieren* – Goethe hatte in Karlsbad Riemer einen Brief an Charlotte von Stein diktiert. – Seit 1806 (bis 1823) verbrachte er, neben häufigen Aufenthalten in Jena, die Sommer außerhalb Weimars (ausgenommen 1809). Bis 1813 und 1818–1823 hielt er sich dann in den böhmischen Bädern auf, vor allem in Karlsbad, auch Teplitz, Franzensbad, zuletzt Marienbad.

330 *Geschenk* – Vgl. Nr. 1382.

331 *in ein Buch schreibt* – Es sind offenbar Vorarbeiten zu „Goethes Briefwechsel mit einem Kinde" (1835).

Lärm, Furcht und Hoffnung – Vor der entscheidenden Schlacht bei Jena und Auerstedt am 14. Oktober 1806, in der die preußischen Truppen von Napoleon vollständig geschlagen wurden.

338 *die alte Neuigkeit* – Goethes Trauung am 19. Oktober, bei der nur Riemer und sein Schüler August Goethe die Zeugen waren.

341 *nur das Teuerste und Liebste* – In Goethes Brief an Schelling vom 31. Oktober heißt es: „Den Aufwand an Geistes- und Körperkräften, an Geld und Vorräten verschmerzt man gern, weil doch so vieles und darunter das Werteste erhalten ist."

1807

344 *Deinen Brief mitgenommen* – Er berichtete von der Belagerung und Übergabe Breslaus.
für den Grafen Schmettau ein Monument – Schmettau verstarb schwer verwundet 1806 im Hause der Frau von Stein.
345 *unser Beginnen* – Bei den Teeabenden Johanna Schopenhauers.
347 *Der „Tasso"* ... – Am 16. Februar 1807 wurde das Drama nach einer von Goethe gekürzten Fassung uraufgeführt.
350 *der alte Kommandant von Eger* – Vgl. Schillers „Wallenstein", 5. Akt, 4. Auftritt.
351 *Drury Lane* – Berühmtes Theater in der Drury-Lane-Gasse der Altstadt von London.
352 *unter dem Donner der Kanonen* – Vgl. Nr. 1401. – Über Christianes Standhaftigkeit und Gewandtheit in bedrohlicher Lage berichtet mit größerer Glaubwürdigkeit auch Riemer, zu jener Zeit Goethes Hausgenosse, in seinem Buch „Mitteilungen über Goethe" (1841).
diesen Besuch – des Altphilologen Friedrich August Wolf.
... ist wieder zurück – Christiane Goethe war vom 23. März bis 12. April 1807 Gast von Goethes Mutter in Frankfurt.
353 *vormittags bei ihm* – Gemeint ist die Mittwochsgesellschaft der Damen (vgl. Nr. 1347 und Anm.).
354 *Es ist nicht zu leugnen* ... – Bezug auf Bertuchs Vorschlag, die Gedenkrede im „Neuen Teutschen Merkur" zu veröffentlichen. Böttiger lehnte dies ab. Wieland war zu dieser Zeit am „Neuen Teutschen Merkur" nur noch nominell beteiligt.
358 *unserer Gefangennahme* – Reinhard wurde als französischer Generalkonsul in Jassy (Rumänien) 1806 von den Russen inhaftiert und eine Zeitlang gefangengehalten.
einer Reise ... in jene Gegend – Gemeint ist Goethes Reise 1790 ins schlesische Feldlager und nach Polen.
359 *seiner Höhenkarte* – Gemeint ist eine vergleichende bildliche Darstellung der „Höhen der alten und neuen Welt", die Goethe, angeregt durch Alexander von Humboldts 1807 erschienenes, Goethe gewidmetes Werk „Ideen zu einer Geographie der Pflanzen nebst einem Gemälde der Tropenlän-

der", entworfen hatte. Sie wurde 1813 veröffentlicht in den von Bertuch herausgegebenen „Allgemeinen Geographischen Ephemeriden".

359 *unserer Einschließung* – Vgl. die erste Anmerkung zu Nr. 1427.

Schlacht am 14. Juni – Bei Friedland schlug Napoleon das russische Heer, worauf der Friede von Tilsit zustande kam.

360 *Gesamtausgabe seiner Werke* – Von der dreizehnbändigen Cotta-Ausgabe (1806–1810) waren bis 1807 sechs Bände erschienen.

361 *in diesen Stunden* – Passow schreibt von dem Unterricht („Philosophie der Sprache"), den er als Lehrer für alte Sprachen am Weimarer Gymnasium gibt.

364 *wieder so freundlich* – Bettina berichtet von ihrem ersten Besuch bei Goethe am 23. April 1807.

367 *mit ihrem Schreibebuch* – Vgl. Nr. 1384.

368 *eine Mittagseinladung bei ihr* – Goethe selbst kehrte erst am 11. September aus Karlsbad zurück.

369 *Stella sticht mit dem Dolche ...* – Diese Parodie auf das – ungenau zitierte – Xenion gegen Friedrich Schlegel wurde durch die neue Fassung von „Stella" provoziert: Goethe hatte für die Weimarer Aufführung am 15. Januar 1806 das „Schauspiel für Liebende" zum „Trauerspiel" umgestaltet. Vgl. Nr. 1369.

374 *genießen wir nicht sonderlich* – Gemeint ist die Abendgesellschaft bei Johanna Schopenhauer.

379 *keine drei Stunden* – Prinzeß Karoline und ihre Gesellschafterin fürchteten, daß das zum Geburtstag der Herzogin bestimmte Stück wieder lang und anstrengend werden würde.

380 *Ihre Rede auf Friedrich* – Müllers Jubiläumsrede am 29. Januar 1807 auf Friedrich II. vor der Akademie der Wissenschaften im besetzten Berlin nahm im Preis des „großen Mannes" eine vermittelnde Stellung zu Napoleon ein und wurde von den preußischen Patrioten als Gesinnungslosigkeit verstanden. Goethe billigte Müllers Unternehmen, rezensierte die Rede am 28. Februar in der „Jenaischen Allgemeinen Literatur-Zeitung" und ließ eine Übersetzung („Friedrichs Ruhm") am 3. und 4. März 1807 in Cottas „Morgenblatt für die gebildeten Stände" erscheinen.

381 *Hygieia* – In der griechischen Mythologie als Tochter des Gottes der Heilkunde Asklepios (lat.: Aesculapius) die Personifikation der Gesundheit.

383 *„Der zerbrochene Krug"* – Kleists Lustspiel, nach klassizistischen Regeln inszeniert, wurde am 2. März uraufgeführt; es wurde offenbar auch ein Mißerfolg der Regie (vgl. aber die folgende Nummer). Riemer berichtet allerdings am 9. März nach Jena: „‚Der zerbrochne Krug' wurde sehr gut, auch dem Kostüm nach, gegeben und gefiel im ganzen, ob es gleich zu lang deuchte. Nur einige armselige Patrone unterstanden sich, beim Schluß, als applaudiert wurde, zu pochen. Alle Schauspieler hatten sich die größte Mühe gegeben, und wie ungerecht, ja bestialisch, nicht dem Spiel wenigstens Gerechtigkeit widerfahren zu lassen!" (Rie 114.)

385 *daß Goethe Dich unterstützt* – Arnim in Heidelberg suchte Mitarbeiter für seine 1808 zweimal wöchentlich erscheinende „Zeitung für Einsiedler". (Sie erschien bis August 1808.)

386 *zum neuen „Faust"* – Der „Erste Teil" („Faust. Eine Tragödie") erschien erstmals 1808 in Band 8 der dreizehnbändigen Cotta-Ausgabe.

387 *Fragment „Elpenor"* – Das zwischen 1781 und 1783 entstandene Schauspielfragment wurde 1806 im vierten Band der dreizehnbändigen Cotta-Ausgabe gedruckt.

388 *einen rechten Regentag* – Goethe war am 23. April nach Jena gefahren, wo er bis zum 1. Mai blieb.

389 *Der Sohn* – Seit April 1808 war August von Goethe zum Studium in Heidelberg.

390 *nahm auch Gelegenheit* ... – Friedrich Schlegel besuchte Goethe am 5. und 6. Mai 1808.

Moslers Zeichnungen – Moslers Schrift über die altkölnische Malerschule des 14. und 15. Jahrhunderts (1807–1816) mit 10 Nachzeichnungen der wichtigsten Bilder wurde für die romantischen Kunsthistoriker bedeutsam, ist jedoch nicht veröffentlicht worden.

franchement – (franz.) freimütig.

das indische Studium – Schlegel gab im gleichen Jahr sein Werk „Über die Sprache und Weisheit der Indier" heraus.

391 *„Herr, ich sehe Menschen ..."* – Vgl. Markusevangelium, Kapitel 8, Vers 24.

392 *„Achilleis"* – 1808 erschien (in der Cotta-Ausgabe) erstmalig das „Achilleis"-Fragment.

393 *efflueta senectutis debilitas* – (lat.) Ausfluß des unfruchtbar gewordenen Greisenalters.

Wieland an Retzer – Diese Briefstelle wurde schon 1815, zwei Jahre nach Wielands Tod, in der „Auswahl denkwürdiger Briefe von C. M. Wieland" durch seinen Sohn Ludwig veröffentlicht.

394 *„Prometheus" ... Kontorsionen* – In Heft 1 und 2 der Wiener Zeitschrift Seckendorffs und Stolls erschien 1808 ein Teildruck von Goethes „Pandora".

Vous voyez ... – (franz.) Sie sehen, daß man gegenwärtig nur etwas wagen muß, um Erfolg zu haben.

395 *Emilen [Herder]* – Emil Gottfried von Herder war der Schwiegersohn Therese Hubers.

mal à propos – (franz.) zur Unzeit, fehl am Platze.

397 *Verlust* – Friedrich von Steins Frau starb nach der Geburt ihres dritten Kindes.

401 *zum Kongreß ...* – Vom 27. September bis 14. Oktober 1808 fand, noch auf dem Höhepunkt der Macht Napoleons, der Erfurter Fürstentag statt, auf dem die Tilsiter Abmachungen zwischen Napoleon und Alexander I. erneuert wurden. Für die auswärtige Politik Weimars war als Beamter Wilhelm von Wolzogen zuständig.

402 *den Napoleonsberg* – So wurde nach 1806 Napoleons Befehlsstand während der Schlacht von Jena bezeichnet.

immer in Erfurt – Düntzer berichtet nach heute verlorenen Quellen über den 7. Oktober: Goethe, der am Morgen ein großes Frühstück zu Ehren des bei ihm wohnenden Ministers Maret und des Marschalls Lannes gegeben hatte, sei abends in eine kleine Gesellschaft zu Frau von Stein gekommen: „Kaum hatte er sich niedergesetzt, so fiel er in tiefen Schlaf. Als Fräulein Boose, die ihn für Karl von Stein hielt, auf ihn zuging, erwachte er und klagte über seine schreckliche Ermüdung von diesen Tagen, schlief aber wieder ein und erwachte nicht, ehe die Gesellschaft weg war. Als er endlich wach wurde, bat er um Verzeihung, daß er vor Müdigkeit nichts habe erzählen können, und entfernte sich sogleich." (Stein II, 299.)

405 *Zeichen der Ehrenlegion* – Am nächsten Tage, dem 15. Oktober, erhielt Goethe den St.-Annen-Orden des russischen Zaren.

„L'empereur a donné ..." – (franz.) „Der Kaiser hat das Kreuz der Ehrenlegion einem Ihrer Ärzte und auch an Ihre Gelehrten verliehen."

406 *die „Pilgernde Törin"* – Rahel Levin vermutet in ihrem Antwortbrief richtig, daß die Novelle (die 1821 innerhalb von „Wilhelm Meisters Wanderjahren" wieder erschien) aus dem Französischen übertragen wurde.

407 *Karoline Sartorius an unbekannt* – Das Ehepaar Sartorius war während des Erfurter Kongresses vom 8. bis 19. Oktober bei Goethe in Weimar zu Besuch.

408 *diese Sonette* – Der erst 1815 veröffentlichte Sonettenzyklus entstand hauptsächlich im Dezember und Januar 1807/08 in Jena (vgl. Nr. 1459). – Zu Goethes Umgang in Karlsbad vgl. Nr. 1494 und 1546.

409 *am 14. Oktober* – Vgl. Nr. 1390.

die Privattheater – Bettina hatte aus München Ende Oktober 1808 berichtet, es gebe dort dreißig Liebhabertheater; „... ich glaube, das wäre etwas für den alten Meister" (ArnBe 217).

in den beiden Tagen – Humboldt besuchte Goethe am 17. und 18. November 1808.

Trakasserien – Quälereien. Goethe hatte Unstimmigkeiten mit Karl Augusts Favoritin, der Schauspielerin Jagemann (vgl. die folgenden Briefe); von der Theaterdirektion trat er erst 1817 zurück.

410 *eine Art Märchen* – Möglicherweise „Die neue Melusine" aus dem Manuskript der „Wanderjahre".

412 *Wache* – Haft in der Schloßwache.

413 *Teilung* – Mit der Erbteilung des Nachlasses von Goethes Mutter war Johann Friedrich Schlosser von den beiden Erbberechtigten, Goethe und seiner Nichte Luise Nicolovius, geb. Schlosser (in Berlin), beauftragt. Die Schlosserschen Verwandten und Goethes Frau waren anwesend.

414 *diesmal* – Bei einem neuerlichen Besuch am 3. und 4. Dezember 1808.

415 *in der Gesellschaft* – Goethe wünschte, daß seine Frau ein gesellschaftliches Verhältnis zu Frau von Stein und Charlotte Schiller gewinne. Er bat Frau von Wolzogen am 17. Dezember auch brieflich um Vermittlung: „Werden Sie wohl gleiche Gesinnungen in den Gemütern Ihrer Schwester und Frau von Stein wecken?"

was die Welt verlacht – Die Heirat mit Christiane Vulpius. – Kügelgen malte jetzt in Weimar die Bildnisse Goethes, Wielands, Fernows, Herders und Schillers.

zum erstenmal Gesellschaft der ersten Frauen der Stadt ... – Eine Eintragung in Goethes Tagebuch vom 20. Dezember lautet: „Abends Tee, Kupfer des Herrn von Arnim und Liebesgeschichte aus Aeneas Sylvius [Pius II.; 1405–1464], von demselben übersetzt und redigiert. Frau von Stein, Herr und Frau von Wolzogen, Herr und Frau von Schardt, Frau von Schiller, Herr von Einsiedel, Hofmarschall von Egloffstein, junge Gräfin von Egloffstein, Generalin von Wangenheim, Geheimer Regierungsrat von Müller und Frau, Frau Hofrätin Schopenhauer, Hofrat Meyer, von Arnim und Kügelgen." (WA III, 3, 406.)

1809

419 *Burattini* – (ital.) Gelenkpuppen, Marionetten.

420 *... als Du ihn schon kanntest* – Riemer war in Italien Hauslehrer in der Familie Humboldt gewesen.

421 *Brouillerie* – Streit, Mißverständnis.

Den ersten Mittag – Gemeint ist noch der Aufenthalt Arnims im Dezember 1808 (vgl. Nr. 1518). Bettina antwortete am 29. Januar aus München: „Du sagst es mit so vieler Wärme, so vieler Liebe, daß Goethe Dich zweimal geküßt hat. Ach ich weiß es wohl, daß nichts wohler tut als seine unendlich lebendige Milde und Freundlichkeit. Noch hab ich keinen Brief an ihn abgefertigt, aber hab schon viel an ihn geschrieben. Wenn ich ein Buch von ihm in die Hand nehme, wenn ich ihm schreiben will oder von ihm spreche, so geschieht es selten ohne eine so tiefe Rührung, daß ich mich ihr nicht überlassen darf." (ArnBe 252.)

422 *eine Vorrede* – Vgl. Nr. 1552 und Anm.

unendlich zu tun – Johanna Schopenhauer schildert den von Falk und Riemer entworfenen Maskenzug zum 30. Januar 1809 (dem Geburtstag der Herzogin Luise), zu dem auch Goethe einige Verse beisteuerte.

Nußverse – Anspielende Reime, in denen bestimmte Personen versteckt ironisiert oder verulkt werden.

424 *den heilsamen Quellen* – den Karlsbader Kuren.

bei meiner Zurückkunft – Von Frankfurt; vgl. Nr. 1514 und Anm.

Woltmann an Smidt – Der Brief behandelt die preußischen Verwaltungsreformen, die Freiherr von Stein während seines zweiten Ministeriums (1807–1808) in Angriff nahm.

427 *auf diesen Felsen baue ich...* – Vgl. Matthäusevangelium, Kapitel 16, Vers 18.

daß du nicht diese Ansicht teilst – Abeken antwortete am 22. April, daß diese Bitterkeit Passows gegen Goethes Frau und mitunter gegen Goethe ihm recht zuwider sei. „Von der Geheimrätin kann ich nicht urteilen; ich kenne sie zuwenig. Gegen mich ist sie sehr artig. Ich wollte, Goethe hätte eine andere Frau ..." (VoßG 161.)

429 *sehr glücklich gemacht* – Am 3. Mai schreibt Henriette von Knebel an den Bruder: „Goethe hat sich großes Verdienst um uns erworben, da er uns [den Zirkel der Herzogin Luise] mit sanfter und sichrer Hand aus dem bösen Weltgetümmel gezogen und uns Geist und Sinne auf das lieblichste gefesselt hat" (KnHe 367).

430 *im Schlosse* – Goethe hielt sich von April bis Juni und von Juli bis Oktober 1809 in Jena auf, wo er vor allem an den „Wahlverwandtschaften" arbeitete.

431 *Silvies [von Ziegesar] Entrevue ...* – Am 29. Mai suchte Goethe den beim Protonotar Kayser in Weimar abgestiegenen Geheimrat Freiherrn von Ziegesar auf, mit dessen Familie er in Karlsbad 1808 (wie auch mit Pauline Gotter) häufig zusammen gewesen war (vgl. Nr. 1494).

434 *Daß Goethe nichts hinzugefügt* – Auf Arnims Bitte um eine Vorrede zu Wilhelm Grimms Übersetzung von „Altdänischen Heldenliedern" (vgl. Nr. 1527) hatte Goethe nicht geantwortet.

435 *Zistersdorf* – Varnhagen war als Fähnrich auf österreichischer Seite in der Schlacht von Wagram (5.–6. Juli) verwundet worden und befand sich im Spital.

Stein – Friedrich von Stein wandte sich nach der Übergabe Breslaus nach Königsberg, der zeitweiligen preußischen Residenz, wo auch Humboldt 1809/10 als Staatsrat im Innenministerium tätig war.

436 *trefflich Stückchen Arbeit* – In Cottas „Taschenbuch für Damen auf das Jahr 1810" erschien die Novelle von Sankt Joseph dem Zweiten unter dem Titel „Wilhelm Meisters Wanderjahre. Erstes Buch".

438 *leider noch nicht ganz* – Der Roman erschien im Oktober 1809 in Cottas Verlag, wurde aber gedruckt bei Frommann in Jena.

439 *etwas anderm Schmerzlichen* – Arnim klagt vorher über die lange Trennung von Bettina.

440 *Ihr Urteil* – Rochlitz hatte die „Wahlverwandtschaften" gelobt; der Roman sei jedoch „nicht aus dem Zentralpunkt des Gemüts entsprungen wie ‚Werther', ‚Tasso' usw., sondern aus einem zufällig veranlaßten glücklichen Einfall" (GoeJb XVIII, 151).

442 *Bettina Brentano an Arnim* – Am 30. Januar 1810 berichtet Bettina über die Wirkung der „Wahlverwandtschaften", sie „machen ein ganz eignes Glück unter den hiesigen Studenten. Sogar die Ringseisianer, welche Goethen bis jetzt als einen Heiden verdammten, sind davon entzückt." (Johann Nepomuk Ringseis [1785–1880] war Professor der Medizin in Landshut.)

Ich war auch einmal so närrisch ... – Aus Goethes Brief vom 3. November 1809.

446 *Der junge Goethe ... auch hier* – August von Goethe setzte im Oktober 1809 sein Studium, das er in Heidelberg begonnen hatte, in Jena fort.

449 *gemein* – Hier in älterer Bedeutung: gewöhnlich.

450 *„Bacchus ever young and fair"* – (engl.) Bacchus immer jung und schön.

1810

455 *Rezension* – In der Halleschen „Allgemeinen Literatur-Zeitung" erschien am 1. Januar 1810 eine anonyme Rezension der „Wahlverwandtschaften" (von August Wilhelm Rehberg), ein verständnisloser, ausgesprochener Verriß. Böttiger, in seiner einen Tag später erschienenen Rezension, hatte die „Fülle der sinnreichsten Kunstansichten" in diesem „vielgelesenen und vielbestrittenen Buch" gelobt, das „ein Inbegriff aller leitenden Ideen des Zeitalters in organischem Zusammenhange" sei (Braun II, 233–235).

einer Vorrede – Vgl. Nr. 1552.

459 *das Ende* – In den Nummern vom 18./19. Januar 1810 führte Ferdinand Delbrück u. a. über Ottiliens Ende aus : „... was fesselte den, der zu rechter Zeit zu sterben weiß, was gibt es Heroisches, das ein solcher nicht auszuführen vermöchte? Vollendet wird jener Triumph durch die Art des Todes, welchen Ottilie wählt. Denn unter allen Selbstentleibungen ist die Enthaltung von Speise und Trank die edelste und schicklichste, weil sie die größte Standhaftigkeit voraussetzt..." (Braun II, 245.)

461 *gegen Sie ... gelobt* – Am 14. Dezember 1809 hatte Therese Huber über die „Wahlverwandtschaften" an Reinhold geschrieben: „... wie vieles ist da deutlich ausgesprochen, das ich längst geahndet, ja gedacht hatte" (GoeJb XVIII, 128).

below ... above stairs – (engl.) unten (bei der Dienerschaft) ... oben (bei der Herrschaft).

462 *bei der Gelegenheit* – Gemeint ist die Verlobung der Prinzessin Karoline mit dem Erbprinzen Friedrich Ludwig von Mecklenburg-Schwerin und der Maskenball zum Geburtstag der Herzogin (30. Januar).

Deine Arbeit am „Faust“ – Bettina Brentano komponierte am „Faust“; von einem Fachmusiker ließ sie sich beim Aufschreiben der Noten helfen.

Brandes in Hannover – Vgl. Nr. 1591 und Anm.

Schellings Briefe im „Morgenblatt“ – „Über Goethes Wahlverwandtschaften. Fragmente aus einem Briefe“ erschien vom 22. bis 24. Januar 1810 im „Morgenblatt für gebildete Stände“. Der Aufsatz stammt von Bernhard Rudolf Abeken.

463 *hübsche Feste ausgeziert* – Die Maskenzüge am 2. Februar („Die romantische Poesie“) und am 16. Februar zum Geburtstag der Erbprinzessin Maria Pawlowna („Maskenzug russischer Nationen“, „Quadrille italienischer Tänzer und Tänzerinnen“).

469 *den Erben der Herzogin* – Es handelte sich um Briefe Herders aus dem Nachlaß der Herzogin Anna Amalia, die d'Alton an Knebel geliehen hatte. Dieser meinte offenbar, daß sie an Herders Erben zurückgegeben werden müßten.

470 *große Gesellschaft* – Bei Frau Hanbury aus Hamburg, einer Verwandten der Frommanns.

472 *er hat es mir versprochen* – Goethe plante seit 1809 seine Autobiographie. Der Kreis der Fürstin Gallitzin wird in der 1822 erschienenen „Kampagne in Frankreich“ geschildert.

474 *steht obenan* – in Schachts Reiseerinnerungen.

475 *Eifersüchtiges Weinen* – Christiane Goethe besuchte ihren Mann vom 12. bis 15. Mai in Jena. Am folgenden Tage reiste er nach Karlsbad und kehrte erst am 2. Oktober zurück.

apaisieren – besänftigen, beruhigen, zufriedenstellen.

476 *12 Dukaten ... 10 Talern* – Goethe schrieb an Knebel am 16. Mai 1810, indem er die zwanzig Taler schickte, es koste ihn noch zehn Taler, bis er das Kunstwerk wieder instand gesetzt habe, „und dann ist es just der rechte Preis“ (WA IV, 21, 303). Ein Dukaten galt etwa $2^2/_3$ Taler.

477 *Direktion der Herausgabe ... Charakteristik Schillers* – Vgl. Nr. 1635.

480 *„Der Kaiserin Platz“* – Am 20. Juni 1810 schrieb Maria Ludovica an Franz I.: „Gestern gaben mir die Einwohner ein kleines Fest; sie bestimmten ein angenehmes Plätzchen, was ferner meinen Namen tragen wird. Graf Corneillan, ein sehr artiger und angenehmer Mann, schenkte mir die Gegenden

von Karlsbad, von ihm selbst gezeichnet, und der berühmte Verfasser Goethe machte eine anspielende Poesie." (Bode II, 265.)

480 *beifolgende Gedichte* – Die ersten Huldigungsgedichte der Gruppe „Im Namen der Bürgerschaft von Karlsbad" erschienen 1810 in Einzeldrucken.

482 *Batarde* – Bedeckter, leichter, in den Federn hängender Reisewagen.

483 *Dux* – (lat.) Herzog.

484 *Brief unserer Nièce* – Knebels Nichte Henriette hatte Goethe in Karlsbad gesehen.

486 *die Köpfe der Kolosse* – Abgüsse von Köpfen der antiken Statuen des Kastor und Pollux auf dem Monte Cavallo in Rom, die sich in Rudolstadt befanden. Goethe hat sich erst 1817 „durch die Gefälligkeit des Baudirektors" in Rudolstadt Zutritt zu den Abgüssen verschafft (vgl. Goethes Tagebuch vom 10. Oktober 1817).

Dresden, Ende September 1810 – Auf der Rückreise von Teplitz hielt sich Goethe einige Tage in Dresden auf.

494 *Die Sonntagmorgen* – Die Hauskonzerte bei Goethe.

495 *kleine Singakademie* – Ein Singekreis im Körnerschen Hause.

in den Cottaschen Almanach vorigen Jahres – Im „Taschenbuch für Damen" auf das Jahr 1809 erschien als erste Veröffentlichung aus den Wanderjahren „Die pilgernde Törin"; im folgenden Jahrgang „Sankt Joseph der Zweite" unter dem Titel „Wilhelm Meisters Wanderjahre. Erstes Buch".

496 *in Herders neuntem Teil* – In Band 9 (1809) der von Johannes von Müller herausgegebenen „Sämtlichen Werke", Abteilung „Zur Philosophie und Geschichte", enthielt das Kapitel der „Adrastea" über Newtons Farbtheorie als Erstdruck postum das „Fragment über Licht und Farben, und Schall".

ein Präsent – Henriette von Knebel antwortete am 26. Dezember 1810 aus Ludwigslust, daß auf den Rat Karl Augusts der Erbprinz von Mecklenburg nur an den Staatsminister von Voigt ein Geschenk gemacht habe. „Dafür bekam denn auch hiesigerseits nur Herr [Minister] von Brandenstein ein Präsent und Herr [Minister] von Plessen nichts" (KnHe 509).

499 *das Gemüt der Großfürstin* – Maria Pawlowna hatte gleichfalls ihr erstes Kind, einen Sohn, verloren.

503 *zu der kleinen Malice* – Vom Blau heißt es im Kapitel „Sinnlich sittliche Wirkung der Farbe“: „Sie ist als Farbe eine Energie; allein sie steht auf der negativen Seite und ist in ihrer höchsten Reinheit gleichsam ein reizendes Nichts“ (WA II, 1, 315). – Pauline Gotter antwortete im Brief vom 16. März, daß sie aus der Farbenlehre auch gerade die „Tischreden“ zum Vorlesen herausziehe, da Mutter und Schwestern von dem andern nichts wissen wollen. „Hier [in Gotha] findet das Wissenschaftliche viele Widersacher und scheint von allen Seiten angefeindet zu werden, wie ehemals die ‚Beiträge zur Optik‘ “ (Schell II, 247).

504 *perorieren* – laut und mit Nachdruck reden.

505 *ein paar Verschen* – Vgl. Knebels Distichen „An Goethe“ („Kränze jeglicher Art hast du dir geflochten ...“; Kn I, 47).

goldene Dose – Vgl. Nr. 1631. Das Geschenk wurde in der Halleschen „Allgemeinen Literatur-Zeitung“ vom 28. März vermerkt.

508 *die Landschaften* – Vgl. Nr. 1669. Am 11. April schreibt Karoline, daß sie Goethes Brief erhalten habe. „Und grüßen Sie ihn, meine Loloa, und freuen sich seines Umgangs und seines Zutrauens. Ihnen gönne ich diesen Besitz von Herzen, da sie ihn [Goethe] schützen müssen.“ (SchFr I, 577.)

die Unwissenden belehren – Charlotte von Stein wünschte Auskunft über altgriechische Dinge.

einen Stier zu dem unsrigen – Vgl. Nr. 1623 f.

den „Saul“ – Knebel war zur Aufführung seiner Übersetzung dieser Tragödie von Alfieri in Weimar.

509 *„Si tacuisses ...“* – (lat.) Hättest du geschwiegen, du wärst ein Philosoph geblieben.

Singakademie – Vgl. Nr. 1658 und Anm.

solchen Vorlesungen – Im Kreise der Herzogin Luise.

510 *Polissonnerien* – Bubenstreiche (der Jenaer Studenten).

512 *das Werk selbst* – Boisserée wandte sich, von Graf Reinhard empfohlen, an Goethe, um ihn zu öffentlicher Fürsprache für die Vollendung des Kölner Doms zu gewinnen, dessen Risse zunächst veröffentlicht werden sollten. Boisserée plante eine ganze „Sammlung von Denkmälern christlicher Bauart vom siebenten bis zum fünfzehnten Jahrhundert“. – Goethe hatte anfangs gegenüber dem Schüler Friedrich Schlegels, des 1808 konvertierten führenden Ideologen der Romantik, große Vorbehalte (vgl. Nr. 1670).

515 *der Tag war derselbe ...* – Der Wochentag des 9. Mai 1805.
516 *J'ai soif ... Il a eu soif ...* – (franz.) Ich habe Durst auf das Meer ... Er hatte Durst auf den Sprudel.
517 *schon dort* – Gemeint ist Karlsbad.
Schlüsseldame – Kammerherrin. Charlotte charakterisiert so ihre Stellung zu Goethe. Offenbar bildeten Charlotte Schiller, Prinzessin Karoline und deren Hofdame Henriette von Knebel einen stillen Bund von Goethe-Parteigängern. Vgl. Nr. 1729, 1779 u. ö.
518 *Zufall der Herzogin* – Eine Knöchelverrenkung.
520 *materia peccans* – (lat.) sündigende Materie.
in seiner Rezension – „Goethes Werke. Erster bis Vierter Band", in den „Heidelbergischen Jahrbüchern der Literatur" (5. Abteilung, 2. Heft, Heidelberg 1808). Der enge Moralismus von Bertrams Urteil fehlt dort völlig.
bonnement – (franz.) aufrichtig.
522 *de se ipso* – (lat.) über sich selbst.
525 *Exkursion nach Erfurt* – Der 15. August, Napoleons Geburtstag, wurde in Erfurt durch Prozession und das Zweite thüringische Musikfest gefeiert. Der Herzog, der Erbprinz, Goethe und Wieland waren vom Gouverneur de Vimes eingeladen.
527 *das rote Bändchen* – Der Orden der Ehrenlegion, den Napoleon Goethe verliehen hatte. Vgl. Nr. 1503.
529 *Die Schauspieler sind ... zurück* – Statt in Lauchstädt spielte die Weimarer Theatertruppe seit 1811 sommers in dem neu errichteten Theater zu Halle.
530 *de but en blanc* – (franz.) geradeheraus, ohne Überlegung.
531 *alles, was auf Vaterland Beziehung hat* – Für die Wiederaufführung 1810 wurde der Epilog um eine Stanze erweitert. Die bisherigen Schlußverse von 1804:

O möge doch den heil'gen letzten Willen
Das Vaterland vernehmen und erfüllen,

wurden dabei ersetzt durch folgende Verse:

Was Mitwelt sonst an ihm beklagt, getadelt,
Es hat's der Tod, es hat's die Zeit geadelt.

Zu Johannes von Müller vgl. Nr. 1456 und Anm.
534 *dem Epigramm* – Aus Goethes „Vier Jahreszeiten":

Das ist die wahre Liebe, die immer und immer sich gleich bleibt,
Wenn man ihr alles versagt, wenn man ihr alles gewährt.

wie im „Werther" steht – Vgl. den Brief Werthers vom 13. Julius.

534 *in der Kolonie* – Unter den Weimarern am Hof in Ludwigslust.
535 *Sie ... wiedergesehen zu haben* – Johann Heinrich Voß war mit Frau und Sohn im Juli in Rudolstadt und Jena.
Arnim an Riemer – Auf der Rückreise kamen Arnims noch einmal durch Weimar.
Goethe war eben bei mir – Gemeint ist der 30. Oktober.
537 *so vieles von der Mutter gehört* – Vgl. Nr. 1435, 1384 und Anm.
539 *Reichardts Denkwürdigkeiten* – Die geplante Autobiographie ist nicht erschienen.
Kotzebue ebenfalls – Gemeint ist offenbar die untergeschobene „Selbstbiographie von A. von Kotzebue" (Wien 1811), die Franz Gräffer aus Kotzebues einzelnen Berichten zusammengeschrieben hat.
544 *danken lassen* – Am 18. August 1811 dankte Goethe für die Übersendung „Altdänischer Heldenlieder, Balladen und Märchen" (Heidelberg 1811) und für eine Abschrift aus der Edda.
bei dem „Wunderhorn" zuviel gesagt – Gemeint ist Goethes lobende Rezension zu Brentanos und Arnims Volksliedersammlung „Des Knaben Wunderhorn" (1806–1808) vom 21./22. Januar 1806 in der „Jenaischen Allgemeinen Literatur-Zeitung".
545 *wer die Verfasser sind* – Varnhagen, z. Z. als Leutnant in Prag, hatte die Stellen über Goethe aus seinem Briefwechsel mit Rahel Levin zusammengestellt und Cotta zum Druck angeboten, der dazu Goethes Einverständnis verlangte. Darauf schickte Varnhagen eine Abschrift an Goethe.
der Souffleur im „Meister" – Vgl. Buch 5, Kapitel 6, der „Lehrjahre".
546 *diesen Sieg* – Goethe antwortete am 10. Dezember 1811 auf die mitgeteilten Briefstellen von G. (Rahel Levin) und E. (Varnhagen) freundlich, bat um Mitteilung weiterer Briefstellen und wollte den Druck der „wenigen Bogen" noch überdenken. Vgl. Nr. 1838.
547 *mehr als einmal* – Vgl. Nr. 1730 und Anm.

1812

548 *Le bon ménage* – (franz.) Die glückliche Familie.
in seinem Epigramm – In den „Venezianischen Epigrammen", Nr. 47:

> ... denn Gaukler und Dichter
> Sind gar nahe verwandt, suchen und finden sich gern.

549 *hillig* – Eine mittelhochdeutsche und niederdeutsche Form von „heilig".

550 *Sani* – (lat.) Die Gesunden, Vernünftigen.

555 *Abzugsgelder* – Goethe besaß in Frankfurt noch etwa 21000 Gulden an Vermögenswerten. 20000 waren zur Versteuerung angegeben; die Steuer betrug jährlich 115 Gulden. Das Abzugsgeld für die Übertragung des Vermögens nach Weimar hätte 10% + 975 Gulden betragen. Dalberg wollte Goethes Wünschen nachkommen; mit der Niederlage Napoleons 1813 verlor er jedoch sein Großherzogtum, und Goethe mußte nun in Frankfurt die erhöhten Kriegssteuern zahlen.

556 *Nein, ich weiß gewiß* ... – Schelling schickte am 30. November 1811 ein Empfehlungsschreiben für Carl Maria von Weber an Goethe. Am 25. Februar 1812 schrieb er an Pauline Gotter, Weber sei „sehr kalt aufgenommen" worden. Es scheine, daß er, Schelling, selbst „bei dem alten Herrn nicht mehr in Gnaden sei". (Schell II, 291.)

558 *vermutlich auf sein Vorstellen* – Am 30. Juni betont Knebel, daß die Idee des Stipendiums „bloß vom Geheimerat Goethe herrührt" (KnHe 616).

560 *über die Briefe* – Briefe Goethes an Charlotte von Stein. Vgl. Nr. 1756.

Stelle aus Popens Brief der Heloisa – „... und wünschte einen Engel, als ich einen Mann liebte." – Aus Popes „Epistle from Eloisa to Abelard" (1716).

561 *Brief an Metternich* – Der Brief vom 16. März 1812.

564 *seine alten Verrücktheiten* – Anspielung auf Riemers Hauslehrerzeit bei den Humboldts in Rom, die mit Unstimmigkeiten endete.

566 *Sibbern an Sophie Oersted* – Sibbern war, um Goethe zu sehen, nach Karlsbad gereist (vgl. Nr. 1769).

für diesen Zweck – Es sind zwei Huldigungsgedichte in Stanzen auf den Kaiser von Österreich sowie die Kaiserin von Frankreich, 1812 in Einzeldrucken erschienen, 1816 mit anderen zu der Gruppe „Im Namen der Bürgerschaft von Karlsbad" vereinigt.

568 *Untertänigste Meldung* – Vgl. die Polizeiberichte Nr. 1628 und 1631. Am 9. August 1812 heißt es über einen Theaterabend, zu dem eine französische und eine deutsche Komödie vorgesehen waren: „Das deutsche Stück [„Die Wette" von Maria Ludovica, bearbeitet von Goethe] mußte wegbleiben, weil Goethe krank geworden ist und seine Rolle nicht mehr ersetzt werden konnte" (Chronik XXVI, 36).

570 *unpolitisch* – undiplomatisch.
der Fremden – der Franzosen. Das Gedicht an die französische Kaiserin richtete sich vor allem an Napoleon, der im September Moskau besetzte, und mahnte ihn zum Frieden.

573 *Asa foetida* – (lat.) Stinkasant oder Teufelsdreck; ein unangenehm riechendes Pflanzenharz, das als Gewürz oder pharmazeutisch als Reizmittel verwendet wurde.

574 *einige Stellen über den Katholizismus* – Gemeint ist das Lob auf die Schönheit und Symbolkraft der katholischen Sakramente bei gleichzeitiger Kritik am protestantischen Kultus (Siebentes Buch von „Dichtung und Wahrheit").
Rechtfertigung der katholischen Sakramente – Vgl. die vorige Anmerkung. Niebuhr schrieb am 5. Dezember 1812 an Perthes zum Zweiten Teil von „Dichtung und Wahrheit": „... ich möchte ihn [Goethe] viel lieber rein heidnisch poetisch sehen als in diesem Priesterkleide, welches er nicht zu tragen versteht. Ich bleibe dabei und berufe mich wieder auf Nicolovius' einstimmendes Gefühl, daß Goethe Sakramente und Zeremonien verwechselt und den Begriff eines Sakraments gar nicht hat ..." (Nieb 346.)

575 *von sehr üblen Folgen* – Ähnlich schreibt am 5. November 1813 der weimarische Minister Christian Gottlob von Voigt an Böttiger: „Über die sieben Sakramente habe ich in voriger Zeit mit ihm gesprochen. Er nahm sie immer für einen Lebenszyklus, den man nicht zerreißen sollen. – Jawohl wird Mißbrauch mit solchen Ideen getrieben werden können. Die *indifferenten* Herren scheinen nicht zu wissen, wohin dies führen kann. Es ist eine eigene Sache, daß, während der Papst gleichsam vernichtet und das Wesen des Katholizismus im Verwesen ist, die Protestanten es widersinnig auffrischen wollen." (Bode II, 380f.)

577 *wegen unserer Rettung* – Knebels Sohn Karl wurde wegen Duellierung mit einem jungen Grafen für 14 Tage in Haft genommen (während sein Gegner mit Hausarrest davonkam). Knebel bat Goethe um Hilfe, der ihm einen Brief an Karl August diktierte, worauf beide Studenten freigelassen wurden.
hat sie gesehen – Gemeint sind Verse von Knebels Sohn Karl, die er im Arrest verfaßte (vgl. Nr. 1802).

578 *Helene von Kügelgen an Friederike und Wilhelm Volkmann* – Die Briefstelle bezieht sich auf den zweiten Teil von „Dichtung und Wahrheit".

583 *das geschmähte Lauch* – Vgl. Shakespeare, „König Heinrich V.", fünfter Aufzug, erste Szene.

584 *möchte es nicht erleben* – Am 20. Januar war Wieland gestorben.

von den allgemeinen Weltbegebenheiten – Im November 1812 wurde beim Rückzug über die Beresina die Vernichtung von Napoleons Großer Armee in Rußland besiegelt.

Ifflands Gegenwart – Ein Gastspiel vom 20. bis 30. Dezember 1812.

585 *Oenone* – Oinone ist im Sagenkreis um Troja die um Helenas willen verstoßene Gattin des Paris.

Maçons – (franz.) Freimaurer.

dabeisein – Bei der Logenfeier am 18. Februar 1813 zu Wielands Andenken, in der Goethe die Gedenkrede hielt („Zu brüderlichem Andenken Wielands").

587 *Vorstellung der „Zenobia"* – Calderóns „Zenobia", von Gries übersetzt, hatte bei der Aufführung in Weimar am 30. Januar nicht den Erfolg der bisher gegebenen Calderónstücke.

588 *ob Russen oder Franzosen* – Am 12. April tauchten preußische Husaren und freiwillige Jäger in Weimar auf. Am 18., einen Tag nach Goethes Abreise über Leipzig, Dresden nach Teplitz, kam es in Weimar zu Kampfhandlungen zwischen Preußen und Franzosen.

590 *was ... am meisten interessiert* – Körner, dessen Sohn Theodor im preußischen Freikorps Lützow kämpfte (er fiel am 26. August), meint offenbar die patriotische Befreiungsbewegung, die am 20. Mai durch Napoleons Sieg bei Bautzen und den Rückzug der Verbündeten nach Schlesien eine Niederlage erlitt.

591 *Sakramente ... Ihr Werk* – Vgl. Nr. 1795 (mit Anm.) und 1810.

592 *où peut-on être mieux...* – (franz.) wo weilt man besser als im Kreis seiner Familie? (Sprichwörtlich aus Marmontels Oper „Lucile" [1769].) – Ironische Anspielung auf die Stellung der Schauspieler (Ernestine Engels) in Goethes Hause.

wieder ... bei Goethe – Am 21. Oktober räumten die französischen Truppen nach der Niederlage bei Leipzig (16. bis 19. Oktober) Weimar, und es gab Einquartierung von Russen, Österreichern und Preußen; Humboldt war zu der Zeit preußischer Gesandter.

die Legion – Der französische Orden der Ehrenlegion; vgl. Nr. 1503.

595 *Briefe ... Über Goethe* – Vgl. Nr. 1746 und 1748.
597 *Kieser an Luise Seidler* – Kieser gehörte zu den in Nr. 1841 erwähnten Professoren, die an den Befreiungskämpfen von 1813 teilnehmen wollten.
599 *Unter diesen* – Gemeint sind Rochlitz' Freunde, die ihm nach den Leidenstagen der Leipziger Schlacht hilfreich waren. Rochlitz hatte sich selbst Anfang Dezember bei Goethe eingeladen und blieb vom 6. bis 17. des Monats.

1814

601 *ein Schiller in Bewegung gesetzt* – Karl von Schiller war zum Freiwilligenkorps eingerückt.
603 *eine andere Schriftstellerin* – Varnhagen erwähnt vorher Karoline Fouqué.
604 *Besorgnisse wegen Goethe* – Offenbar hatte Frommann eine Mißstimmung Riemers auf Goethe zurückgeführt.
605 *was ihm eigentlich abgeht!* – Goethe habe ihr geschrieben: „Äußere und innere Leiden vermischen sich so, daß man kaum weiß, woran man ist."
607 *Schlüsseldame* – Vgl. Nr. 1698 und die zweite Anmerkung dazu.
eine unangenehme Lage – August Goethe war den heimkehrenden Freiwilligen als „Ordonnanz" des Erbprinzen in Uniform entgegengetreten; er wurde als schmählich Daheimgebliebener behandelt. Ein Rittmeister von Werthern forderte ihn, doch ließ Goethe den Handel durch Vermittlung der Minister Voigt und Gersdorff beilegen.
608 *Jalousie* – (franz.) Eifersucht, Mißgunst.
609 *Brief an ... Schlosser* – Brief vom 29. November 1813.
fest entschlossen, ihn anzugehen – Goethe antwortete am 7. Juli 1814 auf Liebichs Antrag mit dem Hinweis auf das Festspiel („Des Epimenides Erwachen"), das er im Auftrage Ifflands für das Berliner Theater bereits in Arbeit hatte.
610 *... verstehen sie [die Engländer] nicht* – Der Hamburger Buchhändler erkundete die Aussichten für den Absatz griechischer und römischer Klassiker sowie der deutschen Literatur.
wicked fellow – (engl.) schlimmer Kerl.
611 *Kaiser Alexander* – Er kam am 15. Juli nach Weimar.
612 *Jetzt tut es mir leid...* – Jacobs hatte im vierzehnten Buch von „Dichtung und Wahrheit" Goethes Schilderung seiner anfänglichen Freundschaft mit dem von Jacobs verehrten Friedrich Jacobi gelesen.

612 *en transparent...* – (franz.) als Transparent; der Hintergrund mangelt ihnen.

613 *... wird dort [in Frankfurt] erwartet* – Goethe fuhr am 25. Juli zur Kur nach Wiesbaden und hielt sich anschließend ab 13. September in Frankfurt auf, wo er auch Johann Jakob Willemer und Marianne Jung in der Gerbermühle bei Frankfurt aufsuchte. Am 27. Oktober kehrte er zurück nach Weimar.

614 *bei uns wohnen* – Von Frankfurt aus fuhr Goethe am 24. September für zwei Wochen nach Heidelberg, um die große Boisseréesche Sammlung mittelalterlicher Kunst kennenzulernen.

Der Abschied – Boisserée begleitete Goethe am 9. und 10. Oktober noch bis Darmstadt, wo sie den Architekten Georg Moller aufsuchten, der den Originalriß des Kölner Domes entdeckt hatte und ab 1815 die „Denkmäler der deutschen Baukunst" publizierte.

615 *ist geehrt und gefeiert worden* – Diese erfundene Geschichte hatte Willemer ins „Morgenblatt für die gebildeten Stände" gesetzt, um die Frankfurter zu beschämen. Vgl. dazu Nr. 1874.

den schönen Zeichnungen – Amalie von Helvig fertigte 1810–1812 Zeichnungen und Kopien von Gemälden der Boisseréeschen Sammlung an und veröffentlichte in Schlegels „Deutschem Museum" (November 1812) eine „Beschreibung altdeutscher Gemälde".

617 *einer welthistorischen Wirkung* – Christian Schlosser, 1812 katholisch geworden, hofft offenbar auf eine Rekatholisierung, wie es auch noch deutlicher in Nr. 1888 zum Ausdruck kommt.

618 *den weimarschen „Willkommen"* – Eine von Goethe redigierte Gedichtsammlung zu Ehren der heimkehrenden Truppen. Sie enthält kein Gedicht von Goethe.

620 *geehrt und gepriesen* – Vgl. dazu Nr. 1879 und Anm.

621 *in dem laufenden Jahre... neugeboren* – Am 30. Mai 1814 wurde der Pariser Friede geschlossen, der die Restauration in Frankreich besiegeln sollte, und Ende September begann der Wiener Kongreß, der für Europa das gleiche Ziel anstrebte.

622 *die hiesigen politischen ... Unterredungen* – Karl August war vom September 1814 bis Juni 1815 auf dem Wiener Kongreß, um aus der zunächst erhofften Beseitigung des Königreichs Sachsen (und gestützt auf die Verwandtschaftsbeziehungen zum russischen Zaren) einen möglichst großen Gebiets- und

Machtzuwachs herauszuschlagen. Maria Pawlowna strebte statt dessen die Erwerbung eines selbständigen Fürstentums Fulda an, um dort eine von Weimar getrennte Statthalterschaft zu gründen.

1815

624 ... *nicht viel Trost* – Riemer suchte Gehaltsaufbesserung für seine Lehrtätigkeit am Weimarer Gymnasium, zumal er Aussicht auf eine gut bezahlte Professur in Rostock hatte.

625 *die großen Interessen der Welt* ... – Offenbar Anspielung auf den Wiener Kongreß, der vom September 1814 bis Juni 1815 tagte. Sachsen-Weimar war seit 11. Februar Großherzogtum.

Sünden gegen den guten Geschmack – Gemeint sind wohl auch die zunehmenden Schwierigkeiten, die Goethe bei der Leitung des Weimarer Theaters hatte.

626 *crûment* – (franz.) geradeheraus.

627 *den Leopoldsorden* – Vgl. Nr. 1836. Goethe erhielt die dritte (Kommandeurs-)Klasse.

seiner Helden-Este Enkel – Kaiserin Maria Ludovica entstammte dem italienischen Geschlecht der Este wie der Herzog von Ferrara in „Torquato Tasso".

von der Schwelle, die ein Edler betritt – Vgl. Goethes „Tasso", erster Aufzug, erster Auftritt: „Die Stätte, die ein guter Mensch betrat, / Ist eingeweiht ..."

628 *auch mir ... einen ... Besuch geschenkt* – Auf seiner zweiten Reise zum Rhein, Main und Neckar und zur Kur in Wiesbaden (24. Mai–11. Oktober) besuchte Goethe mit dem Freiherrn von Stein Köln, um den (unvollendeten) Dom und die Kunstsammlungen zu besichtigen, zu denen neben Wallrafs auch Fochems Sammlung gehörte.

Unus sufficit orbi – (lat.) Schon einer würde dem Erdkreis genügen.

Gesellschaft – Der Plan zur Gründung einer Deutschen Gesellschaft für Kunst und Altertum. Am 6. August heißt es im Tagebuch Boisserées: „Stein sagte, daß er Goethe veranlaßt, eine Denkschrift an Hardenberg zu machen. Ich: daß ich dazu Material beitrage, weil ich es seit Jahren im Kopfe habe; es sei immer noch nicht Zeit gewesen; ich habe auch keine Autorität gehabt; jetzt sei diese in Goethe aufs schönste gefunden."

629 *unveranlaßte Auszeichnung des Geistes* – Der Leopoldsorden. (Vgl. Nr. 1904 und 1836.)

631 *lerne ich ihn ... kennen* – Goethe hielt sich vom 12. August bis 18. September in Frankfurt auf. Rahel Varnhagen hatte ihn schon 1795 in Karlsbad gesehen (vgl. Nr. 849).

633 *in einem Boot* – Vor der Gerbermühle, dem Landsitz Willemers, wo Goethe wohnte und den Geburtstag verbrachte.

636 *Aisance* – (franz.) Ungezwungenheit.

nun besuche ich ihn – Ein weiteres Zusammentreffen kam nicht mehr zustande.

637 *Keiner freut sich recht dazu* – Nach Goethes Besuch im September 1815 in Heidelberg schrieb Ernestine Voß: „Unser Sohn nahte ihm diesmal noch schüchterner als das erstemal und merkte bald, daß ein kurzer Besuch der angemessene war" (VoßG 113).

638 *Willemer ... auch übergetreten* – Friedrich und Christian Schlosser waren konvertiert; Willemer blieb Protestant; Marianne von Willemer war von Haus aus katholisch.

643 *Ihr habt Mosen ...* – Nach dem Neuen Testament, Evangelium des Lukas, Kapitel 16, Vers 29: Die Bitte um mündliche Lehre wird mit dem Verweis auf die heiligen Schriften beantwortet.

1816

645 *Schilderung des „Epimenides"* – Gemeint ist die Aufführung am 7. Februar 1816 in Weimar mit der Musik des Berliner Kapellmeisters Anselm Weber.

646 *Logis am Park ... Steinert* – Baurat Steiner bewohnte Räume im Jägerhaus.

Propos – Anerbieten.

647 *... allen Zeitgefährten so geht* – Charlotte von Stein schreibt vorher, sie sei bettlägerig.

bei der vorgestrigen Zeremonie – Bei der Huldigung am 7. April für den auf dem Wiener Kongreß zum Großherzog ernannten Karl August.

Misères – (franz.) Lappalien; gemeint sind hier Titel und Würden.

649 *dies Getöse* – Die festliche Vermählung des Prinzen Bernhard mit der Prinzessin Ida von Sachsen-Meiningen.

651 *Ausgabe seiner vermischten Gedichte* – 1815–1819 erschien bei Cotta eine neue, zwanzigbändige Ausgabe von „Goethes Werken". Die beiden eröffnenden Gedichtbände enthielten vieles bisher Ungedruckte.

654 *Eine Stelle ... über das Christentum ...* – Es handelt sich um folgende Sätze im Abschnitt „Heidelberg": „Die neue Reli-

gion bekannte einen obersten Gott, nicht so königlich gedacht wie Zeus, aber menschlicher; denn er ist Vater eines geheimnisvollen Sohnes, der die sittlichen Eigenschaften der Gottheit auf Erden darstellen sollte. Zu beiden gesellte sich eine flatternde unschuldige Taube als eine gestaltete und gekühlte Flamme und bildete ein wundersames Kleeblatt, wo umher ein seliges Geisterchor in unzähligen Abstufungen sich versammelte. Die Mutter jenes Sohnes konnte als die reinste der Frauen verehrt werden, denn schon im heidnischen Altertum war Jungfräulichkeit und Mutterschaft verbunden denkbar. Zu ihr tritt ein Greis, und von oben her wird eine Mißheirat gebilligt, damit es dem neugeborenen Gotte nicht an einem irdischen Vater zu Schein und Pflege fehlen möge." (WA I, 34/1, 161.) – Auch Dorotheas Söhne aus der ersten, jüdischen Ehe waren zum Katholizismus übergetreten. Sie gehörten zu der christlich-romantischen Malerschule der Nazarener um Friedrich Overbeck in Rom.

656 *an dem vierten Bande seines „Lebens"* – Im Juli ging das Manuskript des ersten Bandes der „Italienischen Reise" in Satz. (Der vierte Teil von „Dichtung und Wahrheit" entstand erst nach 1821.)

zum eifrigen Protestanten geworden – Grimm teilte dem Freunde im Brief vom 2.–4. Juli 1816 Goethes Äußerung mit: „Der Herr Adam Müller und Friedrich Schlegel mögen treiben, was sie wollen, sie werden uns nicht nehmen, was wir einmal erworben haben, der Mensch geht nicht wieder zurück, und ein rechter Katholik ist eigentlich ein Protestant..." (ArnG 349).

658 *aus der Ferne* – Goethe befand sich mit Johann Heinrich Meyer in Bad Tennstedt (24. Juli–10. September).

659 *daß Mutter ... kommen würde* – Charlotte Kestner, geb. Buff, die Goethe seit der Wetzlarer Zeit (1772) nicht mehr gesehen hatte, traf mit ihrer Tochter Klara am 22. September zum Besuch ihrer Schwester Amalie Ridel in Weimar ein.

à son aise – (franz.) in rechter Verfassung.

662 *erinnerte sich Deiner ...* – August und Theodor Kestner hatte Goethe einige Jahre vorher in Frankfurt kennengelernt.

666 *lehrreichen Tag* – Schinkel besuchte Goethe am 11. Juli 1816.

668 *wegen ihres Jahres 2440* – Anspielung auf Merciers Utopie „L'an 2440" (1770).

Verzeichnis der Abbildungen

Die Abbildungen stellte uns freundlicherweise die Stiftung Weimarer Klassik zur Verfügung.

Inhaltsverzeichnis

AUFBAU BIBLIOTHEK

Christoph Martin Wieland

DAS HEXAMERON VON ROSENHAIN

Herausgegeben
von Peter Goldammer
Mit einem Frontispiz
206 Seiten
ISBN 3-7466-6031-9

Um sich von der Anstrengung der Euripides-Übersetzung zu erholen, begann Wieland 1802 mit der Niederschrift seines »Hexamerons«. Ausgangspunkt des sechsteiligen Erzählzyklus ist die Frage, wie denn die Geschichten beschaffen sein müssen, sollen sie die »beschwerlichste aller bösen Feen«, die Langeweile, fernhalten. Die Antwort in Gestalt der sechs Erzählungen ist ein Lobpreis des Wunderbaren. Die phantastischen Geschichten von Liebe und Lust, den Reizen des Partnertauschs und den Vorzügen einer Vernunftehe sind dank Wielands »blühender Einbildungskraft« bis heute eine amüsante und geistreiche Lektüre.

AUFBAU BIBLIOTHEK

Johann Gottfried Herder

JOURNAL MEINER REISE IM JAHR 1769

Ausgewählt und eingeleitet
von Regine Otto
Mit einem Frontispiz
139 Seiten
ISBN 3-7466-6038-6

»Was gibt ein Schiff, das zwischen Himmel und Meer schwebt, nicht für weite Sphäre zu denken! Alles gibt hier dem Gedanken Flügel und Bewegung und weiten Luftkreis! Das flatternde Segel, das immer wankende Schiff, der rauschende Wellenstrom, die fliegende Wolke, der weite unendliche Luftkreis!«

In einer krisenhaften Situation verläßt der 25jährige Herder Riga und bricht zu einer Schiffsreise nach Frankreich auf, wo er sich in Nantes und Paris aufhält. Befreit von allen Ämtern und Verpflichtungen, gibt er sich weitreichenden philosophischen, politischen und pädagogischen »Seeträumen« hin. Kritische Abrechnung mit seinen bisherigen Anschauungen und die Suche nach neuen großen Aufgaben prägen das Reisejournal, das als hervorragendes Dokument universalen Denkens am Beginn des klassischen Jahrhunderts steht.

AtV
Aufbau Taschenbuch Verlag

AUFBAU BIBLIOTHEK

»Alle Nachmittage macht Goethe das Streichersche Instrument mit den Worten auf: ›Ich habe dich heute noch gar nicht gehört, mache mir ein wenig Lärm vor!‹ Und dann pflegt er sich neben mich zu setzen, und wenn ich fertig bin – ich phantasiere gewöhnlich –, so bitte ich mir einen Kuß aus oder nehme mir einen. Von seiner Güte und Freundlichkeit macht Ihr Euch gar keinen Begriff, ebenso von dem Reichtum, den der Polarstern der Poeten an Mineralien, Büsten, Kupferstichen, kleinen Statuen, großen Handzeichnungen hat. Daß seine Figur imposant ist, kann ich nicht finden; er ist eben nicht viel größer als der Vater.«

Der zwölfjährige Felix Mendelssohn Bartholdy
an seine Eltern, 14. November 1821

GOETHE IN VERTRAULICHEN BRIEFEN SEINER ZEITGENOSSEN

Zusammengestellt von Wilhelm Bode

Dritter Band
1817-1832

Aufbau Taschenbuch Verlag

Quellennachweis, Textrevision und Register Regine Otto
Anmerkungen Paul-Gerhard Wenzlaff

Goethe in vertraulichen Briefen I-III

ISBN 3-7466-6049-1

1. Auflage 1999
Aufbau Taschenbuch Verlag GmbH, Berlin

Umschlaggestaltung Torsten Lemme
nach einem Gestaltungskonzept von Andreas Heilmann
unter Verwendung einer anonymen Porträtzeichnung,
Bildarchiv Preußischer Kulturbesitz
Druck Ebner Ulm
Printed in Germany

1817

1968. KARL LENZ AN DUMPF

Riga, 4. Januar 1817

Zu diesem Behuf erhielt ich in Weimar aus der Großmut der weiland verwitweten Frau Herzogin durch Goethe eine bare Geldunterstützung, welche, wie mich deucht, an 60 Louisdor betrug ... – Goethe nahm mich übrigens auf seinem Gartenhause sehr gütig auf und unterhielt sich mit mir bei unserer Promenade in dem Lustwäldchen, der Stern genannt, meistens in sehr liebreichem Andenken an Jakob Lenz, und selbst seine Schwächen berührte er nur mit sehr vieler Delikatesse. Seine nachmaligen Äußerungen erscheinen freilich nicht konsequent. Weit weniger Schonung fand ich bei dem alten Wieland, von dem einige beißenden Urteile sich gar nicht mit seinem großen Geiste und mit seinem altrömischen Gesichte zu vertragen schienen. Die größte Teilnahme aber fand ich bei dem biederen, augenkranken Herder und am allermeisten bei seiner gefühlvollen, bezaubernden Gemahlin ...

Lenziana 1009 f.

1969. STAEGEMANN AN RAHEL VARNHAGEN VON ENSE

Berlin, 1. Februar 1817

Daß Herr von Goethe „Unseren Verkehr“ geschrieben, habe ich wirklich nicht gewußt, aber es sieht ihm ganz ähnlich.

GoeJb XXVII, 268

1970. NIEBUHR AN DOROTHEA HENSLER

Rom, 7. Februar 1817

Es ist unbegreiflich, wie G[oethe] dergleichen [„Italienische Reise", Teil 1] hat drucken lassen. Es ist fast unbegreiflich, wie er eine Menge von dem, was hier vorkommt, auch im Rausch dieser seltsamen Reise, in ihrer Stimmung, hat schreiben können. Viele Urteile, namentlich über Kunstwerke, würde er zurücknehmen müssen. Es ist sehr schlimm, daß er sie bekanntgemacht hat, da gegenwärtig ein weit gesunderer Sinn über die Kunst herrscht, der sich schon eben an Goethens früher ausgesprochenen Kunsturteilen ärgert und ihnen nicht nur die als unfehlbar aufgetragene Entscheidung aberkennt, sondern ihm vielmehr ein auch nur besonders befugtes Urteil abspricht. Auch der große Mann darf sich vor dem Publikum nicht eine solche Meisterschaft zuschreiben über etwas, bei dem man nur Zuschauer ist; das hält nimmermehr auf die Länge. Unsre Kunst scheint auf einem sehr schönen Wege zu sein, und unsre Künstler übersehen Goethens damaligen Standpunkt bei weitem und verwerfen ihn mit Recht als falsch. Ich wollte, er hätte seinen „Hackert" und „Winckelmann" nicht geschrieben. Derselben Art aber sind die Kunsturteile in der „[Italienischen] Reise".

Nie II, 283

1971. NIEBUHR AN SAVIGNY

Rom, 16. Februar 1817

Für Goethens „Leben" [„Italienische Reise", Teil 1] sind wir Ihnen sehr dankbar. Es ist freilich nicht mehr das goldne und silberne Zeitalter der ersten Bände, es ist ein sehr eisernes, und selbst seine Freude und Glückseligkeit ein Rausch, den der Zuschauer nicht teilen kann noch mag. Ein wunderlicher, mir meistens unbegreiflicher Rausch; mit Versäumnis des Herrlichsten an manchen Orten, und welche Bewunderungen! Mit mancher steckt die Zeit an, und so muß man sich die Erwähnung der Carraccischen Galerie im Palast Farnese, überhaupt der Bolognesischen Schule, ja der heiligen Petronilla von Guercino, erklären ... Es scheint mir, als ob es Goethen selbst wie manchen geht, die sich mit Liebhabereien wissen, wofür ihnen grade der Sinn versagt ist. Ich möchte glauben, daß Goethe für bildlich darstellende Künste grade gar keinen Sinn hat, das heißt kein Licht, was, aus ihm selber leuchtend, ihm, unabhängig vom Geschmack der Zeit, noch weniger *gegen* diesen, das wahrhaft Schöne zeige. Oder wenn er diese Gabe als Jüngling zu Straßburg hatte, so ist sie ihm in der unseligen Zeit verlorengegangen, deren Erzählung er übersprungen ist: während des Weimarer Hoflebens bis zur italienischen Reise. Und wiederhergestellt hat sie sich nicht; davon zeugte „Winckelmann und sein Jahrhundert", „Hackerts Leben", die „Propyläen", die Kunstaufgaben und Kunstartikel in der „Literatur-Zeitung", ohne vom „[Kunst und Altertum am] Rhein und Main" zu reden.

Das wäre nun eins. Ein andres ist die ganze Stimmung, worin er nach Italien kommt und in Italien wandelt. Diese ist höchst merkwürdig, und eben deswegen hätten Sie uns nichts Interessanteres senden können als diese Reisebeschreibung. Aber möchte man nicht darüber weinen? Wenn man so eine ganze Nation und ein ganzes Land bloß als eine Ergötzung für sich betrachtet, in der ganzen Welt und Natur nichts siehet, als was zu einer unendlichen Dekoration des erbärmlichen Lebens gehört, alles geistig und menschlich Große, alles, was zum Herzen spricht, wenn es da ist, vornehm beschaut, wenn es vom Entgegengesetzten verdrängt und überwältigt worden, sich an der komischen Seite des letzten ergötzet ...

Ich weiß sehr wohl, daß ich in das andre Extrem gehe, daß mein politisch-historischer Sinn sich schon ganz mit dem befriedigt fühlt, wofür Goethe keinen Sinn hat, und daß ich nicht allein im göttlichen Tirol, sondern in Moor und Heide unter freien Bauern, die eine Geschichte haben, vergnügt lebe und keine Kunst vermisse. Aber die Wahrheit liegt nicht immer in der Mitte, obgleich allemal zwischen zwei Extremen. Der jugendliche Goethe gehörte auch mehr in das Rom des fünften Jahrhunderts der Stadt als in das der Cäsaren, mehr in das Deutschland Luthers und Dürers als in das des achtzehnten Jahrhunderts, mehr in Dantes und Boccaccios Florenz als in das Ferdinands III. Oder vielmehr: er gehörte dort ganz hin, als er „Faust" und „Götz" und seine Lieder sang. Welcher Dämon verführte ihn, auch dem achtzehnten Jahrhundert gerecht sein zu mögen? Aus dieser italienischen Reise ging der „Großkophta" hervor und was alles sonst die große und heilige Natur in ihm verhüllt zeigt...

Erinnere ich mich an [Georg Heinrich] Nicolovius' Enthusiasmus für Italien und vergleiche ihn mit dem Rausch dieses Buchs: wie so ganz anders! Ich glaube, daß Nic[olovius] vieles in zu schönem Lichte gesehen; aber Erde und Himmel entzückte ihn, und er erfreute sich innig selbst der Naivität des Volks, wie sie damals wohl wirklich noch war. Er war in das Ganze mit reinem Herzen verliebt.

Goethe hat Behagen an Venedig, aber er sieht in der Prozession des Doge und Senats nicht die Imago der alten Größe, der zahllosen großen und klugen Männer, sondern nur einen Theaterzug. Übrigens ist es seltsam, wie er das Herrlichste meistens gar nicht gesehen hat oder, wenn er es sieht, es ihm im zweiten Range stehet. So sieht er in Padua nicht die Kapelle der Annunziata, wo man ganze Tage weilen müßte, sondern gefällt sich auf dem weiten, sumpfigen, mit Statuen, die so erbärmlich sind, daß sie in der Peterskirche stehen könnten, staffierten Platz della Valle. Zu Venedig sieht er San Giovanni e Paolo nicht, wo Vivarinis Meisterstücke sind und die Gräber der Helden, mit Inschriften, die wohl ans Herz sprechen: die Urne des geschundenen Feldherrn in Candia usw.; nicht San Giobbe, was damals in seiner ganzen Pracht stand. Überhaupt, wie unglaublich wenig er in Venedig gesehen, weiß nur der, welcher selbst da war. Doch wird auch der, dem dies nicht beschieden worden, den herzoglichen Palast und die eigentlichen Wunder des Markusplatzes vermissen. Von Florenz will ich gar nichts sagen, wie man dort durchfliegen konnte; nichts vom Versäumen des Wasserfalls zu Terni. Ich sage dies alles nur, um meinen Spruch wahr zu machen, daß er ohne Liebe gesehen hat...

Cornelius ist ein inniger Enthusiast für Goethe, vielleicht keiner mehr; wenigstens hat Goethe keinen inspiriert wie ihn. Er ist ein sehr reiches, inniges, tiefes Gemüt. Bei allen lebendigen, anschauungsreichen Schilderungen leuchtete die Freude auf seinem Gesicht; aber dann ward er wieder traurig und wehmütig. Die Stelle über den Gondelgesang hallte in allen Herzen wider und einstimmig aus jedem Munde. Aber als wir geschlossen hatten für dieses Mal und Gretchen zur Ruhe ging, wir Männer noch über das Gelesene redeten..., nahm er das Wort und sagte, wie tief es ihn bekümmere, daß Goethe Italien so gesehen habe. Entweder habe ihm das Herz damals nie geschlagen, das reiche, warme Herz, es sei erstarrt gewesen; oder er habe es gleich festgekniffen.

So ganz und gar nicht das Erhabene an sich kommen zu lassen, das Ehrwürdige zu ehren – aber soviel Mittelmäßiges zu protegieren! Über Palladio waren wir alle einig, daß alle, die in Venetien gewesen waren, weder zu Vicenza noch an Sankt Justina zu Padua noch an San Giorgio und den anderen Kirchen seines Baus zu Venedig etwas gesehen, was wir rein und wahrhaft schön nennen möchten. Und daß es ganz unbegreiflich sei, wie der, welcher Erwin von Steinbachs Manen zuerst huldigte [in „Von deutscher Baukunst"], der uns vielleicht allen mittelbar oder unmittelbar den Sinn wieder hell gemacht, hier erhabene Antike sehe, den Regensburger Dom nicht einmal nenne – das müsse wohl an einer unglückseligen Stimmung, an einem Sich-Verstocken gegen das Gewaltige liegen ..., und alle jammerten gen Himmel über das unselige Weimarer Hofleben, in dem Simson seine Locken verloren habe.

Das aber gibt auch jeder zu, daß diesseits und jenseits der Alpen sehr vieles einen ganz entgegengesetzten Eindruck machen müsse. Und daher vertrauen wir auch, daß unsere Freunde sich denken werden, sie würden diese Einzelnheiten, die sie nun mit den Augen des zauberischen Schriftstellers sehen ..., wohl wie wir betrachten, wenn sie, wie wir, die Gegenstände selbst sähen.

Goethe gehört für den, dessen Grundansicht immer historisch ist, neben seinen Werken so ganz zur Geschichte, daß alles, was seine Geschichte so erhellt, schmerzlich oder, wie seine Jugend, beseligend, im allerhöchsten Grade interessant ist. Nennen Sie mich also keinen Abtrünnigen, bester Savigny: habe ich ihm doch auch Sesenheim nicht verziehen! Nur wenn Sie manches aus diesem Briefe, wie er für alle Freunde geschrieben ist, allen Freunden mitteilen, so sorgen Sie für mich vorsichtig bei der Mitteilung an unsre Freundin Göschen, damit sie mir nicht böse werde.

Nie II, 288–294

1972. JULIE GRÄFIN VON EGLOFFSTEIN AN IHRE MUTTER

Weimar, 19. März 1817

Welch einen schönen, höchst poetischen Morgen haben wir bei Goethe verlebt! ... Nur auf *eine* Stunde hätte ich Dich in die Zimmer des alten Meisters zu zaubern gewünscht. Wieviel des Schönen und Herrlichen ist da zu sehen! Welch eine reiche Beute wäre darin für Dein Museum zu machen! Kürzlich aus Nürnberg erhaltne Majolikagefäße (vom alten Derschau erstanden) stehen in Glasschränke einrangiert und sind gar merkwürdig der Zierlichkeit wegen, womit sie gearbeitet. Abgerechnet der vielen einzelnen höchst interessanten Handzeichnungen, die an den Wänden herumhängen, hat mich nichts so angezogen und festgehalten als der geliebte Kölner Dom, wovon Goethe den Grundriß, Aufriß und die ganze bis ins kleinste sich erstreckende Ausführung des gegenwärtig stehenden Gebäudes wie dessen, das noch hinzugefügt werden sollte, besitzt. Es ist dies ein unendlich schönes, aber kostbares Werk, welches bis jetzt noch niemand außer Goethe sein nennt, da es erst im Entstehen ist ...

Unser heutiger Besuch bei Goethe wurde mit einem Gang in sein freundlich Gärtchen beschlossen, wo die Frühlingssonne wärmend über den nackten Stachel- und Johannisbeergesträuchen lag und uns ein recht wonnigliches Behagen einflößte. In traulichen Gesprächen schritten wir die schmalen Gänge auf und ab und wären vielleicht noch jetzt dort, hätte die nahe Turmuhr uns nicht an die Eßstunde des alten Herrn gemahnt.

Eg 109f.

Julie von Egloffstein

1973. KAROLINE GRÄFIN VON EGLOFFSTEIN AN IHRE MUTTER

Weimar, 21. März 1817

Vor ein paar Tagen haben wir bei Goethe dejeuniert, und er war recht liebenswürdig – soviel nämlich er es jetzt noch sein kann. Er ist steifer denn je, und es wird mir selten wohl in seiner Nähe, weil seine Heiterkeit verschwunden ist und nur auf Momente wiederkehrt. Wir sahen viele hübsche Sachen bei ihm, und Julia wird verschiedene Dinge zum Kopieren bekommen.

Eg 112

1974. KANZLER VON MÜLLER AN HENRIETTE FREIFRAU VON BEAULIEU-MARCONNAY

Weimar, 21. März 1817

Goethe ist, wegen eines Verdrusses über den „Chien d'Aubry" mit dem Großherzog, zornig gestern nach Jena entflohen. Recht vor Torschluß hatten wir noch am Mittwoch einige köstliche Stunden bei ihm.

Eg 111

1975. CHARLOTTE VON STEIN AN KNEBEL

Weimar, 22. März 1817

Seit einigen Tagen herrscht ein Zwietrachtsgeist unter uns wegen dem „Hund des Aubry" [von Pixérécourt]. Die Theaterdirektion will ihn nicht spielen lassen, und der Großherzog will ihn doch sehen.

Bode III, 24

1976. CHARLOTTE VON STEIN AN KNEBEL

Weimar, 24. März 1817

Vielleicht hat Ihnen Goethe die Ursach seiner Flucht von hier erzählt. Einige gute Freunde haben mich veranlaßt, Sie zu bitten: Sie möchten doch suchen, Ihren alten Freund zu besänftigen, und ihn bereden, das Geschäft des Theaters ohne Groll von sich ganz abzulehnen, seinen Sohn aber dabeizulassen und nur manchmal mit gutem Rat beizustehen.

Sagen Sie ihm, daß er dieses mir zuliebe tun soll! Gar inniglich ließ' ich ihn drum bitten, weil ich fest überzeugt bin, daß es zu seinem Besten ist.

Ich schreibe Ihnen dieses zur Veranlassung, Ihre bessere Beredsamkeit und richtige, ohnparteiische Ansicht ihm entgegenzusetzen, wenn er anders es Ihnen ganz offen in seinem Gefühl erzählt hat.

Gespr II, 1179

1977. KNEBEL AN CHARLOTTE SCHILLER

Jena, 28. März 1817

Was Sie mir in Ihrem letzten Briefe wegen des Theaters schreiben, beherzige ich alles wohl. Ich habe und werde ferner von dem, was mir auch Frau von Stein geschrieben, einigen Gebrauch machen. Freilich muß man außerordentlichen Menschen von Geistestrieb und Geistesfähigkeiten manches zugute halten, zumal bei vorgerücktem Alter. Sie werden in manchen Stücken reizbarer und intoleranter, zumal wenn die Sachen nicht überall nach ihren Vorstellungen gehen wollen. Dafür sind sie aber in mancher andern Rücksicht wieder milder und gelinder.

Goethe besucht uns hier fleißig und täglich. Er hat auch schon ein fröhlicheres Aussehen, als er von Weimar mitgebracht hat. Wir wollen ihm das nicht benehmen. Er ist dabei äußerst tätig und geschäftig.

SchFr III, 376

1978. CHARLOTTE VON STEIN AN KNEBEL

Weimar, 2. April 1817

Vom Goethe habe ich noch keinen Brief erhalten. Ich glaube, er hat es nur gesagt, um daß sie ihm nicht mehr davon sprechen sollen. Es kann sich niemand drein finden, daß unsere brillante Epoche vorbei ist, selbst Goethe nicht. Es herrscht bei uns nichts wie Stolz und Schein, und dabei gar kein Gemüt.

Bode III, 26

1979. COGSWELL AN TICKNOR?

Berlin, 17. April 1817

Nach allem, was ich von ihm gehört hatte, rechnete ich auf den zurückstoßendsten Empfang, aber gerade das Gegenteil erfuhr ich tatsächlich ... Ich schickte ihm meine Einführungsbriefe, indem ich schriftlich anfragte, wann er meine Aufwartung annehmen wollte. In einem der Briefe stand, daß ich ein Freund der Gesteinskunde sei und gern die große Sammlung der Jenaischen Gesellschaft, deren Präsident er ist, sehen möchte. Nach wenigen Augenblicken hatte ich die Antwort, daß er mich mittags in den Zimmern der Gesellschaft erwarte und mir dort alles zeigen wolle, was zu sehen sei. Das gefiel mir; es bewies eine Art Bescheidenheit in ihm, wenn er annahm, daß außer ihm selber etwas meiner Aufmerksamkeit Würdiges da sei, und es war außerdem auch sehr höflich, daß er sich selber erbot, mir eine Sammlung zu erklären, die viele große Räume füllte. Mittags ging ich also, diesen großen Riesen der deutschen Literatur, den Schöpfer und einzigen Herrscher ihres Geschmacks, zu sehen. Sein Äußeres war in jeder Hinsicht anders, als ich mir eingebildet hatte. Große und anmutige Gestalt: ein Ritter aus alten Zeiten hätte so aussehen dürfen. Und eine Würde der Bewegungen, die viel mehr an den Hof als an die Studierstube erinnerte – dergleichen sieht man nicht oft bei Gelehrten! Alsbald nach der Vorstellung brachte er mit der Höflichkeit des wahrhaft vornehmen Mannes die Rede auf

Amerika und sprach von dessen Hoffnungen und Aussichten in einer Weise, die Studium und Nachdenken bewies; er machte richtigere und vernünftigere Bemerkungen über unsere literarische Eigenart und Aufgabe, als ich sie von irgend jemand in Europa hörte. Wir sprachen auch über englische und deutsche Literatur, und ich erzählte ihm von dem Anteil, den wir jetzt an der letzteren nähmen ...

Nach Beendigung unseres literarischen Gesprächs führte er mich durch die ganze Sammlung und erklärte mir alle die Merkwürdigkeiten mit einer Sicherheit, daß es ein Professor der Mineralogie nicht besser hätte machen können.

Archiv LXXXVII, 248f. Aus dem Englischen

1980. CHARLOTTE SCHILLER AN IHREN SOHN ERNST

Weimar, 18. April 1817

Sage mir, was Goethe vornimmt und ob er heiter ist. Es schmerzt mich, daß man hier gerade das einzige zerstört, was an die poetische Zeit von Weimar erinnert ... Daß man noch zerstört, was uns auszeichnete, betrübt mich tief. Es war schon lange vorbereitet, und Goethe hat sich wohl durch den Schutz, den er der Mittelmäßigkeit angedeihen ließ, nicht frei von Tadel gehalten; aber man sollte doch der Welt nicht zeigen, daß man die Spuren seines Wirkens nicht anerkennt, wo er das Schöne wollte ... Für die Oper wird es wohl gehen ..., da doch zwei ausgezeichnete Stimmen da sind. Aber für das Schauspiel fürchte ich. Die Art der Deklamation, die Goethe einzulernen wußte, daß selbst seelenlose Menschen es gut wiedergaben, ist einzig. Das kann niemand ersetzen.

ESchi 111

1981. CHARLOTTE SCHILLER AN IHREN SOHN ERNST

Weimar, 19. April 1817

Ich freue mich, daß Du oft zu Goethe gehen sollst. Tu es ja! Denn es ist äußerst interessant, den Reichtum seines Geistes zu sehen. In Jena, wo er sich frei fühlt, lernt man ihn erst recht kennen. Es ist mir auch lieb, daß er Dich kennenlernt. Die Liebe, die er dem Andenken des geliebten Vaters schenkt, wird durch die Neigung zu dem Sohne genährt. Dein Vater war wie ein guter Geist, der ihn liebend und schützend umgab, erfreute, tröstete und ermunterte.

ESchi 111 f.

1982. KNEBEL AN CHARLOTTE SCHILLER

Jena, 29. April 1817

Goethe geht fleißig auf dem Museum herum, besucht Botanik und Chemie und ist dabei sehr tätig, besucht uns auch fleißig.

SchFr III, 378

1983. GRIES AN ABEKEN

Jena, 5. Mai 1817

Goethe kommt diesmal oft zu Frommanns. Ich habe ihn mehrmals dort gesprochen oder vielmehr nur gesehen; denn seine Worte verstehe ich jetzt weniger als jemals, weil ihm die meisten Vorderzähne fehlen ...

Die Anekdote von der Zanksucht seiner Schwiegertochter wird hier und in Weimar für eine reine Dichtung erklärt. Sie soll nach der Aussage aller ihrer Bekannten ein sehr gutmütiges, sanftes Kind sein. Aber wahr ist, daß er seinem etwas phlegmatischen Sohne scherzhaft gedroht hat: Wenn er Ottilien nicht recht warm halte, so wolle er (der Vater) ihr so die Cour machen, daß ihm (dem Sohne) Hören und Sehen vergehen solle. Und ich glaube, er könnte es.

JbGoeGes V, 241

1984. STADELMANN AN KRÄUTER

Jena, 14. Mai 1817

Wir sind auf acht Tage nach Jena gegangen, aber es sind bereits acht Wochen. Ich leide an allen Notdürftigen

Mangel. Alles geht in Stücken, an den Stiefeln keine Sohlen, sogar die Vorschuhe nicht mehr brauchbar; meine besten Hosen sind zerfleischt, andere habe ich nicht. Schon sind $3^1/_2$ Monat verflossen, daß ich in Dienst bei Seiner Exzellenz bin, und habe weiter noch nichts von den versprochenen Livreestücken als Rock und Hut, worinne ich in dem schreckliche Aprilwetter habe paradieren müssen, welche dadurch freilich sehr gelitten haben. Ferner habe ich den Tag 8 Groschen, aber jeden will ich loben, der imstande ist, bei dieser Zeit mit 8 Groschen auszukommen. Ich, der gewiß sich mit wenigen gerne begnügt, kann es nicht dahin bringen. 10 Groschen sind an Abend immer fort, und so habe ich schon über 4 Taler verloren, die mir jetzt viel Schaden tun. Barth hat Sachen bekommen, solange ich da bin; ich bin vertröstet worden. Barth hat 1 Taler 10 Groschen als Geschenk bekommen; ich habe zugesetzt. Auch ist ihm jetzt wieder versprochen worden, und ich erhalte nicht einmal das Nötigste, was mir versprochen ist. Dergleichen Sachen können mir auf keinen Fall gleichgültig sein. Ich muß von morgens $4^1/_2$ Uhr auf den Füßen sein und komme des Nachts öfters vor 1 Uhr nicht zu Bette. Wenn ich mich niederlege, hat Barth ausgeschlafen; wenn ich schon anderthalb Stunde auf den Füßen bin, ruht Barth noch sanft in den Federn. Und doch werde ich in allen Stücken nachgesetzt. Woran das liegt, kann ich nicht begreifen; aber ich hoffe, daß es die Zeit aufklären wird. Diese Lage macht mir den Aufenthalt in Jena wirklich schwer; doch wage ich nicht, den Herrn Geheimen Rat mit Klagen schwerzufallen, da ich mir alle Mühe gebe, seinen Aufenthalt so angenehm als möglich zu machen. Auch wollte ich dieses Klagelied bloß für Sie gesungen haben ...

Mein Bergklettern habe ich wegen der übeln Beschaffenheit meiner Stiefeln einstellen müssen, und der Beutel ist leer. Doch

Jenenser sind fidele Brüder,
Kein Unfall schlägt sie ganz darnieder.

Stad 20ff. und 24

1985. STADELMANN AN KRÄUTER

Jena, 27. Mai 1817

Ich unterstehe mich, Ihnen etwas zu melden, wo ich bis jetzt noch nicht weiß, ob es erlaubt ist; doch geht es mir mit an und liegt mir zugleich als Pflicht ob, für den Gesundheitszustand Seiner Exzellenz Sorge zu tragen. Ich ging am ersten Feiertag mit den Herrn Geheimen Rat an Abend nach Hause, wo Sie unterwegs über Schmerz im hohlen Fuß klagten. Wir kamen nach Hause; er legte sich zu Bett. Am andern Morgen fand es sich, daß der Fuß beträchtlich geschwollen war. Der Herr Hofmedikus Rehbein war glücklicherweise den Abend vorher hier angekommen und wollte den Herrn Geheimerat den andern Tag besuchen, als er ihn in diesen Zustande fand und natürlich sehr willkommen war, da grade die Häupter der medizinischen Fakultät verreist waren. Er verschrieb ein Räucherwerk und zum Einreiben; auch Socken von Wachstaffet wurden gemacht. Keinen Schmerz empfinden Sie nicht, aber ein Spannen der Geschwulst. Diesen Morgen fand ich, daß auch der andere Fuß etwas angelaufen war, und ließ gleich noch einen Sock von Taffet machen, aber leider ist er noch nicht gebraucht. So geht es auch mit den Einreiben und Räuchern. Seit diesen Morgen habe ich nicht wieder damit kommen dürfen, trotzdem daß ich mehrere Mal daran erinnert habe. Der Herr Geheime Rat glaubt, es soll sich von selbst geben; aber das wird langsam gehn. Der Herr Hofmedikus ist noch hier, und ich muß aufrichtig gestehen, daß ich den Herrn Geheimen Rat deshalb bei ihm verklagt habe; er will diesen Abend wiederkommen und es den Herrn Geheimerat ans Herz legen. Der Himmel gebe seinen Segen, daß ich ihm recht bald die Stiefeln wieder anziehen kann.

Stad 24ff.

1986. KNEBEL AN CHARLOTTE SCHILLER

Jena, 1. Juni 1817

Mit Goethen bin ich diesen Morgen spazierengefahren. Es war kalt wie im November. Sein linker Fuß ist etwas geschwollen; sonst befindet er sich ganz wohl.

SchFr III, 378

1987. KNEBEL AN CHARLOTTE SCHILLER

Jena, 2. Juni 1817

Goethe war gestern abend noch bei mir und will diesen Mittag bei uns essen. Sein Zufall am linken Fuß ist eben nicht von Bedeutung ... Er hätte sich etwas mehr in acht nehmen sollen und nicht so lange im Garten über dem feuchten Boden sitzen bleiben.

Goethe habe ich gestern im Botanischen Garten, wo er jetzt wohnt und wohin er mich in seinem Wagen abholen ließ, besucht. Er ist heiter und geschäftig und wohnt daselbst ungemein angenehm.

SchFr III, 378

1988. KNEBEL AN CHARLOTTE SCHILLER

Jena, 27. Juni 1817

Gestern fuhr ich mit Goethe spazieren. Er gehört eigentlich mehr seinen Geschäften an als uns; doch ist er auch äußerst zuvorkommend, mitteilend und gut gegen seine Freunde – soweit sie nicht gar zu sehr seine Zirkel stören.

SchFr III, 379

1989. WILHELM GRIMM AN ARNIM

Kassel, 3. Juli 1817

Was sagst Du zu Goethes zweitem Heft [„Über Kunst und Altertum“ I/2]? Er wird vielen weh tun, obgleich das, worin er recht hat, in die Augen fällt. Unbedeutender erscheint es mir übrigens noch mehr als das erste. Historisch betrachtet, ist diese Entwickelung mangelhaft und einseitig. Übertreibungen taugen nichts, aber es denkt doch niemand ernstlich daran, zum Beispiel das Harte von Dürers Formen oder die unruhigen Farben der altdeutschen Bilder nachzuahmen. Und die hier wiederum empfohlene Nachahmung der Antike hat doch auch bis dato noch nichts hervorgebracht. Der zweite Aufsatz von der Rochuskapelle [„Sankt-Rochus-Fest zu Bingen"] ist wohl absichtlich hingestellt, um ein Exempel zu geben, wie man sich in diesen Fällen heiter und schicklich zu benehmen habe. Unser Freund hat hier sein Behagen an dem erquicklichen, wohlhäbigen, selbst scherzenden Genuß eines durch äußeren Einfluß nicht unbedeutenden Festes heiter an den Tag gegeben, ja der Weinlust dabei eingeständlich sich nicht geschämt.

ArnG 388

1990. SOPHIE VON SCHARDT AN FRIEDRICH VON STEIN

Weimar, 14. Juli 1817

Ich hoffe, daß Mounier den Goethe unrecht verstanden hat, indem er dessen Rede à la lettre hat genommen. Sonst hätte er sich drüber nicht beschwert, denn gerade in dem Verhältnis, wo er in Weimar war, konnte Goethe ihm doch keinen Meineid zutrauen. Ich hoffe nämlich, Goethe hat es ironisch gesagt. Goethe indes wäre dageblieben, vielleicht aus wahrer Neigung für Napoleon, vielleicht weil er würklich das Regentenwesen für gleichgültig hält und Opfer, die in die Lebensexistenz eingreifen, wohl für törlig halten möchte zu bringen. Weil Du Anekdoten liebst von diesem so (würklich) interessanten Manne, will ich Dir noch eine sagen. – Unser lieber Freund und Nachbar, Professor Hand, ist nun Professor worden in Jena; Goethe lebt seit seinen Abgang von der Theaterdirektion dort. Sie saßen einmal nebeneinander, und so drückt er dem Hand die Hand und spricht: „*Wir* wollen *Heiden* bleiben! Es lebe das Heidentum!" Ich habe gar nicht des Hand Antwort erfahren können; ich fürchte daher, er habe es zur Hälfte gemacht wie Petrus und nichts gesagt ...

Glückliche sind der junge Goethe und seine junge Frau, Ottilie Pogwisch. Sie sind es würklich, wie die *Kinder,* kann man wohl sagen. Ihre neu eingerichteten Stuben atmen Blumengerüche und Frieden. Vor ihnen das frische, heitere Leben in langer Hoffnung, und nachdem *man* so viel um das Glück der beiden *besorgt* war, sind sie nun froh ohne Besorgnisse.

Fritz von Stein II, 224f.

1991. KARL VON STEIN AN SEINEN BRUDER FRIEDRICH

Kochberg, 29. Juli 1817

Der Theaterkrakeel ist Mutter sehr nahegegangen. Goethe soll schwer darunter leiden, aber Karolinchen [Jagemann] brüstet sich als wie ein Pfau und würde wohl radschlagen, wenn sie es könnte. Es ist ein Skandal! Verstehe den Großherzog, wer kann!

Fritz von Stein II, 230f.

1992. ARNIM AN SEINE FRAU

Karlsbad, Anfang August 1817

Goethe kommt wahrscheinlich nicht, obgleich die Ärzte es ihm dringend raten. Er arbeitet sehr eifrig an seinem „Leben“ [„Italienische Reise“, Teil 2] und wohnt zu Jena im Botanischen Garten. Frommanns versicherten mir, daß er Deiner oft im Guten gedacht habe. Seiner Schwiegertochter ist er sehr zugetan. Die Heiratsgerüchte von ihm sind sämtlich ohne alle Veranlassung ausgeheckt worden. Von Riemer ist er durch den Sohn gänzlich getrennt. Es tut mir recht leid, daß ich ihn nicht sehe. Die Frommanns sprechen von seiner Gesundheit sehr bedenklich. Er selbst will aber nichts davon wissen, keiner seiner Bekannten darf davon reden, das ist schon angenommen. Er sucht sich in allen Arten von Wissen zu zerstreuen.

ArnBet 82f.

1993. SOPHIE VON SCHARDT AN FRIEDRICH VON STEIN

Weimar, 4. August 1817

Ich bin es doch gewiß nicht gewesen, die Dir gesagt hat, man sei um sein [August Goethes] Glück besorgt? Hab ich gesagt, so sprach ich etwa von den offiziösen Sorgen, die bei *jeder* Heirat teils die beliebte Klatschsucht und *oft* ein bissel Neid erwecken mag? ... Ich habe Ottilie Pogwisch schon als Kind liebgehabt. Sie ist geistvoll und gut, *singt* ganz himmlisch, versteht *Musik* auch ganz gründlich. Da ihre Mutter Hofdame ist, so war ihr Leben sonst gestört dadurch, daß sie in einem Hause [der Gräfin Henckel] *schlief,* bei der Mutter einen Teil des Tags *war* und bei den Egloffstein in die Kost war zu *Mittag.* Daß aber das herumirrende Leben ihr fatal war, sieht man daraus, daß sie sich im Himmel dünkt, weil sie auf festem Boden, im eigenen Hause nun lebt; und mit gutem Willen scheint sie sich der Wirtschaft anzunehmen, auch herrscht vollkommene Ordnung in ihren Stuben. Er, der junge Mann, ist ein *Ordnungsgeist,* welches dem Genialischen meinethalben widersprechen mag, doch gewiß zum Lebensglück viel mehr beiträgt. Und doch hat er *den* Geist vom Vater geerbt, dünkt mich. Sein Kammergeschäft wird darum auch nicht schlechter gehn. Die Gräfin Henckel und die Herren Söhne Grafen Henckel von Donnersmarcken hatten ein kleines gegen die Geburt – die *natürliche,* welches man denn etwa begreift. Indes ist es vorüber, das Vorurteil, denn die jungen Leute sind miteinander zufrieden und glücklich. Der Papa hat die Schwiegertochter sehr lieb. Noch in Jena, muß sie ihm alle Woche schreiben, und so er an sie. Er teilt ihr alle Schätze mit, die er con amore hegt oder hervorbringt. Da sie geistvoll ist, hat sie große Freude dran und schmiegt auch ihr Gemüt sehr freundlich am Vater hinauf. Sie war schon als Kind bei den Singestunden in Goethes Hause, die mehrere Jahre ... statthatten, die Eberwein dirigierte ... Als sie versprochen war, sagte einmal der Alte zur Braut: „Höre, Ottilie, ich sage dir eins: mein Sohn will gern immer gelobt sein; da mußt du nichts widersprechen. Wenn du Lust hast zum Zanken, so komm zu mir, zanke mit mir; ich kann's ertragen." Er wird, wann er nach Karlsbad geht, wohl etwas später, doch auf jeden Fall im Herbst zurückkehren nach Weimar. Mit seiner Gesundheit gibt's einige strittige Punkte. Aber wir werden eben – *alt* ...

Ich habe durch die Mutter Pogwisch, die meine gute Freundin ist, das Avantage, zuweilen Bücher aus Goethes Vorrat zu bekommen. Bin mit dieser Tierce-Verbindung sehr zufrieden, denn nahe selbst stehen möchte ich nicht (dieses bleibt ganz unter uns). Sein großer Geist übt immer einen Einfluß dabei; immer ist's etwas Quälendes und Zerreißendes, den Adler statt in der Sonnennähe, wo ihn sein Flug mannigmal hintrug, sich in die Erde wühlen und sich drin brüsten zu sehen. Ja, ich wollt's ihm unter gewissen Veranlassungen und Modifikationen selbst sagen, daß es mir, und wohl nicht mir allein, so ist. Was ist alle Größe ohne Erhabenheit? Wie kann diese dasein ohne Demut? Der Mensch, der zur Demut sich nicht erheben kann und beim Stolz stehenbleibt, ist der arme Beschränkte, der nie das so wohltätige Gefühl der Bewunderung erregen kann, und bei *ihm* möchte man es doch gern fühlen. Ich habe in meinem Sinn ganz mit ihm abgeschlossen und den Strich gezogen. Mehrere alte Freunde haben dasselbe getan. Insofern, meine ich nur, als vom individuellen gegeneinander bestehenden Verhältnis mit ihm die Rede ist ...

Fritz von Stein II, 227–230

1994. KNEBEL AN CHARLOTTE SCHILLER

Jena, 4. August 1817

Goethe holt mich gemeiniglich gegen Abend in seinem Wagen ab, und da ergötz ich mich an der Übersicht des Segens. Es scheint nicht, als ob Goethe Lust hätte, in diesem Jahre nach dem Bade zu reisen. Ob er es den Winter über hier aushalten dürfte, weiß ich nicht. Es ist hier nicht gut, ohne Familie lange zu leben. Doch bis zum Winter haben wir noch Zeit. Seine zweite Abteilung der

Karl Ludwig von Knebel

„Italienischen Reise“ ist vollendet. Er hat mir einige Bogen davon zu lesen gegeben, die mich sehr erfreut haben.

SchFr III, 379

1995. KAROLINE VON HUMBOLDT AN IHREN MANN

Rom, 11. Oktober 1817

Goethens zweites Heft „Rhein und Main“ [„Über Kunst und Altertum“] hat die Künstler hier sehr aufgeregt. Mehr, dünkt mich, wie nötig war, denn er hat ihr Bestes nicht gesehen und so doch eigentlich nur oberflächlich geurteilt. Der einzige sehr Angegriffene darin ist Friedrich Schlegel; man muß aber sagen, nicht mit Unrecht, obgleich freilich die Rüge spät kommt.

Hu VI, 14

1996. COUSIN IN SEINEM TAGEBUCH

Weimar, 20. Oktober 1817

Goethe ist etwa 69 alt; er schien mir noch nicht 60 zu sein. Er hat eine gewisse Ähnlichkeit mit Talma, ist aber etwas beleibter. Vielleicht ist er auch etwas größer. Seine Gesichtszüge sind bedeutend und scharf gezeichnet: hohe Stirn, ziemlich breites, aber sehr ebenmäßiges Gesicht, strenger Mund, durchdringende Augen, allgemeiner Ausdruck: Überlegung und Kraft.

Sein Haus ist sehr schön ... Auf der Schwelle der Haustüre steht die Inschrift SALVE. Er empfing mich in einer mit Büsten geschmückten Galerie ..., in der wir uns ergingen. Sein Schritt ist ruhig und langsam wie sein Gespräch; aber bei einigen seltenen starken Gesten, die er unwillkürlich macht, spürt man, daß sein Inneres lebhafter ist als das Äußere. Seine zunächst ziemlich kühle Unterhaltung belebte sich allmählich, doch schien ihm dies nicht allzu unangenehm; es war mir ein Genuß und eine Freude, einige Male zu erleben, wie Goethe aus sich herausging. Er ging und blieb stehen, um mich zu prüfen oder um sich zu sammeln und seine Gedanken immer noch einprägsamer deutlich zu machen, um einen genaueren Ausdruck zu suchen oder Beispiele und Einzelheiten zu geben. Seine Gestik ist sparsam, aber bildhaft, sein allgemeines Gehaben ernst und imponierend. Wir blieben fast eine Stunde zusammen. Er brachte kein Paradoxon vor und sagte mir nur Neues. Seine Phantasie brach hin und wieder durch; viel Geist in der Einzelheit und in der Darstellung; ein wahres Genie in der Formung des Gedankens. Was mir seinen Geist zu kennzeichnen scheint, ist die Weite ...

Es ist mir unmöglich, eine Vorstellung von dem Charme der Rede Goethes zu geben; alles ist individuell, und doch hat alles die bezaubernde Kraft des Unendlichen. Genauigkeit und Weite, Klarheit und Kraft, Fülle, Einfachheit und eine unbestimmbare Anmut wohnen seiner Sprache inne. Er bezwang mich schließlich, und ich hörte ihm mit Wonne zu. Ohne Mühen glitt er von einem Gedanken zum anderen und goß über jeden ein umfassendes und mildes Licht, das mich erleuchtete und verzauberte. Sein Geist entfaltete sich vor mir mit der Reinheit, der Leichtigkeit, dem maßvollen Glanz und der kräftigen Schlichtheit des Geistes Homers.

Franz 43f. Aus dem Französischen

1997. CHARLOTTE SCHILLER AN IHREN SOHN KARL

Weimar, 3. November 1817

Wir sind neulich zum musikalischen Frühstück bei dem Kammerrat Goethe gewesen. Der Vater sieht recht wohl aus und sieht zuweilen die Besuche der Tochter. Mit Großmama [Henckel von Donnersmarck] und Mama [Henriette von Pogwisch] ist der Vater kalt und abgemessen; aber die Tochter behandelt er sehr artig. Wenn sie ihn nur recht pflegt und alles nach seinem Wunsch und Willen einrichtet, so freut es mich.

ESchi 123

1998. KNEBEL AN CHARLOTTE SCHILLER

Jena, 13. November 1817

Goethe ist ... seit einigen Tagen wieder bei uns und besucht uns täglich. Der Hauptgegenstand unsrer Unterhaltungen war meist, außer dem, was die Zeit so reichlich mit sich bringt, Lord Byrons „Manfred". Goethe hat es mitgebracht und übersetzt daran – was *er* eigentlich nur geschickt zustande bringen möchte.

SchFr III, 382

1999. KNEBEL AN CHARLOTTE SCHILLER

Jena, 14. November 1817

Goethe ist alle Tage bei uns. Er hat sich ein Reich der Kenntnisse und Wissenschaften erschaffen, worin er sich immer zu beschäftigen weiß, und seine fast unerschöpfliche Produktivität sichert seinen Geist vor äußern Anfällen des Schicksals. Dabei hat er Ruhm, Ehre, Vermögen – mächtige Stützen, zumal für die Aussicht in die Zukunft, die ihm, bei dem Stand und den Eigenschaften seines Sohnes, nicht zweifelhaft sein kann.

SchFr III, 383f.

2000. DOROTHEA SCHLEGEL AN IHRE SÖHNE JONAS UND PHILIPP VEIT

Frankfurt, 28. November 1817

Goethe hat einem Durchreisenden offenbart, er sei in der Naturkunde und Philosophie ein Atheist, in der Kunst ein Heide und dem Gefühl nach ein Christ!

Jetzt wissen wir es also ganz naiv von ihm selber, wieso er es nirgend zur Wahrheit bringt. Der arme Mann! Mich dauert er sehr.

SchlVeit II, 452

2001. CHARLOTTE SCHILLER AN IHRE SCHWESTER KAROLINE VON WOLZOGEN

Weimar, 17. Dezember 1817

Die Krüdener ist einen ganzen Tag in Rödigsdorf gewesen, und Herr Falk war sieben Stunden mit ihr im Gespräch ... Sie hat gesagt, Falk wäre eine Alpenrose auf unsern Eisfeldern; hier herrsche das blühende Heidentum; wenn sie sich aufhalten könnte, so würde sie Goethe bekehren, dessen Herz ein Gletscher wäre.

SchFr I, 398f.

2002. CHARLOTTE VON STEIN AN KNEBEL

Weimar, 24. Dezember 1817

Ich lese jetzt Goethes neueste Sammlung seiner Gedichte, worin mir viele noch unbekannt waren. Ein sehr hübsches fand ich: „Ilmenau 1783, 3. September“. Doch waren mir einige Personen darin unbekannt oder rätselhaft. Aber ich darf ihn über so etwas nicht fragen, ich bekomme sonst eine schnippische Antwort.

Bode III, 44

1818

2003. RODE AN KNEBEL

Dessau, 2. Februar 1818

Goethes Kanzleischreiben ist sogleich aus meinem Kabinett beantwortet worden ...

Ich hätte auch gewünscht, daß Goethe seinen Briefwechsel mit Behrisch zu der Zeit besessen, als er an dem zweiten Teil seines Lebensromans gearbeitet. Er würde schonender mit ihm verfahren sein und ihn nicht bloß von seiner lächerlichen Seite geschildert haben. Ich habe viele Jahre in der Nähe von Behrisch gelebt. Ich bin sehr entfernt, dessen Fehler und Schwachheiten in Schutz zu nehmen oder leugnen zu wollen; aber er hat den Schauplatz der Eitelkeit, den Hof, und endlich das Leben selbst mit einer Art verlassen, die dem Aristippus Ehre machen würde ... Und um dahin zu gelangen, gehört wohl etwas mehr gediegenes Verdienst dazu, als man nach jener Schilderung vorauszusetzen geneigt ist. Auch, bei aller seiner Eitelkeit, ist er nie mit seinen Gedichten öffentlich aufgetreten, worunter doch in der Tat viel artige, witzige Sachen waren. Seinen Manen dies Sühnopfer!

BrKn II, 161 f.

2004. KNEBEL AN CHARLOTTE SCHILLER

Jena, 13. Februar 1818

Personen, die Neigung zur Korpulenz haben, müssen öfters spazierengehen. So macht es Goethe, der jetzt alle Tage ein oder ein paar Stunden geht ...

Goethe lebt in den Zimmern der „Tanne", die Sie ehemals bewohnten, und befindet sich ungemein wohl daselbst.

SchFr III, 391

2005. KARL FRIEDRICH VON WEIMAR AN BÖTTIGER

Weimar, 14. Februar 1818

Goethe wohnt schon seit diesem Herbst in Jena, von wo er indessen höchstens nur einmal herübergekommen ist. Mir ahndet, daß er sich wohl zuletzt ganz in seinem lieben Saal-Athen etablieren wird. Eigentlich würde doch sein Verlust mehr imaginär als reell sein, denn da er, als Schriftsteller, seine Rolle ziemlich ausgespielt hat und er seit seinem Abgang von der Theaterdirektion hier nicht mehr beschäftigt ist, er sich auch außerdem sehr wenig in der großen Welt zeigte, so genießen wir sein Hiersein beinahe gar nicht, und es ist uns schon lange zumute, als wenn er seit geraumer Zeit abwesend, ja bisweilen, als ob er nicht mehr in der Welt wäre. Leider ist seit Goethes Abgang die Direktion unsers Theaters schon durch mehrere Hände passiert, wodurch es zwar nicht auffallend gelitten hat, aber doch ... sinken kann. Unsere Oper ist indessen auf dem höchsten Grade der Vollkommenheit, auf welchen sie wohl in Weimar bei so wenig Mitteln gelangen kann.

GoeJb I, 341 f.

2006. CHARLOTTE SCHILLER AN KNEBEL

Weimar, 28. Februar 1818

Ich habe eine rührende Freude gehabt, unsern Freund am Dienstag zu finden bei den Masken; denn sein Gruß aus der Ferne hatte mich ganz weich gestimmt. Ihn nun rüstiger als vorigen Herbst wiederzusehen und wohler, als ich ihn lange nicht fand, ganz die alten Züge wieder, war mir sehr wohltätig. Der Götz [Ernst von Schiller] hat einen freundlichen Eindruck auf ihn gemacht, und ich habe meine maskierte Familie ihm vorgestellt, Emilie als Genius und Karoline als Zigeunerin; den Götz hatte ihm die Großfürstin schon vorgestellt ...

Ich glaube, Sie hätten Kotzebues Zug weniger gut wie seine Verse gefunden; denn die Gestalten waren unerfreulich und derb oder leer, wie der falsche Prunk in seinen

Stücken. Das Sentimentale war auch dabei ... Kotzebue selbst hat mich belustigt; denn er ist immer, sagt man mir, an Goethe vorbeigeflogen – ohne bemerkt zu werden. Ich hoffe aber, er hat gesehen, wie man Goethe hier betrachtet und wie von allen Seiten man zuströmte, um sich seiner Gegenwart zu erfreuen. Alle Mütter, Tanten usw. warteten auf seinen Beifall für die Ihrigen. Ich weiß wohl, daß dies etwas Gleichgültiges für den Freund ist; aber bei solchen Scheinmenschen wie Kotzebue mag man auch gern den Schein selbst zur Wahrheit geworden sehen. Ich hoffe doch, er zieht langsam ab, um nicht wiederzukommen.

SchKn 350ff.

2007. KNEBEL AN CHARLOTTE SCHILLER

Jena, Anfang März 1818

Daß Sie Goethen freundlich aufgenommen haben und bei sich zu behalten wünschen, kann ich mir wohl denken. Ich glaube aber doch, daß es ihm in der Folge wohler *hier* sein dürfte. Der Hof selbst – er mag so gut sein, als er will – ist eine Last, zumal wenn man eine Bedeutung daselbst gehabt hat. Im Alter, das ohnehin schon eine Last ist, bürdet man sich nicht gerne mehr auf. Nur Wielands Sinn und Unbedeutung konnte ihn ertragen helfen. Goethe ist auch hier um vieles gesünder worden.

SchFr III, 393

2008. CHARLOTTE SCHILLER AN KNEBEL

Weimar, 7. März 1818

Ich habe mich vor acht Tagen recht geängstigt, weil ich fürchtete, Goethes Krankheit hätte üble Folgen; das dicke Gesicht hat aber dem Ganzen eine schnellere Wendung gegeben. Aber daß er sich erkälten mußte in dem neugebauten kalten Saal, der auf feuchtem Boden steht, ist natürlich. Sein hoher Freund, der eine harte Konstitution hat, fühlt so leise Veranlassungen, sich zu schaden, gar nicht, und deswegen fürchtete ich doppelt. Ich wollte, Goethe käme in das stille Haus an der Saale zurück, ehe die Niederkunft seiner Schwiegertochter erfolgt. Denn sie kann sehr hart werden, und die übrige Familie, die so laut handelt und empfindet, könnte in der Nähe seine Ruhe des Gemüts weit eher stören als besänftigen.

SchKn 359

2009. JULIE GRÄFIN VON EGLOFFSTEIN AN IHRE MUTTER

Weimar, 13. März 1818

Außerdem noch habe ich auf Goethens Wunsch und Geheiß ein neues Studium begonnen, die Perspektive nämlich, und zwar beim hiesigen Theatermaler [Beuther] ...

Wir haben in diesen jüngst verlebten Wochen *höchst* interessante Abende mit und durch Goethe verlebt, wo er würklich *unbeschreiblich* liebenswürdig war. Um seine Gespräche nicht zu vergessen, habe ich sogleich einiges darüber niedergeschrieben. Leider verläßt er uns übermorgen schon wieder.

EgMit 9

2010. KAROLINE GRÄFIN VON EGLOFFSTEIN AN IHRE MUTTER

Weimar, 13. März 1818

Goethe geht morgen würklich schon wieder, weil er sich die Angst um Ottiliens Niederkunft ersparen will; wir sind alle recht in Sorgen für sie, weil sie so sehr schwach ist ...

Goethe läßt sich von mir vorsingen und scheint zufrieden. Er hat neue Lieder, von Zelter komponiert, die ich ihm vorspielen und bekannt machen muß.

EgMit 9 und Eg 126

Karoline von Egloffstein

2011. KAROLINE GRÄFIN VON EGLOFFSTEIN AN IHREN BRUDER KARL

Weimar, 15. März 1818

Unser alter Herr, nämlich Goethe, ist schon wieder nach Jena gegangen und hat wieder unsre Freude an seinem Hiersein genommen. Du glaubst nicht, wie überaus gut und liebenswürdig er ist, wie sehr er seine Ottilie liebt und wie angenehm uns in seinem Hause bereitet ist. Hoffentlich kehrt er bald wieder, und dann fangen gleich die freundlichen Abende wieder an, in denen er heiter und ernst seine Lehren austeilt und sich von uns verhätscheln läßt.

Eg 127

2012. CHARLOTTE SCHILLER AN KNEBEL

Weimar, 14. April 1818

Erstlich, daß unser Freund Großvater geworden, freut mich unaussprechlich. Das Kind [Walther] soll ganz dunkle Augen und haarbedecktes Köpfchen haben.

Es ist doch alles natürlich gegangen, und die Angst der handelnden Personen hat die Begebenheit nur zu tragisch erwartet und zu tragisch genommen. Deswegen bin ich froh, daß der Großpapa kommt, wenn die Gemüter wieder das Gleichgewicht gefunden haben, damit er die Freude rein genieße. Man kommt sich recht über die Zeit entrückt vor, wenn man die heutige Generation ansieht, wie bei unnatürlicher Bildung und überspannten Ansichten alles, was die Natur fodert, verunstaltet wird ... Fragen Sie Münchow und Stark; die werden Ihnen vertrauen, wie weit die Überspannung geht. Zur Geschichte des Tages wird Freundschaft und Liebe unter solchen menschlichen Wesen. Die Adele Schopenhauer spielt eine wunderbare, sehr unpassende Rolle für ein Mädchen in diesen Tagesgeschichten. Der männliche Teil in Goethes Haus wird das Gleichgewicht hoffentlich wieder hineinbringen. Der arme junge Papa hat viel ausgehalten, und ich glaube noch mehr durch die weiblichen Umgebungen als durch die Lage der Frau. Sein heitres, gerührtes Gesicht hat ihn mir noch lieber gemacht...

SchKn 373f.

2013. KAROLINE GRÄFIN VON EGLOFFSTEIN AN IHRE MUTTER

Weimar, 22. April 1818

Was Goethe sagt, verdient einen eigenen Brief. Ich lebe jetzt eigentlich nur in dem Glücke, *ihn* zu hören und zu sehen, und mir ist es, als ob ich für meine ganze Zukunft sorgte, indem ich an seiner Seite bin. Er ist so gut und väterlich gesinnt, und ich liebe ihn unendlich! ...

Wir haben bis jetzt unsere Musenscherze vor Goethe heimlich gehalten, weil er die dichtenden Frauen haßt und wir von ihm geliebt sein wollen. Allein er weiß es nun, und *unparteiisch,* wie die Liebe ist, findet er den Musenverein *geistreich* und *wohlgetan*!?

EgMit 9

2014. CHARLOTTE SCHILLER AN IHREN SOHN ERNST

Jena, 5. Juni 1818

Um den Geheimrat war ich sehr unruhig; heute weiß ich noch nicht, was er macht. Gestern war er so freundlich und hat mich durch Doktor Weller besuchen und grüßen lassen. Auch hat er mir seinen Kutscher geschickt und mir gestern seine Pferde anbieten lassen.

ESchi 128

2015. WILHELM GRIMM AN ARNIM

Kassel, 6. Juni 1818

Wie hat Dir das neue Heft [„Über Kunst und Altertum" I/3] von Goethe gefallen? Die Beschreibung seines Aufenthalts zu Winkel und in der umliegenden Gegend [„Im Rheingau

Herbsttage"] hat wenig Anziehendes. Die Bemerkungen über die Sprache und ihren natürlichen Gebrauch [„Deutsche Sprache"] sind gut und zeitgemäß; wunderlich ist nur, daß er immer härter damit hervortritt, die Griechen als einzige Lebensquelle zu preisen.

ArnG 417

2016. CHARLOTTE SCHILLER AN IHREN SOHN KARL

Jena, 12. Juni 1818

Der Geheimrat wohnt prächtig in der „Tanne". Er war recht krank, an einem Fieberanfall; man hat in der Nacht den Arzt holen müssen; es trat alles nach der Brust. Jetzt ist er noch matt; doch ist er fleißig. Gegen Abend hat er gern Gesellschaft; ich bin mit Karoline [von Wolzogen] und Herrn von Knebel dort gewesen. Da war er sehr freundlich; auch hat er uns schon einige Male seinen Wagen zum Spazierenfahren angeboten.

ESchi 129

2017. CHARLOTTE VON STEIN
AN CHARLOTTE SCHILLER

Kösen, 19. Juni 1818

Es tut mir sehr leid, daß unser Freund Goethe krank war. Er sollte nur bald nach Karlsbad reisen. Es ist recht betrübt, daß man ihm nicht mit Liebe beikommen kann, sondern nur mit der Kunst.

SchFr II, 357

2018. FRIEDRICH HEINRICH JACOBI AN DOHM

München, 20. Juni 1818

Ich habe viel Umgang mit ihm [Jung-Stilling] gehabt, wie auch Goethe. Dieser sagte von ihm: „Der wunderliche Mensch glaubt eben, er brauche nur zu würfeln, und unser Herrgott müsse ihm die Steine setzen." Seine Erzählungen sind nicht überall ganz lauter, sondern zusammengesetzt aus Wahrheit und Dichtung, mehr noch und ganz anders als die Goetheschen, denen ich das Zeugnis geben muß (ich erlebte ja so vieles mit!), daß sie oft wahrhafter sind als die Wahrheit selbst. Jung hingegen lügt dann und wann; ob wissentlich oder unwissentlich, will ich nicht entscheiden ... Sein Gedächtnis war ihm oft sehr ungetreu. So hat er z. B. Goethes Zusammentreffen mit den Gebrüdern Vollkraft [Jacobi] in Elberfeld durchaus unrichtig erzählt. Mein Bruder war gar nicht gegenwärtig, und dergleichen mehr. – Ein andermal berichte ich Dir, wie der erste Band von „Stillings Leben" entstanden ist; er ist nicht rein so, wie wir ihn jetzt haben, aus Jungs Feder geflossen ...

JacN II, 149f.

2019. CHARLOTTE SCHILLER AN KNEBEL

Weimar, 8. Juli 1818

Unser Freund von Goethe hat sich auch recht kräftig gezeigt und freundlich. Nach der Sorge, die er mir in Jena durch seine Krankheit machte, war es mir auch ein Trost, ihn da stehen zu sehen bei dieser Gelegenheit.

SchKn 395

2020. CHARLOTTE SCHILLER AN KNEBEL

Weimar, 14. Juli 1818

Unser Freund von Goethe lebt im Anschauen der schönen Akquisitionen, die die Wissenschaft gemacht hat; es sollen unschätzbare Werke von Mailand gekommen sein ...

Zu meiner großen Freude höre ich, daß Goethe nicht allein reist nach Karlsbad und den Rat Rehbein mitnimmt. Da ist er bei allen schnellen Zufällen, die kommen könnten, doch geschützt. Auch hoffe ich, wacht er [Rehbein] über seine Diät und beweist ihm medizinisch mit Gründen, was seine Freunde nur ihn bitten können, daß er es unterlasse.

SchKn 400f.

2021. CHARLOTTE VON STEIN AN KNEBEL

Weimar, 19. Juli 1818

Sie, geliebter Freund, entfernt durch Berg und Tal, der doch so gerne mitteilend ist, und Goethe unsichtbar und verschlossen! Heute, höre ich, ist er abgereist. Ich hätte ihn nicht einmal zu sehen bekommen, wenn ich nicht, um ein gutes Werk zu tun, ihn nämlich zu bestimmen, Rehbein mitzunehmen, ihn selbst besucht hätte, wo er sich denn bald durch mein Zureden dazu entschloß.

Gespr III/1, 70

2022. METTERNICH IN SEINEN MEMOIREN

Karlsbad, 30. Juli 1818

Bei der ersten Wiederholung des Konzerts kommt Goethe. Ich stelle ihn der Catalani vor und sage: „Das ist ein Mann, auf den Deutschland stolz ist." Valabrègue fragt: „Wer ist Goethe?" Ich sage ihm: „Der Verfasser des ‚Werther'." Der Dummkopf vergißt das nicht, geht einige Tage später auf Goethe zu und sagt zu ihm: „Lieber Goethe! Wie schade, daß Sie nicht Potier in der Rolle Werthers [Werther-Parodie von Kringsteiner?] spielen sehen konnten, Sie hätten sich tot darüber gelacht."

GoeJb XXVII, 257. Aus dem Französischen

2023. BÖRNE IN SEINEM TAGEBUCH

Frankfurt, Juli 1818

Ich habe neulich einen Brief von Goethe an einen Maler gelesen, worin über ein gewisses Kunstwerk verständige und sinnige Worte gesagt waren. In dem Schreiben kam „Ew. Wohlgeboren" vor. Es war wunderlich zu lesen, an einem solchen Orte und von einem solchen Manne. Wir geringen Leute, wir müssen freilich alles folgsam mitmachen und dürfen es nicht wagen, störend in die Gebräuche der Menschen einzugreifen. Aber wenn *ich* Goethe wäre, ich duldete es nicht und ließe mir ebenso angelegen sein, eine abgeschmackte Sitte außer Gang zu bringen, als es mir wäre, irgendeine Kunstansicht geltend zu machen.

BöU 110

2024. GENTZ AN PILAT

Karlsbad, 18. August 1818

Ich habe bei Kapodistrias gegessen ... Goethe war ebenfalls bei dem Diner, sprach aber heute more solito kein Wort. Dagegen haben wir vor einigen Tagen beim Fürsten Schwarzenberg eine lange Unterredung mit ihm über den Studentenunfug gehabt, wobei er sich durch ein affektiertes Streben nach Neutralität ziemlich linkisch benahm, ob er gleich seine tiefste Indignation gegen alles, was sich seit Jahr und Tag in Weimar und Jena zugetragen hat, nicht verbarg. Er ist nun einmal ein seltsamer Mensch, aber wahrlich kein interessanter. Naturgeschichte und Technologie sind jetzt seine Lieblingsunterhaltung; jedes andere Gespräch nimmt er nur gezwungen an. Mit mir ist er indessen äußerst freundlich und tut mir zuweilen sogar Fragen, die große Gespräche herbeiführen könnten, wenn ich Lust hätte, mich darauf einzulassen.

Gentz 301

2025. MOSENGEIL IN SEINEM TAGEBUCH

Jena, 9. und 11. November 1818

[9. November.] Heute waren angesehene Männer bei uns [Erbprinz Bernhard von Sachsen-Meiningen] zu Besuch: Goethe, der bayrische Gesandte [Luxburg] und Graf Edling.

Goethe sah ich zum ersten Mal. Er wohnt ganz in unserer Nähe und ist seit gestern wieder hier, wiewohl nur auf kurze Zeit. Ein stolzer, schöner Kopf! Ein äußerst geistvolles Auge! Schade, daß es so schwer hält, sich so einem Manne zu nähern. Lobpreisungen sind ihm etwas Alltägliches ..., auch ist bei Gelehrten und Dichtern von großem Ruf des Besuchens und Andrängens kein Ende. Jeder Schnapphahn, der von der literarisch-ästhetischen Reise heimkommt, will bei Tante und Kusinchen erzählen: „Ich kenne Goethe genau, wir waren oft zusammen bei dem und dem" ...

[11. November.] Es wollte sich einmal nicht anders schicken, Goethe mußte zur Tafel gebeten werden, da er dem Herzog seinen Besuch gemacht und wir ihn nicht zu Hause gefunden haben.

Fast war es uns ein wenig bange vor diesem poetischen Riesen, dem wir Zwerglein wohl bis ans Herz, aber nicht bis an den Kopf reichen. Große Gesellschaften, so hatte man uns berichtet, liebe er nicht und wäre da oft ganz stumm. Gern hätten wir Major K. [von Knebel] zum Tischgesellen gehabt; der schlug's aber ab: er habe Katarrh. So blieb noch Geheimrat Schmidt.

Ein klein wenig innerlich verlegen, plazierten wir uns. Ich wurde Goethes Nachbar. Weiß nicht, wie's geschah, ich bekümmerte mich um gar nichts und redete, was mir in Mund und Herz kam. So machte es jeder, und es ging vortrefflich! Unser Dichter wurde der heitersten, liebenswürdigsten Laune. Die äußerst frohe und interessante Unterhaltung riß keinen Augenblick ab.

Ich fühlte mich in der Tat recht glücklich! Das hätte ich nicht gedacht in meinem früheren Leben, daß mich mein Geschick irgend einmal in solche Nähe mit einem solchen Mann bringen würde!

Noch um $^1/_2$5 Uhr hatte das allseitige Gespräch nichts an seiner Lebhaftigkeit verloren, und wir schieden, es mehr abbrechend als endigend. ... daß Goethe mir freundlich drückend die Hand zur Treppe hinaufreichte, und daß mir dieses fast ... so vorkam wie ein erster Kuß der ersten Geliebten.

Bode III, 57 und Gespr III/1, 87f.

2026. CHARLOTTE SCHILLER AN KNEBEL

Weimar, 21. November 1818

Goethe ist in Berka auch an bösem Hals krank. Er hat den Rat Rehbein bei sich; da ist mir eine große Sorge vom Herzen; denn es ist mir immer traurig, unsern Freund allein zu wissen in solchen Fällen, ohne nähere Pflege und Umgang. Die junge Welt, die ihn umgibt, hat nicht immer Zeit, für andre zu sorgen, sondern mehr an sich selbst zu denken.

SchKn 434

2027. ADELE SCHOPENHAUER IN IHREM TAGEBUCH

Weimar, 9. Dezember 1818

Ein sehr schöner Tag ward von Julie [von Egloffstein], Lu [von Werther] und mir in Berka beim Goethe zugebracht. Wir erhielten unsere Rollen bei seinem wunderbaren Festspiel. Wie begeistert kehrten wir zurück! Wie wunderbar ist die Gewalt dieses Mannes über die verschiedensten Gemüter! So hat er mir alle Ängstlichkeit zu nehmen gewußt: ich lerne in acht Tagen eine bedeutende Rolle, als wäre ich auf dem Theater groß geworden! Wir sprachen viel über Wolffs, über dramatische Kunst und ihre eigentliche Grammatik, über französisches Spiel usw. Er war gegen mich ungemein freundlich.

Schop III, 5

2028. CHARLOTTE SCHILLER AN KNEBEL

Weimar, 23. Dezember 1818

Abends war ich bei der Ministerin von Fritsch, die uns mit den übrigen Damen und dem Kammerrat Goethe das Festspiel vordeklamierte. Goethe hatte dem Sohn das Manuskript anvertraut. Es hat mich sehr gerührt. Es ist als Kunstwerk, als Poesie schön und ergreifend. Die Charakteristik der Dichter, dic hier lebten, wie seine eigene, hat mein Gemüt innig bewegt. Was er über die Stücke sagt, ist wunderschön. Über sich selbst ist er eigentlich zu leise hingegangen; doch weiß ich es sehr gut zu verstehen, da ich seine Bescheidenheit kenne, die nur diejenigen erkennen können, die ihn in den Momenten sehen konnten, wenn er eben eine solche Dichtung vollendet hatte. Die Zeiten nach der Entstehung von „Hermann und Dorothea" zum Beispiel sind mir ... unvergeßlich, und die Abende, wenn er uns jeden vollendeten Gesang vorlas, gehören zu den schönsten meines Lebens.

SchKn 444

2029. RIEMER AN FROMMANN

Weimar, 26. Dezember 1818

Von Goethes Maskenzug, der unstreitig das Imposanteste geworden sein würde, wenn der Verfasser nicht die Proben gescheut und zuvörderst die Teilnehmer durch ein Programm *vorher* von seiner Idee hätte unterrichten, auch in der Ordnung des Aufziehens dem sachverständigen Rate Coudrays hätte folgen wollen. Die Verse haben nur sehr wenige gehört, noch wenigere verstanden, und weder vom Ganzen noch vom Einzelnen ist ein Bild übriggeblieben, weil nirgends ein Bild erschien. Das Ganze hatte etwas von einem Hasentreiben. Die Gruppen konzentrierten sich immer mehr und wurden vor den hohen Herrschaften durch die Tragödie und das Epos abgefangen. Erst hinterher sind mir in einem freundschaftlichen Zirkel die einzelnen Verse, zum Teil jedoch nur, bekannt geworden, und mein Urteil ist dieses, daß das Ganze etwas buntscheckig, das Erhabenste und Tiefste neben dem Plattesten und Unbedeutendsten Platz findet und letztres nicht einmal durch einen geglätteten Ausdruck ausgeglichen wird. Das Programm ist sehr steif und verspricht hin und wieder mehr, als wirklich geleistet worden ... Die Verse übrigens sollen erst zu Ostern erscheinen, weil Goethe, wie es heißt, noch hinzusetzen und verbessern wolle. Schade, daß die Lektüre und Effekt nicht zusammentreffen! Was er über Wieland und Herder sagen läßt, ist sehr schön, ebenso auch der Epilog, auch wohl noch hie und da einzelnes. Was Tragödie und Epos sagten, weiß ich nicht alles; soviel ich von andern vernommen, ist das Ganze doch zu reflexiv und nicht immer klar ...

Übrigens hätte ich wohl verdient, wenn G[oethe] mich nicht das Ganze lesen lassen wollte, ich wenigstens wie mancher andre, der weniger von der Sache versteht, bei der Leseprobe zugegen gewesen wäre. Wir haben die Rollen, die er uns zuerteilt, ohne Widerspruch angenommen, ihn in der ganzen Zeit mit keiner Frage noch Überlauf behelligt. Es hat mir und meiner Frau Geld genug, ja mehr als billig gekostet; der Sohn hat meine Verse gesprochen; ihm habe ich die Handschrift meiner Scharaden mitgeteilt; kurz, ich habe nichts versäumt, ein Verhältnis, das sich wieder einleiten wollte, zart und schonend zu behandeln – und nun habe ich nicht einmal das Vergnügen, zu wissen, was denn eigentlich gesprochen und dargestellt worden. Versteht es einer hier zu beurteilen in ästhetischer und sprachverständiger Hinsicht, so bin ich es ... Woher und wozu also diese Zurückgezogenheit und Verheimlichung!

Rie 255ff.

1819

2030. ADELE SCHOPENHAUER IN IHREM TAGEBUCH

Weimar, 9. Januar 1819

Heute krank, gestern bei Ottilien. Goethe ließ uns von „Paläophron und Neoterpe“ Leseprobe halten. Beim Essen fuhr er mich an, ich ging also verstimmt heim. Heute sandte er mir meine Rolle der Tragödie [im Maskenzug]; er hat sehr freundlich eingeschrieben, hilft aber nicht, ich bin doch gekränkt.

Schop III, 7

2031. KNEBEL AN CHARLOTTE SCHILLER

Jena, 11. Januar 1819

Ich glaube nicht, daß Goethe nach Berlin gehen dürfte, um da die Faßnachtsspiele anzuordnen. Auch glaube ich nicht, daß er gerade die Aufführung von „Faust“ für Prinzen und Prinzessinnen gut und anständig finden möchte. Das Vortreffliche darin verstehen sie ja nicht einmal, und zum Abenteuerlichen sind sie nur zu sehr geneigt.

SchFr III, 401

2032. SOPHIE VON SCHARDT AN FRIEDRICH VON STEIN

Weimar, 13. Januar 1819

Dir zur Prüfung von Kraft und Ergebung, hat Dich manches Leid getroffen. Da gibt es Menschen, die von den Pfeilen des trüben Schicksal verschont werden ihr Leben lang, so zum Beispiel Goethe, der, solange wir ihn kennen, alle Güter des Lebens ohne Mühe erhielt, Ruhm und Ehre durch eine Göttergabe, der immer nur seinen Neigungen folgte in seinem Leben und Tun. Kind und Enkel erheitern sein Alter! – Es beweist aber nichts, daß die Glücklichen dieser Zeit auch in der Wirklichkeit glücklich sind. Daß mir eben Goethe hier in die Feder kam, ist dadurch veranlaßt, daß ich an ihn dachte, wie uns durch ihn neuerlich die Erinnerung an Weimars alte Herrlichkeit wieder aufgegangen ist, die auch *er* erschaffen hat.

Es ward der Kaiserinmutter [von Rußland] zu Ehren ein Maskenaufzug gegeben, den Goethe anordnete und mit Gedichten begleitete. Dieser führte die Verstorbenen, Wieland und Herder zuerst, vor ...; ihr Andenken wurde schön und heilig zurückgerufen. Dann kamen Goethes Stücke; der Übergang von den Verstorbenen auf ihn war zart und rührend, indem er sich für einen Moment selbst aussprach: „Ich steh allein!“ ... Als der Zug der vorzüglichsten Goetheschen Stücke vorüber war, erschienen Schillers – es kam mir mehr traurig wie fröhlich vor, wie alle diese Gestalten der Vorzeit vorüberschwebten, und war dies wie ein Schwanengesang des einzigen Übrigen, der die Kette einer Zeit schließt, die nie wiederkehren wird. Wir sind nun alt und haben Glanz, steife Größe und Lärm gegen die Freuden und lebendige Blüten unserer Jugend vertauscht. Diese Gedichte werden gedruckt, und Du wirst sie mit Interesse lesen. Dieses Fest konnte auch nirgends als nur in Weimar so gegeben werden.

Fritz von Stein II, 236f.

2033. GRIES AN ABEKEN

Jena, 18. Januar 1819

Während des dreiwöchentlichen Aufenthalts der alten Kaiserin von Rußland hat er sich nach Berka zurückgezogen und die Majestät nur einmal besucht. Dagegen hat er einen vortrefflichen Maskenzug angegeben ...

Eine Anekdote: Goethe ließ sich noch am letzten Tage bei der Kaiserin melden, um Abschied zu nehmen, kam aber nicht, sondern ließ sich entschuldigen. Als dies der Kaiserin gemeldet wird, wendet sie sich zum Großherzog und sagt: „Nun, es freut mich doch, daß ich Goethe wenigstens *einmal* gesprochen habe und daß er gegen mich so freundlich und huldreich sich bezeigt hat.“ Da der Großherzog lächelt, fährt sie sehr ernsthaft fort: „Ich sage dies nicht ohne Absicht; denn gewiß muß jeder es für eine Huld erkennen, wenn Goethe gegen ihn freundlich ist.“ Das ist doch hübsch von der alten Majestät! Übrigens hat sie Goethen eine Dose mit ihrem Bildnis geschenkt, die 4000 Taler wert sein soll.

JbGoeGes V, 241 f.

2034. CHARLOTTE SCHILLER AN COTTA

Weimar, 18. Januar 1819

Die Bessern hier beklagen sehr, daß Ernst geht. Auch der Geheime Rat Goethe; doch freut er sich, daß man Schiller in seinen Kindern noch liebt. Aber er hat Ernst versichert, es schmerze ihn sehr, da er in der spätern Zeit seines Lebens auf seinen Umgang sehr gerechnet habe, daß er nicht hier bleibe.

SchiCo 568

2035. ROCHLITZ AN TRUCHSESS

Leipzig, 10. Februar 1819

Daß sich Goethe um das Publikum jetzt wenig kümmere, noch weniger es achte, das stellt sich freilich dar. Einesteils ist es Schuld der Jahre, die ihn grämlich und argwöhnisch gegen jeden, dem er etwas zutraut, und alles Widerhaarige, was von jeher in ihm gelegen, nun feststehend gemacht haben. Andernteils ist es Schuld der jetzigen öffentlichen Sprecher, die ja wahrlich in niederträchtiger Abgötterei für jeden Span, der von seiner poetischen Hobelbank abfällt, den ehrfurchtsvollsten Dank von tief unten aus dem Staube zu ihm hinaufjauchzen. Freilich sollte er dem einen und dem anderen widerstehen, und daß er's nicht tut, ist *seine* Schuld; aber da ist um so weniger zu hoffen, je schneller es in den letzten Jahren zugenommen hat. So lehnt er jetzt jede Mitteilung über seine Werke, wo er nicht bloß unbedingtes Preisen erwarten kann, kurz ab. So war er noch, als er die „Wahlverwandtschaften“ herausgab, gewiß nicht ohne Grund bedenklich, besorgt, fast ängstlich, ob dies Buch neben den besten seiner frühern bestehen könne; jetzt hält er es in Stoff und Form für eine wahre Offenbarung pp. So schießt auch der herrlichste Tempel allmählich ein zu einer unzugänglichen, aber immer noch imponierenden Ruine!

GoeRo 456

2036. RIEMER AN FROMMANN

Weimar, 17. Februar 1819

Zu den erfreulichen Dingen melde ich Ihnen, daß ich schon mehrere Abende bei Goethe gewesen bin und das alte gute Verhältnis wieder angeknüpft ist.

Rie 258

2037. ADELE SCHOPENHAUER IN IHREM TAGEBUCH

Weimar, 28. Februar 1819

Ich bin einer großen Niederträchtigkeit auf der Spur. Man verleumdet Otti in Berlin, als wenn sie Goethen versäume und schlecht behandle! Madame Riemer scheint mir an dem Gewäsche schuld.

Schop III, 13

2038. JULIE GRÄFIN VON EGLOFFSTEIN IN IHREN AUFZEICHNUNGEN

Weimar, 16. März 1819

Nach einem Konzert ... fuhren wir zu Goethens. Der alte Herr empfing uns *ganz besonders* zärtlich und entwickelte, als wir bald darauf mit ihm am traulichen Eßtisch saßen, seine ganze Liebenswürdigkeit in Scherz und Ernst aufs allerreizendste. O *wie* hinreißend, *wie* unwiderstehlich ist dieser Mann, wenn er in heitrer Gemütlichkeit sich zwischen seinen Kindern und Freunden bewegt, bald das Größte und Höchste ins Gespräch verflechtend, bald sich scherzhaft wieder zu dem Kleinsten und Unbedeutendsten herabneigend und jedem einen neuen Wert, eine neue Bedeutung verleihend!

EgMit 12

2039. KAROLINE GRÄFIN VON EGLOFFSTEIN AN IHREN BRUDER KARL

Weimar, 26. März 1819

Ottilie ist krank und schwach, wird aber in kurzer Zeit äußerst selig sein, weil sie mit ihrem Mann nach Berlin reiset und ihre Landsleute täglich sehen kann. An ihrer Stelle werde ich dafür beim Vater sitzen und auf die Worte des hohen Meisters horchen: ein Glück, welches mir höher erscheint und welches ich tiefer fühle, als ich zu beschreiben vermag. O könntest Du es mit mir teilen und Deine Seele erheben an dem Reichtum von allem, was die Erde erfaßt, und an dem Blick in das Gefühl dieses Weisen, der trotz seinem Selbstbewußtsein weiß, „daß er nichts wisse" in dem All der Natur.

O ich liebe ihn täglich mehr, und er wird mir immer unentbehrlicher, und ich kann den Gedanken nicht ohne Schmerz fassen, von ihm zu scheiden.

EgMit 13

2040. CHARLOTTE VON STEIN AN EINEN IHRER SÖHNE?

Weimar, Anfang April 1819

Vorgestern ließ sich ein Student aus Gießen beim Goethe melden; aber man warnte den Goethe, ihn nicht anzunehmen. Der Student hat sich bei den Nachbarsleuten nach allem erkundigt, wo man ihn könnte zu sehen bekommen, wann er bei Hofe fahre usw.; er habe Goethes Schriften gelesen, möchte nun auch den Verfasser kennenlernen. Man hat dem Präsidenten Motz davon Nachricht gegeben, aber weiter habe ich nichts davon gehört. In solche schreckliche Angst hatte die fanatische Ermordung des verhaßtesten Mannes von ganz Deutschland [gemeint ist Kotzebue] die Geister versetzt.

Stein II, 464f.

2041. ADELE SCHOPENHAUER IN IHREM TAGEBUCH

Weimar, 2. April 1819

Neulich habe ich einen Schmerz gehabt. Goethe kam von Berka; einige Gläser Punsch und die Frühlingsluft nahmen ihm alle Besinnung. Ich sah ihn in einem furchtbaren Zustande. Nie werde ich es vergessen.

Schop III, 18

2042. ADELE SCHOPENHAUER AN IHREN BRUDER

Weimar, Mitte Mai 1819

Die Sandische Geschichte hat ihn ungewöhnlich ergriffen; er spricht fast immer Politik und scheint im Innersten tief verwundet, obgleich er immer äußert, er habe vorausgesehen, daß es so kommen müsse, als unvermeidliche Folge der gewaltig eingreifenden Roheit. Es ist traurig, diese Andeutungen zu hören; er spricht sich nur selten in einzelnen Worten aus, doch seine Meinung ist klar ...

Goethe sehe ich alle Mittwoch, wo wir abends bei ihm essen.

Schop IV, 194

2043. COGSWELL AN TICKNOR

Dresden, 18. Mai 1819

Er war nicht nur liebenswürdig, sondern herzlich und sogar zum Scherz aufgelegt. Aber er bricht zusammen und wird nie mehr Erhebliches leisten, um seinen Ruhm noch zu steigern. Ich verbrachte meine ganze Zeit in Weimar bei ihm, und das war nur ein Abend. Bei dem Essen war er ungewöhnlich lustig ... Wir saßen bis Mitternacht zusammen, und natürlich wirst Du schließen, daß wir hochgestimmt waren, da dergleichen in Deutschland nicht oft geschieht.

Archiv LXXXVII, 250. Aus dem Englischen

2044. COGSWELL AN BANCROFT

25. Mai 1819

In Weimar sah ich Goethe; er nahm mich liebenswürdig, ja herzlich auf. Ich verbrachte meine ganze Zeit dort bei ihm, nämlich von 6 bis 11 Uhr in der Nacht. Er war gutgelaunt und gegen mich so vertraulich und zu Späßen aufgelegt, wie wenn ich ein Jugendfreund gewesen wäre. Um 9 Uhr setzten wir uns zu einem kleinen Abendessen, wobei ich in ebensolche wilde Lustigkeit geriet wie damals bei Blumenbachs. Wir waren unser fünf: ein hübsches und kluges Mädchen, dessen Namen ich nicht verstand [Ulrike von Pogwisch], Professor Meyer, der Busenfreund und Vertraute Goethes, ein fremder Baron [Kanzler von Müller], G[oethe] und ich; wir waren wirklich sehr vergnügt miteinander. Ich brachte G[oethe] auf die Poesie der Gegenwart zu reden, besonders auf die englische, und er sagte, Lord Byron sei der größte und in Wahrheit der einzige gute Dichter unter den Lebenden. Du kannst Dir denken, wie es mich freute, daß meine eigene Ansicht durch eine solche Autorität bestätigt wurde.

Ich muß viel Glück gehabt haben, daß ich ihn in solcher Stimmung antraf. Ich bin überzeugt, er hat jetzt nicht viele Zeiten, wo es ein Vergnügen ist, in seiner Gesellschaft zu sein. Sein Aussehen deutet das unmißverständlich genug an, und außerdem sagte er mir selber, daß er in seinem Fühlen krankhaft wählerisch geworden sei; es müßte schon etwas Außergewöhnliches kommen, um seine Aufmerksamkeit auch nur im geringsten zu erregen. Das sagte er mir als einem Amerikaner und nicht meiner Person; Du brauchst mich also nicht für eingebildet halten, wenn ich's erwähne. Amerika in allen seinen Verhältnissen ist jetzt sein Lieblingsstudium.

Gespr III/1, 116. Aus dem Englischen

2045. WILHELM VON HUMBOLDT AN SEINE FRAU

Frankfurt, 3. Juni 1819

Eine Nachricht, die Dir auch Freude machen wird, ist, daß Ernst Schiller wirklich als Assessor in Köln mit 600 Taler angestellt ist. Für den Anfang ist das sehr viel, und Lolo und Karoline [Charlotte Schiller und Karoline von Wolzogen] sind beide sehr froh darüber. Das Ereignis ist auch um so erwünschter, als er alle Verhältnisse in Weimar abgebrochen hatte und es nun selbst seiner Ehre und seinem Namen empfindlich gewesen wäre, wenn er lange ohne Anstellung hätte herumgehen müssen. Es ist sehr eigen, daß der, der am meisten mit Schiller in der letzten Zeit und am engsten gelebt hat und in Weimar auch am meisten vermochte, auch nie einen Schritt für den jungen Menschen getan hat, den er sonst liebt. Es ist mehr Unbehilflichkeit, glaube ich, als bloßer und leerer Egoismus, der jede Bemühung scheut. Ich habe bei der Sache sehr wenig Verdienst; es hat mich ein einziges Wort bei Beyme gekostet.

Hu VI, 558

2046. WILHELM GRIMM AN ARNIM

Kassel, 30. Juni 1819

Am liebsten sind mir von allem die Jean Paulischen Werke und der Shakespeare geblieben, und ich nehme mir gewöhnlich, wenn ich Lust bekomme, etwas Poetisches zu lesen,

Karl Wilhelm von Humboldt

dorther ein Stück. Selbst den Goethe lese ich nicht so gerne; ich glaube, weil er nicht die Unbefangenheit und Natürlichkeit jener hat und sich einem die Belehrung und Weisheit eher aufdringt ...

Hast Du Schubarths Abhandlungen über Goethe [„Zur Beurteilung Goethes“] ... gelesen? Er hat sichtbar Talent, sagt viel Wahres, ist aber völlig unerträglich. Er gebärdet sich nämlich ganz wie Goethe, hat dessen Gedanken, spricht so, wendet sich so, spielt den ruhig von oben Herabblickenden, mit heiterer Ironie Begabten. Es hat vielleicht noch niemand den Goethe äußerlich so nachgeahmt. Da man aber keinen Augenblick vergißt, daß es ein Anfänger ist, der sonst noch nichts erworben, hinter dem noch gar nichts, geschweige Goethes reiche Werke stehen, so ist es nicht zum Aushalten.

ArnG 439

2047. RIEMER AN FROMMANN

Weimar, 28. Juli 1819

G[oethe] habe ich seit seinem Hiersein noch nicht wieder gesehen. Ich wußte anfangs nichts davon, und diese Woche hat sich's noch nicht machen wollen, daß ich hinging. Ich komme außer meinem Morgengange und in die Schule nirgends hin; es ist auch niemand hier, und Stadt und Gegend sind mir längst zuwider. Er ist der einzige, um den es sich noch der Mühe verlohnt, hier auszuharren.

Rie 258

2048. WILHELM VON HUMBOLDT AN SEINE FRAU

Berlin, 30. Juli 1819

Er war heiterer und mitteilender und ungezwungener, als ich ihn lange gefunden habe, und es hat mich wirklich sehr gefreut, ihn noch einmal so zu sehen. Er hat seinen „Divan“ eben vollendet, noch einen Anhang in Prosa über den Orient dazu gemacht und sprach mit vieler Liebe von dieser Arbeit.

Im Gesicht und in der körperlichen Haltung gealtert fand ich ihn wohl, allein schwach oder kränklich im geringsten nicht. Er sprach namentlich über sein Alter, schien aber noch auf ein sehr hohes zu rechnen. Das einzige, was ich mit einer Art Schmerz an ihm bemerkte, ist, daß er doch in seinem einsamen Leben sich so in sich zu vertiefen, in allen seinen Ideen, ohne in neuere Ansichten einzugehen, ehern zu werden und sich so zu beschränken scheint. So merkte ich deutlich, daß er mit der Kunst der Deutschen in Rom doch im Grunde unzufrieden ist ... Einiges, das er von Wilhelm Schadow gesehen hatte, tadelte er auch. Dann setzte er hinzu: „Und die ewigen Madonnen!" Hierin liegt es nun eigentlich. Die eingewurzelte Abneigung gegen das Christentum in ihm macht ihm diese ganze Richtung verhaßt ... Aus ein paar kleinen Zügen sehe ich auch, wieviel Zeit er so mit Sammlungen und Aufzeichnungen zubringen muß, die eigentlich weiter gar keinen Wert haben. So erzählte er mir, er habe gerade an demselben Tag in seinem Tagebuch von 1810 gefunden, daß ich damals bei ihm gewesen sei. Er wußte gar nichts diesmal von meinem Kommen und mußte also nur dies Tagebuch von selbst studiert haben. Um ein Gewitter, das einige Tage vorher in Weimar und Jena gewesen war, war er so intrigiert, daß er mich lange ausfragte, ob ich nichts davon bemerkt hätte, und ließ am Ende auch sein Tagebuch kommen, um Tag und Stunde genau zu bezeichnen. Über die äußeren politischen Dinge habe ich ihn sehr gut gefunden; gegen keine Seite erbittert; er scheint das eigentlich ganz beiseite liegenzulassen, ohne sich darum zu bekümmern, was bei seiner Denkart und in seiner Lage gewiß das vernünftigste ist.

Da man nach altem Gebrauch bei ihm immer zu Abend essen muß, so war beim Essen sein Sohn, seine Schwiegertochter und deren Schwester [Ulrike von Pogwisch]. Die erste ist nicht hübsch, gefiel mir aber mehr als die andere, obgleich diese hübscher, nur sehr dick ist.

Hu VI, 580f.

Karoline von Humboldt geborene von Dacheröden

2049. KAROLINE VON HUMBOLDT AN IHREN MANN

Ems, 7. August 1819

... es freut mich, daß Du Goethen noch so ein paar ruhige Stunden gesehen und genossen hast. Ich kann mir den alten Herrn in seiner Burg recht lebhaft denken.

Manchmal kann es mich so recht schmerzen, daß bei solch einer reichen Natur das Glück einer uneigennützig ganz sich hingebenden Liebe ihm doch wohl in dem Lauf langer Jahre nicht geworden ist. Mir ist es immer, als wenn Schiller das ausschließlicher zuteil geworden, sich darum auch etwas Heiligeres, die Zukunft still Verehrenderes in ihm entwikkelt hätte. Aber eine ungeheuer kräftige Gestalt steht er unter dem Menschengeschlecht da, gleichsam sich anreihend an die erhabenen Göttergestalten griechischer Mythe. An seinem Physischen möchte ich, könnte ich, seine Entfernung von allen christlichen Ideen entwickeln, vielleicht auch an diesem Mangel und Nichtempfangen aufopfernder Liebe. Das alles hängt tief in ihm zusammen.

Hu VI, 589f.

2050. WILHELM VON HUMBOLDT AN SEINE FRAU

Berlin, 16. August 1819

Über Goethe schreibst Du sehr schön und richtig. Liebe hat ihm immer gefehlt; er hat sie schwerlich empfunden, und die rechte ist ihm nicht geworden. Allein der wahre Grund dazu ist doch wohl das früh in ihm waltende schaffende Genie und die Phantasie gewesen. Wo sich die Natur einen solchen eigenen und inneren Weg bahnt, da wird es wohl unmöglich, sich einem anderen Wesen in der Wirklichkeit uneigennützig hinzugeben, und ohne das ist keine Liebe denkbar. Man muß sich immer erst verlieren, um sich schöner und reicher wieder zu empfangen. Aber eine Leere läßt es dann freilich im Leben zurück, und ich glaube nicht, daß außer den Stunden und Zeiten des glücklichen Hervorbringens Goethe eigentlich glücklich oder reich in sich beschäftigt ist.

Hu VI, 597f.

2051. COGSWELL AN TICKNOR?

Leipzig, 28. August 1819

Ich ging nach Weimar, um Goethe zu sehen, und da er in Jena war, folgte ich ihm dorthin. Man sagt in Deutschland, daß er stolz sei und kein Herz habe. Ich habe aber immer das gute Glück gehabt, ihn zu sehen, wenn er keinen Stolz zeigte, und von ihm empfangen zu werden, wie wenn er ein Herz hätte, und ein fühlendes obendrein. Ich weiß nicht, wann mich je eine Trennung von einem Menschen, dem ich durch kein besonderes Band verbunden war, mehr gerührt hätte als der Abschied von ihm.

Als ich Jena erreichte, war er außer Haus. Ich wartete mehrere Stunden auf ihn, und da er erst bei anbrechender Nacht zurückkam, konnte ich nur wenige Augenblicke bei ihm bleiben. „Was führt Sie nach Jena?" sagte er. – „Von Ihnen Abschied zu nehmen." – „Und wie lange wollen Sie bei mir bleiben?" – „Eine halbe Stunde." – „Ich danke Ihnen von ganzem Herzen für dieses Zeichen Ihrer Achtung. Es freut mich, daß Sie in meinem Alter soviel Anteil an mir nehmen, daß Sie so weit kommen, mich noch einmal zu sehen. Behalten Sie mich, bitte, in freundlichem Angedenken." – „Soll ich Ihnen schreiben, wenn ich nach Amerika zurückgekehrt bin?" – „Ja, aber ich hoffe, Sie warten nicht bis dahin. Lassen Sie oft von sich hören, während Sie noch in Europa weilen." Noch etwas Gespräch, und ich schied von ihm. Er umarmte und küßte mich herzlich, nach der deutschen Weise, und die Träne in seinem Auge überzeugte mich, daß er fühlte, nicht heuchelte ...

Archiv LXXXVII, 250f. Aus dem Englischen

2052. KNEBEL AN CHARLOTTE SCHILLER

Jena, 3. September 1819

Goethe ist vor acht Tagen von hier nach Karlsbad abgereist. Er war in der letzten Zeit sehr wohl und beschenkte mich auch mit seinem neu herausgekommenen „Divan", der mir viel Freude macht. Sie werden ihn künftig, zumal die Anmerkungen, mit Vergnügen lesen und sich wundern, wie ein Mann in Goethes Jahren noch so jugendlich phantasieren kann.

SchFr III, 407

2053. COGSWELL AN TICKNOR?

Dresden, 11. September 1819

Ich hatte nie gedacht, ein solches Herz in ihm zu finden – es brach fast mein eigenes, ihm Lebewohl zu sagen ...

Ich blickte zurück auf das Haus, in dem er wohnte, bis es mir aus den Augen kam, ganz wie ich es bei der Wohnung meines teuersten Freundes getan haben würde. Er wurde dieses Jahr gerade siebzig; sein Geburtstag wurde in Weimar gefeiert, am 28. August, und deshalb ging er weg. „Ich bin zu alt", sagte er, „mich am Geburtstag zu erfreuen."

Archiv LXXXVII, 251. Aus dem Englischen

2054. BÖRNE IN SEINEM TAGEBUCH

Mainz, 11. September 1819

... ich las in Goethes „Altertümer am Rhein" [„Über Kunst und Altertum"]

... Zwischen Höchst und Mainz las ich ... „Herbsttage am Rhein" [„Im Rheingau Herbsttage"]. Behagt mir nicht. Seine Bilder kalt wie Marmor, seine Empfindung nur künstlerisch, so vornehm lächelnd, so herablassend zu den Gefühlen unserer niederen Brust! Ich habe ihn nie leiden können. In seinem „Werther" hat er sich ausgeliebt, abgebrannt, zum Bettler geschrieben.

BöU 110

2055. LEMM AN BÖTTIGER

Karlsbad, 23. September 1819

Da stand ich auch vor dem Laden, wo glücklicherweise Schauexemplare ausstanden. Er saß so freundlich da, daß ich den Entschluß faßte, geradesweges zu ihm zu gehen: er ist gewiß nicht so schroff und hofmännisch, wie einige mir gesagt. So war ich denn heut so verwegen, mich selbst vorzustellen, und – er hat mich *recht freundlich* aufgenommen. Auf der Straße, als ich von ihm kam, da fiel mir erst ein, was ich ihm hätte alles sagen sollen und wie verkehrt zwicklich ich mag gesprochen haben! Nun, er mag von mir denken, was er will! Ist er nicht mit mir zufrieden, bin ich es unaussprechlich mit ihm. Und das kann ich Ihnen sagen: wäre mir der Mann in der fernsten Weltgegend zu Gesicht gekommen, so hätte ich gesagt: Das ist Goethe.

GoeJb I, 343

2056. ERNST VON SCHILLER AN SEINE MUTTER

Köln, 12. Oktober 1819

Der Geist des Volkes, der mich umgibt, ist mehr bequem als groß. Die rheinischen Bewohner, die so manche Verhältnisse erlebt haben, sind auf einen Punkt gekommen, wo sie *ohne Enthusiasmus* das Leben ruhig und in seinem *gegenwärtigen* Werte betrachten, und können sich nicht entschließen, an Dinge zu glauben oder sie gar herbeiführen zu wollen, deren Erfolg unsicher und am Ende eher schlecht als gut sein würde. Sie tadeln, weil es in der menschlichen Natur liegt, das, was ist, zu tadeln; aber sie sind klug genug, das, was durch Zusammentreffen aller Umstände existent geworden ist, zu ehren, weil das Künftige zweifelhaft, nur das Gegenwärtige gewiß ist. Deshalb wird diese Nation nie *groß handeln,* und sie hat auch nie groß gehandelt. Das Bild dieser Nation findest Du in *Goethes* eigenem Charakter.

ESchi 175f.

Jena, 12. Oktober 1819

Ich besuchte Goethe gegen Mittag. Er war redselig und zugänglich, fing zuerst von gewöhnlichen Geschichten zu sprechen an. Dann kam die Rede auf deutsche Philosophie. Kant ward mit Ehrfurcht erwähnt. Der Zustand Amerikas war der nächste Gegenstand der Unterhaltung. Er schien zu glauben, daß er vollkommen bekannt damit sei. Er sprach über mehrere Bücher, die das Land behandeln, über Wardens „Statistischen Bericht von Amerika" usw. Dann hatte ihm Cogswell auch einen Aufsatz über amerikanische Literatur gegeben ... So kam die Rede auch auf Cogswell. „Ein lieber Mann", ein ausgezeichneter Mensch. Er sprach mit Vergnügen über die Besuche, die ihm Cogswell gemacht hatte, usw. usw.

Endlich faßte ich Mut und brachte die Rede auf die britischen Dichter ... Dabei kam ich arg ins Gedränge. Ich sagte von Byron, sein letztes Werk [„Manfred"] solle glänzende Leistungen poetischer Schöpferkraft enthalten, die jedoch untermischt seien mit niedrigsten und abscheulichen Unanständigkeiten: ich dachte in dem Augenblick nicht an Goethes „Faust"! Auch erwähnte ich Byrons Gattin und vergaß, daß Goethe in der Ehe nicht glücklich gewesen war ... Ich sprach auch ein Wort über Eichhorns viele Bücherschreiberei und bedachte nicht, daß Goethe kein Ende findet mit dem Vielschreiben.

Von Person ist Goethe ziemlich, doch nicht sehr groß. Ausdrucksvolles Gesicht, schönes, klares Auge, große und sehr sprechende Züge. Gut gebaut, macht er von vornherein einen günstigen Eindruck. In seinen Manieren ist er sehr würdevoll. Oder besser: er hat eine Art würdevolle Steifheit, welche nach seiner Meinung für echte Würde gehalten werden soll. Er geht erstaunlich gerade.

Ich fand ihn ganz déshabillé. Er hatte einen Oberrock an, aber keine Weste, ein zerknittertes Hemde, das nicht ganz rein war, und seine Halsbinde war wie das Hemde schon sehr gedunkelt. Seine Stiefel waren von gewöhnlicher Form; kein Dandy würde sie anziehen. Er empfing mich im Garten.

Gespr III/1, 140f. Aus dem Englischen

2058. BANCROFT IN SEINEM TAGEBUCH

Weimar, 13. Oktober 1819

Ich stand früh am Morgen auf, nahm einen Diener, der mein Ränzel trug, und wanderte zu Fuß von Jena nach Weimar. Als ich ankam, ging ich geradenwegs in die Bibliothek, um den Herrn zu besuchen, an den Goethe mich empfohlen hatte. Es war ein sehr gewöhnlicher Mensch, ein gewisser Kräusler [Kräuter]; aber er war Sekretär bei der Bibliothek und deshalb am besten imstande, mir die beachtenswertesten Dinge zu zeigen.

Nachdem ich mit der Bibliothek durch war, forderte Kräusler mich auf, zu Goethes Haus zu gehen, und ich fand, was ich nicht erwartet hätte, daß Goethe meinetwegen an seine Familie geschrieben hatte, damit ich seinem Sohn und seiner Schwiegertochter vorgestellt werde.

Als ich mich melden ließ, traf ich nur die Frau Kammerrätin von Goethe zu Hause. Sie lud mich für den Abend zum Tee ein ... In Goethes Schwiegertochter fand ich eine sehr hübsche kleine Frau von lebhaftem, munterem Wesen, witzig, angenehm, geistreich. Sie spricht über alle Dinge, selbst über niedrige, aber sehr hübsch, ohne je in Verlegenheit zu kommen, immer sich dessen bewußt, was sie sagt. Der Sohn dagegen schien mir ein stumpfer und unwissender Kerl zu sein.

Man zeigte mir Goethes Arbeitszimmer und Gemächer, auch seine Bibliothek, in der notabene die besten Übersetzungen der Klassiker stehen. Ebenso den Garten, die Sammlungen usw.

Bode III, 82f. Aus dem Englischen

2059. CHARLOTTE VON STEIN AN KNEBEL

Weimar, 16. Oktober 1819

Von Goethe wurde mir gestern ein tour de force erzählt, das beinahe unglaublich ist; ich weiß aber nicht, in welchem Jahr. Er habe sich ein paarmal über die Stirne gefahren, die Hände gerieben, in der Stube auf und ab gegangen, und so von 4 Uhr nachmittags bis abends um 10 Uhr eine ganze Tragödie von fünf Akten seinem Schreiber aus dem Kopf fertig diktiert. Es sei aber nur einmal gegeben worden; was für ein Stück, soll ich noch erfahren.

Mein armer Kopf ist mir aber so schwach, daß ich auch nicht ein Wort von den Versen [„Die Feier des achtundzwanzigsten Augusts dankbar zu erwidern"] verstehe, welche Goethe zur Danksagung seiner Geburtstagsfeier gemacht. Ich bitte Sie, teuerer Freund, ein Licht mir darüber aufzustecken, und helfen Sie meinem schwachen Fassungsvermögen etwas über.

Stein II, 468f., und Bode III, 83f.

2060. FRIEDRICH SCHLEGEL AN SEINEN BRUDER AUGUST WILHELM

Wien, 13. November 1819

Was sagst Du zu Goethes „Divan"? Wirst Du es ihm so ausgehen lassen, daß er draußen unverständig und wie ein Rohrsperling auf alles Indische schimpft? Eigentlich bist Du doch jetzt als erster deutscher Brachmine verpflichtet, Dich dieser Sache anzunehmen.

Schls 631

2061. RAHEL VARNHAGEN VON ENSE IN IHREM TAGEBUCH

Berlin, 23. November 1819

„Die erste Walpurgisnacht" mit der größten, zum hundertsten Male wiederholten Verehrung und Bewunderung gelesen. *Dies eine Lied* macht Goethen zum Dichter und adelt ihn zum Geschichtschreiber, das heißt zum Geschichtsseher in Unparteilichkeit.

RahelA II, 606

2062. CHARLOTTE SCHILLER AN IHREN SOHN KARL

Weimar, 24. Dezember 1819

Wir sind in großen Sorgen um den Geheimrat von Goethe. Er ist sehr krank. Er hat einen starken Andrang des Blutes nach dem Kopfe und hat Ader lassen müssen. Er schläft gar nicht. Gott möge ihn uns noch erhalten!

ESchi 188

Friedrich Schlegel

1820

2063. CHARLOTTE SCHILLER AN IHREN SOHN ERNST

Weimar, 21. Januar 1820

Geheimrat Goethe ist besser. Doch geht er nicht aus dem Zimmer; auch sieht er wenig Menschen. Meyer ist sein treuer Gesellschafter.

ESchi 194

2064. KNEBEL AN CHARLOTTE SCHILLER

Jena, 30. April 1820

Goethe war bei seinem Hiersein wie gewöhnlich freundlich und brachte ein paar Mittage bei uns zu. Seine Geisteskräfte scheinen nicht abnehmen zu wollen; doch scheint es mir, daß sich über sein Inneres ein Flor ziehe, der ihm das Leben eben nicht, wie man sagt, im rosenfarbenen Licht erscheinen läßt.

SchFr III, 414

2065. FEUERBACH IN SEINEM TAGEBUCH

Karlsbad, 11. und 16. Mai 1820

Einer jener Wünsche, die sonst mein ganzes Herz erfüllten, ward mir heute gewährt. Ich habe Goethe gesehen und gesprochen.

Schon ein paarmal war ich umsonst an seiner Wohnung vorbeigeschlichen und hatte schüchtern hinaufgeschielt, ob ich nicht einen günstigen Augenblick erhaschen könne. Die Herzogin von Kurland, die meinen Wunsch erraten, schickte mich zu ihm. Mit klopfendem Herzen stieg ich die Treppe hinauf und bat stotternd vor Angst und Freude den Bedienten, mich zu melden. Ich ward vorgelassen, und besänftigend überraschte mich die große Freundlichkeit, mit der er mir entgegentrat; und gar bald waren die Schreckbilder von der Aufnahme, die Bürger und Rückert bei ihm gefunden, aus meinem Sinne entschwunden. Er nötigte mich zu sich aufs Sofa.

Welch ein Kopf! Wie eines Tempels Gewölbe hebt sich die Stirn. Die Augen treten licht und klar wie strahlende Herren im dunkelglänzenden Waffenschmuck mit ernstem, gemessenem Schritte aus der gewaltigen Wölbung. Ruhig und doch so voll Feuer. So gebieterisch und doch so milde. Im seltsamen Kontrast mit der Ruhe jener Felsenstirne steht die gefällige Beweglichkeit des Mundes, durch dessen freundliches Lächeln nicht selten eine gewisse Ironie durchblickt. Ruhe haben diese Lippen nie, auch wenn sie schweigen, sind sie beredt.

16. Mai. Heute ward ich wieder zu Goethe geschickt. Ich wollte nicht selbst hinein zu ihm, aber er ließ mich zu sich rufen. Zum Andenken schenkte er mir einen Plan von Karlsbad. Wüßte ich nur, was er gesprochen hat! Aber im Anschauen dieser Stirne und Augen habe ich alles vergessen.

Gespr III/1, 168 und 170

2066. CONTA AN SEINE FRAU

Karlsbad, 14. Mai 1820

Mein erster Gang ... war zu Goethe, der mich außerordentlich freundlich empfing. Er bot mir alle seine Erfahrung über das eine so lange Reihe von Jahren von ihm gekannte und besuchte Karlsbad an. Ich sollte ihn zu meinem Arzte machen und ihn daher täglich von den verspürten Wirkungen des Wassers unterrichten ... Ich soll ihn oft besuchen und auf seinen Spazierfahrten begleiten; da soll gemeinschaftlich mineralogisiert und von allerhand Interessantem gesprochen werden. Goethe hat sonst mit niemand hier Umgang.

Con 233

2067. CONTA AN SEINE FRAU

Karlsbad, 19. Mai 1820

Eben habe ich eine fünf Stunden lange mineralogische Fahrt mit Goethe beendigt. Interessanter kann man seine Zeit unmöglich hinbringen als diese fünf Stunden. Goethe hat sich über alles: Kunst, Wissenschaft, Philosophie, Mineralogie, Farbenlehre, Dramaturgie und Theater, über seine Teilnahme an letzterem, über den Verfall des deutschen Theaters überhaupt, über den verdorbenen Geschmack an den Müllnerischen Stücken usw., so offen und traulich ausgelassen, daß ich nur gewünscht hätte, alles niederschreiben zu können.

Dabei haben wir einen ganzen Wagen voll seltener Mineralien mitgebracht, die wir nun teilen. Wir kamen in die reizendsten Gegenden, und es entzückte mich, den siebzigjährigen Mann von der jugendlichsten Empfänglichkeit für diese Naturschönheiten belebt zu sehen.

Con 235

2068. CONTA AN SEINE FRAU

Karlsbad, 24. Mai 1820

Abends 7 Uhr. Ich komme eben zurück von einer köstlichen Spazierfahrt mit Goethe, von 3 Uhr an. Schon Vormittag habe ich eine Stunde bei Goethe zugebracht in den allerinteressantesten Gesprächen ... Ich habe viel von ihm gelernt, und er behandelt mich auf eine Art, die in der Tat mir ein heilsames Selbstvertrauen gegeben hat. Die Ansichten, die er gibt, die Erfahrungen, Beobachtungen, Lebensregeln, die er mitteilt, sind so groß, so treffend und so belehrend, und dieser große Mann steht so einzig in der Welt da und so nahe dem Scheiden aus derselben, daß jedes von ihm gesprochene Wort kostbar ist.

Con 235

2069. CONTA AN SEINE FRAU

Karlsbad, 25. Mai 1820

Heute vormittag war mir, in Wahrheit zu sagen, Goethe zu Kopf gestiegen. Er hatte mir Bücher seiner Autorschaft gegeben, darauf vor Tische eine Stunde mit mir gesprochen, so anziehend und dabei in so hohem Fluge, mit so wenig Worten Endloses andeutend, daß mir zu schwindeln anfing. Ich mußte in die freie Luft, ins schöne Grün hinaus, um mir das Kopfweh zu vertreiben. Das erst erschienene zweite Heft seiner „Morphologie“ enthält einiges sehr Schöne, unter anderem ein Gedicht [„Metamorphose der Tiere“], das ich Dir abschreiben muß.

Con 235f.

2070. CONTA AN SEINE FRAU

Karlsbad, 26. Mai 1820

An Goethes Stelle wird mir Hermann treten, ein kraftvoller, geistreicher Mann ...

Con 236

2071. CONTA AN SEINE FRAU

Karlsbad, 27. Mai 1820

Hermann verehrt Goethen wie einen Gott in Menschengestalt.

Con 237

2072. CHARLOTTE SCHILLER AN IHREN SOHN ERNST

Rudolstadt, 28. Mai 1820

Geheimrat Goethe ist noch in Karlsbad. Ich höre, er soll nach Prag kommen, um seine Sammlung von Handschriften dem Kaiser zu zeigen.

ESchi 197

2073. GRIES AN ABEKEN

Jena, 24. Juni 1820

Goethe war bei meiner Rückkehr schon in Karlsbad. Seit vier Wochen ist er aber wieder hier. Krank ist er nicht, aber er ist allerdings im Äußern auffallend alt geworden und scheint denn doch sehr abzubrechen.

JbGoeGes V, 242f.

2074. CHARLOTTE SCHILLER AN IHREN SOHN ERNST

Rudolstadt, 9. Juli 1820

Daß die Frau [Karoline Herder], die diese „Erinnerungen [aus dem Leben Johann Gottfrieds von Herder]" niederschrieb, nicht mehr des näheren Verhältnisses mit Goethe gedenkt, ist undankbar. Ich weiß noch recht gut, wie oft und froh die Menschen zusammen waren, wie Goethe Anteil an Herders Studien nahm, wie viele Ideen sich da entwickelt haben und wie reich für beide dieser Umgang war.

ESchi 199

2075. CHARLOTTE SCHILLER AN IHREN SOHN ERNST

Weimar, 21. August 1820

Ottilie [von Goethe] ist sehr leidend; sie wird nächsten Monat niederkommen ... Der Gemahl wird beinahe so dick wie der Vater. Dieser hält sich weislich in seinem Botanischen Garten auf und wird in Jena bleiben, bis alles vorüber ist.

ESchi 201

2076. ADELE SCHOPENHAUER IN IHREM TAGEBUCH

Weimar, 24. August 1820

Gestern waren Rauch, Tieck, Schinkel und Staatsrat Schultz aus Berlin bei Goethens ... Am Dienstag, wie die vier Männer da waren, die eigentlich zu Goethe nach Jena gekommen, dort seine Büsten gemacht hatten, fiel Ottilie von einer Treppe. Die Todesangst vergesse ich nie! ... Nachmittags kam Goethe. Ich war wieder hinaufgelaufen zu Ottilien. Wie war er gut und herzlich gegen sie! Gestern, den Mittwoch, war ich den Nachmittag bei ihm; ich habe ihn fast nie liebenswürdiger gesehen. Im ganzen klagen wir so viel, wir schreien über Weimar, dessen Leerheit, den Mangel an Interesse – ich bin sieben Wochen hier und habe außer Goethen und dem, was zu ihm gehört, außer den Menschen, die wir hier lieben, gesehen: die Rodde-Schlözer aus Göttingen, deren kleine bucklige, aber komisch-geistreiche und liebenswürdige Stieftochter, und Rauch, Tieck, Schinkel.

Schop III, 60f.

2077. PROKESCH AN SCHNELLER

Weimar, 27. August 1820

... vorgestern, in Jena, traf ich ihn. Mit ihm durchfuhr ich die Gegend; an seiner Seite besuchte ich die Kabinette und Büchersammlungen. In seinem Garten lebt ich mit ihm, teilte mittags und abends seine ländliche Tafel. Mit kindlicher Heiterkeit zeigte er mir einige Versuche, die auf den dritten Teil der „Morphologie" Bezug haben. Wir sprachen über seine Jugend, seine Schöpfungen, seine Verhältnisse. Bis gegen Mitternacht las er mir aus seinem „Divan". Dann schloß er mich in seine Arme, und ich schied.

GoeJb XV, 204

2078. GRIES AN RIST

Jena, etwa September 1820

Seit 25 Jahren sind Goethes Werke der Hauptgegenstand meines Studiums gewesen. Goethes Nähe, der Umgang mit Schiller, den Schlegeln, Schelling, meine eigene unwiderstehliche Neigung, alles leitete mich darauf hin. In dieser beständigen Beschäftigung mit dem Dichter, dessen Werke, sowie sie erschienen, alsbald in meine Hände gelangten, bildeten diese für mich eine ununterbrochene Folge von Schöpfungen oder eigentlich nur eine einzige Schöpfung, deren kleinstem Teil ich sowenig meine Bewunderung versagen konnte wie dem größern und größten, denn alle sind ja Ausfluß desselben unermeßlich reichen Geistes, der auch seinen geringsten Werken das Siegel seiner Eigentümlichkeit aufzudrücken weiß.

Du wirst mir nicht zutrauen, daß ich alle diese Werke auf dieselbe Stufe des Wertes und der Würdigung zu stellen gemeint bin. Auch ich weiß zwischen „Egmont" und dem „Großkophta", zwischen „Hermann" und „Reineke Fuchs" einen Unterschied zu machen. Aber selbst in jenem so oft geschmähten „Großkophta" finde ich die unnachahmbaren Spuren Goethescher Eigentümlichkeit, und wenn Goethe mir um „Egmonts" willen lieb ist, so ist der „Großkophta" mir um Goethes willen lieb. Man verargt es keinem Kunstfreunde, auch die nachlässigsten Skizzen, die flüchtigsten Umrisse eines Raffael oder Correggio zu sammeln und wertzuhalten. Sollte man dem größten Dichter der neuern Zeit nicht gleiche Achtung beweisen dürfen?

Allerdings aber halte ich Goethe für den größten Dichter, der seit dem Untergange des Altertums geboren ist. Denn obwohl ich Shakespeare als Dramatiker seinen Ehrenplatz nicht streitig mache, so sehe ich doch in jedem andern Fache der Dichtkunst keinen, der mit unserm deutschen Dichter zu vergleichen wäre. Und diese Universalität, dieser allumfassende Reichtum seines Geistes erhebt ihn selbst über Shakespeare, der doch nur in *einem* Fache groß war.

Da nun Goethe meiner innigsten Überzeugung nach auf einer alles so weit überragenden Höhe steht, so kann ich freilich eine kühle Wertschätzung, eine mäßige Hochachtung bei ihm nicht wohlangebracht finden. Man muß zwar in allem maßhalten, aber auch im Maßhalten. Überhaupt ist der Moderantismus in der Ästhetik wie in der Politik gar oft nur ein Deckmantel innerer Gleichgültigkeit. Wer für Tiedge, Matthisson und Goethe nur ein und dasselbe Maß der Verehrung und des Lobes führt, von dem kann ich ebensowenig halten als von den Herren im Zentrum, die weder liberal noch servil und eigentlich nichts sind ...

Du glaubst, daß Goethes Erscheinung als Mensch einen Einfluß habe auf mein Urteil über seinen Dichterwert? Das ist aber keineswegs der Fall. Mein Verhältnis zu Goethe ist nie ein vertrautes gewesen. Wie ganz anders war es mit Schiller, dessen liebenswürdiges Entgegenkommen mich so oft zu unbegrenztem Vertrauen auffoderte, dessen Rat und Lehre einen so entscheidenden Einfluß auf die Richtung meines Geistes und meiner Tätigkeit hatte! Zwar kann ich nicht anders sagen, als daß Goethe sich jederzeit freundlich und teilnehmend gegen mich bewiesen; ein näheres Verhältnis aber hat zwischen uns nie bestanden. Seit dem Verluste meines Gehörs, also wenigstens seit achtzehn Jahren, bin ich fast nie zu ihm gegangen, da das laute Sprechen ihm sehr beschwerlich fällt. Treffen wir uns am dritten Orte, so ist ein freundlicher Gruß gewöhnlich unsere ganze Unterhaltung, und auch schriftliche Mitteilungen finden nur in seltenen Fällen statt. Du siehst hieraus, daß der Zauber seiner Persönlichkeit auf mich nicht besonders wirken *kann*.

Gries 126ff.

2079. WELTZIEN AN SEIDLITZ

Jena, 9. Oktober 1820

Soeben komme ich von Goethe und muß – noch ganz warm – es Dir sogleich erzählen ...

Heute morgen vor 9 Uhr ging ich zu ihm, von Sivers ... bis an die Türe begleitet. Ich zitterte unterwegs am ganzen Leibe, im Gefühl, daß ich zum größten und berühmtesten Manne ging, den ich ja bisher gesehen – und für den ich keine passende Materie zur Unterhaltung wußte, den man außerdem mir als stolz und patzig verschrien hatte.

Goethes Wohnung in Jena, am Botanischen Garten gelegen, ist nichts weniger als hübsch, sondern sieht sehr schofelig von außen aus ... Goethe hält sich gewöhnlich in einem Zimmer, eine Treppe hoch, auf, welches blau angestrichen und mit vielen Kupferstichen behängt ist. Im Zimmer selbst sieht es ziemlich liederlich aus, alle Tische und Fenster liegen voll Kalender, Bücher etc. Nebenan stößt eine Schlafkammer …

Obgleich es noch früh war und Goethe vormittags nie ausgehen soll, so fand ich ihn doch ganz in Gala in seinem Zimmer allein auf und nieder gehn. Er hatte einen schwarzen feinen Frack an, worauf der große Stern der Ehrenlegion prangte, schwarze Pantalons nebst Stiefeln, eine weiße Weste und sehr feine Manschetten, so daß ich noch immer nicht begreifen kann, wie ein Mann in seinem Alter sich zu Hause solchen Zwang antut.

Sein Gesicht hat ungeachtet der tiefen Furchen und Runzeln, welche 72 Lebensjahre hineingegraben haben, einen außerordentlichen Ausdruck, den ich aber ganz anders fand, als ich ihn erwartete: nichts von Arroganz, nichts von Menschenverachtung, sondern etwas ganz Unnennbares, wie es Männern eigen zu sein pflegt, die durch vielfältige Erfahrungen und Schicksale und gleichsam im Kampf durch das Leben gegangen sind und nun im Gefühl ihrer wohlerhaltenen Integrität mit beneidenswerter Gemütsruhe der Zukunft entgegensehn. In diesen Ausdruck mischt sich bei Goethe ein unverkennbarer Zug von Herzensgüte und zugleich ein andrer von besiegter ehemaliger Leidenschaftlichkeit, welche noch in dem unsteten Wesen seines Blicks sich offenbart. Sein großes helles Auge heftete er während des Gesprächs oft auf mich, sowie ich aber aufblickte und seinem Blicke begegnete, wandte er diesen gleich ab und ließ ihn unstet herumschweifen.

Diesem Ganzen verleiht das graue Haar einen noch größeren Zauber.

Ich wurde gegen meine Erwartung freundlich und human aufgenommen …

Gespr III/1, 216ff.

2080. GERNING AN KNEBEL

Frankfurt, 17. Oktober 1820

Ich schreibe als ein seit vier Jahren vielgeplagter Geschäftler nicht gern leere Briefe. Doch an solche Freunde wie Sie schreibt man wenigstens mit vollem, dankbarem Herzen. Andere Habe-habe-habe-Freunde, wie z. B. Seine (poetische) Exzellenz, der große dank- und gemütlose Goethe, beantworten nichts und danken nicht einmal für die Ultra-Attention von Gaben oder Geschenken, des Dörrobstes und der Kastanien nicht zu gedenken. So geschah mir's mit meinem deutschen Rhein-Werk, und ich bin nun kein Narr, ihm noch die englischen Prachtkupfer obendrein zu spenden. O wie ganz anders war unser auch gemütvoll großer Herder! Wie dankbar, lieb und hold für das Kleinste waren und sind Sie! Basta mit Egoisten, wenn sie schon große Männer sind!

Auch hat mein großer Landsmann nicht den mindesten Anteil (auf mein Schreiben) an meiner englischen Mission genommen, wohl gar solche mir beneidet, wie andere kleine Seelen taten. Für das Weihbecken von Eibingen, was 20 bis 30 Louisdors wert ist und noch von dem Nassauischen Altertumsverein reklamiert werden kann, hat er mir nicht einmal ein Buch geschenkt, während Brentanos und Graf Reinhard den goethlichen „Divan" usw. erhielten. Die leeren „Kunst und Altertum am Rhein und Main", erstes und zweites Heft, mußt ich teuer kaufen; die andern mag ich nicht geschenkt. Er gedachte darin nicht einmal der Habelischen Antiken- und Mineraliensammlung zu Schierstein, kleinere Sammlungen erwähnend, obgleich er mit unersättlicher Habgier die besten Mineralien dem Besitzer ablockte ... Das alles hat mich gekränkt, weil ich es wahrlich nicht um ihn und von ihm verdient habe ...; ich weiß wohl, daß Sie schon vor zwanzig Jahren ebensolche Beschwerden gegen ihn hatten ...

Goethen sollten Sie doch wohl etwas von meiner Empfindlichkeit merken lassen ..., ich war doch stets, noch in meinen „Rhenanis", sein literarischer Lobredner.

BrKn II, 179–182

2081. CHARLOTTE SCHILLER AN KNEBEL

Weimar, 18. November 1820

Ich lasse mir von Emilien ältere gute Sachen vorlesen ... Wir haben uns neulich an „Pandorens Wiederkunft" sehr gestärkt ... Ich habe auch diesen Herbst den Töchtern den „Faust" vorgelesen; natürlich tat ich es selbst; denn ich möchte nicht, daß sie alles läsen. Aber ich habe ihn recht wieder genossen und durch das lebendige Auffassen der jungen reinen Gemüter mitgenossen. Doch vertraue ich es Ihnen nur, verehrter Freund, weil ich Ihnen gern Rechenschaft von uns gebe.

SchKn 511 f.

2082. ADELE BLUMENBACH AN THERESE HUBER

Göttingen, 27. November 1820

Nur den ersten Morgen nach unsrer Ankunft [in Jena] lud er uns ein zu sich im Botanischen Garten, den er bewohnt. Er stand in der Tür und kam uns eine ganze Strecke des Wegs entgegen ... Er war unendlich liebenswürdig, erinnerte mich an viele kleine Scherze, die wir zusammen gehabt, als wir vor achtzehn Jahren bei ihm waren, an den Zwiebelmarkt, ein weimarisches Nationalfest, der damals gerade vor seinen Fenstern gehalten wurde und wobei tausend Possen vorfielen – alles wußt er noch! Er führte uns im Garten herum, ließ eine Gartenbank dahin tragen, wo die schönste Aussicht war, und sprach gar herrlich darüber. Sagte soviel Herzliches über seine Freude, Papa wiederzusehen. Es war eine sehr herrliche Stunde!

Gespr III/1, 219

2083. QUANDT AN SCHNORR VON CAROLSFELD

Dresden, 23. Dezember 1820

... unsere Gegenwart versetzte das kleine Städtchen in eine gesellige Bewegung. Der alte Hofrat Meyer gewann eine Art

Zärtlichkeit zu mir, obwohl er wußte, daß ich ein Freund und Anhänger der neuen Schule war ... Meyer und Goethe kannten von den Leistungen und den Bestrebungen unserer Landsleute in Rom doch nur die Karikatur und hielten die Unart für die Art, woher ihr Mißbilligen entstand ... Das einzige, was in Weimar von neusten Kunstwerken zu sehen ist, sind Zeichnungen von Ruhl aus Kassel, an welchen die Großfürstin viel Gefallen zu finden scheint und damit ihr Kabinett anfüllt. Ruhls Onkel, Völkel, ist nämlich Geheimsekretär der Großfürstin und hat wahrscheinlich seinem Neveu diese Beschützerin zugewendet. Meyer führte mich bei Goethe ein. Goethe war überaus teilnehmend, mild, ich möchte sagen väterlich. Er fragte mit großer Teilnahme nach allen ihm bekannten Künstlern ...

Einige Tage darauf erhielten wir beide eine Einladung zu Goethe. Es war uns zu Ehren eine große Gesellschaft gebeten worden, und in einer solchen erscheint Goethe immer nicht sehr liebenswürdig. Mir war diesen Abend noch ein besseres Los als den andern beschieden, weil abwechselnd Goethe und Meyer mir Kunstsachen zeigten, indes die übrigen Herren und Damen in bangem Kreis umhersaßen und -standen und sich von Goethe, der diesen Abend seine Orden angelegt hatte, beengt fühlten. Ich bat Goethe, mir seine ohnlängst von Rauch aus Berlin gefertigte Büste zu zeigen; er lehnte es aber für diesen Abend ab und bat mich, den folgenden Morgen wieder zu ihm zu kommen. Bei dieser Zusammenkunft war nun Goethe wieder ein ganz anderer ... Er war heiter, fast lustig, belehrend, teilnehmend, mit einem Wort: höchst liebenswürdig. Diese Rauchsche Büste ist das vollkommenste Bild von Goethe. Sie vereint die ursprünglich schönen Verhältnisse seines Gesichtes, die zugleich die Grundzüge seines Geistes und Gemüts darstellen, mit allen den Einschnitten und Erhöhungen, welche das Leben und die Zeit in die bewegliche Oberfläche seines Gesichts eingrub. Und es gibt wohl wenig Gesichter, welche einem schnellern Wechsel des Ausdrucks unterworfen, welche mehr von Schmerz und Entzücken, von Liebe und Haß durchwühlt sind als seines, indes eine ewige Klarheit und Ruhe auf der großen Stirn sich behauptet. Dazu kommt nun noch diese Eigenheit, daß die Natur die Mittellinie seines Gesichts nicht senkrecht, sondern gebogen zog, so daß die Nase auffallend schief gegen die Stirne und das rechte Auge sehr viel niedriger als das linke steht.

GoeJb VI, 139f.

2084. ARNIM AN WILHELM GRIMM

Berlin, 26. Dezember 1820

Ich besuchte Goethe mit Ruhl. Er war gesprächig, zeigte manches aus seinen mannigfaltigen Sammlungen. Er ist für sein Alter gar wohl erhalten und doch seit den neun Jahren schmerzlich verändert: die Lippen eingefallen, das Auge erloschener, auch in der Haltung des Körpers eine gewisse Altersschwäche. Auch hat wohl etwas die Gewohnheit zorniger und ärgerlicher Strebsamkeit den wohlwollenden, genießenden Ausdruck, der ihm sonst eigen, verdrängt. Ich konnte mich bei den vielen Steinen und anderm irdischen Kram, womit er sich umbaut, einiger Vergleichungen nicht erwehren mit der frommen Seele in Dülmen, die bei steten, unsäglichen Schmerzen bei den Kindermützen, die sie nähte, von tausend Seligkeiten leuchtete, während Goethe in übergewöhnlicher Naturkraft mit zornigem Auge durchs Fenster zum Himmel sah und über die kimmerischen Nächte klagte. Seine Familie habe ich nicht gesehen, denn ob er mir gleich ganz freundschaftlich die Hand drückte, scheint er doch so ganz den alten Tanz mit der seligen Blutwurst [Christiane Goethe] nicht vergessen zu haben, um den alten Umgang zu erneuen ...

Falk war mitten in seiner Schule, wo er endlich wirklich zu einem schönen Berufe gelangt zu sein scheint. Er rühmt Goethe, daß ihn dieser durch seine stete Anmahnung an das Objektive von den kleinlichen Zeitforderungen, die ihn längere Zeit beherrscht, allmählich abgelöst, bis er sein Heil in etwas Ewigem gefunden.

ArnG 481f.

2085. CHARLOTTE SCHILLER AN FRIEDRICH VON STEIN

Weimar, 27. Dezember 1820

Goethe verschließt sich ganz; er fährt nur spazieren, sieht zuweilen die Prinzeß [Maria Pawlowna]; er arbeitet meist, und abends halb sieben Uhr erscheint Freund Meyer; da gewinnt die übrige Gesellschaft ihn nicht; – er soupiert auch nicht mehr.

SchFr I, 523

1821

2086. BÖRNE AN UNBEKANNT

Frankfurt, 4. Januar 1821

Frankfurt ... verzärtelt seine Kinder nicht. Unseres Goethes „Egmont" und „Götz" sind nie über unsere Bühne gegangen. Nie! Und sind uns so fremd, als es die „Sakontala" des Kalidas war, ehe Forster sie ins Vaterland verpflanzt.

BöU 114

2087. JOHANNA SCHOPENHAUER AN SULPIZ BOISSERÉE

Weimar, 7. Januar 1821

Er ist wohl, geht aber in dieser Jahreszeit und überhaupt wenig aus. So sehe ich ihn denn leider sehr selten, denn auch ich lebe den Winter über wie eine Auster zwischen meinen vier Wänden. Doch stehe ich mit Goethes Haus fortwährend in der freundlichsten Verbindung. Der alte Herr hat meine Adele gern; ich liebe seine Schwiegertochter und bin Patin des jüngsten seiner Enkel [Wolfgang]. So stehen wir durch unsere Kinder in fortwährendem Verkehr und wissen voneinander, wenn wir uns auch wenig sehen. Wie schade ist es, daß seine Hefte „Über Kunst und Altertum" eine solche Wendung nehmen! Wie erfreulich wäre es, wenn er so fortgefahren wäre, wie er im ersten Hefte anfing! Doch alles währt bei ihm nur eine Weile, weil sein Geist so überreich ist und die Zeit so gemessen.

Schop I, 286 f.

2088. ARNIM AN DIE BRÜDER GRIMM

Berlin, 22. Januar 1821

Was ich über Goethe gesagt, verdirbt mir seinen Eindruck nicht. Ich habe immerdar eine wesentliche Anforderung in ihm nicht befriedigt gefunden, und dieses Fehlende in ihm wurde mir an seinen eignen Anhängern deutlich, ja an mir selbst, wo ich ihn so recht im Ganzen bewundert hatte. Wenn ich so manchen durch ihn irregeleitet sehe, besonders in der Kunst, so vergesse ich darum nicht, wie *viele* er auf den rechten Weg gebracht hat. Unter allen seinen jetzigen Arbeiten sind mir die Morphologischen Hefte [„Zur Naturwissenschaft überhaupt"] das liebste. Da ist er bei weiten weniger auf Schein und Opposition, da lebt er noch zuweilen im Ganzen. Ja es sollte mir nicht schwer werden, das meiste in seinen Kunstheften [„Über Kunst und Altertum"] aus seiner „Morphologie" zu widerlegen, ja hier erscheint sogar zuweilen ein religiöses Gemüt. Auf seinen „Divan" schrieb ich ein paar schlechte Verse, aber sie haben doch etwas Wahres:

Patriarchenluft zu kosten,
Geh ich nicht zu meiner Leila,
Ziehe nicht nach reinem Osten,
Daß ich in der Schenke spei da.

Offenherzig ist er überall in der „Morphologie", verhehlt es nicht, wo er irgendeinen unbedeutenden Einfall sich wichtig machen möchte und der Welt. Man sieht, er mußte von der wissenschaftlichen Seite viel leiden, und das hat ihm recht wohlgetan.

ArnG 483f.

2089. GERSTENBERGK AN LUDWIG TIECK

Weimar, 15. Februar 1821

Aus Eigennutz habe ich denn um mich geblickt nach einer Möglichkeit, Sie zum Beleben für den poetischen Kirchhof zu gewinnen, der noch Weimar heißt; wo die Poesie, die ganze Literatur zu Grabe getragen wird von den Furien, welche Politik und Vornehmsein losgelassen hat. Aber ich kenne nur zwei Stellen Ihrer Würde, Ihrem Wunsche gemäß, von denen wir sprachen. Die eine ist nicht ledig, die andere kann ein Mann wie Sie *für den Augenblick* nicht annehmen. Ich habe dem Erbgroßherzog [Karl Friedrich] viel von Ihnen erzählt und werde streben, meine Wünsche vorzubereiten, ohne Sie im mindesten zu kompromittieren.

Tieck I, 229

2090. THERESE HUBER AN USTERI

Stuttgart, 3. März 1821

Die Tageslektüre sind die falschen „Meisters Wanderjahre". Die Gegner Goethes jauchzen, daß ein Dritter ihrem formlosen Ärger an Goethe Worte gab. Dahin gehören die Romantiker und Bierbrüder der Ästhetik und Poetik. Ich finde das Buch sehr mittelmäßig, den Gesichtspunkt für die abstrakte Frage über Goethe beschränkt gefaßt, den Tadel unrein. Sonderbar ist's, daß dessen Verfasser [Pustkuchen] unentdeckt bleibt.

GoeJb XVIII, 133

2091. BANCROFT IN SEINEM TAGEBUCH

Weimar, 7. März 1821

Ich war heute eine halbe Stunde bei Goethe. Ich fühlte die weite Distanz zwischen ihm und den vielen Gelehrten, die ich in letzter Zeit gesehen. Goethe hat die Freiheit eines vornehmen Mannes, spricht lebendig und kräftig; aber er scheint nicht mehr viel Anteil an den Dingen dieser Welt zu nehmen ... Sein Aussehen ist das eines gesunden und tätigen alten Herrn. Sein Gesicht ist dünn, aber ohne Zeichen des Verfalls.

Goethe ist noch sehr fleißig. Er diktiert oft mehrere Stunden ohne Unterbrechung ... Professor Riemer sagt von ihm, er bringe hervor wie die Mäuse, die in ihrem Bauche vollständig geburtsfähige Junge neben andern tragen, die eben erst zu entstehen anfangen. Zur Zeit hat Goethe einen Band von „Wilhelm Meisters Wanderjahren“ fertiggestellt; daneben ist er mit der „Morphologie“ beschäftigt.

Gespr III/1, 241 f. Aus dem Englischen

2092. JOHANNA SCHOPENHAUER AN SULPIZ BOISSERÉE

Weimar, 29. März 1821

Ihre Probeblätter von den Lithographien nach Ihren Gemälden habe ich noch immer nicht zu sehen bekommen, obgleich ich Goethen, sooft ich ihn sah, darum bat. Er hatte immer Ausflüchte, warum er sie mir just in diesem Moment nicht zeigen könne. Es ist so seine wunderliche Art, die mit dem Alter immer zunimmt ... Was er einmal hat, gibt er ungern, wenn auch nur auf ein paar Stunden, wieder heraus. Meyer hat die Blätter einige Zeit bei sich gehabt; aber er war zu gewissenhaft, sie mir ohne Goethens ausdrücklichen Befehl zu zeigen. Jetzt sind sie wieder bei Goethen; aber nach mehreren verunglückten Versuchen wage ich es nicht, sie wieder bei ihm zu erwähnen. Ich kenne ihn durch vierzehnjährigen Umgang zu genau, um nicht zu wissen, daß diese Art von Ungefälligkeit auf Grundsätzen beruht, die durch jeden Versuch, sie zu erschüttern, nur bestärkt werden. Was er einmal abgeschlagen hat, tut er nie.

Schop I, 290

2093. BETHMANN AN METTERNICH

Frankfurt, 24. April 1821

Par le programme et le dessin ci-joints votre Altesse verra que les admirateurs du génie célèbre de Mr. Goethe ont conçu le plan de lui ériger un monument national dans Francfort, sa ville natale.

Le comité chargé de la direction pour surveiller la confection de ce monument a osé espérer que Sa Majesté l'Empereur daignerait accorder sa protection spéciale à cette entreprise et dans l'incluse il a pris la liberté de la reclamer respectueusement.

Après avoir pris lecture de la copie ci-jointe de la lettre à Sa Majesté l'Empereur, je supplie votre Altesse de vouloir bien la mettre sous les yeux de son auguste souverain et d'appuyer cette pétition de son influence bienveillante.

Sachant que les affaires d'état quelqu'importantes qu'elles soient, ne vous absorbent pas au point, Monseigneur, pour que vous n'écoutiez avec plaisir tout ce qui tient aux arts et sciences, je crois faire injure à votre génie universel, si je pouvais douter que votre Altesse n'accueille avec intérêt et bonté notre projet.

Beth 68

2094. ADELE SCHOPENHAUER IN IHREM TAGEBUCH

Weimar, 6.–11. Mai 1821

Ottilie stritt mit August ...

Nachher las August den „Prolog", den Goethe zur Eröffnung des Berliner Theaters gedichtet. Ungemein schön und klarer Anfang, Vorüberführung der einzelnen Zweige des Dramas, der griechischen, romantischen Tragödie, des bürgerlichen Schauspiels, des Lustspiels, mächtiger und gewaltiger Eintritt der Oper, melodische Verse, reizende Anklänge, dazwischen Don Juans Furien und das leise Wirken und Treiben der Gnomen und kleiner, unsichtbarer Lebensgeister. Anmutige Darstellung eines Balletts. Der Schluß fehlte noch. Wunderlich kam mir's vor, als habe ein glücklicher Lokalgeist Goethes Feder begünstigt oder geführt, denn die Rolle war der Stich wie angepaßt und angemessen, und was er über das Gebäude sagte, stimmte überein mit demselben, als habe er's gesehen.

11. Mai ... Da hat durch Brühls Aufforderung an Goethen, nach Berlin zu Eröffnung des Hauses zu reisen, sich ein recht drückend schweres Gewitter über uns zusammengezogen. Goethe will August schicken, August nicht gehen, um Ottilien nicht den Schmerz zu geben – Ottilie aber will, daß er geht –, und so bildet sich denn eine

unabsehbare Reihe von Mißhelligkeiten und bösem Argwohn...

Goethe hat mich das Ende des Prologs auch lesen lassen. Er ist, wie der Anfang, schön. Aber zugleich sah ich das Schema, die Zeichnung der Gedanken möchte ich es nennen. Ich begreife nun, wie es ihm möglich ist, bei aller Phantasie, bei aller Kühnheit, bei allen Sprüngen des Geistes dennoch diese nur ihm eigene plastische Bestimmtheit, diese Wirklichkeit seinen Dichtungen zu geben. Das Schema, welches er Kräutern diktiert, ist wie der Aufschlag zu dem Gewebe der Verse; nie ist er abgewichen, kein neuer Gedanke drängt sich ein, nichts führt ihn irre, nichts reißt ihn fort. – Wie ein Fluß, den man in ein bestimmtes Bette leitet, brauset mit gewaltiger Kraft der Wortstrom in den ihm bestimmten Grenzen einher.

Schop III, 78ff.

2095. ALEXANDRA FEODOROWNA GROSSFÜRSTIN VON RUSSLAND IN IHREM TAGEBUCH

Weimar, 3. Juni 1821

Ich war heute nach der Messe bei Goethe zu meiner großen Freude. Ich hatte unendlich gewünscht, seine Bekanntschaft zu machen. Ich glaubte, die alte, verfallene Größe zu sehen, und fand einen kräftigen Stamm, hoch und gerade, mit vieler Annehmlichkeit in den Zügen, und solche feurigen, geistreichen Augen, wie ich sie niemals vorher sah, besonders in dem Alter. Er war sehr herablassend gegen mich, zeigte mir herrliche Medaillen aus dem Mittelalter. Wir zwei gingen im Garten zusammen herum, und ich versprach ihm meine Büste zu der Sammlung seiner vielen Büsten. Er sagte mir, meine Mutter und Tante Cumberland [Luise Königin von Preußen und Friederike Herzogin von Cumberland] wären in seinem Hause erzogen worden in Frankfurt am Main. Es ist mir unendlich viel wert, daß ich diesen Stern unserer deutschen Literatur noch habe kennenlernen in meinem Leben.

GoeJb XXI, 287f.

2096. THERESE HUBER AN CONZ

Stuttgart, 17. Juni 1821

Stolbergs Poesien kamen mir nicht in die Hände, dagegen „Wilhelm Meisters Wanderjahre". Das ist nun etwas breit wie eine gute Nudelsuppe, aber gediegen voll Menschenverstand, und auf der wahrhaften Breite funkeln einzelne herrliche Sprüche wie Lichtfunken. Einiges las man schon im „Damenkalender". Das ist eine heillose Manier, dieses Fragmente-Auftischen. Und sicher *schadet's* dem Verkauf des Buchs, statt ihn zu befördern, denn der Laue oder wenig Kaufende denkt: das Beste habe ich ja doch schon im „Damenkalender".

GoeJb XVIII, 132f.

2097. CHARLOTTE VON STEIN AN KNEBEL

Weimar, 28. Juni 1821

Die Ansichten in den „Wanderjahren" über Religion haben mir auch gefallen. Es denken mehr Menschen darüber so, als wir glauben, und schon lange hatte Goethe diese Ansicht. Dieses weiß ich, als er noch zu mir kam. Doch wollte er mich vermutlich nicht irremachen, denn ganz ließ er sich nicht aus, was überhaupt nicht seine Sache ist.

Gespr III/1, 286

2098. BETHMANN AN SULPIZ BOISSERÉE

Frankfurt, 29. Juni 1821

Auf dem nunmehr eingeschlagenen Weg müssen wir bald aufs reine kommen, ob Goethe ein Nationaldenkmal will oder nicht, und in letzterem Fall wird der Verein das Unternehmen aufgeben und, daß er es getan, ohne Scheu öffentlich bekanntmachen. Kein vernünftiger Tadel vermag dann die Mitglieder zu treffen; nur die traurige Erfahrung würde daraus neuerdings hervorgehen, daß die Deutschen keine Nation und noch weit entfernt sind, eine auch nur werden zu wollen ...

Die Gründe, warum es von den Frankfurtern nicht erwartet werden darf, daß sie dem Dichter, der sein Bürgerrecht bei ihnen so leicht dahingab und für den in dieser Hinsicht hier, bei aller Anerkennung seiner unsterblichen Verdienste, das vaterstädtische Interesse rein erloschen ist, ein Monument setzen und fremde Beiträge dazu annehmen sollten, sind in dem beigeschlossenen Protokollauszug ... ausführlich und gründlich entwickelt ...

Beth 71 f.

2099. CARUS IN SEINEM TAGEBUCH

Rudolstadt, 21. Juli 1821

Gleich beim Eintritt in das mäßig große, im einfach antiken Stil gebaute Haus deuteten die breiten, sehr allmählich sich hebenden Treppen sowie die Verzierung der Treppenruhe mit dem Hunde der Diana und dem jungen Faun von Belvedere die Neigungen des Besitzers an. Weiter oben fiel die Gruppe der Dioskuren angenehm in die Augen, und am Fußboden empfing den in den Vorsaal Eintretenden blau ausgelegt ein einladendes „Salve". Der Vorsaal selbst war mit Kupferstichen und Büsten auf das reichste verziert und öffnete sich gegen die Rückseite des Hauses durch eine zweite Büstenhalle auf den lustig umrankten Altan und auf die zum Garten hinabführende Treppe. In ein anderes Zimmer geführt, sah ich mich aufs neue von Kunstwerken und Altertümern umgeben; schön geschliffene Schalen von Chalzedon standen auf Marmortischen umher, über dem Sofa verdeckten halb und halb grüne Vorhänge eine große Nachbildung des unter dem Namen der Aldobrandinischen Hochzeit bekannten alten Wandgemäldes, und außerdem forderte die Wahl der unter Glas und Rahmen bewahrten Kunstwerke, meistens Gegenstände alter Geschichte nachbildend, zu aufmerksamer Betrachtung auf.

Endlich kündigte ein rüstiger Schritt durch die anstoßenden Zimmer den werten Mann selbst an. Einfach, im blauen Zeugoberrock gekleidet, gestiefelt, in kurzem, etwas gepudertem Haar, mit den bekannten, von Rauch herrlich aufgefaßten Gesichtszügen, in gerader kräftiger Haltung schritt er auf mich zu und führte mich zum Sofa. Die zweiundsiebzig Jahre haben auf Goethe wenig Eindruck gemacht; der Arcus senilis in der Hornhaut beider Augen beginnt zwar sich zu bilden, aber ohne dem Feuer des Auges zu schaden. Überhaupt ist das Auge an ihm vorzüglich sprechend, und mir erschien darin zumeist die ganze Weichheit des Dichtergemüts, welche sein übriger ablehnender Anstand nur mit Mühe zurückzuhalten und gegen das Eindringen und Belästigen der Welt zu schützen scheint; doch auch das ganze Feuer des hochbegabten Sehers leuchtete in einzelnen Momenten des weitern mehr erwärmten Gesprächs mit fast dämonischer Gewalt aus den schnell aufgeschlagenen Augen.

So saß ich denn nun ihm gegenüber! Die Erscheinung eines Menschen, welchem ich selbst einen so großen Einfluß auf meine Entwicklung zugestehen mußte, war mir plötzlich nahe gerückt ... Die gewöhnlichen einleitenden Gespräche waren bald beseitigt; ich erzählte von meinen neuen Arbeiten über die Ur-Teile des Knochengerüstes ...

Der Diener brachte eine kleine Kollation. Es war mir ein rührendes Verhältnis, Goethe zu sehen, wie er mir den Wein eingoß und ein Brot mit mir teilte, selbst von der einen Hälfte genießend und mir die andere reichend! – Dabei sprach er von meinen beiden Bildern ...

Merkwürdig waren mir, als ich jetzt kurze Zeit im Zimmer allein blieb, die Anordnungen und Ausschmückungen desselben. Außer einem hohen Gestelle mit gewaltigen Mappen für Kupferstiche in ihrer geschichtlichen Folge interessierte mich ein mit Schubkästen, behufs der Aufbewahrung einer Münzsammlung, versehener Schrank. Der Aufsatz desselben trug nämlich unter Glas eine ansehnliche Menge antiker Götterbildchen, Laren, Faunen usw., unter welchen ein ganz kleiner goldener Napoleon, in das glockenförmig verschlossene Ende einer Barometerröhre gestellt, sich sonderbar genug ausnahm. Auch sonst aber wollte noch manches beachtet sein; so beschäftigte mich ein altertümliches wunderliches Schloß, welches mit seinem Schlüssel am Fenstergewände hing, so forderten auch hier manche Kupferstiche zur Betrachtung auf, ja selbst die Einrichtung der Zimmertür war bemerkenswert, da sie nicht in Angeln sich bewegte, sondern aus dem Türgewände hervor- und zurückgeschoben werden mußte. Zuletzt noch sprachen wir über entoptische Farben ... – Äußerungen über die ungünstige Aufnahme so mancher seiner wissenschaftlichen Arbeiten konnte er hierbei doch nicht ganz unterdrücken.

Ca 281–284

2100. CONTA AN SEINE FRAU

Marienbad, 29. Juli 1821

Freund Rehbein wird es interessieren, zu wissen, daß Goethe sich ins gräflich Klebelsbergische Haus neben der Apotheke einquartiert hat, daß er aber nur bleiben will, wenn nicht mehr im Hause gehämmert wird. Da das Parterre noch ausgebaut und daher allerdings noch viel Baulärm im Hause gemacht wird, so dürfte er schwerlich lange bleiben.

Con 238

2101. CONTA AN SEINE FRAU

Marienbad, 2. August 1821

Goethe ist sehr heiter und ungewöhnlich umgänglich. Er ißt zu Mittag bei seiner Hauswirtin, Frau von Brösigke, in großer Gesellschaft, steht vor der Türe, wenn es hübsches Wetter ist, und unterhält sich mit den Hausgenossen und Vorübergehenden; geht mit Damen, namentlich mit der Gräfin Strachwitz, spazieren, und des Abends findet er sich wieder im Brösigkischen oder vielmehr gräflich Klebelsbergischen Gesellschaftssaale ein (denn man weiß nicht recht, gehört das Haus dem Grafen Klebelsberg oder dem Herrn von Brösigke). Gestern abend war ich auch wieder dort. Die Gesellschaft war kleiner und gesetzter, und es wurde bloß konversiert. Sie bestand aus Herrn und Frau von

Das Brösigkesche Haus in Marienbad

Brösigke, Herrn und Frau Gräfin Klebelsberg aus Prag, Frau von Levetzow nebst Tochter [Ulrike], unserem Goethe, auf kurze Zeit auch der Frau von Heygendorf, dem Fürsten Thurn und Taxis, der Gräfin Beust und ihrem Bruder, der Gräfin Strachwitz, einem Grafen Berchem, Herrn von Logau, dem Baron von Münster.

Con 239

2102. CONTA AN SEINE FRAU

Marienbad, 5. August 1821

Gestern abend war bei Brösigkes eine sehr brillante Fete, wo der größte Teil der hiesigen vornehmen Welt versammelt war. Es war Ball und Souper, selbst Goethe tanzte.

Con 239

2103. CHARLOTTE VON STEIN AN KNEBEL

Weimar, 6. August 1821

Goethe, den ich nun zwei Jahre nicht gesehen habe, schickte mir vor seiner Abreise seines „Wilhelm Meisters Wanderjahre oder die Entsagenden". Bis über die Hälfte hat mich's sehr interessiert und habe schöne Gedanken über Erziehung, Religion usw. gefunden. Aber alsdann wußte ich nicht mehr, wo ich war. Ich werde so dumm, daß ich gewisse Dinge nicht mehr begreifen kann.

Es hat jemand [Pustkuchen] auch einen „Wilhelm Meister" herausgegeben, völlig derselbe Titel! Minister Gersdorf glaubte sich den rechten gekauft zu haben und war sehr verwundert, als er eine etwas bösartige Kritik fand. So was ist doch heimtückisch!

Bode III, 118f.

2104. CONTA AN SEINE FRAU

Marienbad, 7. August 1821

Der gestrige Abend war sehr schön, und nachdem ich einen angenehmen Ritt gemacht, ging ich anderthalb Stunden lang mit Goethe am Brunnen spazieren und unterhielt mich sehr angenehm und interessant mit ihm. Aller Augen waren auf ihn gerichtet, aber er unterhielt sich mit niemand als mit mir.

Con 239

2105. BÖTTIGER AN ROCHLITZ

Dresden, 14. August 1821

Lesen Sie denn die Pseudo-„Wanderjahre", die bei Basse in Quedlinburg herausgekommen sind? Das ist ein meisterhaftes Produkt auf der Kehrseite... Das Buch macht großes Aufsehn. In Weimar deliberierte man darüber, wie man's Goethes Augen entziehen wollte. Goethe aber reist frischen Muts nach Marienbad.

GoeJb XVIII, 155

2106. MANSO AN RAUMER

Breslau, 19. August 1821

Es ist alles bunt durcheinandergeworfen, angelegt, angedeutet, nicht gelöst. Aber das Buch [„Wilhelm Meisters Wanderjahre"] ist höchst anziehend, d. h., es ist, wenigstens im voltairischen Sinne, ein vortreffliches Buch und dabei so reich, so reich an schönen Bemerkungen, daß man sie auf der Stelle auswendig lernen möchte.

GoeJb XVIII, 120f.

2107. BÖRNE AN UNBEKANNT

Stuttgart, 25. August 1821

Die „Wanderjahre“ [von Pustkuchen] habe ich zu Ende gelesen. Das Buch ist besser, als Sie meinen, und ich werde mich jetzt daran machen, es zu rezensieren. Auch da ist es vortrefflich, wo es, wie im ganzen zweiten Teile, nicht mehr von Goethe spricht und man durch die geistreiche Bosheit des Verfassers nicht mehr verblendet werden kann. Ich habe über Kunst und Lebenskunst nie schönere Sachen gelesen. Der Verfasser war noch großmütig gegen Goethe; er hätte ihn vernichten können, wenn er gewollt hätte. Er hat nur das Rapier gebraucht statt des Schwerts.

BöU 115

2108. ROCHLITZ AN BÖTTIGER

Leipzig, 27. August 1821

Goethen wird's [die falschen „Wanderjahre“] tief wurmen und sein Stolz ihm nur insoweit darüber hinweghelfen, als dies ihm nicht abgemerkt werde. Seine Reizbarkeit für seinen Ruhm ist ungeheuer: natürlich! Da er fühlt, er könne ihn nicht mehren, ja denen, die ihn zu mindern versuchen würden, nichts sieghaft Niederschlagendes mehr entgegensetzen. Doch leugne ich gar nicht, daß ich mit liebender Ängstlichkeit an alles denke, was ihm, der nun nicht mehr anders werden kann und dem wir alle so unendlich viel verdanken, seine späten Lebensjahre trüben könnte. Frankfurter Abgötterei, wozu die reichen Herren, die den Ruhm davontragen wollen, das Geld zusammenbetteln, verachtet er. Sie bietet ihm nicht den geringsten Ersatz für einen Landesstrich, den er erobert, zuerst urbar gemacht, bisher zugestandenermaßen besessen hat und den er nun her- oder gar einem andern geben soll.

GoeJb XVIII, 155

2109. WILHELM GRIMM AN ARNIM

Kassel, August 1821?

Über Goethes „Wanderjahre“ bin ich recht erstaunt. Er hat aus dem Roman eine Art Decamerone gemacht. So schön die einzelnen Stücke, so leer die Verbindung. Vor den drei Ehrfurchten habe ich besonders einen Widerwillen.

ArnG 496

2110. RAHEL VARNHAGEN VON ENSE IN IHREM TAGEBUCH

Teplitz, 7. September 1821

Den 7. September 1821 war bei Fürst Clary in Teplitz die Rede von Büchern und Lesen; da fragte Baron E. die Frau von Lubienska, ob sie Goethens „Wanderjahre“ schon gelesen habe. „Nein“, sagte sie, „ich habe sie aber und werde sie alsbald anfangen.“ – „Pourquoi lire de choses pareilles?“ sprach Fürst S., der General, drein. „L'on voit tout de suite que cet homme n'a jamais fréquenté la bonne société et quel monde il a vu.“ E. erzählte mir es gleich nachher und wollte aus der Haut fahren; und ich schreibe es auf, weil so etwas nicht verlorengehen muß ... Auch hatte jener schon, als E. den Herzog von Weimar zu kennen wünschte und hinzusetzte, schon deswegen weil er so große Talente um sich gesammelt und Goethen zum Freund habe, gesagt: der Herzog habe mauvais ton et que l'on voyait tout de suite qu'il fréquente etc.

RahelA III, 47f.

2111. MALSBURG AN LUDWIG TIECK

Escheberg, 2. Oktober 1821

Ich bin begierig, Ihre Urteile über die verschiedenen „Wanderjahre“ zu hören. Die echten, worin gerade nur die fatalen Personen aus den „Lehrjahren“ vorkommen, gefallen mir mit ihrem kuriosen Entsagungs-Einfall, ihren

Erziehungsanstalten und drei Ehrfurchten etc. gar nicht; und doch ist in einer der darin verstreuten niedlichen Novellchen wieder mehr Geist und Poesie als in dem Doppelgänger. Dieser scheint mir dagegen Wahrheit für sich zu haben ..., und ich finde den Einfall, seine Polemik gerade so einzukleiden, ebenso gescheit als boshaft, weshalb es mich für den doch auch etwas empfindlichen alten Herrn in der Seele dauert, daß er dies noch bei seinem Leben erfahren muß. Er könnte darüber hinsehen in jeder Hinsicht; aber hat es sich dadurch schwerer gemacht, daß er den unstreitig noch schwächeren Schubarth präkonisierte.

Tieck II, 307

2112. WILHELM GRIMM AN BANG

Kassel, 15. Oktober 1821

Goethe hat in einem neuen Heft „Über Kunst und Altertum“ ... „Zahme Xenien“ mitgeteilt, die schwerer zu verstehen sind als die wilden, aber doch deutlich seine gegenwärtige Gesinnung bezeichnen. Sonst wollte ich, statt dieser gereizten Stimmung wohnte ihm eine milde, die Gegenwart mit mehr Lust und Vertrauen beschauende bei. Wir würden gewinnen, das ist klar; aber auch er. Achtung und Zuneigung genießt er soviel, als ein Mensch sich wünschen mag; doch scheint ihn eine gewisse Alterskrittelei zu beschleichen, und daß er dabei dem Publikum mancherlei zumutet, kann man aus den neuen „Wanderjahren“ sehen.

GrBr 73f.

2113. PLATEN IN SEINEM TAGEBUCH

Jena, 17. Oktober 1821

Goethe wohnt außer der Stadt am Botanischen Garten. Seine Aussicht beschreibt er selbst einmal im „Divan“ [„Im Gegenwärtigen Vergangnes“]. Das Haus hat von außen etwas Altertümliches, innen ist es winklicht, die Treppe äußerst schmal. Das Eckzimmer, das er bewohnt, ist geräumig und ganz ohne Prunk [folgt Skizze des Zimmers].

Von Goethes Person wage ich kaum etwas zu sagen. Er ist sehr groß, von starkem, aber gar nicht ins Plumpe fallendem Körperbau. Bei seiner Verbeugung konnte man ein leichtes Zittern bemerken. Auch auf seinem Angesichte sind die Spuren des Alters eingeprägt. Die Haare grau und dünn, die Stirn ganz außerordentlich hoch und schön, die Nase groß, die Form des Gesichts länglich, die Augen schwarz, etwas nahe beisammen und, wenn er freundlich sein will, blitzend von Liebe und Gutmütigkeit. Güte ist überhaupt in seiner Physiognomie vorherrschend. Er ließ uns auf das Sofa sitzen und nahm bei Gruber Platz. Bei der Feierlichkeit, die er verbreitet, konnte das Gespräch nicht erheblich werden, und nach einiger Zeit entließ er uns wieder.

Pl 493f.

2114. ADELE SCHOPENHAUER IN IHREM TAGEBUCH

Weimar, 1. November 1821

Zweimal also waren wir den ganzen Tag beim Goethe. Er war das erste Mal in jener erfreulich leichten Stimmung, in der heiterer, schöner Ernst und humoristische Einfälle immer nebeneinanderher gehen. Ich wollte, ich könnte aufschreiben, was er sprach; doch liegt in dem *Wie* so unbeschreiblich viel! Wir waren ganz heimisch; er sehr offen, sehr beredt. Auf die liebenswürdigste Weise beschenkte er mich und gab mir Verse von sich mit. Beim zweiten Male war er krank und in stiller, leidender Stimmung. Er hatte sich mit Geschäften beladen, ich glaube, um sich über seinen körperlichen Zustand zu betrügen.

Schop III, 108f.

2115. FELIX MENDELSSOHN-BARTHOLDY AN SEINE ELTERN

Weimar, 6. November 1821

Heute ist Dienstag. Sonntag kam die Sonne von Weimar, Goethe, an. Am Morgen gingen wir in die Kirche, wo der 100. Psalm von Händel halb gegeben wurde... Nachher ging ich nach dem „Elefanten", wo ich Lukas Cranachs Haus zeichnete. Nach zwei Stunden kam Professor Zelter: „Goethe ist da, der alte Herr ist da!" Gleich waren wir die Treppe hinunter, in Goethes Haus.

Er war im Garten und kam eben um eine Ecke herum ... Er ist sehr freundlich, doch alle Bildnisse von ihm finde ich nicht ähnlich.

Er sah sich seine Sammlung von Versteinerungen an, welche der Sohn geordnet, und sagte immer: „Hm! hm! ich bin recht zufrieden." Nachher ging ich noch eine halbe Stunde im Garten mit ihm und Professor Zelter. Dann zu Tisch. Man hält ihn nicht für einen Dreiundsiebziger, sondern für einen Funfziger. Nach Tisch bat sich Fräulein Ulrike, die Schwester der Frau von Goethe, einen Kuß aus, und ich machte es ebenso. Jeden Morgen erhalte ich vom Autor des „Faust" und des „Werther" einen Kuß und jeden Nachmittag vom Vater und Freund Goethe zwei Küsse. Bedenkt! ... Nachmittag spielte ich Goethe über zwei Stunden vor, teils Fugen von Bach, teils phantasierte ich. Den Abend spielte man Whist, und Professor Zelter, der zuerst mitspielte, sagte: „Whist heißt: du sollst das Maul halten." Ein Kraftausdruck! Den Abend aßen wir alle zusammen, auch sogar Goethe, der sonst niemals zu Abend ißt.

Men 6f.

2116. ADELE SCHOPENHAUER IN IHREM TAGEBUCH

Weimar, 12. November 1821

Im ganzen verlebe ich eine poetisch schöne Zeit. Goethen sehe ich recht viel, obendrein mit Zeltern, so auch den wunderbaren Felix Mendelssohn, der im zwölften Jahre nach Zelters eignem Ausspruche füglich Kapellmeister sein könnte. Das schöne, wunderbare Kind interessiert mich ungemein ...

Wenn man so die drei, Walther [von Goethe], Felix und Heinrich [Nicolovius], zusammen herumspringen oder tanzen und ringen sieht, so gibt es eine ganze Menge anmutiger Bilder ... Mir wird unbeschreiblich wohl, wenn ich um mich sehe und die beiden Freunde Goethe und Zelter gewahre. Es läßt sich eben über alles das wenig sagen, aber viel erfreulich Schönes fühlen.

Auch in musikalischer Hinsicht war mancher Genuß bereitet. Wir gaben ein schönes Konzert: Stromeyer, die Eberwein und Moltke sangen, Felix spielte. Bei Goethe gestern ein musikalisches Frühstück und dabei die Gegenwart der Mara, die jedenfalls interessant ist und bleibt ...

Bei Goethens Konzert spielte auch Hummel; die arme Eberwein sang in Todesangst. Goethe behielt mich den ganzen Tag dort ... Abends ging Ottilie und Ulrike an Hof, Doris [Zelter] unterhielt sich mit August; Zelter war bei meiner Mutter. Uns andern drei zeigte Goethe Kupfer. Wir nahmen die Lombardische Schule vor; ich sah viel von Caravaggio.

Schop III, 113f.

2117. FELIX MENDELSSOHN-BARTHOLDY AN SEINE ELTERN

Weimar, 14. November 1821

Alle Nachmittage macht Goethe das Streichersche Instrument mit den Worten auf: „Ich habe dich heute noch gar nicht gehört, mache mir ein wenig Lärm vor!" Und dann pflegt er sich neben mich zu setzen, und wenn ich fertig bin – ich phantasiere gewöhnlich –, so bitte ich mir einen Kuß aus oder nehme mir einen. Von seiner Güte und Freundlichkeit macht Ihr Euch gar keinen Begriff, ebenso von dem Reichtum, den der Polarstern der Poeten an Mineralien, Büsten, Kupferstichen, kleinen Statuen, großen Handzeichnungen hat. Daß seine Figur imposant ist, kann ich nicht

Felix Mendelssohn-Bartholdy bei Goethe

finden; er ist eben nicht viel größer als der Vater. Doch seine Haltung, seine Sprache, sein Name, die sind imposant. Einen ungeheuren Klang der Stimme hat er, und schreien kann er wie 10000 Streiter. Sein Haar ist noch nicht weiß, sein Gang ist fest, seine Rede sanft. Dienstag wollte Zelter nach Jena und von da nach Leipzig abreisen. Sonnabend war Adele Schopenhauer, die Tochter, bei uns, und wider Gewohnheit blieb Goethe den ganzen Abend. Die Rede kam auf unsere Abreise, und Adele beschloß, daß wir alle hingehn und uns Professor Zelter zu Füßen werfen sollten und um ein paar Tage Zugabe flehen. Er wurde in die Stube geschleppt, und nun brach Goethe mit seiner Donnerstimme los, schalt Professor Zelter, daß er uns mit nach dem alten Nest nehmen wollte, befahl ihm, stillzuschweigen, ohne Widerrede zu gehorchen, uns hier zu lassen, allein nach Jena zu gehn und wiederzukommen, und schloß ihn so von allen Seiten ein, daß er alles nach Goethes Willen tun wird. Nun wurde Goethe von allen bestürmt; man küßte ihm Mund und Hand, und wer da nicht ankommen konnte, der streichelte ihn und küßte ihm die Schultern. Und wäre er nicht zu Hause gewesen, ich glaube, wir hätten ihn zu Hause begleitet, wie das römische Volk den Cicero nach der ersten Katilinarischen Rede.

Übrigens war auch Fräulein Ulrike ihm um den Hals gefallen, und da er ihr die Cour macht – sie ist sehr hübsch –, so tat alles dies zusammen die gute Wirkung.

Men 14ff.

2118. BÖRNE AN JEANNETTE WOHL

München, 19. November 1821

Nächstens wird Goethes „Tasso“ aufgeführt. Da will ich mich recht con amore oder eigentlich con odio darüber hermachen. Da ist der ganze Goethe darin mit aller seiner Größe und aller seiner Niedrigkeit.

BöW IX, 258

2119. BÖRNE AN JEANNETTE WOHL

München, 25. November 1821

Sie wissen, ich achte Goethe wenig, ich liebe ihn gar nicht, aber doch empört mich die Art, wie sich Deutschland rücksichtlich seines Denkmals beträgt. Welch ein beleidigendes und schmutziges Hin- und Hersprechen, ob man ihm ein Denkmal setzen oder nicht solle. Da hat ein gewisser Carové, der noch dazu jung, der noch dazu ein deutscher Volksnarr ist, der noch dazu auf der Wartburg gepredigt hat, vorgeschlagen, man solle, Goethe zu ehren, ihm nicht ein steinernes Denkmal setzen, sondern für die deutsche Armut eine wohlfeile Ausgabe seiner Schriften veranstalten. Und Herr Goethe, was ist das für ein Mensch! Welcher Hochmut, welche Hoffart! Jetzt läßt er alle seine Handzeichnungen, wie sie jeder aus seiner Jugend aufzuweisen hat ..., im Kupferstiche erscheinen. Der verkauft noch seine Windeln spannenweise. Pfui!

BöW IX, 265

2120. MANSO AN RAUMER

Breslau, 4. Dezember 1821

Nachher sind gelesen worden Meisters Pseudo-„Wanderjahre“. Ich glaube gern, daß sich Goethe dieses Mitarbeiters [Pustkuchen] nicht freuen kann; aber sich dessen zu schämen, hat er keine Ursache. Nur mit seinem Urteile über Goethe selbst muß mir der Ungenannte vom Halse bleiben! Das ist keine Kunst, jemanden zu tadeln, ja ihn zum Hunde zu machen, wenn man einen Maßstab anlegt, den der Getadelte weder anerkennt noch anerkennen kann. Und läuft da nicht zuletzt das ganze Urteil darauf hinaus, daß Goethe die Welt und die Menschen dargestellt hat, wie sie sind, nicht aber Ideale aus ihnen gemacht, wie der Anonymus will.

GoeJb XVIII, 120

2121. JOHANNA SCHOPENHAUER AN BÖTTIGER

Weimar, 10. Dezember 1821

Nur im Schloß ist hier noch einiges Leben ... Wir in der Stadt schlafen samt und sonders. Ich glaube, es gibt keinen ungeselligern Ort. Unser Theater wird alle Tage schlechter ... Unser Großherzog macht sich nichts mehr aus dem Theater; seine Gemahlin ist sehr bedenklich krank ... Goethe, nun Sie wissen's, dem sein Wahlspruch ist: „Après moi le déluge", und so ist's ihm ganz recht, wie es ist. Bei Goethe fallen mir die Pseudo-„Wanderjahre" ein. Ich sterbe fast vor Neugier, zu wissen, wer der Mann ist, der so schreiben kann [Pustkuchen].

Schop I, 305

2122. ARNIM AN WILHELM GRIMM

Wiepersdorf, 22. Dezember 1821

Daß meine Frau bei Goethe gewesen und sich lange mit ihm unterhalten hat unter abwechselnder Laune, würde sie Dir gern erzählen. Du könntest obligat dazu brummen. Als etwas Neues sei aber nicht übergangen, daß er jetzt eine Leidenschaft fürs Vorschneiden gefaßt hat, eine Viertelstunde am Nebentische auf den Bratvogel wartet und triumphierend hinter dem Bedienten mit der Karkasse herzieht.

ArnG 504

1822

2123. AUGUST WILHELM SCHLEGEL AN SULPIZ BOISSERÉE

Bonn, 26. Januar 1822

Was Goethe über die indischen Idole gesagt [im „Divan"], habe ich noch nicht gelesen, meine aber, ich hätte auf jeden Fall schon im voraus darauf geantwortet. Es ist närrisch, daß der alte Herr die indische Poesie loben will, sich aber dabei verstockt, die Mythologie durchaus verwerflich zu finden. Es ist gerade, als ob man die Früchte eines Baumes loben, den Stamm und die Wurzel aber schelten wollte. Goethe muß schlecht im Pausanias bewandert sein; sonst würde er wissen, daß die griechischen Idole ebenfalls sinnbildliche Ungeheuer waren, bis sich die Kunst völlig emanzipierte, wie es denn die Diana von Ephesus immer geblieben ist.

Bois 404

2124. RAHEL VARNHAGEN VON ENSE AN IHREN BRUDER LUDWIG ROBERT

Berlin, 9. Februar 1822

Ich habe Friedrichs II. Schwarzen Adler-Orden: er bedeckt mein belohntes Herz. Er ist gemacht: aus allen Tränen, die ich weinte und verschluckte, aus allem, was ich litt, liebte, lebte, genoß im Bösen und Guten. Mein Leben ist an seine Adresse gelangt. Daß *dieser* Mann *erlebe* von seinen Zeitgenossen, daß er vergöttert, anerkannt, studiert, begriffen, mit dem einsichtigsten Herzen geliebt würde, war der Gipfel all meiner Erdenwünsche und Kommission! Dieser vollständigste *Mensch*, dieser Repräsentant, der alle andern in sich trägt und so mächtig ist, sie uns zu zeigen, dieser Priester, dieser wahrhafte Gesandte: Dieser sagt nun befriedigt selbst, er sei verstanden; *das heißt:* geliebt, geliebt mit einer Liebe, die er nur erschaffen konnte. *Dies* hab *ich* ihm verschafft!

RahelA III, 62

2125. CHARLOTTE SCHILLER AN KNEBEL

Weimar, 24. Februar 1822

Daß er [A. W. Schlegel] in seinem indischen Journal [„Indische Bibliothek"] Geheimerat Goethe einen „Zeloten des Allah" nennt, hat mich sehr geärgert.

SchKn 520

2126. ADELE SCHOPENHAUER IN IHREM TAGEBUCH

Weimar, 20. März 1822

Es ist im Theater ein furchtbarer Aufstand gewesen: Hunius verdienterweise gepfiffen und gejohlt, Denys und seiner Frechheit wegen! Hunius spricht nämlich überall aus: es solle ihm schon noch glücken, alle alten Wurzeln Goethescher Schule auszurotten; Trauerspiele müßte man gar nicht geben; statt dessen aber tischt er uns lauter schlechte Lustspiele auf, schickt alle guten Schauspieler fort ...

Schop III, 123

2127. ROCHLITZ AN TRUCHSESS

Leipzig, 9. April 1822

Goethe hat es denn also auch noch erleben müssen, daß es unter nicht wenigen und eben den lautesten Schreiern des Tages Mode und Ton geworden ist, ihn herabzusetzen, abschätzig zu behandeln, selbst zu verspotten und den Bessern (die *sie* nämlich so nennen) als abgetan preiszugeben. Seine Umgebung hielt eine Zeitlang mancherlei Gedrucktes von ihm ab; endlich verlangte er's, und später liefen selbst der Briefe nicht wenige von ungenannten

Übermütlingen oder sich selbst aufreizenden Fanatikern ein, die ihm abscheulich mitspielten. Er ist zu stolz, mit irgend jemand darüber zu sprechen oder irgend jemand bestimmt darüber zu schreiben. Aber der Kampf mit sich selbst, um überall, persönlich wie schriftlich, wie vorher zu erscheinen, obgleich er innerlich äußerst bewegt ist – mehr als er sein sollte und sein würde, wäre er nicht ein Siebziger –, hilft ihn aufreiben, hat ihn fast vor jedermann zurückgescheucht, sehr verdüstert und ihm wahrscheinlich den ganzen Rest seiner Tage verekelt, zumal da er hier, und nicht bloß in geistigem, sondern zugleich gewissermaßen im wörtlichsten Sinne, hat erfahren müssen, was dort steht: „Der mein Brot isset, tritt mich mit Füßen." So ist die Welt! So reden meistens die herrlichsten Zeitgenossen in späteren Jahren, wenn nicht, wie bei Kant, ihr Geist entschläft und ihr Leben zu einem Vegetieren wird! Im wesentlichen endeten so [Friedrich Heinrich] Jacobi, Platner, auch Herder pp. Wohl dem, der eben in schönster Geistesblüte schnell weggerafft wird, wie Schiller, Mozart pp.

GoeRo 457

2128. CHARLOTTE SCHILLER AN IHREN SOHN ERNST

Weimar, 15. April 1822

Dein Pate Walther Goethe hat das Scharlachfieber. Der Großpapa und die übrige Familie ist dadurch von der Gesellschaft entfernt.

ESchi 221

2129. CHARLOTTE SCHILLER AN FRIEDRICH VON STEIN

Weimar, 8. Mai 1822

Lesen Sie die „Morphologie" von Goethe? Im letzten Stücke [Band 1, Heft 4], das erschienen, kommen viele interessante Bemerkungen über die Luft und Wolken vor. Und die Verse sind schön, die Goethe „Howards Ehrengedächtnis" überschrieben, weil dieser die Wolken so eingeteilt hat. Dieser Reichtum in den Ansichten der Natur, dieses stete Wirken auf einen Gegenstand erhält Goethens Alter stark und kräftig und vermehrt die innere Harmonie seines Wesens. Glücklich, daß diese Beschäftigungen jetzt lebendig wirken, daß er die Abnahme des poetischen Reichtums und Hervorbringung nicht so ahnte. Auch erlangt der Geist dadurch mehr Ruhe, als wenn er sich mit den Wissenschaften beschäftigte, die an die Welt von außen sich anschließen. Ich glaube auch, daß er noch allen Reichtum der Phantasie in sich bewahrt und ihn aussprechen kann in einzelnen Worten. Aber ich glaube doch auch, daß der Dichter noch jugendlich die Welt empfinden muß; sonst geht sie auch auf den Leser nur als ein Kunstwerk über. Zu großen Kompositionen gehört doch die Jugend.

SchFr I, 524f.

2130. KOPFENBERGER AN KOLOWRAT

Marienbad, 30. Juni 1822

Die Wünsche der hiesigen Bewohner nach einem vermehrten Zuströmen von Kurgästen scheinen sich dermalen von Tag zu Tag zu realisieren ...

Goethe, der Nestor unter den gegenwärtig lebenden deutschen Schriftstellern, behauptet in seinem Alter noch immer jenen Ernst und geistige Solidität, welche in seinen Schriften herrscht. Still und zurückgezogen in seinem Betragen, ist derselbe nur für wenige aus der Badegesellschaft zugänglich. Darunter gehören der Professor Höger aus Prag und der Stift-Tepler Prämonstratenserpriester Priester Stanislaus Zauper, Professor der zweiten Humanitätsklasse am Pilsner Gymnasium. Auf seinen Spaziergängen mineralogisiert Goethe fleißig und unermüdet, zu welchem Ende er jederzeit mit einem Hammer versehen ist. – Die Abende bringt derselbe größtenteils in Gesellschaft der Familie Levetzow zu, und er scheint vorzüglich an der Seite des ältesten Fräuleins, Ulrike von Levetzow, die ihn entweder mit Gesang oder einigen scherzhaften Gesprächen unterhält, wenigstens für einige Augenblicke die Unbilden zu vergessen, welche er durch die verunglückte Heirat seiner ehemaligen, unter dem Namen Madame Vulpius bekannten Wirtschafterin zu dulden hat. – In Gesprächen über die Literatur der verschiedenen Völker läßt er seine besondere Neigung für die Griechen nicht verkennen, und aus mehreren Äußerungen konnte man seine Teilnahme an dem noch ungewissen Schicksale der Hellenen wahrnehmen. Indessen dürfte jedoch vorzüglich der Umstand zu bemerken sein, daß Goethe dermalen für die katholische Religion nicht bloß sehr gemäßigte Gesinnungen, sondern recht viele Zuneigung blicken läßt. Insbesondere lobt er die Erbaulichkeit des katholischen Ritus gegenüber dem protestantischen. Gleiche Lobsprüche erteilt auch der weimarische Kriminalrat Schumann der katholischen Liturgie. Doktor Tzschirners neueste Schrift „Über Protestantismus und Katholizismus" beurteilen Goethe und Schumann strenge und erklären solche für ganz überflüssig, indem sich in gegenwärtigen Zeiten der Verstand auf keine Weise durch das Ansehen eines Schriftstellers, sondern nur allein durch die Wahrheit einnehmen läßt.

Chronik XXVI, 38

2131. CHARLOTTE SCHILLER AN FRIEDRICH VON STEIN

Rudolstadt, 24. Juli 1822

Goethe ist mir hier auch recht lebendig geworden. Sein fünfter Teil „Wahrheit und Dichtung" [„Kampagne in Frankreich" und „Belagerung von Mainz"] hat mich ergötzt. Der Zustand in der Champagne ist so geistvoll lebendig beschrieben, dabei seine eigenen Gefühle und Ansichten. Was mich rührt, ist der fortdauernde Anteil, den er an der Natur nimmt, und wie reich sein Geist im Anschauen und Beobachten sich selbst entfaltet. Was einem langen mühsamen Forschen nicht gelang, fand er auf seine geniale Art, und doch glaube ich auch, daß wenige so gewissenhaft mit ihren Resultaten verfahren wie er. So kann er sich von den Fesseln des Alters befreien, wenn sein Geist sich jugendlich im Anteil und Anschauen erhält.

Ich habe mit heiligem Eifer und Abneigung die falschen „Wanderjahre“ gelesen. Ich weiß nicht, wieviel Ironie dabei ist. Aber ich weiß, daß ich wollte, der Verfasser [Pustkuchen] hätte seine verständige Manier zu etwas Besserem angewendet ... Es ist ungerecht, daß jeder nicht Zufriedene seinen Scharfsinn beweisen will, während Goethe noch lebt, und es ist, als wenn man sich dazu das Wort gegeben hätte. Man sollte sich über diesen merkwürdigen Menschen erfreuen und die Gabe seines Genies als eine Göttergabe erkennen, nicht dem Tadel und beleidigten falschen Ansprüchen die Stimme leihen. Wo Licht ist, ist auch Schatten, das ist natürlich; doch soll der Schatten nicht auch den Schatten noch verdunkeln.

SchFr I, 529

2132. CAJUS GRAF VON REVENTLOW AN PERTHES

Altenhof bei Eckerförde, etwa Sommer 1822

Ganz so wie Sie bewundere ich den letzten Band von „Dichtung und Wahrheit“ [„Kampagne in Frankreich“ und „Belagerung von Mainz“] nicht. Wir haben die Fürstin Gallitzin und [Friedrich Heinrich] Jacobi gekannt, und wenn und was Goethe über sie spricht, ist uns interessant. Hätten wir sie aber nicht gekannt, so würden wir sie aus seiner Darstellung nimmer kennenlernen. Wie dürftig ferner ist die Erzählung des Feldzuges, des unglücklichen, in der Champagne! Hatte ein Mann wie Goethe dort nichts anderes zu sehen, zu erfahren, zu fühlen als die in einer solchen Zeit höchst gleichgültigen Gegenstände, die er dem Leser mitteilt? An Größe hat Goethe, wie mir scheint, durch die Bekanntmachung dieses Lebensabschnittes nicht gewonnen.

Per III, 66

2133. NICOLOVIUS AN PERTHES

Berlin, etwa Sommer 1822

Goethes Erzählung von Pempelfort [in der „Kampagne in Frankreich"] hat mich etwas verdrossen. Er ist ungerecht, kühl und übergeht oder vergißt manches, was dort vorgefallen und tiefen Eindruck auf ihn gemacht hat. Jacobi scheint recht gehabt zu haben, wenn er sagt, daß Goethe in jenen Tagen die Spuren des wilden Kriegerlebens an sich getragen hat. Auch die Stelle über [Johann Georg] Schlosser [in der „Belagerung von Mainz"] legt davon ein Zeugnis ab.

Per III, 66

2134. PERTHES AN NICOLOVIUS

Gotha, etwa Sommer 1822

Die guten alten Tanten [Helene und Charlotte Jacobi] sind bei uns gewesen ... Viel Sagen der Vorzeit kamen bei ihrer Anwesenheit unter uns zum Vorschein; auch las ich ihnen aus Goethe [„Kampagne in Frankreich"] den Aufenthalt in Pempelfort vor. Sie waren tief ergriffen und bemerkten über die Schönheit der Darstellung Goethes Ungerechtigkeit gegen Jacobi nicht.

Per III, 66f.

2135. THERESE HUBER AN KAROLINE PICHLER

Stuttgart, 31. Juli 1822

Wir haben indes ein paar belletristische Gaben erhalten, die wir dankbar annehmen können. Von dem fünften Teil von Goethes „Leben" sollte ich nicht so kalt sprechen. Er hat mir Erhebung und große, große Freude gewährt. Dieser klare, milde, reiche Mensch gewährt den schönsten Anblick. Wie eine gänzlich unter heiterstem Herbsthimmel gereifte, vollkommen ausgebildete Frucht hat er jede Epoche seines Daseins zweckgemäß durchschritten, hat jeden äußeren Einfluß zu seinem Gedeihen benutzt, hat alle Keime in sich entwickelt, hat gespendet und gewirkt und ist nun bereit, bei dem ersten Lufthauch leise herabzusinken von dem Stamm, den er schmückte. Die Preußen werden seine Erzählung der Kampagne 1792, der er beiwohnte, nicht gern lesen, die wenigsten ihm für seine hellen Ansichten Dank wissen. Ein Mann, der nicht schmeichelt, nicht deklamiert, nicht durch unverständliche Phrasen die Phantasie in unnatürliche Vermischung mit der Vernunft, das Sinnliche in erniedrigende Gemeinschaft mit dem Überirdischen bringt, gefällt nicht mehr.

GoeJb XVIII, 134

2136. SORETS ERINNERUNGEN

Weimar, 21. September 1822

Heute abend führte mich Herr Meyer zu dem berühmten Goethe, der mich freundlich, doch etwas kühl empfing. Unsere Unterhaltung drehte sich hauptsächlich um Mineralogie, Chemie und Physik. Die Erscheinungen der Polarisation interessieren ihn offenbar ganz besonders. Er zeigte mir etliche Apparate, die teilweise nach seinen eigenen Ideen hergestellt sind, und äußerte den Wunsch, mit mir derartige Experimente zu machen. Mir war der Anblick sehr befremdlich: der große Dichter vertieft in wissenschaftliche Untersuchungen – er, der einst den lebenglühenden „Werther" schuf, hat Freude an der Betrachtung eines toten Steins.

Er hatte die Freundlichkeit gehabt, meine Abhandlungen aus der Bibliothek holen zu lassen und sie zu lesen; ich habe ihm meine Arbeiten verehrt; im ganzen sind es jetzt ihrer neun.

Der Besuch dauerte länger als eine Stunde. Zum Schluß war Goethe aus seiner Wortkargheit aufgetaut, und als ich mich verabschiedete, sagte er mir die artigsten Dinge. Er sieht immer noch schön aus; Stirn und Augen vor allem haben etwas sehr Majestätisches; er ist groß und wohlgebaut. Seit einigen Jahren hat er sich für zu alt erklärt, um in Gesellschaft zu gehen, er besucht nicht einmal mehr die Hoheiten, er empfängt sie bei sich. Wenn man ihn so sieht, glaubt man schwerlich, daß er alt und gebrechlich sei.

Sr 13f. Aus dem Französischen

2137. SORETS ERINNERUNGEN

Weimar, 24. September 1822

Verbrachte den Abend bei Goethe mit Herrn Meyer, Goethes Sohn, Frau von Goethe und dem Arzt [Rehbein]. Goethe war viel lebhafter als das erstemal; er zeigte mir prächtige Lithographien aus Stuttgart; noch nie habe ich so vollkommene gesehen. Dann plauderten wir über wissenschaftliche Dinge, und die Fortschritte der Chemie waren unser Hauptgesprächsthema. Jod und Chlor beschäftigen Seine Exzellenz ganz besonders, er spricht von diesen Substanzen mit einem Erstaunen, als ob die neuen Entdeckungen der Chemie ihm völlig überraschend gekommen wären. Er ließ sich ein Röhrchen mit Jod bringen und verflüchtigte es vor unsern Augen an der Flamme einer Wachskerze, dann mußten wir Umstehenden alle den violetten Dampf bewundern ...

Goethe ist in den schönen Künsten bedeutender als in der Wissenschaft; offenbar verfügt er in jener Beziehung über ein außerordentlich feines Urteil. In Mineralogie und Geologie weiß er anscheinend viel besser Bescheid als in Chemie. Einige selten vorkommende Mineralien, die ich ihm gab, wußte er richtig zu bestimmen ...

Goethe spricht ziemlich tadellos Französisch, aber ein wenig stockend, denn er sucht und wählt die Ausdrücke; man merkt es ihm an, er fürchtet, sich eine Blöße zu geben; oft sprang er plötzlich ins Deutsche über, und dann sprach er ebenso lebhaft wie munter.

Sr 14f. Aus dem Französischen

2138. CHARLOTTE SCHILLER AN RENNENKAMPFF

Weimar, 3. Oktober 1822

Goethe lebt in seinen Naturansichten und Forschungen am meisten. Ich sah ihn noch nicht, seit er aus Marienbad zurück. Haben Sie den neuen Teil „Dichtung und Wahrheit" gelesen, worin der Feldzug in der Champagne vorkömmt? Es hat mich sehr angezogen, da er ein treues Bild seines

Frédéric-Jean Soret

eigenen Lebens und Zustandes gibt und mit homerischer Treue die neuen Helden schildert und ihre Schicksale. Es kann aber sein, daß es uns auch nach längerer Zeit mehr Genuß noch gewähren würde, weil die neuere Zeit mit ihren Begebenheiten das poetische Interesse nicht im Übermaß hat. Es ist aber sehr lebendig, sehr klar. Goethe zieht sich sehr vom öffentlichen Leben zurück, er hat auch seine Abendgesellschaften nicht mehr.

GoeJb X, 161

2139. LEA MENDELSSOHN AN UNBEKANNT

nach dem 8. Oktober 1822

An Goethes und Schopenhauers machten wir herrliche, unvergeßliche Bekanntschaften. Mit inniger Mutterfreude sah ich, daß Felix sich unter den vorzüglichen Menschen ungemein beliebt gemacht hatte, und gerne verdanken ihm die glücklichen Eltern die ausgezeichnete Güte, mit der sie aufgenommen wurden. Goethe, der Vornehme, Hohe, Ministerielle, um den Würde, Ruhm, Dichterglanz, Genie und Superiorität jeder Gattung eine blendende Strahlenkrone bilden, vor dem gemeine Sterbliche erbangen, ist so gütig, mild freundlich, ja väterlich gegen den Knaben, daß ich nur mit dem innigsten Dank und freudiger Rührung mir diese beglückenden Bilder zurückrufen kann. Stundenlang sprach er mit meinem Mann über Felix; herzlich lud er ihn ein, wieder längere Zeit bei ihm zu wohnen; mit sichtlichem Wohlgefallen ruhten seine Blicke auf ihm, und sein Ernst verwandelte sich in Heiterkeit, wenn er nach seinem Sinn phantasiert hatte. Da er gewöhnliche Musik nicht liebt, war sein Piano seit Felix' Abwesenheit unberührt geblieben, und er öffnete es ihm mit den Worten: „Komm und wecke mir all die geflügelten Geister, die lange darin geschlummert."

Und ein andermal: „Du bist mein David! Sollte ich krank und traurig werden, so banne die bösen Träume durch dein Spiel; ich werde auch nie, wie Saul, den Speer nach dir werfen." ... Auch gegen Fanny [Mendelssohn] war er sehr gütig und herablassend. Sie mußte ihm viel Bach spielen, und seine von ihr komponierten Lieder gefielen ihm außerordentlich, so wie ihn überhaupt erfreut, sich in Musik gesetzt zu sehen.

Men 21

2140. SORETS ERINNERUNGEN

Weimar, 3. Dezember 1822

Nachdem wir eine Zeitlang Kupferstiche und kostbare Bücher betrachtet hatten, wurde uns die Freude, Goethe zwei verschiedene Male seine Übersetzung des griechischen Gedichtes „Charon" vorlesen zu hören; diesmal ging mir fast nichts verloren, und ich hatte das Glück, sozusagen Wort für Wort der Übersetzung folgen zu können, die höchst getreu sein soll; vor allem aber erleichterte mir das Verständnis dieses Gedichtes die Art und Weise, wie Goethe es vortrug, klar, deutlich, eindringlich; ich wüßte nicht, jemals eine so schöne Deklamation gehört zu haben; diese Blicke, dieses Feuer, diese Stimme, abwechselnd donnernd und leise, diese deutliche Aussprache, diese Mannigfaltigkeit der Betonung! Vielleicht entwickelte er zu viel Stimme für den engen Raum, in dem wir zusammengepfercht saßen, aber an dem Vortrag war nicht das geringste auszusetzen.

Zum erstenmal, wenn ich mich nicht irre, erwies mir Goethe die Ehre, mit mir über Literatur zu sprechen, über seine Werke, über Frau von Staël usw. Er beschäftigt sich jetzt mit Übersetzung und Ergänzung einer Tragödie des Euripides, „Phaethon", von der nur Bruchstücke erhalten sind; gerade vor einem Jahr hat er diese Arbeit begonnen und sie in den letzten Tagen wieder vorgenommen.

Sr 25f. Aus dem Französischen

2141. MANSO AN RAUMER

Breslau, 6. Dezember 1822

Ich unterschreibe, was hier [in Tiecks „Verlobung"] im ganzen wie im einzelnen namentlich über die Mißhandlung

Goethens gesagt wird. Diese allgemein einreißende Frömmelei ist wahrlich die traurigste Erscheinung der Zeit und der größte Schandfleck, daß Pustkuchen und, um das Maß der Schande voll zu machen, der junge Schütz [„Goethe und Pustkuchen"] ihr Publikum fanden.

GoeJb XVIII, 120

2142. THERESE HUBER AN IHRE TOCHTER THERESE FORSTER

Stuttgart 1822

Ich empfehle Dir den fünften Band Goethe. Er wird freilich die getreuen Preußen ein wenig aufregen – nicht als ob Goethe anders als zu ihrem Lobe redete, er ist ja mit Herz und Seele Monarchist, aber dieser Band enthält die Kampagne in der Champagne, und das ist ein köstliches Thema. Dies Buch werden selbst Deine Oberen [die Fürsten von Sondershausen] mit Anteil lesen. In einem Kapitel zeigt uns der erhabene Greis, wie er seine eigene Entwicklung betrachtet. Er kommt nach zehn Jahren Trennung bei Jacobi in Pempelfort an, und da gibt er sich Rechenschaft über die Veränderungen, die in ihm vorgegangen sind. Das ist eine der schönsten Sachen, die ich je gelesen habe. Es ist von einer Klarheit, von einer so edlen Menschlichkeit, von einer Seelenruhe, die mich entzückt und die Predigten wert ist.

GoeJb XXIV, 94f. Aus dem Französischen

1823

2143. KNEBEL AN KANZLER VON MÜLLER

Jena, 2. Februar 1823

Goethe hat auch in seiner physischen Konstitution vieles mit Napoleon überein.

Kn III, 85

2144. KANZLER VON MÜLLERS „UNTERHALTUNGEN MIT GOETHE“

Weimar, 3. Februar 1823

Ich traf ihn gegen 6 Uhr abends ganz allein, nur sein kleiner Enkel [Walther] blätterte in Bilderbüchern und ward bei seinem lebhaften Wesen und öftren Fragen von dem alten Herrn aufs geduldigste von Zeit zu Zeit beschwichtigt, endlich aber durch allerlei Persuasionen vermocht, sich auf das Bett im Kabinett schlafen zu legen.

Die wichtige Tagesneuigkeit des Krieges mit Spanien gab unsrem Gespräch die ernste Unterlage.

Mü 59

2145. KANZLER VON MÜLLERS „UNTERHALTUNGEN MIT GOETHE“

Weimar, 12. Februar bis 2. März 1823

Mittwochs abend, 12. Februar, erfuhr ich zuerst über sein Übelbefinden, auf das man jedoch kein Gewicht legte.

Donnerstags ließ er mir sagen, daß er sich bereits wieder bessere.

Freitags nach Tisch traf ich ihn recht munter, mit seiner Schwiegertochter noch am Tische sitzend, an und brachte ihm Gagerns neues Buch „Mein Anteil an der Politik", auf das er sich sehr gefreut hatte.

Er klagte nur, daß der Kopf noch nicht recht hell sei, und äußerte, er fühle sich gerade wie einer, der im Begriff sei, recht fromm und bigott zu werden, und dessen Verstand und Vernunft ausruhe ...

Nach meiner Wiederkehr [aus Jena] hörte ich Montags früh, den 17. Februar, daß er die Nacht übel zugebracht, wenig geschlafen und viel gehustet habe. Ich ging gegen 4–5 Uhr nachmittags zu ihm und fand ihn angekleidet im Bette liegen, sehr jammernd und klagend über fortwährende Schmerzen und Ermattung. Er hatte einen äußerst heftigen Fieberfrost gehabt, der ihn über zwei Stunden lang durchschüttelt hatte. Meyer schlich sich eben ab, als ich eintrat, Rehbein kam bald darauf und gab guten Trost. Man hoffte auf Schweiß. Er verlangte etwas Wein zu trinken, was man zu gestatten nicht wagte.

„Allmächtiger Gott, was muß ich ausstehen, wie krank bin ich, kränker als in vielen Jahren!" rief er einmal über das andere aus. Sodann: „Die Götter halten uns hart in solchen kranken Tagen, und doch auch nicht gar sonderlich in den gesunden."

Die Kammer, worin er lag, war ganz dunkel, seine Hand kalt, alles umher unheimlich. Doch nahm er noch großen Anteil an allem, was ich von Knebel und von Stroganoff referierte, und trieb mich an, ins Theater zu gehen ... Gegen 6 Uhr verließ ich ihn, noch ganz ohne ernstliche Besorgnis.

Dienstags, 18. Februar, erschreckte mich mittags, beim General von Egloffstein, mein Bruder mit der eben aus Dr. Rehbeins Munde vernommenen Schreckenskunde, daß Goethe höchst gefährlich krank sei und eine Herzentzündung habe. Ich lief gleich nach Tische hin, erfuhr, daß man ihm zu Ader gelassen, traf Dr. Huschken, sah das Blut, mit allen Zeichen der höchsten Entzündung, und mußte aus der Ärzte Mund vernehmen, daß die Wahrscheinlichkeit seiner Rettung nur wie 2:10 sei. In der Nacht trat Schweiß ein, weshalb man die beschlossenen Blutigel erst am andern Morgen ansetzte.

Mittwochs, 19. Februar, schien es etwas besser zu gehen.

Doch hatte er schon, so vor sich hin, gesagt: „Dieser Schmerz“, den am Herzen meinend, „dieser unbesiegbare Schmerz wird mich noch an die Schwelle des Lebens bringen.“

Donnerstags bis Sonnabends abends wechselte Besserung und Verschlimmerung immerfort ab.

Jeden Nachmittag brachte ich eine Stunde bei dem Sohn oder bei Ottilien oder Ulriken [von Pogwisch] zu. Er war öfters betäubt, phantasierte halb und halb, doch immer dazwischen ganz teilnehmend und verständig sprechend ...

Sobald er sich momentan erleichtert fühlte, wollte er alsobald, daß seine Schwiegertochter ihrer gewohnten geselligen Weise nachgehen, den Hof oder das Theater besuchen sollte. Jede Dienstleistung erwiderte er durch ein dankbares artiges Wort oder einen verbindlichen Gestus ...

Er saß fast beständig auf dem Bette oder in dem Großvaterstuhl der Oberkammerherrin von Egl[offstein], den er sehr anpries und hinzusetzte, durch dessen Sendung habe sie sich eine Staffel in den Himmel verdient ...

Sonntags, 23. Februar, war er am schlechtesten. Früh schon sagte er zu seinem Sohne: „Der Tod steht in allen Ecken um mich herum.“ Zu Huschken mehrmalen: „Ich bin verloren“ ...

Dienstags morgens, 25. Februar, enthielt das Bulletin zum ersten Male lauter Gutes. Er hatte mehrere Stunden ruhig geschlafen, der Puls ging ziemlich frei, und man überließ sich freudig den schönsten Hoffnungen. Gegen 2 Uhr besuchte ihn der Großherzog. Sie sprachen meist von der Edelsteinsammlung des Großherzogs und von der Kunst, die Diamanten nachzumachen. Rehbein vertrieb den Fürsten, als er merkte, daß die Unterhaltung den Patienten angriff ...

Mittwochs, 26. Februar. Die Nacht war fast ganz schlaflos gewesen, doch schlummerte er am Morgen. Die linke Hand zeigte sich geschwollen, die Füße ohnehin. Üble Zeichen. Er war im ganzen ruhig, fing an, sich nach der Außenwelt zu erkundigen; ob keine Heirat neuerer Zeit zustande gekommen p. Gegen Abend verlangte er nach Meyern. Voigt von Jena war hier ...

Sonntags, 2. März, ließ er sich alle Nachfrage verbitten, da die Besserung rasch vorwärtsschritt.

Mü 62–65

2146. KANZLER VON MÜLLER AN JULIE VON EGLOFFSTEIN

Weimar, 21. Februar 1823

Mitten in meiner Angst und Qual um Goethe war die Kunde Ihrer glücklichen Ankunft ... ein heiterer Lichtstrahl ... Ach, wer hätte geahndet, daß die Verse in Ihr Denkbuch [„Abgeschlossen sei das Buch ...“] wahrscheinlich die letzten aus der Feder des teuern Mannes sein würden! Gestern überließ ich mich wieder den beruhigendsten Hoffnungen. *Heute* ist er viel schlimmer, und selbst Ottilie findet sein ganzes Wesen verändert und erschlafft. Sonntags soll der entscheidende Tag eintreten; ich zittre ihm entgegen. – – Gewiß, *Sie* fühlen recht tief mit uns ..., *wie groß* der Verlust sein würde, der uns bedroht!

Mü 297

2147. KAROLINE FREIFRAU VON EGLOFFSTEIN AN IHRE NICHTE JULIE

Weimar, 23. Februar 1823

Der Zustand des großen Mannes, den wir lieben und ehren, hat sich verschlimmert, und nur wenig Hoffnung bleibt uns. Ich kann dies nicht ohne Tränen niederschreiben, da alles so lebhaft mir vor die Seele tritt, was er uns allen war. Die Nachrichten von diesem Morgen sind schlimm, sehr schlimm. Ich sitze und starre vor mich hin. O Gott, was ist alles auf der Welt! Diese Augen, aus welchen Geist und Leben sprach, werden vielleicht bald sich schließen und blicken nur schwach und unsicher umher. Die Lippen, aus welchen die lieblichste Rede tönte, bewegen sich nur mühsam. Und endlich der alles umfassende Geist wird bald nur mühsam die gewöhnlichsten Dinge fassen. Ach, liebe Julie, ich bin recht betrübt. Die Worte, so er Dir zum Abschied gab, sind wahrscheinlich die letzten, so er niederschrieb. Es ist mir höchst erfreulich, daß mein Großvaterstuhl der einzige ist, in dem er gerne sitzt. Der Großherzog und Frau von Stein haben ihm welche geschickt, aber keiner behagt ihm, und er sagte noch heute: „Die gute Oberkammerherrin baut sich eine Stufe in Himmel durch die Wohltat, so sie uns erweist." Ottilie pflegt ihn und wacht die Nächte; sie soll sich mit Kraft betragen, obgleich sie keine Hoffnung hat und *weiß, was sie verliert* ...

Der Kanzler ist außer sich, und Soret ist so betrübt, als wäre es sein Vater.

EgMit 15f. und Eg 184f.

2148. KAROLINE GRÄFIN VON EGLOFFSTEIN AN IHRE MUTTER

Weimar, 23. und 24. Februar 1823

[23. Februar:] Als Du von uns gingst ... und meine Julia mit Dir, da dachte ich nicht, daß meine Augen andre Tränen vergießen könnten als um euren Abschied. Ich habe aber seitdem noch viel weinen müssen ... Goethe ist wohl ohne Rettung, und noch zählen wir nur die Stunden seines irdischen Lebens. Bald ringt der Geist sich frei aus diesen Banden, und *wie* frei muß sich dieser fühlen, wenn er die Schwelle überschritten hat!

Ich weine um mich, ich traure um Ottilien, ich betrübe mich, daß Ihr euch betrüben werdet, aber ich bitte Gott, den Kampf nicht zu verlängern. Meine Julie hat ein schönes Bild seiner Liebe und Zuneigung mit hinweggenommen ...

[24. Februar:] Noch ist nichts entschieden. Ich lege Euch Sorets heutiges Billett bei, der mit der treuesten und innigsten Anhänglichkeit um den Kranken zittert und ebenso treu alle Nachrichten stündlich mir mitteilt. Ich vermag nicht zu hoffen mehr; resigniert will ich der nächsten Stunde entgegengehen: sie kann uns nichts Gutes bringen ... Ottilie zeigt eine ungemeine Standhaftigkeit und kräftigen Geist, trotz ihres schwächlichen Körpers. Sie wacht alle Nächte beinahe und hat ihre Gedanken und Überlegung für die übrigen – ach, aber sie ist auch ohne Trost, ohne Hoffnung, und wir brauchen alle Mut, um diesen Verlust zu überwinden ...

Um halb 3 Uhr. Eben komme ich vom Krankenhause. August Goethe gibt alle Hoffnung auf, und der Puls soll so sonderbar schnell und schwach abwechselnd schlagen und die Schwäche so groß sein. – Nein, ich hoffte ja schon von Anfang an nicht mehr!

Eg 185f.

2149. SORETS ERINNERUNGEN

Weimar, 24. Februar 1823

Der heutige Tag war noch sehr beunruhigend, da am Mittag keine Besserung erfolgte wie gestern; in diesen Augenblicken sagte Goethe zu seiner Schwiegertochter: „Jetzt beginnt in mir der Kampf zwischen Leben und Tod.“

Den ganzen Abend war der Kranke bei voller geistiger Klarheit, ein paarmal scherzte er sogar ...

Als ich um 7 Uhr sein Zimmer betrat, saß er auf seinem Bett, der Tür seines Arbeitszimmers zugewandt; ich konnte sein Gesicht sehen, die Züge erschienen mir fast unverändert, seine Stimme war klar und deutlich, aber sie klang feierlich wie die eines Sterbenden. Während ich da war, sagte er zu seinen Kindern: „Ihr glaubt wohl, es gehe mir besser, ach nein, ihr irrt euch.“ Man suchte ihm seine bösen Ahnungen scherzend auszureden, und er kam nicht weiter darauf zurück. Später war Walther bei ihm und erzählte ihm von seinem Besuch beim Prinzen, der Kranke hörte ihm lächelnd zu und plauderte mit seinem Enkel, aber seine Stimme wollte mir nicht mehr recht gefallen.

Seine nächsten Freunde sahen ihn, wie auch ich, vom Arbeitszimmer aus, aber er sah sie nicht und verlangte auch nicht nach ihnen. Gar zuviel Menschen hatten sich in seine Nähe gedrängt; um nicht unnütz dies Gedränge zu vermehren, zog ich mich zurück und verfügte mich wieder nach unten, von wo ich meine Berichte an die Hoheiten sende.

Sr 40f. Aus dem Französischen

2150. KANZLER VON MÜLLER AN HENRIETTE VON BEAULIEU-MARCONNAY

Weimar, 24. Februar 1823, abends 9 Uhr

Eben komme ich von Goethens Krankenbette – wo ich vier Stunden in großer Spannung zubrachte. Es scheint eine Krisis eingetreten, die wieder Hoffnung schöpfen läßt, das Bewußtsein ist wieder ganz frei, das Atemholen ruhig, die Schmerzen minder, die Todeskälte in den Händen beginnt zu weichen, und alles deutet auf eine ruhigere Nacht. Welche merkwürdige Äußerungen tat er, wie klar beurteilt er seine Krankheit, wie die eines Fremden, und wie liebevoll, wie graziös spricht er noch immer mit seinen Familiengenossen, wie humoristisch, ja ironisch mit den Ärzten. „Der Tod steht in allen Ecken um mich", sprach er ganz heiter diesen Morgen; und diesen Abend: „Es ist ein Hindernis in mir zu *leben* wie zu *sterben,* mich soll nur wundern, wie es enden wird." Wenn er morgen überlebt, ist er gerettet, glaubt man! Linen [Karoline von Egloffstein] war es ein wahrer Trost, seine Stimme im Nebenzimmer zu hören, ja ihn selbst, durch die Türe, aufrecht sitzend zu sehen. Ottilie benimmt sich wie ein Engel, verbirgt ihren ungeheuern Schmerz und umgibt Tag und Nacht sein Lager mit den freundlichsten Worten und Hülfsleistungen. Mein Kopf ist ganz wüste für alles andere.

Mü 298

2151. RIEMER AN FROMMANN

Weimar, 24. Februar 1823

Die Krankheit unseres G[oethe] erhält einen in beständiger Sorge und erlaubt kaum ein anhaltendes Beschäftigen mit einer Sache, da Liebe und Pflicht sich zur Teilnahme gedrungen fühlen.

Rie 271

2152. GRIES AN ABEKEN

Jena, 24. Februar 1823

Ja, mein teurer Freund, wir alle, Deutschland, die Welt, haben einen Verlust erlitten, der, wenn nicht für *alle* Zeiten, doch gewiß für die jetzige unersetzlich ist.

Gibt es dabei einen Trost, so ist es dieser, daß er nicht lange gelitten hat. Erst vorgestern, am Sonnabend, hörte ich die erste Nachricht, daß Goethe bedenklich krank sei, und schon gestern, am 23., nachmittags um 5 Uhr hat sein Geist diese Welt verlassen. Sein *Geist*, sage ich? Nein, den soll kein Tod uns rauben! ...

Gestern abend (Sonntag) war der gewöhnliche Klub auf der „Rose". Um elf Uhr verbreitete sich die Nachricht, Goethe sei gestorben; Ziegesars Hofmeister habe die Nachricht von Weimar mitgebracht. Die Bestürzung war allgemein. Nach allen Umständen ließ es sich nicht mehr bezweifeln, und doch hoffte ich noch. Allein diesen Morgen sandte Frommann mir die traurige Bestätigung. Nicht eine Herzentzündung, sondern eine Verhärtung des Perikardium (Perikarditis) ist wahrscheinlich die nächste Veranlassung seines Todes ... Der Großherzog soll untröstlich sein – aber wer ist es nicht?

Nachmittag. Hier noch einige nähere Umstände, die ich soeben von Knebel erfahren habe. – Goethe hat, wie ich Ihnen sagte, die strenge Kälte recht gut überstanden und auch hernach, bis auf die letzten Tage sich wohl befunden. Vorigen Dienstag, den 18., sind Riemer und Meyer bei ihm zum Besuch. Er wandelt mit ihnen im Gespräch das Zimmer auf und ab, bei anscheinend vollkommenem Wohlsein. Auf einmal bleibt er stehen und sagt ungefähr diese Worte: „Meine Freunde, es ist mit mir vorbei! Ich fühle etwas in mir, das ich sonst nicht gefühlt habe. Die morsche Hülle kann den Geist nicht mehr tragen; sie bricht zusammen." Die beiden, höchst bestürzt über diese Worte des Mannes, der gesund und kräftig vor ihnen steht, suchen ihm diese Vorstellung auszureden. Er bleibt dabei. Am folgenden Tage (Mittwoch) mußte er sich niederlegen und verfiel sehr bald in einen Zustand völliger Besinnungslosigkeit. In ein dumpfes Hinbrüten ohne Schlaf. So lag er bis zum Sonnabend. Am Abend dieses Tages schrieb Riemer an Knebel, Goethe habe sich seit dem Morgen merklich gebessert; Besinnung und Kräfte seien zurückgekehrt; er habe mehrere Stunden ruhig geschlafen, und es sei alle Hoffnung vorhanden, daß er den kritischen fünften Tag (den Sonntag) glücklich überstehen werde. Diesen Brief erhielt Knebel am Sonntagmorgen. Am Abend desselben Tages traf die Todesbotschaft ein. Seine Frau verhehlte sie ihm bis heute früh. Anfangs soll er ganz außer sich gewesen sein; um Mittag war er ziemlich gefaßt, doch sehr traurig.

JbGoeGes V, 243ff.

2153. AUGUST VON GOETHE AN FRIEDRICH SCHLOSSER

Weimar, 26. Februar 1823

Wir haben in der letzten Zeit sehr traurige und beunruhigende Tage verlebt. Mein armer Vater wurde am 17. des Monats plötzlich von einer Entzündung des Herzbeutels und wahrscheinlich auch eines Teils des Herzens, wozu sich noch eine Entzündung der Pleura gesellte, überfallen, welche ihn im Verlauf der Woche an den Rand des Grabes stellte. Glücklicherweise traten am neunten Tage, als am 24., die von den Ärzten ersehnten Krisen ein, und in diesem Augenblicke scheint die Gefahr vorüber zu sein. Wir hoffen, daß die starke und gute Natur des Vaters, welche ihn in seinem hohen Alter diese bedeutende Krankheit überstehen ließ, auch die etwanigen Folgen überwinden helfen wird.

Schlos 113

2154. BETTY WESSELHÖFT AN ZELTER

Jena, 27. Februar 1823

Mit Furcht und Zittern erwartete man den Montag als den neunten Tag, welchen die Ärzte für sehr entscheidend hielten. – Am Sonntagabend spät verbreitete sich hier allgemein die Nachricht durch einen um 6 Uhr aus Weimar gefahrenen Hofmeister aus dem Ziegesarschen Hause: Goethe sei um 5 Uhr nachmittags gestorben. Mich schaudert noch jetzt, da ich das Wort hinschreibe, und Sie können sich unsere Gefühle denken. – Einer schickte zu dem andern, um sich erkundigen zu lassen. Keiner wagte mehr zu zweifeln nach dem, was vorangegangen war. Knebel aber, obgleich er die schreckliche Nachricht auch glaubte, schickte doch Montag gegen Mittag einen Boten hinüber, weil die Post durchaus an niemand einen Brief mitgebracht hatte. – Manche heiße Träne ist hier in aller Stille an dem Tage geweint. Nachmittag 5 Uhr, als noch keine Nachricht diesem schrecklichen Gerücht widersprochen hatte, setze ich mich nieder, um Sie, teurer Freund, darauf vorzubereiten. Nie ist mir ein Brief schwerer geworden, als da ich Ihnen dies Schwert durchs Herz stoßen sollte – und doch war es mir, als dürfe ich Sie nicht ohne Nachricht lassen. – Nun ließ ich den Brief unversiegelt liegen, immer auf Knebels Boten harrend. – Endlich gegen 8 Uhr kommt dieser und bringt die Nachricht, daß er noch lebe und die Ärzte hofften, die höchste Krisis sei überstanden. Die Extremitäten sind schon kalt gewesen; mit einem Male hat die kräftige Natur aber wieder die Oberhand gewonnen ...

Dienstag lauteten die Nachrichten ... mitunter günstig, doch widersprechend. Wir versuchten, den Frommann flott zu machen, um endlich einmal recht ordentlichen Bescheid aus Weimar zu haben ... Er war zwar *sehr* bekümmert um Goethe, aber doch zu dem großen Schritt nicht zu bewegen. Da kriegte endlich die Frankfurterin, die kleine artige Hofrätin Voigt, eine große Anhängerin Goethens, ihren Mann [Friedrich Siegmund Voigt] dazu, sich gestern, Mittwoch, morgens früh nach Weimar zu begeben. Sie kam gestern nachmittag zu uns, und ihr Mann hatte geloben müssen, bei seiner Rückkehr vor unserm Hause abzusteigen, wo der Gries sich auch einfand und also das Hauptquartier war ... – Voigt hatte ihn selbst nicht gesehen, weil noch niemand, auch Riemer nicht, zugelassen wird; doch war er lange im Hause gewesen und hatte sich bei beiden Ärzten, Huschke und Rehbein, erkundigt. Alle behaupten, die

Gefahr sei vorüber. Nun müssen wir von der guten Natur das übrige hoffen und wollen uns nicht damit quälen, daß *gewöhnliche* Naturen oft nach solchem Krankheitsanfalle Anlage zur Wassersucht bekommen ...

Über die Ignoranz der Ärzte soll Goethe verschiedentlich gewütet und der Dr. Rehbein sein bescheiden Teil abgekriegt haben. – Tut aber alles nichts! Ich beneide einen jeden, der zu seiner Genesung, seiner Pflege etwas beitragen kann, und sollte er es auch mit einigen wohlgemeinten Püffen erkaufen. – Wir können nun leider Gottes nichts tun als uns freuen. Das wollen wir aber redlich tun, so wie mir gewiß der Montag einer der schwersten Tage meines Lebens gewesen ist. – Der arme Knebel! – Auch schon ganz mit dem Gedanken vertraut, den Freund, den Zeitgenossen verloren zu haben, setzt er sich gegen Abend, als der Bote immer nicht kommt, hin und fängt ein Gedicht an den Abgeschiedenen an, welches so beginnt: „Die Zeder ist gefallen ..."

JbGoeGes I, 132ff.

2155. SORETS ERINNERUNGEN

Weimar, 27. Februar 1823

Heute mittag um 1 Uhr ließ mich Goethe, als er hörte, daß ich im Hause sei, zu sich rufen; er reichte mir die Hand mit den Worten: „Ja ja, Sie haben einen vom Tode Wiedererstandenen vor sich." Dann bat er mich, den Hoheiten für die Teilnahme zu danken, die sie ihm während seiner Krankheit bewiesen. „Es wird lange dauern, bis ich wieder ganz gesund bin", setzte er hinzu, „gleichwohl bleibt den Ärzten die Ehre, ein kleines Wunder an mir getan zu haben."

Nach ein oder zwei Minuten zog ich mich wieder zurück. Seine Gesichtsfarbe ist gut, aber mager geworden ist er, und er atmet noch mit einiger Beschwerde; die Anschwellung des linken Armes bemerkt man sofort; er hält die Augen geschlossen und öffnet sie nur, wenn er spricht.

Sr 42f. Aus dem Französischen

2156. KAROLINE GRÄFIN VON EGLOFFSTEIN AN IHRE SCHWESTER JULIE

Weimar, 28. Februar 1823

O meine Julie, freue Dich! ... Heute gerade, wo Ihr unsre traurigen Berichte erhalten müßt, schreibe ich Dir in voller Sicherheit über des teuern Freundes Leben! Beifolgendes Billett von Soret ... wird Dir den bestimmten Zustand zeigen, und freilich, die Zukunft selbst läßt vieles befürchten, und die Wassersucht scheint sich ganz zu deklarieren. Aber der Mensch hofft so leicht, er hofft so gerne, und leichten Sinns sehe ich jetzt die Stunden hingehen, da ich nicht mehr zu fürchten brauche beim Beginn einer jeden, sie sei die letzte eines geliebten Hauptes!! ...

Der Montag, gerade der 24. Februar, war ein schauerlicher, entscheidender Tag, und ich hatte allen Mut zusammengefaßt, um hilfreich, aber nicht hilfefordernd zu sein. Schon die Nachmittagstunden sollten entscheidend werden, und man hatte uns erlaubt, im Krankenvorzimmer – Du kennst das kleine Kabinett – zu verweilen. Einen Schritt über die Türschwelle, und man hörte die Stimme, die wie in guten Tagen kräftig und wohllautend tönte. Einen Schritt weiter, und man sah, ungesehen, den Kranken selbst. Sonderbar wirkte alles, wovor ich mich als zu erschütternd gefürchtet hatte, beinahe beruhigend auf mich, und trotz aller Vernunft, die jede Hoffnung in mir ausgelöscht hatte, kehrte, unbegreiflich, ein Hoffnungsstrahl nach dem andern zurück. Um 9 Uhr entfernte ich mich. Ich hatte der Hoheit [Maria Pawlowna] mehrmals schreiben müssen und brachte ihr nun noch mündlichen Rapport. ... dann kehrte ich zu Goethens zurück. Ich fand alle noch beisammen in Ottiliens Zimmer, und ohne Rede begriff man gleich, daß ich auch bleiben wollte. Plötzlich stürzte Rehbein wie ein Exaltierter herein. „Wir haben Hoffnung, volle Hoffnung!" schrie er leidenschaftlich. „Es wird alles besser werden! Der Kranke hat eine Krisis überstanden, Hände und Stirn sind warm, er wird schlafen, denn sogar der Puls ist ruhig und ohne Fieber!!" – Du kannst Dir denken, wie mir ward. – Die Männer fielen sich in die Arme und liefen alle fort. Die

Pogwisch, Adele [Schopenhauer] und ich konnten nicht so schnell hoffen, nicht so schnell glauben. Die gute Nachricht bestätigte sich aber fort; die Nacht verging ruhig, und am Morgen um 7 Uhr kamen wir alle freudig zusammen, und ich schrieb der Hoheit die Nachricht ... Sie hat sich benommen, als ob Goethe ihr Vater wäre ...

Eg 187f.

2157. CHARLOTTE SCHILLER AN KNEBEL

Weimar, 1. März 1823

Es ist, als wenn wir uns nach einer großen Begebenheit wieder begrüßten; denn Goethes Krankheit hat uns alle gebeugt, und ich war in einer Art stummen Schmerz, wo ich mich gern ganz verborgen hätte. Heute geht es viel, viel besser; er hat vier Stunden geschlafen ... Die geschwollne Hand und der Fuß ängstigen mich nicht so wie andre; denn wo hin muß der Krankheitsstoff doch sich sammeln ...

SchKn 534

2158. SORET AN KAROLINE VON EGLOFFSTEIN

Weimar, 2. März 1823

Denken Sie sich, ich war heute länger als eine Stunde in Goethes Zimmer, saß ihm gegenüber mit Frau von Goethe zur Linken, Herrn Riemer zur Rechten! Welch wunderbare Änderung vollzog sich seit drei Tagen wieder in seinem Gesicht und seiner Stimme! Er ist allein aufgestanden und vor mir hin und her gegangen, seine Augen sind fast immer geöffnet, er spricht gern, ißt mit Appetit seine Suppe, liest seine Briefe und bewegt beide Hände, so sehr hat die Geschwulst abgenommen. Außerdem sagt mir Stadelmann, daß seine Füße weniger geschwollen sind als sonst am Morgen, wenn er sich gesund fühlt.

Damit nicht genug, zum erstenmal wurde bei ihm wieder wie gewöhnlich am großen Tisch Tee getrunken. Frau von Goethe nahm von ihrer Haube eine rote Schleife und band sie als Siegeszeichen an die Teekanne, was den Rekonvaleszenten lachen machte. Wie schön muß solche Rückkehr zum Leben sein, wenn alle Gesichter ringsum vor Glück strahlen! Eine Sammlung unechter Steine wurde uns vorgelegt, und während wir dabei waren, sie zu bewundern, ließ ich, dumm und ungeschickt, wie ich nun einmal bin, einen davon fallen; er verschwand unter dem Schreibpult; alles machte sich daran, ihn zu suchen; ich nahm ein Licht und kroch unter den Tisch mit dem Erfolg, daß ich meine Haare in Brand steckte – neue Verwirrung, es roch scheußlich. Herr von Goethe war so lieb, darüber weder böse noch ungeduldig zu werden; aber ich schämte mich meiner Dummheit so, daß ich nach meinem Hut griff und mich unter vielen Entschuldigungen verabschiedete.

Sr 43f. Aus dem Französischen

2159. CHARLOTTE SCHILLER AN IHREN SOHN ERNST

Weimar, 3. März 1823

Daß der Geheimrat so krank an einer Herzentzündung war, hat Dir Karoline [von Wolzogen] wohl geschrieben. Gestern war der vierzehnte Tag. Er hat sich alles Besuchen dankend verbeten ... Er hat sich selbst sehr schlimm gefühlt und an sich verzweifelt.

ESchi 226

2160. RIEMER AN FROMMANN

Weimar, 5. März 1823

Ihre Lage und Stimmung bei den Nachrichten über G[oethe]s Befinden kann ich mir denken. War es mir doch selbst an Ort und Stelle zu ängstlich, mich auf das bloße Nachfragen, wie oft es auch des Tages geschah, zu beschränken. Ich ging selber hin, und ob [ich] ihn gleich anfangs nicht sehen durfte, so lag doch in dem Anhören seiner Stimme soviel Tröstendes und Hoffnungsreiches, daß man un möglich daran glauben konnte, daß alles verloren sei. Den Ärzten ging es selber so: in der Nähe hatten sie Hoffnung, von ihm entfernt, bildete sich durch die wissenschaftliche Theorie erst der Zweifel. So hat denn der Glaube gesiegt, und ich freue mich, daß es in der Nacht war, wo ich im Nebenzimmer wachte ...

Es geht nun mit jedem Tage auffallend besser! Die Geschwulst der Füße ist vorüber, sowie der Hände, woraus man für die Folge üble Vorbedeutung nahm. Schlaf findet sich alle Nächte hinreichend ein. Der Kopf wird immer heiterer und nimmt an wissenschaftlichen und andern Gegenständen teil. Ich besuche ihn alle Abende. Er sitzt im Lehnstuhl an dem Tische, wo Schwiegertochter oder Ulrike [von Pogwisch] mit häuslichen Arbeiten beschäftigt sind. Er unterhält sich mit mir, oder ich lese ihm vor. Er will, daß der Druck des Heftes von „Altertum und Kunst" fortgehe, und hat mir aufgetragen, dafür zu sorgen ...

Wenn denn nun das Frühjahr mit seiner belebenden Wärme kommt und die Sonne in die Gartenzimmer scheint, denke ich, wird auch die körperliche Kraft zunehmen, die freilich nicht anders als geschwächt und mitgenommen sein kann. Indes ist man doch verwundert, im Gesicht keine bedeutende Änderung zu finden; und bloß die etwas leisere und langsamere Sprache verrät den Rekonvaleszenten.

Rie 274f.

2161. JULIE GRÄFIN VON EGLOFFSTEIN AN IHRE SCHWESTER KAROLINE

Marienrode bei Hildesheim, 6. März 1823

Wer beschreibt das Gefühl, womit ich Deinen gestrigen Brief empfing und unter dem gewaltigsten Herzklopfen in der Hand wog? Ich hatte ja bereits alle meine Hoffnungen zu Grabe getragen. Allein ein unbegreifliches Etwas in meinem Innern kämpfte noch immer gegen die grause Möglichkeit an. Mit einem heißen Stoßgebet zu Gott erbrach ich endlich das verhängnisvolle Siegel, entfaltete ich das gefürchtete Blatt, von dem ich das Schmerzlichste er-

Friedrich Wilhelm Riemer

wartete und das nun statt dessen nichts als Freude und Wonne durch alle meine Adern goß! Mein erstes Gefühl war die lebhafteste Dankbarkeit gegen Gott. Mein zweites, der geängsteten Mutter die frohe Kunde zuzurufen. Auf dem Fluge zu ihrem Zimmer aber stürzte sie mir schon entgegen, den Brief des Kanzlers hoch in den Lüften haltend! Jubelnd fielen wir einander in die Arme und hielten uns ohne Worte, aber unter den süßesten Tränen, lange umarmt ...

An Deiner eigenen Qual berechne, was *ich* gelitten bei dieser Begebenheit; ich, die ohne Nachricht von der Ewigkeit eines Posttages zum andern mein wundes Herz umhertragen mußte: ohne Hoffnung, ohne Trost ...

Es ist ja alles nun vorbei! Unser teurer Freund lebt, er wird leben, er wird uns, der Welt, der Nachwelt noch erhalten werden.

O wie die Schmerzensträne in meinem Auge nun von den seligsten Freudentränen verdrängt worden ist! Ich blicke, wie gestern morgen noch, unverwandt die edlen, in Erz gegossenen Züge des geliebten Mannes über meinem Schreibpult an; aber die düstern Falten auf meiner Stirne haben einem seligen Lächeln Platz gemacht! Ich sehe noch, wie gestern und alle die frühern Tage, dem Ziehen der Wolken nach; aber ich muß nicht mehr dabei zittern, daß *er,* dem sie so oft die reinste Freude gegeben, nun bereits *über* ihnen wandle! Alles in und um mich her ist ausgeheitert; mein ganzes Wesen, jede Regung, jeder Gedanke reine, selige Freude!

Eg 189f. und EgMit 18

2162. CHARLOTTE SCHILLER AN COTTA

Weimar, 7. März 1823

Wir waren in vielen Sorgen in dieser Zeit, denn Goethens Krankheit hat uns alle beunruhigt, mehrere Tage konnte man schnelle Auflösung befürchten. Seine Natur hat gesiegt, und er hat sich emporgearbeitet; doch ist er noch schwach.

SchiCo 570

2163. ERNESTINE VOSS AN CHARLOTTE SCHILLER

Heidelberg, 9. März 1823

Jetzt bitte ich Sie recht herzlich, schreiben Sie mir mit *erster Post* einige Zeilen über unsern Goethe! Möge es Gottes Wille sein, daß er wieder genese und noch eine Zeitlang unter uns weile! Die Zeitungen geben so unbestimmte Nachrichten und nicht alle Tage; wir wollten so gerne genau wissen, wieviel zu hoffen ist, recht bestimmt, wieweit die Gefahr überstanden. Einen Abend nahm man alle Hoffnung. Die letzte Nachricht sprach von überstandener Gefahr. Wie lebhaft dachten wir in dieser Zeit jeder schönen Stunde, die wir ihm danken, jedes Zeichens der Liebe, wodurch er unsers Sohnes Herz an sich gefesselt. Wir hielten ihn noch so gerne fest auf dieser Erde, wo noch so manches Gute zu wirken ist. Die wenigen, die diesen höheren Beruf fühlen und zu schätzen wissen, schweben in Angst und Sorge, wenn einer, nach dem so viele blicken, in Gefahr schwebt, abgerufen zu werden.

SchFr III, 199f.

2164. AUGUST VON GOETHE AN FRIEDRICH SCHLOSSER

Weimar, 14. März 1823

Der ganze Zustand der vergangenen vier Wochen liegt wie ein böser Traum hinter mir, da die Wirklichkeit jetzt so erfreulich ist. Die Kräfte des Vaters nehmen zusehends zu, und vorgestern haben wir zuerst wieder mit ihm an einem Tisch gegessen. Er ist geistig heiter und stark und denkt schon wieder an „Kunst und Altertum" und „Morphologie". Alle beängstigende Zeichen von etwanigen Nachwehen sind verschwunden, und so schreiten wir an der Hand der Hoffnung dem herannahenden, gewiß heilbringenden Frühling entgegen.

Schlos 114

2165. CHARLOTTE SCHILLER AN FRIEDRICH VON STEIN

Weimar, 15. März 1823

Die Sorge um Goethe hat mir manche Stunde Schlaf genommen, und ich konnte oft kaum erwarten, bis es Zeit war, hinzuschicken, und ehe die geflügelte Botschaft zurückkam, war die Angst, was man hören würde, recht ergreifend. Nun will ich ihn bald selbst besuchen ... Die Kälte des Winters hat er wohl nicht durch Frost empfunden; doch hat er so erschrecklich einheizen lassen, daß die ihn Besuchenden kaum bleiben konnten; dazu wissen Sie, daß er sich gut pflegt, und da er keine frische Luft schöpfte, ist wahrscheinlich alles Getränke und Nahrung in das Blut gegangen, und so bildete sich die Herzentzündung ... Den 17. Februar fing der kranke Zustand an. Die eigentliche Gefahr dauerte bis zum siebenten Tag, der aber so war, daß man das Ende erwartete.

Acht Tage, sagte mir Huschke, sind ganz aus seinem Leben verschwunden, denn er hat gar keine Erinnerung davon, und als er den neunten Tag sich fühlte, so sagte er, er habe wohl vierundzwanzig Stunden geschlafen. Er sagte einmal: „In allen Ecken ist der Tod, ich fühle es." Übrigens hat er wenig gesprochen, sondern lag nur in einer Art Betäubung und Staunen, und dabei wollte er beständig Marienbrunnen trinken, den die Ärzte in einem entzündlichen Zustand für tödlich halten. Als die Entzündung vorüber war, klagte er über die Brust. Eine Hand und ein Fuß waren geschwollen, und er mußte immer sitzen. Eine Wassersucht ist oft die Folge der Herzentzündung; doch auch diese Furcht ist gehoben, und es ist sehr tröstlich, daß in diesem Alter die Natur noch den Sieg davonträgt. Huschke sagte mir, daß er nun noch mehrere Jahre leben könnte ...

Die eigentliche Gefahr von Goethens Zustand hat die liebe Mutter gar nicht geahnt. Wie ich das Herz voll hatte und zu ihr kam und wir uns verabredet hatten, nichts zu sagen, war sie recht heiter und behauptete, Goethe würde bald hergestellt.

SchFr I, 530f.

2166. CHARLOTTE SCHILLER AN IHREN SOHN ERNST

Weimar, 17. März 1823

Erfreulich ist die Aussicht auf Goethens Herstellung ... Der Herr Pustkuchen hat ihn mit seinen falschen „Wanderjahren" sehr geärgert. Aus Unverstand hatte man sie ihm gebracht. Der Chancelier [Kanzler von Müller] erzählte in leerer Exaltation, daß nach den seinigen die falschen „Wanderjahre" erschienen wären. Goethe kannte sie schon, schwieg und machte ein Gesicht, das den Chancelier schreckte. Ich habe mich geärgert, daß man ihm die Sachen bringt. Wäre ich der Sohn, so würde ich ihm diese Schriften nicht vor die Augen bringen ... Ich lese nichts von allem diesen; doch höre ich erzählen, daß Professor Schütz in Halle eine beleidigende Schrift [„Goethe und Pustkuchen ..."] über Goethe geschrieben habe ...

Nach 1 Uhr: Ich komme vom Geheimrat, der Dich freundlich grüßt. Es war mir rührend, ihn wiederzusehen. Er saß in seinem Zimmer an dem runden Tische, mit allen Lieblingsbeschäftigungen umgeben. Er ist noch etwas matt, aber mitteilend, freundlich und poetisch gestimmt. Er hat acht Tage in beständiger Phantasie gelegen und weiß nicht, was er gesprochen hat.

ESchi 226f.

2167. CHARLOTTE SCHILLER AN KAROLINE VON HUMBOLDT

Weimar, 22. März 1823

... ich wollte erst Goethe selbst sehen, um recht bestimmt über seinen gegenwärtigen Zustand urteilen zu können.

Ich war diese Woche bei ihm und fand ihn an seinem großen Tisch sitzen, mit allerhand Papieren umgeben, denn er arbeitet wieder. Er ist sehr mager geworden, doch sieht er nicht krank aus; seine Hände sind auch mager; er tritt fest auf und kam uns entgegen. Seine Stimme ist kräftig, und er war so liebenswürdig, teilnehmend und mitteilend, daß es einem recht wohltat.

Er lobte die konsequente Behandlung seiner Ärzte und sagte, daß sie vierzehn Tage auf einem Mittel beharrt hätten. Von dem, was um ihn herum vorgegangen, wußte er nichts. Auch dem Sohne hat er gesagt, daß der Kampf des Lebens mit dem Tode beginne, und er wolle sehen, wer den Kampf bestehe. Doch das ist alles in dem Fieberzustand gesprochen worden.

Ich habe manche betrübte Stunde erlebt, denn die Furcht, daß wir ihn auch verlieren könnten, weckte alle Schmerzen der Erinnerung in mir.

SchFr I, 407f.

2168. GRIES AN ABEKEN

Jena, 30. März 1823

Der Brief war beinahe fertig, als ich glücklicherweise erfuhr, die Unglückskunde sei wenigstens zweifelhaft. Also sandte ich ihn nicht ab und ersparte Ihnen so einen Schrecken, den wir hier reichlich empfunden haben.

Es ist wirklich seltsam, daß man hier, so nahe bei Weimar, fast 24 Stunden lang in der festen Überzeugung war, Goethe sei gestorben. Erst am Montagabend fing man an zu zweifeln, weil die öffentlichen Behörden keine amtliche Anzeige erhalten hatten. Am Dienstagmorgen kam die gewisse Nachricht, er lebe noch; dann folgte die Hoffnung, dann die Gewißheit der Herstellung. Und jetzt ist der Herrliche so wohl, wie man es nur verlangen kann. Er hat schon wieder Manuskript eingesandt und läßt an „Kunst und Altertum" fleißig fortdrucken. Frommann, der ihn vorgestern gesehen, versichert, er sei im Äußern wenig oder gar nicht verändert. Auch spricht er schon vom Herüberkommen und will sobald als möglich nach Marienbad reisen, um dort den ganzen Sommer zu bleiben.

Im Grunde ist wohl die ganze Sache viel Lärmen um nichts gewesen. Die Ärzte scheinen die Natur der Krankheit ganz verkannt zu haben; vermutlich war gar keine Herzentzündung vorhanden, sondern bloß eine hartnäckige Verstopfung. Das einfachste Mittel hat die Entscheidung herbeigeführt. Als nämlich Rehbein den Kranken in den letzten Zügen glaubte (am Sonntage), entschloß er sich, ihm ein Klistier geben zu lassen, bloß um ihm eine augenblickliche Erleichterung zu verschaffen. Als dieses seine Wirkung getan, fühlte Rehbein ihm an den Puls und erschrak (nach seiner eigenen Aussage), denn der Puls ging wie eines völlig Gesunden. Von diesem Augenblick an ging die Besserung mit Riesenschritten vorwärts.

JbGoeGes V, 246 f.

2169. HOYEN AN UNBEKANNT

Weimar, 30. März 1823

Nun befand ich mich also mit Goethe allein. Wir setzten uns. Er trug einen langen blauen Rock, hatte ein lose gebundenes gesticktes Tuch um den Hals, das ergrauende Haar war gepudert. Er bewegte sich mit Leichtigkeit; seine gerade, feste Haltung verriet keine Spur einer soeben überstandenen Krankheit. Sein Antlitz war ernst und doch milde, die Hautfarbe bräunlich. Alle Züge ließen den Greis erkennen, jedoch ohne Schwäche. Besonders merkwürdig waren mir seine Augen: das Weiße war stark gelblich; auch hatten die Runzeln des hohen Alters sich zahlreich um die Augenlider gesammelt; die Pupille besaß aber noch die schöne braune Farbe ungetrübt, sie funkelte fast. Die Stimme war ein wenig schwach, aber äußerst weich und leichtfließend ... Ich beantwortete kürzlich seine Fragen; ein paarmal folgte auf meine Antworten ein „Hm hm; ja, ja", aber ganz leise. Seine Stimme zeigte fast kein Sinken oder Fallen; nur ein einziges Mal stieg sie. Als wir nämlich von Carus sprachen, äußerte ich, es sei mir fast unbegreiflich, wie dieser Mann außer seinen Pflichten und literarischen Arbeiten noch Zeit behielte, sich so viel mit der Malerkunst zu beschäftigen. Er antwortete, dies erscheine auch ihm außerordentlich. „Doch", hier ließ er die Stimme steigen, „wer das Leben recht zu gebrauchen weiß, der kann wirklich äußerst viel ausrichten.“ Es schien mir, als ob er selbst, indem er dies sagte, sich seines ganzen tatenreichen Lebens besonders bewußt fühlte ...

Ich ging wieder in den Garten, um mir diesen ganzen, mir so merkwürdigen Auftritt für mich selbst unter den stillen Bäumen recht zu wiederholen. Die so oft erwähnte Ruhe seines ganzen Wesens trat erst jetzt gar lebhaft an mich heran; ja, je mehr ich mir die ganze Szene wieder ins Gedächtnis rief, um so größer erschien sie mir. Es herrschte wirklich ein seltsamer Kontrast zwischen der lebhaften, sanften Stimme und dieser *totalen* Ruhe, ja Unbeweglichkeit seiner ganzen Stellung. Es war, als hätte eine herrliche antike Marmorstatue plötzlich Leben und Stimme erhalten ...

Ich muß gestehen, daß die Anekdoten, die man in Kopenhagen über sein skandalöses Leben erzählt hat, mir höchst apokryphisch vorkommen. Denn gerade diejenigen Männer, die in Gesprächen mit mir von Goethe mit der größten Hochachtung sprachen, gehören sicherlich zu den vortrefflichsten und tüchtigsten Männern (Tieck, Carus, Vogel, Friederich, Förster, Krause). Sie leben in der Nähe und haben gewiß Gelegenheit, auch das Böse von Goethe zu hören, und ich bin ganz sicher, daß zum Beispiel Friederich mir solche Dinge nicht verschwiegen haben würde, ebensowenig wie Carus; sie hatten aber keine Kenntnis davon, denn ich fragte sie danach ...

Ich brachte den Abend bei einem jungen, wackeren Landschaftsmaler namens Preller zu. Er erzählte mir, es habe allgemeine Stille in Weimar geherrscht, während Goethe krank war. Wenn Goethe durch die Straßen fahre, blieben alle Leute stehen; man hege die größte Ehrfurcht vor ihm. Er erklärte ganz entschieden mehrere der infamen Dinge, die ich in Kopenhagen gehört hatte, für *Lügen.* Einige derselben waren ihm noch nie zu Ohren gekommen.

GoeJb XXX, 52ff. und 56

2170. CHARLOTTE SCHILLER AN IHREN SOHN ERNST

Weimar, 2. April 1823

Geheimrat von Goethe hat sich recht erholt. Heute war die Großherzogin bei ihm. Er fährt wieder spazieren. Nun wird er auch bald wieder sein altes Gesicht haben, wenn er in die Luft geht. Der Sohn wird so dick, daß man erschrickt. Da die Herren jetzt niedrige Rockkragen tragen, so ist sein Hals, auf dem der schwarze Lockenkopf sitzt, wie der des Herkules. Sein Gesicht ist rot und dick ...

ESchi 227

2171. SORETS ERINNERUNGEN

Weimar, 6. Mai 1823

... Goethe erklärte mir seine „Farbenlehre" ... Während er so über die Farben sprach, bewunderte ich die seiner Augen; die Iris weist deutlich drei verschiedene Färbungen auf: ein breiter blauer Rand umgibt ihren braunen Kern; mit dem tiefen Schwarz der Pupille zeigen sich daher drei konzentrische Kreise – ein ganz ungewöhnlicher, aber keineswegs unangenehmer Eindruck; wenige Menschen haben einen so ausdrucksvollen Blick wie er.

Sr 55f. Aus dem Französischen

2172. RIEMER AN FROMMANN

Weimar, 24. Mai 1823

Auch hat mich G[oethe] ziemlich darangekriegt, teils mit mehrmaligem Durchgehen des Manuskripts [„Über Kunst und Altertum"?], teils auch, daß ich ihm in seiner Einsamkeit und Verlassenheit des Abends Gesellschaft leistete. Ich tue es zwar von Herzen gerne, um so mehr, als man nicht wissen kann, wie lange die Götter ihn uns noch erhalten; allein es unterbricht manchmal meine lexikalischen Arbeiten ...

Rie 277

2173. SORETS ERINNERUNGEN

Weimar, 15. Juni 1823

Goethe kam mir heute viel weniger gut im Stande vor wie sonst; er war ganz so niedergeschlagen wie während seiner Genesung, und das Sprechen fiel ihm offenbar schwer; sein Mund war an der rechten Seite verzerrt, was ich früher nie bemerkt habe; ich war darüber recht erschrocken und nicht weniger über die Verworrenheit seiner Gedanken und die vielen Wiederholungen, in die er verfiel; in einigen Tagen will er ins Bad reisen; das wird hoffentlich einem weiteren Anfall vorbeugen.

Sr 66. Aus dem Französischen

2174. RIEMER AN FROMMANN

Weimar, 21. Juni 1823

Herr Dr. Eckermann, ein junger privatisierender Gelehrter, von Göttingen kommend, gedenkt einige Zeit in Jena sich aufzuhalten, um eine gewisse literarische Vorarbeit, die er für Goethe in Auftrag übernommen, daselbst zustande zu bringen. Er hat sich das Zutrauen des Geheimen Rats erworben ... Durch eingezogenes Studieren der Welt und ihren Manieren noch etwas, wie er selbst gesteht, entfremdet, wird er in Ihrem Zirkel am leichtesten die Ecken ablegen, die ihm vielleicht noch etwas Unbeholfenes geben oder, richtiger zu sagen, Schüchternes, welches die Frauen sehr bald in eine anständige Sicherheit zu verwandeln wissen werden.

Goethe hat ihm die Redaktion des Manuskripts seiner früheren Rezensionen übertragen ...

Rie 278f.

2175. LILI PARTHEY IN IHREM TAGEBUCH

Marienbad, 23. Juli 1823

Welch ein Tag, o dio! Ich muß mich nur aller Ausrufungen enthalten, aber glücklicher war ich gewiß noch nie, und der

Kulminationspunkt meiner Existenz ist vorüber. – Ich habe ihn gesehen, was will das sagen? – Aber dreimal gesehen, ihn gesprochen, seine Hand gehalten, ihn geküßt, und er hat mir schöne Dinge gesagt! – Ich war und bin in einer Ekstase wie noch nie ... Nun lese ich seine Werke mit ganz anderm Verstand und Sinn – und Geist und verstehe alles viel besser und kann mir ihn dabei denken, ihn sprechen hören. Er spricht ja geradeso, wie er schreibt. – Und wie schön ist er noch jetzt! – Ich kann mir nicht helfen, es klingt lächerlich, aber nie sah ich einen schöneren Mann ...

Wir haben ihn dreimal gesehen, erst fünf Minuten am Fenster, dann über eine Stunde bei der Fürstin [von Hohenzollern], und dann – das übertraf alles andere – kam er an den Brunnen, wo er sonst niemals ist, und ging mit uns im lebhaftesten Gespräch fünfviertel Stunden auf und nieder ...

... dann zur Fürstin ... Mir schlug mein Herz, als er eintrat, und ich wurde feuerrot. Aber mir war gar nicht bang. Ich habe mir nicht gedacht, daß er noch so aussehe, denn Rauchs Büste ist zu voll, und ich wurde nur an das gewohnte liebe Bild bei Zelter erinnert. Die Augen sind unendlich schön ..., es ist eine Milde darin und ein Feuer, ich habe so etwas noch nie gesehen. Der Mund ist alt, wenn er nicht spricht; aber sobald er ihn bewegt oder freundlich aussieht, was er oft tat, so ahnet man seine ganze Schönheit. In der Gestalt hat er viel von Seebeck, im Gange auch – aber er imponiert mir mehr; ich kann das nicht recht begreifen. Er wurde auf den Sofa gesetzt, ich neben ihn auf einen Stuhl, die Tante auf dem Sofa, dann die Mutter, Fürstin und Gräfin. Es war sehr schön, und ich nahm mir die Freiheit, ihn immer anzusehn, denn das geschieht mir doch vielleicht nicht wieder. Meinen Gruß von Zelter mußte ich ihm wiederholen. „Ja“, sagte er, „da schreibt er mir immer so viel von seinen schönen Schülerinnen und dieses und jenes; ich wußte gar nicht recht, was es für eine Bewandtnis haben möchte. Nun verstehe ich denn wohl, was es damit auf sich hat.“ – Das war gewiß sehr schön und fein ...

Er nahm Abschied von allen und gab mir Grüße für Zelter

und für alle, und ich möchte an ihn denken – was das überflüssig ist! Ich hatte aber doch nicht das Herz, meinen ganzen Auftrag auszurichten, und seufzte darüber, als er fort war. „Was?“ rief die Fürstin, „das Beste haben Sie vergessen? Gleich laufen Sie ihm nach!“ Ich hatte keinen Mut dazu, aber die Gräfin nahm mich beim Arm, und wir erreichten ihn auf der zweiten Abteilung der Treppe. „Herr von Goethe“, rief die Gräfin, „es ist noch etwas vergessen worden!“ – Er wandte sich zu mir, ich stand ein paar Stufen höher und sagte mit bewunderungswürdiger Kühnheit, Zelter hätte mir nicht nur einen Gruß aufgetragen, sondern auch, was sich darauf reimt. – Er verstand das augenblicklich, und ich bekam einen sehr schönen –, so daß ich noch mehr als sonst die arme Friederike [Brion] bedauerte. Und dann sagte er gar: „Mein schöner Engel, Millionen Dank sage ich Ihnen!“ Dabei wollte er mir die Hand küssen, was ich natürlich nicht litt, sondern ihm ebenso natürlich den Mund hinhielt. „Den dritten müssen Sie nun in Berlin holen“, sagte die Gräfin. – „Würde ich ihn bekommen?“ – „O gewiß, mehr als einen!“ Ich kam in bedeutender Ekstase wieder herein, ganz rot, wie die Fürstin meinte – und dankte ihr gewiß mit vielem Ausdruck, denn ihr allein haben wir doch alle das zu danken. Wir freuten uns noch ein Weilchen seiner Lebendig- und Liebenswürdigkeit, und die Fürstin erzählte uns, wie und wo sie ihn schon früher gesehen habe und wie unvergleichlich schön er gewesen sei. – Ähnlichkeit mit dem Belvederischen Apoll.

GoeJb XXI, 113–116 und 118f.

2176. CHARLOTTE SCHILLER AN KNEBEL

Rudolstadt, 26. Juli 1823

Wir wollen uns freuen, daß Goethe dem Licht wiedergegeben und daß er in Marienbad neue Kräfte sammelt, wenn ihm auch in der eigentümlichen Gegend nicht immer hohe Gestalten erscheinen. Und wenn er sich an den Produkten seiner Schutzbedürftigen erfreut, so wollen wir dies als ein Zeichen seiner Milde hoch anrechnen. In dem einen neusten Hefte von „Kunst und Altertum" haben sich mir diese Bemerkungen aufgedrungen. Sie lieben vielleicht auch die „Gabriele" [von Johanna Schopenhauer]? Ich hätte es nicht sagen sollen, aber ich gestehe, daß ich diese Urteile von Goethe mehr einer demütigen Vorstellung seiner weiblichen Umgebung zuschreibe und glaube, er hat sich erbitten lassen, als daß er seinem Geschmack selbst folgte.

SchKn 548

2177. ECKERMANN AN GROSSE

Jena, 7. August 1823

Goethe ist völlig wiederhergestellt und so gesund, wie er je gewesen. Er ist jetzt in Marienbad, Ende August erwarte ich ihn zurück und freue mich dazu ...

Vierzehn Tage war ich in Weimar, bis Goethe ins Marienbad ging. Einen um den andern Tag hatte ich das Glück, bei ihm zu sein. „Es ist doch gut", sagte er eines Tags, „daß wir uns mitunter gesehen und gesprochen; man kennt sich doch einander näher." Glückliche Zeiten waren's, schöne Augenblicke, die ich bei ihm gesessen, an seinem Anblicke mich weidend und seinen liebevollen Worten lauschend ... Es dünkt mich oft, als ob ich nun fürs ganze Leben genug hätte ...

Nur um einen Finger habe ich ihn gebeten, und er hat mir die ganze Hand gegeben. Ich möchte fast sagen, man muß ihn um nichts bitten, sondern ihn selbst gewähren lassen. Mir ist er in allen Dingen zuvorgekommen.

... Goethes Empfehlungen haben mir hier ein angenehmes Verhältnis bereitet, denn ich habe Zutritt zu den ersten Zirkeln. Bei dem alten Major von Knebel bin ich am liebsten.

E 239f.

2178. KAROLINE VON HUMBOLDT AN IHREN MANN

Karlsbad, 12. August 1823

Man spricht hier viel von zwei Fräulein von Levetzow, ohne die man Goethen selten oder nie in Marienbad zu sehen bekäme. Sie hängen immer an seinen Armen. Man sagte vorige Woche sogar, er hätte die älteste geheiratet. Doch hoffe ich, sind solche Ideen dem dreiundsiebzigjährigen Goethe fremd.

Hier ist Meyer, der Kunscht-Meyer aus Weimar, Goethens Freund. Er sieht aber sehr gelb und krank aus, höchst verfallen und gealtert, und vollführt eine Morgentoilette am Sprudel, daß, wie einfach ich über Toilette denke, ich mich doch besinne, mit ihm herumzugehn.

Hu VII, 147

2179. KAROLINE VON HUMBOLDT AN IHREN MANN

Marienbad, 20. August 1823

Eine große Freude hat es mir gemacht, Goethe noch zu sehn. Heute reist er ab nach Franzensbrunn ... Ich fand ihn wohl aussehen, besonders wenn man seinen Zustand im Winter bedenkt, wohler und etwas voller im Gesicht als im Jahr siebzehn, wo ich ihn zuletzt sah, und wirklich weniger alt und verfallen in den Zügen als in Rauchs Büste. Dennoch fand ich in einer gewissen Weichheit des Ausdrucks, in dem leicht sich mit Feuchtigkeit füllenden Auge, in einer gewissen Unsicherheit der Bewegungen Spuren des sehr vorgeschrittenen Alters ... Wie scheinbar kräftig der schöne Greis auch dastand, es kam mir doch vor, als sei sein irdisch Ziel nicht fern mehr. Sein Auge fand ich sehr verändert, nicht trübe, aber um die Pupille herum einen weiten blaßblauen Kreis – mir war, wie ich hineinschaute, als suche das Auge ein anderes Licht und andere Sonnen.

Hu VII, 152f.

2180. KAROLINE VON HUMBOLDT AN IHREN MANN

Marienbad, 31. August 1823

Von Goethe höre ich gestern, daß er es in Eger nicht hat aushalten können, sondern nach Karlsbad gegangen ist, wo das Fräulein mit ihrer Mutter ist, welches er anbetet. Sie heißt Levetzow. Es ist dies eine kuriose Geschichte, die der ganzen Familie und ihres Zusammenhangs. Genug, die Großeltern des Fräuleins, Herr und Frau von Brösigke, aus Preußen gebürtig, haben hier das größte Haus gebaut, wohnen im Sommer immer hier, und Frau von Brösigke hat Bekanntinnen, die in ihrem Hause wohnen, erzählt, Goethe habe ihrer Enkelin seine Hand angetragen und ihr gesagt, sie würde auch in seiner Familie von seinem Sohn und Schwiegertochter sehr geehrt und auf Händen getragen werden. Vom Großherzog aber würde sie als seine Witwe 2000 Taler Pension jährlich haben. Das Fräulein aber, sagt die Großmama, könne sich nicht zu einer im Alter so sehr ungleichen Heirat verstehen.

Hu VII, 159f.

2181. AUGUST VON GOETHE AN SEINE FRAU

Jena, 13. September 1823

Heute mittag, als ich bei Knebels aß, kam der Vater unerwartet an. Er traf uns beim Braten, aß mit, und nach Tisch fuhren wir zusammen nach Hause, besahen den Botanischen Garten und das neue Gebäude in der Veterinär-Anstalt. Dein Übelbefinden habe angebracht; bis jetzt ist nichts verlautet, aber einige Verlegenheit nicht zu verkennen. Wenn Du oder Ulrike [von Pogwisch] kommen sollst, will ich durch einen Expressen sagen lassen. Am 28. abends 11 Uhr haben Studenten dem Vater auf dem Markte ein Pereat gebracht; es ist hier Untersuchung darüber. Dem Vater es zu sagen ist unangenehm; aber er muß es wissen. Dies verkürzt vielleicht seinen Aufenthalt hier, setze also alles in Bereitschaft zur Aufnahme. Diese Zeilen schreibe, als ich noch keinen Augenblick mit dem Vater allein gewesen. Ereignet sich etwas Merkwürdiges, so erhältst Du einen Expressen. Soviel für heute; Gott gebe ein gutes Ende!

Ot 74f.

2182. AUGUST VON GOETHE AN SEINE FRAU

Jena, 14. September 1823

Gestern abend habe ich mit dem Vater bis gegen 9 Uhr zugebracht; wir tranken zusammen, und *nichts* störte unser Zusammensein. Der bewußte *Name* [Ulrike von Levetzow], das Wort *Familie* ist noch nicht genannt worden, und ich fange an zu hoffen, daß alles gut gehen und sich die ganze Geschichte wie ein Traumbild auflösen werde.

Ot 76

2183. KANZLER VON MÜLLER AN JULIE VON EGLOFFSTEIN

Weimar, 19. September 1823

Als er Sonnabends mittag in Jena anlangte, visitierte er unverzüglich, ohne auszuruhen, alle Museen, Bibliothek, Sternwarte, bis in die sinkende Nacht, war 5 Uhr morgens schon wieder auf den Beinen, revidierte die Tierarzneischule, den Botanischen Garten, die Sammlungen jeder Art, speiste sehr fröhlich bei Obrist Lyncker mit Knebel, besuchte dann Frommanns und setzte so jedermann in Atem, ohne doch zu irgendeiner neugierigen Frage, die Knebel sehr oft auf der Zunge gehabt haben soll, Zeit zu gönnen.

Als ich abends 7 Uhr bei ihm eintraf, lenkte sich das Gespräch gar bald auf Rehbeins Braut, die dieser heimzuholen gerade jenen Abend nach Éger abgereist war. Diese schöne Gelegenheit ergriff der alte Herr aufs schlauste, sein eignes Glaubensbekenntnis auszusprechen ... „Sie wissen“, sagte er, „wie ich alles Extemporisieren hasse, vollends eine Verlobung oder Heurat aus dem Stegreife war mir von jeher ein wahrer Greuel ... *Liebe* ist etwas Ideelles, *Heuraten* etwas Reelles, und nie verwechselt man ungestraft das Ideelle mit dem Reellen ..."

... Die Familie ist nunmehr auch völlig wieder beruhigt. Mittwochs mittag kam Goethe hier an, war gestern bei der Großherzogin, heute zu Belvedere, wird morgen sehr wahrscheinlich in den „Freischützen" – und zwar auf den Balkon!! – gehen. Gestern und vorgestern brachte ich die Abende nebst Ottilie bei ihm zu, ganz in alter Gemütlichkeit...

Mü 299f.

2184. KANZLER VON MÜLLER IN SEINEM TAGEBUCH

Weimar, 23. September 1823

Die Frauen mögen nicht unrecht haben, wenn sie meinen, G[oethe] gefalle sich darin, noch die Leidenschaftlichkeit eines Jünglings darzustellen, und die Art und Weise, wie er sein großes Gedicht [„Elegie"] an die L[evetzow] produziere, beweisen es. Ich freute mich, Linen [Karoline von Egloffstein] so heiter sich aussprechen zu hören, aber es erschütterte mich tief, die Öde in G[oethes] Gemüt allenthalben bemerkt zu finden.

Mü 74

2185. KANZLER VON MÜLLERS „UNTERHALTUNGEN MIT GOETHE"

Weimar, 23. September 1823

Dieser sein Unmut, wieder hier sich eingeengt zu befinden, machte sich den ganzen Abend vielfach bemerkbar ...

Wie schmerzlich ist es doch, *solch eines Mannes* innere Zerrissenheit zu gewahren, zu sehen, wie das *verlorne Gleichgewicht* sich durch keine Wissenschaft, keine Kunst wiederherstellen läßt ohne die gewaltigsten Kämpfe und wie die reichsten Lebenserfahrungen, die hellste Würdigung der Weltverhältnisse ihn davor nicht schützen konnte!

Mü 74f.

2186. KANZLER VON MÜLLER AN JULIE VON EGLOFFSTEIN

Weimar, 25. September 1823

Ohne allen Anlaß meinerseits rief er, kurz nachdem ich eingetreten war, aus: „Es ist doch recht absurd, daß Julie diesen Winter nicht hier ist; sie weiß gar nicht, wieviel sie mir entzieht und wieviel ich dadurch entbehre, sowenig als sie weiß, wie sehr ich sie liebe und wie oft ich mich im Geiste mit ihr beschäftige. *Ihnen* kann ich das wohl sagen, obgleich wir in diesem Punkte Rivals sind ..." ...

Und dabei war er so gemütlich, so vertraulich, als ich ihn lange nicht gefunden in diesen Tagen. Er erzählte mir viel vom Marienbad, besonders von der Gräfin Szymanowska ...

Sie sehen also, daß seine Leidenschaft für Ulrike Levetzow wenigstens nicht exklusiv ist und daß ich recht habe zu behaupten, *nicht* dieses einzelne Individuum, sondern das gesteigerte Bedürfnis seiner Seele überhaupt nach Mitteilung und Mitgefühl habe seinen jetzigen Gemütszustand herbeigeführt.

Die rohe und lieblose Sinnesweise seines Sohnes und Ulrikens [von Pogwisch] schroffe Einseitigkeit und gehaltlose Naivität sind freilich nicht gemacht, eine solche Krisis sanft und schonend vorüberzuführen, und die arme Ottilie ist seit seiner Ankunft beständig krank und für ihn so gut wie unsichtbar. Daher macht ihn der grelle Kontrast gegen sein heitres Badeleben mitunter höchst verstimmt und niedergebeugt, wo ihm dann jede äußere Anforderung peinlich wird ... Aber das ist nur momentan. Mir ist es noch immer gelungen, ihn aufzuheitern und gesprächig zu machen. Nur vom *Sohne* her droht alles Übel, da der verrückte Patron gegen den Vater den Pikierten spielt und sogar Ottilien mit sich nach Berlin nehmen will, wodurch *alsdann erst alles* verlorengehen könnte. Doch ich hoffe noch immer, es soll mir gelingen, solche Tollheiten abzuwehren, und Line [Karoline von Egloffstein] wird mir dabei treulichst helfen.

Mü 300 f.

2187. THERESE HUBER AN IHRE TOCHTER THERESE FORSTER

Stuttgart, 26. September 1823

Das ist ein honettes Mouvement, daß man Goethes Geburtstag so allgemein gefeiert hat. Man hat damit die Indignation beweisen wollen, welche seine Gegner durch ihren unwürdigen Tadel einflößten. Fy! wie sind wir schlechtes Pack! Wir wissen bloß in Dreck zu ziehen, an den Großen uns zu erheben, wissen wir nicht. Selbst Las Cases vermag nicht diese Sucht zu zähmen – es ist gar zu süß, nur seinesgleichen um sich zu haben.

GoeJb XXIV, 95

2188. KANZLER VON MÜLLER AN JULIE VON EGLOFFSTEIN

Weimar, 6. Oktober 1823

Seit sechs Tagen wohnt Staatsrat Schultz aus Berlin bei Goethe, ein großer Kunstkenner ...

Fast gleichzeitig mit Schultz kam der vortreffliche Graf Reinhard, französischer Gesandter zu Frankfurt, nebst seiner Familie hier an, um seinen geliebten Goethe nach vierzehnjähriger Trennung wiederzusehen ...

Am Donnerstage feierte Goethe Reinhards Geburtstag und war von unerschöpflich heitrer und milder Laune. Gegen Abend, als Reinhard am Hofe war, nahm er mich beiseite und sprach viel und herzlich über seine Neigung (oder „Hang", wie *er* es nennt) zu Fräulein Levetzow. „Ich werde darüber hinauskommen", sagte er; „ich weiß es, aber es wird mir noch viel zu schaffen machen."

Nachher beredete er mit mir die Einleitung zu einem „ewigen Tee", den er diesen Winter *alle* Tage geben will, wo von 6 Uhr an die Freunde und Freundinnen uneingeladen willkommen sein sollen ...

Inzwischen hat ihn jener Festtag allzusehr aufgeregt, und er war die letzten Tage ziemlich abgespannt.

Mü 302

2189. KANZLER VON MÜLLER AN HENRIETTE VON BEAULIEU-MARCONNAY

Weimar, 10. Oktober 1823

Dienstags, am Abend vor Reinhards Abreise, zeigte Goethe ihm, Schultzen und mir eine köstliche Mappe von wenigstens hundert eignen Zeichnungen, die ich nie gesehen hatte, meist Landschaften, die er sich nach Schilderungen in Reisen und Gedichten entworfen oder auch zu Versinnlichung geistiger Beziehungen erdacht hatte ... Dann wurde eine große Mappe Tischbeinischer Handzeichnungen und flüchtiger Umrisse hervorgeholt, meist aus Rom und Neapel, seltsame Menschengruppen, Pantomimen, Scherze, komische Erlebnisse vorstellend, gleichsam eine Bildergalerie zu Goethes italienischem Leben. Besonders würden Sie sich an seinem Zimmer zu Rom sehr ergötzt haben, und wunderbar genug fand sich darin dieselbe Büste der Juno Ludovisi angedeutet, die einige Stunden zuvor, im kolossalen, reinstem Abguß, Schultz Goethen verehrt hatte. Das Original besitzt jetzt der Fürst von Piombino [Buoncompagni-Ludovisi], und Humboldt hatte, als diesem von Napoleon Vertriebenen sein Land restituiert wurde, einen eignen Artikel in den Wiener Staatsvertrag gesetzt, kraft dessen dem Berliner Museo ein Abguß dieser wunderbar imposanten Büste zugesichert wurde. Dies Exemplar hat nun Schultz wieder für Goethe mit höchster Sorgfalt abgießen lassen, und so schmückt es jetzt dessen Salon und nimmt die Wand ein, wo bisher die Dresdner Madonna von Raffael hing. Jupiter und Minerva sind ganz vernichtet dadurch und sehen wie Kinderköpfe aus.

Mü 302f.

2190. CHARLOTTE SCHILLER AN IHREN SOHN ERNST

Weimar, 10. Oktober 1823

Du wirst schwer erraten, wer Dir nachfolgen will. Es ist der Vater Goethe, der in Böhmen ein Fräulein [Ulrike von Levetzow] liebt ... Das Mädchen ist ganz schwärmerisch für den Geheimrat eingenommen. Der Kammerrat soll außer sich sein, Ottilie aber sich sehr vernünftig betragen ... Ich hoffe, daß Goethe in einem Alter von 74 Jahren nicht so unweise handeln wird. Sage es auch niemand, damit es nicht von mir kommt. Ich möchte die Blöße lieber verhüllen als aufdecken.

ESchi 251 f.

2191. KAROLINE FREIFRAU VON EGLOFFSTEIN AN IHRE NICHTE JULIE

Weimar, 11. Oktober 1823

Fräulein von Wimpfen, ziemlich hübsch ..., hat nur Sinn für die Herren der jüngeren Klasse. So wandte sie bei einem Diner gleich der Sonnenblume ihr Antlitz dem jungen Nicolovius zu, indessen Goethe sich mit dem Rücken begnügen mußte. Dies verdroß den alten Herrn, und er ließ es ihr merken, aber umsonst, indessen zog sie doch den Neffen vor, welches dem alten Herrn kurios vorkam.

Eg 197

2192. KANZLER VON MÜLLERS „UNTERHALTUNGEN MIT GOETHE"

Weimar, 11. Oktober 1823

Von $7^1/_2-9$ Uhr abends ganz allein ... G[oethe] war zwar herzlich und mitteilend, jedoch innerlich gedrückt, sichtbar leidend. Seine ganze Haltung gab mir den Begriff eines unbefriedigten großartigen Strebens, einer gewissen innern Desperation.

Mü 85

2193. WILHELM GRIMM AN SUABEDISSEN

Kassel, 19. Oktober 1823

Im vierten Bande [„Über Kunst und Altertum"] stehen wieder einige Dinge, die mich sehr erfreut haben, so unbefangen, lebendig und eindringlich sind sie. Es scheint, als ob er sich wirklich nach der Krankheit wieder verjüngt habe. Ob es aber nicht ein zu jugendlicher Sinn ist, wenn er ein ganz blutjunges Fräulein heiraten will, wie ich gestern habe erzählen hören, mag er selbst am besten beurteilen können.

GrBr 227

2194. KANZLER VON MÜLLERS „UNTERHALTUNGEN MIT GOETHE"

Weimar, 24. Oktober 1823

Goethe gab eine große Abendgesellschaft jener interessanten polnischen Virtuosin Madame Marie Szymanowska zu Ehren, von der er uns schon so viel erzählt hatte und die gestern, ihn zu besuchen, mit ihrer Schwester Kasimira Wolowska hier angelangt war. Auf sie hat er zu Karlsbad die unvergleichlichen Stanzen [„Aussöhnung"] gedichtet, die er uns kürzlich vorgelesen und die seinen Dank aussprechen, daß ihr seelenvolles Klavierspiel seinem Gemüte zuerst wieder Beruhigung schaffte, als die Trennung von Levetzows ihm eine so tiefe Wunde schlug.

Goethe war den ganzen Abend hindurch sehr heiter und galant, er weidete sich an dem allgemeinen Beifall, den Madame Szymanowska ebensosehr durch ihre Persönlichkeit als durch ihr seelenvolles Spiel fand.

Mü 88

2195. GRIES AN ABEKEN

Jena, 2. November 1823

In Weimar geht man so weit, zu behaupten, er werde sie heuraten; aber das wäre doch gar zu toll. Soviel scheint indessen gewiß, daß das Mädchen [Ulrike von Levetzow] mit ihrer Mutter den Winter in Weimar zubringen wird. Die schöne Welt in Weimar hält sich um so mehr über diese Liebschaft auf, da die cara mamma nicht eben in dem besten Rufe steht. Sie soll die anerkannte Freundin eines reichen böhmischen Grafen [Klebelsberg] sein. Und wie das Geklatsche immer weitergeht, so sagt man schon, Ottilie ... reise nach Berlin, um ihrer künftigen Schwiegermutter aus dem Wege zu gehn. Die Reise ist zwar gewiß, aber schwerlich der Grund.

JbGoeGes V, 249

2196. REINHARD AN WESSENBERG

Frankfurt, 2. November 1823

Sie wünschen Nachrichten über Goethe ... Ich habe ihn so wiedergefunden, wie er vor vierzehn Jahren war, nur daß er magerer geworden ist und die Runzeln etwas tiefere Furchen über sein Gesicht gezogen haben; im übrigen dasselbe Feuer im Blick, dieselbe Kraft in der Haltung und Bewegung und derselbe Metallton der schönsten Stimme, die ich jemals gehört habe. Der Rechtmäßigkeit seiner literarischen Herrscherstellung versichert, Pustkuchen und die Aufwiegler ignorierend, die sie ihm streitig machen wollen, seine Eroberungen in den Nachbarprovinzen ausdehnend und befestigend (denn wenn die Literatur sein Reich ist, so hat er wie Buonaparte als verbündete Länder die Künste, die Naturgeschichte und die Philosophie), sieht er seinen Hof zusammengesetzt aus einigen nahen Freunden als seinen Ministern und Vertrauten und aus Reisenden, die sich einfinden, ihm zu huldigen, und beständig bereichert und verschönert durch Mitteilungen und literarische Erzeugnisse, die hier aus allen Teilen Europas zusammenfließen. Bald ist es eine Widmung des Lord Byron [„Sardanapal"], überbracht von einem außerordentlichen Gesandten; bald ist es, aus Paris kommend, die französische Übertragung eines seiner Werke, das er vergessen hatte; bald die Nachricht, daß in Berlin ein Lehrstuhl begründet ist, um seine Farbentheorie zu erläutern. Es ist in der Tat in diesem

Karl Friedrich Graf von Reinhard

Wesen etwas Fürstliches. Sein Alter und örtliche Gründe haben ihn bestimmt, keine Besuche zu machen, selbst bei Hofe nicht. Man beklagt sich darüber, aber man findet sich darein und sucht ihn in seinem Hause auf. In diesen Bezirk kann nie die Langeweile eindringen. In den Gesellschaftszimmern kommen und gehen geistreiche Männer und Frauen. Reiche Sammlungen von Zeichnungen, Medaillen, naturgeschichtlichen Merkwürdigkeiten erfüllen sein Kabinett; und dann ist da noch das Heiligtum, wohin er sich zur Arbeit zurückzieht. Eine geistreiche und liebenswürdige Schwiegertochter, zwei reizende kleine Kinder und ein Sohn, ein braver Kerl, machen seine Familie aus. Er hat ihnen neulich eine Aufregung ins Haus gebracht, die selbst nach außen gedrungen ist. Er war im Bade mit einer jungen und hübschen Person [Ulrike von Levetzow] bekannt geworden, und es hieß, daß er sie eingeladen hätte, nach Weimar zu kommen, und daß er sie heiraten wolle. Es ist nichts daran; aber da die Aufregung ihm mißfallen hat, hat er sich den Spaß gemacht, sie zu verlängern. Er will diesen Winter der Ordnung seiner Papiere widmen. Eine ungeheure Arbeit, aber da er einen wunderbaren Ordnungssinn hat, hofft er damit zu Rande zu kommen. Ich habe bei und mit ihm eine köstliche Woche verlebt, erfüllt mit Erinnerungen an die Vergangenheit und von Belehrungen für die Zukunft.

GoeJb XI, 58f. Aus dem Französischen

2197. KAROLINE VON HUMBOLDT AN IHREN MANN

Berlin, 8. November 1823

Ich lese Goethens „Morphologie"; es interessiert mich sehr. Er und seine Individualität am meisten. Denn er ist im kleinen, was die Natur im großen. Das Höchste und das Gewöhnlichste lebt und webt in ihm. Und mit ihm, ach, legt man doch eine Welt ins Grab!

Hu VII, 169

2198. SORETS ERINNERUNGEN

Weimar, 11. November 1823

Abend bei Goethe im engsten Kreise; er kränkelt schon ziemlich lange und leidet noch immer sehr; seine Füße sind in die wollene Decke eingewickelt, die er seit der berühmten Kampagne in Frankreich besitzt und die ihn überallhin begleitet.

Sr 80. Aus dem Französischen

2199. WILHELM VON HUMBOLDT AN SEINE FRAU

Weimar, 12. November 1823

Ich habe Goethen, liebe Li, leider krank gefunden. Er hat seit zehn bis zwölf Tagen einen Husten, der ihn sehr mitnimmt; er wirft nicht aus dabei, hat kein Fieber, obgleich vollen Puls und krampfhafte Anwandlungen, so daß ihm die Nägel oft blau sind. Er klagt besonders über schlaflose Nächte, die mit dem Husten natürlich verbunden sind ... Sein Aussehen kann ich demungeachtet nicht sehr verändert finden. Auch spricht er heiter, sobald ihn der Gegenstand belebt ...

Was ich seinem Zustand unangemessen finde, ist die schreckliche Hitze bei ihm ... Ich halte sie aus, aber es erfordert eine Gewohnheit wie die meinige. Ich habe mir die Freiheit genommen, in Gegenwart des Arztes [Rehbein] darauf aufmerksam zu machen, und der riet sehr einen Thermometer an. Allein Goethe ist in meinen Prinzipien und protestiert gegen einen so gefährlichen Zeugen.

Im Gespräch habe ich ihn wie sonst gefunden, höchst interessant und leicht zu großer Teilnahme zu bringen, aber abgebrochen, so daß man das einzelne zusammenlesen und sich sehr hüten muß, ihn nicht durch ein dazwischengeworfenes Wort aus seinem Ideenzusammenhang zu bringen. Mit mir ist er, man kann nicht freundlicher; er hat mir auch versprochen, mir vorzulesen oder mir zum Lesen zu geben, und er muß doch also allerlei bereit haben ...

Goethes Art, sich zu beschäftigen, ist mir, nachdem

ich nun alle seine Hefte [„Zur Naturwissenschaft überhaupt...“] gelesen und ihn hier noch darüber höre, sehr klar. Ich fragte ihn nach verschiedenen Sachen, die ihn an sich interessieren müssen, Alexanders [von Humboldt] neuestem geognostischen Werk [„Über den Bau und die Wirkungsart der Vulkane“], seiner „Reise [in die Äquinoktialgegenden des neuen Kontinents]“ usf. Auf alle Fragen gestand er, daß er das gar nicht gelesen habe und nicht lesen wolle, bis er in seinen eigenen Forschungen daran komme. Bei dieser Gelegenheit sagte er dann deutlich, daß er jetzt gar nicht mehr anders lese, als indem er gleich auch darüber schreibe, und darum hüte er sich vor neuen Büchern, die ihn nur anregen und auf Untersuchungen führen würden, die außer seinem Weg lägen und zu denen er jetzt nicht mehr Zeit und Kraft habe ...

Zwischen Goethe und der Schiller ist eine Art Angelegenheit über die Briefe Schillers und Goethes. Goethe möchte diesen Briefwechsel zusammen drucken lassen und die Lücken von der Zeit, wo sie zusammen waren, erzählend ausfüllen. Wenn er diese Idee ausführt, ist sie für die Leser offenbar die beste. Die Schiller aber möchte, und mit Recht, den aus diesen Briefen zu ziehenden Vorteil nicht für die Kinder aufgeben. Sie hält also Goethes Briefe zurück und hat einige von Goethe gemachte Vorschläge, sie für eine geringe Summe zurückzukaufen, abgeschlagen. Ich habe nun dadurch, daß ich Goethen meine Schillerschen Briefe gegeben, ihn aber gebeten habe, sie, wenn er sie gelesen hätte, der Schillern zu geben, und daß ich ihm so indirekt zu Gemüte geführt, daß von Schiller geschriebene Briefe von seinen Freunden billig als Eigentum der Kinder angesehn werden, eine neue Bewegung in die Sache gebracht, und beide Teile haben mich nun gebeten, sie zu vermitteln. Ob das aber gelingen wird, steht doch dahin. Denn obgleich beide sich ehren und lieben, so bestehen sie doch gegenseitig auf ihren Meinungen.

Hu VII, 171–175

2200. SORETS ERINNERUNGEN

Weimar, 16. November 1823

Goethe ist noch immer nicht besser. Die Kaiserliche Hoheit sandte mich heute abend zu ihm, um ihm durch die Betrachtung prächtiger goldener Medaillen aus Rußland ein wenig Zerstreuung zu verschaffen. Er klagt über Schmerzen in der Herzgegend; genauso habe seine schwere Erkrankung begonnen. „Dieser Schmerz", sagt er, „hindert mich, hintereinander zu arbeiten, ich kann nicht einmal längere Zeit lesen, und wenn ich mich meinen Gedanken hingeben will, muß ich das gewissermaßen hinterrücks tun und unversehens in erträglichen Augenblicken." Eckermann war bei ihm.

Sr 81. Aus dem Französischen

2201. KAROLINE FREIFRAU VON EGLOFFSTEIN AN IHRE NICHTE JULIE

Weimar, 17. November 1823

Goethe leidet an Husten und Schnupfenfieber. Mein Stuhl ist wieder dort. Er hat sich zu sehr angegriffen. Um ihn zu zerstreuen von einer Seite, so regt man ihn zu sehr auf, und in seinen Jahren ist dies gefährlich. Sein Geist verträgt zwar mehr als ein gewöhnlicher Mensch, allein solange ihn menschliche Form umgibt, müßte man doch bedenken, daß sie ihn schon 74 Jahre schmücken. Reinhards, dann der Polin [Szymanowska] Anwesenheit griffen ihn sehr an, und selbst der Kanzler und Konsorten sollten ihn des Abends weniger besuchen, denn der Husten fordert Schonung; etwas Langeweile würde ihm weniger schaden. Aber was ist zu tun! Die selige Rennbaum [Rheinbaben?] hatte recht: man stirbt in Weimar an seinen Freunden.

Eg 201

2202. WILHELM VON HUMBOLDT AN SEINE FRAU

Weimar, 17. November 1823

... Goethe hat auf nichts Appetit, nicht auf Bouillon, Fleisch, Gemüse; er lebt von Bier und Semmel, trinkt große Gläser am Morgen aus und deliberiert mit dem Bedienten, ob er dunkel- oder hellbraunes Köstritzer oder Oberweimarisches Bier, oder wie die Greuel alle heißen, trinken soll. Doch geht er meist in eine andere Stube dazu, wenn ich da bin. Die Scheu geht doch in einer menschlichen Brust nicht ganz aus.

Über seine Gesundheit war man heute und gestern bedenklicher als früher; ich glaube aber, mit Unrecht. Mir schien er eher besser. Unmittelbare Gefahr ist bei diesem Übelbefinden nicht, nur die, daß dieser Husten Anzeige anfangender Brustwassersucht sei oder Ursach davon werde. Er sprach heute manchmal sehr schön, er zeigte mir auch ein Gedicht, das er im Frühjahr gemacht hat [„Paria"].

Es ist schrecklich, daß die Ursach von Goethes Krankheit höchstwahrscheinlich eine einzige Erkältung ist, von der ich Dir auch mündlich erzählen werde. Er kann nicht genug sagen, wie wohl und tätig er vorher war. Es ist peinlich zu hören, daß er alle Augenblick „Ach Gott! ach Gott!" sagt. Doch ist das mehr Angewohnheit; denn er klagt nicht über Schmerzen ...

Kunstsachen gibt es hier wohl vielerlei, aber nichts sehr Schönes, gar keine oder so gut als keine Antiken, sehr wenig gute alte Bilder, nur mittelmäßige und wenig Gipse. Ich tauschte unsere Sachen nicht gegen diese. Da man so lange Zeit zum Sammeln gehabt, Künstler und Kenner um sich, so viel Verbindung mit Italien und nicht wenig Geld, so ist es mir in hohem Grade wunderbar.

Hu VII, 183f.

2203. WILHELM VON HUMBOLDT AN SEINE FRAU

Weimar, 19. November 1823

Ich habe Dir erzählt ..., daß er mich neulich hatte den „Paria" lesen lassen. Gestern gab er mir ein Buch des „Divans", zu dem er mehreres neu hinzugedichtet hatte. Es war sehr Hübsches darunter, doch nichts, was einen bei Goethes früheren Sachen verwundern konnte. Heute gab er mir ein eigen gebundenes Gedicht, eine Elegie. Ich sah schon, daß sie sehr zierlich und sorgfältig äußerlich in Band und Papier behandelt war. Sie war ganz von seiner Hand geschrieben. Er sagte mir, es sei die einzige Abschrift, die davon existiere; er habe sie noch niemandem, ohne Ausnahme, gezeigt und werde sie noch lange nicht, vielleicht nie drucken lassen. Er habe sich aber auf meine Ankunft gefreut, weil er vorher wisse, ich werde mit ihm fühlen. Er sagte das alles in einem bewegteren und sich mehr erschließenden Ton, als ihm sonst eigen war. So fing ich an zu lesen, und ich kann mit Wahrheit sagen, daß ich nicht bloß von dieser Dichtung entzückt, sondern so erstaunt war, daß ich es kaum beschreiben kann. Es erreicht nicht bloß dies Gedicht das Schönste, was er je gemacht hat, sondern übertrifft es vielleicht, weil es die Frische der Phantasie, wie er sie nur je hatte, mit der künstlerischen Vollendung verbindet, die doch nur langer Erfahrung eigen ist. Nach zweimaligem Lesen fragte ich ihn, wann er es gemacht habe. Und als er mir sagte: „Vor nicht gar langer Zeit", war es mir klar, daß es die Frucht seines Marienbader Umganges war. Die Elegie behandelt nichts als die alltäglichen und tausendmal besungenen Gefühle der Nähe der Geliebten und des Schmerzes des Scheidens, aber in einer so auf Goethe passenden Eigentümlichkeit, in einer so hohen, so zarten, so wahrhaft ätherischen und wieder so leidenschaftlich rührenden Weise, daß man schwer dafür Worte findet ...

Nach der Lesung spann sich nun ein Gespräch darüber an; die Person [Ulrike von Levetzow] wurde nie genannt, aber es war eigentlich immer von ihr die Rede, und es sei nun, daß sie noch sehr, wie ich glaube, in seiner Seele herrsche oder nicht, so ist gewiß, daß ohne sie diese wirklich himmlischen Verse nie entstanden wären ...

Ich konnte mich nicht enthalten, ihm zu sagen, daß ich wirklich erstaunt wäre, in ihm noch diese Jugendlichkeit des Talents und des Gefühls, da solchem Gedicht ein wirkliches zugrunde liegen müsse, zu finden, und daß diese Geistes- und Phantasiestärke wahrhaft Gewähr leiste, daß, wenn nicht ein Zufall ihn dahinraffe, er noch für lange Jahre Lebenskraft besitze, und wirklich hätte ich nie gedacht, daß er dessen noch fähig sei. Er sagte darauf selbst, daß man wohl damit dem Leser den Geburtstag des Dichters zu raten aufgeben könne. In keiner Silbe des Gedichtes ist des Alters erwähnt, aber es schimmert leise durch; teils darin, daß alles darin so ins völlig Hohe und Reine gezogen ist, teils in der umfassenden Fülle der Naturbetrachtung, auf die hingedeutet ist und die Reife der Jahre fordert.

Goethe wurde über das Gedicht, von dem er selbst sehr naiv sagte: „Ich habe nicht aufhören können, es so lange zu lesen, bis ich es nun auswendig weiß; ich habe mir auch darin nachgesehn, warum soll man sich solche Genüsse versagen?" – er wurde, wollte ich sagen, über das Gedicht und meine Freude daran so gehoben, daß er, sein Übel vergessend, mit ganz ungewöhnlicher Heiterkeit sprach und sicher lange fortgesprochen hätte, wenn nicht der Großherzog plötzlich hereingetreten wäre ...

Es ist mir sehr klar geworden, daß Goethe noch sehr mit den Marienbader Bildern beschäftigt ist, allein mehr, wie ich ihn kenne, mit der Stimmung, die dadurch in ihm aufgegangen ist, und mit der Poesie, mit der er sie umsponnen hat, als mit dem Gegenstand selbst. Was man also vom Heiraten und selbst von Verliebtheit sagt, ist teils ganz falsch, teils auf die rechte Weise zu verstehen. Nur glaube ich doch, daß die Einförmigkeit, vielleicht sogar die geringe Erfreulichkeit des Familienkreises ihm, nach der lebendigeren Regung in Böhmen, nicht wohltut und daß ihm dies Gefühl mehr lastet, weil seine Krankheit ihm den gewohnten Trost beständiger Beschäftigung raubt ...

IIu VII, 186–189

2204. WILHELM VON HUMBOLDT AN SEINE FRAU

Rudolstadt, 21. November 1823

... Schadows Madonna ... stand einige Tage auf einer Staffelei im Versammlungssaal des Schlosses, und alle waren damit zufrieden. Auch Goethen wurde sie geschickt. Öffentlich und gegen den Großherzog lobt er sie sehr: „Artig, reinlich, nett, sauber, lieblich, anmutig", und wie alle seine „Artigkeitswörter" heißen. Unter vier Augen hat er mir aber seine Theorie über diese Art Bilder auseinandergesetzt. Er teilt alle Bilder in die ein, die zur Bilderwelt, und die, welche zur Natur gehören. Bei den ersten hat der Maler nur andere Bilder vor Augen gehabt, bei den letzten die wahre, volle und doch idealische Natur. Dies Bild rechnet er zu den ersten ...

Van Eyck ist ihm auch einer, der bloß nach Bildern gemalt hat. Es scheint mir darin viel Vorurteil zu sein, und ein Teil davon liegt auch darin, daß er eigentlich Haß auf alle christlichen Sujets, besonders auf Madonnen, hat. Über diese seine Ansicht des Christentums schreibe ich Dir ein andermal mehr.

Hu VII, 192

2205. SORETS ERINNERUNGEN

Weimar, 21. November 1823

Goethe ist ganz aufgebracht über die Ärzte, die seinen Freunden für einen oder zwei Tage alle Besuche verboten haben. „Diese Ängstlichkeit ist ganz überflüssig", meint er, „und ihr raubt mir das Glück, meine Freunde vielleicht das letztemal zu sehen." Sein Zustand hat sich indes ein wenig gebessert, und er konnte einen Teil seiner Arbeiten wieder aufnehmen.

Sr 82. Aus dem Französischen

2206. WILHELM VON HUMBOLDT AN SEINE FRAU

Schulpforta, 25. November 1823

In Weimar habe ich bei meiner Rückkunft aus Rudolstadt nur Karolinen [von Wolzogen] und Goethe gesehen. Mit Goethe war es ungefähr, wie ich ihn verlassen hatte. Er muß immer die Nächte auf dem Stuhl bleiben, ist daher matt, hat keinen Appetit und hustet noch viel. Einige Besserung aber fand ich darin, daß er wenigstens auf dem Stuhl die Nächte geschlafen und nur abends und morgens gehustet hatte, daß er auf die Blutegel Erleichterung im Unterleib verspürte, daß er wenigstens die „Tausendundeine Nacht" las und weniger Bier trank, wie mir auch sein Bedienter mit Freuden erzählte, der dies Unwesen auch mit Bedauern sah. Auf diese Weise ließe sich wohl Besserung hoffen. Dagegen hat der Geheime Hofrat Herscher [Huschke], der aber nicht sein eigentlicher Arzt ist, Karolinen gesagt, daß das Hauptübel in den Nieren sitze, daß eine bereits ganz zerstört und die andere auf dem Wege dahin sei, daß Wassersucht mithin die unfehlbare Folge sei. Er glaube nicht, daß er länger als ein Jahr leben könne. Was soll man nun für wahr halten? Prophezeiungen dieser Art sind doch oft falsch, und wie will man wissen, daß eine Niere ganz zerstört ist? Ich bleibe dabei, daß, wenn wir heute den 25. April schrieben, Goethe bald besser sein würde und daß Aufheiterung, mannigfaltigerer und seiner Individualität mehr zusagender Umgang ihre Wirkung nicht verfehlen könnten.

Ich kann nicht leugnen, daß ich mit wahrer Wehmut von ihm geschieden bin. Ich habe seine noch immer sehr schöne Stirn, die so das Bild seines freien, weiten, unbegrenzten Geistes entfaltet, mehrere Male, da er eben saß und ich ihn nicht aufstehen lassen wollte, geküßt, und ich zweifle, daß ich ihn je wiedersehe. Es geht unendlich viel mit ihm dahin, meinem Glauben nach mehr, als je wieder in deutscher Sprache aufstehen wird.

Mir hat er in diesen Tagen, wie zerstreut und durch seine Krankheit gestört unser Umgang war, viel Freundschaft und wahres altes Vertrauen bezeigt. Und wohltätig ist gewiß mein Wiedersehen, mein Eingehen in die Sachen, die er mir wies, meine große Freude an der, die ihm die liebste ist, auch gewesen. Ich möchte es für vieles nicht hingeben, die Reise gemacht zu haben.

Hu VII, 196f.

2207. CHARLOTTE SCHILLER AN IHREN SOHN ERNST

Weimar, 28. November 1823

Auch Zelter war bei mir ... Er hat in Goethes Haus viel Verstimmung gefunden. Der Vater ist krank. Sein Zustand ist ängstlich, bei 74 Jahren. Die Familie hat seine Heiratsgedanken auf eine undelikate, harte Art aufgenommen, statt ihm Anteil zu zeigen. Wenn er die Torheit begangen hätte, so wäre es im Grunde seine Sache. Der Sohn soll mit ihm sehr hart gewesen sein. Ottilie bekam Krämpfe. Alles war in Verzweiflung. Das ist nicht der Weg, sein Herz zu besänftigen. Er hat die Natur, daß ihn der Widerstand verhärtet. Ich weiß nicht, wie es enden wird ... Daß ein Mann wie Goethe in seinen Jahren noch einmal recht liebt, ist bei soviel Einbildungskraft nicht unmöglich. Freilich ist zu bedenken, daß ein junges Mädchen ihn vielleicht nicht so lieben kann und ihn und sich täuscht. Wenn er aber noch einige Jahre glücklich sein könnte, so wäre es ihm doch zu gönnen. Täuschungen über das andere Geschlecht hat er sich stets gemacht. Das findet man im Laufe seines Lebens. Seine erdichteten Frauen sind mehr Wahrheit als die wahren. Von der Frau Geheimrätin an ist er von seinem Zenit herabgestiegen.

ESchi 256f.

2208. CHARLOTTE SCHILLER AN KAROLINE VON HUMBOLDT

Weimar, 30. November 1823

Du wirst mündlich viel hören über Goethe. Es ängstigt mich sehr, denn ich fürchte doch, es könnte die Wassersucht sein. Seine Neigung [zu Ulrike von Levetzow] kömmt mir vor wie in der Ilias der Streit um die Briseis; nur ist es Agamemnon statt des Achill. Ein Streit mit einer egoistischen Familie, die sich sehr unfein benimmt. Du hast diese Briseis gesehen. Wenn er wirklich einer so heftigen Leidenschaft noch fähig ist, so ist es kein Mangel seines Gemüts und rührend. Ich möchte, daß man ihm das Leben noch erheiterte und nicht durch kleinliche Gemeinheiten verbitterte. Was mich bei seinem Zustand ängstigt, ist, daß er sitzend schläft und das Bett nicht ertragen kann. Wäre nur erst der Dezember, sein stets gefürchteter Monat, vorüber!

SchFr I, 409f.

2209. WILHELM VON HUMBOLDT AN SEINE FRAU

Burgörner, 1. Dezember 1823

... lese ich fast bloß die „Ethik" des Aristoteles und den „Bhagavad Gîtâ", den Schlegel herausgegeben hat. Beide behandeln eigentlich dasselbe Thema, den Zweck aller Dinge, den Wert des Lebens, das höchste Gut, den Tod als den Anfang eines neuen Daseins ... Es fällt mir dabei oft ein, daß es doch eigentlich sonderbar ist, daß Goethe so fast ausschließend in den Produkten der Zeit lebt und an dem hängt, was er seine Arbeit in seinen Heften nennt, was doch wieder nur eine für die neueste Zeit ist. Wenn ich mich meinem Hinscheiden so nahe glauben müßte wie er seinem Alter und seiner Gesundheit nach, wäre mir das unmöglich. Ich ginge vielmehr dann nur in die Vorzeit zurück und suchte dasjenige um mich zu sammeln, worin sich die menschliche Natur am reinsten und einfachsten ausgesprochen hat.

Du wirst jetzt leicht mehr von ihm erfahren als ich. Selbst wenn ich Karolinen [von Wolzogen] regelmäßig darum schriebe, würde es nicht eigentlich helfen. Man erfährt immer nur in Weimar die Relationen des Bedienten oder die Räsonnements der Ärzte. Wer ihn nicht selbst sieht, kann nicht genau urteilen, und Karoline sieht ihn gar nicht. Sie sind eigentlich auseinandergekommen, und sie urteilt bisweilen über seinen Charakter und sein Benehmen mit einer Strenge, die einem weh tut. Wahr ist es indes, daß er sich gegen die Schillerschen Kinder nicht gut benommen hat.

Hu VII, 201f.

2210. KARL VON STEIN AN SEINEN BRUDER FRIEDRICH

Kochberg, 2. Dezember 1823

Goethe leidet wieder an der Brustwassersucht, meint man. Seine Schwiegertochter wollte nach Berlin diesen Monat und hatte sich diese Reise statt einer ihr vom Doktor verschriebenen Badereise selbst verordnet und dagegen die Badereise aufgegeben. Die Goethe hatte allein 8, schreibe: acht Hütchen gekauft. Mit des Vaters (oder Schwiegervaters) Kränklichkeit wäre es vielleicht noch angegangen; allein da stirbt noch ein Onkel [Pogwisch] in Dessau, und nun hat sie Trauer, und die Hütchen können nicht paradieren, und aus der ganzen Reise wird nichts. Sie wird sehr ungnädig sein.

Fritz von Stein II, 244f.

2211. AUGUST VON GOETHE AN FRIEDRICH SCHLOSSER

Weimar, 3. Dezember? 1823

Leider haben wir von der Mitte des vorigen Monats wieder traurige Tage in Hinsicht auf des Vaters Gesundheit verlebt, und da der Vater so wohl aus Marienbad wiedergekommen war und wir die schönsten Hoffnungen für diesen Winter hegten, so war das eintretende Übelbefinden um desto unerwarteter. Eine Erkältung war die Ursache, nach welcher sich ein Katarrh einstellte, der immer heftiger wurde und zuletzt das Liegen im Bett unmöglich machte. So mußte der Vater wieder über vierzehn Tage die Nächte sitzend zubringen, welches ihn immer mehr ermattete. Es traten nun auch Schmerzen in den Nieren ein, und ein krampfhafter Husten erhöhte die Schmerzen und machte den Zustand bedenklich. Leider lag auch in der ersten Zeit der Krankheit der Arzt meines Vaters an einer Augenentzündung nieder und konnte daher den Vater nicht besuchen. Jetzt ist alles wieder auf dem Weg der Besserung. Der Katarrh und Husten sind völlig beseitigt, und der Vater schläft seit mehreren Nächten wieder liegend in seinem Bette, wodurch die Kräfte sehr zugenommen haben. Auch nimmt er schon wieder teil an allem. Nur ist noch ein Schmerz in der rechten Seite, der ihn belästigt, welchen die Ärzte aber durch angeordnete Bäder zu beseitigen hoffen.

Schlos 115

2212. PEUCER AN BÖTTIGER

Weimar, 14. Dezember 1823

Goethes Gesundheit schien wieder zu schwanken. Er konnte nicht liegen, schlief wenig und meist im Lehnstuhl, so daß man die Brustwassersucht fürchtete. Jetzt geht es wieder besser, doch ist kein gutes Zeichen, daß die Füße, die bisher angelaufen oder wohl gar geschwollen waren, sich wieder gesetzt haben. Das Heiratsgerücht verschwindet unter solchen Umständen von selbst. Diejenigen, die um ihn sind, haben viel zu leiden; er ist sehr grillig, übelnehmend, auffahrend; selbst sein Arzt, Dr. Rehbein, muß sich viel gefallen lassen. Meyer besucht ihn wieder häufig, da es auch mit Meyers Gesundheit jetzt wieder gut geht. Gesprochen wird aber dabei eben nicht viel; die Unterhaltung ist ziemlich eintönig. Dann und wann ist noch Riemer dort, als dritter; der gibt aber auch nicht viel von sich und macht gegen Se. Exzellenz den untertänigen Diener.

GoeJb I, 344

2213. KAROLINE GRÄFIN VON EGLOFFSTEIN AN IHRE MUTTER

Weimar, 29. Dezember 1823

Goethe befindet sich so wohl, wie ich ihn seit seiner Krankheit, das heißt seit vergangenem Jahr, nicht wieder gesehen. Es scheint mir, daß er seinen Neigungen den Abschied gegeben hat. Er ist bestimmter, heiterer wieder und hält das schöne Gleichgewicht mit alter gewohnter Kraft.

Eg 202

1824

2214. GRIES AN ABEKEN

Jena, 2. Januar 1824

Als Goethe am schlimmsten war, kam Zelter nach Weimar und erschrak nicht wenig; denn er war in Holland gewesen und wußte nichts von der Krankheit. Gewiß hat die Gegenwart dieses trefflichen Freundes, den Goethe unter allen Lebenden wohl am meisten und vielleicht allein liebt, zu seiner Herstellung das Beste beigetragen ...

Zelter blieb mehrere Wochen in Weimar, kam aber während der Zeit zweimal herüber. Er ist noch immer der alte: kräftig, heiter, derb, geistreich, in jeder Hinsicht ein höchst ausgezeichneter Mensch. Als Goethe in der Besserung war, schrieb Zelter an Betty Wesselhöft, Goethe habe ein Liebesgedicht [„Elegie"] gemacht, voll von Glut, Blut, Mut und Wut, herrlicher als eins seiner Jugendgedichte. Dieses habe er (Zelter) ihm dreimal hintereinander vorlesen müssen. Endlich habe Goethe gesagt: „Ihr lest gut, alter Herr!" – „Das war ganz natürlich", fügt Zelter hinzu; „aber der alte Narr wußte nicht, daß ich dabei an meine eigene Liebste gedacht hatte." – Das sind doch noch ein paar alte Herren, wie sie sein sollen!

JbGoeGes V, 250f.

2215. ARNIM AN DIE BRÜDER GRIMM

Berlin, 29. Januar 1824

Meine Frau ... hat ... sich außer dem Zeichnen auch mit Modellieren zu zerstreuen angefangen. Sie hat dem Goethe ein Denkmal gezeichnet: Er auf einer Art Thron, mit großem Mantel eingeschlagen, und eine Psyche, die an einer Leier, die er auf sein Knie gestützt, entweder schlägt oder stimmt. Es macht sich besser, als was der Rauch entworfen hatte, denn das war gar nichts als ein Mann im Lehnstuhl. Goethes Schwiegertochter ist jetzt hier und wird statt seiner fetiert, wobei sich die Leute sehr wundern, daß sie gar keine Ähnlichkeit mit dem alten Goethe hat.

ArnG 536f.

2216. SORETS ERINNERUNGEN

Weimar, 23. Februar 1824

Für die große Maskerade, die zum Geburtstag des [Erb-] Großherzogs stattfand, hatte ich mir ein Bulgarenkostüm gewählt, das mir recht gut stand. Goethe wollte mich in diesem Aufzug sehen und lud mich ein, mich im Lauf des Abends in meiner Maskerade bei ihm zu zeigen. Ich fand ihn, ganz allein, im großen Saal, den er mit einer Menge Wachslichter hatte erleuchten lassen. Ohne ein Wort zu sprechen, musterte er mich sorgfältig; schließlich fand er, das Kostüm gefalle ihm ausgezeichnet, ließ mir Punsch bringen und bat mich, noch ein wenig zu bleiben. Wir spazierten nun nebeneinander her, den Saal auf und ab, ohne daß sonderlich viel gesprochen wurde; mir war die Sache herzlich langweilig, und ich brannte vor Ungeduld, nur fortzukommen, denn ich wurde in Gesellschaft erwartet, aber Goethe schien ganz in Nachdenken verloren, vielleicht brütete er über einem neuen Gedicht, einem Ghasel. Je unbehaglicher ich mich dabei fühlte, um so mehr Spaß schien der alte Herr daran zu haben, ich machte daher der Sache ein Ende – unrecht genug; ich hätte besser getan, die andere Gesellschaft im Stich zu lassen, wer weiß, vielleicht hätte Goethe mich dafür entschädigt durch ein Gedicht, würdig seines „Divans".

Sr 105f. Aus dem Französischen

2217. ECKERMANN AN JOHANNE BERTRAM

Weimar, 12. März 1824

Goethe hat mich diese Zeit sehr in Anspruch genommen. Ein neues Heft „Kunst und Altertum" haben wir schon wieder im Druck. Ich habe auch etwas dazu geschrieben [„Die drei Paria"] ... Dieser Tage habe ich auf Goethes Anregung zu des berühmten Staatsrat Thaers Jubiläum bei Berlin einige Festgedichte gemacht, die ich Goethen diesen Morgen zugesendet habe. Die Sachen sind mir gelungen, und ich werde morgen, wenn ich zu ihm gehe, sicher gelobt werden. Goethe ist sehr munter, vorgestern mittag bei Tisch aß er in Hemdsärmeln und war sehr jugendlich heiter. Bei Tische teilt er manches mit mir und gibt mir von seinem Teller. Wenn ich abends komme, läßt er gleich eine Bouteille Wein bringen. Der alte Hofrat Meyer trinkt keinen; Kanzler von Müller Zuckerwasser; Goethe und ich trinken dann alleine.

E 30f.

2218. CHARLOTTE SCHILLER AN COTTA

Weimar, 26. März 1824

Nach einer durch Goethe mit Herrn von Humboldt im November vorigen Jahres angeknüpften und durch meine Schwester [Karoline von Wolzogen] fortgesetzten Negoziation über die Herausgabe der Korrespondenz [zwischen Schiller und Goethe], von der so lange die Rede war, sende ich Ihnen anbei das Resultat in einer Erklärung Goethes mit. Wenn Sie diesen Antrag annehmen und uns also die Hälfte des Honorares wie die des Anteils an künftigen Auflagen garantiert ist, geben wir die Goethischen Briefe sogleich an ihn heraus.

Goethe ist in dem Augenblick sehr warm über dieses Unternehmen. Seine Gesundheit ist so hergestellt, daß er hoffen kann, er werde dieses und noch mehreres andere vollenden. Und nach der Meinung unserer Freunde ist es das Günstigste, was wir unter den vorliegenden Umständen tun

Johann Peter Eckermann

können, darauf einzugehen. Was er, wie Goethe selbst gesteht, an der Masse durch meines seligen Mannes Briefe zuvor erhält, ersetzt er durch die Mühe und Auslage der Redaktion. Und da seine Hand und sein Name freilich beim Publikum von hoher Bedeutung dabei sind, für Sie wie für uns, so finden wir im ganzen diese Proposition sehr billig und annehmbar ...

Ein einzig interessantes Werk für alle Zeiten wird dadurch entstehen.

SchiCo 571

2219. KAROLINE VON WOLZOGEN AN ERNST VON SCHILLER

Weimar, 9. April 1824

Noch eine Idee Goethens will ich Dir sagen, aber nur im allerengsten Vertrauen; keine Seele darf davon wissen ... Die Originale der Briefe sollen, wenn die Herausgabe geschehen ist, versiegelt auf der Regierung deponiert werden, mit dem Beding, daß sie nach fünfundzwanzig Jahren vollständig herauskommen sollen. Alle Persönlichkeiten sind dann ausgelöscht, und das Interesse für die zwei merkwürdigsten Geister unserer Zeit verspricht den beiden Familien noch einen großen Gewinn, den sie unter sich teilen. Ich finde den Plan sehr schön. Schreibe August Goethe nichts darüber.

ESchi 262

2220. CHARLOTTE SCHILLER AN IHREN SOHN ERNST

Weimar, 24. Mai 1824

Goethe hat sich wunderbar erhalten. Er ist sehr fleißig an den Briefen. Es ist, als wäre eine neue Periode in unserer Freundschaft begründet, denn er denkt und handelt für uns mit. Ich freue mich, daß alles so gegangen ist.

ESchi 266

2221. THERESE HUBER AN USTERI

Bayreuth, 5. Juni 1824

Haben wir nicht unsern Heros selbst verpfuscht, unsern geliebten Alten in Weimar? O ich weiß wohl, ich fänd ihn aus den albernen Flittern und Fetzen, mit dem sie ihn umhängen, wieder heraus. Ihn, den heiligen Quell, in dem ich meine Seele reinige, wenn sie durch den Schlamm der Zeit, durch die Tränen der Sorge entstellt ist.

GoeJb XVIII, 134

2222. MATTHISSON AN BONSTETTEN

Wörlitz, 14. Juni 1824

In Weimar (den 15. Mai) war mein erster Gang zu Goethe...

Kräftig und mit völlig gerader Haltung trat mir der alte Dichterkönig entgegen. Jede Spur der schweren Krankheit war verschwunden. Selten schuf die Natur wohl ein Auge aus gediegenerem Feuerstoff als das Auge Goethes, das trotz der schwarzen Schatten des Alters seinen Glanz ebenso klar und ungetrübt erhalten hat wie das Deine ... Unser Gespräch begann mit Dir; dann ging es über auf die verschiedenen Epochen, in welchen Goethe und ich seit 1783 einander begegnet waren. Auf meine Frage, ob er nichts weiter für den „Faust" tun werde, war die Antwort: „Das ist größtenteils schon geschehen."

GoeJb XXIV, 106

2223. CHARLOTTE SCHILLER AN COTTA

Reichenberg, 3. Juli 1824

Sie haben vielleicht indessen Nachrichten von Geheimerat von Goethe? Er hat mir noch viel Empfehlungen aufgetragen. Seine Tätigkeit ist recht lebendig wieder erwacht, und im September erscheint gewiß ein Band [des Briefwechsels]. Es ist mir eine große Beruhigung, daß wir uns darüber verständigt haben. Denn es wird gewiß ein Werk seltener Art. Es ist mir sehr lieb, daß es noch zur Sprache bei Goethens Lebzeiten kam, denn so kann es niemand anders drucken als Goethe selbst. Seine Liebe und wahre Anhänglichkeit an Schiller rührt mich tief. Es ist mir auch, als hätte ich mehr teil an seinem Leben und Zuständen zu nehmen, da ich seine Freundschaft erkenne.

SchiCo 574f.

2224. KANZLER VON MÜLLER AN JULIE VON EGLOFFSTEIN

Weimar, 19. Juli 1824

Goethe, den die ganze Sache zum allerhöchsten interessiert, hat nun mit seiner bekannten Geheimniskrämerei das Bild [Porträt der Auguste Jacobi von Macco] allen seinen Freunden und auch Linen [Karoline von Egloffstein], der Wolzogen, Adelen [Schopenhauer] p. unter den mystischsten Formeln gezeigt, ohne eine Silbe zu verraten, woher es komme oder wem es gehöre oder vorstelle, und nun schwören alle Stein und Bein darauf, es sei die Fräulein Ulrike Levetzow, Goethes Geliebte, und können nicht aufhören, die Liebenswürdigkeit und Schönheit zu preisen ... Line war die einzige, die, zu Goethes großem Erstaunen, sagte, die *Manier* habe, bei aller Originalität, doch Ähnlichkeit mit der Maccoschen ... Kurz, dieses Bild ist ein wahres Vexierbild für das ganze Goethische Haus, denn selbst der Sohn und Ulrike [von Pogwisch] bilden sich ein, es sei Fräulein Levetzow.

Mü 313

2225. MALSBURG AN LUDWIG TIECK

Escheberg, 8. August 1824

In Weimar empfing Goethe mich und mein Buch [Übersetzungen aus Lope de Vega], ja selbst meinen kleinen, mich ihn mitzunehmen peinigenden Neffen, sehr holdselig und väterlich. Ich fand den alten Herrn schöner und größer (an Leibesstatur) als vor zwei Jahren, keine Spur von Krankheit, warme und schalkhafte Augen. Er sprach schön über Sie, über Shakespeare, über Calderón ...

Jeder Ort hat seinen Heiligen. Wie man in Dresden bei Ihnen schwört, in Kassel bei Arnim, so in Weimar bei Goethe. Aber wie es Ihnen dort geht, so auch diesem großen Manne hier: man rafft Fäserchen auf, zaselt sie umher und schmückt sich damit. Aber das Ganze, das eigentliche, innerste Wesen wird nicht verstanden oder neben aller Bewunderung her noch gar mißdeutet. Dabei wird in Weimar der Einfluß der Goetheschen Kritik, über deren Schwäche wir oft gesprochen haben, besonders empfindlich, und ich hätte nur gewünscht, daß Sie bei manchem Aberwitze, der auf diesem Instrumente gespielt wurde, gegenwärtig gewesen wären oder mir etwas von den Waffen Ihrer wunderbaren Geistesgegenwart, höflichen Ruhe und ironischen Beweglichkeit dagegen hätten herleihen wollen. Denken Sie sich unter anderem, daß man da über Ihre Theaterkritiken höchst verstimmt ist! Im herrlichen Aufsatze über „Wallenstein" finden sie ein modiges Herabsetzen Schillers; auch Goethe würde es mit dem Shakespeare zu arg, und sei er ganz ärgerlich darüber ...

Tieck II, 320ff.

2226. KERSTING AN SEINE FRAU

Weimar, 19. August 1824

Ich fand Goethen zwar sehr gealtert, auch etwas zittrig an den Armen, aber am Geiste stark und jung ... Gute Seele, hättest Du doch in diesen Augenblicken den herrlichen Greis sehen können, der mich so freundlich mit seinen gewaltigen Augen fortwährend ansah und wie er mir beim Fortgang so herzlich noch die Hand drückte und mir ferner Glück und Zufriedenheit wünschte! Du würdest gewiß auch Freudentränen geweint haben so wie ich.

BodeSt IV, 54

2227. WILHELM VON HUMBOLDT AN SEINE FRAU

Tegel, 2. September 1824

Daß Goethe nicht in Marienbad ist, begreife ich nicht. Als ich ihn sah, schien sein ganzes Herz daran zu hängen. Vielleicht hat es sich in ihm umgewendet; er setzt gewöhnlich den beweglichen Fuß nur leicht auf. Vielleicht hat ihn aber auch das platte Gerede abgeschreckt.

Hu VII, 217

2228. AUGUST VON GOETHE AN FRIEDRICH SCHLOSSER

Weimar, 14. Oktober 1824

Der Vater befindet sich sehr wohl, obgleich er, alles Zuredens ohngeachtet, diesen Sommer kein Bad besucht hat. Sein Körper ist stark und gesund und seine geistige Tätigkeit lebhafter und produktiver als seit langer Zeit.

Schlos 116

2229. CHARLOTTE VON AHLEFELD AN KNEBEL

Weimar, 30. Oktober 1824

... sie [Charlotte von Stein] erwähnte mit Lebhaftigkeit der Freude, die Goethe ihr durch das Geschenk seines nun ein Jubiläum erlebten „Werthers" gemacht hatte, auf dessen vordere Seite er einige freundliche Worte für sie geschrieben, und rezitierte nachher mit Anmut und Geistesgegenwart eines seiner frühern, nicht im Druck erschienenen Gedichte, das er bei Veranlassung eines von Nicolai geschriebenen Werkes, „Die Freuden des jungen Werthers", gemacht hat. Wir expektorierten ganz gewaltig über Goethes diesem Werk vorstehendes Profil und über die ungebührlich lange Nase, die die ungeschickte Hand des Künstlers ihm gedreht. Zwar ist er für uns ein unsichtbares Wesen, aber *so* kann er doch fürwahr nicht aussehn.

BrKn II, 190 f.

2230. ECKERMANN AN STIEGLITZ

Weimar, 4. Dezember 1824

Goethe ist äußerst wohl und munter, und es ist eine Freude, ihn zu sehen.

Gestern abend habe ich mit ihm, vor der Büste des großen Dante sitzend, bedeutende Gespräche geführt oder vielmehr ihn zu großen Äußerungen veranlaßt.

E 169

1825

2231. GRIES AN ABEKEN

Stuttgart, 11. Februar 1825

Was sagen Sie zu der seltsamen diplomatischen Note [„Goethes Beitrag zum Andenken Lord Byrons"], die Goethe über sein Verhältnis mit Byron erlassen hat ...? Nie hat mich etwas so lebhaft an den seligen Regensburger Heiligenrömischenreichs-Deutschernations-Stil erinnert. Wie ist es möglich, daß Goethe eine solche Blöße geben konnte? Die auch schon von Widersachern und Gleichgültigen trefflich benutzt worden.

JbGoeGes V, 251

2232. ECKERMANN AN JOHANNE BERTRAM

Weimar, 13. Februar 1825

Goethe rät mir zu der Archivstelle [in Hannover] ... und will selbst sowohl an Rehberg als dem Archivrat [August] Kestner schreiben. „Sie wissen, wie lieb ich Sie habe", sagte er, „und wie gerne ich Sie in meiner Nähe behielt. Sie müssen es sich selbst sagen, daß ich Sie zu den wenigen zähle, die meinen nächsten Umgang ausmachen. Aber doch, wenn es zu Ihrem dauernden Glücke gereicht, will ich Sie gerne entbehren. Ich habe wohl daran gedacht und habe *viel* daran gedacht, ob ich Sie nicht auf die eine oder andere Weise hier placieren könnte; aber Sie wissen ja selbst, wie beschränkt unsere Zustände sind. *Hier* wüßte ich Ihnen keine glückliche Lage zu bereiten, auf der Sie eine sichere häusliche Existenz gründen könnten. Und dies ist es doch, worauf es ankommt. Wäre ich zwanzig Jahre jünger, so wäre es schon anders. Aber wir stehen alle auf der Neige. Ich bin alt, der Großherzog ist alt, der kann bald zusammenbrechen, und dann ständen Sie hier allein." ...

Von *Dir,* geliebte Hannchen, sprach er sehr viel. Ich war still beglückt über Goethes Liebe und in Hoffnung einer glücklichen Existenz mit Dir. Aber es schlich sich ein wehmütiges Gefühl mit ein, wenn ich bedachte, daß ich mich von dem herrlichen Goethe trennen sollte.

E 37 f.

2233. ECKERMANN AN JOHANNE BERTRAM

Weimar, 27. März 1825

Vorigen Dienstag nacht brannte unser liebes Theater ab bis auf den Grund! ... Goethe war einige Tage von dem Schreck und Teilnahme krank ...

Goethe selbst ist dieser Tage etwas sehr Angenehmes geschehen, was er mir gestern vertraute. Der Deutsche Bund nämlich hat ihm für die intendierte neue Ausgabe seiner Werke ein Privilegium der Art erteilt, daß kein Buchhändler in Deutschland wagen darf, sie je nachzudrucken. Der Verleger also, dem er sie gibt, wird ihm eine sehr große Summe geben können, weil er für alle Jahre hinaus gesichert ist und er nie einen Nachdruck zu befürchten hat. Dies regt ihn nun auf, die Redaktion der neuen Ausgabe rasch zu betreiben und mich wieder um meine tätige Hülfe zu ersuchen. Diese kann ich ihm nicht versagen, um so weniger, als ich weiß, daß kein anderer ihm helfen kann. Dagegen hat er versprochen, nicht allein durch bare Münze dankbar zu sein, sondern auch an meinem neuen Buche [„Gespräche mit Goethe"] mir zu helfen und mir sogar von seinen eigenen Manuskripten zu geben, die ich für mich herausgebe.

E 40

2234. KANZLER VON MÜLLER AN REINHARD

Weimar, 31. März 1825

Goethe ... ist von unserm Brandunglück noch sehr gebeugt, vielleicht empfindet es in ganz Weimar niemand tiefer als er! „Das ist das Grab meiner Erinnerungen!" rief er gleich bei der ersten Schreckensnachricht aus.

Zum Glücke haben Nagler und seine guten Nachrichten einige günstige Diversion gemacht. Vorher wollte er mehrere Tage lang gar niemanden von uns sehen. Die Bundestagsbegünstigung ist ihm vom allergrößten Werte.

Mü 317

2235. NAGLER AN BERNSTORFF

Frankfurt, 13. April 1825

Gern hätte ich es dahin gebracht, daß ein dem Wunsche Goethes entsprechender Beschluß ohne weiteres gefaßt worden wäre. Dieses aber fand sofort und selbst von seiten des Präsidialgesandten von Münch-Bellinghausen Widerspruch ... Ich eilte, eine Beschlußformel zu Papier zu bringen und meinen Kollegen zu überreichen. Dieses fand nicht überall die gewünschte Aufnahme. Bei Bayern (von Pfeffel) und Württemberg (von Trott) zeigte sich bald eine entgegenstehende Ansicht. Hiernach sollte die Bundesversammlung als solche in vorliegender Sache ganz inkompetent und, strenge genommen, zu nichts weiter befugt sein, als Herrn von Goethe abzuweisen. Sie, sagte man, sei kein kritisch-literarisches Institut, welches die größere oder geringere Verdienstlichkeit einzelner Schriftsteller zu würdigen und hiernach zu bemessen habe, inwieweit der eine oder andere sich zu besonderen Begünstigungen eignen möge. Wenn sie dergleichen Vergünstigungen einem großen Dichter gewähre, so werde sie dieselben einem andern Dichter oder einem Historiker, Juristen usw. ebenfalls nicht verweigern können, ohne zwischen ihnen einen Unterschied zu machen, dessen Wahrnehmung und Anerkennung ein kritisches Urteil voraussetze. Dergleichen andre Schriftsteller würden nicht ermangeln, mit ähnlichen Gesuchen nachzukommen und dadurch für die Bundesversammlung nicht geringe Verlegenheit herbeiführen.

Man machte es zugleich Herrn von Goethe zum Vorwurf, daß er aus angeblicher Anmaßung sich wegen eminenter Verdienste um die deutsche Literatur befugt halte, ein Privilegium ausnahmsweise für seine Person in Anspruch zu nehmen. Man tadelte dabei seine angeblich dabei zum Grunde liegende Sorge für sein pekuniäres Interesse. Ja, man rügte es sogar, daß er sich in Verfolgung seines Zweckes nicht an seinen Landesherrn ..., sondern ... direkt an die Bundesversammlung gewandt habe.

GoeG 325f.

2236. COUSIN IN SEINEM TAGEBUCH

Weimar, 28. April 1825

Ich war ganz erfüllt von dem Gedanken, mich hier in Goethes Zimmer zu befinden, in einem Raum, wo Goethe gleich erscheinen würde, als die Türe der Galerie sich öffnete und ich einen Greis sah, den ich auf der Stelle erkannte. Er trug eine nachlässig geknotete farbige Krawatte, eine graue Tuchhose, einen blauen Überrock. Sein Kopf war unbedeckt. Was für ein Kopf! Breit, hoch, imponierend, wie der des olympischen Jupiter. Er kam langsam und leise heran, wies auf ein Sofa und ließ sich mit mir darauf nieder.

Bei jedem Wort, das er sprach, hustete er. Seine Stimme zitterte. Während ich ihm zuhörte, betrachtete ich ihn genau, und ich konnte die Verwüstungen beurteilen, die acht Jahre an dieser großen und starken Gestalt angerichtet hatten. Jedes Wort fiel ihm schwer. Er sah leidend aus; ich sagte es ihm. „Nein, ich leide nicht zu sehr. Aber das Alter! Ich muß mich nur in acht nehmen, darf mich nicht zu lange mit etwas befassen und muß mich im Gleichgewicht halten, um den Beschäftigungen nachzugehen, deren ich noch fähig bin."

Franz 47. Aus dem Französischen

2237. KANZLER VON MÜLLER AN REINHARD

Weimar, 29. April 1825

Herr Professor Cousin, der seit vorgestern hier ist und morgen abreist, wird Ihnen ... Näheres von uns berichten.

Seine Bekanntschaft war mir *höchst interessant;* ich

brachte ihn zu Gersdorf und Ottilien; Goethen hat er leider nur wenig gesehen, da er schon zehn Tage sehr unwohl ist. Er hatte einen Anfall von Lungenentzündung, den ein Aderlaß glücklich hob; allein er ist doch noch sehr matt und reizbar und vorzüglich sehr mutlos und voller trüber Ahndungen.

Wie mich das bekümmert, habe ich nicht Worte genug, auszusprechen. Doch hoffen wir vieles von der bessern Witterung und reden ihm sehr zu, nach Marienbad zu gehen.

Mü 318

2238. ECKERMANN AN JOHANNE BERTRAM

Weimar, 2. Mai 1825

Goethe war vierzehn Tage nicht wohl, ist jedoch jetzt völlig wiederhergestellt. Gestern nachmittag schoß ich in seinem Garten mit einem Baschkiren-Bogen. Goethe selbst schoß zweimal. Ich hatte große Freude darüber. Ich schoß einen Pfeil in seine Fensterlade, der nicht wieder herauszubringen war und den wir haben stecken lassen.

E 41

2239. HEINE AN CHRISTIANI

Göttingen, 26. Mai 1825

Über Goethes Aussehen erschrak ich bis in tiefster Seele, das Gesicht gelb und mumienhaft, der zahnlose Mund in ängstlicher Bewegung, die ganze Gestalt ein Bild menschlicher Hinfälligkeit. Vielleicht Folge seiner letzten Krankheit. Nur sein Auge war klar und glänzend. Dieses Auge ist die einzige Merkwürdigkeit, die Weimar jetzt besitzt. Rührend war mir Goethes tiefmenschliche Besorgnis wegen meiner Gesundheit. Der selige [Friedrich August] Wolf hatte ihm davon gesprochen. In vielen Zügen erkannte ich den Goethe, dem das Leben, die Verschönerung und Erhaltung desselben, so wie das eigentlich Praktische überhaupt, das Höchste ist. Da fühlte ich erst ganz klar den Kontrast dieser Natur mit der meinigen, welcher alles Praktische unerquicklich ist, die das Leben im Grunde geringschätzt und es trotzig hingeben möchte für die Idee. Das ist ja ebender Zwiespalt in mir, daß meine Vernunft in beständigem Kampf steht mit meiner angeborenen Neigung zur Schwärmerei. Jetzt weiß ich es auch ganz genau, warum die Goethischen Schriften im Grund meiner Seele mich immer abstießen, sosehr ich sie in poetischer Hinsicht verehrte und sosehr auch meine gewöhnliche Lebensansicht mit der Goethischen Denkweise übereinstimmte. Ich liege also in wahrhaftem Kriege mit Goethe und seinen Schriften, so wie meine Lebensansichten in Krieg liegen mit meinen angeborenen Neigungen und geheimen Gemütsbewegungen. – Doch seien Sie unbesorgt, guter Christiani, diese Kriege werden sich nie äußerlich zeigen, ich werde immer zum Goethischen Freikorps gehören ...

Heine VIII, 191 f.

2240. ECKERMANN AN JOHANNE BERTRAM

Weimar, 6. Juni 1825

Meine Arbeit rückt langsam vor, aber es wird auch etwas sehr Gutes. Goethe, dem ich vor einigen Tagen die ersten Gespräche zeigte, ist sehr erbaut davon und findet die Arbeit vortrefflich. Ich werde damit sicher ein großes Glück machen und nicht allein in Deutschland, sondern auch in Frankreich und England dadurch einen guten Namen bekommen. Denn das Interesse von ganz Europa ist seit Lord Byrons Tode und wegen mangelnder politischer Interessen jetzt durchaus auf Goethe gerichtet.

E 41 f.

2241. HEINE AN MOSER

Göttingen, 1. Juli 1825

Daß ich Dir von Goethe nichts geschrieben und wie ich ihn in Weimar gesprochen und wie er mir recht viel Freundliches und Herablassendes gesagt, daran hast Du nichts verloren.

Er ist nur noch das Gebäude, worin einst Herrliches geblüht, und nur das war's, was mich an ihm interessierte. Er hat ein wehmütiges Gefühl in mir erregt, und er ist mir lieber geworden, seit ich ihn bemitleide. Im Grunde aber sind ich und Goethe zwei Naturen, die sich in ihrer Heterogenität abstoßen müssen. Er ist von Haus aus ein leichter Lebemensch, dem der Lebensgenuß das Höchste und der das Leben für und in der Idee wohl zuweilen fühlt und ahnt und in Gedichten ausspricht, aber nie tief begriffen und noch weniger gelebt hat. Ich hingegen bin von Haus aus ein Schwärmer, d. h. bis zur Aufopferung begeistert für die Idee und immer gedrängt, in dieselbe mich zu versenken; dagegen aber habe ich den Lebensgenuß begriffen und Gefallen daran gefunden, und nun ist in mir der große Kampf zwischen meiner klaren Vernünftigkeit, die den Lebensgenuß billigt und alle aufopfernde Begeistrung als etwas Törichtes ablehnt, und zwischen meiner schwärmerischen Neigung, die oft unversehens aufschießt und mich gewaltsam ergreift und mich vielleicht einst wieder in ihr uraltes Reich *hinabzieht,* wenn es nicht besser ist, zu sagen *hinaufzieht;* denn es ist noch die große Frage, ob der Schwärmer, der selbst sein Leben für die Idee hingibt, nicht in einem Momente mehr und glücklicher lebt als Herr von Goethe während seines ganzen sechsundsiebzigjährigen egoistisch behaglichen Lebens.

Heine VIII, 198

2242. KAROLINE VON WOLZOGEN AN IHRE SCHWESTER CHARLOTTE SCHILLER

Bösleben, 12. Juli 1825

Gestern sendete mir Goethe diese Einlage; lies sie und bedenke mit Ernst [von Schiller], was zu tun ist. Die Sache steht freilich auf Schrauben, und der künftige Vorteil wird unsicher. Klar erkennt man den Einfluß des Sohnes, der nach eigenem Gewinn strebt. Doch ist, dünkt mich, vorderhand nichts anderes zu tun. Die Hauptsache ist, daß man von Goethe noch eine Verschreibung herausbekommt, worin ausgesprochen ist, daß die Handschriften der Briefe für immer als das gemeinsame Eigentum Euerer beiden Familien angesehen werden sollen. Stirbt dann Goethe darüber, so kann sie doch der Sohn nicht allein an sich reißen. Dazu habe ich die Einleitung in meiner Antwort an Goethe gemacht ... Ich habe auch Goethen an sein Versprechen erinnert, Euch seinen Rat zu geben, was Ihr billig von Cotta [für die Schiller-Werkausgabe] fordern könntet, nach dem Maßstab dessen, was *er* bekommt. Ich habe ihm versprochen, seine Äußerung solle ein Geheimnis zwischen ihm und mir bleiben, da er fürchten wird, sich bei Cotta zu schaden. Ist er offen, so müssen wir es ihm auch heilig halten. Hebt Goethes Briefe als Dokumente auf ... Vor mir fürchtet sich Goethe etwas, da er nicht eigennützig und schwach scheinen will.

ESchi 273

2243. CHARLOTTE VON STEIN AN KNEBEL

Weimar, 16. Juli 1825

Vor einigen Tagen schenkte mir der berühmte Goethe sein Medaillon, in der Schweiz gemacht, wie ich höre. Es ist sehr schön und hat mir große Freude gemacht.

Bode III, 236

2244. KANZLER VON MÜLLER AN REINHARD

Weimar, 22. Juli 1825

Goethe ... ist in vollster Kraft der Seele wie des Körpers, und wir haben mit ihm zu Belvedere und in seinem Parkgarten unschätzbar köstliche Abende verlebt ...

Wir haben uns kürzlich vierzehn Tage lang einer sehr liebenswürdigen und anmutsvollen Erscheinung erfreut, der Gräfin Rapp, Schwester unserer Frau von Spiegel. Auch Goethe ergötzte sich innigst an ihr und weihte ihr eine herrliche Stanze [„Zu dem Guten, zu dem Schönen ...“] in ihr Album, während sie umgewandt von seiner Freundlichkeit und Herzlichkeit ganz bezaubert war.

Mü 319f.

2245. ERNST VON SCHILLER AN KAROLINE VON WOLZOGEN

Köln, 25. Juli 1825

Im allgemeinen muß ich bemerken, daß aus den mir heute vorgelegten Papieren durchaus kein eigenmächtiges und feindseliges Benehmen Goethes hervorleuchtet und daß alle Anerbietungen und Vorschläge, welche Goethe gemacht hat, mit Billigkeit, Vernunft und freundlichen Gesinnungen seinerseits sich zur Zeit noch vereinigen lassen.

ESchi 274

2246. VULPIUS AN UNBEKANNT

Weimar, 27. Juli 1825

Zu der Entreprise zu Goethes Werken haben sich schon sechs Buchhändler gemeldet [u. a. Friedrich und Heinrich Brockhaus]; erst kürzlich kam deshalb einer von Berlin hierher gereiset. Es werden 40 Bände; man bietet zu Hunderttausenden. Er selbst erklärt sich noch für gar nichts und scheint sicher noch etwas in petto zu haben. Wer ihn kennt, weiß davon gewiß noch nichts Positives zu sagen. Das Privilegium des Bundestages geht sicher noch auf mehr, als man sich denkt. In solchen Sachen ist er gar sehr verschlossen. Übrigens arbeitet er fleißig und ist sehr wohl, doch ganz mit sich und seinen Unternehmungen beschäftigt.

GoeJb XIII, 285

2247. ECKERMANN AN JOHANNE BERTRAM

Weimar, 28. Juli 1825

Für den lieben Goethe habe ich diesen Sommer abwechselnd noch immer gearbeitet. Wenn Du wüßtest, was dem Trefflichen täglich durch den Kopf geht, wie er nicht allein von den wichtigsten Besuchen täglich heimgesucht wird, sondern wie auch von allen Seiten Sendungen eingehen, die seine Gedanken hinnehmen! Dabei seine Stellung hier zum

Hofe, wo besonders in diesem Jahr wegen des bevorstehenden Jubiläums des Großherzogs sein Rat und seine Vorschläge auf mannigfaltige Weise in Anspruch genommen werden. Und über dieses alles die große Ausgabe seiner Werke und die Korrespondenz mit Buchhändlern, die sich darum bewerben. Und dabei sein hohes Alter von 76 Jahren!...

Ich bin diese Zeit wieder viel mit ihm spazierengefahren. Neulich fuhren wir selbvierte; der Kanzler und Riemer waren mit. Nachdem wir zuvor die Gemäldesammlung in Augenschein genommen hatten, fuhren wir nach seinem Garten, wo er uns mit Wein und den schönsten Erzählungen traktierte. Diesen Abend um 8 gehe ich zu ihm; der Bediente war eben hier, mich einzuladen.

E 351 f.

2248. KAROLINE VON WOLZOGEN AN ERNST VON SCHILLER

30. Juli 1825

Von feindlichem Benehmen darf ja gar nicht die Rede sein. Aber man muß fühlen lassen, daß man sein Recht kennt und nicht aufgibt. Goethe sagte mir im Oktober vorigen Jahres, daß die Briefe vier Bände betragen würden, der Band zu 2000 Taler (ohne die Taschenausgabe und neue Auflagen), daß also Euch die Hälfte, mit 4000 Talern, zukäme.

ESchi 274

2249. SULPIZ BOISSERÉE AN SEINEN BRUDER MELCHIOR

Wiesbaden, 13. August 1825

Das Verhältnis von Cotta mit Goethe scheint sehr bedenklich; ich höre von allen Seiten, der alte Herr habe mit Cotta gebrochen; so sagt auch die Schopenhauer, die durch ihre Tochter mit der jungen Goethe sehr bekannt ist und so ziemlich alle wichtigen Angelegenheiten des Alten erfährt.

Sulpiz Boisserée

Ich werde durch diese Gerüchte darin bestärkt, daß Cotta sich auf eine ungeschickte Weise muß ausgedrückt haben, und da kann ich denn recht gut begreifen, daß der alte Herr ungeduldig geworden, wenn ihm dergleichen vorgekommen.
Bois 463

2250. ECKERMANN AN JOHANNE BERTRAM

Weimar, 18. August 1825

Vor einigen Abenden brachte Goethe das Gespräch auf Dich. Er erkundigte sich nach Deinem Befinden. Ich sagte ihm von Deiner Lage und daß ich sehr darauf dächte, Dich zu mir zu nehmen. Er bat mich, diesen Schritt nicht zu übereilen, sondern erst meine bürgerliche Existenz besser zu begründen, damit ich uns beide nicht in Not brächte. Denn ich müsse hier doch standesgemäß leben können. Ich sagte ihm, daß wir zurückgezogen leben und uns einschränken würden. „Das können Sie nicht", sagte er, „vermöge Ihres Ranges und der allgemeinen Achtung, die Sie hier genießen. Sie können sich der Gesellschaft nicht entziehen, Sie mögen sich stellen, wie Sie wollen." Dann sprach er von schönen Kleidern und daß Du bald schöne Kinder haben würdest, die denn auch immer auf das feinste hergehen sollten. Dann von den Kosten der ersten Einrichtung, wobei er vorauszusetzen schien, als wärest Du ohne alles Vermögen. Ich sagte ihm aber, daß Du von einer sehr guten Familie und mit der besten Aussteuer zu mir kommen würdest. „Ihr seid gute Menschen", sagte er darauf, „und Ihre Geliebte muß sehr vortrefflich sein. Ich wollte nur, daß ich für Euch etwas tun könnte." Nun entdeckte er mir den ganzen Zustand von Weimar, seine Stellung als Minister und wie ihm überall bei der Schuldenlast des Landes und den kleinen Mitteln, die ihm zu Gebote stehen, die Hände gebunden seien. Er ging alles auf das offenherzigste und zutraulichste mit mir durch. Ich sagte ihm, daß ich nie ersucht hätte, für mich etwas zu tun, weil ich bei seiner Liebe zu mir vorausgesetzt hätte, daß er es von selbst tun würde, wenn er dazu imstande. Er sagte mir, daß ich hierin vollkommen recht gehabt, indem er selbst mehr an mein Glück gedacht, als ich glauben könne. „Ich habe anderen Menschen zu einer glücklichen Lage geholfen", sagte er, „die mir bei weitem nicht so nahestanden als Sie." Wir sprachen den ganzen Abend von 7 bis halb 10 nur von diesem einzigen Gegenstande.

E 46f.

2251. KANZLER VON MÜLLER AN REINHARD

Weimar, 29. August 1825

Ihnen, noch ehe Sie ins Gewühl von Paris eintreten, den Mitgenuß unserer Zustände zu bieten, eile ich, nicht nur die gestrigen Festlieder zu übersenden, von denen das Riemersche gewiß in hohem Grade gelungen, sondern ich begehe auch einen kleinen Verrat an Goethe (den er nie erfahren darf), indem ich seine drei unvergleichlichen Logengesänge [„Zur Logenfeier des 3. Septembers 1825"] Ihnen abschreibe ... Haben Sie wohl je tiefer Ergreifendes und höher Gedachtes als den Zwischengesang gefunden? ...

Das Theater ist so gut wie schon fertig und wird am 3. September mit der Oper „Semiramis" und am 5. mit „Tasso" eingeweiht. Riemers Prolog ist sehr gehaltreich und lyrisch. Schon fangen alle Häuser und Straßen sich mit buntem Blumen- und Laubschmuck zu kränzen an, überall Gewimmel von lustig Arbeitenden und Anordnenden. Goethe, der sehr wohl ..., hat sein ganzes Haus renovieren lassen, um es am Jubeltage *nach* dem Theater für Fremde und Einheimische in Unzahl gastlich zu eröffnen. Ottilie muß für 150 bis 200 Personen Erfrischungen vorbereiten und hat alle Hände voll zu tun. „Der älteste Diener des Fürsten", hat er gesagt, „muß auch das Recht haben, an diesem Tage der frohste und ausgelassenste Wirt zu sein."

Mü 320

2252. STAEGEMANN AN CRAMER

Berlin, 15. September 1825

Die Goethesche Idolatrie, die sich bei der diesjährigen Feier seines Geburtstages an allen Orten erwiesen, ist mir etwas anstößig durch die Art, wie sie sich geoffenbart hat. Die Verse sind mehrenteils doch gar zu schlecht, was mich eben deshalb verletzt, weil ich zu den entschiedensten Verehrern Goethes gehöre und ihm bessere Huldigungen wünsche.

GoeJb XXVII, 267

2253. CHARLOTTE VON STEIN AN IHREN SOHN FRIEDRICH

Weimar, 22. September 1825

Goethe ist gar artig gegen mich. Kannst Du ihm etwas mitbringen, so tue es.

Stein II, 504

2254. KANZLER VON MÜLLER AN REINHARD

Weimar, 21. Oktober 1825

Goethe grüßt aufs herzlichste. Der 7. November rückt immer näher, im Theater wird „Iphigenie" (von Goethe) für diesen Tag einstudiert, wozu ich einen Prolog dichten werde. Doch das Schmeichelhafteste, Überraschendste für Goethe wird mit höchster Genehmigung ganz im stillen zu Berlin von mir präpariert. Es ist eine Medaille, auf der einen Seite die vereinten Brustbilder des Großherzogs und seiner Gemahlin, auf der andern Seite das seinige, mit der vom Avers zum Revers hinüberlaufenden Legende: „Karl August und Luise Goethen zum 7. November 1825." So hat wohl noch kein Fürst seinen Diener gefeiert!

Mü 322

2255. KANZLER VON MÜLLER AN FRIEDRICH SCHLOSSER

Weimar, 24. Oktober 1825

Euer Wohlgeboren halte ich anzuzeigen mich verpflichtet, daß wir hier am 7. November d. J. Goethes zweifaches Jubiläum feiern.

Denn nicht nur sind es an diesem Tage fünfzig Jahre, daß Goethe zuerst hierhergekommen, wie ich aus einem Wielandschen Originalbriefe an Jacobi de dato 10. November 1775 ... nachgewiesen habe; sondern es hat auch des Großherzogs Königliche Hoheit auf meinen ehrerbietigsten desfallsigen Vortrag gnädigst zu genehmigen geruht, daß Goethes Dienstjubiläum, welches eigentlich erst am 11. Juni 1826 einträte, gleich am 7. November dieses Jahres mitgefeiert werde ..., „damit er darin einen besondern Beweis fürstlicher Huld erkennen möge, die, wie er selbst durch Verdienst und Treue sich vor allen andern Dienern auszeichnet, nun auch annehmen wolle, daß er nicht erst mit Abschwörung eines körperlichen Eides, sondern schon mit dem ersten Momente seines Aufenthalts hier für Weimars Wohl und Ruhm zu wirken und zu schaffen begonnen".

Zu so schöner Doppelfeier also lassen Sie mich Sie und Ihre verehrte Frau Gemahlin aufs dringendste und herzlichste einladen ...

Goethe weiß noch nichts von unserm Vorhaben. Aber mit seinen Kindern ist alles besprochen, und sie vereinigen ihre Bitten und Einladungen mit den meinigen. Nicolovius junior, der schon vor drei Wochen nach Berlin zurück sollte, ist von seinem Vater eigens angewiesen worden, bis zum 7. November hierzubleiben. Die Festlichkeiten werden mannigfaltig, so würdig des Gefeierten als möglich, aber *so* eingerichtet sein, daß Goethes Individualität und Zurückgezogenheit dabei auf alle Weise beachtet und *geschont* werde. Im Theater wird seine „Iphigenie", neu einstudieret, gegeben.

Mü 322f.

2256. KAROLINE GRÄFIN VON EGLOFFSTEIN AN IHRE MUTTER

Weimar, 4. November 1825

Alle Welt sitzt und stickt und flickt für Goethe, und da mußte ich natürlich auch einige Stiche machen.

Eg 242

2257. BETHMANN AN RITTER

Frankfurt, 7. November 1825

Vergebens bemühe ich mich schon seit mehreren Monaten, das Komitee, Goethes Monument betreffend, zusammenzubringen. Abwesenheit vieler Glieder des ursprünglichen Vereins, Erkaltung des Eifers für dieses Unternehmen, selbst Abneigung im deutschen Publikum, besonders von seiten der Mystiker; auch im Senat wird es Goethe sehr übel vermerkt, daß er sein Frankfurter Bürgerrecht aufgegeben hat. Kurz, ich fühle noch allein die Gesinnungen zu behaupten, die ich an seinem Geburtstag meiner unvergeßlichen Mutter aussprach, als Herr Boisserée das Projekt in Antrag brachte.

Also abgesehen von aller andern Mitwirkung übersende ich Ihnen anliegend den Vertrag des Herrn Professors Rauch, mit meiner Genehmigung versehen.

Beth 92

2258. PEUCER AN BÖTTIGER

Weimar, 8. November 1825

Gestern hat Weimar den denkwürdigen 7. November gefeiert, wo im Jahre 1775 Goethe zuerst in unsere Mauern trat. Er wurde ganz früh vor dem Erwachen durch einen sanften Choralgesang unter dem Gartenfenster seines Schlafzimmers überrascht. Um 9 Uhr versammelten sich alle singende Damen und Freundinnen des Goetheschen Hauses, wohl vierzig an der Zahl, in dem größern Visitenzimmer und empfingen den Eintretenden mit einer Morgenkantate, Text von Riemer, Musik von Karl Eberwein. Alle Minister und höheren Staatsdiener, auch jenaische Professoren, Fremde usw. waren hierauf in den anstoßenden Zimmern seines Eintritts gewärtig. Der Staatsminister von Fritsch überreichte ihm ein Großherzogliches Handschreiben mit einer auf diesen 7. November geprägten Medaille, auf dem Avers die Brustbilder beider fürstlichen Ehegatten, auf dem Revers die Worte: „Karl August und Luise Goethen." Der Stadtrat überreichte ein Bürgerrechtsdiplom für die beiden Enkel Walther und Wolf von Goethe. Die Loge gratulierte, mehrere Landescollegia, die Bibliothek, die Akademie. Die medizinische Fakultät ernannte ihn zum Doktor; die theologische überreichte ihm ein Patent honoris gratia (jedoch kein Doktordiplom). In dem einen Zimmer war eine vollständige Ausstellung von allerlei Industrie- und Kunstarbeiten der hiesigen Damen, von welchen jede etwas für ihn diesem Tage zu Ehren mit eigner Hand gearbeitet hatte. Um 10 Uhr kam der Hof, die ganze großfürstliche und erbgroßherzogliche Familie. Um 11 Uhr war große Zeremonie auf der Bibliothek, wohin eine ziemliche Menge Karten an Herren und Damen ausgeteilt waren. Hier wurden zwei Briefe feierlichst deponiert, welche im Jahre 1775 Goethes Vater und Mutter an eine holländischen [dänischen] Konsul [Schönborn] in betreff der Anstellung Goethes in Weimar geschrieben hatten. Abermals Gesang, komponiert von Hummel, und Rede vom Kanzler von Müller, Gegenrede von Riemer.

Um 2 Uhr zweihundert Gedecke im großen Saale des Stadthauses mit Rezitation, Gesängen und Toasts. Ich lege ein Exemplar hier bei. Abends „Iphigenie" von Goethe im Theater, bei stürmischem Applaus; der Abgang beklatscht; die ganze Darstellung meisterhaft, der schönsten Zeiten unsers Theaters würdig. Goethe war zugegen bis in den dritten Akt. Er wurde vor Anfang des Stücks beklatscht und mit Bravorufen empfangen. Abends nach dem Theater Abendmusik in Goethes Hause durch die Kapelle, von Hummel komponiert. Dem Vernehmen nach hat er alle diese Herren nach beendigter Musik bei sich zum Abendessen behalten. Eckermann übergab ein Gedicht. So endete dieser Tag...

GoeJb I, 344ff.

2259. KANZLER VON MÜLLER AN FRIEDRICH SCHLOSSER

Weimar, 14. November 1825

Goethe ... hat die Anstrengung des Tages glücklich überstanden. Erst drei Tage zuvor erfuhr er vom Großherzog selbst, daß sein Jubelfest nahe und gefeiert werden solle.

Die Huld des Großherzogs und Seiner erhabenen Gemahlin war überschwenglich, und so wurde mir es leicht, die größte aller Gaben, die je ein Dichter und Staatsdiener empfangen hat, in tiefster Stille vorzubereiten und das ganze Fest zu ordnen und zu vollführen.

Mü 324

2260. KANZLER VON MÜLLER AN REINHARD

Weimar, 18. November 1825

Der Tag war einzig schön, der reichste meines ganzen Lebens. Des Großherzogs und der Großherzogin Huld überstieg alle Grenzen. So ist noch kein Dichter, kein Weiser, kein Staatsdiener seit Adam und Eva geehrt worden, und keiner könnte wohl im sechsundsiebzigsten Jahre mehr würdig-bescheidene Haltung bewiesen haben. Das Schreiben des Großherzogs ist gewiß ein gültiger Paß zur Unsterblichkeit.

Mü 324

2261. STIEGLITZ AN ECKERMANN

Berlin, 20. November 1825

Sie haben mir einige Zeit viel Sorge gemacht, lieber Eckermann. Ihre glückliche Gegenwart läßt Sie die Zukunft allzu wenig beachten, und doch ist es vor allem not, daß Sie sich fest im Leben stellen; Sie sind es der Geliebten [Johanne Bertram] schuldig. Ihr Verhältnis zu Goethen muß Ihnen ja die Wege sehr erleichtern. Wenden Sie sich mit Vertrauen an ihn, und reißen Sie ihn aus dem Wahn, als ob Sie nichts bedürften. Es muß dem edlen Manne Freude sein, für Sie etwas zu tun. Er kann es, wird es. Aber sprechen Sie frei zu ihm und offen, ich beschwöre Sie! Wär ich bei Ihnen, ich ließe Ihnen keine Ruh, bis Sie dies so Notwendige erfüllt. Ich bitte Sie im Namen Ihres Hannchen!

E 173f.

2262. BÖTTIGER AN ROCHLITZ

Dresden, 18. Dezember 1825

Die Leute ärgern sich an Goethes des Lebenden Apotheose. Mich freut sie. Sollt sich nicht jeder in diesem Sieg der Intelligenz über die Hofjunkerschaft und den Kastendünkel mit begriffen fühlen?

GoeJb XVIII, 155f.

Karl August Böttiger

1826

2263. JOHANNA SCHOPENHAUER AN SULPIZ BOISSERÉE

Weimar, 29. März 1826

Er ist jetzt liebenswürdiger als je, möge Gott ihn uns noch lange erhalten! Kunscht-Meyer hätte in diesen Tagen sich bald in aller Eile aus dieser Zeitlichkeit empfohlen. Die Erfurter wollen dem seligen Falk ein Denkmal stiften; Kunscht-Meyer ließ sich beikommen, in einem kleinen Einspänner nach Erfurt zu fahren, um seinen Senf dazuzugeben, erkältete sich bei dem kalten Nordostwind und blieb dort tödlich erkrankt liegen. Jetzt ist er wieder in der Besserung. Hauptsächlich um Goethe hätte mir sein Verlust sehr leid getan; dieser hegt und pflegt ihn noch als ein Andenken aus einer früheren bessern Zeit, und er hat deren leider nicht mehr viele zu verlieren.

Schop I, 342

2264. KANZLER VON MÜLLER AN REINHARD

Weimar, 29. März 1826

Goethe dankt für Ihre neueste Zuschrift und grüßt aufs teilnehmendste. Der „Catholique“, dessen Ankündigung ich ihm mitteilte, interessiert ihn so lebhaft, daß er sogleich Bestellung für die Bibliothek machte ... Er ist trefflich geschrieben und verrät viel Geist und Wissen, aber die „unité de doctrine“ will Goethen sowenig als mir zu Sinne und erzeugt den Argwohn, daß wohl eine andere Tendenz dahinterstecken möge, die nicht eben die der Toleranz oder des Protestantismus sein möchte.

Was sagen Sie dazu, daß Goethe ein eifriger Verfechter der droits de l'aînesse und der Substitutionen ist? Er glaubt darin feste Haltpunkte für den allzu mobilen und verflachten Zustand der Staaten zu sehen und zitiert Englands günstiges Beispiel. Die Sache hat zwei Seiten. – Das ist gewiß.

Vorgestern und gestern war Matthisson bei uns und schied sehr vergnügt, da er am Hofe, bei Goethe und von einem gewählten literarischen Kreise sehr ausgezeichnet wurde. Er ist der beste Vorleser, den ich je gehört. Am Ostertage gerade las er Goethen seinen Ostermorgen aus „Faust" vor.

Mü 328f.

2265. KAROLINE VON WOLZOGEN AN ERNST VON SCHILLER

Jena, 6. April 1826

Über die zu fordernde Summe will ich in den nächsten Tagen von Goethe etwas herauszubringen suchen. Die Hälfte des seinen, scheint mir, könne man fordern ... Die gute Mutter ... hat freilich durch Schwäche geschadet ... Gegen Goethe und Cotta hat sie immer eine wunderliche Deferenz gehabt. Dies ist unnötig. Auf seinem Rechte muß man gegen Freund wie Feind feststehen ... Du siehst, wie Offenheit und Derbheit, bei Beobachtung der Formen, auf Goethe gut gewirkt hat.

ESchi 279

2266. KANZLER VON MÜLLER AN REINHARD

Weimar, 1. Mai 1826

Goethe ist unwohl seit 8–10 Tagen, doch nicht bedeutend. Ottilie aber hat uns vorgestern durch einen schlimmen Sturz vom Pferde gewaltig erschreckt. Ganz im Blute schwimmend, brachte man sie ohnmächtig nach Hause. Zum Glück war doch nichts gebrochen, aber das Gesicht ist erstaunlich zerschunden, Knie und Arm ebenfalls, doch minder. Sie leidet noch große Schmerzen, doch fast ohne Fieber, und die Ärzte versprechen gänzliche Herstellung nach einigen Wochen. Sie können denken, wie affiziert Goethe war und in der Tat wir alle!

Mü 329

2267. SULPIZ BOISSERÉE IN SEINEM TAGEBUCH

Weimar, 17. Mai 1826

Briefchen an Goethe. Er läßt mich sogleich kommen, 11 Uhr. Ich finde ihn hinten in seinem Arbeitszimmer. Herzlicher Empfang. Gutes Aussehen, etwas matt im Gespräch; das Gehör etwas schwach; dann und wann auch fehlt wohl einmal das Gedächtnis für die kurz vergangenen Dinge ...

Der Sohn derb natürlich, ein bißchen gemein. Er behandelt mich mit aufrichtiger Freundschaftlichkeit. – Als er mir für meine Vermittlung in der Verlagsangelegenheit dankte, verschwieg ich nicht, daß er mir viel Not gemacht. Indessen hat er sich durch die teuersten Versicherungen entschuldigt, und es scheint würklich, daß Brönner in Frankfurt den Verlag sehr gerne an sich gebracht hätte und daß er für 12 Jahre 80000 Taler geboten. – Wir essen zusammen in dem großen Vorzimmer. Es ist seit vierzehn Tagen das erstemal, daß der Alte wieder vorne speist. – Vor vierzehn Tagen [ist] die Schwiegertochter vom Pferde gestürzt, hat sich das ganze Gesicht zerschellt und das Knie ve[r]letzt und Muskeln verrenkt; sie muß noch das Bett hüten. Der Alte hat sie noch nicht gesehen. Am Tisch ihre Schwester, Fräulein Ulrike. – Wolfi, der jüngste Knabe, ein allerliebstes, munteres, freies, natürliches Kind, holt gleich beim Großvater von den Pfeffernüssen, die ich von Willemer mitgebracht. – Nach Mittag bei Tisch Kanzler Müller. Der Alte hält den Hals steif und etwas schief; ich höre, daß er sich im März, als so schöne Tage waren, zu lange draußen in seinem Garten aufgehalten, dadurch sich eine Drüsengeschwulst zugezogen. – Spaziergang mit August im Park. Goethes Garten und Gartenhaus; ungeheuere Rosenstauden bedecken das ganze Haus; an der Nordseite sind sie am allerüppigsten; scheinen nach Augusts Beschreibung Flatterrosen zu sein.

Boi 427 f.

2268. SULPIZ BOISSERÉE IN SEINEM TAGEBUCH

Weimar, 18. Mai 1826

Mittags bei Goethe Froriep, Müller, Riemer, Oberbaudirektor Coudray. Der Alte erscheint nicht. Im Grunde sind das für den Alten doch lauter Philister. Meyer ist sehr krank ... Abends bei Riemer – macht mir eine unendliche Schilderung von dem Leben seiner Frau, der Ulrich; das Theater und die Theaterleute und die Ressource: das ist ihr Kreis; dazwischen muß ich von der Beschränktheit seiner Lage hören. – Bei der Schopenhauer hier erfahre ich dann vollends, daß Riemer nicht glücklich ist mit seiner eben nicht häuslichen, zuweilen sogar etwas gemeinlichen Schönen. – Wer hätte das gedacht! Als ich das Mädchen 1811 bei Goethe sah, schien sie zart, edel, gebildet und eher zur Sentimentalität geneigt.

Boi 428

2269. SULPIZ BOISSERÉE IN SEINEM TAGEBUCH

Weimar, 21. Mai 1826

Essen mit August und der Ulrike [von Pogwisch] allein. Gespräch zwischen beiden über den Alten, wie man es machen müsse, um etwas von ihm zu erhalten usw. Freilich, ich sehe wohl, daß der Alte ganz im Netz der Jungen ist. – Erzählung von der schweren Krankheit des Alten. Nicht der Kreuzbrunnen, sondern Arnika hat ihm geholfen; nachher begehrte er erst den Kreuzbrunnen; es war das Zeichen von der guten Wirkung der Arnika, die eine Krise hervorgebracht. Vierzehn Tage lang war er ohne Bewußtsein, doch so, daß die Umstehenden es lange nicht merkten. Erster Besuch bei der Schwiegertochter. Grüne Rouleaus, bleiches, totenhaftes Ansehen durch dies grünliche Licht; Stirn, Nase und Oberlippe mit schmalen weißen Pflastern verklebt, wie eine mit Papier verklebte Fensterscheibe. Alter und junger Engländer, einige Damen zur Gesellschaft um die Kranke, die mitten im Zimmer sitzt mit ihrem von dem Sturz gelähmten Knie. Geistreiches, lebhaftes Wesen.

Boi 431

2270. KAROLINE VON WOLZOGEN AN ERNST VON SCHILLER

Jena, 29. Mai 1826

Mit Goethe hatte ich vorgestern eine Konversation ... Er fing selbst von der Briefherausgabe-Angelegenheit an und sagte, er glaube, den Kontrakt mit Cotta sehr klug gemacht zu haben ... Mit Cotta scheint er zu wünschen, daß die Sache *ihm* ganz überlassen bleibe, wie es anfangs gesetzt war. Es sei nun gewiß, daß es vier Bände würden und daß Cotta den Band mit 2000 Talern bezahle. Dafür, daß er erlaubt, eine kleine Edition mitzumachen, müsse Cotta noch 2000 Taler bezahlen. 20000 Exemplare habe er zu machen gestattet ... Von diesem allen sei die Hälfte Euer, also für jetzt 5000 Taler. Über den Termin der ersten Zahlung hat er sich nicht erklärt; ich wollte auch nicht in ihn dringen. Aber nach Johanni kannst Du Dich füglicherweise einmal bei August erkundigen, wie es damit stehe. Goethe ist jetzt ganz auf dem guten Wege ... Ich fand Goethe sehr wohl und fürchte seinen baldigen Tod nicht. Auch das Aufbewahren der Urschriften als beiderseitiges Familieneigentum sei gesichert. Er wolle das Kästchen bei der weimarschen Regierung deponieren. Diese Idee muß man ihm für jetzt lassen.

ESchi 283f.

2271. SULPIZ BOISSERÉE AN SEINEN BRUDER MELCHIOR

Frankfurt, 5. Juni 1826

Vorgestern um 7 Uhr habe ich erst von Goethe Abschied genommen ... Ich hatte die größte Mühe, mich von dem Alten loszureißen; obschon ich die Abreise dreimal verschoben hatte, so bat er mich doch wiederholt, ich möchte bleiben ... Als ich vom Großherzog Abschied genommen hatte und zu ihm kam, ergab er sich mit den Worten: „Ich traue Ihnen zu, lieber Sulpiz, daß Sie nicht anders können!"

... die Tränen traten dem herrlichen Greis in die Augen, und ich riß mich schnell aus seinen Armen mit dem Ausdruck des lebhaftesten Wunsches, ihn wiederzusehen. Mein Gefühl widersprach diesem Wunsche nicht, es steigerte denselben vielmehr zur Hoffnung; denn das nicht bedenkliche Drüsenübel abgerechnet, ist der alte Herr noch so kräftig, daß er ein hohes Alter erreichen kann!

Bois 481

2272. ECKERMANN AN JOHANNE BERTRAM

Weimar, 20. Juli 1826

Gegen Abend in Weimar angekommen, war mein erster Weg zu Goethe. Zelter war bei ihm, wir hatten große Freude, uns wiederzusehen. Ich blieb den ganzen Abend bei Goethe und mußte ihm immer erzählen ...

Am nächsten Morgen machte mir Zelter seinen Besuch ... Mittags bei Tisch waren wir sehr heiter ...

Am nächsten Morgen frühstückte ich mit dem alten Goethe, nachdem ich zuvor seine „Helena" gelesen hatte, die während meiner Abwesenheit war vollendet worden. Es ist ein großes, kaum begreifliches Werk. „Ihrer Teilnahme", sagte Goethe, „kann ich es doch verdanken, daß das Stück nun vollendet ist."

E 60f.

2273. KAROLINE VON WOLZOGEN AN ERNST VON SCHILLER

Bösleben, 30. Juli 1826

Mit Goethen rechne ja nicht auf mündliche Verhandlungen. Das liefe schlimm ab; da wird er gleich ängstlich und starr. Von Geld darf man nie mit ihm *reden.* Ich dächte, durch den Sohn ginge die Korrespondenz leichter und ungenierter.

ESchi 228

Schillers Kinder

2274. ERNST VON SCHILLER AN SEINEN BRUDER KARL

Köln, 31. Juli 1826

Goethe, welcher durch die Güte und das Vertrauen unserer nur edeldenkenden Mutter in den Besitz seiner Briefe an den Vater, und zwar auf Zureden des Ministers von Humboldt, gelangt ist, hat ... sich schriftlich verbunden, uns, ohne Rücksicht auf die Zeit und Art der Herausgabe, um Michaeli 1825 die Hälfte des uns kontraktmäßig versprochenen Honorars zu bezahlen. Er hat nachher Goethische Ausflüchte gemacht, dann wieder versprochen, um Johanni d. J. die Sache in Ordnung zu bringen. Die Verbindlichkeit ist auf seiner Seite durchaus klar. Auch August hat sich für den Todesfall seines Vaters zur Erfüllung des Versprechens anheischig gemacht. Ich werde daher Goethe zusetzen und ihm, falls er nicht gleich die schönsten Schritte zur Erfüllung seiner Verbindlichkeit tut, mit der gerichtlichen Klage drohen. Ist die Drohung vergeblich, so werde ich die Klage in Weimar selbst einleiten. Goethes Mitwelt wird unseren Schritt rechtfertigen. Denn es ist abscheulich, daß Goethe, der Freund, d. h. der angebliche Freund unseres Vaters, daß Goethe, der Minister und nun reiche Mann, erschlichene Vorteile gegen die es bedürfenden Hinterbliebenen seines Freundes benutzt und Verbindlichkeiten zu erfüllen von sich ablehnt, die auch der Bettler, wenn er redlich ist, nach Kräften zu erfüllen sich bestrebt. Die Sache ist so schreiend, daß ich glaube, Goethe wird sich schämen und zahlen.

ESchi 291 f.

2275. OTTILIE VON GOETHE AN ULRIKE VON POGWISCH

Weimar, 8. August 1826

August war in einer Nacht so bedeutend krank, daß ich keinen Augenblick zu Bett gekommen bin; und als sich das Übel in zehn Minuten so steigerte, daß, ich glaube, man ihn auf der Straße konnte schreien hören, dachte ich kaum, daß er zu retten sei ... Bei dieser Gelegenheit hat man recht gesehen, wie lieb ihn der Vater hat, denn er war sehr besorgt und kömmt täglich herauf ... Von mir ist wenig Gutes zu hören; ich bleibe auf ewig entstellt und bin daher in meinem Innern in einer Art von Verzweiflung, die kaum ein fremdes Auge ermessen kann. Bei den vielen Fremden, die der Vater sieht, erneut sich mir täglich die Qual des Kampfes! Was für ein Gefühl, einem jeden Unbekannten mit dem Bewußtsein entgegenzutreten, daß ich Widerwillen erregen muß; nie kann ich mehr Weimar verlassen, denn ich würde ein Gegenstand neugieriger Fragen sein. Das einzige, was mir Frieden geben könnte, wäre, daß August sich von mir scheiden ließe und ich in einen ruhigen Winkel zöge. Dies will er nicht, und doch ist das Leben so nicht zu ertragen.

Ot 148f.

2276. AMALIE VON STEIN AN FRIEDRICH VON STEIN

Kochberg, 10. August 1826

Die Mutter ... wird täglich schwächer ..., eine Spazierfahrt nach dem Webicht ... ist noch ihre einzige Freude. Nach einer solchen war es, wo wir auf der Brücke an einem gelben Wagen vorbeifuhren, in welchem der Lama von Weimar behaglich neben seiner Schwiegertochter saß, welche, wie Du wissen wirst, ein entsetzliches Unglück zu Pferde, oder vielmehr vom Pferde herunter, hatte. Sie war so zerstoßen und entstellt, daß allein ihr Mund mehrere Male genäht werden mußte. Die Bekannten und Freunde wachten an ihrem Bett; der Lama aber, um sich keinen unangenehmen Eindruck zu machen, ließ ihr sagen, daß er sie erst sehen wollte, wenn sie hergestellt sein würde, und dann sollte sie das Kleid anlegen, was sie zuletzt, als sie bei ihm war, trug. – Weiter weiß ich nichts von ihm, denn als mich die Mutter zu ihm schicken wollte, habe ich mich widersetzt und bin nicht hingegangen, weil ich ihm erst einmal im Frühjahr besucht hatte und nicht zu oft kommen will – da müßte man wenigstens achtzehn Jahre alt sein, um nicht zudringlich zu scheinen.

Fritz von Stein II, 250f.

2277. WILHELM MÜLLER AN SEINE FRAU

26. August 1826

Was soll ich Dir von Goethe sagen? Er war freundlich, aber, wie immer bei der ersten Zusammenkunft mit Fremden, etwas befangen, ja fast verlegen, so daß er mich mehr sprechen ließ als selbst sprach.

GoeJb XXIV, 316

2278. THERESE HUBER AN USTERI

Augsburg?, 11. September 1826

[Emil von] Herder und Luise [von Herder geb. Huber] gingen nach vier Tagen nach dem nur fünf Stunden entlegenen Weimar; ich blieb noch bei meinen Geschwistern. An Herders Sippschaft lag mir nichts, und eine Wallfahrt nach Goethe, gestehe ich, ist nicht meine Sache. Ich war mit Goethe in drei Epochen beisammen; er ist in meinen Augen der Napoleon der literarischen Welt; aber von dem achtzigjährigen Goethe erwarte ich keine Übermenschlichkeit. Um vor ihm Weihrauch zu streuen, ging ich nicht hin. Wie er jung und lebendig war – dankend und gerührt die Trümmer betrachten, das könnte ich; damit aber wäre ihm nicht gedient. So ließ ich's bleiben. Luise, die in Weimar war, besuchte ihn, fand ihn ministeriell höflich, einen schönen Greis in höfischer Umgebung, aber ohne einen Funken Gemüt noch Erinnerung der Vergangenheit, wo Herder sein Mitbuhler an Zelebrität und ich – ein hübsches Weib war. Betrifft es Trümmer, so sehe ich die der Vorzeit lieber als der Mitzeit.

GoeJb XXIV, 96

2279. AUGUST VON GOETHE AN ERNST VON SCHILLER

Weimar, 17. September 1826

Mein Vater ist seit gestern über das Bevorstehende so ergriffen, daß ich für seine Gesundheit fürchtete. Heute früh

6 Uhr ließ er mich kommen, um mir mit Tränen zu eröffnen, daß es ihm unmöglich sei, dem heutigen feierlichen Akte selbst beizuwohnen. Ich vertrete ihn daher.

ESchi 296

2280. KARL VON STEIN AN SEINEN BRUDER FRIEDRICH

Kochberg, 2. Oktober 1826

Goethe hat zu seinem Geburtstag einmal wieder Universalverse [„Am achtundzwanzigsten August 1826"] gemacht, und jetzt frägt man in öffentlichen Blättern an, ob sie nicht untergeschoben seien, weil sie gar zu schlecht sein sollen.

Fritz von Stein II, 254

2281. GRILLPARZER AN KATHARINA FRÖHLICH

Coburg, 5. Oktober 1826

Der alte Goethe war von einer Liebenswürdigkeit, wie seine Umgebungen seit Jahren sich nicht erinnern ihn gesehen zu haben. Ich speiste bei ihm und mußte eine zweite Einladung leider darum ablehnen, weil ich bereits versagt war. Er hat einen Maler [Schmeller] bei sich, der ihm die Menschen, die ihn vorzüglich interessieren, zeichnen muß; mir widerfuhr eine gleiche Ehre. Leider habe ich ihn zum Danke für all die Güte tüchtig ennuyiert, denn mich befiel jedesmal eine solche Rührung, wenn ich ihn sah, daß ich beinahe meiner nicht Herr war und alle Mühe hatte, nicht in Tränen auszubrechen. Einmal geschah es auch, trotz alles Widerstrebens, als mich der alte Mann an der Hand faßte, ins Eßzimmer führte und mit einem herzlichen Drucke an seine Seite hinsetzte. Die Wirkung, die er auf mich hervorbrachte, war halb wie ein Vater und halb wie ein König.

Grillp 778

2282. WILHELM MÜLLER AN LUDWIG TIECK

Dessau, 17. Oktober 1826

Ich habe ... Goethe *gesehn* und noch dazu ihm Glück gewünscht zu seinem 77. Geburtstage. Das ist auch etwas, das quondam meminisse juvabit. Der alte Herr war wohlauf, gut gelaunt, mit mir sehr höflich und freundlich; aber das ist auch alles. Und was ich aus seinem Munde gehört, das kann mir jeder gebildete Minister sagen. Doch auch gut so, und viel besser, als wenn er mir zum Beispiel über Shakespeares „Romeo und Julie“ das gesagt hätte, was im neuesten Hefte seiner Zeitschrift [„Über Kunst und Altertum“, V, 3] steht [„Shakespeare und kein Ende!“]. Das ist auf Sie gemünzt!

Tieck III, 46

2283. REGIS AN CARUS

Breslau, 5. November 1826

Für die neue Ausgabe Goethes will ich noch meine 10 Taler hintragen, und wenn ich auch diesen Winter den Mantel noch entraten muß; denn eins ist nötiger als das andre. War nicht das Lied auf dem Probebogen, „Einlaß“, wieder köstlich? Ich habe es gleich im Kopfe behalten und allen Menschen rezitiert, und selbst die Scheinmänner und Hylozoisten haben gesagt, es sei herrlich.

GoeJb XXIX, 48

2284. GRIES AN ABEKEN

Stuttgart, 11. November 1826

Boisserée, der im Anfang des Sommers lange bei Goethe war, erzählte mir, dieser sei auf den rasenden Einfall gekommen, die sämtlichen Privilegien aller 39 Bundesstaaten der neuen Ausgabe seiner Werke in extenso vordrucken zu lassen ... Vergebens habe er (Boisserée) alles aufgeboten, um ihn von diesem tollen Gedanken abzubringen; Goethe sei fest entschlossen, und seine Augendiener und Speichellecker,

Riemer, Eckermann und Konsorten, bestärken ihn noch darin. Über diese Umgebung führte Boisserée überhaupt bittere Klagen. Diese Leute sind es, die den schwachen Alten zu so unwürdigem Benehmen verführen. Sie laden eine schwere Verantwortung auf sich.

JbGoeGes V, 254

2285. JOHANNE BERTRAM AN ECKERMANN

Bleckede, Anfang Dezember 1826

Über dies Gedicht [„Vielfachen Dank für die Feier meines Geburtstags in Berlin"; Parodie auf Goethes Gedicht „Am siebenten November"] haben hier einige kritisiert und geäußert, Goethe wäre jetzt zum Dichten zu alt; dies Gedicht zeugte nur von lauter Unsinn. Sie gaben es auch mir zu lesen, um zu urteilen. Es war mir auch nicht alles verständlich; doch sagte ich, ob ich's gleich nicht verstehen könnte, möchte und wagte ich doch nicht zu sagen, es ist dummes Zeug oder Unsinn. Es tat mir leid, daß Du nicht dabei warst, um es uns erklären zu können.

E 66

2286. ECKERMANN AN JOHANNE BERTRAM

Weimar, 18. Dezember 1826

Ein schlechter Mensch hat es [die Parodie] gemacht, um Goethe bei dem guten, leichtgläubigen deutschen Publikum zu blamieren, welches ihm denn leider, wie ich von allen Orten her vernehme, nur zu sehr gelungen ist. Man sagt, der maliziöse Müllner stecke dahinter. Ob Goethe selbst etwas von der Sache weiß, ist mir unbekannt, und ich hüte mich, ihm davon zu sagen ... Sobald jemand Gold kennt, ist ihm nicht schwer, Kupfer vom Golde zu unterscheiden. Ich meinte, es wäre in geistigen Dingen auch so. Allein dieses muß viel schwerer sein; wenigstens das Gold der Goetheschen Poesie scheint man noch nicht erkannt zu haben. Ja selbst Gelehrte großer Städte, Poeten, die selbst

Bände von Gedichten geschrieben und drucken lassen, haben des schlechten Gedichts wegen bei mir angefragt, ob es denn wirklich von Goethe sei oder nicht.

Der Großherzog hat eine Untersuchung einleiten lassen, um dem Betruge auf die Spur zu kommen.

E 66f.

2287. WILHELM VON HUMBOLDT AN SEINE FRAU

Weimar, 23. Dezember 1826

Stell Dir nur vor! Als ich heute zwischen 9 und 10 Uhr eine halbe Meile vor Weimar war, hält mein Wagen plötzlich still. Ich mache die Fenster auf, und siehe da, es war Goethe, der mir entgegengefahren war! Es hat mich unendlich gerührt, zugleich ihn so heiter und wohl und so gut und freundschaftlich zu sehen. Ich fuhr dann in seinem Wagen mit ihm hierher.

Hu VII, 300f.

2288. WILHELM VON HUMBOLDT AN SEINE FRAU

Weimar, 25. Dezember 1826

... gestern abend ... Ich war bis 8 bei Goethe, dann beim Großherzog zum Abend. Goethe schien sich um den Christabend seiner Enkel nicht zu bekümmern; der Herzog hatte es getan, war aber um 8 fertig ...

Ich sagte Dir schon, daß Goethe mir so ungemein freundlich entgegengekommen war. Er ist auch in allem übrigen ebenso, und die Steifheit, die ihn immer nach langem Wiedersehen doch anwandelt, das Bemühen, einem Leute zu bitten und Sachen zu zeigen, war nach dem ersten Tage vergangen. Gestern und heute war ich allein mit ihm in seiner Hinterstube, die er auch sonst bewohnt; und wenn jemand kam, ging er vor, ihn anzunehmen, und gab mir etwas, bei sich zu lesen. Er spricht sogar viel mehr und viel zusammenhängender als sonst, und wie er vorgestern äußerte, daß er doch für ein so langes Leben wenig getan und hervorgebracht, ward dies Anstoß zu einem langen und sehr interessanten Gespräch über seine Art zu sein und zu arbeiten.

Hu VII, 301 f.

2289. WILHELM VON HUMBOLDT AN SEINE FRAU

Weimar, 26. Dezember 1826

Mit Goethe habe ich nun seine „Helena" ganz durchgelesen. Er selbst hat sie mir von einem Ende zum anderen vorgelesen. Leider aber hat seine Stimme doch durch das Alter sehr verloren, so daß es ihr manchmal selbst an Deutlichkeit fehlt.

Die „Helena" macht eine Episode im „Faust". Sie ist aber so abgeschlossen für sich, daß sie jetzt allein gedruckt werden wird. Sie beruht auf der Legende, daß Faust die Helena verlangte, der Teufel sie ihm herbeischaffte und beide einen Sohn miteinander zeugten. Das ganze Stück, das Goethe selbst eine Phantasmagorie betitelt, spielt also mit Gespenstern, geistigen und traumhaften Gebilden, und so, als eine Traumgestalt, muß man es betrachten, um es richtig zu beurteilen. In den ersten Szenen sieht man ihm das aber nicht an. Vielmehr ist es da wie ein wirkliches Drama mit leibhaften Figuren, ungefähr wie die Gespenstergeschichten, die man hat, wo Leute glauben, mit Menschen zu sprechen, und dann Gespenster sehen. Das Hauptmoyen im ganzen Stück ist wieder Mephistopheles, der aber in der Gestalt eines weiblichen fabelhaften antiken Ungeheuers, der Phorkyas, die als von Menelaos zurückgelassene Schafferin auftritt, spielt. Nur nach dem Stück legt er die Maske ab und erscheint, aber ohne mehr zu sprechen, als Mephistopheles.

Das Stück fängt damit an, daß Helena mit dem Menelaos zurückkehrt, aber vorausgeschickt wird, den Palast leer findet, nur die Phorkyas antrifft, die ihr ankündigt, daß Menelaos sie opfern wird. Von da zieht sie, um sich zu retten, in Fausts Burg, die im Peloponnes ist, und hier und in einem arkadischen Waldgebirge spielt nun das Stück aus.

Das Sonderbarste und was man an sich nicht raten würde,

ist, daß Faust[s] und Helenas Sohn Lord Byron ist, der als wilder Knabe herankommt, vor den Augen der Zuschauer zum Jüngling heranwächst und endlich, weil er im Griechenkriege überkühne Flüge machen will, wie Ikarus versengt auf den Boden fällt. Genannt ist er nicht, auch so wenig bezeichnet, daß wenigstens ich ihn nicht erraten habe; aber wenn man weiß, daß er gemeint ist, so paßt alles und wunderschön auf ihn. Von dem Ende der „Helena" an ist der „Faust" jetzt, wie mir Goethe sagt, so gut als fertig.

Hu VII, 306f.

2290. WILHELM VON HUMBOLDT AN KAROLINE VON WOLZOGEN

Weimar, etwa 27. Dezember 1826

Als ich hierherfuhr, kam mir Goethe eine halbe Meile von Weimar entgegen und führte mich in seinem Wagen in die Stadt ... Ich kann Ihnen nicht genug sagen, wie befriedigend diesmal der Umgang mit ihm ist. Er ist nicht nur wohl, kräftig, lebendig, sondern auch so freundschaftlich, so mitteilend, so gesprächig über die interessantesten Dinge, daß ich es nie so gefunden zu haben glaube. Sowie ich nicht am Hof sein muß, gehe ich zu ihm. Den Morgen sind wir ganz zusammen. Ich habe seine „Helena" gelesen. Es ließe sich vielleicht darüber sprechen, schreiben nicht. Aber das Ganze und Einzelne sind bewundernswürdig. Etwas eigentümlich Neues, von dem man noch keine Idee hat, für das man keine Regel und kein Gesetz kennt, das aber sich im höchsten poetischen Leben fortbewegt.

Hum 237

2291. WILHELM VON HUMBOLDT AN SEINE FRAU

Weimar, 29. Dezember 1826

Heute nachmittag habe ich bei Goethe Schillers Schädel gesehen. Goethe und ich – Riemer war noch dabei – haben lange davor gesessen, und der Anblick bewegt einen gar wunderlich ... Goethe hat den Kopf in seiner Verwahrung und zeigt ihn niemand. Ich bin der einzige, der ihn bisher gesehen, und er hat mich sehr gebeten, es hier nicht zu erzählen.

Zuerst mußt Du wissen, daß man den Kopf nicht absichtlich vom Rumpf getrennt hat. Die oberen Särge hatten in dem Gewölbe, wo Schiller vorläufig hingestellt war, die unteren zerbrochen. Das Gewölbe war außerdem feucht gewesen. So waren die Gebeine der einzelnen Begrabenen auseinandergegangen und lagen entblößt. Man suchte nach den Schillerschen und fand das ganze Skelett bis auf einige Teile. Goethe nahm nur den Schädel und ließ die übrigen Gebeine in der Bibliothek in einen Kasten niederlegen. Da sollen diese ruhen, bis er selbst stirbt. Dann hat er auf dem neuen Kirchhof, wo sich auch der Großherzog eine Familiengruft errichtet hat, eine Gruft neben dieser zurichten lassen. In dieser will er dann mit Schiller begraben sein ...

Daß man bei der Niederlegung des Kopfes Reden gehalten, daß Schillers Sohn [Ernst] dabei tätig gewesen ist, alles das ist gegen Goethes Absicht geschehen, der auch keinen Teil daran genommen. Er ist vielmehr den Tag verreist. Goethes Absicht ist allein gewesen, die Gebeine und besonders den Schädel herauszufinden, hervorzusondern von den übrigen, die durch eine Art Nachlässigkeit im Gewölbe vermischt lagen, und sie schicklich und anständig aufzubewahren, bis man sie der Erde auf eine angemessene Weise zurückgeben könnte.

So, liebe Li, wirst Du auch nichts hierin finden, das irgendeine Zartheit verletzte. Vielmehr liegt in der Vereinigung zweier großer Männer, die sich so nahe im Leben standen, auch im Grabe etwas Schönes und edel Empfundenes.

Goethe spricht von seinem eigenen Tode mit einer großen Ruhe und Gelassenheit, mit mehr selbst, als ich erwartet hätte. Ich glaube aber, daß glücklicherweise der Zeitpunkt noch weit entfernt ist. Er hat eigentlich weder Krankheit noch Krankheitsstoff, wie es scheint. Ein großer Beweis dafür ist, daß er, der sonst so regelmäßig ein Bad besuchte, jetzt ohne allen Schaden nun schon zwei- oder gar dreimal die Kur unterlassen hat. Er ist kräftig, heiter und sehr produktiv, auch an allem mehr oder weniger Anteil nehmend. Er hatte ein Geschwulst der Ohrdrüse (Parotis), die aufging und mehrere Monate lang in Eiterung geblieben ist. Man glaubt, daß ihm dies heilsam geworden ist, und merkwürdig ist es, daß, da man alles tat, um ein Zuheilen absichtlich zu verhindern, das Geschwür sich von selbst geschlossen und die Eiterung nach und nach aufgehört und daß er auch davon keinen Nachteil gespürt hat. Alle seine Sinne sind noch von gewohnter Schärfe. Zu seiner Erhaltung trägt wohl ein junger verständiger Arzt [Vogel] bei ... Er wirkt weniger durch Arzneien bei Goethe, und vorzüglich auch beim Großherzog, als dadurch, daß er sich bei beiden Vertrauen und ärztliche Autorität verschafft hat und nun beide eine bessere Diät führen läßt, sowohl im Essen und Trinken als in täglicher, aber mäßiger Bewegung. Der Großherzog hatte sich besonders an vieles Medizinieren gewöhnt.

Goethe ißt indes doch ziemlich stark. Im Lauf des Vormittags trinkt er ein großes Wasserglas Wein und ißt Brot dazu, und am Weihnachtsfeiertag sah ich ihn des Morgens eine solche Portion Napfkuchen zu dem Wein verzehren, daß es mich wirklich wunderte.

Hu VII, 309ff.

2292. WILHELM VON KÜGELGEN AN JULIE KRUMMACHER

Dresden, 31. Dezember 1826

Dein Vater ist jetzt der einzige Dichter, der deutsch schreibt. Claudius hat auch deutsch geschrieben, Bürger vorzüglich und die Dichter aus der goldenen Zeit: Gleim, Hagedorn usw. Goethe schrieb schön, aber er übertrieb den deutschen Stil und wurde dadurch manchmal undeutsch. Schiller ist ein Franzose in seiner ganzen Art, hol der Henker seine Gedichte, ihm selber aber möge Gott gnädig sein!

Kü 311

1827

2293. WILHELM VON HUMBOLDT AN SEINE FRAU

Schulpforta, 5. Januar 1827

Bei Goethe blieb ich eine Stunde. Ich hatte ihm beim Weggehen gesagt, daß ich den 4. oder 5. kommen würde und nichts wünschte als Kaffee, Butter und Semmel. Er hatte sich das gleich aufgeschrieben, und ich war kaum im Hause, so waren auch Kaffee, Butter und Semmel da. Du wirst über das Aufschreiben sehr lachen. Es hat aber nie ein großer Dichter eine solche Pedanterie mit Aufschreiben aller Kleinigkeiten getrieben. Auch hat er, als ich das eine Mal bei ihm aß, den Puterbraten, so wie uns Bettina [von Arnim] einmal erzählte, vorgeschnitten, daß er aufstand und an einen anderen Tisch deshalb ging. Er war aber sehr freundschaftlich und hat mit mir ausgemacht, uns alle drei Monate zu schreiben.

Hu VII, 319f.

2294. KANZLER VON MÜLLER AN REINHARD

Weimar, 15. [18.?] Januar 1827

Die stürmischen Wintertage haben ihm nicht ganz wohlgetan; es war gut, daß ein vierzehntägiger Besuch des Ministers Humboldt ihn erheiterte. Nun ist vor kurzem seine älteste Freundin, Frau von Stein, hier, 84 Jahre alt, gestorben. Das griff ihn, ob er schon nicht ein Wort darüber sprach, doch auch sehr an.

Mü 334

Friedrich von Müller

2295. WILHELM VON HUMBOLDT AN WELCKER

Berlin, 28. Januar 1827

Seine Gesundheit ist ganz wiederhergestellt, und er ist das Bild eines schönen und rüstigen Greises. Die Herausgabe seiner Schriften setzt ihn in die erfreulichste Tätigkeit. Er zersplittert nicht seine Zeit dabei auf eine kleinliche Weise, sondern geht daran, das Wichtige und Große, was noch der letzten Hand bedurfte, zu vollenden.

Hum 240

2296. THERESE HUBER AN KAROLINE PICHLER

Augsburg, 29. Januar 1827

Luise [von Herder geb. Huber] war bei Goethe in Jena und ist mit Wehmut erfüllt über den Mann. Sein Körper hat der Zeit widerstanden – es soll ein prächtiger Greis sein! Sein Geist ist nicht getrübter, wie die Natur es unerbittlich bedingt in hohen Jahren. Aber Egoismus und Hochmut haben ihn mit kaltem Hauche gelähmt, so daß er sich von seinen Schmeichlern und Speichelleckern täuschen läßt und sich selbst das Trugbild eines geistvollen Alten spielt. Höflich und abgemessen repräsentierend und von seiner Wichtigkeit überzeugt, wird um ihn die Bewunderung in jeder Form: als knechtische Aufwartung, zärtliche Empfindsamkeit, ästhetische Rauchwolke. – Luise saß eine Viertelstunde mit schwerem Herzen bei dieser Komödie und ging weinend davon. *Dem* starb das Herz zuerst ab und spukt noch der verwitterte Geist.

GoeJb XXIV, 96

2297. JOHANNE BERTRAM AN ECKERMANN

Bleckede, 30. Januar 1827

Der Ehr in Weimar hast Du nun genug, und möchte ich auch gern, daß sich Dein Ruhm weiter verbreitete. Wenn Du aber immer noch für Goethe arbeitest, so bleibst Du stehn, wo

Du bist, und ich muß daraus schließen, daß Du mir zuliebe nichts beginnst ... Goethe zollt Dir für Deine Güte gegen ihn nichts weiter als Ehre; an mich oder an Dein künftiges bürgerliches Glück denkt er nicht, er läßt sich Deine Güte höchlich gefallen und ist Dir dennoch nicht einmal dankbar dafür. In Lüneburg hörte ich auch schon, daß Goethe schon oft junge Dichter, die er gerne hätte leiden mögen, um sich gehabt und zu seinen Zwecken gebraucht habe, er sich aber nie dankbar genug dafür erwiesen hätte.

E 67f.

2298. ECKERMANN AN JOHANNE BERTRAM

Weimar, 5. Februar 1827

Zwei Jahre lang habe ich keinen Federzug für ihn getan, und wenn er in dieser ganzen Zeit ebenso liebevoll sich gegen mich erwiesen hat wie früher, so magst Du daraus seine große Uneigennützigkeit sehen.

Ich bin vielmehr sein großer Schuldner; denn ich verdanke ihm alles, was ich weiß und kann, und sammle in seiner beneidenswürdigen Nähe jeden Tag größere Schätze des Wissens und mache mir seine Erfahrungen zunutze.

Die Lüneburger wissen nichts. Goethe hat nie zu jungen Dichtern ein Verhältnis gehabt; viel weniger ist einer der Art gewesen, daß er *ihm* in seinen großen Sachen hätte helfen können. Ein Verhältnis wie meins zu Goethe hat aber nie in Weimar existiert.

Ich habe große Pläne, denen ich jeden Tag mit größerer Gewißheit entgegengehe. Deshalb bin ich sehr glücklich, besonders seit dem Eintritt des Jahres 1827, wo ein ganz besonderer Geist der Arbeit über mich gekommen. Was habe ich aber auch in dieser Zeit mit dem herrlichen Goethe für große Abende erlebt! ...

Diesmal habe ich Goethen meine Hülfe angetragen, und nicht *er* hat *mich* darum ersucht. So stehen die Sachen.

E 68f.

2299. ECKERMANN AN JOHANNE BERTRAM

Weimar, 2. März 1827

Du hast recht, meine Arbeit sind die bewußten Konversationen, worin ich fortgehe und die immer bedeutender werden. Es soll dieses Werk einst in der deutschen Literatur keine geringe Stelle einnehmen; auch hoffe ich dadurch den Grund meines bürgerlichen Glückes zu legen. An Vollendung und Abschluß ist aber vorderhand nicht zu denken, weil der Stoff täglich wächst und auch der Zeitpunkt ihrer Publikation noch nicht gekommen ist ... Der berühmteste Buchhändler in London, nämlich Mr. Murray ..., möchte gerne eine englische Übersetzung meiner Konversationen in Verlag nehmen ... Auch nach Paris hin werde ich sodann eine Abschrift des Manuskripts verkaufen, in Deutschland aber die Ausgabe auf Subskription machen lassen.

E 69f.

2300. KANZLER VON MÜLLER AN REINHARD

Weimar, 3. März 1827

Als ich Goethen die Stelle Ihres Briefes über die „Nouvelle Héloise" vorlas, sagte er: „Reinhard hat mehr Mut als ich; ich dürfte mich nicht mehr auf so gefährliches Meer wagen."

Er hat sich seit einigen Monaten wieder von neuem in die Farbenlehre geworfen und mit Prismen, figurierten Tafeln und wunderlichem Apparat umgeben. Herr Eckermann zieht großen Vorteil davon, da er diesem, zu eigner Rekapitulation, sein ganzes System erklärt ...

Es ist unglaublich, wieviel er noch nebenher liest.

Mü 335

2301. KARL VON STEIN AN SEINEN BRUDER FRIEDRICH

Weimar, 5. April 1827

Goethe hat an Deinen Advokaten schreiben und um eine Mappe mit Handzeichnungen von ihm bitten lassen als einem zwischen der Mutter und ihm, dem Überlebenden, bestimmtes je ne sais pas quoi. Deinem Advokaten, der mir das auf einem gebrochenen Bogen in folio abgefaßte Desiderium überbrachte, gab ich es mit der Antwort zurück, daß meinerseits der Herr Geheimrat die Zeichnungen ... zurückerhalten sollte. Er wird sie wahrscheinlich selbst aussuchen müssen. Vermutlich hat er gefürchtet, daß sie im Auktionskatalog erwähnt würden, um Käufer herbeizuziehen. Ich ließ ihm zugleich sagen, daß ich zwar diese Zeichnungen sehr ungern weggeben, jedoch ihn bitten würde, mir wenigstens eins zum Andenken zu lassen.

Fritz von Stein II, 260

2302. REINHARD AN WESSENBERG

Frankfurt, 17. April 1827

Wie er mir schreibt, sieht Goethe seine Bezüge zu den Pariser Gelehrten und Schriftstellern mehr und mehr zunehmen. Seit einiger Zeit scheint er sich mehr in der französischen als in der deutschen Literatur zu gefallen. Mit Vorliebe liest er die Zeitung „Le Globe"; er macht sich sogar Auszüge daraus.

GoeJb XI, 60. Aus dem Französischen

2303. AMPÈRE AN JULIE RÉCAMIER

Weimar, 22. April 1827

Aber ich muß Ihnen kurz von Goethe erzählen, den ich schon gesehen habe. Er ist der schlichteste und liebenswürdigste Mensch. Ich war auf einige Steifheit gefaßt, auf Götzenmanieren, die verzeihlich wären: nicht die Spur davon. Er sprach mit mir französisch, obwohl ich ihm anbot, deutsch zu sprechen. Ich hoffe, er wird diese Höflichkeit lassen und ich werde ihn in seiner Sprache vernehmen. Er unterhielt sich mit mir über die Entdeckungen meines Vaters, die er sehr gut kennt, über Herrn Cousin, den er überaus bewundert, über den „Globe", den er sehr schätzt, und über Alberts [Stapfer] Übersetzung [von Goethes Dramen]. So befand ich mich in vertrautem Gelände. Ich habe bei ihm keine Spur von Geziertheit oder Anmaßung entdeckt. Das Gepräge seines Gesichtes ist traurig, sein Ausdruck heiter.

Franz 53. Aus dem Französischen

2304. KUGLER AN DROYSEN

Heidelberg, 5. Mai 1827

Der Meister erscheint: Devrient als Lear, der König von Thule. Eine hohe, edle Gestalt, nicht gebückt, im braunen Überrock, den Kragen ein wenig phantastisch geschnitten und niederhängend. Das Gesicht ist edel, nicht so verfallen, als du glaubtest, die Farbe dunkel, braunrot, die Nase groß, aber nicht lang, über der gewaltigen jovischen Stirn heben sich weiße Haare, um den Mund spielt ein eignes Lächeln ...

Daß dein Besuch kurz, die Unterredung von gleichgültigen Gegenständen war, wird dich nicht weiter befremden; du wirst aber die gewaltige, königliche Erscheinung nicht so leicht aus Sinn und Gedanken zu bannen vermögen.

Gespr III/2, 112f.

2305. MORITZ OPPENHEIM AN SEINEN BRUDER

Weimar, 6. Mai 1827

Beim Vater Goethe war ich Samstag zum ersten Mal. Wenn man auch den Dichter durch den Staatsmann vermißt, so fand ich ihn doch nicht so hochtrabend, wie man ihn beschreibt. Vielmehr er erschien mir als ein recht gutmütigein würdiger Greis. Heute ließ er mich zum zweiten Male zu sich bitten, wobei ich ihm auch meine zwei Bilder vorstellte, denen er wirklich eine sehr lange Aufmerksamkeit schenkte, mir nur Schmeichelhaftes darüber sagte und sich dann ausbat, sie ein bißchen bei ihm stehen zu lassen, weil, wie er sich ausdrückte, Sachen, über die man lange gedacht und gearbeitet hat, auch lange Zeit betrachtet werden müssen.

GoeJb VI, 144

2306. AMPÈRE AN SEINEN VATER

Weimar, 9. Mai 1827

Ich lebe hier sehr angenehm; ich sehe Goethe oft, letzte Woche speiste ich dreimal bei ihm in kleinem Kreise, eine Gunst, die er Fremden sehr selten gewährt. Ich konnte tiefer in seine Seele eindringen, ihn mehrere Stunden hintereinander reden und sich mit einem Schwung und einer Wärme äußern hören, die fünfzig Jahre jünger sind als er. Ganz wunderbar ist es, daß er über alles auf dem laufenden, für alles interessiert, allem aufgeschlossen ist; er erzählt von unseren neuen Singspielen, als hätte er sie eben gesehen, weiß die Lieder Bérangers auswendig; es geschieht nichts in Deutschland, ohne daß er daran Anteil nimmt. Seine Züge gleichen sehr dem Bild, das er Fräulein Cuvier schickte und das Frau von Goethe, seine Schwiegertochter, mir gegeben hat, aber man muß auf seine strengen, etwas herablassenden Lippen das gutmütige Lächeln setzen, das unaufhörlich auf ihnen spielt, und in seine Augen eine außergewöhnliche Flamme, die ab und zu daraus hervorschießt, um die Vorstellung von Goethe zu haben, wenn er er selber, das heißt im Kreise der Familie ist. Vor Gästen ist er kälter, aber ohne Steifheit in seinen Manieren. Sein Wuchs ist binsengerade, er ist wirklich eine Natur von wunderbarer Kraft.

Franz 54. Aus dem Französischen

2307. AMPÈRE AN JULIE RÉCAMIER

Weimar, 9. Mai 1827

Goethe ist ein wunderbarer Mensch; er ist reizend zu mir. Er interessiert sich für alles, hat Gedanken über alles, Bewunderung für alles, was ihrer wert ist. Und mit seinem schneeweißen Schlafrock, in dem er wie ein dicker weißer Hammel aussieht, zwischen seinem Sohn, seiner Schwiegertochter und seinen zwei Enkelkindern, die mit ihm spielen, im Gespräch über Schiller, über ihre gemeinsamen Arbeiten, über das, was jener unternehmen wollte, was er getan hätte, über seine eigenen Werke, über seine Pläne, seine Erinnerungen ist er der interessanteste und liebenswürdigste Mensch. Er ist sich in naiver Weise seines Ruhmes bewußt, was aber nicht mißfallen kann, weil er sich mit den anderen Talenten beschäftigt und wahrhaftig für alles empfänglich ist, was an Tüchtigem auf allen Gebieten geleistet wird.

Franz 54f. Aus dem Französischen

2308. REINHARD AN WESSENBERG

Frankfurt, 19. Mai 1827

Goethe hat mir ein neues Heft „Kunst und Altertum" [VI, 1] geschickt. Es ist von allem darin. Er betrachtet diese Sammlung als einen Ersatz des Briefwechsels oder der mündlichen Unterhaltung mit seinen Freunden. So betrachtet, ist diese Universalität seiner Studien und Interessen wahrhaft liebenswürdig und rührend, wie sie in Anbetracht seines Alters erstaunlich ist.

GoeJb XI, 60. Aus dem Französischen

2309. KANZLER VON MÜLLER AN REINHARD

Weimar, 28. Mai 1827

Der Auszug der Braut [Prinzessin Marie] am 22. war sehr feierlich und rührend. Goethe ging stille zu Fuß ins *Webicht*, Gehölz auf der Straße nach Jena, die Scheidende aus dem

Getümmel der wogenden Menge noch zum letzten Male zu begrüßen, was dann eine sehr herzliche Szene gab ...

Goethe grüßt tausendmal, munter wie ein Fisch im Wasser. Wir sind von der ersten Lieferung seiner Werke zufriedner, als wir dachten, besonders von der Velin-Taschenausgabe. Der dritte und vierte Band enthielten Solitärs vom ersten Range, besonders „Trilogie der Leidenschaft" und „Helena" ...

Könnten Sie doch nur einmal mit uns in Goethes Garten (im Park) lustwandeln! Er lebt wirklich

„Froh und jung
Im frischen Götterreich."

Mü 338f.

2310. ECKERMANN AN JOHANNE BERTRAM

Weimar, 31. Mai 1827

Das Bibliotheksgeschäft habe ich seit vorgestern übernommen. Goethe übertrug es mir in seinem Garten. Goethe hielt es für schwierig, ich war aber sogleich Herr von der Sache, so daß ich in der Klugheit, wie das Geschäft anzugreifen, sogleich noch einige Schritte weiter ging als er selber, worüber er sich denn außerordentlich freuet. Ich darf deshalb auch alles abgesondert in meinem Hause machen und brauche die Bibliothek selber nicht zu besuchen. Goethe hat wiederholt geäußert, daß dieses der Weg sei, um mich zu einer Anstellung zu bringen, und daß er auch nur aus diesem Grunde mir ein solches Geschäft übertrage. Was ich dabei gewinnen werde, weiß ich noch nicht; viel wird es aber wohl nicht sein...

Goethe ist nach wie vor hier in Weimar mein einziges Glück; ich verlebe jetzt oft schöne Stunden mit ihm auf seinem Garten und esse oft mit ihm alleine. Vorgestern saß ich mit ihm vier Stunden lang am Tisch, in welche Gespräche waren wir nicht geraten! Es ist unglaublich, was in dem Manne liegt und wie sein Geist immer so frisch und jung bleibt und sein Körper immer so schön, trotz den 78 Jahren.

Er ist ein Liebling der Götter, und er verdient es. Er ist wahrhaft groß, und weil ich dieses immer mehr finde, so macht mich seine Liebe so glücklich.

E 72f.

2311. PEUCER AN REINHARD

Weimar, 21. Juni 1827

Goethe ist wie ein Jüngling. Seit einigen Tagen ist er aus seinem Parkgarten vor der Stadt wieder in seine Stadtwohnung gezogen. Vorigen Freitag gab er dem Grafen Kaspar Sternberg und Matthisson zu Ehren eine große Soiree ...

Seine „Helena" im dritten Bändchen seiner bei Cotta erscheinenden gesammelten Schriften macht mit Recht viel Aufsehen. Auch beschäftigt ihn fortwährend die Herausgabe seines Journals für „Kunst und Altertum".

Matthisson ist wohl zehn Jahre jünger, aber wie sehr steht er körperlich gegen jenen Unvergänglichen zurück!

Gespr III/2, 142

2312. BÖRNE AN JEANNETTE WOHL

Ems, 4. Juli 1827

Was Goethe von den Titeln und Orden denkt und sagt, ist ganz seiner schlechten Natur gemäß. Man gibt jetzt den Leuten von Verdienst gern Titel, um sie vom Volk abzusondern, damit dieses ohne Wert bleibe und man sagen könne, es sei ohne Wert. In meinen Augen ist jeder Titel ein Bedientenzeichen, ein Hofrat ist ein Johann, und jeder Johann hat einen Herrn. Das mag freilich manchmal ein Blitzableiter sein; aber wäre Goethe und wären die andern Geistesstarken nicht immer so herzensschwach und erbärmlich gewesen, hätten sie die Götter, welche blitzen, schon längst abgestoßen, und man brauchte keine Blitzableiter.

BöU 129

2313. RAHEL VARNHAGEN VON ENSE AN IHREN MANN

Berlin, 4. September 1827

Gestern stand des Königs [Ludwig I.] von Bayern Besuch sehr schön in der Zeitung, der Geburtstagsbesuch bei Goethen. Die ganze Stadt spricht von nichts anderem. Lange zündete nichts so. *Ich* bin *stolz* drauf: gegen England und Frankreich: daß sie sehen, was bei *uns* vorgeht! Bald wird man das von einem Könige *verlangen* ...

Varn VI, 140

2314. ECKERMANN AN JOHANNE BERTRAM

Weimar, 5. September 1827

Die Leute fahren fort, mir täglich zu meiner Anstellung bei der Bibliothek zu gratulieren ... und ... wundern sich, wenn ich sage, daß ich noch von nichts wisse ... Goethe mag ich nicht fragen ... Ich bin viel bei Goethe, und es kommt mir vor, als hätte er mich ganz *besonders* lieb. Der König von Bayern kam zum 28. August, Goethes Geburtstag, und überreichte ihm zum Angebinde das Großkreuz des Ordens der bayerschen Krone. Ein großer Teil der Hofgesellschaft war bei Goethe versammelt, als dieses geschah; ich fehlte nicht. Auch der Großherzog war da. Der Großherzog ist glücklich, wenn die auswärtigen Monarchen seinen Goethe so ehren und lieben. Ich höre, Goethe soll an den Großherzog geschrieben haben, man sei mir eine Anstellung *schuldig* und die Bibliothek sei die beste Gelegenheit.

E 73f.

2315. VARNHAGEN VON ENSE AN SEINE FRAU

München, 7. September 1827

Und was sagst Du dazu, daß der König [Ludwig I. von Bayern] von dem Badeort Brückenau eigens zum 28. August nach Weimar gereist ist und diesen Tag bei Goethe in dessen

Rahel Varnhagen von Ense

Hause hat feiern wollen? Dieser Zug allein hebt den König über ganze Scharen anderer Hochgestellten hinaus und ehrt die Deutschen, denen er angehört. Was Goethe alles erlebt! Ein solches Alter, eine solche Größe sind beispiellos! Was ein Mann, ein Dichter seiner Nation und durch sie der Welt werden kann, durch bloßes Bilden und Leben, ohne Gewalt und Günstlingschaft, bleibt eine merkwürdige Geschichtstatsache, und als solche nimmt sie gewiß auch Goethe und freut sich derselben mit erlaubtem Wohlgefallen. Und ich freue mich mit, gerührt und stolz, daß Goethe das erlebt und die Deutschen es ihn erleben lassen. Dem König Ludwig aber schlägt dankbar mein Herz für seinen Anteil an unseren Nationalehren.

Varn VI, 150f.

2316. KAROLINE GRÄFIN VON EGLOFFSTEIN AN IHRE MUTTER

Weimar, 10. September 1827

Goethe sammelt zu Cannings Monument und Medaille, à Person 5 Frank.

EgMit 28

2317. VARNHAGEN VON ENSE AN SEINE FRAU

Augsburg, 11. September 1827

Diesen sämtlichen Anstalten [Cottas] steht ein Faktor vor, Herr Reichel, dessen Geschäftslast wohl mit der eines Ministers zu vergleichen sein möchte, wenn auch gewiß nicht seine Besoldung, denn der Freiherr von Cotta hat von jeher das Glück und den Verstand gehabt, die trefflichsten Gehülfen und unschätzbarsten Diener unter den knappsten Bedingungen zu erlangen und zu behalten. Jener Faktor nun, ein schlichter, aber einsichtsvoller Mann, hat bei dem Drucke von Goethes Werken sein Geschäft mit solcher Aufmerksamkeit und solchem Anteil geführt, daß durch sein Bemühen (was gar nicht seines Amtes ist) eine Menge

Übelstände, Unrichtigkeiten, Versehen, die sich eingeschlichen hatten, beseitigt, Fehlendes ersetzt und Schickliches zugefügt worden ist. Dies konnte Goethen nicht unbemerkt bleiben; er erkannte das schöne Verdienst des Mannes, der aus einer unteren Sphäre erfolgreich in eine höhere wirkte, nach Gebühr an, schrieb ihm einen Dankbrief und sandte ihm die Denkmünze, die auch ich von ihm empfing, in Erz. In dem Briefe bespricht er zuerst manches einzelne billigend und dankend; hierauf aber drückt er die Beruhigung aus, daß, da doch bei seinen hohen Jahren zu erwarten sei, er könne vor Beendigung der Ausgabe abgerufen werden, diese selbst in so treuen, kundigen Händen dadurch keine Störung erfahren dürfe, sondern die beste Förderung nach wie vor zu hoffen habe. Der würdige Mann, überrascht wie beglückt durch die ehrenvolle Zuschrift, glaubte in seiner Antwort jedoch bemerken zu müssen, daß nicht ihm allein, sondern großenteils dem Korrektor das Verdienst zukomme, welches so unerwartete Würdigung gefunden. Goethe aber sandte darauf auch dem Korrektor mit freundlichen Worten jene Denkmünze in Erz, dem Faktor aber eine andere, gleichfalls Goethes Bild führend, in Silber, und auf dem Kästchen, worin sie liegt, stehen vom Buchbinder die Worte aufgedruckt: „Herrn Reichel, dem Sorgfältigen, von Goethe“. Das alles hab ich, Du kannst denken, mit welchem innigen Anteil, betrachtet, gelesen; von dem Goetheschen Briefe doch nur die Abschrift, denn den Brief selbst, sagt Herr Reichel, hat Herr von Cotta zu sich genommen.

Varn VI, 163

2318. RAHEL VARNHAGEN VON ENSE AN IHREN MANN

Berlin, 14. September 1827

... gehe um Gottes willen zu Goethen! Es freut ihn; *Du* überläufst ihn ja nicht. Grüße den Gott! ... wenn sie mir Goethen bezweiflen, streitig machen wollen, einen anderen Dichter vorziehen wollen, dann muß ich das *hochstehende Bild* herabnehmen, antasten, hie und da mit meinem Geist,

Karl August Varnhagen von Ense

meinem Verständnis, dann wird mir das im einzelnen, wozu ich das ganze Leben brauchte, zu schwer; dann sehe ich, daß er ein *Gott* ist: von Gaben, Größe, Beherrschung, Harmonie, Fülle, Weisheit und *ewigem Wachstum*. Du siehst, daß das noch das Ende meines letzten Gesprächs bei Bartholdys ist, wo er die Shakespeareschen Frauen höher als die Goetheschen stellen wollte. Er sprach übrigens wie von einem *Einzigen* von ihm. Aber weil sie sein Menschliches, Menschlich*stes*, dies sein Größtes, nicht fassen, machen sie lieber ein Monstre der Vortrefflichkeit aus ihm, und er hat grad die wahre *Menschen*größe. Grad *das* Zeichen für mich, daß Goethe so groß als *irgend* ein alter Dichter, aber der neue, moderne par excellence ist. Verstehst Du? Die Alten hatten das Weib: die Mutter, die Tochter, die Schwester. Wir haben diese Urgestalten *im Lichte* der Frauen (Frauenlicht sollte es eigentlich heißen). *Wir haben Frauen*, und die hat Goethe beim Schopf gehalten und ihnen tief durch die Augen ins Herz geschaut, jedes kleinste Winkelchen im „Labyrinth der Brust".

Varn VI, 171f.

2319. WILHELM GRIMM AN ARNIM

Kassel, 20. September 1827

In Goethes „Helena" ist mir etwas zu viel Stukkatur und Gipsmarmor der Ausführung; aber sie ist schön gedacht. Merkwürdig ist in der neuen Auflage seiner Werke diese sorgfältige Sammlung eines jeden Läppchens, zu der sich ein anderer Dichter schwerlich würde entschlossen haben. Aber ich glaube, er trennt den Herausgeber von dem Dichter und hat jenem eine ordentliche Instruktion gegeben. Mir ist es schon recht, und es liegt wiederum etwas Unbefangenes und Freies darin; denn das Unbedeutende von manchen wird er selbst einsehen. Aber den Ausländern, die in solchen Ausgaben eine Art Paradeausstellung sehen, wird das wunderlich vorkommen.

ArnG 567f.

2320. PEUCER AN BÖTTIGER

Weimar, 5. Oktober 1827

Seine „Helena“ ist hier viel gelesen, vielleicht aber nicht durchgängig verstanden. Nachdem ich mit Riemer, Eckermann und Goethes Sohn viel und breit darüber konversiert habe, glaube ich endlich dahin gekommen zu sein, daß ich weiß, was es damit ist ... Über die zweite Hälfte des Goetheschen Werks, die bloß romantisch gehalten ist, ließe sich freilich unter Freunden allerlei sagen. Dies ist ein buntes Allerlei, zusammengesetzt aus Epimenides und Byron und hundert anderen Reminiszenzen, Gedanken und Einfällen, hie und da rein desultorisch und aus den Blättern der Sibylle herausgerissen, absolut hingeworfen, ohne grammatischen Zusammenhang, zuweilen noch durch mangelhafte Interpunktion erschwert, vielleicht nur Goethen selbst verständlich. Und dennoch glaube ich *alles* zu verstehen. Ich habe mir eben die Mühe nicht verdrießen lassen.

Alt-Weimar 347 f.

2321. ECKERMANN AN JOHANNE BERTRAM

Weimar, 21. Oktober 1827

Wegen der Anstellung schwebe ich ... noch immer in Ungewißheit. Im Juni ist der Bibliothekar Vulpius gestorben, wodurch eine Vakanz bei der Bibliothek eingetreten ... Es war die Rede, Riemer solle die erste Stelle haben, ich die zweite, Kräuter die dritte. Andere sagten wieder, es sei unrecht, mich über Kräuter setzen zu wollen, weil er schon zehn Jahre bei der Bibliothek angestellt sei und dabei die größten Verdienste habe. Dagegen aber, da Kräuter nicht studiert hat, so könnte er nie zur *ersten* Stelle avancieren, und wenn er also *vor* mir stünde, so müßte ich ewig der Dritte bleiben, in welchem Fall ich also die Stelle nie hätte annehmen können. Dies war aber, wie gesagt, ein bloßes Reden der Leute, und ich kann mir nicht denken, daß Goethe mir eine andere Stelle hätte anbieten können als die zweite ... Du weißt, daß ich schon über vier Monate für die

Bibliothek arbeite. Ich habe in der Zeit 120 Bogen geschrieben, welches den größten Teil meiner Nebenstunden hingenommen hat. Jetzt brauchte ich Geld, und ich wünschte dafür die Bezahlung. Nun hat man mir aus der Bibliothekskasse für diese Arbeit 25 Taler gegeben; nebenbei gab der junge Goethe mir 20 Taler von seinem Vater, welches ich fast zu gütig fand, indem ich zwar diesen ganzen Sommer viel bei Goethe gegessen und getrunken, aber keinen Federstrich getan habe.

Von vielen Seiten höre ich, die Bibliothekskasse habe kein Geld. Es ist nun möglich, daß Goethe vor zwei Monaten auf meine Anstellung angetragen hat, daß aber der Großherzog und die übrigen Minister die Sache noch aufhalten in Erwägung, daß die Kasse kein Geld habe und daß Riemer und Kräuter die Geschäfte zwei Jahre lang, während welcher Zeit der erste Bibliothekar krank war, auf das beste versehen. Es kann auch sein, daß der Großherzog und die Minister Goethen nicht entgegen sind und daß es Goethes eigene Meinung ist, die Stelle noch einige Zeit unbesetzt zu lassen, weil es Goethen wohl ähnlich sieht, Freundschafts- und Dienstverhältnisse voneinander zu unterscheiden und zugunsten des einen nichts zum Nachteil des anderen zu tun. Hiegegen kann ich nichts sagen.

... Was von Berlin nach Paris und von Paris nach Berlin geht, kommt hier durch. Bei Goethes gewachsenem Ruhm und der erleichterten Kommunikation durch die Schnellposten ist nun der Andrang nach Goethe größer als je, und das meiste, was ihn berührt, berührt mich mit ... Vorige Woche waren Zelter und Hegel hier, in den letzten Tagen zwei bedeutende Engländer, nun wird mit jedem Tag Graf Reinhard erwartet; auch Ampère kommt wieder durch ... – Dazu nun mein inniges Verhältnis mit Goethe, der jetzt fast nichts tut, woran [er] mich nicht teilnehmen läßt; der keinen Gedanken hat, den er mir nicht mitteilt; der mir die Pläne zeigt von dem, was er schreiben will, und mich beglückt, indem er mir lieset, was er geschrieben hat – wie soll ich da an Ausführung eigener Werke denken, da ich so süß verlockt bin, so ganz in dem zu leben, was *er* so Göttliches denkt und tut! ...

Mit Goethe habe ich in der letzten Zeit drei interessante Landpartien gemacht. Die eine nach Berka, wo er mich in die Mineralogie einleitete; die zweite nach dem Ettersberge und dem Schlosse Ettersburg in ähnlichen Zwecken; die dritte nach Jena, wo die Anstalten der Universität in Augenschein genommen wurden. Wir blieben eine Nacht dort, logierten im „Bären", schliefen in einem Alkoven zusammen und gingen um 7 Uhr zu Bette. In diesen schönen Partien ist manches gute Wort gesprochen worden.

E 353–356

2322. ALFRED NICOLOVIUS AN ERNST VON SCHILLER

Kassel, 24. Oktober 1827

Goethe hat mir zweimal über die ihm beinahe vollendet zugeschickte Goethiade [„Über Goethe" von Nicolovius] geschrieben. Den letzten Brief erhielt ich in Göttingen. Daraus teile ich eine Stelle, die mir auffällt, wörtlich mit: „Die Menschen haben viel, mit Recht oder Unrecht, an mir getadelt, und da es ja hier darauf ankommt, mich und das Jahrhundert kennenzulernen, so ist ebensogut als das Pro auch das Contra nötig. Solltest Du nun nicht auch zu eben diesem Behufe alles dasjenige sammeln, was *gegen* mich gesagt ist? Wenn Du es auch nur zu *Deiner* und der *Freunde* Belehrung tätest" ... Im vorletzten Schreiben lautet eine Stelle ungefähr folgendermaßen: „Indem Du mir in Deiner Sammlung den Unbill, den mir von frühester Zeit an meine Feinde verursacht haben, aufs neue und in geregelter Ordnung vorlegest, erweckst Du Betrachtungen in mir, aus denen mich nur die Anschauung von Arbeiten einzelner Freunde zu reißen vermag." Du kannst leicht denken, daß mich die obige Äußerung im gleichen Maße erfreute, als mich die frühere erschreckt hatte. Es ist mir nie in den Sinn gekommen, durch meine Sammlung eine Apotheose auf Goethe erscheinen zu lassen. Auch habe ich nicht daran gedacht, selbst harten Tadel ganz zu entfernen.

ESchi 318f.

2323. REINHARD AN WESSENBERG

Frankfurt, 17. Dezember 1827

Der alte Patriarch von Weimar ist immer jung an Körper und Geist. Es ist das glückliche Gleichgewicht seiner Seele, was ihn in dieser Jugend erhält; er läßt nichts an sich herankommen und geht an nichts heran, was ihn erregen könnte. Dieses ursprünglich künstliche Gleichgewicht ist durch viel Übung seine zweite Natur geworden. Seine Unerschütterlichkeit erstreckt sich auf alles. Pustkuchen sogar hat ihn nicht stören können, und in meinem langen Umgang mit ihm kann ich mich nur auf einen Mann besinnen, von dem er mit Bitterkeit gesprochen hat. Immerhin gibt es ein Höher und Tiefer auf seinem Thermometer, aber doch nur in den mittleren Graden. Nach dem Mittagsmahl dringt eine milde Wärme in seine Unterhaltung. Dann beleben sich die schönen Augen, man sieht darin den Himmelsstrahl, der ihnen eigen ist, glänzen. Und seine reiche Erfahrung gefällt sich darin, über das, was am Morgen nur kurz abgetan wurde, erläuternd zu plaudern. Es herrscht in Weimar ein starkes geistiges Leben; aber vielleicht herrscht die Literatur allzusehr vor, während in Berlin und Dresden die Teilnahme sich allgemeiner auf die verschiedenen Zweige der menschlichen Studien verbreitet. Bei Goethe jedoch ist das Interesse allumfassend, und sein Zimmer dient nach der Reihe zur Ausstellung einer Kamee, eines Kupferstiches, von Gesteinsproben oder eines Romans von Manzoni, ganz nach den jeweiligen Sendungen, die aus allen Winkeln der gesitteten Welt hierherfließen.

GoeJb XI, 60f. Aus dem Französischen

2324. ERNST VON SCHILLER AN KAROLINE VON WOLZOGEN

Köln, 31. Dezember 1827

Cotta behauptet, die selige Mutter habe ihm den Anteil an der Korrespondenz mit Goethe für 3000 Taler überlassen; es befremde ihn daher die Erhöhung auf 4000. Hauptsächlich aber ist er entrüstet, daß Goethe das Manuskript nicht eher ausliefern will, bis er, Cotta, 8000 Taler auf den Tisch gezählt hat. Hierin, muß ich gestehen, mißfällt mir Goethes Betragen in hohem Grade, da er doch für seine 4000 Taler an Cotta Sicherheit genug hat. August Goethe schreibt mir über die Korrespondenzsache einen nichtssagenden, abgeschmackten Brief in seltsamen Vater-Goetheschen Ausdrücken und meint, Cotta sei schwer zu behandeln, und aus der Verzögerung entspringe Gewinn. Mit Cotta ist weit besser zurechtzukommen als mit Goethens. Ich kann nicht leugnen, daß mir die beiden Goethe zuweilen albern erscheinen.

ESchi 322

1828

2325. BÖRNE IN SEINEM TAGEBUCH

Weimar, 10. Februar 1828

Holtei drang sehr in mich, morgen zu Goethe zu gehen, es werde ihn sehr freuen. Doch habe ich es abgelehnt. Als ich heute gegen Weimar zu fuhr und es vor mir lag in seinen roten Dächern im Wintersonnenschein, kalt und freundlich, und ich dachte, daß Goethe darin schon länger als fünfzig Jahre wohne, daß er es nie verlassen (er war weder in Paris noch in Berlin) – da überfiel mich wieder der alte Groll gegen diesen zahmen, geduldigen, zahnlosen Genius. Wie ein Adler erschien er mir, der sich unter der Dachtraufe eines Schneiders angenistet. Und solch ein Mensch sollte doch ein fleischfressendes Tier sein und nicht wie ein Spatz Gerste essen, auch nicht aus der schönsten Hand. Der Hof, wo er schon länger als ein halbes Jahrhundert angekettet liegt, soll der steifste, lächerlichste Hof sein, den man sich nur denken kann. Jeder Bürgerliche wird streng ausgeschlossen.

BöU 130–134

2326. KANZLER VON MÜLLER AN REINHARD

Weimar, 14. Februar 1828

Herr von Holtei aus Berlin erfreut und bereichert uns seit vierzehn Tagen mit seinen dramatischen Vorlesungen. Dienstags und freitags abend. Den „Faust" hat er uns ganz vortrefflich vorgetragen und wir[d] ihn, allgemeinem Wunsche zufolge, nochmals im großen Stadthaussaale, mit Musikchören, repetieren. „Helena", „Sardanapal" [von Byron], „Graf Carmagnola" etc. werden auch an die Reihe kommen. Goethe interessiert sich ungemein für diese Vorlesungen, obschon er nur durch unsere Berichte davon Kenntnis erhält.

Den Geburtstag der Großherzogin hat er durch ein höchst plastisches Gedicht [„Die ersten Erzeugnisse der Stotternheimer Saline"] zu Darreichung des ersten *Salzes* aus einer neu entdeckten Saline in unserer Nähe aufs sinnigste geschmückt ...

Mü 344f.

2327. ECKERMANN AN JOHANNE BERTRAM

Weimar, 21. Februar 1828

Daß Goethe an meiner Lage sehr nahe Teilnahme beweiset, brauche ich kaum zu sagen. Ich war gestern bei ihm zu Tisch und aß mit ihm ganz alleine. Wir sprachen nur von dieser Sache. Er sagte, er habe etwas Neues für mich ausgedacht und mit seinem Sohne besprochen. Ich sollte nur mit seinem Sohne reden, der würde mir alles sagen, und ich würde zufrieden sein. Nun bin ich zweimal bei seinem Sohne gewesen, und dieser hat zweimal aufgeschoben, mir diese neuen Intentionen, die man mit mir hat, zu eröffnen. Diesen Nachmittag hat er versprochen, morgen früh zu mir zu kommen und mir alles zu sagen. Mich soll *wundern*, was es sein wird. Soviel habe ich aus Goethes Worten vernommen, daß er mir widerrät, Weimar zu verlassen.

E 78

2328. ECKERMANN AN JOHANNE BERTRAM

Weimar, 1. März 1828

Das Resultat jener Mitteilungen von Goethe war, daß ich wieder einen näheren Teil an seinen großen Arbeiten nehmen solle, wenigstens für die nächste Zeit dieses Sommers, wo ihm die Sache zu viel und allein zu schwer werde. Nebenbei aber möchte ich in der Arbeit für die Bibliothek fortgehen, damit dem Großherzog etwas vorgelegt und meine Anstellung nachdrücklicher eingeleitet werden könne. Für meine ganze Existenz wolle er selbst auf das liebreichste sorgen, damit ich nur in der Arbeit leben könne und an nichts weiter zu denken hätte.

Diese Vorschläge teilte mir der junge Goethe am vorigen Sonntage mit, und Du kannst wohl denken, daß ich diese Anerbietungen mit Freuden annahm.

Am andern Tage, am Montage, war ich bei Goethe zu Tisch. Er war glücklich, daß ich ihm wieder beistehen wolle und daß nun durch mein Interesse und daß er seine Arbeiten mit mir besprechen könne, viele große Sachen würden zustande gebracht werden, die, allein, trüb und schwer auf ihm lasten würden.

„Vor allem“, sagte er, „liegen mir meine ‚Wanderjahre‘ am Herzen, woran, wie Sie wissen, ich voriges Jahr anhaltend arbeitete und die nun in drei Bänden im Manuskript vorliegen, unvollendet und mit manchen Lücken. Ich habe so lange an diese Gegenstände gedacht und gearbeitet, daß sie für mich das Leben und Interesse verloren haben und ich mir kaum sagen kann und mag, wo es fehlt und was noch daran zu tun ist. Nun ist meine Absicht, Ihnen diese Bände zu geben. Sie werden sie studieren, die Komposition wird Ihnen klarwerden, Sie werden sehen, wo ich hinauswollte, und mir sagen, was und wo ich noch daran zu tun habe. Wir werden die Sache miteinander durchsprechen, die Gegenstände werden wieder in mir lebendig werden, und so werde ich denn leicht und frisch in wenig Monaten alle die Lücken ausfüllen, die Ihnen jetzt an diesen Bänden fühlbar sein werden.“

Ich erwiderte mit Neigung und Heiterkeit und war sehr glücklich mit Goethe bei Tisch. Wir aßen allein und ließen uns delikate Froschkeulen und sonstige gute Bissen sehr wohl schmecken. Goethe trank ein halbes Fläschchen Champagner, ich meinen beliebten Würzburger. Wir sprachen sehr viel über diesen Gegenstand der „Wanderjahre“ sowie viel über andere höchst bedeutende Dinge, welche in einer guten Stunde niederzuschreiben ich mir vorgenommen habe.

E 80f.

2329. ERNST VON SCHILLER AN AUGUST VON GOETHE

Trier, 13. April 1828

Daß Cotta das Manuskript der Korrespondenz hat, ist mir lieb, Cottas und des Publikums wegen. Wenn Dein erhabener Vater die Ablieferung des Manuskripts aus Sorge für die Befriedigung des Schillerschen Anteils verzögert, um welche Sorge ich nie gebeten und welche ich auch nie beabsichtigt habe, so muß ich ihm für die gute Meinung Dank wissen. Wenn er aber glaubt, diese Befriedigung habe überhaupt stattgefunden und sie sei sogar mit Verheimlichung gegen ihn erfolgt, so ist es ein schmerzlicher Irrtum, und er hegt eine Unterstellung, welche der Familie Schillers und mir einen ungerechten Vorwurf darbietet.

ESchi 331

2330. HEINE AN MENZEL

München, 8. Mai 1828

... das nächste, was Sie gedruckt von mir lesen, ist meine Kritik über W. Menzels „[Die deutsche] Literatur“. Als mich gestern Cotta frug, worüber ich jetzt schreibe, und ich ihm Ihr Buch nannte, haben wir lange drüber gesprochen, und auch er (das „auch“ bezieht sich auf die Gegenwart der Frau von Cotta) war der Meinung, daß die Art, wie Sie über Goethe den Stab gebrochen, doch zu hart sei, auf jeden Fall zu tadeln. Ich finde Ihr Buch das bedeutendste der Art seit Friedrich Schlegels Literaturgeschichtsvorlesungen.

Heine VIII, 311

2331. ECKERMANN AN FRASER

Weimar, etwa Ende Mai 1828

Die Verbreitung der Goetheschen Werke durch treue, würdige Übersetzungen wird für die englische Literatur ein großer Gewinn sein und auf eine Bildung eigener Art einwirken. Mr. Carlyle hat sehr recht, wenn er sagt, daß Goethe unter allen modernen Autoren der einzige sei, in dem die hohe Kultur der alten Griechen fortlebe. Von der Natur an Leib und Seele durchaus als ein vollkommener Mensch ausgestattet, hat er seine angeborene Gesinnungsweise an den Werken griechischer Literatur und besonders der bildenden Kunst entwickelt, welche Studien bis in sein hohes Alter heraufgehen und täglich als eine Art von Stärkung und Erfrischung fortgesetzt werden. Solche menschlich vollkommene Gesinnungsweise, solche gleichmäßig verfolgte Studien, verbunden mit einer bewunderungswürdigen Penetration und Belebung des Vergangenen, und ein Darstellungstalent der ersten Art erklären es denn einigermaßen, wie Goethe die „Ilias" [in der „Achilleis"] hat fortsetzen, die toten Fragmente des „Phaëthon" von Euripides zu einem Ganzen beleben und jetzt in der „Helena" eine Tragödie im Sinne des Sophokles hat beginnen können. Ja diese letzte gelungene Tat läßt mit Recht bedauern, daß er nicht schon in früherer Zeit einige alte Mythen auf solche antike Weise zu Tragödien behandelt hat. Das deutsche Theater hätte dadurch eine Art von hohem Fundament und eine ganz andere Gestalt bekommen, welches ihm sehr wäre zu wünschen gewesen, indem es jetzt ohne entschiedenes Fundament im Schwanken und in der Tendenz zum Trivialen befunden wird.

E 244

2332. ECKERMANN AN ERNESTINE VOSS

Weimar, 10. Juni 1828 [Entwurf]

Sie haben sehr wohlgetan, in der bewußten Angelegenheit sich nicht an Goethe selbst zu wenden. Ich weiß, ihm ist nichts verhaßter als literarische Klatschereien, in welche einzugehen, wie wir alle wissen, er stets vermieden und unter seiner Würde gehalten hat. Seine Maxime war immer die, dasjenige auszusprechen, was ihm als wahr und gut erschien und was seiner Zeit nützen konnte. Kamen nun hinterdrein andere, die seine Worte bezweifelten und dic daran zu kritteln und zu verdrehen fanden, so war das die Sache dieser

Leute, die dadurch ihre eigene Gesinnungs- und Denkweise an den Tag legten und die er ihre Wege wandern ließ, während er den seinigen unverrückt verfolgte.

Der jetzige Fall ist ganz dieser Art, weshalb ich denn auch sehr Bedenken getragen habe, ihn zu Goethes Kenntnis zu bringen.

Ich weiß jedoch aus guten Quellen, daß die bewußte Rezension [„Gedichte von J. H. Voß d. Ä."] in der neuen Ausgabe seiner Werke unverändert abgedruckt erscheinen wird...

E 221

2333. LUDWIG TIECK AN MENZEL

Baden-Baden, 29. Juni 1828

Ihr Zorn gegen Goethe hat mir mehr wie einmal, hauptsächlich in jenen „Europäischen Blättern", wehe getan, und so schmeichelhaft und ehrenvoll, wie der Aufsatz über meine Bemühungen erscheinen mochte, so gab ihm doch der Kontrast, in welchen ich zu Goethe gestellt wurde, eine recht herbe Bitterkeit, so daß ich mich dessen nicht rein erfreuen konnte.

Menz 264

2334. GRIES AN RIST

Jena, etwa Mitte 1828

Vor kurzem hatte ich die große Freude, meinen vieljährigen Freund Ludwig Tieck hier zu sehen ... Sein neuestes Produkt ist eine Einleitung zu den gesammelten Schriften von Lenz, Goethes Jugendfreunde. Sie ist durchaus polemisch gegen Goethe. In vielen Stücken muß ich ihm beipflichten, in andern bin ich ihm schnurstracks entgegengesetzt. Wir haben viel darüber gesprochen, am Ende blieb jeder, wie es zu gehen pflegt, bei seiner Meinung. Aber höchst geistreich und Ideen erweckend ist diese Einleitung gewiß. Dennoch wollte ich, sie wäre ungedruckt geblieben, weil sie den Pustküchlern neuen Vorwand zur Verunglimpfung des großen Dichters geben wird, wie himmelweit sie auch von

Johann Ludwig Tieck

jenen verrückten „Wanderjahren“ [von Pustkuchen] entfernt ist. Es geht mir mit Goethe wie mit einem sehr teuern, hochverehrten Freunde, dessen Schwächen und Fehler man wohl bemerkt und im stillen tadelt, aber man mag sie doch nicht vor aller Welt aufgedeckt sehen.

Gries 150f.

2335. KANZLER VON MÜLLER AN REINHARD

Weimar, 14. Juli 1828

Goethe ist seit neun Tagen zu Dornburg, wohin er sich geflüchtet. Er schreibt oft, anmutig und heiter; die Zurückgezogenheit tut ihm wohl, er arbeitet viel, in Botanik und Geologie. Daß er über den Verklärten [Großherzog Karl August] etwas schreiben wolle, ist unwahr; im Gegenteil hat er es entschieden abgelehnt, „seine Gefühle nicht bis zur Verzweiflung zu steigern“, und hat mich dagegen zu jenem Nekrolog ermuntert ...

Ich teile Ihnen einen höchst merkwürdigen Aufsatz [„Natur“ von Tobler] mit, den ich ... unter den mir anvertrauten Papieren fand und darin sogleich Goethen erkannte. Er stammt aus 1780–1784 her und setzte Goethen selbst in nicht geringes Erstaunen ...

Mü 349

2336. HEINE AN MENZEL

München, 16. Juli 1828

In Berlin hat man meine Ansichten über Goethe [Rezension zu „Die deutsche Literatur“ von W. Menzel] am feinsten verstanden und Zeter geschrien. Niederträchtig sind die Ausfälle auf Sie im „[Neuen Berliner] Konversationsblatt“. Wie Sie leicht begreifen, sie sind von Friedrich Förster. Sein Bruder, der hiesige Förster, der stinkige Maßmann, einige Professoren des philosophischen Vereines – aber ich werde selbst ein Waschweib und gerate ins Schwatzen. Förster ist ein jämmerlicher Patron und spielt den Verteidiger Goethes. Es ist ein trister Anblick, wenn der Esel sich spanischen

Pfeffer in den Steiß steckt, um in Ekstase zu geraten und desto besser den wütenden Champion des Löwen machen zu können. ...

Haben Sie oder Franckh niemand, der die Goethische Apotheose Ihres Werks ins Englische übersetzen kann? Ich möchte sie in einer englischen Zeitschrift abdrucken lassen.

Heine VIII, 315ff.

2337. FRIEDRICH JOHANNES FROMMANN AN STÜVE

Jena, 2. August 1828

Gleich vom ersten Eintreten an war er heiter, freundlich und unbeschreiblich liebenswürdig, setzte sich, scherzte mit Luischen Löw und durchlief in den beinahe zwei Stunden, die wir bei ihm saßen, einen unglaublich weiten Kreis von Dingen, Menschen und Nationen ...

Aber ich könnte noch lange schreiben, ohne die Gegenstände, worüber er sprach, zu erschöpfen, und am Ende hättest Du doch nur ein totes Gerippe, denn der Zauber seines Ausdrucks, seines lebendigen Gebärdenspiels, seiner schönen, heute mitunter recht kräftigen und klingenden Stimme fehlte. Unzählige kleine Anspielungen und Scherze fielen noch nebenbei! So hatte eine Frau in St. der Tante Betty [Wesselhöft] aufgetragen, sie ihm zu Füßen zu legen. Dabei benahm er sich einzig, um diesen unanständigen Aktus einer anständigen Frau abzuwehren, der ihm schon in der bloßen Vorstellung schrecklich war.

From 124f.

2338. MENZEL AN LUDWIG TIECK

Stuttgart, 24. September 1828

Sie selbst sind schuld, daß ich weniger als je zu Goethes Fahnen schwören kann. Je mehr Sie mir zeigen wollen, daß ich auch an Goethe lieben müsse, was ich an Ihnen liebe, desto schärfer unterscheid ich Sie beide.

Tieck II, 342

2339. ECKERMANN AN JOHANNE BERTRAM

Weimar, 18. Oktober 1828

Herr Kammerherr von Goethe, der mit seinem Vater meinetwegen gesprochen, hat mir gleichfalls sehr abgeraten. Wenn die Stelle in Hannover, sagt er, 600 bis 800 Taler eintrüge, so würde er mir nicht abraten, darum nachzusuchen; in diesem Fall aber wäre es ganz unter meiner jetzigen Stellung. Zwar könne man mir in Weimar jetzt gar nichts anbieten, nicht 100 Taler, weil alle Kassen erschöpft seien und man die Stelle bei der Bibliothek unter der neuen Regierung wahrscheinlich nicht wieder besetzen wolle. Allein, wie ich nun einmal stände, sollte ich meine sehr günstige Stellung wenigstens noch ein Jahr zu behaupten suchen und während dieser Zeit literarisch hervortreten; ich würde dann eine Macht sein, und man würde mir Anträge tun, von Berlin, von München oder Gott weiß woher ...

Herr von Cotta war hier, und ich habe mit ihm Verabredungen getroffen, die Goethen sehr lieb sind ... Ich hatte diesen Herbst vor, etwas Größeres zu schreiben; ich bezog eine Gartenwohnung; es kamen mir aber bald so viele Leute nach, daß ich es aufgab und wieder in die Stadt ging.

Viele große Besuche berühmter Leute haben wir diese Zeit gehabt, und da ich täglich bei Goethe esse, so habe ich deren Bekanntschaft auf die angenehmste Weise machen können.

E 86f.

2340. REGIS AN CARUS

Breslau, 24. Oktober 1828

Man sagt, daß Goethe jetzt mit Verfassung der Memoiren des Herzogs von Weimar beschäftigt ist. Ich nehme mir jetzt methodisch vor, an jedem Tage daran zu denken, daß mir die Nachricht seines Todes gebracht werden kann; zu meiner Erleichterung für den Fall: damit es dann nicht so vulkanisch klingt, wenn es nun heißen wird: Goethe ist tot!

GoeJb XXIX, 48f.

2341. JOHANNE BERTRAM AN ECKERMANN

Bleckede, 4. November 1828

Es ist mir nun klar, daß die Weimaraner Dich nur mit Hoffnungen von einem Jahre zum andern hinhalten und weiter nichts dabei herauskommt ...

Es ist mir unbegreiflich, daß der alte Goethe, der überall, möchte ich sagen, vielen Einfluß hat, wenn nun auch nicht in dem armen Weimar, doch anderwärts für Dich nicht Gutes bewirken kann.

E 88

2342. ECKERMANN AN JOHANNE BERTRAM

Weimar, 20. November 1828

Als der Großherzog noch lebte, hatte Goethe den Plan; mich bei der hiesigen Bibliothek anzustellen ... Jetzt aber, bei dem neuen Fürsten und der neuen Regierung, hat sich das alles verändert; man denkt an nichts als an Ersparungen und ist gar nicht geneigt, eine Stelle zu besetzen, die, wie die letzten Jahre gezeigt haben, gar nicht zu besetzen nötig ist. Mir ist das sehr lieb, denn ich habe eine Furcht vor kleinen Stellen, bei denen man hungern muß und seine Zeit verliert ...

Du meinst, ob Goethe nicht auswärts etwas für mich tun könne? Ich zweifle nicht; aber dazu ist noch nicht die Zeit. Ich muß selber erst bedeutender hervorgetreten sein ...

E 89f.

2343. KANZLER VON MÜLLER AN REINHARD

Weimar, 21. Dezember 1828

Ich habe nun den ersten Teil der gedruckten Korrespondenz [Goethes] mit Schillern gelesen, und zwar mit größtem Interesse. Die Blicke, welche man dabei in die innerste Eigentümlichkeit des Strebens und der Bildungsgeschichte dieser Heroen sowie über die damalige literarische Krisis tut, sind wie glänzende Streiflichter. Aber man wird zu tadeln nicht unterlassen, daß so manches Unbedeutende mit abgedruckt worden, was das Publikum allzu teuer bezahlen muß. Für kaum achtzehn Bogen, weitläufig gedruckt, ist 2 Taler per Bändchen ein enormer Preis!

Chronik XXIII, 39

2344. PERTHES AN RIST

Gotha, Dezember 1828

Lange hat mir nichts so wehe getan und mich so indigniert als dieses Buch! Wie war es Goethe möglich, solche Briefe drucken zu lassen? Daß dieser Briefwechsel [zwischen Schiller und Goethe] keinen Inhalt hat, ist natürlich, weil beide Männer nahe genug beieinander wohnten, um alles Wichtige mündlich zu verhandeln. Das Bemerkenswerte des ganzen ersten Bandes füllt kaum einen Bogen. Schwach zu werden, ist Goethe wie jeder alte Mann berechtigt; aber nicht Schwäche, sondern etwas anderes hat ihn verleitet, solche Dinge drucken zu lassen.

Per III, 412

2345. GRIES AN RIST

Jena, Ende 1828

Du billigst die Herausgabe des Briefwechsels zwischen Goethe und Schiller nicht. Ich habe geglaubt, daß jeder Deutsche, dem die beiden größten Dichter der Nation wert sind, für die Mitteilung dieser Herzensergießungen höchst dankbar sein müßte. Denn wer auch nicht mit allen ihren Äußerungen übereinstimmen kann, dem muß es doch wenigstens höchst anziehend sein, zu erfahren, wie diese beiden Männer über die bedeutendsten Menschen, Werke und Ereignisse ihrer Zeit gedacht und geurteilt haben. Mein Interesse wird freilich noch dadurch vermehrt, daß ich beide persönlich gekannt habe, daß ich an Ort und Stelle war und viele von den Anspielungen, die dem Publikum rätselhaft sein müssen, zu deuten vermag. Ich leugne nicht, daß ich gern die gesamte literarische Ausbeute der zehn letzten Jahre für dieses eine Buch hingeben würde. Der dritte Band ist mir noch interessanter als die beiden ersten, obwohl ich eben nicht Ursache habe, für die Äußerungen über meinen armen „Phaëthon“ sehr dankbar zu sein ...

Ein wesentlicher Mangel dieses Briefwechsels zwischen Goethe und Schiller, der aber in der Natur der Sache gegründet ist, liegt darin, daß die Freunde sich zwischendurch so oft sahen und sprachen. Durch diese mündlichen Unterhaltungen entstehen in der Korrespondenz so oft Lücken; manchmal finden wir Fragen, worauf die Antwort fehlt, und dergleichen mehr. Das ließ sich aber nun einmal nicht ändern, ohne das Vorhandene zu verstümmeln, und ich wenigstens bin Goethe sehr dankbar, daß er dies nicht getan.

Gries 153f.

1829

2346. JOHANNE BERTRAM AN ECKERMANN

Bleckede, 12. Februar 1829

Unbegreiflich ist es mir und vielen anderen, daß Goethe Dir nicht besser forthilft, da er es nach aller Meinung doch wohl imstande wäre! Es scheint sich aber doch zu bewähren, wie man von ihm redet, daß er vieles verspricht, aber nicht erfüllt.

E 90

2347. JOHANNA SCHOPENHAUER AN HOLTEI

Weimar, 19. Februar 1829

Ihren Brief an August [von Goethe] habe ich gelesen und dann besorgt. Daß Sie sich die Mühe gegeben, die Erscheinung Ihres [Melodramas] „Faust" gewissermaßen zu erklären, ist ein neuer Beweis Ihrer Herzensgüte. Sie hätten, nach der Art, wie der alte Herr sich in der Sache benommen, es kaum nötig gehabt ... Aber der alte Herr ist achtzig Jahre alt, und da ist es denn kein Wunder, daß ... er dann oft kaum begreift, wie andere sich unterstehen können, auch existieren zu wollen ...

Also machen Sie sich nur darauf gefaßt, ihn, wenn Sie wieder herkommen, ein wenig unzugänglicher zu finden als früher. Er ist es überhaupt. Er fühlt, daß ihm in seinem Hause nicht wohl bereitet ist, und diniert deshalb schon seit ein paar Monaten in seinem Zimmer, ganz allein oder mit einem einzelnen Gast, den er sich einladet. Das wird aber auch wieder anders. Er hat fast alle Winter solche Sonderbarkeiten, die, wenn die Tage länger werden und die Kälte abnimmt, ihn wieder verlassen.

Schop I, 402f.

2348. VARNHAGEN VON ENSE AN SEINE FRAU

Kassel, 21. Februar 1829

Goethe ist ganz gesund und rüstig und ungemein fleißig, so daß ganze Zeiten hindurch auch die Hausgenossen ihn gar nicht stören dürfen und wenig sehen ... Noch etwas sehr Hübsches hat mir Herr von Lützerode mitgeteilt. Der Prinz Johann von Sachsen arbeitet an einer Übersetzung des Dante in reimlosen Versen und hat zehn Gesänge der „Hölle“ drucken lassen, ohne seinen Namen und nur zum Verschenken. Ein Exemplar hat er mit schüchterner Erwartung Goethen in die Hände gebracht, der aber noch nicht recht mit der Sprache heraus will, da er sich auch für den Dante jetzt nicht Muße genug nehmen kann ... Das Hübsche liegt in dem ganzen Ereignisse: ein deutscher Prinz, der ganz in der Stille und ohne daß *wir* es wissen, dergleichen treibt, die Stellung Goethes dabei, kurz, in allem Bezuge vortrefflich!

Varn VI, 273f.

2349. VARNHAGEN VON ENSE AN SEINE FRAU

Bonn, 2. März 1829

Durch sein Haus will er [August Wilhelm Schlegel] eigentlich mit Goethen rivalisieren oder besser: ihn überbieten. Denn daß man dessen Wohnwesen stets so gerühmt, muß einen tiefen Eindruck auf ihn gemacht haben. Aber welch ein Unterschied zwischen dieser gesuchten, wenn auch übrigens geschmackvollen und gelungenen Eleganz und jener hervorgewachsenen, einfachen und doch erfüllten, eigentümlichen Anordnung!

Varn VI, 309

2350. VARNHAGEN VON ENSE AN SEINE FRAU

Bonn, 15. März 1829

Wir [Varnhagen und d'Alton] sprachen auch von [August Wilhelm] Schlegel. Denke Dir, der eitle Flegel hat sich hier vor ein paar Jahren in einer Mittagsgesellschaft von hiesigen Gelehrten herausgenommen, geradezu auf Goethen zu schimpfen: es sei erbärmliches Zeug, was der jetzt mache; das könne man im Schlaf; er selbst wolle gleich so hintereinander fortreden, wie jener schreibe, und dgl. Man nahm ihn beim Wort; er fing an und blamierte sich völlig; die ganze Gesellschaft zischte, scharrte mit den Füßen usw. Schlegel sagte zu seinem Tischnachbar Niebuhr: „Ich glaube, Herr Geheimer Staatsrat, Sie scharren nun auch?" – „Ja freilich", erwiderte dieser; „ich habe gleich zuerst mit angefangen." Aber die Beschämung verschlug ihm nichts; das dicke Fell bedarf anderer, schärferer Maßregeln ...

Da ich heute nicht zur Frau Kurfürstin eingeladen war, so lud ich mich bei Schlegel zu Tisch und aß mit ihm und seinem Haus- und Studiengenossen Dr. Lassen. Aber was war mir da zugedacht! Erzählen läßt sich das nicht; ich habe selbst dergleichen *so* noch nicht von mir erlebt! Schlegel, gradezu besessen vom bösen Geiste, fängt an, gegen Goethe loszuziehen. Im frechen, boshaften Übermute bis zum Wahnwitz steigend, verwirft er erst die neuen Sachen, dann auch die alten, endlich den Menschen ganz und gar! Ich hatte geschwiegen, abgelenkt, alles umsonst! Da der dumme Geck gar nicht aufhört, brech ich los, und nun sag ich Schlegeln alles, was nur gesagt werden kann. Wenn ich so frevelhafte Bosheit hörte, könne nur *er* mich dauern, denn er rede sich sein eigen Gericht. So grade würde es ihm ergehen und er auch von denen, in deren Lob er sich gefallen habe, verworfen werden. Ich sage ihm geradezu, er habe Goethen hofiert, um von ihm gelobt zu werden; da das nicht geschehen sei, räche er sich wie feiges Hofgesinde durch Lästern, und wenn der Herr erscheine, stürze es doch gleich wieder demütig in den Staub. Ich spreche ihm von Neid, Dünkel, Heuchelei, Betrug gegen das Publikum, Aufgeblasenheit, Verspottung, trauriger Gestalt. Ich warne ihn ernsthaft, es stehe schwach mit ihm; er solle nicht im Dünkel zum Kinderspott werden; vieles lasse man ihm so hingehen; trete er aber in frechster Eitelkeit ernstlich auf, so könnte ich ihn versichern – und ich kennte als ein Jüngerer den literarischen Zustand und die Stimmung in Deutschland jetzt besser als er –, daß er dermaßen würde in die Pfanne gehauen werden, daß er alle viere von sich strecken und nie mehr auf die Beine kommen würde. Ich sagte ihm, was Fichte schon vor fünfundzwanzig Jahren über ihn und seinen Bruder geäußert: sie haßten Goethen, wie sie auch ihn, Fichten, haßten, und sie lobten nur aus Neid, aus Haß und Verzweiflung. „Über Fichten haben wir uns auch sehr lustig gemacht!" sagte der Schächer. „Das hat er Ihnen reichlich vergolten", bemerkte ich. „Aber er hat seinem Spott", erwiderte Schlegel, „nicht die unsterbliche Form geben können wie ich!" So kolossal ist der Narr im Dünkel, und so erbärmlich führte er seine Sache! Zuletzt hatte er nur Angst, ich möchte das Vertrauliche wiedererzählen. Er will ja öffentlich Goethen noch immer loben und nur unter Freunden ihn heruntermachen. Er habe es um ihn verdient; nicht ein einziges Mal habe er ihn, wie doch so manchen Lumpen, „unseren Freund" genannt.

Varn VI, 361 ff.

2351. HALLING AN LUDWIG TIECK

Berlin, 21. März 1829

Seit er zurückgekehrt aus Italien, findet man seine Schriften nur im Zimmer der panartigen Gelehrten im Golde des Herzens gebunden, und das wird ihr Los sein bis an der Welt Ende ...

Mit solchen Gedanken wanderte ich, kehrte ich heim, besuchte Franz Horn und sprach ihm eines Abends in einer Damengesellschaft meine Ansicht aus, da der Lauf des Gespräches uns darauf führte. Mein obiges Wort über Goethe war ihm Ketzerei, und ohne ein Wort zur Widerlegung gebot mich seine Autorität zur Ruhe, meine falsche Ansicht einzusehen. Ich, ihres Schwertes entwöhnt, entgegnete, freilich mit einem zu rauhen Studentenausdrucke, der als solcher nicht so gewichtig sein konnte, es sei doch unleugbar in der neuesten Ausgabe seiner Schriften erbärmliches Zeug enthalten. Horn donnerte: „Wie können Sie sich unterstehen, mir das Wort auszusprechen!" Ich sagte kalt: „Man kann nie willkürlich jemandem seinen Verstand unterordnen." Er fühlte sich getroffen und schwieg. Seine Frau Gemahlin nahm auf meine Antwort jetzt sehr unzeitig das Wort und sagte: „Dann sind Sie nicht Horns Schüler, dann sollten Sie Horns Kreis meiden!" – Ich ging, er ließ mich gehen, und ich freue mich heute, daß der Nebel, in den Dankbarkeit mir den Mann hüllte, fallen durfte ...

Hier habe ich Ihnen ... die Hauptcharakterzüge unserer berlinischen Kritik über Kunst gegeben. Wen nun nicht Goethe entweder durch Mißverständnis seiner Schriften fesselt oder, wie Horn, durch zugesendete Exemplare zu geistigen Sklaven macht (wirklich empfing Horn 1825 ein Exemplar des neu aufgelegten „Werther" zum Andenken), den macht heuer Hegel kopfverdreht, teils durch den Dunstkreis seiner philosophischen Terminationsausdrücke, teils durch manche wirklich vortreffliche Ansichten, die aber wiederum einseitig und starkgläubig an Goethes späterer Richtung (nach der Mittagstunde) kleben; und um, wie es scheint, in diesem Halbjahre ganz Berlin mit Sturm für Goethe zu erobern, las er (Goethische) Philosophie der Kunst, und ein milchbärtiger Schüler von ihm, Herr Dr. Hotho, ein publicum direkt über Goethe und hatte ungefähr ein Auditorium von 400 Personen ... Wer nicht Goethe vergöttert, weil es einmal hergebracht, sondern ruhig bei sich denkt, was hätte dieser große Mann durch sein Genie seinem Volke werden können, seinem Vaterlande, seiner Kunst ohne Wanken nützen können – wer nicht, wie Hegel und Hotho, unsere alten heiligen Gesänge verdammt, kommt in den Verdacht, so wenig jenen als diese verstanden zu haben, und davor hütet sich die eitle Welt. Viel gelehrte Worte, wenn auch nur ein Gänsehirnchen dahinter; tut nichts! Der große Schnabel muß alles verdecken.

Tieck 1, 293ff.

2352. AUGUST VON GOETHE AN FRIEDRICH SCHLOSSER

Weimar, 10. April 1829

Tief empfinden wir mit Ihnen diesen Schlag des Schicksals [Christian Schlossers Tod], und wenn mein Vater im Augenblick nicht selbst schreibt, so entschuldigen Sie ihn. Es ist schwer, in einem so hohen Alter sich gleich von solchen uns so nahe angehenden Unglücke zu erholen, schwerer noch, sich darüber auszusprechen.

Schlos 116

2353. PERTHES AN RIST

Gotha, April 1829

Der zweite Teil [„Briefwechsel zwischen Schiller und Goethe“] ist inhaltsschwer, aber Schillers wegen schmerzt er mich tief. Wie hoch oder niedrig die Kritik auch Schiller als Dichter, Historiker und Philosoph stellen mag, immer wird man ihn edel und hohen Zielen nachstrebend finden müssen. Daraus vor allem erklärt sich die mächtige Einwirkung auf die Jugend nicht nur seiner, sondern jeder Zeit. In diesem Briefwechsel zeigt er sich im Geschäftsverkehr, zum Beispiel als Herausgeber der „Horen“, des „Almanachs“, kleinlich und berechnend und widerlich gereizt gegen solche, welche er zuerst gereizt hatte. Für den zarten Sinn Goethes spricht es nicht, daß er durch solche Bekanntmachung sich an dem Namen seines Freundes versündigte. Doch das beiseite, frage ich bei aller Freude an dem Schönen und Geistvollen dieser Briefe: was ist der Grund und was das Ziel der Männer, die sie schrieben? In Schiller lag ein tiefes religiöses Bedürfnis, aber gegen Goethe wagt er nur ein einziges Mal es zu berühren und nennt es gleichsam zur Entschuldigung Metaphysik, die lange nicht über seine Schwelle gekommen sei. Arme Menschen, diese großen Geister, und weit zurückbleibend hinter dem vorwärtsdringenden Gang der Zeit! Sachte schieben sie jedes Interesse an den gewaltigen Bewegungen zurück, welche unsere

August von Goethe

Zeit neu sich schuf, und haben ebendeshalb auch kein Gefühl für das Vaterland. Mit vornehmer Geringschätzung betrachten und behandeln sie von ihrer Geisteshöhe herab das Menschengeschlecht und können doch nicht lassen, kleinlich um dessen Gunst und Beifall sich abzumühen. Grade deshalb, weil meine Verehrung für Goethe und Schiller so groß ist, ergreift mich Schmerz und Unwillen über die Offenbarungen sittlichen Unwertes.

Per III, 412f.

2354. ROJEALINE AN EUDOXIA JELAGIN

23. Mai 1829

Die Wolkonskis mit Schewirow waren bei Goethe. Sie werden mit Ärger fragen: Und Sie? Ich wollte mich ihm nicht vorstellen lassen, aber einmal in Weimar, wäre es schade gewesen, ihn nicht zu sehen. Ich bat die Fürstin Wolkonski, mich als Lakai mitzunehmen, aber sie wollte davon nichts wissen und schleppte mich als unglücklichen Übersetzer des „Werther" mit ...

Er stand in der Mitte seines Salons, mit dem würdevollen Aussehen eines Ministers, aber indem er unseren Trupp gewahrte, erschrak er selbst, und es brauchte der ganzen Kunst der Fürstin, um ihn wieder in sein Gleichgewicht zu bringen. Übrigens hatte man ihr schon früher mitgeteilt, daß er mit Ausländern leicht befangen ist.

Wir haben länger als eine Stunde bei ihm gesessen, ich konnte mich an ihm satt sehen, denn man hatte mich neben ihn gesetzt. Seine Züge haben sich in mein Gedächtnis eingeprägt. Das Profil in der kleinen Einzelausgabe des „Werther" ist außerordentlich ähnlich, aber es drückt nicht die Lebendigkeit seiner Physiognomie aus und kann sie auch nicht ausdrücken. Das Porträt von Kiprensky ist auch ähnlich, aber ich glaube, daß wohl niemand Goethes Kopf in einer solchen Stellung gesehen hat. Er ist sehr würdevoll, und man bemerkt gleich, daß er außerordentlich reizbar sein muß. Sein Blick ist schwer zu ertragen und sogar unangenehm, vielleicht daher, weil seine dunklen Augen von sonderbaren hellgrauen Ringen umgeben sind und wie Vogelaugen erscheinen.

Ich habe drei in verschiedenen Zeiten von ihm gemachte Büsten gesehen, die eine, in Italien gemacht, als er dreißigjährig war, ist unbeschreiblich schön. Wie stehen ihm diese Locken, welche damals in der Mode waren. Man braucht nur diesen Kopf mit der Büste Byrons, welche daneben steht, zu vergleichen, um zu sehen, welcher von beiden Dichtern prächtiger als Mensch und Genie ist. Eine andere Büste stellt Goethe ungefähr vierzigjährig dar, und da hat er einen ganz anderen Ausdruck. Derselbe Kopf sitzt anders auf den Schultern, die gleichen Züge sind fester, und im ganzen Gesicht ist etwas Entschiedenes und Gewichtiges. In der dritten Büste ist er schon ein alter Mann und gleicht dem Goethe, wie er jetzt ist – immer noch ein seltener Kopf.

Was soll ich Ihnen vom jetzigen Goethe sagen? Er sprach viel von Napoleon, mit dem er gut bekannt war, und sagte, daß er seinen „Werther" immer mit sich geführt hat. Aber es kam zu nichts Wichtigem, zu nichts, wobei sich Goethe irgendwie geoffenbart hätte.

Die Fürstin sprach mehr als er, aber es war doch zu sehen, daß er, entgegen den hiesigen Gerüchten, sich viel Geistesfrische und Gesundheit bewahrt hat ... Beide Herzoginnen, die alte [Luise] und unsere Großfürstin [Maria Pawlowna], besuchen ihn jede Woche regelmäßig, er selbst geht aber beinahe nie mehr aus.

Gespr III/2, 410ff. Aus dem Russischen

2355. ROCHLITZ AN SEINE FRAU

Weimar, 24. Juni 1829

Welche köstliche Stunden (wahrlich, sie sind unter den schönsten meines Lebens) habe ich nun nicht zu schildern! ... Ich wurde erwartet, eingeführt, und der erste Augenblick machte mich über Goethes jetzt wieder erneutes, vollkräftiges Herbstnachblühen erstaunen; im zweiten hatte er mich schon an seine Brust gezogen, wo er mich schweigend festhielt, wie ich schweigend an seinem großen, edlen Herzen ruhte, bis er mit seiner noch so kräftigen Stimme ausrief: „Willkommen! Willkommen!“ Wir setzten uns; sein erstes Wort war die Frage nach Dir. Nach einer Weile begann er: „Ich meine, wir lassen uns noch frischer aus im Grünen und zu zweien harsch aneinander. Der Wagen steht bereit. Hab ich's recht gemacht?“ Wir fuhren fast volle zwei Stunden, erst im Park, dann der untergehenden Sonne zu. Unser Gespräch berührte nicht wenige der wichtigsten Angelegenheiten des innern Menschen, ein jeder von seinem Gesichtspunkte aus, ein jeder den des andern ehrend, aber den seinigen festhaltend. Lebenslang vergesse ich dieses Gespräch nicht. Bei ihm zurückgekommen, wollte ich mich entfernen; er ließ mich nicht. Das Gespräch wendete, erst im Garten, dann auf dem Zimmer, sich ... irdischer, besonders auf Schiller und dessen innern Lebensgang. Wie liebenswürdig begeistert sprach der große Mann von dem großen Rival!

GoeRo 454f.

2356. NIEBUHR AN UNBEKANNT

Bonn, Sommer 1829

Unsere Väter, ehe wir, nun Bejahrte, geboren wurden, erkannten im „Götz“ und den andern Gedichten eines jungen Mannes, der dem Valerius in seinem ersten Konsulat an Alter gleich war, den Dichter, der über alle, die unser Volk zählte, weit hervorrage und nie übertroffen werden könne. Diese Anerkennung genießt Goethe seit mehr als einem halben Jahrhundert. Schon blickt das dritte Geschlecht reifer Männer zu ihm hinauf als dem Ersten der Nation ohne einen Zweiten und Nebenbuhler, und die Kinder vernehmen seinen Namen wie einst unter den Griechen den des Homeros. Er hat es erlebt, daß unsere Literatur, vor allem seinetwegen, vom Ausland anerkannt und geehrt ist.

Aber überlebt hat er in ihr die Zeit der Dichtung und der Jugend und ist einsam übriggeblieben.

Möge er dennoch, seiner ewigen Kraft froh, noch lange heiter unter uns verweilen, von uns als Greisen die nämlichen Huldigungen empfangen, die wir als Knaben ihm weihten. Möchte ich ihm diese Geschichte [„Römische Geschichte"], welcher er seine Gunst schenkt, vollendet darbringen können!

Bode III, 324f.

2357. ROBINSON IN SEINEM TAGEBUCH

Jena, 2. August 1829

Dann gingen wir zu dem kleinen Hause im Park, wo wir sogleich zu dem großen Manne vorgelassen wurden. Ich war betroffen von der herzlichen Aufnahme, und da diese Herzlichkeit während zweier fesselnder Unterhaltungen noch zunahm, so wuchs auch in mir das Gefühl meiner Unwürdigkeit und störte mir nun das sonst so köstliche Entzücken, das mehrere Stunden Gespräch hervorgerufen haben ...

Zurück zu Goethe um 6 Uhr. Ich fürchtete, ihn zu lange aufzuhalten, und wir blieben nur anderthalb Stunden. Er war in einem Maße freundlich, das ich mir nicht erklären kann, namentlich indem er ausforschte, wann ich wiederkäme. Er drängte, daß ich ein paar Tage in Weimar zubringen möchte, da er mich so viel zu fragen habe, und beim Abschied küßte er mich dreimal! ...

Ich komme nicht umhin zu bemerken, daß Goethe, obwohl er die Runzeln eines alten Mannes hat, doch immer noch die Stimme eines Menschen besitzt, der über eine gesunde Lunge verfügt und in grünendem Alter steht. In wenigen Wochen wird er 80 Jahre alt! Er hört ziemlich schwer, aber sein Gedächtnis ist noch stark. Noch keine Spur von Verfall.

Gespr III, 437ff. Aus dem Englischen

2358. ROBINSON IN SEINEM TAGEBUCH

Weimar, 13. August 1829

Um 5 Uhr ging ich wieder zu Frau von Goethe, und um 6 Uhr begleitete ich sie zum Dichter ins Gartenhäuschen. Dieselbe herzliche Aufnahme – und eine höchst freie und angenehme Unterhaltung zwei Stunden lang. Ich glaubte aber diesmal an ihm mehr vom alten Manne zu spüren, als ich neulich bemerkte, vielleicht weil er heute weniger erregt war. Aber jeder Ausdruck eines Gefühls war duldsam, milde, freundlich. Er freute sich offenbar über meine gute Kenntnis seiner Schriften und hörte gern etwas über die Ausbreitung seines Ruhms in England.

Gespr III, 448. Aus dem Englischen

2359. ROBINSON IN SEINEM TAGEBUCH

Weimar, 18. August 1829

Ich ging zum letzten Male zu Goethes Gartenhäuschen, einem Platze, der von allen Menschen heilig gehalten werden sollte und gewißlich auch wird. Es ist wirklich nur ein Häuschen. Er wohnt dort in kleinen und fast unmöblierten Zimmern, seine Gäste empfängt er in bestimmten Stunden. Fremde stellen sich seiner Schwiegertochter vor, und so entgeht er unangenehmen Überraschungen.

Gespr III, 457. Aus dem Englischen

2360. ODYNIEC AN KORSAK

Weimar, 20. August 1829

Das Haus ist klein, einstöckig; es muß gemauert sein, denn es ist weiß und mit Weinlaub überzogen. Der Salon, in dem wir warteten, ist geräumig, bescheiden ländlich möbliert und hat keine Parketten, sondern einen braun eingelassenen Fußboden. Im Kamin, der so rein gekehrt war, als hätte darin nie ein Feuer gebrannt, lag ein entzweigerissenes

Papierblättchen. Ich hob die eine Hälfte auf; Adam [Mickiewicz] erkannte die Handschrift Goethes ..., und wir nahmen es zum Andenken mit. Es war irgendein Fragment über Physik. Wir warteten, halblaut sprechend, beinahe eine Viertelstunde. Adam fragte, ob mir das Herz poche ... Da hörten wir oben Schritte. Adam zitierte mit Nachdruck den Vers aus Zgierskis „Ciszka“: „Man hört ein Gehen und ein hohes Schreiten“, und kaum, daß wir uns zu diesem im Augenblicke passendsten Zitate erkühnten, öffnete sich die Türe, und herein trat – Jupiter! Mir wurde heiß. Und ohne Übertreibung, es ist etwas Jupiterhaftes in ihm. Der Wuchs hoch, die Gestalt kolossal, das Antlitz würdig, imponierend, und die Stirne! – gerade dort ist die Jupiterhaftigkeit. Ohne Diadem strahlt sie von Majestät. Das Haar, noch wenig weiß, ist nur über der Stirne etwas grauer. Die Augenbrauen klar, lebhaft zeichnen sich noch die Augen durch eine Eigentümlichkeit aus, nämlich durch eine lichtgraue, wie emaillierte Linie, welche die Iris beider Augen am äußeren Rande rings umfaßt; Adam verglich sie dem Saturnusringe. Wir sahen bisher bei niemand etwas Ähnliches. Er trug einen dunkelbraunen, von oben bis herab zugeknöpften Überrock. Auf dem Halse ein weißes Tuch, das durch eine goldene Nadel kreuzweise zusammengehalten wurde; kein Kragen. Wie ein Sonnenstrahl aus Gewölke verklärte ein wunderbar liebliches, wohlwollendes Lächeln die Strenge dieser Physiognomie, als er schon beim Eintritte uns mit Verbeugung und Händedruck begrüßte und dazu sprach: „Pardon, messieurs, que je vous ai fait attendre ...“ ...

„Wie zum Teufel gescheut ist der!“ Das war das erste Wort Adams, als wir die Treppe hinabgingen.

Od 44ff. und 49

2361. ODYNIEC AN KORSAK

Weimar, 24. August 1829

Neulich fand er [August von Goethe] bei mir die „Römischen Elegien“ seines Vaters, die mir der Schneider, mein Bekannter von der Kegelbahn her ..., geliehen hatte. Als er sie erblickte, verwunderte er sich außerordentlich, daß er sie nicht kenne. Als er aber einige Blätter durchgesehen, begriff er leicht, warum sie ihm der Vater nicht zum Lesen gegeben, versprach aber lachend, ihn darüber zur Rede zu stellen. Adam [Mickiewicz] riet ihm, das nicht zu tun, da es den Vater möglicherweise in Verlegenheit setzen könnte. Doch Herr August war nicht dieser Ansicht, erzählte uns im Gegenteil eine Menge noch nicht gar alter romanhafter Geschichtchen, indem er seine Rede ausdrücklich damit schloß: „qu'il est capable de s'amouracher encore aujourd'hui."

Od 57f.

2362. ODYNIEC AN KORSAK

Weimar, 24. August 1829, um 11 Uhr nachts

Goethe, der nicht länger als eine Stunde blieb, stand fortwährend in der Mitte des Salons wie eine Bildsäule von Stein, und die Herren standen um ihn herum wie eine Gruppe von Stein. Auch die Damen saßen unbeweglich wie Galatheen im weiteren Kreise und sprachen nur stille untereinander. Und sie verloren durchaus nichts bei diesen verständigen Gesprächen über die Gesteine, welche von Büsten, Bildsäulen, Denkmälern zu Türmen, Domen, Obelisken, Pyramiden und endlich bis zum Turme Babel gerieten...

Während des ganzen Abendes sprach Goethe nur ein einziges Mal von etwas anderem als von Steinen, und zwar mit mir, indem er mich sehr freundlich fragte, wie ich mich in Weimar unterhalte und ob ich schon das Vogelschießen gesehen habe. Dabei ließ er sich herab, mir zu erzählen, daß man anderwärts mit dem Bogen schieße (was ich auch ohne ihn gewußt hatte), und fügte hinzu: „Il faut, que je vous fasse voir cela." Ich bin neugierig, auf welche Art; aber zu fragen wagte ich nicht. Herr August und Frau Ottilie meinen, er sei gegen mich überaus freundlich, und mir selber scheint es so. Denn heute zum Beispiel richtete er an Herrn Victor Pavie, der sich in einer ähnlichen Lage wie ich befindet, nicht ein einziges Mal das Wort, sondern beantwortete seine freilich unbedeutenden und kecken Anreden trocken und mit einer Art Widerwillen.

Od 64ff.

2363. ODYNIEC AN KORSAK

Weimar, 25. August 1829, abends

Ein prächtiger Indian mit Trüffeln auf dem heutigen Mittagstische – beinahe wie ein Symbol der Gespräche Goethes beim Essen ... Goethe sagte darauf freilich nichts Derartiges, was das Blut und den Atem zum Stocken gebracht hätte ... Aus allem aber, was er sprach, war ein so tiefer, durchgebildeter und klarer Geist zu spüren, daß man vom bloßen Anhören ganz bestimmt an Weisheit zunahm ...

Ich traf sie [d'Angers und Mickiewicz] bei der Fortsetzung des Mittagsgespräches an ... Und ich muß Dir gestehen, daß mir Adam dabei größer als Goethe erschien. Dort der bloße Verstand, hier sowohl Verstand als Gefühl und beinahe prophetisches Schauen. Die Gedanken, welche Goethe aussprach, sind wie harte, glänzende, schon in der Münze kalt ausgeprägte Taler, welche man bei sich tragen kann. Die Gedanken Adams fließen wie geschmolzenes Erz, das sich in Dein Inneres ergießt. Jetzt erst verstand ich, warum er bei Tische schwieg. Er dachte gewiß das, was er jetzt sprach, wollte aber dort nicht sprechen, um nicht mit Goethe zu rivalisieren. David [d'Angers] war entzückt, besonders als die Rede auf den Geist und den Beruf Frankreichs kam ...

Od 66f. und 70f.

2364. ODYNIEC AN KORSAK

Weimar, 27. August 1829, um Mitternacht

Der heutige Abend bei Frau Ottilie war ein Ballabend – der Polterabend des morgigen Festes. Die ganze Gesellschaft Weimars und die von allen Seiten hergekommenen

Gäste füllten die reichbeleuchteten Salons. Man sprach die Gratulation noch nicht formell aus, man spürte sie aber in allem. Alle Damen in glänzender Toilette, die Herren mit weißen Halsbinden, auf den Tischen große Bouquets, überall festliche Kleidung und Drapierung. Goethe war als Sonne und Idol des Festes der Zentralpunkt, gegen den alles gravitierte. Die Menge folgte ihm; bei seiner Annäherung verstummte das Gespräch und lauschte man nur auf seine Worte. Er beteilte damit, langsam den Salon umschreitend, wohlwollend alle ... Trotz des wohlwollenden Sprechens und Lächelns konnte man aber unschwer erkennen, daß es nur eine angenommene Rolle sei, die er nur aus Zwang und des Anstandes wegen spielte. Auf seinem Statuengesichte war weder Bewegung noch Lebhaftigkeit zu gewahren. Auch seine Gegenwart wirkte durchaus nicht belebend. Solange er im Salon verweilte, bewegte sich das Gespräch wie in Fesseln; erst als er sich inkognito auf seine Zimmer zurückzog (das war etwa um 10 Uhr), wurde das Gemurmel allmählich lauter, bis zuletzt der ganze Salon davon erfüllt wurde.

Od 75ff.

2365. ODYNIEC AN KORSAK

Weimar, 28. August 1829

Sobald er uns [Odyniec und Mickiewicz] eintreten sah, ging er aus dem ihn umgebenden Männerkreise auf uns zu, reichte uns die Hand und erwiderte auf unsere wenigen glückwünschenden Worte: „Je vous remercie, messieurs; je vous remercie sincèrement." Darauf mischten wir uns in den Schwarm von Gästen ...

David [d'Angers] und uns mit ihm führte Goethe selber hin, entzückt von der harmonischen Schönheit der Einzelheiten und des Ganzen. Später sah ich von weitem, wie er allein wieder hinzutrat, sie mit Aufmerksamkeit betrachtete und dabei die Hände und Finger bewegte, als wenn er mit jemandem spräche. Im allgemeinen war heute bei ihm unvergleichlich mehr Leben und Gefühl zu gewahren als gestern.

Od 88f.

2366. LUISE GROSSHERZOGIN VON SACHSEN-WEIMAR-EISENACH AN KAROLINE VON FREYSTEDT

Weimar, 28. August 1829

Ich bitte meiner Schwester [Amalie Markgräfin von Baden] zu sagen, daß heute der Geburtstag Goethes ist, der 80 Jahre alt wird. Er ist für sein Alter erstaunend, da er viel jünger aussieht, sich sehr gerade hält und mit sehr festem Schritt einhergeht. Alles interessiert ihn, die Wissenschaften wie die Literatur und die Politik. Mit einem Worte, er nimmt lebhaften Anteil an allem, was in der Welt vor sich geht, und also steht es zu hoffen, daß man ihn noch ziemlich lange erhalten wird.

GoeJb XXIII, 225. Aus dem Französischen

2367. REINHARD AN WESSENBERG

Frankfurt, 28. August 1829

Sie möchten wissen, was Goethe über die neue französische Literatur denkt. Hier ist ein Auszug aus dem letzten Brief [vom 18. Juni], den er mir geschrieben hat. Er hat zum Zusammenfassen, Verallgemeinern und praktischen Anwenden ein einziges Talent durch Erfahrung und durch Beobachten erworben. Wir werden heute einhundert Mann sein, um seinen achtzigsten Geburtstag im Forsthaus zu feiern.

GoeJb XI, 61. Aus dem Französischen

2368. ODYNIEC AN KORSAK

Weimar, 29. August 1829

... kaum waren wir aus dem Theater draußen [nach der Aufführung des „Faust"], so fragte ich ihn [Mickiewicz] gleich: „Was nun?" Er hörte es aber nicht oder wollte es nicht hören – genug, er sagte kein Wort. Ich konnte mich aber nicht halten und begann mich auszusprechen. Auf dem ganzen Wege vom Theater zur Soiree hörte er zwar zu, blieb aber stumm wie eine Mauer. Das verwirrte mich ein wenig und kühlte meinen Eifer ab. Und als ihn Goethe fragte, welchen Eindruck er vom „Faust" auf der Bühne, für die er doch nicht geschrieben wurde, erhalten habe, erging er sich zwar über die einzelnen Szenen, erwähnte aber des Ganzen mit keinem Worte. Und Goethe mochte darüber wohl betroffen sein; denn er sah ihn mit durchdringendem Blicke an, als erwarte er noch etwas, und fragte nicht weiter. Auch mich haben einzelne Szenen ungemein interessiert. So lachte ich zum Bersten über die Liebeleien zwischen Mephistopheles und Martha. Und die Szene Fausts mit Gretchen im Kerker erschütterte mich so sehr, daß ich trotz allen Schämens und mächtigen Bemühens ... nicht imstande war, nicht nur die Tränen, sondern, was noch schlimmer war, ein lautes Schluchzen zurückzuhalten, was sich mir zum Ärger gewaltsam aus der Brust vordrängte. Frau Rosa (Vogel) hatte nichts Angelegentlicheres, als es bei der Soiree Goethe sogleich zu erzählen, was mir ein solches dankbares Anblicken und Lächeln und zuletzt ein Gespräch (zwar nicht über den „Faust", sondern über das Klima bei uns und in Italien ...) verschaffte ...

Od 96 f.

2369. ODYNIEC AN KORSAK

Weimar, 31. August 1829, um Mitternacht

Abends bei Frau Ottilie kam Papa Goethe nach 8 Uhr und verweilte beinahe zwei Stunden ... Als er mir dann zum letzten Abschiede die Hand reichte, ergriff ich sie mit lauterer Rührung, und indem ich sie unterhalb des Ellbogens küßte, bat ich ihn um seinen Segen. Es mußte ihn nicht beleidigt haben, denn er faßte mich darauf an den Achseln und küßte mich auf die Stirne und nahm auf dieselbe Art von Adam [Mickiewicz] Abschied, der ihn auf die Achsel geküßt hatte ...

Im Fortgehen nahm er die Kerze vom Tische, und an der

Türe stehenbleibend, wandte er sich nochmals um und neigte die Hand wie vom Munde zu uns. Die Türe schloß sich, und wir werden ihn gewiß nie wiedersehen.

Od 142f.

2370. PEUCER AN BÖTTIGER

Weimar, 19. September 1829

Goethes einundachtzigster Geburtstag wurde von einer kleinen Zahl Eingeweihter und nächsten Freunde durch ein Mittagsmahl im Gasthause Zum Erbprinzen gefeiert. Schon mehrere Wochen vorher hatte der alte Herr geäußert, er wünsche keine Feier, da sein Geburtstag, nachdem der selige Großherzog tot sei, keine Bedeutung mehr habe. So war es noch, als der Kanzler von Müller seine Reise nach Italien antrat. Nachher ist man aber in den nächsten Umgebungen Goethes doch wieder auf die Sache zurückgekommen, und da Weimar hinter den übrigen Städten Deutschlands doch nicht ganz zurückbleiben und allein schweigen konnte, während an allen Orten und Enden gedichtet und gejubelt wurde, so gab er zuletzt seine Einwilligung; jedoch sollte alles möglichst still und geräuschlos, ohne großes Aufsehen gemacht werden. So kam es denn, daß nur neunzehn Personen sich zu einem traulichen Festmahle im Erbprinzen, in einem abgelegenen Zimmer hinten hinaus, zusammenfanden, wozu noch dreizehn Fremde aus mehreren Städten Deutschlands und des Auslandes hinzugezogen wurden, die sich eben hier befanden. Am Morgen hieß es, Goethe werde nach Berka fahren, um den Gratulationen auszuweichen. Indessen war aber am frühesten Morgen das in einer Kiste angekommene Geschenk des Königs von Bayern (eine Niobide) ausgepackt worden ..., die übrigen Gaben und Festgeschenke waren reichlich und sinnig ... ausgebreitet, und als nach 7 Uhr der Gefeierte, von seiner Familie begleitet, in die Zimmer tritt, um sich die schönen Sachen und Widmungen zeigen zu lassen, so vergeht die Zeit ganz unvermerkt, und siehe da, es melden sich schon einige Freunde und Freundinnen des Hauses, sie werden eingelassen, es kommen andere hinzu, und kurz, die Reise nach Berka muß aufgegeben werden, der alte Herr mußte im Negligé anwesend bleiben, und schnell verbreitete sich die Nachricht, Goethe bleibe hier und nehme Glückwünsche an. So machte ich mich denn ebenfalls auf den Weg und trat nach 11 Uhr ein. Die Zimmer waren noch voll. Man ging ab und zu. Er war sehr heiter, ging umher, sprach, stand wieder still und hat sich die ganze Zeit über nicht gesetzt. Seine Haltung war gerade, sein Auge lebhaft und mild. Eine Menge Glückwünschungsbriefe und Gedichte lagen auf der Tafel; den Brief des Königs von Bayern aber hatte er an sich genommen. Wir hatten nachher an unserer Festtafel den Genuß, ihn vorlesen zu hören.

GoeJb I, 349f.

2371. ROCHLITZ AN BÖTTIGER

Leipzig, 22. September 1829

Die acht Tage, die ich Anfang Julius mit Goethen, aber auch gänzlich mit ihm, verlebt habe, gehören unter die angenehmsten meines Lebens; und unter die angenehmsten nicht allein. Es ist nicht zu sagen, wie heiter, eingänglich, liebenswürdig der Achtziger ist. G[oethe] ist dies nie in diesem Grade und dieser Beharrlichkeit gewesen.

GoeJb I, 352

2372. REINHARD AN WESSENBERG

Frankfurt, 26. Oktober 1829

Ich habe bei Goethe meinen neunundsechzigsten Geburtstag gefeiert; vor sechs Jahren beging ich den 2. Oktober ebenfalls bei ihm. Ich hatt ihn nie so herzlich gesehn. Im allgemeinen hat ihm das Alter, unbeschadet der erstaunlichen körperlichen und geistigen Kraft, die er sich bewahrt hat, (hier noch ein deutscher Ausdruck) eine *Milde* verliehen, die alle bemerken, die ihn kennen.

GoeJb XI, 62. Zum Teil aus dem Französischen

2373. STACKELBERG AN AUGUST KESTNER UND EDUARD GERHARD

Dresden, 15. November 1829

Der alte, einzige Sänger kam mir mit Achtung und Freundschaft entgegen, überraschend bei seinem allbekannten Ernst und bei der Vergötterung, die er in seinem Leben erreicht hat. Wie er andre behandelt, das habe ich an dem Kanzler Müller gesehen ... Denn er verstummt, sobald er jemand nicht gern mag, geht ans Fenster und nimmt ein Buch in die Hand ... Während fünf ganzer Tage ließ er mich doch nicht los ...

Es war eine Lust, den Alten mit Kindern, die immer ab und zu bei ihm vorkamen, sprechen zu hören; denn er hat eine rührende Art, sich mit ihnen zu unterhalten, und spricht dann ganz in ihrem Sinne; drum sie auch an ihm hängen und ganz mit ihm vertraut sind. Ich könnte nicht aufhören, von ihm zu erzählen, so hat er mich bezaubert, so schlicht und naiv ist sein Reden, so ungekünstelt und ungewählt sind seine Worte und immer treffend; er hat die Natursprache in seinem Besitz. Ich war froh, wenn ich allein sein konnte und über ihn nachdenken ...

Goethes Gesicht ist, den festen, ernsten Charakterausdruck abgerechnet, nicht mehr schön zu nennen. Die Nase ist sehr stark geworden, denn die Haut hat sich hüglig erhoben; die Augen stehen schräg, denn die äußeren Augenwinkel haben sich stark gesenkt; die Augensterne sind kleiner geworden, weil sich durch eine starartige Verbildung ein weißer Rand umhergegossen hat. Er geht mit den Füßen schurrend auf dem Boden, aber dennoch über die Treppen herunter, ohne sich anzustützen oder den Arm eines Begleiters zu brauchen. Rauch hat eine kleine Figur von ihm modelliert ..., die ihm sehr ähnlich ist, im Überrock, die beiden Hände auf dem Rücken zusammengefaßt, wie er oft zu tun pflegt.

GoeJb XIII, 87–90

2374. SCHWAB AN GRIES

Stuttgart, November 1829

Der fünfte und sechste Band des Briefwechsels zwischen Schiller und Goethe lockt sehr an. Goethe wird immer wärmer. Aber die Dedikation [in Band 6] an den übrigens sehr ehrenwerten König Ludwig im servilsten Kanzleistil! Daran werden sich die Feinde halten!

Gries 158

2375. AMALIE VON STEIN AN FRIEDRICH VON STEIN

Kochberg, 11. Dezember 1829

Der alte Goethe war neulich unwohl, doch nicht von Bedeutung. Aber sein Sohn hatte sich bedeutend erkältet bei einer nächtlichen Ruhe vor oder hinter der Comédie, wo ihn die Engländer fanden und nach Hause schafften. Es ist recht betrübt für seine Frau, dieses Betrinken. Es scheint mir, als wenn die Laster der Mutter oft noch mehr auf die Söhne forterbten als die der Väter.

Fritz von Stein II, 271

2376. RIST? AN PERTHES

1829 oder 1830

Mit Ekel erfüllt mich das Jauchzen der Enthusiasten über den Gewinn, hohe Geister hinter dem Vorhange und in der Nachtmütze belauschen zu können. Lehrreich aber für alle bleibt es zu sehen, welche Not und Mühe auch solchen Männern das Arbeiten und Schaffen machte. Beinahe Mitleiden habe ich darüber gehabt, wie die beiden sich mit den dürren, klappernden ästhetisch-philosophischen Terminologien und Definitionen herumbalgen, ohne von der Stelle kommen zu können. In summa ist mir aus dem Briefwechsel [zwischen Schiller und Goethe] der naive Stier an der Ilm, wie Claudius ihn einmal nannte, doch lieber geworden als der sentimentale Jenenser.

Per III, 413

1830

2377. ECKERMANN AN AUGUSTE KLADZIG

Weimar, 7. Januar 1830

Gestern konnten Sie einen glücklichen Menschen sehen, und zwar hatte Goethe mich so glücklich gemacht ...

Ich habe über unsere künftige Fortdauer die höchsten Aufschlüsse erhalten, die ich aber nicht verraten darf. Soviel aber weiß ich, daß ich von nun an nicht von Ihnen lassen und nicht aufhören werde, auf Ihre Entwicklung und Vervollkommnung zu wirken, soviel ich nur kann. Ich bin unendlich glücklich, so daß ich gestern abend fast außer mir war ...

Auch über Schauspielertalent habe ich viel Neues erfahren, das ich Ihnen mitteilen will, mündlich oder schriftlich, sobald ich mehr Ruhe habe. Niemand hat einen Begriff, wie groß Goethe ist.

EL I, 449

2378. AUGUST WILHELM SCHLEGEL AN LUDWIG TIECK

Bonn, 15. Januar 1830

Den Briefwechsel [zwischen Schiller und Goethe] habe ich erst jetzt gelesen: Du kannst denken, welchen Eindruck er auf mich gemacht hat. Oft habe ich gelacht, oft großes Erbarmen mit beiden gehabt, besonders aber mit dem kranken Uhu Schiller. Daß er nicht bloß auf Friedrich [Schlegel], sondern auch auf mich einen so unversöhnlichen Haß geworfen hatte, war mir doch einigermaßen neu. Mir ist es recht lieb; er ist nun vogelfrei für mich, da mir bisher die Rücksicht auf ein ehemaliges Verhältnis immer noch Zwang antat. Mit Goethe hatte ich in jener Zeit keine

August Wilhelm Schlegel

Ursache unzufrieden zu sein, er benahm sich ganz loyal gegen mich, auch war er viel zu klug, um sich, wie Schiller, zu überreden, wir jungen Leute wären gar nicht da und würden nie etwas in der Welt bedeuten. Auf Goethe bin ich eigentlich nur deswegen böse, weil er durch Bekanntmachung solcher Erbärmlichkeiten sich und seinen Freund so arg prostituiert. Eine der lustigsten Partien ist die von dem Kunst-Pavian [Johann Heinrich Meyer] und die enthusiastische Bewunderung der beiden großen Männer für ihn. Das arme abgeschabte Tier wird nun hier auf den Jahrmarkt gebracht, um genärrt zu werden, nachdem offenkundig geworden, daß es weder zeichnen noch malen, weder sprechen noch schreiben, weder denken noch imaginieren kann.

Ich habe etwa zwanzig Briefe von Schiller und dreißig von Goethe. Was meinst Du, soll ich diese nun bei dieser Gelegenheit drucken lassen und eine kurze Erzählung meiner persönlichen Verhältnisse mit beiden beifügen? Wäre es nicht vielleicht auch gut, die Aufsätze von Friedrich [Rezensionen der „Horen" 1796 und des Schillerschen „Musenalmanachs" für 1797], welche den großen Haß entzündet haben, wieder abdrucken zu lassen?

TieckSchl 197f.

2379. STACKELBERG AN AUGUST KESTNER

Dresden, 29. Januar 1830

Ich wurde grade damals durch das Eintreten des Kanzlers Müller ... verhindert, weiter darin einzugehen, und dieser langweilige gebildete Mann ... wurde darauf so sonderbar von dem Dichter behandelt, daß ich ihn aus der Verlegenheit ziehen zu müssen glaubte; denn nach ein paar trockenen Worten Erwiderung ließ Goethe den großen Staatsmann sitzen, ging ans Fenster und nahm ein Buch in die Hand, in welchem er fortlas, bis der Kanzler fortgegangen war. So behandelte er ihn für die Störung, und ich mußte die Konversation in seinem Hause führen! Der Kanzler schien aber an solche Launen gewöhnt, ließ sich nicht stören und quälte mich am Ende auch mit Gesprächen eine Stunde lang, so daß ich nachher von Goethe über meine Gutmütigkeit, ihm geantwortet zu haben, ausgelacht wurde, worauf ich ihm bemerklich machte, daß ich auch einen Unbekannten gern aus einer Verlegenheit zöge, und der treffliche Alte mich umarmte. Sein Leben in Weimar ist durchaus nicht, wie es sein sollte. Er bringt [es] fast immer auf dem kleinen hübschen Landhause im Park zu, wo er mir wie Rousseau erschien, abgeschieden von der Welt, nur in sich selbst lebend und durch Journäle und Zeitungen von allen Gegenden dem Lauf der Begebenheiten und der Entwicklung des Geistes zusehend, indem er seine eigenen Sachen sammelt und zu der Cottaischen Herausgabe fördert. So ist er denn vielfach beschäftigt und pflanzt im Frühjahr selber seine Malven von allen bunten Farben, die, wie er selbst sagte, in ihren bunten Röcken an hohen Stöcken hinaufgezogen, Schildwache bei seinem Spaziergange halten.

GoeJb XIII, 91

2380. KAROLINE GRÄFIN VON EGLOFFSTEIN AN IHRE MUTTER

Weimar, 13. Februar 1830

Übrigens wird der 16. noch mit Diner und Ball gefeiert werden, und am Mittwoch, wo einige Stunden lang ein plötzliches Ende [der Großherzogin Luise] vorauszusehen war, hat der Großherzog [Karl Friedrich] bei Häselers auf einem thé dansant selbst getanzt. Die Leute sind hier alle trostlos, und die Anhänglichkeit der geringern Klasse wird immer geringer. Und niemand hat den Mut, das rechte Wort zu finden und den wahren Rat zu geben! ...

Goethe soll trostlos sein.

Eg 326f.

2381. AMALIE VON STEIN AN FRIEDRICH VON STEIN

21. Februar 1830

Goethe lebt im verborgenen und nimmt Huldigungen von Fürstlichkeiten an. Die Großfürstin [Maria Pawlowna] war nach dem Tode der Großherzogin schon bei ihm. Er war durch Vogel auf diesen Fall vorbereitet und hat sich ziemlich drein gefunden. Im ganzen stumpft das hohe Alter doch sehr die Gefühle ab ...

Fritz von Stein II, 273

2382. SORETS ERINNERUNGEN

Weimar, 24. Februar 1830

Heute verbrachte ich bei Goethe eine peinliche Viertelstunde; er schien sich nicht wohl zu fühlen, gab mir einiges zu lesen und ging dann in sein Schlafzimmer, um etwas zu ruhen; nach wenigen Augenblicken war er wieder da, in merklicher Aufregung, die er zu verbergen suchte, ganz rot im Gesicht und vor sich hin murmelnd und seufzend; ich tat so, als ob ich mit gesteigerter Aufmerksamkeit in meine Lektüre vertieft sei, um ihm Zeit zu lassen, sich zu beruhigen; doch hörte ich ihn zweimal ausrufen: „Oh, das Alter! das Alter!", als wenn er sein Alter für irgendein Gebrechen verantwortlich machen wolle. Dann setzte er sich mit ziemlicher Mühe nieder. Wölfchen kam herein und streichelte ihn, und Goethe erwiderte die Liebkosungen zärtlicher als sonst, aber immer noch in starker Gemütsbewegung. Dann stand er wieder auf und flüsterte, gegen das Fenster gewandt, unverständliche Worte; ich hielt es für besser, zu gehen, und verabschiedete mich. Friedrich [Krause] versicherte mir, sein Herr leide unter keinerlei Beschwerden, er fühle sich sogar besser als gewöhnlich; schließlich genügt ein wenig Harnverhaltung, um diesen Zustand zu erklären, besonders bei einem Manne, der, wenn er allein ist, gern laut vor sich hin zu sprechen pflegt und immer aus einer Mücke einen Elefanten macht.

Doch beschlich mich ein Gefühl der Traurigkeit, als ich Goethe so schmerzliche Klagen über sein Alter ausstoßen hörte.

Sr 386. Aus dem Französischen

2383. SORETS ERINNERUNGEN

Weimar, 8. März 1830

Als ich heute abend zu Goethe kam, war er gerade dabei, eine Kiste auszupacken, die David aus Paris geschickt hatte. Sie enthielt allerlei interessante Dinge wie Gipsmedaillons hervorragender Persönlichkeiten und eine Masse Bücher der ganzen Romantischen Schule, Sainte-Beuve, Ballanche, Hugo, Balzac usw.; jedes war mit einer handschriftlichen Widmung des Autors versehen ...

Wolf ist der Liebling des Großpapas, ich treffe ihn sehr oft bei ihm; Walther, das arme Kerlchen, wird etwas vernachlässigt, er hat kein so liebenswürdiges Wesen wie der jüngere Bruder und weiß nicht so zärtlich zu schmeicheln. „Sehen Sie hier das gute Kind", sagte Herr von Goethe heute abend zu mir, „alle Abende bringt es seinen Großvater zu Bette, nimmt ihm sein Halstuch ab und bindet ihm eines für die Nacht um." Da Wolf gähnte, sagte ich ihm, er solle schlafen gehn. „Nein, noch nicht!" rief er, „es ist noch nicht 9, ich muß erst Großpapa zu Bett bringen!"

Gelegentliche Andeutungen verraten, daß sich Goethe jetzt oft mit dem Gedanken an den Tod beschäftigt, denn er klammert sich mit seiner ganzen Kraft an das, was ihn mit dem Leben verbindet, und nicht selten spielt er darauf an. So noch heute abend bei Gelegenheit der angekommenen Bücher. „Solch eine Sendung", sagte er, „ist eine kräftige Lebensstärkung."

Sr 394f. Aus dem Französischen

2384. ECKERMANN AN JOHANNE BERTRAM

Weimar, 20. März 1830

Es ist in diesen Tagen so gut wie entschieden, daß ich mit Herrn [August] von Goethe in einigen Wochen nach Italien gehe ...

Meine Gedichte in bezug auf den König von Bayern sind seit acht Tagen fertig. Goethe hat mich sehr gelobt. Er sagte, ich hätte die Kühnheit von Lord Byron und das Ruhige von ihm, welches freilich zwei große Eigenschaften sind. Er läßt sie jetzt abschreiben und wird sie in diesen Tagen fortschicken. Der König geht auch nach Italien, und wir sehen ihn vielleicht auf der Insel Capri, wo wir denn wahrscheinlich freundlich aufgenommen werden ...

Goethe hat das nötige Geld für uns bewilligt. Auch werden wir überall in den großen Städten von Gesandten, Künstlern und Gelehrten gut aufgenommen werden, und man wird Goethes Sohn die Ehre und Liebe erweisen, die man gerne dem Vater antun möchte. Ich werde viel sehen, viel beobachten, viel lernen und sicherlich bedeutender zurückkommen, als ich hingehe. Auch werde ich dadurch in den Augen der Welt gewinnen.

E 95f.

2385. BÖTTIGER AN ROCHLITZ

Dresden, 27. März 1830

Goethes „Zweiter Aufenthalt in Rom“ liegt seit vierzehn Tagen auf dem Tischchen an meinem Bette. Das ist ein seltener Genuß! Wie müssen sich Pickelheringe in unserer Literatur, wie der sein Talent schändlich mißbrauchende Menzel, bei solchen Erscheinungen gebärden!

GoeJb XVIII, 156

2386. KANZLER VON MÜLLER AN REINHARD DEN JÜNGEREN

Weimar, 30. März 1830

Goethe junior reist in vier Wochen auf sechs Monate nach Italien, sich physisch und moralisch neu zu beleben. Der alte Herr ist wohler und frischer als seit lange; ja er hat bereits einen Mittag in seinem Ilmgarten zugebracht.

Mü 358

2387. BÖRNE AN JEANNETTE WOHL

Frankfurt, 30. April 1830

Die Briefe [zwischen Schiller und Goethe] ergötzen mich bloß, weil sie mir Langeweile machen. Etwas weniger langweilig, würden sie mich entsetzlich langweilen. Wären sie gefällig, was wär's? Schiller und Goethe! Aber daß unsere zwei größten Geister in ihrem Hause, dem Vaterlande des Genies, so nichts sind – nein, weniger als nichts, so wenig –, das ist ein Wunder, und jedes Wunder erfreut, und wäre es auch eine Verwandlung des Goldes in Blei.

Wasser in Likörgläschen! ...

Anfänglich schreibt Schiller: „Hochwohlgeborner Herr, Hochzuverehrender Herr Geheimrat!" Nun, diese Etikette hört freilich bald auf; aber es dauert noch lange, bis Schiller Goethes Hochwohlgeburt vergißt, und nur einmal in zehen Jahren ist er Mann genug, ihn „mein Freund, mein teurer Freund" zu nennen. Goethe aber vergißt nie seine Lehnsherrlichkeit über Schiller, man sieht ihn oft lächeln über dessen Zimperlichkeit und ihn als einen blöden Buchdichter genädig und herablassend behandeln! Er schreibt ihm: „Mein Wertester, mein Bester" ...

Mich ärgert von solchen Männern das pöbelhafte Deklinieren der Eigennamen. Sie sagen: „die Humboldtin", sprechen von Körnern, Lodern, Lavatern, Baadern. Auch bedienen sie sich, am meisten aber Schiller, einer zahllosen Menge von Fremdwörtern, und das ganz ohne Not, wo das deutsche Wort viel näherlag. Stagnation, konvenient, avanciert, inkalkulabel, obstakeln, embarrassieren, retardieren, Désavantage, Arrangements, satisfeciert, Aperçus, Détresse, Tournure, repondieren, inkorrigibel! Und solche Männer, die in ihren Werken so reines Deutsch schreiben! Ist das nicht ein Beweis, daß ihnen Leben und Kunst getrennt war, daß ihr Geist weit von ihrem Herzen lag.

Goethes Lieblingsworte sind: heiter, artig, wunderlich. Er fürchtet sogar, sich zu wundern; was ihn in Erstaunen setzt, ist „wunderlich". Er gönnt dem armen Worte die kleine Ehre der Überraschung nicht. Er scheut alle enthusiastischen Adjektive; – man kann sich so leicht dabei echauffieren.

BöU 137 f.

2388. BÖRNE AN JEANNETTE WOHL

Frankfurt, 4. Mai 1830

Schiller wünscht die Chronologie von Goethes Werken zu kennen, um daraus zu sehen, wie sich der Dichter entwickelt habe, welchen Weg sein Geist gegangen sei. Er spricht von dessen „analytischer Periode". Ihm wird die gebetene Belehrung, und darauf anatomiert er seinen hohen Gönner kalt wie ein Prosektor, aber bei lebendigem Leibe, und hält ihm unter dem Schneiden Vorlesungen über seinen wundervollen Bau. Goethe verzieht keine Miene dabei und erträgt das alles, als ginge es ihn selbst nichts an. Er schreibt seinem Zergliederer: „Zu meinem Geburtstage, der mir diese Woche erscheint, hätte mir kein angenehmeres Geschenk werden können als Ihr Brief, in welchem Sie mit freundschaftlicher Hand die Summe meiner Existenz ziehen." Und jetzt bittet er Schiller, ihn auch mit dem Gange *seines* Geistes bekannt zu machen. Das alles ist, um aus der Haut zu fahren! Freilich hat das Genie seine Geheimnisse, die wir andern nicht kennen noch ahnen. Aber ich hätte es nicht gedacht, daß es Art des Genies wäre, so sich selbst zu beobachten, so sich selbst nachzugehen auf allen Wegen, von der Laufbank bis zur Krücke. Ich meinte, das wahre Genie sei ein Kind, das gar nicht wisse, was es tut, gar nicht wisse, wie reich und glücklich es ist. Schiller und Goethe sprechen so oft von dem Wie und Warum, daß sie das Was darüber vergessen ... Nichts ist beleidigender für den Leser als eine gewisse Ruhe der schriftstellerischen Darstellung; denn sie setzt entweder Gleichgiltigkeit oder Gewißheit zu gestalten voraus. So mit dürrem Ernste von sich selbst zu reden, ohne Eigenliebe, ohne Wärme, ohne Kindlichkeit, das scheint mir – ich mag das rechte Wort nicht finden. Wie ganz anders Voltaire. Seine Eitelkeit macht uns ihm gewogen. Wir freuen uns, daß ein Mann von so hohem Geiste um unser Urteil zittert, uns schmeichelt, zu gewinnen sucht ...

Schiller und Goethe benutzen sich als Bücher: es ist eine didaktische Freundschaft, ein wechselseitiger Unterricht zwischen ihnen. Unsere beiden Dichter haben eigentlich ganz verschiedene Muttersprachen. Freilich versteht jeder auch die des andern, soviel man sie aus Buch und Umgang lernen kann; aber Goethe macht sich's wie ein Franzose immer bequem und redet mit Schiller seine eigene Sprache, und Schiller, als gefälliger Deutscher, spricht mit dem Ausländer seine ausländische. Von ihrer Freundschaft halte ich nicht viel. Sie kommen mir vor wie der Fuchs und der Storch, die sich bewirten: der Gast geht hungrig vom Tische, der Wirt, übersatt, lacht im stillen. Doch kommt Storch Schiller besser dabei weg als Fuchs Goethe. Ersterer kann in Goethes Schüssel sich wenigstens seinen spitzen idealen Schnabel netzen; Goethe aber, mit seiner breiten realistischen Schnauze, kann gar nichts aus Schillers Flasche bringen.

BöU 139f.

2389. BÖRNE IN SEINEM TAGEBUCH

Soden, 18. Mai 1830

Ich war immer erstaunt, daß unsern zwei größten Dichtern der Witz gänzlich mangelt; aber ich dachte: sie haben Adelstolz des Geistes und scheuen sich, da, wo sie öffentlich erscheinen, gegen den Witz, der plebejischer Geburt ist, Vertraulichkeit zu zeigen. Im Hause, wenn sie keiner bemerkt, werden sie wohl witzig sein. Doch als ich ihren Briefwechsel gelesen, fand ich, daß sie im Schlafrocke nicht mehr Witz haben, als wenn den Degen an der Seite ...

Der Mangel an Witz tritt bei Goethe und Schiller da am häßlichsten hervor, wo sie in ihren vertraulichen Mitteilungen Menschen, Schriftsteller und Bücher beurteilen. Es geschieht dieses oft sehr derb, oft sehr grob; aber es geschieht ohne Witz ... Das Lob braucht den Witz [nicht], verträgt ihn nicht ... Der Tadel braucht ihn; der Witz macht ihn milder, erhebt den Ärger zu einem Kunstwerke. Ohne ihn ist Kritik gemein und boshaft ...

Schiller, wo er an Goethe von dem schlechten Absatze der „Propyläen" berichtet, spricht von der „ganz unerhörten Erbärmlichkeit des Publikums" ... Er schreibt: „Ich darf an diese Sache gar nicht denken, wenn sie mein Blut nicht in Bewegung setzen soll, denn einen so niederträchtigen Begriff hat mir noch nichts von dem deutschen Publikum gegeben." ... Er meint: „Den Deutschen muß man die Wahrheit so derb sagen als möglich." ...

Doch haben Goethe und Schiller das Recht, auf das Volk, dem sie angehören, so stolz herabzusehen? Sie weniger als einer. Sie haben es nicht geliebt, sie haben es verachtet, sie haben für ihr Volk nichts getan. Aber ein Volk ist wie ein Kind, man muß es belehren, man kann es schelten, strafen; doch soll man nur streng scheinen, nicht es sein; man soll den Zorn auf den Lippen haben und Liebe im Herzen. Schiller und Goethe lebten nur unter ausgewählten Menschen, und Schiller war noch ein schlimmerer Aristokrat als Goethe ...

Schiller, während der heißen Tage der Französischen Revolution, schrieb in der Ankündigung der „Horen": „Vorzüglich aber und unbedingt wird sich die Zeitschrift alles verbieten, was sich auf Staatsreligion und politische Verfassung bezieht." So spricht noch heute jeder Lump von Journalist, wenn er, um die Leser lüstern zu machen nach dem neuen Blatte, sie versichert, es werde das reine Gold der Novellen, der Theaterberichte mitteilen, ohne alle garstige Legierung mit Glaube und Freiheit. Schiller war edel, aber nicht edler als sein Volk. So sprach und dachte auch Goethe. Sendet *dazu* der Himmel der durstigen

Menschheit seine Dichter, daß *sie* trinken, *sie* mit den Königen, und daß wir, den Wein vor den Augen, den sie nicht mit uns teilen, noch mehr verschmachten? Und so denkend und so sprechend, geziemt es ihnen zu klagen: „So weit ist es noch nicht mit der Kultur der Deutschen gekommen, daß sich das, was den Besten gefällt, in jedermanns Händen finden sollte"? Wie kann sich in jedermanns Händen finden, wonach nicht jedermann greift, weil es, wie Religion und Bürgertum, nicht jedermann angeht? Soll etwa das deutsche Volk aufjauchzen und die Schnupftücher schwenken, wenn Goethe mit Myrons Kuh liebäugelt?

BöS II, 810–814

2390. BÖRNE IN SEINEM TAGEBUCH

Soden, 20. Mai 1830

Was werden sie über das Buch [„Briefwechsel zwischen Schiller und Goethe"] nicht alles gefaselt, was nicht alles darin gefunden haben! Goethe hat viele Anhänger, er hat, als echter Monarch, es immer mit dem literarischen Pöbel gehalten, um die reichen unabhängigen Schriftsteller in die Mitte zu nehmen und einzuengen. Er für sich hat sich immer vornehm gehalten, er hat nie selbst von oben gedrückt; er ist stehengeblieben und hat seinen Janhagel von unten drücken lassen. Nichts ist wunderlicher als die Art, wie man über Goethe spricht – ich sage: die *Art;* ich sage nicht, es sei wunderlich, daß man ihn hochpreist; das ist erklärlich und verzeihlich. Man behandelt ihn ernst und trocken als ein Corpus iuris. Man erzählt mit vieler Gelehrsamkeit die Geschichte seiner Entstehung und Bildung; man erklärt die dunkeln Stellen; man sammelt die Parallelstellen; man ist ein Narr. Ein Bewunderer Goethes sagte mir einmal: um dessen Dichtwerke zu verstehen, müsse man auch seine naturwissenschaftlichen Werke kennen. Diese kenne ich freilich nicht; aber was ist das für ein Kunstwerk, das sich nicht selbst erklärt? Weiß ich denn ein Wort von Shakespeares Bildungsgeschichte, und verstehe ich den „Hamlet" darum weniger, soviel man etwas verstehen kann, das uns entzückt? Muß man, den „Macbeth“ zu verstehen, auch den „Othello“ gelesen haben? Aber Goethe hat durch sein diplomatisches Verfahren die Ansicht geltend gemacht, man müsse *alle* seine Werke kennen, um jedes einzelne gehörig aufzufassen; er wollte in Bausch und Bogen bewundert sein. Ich bin aber gewiß, daß die erbende Zukunft Goethes Hinterlassenschaft nur cum beneficio inventarii antreten werde. Ein Goethepfaffe, der so glücklich war, eine ganze Brieftasche voll ungedruckter Zettelchen von seinem Gotte zu besitzen, breitete einmal seine Reliquien vor meinen Augen aus, fuhr mit zarten, frommen Fingern darüber her und sagte mit Wasser im Munde: *„Jede Zeile ist köstlich!“* ...

Goethe hätte ein Herkules sein können, sein Vaterland von großem Unrate zu befreien; aber er holte sich bloß die goldenen Äpfel der Hesperiden, die er für sich behielt, und dann setzte er sich zu den Füßen der Omphale und blieb da sitzen. Wie ganz anders lebten und wirkten die großen Dichter und Redner Italiens, Frankreichs und Englands! Dante ... Alfieri ... Montesquieu ... Voltaire ... Rousseau ... Milton ... Swift, Byron, ... Thomas Moore. Wie war, wie ist Goethe? Bürger einer freien Stadt, erinnert er sich nur, daß er Enkel eines Schultheißen ist, der bei der Kaiserkrönung Kammerdienste durfte tun. Ein Kind ehrbarer Eltern, entzückte es ihn, als ihn einst als Knabe ein Gassenbube Bastard schalt, und er schwärmte mit der Phantasie des künftigen Dichters, wessen Prinzen Sohn er wohl möchte sein. So war er, so ist er geblieben. Nie hat er ein armes Wörtchen für sein Volk gesprochen, er, der früher auf der Höhe seines Ruhms unantastbar, später im hohen Alter unverletzlich, hätte sagen dürfen, was kein anderer wagen durfte. Noch vor wenigen Jahren bat er die „hohen und höchsten Regierungen“ des Deutschen Bundes um Schutz seiner Schriften gegen den Nachdruck. Zugleich um gleichen Schutz für alle deutschen Schriftsteller zu bitten, das fiel ihm nicht ein. ...

Goethe war glücklich auf dieser Erde, und er erkennt sich selbst dafür. Er wird hundert Jahre erreichen; aber auch ein Jahrhundert geht vorüber, und ewig sitzt die Nachwelt. Sie, die furchtlose, unbestechliche Richterin, wird Goethe fragen: Dir ward ein hoher Geist, hast du je die Niedrigkeit beschämt? Der Himmel gab dir eine Feuerzunge, hast du je das Recht verteidigt? Du hattest ein gutes Schwert, aber du warst nur immer dein eigner Wächter! Glücklich hast du gelebt, aber du *hast* gelebt.

BöS II, 814f. und 819f.

2391. FELIX MENDELSSOHN-BARTHOLDY AN SEINE ELTERN

Weimar, 24. Mai 1830

[Goethe] ließ mich zu Tische bitten. Da fand ich ihn denn im Äußeren unverändert, anfangs aber etwas still und wenig teilnehmend; ich glaube, er wollte mal zusehen, wie ich mich wohl nehmen möchte. Mir war es verdrießlich, und ich dachte, er wäre jetzt immer so. Da kam zum Glück die Rede auf die Frauenvereine in Weimar und auf das „Chaos", eine tolle Zeitung, die die Damen unter sich herausgeben und zu deren Mitarbeiter ich mich aufgeschwungen habe. Auf einmal fing der Alte an, lustig zu werden und die beiden Damen [Ottilie von Goethe und Ulrike von Pogwisch] zu necken mit der Wohltätigkeit und dem Geistreichtum und den Subskriptionen und der Krankenpflege, die er ganz besonders zu hassen scheint; forderte mich auf, auch mit loszuziehen, und da ich mir das nicht zweimal sagen ließ, so wurde er erst wieder ganz wie sonst und dann noch freundlicher und vertraulicher, als ich ihn bis jetzt kannte.

Mend 3f.

2392. FELIX MENDELSSOHN-BARTHOLDY AN SEINE ELTERN

Weimar, 25. Mai 1830

Goethe ist so freundlich und liebevoll mit mir, daß ich's gar nicht zu danken und zu verdienen weiß. Vormittags muß ich ihm ein Stündchen Klavier vorspielen, von allen verschiedenen großen Komponisten, nach der Zeitfolge, und muß ihm erzählen, wie sie die Sache weitergebracht hätten; und dazu sitzt er in einer dunklen Ecke wie ein Jupiter tonans und blitzt mit den alten Augen.

Mend 9

2393. BÖRNE IN SEINEM TAGEBUCH

Soden, 27. Mai 1830

Nein, das sind keine Weingesänge, das sind keine Liebeslieder! Das sind keine losen, das sind feste Gedichte [im „West-östlichen Divan"]. Wohl anmutig säuselt die Luft durch Zweige und Blätter und schüttelt sie freundlich; aber den starren Stamm bewegt sie nicht ...

Das zahme Dienen trotzigen Herrschern hat sich Goethe unter allen Kostbarkeiten des orientalischen Basars am begierigsten angeeignet. Alles andere *fand* er, dieses *suchte* er; Goethe ist der gereimte Knecht, wie Hegel der ungereimte.

Goethes Stil ist zart und reinlich: darum gefällt er. Er ist vornehm: darum wird er geachtet – von andern. Ich aber untersuchte, ob die so glatte Haut Kraft und Gesundheit bedecke, und ich fand es nicht; fand keine Ader, die von der lilienweißen Hand den Weg zum Herzen zeige. Goethe hat etwas Würdiges, aber diese Würde kömmt nicht von seiner Herrlichkeit, sondern von glücklicher Anmaßung, von Etikette ...

Goethe spricht langsam, leise, ruhig und kalt. Die dumme, scheinbeherrschte Menge preist das hoch. Der Langsame ist ihr bedächtig, der Leise bescheiden, der Ruhige gerecht und der Kalte vernünftig. Aber es ist alles anders. Der Mutige ist laut, der Gerechte eifrig, der Mitleidige bewegt, der Entschiedene schnell. Wer auf dem schwanken Seile der Lüge tanzt, braucht die Balancierstange der Überlegung; doch wer auf dem festen Boden der Wahrheit wandelt, mißt nicht ängstlich seine Schritte ab und schweift mit seinen Gedanken nach Lust umher. Seht euch vor mit allen, die so ruhig und sicher sprechen! Sie sind ruhig aus Unruhe, scheinen sicher, weil sie sich unsicher fühlen. Glaubet dem

Zweifelnden, und zweifelt, wenn man Glauben gebietet. Goethes Lehrstil beleidigt jeden freien Mann. Unter allem, was er spricht, steht: „Tel est notre plaisir.“ Goethe ist anmaßend oder ein Pedant, vielleicht beides.

BöS II, 837 ff.

2394. JOHANNA SCHOPENHAUER AN HOLTEI

Unkel, 7. Juli 1830

Was Sie mir über Weimar schreiben, stimmt ganz mit dem überein, was ich von andern vernehme. Ich bin eben mit dem Commencement de la fin davongegangen ... Mein alter Goethe dauert mich. Wie furchtbar einsam steht er da, am Rande des Grabes ...

Ottilie dauert mich auch tief in der Seele, obgleich ich mir nicht ableugnen kann, daß sie zum Teil ihr Schicksal sich selbst bereitet hat. Von August mag ich gar nicht sprechen, wiewohl ich einsehe, daß auch er Mitleid verdient. Am besten wär's ... [Lücke in der Quelle] in Italien. Mit dem Klima jenes Landes ist nicht zu spaßen.

Schop II, 63

2395. FRIEDRICH SIEGMUND VOIGT AN ZELTER

Jena, 14. Juli 1830

Wenige Tage zuvor war ich in Weimar und brachte bei unserem teuren Goethe einen Mittag ganz allein mit ihm zu. Diese Einsamkeit gab zu den schönsten Unterhaltungen Anlaß, und abermals hatte ich zu bewundern, wie seine Geisteskräfte sowohl als Körperkräfte noch völlig ungeschwächt sind. Bei Gelegenheit der Mitteilung von einem alten und bekannten Lebemann, der kürzlich im fünfundachtzigsten Jahre, über einem tüchtigen Frühstück, gestorben, versicherte er mir ganz ernsthaft, dieser Mensch habe es bloß durch Diätfehler soweit gebracht.

GoeJb VII, 220

2396. ODYNIEC AN KORSAK

Mailand, 22. Juli 1830

Er [Manzoni] hegt für ihn besondere Verehrung und sagte: „Goethe wäre der größte Dichter in der Welt ebenso in Hinsicht des Geistes und des moralischen Einflusses, wie er es in Hinsicht der Form und des künstlerischen Verstandes ist, wenn ihm nicht die religiösen Gefühle mangelten ..."

Der Garten war voll Blumen, und als ich ihn fragte, ob er auch hier sie selbst pflege wie in der Stadt, bejahte er es ... Jetzt kam wieder ein langes Gespräch über Goethe, über dessen Vorliebe für Botanik und Gärtnerei, und Manzoni hörte mit großen Interesse zu, als ich ihm erzählte, wie ich und Adam [Mickiewicz] öfters von der „Schillers Sitz" geheißenen Bank im Weimarer Park Goethe gesehen hatten, der in seinem Weinberg hinter der Stadt herumging und Reben beschnitt. Als ich ihm davon sprach, wie in der Weimarer Fürstengruft schon die Stelle für Goethes Sarkophag neben dem Schillers und unfern dem großherzoglichen bestimmt sei, war er davon so gerührt, daß Tränen in seinen Augen schimmerten.

Ody 186f.

2397. KANZLER VON MÜLLER AN ROCHLITZ

Weimar, 4. September 1830

Und jetzt noch ein Wort über Frankreich. Der Eindruck, den diese blitzschnelle Revolution auch hier gemacht, ist unbeschreiblich. Keine größere Krisis haben wir gehabt. Goethe spricht, er könne sich nur dadurch darüber beruhigen, daß er sie für die größte Denkübung ansehe, die ihm am Schlusse seines Lebens habe werden können.

GoeRo 468

2398. SORETS ERINNERUNGEN

Weimar, 19. September 1830

Die kleinen Unruhen in Jena und die Erregung, die nach Weimar überzugreifen schien, haben Goethe sehr erschreckt und ihn krank gemacht; er hatte heute Herzkrämpfe; Ihre Kaiserliche Hoheit sandte mich zu ihm, um mich nach seinem Befinden zu erkundigen. Ich fand ihn sehr besorgt über diese Wendung der Dinge, und er klagte über den Lärm und die Unordnung, die sich daraus ergeben müßten; er nahm die Sache höchst tragisch. Goethe ist liberal in der Theorie; in der Praxis huldigt er entgegengesetzten Anschauungen.

Sr 465f. Aus dem Französischen

2399. THACKERAY AN SEINE MUTTER

Weimar, 20. Oktober 1830

Heute sah ich zum ersten Male den alten Goethe. Er war sehr freundlich und empfing mich in einer mehr auszeichnenden Weise, als er es bei den andern Engländern hier gewöhnlich getan hat. Der alte Mann gibt zuweilen eine Teegesellschaft, zu der die Engländer und andere Begünstigte aus der Stadt eingeladen werden. Er schickte mir heute morgen eine Aufforderung, um 12 Uhr zu ihm zu kommen. Ich saß eine halbe Stunde bei ihm und verabschiedete mich beim Eintritt vom Großherzog [Karl Friedrich] ...

Gespr III/2, 669f. Aus dem Englischen

2400. KAROLINE VON WOLZOGEN AN WILHELM VON HUMBOLDT

Jena, 10. November 1830

So hat Goethe jetzt ein ganz nulles Werk [Carlyle's „The Life of Friedrich Schiller", deutsch von Marie von Teubern] aus dem Englischen einem armen Fräulein zu Gefallen introduziert, das ganz auf Dörings „[Friedrich von Schillers] Leben“ steht. Ich sagte ihm selbst, es sei nichts; aber er fand es wichtig zu wissen, wie die Engländer uns ansähen. Wahrscheinlich enthält es sein eignes übermäßiges Lob. Diese Schwachheit nimmt leider mit dem Alter, wo sie sich abstreifen sollte, nur noch zu. Doch ist er so freundlich und liebenswürdig, daß man ihm alles vergibt und den Moment, der mir nicht sehr entfernt mehr scheint, wo er uns fehlen wird, schmerzlich voremphindet.

Euph XII, 802

2401. GILLE AN HOLTEI

Weimar, 12. November 1830

Der Vater hält sich, äußerem Anschein nach, aufrecht. Es darf ihm niemand das Wort Tod aussprechen. Allein, was in seinem Innern vorgeht, welche Folgen dieser Schlag auf seine Gesundheit im Laufe des Winters üben wird, darüber wagt niemand zur Zeit ein Urteil.

August hatte sich nach allen brieflichen Mitteilungen (insbesondere seinem gediegenen Tagebuch) so außerordentlich wohl befunden, so herrliche Genüsse in sich aufgefaßt, daß wir uns alle, vor allen sein Vater, der Rückkehr freuten und die schöne Hoffnung hegten, Kunst und Altertum würden ihn mit dem gewöhnlichen Leben, welches ihm mannigfachen Ekel erregte, versöhnt haben, namentlich aber noch ein neues Band zwischen ihm und seinem großen Vater knüpfen. Dies alles ist nun dahin!

Gespr III/2, 677f.

2402. MARIANNE VON WILLEMER AN FROMMANN

Frankfurt, etwa 13. oder 14. November 1830

... mit Bestürzung und Betrübnis dachte ich an den Vater und welchen Eindruck es auf ihn machen würde, als ich gestern einen Brief von ihm erhielt, der, vom 9. November datiert, beweist, daß er noch keine Ahnung von seinem

Verlust hat, aber doch mehr als gewöhnlich von seinem Sohn spricht, unter anderem die unter diesen Umständen erschütternden Worte: „Mein Sohn hat auf eigne Weise mit Heil und Unheil seine Reise nach Rom vollbracht; wenn er zuletzt glücklich nach Hause gelangt, soll er mir willkommen sein." Sie können sich denken, wie peinlich uns zumute war. Ich weiß nun wirklich nicht, was ich tun soll. Mit der montägigen Post schicke ich einiges von Goethe Verlangte nach Weimar, wage aber nicht, den Brief zu beantworten, weil ich nicht weiß, ob und wie ihm der Tod Augusts beigebracht wurde.

Will 462f.

2403. KANZLER VON MÜLLER AN ROCHLITZ

Weimar, 15. November 1830

Sie können leicht ermessen, welche bittere Aufgabe es für mich war, solche Schreckenskunde dem ehrwürdigen Vater beizubringen! Doch er empfing sie mit großer Fassung und Ergebung. „Non ignoravi me mortalem genuisse!" rief er aus, als seine Augen sich mit Tränen füllten. Dem Himmel sei Dank, daß bis jetzt seine Gesundheit durch diesen harten Schlag nicht gelitten hat. Er vermeidet, darüber zu sprechen, arbeitet rüstig und sucht sich durch lebhaftere Teilnahme an wissenschaftlichen und politischen Gegenständen zu kräftigen. Aber es bleibt doch ein schrecklicher Riß in seinem Leben. Die Liebe zur Schwiegertochter und zu den Enkeln werden ihm Ersatz bieten – doch nur wehmütigen.

Verhehlen kann man sich nicht, daß die Neigung zum Trunk das Leben des jungen Mannes offenbar verkürzt hat und daß er diesem Hang auch auf der Reise zu sehr nachgegeben haben mag. Und diese Wahrheit ist gerade so bitter. Segnen aber muß man das Geschick insofern, daß, wenn der Tod *hier*, unter den Augen des Vaters erfolgt wäre, der Eindruck auf ihn noch hundertmal tragischer und verderblicher gewesen sein würde.

GoeRo 471 f.

Karl Friedrich Ernst Frommann

2404. ALWINA FROMMANN AN MARIANNE VON WILLEMER

Jena, 16. November 1830

Goethe spricht fast mit niemand darüber; mit seinem Arzt [Vogel], Geheimerat Müller, Röhr und vielleicht noch wenigen; mit Ottilien fast gar nicht, welches eine große Qual für sie ist, da sie aufs heftigste erschüttert ist. Doch ist er *sehr freundlich* gegen sie und hat sie viel um sich. Mittags ißt sie mit den Kindern bei ihm, seit August weg ist, und auch abends läßt er sie jetzt meistens einige Stunden zu sich kommen. Sie beklagt sehr, nicht über Kunstsachen mit ihm sprechen zu können, da er sich auch jetzt damit am meisten beschäftigt. Alles hofft für ihn, daß Zelter kommt. Mich hat sein Anblick tief erschüttert – und während er an seinem Geburtstag, wo ich auch bei ihm zu Mittag war, so heiter und liebenswürdig war wie seit Jahren, saß er jetzt oft ganz versunken da; dann wollte er wieder freundlich mit uns sprechen, man fühlte aber die Anstrengung. Oft sah er die Kinder wehmütig an und sagte: „Ihr armen Kinder!" – es schnitt mir durchs Herz; auch schien er *mir unwohl*; Ottilie sagte aber, sie finde ihn wieder besser als vor einigen Wochen. Er sieht ziemlich viel Besuch. – Das Traurigste ist, daß alle, die August im letzten Jahr beobachten konnten, und wohl auch der Vater, selbst wenn auch er nicht alles wußte, fühlen müssen, daß *dies* das Mildeste war, was geschehn konnte ...

[Randnotiz:] Die Enkel sind viel um Goethe und hängen sehr an ihm ...

Will 463f.

2405. ECKERMANN AN JOHANNE BERTRAM

Göttingen, 21. November 1830

Mein Wirt, welcher hörte, daß ich aus Weimar sei, äußerte gegen mich mit der größten Ruhe, daß doch der große Dichter Goethe in seinem hohen Alter noch ein großes Leiden habe erfahren müssen, indem sein einziger Sohn in

Rom am Schlage gestorben sei. Du magst denken, was ich bei diesen Worten empfand. Ich nahm mein Licht und ging auf mein Zimmer, um nicht einen Fremden zum Zeugen meines Schmerzes zu machen.

E 102f.

2406. KAROLINE VON WOLZOGEN AN ERNST VON SCHILLER

Jena, 22. November 1830

August Goethes Tod wird Dir leid getan haben ... Am 29. Oktober, als er schon tot war, sprach mir noch der Vater in Weimar mit Freude von seinen Briefen und von der Art, wie er die Reise benützte. Mehrere Tage hat er darüber [über den Tod Augusts] gar nicht gesprochen. Jetzt soll er mit Ottilie sprechen und die gemeinsamen Angelegenheiten bedenken.

ESchi 368

2407. ECKERMANN AN JOHANNE BERTRAM

Weimar, 24. November 1830

Ich ging zuerst zu Frau von Goethe ... Sie war schon in tiefer Trauerkleidung, jedoch ruhig und gefaßt ...

Sodann ging ich hinunter zu Goethe. Er stand aufrecht und fest und schloß mich in seine liebenden Arme. Ich fand ihn vollkommen heiter und ruhig, wir setzten uns und sprachen sogleich von gescheuten Dingen, und ich war höchst beglückt, wieder bei ihm zu sein. Er gab mir zwei angefangene Briefe, die er nach Northeim an mich geschrieben, aber nicht hatte abgehen lassen. Wir sprachen sodann von meiner Angelegenheit mit dem Prinzen [Karl Alexander] ...

Diesen Mittag war ich nun mit Goethe und Frau von Goethe zu Tisch, und ich hatte manches zu erzählen. Ich ging sodann und besuchte den Prinzen ... Was mich aber besonders freut, ist, daß Goethe gleich von den Konversationen anfing und meinte, es müsse meine erste Arbeit sein, und wir wollten nicht eher nachlassen, als bis alles vollkommen getan und im reinen sei.

E 103f.

2408. ECKERMANN AN JOHANNE BERTRAM

Weimar, 25. November 1830

Goethe sendete mir am Morgen einige Bücher, die als Geschenk englischer und deutscher Autoren für mich angekommen. Mittags ging ich zu ihm zu Tisch. Ich fand ihn im Saale stehend und eine Mappe mit Kupferstichen und Handzeichnungen betrachtend, die ihm zum Verkauf zugeschickt worden. Er erzählte mir, daß die Großherzogin bei ihm gewesen und daß er ihr meine Ankunft verkündiget habe. Frau von Goethe kam auch bald, und wir setzten uns. Ich erzählte über Tisch manches aus meiner Reise, wobei ich mich jedoch in acht nahm, seinen Sohn zu berühren, um nicht schmerzliche Empfindungen zu erwecken. Ich sprach über Venedig, über Mailand, über Genua, und es war ihm besonders interessant, nähere Nachrichten über die Familie des dortigen englischen Konsul [Sterling] zu vernehmen. Ich erzählte sodann von Genf, und er erkundigte sich teilnehmend nach der Familie Soret und Herrn von Bonstetten.

E 105

2409. KANZLER VON MÜLLER AN ROCHLITZ

Weimar, 28. November 1830

Am 25. dieses Monats betraf ihn, ohne alle vorhergegangene Spuren eines Unwohlseins, nachts zwischen 10 und 11 Uhr ein heftiger Lungenblutsturz, dem zwar durch schleuniges Aderlassen Einhalt geschah, der uns aber, da am folgenden Tage noch zweimal, wiewohl in weit geringerem Grade, Blutauswurf erfolgte, in die höchste Angst um sein kostbares Leben versetzte. Die Nacht vom 26. zum 27. ging jedoch ziemlich ruhig hin, und schon gestern morgen fühlte er sich bedeutend besser. Seitdem ist nicht nur kein Anfall erfolgt, sondern seine Kräfte haben sich zusehends wieder gehoben...

Sein Aussehen ist fast unverändert; er zeigt sich gelassen und heiter, und ob ihm wohl das Sprechen untersagt ist, so unterläßt er doch nicht, von Zeit zu Zeit einige gemütvolle Worte, ja selbst scherzhafte, an die Seinen zu richten, wobei seine Stimme stets kraftvoll und kräftig ist.

Seine Schwiegertochter weicht nicht von seiner Seite, und ihre liebevolle Pflege und Fürsorge scheint ihm sehr wohlzutun.

So wollen wir denn zur Zeit noch das Beste hoffen!

GoeRo 472f.

2410. ECKERMANN AN JOHANNE BERTRAM

Weimar, 30. November 1830

Goethe setzte uns am vorigen Freitag in nicht geringe Sorge, indem er in der Nacht von einem heftigen Blutsturz überfallen wurde und den ganzen Tag nicht weit vom Tode war. Er verlor im ganzen, mit dem Aderlaß, sechs Pfund Blut, welches bei einem so hohen Alter viel sagen will. Seine unvergleichliche Natur hat aber auch diesmal gesiegt, so daß er jetzt mit raschen Schritten seiner Genesung entgegengeht...

E 106

2411. JOHANNE BERTRAM AN ECKERMANN

Northeim, 3. Dezember 1830

Auf Deinen ersten Brief muß ich erwidern, daß es mir auffiel, daß Du so tief durch den Tod des jungen Goethen erschüttert wurdest, da Du doch hier der Meinung warst, als sei es ein Glück für die Familie, wenn er nicht wieder zurückkehrte ... wie Du die Goethische Familie gefunden, hätte ich Dir bei den mir bekannten Verhältnissen vorhergesagt. Den Todesfall erfuhr ich den andern Tag durch den Pastor, der mir gleich damit entgegenkam. Noch einige Herren und Damen waren zugegen, und man wußte wohl, was man von dem jungen G[oethe] zu halten hatte. Sie äußerten, sein wildes Leben sei wohl eigentlich eine Ursache seines schnellen Todes. In Deinem zweiten Briefe erfreute mich besonders Goethens Antrieb zu Deinen Konversationen und dessen angebotene Hülfe. Mag der Himmel nun geben, daß es so nach Wunsch ausgeführt wird!

E 107

2412. KRÄUTER AN WENIG

Weimar, 5. Dezember 1830

Goethe ist wiederhergestellt; seine kräftige Konstitution hat den gewaltigen Krankheitsanfall glücklich überwunden.

Bester Freund! Wenn ich über alle die großen Zufälle, die das Goethesche Haus seit fünf Wochen betroffen, Dir eine ausführliche Relation zugedacht hatte, so fehlte mir bisher die Zeit, um meinen Vorsatz zu eigner Zufriedenheit auszuführen; jetzt aber, da mir Deine ängstlichen Zeilen zukommen, kann ich Dich keinen Augenblick länger im ungewissen lassen ...

Inwieweit die Trauerkunde von dem plötzlichen Ableben des Sohnes den hochverehrten Vater angegriffen, hat niemand ergründen können, da er auf das geflissentlichste vermied, darüber zu sprechen, selbst nicht mit seiner Schwiegertochter, entfernter Stehende aber das tiefste Schweigen darüber beobachten mußten, auch alle Förmlichkeitskondolenzen verbeten waren. Warum sollte er die Pille, die er verschlucken mußte, noch kauen! Als ihm der Herr Geheime Rat und Kanzlar von Müller diese Trauerkunde mitteilen mußte, die ihm von dem königlich bayerschen Ministerresidenten Kestner (dem Sohne der durch „Werthers Leiden" berühmt gewordenen Lotte) offiziell zugekommen war, wollte der Herr Geheime Rat von Goethe lange nicht den Sinn seiner schonend einleitenden Worte verstehen; endlich unterbrach er ihn mit den Worten: „Nun, so sprechen Sie es nur kurz aus, daß mein Sohn am Fuß der Pyramide des Cestius seine irdische Laufbahn beendigt hat", und zerdrückte im Auge einige Tränen.

Die folgende Zeit bemerkte man, außer einer ernsten Stimmung, keine Veränderung ... Später ging es immer besser, und Seine Exzellenz faßten den Entschluß, dieses gegenwärtige Wohlbefinden des Geistes und Körpers dazu zu benutzen, Ihr Haus zu bestellen und alles zu bestimmen, wie es nach Ihrem Ableben gehalten werden sollte. Sie hatten die Gnade, mir Ihr Vorhaben zu eröffnen, ohngefähr in folgenden Äußerungen: „Obgleich der König von Bayern in seinem Kondolenzschreiben mir ernstlich ans Herz gelegt hat, daß ich mich schämen solle, vor dem hundertsten Jahre sterben zu wollen, und ich gegenwärtig mich besonders wohl fühle, so will ich doch eben deshalb die nächsten Tage dazu anwenden, mein Haus zu bestellen etc." Er erwähnte bei dieser Gelegenheit des Ablebens seines Sohnes, das ihn zu diesem Geschäfte vorzüglich nötige, und der hohen Jahre, in denen er stehe. Das geschah noch am Dienstag, den 23. November. Den Donnerstag, den 25. November, fand ihn die Großherzogin besonders heiter und wohl. Er hatte mit Dr. Eckermann, der an erwähntem Dienstage wieder hier eingetroffen war, zusammen gespeist und war mit ihm bis 7 Uhr abends zusammen geblieben; von da an bis zum Schlafengehen, abends 9 Uhr, hatte ihm seine Schwiegertochter vorgelesen. Kurz nach 10 Uhr schellen Seine Exzellenz dem Bedienten [Krause] heftig. Dieser eilt hinauf und findet seinen Herrn im entsetzlichsten Zustande. Ein Blutsturz entstürzt unter dem furchtbarsten Geröchel seinem Munde; das ganze Gesicht ist blau. Schnell sind Arzt [Vogel] und Chirurg herbeigeholt, und ein Aderlaß am linken Arme tut dem Bluterbrechen Einhalt. Vierundzwanzig Stunden schwebte sein Leben in der größten Gefahr, oder besser: der Arzt hatte keine Hoffnung zur Erhaltung seines Lebens. Doch die Vorsehung wollte uns unser Glück und der Welt ihren Stolz noch länger erhalten. Das Erbrechen blieb weg, und die geöffneten Blutgefäße fingen allmählich an, sich zu schließen. Sechs Pfund Blut waren durch den Lungenblutsturz und einigem nachfolgenden Husten fortgegangen; eineinhalb Pfund hatte man ihm durch den Aderlaß entzogen. Größtenteils verdanken wir seine Erhaltung, nächst seiner überaus kräftigen Konstitution, der unschätzbaren Sorgfalt des Hofrat Vogel, der mir noch gestern versicherte, daß ihm in seinem Leben nicht eingefallen sein würde, zu glauben, daß ein so bejahrter Mann einen solchen Sturz überwinden würde. Die Besserung und Wiederherstellung ist schnell, aber in der Ordnung vor sich gegangen, und vergangenen Montag, den 29. November, stand er wieder vor dem Ofen in seiner Arbeitsstube und bestimmte (im Einverständnis mit dem Arzte) der Köchin, was er zu Mittag essen wollte. Den Mittwoch (den 1. Dezember) darauf lag das letzte Bulletin in der Domestikenstube. Der Anteil, den der Hof und die ganze Stadt nahm, war rührend, und jetzt ist die Freude über seine Genesung unbeschreiblich. Seit vergangenem Freitage, dem 3. Dezember, hat er seine Geschäfte wieder ordentlich aufgenommen, und gestern mittag habe ich ihm wieder meine Aufwartung gemacht. Ich traf ihn beim Frühstück, auf dem gewohnten Platze, und er unterbrach meinen Glückwunsch, mir freundlich zurufend: „Da sitzen wir wieder!" – Er fühlt sich zwar noch geschwächt, aber wohl, und alles ist überzeugt, daß er sich nun wieder seinen Freipaß auf wenigstens zehn Jahre gelöst hat.

ArchivLit III, 485ff.

2413. OTTILIE VON GOETHE AN ADELE SCHOPENHAUER

Weimar, 11. Dezember 1830

Du wähnst, mein jetziges Benehmen könnte auslöschen, was man an meinem vergangenen Leben getadelt hat. Doch ich frage Dich: was hat es damit zu tun? Was hat mein Betragen gegen den Vater damit für eine Verbindung? Nicht mein Benehmen gegen den Vater konnte man tadeln, denn es war untadelhaft. Ich kann also nichts darin ändern, und die Vergangenheit und die Gegenwart bleibt sich darin vollkommen gleich. Du sagst: Deutschland sieht auf mich. – Liebe Adele, Deutschland sieht auf Goethe – und ich pflege meinen Vater und nicht Goethe . . .

Was für entsetzliche Momente mir des Vaters Krankheit

gegeben, hast Du wohl gedacht. Und doch war etwas Stärkendes, Erhebendes für mich darin, ihm etwas zu sein. Er ist ganz besser; nur sieht er noch wenig Menschen, und die Abende bin ich immer, bis daß er schlafen geht, mit ihm allein. Gewöhnlich lese ich ihm etwas vor.

Ot 291 und 295

2414. ECKERMANN AN JOHANNE BERTRAM

Weimar, 17. Dezember 1830

Ich habe auf Goethes Rat bei dem hohen Adel, der zunächst zum Hofe gehört, Besuche gemacht. „Sie müssen sich als ein zur fürstlichen Familie Gehöriger ansehen", sagte er, „und von diesem Vorrechte Besitz nehmen."

Er hat mir gestern erzählt, daß Herr von Cotta und der König [Ludwig I. von Bayern] auf mein Gedicht nicht eine Silbe geantwortet, während er erwartet hätte, daß der König mir eine Auszeichnung geben würde. Er meinte, man müsse es jetzt durch den Druck öffentlich machen.

Goethe ist vollkommen wohl wieder. Er ißt seit acht Tagen wieder jeden Mittag allein mit mir, und wir haben gute Gespräche. Er ist sehr tätig, und ich wirke sehr fleißig mit ein und bin dieserwegen sehr glücklich.

E 108f.

2415. JOHANNE BERTRAM AN ECKERMANN

Northeim, 22. Dezember 1830

Ich ärgere mich immer, wenn Du sagst, daß Du sehr glücklich bist, indem Du an G[oethes] Arbeit teilnimmst; froh bin ich, wenn Du an Deinen eigenen Werken etwas schaffst; hierüber haben wir ja vielfältig gesprochen, und Du warst ja selbst hier unglücklich darüber, nichts Eigenes produzieren zu können.

E 110

Ottilie von Goethe

2416. SORETS ERINNERUNGEN

Weimar, 22. Dezember 1830

Vorgestern kam ich von Genf zurück, gestern schrieb ich an Goethe und sprach dabei von unser beider Verlust. Heute empfing er mich sehr herzlich; von seinem Sohn und von meinem Vater sagte er kein Wort, aber er war sehr liebevoll zu mir, und wenn er mich anredete, nannte er mich „mein Sohn"; das war die einzige Antwort, die er auf meinen Brief hatte, die einzige auch, die ich wünschte.

Sr 488. Aus dem Französischen

1831

2417. PEUCER AN BÖTTIGER

Weimar, 7. Januar 1831

Zwar lebt er eingezogen und sieht wenig Menschen, doch ist er auch nicht unzugänglich; er empfängt, wer ihm eben behagt und wen er will. Aber nicht alle, die *ihn* wollen, werden angenommen. Großherzog und Großherzogin besuchen ihn öfter. Letztere hat die Sitte der verstorbenen Großherzogin, ihn wöchentlich am bestimmten Tag und Stunde mit einem Besuche zu beehren, aufgenommen und fortgesetzt. Goethe ist wieder mitten in seinen alten Gewohnheiten. Er beschäftigt sich fleißig mit der Vollendung der Herausgabe seiner Werke, wobei ihm Dr. Eckermann wesentlich hülfreiche Hand leistet ... Durch Soret scheint es sich nun gemacht zu haben, daß dem Dr. Eckermann die Aussicht eröffnet wurde, hier in Weimar eine fixe, ehrenvolle Beschäftigung zu finden. Auch Goethe dachte schon mehrmals daran, ihm eine Anstellung bei der Großherzoglichen Bibliothek hier zu verschaffen. Es fehlte aber an Entschiedenheit im Wollen und Wirken, woran es Goethen stets gefehlt hat. Nun aber gibt Eckermann dem Erbgroßherzog Unterricht im Englischen und in der Literatur, wozu auch Stilübungen gerechnet werden.

GoeJb I, 353f.

2418. SORETS ERINNERUNGEN

Weimar, 11. Januar 1831

... er sei gar zu sehr mit Arbeit überhäuft, klagte er, besonders lästig sei ihm die Sorge für den Haushalt, um den er sich seit dem Tode seines Sohnes kümmern müsse.

Sr 500. Aus dem Französischen

2419. JOHANNE BERTRAM AN ECKERMANN

Northeim, 20. Januar 1831

Verlasse so bald als möglich das verwünschte, unglückselige Weimar, worin Du schon sechs Jahre lang hoffnungslos zugebracht. Es ist ein pauverer Staat, wovon Du nie etwas Ordentliches zu hoffen hast ... Im Grunde und wenn ich die Wahrheit sagen will, weiß ich eigentlich selbst nicht, was Du willst. Anstellungen anzunehmen genieren Dich, und an Deinen eigenen Sachen arbeitest Du wenig oder nichts ... Sage Goethen, daß Du an Deinen „Konversationen" arbeiten möchtest, sie wünschtest herauszugeben, damit Du ordentlich Geld verdientest, das übrige alle wäre nur Plagerei ...

Zu Deinen Arbeiten hast Du keine Ruhe, wohl aber zu Goethens Geschäften. Hier versprachst Du mit Gewißheit, nichts wieder für ihn zu tun, sondern nur allein für Dich, hast aber leider schlecht Wort gehalten.

E 113ff.

2420. REINHARD AN WESSENBERG

Dresden, 22. Januar 1831

Die Nachricht von dem Anfall, den unser weimarischer Patriarch erfahren hat, war mir in Mainz zugekommen, und ich war lebhaft davon berührt, wie Sie sich denken können. Ich fand ihn dann sich erholend und an Kräften sichtlich zunehmend während der drei Tage, die wir in Weimar verbracht haben. Er hatte sich sehr zu schonen; aber seine Augen hatten nichts von ihrem Ausdruck verloren, und selbst der metallische Klang seiner Stimme kam ihm nach und nach wieder.

GoeJb XI, 63. Aus dem Französischen

2421. KAROLINE VON WOLZOGEN AN ERNST VON SCHILLER

Jena, 16. Februar 1831

Goethe hat nach dem Tode des Sohnes an einem schönen Tage den Haushalt umgestürzt und dem Schuldenmachen der Schwiegertochter gesteuert. Ich mußte lachen über die Pedanterie, womit er jetzt die Wirtschaft treibt. Aber nötig mag es sein. Er hat den Schlüssel des Holzstalles unter seinem Kopfkissen und läßt das Brot abwiegen. Als Gesellschafterin behandelt er Ottilie sehr artig; aber im Hause muß sie sich fügen. Ich finde seine Züge seit der letzten Krankheit doch sehr verändert und glaube an kein langes Leben mehr.

ESchi 375

2422. JOHANNA SCHOPENHAUER AN HOLTEI

Köln, Aschermittwoch 1831

Ich kann Ihnen nicht sagen, wie mich alles tief in der Seele bewegte, was Sie über den Tod des beklagenswerten August mir sagen ... Auch Adele war betrübt um ihn, sosehr sie Ottilien liebt und so aufgebracht sie oft über das Betragen des Verstorbenen gewesen. Und was für Berichte hatten wir dagegen aus Weimar erhalten! Der Kanzler, der ewige Pasquale, hatte mit Vogel übernommen, dem Vater die Trauerpost kundzutun. Der Alte hat sie nicht ausreden lassen. „Als er fortging, gab ich ihn schon verloren!" hat er gesprochen, hat sie verabschiedet, und die Herren konnten mit sich selbst nicht einig werden, ob er sie wirklich verstanden. Zu Ottilien sagte er: „August kommt nicht wieder; desto fester müssen wir beide aneinander halten." Und sie ...? An *uns* schrieb die Pogwisch in ihrer Tochter Namen. Der Alte schloß seinen Schmerz in sich, wie er immer tut.

Die Kinder bekommen Vormünder. Sie sind dereinst, Gott gebe, so spät als möglich, des Großvaters einzige Erben. Auf welche Weise er für die Mutter sorgen will, hängt von ihm ab. Gewiß geschieht es nicht auf die Weise, daß ihre Wünsche, ins Ausland, besonders nach England, zu ziehen, befriedigt werden können; wenigstens werden die Vormünder nicht zugeben, daß sie die Kinder mitnimmt. Solange indessen der Großvater lebt, bleibt alles vorderhand beim alten. Ottilie wohnt bei ihm und beträgt sich sehr gut gegen ihn. Übrigens ist sie, wie sie war ...

Am folgenden Tage erhielten wir die Nachricht, C[otta] sei bankerott. Wir wissen, wie tief er noch bei Goethe in Schulden steckt. Ich kann Ihnen nicht sagen, wie sehr es mich schmerzte, daß Goethen am Spätabend seines Lebens auch noch dieser harte Schlag treffen sollte ...

Gottlob, die Gefahr ist vorüber. Die Könige von Bayern und Württemberg haben den Papierkönig in ihre Mitte genommen und ihn kräftig unterstützt, und so bleibt alles beim alten. Ich wünsche nichts sehnlicher, als daß Ottilie nur verständig genug werde, um Hirngespinsten zu entsagen, durch die sie am Ende unglücklich werden müßte ...

Schop II, 67–70

2423. SORETS ERINNERUNGEN

Weimar, 10. März 1831

Seit einigen Tagen hat Goethe eine offene Wunde am rechten Bein; schon seit zwei bis drei Monaten fühlte er Beschwerden, hatte aber die Symptome nicht beachtet; jetzt kann er nur seine nächsten Freunde empfangen. Wenn man nur um Himmels willen nicht so töricht ist, den Ausfluß der Wunde, wenn er ordentlich erfolgt, zu verhindern! In Goethes Alter muß man solch eine Wunde offenhalten, wenn sie einmal da ist, oder schleunigst sein Testament machen.

Am nächsten Tag erfahre ich, daß Vogel eine Salbe verordnet hat, damit sich die Wunde schließt!

Sr 518f. Aus dem Französischen

2424. KAROLINE VON WOLZOGEN AN ERNST VON SCHILLER

Jena, 16. März 1831

Ich dachte Goethe über die Poesie des Sohnes etwas Schönes zu sagen. Er sagte: „Das ist nun so gekommen wie ein Pistolenschuß“, und schien eben keine Freude daran zu haben. Im ganzen fand ich ihn etwas matt, aber freundlich und artig.

ESchi 375f.

2425. KANZLER VON MÜLLER AN ROCHLITZ

Weimar, 16. März 1831

... er leidet seit acht Tagen an einem bösen Fuß, der zwar keine großen Besorgnisse gibt, doch aber sehr peinlich für ihn ist und seine geselligen Mitteilungen nach außen sehr stört ... „Faust“ hatte große Fortschritte gemacht; der fünfte und letzte Akt ist ganz vollendet, nur der vierte noch nicht.

GoeRo 476

2426. SORETS ERINNERUNGEN

Weimar, 31. März 1831

Ihre Kaiserliche Hoheit kam heute von einem Besuch bei Goethe sehr zufrieden zurück. Seit seine Beinwunde sich geschlossen hat, ist auch seine Liebenswürdigkeit zurückgekehrt. Sie hatte ihn gefragt, wie es ihm gehe, und er antwortete sehr galant: bis heute habe er seine Besserung noch nicht gespürt, erst die Anwesenheit Ihrer Kaiserlichen Hoheit lasse ihn das Glück empfinden, wiederhergestellt zu sein.

Sr 527. Aus dem Französischen

2427. JOHANNE BERTRAM AN ECKERMANN

Northeim, 2. Mai 1831

Auch über G[oethe] habe ich mich gefreut, der Dir gewisse Prozente von seinem Honorar aussetzet. Du hast es ja gesehen, schreibe mir, wieviel, worauf es mir auch besonders, nicht allein auf die Ehre, ankömmt.

E 118

2428. SCHMIED AN SEINE SCHWESTER ANNA

4. Mai 1831

Hin waren alle wohlausgedachten Phrasen – hin mein einstudierter Gruß – hin mein Kopf! An diesem allen ist seine Stirne schuld. Vor dieser kann nichts parieren, was nicht aus dem lebendigen Quell des Busens hervorströmt, – und jede Maske fällt... Goethe selbst mag meinen ganzen Zustand bemerkt haben und erwiderte mir mit attischer Urbanität. Nun hatte für mich die große Stunde geschlagen, in welcher es mir vergönnt war, vor dem größten Herren zweier Jahrhunderte zu stehen und von Angesicht zu Angesicht den Mann zu sehen, der als Stern erster Größe der Menschheit voranleuchtet und ihr den Pfad zu ihrer Bestimmung erhellt ...

Als ich mit aller Wärme von dem Eindruck sprach, welchen sein „Faust“ auf mich machte und immer noch macht, da traten ihm, dem greisen Goethe, helle Tränen in sein offenes, schönes Auge, und seine Stimme zeugte von seiner Rührung. Auch mich überwältigte mein Gefühl, und mein Gemüt feierte, als er wieder die Rede ergriff.

Dies ist der dritte Sohn Gottes, der in mein Gemüt herabstieg; der erste war – o den vergeß ich nicht! – der Augenblick der Konfirmation, der zweite – der Augenblick, als ich das Gebet vor meiner ersten Predigt begann, und der dritte – jene Minute auf eine solche Weise Goethe gegenüber.

Gespr III/2, 768ff.

2429. REINHARD AN WESSENBERG

Dresden, 11. Juli 1831

Ich freue mich, Karlsbad wiederzusehen, wo ich bei meiner Rückkehr von Jassy und Krementschuk im Jahre 1807 die physische Genesung durch den Sprudel, die moralische durch mein Verhältnis zu Goethe fand.

GoeJb XI, 63. Aus dem Französischen

2430. JOHANNE BERTRAM AN ECKERMANN

Northeim, 13. Juli 1831

Hast Du mit Goethe noch nicht über Deine Verheiratung gesprochen? Wagst Du das nicht zu tun? und was sagt der dazu? schreibe mir darüber aufrichtig!

Er hat Dir freilich 800 Taler für die Herausgabe seiner Werke nach seinem Tode ausgesetzt, wir vermuteten aber nach seiner Liebe, die er Dir schenkt, daß er Dich noch besser bedacht habe.

E 199

2431. ROCHLITZ AN BÖTTIGER

Leipzig, 24. November 1831

Von Goethes neuem „Faust" hätte ich vieles zu melden; ich habe aber dem Dichter das Wort geben müssen, nichts im voraus verlauten zu lassen. Soviel glaube ich indessen verantworten zu können: Wer zu dem Werke viel mitbringt und das viele ihm zuwenden will, der wird nicht nur erstaunen, sondern auch so bald nicht fertig werden, es ganz durchzudenken und durchzuempfinden. Wer es liest wie etwa ein Raupachsches Drama, der wird nur an Einzelheiten in mäßiger Zahl seine Rechnung finden. Und wer es liest wie ein Drama von Hinz oder Kunz, der wird gar nichts daran haben und wohl selbst da lachen, dort Anstoß nehmen.

GoeJb XVIII, 156

2432. IMMERMANN AN LUDWIG TIECK

Düsseldorf, 28. November 1831

Leider habe ich Weimar nicht berühren dürfen ... Ich hätte Goethe sehr gern gesehn, mich dünkt, daß sein Wesen grade in diesem sonderbaren Momente eine eigentümliche Anschauung gewähren mußte. Auf der andern Seite tröstet mich wieder die Betrachtung, daß ein persönliches Zusammentreffen mir wahrscheinlich denn doch die Figur meines Klingsor verrückt haben würde. Ich bestärke mich in der Stille immer mehr in meiner Ansicht über ihn ... Mir ist der ganze Goethe, mit Einschluß seiner Fehler, auch in seinen größten und frühesten Werken schon vorhanden, und die nachherigen Schwächen und Verkehrtheiten ergreifen vielmehr das homogene italienische und malerische Element, als daß sie durch dasselbe hervorgerufen würden. Überhaupt, was sind Einflüsse? Man könnte, wenn man mit Worten spielen wollte, sagen, es seien eher Ausflüsse unsrer selbst. Es mag wie Anmaßung klingen, aber ich kann mir nicht helfen: mir scheint es zuweilen, als ob das Gebiet der eigentlichen Poesie im höchsten Sinne erst da beginne, wo Goethe – mit wenigen Ausnahmen – aufhört. Gewiß ist es wenigstens, daß von einer so eignen, aparten Behandlungsweise, wo das Individuum sich immer seine Rechte gegen den Stoff und gegen die Gesetze der Gattung reserviert, bei Homer, Sophokles, Cervantes, Shakespeare keine Spur ist.

Tieck II, 53f.

1832

2433. SORETS ERINNERUNGEN

Weimar, 17. Februar 1832

Gegen 5 Uhr ging ich zu Goethe; ich fand ihn allein bei Tisch, er hatte abgespeist und schlürfte nur noch behaglich seine Flasche Wein aus, wie er das zu tun pflegte. Er war noch gar nicht schläfrig, so daß die Unterhaltung ziemlich lebhaft wurde. Rings um ihn lagen Pappschachteln voll buntscheckiger Dorlen, die sich Eckermann ausgedacht hatte; sie dienen zu optischen Experimenten, um, wenn sie in Bewegung sind, die sich daraus ergebende Farbenmischung zu studieren. Das ist so ein lustiger Zeitvertreib zwischen dem Doktor und Seiner Exzellenz. Ich gelte mindestens als verdächtig, weil ich, wenn auch nicht eben Newtonianer, doch Goethes „Farbenlehre" nicht in Bausch und Bogen als Evangelium betrachte; Unterhaltungen darüber weicht er deshalb gewöhnlich aus, und im Punkte Optik behandelt er mich ungefähr so wie die Ultras oder Jakobiner die Leute vom Juste-milieu. Als er meiner ansichtig wurde, packte er schnell seine Dorlen und Kartons zusammen, und statt einer lahmen Unterhaltung über Physik bekam ich glücklicherweise allerlei höchst Interessantes über meinen Onkel Dumont zu hören ...

Goethe sprach dann von seinem Sohn, von dessen Reisen, seinen leichtsinnigen Streichen und seinem Tod, vielfach so vertraulich, so rückhaltlos, mit so philosophischer Gefaßtheit, daß ich ebenso überrascht wie ergriffen war. Er geht sonst traurigen Gedanken am liebsten aus dem Wege und erwähnt selten diesen Verlust. Heute sah er den Fall unter dem tröstlichen Gesichtspunkt an: wie es ihn freue, sagen zu können, daß der Verstorbene sein Leben genossen und daß er seine Reise redlich dazu benutzt habe, vieles zu sehen und in einem wertvollen Tagebuch aufzuzeichnen.

Wollte ich diesen Teil des Gesprächs wiedergeben, so müßte ich zuviel Dinge erwähnen, die Goethes Privatleben betreffen; ich möchte daher lieber darauf verzichten, aber dieser Freundschafts- und Vertrauensbeweis von seiten Goethes tat mir wohl.

Sr 628f. und 631. Aus dem Französischen

2434. PAULINE HASE AN ALWINE HÄRTEL

Jena, 19. März 1832

Wir [Pauline Hase und Frau Weiße] setzten uns in einen Einspänner und hatten unterwegs noch tausend Witz, wie wir aber in Weimar ankamen, nur gerade Zeit, die Locken aufzumachen, es schlug 12, die Zeit, wo Goethe Besuche annimmt, wenn er dazu gestimmt ist, wir konnten uns nicht mehr besinnen, ob wir noch wollten, ob nicht, wir standen endlich in seinem Hause, ich fragte den Kammerdiener [Krause], in Todesangst zitternd, ob wir den Herrn Geheimen Rat einen Augenblick sehen könnten, er ging hinein. Ich kann Dir das Gefühl nicht beschreiben, was ich hatte, jetzt war keine Rückkehr möglich, wir lachten immer noch, aber es vergingen mir immer so die Gedanken, daß ich ohnmächtig zu werden fürchtete.

Der Kammerdiener kam: Es würde sehr angenehm sein – und führte uns in eine Stube indes. Es war eine fürchterliche Glut darin, drei Stühle standen wie für uns hingesetzt an einem kleinen runden Tisch am Fenster, einer hatte ein schönes Schlafkissen, seinen Platz zu bezeichnen, an den Wänden hingen Handzeichnungen, unter dem Spiegel standen niedliche Arbeiten und mancherlei Spielzeug seiner Enkel, die viel bei ihm sind.

Nach ungefähr drei Minuten kam er. Wie viele sagen, es ist einem, als wenn man in den Boden geschlagen würde, so war es uns nicht, aber als er so ruhig und langsam hereintrat und so freundlich auf uns zukam, war es überaus ergreifend, und ich mußte mich ungeheuer zusammennehmen, ihn anreden zu können.

Das Gespräch konnte sich natürlich nicht sehr aus den

Gegenständen eines ersten Zusammenkommens herausbewegen, doch war die ganze unbeschreiblich ruhig freundliche Weise, die er hatte, so rührend von dem großen Manne, so vertrauenerweckend, daß sich die frühere Angst ganz verlor...

Als ich aufstand, gab er uns beiden freundlich die Hand und sagte: „Meine lieben Damen, ich habe mich sehr gefreut, daß Sie sich meiner hier erinnert haben." Er ging mit uns bis zur Tür und wir entzückt in den Gasthof zurück, denn ein Besuch bei der jungen Frau von Goethe, den wir, im Fall es uns verunglückte, machen wollten, damit sie ein Wort zu ihm noch sagen möchte, war ganz unnötig, und wir hatten mehr Lust, uns darüber auszusprechen, über das, was wir vollbracht.

Gespr III/2, 850f.

2435. KANZLER VON MÜLLER AN ROCHLITZ

Weimar, 21. März 1832

Goethe ist unwohl, ja seit heute nacht sehr unwohl.

Schon seit Freitags liegt er an einem Katarrhfieber, das aber so gutartig schien, daß man gar keine Besorgnis hegen konnte. Sonntags war er schon soweit hergestellt, daß er von tags darauf wieder zu beginnenden Geschäften sprach. Dazu kam es nun zwar weder vorgestern noch gestern, weil er sich doch matt fühlte, aber im übrigen schien es doch täglich besser zu gehen.

In heutiger Nacht jedoch befiel ihn plötzlich der heftigste Frost und unleidliche Schmerzen und Krämpfe in Brust und Unterleib. Man vermutet, daß, da er gestern abend etwas geschwitzt, er sich in der Nacht auf irgendeine Weise erkältet habe. Die diesen Morgen erst – denn leider litt er nicht, daß man den Arzt [Vogel] in der Nacht holte – angewandten Mittel wollten nicht gleich anschlagen, und erst seit einer Stunde gelingt es, des heftigen Frostes und Krampfes Meister zu werden.

Am Abend 7 Uhr ... Der teure Kranke ist ruhiger und schmerzloser, es ist wieder etwas Schweiß eingetreten, und das gibt gute Hoffnung. Aber dagegen scheint die Lunge angegriffen, indem ihm das Auswerfen sich nachdrängenden Schleimes schwer wird. Dies gibt dem Arzte neue Besorgnisse. Und in welcher Angst sonach wir schweben, können Sie leicht denken. Ottilie behauptet jedoch, er sei in den vorigen großen Krankheiten weit erschöpfter gewesen.

GoeRo 479

2436. KANZLER VON MÜLLER AN ROCHLITZ

Weimar, 22. März 1832

Unsere Hoffnungen sind gescheitert, mein teurer Freund! Die Kräfte unseres geliebten Kranken sanken heute nacht plötzlich, und gegen Mittag schied er stark und friedlich von uns, weniger an einem Stickfluß als an gleichzeitiger Erschöpfung aller Lebenssysteme.

Er ahndete seinen nahen Tod nicht im geringsten, hatte seit gestern abend nicht die geringsten Schmerzen mehr und sprach sehr oft heiter und gemütlich mit Ottilie, die nicht von seinem Lager wich. Kein Krampf, kein Zucken bezeichnete den furchtbaren Moment, er hörte nur auf zu atmen.

Mü 364

2437. LUISE SEIDLER AN QUANDT

Weimar, 23. März 1832

Gestern halb 12 Uhr endete Goethe so schön, wie sein ganzes Leben war.

Acht Tage zuvor war die Großherzogin bei ihm; er sprach eine Stunde auf das lebhafteste mit ihr und hatte sich wahrscheinlich die Brust etwas angestrengt, denn die Spazierfahrt gleich darauf bekam ihm schlecht. Er hatte sich erkältet, bekam katarrhalisches Fieber und war still. Der Arzt [Vogel] soll gleich bedenklich gewesen sein, indessen wieder Hoffnung bekommen haben, da er sich wieder besserte.

Indessen änderte sich auf einmal der Zustand zwei Tage

vor seinem Ende, wo eine Eiskälte eintrat und heftige Schmerzen auf der Brust und Rücken und sehr beklemmter Atem. Der stockende Auswurf erzeugte einen röchelnden Zustand. Der Arzt gab die Hoffnung auf, aber die Tochter erhielt unsern Mut durch den ihrigen. (Ich war bei dem Euch fremden kleinen Mädchen Alma die letzten Tage.) Wie konnte er so hoffnungslos sein bei so großer Geistestätigkeit, bei so vieler Heiterkeit!

Er sprach viel von seiner „Farbenlehre"; den letzten Abend erklärte er der Tochter noch den ganzen Baseler Friedensschluß mit allen diplomatischen Verhandlungen, wollte die Knaben ins Theater schicken, hoffte, sein Übel werde nicht von Bedeutung sein, die Medizin tue ihre Wirkung, der Atem werde leichter! –

Ach, wir faßten Hoffnung halb 8 Uhr abends. Aber der Arzt zerstörte sie bald wieder, denn die Hände fingen schon an, eiskalt zu werden, und der Puls fiel immer mehr. Trotz allem diesem nahm seine Heiterkeit mehr zu. Er verlangte in der Nacht, wo er gar nicht ruhen konnte, den Salvandy [„Sechzehn Monate oder Die Revolution" (franz.)]. Vergeblich suchte der Arzt es zu verhindern. Denn als derselbe hinaufgegangen war, um nach Alma zu sehen, ließ er sich Lichter bringen und versuchte zu lesen; da es ihm aber doch nicht möglich war, hob er das Buch in die Höhe und sagte scherzhaft: „Nun, so wollen wir es wenigstens verehren gleich einem Mandarin." Die Tochter, die verstohlen in der Nebenstube geblieben war, begrüßte er immer mit neuen liebkosenden Freundlichkeiten, wenn sie zu ihm trat, hieß sie dann bald wieder von dannen gehen.

Um 7 Uhr, am Todesmorgen, ließ er sich noch von ihr eine Mappe bringen und wollte Farbenphänomene mit ihr versuchen, erklärte ihr auch noch mancherlei darüber, sprach vom baldigen Frühling und wie er sich dadurch bald weiter zu erholen hoffe. Indessen trotz diesem glaubte der Arzt, das Sterben habe mit 7 Uhr angefangen.

Ferner versuchte er noch zu schreiben, ließ sich Blätter vom Schreibtisch reichen, sie zu numerieren.

Um 10 Uhr hörte er beinah ganz zu sprechen auf. Einzelnes abgerechnet, zum Beispiel: „Setze dich zu mir, liebe

Tochter, ganz nahe", später: „Gib mir dein liebes Pfötchen!" Die Augen waren meistens nur halb auf; er öffnete sie nur noch, die mit unaussprechlicher Liebe anzublicken, die, in seinem Geist sich bemühend zu handeln, fest blieb und keine Träne vergoß, ihm die Kissen unterstützte, seine Hand hielt, bis der letzte Atemzug sich verlor.

Ein einziger heftiger war der ganze Kampf, den diese große, herrliche Natur zu bestehen hatte. Der Kopf blieb ruhig dabei in seiner Lage, die Hände desgleichen. So blieb die Tochter noch lange sitzend, unbeweglich, als schon viele Menschen hereingestürzt, den jammervollen Anblick zu teilen. Sie drückte dann die schönen Augen für immer zu, ließ die Kinder rufen, ihn noch zu sehen, und ging dann hinauf, wo ihr erst nach einigen Stunden die Natur eine lindernde Träne vergönnte!

Der Entseelte blieb nun noch einige Stunden auf dem Krankenstuhl, worauf er auch die Nächte zugebracht, und später hat man ihn erst auf sein Lager gebracht. Er soll wenig verfallen sein.

Montag früh 6 Uhr ist das Begräbnis. Er wird in die Fürstengruft neben dem Großherzog Karl August zu stehen kommen.

Die Tochter bemüht sich in allem, in seinem Geist zu handeln, und nimmt sich auf das vortrefflichste; sie fühlt sich noch beglückt durch das Schöne, was ihr in diesen letzten Tagen wurde; reichlich belohnt und beglückt für ihr ganzes Leben durch seinen letzten herrlich dankenden Blick!

Mir wurde das gleiche, ihn noch drei Tage vor dem Anfange seiner Krankheit in aller Herrlichkeit, seiner Kraft und Anmut zu sehen. Ich brachte ihm eine Skizze, die ich nach der Aufgabe des Sächsischen Kunstvereins entworfen (aus der Bibel). Er wußte noch nichts von dessen Ankündigung, er freute sich darüber, war nicht nur sehr zufrieden mit dem tätigen Anteil, den ich daran genommen, sondern ging auch auf das detaillierteste mit allem Interesse des Kunstfreundes und väterlichen Wohlwollens darauf ein, so daß mir diese Arbeit wie ein herrliches Vermächtnis bleibt und geheiligt ist für alle Zeit. – Wie hätte ich diesmal ein so nahes Ende, einen ewigen Abschied ahnen können! Wie ging ich noch so heiter, so glücklich von ihm fort! – Ach, ich versäumte gerade diesmal, mich noch einmal nach ihm umzusehen, bei Schluß der Türe, wie ich sonst immer tat.

Ach, teurer Freund, welch unermeßlicher Verlust für ganz Deutschland, aber zunächst für das arme, arme Weimar! –

Bode III, 293–296

2438. KANZLER VON MÜLLER AN HENRIETTE FREIFRAU VON BEAULIEU-MARCONNAY

Weimar, 24. März 1832

Geben Sie, teure Freundin! die Anlage nicht eher an Line [Karoline von Egloffstein], bis Sie diese Zeilen ohne Zeugen gelesen haben, um sie erst auf den für uns alle unersetzlichen Verlust Goethes vorbereiten zu können. Soret schon schrieb, daß er erkrankt, wir hielten aber die Gefahr nicht so nahe, obgleich der Arzt [Vogel] gleich anfangs wenig Hoffnung hatte. Man kann kaum genau sagen, woran er gestorben, es war eigentlich nur ein Katarrhfieber, aber es trat plötzlich eine gleichzeitige Stockung aller Lebenskräfte ein, daher er gerade so überaus sanft, ohne alle eigene Todesahnung, von uns schied. Nur der Geist war heiter und kräftig bis zuletzt. Donnerstag $11^1/_2$ Uhr vormittags starb er, in der selbigen Stunde, am selbigen Tage wie [Christian Gottlob von] Voigt vor dreizehn Jahren.

Was könnte ich sagen von unserem Schmerz, was Sie nicht selbst schon tief fühlten? Nur sein friedlich mildes Ende ist uns Trost und der Gedanke, daß der Unsterbliche nicht sterben kann! Beruhigen Sie uns bald über Line; es wird sie schrecklich erschüttern ... Die gute Julie [von Egloffstein] wird auch recht jammern, ihn nicht mehr zu treffen! Der Kopf ist mir so voll von tausend Besorgungen, als Vollstrecker seines letzten Willens.

Eg 432f.

2439. KANZLER VON MÜLLER
AN KAROLINE GRÄFIN VON EGLOFFSTEIN

Weimar, 24. März 1832

Wenn Sie diese Zeilen öffnen, Teuerste! so wissen Sie schon unser aller unersetzlichen Verlust, den Ihrigen ganz insbesondere.

Er schied so sanft, so heiter, so vollkräftig bis zur letzten Stunde, daß es nicht möglich wird, zu denken, daß er uns verloren sei. Nein, er lebe für immer und lebt für immer in uns allen, seinen Getreuen, fort!

Vor wenig Wochen schloß er den fünften und letzten Akt des neuen „Faust“ also ab:

Es wird die Spur von meinen Erdetagen
Nicht in Äonen untergehn.

Wie wahr ist es denn nun auf ihn selbst verwendbar!

Ottilie übertraf sich selbst an liebevoller Pflege und auch bis jetzt noch an Standhaftigkeit ... Wir wachten alle die letzte Nacht samt den zwei Enkeln, Vogeln und Kräuter. Früh 6 Uhr trank er noch seinen Kaffee mit Wolf [Wolfgang von Goethe] und bestellte sich Wildpret und Fische für Mittag, hieß Ottilie auf ihr Zimmer gehen und sprach von baldiger Wiederherstellung. Nicht die geringste Todesahnung war in ihm. Er scherzte um 9 Uhr, wo der Arzt ihn längst aufgegeben, noch mit Ottilie, wenn auch sehr matt. Sein Sterben war nur ein Ausbleiben des Atems, ohne alles Zucken noch Kampf. Daher auch die selig-ruhige Miene im Tode und noch jetzt!

Die Hoheit [Maria Pawlowna] und der Großherzog [Karl Friedrich] hatten nicht an Gefahr glauben wollen und waren dann um so heftiger ergriffen. Beide benahmen sich hinsichtlich meiner Vorschläge sehr würdig und bereitwillig, alles zu tun, was irgend zu Ehren seines Andenkens geschehen konnte.

Montag früh 8–12 Uhr ist, auf Ottiliens und des Publikums *leidenschaftlichen* Betrieb, jedoch gegen *mein* Gefühl und Rat, die Paradeausstellung.

Abends 5 Uhr die feierliche Beisetzung in die Fürstengruft, mit Gesängen, von Zelter, Eberwein und Hummel komponiert, aus Goethes eignen Dichtungen. Röhr hält die Rede. Daß ich durchgesetzt, daß das Theater fünf Tage geschlossen bleibt, werden Sie loben. Spiegel wollte durchaus nur einmal aussetzen, ob er gleich außerdem sehr bereitwillig zu allem, ja selbst sehr ergriffen war.

Eg 433f.

2440. KARL VON STEIN AN SEINEN BRUDER FRIEDRICH

Kochberg, 26. März 1832

Daß Goethe starb, wird sich wie ein Lauffeuer schon zu Dir verbreitet haben ...

Mein Schmerz sitzt tiefer, als daß er durch Theaterszenen verrauchen könnte, und wenngleich nun durch und durch überzeugt, daß das Verblühen der schönsten Blumen Bestimmung ist, so laufen mir doch Tränen über die Backen, wenn ich an den alten Mann denke, den die Natur so ausgezeichnet hatte mit einer großen Seele, der Dich einst so liebhatte und der mich an Zeiten jugendlicher Verhältnisse und aller seit dort verlorener Umgebungen erinnert ...

Der Großherzog, höre ich, hat sich vorgenommen, für den heutigen Tag nach Eisenach zu entfliehen. Ich würde in seiner Stelle Goethes Begräbnis beigewohnt haben ...

Weimar wird nun wieder in sein altes Nichts zurücksinken, woraus es genommen ist, da sein Geist zu Gott stieg.

Fritz von Stein II, 278f.

2441. WILHELMINE SCHÜTZE IN IHREM TAGEBUCH

Weimar, 26. März 1832

Heute morgen war Goethe auf dem Paradebette zu sehen; vor Menschen[an]drang aber konnte niemand von den Honoratioren dazukommen, bloß das Volk. Sie kletterten bei Hagens über die Mauer und betrugen sich roh und ausgelassen. Nachmittags gegen 4 Uhr bei Hasens, um den Zug zu sehen. Er erschien höchst unordentlich geordnet und

Karl Friedrich Zelter

wunderlich untereinandergemischt. Die Equipagen – . . . die Minister – die Leiche selbst in dem alten Leichenwagen ohne Blumen und nur zwei Kränze. Nicht einmal die goldene Lyra schmückt seinen Sarg. Sonderbar genug ward er ohne alle christliche Zeichen bis zum Kirchhof getragen. Das Vortragen des Kreuzes fehlte ihm ganz, denn [es] war der Generalsuperintendent [Röhr] schon voraus zur Gruft gefahren, und auch dort empfingen ihn erst die Chorschüler. Vor dem entsetzlichen Menschenlärm hörte man kein Glockengeläute, alle Gesichter kalt und teilnahmslos, genug, nirgends eine Spur von Rührung. – So ward Deutschlands größter Dichter beerdigt! . . . – Gegen 1/2 7 Uhr gingen wir zu Haus. Es war schneidend kalt und ein rauher Wind. Überall erzählte man von den Ungezogenheiten des Volkes.

Gespr III/2, 909f.

2442. RÖHR AN REIL

Weimar, 29. März 1832

Gott ist tot, denn Goethe ist gestorben – rufen unsere Goethekoraxe mit einem Munde, Verehrtester. Was *ich* dazu gesagt habe, sehen Sie aus der Beilage [Röhrs Rede], deren zweites Exemplar ich gelegentlich an unsern wackern von Witzleben gelangen zu lassen bitte . . . Urteilen Sie aber gnädig und mild über mein Gesagtes, denn ich hatte dazu nur ein paar Stunden Zeit, indem der Abgeschiedene sich selbst zwar, nicht aber mir zur bequemen Stunde starb.

Von dem Brillanten seines Leichenbegängnisses werden Sie wahrscheinlich bald in allen Zeitungen lesen, auch wohl, was die ihm gewogenen und nicht gewogenen Totenrichter über ihn urteilen zu müssen glauben. Ich selbst bin über seinen sittlichen Wert mit möglichstem Glimpf hinweggegangen und habe mich damit begnügt, ihn mit seinem eigenen Fette zu beträufeln. Wer die nicht gesprochenen Worte aus den gesprochenen herauszulesen versteht, wird nicht im Zweifel sein, was ich meinte.

Bode III, 403f

2443. ZELTER AN OTTILIE VON GOETHE

Berlin, 3. April 1832

Sie haben recht getan, auf die Ausstellung der Leiche zu bestehn. Unter Tausenden hat mancher das herrliche Antlitz zum ersten Male gesehen, und seine Enkel werden sich darum rühmen.

Wie ich es ausgehalten hätte, diese Himmelsfenster hinter geschlossenen Läden wiederzufinden, weiß ich nicht und will es nicht wissen.

Vor meinen Augen geht Er strack und frei einher wie eine gesunde Seele in menschlicher Gestalt. So sah ich Ihn, wenn ich Ihm schrieb. – Das ist nun geschehen. Mit Ihm in meiner Einsamkeit mich zu unterhalten und den Widerklang meiner Worte zu erwarten, wo sie auch mochten aufgeschlagen haben – das war ein Herrenleben!

Wenn der Briefträger mit Seinem Kuvert ankam, reckt' er sich hoch auf, und fand er uns bei Tische, so hob er das Glas mit einer Andacht.

Und das ist auch geschehn.

Was aber soll nun sein? *Er schläft.*

Und wir, die Nächsten, haben Seine Ehre an uns zu bewahren. An unsern Kindern soll man merken, wer die Väter waren.

Ot 336f.

2444. GRIES AN RIST

Jena, Sommer 1832

Mir ist nichts widerwärtiger und zugleich lächerlicher als die Zudringlichkeit, mit welcher man jetzt dem toten Goethe noch auf den Leib rückt und von ihm verlangt, er hätte ein ganz anderer sein sollen, als er war, das heißt: nicht Goethe. Die eine Partei verlangt, er hätte Kirchenlieder und Erbauungsbücher, die andere, er hätte Turngesänge und Hambacher Reden schreiben sollen. Die einen wollen ihn nicht für einen Christen, die andern nicht für einen Deutschen gelten lassen; und während ganz Europa uns um sein

Leben beneidet, um seinen Tod beklagt, hätten diese Unsinnigen nicht übel Lust, seine heilige Asche aus der Fürstengruft zu Weimar herauszureißen und in alle Winde zu streuen. Solcher Wahnsinn ist doch nur in Deutschland möglich!

Gries 168

Anhang

Nachbemerkung

Im Jahre 1885 wurde in Weimar das Archiv der Familie Goethe, dessen wertvollsten Bestandteil der Nachlaß des Dichters bildete, der Forschung zugänglich gemacht. Die Arbeiten an der historisch-kritischen Ausgabe der Goetheschen Werke, Briefe und Tagebücher begannen, eine umfangreiche Goethe-Biographie sollte entstehen. Literarische Nachlässe anderer Autoren kamen hinzu; das nunmehrige Goethe- und Schiller-Archiv stellte zusammen mit den übrigen in Weimar befindlichen Beständen schon jetzt eine einzigartige Quellensammlung zur deutschen Literatur des 18. und 19. Jahrhunderts dar.

Wilhelm Bode, 1862 in Hornhausen bei Oschersleben geboren, kam als junger Redakteur und Lehrer nach Weimar.

Sehr bald entschied er sich dafür, auch seine Arbeit nunmehr hauptsächlich der Auswertung dieser Quellen, insbesondere der Goetheforschung zu widmen. Im Jahre 1900 erschien seine erste einschlägige Publikation – „Goethes Lebenskunst“ –, und im Verlauf von zwei Jahrzehnten veröffentlichte er eine stattliche Anzahl teils recht umfangreicher Untersuchungen über Leben, Werk, Familie und Freundeskreis des Dichters. „Damals in Weimar“ hieß einer der Titel – er bezeichnet den Grundton, auf den alle diese Arbeiten gestimmt waren. Die Krönung sollte eine mehrbändige Goethe-Biographie darstellen. Als Bode 1922 in Weimar starb, war die Darstellung bis etwa zur Rückkehr Goethes aus Italien gediehen; auch die Fortsetzung, die andere Autoren unternahmen, blieb Fragment.

Zu den Verdiensten der Bodeschen Schriften gehört vor allem die gelungene Verbindung von populärer Darstellung und wissenschaftlicher, weitgehend auf die Quellen gestützter Fundierung. Goethe sollte auf diese Weise einem möglichst großen Leserkreis nahegebracht werden. Dabei trat Bode bewußt der Legende vom „Olympier“ entgegen, die das bürgerliche Goethebild in jenen Jahrzehnten welthin bestimmte. Dieser Legende und der um die gleiche Zeit in den Vordergrund tretenden Spekulation über „lirationale" Voraussetzungen künstlerischen Lebens und Schaffens stellte Bode in seinen besten Publikationen die sachliche Auswertung des bis dahin bekannten Materials gegenüber – ohne sie mit derzeit uneinlösbaren theoretischen Ambitionen zu belasten. Es ist bezeichnend für diesen Zweig der ideologiegeschichtlichen Entwicklung in Deutschland, daß z. B. Friedrich Gundolfs monumentale, und ihren Gegenstand monumentalisierende Goethe-Monographie (1916) schon zehn Jahre nach ihrem ersten Erscheinen die zwölfte Auflage erlebte, während die im guten Sinne positivistischen Beiträge zur Goethe-Forschung selten über den Erstdruck hinausgelangten.

Die Forschung ist seither fortgeschritten, in Materialkenntnis und Methode. Trotz aller Wertschätzung der positiven Traditionen der deutschen Germanistik, denen Wilhelm Bodes Werk zuzurechnen ist, kann daher seine Goethe-Biographie den Maßstäben, die wir an populär-wissenschaftliche Darstellungen anzulegen haben, ebensowenig standhalten wie seine Arbeiten über „Goethes Lebenskunst" und „Goethes Liebesleben" (sie wurden übrigens mehrfach aufgelegt) oder Untersuchungen über „Die Tonkunst in Goethes Leben" und verwandte Fragen. Auf die umfangreichste *Quellensammlung* jedoch, die Bode vorgelegt hat, treffen die Einwände, die sich heute mit Recht gegen andere seiner Arbeiten erheben, nicht zu: „Goethe in vertraulichen Briefen seiner Zeitgenossen".

Diese Sammlung erweist sich bei näherer Betrachtung zunächst als wichtige Ergänzung, ja in gewisser Weise als Pendant zu den verschiedenen Sammlungen von Goethes Gesprächen. Ihre eigentliche Bedeutung reicht jedoch über diesen Zusammenhang noch hinaus. Bode vereinigte in den „Vertraulichen Briefen" Korrespondenzen und andere Aufzeichnungen *über* Goethe aus den Jahren 1749 bis 1832 und schuf damit ein einzigartiges Panorama von unmittelbar-authentischem Charakter.

Hier kommen nicht nur die berühmtesten Zeitgenossen zu Wort – Wieland und Herder, Schiller und Jean Paul, die Humboldts, die Schlegels und Brentanos. Auch die Gesprächspartner des alten Goethe, die ihren Ruhm vorwiegend oder doch zum Teil ebendieser Partnerschaft verdanken – Eckermann und Soret, Riemer und Müller –, sind vertreten, und zwar mit Mitteilungen an auswärtige Freunde, durch die die vielfach stilisierten Gespräche mit Goethe oft auf bezeichnende Weise ergänzt, kommentiert oder auch korrigiert werden. Familie und Freunde spielen zudem eine wichtige Rolle in diesem Panorama, Hofgesellschaft und Frauen, Amtskollegen und Schriftsteller mehrerer Generationen,

Künstler und Verleger, Konkurrenten und Kritiker, Anhänger und Gegner.

Aus der Vielzahl und Verschiedenheit der Zeugnisse entsteht ein Mosaikbild von Goethes Leben, Schaffen und Charakter, von den zeitgenössischen Wirkungen seiner Person und seiner Werke, dessen einzelne Teilchen stets durch das Temperament des Schreibers ihre spezifische Färbung erhalten. Neben die Berichte von Gleichaltrigen treten Urteile Älterer über den jungen Goethe, Junger über den alten; Hausgenossen und Besucher, Ansässige und Auswärtige formulieren ihre Eindrücke. Die Optik wechselt von Zeugnis zu Zeugnis, und selbst dort, wo der gleiche Sachverhalt aus ähnlicher Sicht mehrmals reflektiert wird, ergeben sich Variationen aus den differenzierten Beziehungen zwischen den Autoren und ihren Adressaten oder aus den charakteristischen Unterschieden zwischen Brief und Tagebuch. Die Farbskala ist entsprechend umfang- und nuancenreich. Schwärmerischer Enthusiasmus im Stile einer sentimentalisierten Empfindsamkeit und boshafter Klatsch höfischer oder kleinbürgerlicher Observanz sind die Pole, zwischen denen sich in mannigfachen Abstufungen sachlicher Bericht, liebevolle Teilnahme, begründete Kritik, treue Anhänglichkeit, Faszination oder Abstoßung, Ablehnung oder Parteinahme (diplomatisch verhüllt oder rücksichtslos offen formuliert) – nicht allzu selten auch Eitelkeit und Stolz auf die weltberühmte Bekanntschaft zusammenfinden. Mancher Aspekt der späteren heterogenen Wirkungsgeschichte Goethes erscheint schon in diesen unvermittelten Zeugnissen vorgeprägt. Interessante historische, insbesondere kulturgeschichtliche und soziologische Einblicke eröffnen sich außerdem (über die Personen- und Werkgeschichte hinausweisend) gleichsam wie selbstverständlich in großer Fülle – auch sie individuell zugeschnitten und eingefärbt. Es gibt kein anderes Werk in der gesamten Goetheliteratur, das derartige Quellen in solchem Umfang zugänglich macht – als ein Lesebuch im besten Sinne.

Bodes Sammlung erschien 1918 bis 1923 in drei Bänden; die erste und einzige Auflage ist inzwischen sehr selten geworden. Bereits vor einigen Jahren entstand der Plan, die „Vertraulichen Briefe" neu zu edieren; Walther Victor und Wolfgang Vulpius gaben die Anregung und unterstützten die Vorarbeiten. Die *revidierte Neuausgabe* kann nunmehr vorgelegt werden.

Wilhelm Bode hatte das Prinzip seiner Sammlung in der Vorrede zum ersten Band erläutert, indem er über die Auswahl und den Umfang der Zeugnisse schrieb: „Nur so viele mußten es werden, daß sich für alle Teile dieses langen Lebens eine gewisse Vollständigkeit ergibt, so daß alles, was etwa noch hinzukommen könnte, nur die Masse vermehren, aber nicht den Eindruck berichtigen würde." Dieser Grundsatz war für die Neuausgabe akzeptabel. Daß im einen oder anderen Themenbereich, für den einen oder anderen Zeitabschnitt Wünsche offen blieben (Kennzeichen nahezu jeder Anthologie), war in Kauf zu nehmen. Eine Erweiterung der Bodeschen Sammlung hätte deren eigenen historischen Charakter zerstört, und Vollständigkeit war auch heute ohnehin nicht erreichbar. Da die vorliegende Ausgabe zwar in erster Linie eine erneute Publikation des Materials bezweckt, gleichzeitig aber auch eine Würdigung der Bodeschen Arbeit darstellen soll, wurde nach folgendem Grundsatz verfahren: *Aus den von Bode gesammelten Texten wurde nichts ausgeschieden; neue Texte wurden nicht hinzugefügt.*

Die notwendig erscheinenden *Abweichungen* von diesem Grundsatz kommen auf das Konto der aus guten Gründen vorgenommenen *Revision.* So erwies sich eine Reihe der Kürzungen, die Bode innerhalb einzelner Stücke vorgenommen hatte, als inhaltlich nicht gerechtfertigt oder als stilistisch ungeschickt; in diesen (wenigen) Fällen wurden die Texte ergänzt (verbleibende Kürzungen sind durch ... gekennzeichnet). Unzureichend begründet und eher als Zufallsprodukt erschien auch der Anhang, den Bode dem dritten Band unter dem irreführenden Titel „Nachrufe 1832–1861" beigab. In der vorliegenden Ausgabe schließen die Zeugnisse wenige Monate nach Goethes Tod ab. Die Distanz der Erinnerung, des Rückblicks, der postumen Würdigung oder Kritik gehört gerade zu denjenigen Merkmalen, die die fast zweieinhalbtausend Texte der „Vertraulichen Briefe" nicht besitzen. Unmittelbare Zeitgenossenschaft unterscheidet sie grundlegend von allem, was später über Goethe geschrieben wurde.

Einen schwerer wiegenden Eingriff in die Vorlage machte die *Gliederung* der Bände notwendig. Während Bode biographische und historisch-politische Zäsuren gemischt hatte, wurde die neue Ausgabe insgesamt lediglich nach Jahrgängen, in der Bandeinteilung nach biographischen Gesichtspunkten gegliedert. Die Einschnitte 1794 und 1816 wurden im Hinblick auf den Beginn des Bündnisses mit Schiller und auf den Tod Christianes gewählt. Sie kamen auch dem praktischen Erfordernis entgegen, proportional ausgewogene Bände herzustellen.

Im einzelnen wurden die Zeugnisse nach dem Vorbild Bodes *chronologisch* angeordnet. Dabei wurde das bestimmtere Datum (z. B. 3. Januar 1780) dem weniger bestimmten jeweils vorgezogen

(z. B. Januar 1780; Anfang 1780; Frühjahr 1780; 1780). Die Texte, die Bode in seinem dritten Band ergänzend nachgeliefert hatte, wurden in diese Reihenfolge eingearbeitet. Jedem Stück sind außer dem Datum die Namen der Autoren und der Adressaten vorangestellt (Vornamen nur bei Frauen und dort, wo bei gleichen Nachnamen Verwechslungen möglich wären).

Als *revidierte* Ausgabe soll die vorliegende Edition hauptsächlich im Hinblick auf *Textgestalt* und *Beigaben* gelten. Für nahezu sämtliche Zeugnisse konnten die Quellen ermittelt werden, die Bode zugrunde gelegt, aber großenteils nicht genannt hatte. Die Texte wurden nach diesen Quellen kollationiert, wobei sich zahlreiche Berichtigungen ergaben; nur für die kleine Gruppe von Stücken, deren Quellen nicht auffindbar oder nicht zugänglich waren, wurde Bodes Text verwendet. Die den Zeugnissen beigefügten Siglen geben – in Verbindung mit dem Quellenverzeichnis, das der dritte Band enthält – darüber Rechenschaft. Für Texte, die in den letzten Jahrzehnten durch neue Editionen maßgebliche Korrekturen erfahren haben, wurden diese Ausgaben benutzt. In gleicher Weise waren die von den Quellen bzw. von Bode vorgegebenen Übersetzungen fremdsprachiger Zeugnisse zu überprüfen und gegebenenfalls zu korrigieren. Orthographie und Interpunktion folgen den heute geltenden Regeln; zu diplomatisch-getreuer Wiedergabe der nach den unterschiedlichsten Gesichtspunkten edierten Druckvorlagen bestand kein Anlaß. Ausnahmen von den geltenden Regeln empfahlen sich nur dort, wo der historische Lautstand zu bewahren war oder wo die Schreibweise als unentbehrliches Charakteristikum gelten kann (wie etwa in den Niederschriften Christianes oder der Mutter Goethes).

Bode hatte versucht, durch verschiedenartige Zwischentexte zugleich eine biographische Chronik herzustellen, und gab der Sammlung daher den Untertitel „Auch eine Lebensgeschichte". Das Ergebnis mußte notwendigerweise unbefriedigend ausfallen, quantitativ wie qualitativ; die „Lebensgeschichte" ergibt – versucht man die Zwischentexte im Zusammenhang zu lesen – ein disproportioniertes und lückenhaftes Bild. Der Leser ist besser beraten, wenn er statt dessen die von Franz Götting zusammengestellte „Chronik von Goethes Leben" (Leipzig 1957 u. ö.) heranzieht. Die revidierte Neuausgabe verzichtet auf alle Bodeschen Zwischentexte (demzufolge auch auf den Untertitel), zumal auch die darin enthaltenen Sacherläuterungen z. T. überholt sind. In mehreren Fällen mußten diese Sacherläuterungen jedoch herangezogen werden. Zeugnisse, die Bode in seine Erläuterungen eingearbeitet hatte, wurden zum Teil als selbständige Texte aufgenommen.

Anmerkungen und ein kombiniertes *Personen- und Werkregister* sowie ein *Register der erwähnten Werke Goethes* sollen (sich gegenseitig ergänzend) die notwendigen Erläuterungen zum Verständnis des Wortlauts an die Hand geben. Der Leser hat aber zu berücksichtigen, daß die Anmerkungen nicht auch alle Irrtümer oder Entstellungen von Tatsachen berichtigen wollen. Einen aufwendigen, Vollständigkeit anstrebenden wissenschaftlichen Apparat sollten die „Vertraulichen Briefe“ nicht erhalten. Die Zeugnisse sprechen für sich selbst; detaillierte Information über Spezialprobleme kann nicht der Zweck einer solchen Sammlung sein; die Kenntnis der wichtigsten Tatsachen aus Goethes Leben und Zeit werden vorausgesetzt.

Schließlich wurden der Sammlung *Porträts* beigegeben, die dem Leser die wichtigsten Autoren auch optisch vorstellen sollen; in einigen Fällen wurden zudem Abbildungen von Gegenständen beigefügt, von denen im Text ausführlicher die Rede ist. Auch bei der Zusammenstellung dieser Beigaben haben sich die Herausgeber bemüht, dem Eigenwert und der Eigenart dieses „Lesebuchs“ gerecht zu werden.

Regine Otto

Anmerkungen

1817

5 *Zu diesem Behuf ...* – Karl Lenz berichtet hier, wie er im Jahre 1779 als Jenaer Student den geisteskranken Bruder Jakob Michael Reinhold Lenz von Hertingen an der schweizerischen Grenze in die Heimat geführt hat. Der Arzt Dr. Dumpf sammelte Angaben über den Dichter und Nachgelassenes.

„Unseren Verkehr" – „Unser Verkehr", die antijüdische Posse von Sessa, leitete eine neue Welle des Antisemitismus in Deutschland ein.

6 *sind wir Ihnen sehr dankbar* – In Niebuhrs Kreis verkehrten in Rom Overbeck, Cornelius, Wilhelm Schadow, Koch u. a. Hier wurde Goethes „Italienische Reise" gelesen und besprochen.

7 *die Kunstaufgaben* – Die Preisausschreiben der „Weimarer Kunstfreunde" (Goethe, Meyer, Schiller u. a.) 1799–1805 für Werke der bildenden Kunst nach vorgegebener Themenstellung aus der antiken Mythologie.

9 *Simson seine Locken verloren* – Der alttestamentliche Held Simson konnte von seinen Feinden überwältigt werden, nachdem ihm seine Geliebte im Schlaf die Locken abgeschnitten hatte. (Vgl. Buch der Richter, Kapitel 16.)

13 *„Chien d'Aubry"* – Die Aufführung des Dramas „Der Hund des Aubry" von Pixérécourt wurde von Frau von Heygendorff gegen Goethes Willen am 12. April durchgesetzt. Am 13. April wurde Goethe von den Geschäften der Hoftheaterintendanz dispensiert.

16 *Sage mir, was Goethe vornimmt* – Ernst von Schiller studierte Jura in Jena.

17 *seiner Schwiegertochter* – August von Goethe war seit Ende 1816 mit Ottilie von Pogwisch verlobt; sie heirateten am 17. Juni 1817.

21 *Unser Freund hat hier ...* – Der letzte Satz ist ironische Nachahmung des Goetheschen Stils.

à la lettre – (franz.) buchstäblich, wörtlich.

21 *Verhältnis ... in Weimar* – Mounier war als Sohn des Emigranten Jean-Joseph Mounier, der 1795–1799 die Erziehungsanstalt in Belvedere leitete, in Weimar aufgewachsen und dann 1807 im besetzten Weimar oberster Beamter der französischen Militärverwaltung.

24 *Avantage* – (franz.) Vorteil, Vorrecht.

Tierce-Verbindung – Verbindung über eine Mittelsperson.

30 *würde sie Goethe bekehren* – Die religiöse Ideologin der Heiligen Allianz, Baronin von Krüdener, befreundet mit Alexander I., zog seit 1815 mit einem geistlichen Propagandatrupp von Land zu Land und fand mit Reden und Flugschriften viel Anklang. Goethe distanzierte sich in einem Gedicht vom 4. April 1818, indem er auf ihre 1803 erschienene autobiographische Liebesgeschichte „Valérie ou Lettres de Gustave de Linar à Ernest de G***" anspielte:

Junge Huren, alte Nonnen
Hatten sonst schon viel gewonnen,
Wenn, von Pfaffen wohlberaten,
Sie im Kloster Wunder taten.
Jetzt geht's über Land und Leute
Durch Europens edle Weite!
Hofgemäße Löwen schranzen,
Affen, Hund' und Bären tanzen
– Neue leid'ge Zauberflöten –
Hurenpack, zuletzt Propheten!
(WA I, 5/1, 185.)

neueste Sammlung seiner Gedichte – In Band 1 und 2 der zwanzigbändigen Cottaschen Werkausgabe von 1815–1819.

1818

31 *Goethes Kanzleischreiben* – Der Dessauer Bibliothekar Rode hatte Goethes Briefe aus der Leipziger Zeit an Behrisch von dessen Erben gekauft und durch Knebel wieder in Goethes Hände gebracht. Er war mit Goethes Dank nicht zufrieden.

Aristippus – Der Begründer des Hedonismus lehrte Genußfähigkeit in Ausgeglichenheit als die höchste Tugend.

32 *bei den Masken* – Gemeint ist das Maskenfest zum Geburtstag Maria Pawlownas am 16. Februar 1818, zu dem Goethe von Jena aus die Verse „Der Abwesende dem Maskenfest" gesandt hatte, dann aber doch selbst erschien.

38 *Musenverein* – Den Musenverein, der seit einem Jahr bestand, bildeten „Julemuse", „Museline", „Tillemuse", „Adelmuse"

(Julie von Egloffstein, Karoline von Egloffstein, Ottilie von Goethe, Adele Schopenhauer) u. a.

40 *wie ... „Stillings Leben" entstanden ist* – Den ersten Band, „Heinrich Stillings Jugend", hat 1777 Goethe herausgegeben.

bei dieser Gelegenheit – Die Taufe des Prinzen Karl Alexander.

unschätzbare Werke von Mailand – Goethes Tagebuch verzeichnet den Besuch des Mailänder Bankiers Heinrich Mylius (1769–1854), eines Bruders des Frankfurter Kaufmanns Johann Jakob Mylius.

42 *more solito* – (lat.) nach gewohnter Weise.

Studentenunfug – Die Burschenschaftsbewegung an den deutschen Universitäten mit ihrem Zentrum in Jena. Von hier aus war am 17./18. Oktober 1817 das Wartburgfest der deutschen Burschenschaften (unter Beteiligung auch namhafter Jenaer Professoren) veranstaltet worden: eine Manifestation für die bürgerliche Freiheit und die Einheit Deutschlands. Metternich beschuldigte darauf in einem Schreiben vom 7. November 1817 Karl August (in dessen Großherzogtum nach der Verfassung vom 5. Mai 1816 die Rede- und Pressefreiheit garantiert war), „aus seinem kleinen Land die Heimstätte des Jakobinertums zu machen". Auf dem Burschentag in Jena vom 10. bis 19. Oktober 1818 wurde dann die „Allgemeine deutsche Burschenschaft" gegründet, während im selben Herbst der erste Kongreß der Heiligen Allianz in Aachen die Karlsbader Beschlüsse vom August 1819 zur Unterdrückung der demokratischen und Verfassungsbewegung vorbereitete.

44 *an bösem Hals krank* – Goethe hatte sich nach Berka zurückgezogen, um ungestört den Text eines Maskenzuges zu Ehren der Kaiserin-Witwe Maria Feodorowna fertigzustellen, der die „dichterischen Landeserzeugnisse" sowie Künste und Wissenschaften vorführen sollte.

Festspiel – Während des Besuchs der russischen Kaiserin-Witwe wurde am 18. Dezember 1818 Goethes Maskenzug „Bei allerhöchster Anwesenheit Ihro Majestät ... Maria Feodorowna ..." vorgeführt.

47 *die Aufführung von „Faust"* – Im Mai 1819 fand in Berlin eine erste Liebhaberaufführung einzelner Szenen im Palais Monbijou mit der Musik des Fürsten Anton Heinrich II. Radziwill statt.

49 *daß Ernst geht* – Vgl. dazu Nr. 2045 und Anm.

50 *einschießen* – Hier: zusammensinken, schrumpfen.

51 *man warnte den Goethe* – Am 23. März 1819 wurde August Kotzebue, dessen „Geschichte des deutschen Reichs" (1814/15) auf dem Wartburgfest 1817 von den Studenten verbrannt wurde und der seit 1818 das reaktionäre „Literarische Wochenblatt" herausgab, von dem Burschenschafter Karl Ludwig Sand ermordet. Auch Goethe glaubte man nun gefährdet.

52 *... Motz davon Nachricht gegeben* – Motz erschien am 4. April bei Goethe, vermutlich in dieser Sache.

54 *nie einen Schritt ... getan* – Vgl. Nr. 2034. Man verlangte jetzt grundsätzlich im Großherzogtum entsprechende Examina (die allerdings Ernst von Schillers Freund August von Goethe bei seiner Anstellung als Kammerrat 1815 noch nicht vorzuweisen brauchte).

57 *seit seinem Hiersein* – Vom 26. Juni bis 24. Juli war Goethe in Jena.

heiterer und mitteilender – Bei Humboldts Besuch am 26. Juli.

58 *dies Tagebuch von selbst studiert* – Goethe arbeitete an den „Tag- und Jahresheften als Ergänzung meiner sonstigen Bekenntnisse".

63 *sein Geburtstag wurde in Weimar gefeiert* – Goethes siebzigster Geburtstag war der erste, der in einem weiteren Kreis beachtet wurde. Feiern fanden statt in Frankfurt, Mainz, Heidelberg, Worms, Hamburg, Jena, Weimar und einigen anderen Orten. Er selbst verbrachte den Tag auf der Reise nach Karlsbad.

64 *Da stand ich auch vor dem Laden* – Lemm berichtet, wie ihn ein Unbekannter auf der Straße darauf aufmerksam gemacht habe, Goethe sei in einen naheliegenden Laden eingetreten und kaufe dort Mineralien.

65 *déshabillé* – (franz.) im Hauskleid. – Später schreibt Bancroft an seine Schwester über Goethe: „Sein Auge ist dunkel und sprühend. Er ist wohlgebaut, würdig in seinem Benehmen. Sein Haar ist weißer und schöner, als ich es jemals auf dem Kopfe eines alten Mannes gesehen habe. Sein Anzug war einigermaßen nachlässig; alle deutschen Professoren und

Schriftsteller sind nämlich in ihrem Anzug und in ihren Gewohnheiten schauderhaft schmutzige Gesellen. Goethe aber hat die Welt gesehen und weiß, was der Anstand erfordert." (Bode III, 82.)

66 *tour de force* – (franz.) Kraftstück, Geniestreich.

67 *... eine ganze Tragödie von fünf Akten* – Die Anekdote trifft auf kein Goethesches Drama zu.

1820

72 *Bürger und Rückert* – Vgl. zu Gottfried August Bürger Nr. 981 und Anm.

74 *An Goethes Stelle* – Nach Goethes Abreise am 28. Mai.

76 *sieben Wochen* – Nach einem Aufenthalt in Berlin und Danzig.

79 *ganz in Gala* – Großherzog Karl August hatte sich zu einem Besuch des Botanischen Gartens angesagt.

80 *meiner englischen Mission* – Gerning vermittelte die Heirat des Erbprinzen von Homburg mit einer Tochter Georgs III.
ebensolche Beschwerden – Vgl. Nr. 1623f.

82 *Neveu* – (franz.) Neffe.

83 *der frommen Seele in Dülmen* – Der stigmatisierten Nonne, in deren Nähe Clemens Brentano 1818–1824 lebte und deren Visionen er aufzeichnete („Leben der heiligen Jungfrau Maria. Nach der Anna Katharina Emmerich Betrachtungen"; 1852 gedruckt).
den alten Tanz – Vgl. Nr. 1724–1726.
seiner Schule – Johannes Daniel Falk gründete nach den Kriegsereignissen von 1813 ein Waisenhaus.

1821

87 *nur zwei Stellen* – Vermutlich ist die zweite davon die Theaterdirektion, die noch von Frau von Heygendorff beherrscht war.

88 *monument national* – Bei der Feier von Goethes siebzigstem Geburtstag war in Frankfurt auf Anregung Sulpiz Boisserées der Plan zu einem Goethedenkmal gefaßt worden: ein Rundtempel nach dem Vorbild des Vestatempels in Rom mit einer Goethebüste darin. Goethe gab am 28. Dezember 1819 seine Zustimmung. Als Dannecker den Auftrag zu der Goethebüste ablehnte, wurde Rauch mit einer Statue beauftragt; Thorwaldsen sollte Reliefs für die Innenwände des Tempels schaffen. Der Verein zur Errichtung des Denkmals zählte im

Mai 1821 erst 20 Mitglieder. (Deutsche Übersetzung des Brieftextes: Durch das beiliegende Programm und die Zeichnung werden Eure Hoheit sehen, daß die Verehrer des berühmten Genies, des Herrn Goethe, den Plan gefaßt haben, ihm in seiner Geburtsstadt Frankfurt ein Nationaldenkmal zu errichten. Das Komitee, das mit der Leitung beauftragt ist, um die Ausführung dieses Denkmals zu überwachen, hat zu hoffen gewagt, daß Seine Majestät der Kaiser geruhen würde, diesem Unternehmen Seinen speziellen Schutz zu gewähren, und in der Beilage hat es sich die Freiheit genommen, ihn untertänig zu erbitten. Nachdem Sie die beiliegende Kopie des Briefes an Seine Majestät den Kaiser gelesen haben, bitte ich Eure Hoheit, ihn Ihrem erhabenen Souverän gütigst vorlegen zu wollen und diese Bittschrift mit Ihrem wohlwollenden Einfluß zu unterstützen. Da ich weiß, daß die Staatsgeschäfte, wie wichtig auch immer sie sein mögen, Sie, Monseigneur, nicht so sehr beanspruchen, daß Sie nicht mit Vergnügen alles, was an Kunst grenzt, kosteten und anhörten, glaube ich, daß ich Ihrem umfassenden Geist Unrecht täte, wenn ich zweifeln könnte, daß Eure Hoheit nicht mit Interesse und Güte unser Vorhaben aufnehmen würde.) Vgl. Nr. 2098, 2108, 2119 und 2257.

90 *in seinem Hause erzogen* – Vgl. Nr. 1218 und Anm.

91 *ob Goethe ... will oder nicht* – Goethe hatte statt des Rundtempels (vgl. Nr. 2093 und Anm.) die Aufstellung seiner Büste in der Stadtbibliothek vorgeschlagen.

92 *sein Bürgerrecht* – Er hatte es erst 1817 aufgegeben.

93 *Arcus senilis* – (lat.) Greisenbogen; im Alter auftretende weißliche Trübung des Randes der durchsichtigen Hornhaut am Augapfel.

94 *im Brösigkischen oder vielmehr gräflich Klebelsbergischen Gesellschaftssaale* – Das Haus gehörte Ulrike von Brösigke, Mutter der (geschiedenen) Frau von Levetzow; deren Freund, Graf Klebelsberg, gab seinen Namen her, weil dort nur Inländer und Katholiken Hausbesitzer werden konnten.

99 *Frankfurter Abgötterei* – Vgl. Nr. 2093 (mit Anm.) und Nr. 2098.

100 *„Pourquoi lire ...“* – (franz.) Wozu derartige Sachen lesen? ... Man sieht's sogleich, daß er niemals die bessere Gesellschaft besucht hat und in welchen Kreisen er verkehrt hat.
habe mauvais ton ... – (franz.) habe einen schlechten Umgangston und daß man sogleich sehe, mit wem er verkehrt usw.

101 *präkonisieren* – lobpreisen.

102 *das erste Mal* – Adele Schopenhauer besuchte Goethe in Jena, wo er sich seit der Zurückkunft aus Böhmen bis zum 4. November aufhielt.

103 *Professor Zelter* – Zelter war mit seiner Tochter Doris und seinem zwölfjährigen Schüler Felix Mendelssohn-Bartholdy bis zum 20. November in Weimar.

„Whist heißt: du sollst das Maul halten." – whist: (engl.) pst!

104 *in Todesangst* – Offenbar, weil die berühmte Sängerin Mara zuhörte.

108 *Carové* – Sein Artikel „Über den Vorschlag zu einem Frankfurter National-Denkmal für Goethe" erschien am 3. September 1821 im „Literarischen Konversationsblatt".

alle seine Handzeichnungen – Der Weimarer Kupferstecher Karl August Schwerdgeburth hatte sechs „Radierte Blätter nach Handzeichnungen von Goethe" mit sechs Gedichten Goethes („Zu meinen Handzeichnungen") herausgegeben.

109 *„Après moi le déluge"* – (franz.) Nach mir die Sintflut. (Ausspruch, der ursprünglich der Marquise de Pompadour zugeschrieben wird.)

1822

110 *die indischen Idole* – Vgl. dazu Nr. 2060 (und 2125).

111 *er sei verstanden* – Im Aufsatz „Geneigte Teilnahme an den Wanderjahren" („Morgenblatt für gebildete Stände" vom 21. März 1822) erwähnte Goethe auch einen Briefwechsel über Goethe, den Varnhagen 1821 im „Gesellschafter" veröffentlichte. Hauptsächlich stammten die Texte von Rahel Varnhagen. – Goethe sprach seine Bewunderung aus „über den durchdringenden Blick ernster Männer und Freunde, die ihre Aufmerksamkeit einem einzelnen in dem Grade geschenkt, daß sie seine Eigenheiten besser kennen als er selbst ..." (WA I, 41/1, 368). – (Der Schwarze Adlerorden war die höchste preußische Auszeichnung und immer mit dem erblichen Adel verbunden.)

112 *„Der mein Brot isset ..."* – Nach Johannesevangelium, Kapitel 13, Vers 18.

113 *Kopfenberger an Kolowrat* – Bericht der Marienbader Polizeiinspektion an den Prager Oberstburggrafen.

Stanislaus Zauper – Von ihm erschienen 1821 „Grundzüge zu einer deutschen theoretisch-praktischen Poetik, aus Goethes Werken entwickelt" und 1822 „Studien über Goethe. Als Nachtrag zur deutschen Poetik aus Goethe".

114 *dem ... Schicksale der Hellenen* – Gemeint ist der griechische Unabhängigkeitskrieg (1821–1829) gegen die Türken.

116 *Erzählung von Pempelfort* – Nicolovius hatte zu dem 1819 gestorbenen Friedrich Heinrich Jacobi ein enges Freundschaftsverhältnis gehabt, kannte also dessen Landsitz Pempelfort bei Düsseldorf sehr genau.

1823

124 *vieles mit Napoleon überein* – Anlaß zu dieser Bemerkung war Knebels Lektüre des „Mémorial de Ste. Hélène" von Las Cases, das 1823/24 in 8 Bänden erschien.

des Krieges mit Spanien – Auf Beschluß der Großmächte (gegen Englands Einspruch) wurden 1823 die Errungenschaften der Revolution von 1820 (Abschaffung des 1814 restaurierten Absolutismus) durch ein französisch-spanisches Invasionsheer wieder rückgängig gemacht.

125 *recht fromm und bigott* – In den eigentlichen Tagebuchnotizen zu dieser für die Veröffentlichung bestimmten Ausarbeitung heißt es: „Er fühle sich gerade in der Disposition, fromm zu werden, und denke es sich gar schön, ein vorgehaltenes Altartuch mit dem Lämmlein und einer Kreuzesfahne gläubig anzublicken" (Mü 60).

Knebel und von Stroganoff – Mit ihnen war Müller gerade in Jena bzw. am Weimarer Hof zusammen gewesen.

131 *Perikarditis* – (lat.) Herzbeutelentzündung.

132 *Pleura* – (lat.) Brustfell.

135 *gerade der 24. Februar* – Anspielung auf den Titel von Zacharias Werners Schicksalstragödie „Der vierundzwanzigste Februar" (1810).

142 *unsers Sohnes* – Johann Heinrich Voß der Jüngere war im Oktober 1822 gestorben.

149 *o dio* – (ital.) o Gott.

154 *einige Verlegenheit* – Wegen einer möglichen neuen Heirat Goethes (vgl. Nr. 2180) waren August von Goethe und seine Frau Ottilie äußerst beunruhigt. Vgl. auch Nr. 2182 und 2186.

Pereat – (lat.) Nieder mit ihm! (Studentischer Schimpfruf.) Vgl. Nr. 2040 und Anm.

156 *Dieser sein Unmut* – Vorher heißt es, daß „der alte Herr seinen leidenschaftlichsten Zorn über unser neues Judengesetz, welches die Heurat zwischen beiden Glaubensverwandten gestattet, ausgoß. ... alle *sittlichen* Gefühle in den Familien,

die doch durchaus auf den *religiösen* ruhten, würden durch ein solch skandaloses Gesetz untergraben ..." (Mü 74).

158 *Mouvement* – (franz.) Bewegung, Aktivität.
unwürdigen Tadel – Nach den falschen „Wanderjahren" von Pustkuchen und der Schrift von Schütz, „Goethe und Pustkuchen" (vgl. Nr. 2141), erschien 1823 in Braunschweig das Pamphlet „Goethe als Mensch und Schriftsteller. Aus dem Englischen bearbeitet und mit Anmerkungen versehen von Friedrich Glover" (Pseudonym für Christian Heinrich Gottlieb Köchy). Wegen „leichtsinniger Verachtung der Religion und Moralität", wegen schlechter und unmoralischer politischer Maximen wird Goethe darin zum „verabscheuungswürdigen Menschen" gestempelt.

159 *Dir nachfolgen* – Ernst von Schiller hatte geheiratet.

162 *cara mamma* – (ital.) teure Mama.

1824

179 *was der Rauch entworfen hatte* – Vgl. Nr. 2093 und Anm. sowie Nr. 2257. Rauchs (dritter, erst 1824 modellierter) Entwurf zeigte Goethe ebenfalls antikisierend, in römischem Gewande auf einem schweren antiken Sessel sitzend. Bettina von Arnims Entwurf wurde 1850 von dem Bildhauer Karl Steinhäuser ausgeführt.

184 *unsern Heros selbst verpfuscht* – Vorher heißt es, Jean Paul sei durch allzu vielen Weihrauch verdorben worden.

185 *die ganze Sache* – Der Maler Alexander Macco hatte durch Goethes Vermittlung Müller ein selbstverfertigtes Bildnis von Auguste Jacobi geschenkt. Es blieb einige Zeit in Goethes Hause.

186 *daß man da ... verstimmt ist* – Malsburgs Gewährsleute in Weimar waren besonders Johanna und Adele Schopenhauer sowie deren Freund Gerstenbergk.

187 *das Geschenk seines ... „Werthers"* – Die auf 1825 vordatierte Jubiläumsausgabe des „Werther".

1825

190 *ein Privilegium* – Die „Vollständige Ausgabe letzter Hand" in 60 Bänden erschien „unter des durchlauchtigsten deutschen Bundes schützenden Privilegien" bei Cotta in den Jahren 1827–1842. Die Verhandlungen über das Privileg waren jedoch noch im Gange. Vgl. die folgenden Briefe.

190 *Brandunglück* – Der Brand des Weimarer Schauspielhauses in der Nacht vom 21. zum 22. März 1825.

191 *seine guten Nachrichten* – Preußen (mit seinem Gesandten Nagler) unterstützte Goethes Gesuch an den Bundestag um Schutz seiner Werke gegen den Nachdruck; um jedoch keinen Präzedenzfall zu schaffen (vgl. Nr. 2235), verliehen ihm schließlich die Bundesstaaten einzeln das Privileg.

193 *Heine an Christiani* – Der Brief beschreibt Heines Besuch bei Goethe am 2. Oktober 1824.

195 *diese Einlage* – Im Brief vom 10. Juli 1825 schlug Goethe den Schillerschen Erben vor, ihren „zu erwartenden Anteil ... [am Briefwechsel Goethe–Schiller] mit zweitausend Talern" vorläufig zu bezahlen, da die Veröffentlichung mit Rücksicht auf andere erwähnte Personen sich noch verzögern werde. Ein eventueller Mehrgewinn nach Veröffentlichung sollte dann den Schillerschen Erben „mit zuteil werden".

197 *feindseliges Benehmen* – Vgl. Nr. 2242.

198 *mit Cotta gebrochen* – Sulpiz Boisserée vermittelte bald darauf in Goethes Auftrag bei Cotta wegen des geforderten Honorars von 80 000 Talern für die Ausgabe letzter Hand. Vgl. weiter Nr. 2267 und Anm.

202 *Logengesänge* – Am 3. September 1825 beging Großherzog Karl August sein fünfzigjähriges Regierungsjubiläum.

203 *Der 7. November* – Der fünfzigste Jahrestag von Goethes Ankunft in Weimar.

205 *Goethes Monument* – Vgl. Nr. 2093.

Vertrag des Herrn Professors Rauch – Ritter war Vermittler bei den Verhandlungen. Bethmann verpflichtete sich, für die Statue 5000 Taler (aus eigener Tasche) zu zahlen. Er starb jedoch am 28. Dezember 1826, wodurch das ganze Vorhaben endgültig hinfällig wurde. Rauch, der mit der Ausführung zu dem Zeitpunkt noch nicht begonnen hatte, nahm die Erben nicht in Anspruch.

206 *honoris gratia* – (lat.) ehrenhalber.

207 *das Schreiben des Großherzogs* – In Karl Augusts (von Minister Fritsch verfaßtem) kurzem Glückwunschschreiben heißt es, er betrachte diesen Tag „als das Dienstjubelfest meines ersten Staatsdieners, des Jugendfreundes, der mit unveränderter Treue, Neigung und Beständigkeit mich bisher in allen Wechselfällen des Lebens begleitet hat ..." Das Schreiben wurde in Weimar öffentlich angeschlagen.

211 *„unité de doctrine"* – (franz.) Einheit der Lehre.
droit de l'aînesse – (franz.) Erstgeburtsrecht.
Substitution – Die Ernennung eines Erben (Substitutus) für den Fall, daß ein vorgenannter Erbe (Institutus) die Erbschaft nicht antritt. Anlaß zu Goethes Äußerungen boten offenbar die Unstimmigkeiten bei der Thronfolge in Rußland 1825 und der Dekabristenaufstand am 26. Dezember 1825.

212 *die zu fordernde Summe* – Vgl. Nr. 2242.
wie Offenheit ... gut gewirkt hat – Am 20. März hatte Ernst von Schiller Goethe an die Auszahlung der vorläufig vereinbarten 2000 Taler für den Briefwechsel Schiller–Goethe erinnert. Darauf hatte August im Namen des Vaters geantwortet, diese vorläufige Zahlung sei nun nicht mehr nötig, denn jetzt sei wider früheres Erwarten das Manuskript der Briefe beinahe druckfertig, so daß die endgültige Honorarzahlung bald bevorstehe.

213 *Verlagsangelegenheit* – Vgl. Nr. 2249 und Anm. Cotta gab 60000 Taler fest bei 20000 Auflage und versprach weitere 30000 bzw. 60000 Taler, wenn noch weitere 10000 bzw. 20000 Stück abzusetzen seien. Am 30. Januar willigte Goethe ein. Cotta zahlte 1827 bis 1830 die 60000 und 1832 für die Ausgabe des Nachlasses (Band 41–60 der „Ausgabe letzter Hand") 22500 Taler.

214 *Ressource* – (franz.) Geldmittel.

216 *In Weimar angekommen ...* – Eckermann hatte seine Braut in Hannover besucht.
mündliche Verhandlungen – Am 9. Juli war Charlotte Schiller in Bonn gestorben. Der Sohn wollte zur Ordnung des Nachlasses nach Weimar kommen.

219 *Goethe wird ... zahlen* – Bei seinem Aufenthalt in Weimar im September 1826 schloß Ernst von Schiller mit Goethe über die Herausgabe des Briefwechsels einen Vertrag, worin er auf Goethes Absichten völlig einging.

221 *nach dem nur fünf Stunden entlegenen Weimar* – Die Rede ist von einem Besuch der ganzen Familie in Arnstadt.
das Bevorstehende – Schillers Gebeine waren seiner ersten Begräbnisstätte, dem „Kassengewölbe", entnommen worden und sollten nun in der Großherzoglichen Bibliothek feierlich beigesetzt werden. Vgl. Nr. 2291.

223 *quondam meminisse juvabit* – (lat.) was später einmal in der Erinnerung erfreulich sein wird.

223 *über Shakespeares „Romeo und Julie"* – In „Shakespeare und kein Ende" (Teil 3, 1826) wendet sich Goethe gegen das „Vorurteil ..., daß man Shakespeare auf der deutschen Bühne Wort für Wort aufführen müsse, und wenn Schauspieler und Zuschauer daran erwürgen sollten".

Probebogen – Die „Anzeige von Goethes sämtlichen Werken, vollständige Ausgabe letzter Hand", ein Heftchen von 12 Seiten, enthielt u. a. als Erstdruck das Gedicht „Einlaß" aus dem „West-östlichen Divan".

224 *dieses Gedicht* – Die Parodie erschien unter Goethes Namen im „Mittagsblatt":

Meinen vielfach hochbedingten,
Tiefbegabten, langbedachten,
Hebe vor und liebe nach,
Daß das Mahl, das sie vollbrachten
Mit den Bechern ausgelagten,
Stets und ewig habe Dank.

Gebe vielfach Peter Wechsel
Große Lust, sanft süßes Leiden,
Teure Freunde! Geistgenossen!
Schroffen Züglern unverdrossen,
Selbst sich und den Schein der Zeit,
Großen Dank zur Ewigkeit.

Dies der vielfach breitgerührten,
Tränerweichten Dankeskräftigung.
Ich, dem vieloft mehrsam Bilder
Heißer Zukunft zu erscheinen,
Süßer Lust dabei zu weinen,
Meinen Dank euch, ewig euch!

226 *Hauptmoyen* – moyen: (franz.) Mittel (hier: zur Beförderung der Handlung).

229 *Parotis* – Ohrspeicheldrüse.

1827

230 *wie uns Bettina ... erzählte* – Vgl. Nr. 2122.

233 *Therese Huber an Karoline Pichler* – Vgl. Nr. 2278.

235 *die Stelle über die „Nouvelle Héloise"* – Reinhard hatte geschrieben, er lese mit großer Rührung Rousseaus „Nouvelle Héloise" wieder vor, die er mit zweiundzwanzig Jahren, zur Zeit seiner ersten Liebe, zum ersten Mal gelesen.

236 *je ne sais pas quoi* – (franz.) ich weiß nicht was.

238 *Singspiele* – Die Vorläufer der französischen Operette: die Vaudevilles.

239 *Auszug der Braut* – Prinzessin Marie Luise wurde mit dem Prinzen Karl von Preußen verheiratet.

240 *Das Bibliotheksgeschäft* – Eckermann sollte auf der Großherzoglichen Bibliothek bei der Anlage eines neuen Katalogs mithelfen.

241 *Was Goethe von den Titeln und Orden denkt* – Zu Moritz Oppenheim (vgl. Nr. 2305) hatte Goethe geäußert: „Ein Titel und ein Orden hält im Gedränge manchen Puff ab" (Gespr III/2, 132).

245 *Canning* – Zu Goethes Hochschätzung des englischen liberalen Politikers vgl. Eckermanns „Gespräche mit Goethe" und Kanzler von Müllers „Unterhaltungen mit Goethe".

246 *gehe um Gottes willen zu Goethen* – Varnhagen besuchte ihn am 19. September von Jena aus.

249 *„Labyrinth der Brust"* – Aus Goethes Gedicht „An den Mond".

254 *8000 Taler auf den Tisch* – Goethe hatte im Schreiben vom 17. Dezember 1827 erklärt, das Manuskript nicht vor Zahlung der 8000 Taler auszuhändigen, weil er den Schillerschen Erben, worunter zwei Frauen seien, verantwortlich sei und sich auf alle Fälle vorzusehen habe. Cotta schrieb darauf, die Familie Schiller habe von ihm längst mehr Vorschüsse erhalten, als ihr Anteil betrage. Goethe forderte nun von Cotta eine rechtsgültige Erklärung der Schillerschen Erben, daß sie vollkommen befriedigt seien und an ihn keine Ansprüche mehr erheben könnten. Zugleich aber schickte er die Druckvorlage an Cotta ab. (Vgl. Nr. 2329.)

1828

256 *an meiner Lage* – Durch den Tod des Professors Melos wurde dessen Anstalt für junge Engländer aufgelöst, wo Eckermann bisher den nötigsten Unterhalt als Lehrer verdient hatte.

258 *Befriedigung ... ein schmerzlicher Irrtum* – Cottas Vorschüsse (vgl. Nr. 2324 und Anm.) waren für die Ausgabe von Schillers Werken gezahlt worden.

Mr. Carlyle hat sehr recht – Carlyle hatte über Goethes „Helena. Zwischenspiel zu Faust" einen Artikel in der „Foreign Review" veröffentlicht, deren Redakteur Fraser war.

259 *in der bewußten Angelegenheit* – In August Wilhelm Schlegels „Kritischen Schriften" (2 Bände, 1828) hieß es, Goethe habe

1804 seine Rezension „Gedichte von J. H. Voß d. Ä.“ nur auf Vossens wiederholtes Drängen geschrieben, und das Lob sei ironisch gewesen, was aber Voß nicht gemerkt habe. Ernestine Voß bat Eckermann deshalb, bei Goethe eine Gegenerklärung anzuregen.

260 *in jenen „Europäischen Blättern“* – Menzel hatte schon in den „Streckversen“ (Heidelberg 1823) sich gegen Goethe gewandt, am schärfsten dann 1824 in den „Europäischen Blättern“ mit dem Artikel „Galerie der berühmtesten deutschen Dichter“, dessen Goethekapitel abgeschwächt und überarbeitet in „Die deutsche Literatur“ (1828) übergegangen ist.

263 *geflüchtet* – Nach Karl Augusts Tod am 14. Juni.

264 *vom ersten Eintreten an* – Die Rede ist von einem Besuch Frommanns mit einer Frau von Löw und deren Tochter Luise in Dornburg.

265 *gleichfalls sehr abgeraten* – Auch die Braut war gegen die Übernahme eines kleinen Postens in Hannover, weil die Hannoveraner nicht begreifen würden, wieso Goethes Günstling Eckermann eine so schlechte auswärtige Stelle anstreben könne.

268 *Äußerungen über meinen armen „Phaëthon“* – Schiller veröffentlichte dieses Jugendgedicht von Gries 1797 in seinem Musenalmanach; er nannte es im Brief vom 8. September 1797 ein närrisches Produkt. Goethe antwortete am 25. September, es sei „gar nicht übel gemacht“.

1829

269 *wie der alte Herr sich ... benommen* – Goethe lehnte am 28. Juni 1828 Holteis Bühneneinrichtung des „Faust“ ab.

270 *Varnhagen ... an seine Frau* – Varnhagen berichtet hier nur, was Lützerode ihm erzählt hat.

274 *Schlag des Schicksals* – Friedrich und sein jüngerer Bruder Christian Heinrich Schlosser sind die Neffen von Goethes Schwager Johann Georg Schlosser.

281 *Das Haus ist klein* – Odyniec und Mickiewicz wurden im Gartenhaus empfangen.

282 *„Pardon, messieurs ...“* – (franz.) „Entschuldigen Sie, meine Herren, daß ich Sie habe warten lassen.“

283 *daß er sie nicht kenne* – „Römische Elegien“ waren seit 1795 mehrmals im Druck erschienen.

„qu'il est capable ...“ – (franz.) „daß er noch heute fähig ist, sich in jemand zu vernarren“.

283 *in der Mitte des Salons* – Die Rede ist von einem Tee bei Goethe, bei dem außer den beiden Polen auch englische und französische Gäste (d'Angers, Victor Pavie) zugegen waren.
„Il faut ...“ – (franz.) „Ich muß Sie das einmal sehen lassen.“
285 *„Je vous remercie ...“* – (franz.) „Ich danke Ihnen, meine Herren, ich danke Ihnen aufrichtig“ (für die Glückwünsche zum Geburtstag).
führte Goethe selber hin – Der König von Bayern schenkte eine Skulptur, die einen Sohn der Niobe darstellt.
286 *[nach der Aufführung des „Faust“]* – Zu Goethes achtzigstem Geburtstag wurde in Weimar erstmals der „Faust“ inszeniert.
289 *herzlich ... Milde* – Diese Worte sind in der Urschrift deutsch.

1830

295 *damals ... verhindert, weiter darin einzugehen* – Stackelberg berichtet auf Kestners Bitte noch einmal von seinem Besuch im August 1829 (vgl. Nr. 2373); bei dem betreffenden Gespräch wurden zunächst mythologische Streitfragen behandelt.
296 *der 16.* – Der Geburtstag Großherzogin Maria Pawlownas. – Die Großherzogin Luise lag im Sterben.
304 *Myrons Kuh* – Anspielung auf Goethes gleichnamige Distichen und die zugehörige kunsttheoretische Abhandlung von 1812 (gedruckt 1818).
305 *cum beneficio inventarii* – (lat.) mit Rechtsvergünstigung des Inventars. Nach dieser Rechtsbestimmung darf der Erbe von den Nachlaßgläubigern nicht über den vorhandenen Nachlaß hinaus haftbar gemacht werden.
307 *tonans* – (lat.) donnernd (gebräuchlicher Beiname für Jupiter).
308 *„Tel est notre plaisir.“* – (franz.) „So ist es unser Belieben.“ (Verordnungsformel der französischen absoluten Herrscher.)
Commencement de la fin – (franz.) Anfang des Endes.
309 *blitzschnelle Revolution* – Die Julirevolution von 1830 führte nach dreitägigen Kämpfen innerhalb von zehn Tagen zur Ausarbeitung einer neuen Verfassung und Einsetzung des konstitutionellen „Bürgerkönigs“ Louis Philippe von Orleans. In Leipzig gab es am 2. September große Kundgebungen, gegen die das Militär machtlos war; es wurde außerdem, wie kurz darauf in Dresden und anderen Städten Sachsens, eine Bürgergarde gebildet.
310 *einem armen Fräulein* – Offenbar Bezug auf die Übersetzerin Marie von Teubern.

311 *dieser Schlag* – Am 27. Oktober starb August von Goethe in Rom. Am 10. November traf die Nachricht in Weimar ein.

312 *„Non ignoravi ..."* – (lat.) „Ich war mir wohl bewußt, einen Sterblichen gezeugt zu haben."

315 *Eckermann an Johanne Bertram* – Eckermann (vgl. Nr. 2384) hatte schon am 25. Juli die Rückreise von Italien angetreten und kehrte auf der Fahrt von Northeim nach Weimar in Göttingen ein.

316 *Angelegenheit mit dem Prinzen* – Eckermann sollte den zwölfjährigen Karl Alexander in Englisch und vielleicht auch in deutscher Literatur unterrichten (vgl. Nr. 2417).

325 *unser beider Verlust* – Sorets Vater war gestorben.

1831

327 *hast ... schlecht Wort gehalten* – Eckermann arbeitete jetzt an Goethes Briefen.

328 *Pasquale* – Der heute aus Donizettis Oper „Don Pasquale" (1843) bekannte Typ des alten Junggesellen, der eine junge Frau heiraten will, wurde schon 1810 durch Stefano Pavesis Oper „Ser Marcantonio" bekannt.

330 *die Poesie des Sohnes* – Gemeint ist offenbar die poetische Begabung Augusts, von der Ernst von Schiller eine gute Meinung hatte.

331 *schreibe mir, wieviel* – Es waren 5 Prozent des Erlöses von fünf Bänden nachgelassener Werke.

332 *Deine Verheiratung* – Eckermann heiratete am 19. November 1831.

Von Goethes neuem „Faust" – Vom zweiten Teil des „Faust" veröffentlichte Goethe nur (1828) ein Fragment des ersten Akts. Seit Sommer 1831 lag das vollständige Manuskript vor, sollte aber erst postum veröffentlicht werden.

333 *Weimar nicht berühren dürfen* – Wegen der Vorschriften gegen die Choleraepidemie.

Klingsor – Der Mentor des jungen Dichters Ofterdingen in Novalis' Romanfragment „Heinrich von Ofterdingen" (1802).

1832

334 *Dorl* – Kreisel.

338 *Alma* – Goethes Enkeltochter war zu gleicher Zeit krank.

Baseler Friedensschluß – Im Sonderfrieden zu Basel zwischen Frankreich und Preußen 1795 schied Preußen aus der antifranzösischen Koalition aus.

345 *Beilage ... mit seinem eigenen Fette* – Es war die Begräbnisrede, die der Generalsuperintendent am 26. März als einziger Redner gehalten hat. Ihre Schlußworte lauten: „Und so wandle denn in diesen höhern Räumen die neue Bahn, welche sich vor deinem verklärten Blicke öffnete. Und stille den heißen Durst deines Wissens in dem nähern Anschaun der Herrlichkeit der Welten, die dich jetzt umleuchten! Und schreite, von den beengenden Banden des Leibes entfesselt, auf dem Pfade der Weisheit rüstig weiter, welche du hier suchtest und deren Vollendung und Ziel nur in dem ewigen Geist zu finden ist, an welchen wir glauben. Was irdisch an dir war, geben wir der Erde wieder, und mit der sinnlichen Hülle, mit welcher du unter uns wandeltest, begraben wir zugleich die menschlichen Schwachheiten und Gebrechen, durch welche du auch an deinem Teil der Natur ihre Schuld bezahltest. ‚Wenn der Mensch', sprachest du selbst, ‚wenn der Mensch über sein Körperliches und Sittliches nachdenkt, findet er sich gewöhnlich krank. Wir leiden alle am Leben. Wer will uns, außer Gott, zur Rechenschaft ziehen? Tadeln darf man keinen Abgeschiedenen. Nicht was sie gefehlt und gelitten, sondern was sie geleistet und getan, beschäftige die Hinterbliebenen. An den Fehlern erkennt man den Menschen, an den Vorzügen den einzelnen. Mängel haben wir alle gemein; die Tugenden gehören jedem besonders.' Durch diese deine eigenen Worte auf den Gerechten und Heiligen hingewiesen, vor welchem du jetzt stehest, um von dem Gebrauche des dir verliehenen großen Pfundes Rechnung abzulegen, und eingedenk des ernsten Spruches unseres göttlichen Meisters: ‚Wem viel gegeben ist, von dem wird man viel fordern', empfehlen wir deine Seele der Gnade und Erbarmung dessen, von welchem wir alle Erbarmung und Gnade hoffen, und beten über deiner Asche: Vater unser ..." (Bode III, 404.)

346 *Turngesänge* – Lieder der von Friedrich Ludwig Jahn 1811 gegründeten deutschen bürgerlich-nationalen Turnerbewegung (z. B. Hans Ferdinand Maßmanns „Ich hab mich ergeben").

Hambacher Reden – Auf dem Hambacher Fest am 27. Mai 1832 wurden vor 30 000 Menschen aus vielen Teilen (vor allem Süd-) Deutschlands die Forderungen nach nationaler Einheit, bürgerlicher Freiheit und republikanischer Staatsordnung vorgetragen.

Personen- und Werkregister

Verzeichnet sind die fortlaufenden Nummern der Texte. Band 1 enthält die Nummern 1–779, Band 2 die Nummern 780–1967, Band 3 die Nummern 1968–2444. Die Sigle A kennzeichnet eigene Briefsendungen, B den Briefempfang, C die Erwähnung in anderen Briefen.

Register der Anonyma und Periodika

Verzeichnet sind die fortlaufenden Nummern der Texte. Band 1 enthält die Nummern 1–779, Band 2 die Nummern 780–1967, Band 3 die Nummern 1968–2444.

Register der Werke Goethes

Verzeichnet sind die fortlaufenden Nummern der Texte. Band 1 enthält die Nummern 1–779, Band 2 die Nummern 780–1967, Band 3 die Nummern 1968–2444.

Quellenverzeichnis

Anordnung in alphabetischer Reihenfolge der Siglen.

Alt-Weimar	Ludwig Geiger, „Aus Alt-Weimar. Mitteilungen von Zeitgenossen nebst Skizzen und Ausführungen“, Berlin 1897
Archiv	„Archiv für das Studium der neueren Sprachen und Literaturen“, begründet von Ludwig Herrig, Braunschweig 1846ff.
ArchivLit	„Archiv für Litteraturgeschichte“, hrsg. von Franz Schnorr von Carolsfeld, Leipzig 1869–1887
ArnB	„Achim von Arnim und die ihm nahe standen“, hrsg. von Reinhold Steig und Herman Grimm, Band 1: „Achim von Arnim und Clemens Brentano“, bearbeitet von Reinhold Steig, Stuttgart 1894
ArnBe	„Achim von Arnim und die ihm nahe standen“, hrsg. von Reinhold Steig und Herman Grimm, Band 2: „Achim von Arnim und Bettina Brentano“, bearbeitet von Reinhold Steig, Stuttgart und Berlin 1913
ArnBet	„Achim und Bettina in ihren Briefen. Briefwechsel Achim von Arnim und Bettina Brentano“, hrsg. von Werner Vordtriede, mit einer Einleitung von Rudolf Alexander Schröder, Band 1, Frankfurt am Main 1961
ArnG	„Achim von Arnim und die ihm nahe standen“, hrsg. von Reinhold Steig und Herman Grimm, Band 3: „Achim von Arnim und Jacob und Wilhelm Grimm“, bearbeitet von Reinhold Steig, Stuttgart und Berlin 1904
Be	„Vor hundert Jahren. Elise von der Reckes Reisen durch Deutschland 1784–86 nach dem Tagebuche ihrer Begleiterin Sophie Becker“, hrsg. und eingeleitet von G. Karo und M. Geyer, Stuttgart 1884
Beth	Heinrich Pallmann, „Die Familien Goethe und Bethmann“, in: Festschrift zu Goethes 150. Geburtstagsfeier dargebracht vom Freien Deutschen Hochstift, Frankfurt am Main 1899

Bode „Goethe in vertraulichen Briefen seiner Zeitgenossen. Auch eine Lebensgeschichte“, zusammengestellt von Wilhelm Bode, 3 Bände, Berlin 1918–1923

BodeSt „Stunden mit Goethe. Für die Freunde seiner Kunst und Weisheit“, hrsg. von Wilhelm Bode, 10 Bände, Berlin 1905–1921

Bö „Literarische Zustände und Zeitgenossen. In Schilderungen aus Karl Aug[ust] Böttigers handschriftlichem Nachlasse“, hrsg. von Karl Wilhelm Böttiger, 2 Bände, Leipzig 1838

BöS Ludwig Börne, „Sämtliche Schriften“, neu bearbeitet und hrsg. von Inge und Peter Rippmann, 3 Bände, Düsseldorf 1964

BötSa Carl von Beaulieu-Marconnay, „Berliner Skizzen vom Jahre 1797. Nach ungedruckten Materialien“, in: Im neuen Reich. Wochenschrift für das Leben des deutschen Volkes in Staat, Wissenschaft und Kunst, hrsg. von Konrad Reichard, 6. Jg., 1876, Band 2, Leipzig 1876

Bött Karl Wilhelm Böttiger, „Karl August Böttiger. Eine biographische Skizze von dessen Sohne“, Leipzig 1837

BöU Michael Holzmann, „Aus dem Lager der Goethe-Gegner. Mit einem Anhange: Ungedrucktes von und an Börne“, Berlin 1904 (= Deutsche Literaturdenkmale Nr. 129)

BöW „Börnes Werke“, historisch-kritische Ausgabe in 12 Bänden, hrsg. von Ludwig Geiger u. a., Berlin, Leipzig, Wien, Stuttgart 1911–1913

Boi Eduard Firmenich-Richartz, „Die Brüder Boisserée“, Band 1: „Sulpiz und Melchior Boisserée als Kunstsammler. Ein Beitrag zur Geschichte der Romantik“, Jena 1916

Boie „Briefe an Heinrich Christian Boie“ (= Mitteilungen aus dem Literaturarchive in Berlin, 1905)

BoieM „Ich war wohl klug, daß ich dich fand. Heinrich Christian Boies Briefwechsel mit Luise Mejer 1777–85“, hrsg. von Ilse Schreiber, 2., durchgesehene und erw. Aufl., München 1963

Bois „Sulpiz Boisserée“, hrsg. von Mathilde Boisserée, Band 1, Stuttgart 1862

Braun Julius W. Braun, „Schiller und Goethe im Urtheile ihrer Zeitgenossen. Zeitungskritiken, Berichte und Notizen ... aus den Jahren 1773–1812“, Abt. II: „Goethe“, 3 Bände, Berlin 1883

Brent — Clemens Brentano, „Briefe", hrsg. von Friedrich Seebaß, 2 Bände, Nürnberg 1951

BrKn — „Zur deutschen Literatur und Geschichte. Ungedruckte Briefe aus Knebels Nachlaß", hrsg. von Heinrich Düntzer, 2 Bände, Nürnberg 1858

BrM I — „Briefe an Johann Heinrich Merck von Göthe, Herder, Wieland und andern bedeutenden Zeitgenossen. Mit Mercks biographischer Skizze", hrsg. von Karl Wagner Darmstadt 1835

BrM II — „Briefe an und von Johann Heinrich Merck. Eine selbständige Folge der im Jahr 1835 erschienenen Briefe an J. H. Merck", aus den Handschriften hrsg. von Karl Wagner, Darmstadt 1838

BrM III — „Briefe aus dem Freundeskreise von Goethe, Herder, Höpfner und Merck. Eine selbständige Folge der beiden in den Jahren 1835 und 1838 erschienenen Merckischen Briefsammlungen", aus den Handschriften hrsg. von Karl Wagner, Leipzig 1847

Brüder — John Becker, „Goethe und die Brüdergemeine", mit einem Geleitwort von Friedrich Lienhard, Neudietendorf 1922

Bürg — „Briefe von und an Gottfried August Bürger. Ein Beitrag zur Literaturgeschichte seiner Zeit. Aus dem Nachlaße Bürger's u. a. meist handschriftlichen Quellen" hrsg. von Adolf Strodtmann, 4 Bände, Berlin 1874

BürgG — „Aus dem Briefwechsel zwischen Bürger und Göckingk", mitgeteilt von August Sauer, in: Vierteljahrschrift für Litteraturgeschichte, unter Mitwirkung von Erich Schmidt und Bernhard Suphan hrsg. von Bernhard Seuffert, Band 3, Weimar 1890

Ca — Carl Gustav Carus, „Lebenserinnerungen und Denkwürdigkeiten", nach der zweibändigen Originalausgabe von 1865/66 neu hrsg. von Elmar Jansen, Band 1, Weimar 1966

Cam — J. Leyser, „Joachim Heinrich Campe. Ein Lebensbild aus dem Zeitalter der Aufklärung", Band 2, Braunschweig 1877

Car — „Caroline. Briefe aus der Frühromantik", nach Georg Waitz vermehrt hrsg. von Erich Schmidt, 2 Bände, Leipzig 1913

ChKalb — „Briefe von Charlotte von Kalb an Jean Paul und dessen Gattin", hrsg. von Paul Nerrlich, Berlin 1882

Chronik „Chronik des Wiener Goethe-Vereins“ (Wien 1887 ff.), Bände 23, 25, 26 (1909–1912)

Con „Goethe's Unterhaltungen mit Carl Friedrich von Conta. Zum 10. November mitgeteilt von Bernhard Suphan“, in: Deutsche Rundschau, hrsg. von Julius Rodenberg, Band 109 (Oktober–Dezember), Berlin 1901

Diede Veit Valentin, „Goethes Beziehungen zu Wilhelm von Diede“, in: Festschrift zu Goethes 150. Geburtstagsfeier dargebracht vom Freien Deutschen Hochstift, Frankfurt am Main 1899

E „Aus Goethes Lebenskreise. J. P. Eckermanns Nachlaß“, hrsg. von Friedrich Tewes, Band 1, Berlin 1905

Eg „Alt-Weimars Abend. Briefe und Aufzeichnungen aus dem Nachlasse der Gräfinnen Egloffstein“, hrsg. von Hermann Freiherrn von Egloffstein, München 1923

EgMit „Mitteilungen über Goethe und seinen Freundeskreis aus bisher unveröffentlichten Aufzeichnungen des Gräflich Egloffstein'schen Familien-Archivs zu Arklitten“, hrsg. von Johannes Dembowski, Lyck 1889 (= Wissenschaftliche Beilage zum Programm des Königlichen Gymnasiums zu Lyck für das Schuljahr 1888/89)

EL „J. P. Eckermann. Sein Leben für Goethe“, nach seinen neuaufgefundenen Tagebüchern und Briefen dargestellt von H. H. Houben, 2 Bände, Leipzig 1925 und 1928

ESchi „Schillers Sohn Ernst. Eine Briefsammlung“, mit Einleitung von Karl Schmidt, Paderborn 1893

Euph „Euphorion. Zeitschrift für Literaturgeschichte“, hrsg. von August Sauer, Bamberg, Leipzig und Wien 1894 ff., Bände 1, 12, 16 (1894, 1905, 1909)

Fer L. Gerhardt, „Carl Ludwig Fernow“, Leipzig 1908

Fi „Johann Georg Fichte. Gesamtausgabe der bayerischen Akademie der Wissenschaften“, hrsg. von Reinhard Lauth und Hans Gliwitzky, Abt. III: „Briefe“, Band 4, Stuttgart – Bad Cannstatt 1973

Foch Heinrich Düntzer, „Abhandlungen zu Goethes Leben und Werken“, Band 2, Leipzig 1885

For Georg Forster, „Werke in vier Bänden“, hrsg. von Gerhard Steiner, Band 4: „Briefe“, Leipzig 1971

ForBr „Johann Georg Forsters Briefwechsel. Nebst einigen Nachrichten von seinem Leben“, hrsg. von Th[erese] H[uber], geb. H[eyne], 2 Bände, Leipzig 1829

Franz	„Goethe in Lob und Tadel seiner französischen Zeitgenossen. Berichte und Urteile", gesammelt und übersetzt von Hermann Sauter, Speyer 1952
Frau Rath	„Die Briefe der Frau Rath Goethe", gesammelt und hrsg. von Albert Köster, Leipzig 1976
Fri	Carl Freiherr von Beaulieu-Marconnay, „Anna Amalia, Carl August und der Minister von Fritsch. Beitrag zur deutschen Cultur- und Literaturgeschichte des achtzehnten Jahrhunderts", Weimar 1874
Fritz von Stein I	„Briefe von Goethe und dessen Mutter an Friedrich Freiherrn von Stein. Nebst einigen Beilagen", hrsg. von J. J. H. Ebers und August Kahlert, Leipzig 1846
Fritz von Stein II	„Briefe an Fritz von Stein", hrsg. und eingeleitet von Ludwig Rohmann, Leipzig 1907
From	„Freundliches Begegnen. Goethe, Minchen Herzlieb und das Frommannsche Haus", auf Grund von Fr. Frommanns „Das Frommannsche Haus und seine Freunde" neu hrsg. von Gunther H. Wahnes, 5. Aufl., Stuttgart und Jena 1927
Gar	„Briefe von Christian Garve an Christian Felix Weiße und einige andere Freunde", hrsg. von Manso und Schneider, 2 Bände, Breslau 1803
Gentz	„Briefe von Friedrich von Gentz an Pilat. Ein Beitrag zur Geschichte Deutschlands im XIX. Jahrhundert", hrsg. von Karl Mendelssohn-Bartholdy, Band 1, Leipzig 1868
GentzTb	„Aus dem Nachlaß Varnhagens von Ense. Tagebücher von Friedrich von Gentz", hrsg. von Ludmilla Assing, Band 1, Leipzig 1873
Gespr	„Goethes Gespräche. Eine Sammlung zeitgenössischer Berichte aus seinem Umgang", auf Grund der Ausgabe und des Nachlasses von Flodoard Freiherrn von Biedermann ergänzt und hrsg. von Wolfgang Herwig, Band 1 (1749–1805), Zürich und Stuttgart 1965, Band 2 (1805–1817), Zürich und Stuttgart 1969, Band 3/1 (1817–1825), Zürich und Stuttgart 1971, Band 3/2 (1825–1832), Zürich und Stuttgart 1972
GlH	„Briefwechsel zwischen Gleim und Heinse", hrsg. von Carl Schüddekopf, 2 Teile, Weimar 1894 und 1895 (= Quellenschriften zur neueren deutschen Literatur- und Geistesgeschichte, hrsg. von Albert Leitzmann, Band 2 und 4)
GlM	„Briefe zwischen Gleim, Wilhelm Heinse und Johann

von Müller“, aus Gleims literarischem Nachlasse hrsg. von Wilhelm Körte, 2 Bände, Zürich 1806

Goe — „Johann Caspar Goethe, Cornelia Goethe, Catharina Elisabeth Goethe. Briefe aus dem Elternhaus“, erster Ergänzungsband der Goethe-Gedenkausgabe, hrsg. von Wolfgang Pfeiffer-Belli, Zürich und Stuttgart 1960

GoeF — „Briefe von Goethe an Johanna Fahlmer“, hrsg. von L. Urlichs, Leipzig 1875

GoeG — Karl Theodor Gaedertz, „Bei Goethe zu Gaste. Neues von Goethe, aus seinem Freundes- und Gesellschaftskreise. Ein Schwänchen zum 150jährigen Geburtstage des Dichters“, Leipzig 1900

GoeJac — „Briefwechsel zwischen Goethe und F. H. Jacobi“, hrsg. von Max Jacobi, Leipzig 1846

GoeJb — „Goethe-Jahrbuch“, hrsg. von Ludwig Geiger, Band 1–34, Frankfurt am Main 1890–1913

GoeLar — „Briefe Goethes an Sophie von La Roche und Bettina Brentano nebst dichterischen Beilagen“, hrsg. von Gustav von Loeper, Berlin 1879

GoeRei — „Goethe und Reinhard. Briefwechsel in den Jahren 1807–1832. Mit einer Vorrede des Kanzlers Friedrich von Müller“, hrsg. von Otto Heuschele, Wiesbaden 1957

GoeRo — „Goethes Briefwechsel mit Friedrich Rochlitz“, hrsg. von Woldemar Freiherrn von Biedermann, Leipzig 1887

GoeRom — „Goethe und die Romantik. Briefe“, mit Erläuterungen hrsg. von Carl Schüddekopf und Oskar Walzel, Weimar 1898 und 1899 (= Schriften der Goethe-Gesellschaft, Band 13 und 14)

Goertz — Othmar Freiherr von Stotzingen, „Beiträge zur Jugendgeschichte des Herzogs Karl August von Sachsen-Weimar“, in: Jahrbuch des Freien Deutschen Hochstifts, Frankfurt am Main 1909

GoeSt — „Goethes Briefe an Charlotte von Stein“, hrsg. von Jonas Fränkel, umgearbeitete Neuausgabe, 3 Bände, Berlin 1960–1962

Gö — Joseph von Görres, „Gesammelte Schriften“, Band 8: „Gesammelte Briefe“, Band 2, hrsg. von Franz Binder, München 1874

Göch — „Die Göchhausen. Briefe einer Hofdame aus dem klassischen Weimar“. Zum ersten Male gesammelt und hrsg. von Werner Deetjen, Berlin 1923

Got	Eberhard Waitz, „Goethe und Pauline Gotter. Mit Benutzung ungedruckter Briefe", Hannover 1919
GrBr	„Private und amtliche Beziehungen der Brüder Grimm zu Hessen. Eine Sammlung von Briefen und Actenstücken als Festschrift zum hundertsten Geburtstag Wilhelm Grimms den 24. Februar 1886", zusammengestellt und erläutert von E. Stengel, Band 1: „Briefe der Brüder Grimm an hessische Freunde", gesammelt von E. Stengel, Marburg 1886
Graß	„Aus Tagebüchern und Briefen des Malers Karl Graß", mitgeteilt von Fr. Bienemann jr., in: Baltische Monatschrift, Band 48, Riga 1899
Gries	„Aus dem Leben von Johann Diederich Gries. Nach seinen eigenen und den Briefen seiner Zeitgenossen. Als Handschrift gedruckt", 1855
Grillp	Franz Grillparzer, „Sämtliche Werke. Ausgewählte Briefe, Gespräche, Berichte", Band 4, hrsg. von Peter Frank und Karl Pörnbacher, Nachwort von Curt Hohoff, München 1965
Grimm	„Briefwechsel zwischen Jacob und Wilhelm Grimm aus der Jugendzeit", hrsg. von Herman Grimm und Gustav Hinrichs, 2., vermehrte und verbesserte Aufl., besorgt von Wilhelm Schoof, Weimar 1963
Grün	„Albertine Grün und ihre Freunde. Biographieen und Briefsammlung" mit historischen und literargeschichtlichen Anmerkungen von Karl Schwartz, Leipzig 1872
Has	Adolf Hasenclever, „Josua Hasenclever aus Remscheid-Ehringhausen und seine Beziehungen zu Friedrich Wilhelm IV. als Kronprinz und König. Zugleich ein Beitrag zur Geschichte der Rheinlande in den ersten Jahrzehnten der preußischen Herrschaft", in: Zeitschrift des Bergischen Geschichtsvereins, hrsg. vom Vorstande, Band 38 (der Neuen Folge 28. Band), Jg. 1905, Elberfeld 1905
HBr	„Herders Briefe", ausgewählt, eingeleitet und erläutert von Wilhelm Dobbek, Weimar 1959
HeH	„Herders Briefe an Johann Georg Hamann", hrsg. von Otto Hoffmann, Berlin 1889
Heine	Heinrich Heine, „Werke und Briefe in zehn Bänden", hrsg. von Hans Kaufmann, Band 8: „Briefe 1815 bis 1838", Berlin 1961
Heinse	„Wilhelm Heinse's sämmtliche Schriften", hrsg. von Heinrich Laube, Band 8: „Briefe I", Leipzig 1838

HeIt „Herders Reise nach Italien. Herders Briefwechsel mit seiner Gattin vom August 1788 bis Juli 1789", hrsg. von Heinrich Düntzer und Ferdinand Gottfried von Herder, Gießen 1859

HeJ „Briefe von Karoline Herder an Jean Paul", mitgeteilt von Paul Nerrlich, in: Königlich privilegierte Berlinische Zeitung von Staats- und Gelehrten Sachen. Vossische Zeitung, Jg. 1884, Sonntagsbeilage 1–3

HeKa „Herders Briefwechsel mit Caroline Flachsland", nach den Handschriften des Goethe- und Schiller-Archivs hrsg. von Hans Schauer, Weimar 1926 und 1928 (= Schriften der Goethe-Gesellschaft, Band 39 und 41)

Herzan Sebastian Brunner, „Die theologische Dienerschaft am Hofe Joseph II. Geheime Correspondenzen und Enthüllungen zum Verständniß der Kirchen- und Profangeschichte in Oesterreich von 1770–1800, aus bisher unedirten Quellen der k. k. Haus-, Hof-, Staats- und Ministerialarchive", Wien 1868

HN „Aus Herders Nachlaß", hrsg. von Heinrich Düntzer und Ferdinand Gottfried von Herder, 3 Bände, Frankfurt am Main 1856 und 1857

Höld Friedrich Hölderlin, „Sämtliche Werke", Kleine Stuttgarter Ausgabe, hrsg. von Friedrich Beißner, Band 6: „Briefe", hrsg. von Adolf Beck, Berlin 1959

Hölty Ludwig Christoph Heinrich Hölty, „Werke und Briefe", hrsg. von Uwe Berger, Berlin und Weimar 1966

Horn Heinrich Pallmann, „Johann Adam Horn. Goethes Jugendfreund", Leipzig 1908

HSW „Herders Sämmtliche Werke", hrsg. von Bernhard Suphan, 33 Bände, Berlin 1877–1913

Hu „Wilhelm und Caroline von Humboldt in ihren Briefen", hrsg. von Anna von Sydow, 7 Bände, Berlin 1906–1916

Hub „L. F. Hubers sämtliche Werke seit dem Jahre 1802 nebst seiner Biographie", Tübingen 1806

Hudt „Goethe-Eindrücke einer Zweiundzwanzigjährigen. Aus Familienpapieren mitgeteilt von Charlotte Broicher", in: Preußische Jahrbücher, hrsg. von Hans Delbrück, Band 139, Heft 3, Berlin 1910

Huf „Aus Weimars Glanzzeit. Ungedruckte Briefe von und

über Goethe und Schiller, nebst einer Auswahl ungedruckter vertraulicher Schreiben von Goethe's Collegen, Geh. Rath v. Voigt. Zum funfzigsten Jahrestage des Todes Schillers" hrsg. von August Diezmann, Leipzig 1855

Hum — „Wilhelm von Humboldt über Schiller und Goethe", aus den Briefen und Werken gesammelt und erläutert von Eberhard Haufe, Weimar 1963

Iff I — „A. W. Ifflands Briefe an seine Schwester Louise und andere Verwandte 1772–1814", hrsg. von Ludwig Geiger, Berlin 1904 (= Schriften der Gesellschaft für Theatergeschichte, Band 5)

Iff II — Wilhelm Koffka, „Iffland und Dalberg. Geschichte der classischen Theaterzeit Mannheims. Nach den Quellen dargestellt", Leipzig 1865

Im — Henriette von Bissing, „Das Leben der Dichterin Amalie von Helvig geb. Freiin von Imhoff", Berlin 1889

Jac — Heinrich Düntzer, „Johann Georg Jacobi über seine erste Bekanntschaft mit Goethe", in: Vom Fels zum Meer. Spemann's Illustrierte Zeitschrift für das Deutsche Haus, Stuttgart (Februar) 1885

JacBr — „Friedrich Heinrich Jacobi's auserlesener Briefwechsel", hrsg. von Friedrich Roth, 2 Bände, Leipzig 1825 und 1827

JacN — „Aus F. H. Jacobi's Nachlaß. Ungedruckte Briefe von und an Jacobi und Andere. Nebst ungedruckten Gedichten von Goethe und Lenz", hrsg. von Rudolf Zoeppritz, 2 Bände, Leipzig 1869

JacW — „Friedrich Heinrich Jacobi's Werke", hrsg. von Friedrich Köppen, Band 4, 1. Abt., Leipzig 1819

JbGoeGes — „Jahrbuch der Goethe-Gesellschaft", Band 1–10, Weimar 1914–1923

JbH — „Jahrbuch des Freien Deutschen Hochstifts", Frankfurt am Main 1902–1923

Jer — „Elf Briefe von Jerusalem-Werther", in: Im neuen Reich. Wochenschrift für das Leben des deutschen Volkes in Staat, Wissenschaft und Kunst, hrsg. von Alfred Dove, 4. Jg. (1874), Band 1 (Januar–Juni), Leipzig 1874

JGoe — „Der junge Goethe. Neu bearbeitete Ausgabe in 5 Bänden", hrsg. von Hanna Fischer-Lamberg, Berlin 1963–1974

J. H. Voß „Briefe von Johann Heinrich Voß nebst erläuternden Beilagen", hrsg. von Abraham Voß, 3 Bände, Halberstadt 1829–1833

JP „Jean Pauls Sämtliche Werke", historisch-kritische Ausgabe, hrsg. von der Deutschen Akademie der Wissenschaften zu Berlin, 3. Abt.: „Briefe", Band 2: „Briefe 1794–1797", hrsg. von Eduard Berend, Berlin 1958; Band 3: „Briefe 1797–1800", hrsg. von Eduard Berend, Berlin 1959; Band 4: „Briefe 1800–1804", hrsg. von Eduard Berend, Berlin 1960; Band 6: „Briefe 1809–1814", hrsg. von Eduard Berend, Berlin 1952

JPH „Jean Paul und Herder. Der Briefwechsel Jean Pauls und Karoline Richters mit Herder und der Herderschen Familie in den Jahren 1785–1804", hrsg. von Paul Stapf, Bern und München 1959

JPO „Jean Pauls Briefwechsel mit seinem Freunde Christian Otto", Band 3: 1799–1800, Berlin 1829

Jung Franz Götting, „Goethes Straßburger Freund Jung-Stilling", in: Goethe-Kalender auf das Jahr 1937, hrsg. vom Frankfurter Goethe-Museum, Leipzig o. J.

KA „Briefe des Herzogs Karl August von Sachsen-Weimar-Eisenach an Knebel und Herder", hrsg. von Heinrich Düntzer, Leipzig 1883

KAG „Frau Rath. Briefwechsel von Katharina Elisabeth Goethe", nach den Originalen mitgeteilt von Robert Keil, Leipzig 1871

KAL „Briefe von Karl August und Luise von Weimar an Lavater", mitgeteilt von J. C. Mörikofer, in: Im neuen Reich. Wochenschrift für das Leben des deutschen Volkes in Staat, Wissenschaft und Kunst, hrsg. von Konrad Reichard, 6. Jg., Band 2, Leipzig 1876

Kalb „Geschichte der Familie von Kalb auf Kalbsrieth. Mit besonderer Rücksicht auf Charlotte von Kalb und ihre nächsten Angehörigen", nach den Quellen bearbeitet von Johann Ludwig Klarmann, Erlangen 1902

Karsch Heinrich Pröhle, „Abhandlungen über Goethe, Schiller, Bürger und einige ihrer Freunde. Mit Knesebecks Briefen an Gleim als Seitenstück zu Goethes Kampagne in Frankreich", Potsdam 1889

Kays O. Heuer, „Ph. Chr. Kayser, Goethe und Klinger", in: Berichte des Freien Deutschen Hochstiftes zu Frankfurt am Main, Neue Folge, Band 7, Frankfurt am Main 1891

Kest	„Goethe, Kestner und Lotte", hrsg. und eingeleitet von Eduard Berend, München 1914
Kli	Max Rieger, „Klinger in der Sturm- und Drangperiode. Mit vielen Briefen", Darmstadt 1880
KlSt	„Briefwechsel zwischen Klopstock und den Grafen Christian und Friedrich Leopold zu Stolberg", hrsg. von Jürgen Behrens, Neumünster 1964
Kn	„K. L. von Knebel's literarischer Nachlaß und Briefwechsel", hrsg. von Karl August Varnhagen von Ense und Theodor Mundt, 3 Bände, Leipzig 1835 und 1836
KnHe	„Aus Karl Ludwig von Knebels Briefwechsel mit seiner Schwester Henriette (1774–1813). Ein Beitrag zur deutschen Hof- und Litteraturgeschichte", hrsg. von Heinrich Düntzer, Jena 1858
Ko	„August von Kotzebue. Urtheile der Zeitgenossen und der Gegenwart", zusammengestellt von W. von Kotzebue, Dresden 1881
Kö	„Briefe der Familie Körner (1804–1815)", hrsg. von Albrecht Weber, in: Deutsche Rundschau, hrsg. von Julius Rodenberg, Band 16, Berlin 1878
Kör	Adolf Kohut, „Theodor Körner. Sein Leben und seine Dichtungen. Eine Säcularschrift auf Grund der besten und zuverlässigsten Quellen", Berlin 1890
Kü	„Marie Helene von Kügelgen geb. Zoege von Manteuffel. Ein Lebensbild in Briefen", Leipzig 1900
Küg	„Helene Marie von Kügelgen geb. Zoege von Manteuffel. Ein Lebensbild in Briefen", hrsg. von ihren Enkelinnen A. und E. von Kügelgen, 10. Aufl., Stuttgart 1950
La	„Goethe und Lavater. Briefe und Tagebücher", hrsg. von Heinrich Funck, Weimar 1901 (= Schriften der Goethe-Gesellschaft, Band 16)
LaBr	Ulrich Hegner, „Beiträge zur nähern Kenntnis und wahren Darstellung Johann Kaspar Lavaters. Aus Briefen seiner Freunde an ihn, und nach persönlichem Umgang", Leipzig 1836
Lang	Paul Zimmermann, „Ernst Theodor Langer, Bibliothekar zu Wolfenbüttel. Ein Freund Goethes und Lessings", in: Zeitschrift des Harz-Vereins für Geschichte und Alterthumskunde, hrsg. im Namen des Vereins von dessen erstem Schriftführer Ed. Jacobs, 16. Jg. (1883), Wernigerode 1884
LaZ	L. Hirzel, „Goetheana", in: Im neuen Reich. Wochen-

schrift für das Leben des deutschen Volkes in Staat, Wissenschaft und Kunst, hrsg. von Konrad Reichard, 8. Jg. (1878), Band 2, Leipzig 1878

Leis — Gregor Kutschera von Aichbergen, „Johann Anton Leisewitz. Ein Beitrag zur Geschichte der deutschen Literatur im 18. Jahrhundert", Wien 1876

Lenz — „Briefe von und an J. M. R. Lenz", gesammelt und hrsg. von Karl Freye und Wolfgang Stammler, 2 Bände, Leipzig 1918

Lenziana — Erich Schmidt, „Lenziana", in: Sitzungsberichte der Königlich Preußischen Akademie der Wissenschaften zu Berlin. XXXIV, 4. Juli 1901, Berlin 1901

Less — Gotthold Ephraim Lessing, „Gesammelte Werke", hrsg. von Paul Rilla, Band 9: „Briefe", Berlin 1957

Licht — Georg Christoph Lichtenberg, „Briefe an die Freunde", Auswahl von Wilhelm Spohr, Berlin 1938

LitArchiv — „Mitteilungen aus dem Litteratur-Archive in Berlin", Band 2

Mat — „Friedrich von Matthisson's Literarischer Nachlaß nebst einer Auswahl von Briefen seiner Freunde. Ein Supplement zu allen Ausgaben seiner Schriften", hrsg. von F. R. Schoch, Band 3, Berlin 1830; Band 4, Berlin 1832

MBr — Johann Heinrich Merck, „Briefe", hrsg. von Herbert Kraft, Frankfurt am Main 1968

Mein — „Mittheilungen aus dem Leben der Herzoge zu Sachsen-Meiningen und deren Beziehung zu Männern der Wissenschaft", hrsg. von Ludwig Bechstein, Halle 1856

Men — Karl Mendelssohn-Bartholdy, „Goethe und Felix Mendelssohn-Bartholdy", Leipzig 1871

Mend — „Reisebriefe von Felix Mendelssohn-Bartholdy aus den Jahren 1830 bis 1832", hrsg. von Paul Mendelssohn-Bartholdy, 3., unveränderte Aufl., Leipzig 1862. – Faksimiledruck nach der Ausgabe von 1862, durch mehrere Briefe ergänzt und ausgestattet mit zeitgenössischen Zeichnungen, Porträts und Kupfern, hrsg. und mit Nachwort versehen von Paul Hübner, Mainz 1949

Menz — „Briefe an Wolfgang Menzel", für die Litteraturarchiv-Gesellschaft hrsg. von Heinrich Meisner und Erich Schmidt, mit einer Einleitung von Richard M. Meyer, Berlin 1908

MeyerN — „Goethes Bremer Freund Dr. Nicolaus Meyer. Briefwechsel mit Goethe und dem Weimarer Kreise", im

Auftrage des Goethe- und Schiller-Archivs hrsg. von Hans Kasten, Bremen 1926

Mor „Goethe und Karl Philipp Moritz“, in: Zeitschrift für deutsche Sprache, hrsg. von Daniel Sanders, 2. Jg., Hamburg und Leipzig 1889

Mös Justus Möser, „Briefe“, hrsg. von Ernst Beins und Werner Pleister, Hannover-Osnabrück 1939

MS „Johann Heinrich Mercks Schriften und Briefwechsel“, in Auswahl hrsg. von Kurt Wolff, Band 2, Leipzig 1909

Mü Kanzler von Müller, „Unterhaltungen mit Goethe“, kritische Ausgabe, besorgt von Ernst Grumach, Weimar 1956

Nic Richard Maria Werner, „Der Berliner Werther. Mitteilungen über Goethe aus ungedruckten Briefen Nicolais und seiner Freunde“, als Handschrift gedruckt, Salzburg 1878

NicG „Aus dem Josephinischen Wien. Geblers und Nicolais Briefwechsel während der Jahre 1771–1786“; hrsg. und erläutert von Richard Maria Werner, Berlin 1888

Nie „Lebensnachrichten über Barthold Georg Niebuhr aus Briefen desselben und aus Erinnerungen einiger seiner nächsten Freunde“, hrsg. von Friedrich Perthes, Band 2 und 3, Hamburg 1838 und 1839

Nieb „Die Briefe Barthold Georg Niebuhrs“, hrsg. von Dietrich Gerhard und William Norvin. Im Auftrage der Literaturarchiv-Gesellschaft zu Berlin. Mit Unterstützung der Preußischen Akademie der Wissenschaften und des Rask Örsted Fond zu Kopenhagen. Band 2: 1809–1816, Berlin 1929 (= Das Literatur-Archiv. Veröffentlichungen der Literaturarchiv-Gesellschaft in Berlin, hrsg. von Julius Petersen, Band 2)

Nov Novalis, „Schriften“, hrsg. von Paul Kluckhohn und Richard Samuel. Zweite, nach den Handschriften ergänzte, erw. und verbesserte Aufl. in vier Bänden und einem Begleitband, Band 4: „Tagebücher, Briefwechsel, Zeitgenössische Zeugnisse“, hrsg. von Richard Samuel in Zusammenarbeit mit Hans-Joachim Mähl und Gerhard Schulz, Stuttgart 1975

Od „Besuch in Weimar. Goethes achtzigster Geburtstag. Briefberichte eines jungen polnischen Dichters“, übertragen von F. Th. Bratranek, neu hrsg. von Max Mell, Wien, Linz, Zürich 1949

Ody — Albert Zipper, „Aus Odyniec' Reisebriefen", in: Studien zur vergleichenden Literaturgeschichte, hrsg. von Max Koch, Band 4, Berlin 1904

Ot — „Aus Ottilie von Goethes Nachlaß", Band 2: „Briefe und Tagebücher von ihr und an sie bis 1832", nach den Handschriften des Goethe- und Schiller-Archivs hrsg. von Wolfgang von Oettingen, Weimar 1913 (= Schriften der Goethe-Gesellschaft, Band 28)

Pas — „Franz Passow's Leben und Briefe", eingeleitet von Ludwig Wachler, hrsg. von Albrecht Wachler, Breslau 1839

Per — „Friedrich Perthes Leben. Nach dessen schriftlichen und mündlichen Mitteilungen", aufgezeichnet von Clemens Theodor Perthes, 3 Bände, Hamburg und Gotha 1848–1855

Pl — „Die Tagebücher des Grafen August von Platen", aus der Handschrift des Dichters hrsg. von G. von Laubmann und L. von Scheffler, Band 2, Stuttgart 1900

Preu — „Goethe in den Zeugnissen der Mitlebenden. Erste Sammlung. Zum 28. August 1823", Berlin 1823

Rahel — „Aus dem Nachlaß Varnhagen's von Ense. Briefwechsel zwischen Rahel und David Veit", 2 Bände, Leipzig 1861

RahelA — „Rahel. Ein Buch des Andenkens für ihre Freunde", hrsg. von Karl August Varnhagen von Ense, 3 Bände, Berlin 1834

Rei — „Une femme de diplomate. Lettres de Madame Reinhard à sa mère 1798–1815. Traduites de l'Allemand et publiées pour la Société d'histoire contemporaine", Paris 1900

Reiff — „Zur Nachgeschichte der italienischen Reise. Goethes Briefwechsel mit Freunden und Kunstgenossen in Italien 1788–1790", hrsg. von Otto Harnack, Weimar 1890 (= Schriften der Goethe-Gesellschaft, Band 5)

Rie — „Aus dem Goethehause. Briefe Friedr. Wilh. Riemers an die Familie Frommann in Jena (1803–1824)", nach den Originalen hrsg. von Ferdinand Heitmüller, Stuttgart 1892

RieTb — „Aus den Tagebüchern Riemers, des vertrauten Freundes von Goethe", mitgeteilt von Robert Keil, in: Deutsche Revue über das gesamte nationale Leben der Gegenwart, hrsg. von Richard Fleischer, 11. Jg., Band

1, 2 und 4, Breslau 1886 (I); 12. Jg., Band 1 (I), 2, 3 und 4 (II), Breslau 1887

Rinck „Christoph Friedrich Rinck, Hof- und Stadtvikarius zu Karlsruhe, Studienreise 1783/84, unternommen im Auftrage des Markgrafen Karl Friedrich von Baden. Nach dem Tagebuche des Verfassers", hrsg. von Moritz Geyer, Altenburg 1897

Rob „Diary, Reminiscences, and Correspondence of Henry Crabb Robinson, Barrister-at-Law, F. S. A.", selected and edited by Thomas Sadler, second Edition, Volume 2, London 1869

Rodenberg „Deutsche Rundschau", hrsg. von Julius Rodenberg, Band 12, Berlin 1877

Salz August Stöber, „Der Aktuar Salzmann, Goethes Freund und Tischgenosse in Straßburg", Frankfurt am Main 1855

Sart „Ein Besuch bei Goethe im Jahre 1808", in: Deutsche Rundschau, hrsg. von Julius Rodenberg, 26. Jg., Heft 1, Oktober 1899

Sav Adolf Stoll, „Friedrich Karl v. Savigny. Ein Bild seines Lebens mit einer Sammlung seiner Briefe", Band 2: „Friedrich Karl v. Savigny. Professorenjahre in Berlin 1810–1842", Berlin 1929

Schb „Schönborn und seine Zeitgenossen. Drei Briefe an ihn nebst einigen Zugaben aus seinem Nachlaß und einer biographischen Skizze als Einleitung", hrsg. von J. R[ist], Hamburg 1836

Schell „Aus Schellings Leben. In Briefen", hrsg. von G. L. Plitt, 3 Bände, Leipzig 1869 und 1870

SchFr „Charlotte von Schiller und ihre Freunde", hrsg. von Ludwig Urlichs, 3 Bände, Stuttgart 1860–1865

SchiBr „Schillers Briefe", hrsg. und mit Anmerkungen versehen von Fritz Jonas. Kritische Gesamtausgabe, Bände 1–3, 6 und 7, Stuttgart, Leipzig, Berlin, Wien 1892–1896

SchiCo „Briefwechsel zwischen Schiller und Cotta", hrsg. von Wilhelm Vollmer, Stuttgart 1876

SchiFi „Schillers und Fichtes Briefwechsel, aus dem Nachlasse des Erstern", mit einem einleitenden Vorworte hrsg. von J. H. Fichte, Berlin 1847

SchiHu „Der Briefwechsel zwischen Friedrich Schiller und Wilhelm von Humboldt", hrsg. von Siegfried Seidel, 2 Bände, Berlin 1962

SchiKö „Briefwechsel zwischen Schiller und Körner", hrsg. von Ludwig Geiger, 4 Bände, Stuttgart 1892

SchiLo „Schiller und Lotte. Ein Briefwechsel", hrsg. von Alexander von Gleichen-Rußwurm, 2 Bände, Jena 1908

SchiNa „Schillers Werke", Nationalausgabe, begründet von Julius Petersen, hrsg. im Auftrag der Nationalen Forschungs- und Gedenkstätten der klassischen deutschen Literatur in Weimar (Goethe- und Schiller-Archiv) und des Schiller-Nationalmuseums in Marbach von Lieselotte Blumenthal und Benno von Wiese, Band 27–29, Weimar 1958/1969/1977; Band 30, Weimar 1961; Band 35, Weimar 1964; Band 36/1, Weimar 1972

SchiZ „Bilder aus der Schillerzeit. Mit ungedruckten Briefen an Schiller", hrsg. von Ludwig Speidel und Hugo Wittmann, Berlin und Stuttgart 1884

SchKn „Briefe von Schiller's Gattin an einen vertrauten Freund", hrsg. von Heinrich Düntzer, Leipzig 1856

SchlBoi Franz Deibel, „Dorothea Schlegel als Schriftstellerin im Zusammenhang mit der romantischen Schule", in: Palaestra. Untersuchungen und Texte aus der deutschen und englischen Philologie, hrsg. von Alois Brandl, Gustav Roethe und Erich Schmidt, XL, Berlin 1905

Schlei „Aus Schleiermacher's Leben. In Briefen", Band 3, zum Druck vorbereitet von Ludwig Jonas, nach dessen Tode hrsg. von Wilhelm Dilthey, Berlin 1861

SchleiH „Briefe August Ludwig Hülsens [u. a.] an Friedrich Schleiermacher", in: Mitteilungen aus dem Litteraturarchive in Berlin, Neue Folge, 8, Berlin 1913

Schlos „Goethe-Briefe aus Fritz Schlossers Nachlaß", hrsg. von Julius Frese, Stuttgart 1877

Schls „Friedrich Schlegels Briefe an seinen Bruder August Wilhelm", hrsg. von Oskar F. Walzel, Berlin 1890

SchlTi Otto Fiebiger, „Johann Friedrich August Tischbein und August Wilhelm Schlegel", in: Die Grenzboten. Zeitschrift für Politik, Literatur und Kunst, hrsg. von Georg Cleinow, 76. Jg. (1917), Heft 36–37, Berlin 1917

SchlVeit „Dorothea von Schlegel geb. Mendelssohn und deren Söhne Johannes und Philipp Veit. Briefwechsel", im Auftrage der Familie Veit hrsg. von J. M. Raich, 2 Bände, Mainz 1881

Schop I „Damals in Weimar. Erinnerungen und Briefe von und an Johanna Schopenhauer", gesammelt und hrsg. von H. H. Houben, 2., erw. Aufl., Berlin 1929

Schop II „Johanna Schopenhauer. Briefe an Karl von Holtei“, hrsg. von Karl von Holtei, Leipzig 1870

Schop III „Tagebücher der Adele Schopenhauer“, hrsg. von Kurt Wolff, Band 2 , Leipzig 1909

Schop IV Heinrich Düntzer, „Goethes Beziehung zu Johanna Schopenhauer und ihren Kindern. Mit Benutzung ungedruckter Briefe“, in: Heinrich Düntzer, Abhandlungen zu Goethes Leben und Werken, Band 1, Leipzig 1885

Schrö Hermann Uhde, „Friedrich Ludwig Schröder in seinen Briefen an K. A. Böttiger (1794–1816)“, in: Historisches Taschenbuch, begründet von Friedrich Raumer, hrsg. von W. H. Riehl, 5. Folge, 5. Jg., Leipzig 1875

Schuck „Goethe in Breslau. Auszüge aus des Freiherrn von Schuckmann Briefen an Capellmeister Fr. Reichardt“, mitgeteilt von Karl von Holtei, in: Westermanns Illustrierte Deutsche Monatshefte, Nr. 97 (= Nr. 1 der zweiten Folge), Oktober 1864, Braunschweig 1864

Schult G. von Schultheß-Rechberg, „Frau Barbara Schultheß zum Schönenhof, die Freundin Lavaters und Göthes“, Zürich 1903 (= Neujahrsblatt auf das Jahr 1903. Zum Besten des Waisenhauses in Zürich von einer Gesellschaft herausgegeben, 66. Stück. Als Fortsetzung der Neujahrsblätter der Chorherrenstube, No. 125)

Seck „Weimarsche Briefe von Sigmund von Seckendorff. Gedruckt zum 14. Januar 1865“, hrsg. von August Diezmann, Leipzig 1865

Sei „Erinnerungen und Leben der Malerin Louise Seidler (geboren zu Jena 1786, gestorben zu Weimar 1866)“, aus handschriftlichem Nachlaß zusammengestellt und bearbeitet von Hermann Uhde, Berlin 1874

Seid C. A. H. Burkhardt, „Kritische Bemerkungen zu Goethe's Biographien. (Aus Seidels Briefen und Goethe's Tagebüchern 1775–76)“, in: Die Grenzboten. Zeitschrift für Politik, Literatur und Kunst, 33. Jg., 1. Semester, Band 1, Leipzig 1874

Sol „Solger's nachgelassene Schriften und Briefwechsel“, hrsg. von Ludwig Tieck und Friedrich von Raumer, Band 1, Leipzig 1826

Söm „Georg Forster's Briefwechsel mit S. Th. Sömmerring“, hrsg. von Hermann Hettner, Braunschweig 1877

Sr „Frédéric Soret. Zehn Jahre bei Goethe. Erinnerungen an Weimars klassische Zeit 1822–1832“, aus Sorets handschriftlichem Nachlaß, seinen Tagebüchern und seinem Briefwechsel zum erstenmal zusammengestellt, übersetzt und erläutert von H. H. Houben, Leipzig 1929

Stad — „Carl Stadelmanns Briefe an Theodor Kräuter", zum 28. August 1912 in Druck gegeben von Anton Kippenberg, Leipzig 1912

Staël — H. Breitinger, „Die Briefe der Frau von Staël an Jakob Heinrich Meister", in: Zürcher Taschenbuch auf das Jahr 1890, hrsg. von einer Gesellschaft zürcherischer Geschichtsfreunde, Neue Folge, 13. Jg., Zürich 1890

Stein — Heinrich Düntzer, „Charlotte von Stein, Goethes Freundin. Ein Lebensbild, mit Benutzung der Familienpapiere entworfen", 2 Bände, Stuttgart 1874

StL — Alfred Stern, „Die Mutter des Freiherrn vom Stein und Lavater. Nach ihrem Briefwechsel", in: Historische Zeitschrift, begründet von Heinrich Sybel, hrsg. von Friedrich Meinecke, Neue Folge, Band 57, München und Berlin 1904

Stol — J. H. Hennes, „Aus Friedrich Leopold v. Stolberg's Jugendjahren. Nach Briefen der Familie und andern handschriftlichen Nachrichten", Frankfurt am Main 1876

Stolb — „Friedrich Leopold Graf zu Stolberg seit seiner Rückkehr zur katholischen Kirche 1800–1819", aus dem bisher noch ungedruckten Familiennachlaß dargestellt von Johannes Jannsen, Freiburg im Breisgau 1877

StolO — J. H. Hennes, „Friedrich Leopold Graf zu Stolberg und Herzog Peter Friedrich Ludwig von Oldenburg. Aus ihren Briefen und andern archivalischen Quellen", Mainz 1870

StolVo — „Briefe Friedrich Leopolds Grafen zu Stolberg und der Seinigen an Johann Heinrich Voß", nach den Originalen der Münchener Hof- und Staatsbibliothek mit Einleitung, Beilagen und Anmerkungen hrsg. von Otto Hellinghaus, Münster in Westfalen 1891

StZ — „Briefe von Goethe und Frau von Stein an Johann Georg Zimmermann", veröffentlicht von Bernhard Suphan, in: Wartburgstimmen. Halbmonatsschrift für deutsche Kultur, 2. Jg., Nr. 3, Eisenach und Leipzig 1904

StZi — „Briefe Zimmermanns und Charlottens von Schiller an Charlotte und Friedrich von Stein", mitgeteilt von

Erich Schmidt, in: Mitteilungen aus dem Litteratur-Archive in Berlin, 1897

Th „Das Weimarer Hoftheater unter Goethes Leitung“, aus neuen Quellen bearbeitet von Julius Wahle, Weimar 1892 (= Schriften der Goethe-Gesellschaft, Band 6)

Tick „Life, Letters and Journals of George Ticknor“, Volume 1, London 1876

Tieck „Briefe an Ludwig Tieck“, ausgewählt und hrsg. von Karl von Holtei, 4 Bände, Breslau 1864

TieckF Edmund Hildebrandt, „Friedrich Tieck. Ein Beitrag zur deutschen Kunstgeschichte im Zeitalter Goethes und der Romantik“, Leipzig 1906

TieckS „Tiecks Reise von Berlin nach Erlangen 1793, von ihm selbst berichtet“, mitgeteilt von Gotthold Klee, in: Forschungen zur deutschen Philologie. Festgabe für Rudolf Hildebrand, Leipzig 1894

TieckSchl „Ludwig Tieck und die Brüder Schlegel. Briefe“, mit Einleitung und Anmerkungen hrsg. von H. Lüdeke, Frankfurt am Main 1930

VaH „Von und an Herder. Ungedruckte Briefe aus Herders Nachlaß“, hrsg. von Heinrich Düntzer und Ferdinand Gottfried von Herder, 3 Bände, Leipzig 1861 und 1862

Varn „Aus dem Nachlaß Varnhagen's von Ense. Briefwechsel zwischen Varnhagen und Rahel“, 6 Bände, Leipzig 1874–1875

Vo Wilhelm Herbst, „Johann Heinrich Voß“, Band 1, Leipzig 1872; Band 2/1, Leipzig 1874; Band 2/2, Leipzig 1876

Voß „Briefe von Heinrich Voß“, hrsg. von Abraham Voß, 3 Bände, Heidelberg 1833–1838

VoßG „Goethe und Schiller in Briefen von Heinrich Voß dem jüngeren“, Briefauszüge in Tagebuchform zeitlich geordnet und mit Erläuterungen hrsg. von Hans Gerhard Gräf, Leipzig o. J.

VoßH „Briefe von H. Voß u. a.“, mitgeteilt von Ch. Pansch, in: Einladung zu der ... öffentlichen Prüfung sämmtlicher Classen des Gymnasiums zu Eutin, Eutin 1864

WA Goethe, „Werke“, hrsg. im Auftrag der Großherzogin Sophie von Sachsen, Weimar 1887–1919 [Weimarer Ausgabe], Abt. I: „Werke“, Abt. II: „Naturwissenschaftliche Schriften“, Abt. III: „Tagebücher“, Abt. IV: „Briefe“

WABr „Auswahl denkwürdiger Briefe von C. M. Wieland“, hrsg. von Ludwig Wieland, 2 Bände, Wien 1815

WBr „Ausgewählte Briefe von C. M. Wieland an verschiedene Freunde, in den Jahren 1751–1810 geschrieben, und nach der Zeitfolge geordnet“, hrsg. von Heinrich Geßner, 4 Bände, Zürich 1815–1816

Web „Briefe von Carl Maria von Weber an Hinrich Lichtenstein“, hrsg. von Ernst Rudorff, Braunschweig 1900

Wer „Briefe des Dichters Friedrich Ludwig Zacharias Werner“, mit einer Einführung hrsg. von Oswald Floeck, kritisch durchgesehene und erläuterte Gesamtausgabe, Band 2, München 1914

Wie Heinrich Pröhle, „Lessing, Wieland, Heinse. Nach den handschriftlichen Quellen in Gleims Nachlasse dargestellt“, Berlin 1877

WieCh „Ein ungedruckter Brief Wielands“, mitgeteilt von Dr. L. Hirzel, in: Die Grenzboten. Zeitschrift für Politik und Literatur, 29. Jahrgang, 1. Semester, Band 2, Leipzig 1870

WieL Johann Gottfried Gruber, „Wielands Leben, mit Einschluß vieler noch ungedruckter Briefe Wielands“, Teil 4, Leipzig 1828 (= C. M. Wielands sämmtliche Werke, Band 53)

Will „Marianne und Johann Jakob Willemer. Briefwechsel mit Goethe. Dokumente, Lebens-Chronik, Erläuterungen“, hrsg. von Hans-J. Weitz, Frankfurt am Main 1965

WJb „Weimarisches Jahrbuch für deutsche Sprache, Litteratur und Kunst“, hrsg. von Hoffmann von Fallersleben und Oskar Schade, Hannover, Weimar, Amsterdam 1854 (–1857)

WLar „C. M. Wieland's Briefe an Sophie von Laroche, nebst einem Schreiben von Gellert und Lavater“, hrsg. von Franz Horn, Berlin 1820

Wolf „Friedrich August Wolf. Ein Leben in Briefen“, die Sammlung besorgt und erläutert durch Siegfried Reiter, Band 1: „Frühzeit. Hallische Meisterjahre (1779 bis 1807)“, Stuttgart 1935

Wolz „Literarischer Nachlaß der Frau Caroline von Wolzogen“, hrsg. von Karl Hase, 2 Bände, Leipzig 1867

WR „Wieland und Reinhold. Original-Mittheilungen, als Beiträge zur Geschichte des deutschen Geisteslebens“, hrsg. von Robert Keil, Leipzig und Berlin 1885

Verzeichnis der Abbildungen

Die Abbildungen stellte uns freundlicherweise die Stiftung Weimarer Klassik zur Verfügung.

Inhaltsverzeichnis

AUFBAU BIBLIOTHEK

Friedrich Schiller

DER GEISTERSEHER

Erzählungen

212 Seiten

ISBN 3-7466-6011-4

Die Verirrungen der Menschen unter dem Einfluß innerer und äußerer Zwänge – ein echtes Schiller-Thema, das der Leser in der Titelerzählung »DerGeisterseher«, im »Verbrecher aus verlorener Ehre« und in dem »Merkwürdigen Beispiel eine weiblichen Rache« wiederfindet.

AtV

Aufbau Taschenbuch Verlag

AUFBAU BIBLIOTHEK

Friedrich Hölderlin

HYPERION ODER DER EREMIT IN GRIECHENLAND

Mit einem Frontispiz
190 Seiten
ISBN 3-7466-6021-1

Hölderlins »Hyperion« gilt neben dem »Faust« als Inbegriff klassischer deutscher Dichtung. Seine Wirkung insbesondere auf Kunst und Künstler des 20. Jahrhunderts ist von einmaliger Intensität.

»Dieser lyrisch-elegische Roman vereint Utopie und verzweifelte Resignation mit der Haltung des Nicht-Aufgebens. Er bewahrt den Traum einer erneuerten Gemeinschaft in der desillusionierenden ›eiskalten Geschichte des Tages‹. Aber er lehnt implizit auch die Diktatur der Jakobiner grundsätzlich und tief schockiert ab. Die Reinheit des Ideals findet keinen Weg in die brutale Wirklichkeit.«

Wolfgang Heise

AtV

Aufbau Taschenbuch Verlag